GOLF
VON
MEXICO
TAMAULIPAS
TAMBUCO
TEPANEKEN
TOTONAKEN
TLASCALTEKEN
OTOMI
MEXICO
AZTEKEN
CAMPECHE
YUCATAN
CARIBISCHES
MEER
TRINIDAD
SANTIAGO
CHIAPAS
TEHUANTEPEC
GUATEMALA
HONDURAS

GOLF
VON
MEXICO
VERACRUZ
XALAPA
SEMPOALLA
NAULINCO
CITLALTEPETL
(DER STERNBERG)

Die weißen Götter

EDUARD STUCKEN

Die weißen Götter

DER UNTERGANG DES AZTEKENREICHS

ROMAN

WELTBILD VERLAG

Lizenzausgabe für
Weltbild Verlag GmbH, Augsburg 1989
mit freundlicher Genehmigung des
Paul Zsolnay Verlages Wien/Darmstadt

Einband: Peter Engel
Gesamtherstellung: May + Co, Darmstadt
Printed in Germany
ISBN 3-89350-067-7

ERSTES BUCH

Die Menschheit ist gefangen auf der Erde –: der blaue Äther ist ihre Kerkermauer.

Gefesselt an die Erde, gebunden ist die Menschheit. Ihre Gedanken sind die Gedanken der Erde, sie ist die Trägerin der Gedanken der Erde. Und sie trägt sich mit ihnen, als wären es Girlanden, als wären es keine lastenden Sklavenketten.

Oh, wenn wir die Ketten brechen könnten, das Gefängnis verlassen könnten! Jenseits der Kerkermauer – dem kristallenen Äther, der gewölbten Schädeldecke – sind andere Welten.

In Sternennächten lugen wir durch das Gitterfenster, ahnen und ersehnen. Und wohl spüren wir dann unsere grausige Kerkereinsamkeit – ein Schiffbrüchiger auf kahler Klippe im Ozean ist nicht einsamer.

Seit uralters war es ein Menschheitstraum – hinausfliegen ins All, den Fuß setzen auf einen anderen Planeten! Irdische Farben, Düfte, Klänge und Worte hinüberretten in die grenzenlose Welt! Außermenschliches schauen, miterleiden, miterleben! ... Überirdisch würde uns das Furchtbare dort sein, überirdisch auch das Schöne. (Unsere Blutsverwandten dort – sind sie vielleicht Schmetterlinge von betäubendem Schimmerglanz, onyxäugige Sphinxe vielleicht mit Luchsleibern und Mädchenantlitzen, buntschillernd gefiederte Harpyien vielleicht, oder sind sie übergroße, denkende, redende Blumen, ein zauberschönes, grausames Blumenvolk?) ...

Einst war die eine Erdenhälfte der anderen fremd wie ein ferner Stern. Da setzte Kolumbus den Fuß auf eine neue Welt. Doch er wußte es nicht. Stolz glaubte er, den Ostrand der Alten Welt erreicht zu haben. Er sah keine buntgefiederten Harpyien-Menschen, kein schönes grausames Blumenvolk. Denn nur den Außenbezirk des seltsamen Erdreiches berührten seine Karavellen. Von der Inkaherrlichkeit und von den Pyramiden Mexikos kam ihm keine Kunde.

Auch nicht seinen Nachfolgern in der Statthalterschaft der Antillen. Ein Jahrzehnt lang hatten Vizekönige vollauf zu tun, die Insel Haiti zu pazifizieren – so nannte man die Ausrottung der armen Karai-

ben – und die zu vielen mißlebenden Abenteurer und Kolonisten vor Hunger zu bewahren. Entdeckungsfahrten aber und Freibeuterzüge nach dem Festland – im Norden und im Süden des Isthmus von Panama – scheiterten kläglich.
Doch nahe genug lagen die Wunderstätten, so daß ihr Glanz herüberglitzerte über die steilen Anden und Kordilleren und den Beutesuchern zum Bewußtsein kam. Sagenhaft erst und gleichsam symbolisch kündigte sich ein Goldland an. Gen Sonnenuntergang, hieß es, in einem See, in dessen felsiges Ufer Treppenstufen gemeißelt seien, bade allabendlich ein vergoldeter König. Jeden Morgen aber werde der nackte Mann mit Harz beschmiert und über und über mit Goldstaub und kleinen Goldplättchen bedeckt, so daß er für Tagesfrist wieder zum vergoldeten König – el Dorado – werde.
Unausrottbar setzte sich das Phantom des nackten vergoldeten Mannes fest in die Herzen aller Konquistadoren, schwebte ihnen vorauf, führte sie in Abgründe oder über Abgründe hinweg ...
Ein zweites Jahrzehnt ging dahin. Franziskaner- und Dominikanermönche stritten, ob die Indianer Menschen oder Sklaven seien. Bald gab es keine Indianer mehr auf Haiti.
Der letzte Statthalter Haitis pazifizierte daher Kuba, siedelte nach Kuba über. Nicht viele Indianer überlebten die Befriedung der Insel, und sie siechten in den Silberbergwerken dahin.
Die Silberbergwerke fraßen zu viele Indianer.
Sklavenraubzüge an den Küstenstrichen des Festlandes mußten Ersatz schaffen. Der Statthalter sandte drei Schiffe aus. Yucatan wurde entdeckt; doch mehr als die Hälfte der Schiffsbesatzung ging zugrunde, und die Ausbeute waren zwei armselige Sklaven.
Mehr Erfolg hatte ein späterer Raubzug. Sklaven zwar wurden nicht heimgebracht, dafür einiges Gold und die erste Nachricht von Mexiko.
Freilich kaum mehr als der Name Mexiko-Tenuchtitlan war, aus unverständlichen Reden der Küstenbewohner, den Weißen ans Ohr geklungen. Hätten sie in Erfahrung gebracht, daß die Stadt, befestigt inmitten eines Schilfsees, im Hochtal Anahuac siebentausendvierhundert Fuß über dem Meeresspiegel lag und daß das Hochtal, durch viele himmelnahe Kordillerenketten eingemauert, zwanzig Tagereisen von der Küste entfernt war – das Entzücken der beutegierigen Abenteurer, die Begeisterung für das zauberhafte Mexiko wäre im Keime erstickt, und manche, die bald darauf Cortez auf seinem waghalsigen Freibeuterzuge folgten, hätten es für ratsamer gehalten, dem Phantom des nackten vergoldeten Mannes nicht nachzujagen.
So aber hatte man einen Namen erhascht und berauschte sich an seinem Wunderklang. Die Ahnungslosigkeit macht sieghaft. Ein Vierteljahrhundert nach des großen Admirals Entdeckung betraten Bewohner dieses alten Sternes ein Land, das sie fremdartig anmuten mußte wie ein anderer Stern im Weltenmeer.

Und auch uns mutet es so an, wenn wir das dahingeschwundene Reich betreten, durch seine zerstörten Tempel, durch seine versunkenen Paläste und Schloßgärten wandeln. Särge toter Völker sind die alten Chroniken – sie bergen Moder, Juwelen und tiefe Traurigkeiten.

Die gigantische Gestalt des Kolumbus hatte, über kleine Antilleninseln hinweg, auf den Horizont strahlender Kulturländer nördlich des Isthmus einen beängstigenden Schatten geworfen.
Von Volk zu Volk war es geraunt worden. Bis in die vulkanumgrenzte Hochebene Anahuac war die dunkle Kunde von der Ankunft bleicher Männer gedrungen. Aus östlichen Küstenstrichen brachten reisende Mexikaner die Nachricht heim, daß als Trophäe an einem Altare dort die weiße Menschenhaut eines Schiffbrüchigen hing...
Seit einem Vierteljahrhundert senkte sich der Schatten des weißen Mannes auf alle Freuden. In jedem Naturgeschehnis glaubten die Verängstigten ein Wahrzeichen des nahenden Weltumschwunges zu sehn. Zweifelhaft schien nur noch, ob Sintflutgewässer die Bergspitzen bedecken, ob die Erde in Flammen aufgehn, ob ein Orkan Paläste und Hütten gleich Blättern fortfegen werde.
Es fehlte an Zeichen nicht und nicht an Zeichendeutern. War doch der See, aus dem die Lagunenstadt Mexiko-Tenuchtitlan sich erhob, jüngst siedend emporgeschäumt in brandenden Wogen. War doch das seltene Jubelfest Unsere-Jahre-umgürten-sich, bei welchem nach zweiundfünfzigjähriger Frist alles Feuer des Landes gelöscht und im Heiligtum des benachbarten Iztapalapan neu entzündet wurde – war es doch zum Trauerfest geworden durch den unerklärlichen Brand in den Türmen des großen Tempels. Hatte doch eine Luftspiegelung im Dunste der untergehenden Sonne gepanzerte, kämpfende Männer dem staunenden Volke gezeigt. Und hatten doch nächtliche Wanderer eine Stimme vernommen, schmerzlich wehklagend in den Lüften: »Weh, meine Töchter! Weh, meine Söhne! Die Stunde des Verderbens naht!«
Am Nachthimmel aber schritt ein Komet seine Bahn in blauem Geloder. Da geschah im alten Schloß von Tlatelolco ein Wunder, das auch den Sorglosen die Brust beengen mußte.

Tlatelolco, einst Schwesterstadt und Rivalin, war jetzt Mexiko einverleibt und bildete, eine dreieckige, von Kanälen durchaderte Insel ausfüllend, den nördlichen Stadtteil der Lagunenstadt.
Als in grauer Vorzeit die sieben Stämme der Azteken ihre Urheimat, das Reiherland, verlassen hatten, fanden sie unter einem geknickten Baum zwei Kästchen, die sie öffneten; in dem einen lag ein Smaragd, und alsbald begannen sechs Stämme Streit um ihn; in dem anderen aber lagen Stäbe zum Feuerreiben, und nur der Stamm der Tenuchcas legte Wert auf deren Besitz. Entzweit, in zwei Haufen geteilt, setzten

sie ihre Wanderung fort, durchzogen Culhuacan, Xalisco, Michuacan, kamen nach Tula, Tlacopan und Chapultepec, und bedrängt von mächtigen Nachbarn, suchten sie Schutz auf zwei Inseln inmitten eines Schilfsees, die sie besiedelten: die Besitzer der Feuerstäbe wurden die Gründer Mexico-Tenuchtitlans; die Erbauer Tlatelolcos aber besaßen den Smaragd und nannten sich die Adligen.
Jahrhundertelang hielt gemeinsam ertragene Not den aufzüngelnden Bruderhaß nieder. Als aber der kühne Bastard Obsidian-Schlange, der vierte König Mexikos, die Macht des Tyrannen Schambinde gebrochen, das Tepanekische Kaiserreich zerstört und mit den an der Lagune gelegenen Städten Tezcuco und Tlacopan den unüberwindlichen Drei-Städte-Bund geschlossen hatte, sahen sich die Könige von Tlatelolco zu Vasallen erniedrigt. Sie leisteten Kriegsgefolgschaft, planten jedoch im Herzen den Tod des Herrn der Welt. Obsidian-Schlange und sein Nachfolger Montezuma I., der Himmelspfeil, entgingen nur durch Zufall ihren Anschlägen. Unter dem Enkel der Obsidian-Schlange, dem grausamen König Wassergesicht, kam es zu blutiger Abrechnung. Wassergesicht hatte seine Schwester dem letzten Könige von Tlatelolco, dem Dornenreichen Baum, zum Weibe gegeben. Dennoch schmiedete der Dornenreiche Baum Ränke mit Mexikos Erbfeinden, den Staaten Chalco, Huexotzinco und Matlatzinco. Die Königin, der dies nicht verborgen blieb, wollte an seinem Verrat nicht teilhaben und flüchtete mit ihren vier Kindern zu Wassergesicht.
Nun war das Los geworfen; und Wahnsinn ergriff die Stadt Tlatelolco. Frauen und Mädchen eilten nachts nach Mexiko und durchliefen wie tollwütige Wölfinnen die Straßen, Wutschreie und Drohrufe ausstoßend. Der Schwarzbraune, ein Priester des Huitzilopochtli, wusch den Altar des Kriegsgottes und gab das mit Menschenblut gemischte Wasser dem König und dem Volk zu trinken, um sie zu entflammen. Bei Sonnenuntergang verkündete das Gedröhn der Schildkrötenpanzertrommel das Nahen der mexikanischen Standarten. Die Schlacht auf dem großen Marktplatze war bald entschieden. Der Dornenreiche Baum, der auf die oberste Terrasse des von ihm erbauten Tempels der Erdgöttin – der Frau mit dem Schlangenunterrock – hinaufgeflohen war, wurde ergriffen, nach Mexiko geschleppt und in einen Holzkäfig gesperrt. Wassergesicht aber ließ in seinem Palaste ein glänzendes Festmahl rüsten, zu welchem er alle Großen des Reiches und den Adel Tenuchtitlans einlud. Und während mit ihm seine Gäste von goldenen Schüsseln weiße Maiswürmer aßen und aus goldenen Bechern kostbaren Honigwein und Kakaoblumenwein tranken, ließ er den Dornenreichen Baum hereinführen, gräßlich foltern und dem Kriegsgott schlachten – vor den Augen der Schwelgenden, um die Festfreude zu erhöhen und den Genuß der Speisen und Kräutertränke auf abgefeimte Art zu würzen.
So endete der letzte König von Tlatelolco.

Im verwaisten Königsschlosse residierten seitdem Statthalter. Als dann – nach einem Menschenalter – Montezuma der Jüngere als neunter König über Mexiko-Tenuchtitlan herrschte, verlieh er das Schloß und die Statthalterschaft seinem Schwager, dem Steinigen Feld. Wenige Jahre darauf starb das Steinige Feld. Seine junge Witwe aber, Papan, des Montezuma Schwester, blieb im alten Schlosse von Tlatelolco wohnen, und betreut von einigen Palastdamen und einem alten Haushofmeister, mit Namen die Stechende Ameise, brachte sie ihre Tage in den verödeten Prunksälen und unter Fächerpalmen des am Schilfsee gelegenen Gartens hin.
Sie war ungewöhnlich schön und von weicher Gemütsart. Von Kind an hatte sie den Trieb, Balsam zu träufeln in Wunden, die Mexikos Größe und Glanz geschlagen. Doch es waren zu viel der Wunden, und sie war allein.
Die jahrhundertelang getriebene Inzucht der chichimekischen Fürsten hatte einen Spätling am alten Stamm, eine fast krankhaft verfeinerte Blüte, hervorgebracht. Unterrichtet von den besten Lehrern, berühmten Philosophen, Rhetoren und Künstlern der jüngst errichteten Akademien in Tenuchtitlan und Tezcuco, hatte Papan ihre Begabung für Musik und Poesie bis zur höchsten Vollendung entwickelt. Ihre Reden wurden bewundert in diesem Lande der feinhörigen Redner; ihre sinnschweren Verse trugen ihr den Ruhm einer Dichterin ein. Doch ihr Herz blieb unbefriedigt. Ihr selbst erst unbewußt, hatte sich ein heimlicher Haß in sie eingeschlichen gegen die eigene überfeinerte, berückende Kultur, die aus Sklavenhekatomben emporgewachsen war wie ein leuchtender Scharlachpilz aus Morästen. Zu teuer erkauft mit Blut und Tränen erschienen ihr das Kolibrifedermosaik ihres Stirndiadems und der Wohllaut ihrer kleinen Flöte aus geschliffenem Kristall.
Der Tod des Steinigen Feldes hatte sie zutiefst erschüttert, so daß sie, Freuden und Festen entsagend, in ihrem einsamen Palaste das Leben einer Heiligen zu leben begann. Damals hatte ihr Oheim, der Herr des Fastens, König von Tezcuco und Mitregent Montezumas, ein Hospital für Blinde erbaut. Zur feierlichen Entzündung des Herdfeuers war auch Papan erschienen; und seither wurde es ihr eine liebe Beschäftigung, die Blinden zu besuchen und zu trösten. Fast täglich ließ sie sich an die östliche Küste der Lagune hinüberrudern. Doch nicht nur die Blinden lockten sie nach Tezcuco. Das Hospital unterstand einem Kloster, welches Quaquiles bewohnten, fanatische Asketen und Anhänger des Heilbringers Quetzalcoatl, und diese hatten es unternommen, die mexikanische Prinzessin in die Mysterien ihrer Geheimlehre einzuweihen. Nicht ohne Hintergedanken taten sie es. Denn Mexiko diente fast nur noch den blutdürstenden Göttern Tezcatlipoca und Huitzilopochtli; und im großen Tempel des Kriegsgottes war bereits ein Gefängnis für andere Götter errichtet. Die Mönche des Quetzalcoatl hatten das Ziel, die Menschenopfer ab-

zuschaffen. Und Tezcucos König, der Herr des Fastens, unterstützte diese Bestrebungen.

Wundersam schwermütig klangen die heiligen Lieder, die von Quetzalcoatl, der Grüngefiederten Schlange, erzählten. Als noch das verschollene Volk der Tolteken das Hochtal Anahuac bewohnte, war er unter ihnen erschienen, geboren von der jungfräulichen Mutter, dem Mädchen von Tula, welche geschwängert worden war durch einen grünen Edelstein, den sie als Schmuck am Busen trug. In Tula, der Hauptstadt der Tolteken, nahm Quetzalcoatl Wohnung und hauste als Priesterfürst in der auf einer Flußinsel aus Meermuscheln und Silber erbauten Königsburg – ein hoher starker Mann, mit weißem Antlitz, mit langem, dichtem Bart und hochgewölbter Stirn. Schamhaft war er – darum trug er sein weißes mit Kreuzen besätes Gewand lang herabwallend bis an die Knöchel. Täglich kasteite er sich, stach sich das Fleisch der Schenkel mit scharfen Aloedornen blutig. Und mitternachts badete er einsam in einem Brunnen inmitten des Schlosses.

Er verabscheute die Menschenopfer, nur Schlangen, Blumen und Schmetterlinge opferte er. Gesetze, Kalender und Schrift führte er bei dem noch rohen Volke ein, er unterwies die Tolteken in allen Künsten, er lehrte sie Baumwolle weben, Stein schneiden, Tonwaren brennen und Metalle schmelzen. Ein goldenes Zeitalter brach in Anahuac an. Maiskolben erreichten Manneshöhe, Melonen hatten den Umfang halbwüchsiger Kinder. Doch die Büßerkraft dieses Asketen gefährdete den Krieg, ohne den die Welt nicht bestehen kann; und die Götter in den dreizehn Himmeln sahen ihre Macht bedroht. Wie sie einst den Büßer Yappan durch die schöne Liebesgöttin Ixuinan verführt hatten (in Staub war sie zerfallen, als er sie zu umarmen suchte), so beschlossen sie auch Quetzalcoatl zu verderben. Der unheimliche Tezcatlipoca ließ sich an einem Spinnfaden vom Himmel herab, und in der Gestalt eines Greises überreichte er dem Heiligen einen gekrümmten Spiegel. Grauen erfaßte Quetzalcoatl, als er sich im Spiegel gesehen. »Ich bin alt«, sagte er. Von keinem Menschenauge wollte er sich mehr blicken lassen. Umsonst schmiedete ihm sein treuster Jünger eine kostbare mit Türkismosaik überkrustete Schädelmaske. Und wieder kam Tezcatlipoca und brachte Wein, den er als Trunk der Unsterblichkeit anpries. »Ich berausche die Welt! Du wirst mir danken!« sprach er in Zauberergestalt. Da schlürfte Quetzalcoatl den Trank durch einen Rohrstiel ein, bis er berauscht war; und seiner Sinne nicht mächtig, schändete er die eigene Schwester Quetzalpetlatl. Nun war seines Bleibens nicht mehr im Lande, Scham und Verzweiflung trieben ihn fort in die Ferne. Die Stimme des genossenen Zauberweins raunte ihm gebieterisch zu, er müsse nach Süden, seiner Seele Heimat, das Fabelreich Tlillan-Tlapallan, suchen. »Die Sonne ruft mich!« sagte er. Und in einen Quellbrunnen versenkte er seine Kostbarkeiten, Bücher und Kleinodien. Viele seiner Anhänger und alle Singvögel der Gärten Tulas begleiteten ihn auf der nun beginnenden Irrfahrt, von der noch späteren Geschlechtern sein Händeabdruck im Fels bei Tlalnepantla und ein von ihm gesteinigter Fruchtbaum Zeugnis gaben. Über Schneegebirge zog Quetzalcoatl, und im Schneesturm erfroren die meisten seiner Begleiter; wohl weinte er um sie und um sich, doch dann wieder verwirrte ihn so wilde und unsinnige Hoffnungsfreude, daß er sich vom Krater eines Vulkans bis in die Ebene sausend hinabgleiten ließ. Als er an der Stadt Cholula vorbeizog, hielten ihn die Bürger fest und zwangen ihn, ihres Landes Krone zu tragen. Jahrelang blieb er in der heiligen Stadt, ein gefangener König und Gott. Dann floh er auch aus Cholula, mit nur vier Jüngern, und irrte von neuem umher, das Land Tlillan-Tlapallan suchend. An der Seeküste durchschoß er mit einem Pfeil einen Baum; und die zwei aus dem Stamm ragenden Enden des Pfeiles wurden dick wie der Stamm, so daß der Baum einem Kreuze glich. Danach entließ er die vier Jünglinge; und tränenschweren Abschied nehmend, trug er ihnen eine Botschaft auf an seine Anhänger in Cholula und Tula: sie sollten sich nicht grämen; einst werde er wiederkommen mit anderen weißen Gefährten, um wieder König über sein Volk zu sein, Frieden allen Ländern zu bringen und die Tränen der Witwen und Waisen zu trocknen. – So lautete die Verkündigung. Doch niemand erfuhr je, was aus ihm geworden. Einige meinten, er habe ostwärts, über das Weltmeer in einem Schiff aus Schlangenhäuten segelnd, Tlillan-Tlapallan erreicht und lebe dort in ewiger Jugend; andere sagten, er habe sich selbst in einer Steinkiste verbrannt, und sein Herz sei der Morgenstern geworden, seine Asche aber sei in der Gestalt von Blumenvögeln mit strahlendem Gefieder in alle Winde geflogen.

Nun verehrten ihn die Völker Anahuacs als den Gott des Windes und sein Herz als den Herrn der Morgenröte, den blauen Planeten. Doch er war ein Mensch gewesen – diese Erinnerung schwand niemals –, ein Mensch und zugleich ein König, anders geartet als die entmenschten Könige der Chichimeken, und ein Feind der bluttrinkenden Götter Mexikos. Wo war ein Volk, wo eine Stadt, die nicht seufzten unter dem Joch ihrer Knechter? So kam es, daß Mexikos bange Ahnung und die Hoffnung der Unterdrückten auf den weißen Kreuzträger nie ganz erloschen durch Jahrhunderte; ja, in weichen Gemütern wollte der Traum vom Friedensreich wieder Flamme werden, seit Gerüchte schwirrten von den gelandeten bleichen Göttern auf den Inseln des Südens.

Während bei der Einweihung des neuerbauten Tempels Tlamatzinco zwölftausendzweihundertundzehn Kriegssklaven das Herz aus der Brust gerissen wurde, erkrankte die Prinzessin Papan. Nach Wochen erhob sie sich vom Krankenlager; doch nie mehr genas sie ganz. Ihr

Gemüt war zart wie eine Schneeflocke und vorherbestimmt für die Heilslehre vom künftigen Friedensreich. Sie, die mexikanische Prinzessin, die Schwester des großen Montezuma, stand im Begriff, Nonne in einem Frauenkloster der Quaquiles zu werden...
Ihr Tod vereitelte diesen Plan. Kaum fünfunddreißig Jahre alt, starb sie im Frühling des Unheiljahres Ce-Acatl, Eins-Rohr.
Der schweigsame Montezuma hatte ihr stets mehr ausgesuchte Höflichkeit als Liebe bezeigt. Wohl lag es in seinem Wesen, falsche Gefühle, als wären es Juwelen, auf dem Handteller zu tragen; um so scheuer verbarg er die echten. Jetzt, wo sie tot war, übermannte ihn der Schmerz, und die niegesprochenen Worte der Liebe erhoben sich in seiner Brust wie Ankläger.
Er ließ Papan pomphaft bestatten. Die Könige von Tezcuco und Tlacopan kamen zur Beerdigung und ebenso die sechshundert Adligen aus dem großen Palast in Tenuchtitlan.
Auf die übliche Opferung von Sklaven und Dienerinnen wurde verzichtet, da Montezuma dem auf dem Sterbebett geäußerten Wunsche seiner Schwester nicht zuwiderhandeln mochte.
Eigenhändig schnitt er ihr die Stirnlocke – den Sitz der Seele – vom Haupt und verwahrte sie in einem kostbaren Kästchen.
Im Schloßgarten von Tlatelolco wurde ihr Leichnam bei Sonnenuntergang beigesetzt, in einem unterirdischen, ausgemauerten Mausoleum, dessen Treppeneingang nicht weit von ihrem Lieblingsaufenthalt entfernt war, einem von weißen Terebinthen umschatteten gestuften Steinbecken aus poliertem Porphyr, darin sie – vor ihrer Krankheit – bei Mittagsglut zu baden pflegte.
Auf einen Stuhl inmitten des Grabgewölbes wurde die Leiche gesetzt, nachdem sie in weiße Totengewänder aus seidigem Kaninchenhaargewebe gekleidet worden war. Ihr Gesicht bedeckte eine buntbemalte Maske. Über die Schultern ward ihr ein Mantel gebreitet, reich gewebt mit den Abzeichen des Gottes, den ihr Herz erwählt hatte, Quetzalcoatls. Auf die Knie legte man ihr einen Spinnrocken. Und in einem Achatgefäß, auf welches ein Schmetterling gemalt war, wurden Speisen neben sie gestellt, damit sie nicht darbe auf der weiten Fahrt ins Totenland. Und Priester mit Fackeln und Papierfahnen räucherten auf weißen Tonschalen kleine Pillen des köstlichsten Kopalharzes und trösteten mit Litaneien die Tote: sie werde – gleich den gefallenen Kriegshelden und den in Geburtswehen verblichenen Frauen – in das beste der drei Totenreiche eingehen, in das Land der Sonne, wo die Verstorbenen zwischen zauberhaften Blumenbeeten tanzen und im Goldgefieder bunter Vögel den Sonnenball umfliegen.
Nachdem Papans Totenwohnung durch eine Steinplatte geschlossen worden war, begab sich Montezuma nach Tenuchtitlan zurück, betete lange im Tempel der Trauer und suchte Zerstreuung und Vergessen bei einem prächtigen Leichenmahl.

Als am folgenden Morgen die noch nicht aufgegangene Sonne den Schnee der östlichen Kordillerenkämme gelblich zu durchleuchten begann, lief das Töchterchen einer Palastdame, ein etwa fünfjähriges, melancholisch dreinschauendes Mädchen mit goldenem Lippenring, durch den dämmerigen Schloßgarten. Das Kind hatte das in einem Seitenflügel des Schlosses gelegene Schlafgemach seiner Mutter verlassen, um im Hauptgebäude eine alte Edelfrau aufzusuchen, der die Aufsicht über die jüngeren Hofdamen und die Erziehung der im Schlosse lebenden Kinder übertragen war. Der Weg führte das Mädchen am porphyrnen Badebecken vorbei; und im schummrigen Morgenlicht gewahrte es, daß auf den Steinstufen des Beckens eine Gestalt saß. Das Kind trat neugierig und furchtlos heran und sah: eine hagere Frau saß dort in ein schneeig schimmerndes Hemd gehüllt; strähnige, mit duftendem Harz verharschte Haare fielen ihr auf die Schultern, zerzaust und wirr, wie zerwühlt von schmerzdurchkrampften Händen. In diesem Augenblick schossen die ersten Sonnenstrahlen durch das dichte Baumgeäst und verwandelten die weißen Terebinthenblüten in rosenrote. Da erkannte das Kind die junge Frau, obgleich eine Maske ihre Züge verdeckte; und da es zu klein war, um zu begreifen, was Sterben bedeutet, glaubte es, die Prinzessin Papan entkleide sich dort und nehme ein Bad. Auch lief es nicht davon, als die Verstorbene es mit dem Schmeichelwort Cocoton, das heißt Täubchen, heranrief, es kam vielmehr ganz unbefangen näher und fragte, was die Prinzessin begehre. Da trug ihr die Tote auf, sie solle zu jener alten Edelfrau, ihrer Erzieherin, laufen. »Und sage ihr, Täubchen, daß ich sie rufe und daß sie gleich kommen muß.« Sofort eilte das Kind, den Auftrag auszuführen.

Die Erzieherin, die Schaum des Meeres hieß, war die Witwe eines im Kriege gegen die Zapoteken gefallenen Feldherrn. Einst, unter Montezumas Vorgänger, König Molch, dem Tempelerbauer, hatte sie am Hofe von Tenuchtitlan ein glanzvolles Leben geführt, hochangesehen wegen ihres Adels – sie war mit dem Königshause verwandt – und wegen der Zierlichkeit ihrer Ausdrucksweise; denn nichts wurde in Anahuac mehr geschätzt als die Eleganz der Rede und die souveräne Beherrschung der buntschillernden und wie Feuersteinmesser klirrenden Sprache. Da Schaum des Meeres auch über eine nicht gewöhnliche Kenntnis der Ritualbücher und heiligen Bilderschriften verfügte, wurde sie später von Montezuma dazu ausersehen, bei der frühverwaisten Papan Mutterstelle zu vertreten. Als dann das Steinige Feld gestorben, war sie ins Schloß von Tlatelolco gezogen, um auf Wunsch der versonnenen Prinzessin die Damen des kleinen Hofstaates in Zucht zu halten.

Die Augen dick verschwollen nach durchweinter Nacht, hockte sie jetzt in ihrem mit Wandteppichen behängten Zimmer auf einem gelben, blaugetüpfelten Kissen und hielt in der Hand einen kreisrunden schwarzen Obsidianspiegel am länglichen rotlackierten Holzstiel. Sie

beendete eben ihre Gesichtsbemalung. Zum Zeichen der Trauer zog sie sich weiße Streifen vom Mundwinkel zum Ohr. Da hob sich der Korallenvorhang, der ihrer Kammer als Tür diente, und das Kind trat ein.
Tränen stürzten aus den Augen der alten Frau, sobald sie des Kindes Botschaft vernommen. Mit wehmütigem Lächeln suchte sie der Kleinen verständlich zu machen, daß die Toten nicht wiederkehren aus dem Himmel der Sonne, wo sie zum Lohn für gute Taten mit den Göttern vereint sind.
Doch das Kind ließ es sich nicht ausreden, immerzu wiederholte es, was die badende Prinzessin gesagt hatte, und schließlich erfaßte es den ärmellosen hemdartigen Überwurf der Erzieherin und zerrte sie hinaus. Widerwillig, bloß um das erregte Kind zu beschwichtigen, ließ sich Schaum des Meeres die breite Schloßtreppe hinab in den Garten führen. Doch als sie sich dem Porphyrbecken genähert hatte, rieselte ihr das Grauen in eisigen Bächen über den Rücken. Ja, dort kauerte die weiße Gestalt Papans – so steinern und still, daß ein großer Atlasfalter an ihr linkes, von einem nephritenen Ohrpflock erweitertes Ohrläppchen herangeflattert war; er klammerte sich daran, als wäre es ein Blumenkelch, und die Spiralen des Saugrüssels rollend, schlug er mit den ausgebuchteten Azurflügeln an ihr Nackenhaar.
Die alte Frau brach ohnmächtig zusammen.
Jetzt erschrak auch das Kind, als es die Greisin leblos daliegen sah; und wild aufschreiend floh es in den Seitenflügel zu seiner Mutter. Diese hörte ungläubig an, was ihr Töchterchen erzählte, begab sich aber trotzdem, von mehreren anderen Palastdamen begleitet, sogleich zum Badebecken. Wirklich, das Kind hatte die Wahrheit gesprochen –: dort lag die Ohnmächtige am Boden, und auf den Steinstufen hockte der begrabenen Prinzessin weißes Gespenst.
Ergrausend wollten die Frauen fliehen.
Da hob Papan ihre Hand – rotbemalt war die Hand, die Fingernägel schneeweiß –, und sie sprach mit müder, kaum vernehmlicher Stimme:
»Bleibt ... Ich erwachte nachts ... Eine Schlange raschelte, glitt eisig über meinen Fuß ... Da fürchtete ich mich ... Ich rief, ich schrie – niemand kam ... Oh, wie ich schrie! ... Ich tastete mich zur Tür ... Der Stein gab nach ... Haltet es geheim, daß mich die Götter zurückgeschickt haben aus dem Haus der Eule ... Ich muß noch eine Weile bei euch sein ... Führt mich in mein Zimmer ... Mich friert ...«
Wie das Lallen einer Irren klangen die fiebrig gehauchten Worte.
Doch die Frauen begriffen, daß sie ins Leben zurückgekehrt war, und drängten sich an die Herrin heran, knieten, schluchzten, küßten ihr die Hände.
Ihre seitwärts gestellten, länglichen Augen blickten starr in die Ferne, als sähe sie die Menschen nicht. Mühsam öffnete sie noch einmal den schmerzlich zuckenden Mund: »Ich will schlafen«, sagte sie.

Da trugen sie die Frauen ins Schloß, entkleideten sie, brachten sie zu Bett. Mit Mänteln aus Edelmarderfell und aneinandergenähten Papageiendaunen wurde sie bedeckt. Frost schüttelte ihre sterbensmatten Glieder.
Gegen Mittag fiel Papan in einen tiefen heilgebenden Schlaf.
Ihre Wiederkehr aus dem Lande der Sonne wurde streng geheimgehalten.

Früh am nächsten Morgen ließ Papan den alten Haushofmeister, die Stechende Ameise, an ihr Bett rufen. Jetzt war ihr Lager von Blumen bedeckt.
»Warum weinst du?« fragte sie.
»Vor Freude, Herrin«, erwiderte er kniend, die Arme ehrfürchtig auf der Brust verschränkt. Doch in seiner Stimme bebte mehr Grausen als Freude. Er war abergläubisch und fürchtete sich vor den an Kreuzgängen lauernden vampirhaften Seelen verstorbener Frauen, welche aus dem Westen, der Gegend der Weiber, auf die Erde niedersteigen.
»Dir bangt vor mir«, fuhr sie matt lächelnd fort. »Warum? Weil ich die Götter von Angesicht zu Angesicht gesehen? Keine Leiter führt von ihren Geheimnissen hernieder zu uns, die wir auf Erden atmen und Schmerz ertragen. Warum also erschreckt dich mein Anblick? Ich bin nur ein armer Mensch wie du!«
»Verlaß uns nie wieder, Herrin!« sprach er verlegen.
Sie schien es zu überhören. Mit dem abgemagerten Nacken gegen ein aufrecht gestelltes, weißes Baumwollkissen gelehnt, flocht sie emsig an ihrem langen Zopf.
»Schau, Stechende Ameise, mein schwarzes Haar ist weiß geworden...«, sagte sie. »Das geschah, als die kalte Schlange über mich kroch... Geh nach Tenuchtitlan zu König Montezuma; melde ihm, daß seine Schwester lebt und ihn bittet, zu ihr zu kommen. Große Dinge muß ich ihm enthüllen.«
Der alte Mann stand da wie vom Blitz gerührt.
»Vergib mir – ich wage es nicht, Herrin«, stammelte er.
Erstaunt sah ihn Papan an. Doch gleich darauf begriff sie. Dem Herrn der Welt die Nachricht überbringen, daß er eine Lebende betrauert und begraben! Kein Zweifel – das hieß ihren Diener ins Verderben schicken. Montezuma würde den alten Mann, ohne auch nur die Nachricht zu prüfen, als Lügner totpeitschen lassen, damit den vielen üblen Vorzeichen, die ihn und seine Völker schreckten, kein neues sich geselle. Sie wußte, wie krankhaft gereizt ihr Bruder war, seit der Blaue Himmel – die turmartige Kapelle auf der Stufenpyramide des großen Tempels – sich selbst entzündet und Nacht für Nacht der Komet über Tenuchtitlan drohte wie eine gezückte Todeswaffe.
Die Prinzessin sann eine Weile nach. Dann sagte sie: »Rudere nach

Tezcuco hinüber und bitte meinen Oheim, den Herrn des Fastens, zu mir her.«
Der Haushofmeister atmete auf. Er beugte sich, berührte mit der Hand die Erde zum Gruß und verließ das Gemach.

Wie eine riesige Vogelspinne saß Mexiko-Tenuchtitlan in der Südwestecke des Schilfsees und hatte ein Netz von gequaderten Steindämmen über den Wasserspiegel gesponnen; ein Dammweg führte nach Iztapalapan im Süden, ein anderer nach Chapultepec im Westen, ein dritter nach Tepeyacac im Norden. Diese herrlich ausgemeißelten Dämme, der Stolz der Könige Mexikos, ermöglichten den Fußgängerverkehr mit den Uferstädten. Nach dem nordöstlich am Seeufer gelegenen Tezcuco jedoch führte kein Damm, ja nicht einmal im Boot konnte man es geradeswegs erreichen; denn als die große Überschwemmung einen Teil Tenuchtitlans unterspült und viele Häuser fortgerissen hatte, glaubten die Mexikaner sich durch ein Steinwehr schützen zu müssen, das nun den See zwischen Tenuchtitlan und Tezcuco in zwei Hälften zerschnitt. Nur am südlichen Teil des Sees befand sich eine leicht verstopfbare Wehröffnung, um größeren Lastkähnen die Durchfahrt zu ermöglichen.
Der Haushofmeister ließ sich von zwei Sklaven an das Wehr heranrudern und fand jenseits ein Boot, das ihn nach Tezcuco brachte.
Die Stadt Tezcuco, obgleich um vieles kleiner als Tenuchtitlan und nicht so reich an prunkvollen Palästen, übertraf doch die mächtige Bundesgenossin und Rivalin durch den ausgesuchten Geschmack in der Architektur seiner Bauten, durch die sprichwörtliche Höflichkeit und Gesittung seiner Bewohner und durch das ehrwürdige Alter vieler seiner Heiligtümer. Hier war der Sitz und Mittelpunkt der chichimekischen Kultur Anahuacs. Das Volk Quetzalcoatls, die erfinderischen Tolteken, durch die von Norden her einbrechenden Chichimeken aus Tula vertrieben, waren in südliche Maya-Länder gewandert, waren verschollen, nachdem sie Bilderschriften, Flöten und Gesänge mit sich genommen. Doch blieb die Überlieferung lebendig, daß ein kleiner Teil der Vertriebenen sich in Tezcuco angesiedelt und die Segnungen ihrer hohen Geistesbildung und Kunstfertigkeit den rohen Eroberern, den chichimekischen Acolhuas, übermittelt habe. An dieser Tradition hingen die Acolhuas, die Bewohner Tezcucos, mit stolzer Überheblichkeit und rühmten sich, daß zu allen Zeiten ihre Stadt die bedeutendsten Dichter und Weisen beherbergt habe. Aber der Glanz Tezcucos drohte jetzt zu erblassen, überstrahlt vom übermächtigen Tenuchtitlan. Ein uneingestandener Groll gegen die unersättlichen Bundesgenossen war im Herzen der Acolhuas und zernagte auch ihrem Könige, dem Herrn des Fastens, das Herz.
Sein Vater, der Hungrige Schakal, der berühmte in Liedern gefeierte Held und König, war als Jüngling vom tepanekischen Tyrannen Zür-

nender Aderlasser und dessen Sohn, Prinz Schambinde, seiner Herrschaft beraubt worden und hatte lange Jahre, von Dorf zu Dorf, von Berg zu Berg wie ein Wild gehetzt, das Leben eines Flüchtlings führen müssen. Damals trug auch Tenuchtitlans König, der Bastard Obsidian-Schlange, noch das Joch der Tepaneken. Und erst als des Hungrigen Schakals kleine Begleiterschar, mit den Jahren zum Heer angewachsen, sich den aufständischen Mexikanern verbündet hatte, gelang es, den Tyrannen und sein Tepanekenreich zu vernichten. Beide Könige, der von Tenuchtitlan und der von Tezcuco, hatten den gleichen Anteil am Sieg, am Ruhm, an der ihnen nun zugefallenen Macht und sollten gleichberechtigte Stimmen haben bei der Leitung des von ihnen begründeten Drei-Städte-Bundes, in den sie auch, zum Lohn für geleistete Hilfe, das schwächere Tlacopan aufnahmen, welches neben den Ruinen von Azcaputzalco, der zerstörten Hauptstadt der Tepaneken, am nordwestlichen Seeufer emporblühte. Gleichberechtigt sollten sie sein – das war beschlossen und beschworen worden damals – und wie ungleich waren sie jetzt schon, kaum zwei Menschenalter hernach. Das habgierige Mexiko streckte seine Fangarme bis an die heißen Küsten beider Ozeane, und der König von Tenuchtitlan hieß: der Einzige Herr der Welt.

Des Hungrigen Schakals strahlende Liebenswürdigkeit hatte sein jüngster Sohn und Nachfolger, der Herr des Fastens, nicht geerbt – eine düstere, keine Schranken kennende Tugendliebe war sein hervorstechender Wesenszug. Wohl aber hatte er von seinem Vater die Neigung überkommen, den Kunstwerkstätten und Gelehrtenschulen seines Landes ein Förderer zu sein. Und der bange Zweifel, der die Denkenden jener Zeit beunruhigte und sogar die letzten Jahre seines aufgeklärten Vaters getrübt hatte, ließ auch ihm das Glück seiner Königsherrlichkeit fragwürdig erscheinen – der Zweifel nämlich, ob die goldschimmernde Kultur der Völker Anahuacs von Bestand sein könne, da sie errichtet war auf einem Fundament von Sklavenschädeln. Zehntausende und aber Zehntausende Kriegsgefangene fraßen die Götter Mexikos alljährlich; und das Fleisch der menschlichen Opfer wurde, mit Mais gebacken, an das Volk verteilt. Nie zu sättigen war der gierige Rachen; um ihn zu füllen, mußten Kriege, die nichts anderes waren als Sklavenraubzüge, geführt werden; aber jeder Sieg vermehrte die Feinde Anahuacs diesseits und jenseits der Grenzen. In unmittelbarer Nähe Tenuchtitlans lauerten mächtige Stadtgemeinden auf den Augenblick, über den Bluttrinker herzufallen wie Aasgeier über einen toten Wolf.

Die Prinzessin Papan hatte vor ihrer Erkrankung, wenn sie zu den Quaquiles nach Tezcuco kam, oft mit ihrem Oheim Zwiesprache gehalten und ihn, der sie wie eine Heilige verehrte, in seiner Abneigung gegen die Menschenschlächterei bestärkt. Da entschloß er sich eines Tages, den Befehl zu erteilen: in Zukunft sollten in seinem Lande keine Menschen mehr geopfert werden. Seit Quetzalcoatls

goldenem Zeitalter hatte sich kein Fürst Anahuacs erkühnt, der Blutgier der Götter Einhalt zu tun. Und auch der Herr des Fastens sollte von seinem Wagemut mehr Kummer als Befriedigung ernten.
Zwar bei den Bewohnern Tezcucos, die sich rühmten, von den Tolteken, dem Volk Quetzalcoatls, abzustammen, stieß seine Neuerung auf keinen Widerstand. Und längere Zeit wurden nur Opfertiere die steilen Tempeltreppen emporgeführt. Die Sklavenjagden hörten auf, die Krieger halfen ihren Frauen, Maisfelder zu bestellen.
Doch die Götter grollten. Der Schatten des weißen Mannes verdüsterte mehr und mehr den Horizont. Der blaue Komet leuchtete am Nachthimmel. Und die Priester des Tezcatlipoca und Huitzilopochtli bestürmten den verängstigten Montezuma und wiesen auf Tezcuco als auf die Ursache so schlimmer Vorzeichen.
Da sandte Montezuma Boten an seinen Oheim, den Herrn des Fastens, und ließ ihm Vorhaltungen machen: erzürnt seien die Götter, denn seit vier Jahren habe er mit den Nachbarrepubliken Huexotzinco und Tlascala nicht mehr den üblichen Blumenkrieg geführt; seit vier Jahren sei in Tezcuco keinem menschlichen Opfer der Edelstein (nämlich das Herz) aus der Brust gerissen worden; uneingedenk der Ruhmestaten seiner Vorfahren schände er den großen Namen der Chichimeken und Acolhuas, indem er den Göttern das Blut vorenthalte, das ihnen am süßesten schmecke. So lautete seine Botschaft.
Der Herr des Fastens war tief verletzt. Er ließ seinem mächtigen Neffen zurückmelden: Nicht aus Feigheit lasse er die Waffen ruhen, denn Kriegstaten, die er einst vollführt, sprächen für ihn, und Lieder rühmten ihn als Blume auf dem Felde der Schlacht. Uralte Weissagung habe jedoch prophezeit, daß im herannahenden Jahre Eins-Rohr den beiden Kronen von Tenuchtitlan und Tezcuco Gefahr drohe; darum wolle er die kurze Zeit, die das Schicksal ihm gelassen, in Frieden genießen.
Doch diese stolze Antwort befreite den Herrn des Fastens nicht vom Stachel, der in seiner Seele saß, bis sie wund ward und eiterte. Er begab sich nie mehr nach Tenuchtitlan zu den Festen des Großkönigs. Jahrelang blieb er fern; und wenn Montezuma ihn auffordern ließ, fand er Ausflüchte.
Erst das jähe Hinscheiden Papans riß ihn aus seiner trotzigen Vereinsamung. Zu ihrem Begräbnis kam er über den See. Die Begrüßung zwischen ihm und Montezuma war eisig. Nachdem das Grabgewölbe mit der Steinplatte geschlossen war, ließ er sich zurückrudern.
Der Herr des Fastens war jetzt ein Mann von neunundfünfzig Jahren; doch erschien er weit jünger: das Alter drückt auf indianische Gesichter selten seinen zerbeizenden Stempel. Das breitknochige Gesicht war bartlos. Die vorspringende, sehr gebogene Nase war an den durchbohrten Nüstern mit Türkispflöcken geziert, dem Abzeichen hohen Feldherrnranges. Die dünnen, an den Mundwinkeln her-

abgezogenen Lippen hatten einen weichlichen, schwermütigen Ausdruck. Das Haar, vom Federschmuck fast ganz verdeckt, war hartsträhnig, blauschwarz und weiß gemischt.
Als Papans Haushofmeister vor ihn geführt worden war und ihm geheimnisvoll Mitteilung machte von der Wiederkunft der Begrabenen und ihrem Wunsch, ihn zu sprechen, verriet kein Zug im grünlichgrau bemalten Antlitz des Königs, welch ein Sturm in seinem Innern tobte. Die Sterne, deren Lauf er allnächtlich in einer Sternkammer auf dem flachen Dach seines Palastes zu verfolgen pflegte und deren Flammenschrift zu entziffern er den besten Sterndeutern seines Landes abgelernt hatte – die Sterne hatten nicht getrogen. Die Natur hörte auf, sich selbst zu gleichen, Gräber taten sich auf. Das war der Anfang des Endes. Schlimmeres mußte folgen, unaufhaltsam, unabwendlich.
Der Herr des Fastens bestieg seine Königsgaleere, ein schlankes, zwanzig Ellen langes, aus kostbaren Hölzern gezimmertes Ruderschiff, in dessen kraus geschnitzte und mit rotem Glanzlack polierte Seitenwände Tropfen und Arabesken aus milchigem Speckstein eingelassen waren. Den Bug bildete ein ungeheurer stilisierter Alligator: der aufgerissene Rachen mit den bleckenden Hakenzähnen, die hervorquellenden blutigen Augen scheuchten böse Wassergeister. Der Griff des Steuerruders verzweigte sich als emporstrebendes Blättergerank, von dessen Höhe eine Blume sich niederneigte, übergroß, einem Lilienkelch ähnlich, aus grünpatinierter Bronze.
Zwanzig nackte Sklaven ruderten aufrecht stehend das Schiff.
Nur den jungen Prinzen Ixtilxochitl, die Schwarze Blume, den hoffnungsreichsten seiner Söhne, nahm der König als Begleiter mit. Im funkelnden Federschmuck des Kopfputzes und der juwelenbeladenen Gewandung glichen König und Prinz zwei wütend schwirrenden, grellfarbigen Hummeln.
Die Galeere brachte sie an den Damm, wo die Ruderknechte des Haushofmeisters noch warteten. Im kleinen Kanoe erreichten sie die Landungsstelle am Schloßgarten von Tlatelolco.
Der Herr des Fastens begab sich sofort hinein zu seiner Nichte. Das Gespräch, das er mit ihr führte, war kurz. Er kehrte zurück zur Landungsstelle und ließ sich nach Tenuchtitlan rudern.

Bei der Flutkatastrophe, die dem Vorgänger Montezumas, dem König Molch, das Leben geraubt hatte, war der größere Teil des alten, aus Lehm erbauten Tenuchtitlan fortgespült worden, und ein blitzend neues, verschönertes Tenuchtitlan war seitdem aus dem Schilfsee emporgetaucht, eine Stadt der Tempel, Kapellen und Paläste. Denn die wachsende Königsmacht, die früher nur Werkzeug und Waffe der Adelsherrschaft gewesen, ließ voll Mißtrauen den überflügelten und abhängig gewordenen Adel nicht aus den Augen: die grundbesitzenden Landedelleute waren verpflichtet, den größten Teil des

Jahres in der Wasserstadt zu verbringen, und mußten, wollten sie sich auf ihre Besitzungen begeben, ihre Söhne oder ihre nächsten Verwandten als Geiseln zurücklassen. Und da die Schlafkammern des Königspalastes – einige hundert – kaum genügten, alle Höflinge und Prinzen königlichen Geblütes zu herbergen, sahen sich die Großen des Reiches gezwungen, Schlösser in Tenuchtitlan zu errichten, und sie taten es prunkvoll, dem üppigen Reichtum und Glanz ihrer Geschlechter entsprechend.

Aus dem Herzen der Stadt strebte die steile Tempelpyramide Coatepetl, der Schlangenberg, in die Wolken, alle hängenden Blumengärten auf den flachen Dächern der einstöckigen, aus Quadern eines roten porösen Lavasteines erbauten Häuser um ein Zehnfaches überragend. Und wie der Kraterkuppe eines Vulkans entquoll dem Allerheiligsten auf der obersten Tempelterrasse der schwarze Rauchfaden des ewigen Feuers und verlor sich im Himmel.

Älter und daher weniger prangend, aber steiler und sogar höher noch, erhob sich weit im Norden die immense Schwesterpyramide Tlatelolcos.

Achtundsiebzig kleinere schneeweiße Teocalli (Gotteswohnungen) lagen rings verstreut im roten Häusermeer, und ihre rhombisch verjüngten Bronze- und Strohdächer mit gestuften Steinzinnen umragten die beiden großen Pyramiden wie Bergzacken zwei Bergriesen. Besonders ein zierlicher Tempel im Südosten der Stadt fiel seiner pittoresken Schlankheit wegen in die Augen; er war dem Gotte Xipe-Totec geweiht, Unserm Herrn dem Geschundenen, und sein Dach bestand aus weißgelblichen Menschenschädeln.

Westlich von der großen Schlangenbergpyramide erstreckte sich das Palastgeviert des Königs Wassergesicht bis an den See, leer jetzt und ausgestorben, seit Montezuma sich in der Südwestecke Tenuchtitlans, in dem Moyotla genannten Stadtviertel, einen neuen märchenhaften Palast hatte empormeißeln lassen.

Dieser Huei-tecpan oder Große Palast war eine unbezwingbare Wasserburg, auf hochgestuftem Unterbau, eine Stadt in der Stadt, ein unermeßliches Labyrinth von reich tapezierten und bemalten Zimmern mit Decken aus Zedergebälk, Empfangsräumen, Rüstkammern, schattigen Höfen mit speienden Marmorfontänen – gespeist von fernen Gebirgsquellen, die der große Aquädukt hinleitete – weiten Thronsälen, deren Wände von Silber und Jaspis erstrahlten, Tanzhöfen, einem Tierpark und Gartenanlagen, welche, umspült vom See, unter uralten Bäumen Lusthäuser und Pavillons bargen: ein heizbares Badehaus, ein Ballspielhaus und ein Haus der Trauer. Der Palast hatte dreißig Tore, und sein größter Hof konnte einige tausend Menschen fassen. Wildes Arabeskenwerk und mythische Gestalten in wütender Verzerrung grinsten und glotzten aus dem polierten Steinglanz der Außenmauern den Beschauer an. Niedrige Treppen von zehn Stufen führten zu den Eingängen empor.

Jedem Eintretenden wurden von einem Torhüter die Sandalen abgebunden, und dann wurde ihm – je nach seiner Kaste oder seinem Rang – in einem der drei Vorzimmer ein steinerner Schemel als Sitz zugewiesen. Ein Schreiber verzeichnete in einem Buche die Wünsche der wartenden Bittsteller. Wem das Glück zuteil ward, vor den Colhuatecuhtli, den König Mexikos, treten zu dürfen, der mußte es sich gefallen lassen, daß ihm ein grauer, rauher Mantel aus schlecht gewebten Agavefasern über Kopf und Schultern gelegt wurde, auf daß kein Zierat mit dem Schmuck des Weltherrn wetteifere. Vor den Augen Montezumas war jeder, auch der Höchststehende, nichts als ein Bettler oder Sklave; und ein strafwürdiger Frevel wäre es gewesen, hätten eines reichen Kaufherrn Perlenketten oder eines Feldherrn Abzeichen vor seiner Königsherrlichkeit als Symbole des Besitzes und Verdienstes zu prunken gewagt.
Nur den Höflingen und den befreundeten Fürsten war diese Selbsterniedrigung erlassen. Und als der Herr des Fastens und sein Sohn, die Schwarze Blume, durch den den Fürsten vorbehaltenen Schlangensaal geführt, der geheiligten Schwelle nahten, flimmerten ihre königlichen Quetzalfederkronen und ihr viereckiger Brustschmuck unverhüllt. An den Händen trugen sie die Mayehuatl genannten Handschuhe.

Die toten Krieger des Himmels hatten eben die Sonne bis zum Zenit geleitet und stiegen auf die Erde herab in Gestalt von Blumensaugern – Schmetterlingen und Kolibris –, während Frauenseelen die Sonne in Empfang nahmen und sie ins Land der Geburt und der Frauen im Westen fortführten.
Montezuma – sein Name bedeutet der Zornige Herr – pflegte um diese Stunde sich von Krüppeln und Narren die Sorgen des Tages verscheuchen zu lassen. Da nämlich Mißgeburten bei den indianischen Völkern von größter Seltenheit sind, standen Krüppel des Körpers und des Geistes hoch im Werte; und der Zornige Herr sammelte sie, wie er seltene Blumen, Tiere und Süßwasserperlen sammelte.
Seine Tageseinteilung war streng geregelt. Bei Sonnenaufgang wurde er durch Lieder einer Coco oder Dienerin geweckt. Er wusch sich mit der Wurzel der Hundsnelke, die als Seife diente. Ein Haus-Erleuchter – so hießen die Pagen – rasierte ihm den spärlichen Bart mit scharfen Obsidianmessern, und ein anderer führte die Gesichtsbemalung aus – meist ockergelb; nur bei gewissen Anlässen, Festtagen oder Trauerfällen, mit anderen Farben, wobei dann die Gesichtshaut, sei es mit Sternen, sei es mit Querstreifen oder auch Ringen – uralten Vorschriften gemäß – bedeckt wurde. Dem Vogelhaus genannten Saal, der königlichen Kleiderkammer, entnahmen Sklaven Gewänder aus bunt zusammengefügten Kolibrifedern und Geweben mit phantastischen Drachen-, Schmetterlings- oder Treppenmustern und legten sie dem Herrscher zur Auswahl vor; welches

er wählte, trug er nur einen Tag, um es dann einem Günstling zu schenken.
Mit gleicher Freigebigkeit verschenkte er nach eintägigem Gebrauch seinen Nackenfedernschmuck, seine Wadenschienen aus Goldblech, seine mit Smaragden eingelegte goldene Fußspange oder sein Mundgeschmeide – einen in die Unterlippe gesteckten knopfartigen Lippenpflock in Gestalt eines kleinen goldenen Adlers. Aber auch adlige Mädchen und sogar Königstöchter verschenkte er, nachdem sie nur eine Nacht im Hause der Vierhundert Frauen zugebracht hatten. Die unterjochten Fürsten mußten, als Tribut, dem Herrn der Welt ihre Kinder senden. Und ebenso hatte er ein Anrecht auf alle in Mexiko geborenen Mädchen. Die schönsten unter den Töchtern des aztekischen Adels wurden, nachdem sie mannbar geworden, in das Haus der Vierhundert Frauen eingeliefert, damit der König sie besichtige. Er tat es mit satten, müden Blicken, strich mit lassen Fingern durch eine herabwallende Haarmähne, strich über eine weiche Hüfte, über eine kindliche Brust und ließ sich die dreieckig abgefeilten Zähne zeigen (alle vornehmen Mexikanerinnen hatten spitzgefeilte und mit Cochenille rot gefärbte Zähne). Oft geschah es, daß er wie ein finsterer Gott durch die Schar der vor Demut Bebenden hinschritt und mit grausam-gleichgültigen Augen sie sehend übersah. Oft auch gab er die Anmutigsten, ohne sie berührt, ohne sie mit einem Blick gestreift zu haben, seinen Staatsdienern zu Ehefrauen. Wurde aber seine verlebte Lust geweckt, so mußte eine ältere Aufseherin der Erwählten den Mund waschen (wie es bei Hochzeiten die Mutter des Bräutigams der Braut zu tun pflegte) und sie in einem der hundert Bäder des königlichen Frauenhauses baden – da Montezuma, der selber dreimal jeden Tag badete, auf peinlichste Sauberkeit Gewicht legte. Schmuckbehängt, lebten die Mädchen wie Prinzessinnen und wurden – wie Prinzessinnen – äußerst streng von ältlichen Aufseherinnen bevormundet und überwacht. Früher, in den ersten Jahren nach Montezumas Krönung, waren zuweilen hundertundfünfzig der Mädchen zu gleicher Zeit von ihm schwanger gewesen. Doch pflegten die Geburten im Hause der Vierhundert Frauen verhindert zu werden, indem von Priestern der Xochiquetzal, der Göttin der Liebe und der Blumen, qualvolle Kasteiungen mit scharfen Knochendolchen – Blutabzapfungen in der Nabelgegend – den Mädchen vorgeschrieben wurden. Am Hof zu Tenuchtitlan waren diese Kasteiungen eingeführt worden, seit Obsidian-Schlange, ein Ahnherr des königlichen Hauses, beim Regierungsantritt seine sämtlichen zweihundertundzwanzig Geschwister hatte ermorden lassen.
Nachdem Montezuma, gekleidet mit allen Insignien seiner Königsherrlichkeit, mit der azurenen Stirnbinde und auf Sandalen aus Türkismosaik, in den Saal der Botschaften getreten, thronte er unter einem Baldachin aus Adlerdaunen auf einem silbernen Armsessel, über welchen Jaguarfelle, das Wahrzeichen der Fürstlichkeit, gebrei-

tet waren. Die Zeit bis Mittag widmete er den Staatsgeschäften, dem Empfang von Boten, der Beratung mit Feldherren und Erzpriestern. Sodann nahm er in einem angrenzenden Gemach, bedient von jungen Cocos, sein Mittagsmahl ein, indem er unter fünfzig kleinen Goldschüsseln, die die Mädchen trugen, aussuchte, was der Laune seines Gaumens entsprach. Nach dem Essen rauchte er aus einer kristallenen Pfeife Tabak, der mit flüssigem Amber gemischt war. Nachdem er dann kurze Zeit geschlafen, erfreute er sich am Anblick seiner Narren und Krüppel.

Es war ein ereignisreicher Tag. Als ob das Schicksal lange Zeit gezögert, die Schwelle zu übertreten, von der es bald nicht mehr weichen sollte, brachte es nun seine aufgesparten Gaben fast alle zugleich herbei. Die ersten Gaben waren erfreuliche.

Gleich am frühen Morgen hatten Boten einen großen Sieg gemeldet, den die beiden Feldherren Mexikos gegen die Mayas im fernen Guatemala erfochten, wobei dreizehnhundertzweiunddreißig Kriegsgefangene erbeutet worden waren. Die mexikanischen Heere wurden immer von zwei Oberfeldherren, dem Vorsteher des Hauses der Pfeile und dem Ordner der Heerscharen, befehligt. Und in diesem Kriege war der Vorsteher des Hauses der Pfeile ein Tlascalteke in mexikanischen Diensten, mit Namen Tlalhuicolotl, der Irdene Krug – der Ordner der Heerscharen aber war Guatemoc, der Herabstoßende Adler, der Vetter Montezumas und Sohn seines Vorgängers, des Tempelerbauers König Molch. Ein Liebling der Mexikaner war Guatemoc, schön und jung – kaum zwanzig Jahre alt –; und sein beginnender Kriegsruhm erfüllte Tenuchtitlan mit Jubel. Doch der Freude Montezumas über die Siegesnachricht war ein Tropfen Galle beigemischt.

Seit sein Sohn, der Menschen-Fänger, im Feldzuge gegen die Republik Tlascala den Heldentod gefunden, umstrahlte eine Aureole künftigen Königtums den Herabstoßenden Adler; waren doch die jüngeren Söhne Montezumas fast noch Kinder, und sein Bruder Cuitlahuac, der Überwältiger, ein kränklicher, früh gealteter Mann. Darum sahen alle, denen die Größe Mexikos am Herzen lag, in Guatemoc den aufgehenden Stern. Montezuma wußte das und billigte es. Er mißgönnte es ihm nicht, daß er an die Stelle seines toten Sohnes getreten, ja, er übertrug sogar die Zuneigung und Hoffnung, die er für jenen gehegt, ohne Einschränkung auf den jugendlichen Vetter. Als daher, vor etwa einem Jahr, der Herabstoßende Adler bei einem Feste die wunderschöne, eben erblühte Prinzessin Maisblüte, des Königs Lieblingstochter, erblickt und seiner Bewunderung kein Hehl gehabt, hatte Montezuma sie ihm zum Lohne versprochen, falls er aus Guatemala als Sieger heimkehren würde. Nun wurden seine ersten Siege gemeldet – Montezuma aber wußte, daß er sein Versprechen nicht halten konnte.

Der Staatsklugheit mußte diese Liebe geopfert werden. Der Drei-Städte-Bund drohte zu zerfallen; offensichtlich war die versteckte Feindseligkeit Tezcucos; sein König, der Herr des Fastens, mied Tenuchtitlan. Und die Ratgeber der Krone drängten, Montezuma möge durch seine Tochter das gelockerte Band wieder enger knüpfen. Montezuma konnte sich der Einsicht nicht verschließen, daß eine Heirat der Prinzessin Maisblüte mit des Herrn des Fastens ältestem Sohne Cacama, dem Edlen Traurigen, das Land vor mancher Gefahr zu bewahren imstande war.

Es kam von den drei Söhnen des Herrn des Fastens nur Cacama in Frage, der immer zu Mexiko gehalten, der nie seinem Vater vergeben, daß er seinen eigenen Sohn, Cacamas ältesten Bruder, den Pflanzer des Weidenbaumes, um eines unbedachten Wortes willen hatte hinrichten lassen. Der mittlere der Brüder, Prinz Ohrring-Schlange, schien wenig verläßlich, noch unreif, leicht zu beeinflussen, schwankend in seinen Neigungen und Abneigungen. Anders die Schwarze Blume, der jüngste, der, fast noch ein Knabe, schon einen stählernen Willen verriet, doch seinem Vater so zugetan, so überzeugt war vom geschmälerten Recht Tezcucos und so unbeugsam seines Weges ging, daß Montezuma nicht hoffen durfte, ihn in sein Netz zu ziehen, selbst wenn er ihn zum Eidam machen und mit Huld überschütten wollte.

Der Plan war weit ausblickend. Gelang es, die Heirat noch bei Lebzeiten des Herrn des Fastens zustande zu bringen, so mußte es nach dessen Tode bei der Königswahl in Tezcuco in die Waagschale fallen, daß der Edle Traurige die Tochter des Herrschers der Welt gefreit; und sollte auch – was zu befürchten stand – der Herr des Fastens auf dem Sterbebette den Lieblingssohn, die Schwarze Blume, zum Nachfolger bestimmen, so würden gewiß die Königswähler sich darüber hinwegsetzen, wenn Mexikos Gold und des Großkönigs Gunst den Edlen Traurigen unterstützten. Falls jedoch die Brüder sich entzweiten, so würde das die Schwächung der Macht Tezcucos zur Folge haben – und Mexiko hätte erst recht nur Vorteil davon. Frohlockend würden seine Bewohner über den See blicken und sich des Schauspiels freuen, wie die stolze Rivalin an selbstgeschlagenen Wunden verblutete.

Dennoch konnte sich Montezuma eines Unbehagens nicht erwehren, dachte er an den Herabstoßenden Adler, der meilenfern, im Pfeilregen der Schlachten, sein Versprechen wie einen Talisman im Herzen trug. Auch war es schwierig, die Verlobung einzuleiten, solange der Herr des Fastens grollte, da der Anschein vermieden werden mußte, als bemühe man sich um eine Versöhnung.

Daher glätteten sich die Falten in Montezumas Gesicht, als ihm hinterbracht wurde (Spione gab es diesseits und jenseits des Wassers), daß der Herr des Fastens und die Schwarze Blume die Prunkgaleere bestiegen, in Tlatelolco gelandet, daß sie im Boot sich dem Großen

Palast näherten, daß sie angelangt und schon im Schlangensaal warteten. Er begrüßte dies als einen geschickten Handstreich seines Glückes und gab seinem Haushofmeister, dem Vorsteher des Hauses der Teppiche, Befehl, sie sogleich vorzulassen. Die Narren und Krüppel entließ er. Nur sein zittriger rosa Xolo, ein künstlich enthaarter wolfähnlicher Hund, durfte in der Decke liegenbleiben, die ihn vor Erfrieren schützte.

Der Herr des Fastens und die Schwarze Blume traten ein. Sie trugen Rosenknospen in den behandschuhten Händen. Montezuma nahm die Rosen entgegen und stellte sie in eine für diesen Zweck bereitstehende Tonvase. Dann kniete die Schwarze Blume nieder und küßte dem Großkönig die Hände und die Füße. Montezuma zog ihn empor, umarmte ihn und umarmte auch den Oheim. Auf silbernen Sesseln, dem Thron gegenüber, nahmen die Gäste Platz.

Die herkömmlichen, feierlich zeremoniösen Begrüßungsformeln wurden ausgetauscht; und sie klangen heute nicht so kühl wie neulich im Schloßgarten von Tlatelolco. Dann stellte Montezuma die aus Höflichkeit hinausgeschobene Frage, was »den König und großen Chichimeca, seinen lieben Vater und Oheim« (so lautete die Anrede) hergeführt habe.

Der Herr des Fastens berichtete nun das Wunder. Ein Grab hatte sich geöffnet. Papan, die Bestattete und Beweinte, war zurückgekehrt aus dem Himmel der Sonne.

Ohne Ausruf des Staunens oder Schreckens, regungslos hörte Montezuma zu. Lange schwieg er, nachdem der alte König seine Erzählung beendet.

Seine dünnen Lippen lächelten noch immer, doch in seinen Augen hatte sich ein böser Trotz verhärtet – ein Trotz gegen den Himmel und gegen den Mann, der ihm die Unheilsbotschaft überbrachte, um ihn zu demütigen.

Nie war es geschehen, daß ein Toter wieder auferstand. Bis vor hundert Jahren wurden alle Leichen auf den Scheiterhaufen gelegt, und auch jetzt noch war die Leichenverbrennung allgemein Sitte unter dem Volke. Erst in jüngster Zeit hatten die Könige und reiche Adlige begonnen, ihre Toten in unterirdischen, mit Kalk und Stein ausgemauerten Grabhäusern beizusetzen. Und immer bisher hatten die Verschlußplatten vor den Grabeingängen dem Heimweh der Toten widerstanden. – »Ich will sie nicht sehen!« sagte endlich Montezuma. »Gespenster muß man verscheuchen. Ich werde Priester hinschicken, die sie ins Grab zurückführen sollen!«

Es war klar: Montezuma wollte sie wieder einmauern lassen, obgleich er wußte, daß sie lebte. Die Sterne durften nicht recht haben! Wenn Zeichen geschahen, so geschah ja auch, was die Zeichen androhten. Das durfte nicht sein, Stolz und Furcht wiesen es von sich. Das Geschehene mußte ungeschehen sein und bleiben.

Der Herr des Fastens verlor seine Selbstbeherrschung. Erregt stand er auf und trat nahe an Montezuma heran. »Der Himmel birst, die Erde klafft«, rief er keuchend, »doch du, Verblendeter, willst blind sein, willst nicht sehen!« Und wie ein mahnender Seher erhob er den Arm.
Da ereignete sich etwas Unerhörtes. Der Hund Montezumas hatte die Armbewegung falsch gedeutet. Ohne zu bellen, unheimlich still, stand er plötzlich neben dem Herrn des Fastens, und an ihm emporspringend, biß er ihn ins Handgelenk, nahe bei der Pulsader.
Doch fast im selben Augenblick lag auch schon der Hund tot am Boden. Prinz Schwarze Blume hatte ihm mit seinem Obsidiandolche den Bauch aufgeschlitzt. Eine dunkle Blutlache breitete sich langsam auf dem weißen Marmorboden aus.

Montezuma war emporgeschnellt. Er und die Schwarze Blume starrten sich in die Augen.
Augen können aufeinandertreffen wie Feuersteine und Zündflammen geben. Blühende Städte sind durch solche Funken eingeäschert worden.
Es stand in Montezumas Macht, den Brand mit Blut zu löschen. Doch er war ein Zauderer, gebunden und gehemmt durch die Spinnfäden seiner Ränke. Heute brauchte er den Frieden.
Und so ließ er die Hand, die schon mit dem Dolchgriff spielte, wieder sinken.
Der Vorsteher des Hauses der Teppiche, der Oberhaushofmeister, trat ein. Verwirrt durch den Anblick des toten Hundes, brachte er stotternd vor: im Saale der Gesandten warte ein Bote mit wichtiger Nachricht aus der totonakischen Provinz am östlichen Weltmeer.
Der Botendienst in Anahuac war gut geregelt. Obgleich die amerikanischen Völker keine Reittiere besaßen, konnten Briefe aus den entlegenen Teilen des Reiches die Hauptstadt in kürzester Zeit erreichen. An den gutgepflasterten Kunststraßen waren in gleichen Abständen Stationen erbaut, wo immer Träger und Boten bereitstanden, einander abzulösen.
Die Läufer hatten weithin sichtbare Abzeichen, an denen zu erkennen war, ob sie dem Könige wichtige oder weniger wichtige, gute oder schlimme Nachricht überbrachten. In den Dörfern und Städten, die sie durchliefen, hinterließen sie zuweilen Jubel, zuweilen Trauer. Und waren sie im Großen Palast angelangt, so sahen die Hofbeamten gleich, ohne den Inhalt der Botschaft zu kennen, ob der Herr der Welt beim Essen, Spiel und Schlaf gestört werden durfte. So wußte auch der Vorsteher des Hauses der Teppiche, daß der eben eingetroffene Bote wichtige Kunde trug, und er hatte es gewagt, ungerufen in den Thronsaal einzutreten.
Seine Meldung brach den beklemmenden Bann. Gleichmütig, als wäre nichts vorgefallen, befahl Montezuma dem Haushofmeister, die

Berater der Krone zugleich mit dem Boten hereinzuführen. Der Vorsteher des Hauses der Teppiche entfernte sich. Nackte Sklaven eilten herein und trugen die weißliche Hundeleiche hinaus. Zwei schöne Cocos in grasgrünen, bis an die roten Knie reichenden Röcken brachten Tonschalen mit heißem Wasser und scheuerten den Marmorboden. Der rote Fleck wollte jedoch nicht bleichen.

Dann traten, mit phantastisch gegabelten Zeremonienstäben in den Händen, die Ratgeber ein: Cuitlahuac, der Überwältiger, Fürst von Iztapalapan und einziger Bruder Montezumas; Quauhpopoca, das Schwelende Holz, und Xuchitl, die Rose, zwei Oberfeldherren im Rang von Vorstehern des Hauses der Spiegelschlange; und endlich der Cihuacoatl, das heißt der Weibliche Zwilling – der höchste Würdenträger, wir würden sagen Kanzler – mit Namen Tlilpotonqui, der Schwarze Amber.

Die Willkür eines mexikanischen Despoten hatte Grenzen. Bei allen Staatsgeschäften stand ihm ein diademloser Nebenkönig, der Weibliche Zwilling, zur Seite. In früheren Zeiten hatten schwächliche Könige ein Schattendasein neben tatkräftigen Weiblichen Zwillingen geführt. Aber schon den letzten Vorgängern Montezumas war es geglückt, die lästige Bevormundung dadurch unwirksam zu machen, daß sie Greise zu diesem Amt ersahen. Halb erblindet war der Schwarze Amber und ging gebeugt unter der Last von hundertundsechs Lebensjahren.

Sosehr die beiden Feldherren einander äußerlich glichen, übereinstimmend in der Farbe und Form des Federwamses, des Federhelmes, der Sandalen mit goldenen Glöckchen – so verschieden war ihr Auftreten und Benehmen. Während die Rose einen ungezügelten Stolz zur Schau trug, erschien das Schwelende Holz überernst und bescheiden; in seinem blau-gelb gestreiften Antlitz war ein starr melancholischer Ausdruck unverkennbar – trotz der Bemalung und obgleich die untere Gesichtshälfte verdeckt war durch das Abzeichen hohen Kriegerranges, ein Nasengehänge aus Türkis in Gestalt einer kleinen dreistufigen Treppe; an der durchbohrten Nasenscheidewand befestigt, reichte es bis zum Kinn hinab. Das Schwelende Holz stand Montezuma besonders nahe, seit er ihm in Atlixco das Leben gerettet; das geschah bei einem Sklavenraubzuge, den der Zornige Herr – noch als Prinz, doch schon zum König gewählt – hatte unternehmen müssen, um zur Feier seiner Krönung die nötige ungeheuerliche Anzahl Menschenherzen dem Himmel darbringen zu können. Das Schwelende Holz und der König waren Altersgenossen, eben ins vierzigste Lebensjahr getreten. Die Rose war zwei Jahre jünger wie auch Montezumas Bruder, der Überwältiger.

Zwar fieberverzehrt infolge einer nie heilenden Beinwunde, die das Pfeilgift eines südlichen Volkes verursacht, und entstellt im verschrumpften Gesicht durch das Heraustreten der breiten Backenknochen und der gebogen vorspringenden Nase (was ihm den Ausdruck eines entfiederten Papageien gab), hatte doch der Überwältiger ein kraftvolles, ritterliches Wesen. Wie Montezuma war auch er schweigsam, doch schneller zum Handeln bereit. Und der gefestigte ruhige Blick seiner schwarzen Glanzaugen unterschied sich vorteilhaft vom unsicheren Geflacker in den Augen des Großkönigs.

Nach stummer Begrüßung nahmen die Ratgeber auf niedrigen, mit buntgemusterten Baumwollkissen bedeckten Schemeln Platz, rechts und links von den Gästen aus Tezcuco einen Halbkreis um Montezuma bildend.

Der Mann, den der Vorsteher des Hauses der Teppiche hereinführte, war kein gewöhnlicher Bote, vielmehr ein Staatsdiener von Rang, der das Amt eines Steuererhebers in dem vor kurzem unterworfenen Küstenlande versah. Er hatte sich gescheut, die ungeheuerliche Kunde, die er wußte, gemeinen Läufern anzuvertrauen, darum hatte er selbst den weiten Weg vom Meer bis zur Hauptstadt in der Sänfte zurückgelegt.

Eintretend ließ er ein Kügelchen aus Kopalharz in ein Kohlenbecken fallen, um dem Herrn der Welt zu räuchern; er näherte sich mit drei Verbeugungen, wobei er »Großer Herr! Großer Herr! Erhabener großer Herr!« sprach. Dann warf er sich zu Boden und erhob sich erst, als eine Handbewegung Montezumas ihn zum Reden ermuntert hatte. Er begann mit niedergesenkten Blicken: »Töte mich, o König und Herr, ich habe zehnfachen Tod verdient, denn ungerufen kam ich! Vernimm, was ich gesehen, als ich am Ufer des Ostmeeres stand. Drei Häuser, gezimmert aus Holz, groß wie Türme oder wie kleine Hügel, schwammen auf den Wellen, so leicht, als wären es Nachen. Und auf den Dächern der drei Wasserhäuser sah ich weiße Götter, Diener des großen Quetzalcoatl. Doch ob Unser Herr Quetzalcoatl unter ihnen war, weiß ich nicht.«

Eine Schwalbe hatte sich in den Saal verirrt und schoß unter dem Zederngebälk blitzschnell hin und her, einen Ausweg suchend. Ihr ängstlicher Ruf schrillte durch die Totenstille.

Nach einer Weile fragte Montezuma:

»Sind sie herabgestiegen auf die Erde?«

»O großer König, o Zorniger Herr, mein Auge sah es nicht«, sagte der Steuererheber. »Die Wasserhäuser glitten nordwärts, vorbei an der Bucht, wo ich stand. Weiter nördlich können sie herabgestiegen sein. Ich aber eilte her in den Großen Palast, um es vor deinem Mund und deinem Antlitz zu melden.«

Montezuma saß lange in Nachdenken versunken. Dann ließ er den Blick über die Ratgeber schweifen. Die Ungeduld des Feldherrn die Rose war unverkennlich.

»Rede«, sagte Montezuma.

»O großer König, o Zorniger Herr! Dein Kriegsheer ist deine Axt! Recke deinen Arm aus bis an die Meeresbrandung. Mache mich zur Hand, die deine Axt schwingt ...«

Montezuma unterbrach ihn.
»Tapferer Krieger Xuchitl«, sagte er, »hast du schon mit Göttern gerungen?«
Die Rose schwieg.
Der König wandte sich fragend an den Überwältiger.
»Und was denkt mein Bruder?«
»Im Jahre Vier-Haus«, sagte der Überwältiger, »– das sind jetzt zehn Jahre – kam auch ein Bote, der Wasserhäuser auf dem Meere gesehen und auf ihren Dächern weiße Götter. Doch unser Land betraten die Söhne der Sonne nicht.«
»Weil wir sie mit süßem Blut beschwichtigt haben!« ertönte es aus dem zahnlosen Munde des Weiblichen Zwillings.
Wie unangebracht dieser Ausruf war, empfanden alle peinlich. Montezuma vermied es, den Herrn des Fastens anzusehen. Der weiße Gott, vor dessen geweissagter Rückkunft Mexiko zitterte, war ja der Friedensbringer, der Feind des Krieges, Quetzalcoatl; und der hatte gegen den blutrünstigen Opferdienst geeifert.
Montezuma verfiel wieder in ein dumpfes Sinnen. Über alle Anwesenden breitete sich die Ratlosigkeit wie ein schwarzer Schleier. War also Mexiko auf dem Irrwege, als es sich vom Himmel begünstigt glaubte und zum Dank für die Himmelsgeschenke – sowie um den Strom der Götterhuld nicht verebben zu lassen – die Opferzahl vertausendfacht hatte? War es besessen von einem Blutrausch? Immer höher war ja der Blutschaum emporgeschäumt. Doch hatten nicht Tezcatlipoca und Huitzilopochtli ihre Allmacht dauernd bewiesen, indem sie, zum Lohn für die Opfer, Siege und immer wieder Siege verliehen?
Hatte nicht Quetzalcoatl vor ihrer Macht aus Tula weichen müssen, ein gemarterter Flüchtling? Oder sprachen die Prophezeiungen wahr, daß er siegreich sie ablösen käme? Konnten also Götterpaläste zerschlagen werden wie die Paläste der Könige, deren verfallene Mauern rings in den Landen aus Trümmerhügeln ragten? Die Treulosigkeit der Erde beim Erdbeben mußte weniger grauenvoll sein, als wenn der Himmel bebte und Götter wankten ...
Montezuma sagte zum Boten:
»Du bist ermattet von weiter Fahrt; geh mit der Götter Segen in dein Haus, dich ausruhen ... Das Meer soll bewacht werden; ich werde Mannschaften aufstellen als Wächter. Wir haben durch deinen Mund ein Geheimnis gehört, das niemand außer uns wissen darf. Gib acht auf deine Zunge – sonst stirbst du und dein Weib, deine Söhne und Töchter, dein Haus wird vertilgt bis auf die Grundmauern, so daß das Wasser der Erde emporsprudelt, und von deiner Verwandtschaft bleibt keiner am Leben. – Geh!«
Der Bote wurde hinausgeführt.
Montezuma erhob sich und trat an den Herrn des Fastens heran.
»Ich will sie sehen«, sagte er leise. »Die Toten sind die Erwachten,

wir aber träumen noch. Wolke wollte ich sein, doch das Licht schiebt die Wolke beiseite. Jetzt muß ich sie sehen und hören ...«

In seinem goldenen Tragsessel ließ sich Montezuma von vier königlichen Sänftenträgern nach Tlatelolco bringen. Hinter ihm her, in sechs anderen Sänften, wurden der Herr des Fastens, die Schwarze Blume und die Ratgeber getragen. Ein Sklave eilte dem Zuge voraus und blies in eine Muscheltrompete, damit die Bewohner Tenuchtitlans Zeit hatten, sich zu Boden zu werfen vor dem Zornigen Herrn. Wo er vorbeikam, auf den Straßen, Marktplätzen und Kanalbrücken, lag das Volk anbetend da, mit niedergesenkten Blicken – wer gewagt hätte, den Beherrscher der Welt anzuschauen, wäre unverzüglich gesteinigt worden. Die Könige von Mexiko wurden nach ihrem Tode Götter; aber schon bei ihren Lebzeiten wurden sie mit der Furcht verehrt, die Gottheiten zukam.

Papan ließ sich von ihren Frauen im Bette aufrichten, als ihr gemeldet wurde, daß ihr Bruder ihren Witwensitz betreten. Weiße Orchideen mit gelbroten Mäulern waren in ihr Haar geflochten.

Montezuma, der Herr des Fastens und der Überwältiger traten ins kreisrunde Schlafgemach ein und näherten sich ihrem Lager. An der offenen Tür blieben in ehrfurchtsvoller Entfernung die Schwarze Blume, die beiden Feldherren, der Weibliche Zwilling und ein Page.

»Heil dir, Papan«, sagte der Herr des Fastens. »Wie der Hirsch den Ruf der verwundeten Hinde, so hat der große König den Ruf seiner Schwester vernommen.«

Das Zeremoniell schrieb vor, daß der Besucher Blumen überreiche. Zu diesem Zweck hatte Montezuma einen halbwüchsigen Diener mitkommen heißen.

Jetzt winkte er ihn heran und entnahm der weißen Nephritvase, die der Knabe trug, einen Strauß gelber Federnelken. Er streute die Blumen über Papans Lager. Es war wie eine Opferhandlung, scheu und unpersönlich.

Über die Wangen des Überwältigers rollten Tränen. Er kniete nieder und küßte die Hände der wiedergekehrten Schwester. Ihre abgemagerten, rotbemalten Finger mit den milchweißen Nägeln waren fiebrig-warm und zittrig wie eben dem Ei entschlüpfte Wachteljunge im Nest.

»Du bist kein Gespenst! Du bist unser Edelstein, unsere kostbare Feder! Nie warst du tot!« rief der Überwältiger.

Noch immer konnte Montezuma sein Grauen nicht meistern. Es verstimmte ihn, daß der Bruder zuerst gesprochen. An ihm war es, der Erwachten Heil zu wünschen. Noch hatte er es nur mit dem stummen Blumengruß getan.

Er zwang sich. Und gezwungen klang, was er sprach.

Er selbst staunte über den fremden, hohlen Ton seiner Stimme. Allzu feierlich rief er:

»Die Sonne und die Erde haben dein Antlitz gewaschen, Schwester. Du hast ein anderes, neues. Sage es uns, Schwester, ob du lebst oder ob ein böser Geist deine Gestalt sich stahl, um uns zu schrekken? ...«
Papan lächelte.
»Meine Seele kam in mich zurück«, sagte sie. »Doch des großen Königs Herrlichkeit soll nicht erschrecken meinethalb«, fügte sie fast schüchtern hinzu.
»Nie habe ich gehört, daß Tote erwachen!« murmelte Montezuma.
»War ich eine Tote? Ich weiß nur, daß ich jetzt lebe«, sprach sie sinnend. »Wenn ich nicht tot war, so lag ich in einem steinernen Schlaf und habe mich und euch alle getäuscht, ohne es zu wollen. Euch allen muß es ja ein Wunder scheinen«, fuhr sie fort und blickte den rings Versammelten ruhevoll in die Augen, »ja, ein Wunder muß es euch scheinen, daß ich atme und spreche. Wenn ihr nicht glauben könnt, daß mich ein Gott zurückgesandt, so glaubt, daß ich schlief und daß alles ein Traum gewesen, was ich im anderen Lande gesehen.«
»Was hast du gesehen?« fragte Montezuma.
Ein Schatten glitt über Papans Gesicht. Sie atmete tief auf, als sträube sich ihr Herz, das Erlebte im Spiegel berichtender Wort neu zu erleben.
»Bevor ich erwachte«, begann sie, »tief unter der Erde war ich... Unmenschliche Kräfte lieh mir die Furcht, daß mir's gelang, die Steinplatte fortzurücken und herauszugehen, wo meine Frauen mich fanden, die mich dann hierherbrachten ...«
Sie schwieg wieder. Sie hatte nur gesagt, was *nachher* war. Als ob sie's hinausschieben wollte, an das andere zu rühren. Ratlos sah sie sich um.
»Was hast du gesehen?« fragte Montezuma ungeduldig.
»Es war, bevor ich erwachte ...«, begann sie von neuem. – »Die Götter wollen, daß ich es erzähle. Also höre, großer König und Bruder. Hört ihr alle!... Zwischen steilen Felswänden schritt ich in einer Schlucht, die endlos schien. Blumen und Gräser zertrat mein Fuß auf dem Weg, und sie weinten und jammerten laut. Schlummernde Vögel weckte mein Schritt im Gebüsch, und sie sangen mein Totenlied. Nacht war es, und ein großer Stern, über mir, tat den schmerzhaften Mund auf, und mit blutenden Lippen rief er: umkehren sollte ich! Doch ich überhörte seine treue Mahnung. Weiter schritt ich, bis Blumen, Vögel und Sterne schwanden und alles dämmergrau und wüstenkahl war ringsum. Da merkte ich, daß ein menschengroßer Schmetterling hinter mir herflog – ich wandte mich um und sah, daß es Itzpapalotl war, der böse Schmetterlingsgeist. Mit den scharfen Feuersteinmessern an seinen Flügelrändern wollte er meinen Leib in Stücke schneiden. Entsetzt floh ich vor ihm, und er flatterte hinter mir her, und schon fühlte ich, wie die messerscharfen Flügel mein

Nackenhaar streiften. Zu meiner Rechten donnerte ein wildschäumender Bergstrom – hineinstürzen wollte ich mich, um ans andere Ufer zu entkommen, da plötzlich stand ein junger Gott vor mir, gekleidet in ein lang herabwallendes Gewand, rein wie Kristall, leuchtend wie die Sonne und das Antlitz blank wie ein Himmelsstern. Der furchtbare Obsidian-Schmetterling aber wich zurück und flog von dannen, gelähmt von der Schönheit des jungen Gottes. Ich war so nah am Ufersaum, daß ich schon niederfiel, da erfaßte der bleiche Mann – denn weiß war sein Angesicht wie das Antlitz Unseres Herrn Quetzalcoatl –, da erfaßte er meine Hand, riß mich fort vom zischenden Strom und sprach: ›Noch ist die Zeit nicht gekommen, daß du dieses Wasser durchschwimmen sollst!‹ – Und meine Hand in seiner haltend, führte er mich weiter durch die Schlucht, bis die Sonne sich hob. Da gewahrte ich, daß der Weg mit Menschenknochen und -schädeln bedeckt war. Und ein halbfertiges schwarzes Gebäude war vor mir – böse grüne Teufel, mit Hirschfüßen, führten die Mauern auf. ›Für wen ist dies finstere Schloß?‹ fragte ich meinen Begleiter. Darauf gab er zur Antwort: ›Ein Gefängnis ist es; einst werden hier Fürsten und Große deines Volkes schmachten, denn sie haben einen Schädelhaufen errichtet, dessen Spitze bis an meinen Thron im Himmel reicht. Geh zurück in die Welt, aus der du kommst, und sage es ihnen: noch ist Zeit zur Umkehr; noch landeten die Söhne der Sonne nicht, um die Altäre von Blut zu reinigen. Schau hin!‹ rief er und hob die Hand. Da sah ich etwas Entsetzliches. Die Berge zu beiden Seiten der Felsschlucht bestanden aus aufgehäuften Menschenschädeln, es war ein Schädelgebirge, in dessen Kluft ich stand, und die sonnengebleichten Kuppen tauchten in das Blau des Himmels hinein . . .«

Papan verstummte. Ermattet sank sie zurück in ihre Kissen.

Die Schwüle im Gemach, die Schwüle in den Seelen war wie durchzuckt von Wetterleuchten.

»Sie redet irr!« sagte Montezuma trotzig und verächtlich, als wollte er eine Last abwerfen, die des Tragens nicht wert war.

Erregt drängte sich der Feldherr die Rose vor.

»O edler König, unser Herr, du sprichst wahr! Die Prinzessin ist krank! Der Schreck, als sie im finsteren Gewölbe erwachte, hat ihr Herz verwirrt! Fieberträume hat sie gesehen! Glaube ihren Worten nicht!«

Aber Montezumas Auge blitzte ihn unwillig an.

»Mag sie irr sein. Die Götter reden durch den Mund der Irren!« rief er, selbstquälerisch sich selbst widersprechend.

Dann wandte er sich zu den Frauen, welche wie furchtsame, zusammengepferchte Schafe hinter dem Kopfende des Bettes standen: »Ich will, daß die Kranke streng gehütet und gepflegt werde. Ruft Ärzte!«

Er verließ das Gemach, ohne von Papan Abschied zu nehmen.

Als er die große Freitreppe des Palastes hinabschritt, äußerte er zum König von Tezcuco: er wolle Papan nie wiedersehen. Er lud den Herrn des Fastens und die Schwarze Blume ein, mit nach Tenuchtitlan zu kommen, um in seinem Ballspielhause mit ihm Ball zu spielen.

Die Träger hatten die sieben Sänften wieder heimgebracht, das Volk Tenuchtitlans hatte wieder seinen irdischen Gott kniend angebetet. Der Zornige Herr und seine beiden Gäste durchschritten das Saallabyrinth des Großen Palastes und begaben sich in den Schloßgarten, wo sich das zierliche Ballspielhaus befand.

Doch Montezuma hatte seinem Gleichmut eine Bürde aufgeladen, unter der er zusammenbrechen mußte. Höhnende Stimmen schrillten in seinen Ohren und wiederholten die Worte Papans; fratzenhaft spottend gaukelten die gräßlichen Bilder ihres Traumes vor seinen Augen. Zuviel hatte er sich zugetraut, als er glaubte, gleich leichten Federbällen die bleierne Sorge fortschleudern zu können.

An der Schwelle des Ballspielhauses zögerte er; dann bat er seine Gäste, ohne ihn einzutreten und auf ihn zu warten. Erst wollte er sich im Hause der Trauer vor den Himmelsgöttern trostheischend niederwerfen.

Das Haus der Trauer war eine Kapelle inmitten des Gartens, die in kleinem Maßstabe die pittoresken Formen der großen Tempelpyramiden wiederholte. Längs den etwas schrägen Außenmauern liefen Relieffriese von minuziöser Ausführung. Zehn steile Marmorstufen an der Ostseite stiegen empor zur kleinen Plattform, wo – der Treppe gegenüber – sich das Sanktuar erhob. Dessen aus drei Monolithen gebildete Pforte war überschattet vom weit vorspringenden, auch Plattform und Treppe überdeckenden Gebälk des vergoldeten Bronzedaches. Im Innern des Heiligtumes verhängten schwarze Teppiche die Wände; vor einem Betschemel stand ein schwarzverhüllter, in drei Absätzen sich verjüngender Altar, und auf diesem lag ein kristallener, glattpolierter Schädel – in der natürlichen Größe eines menschlichen Schädels kunstvoll ausgemeißelt aus einem einzigen fehlerlosen Kristallblock. Ein Wunder der Kunstfertigkeit so sehr wie ein Wunder der Natur.

Der das Heiligtum bewachende Gottesdiener – ein Jüngling mit verwahrlostem Haar und kohlschwarzer Gesichts- und Körperbemalung – entfernte sich bescheiden, als der Herr der Welt hineintrat, kniend die Sturmflut seines Herzens verebben zu lassen.

Inzwischen blieben der König von Tezcuco und sein Sohn wartend in der Nähe des Ballspielhauses. Sie gingen schweigsam auf und ab, und ihre zergrämten Blicke glitten teilnahmslos über die staunenswerte Sammlung seltener, fremdartiger, einmaliger Blumen, die Montezuma, der leidenschaftliche Blumenzüchter, in bunter Anordnung längs der mit Muschelscherben bestreuten Wege angepflanzt hatte.

Lange schritten sie so stumm nebeneinander. Plötzlich blieb der Herr des Fastens stehen und zeigte auf einen Baum, dessen rotgetupfte Schneeblüten den Ausdruck gieriger tierischer Antlitze hatten.
»Das ist der Blumenbaum des Prinzen Grasstrick!« sagte er.
»Auch der Wind kann Bäume ausheben ...!« versetzte die Schwarze Blume mit bösem Lächeln.
Diese Antwort spielte auf den weißen Kreuzträger Quetzalcoatl an, den Herrn des Windes und des Sturmes. Die Schwüle des heutigen Tages bewies ja, wie nahe der Sturm schon war.
»Die Baumwurzeln haben des Prinzen Blut getrunken«, sagte der Herr des Fastens.
»Darum gleichen die Blüten seinem abgeschnittenen Haupte, und mit verzerrtem Munde rufen sie Rache!« sprach die Schwarze Blume.
Sie gingen weiter und kehrten doch immer wieder zurück zum seltsamen Baum. Der Schwarzen Blume Seele sog sich fest am Anblick der sühneheischenden, rachgierigen Blüten.
Seine Schwester, Prinzessin Perlmuschel, war Witwe des Prinzen Grasstrick. Prahlerisch leuchtete der Baum, ein Wahrzeichen für den schuldbeladenen Reichtum des Tyrannen.
Prinz Grasstrick, Montezumas Halbbruder, hatte, als Statthalter einer Provinz im fernen Südosten, selbständig wie ein Fürst in der Stadt Yuquane residiert. Aus einem unbekannten Lande war ihm eine Blume zugetragen worden, und nachdem er sie, ihrer Pracht wegen, in den berühmten Garten seines Palastes gepflanzt, war sie bald zum Baum herangewachsen. Ein mexikanischer Gesandter brachte eine ihrer Blüten in einer Schatzkiste nach Tenuchtitlan; und obgleich sich die milchige Haut gebräunt, erschien noch die Blumenleiche, ein Wunder, wert, den Herrn der Welt zu erfreuen. Montezuma erkannte, das Geschenk betrachtend, daß seinem Garten der schönste Schmuck fehle. Ihn erfaßte eine unbezwingliche Liebe zu der Blume von Yuquane. Rausch war ihm ihr Modergeruch. Mit seinen Fingerspitzen streichelte er ihre toten Blumenwangen. Das Kästchen, darin sie aufgebahrt war, ruhte auf seinen Knien, wenn er Audienz erteilte, und nachts neben seinem Schlafkissen, so daß er erwachend danach tasten konnte, um sich zu vergewissern, daß sie nicht heimlich entschwunden. Er hätte Provinzen hingegeben, um sie zu erhalten. Doch sie zerfiel, und er mußte sie wegwerfen. Da empfand er bitter, daß seine unbegrenzte Macht Grenzen hatte.
Nun schickte er nach Yuquane Boten und verlangte, Prinz Grasstrick solle ihm den Blumenbaum abtreten, ihn eintauschen gegen reiche Königsgaben; was er auch fordern werde, es solle ihm bewilligt sein, wenn er sich von der kostbaren Blume trenne. Aber Prinz Grasstrick gab einen abweisenden verwegenen Bescheid: der Rauchende Berg – der Vulkan Popocatepetl – stehe drohend zwischen dem Weltherrn und der Blume! Da sandte Montezuma seine Heerscharen hin, ließ seinen Bruder Grasstrick töten und Yuquane zur Wüste machen.

Nach Tenuchtitlan verpflanzt, verkündete die schöne Blume von Yuquane laut seine Macht und leise seine Sünde.
»Die Blüten sind schön – doch böse werden ihre Früchte sein!« sagte die Schwarze Blume, als er Montezumas Schritte vernahm, der eben die Kapelle der Trauer verließ und sich dem Ballspielhause näherte.

Das Spiel mit dem Federball war ein Vorrecht der Könige und des hohen Adels, eine Art Turnier, nur an Festtagen und bei bedeutsamen Zeitwenden abgehalten, um, durch stählerne Geschmeidigkeit und blitzschnelles Gegenwirken, körperliche und geistige Überlegenheit zu erweisen. Außer in Anahuac gab es Ballspielhäuser auch an den Königshöfen der südlichen Maya-Völker Yukatans und Guatemalas; und in der heiligen Sage der Maya wird nicht selten erzählt, daß großen Geschehnissen, Adelsaufständen und Kriegen, ein Ballspiel voranging. Schon die vergessenen Könige der Tolteken sollen die zeremoniösen Regeln des Spieles festgesetzt haben, lange bevor Quetzalcoatl auf dem schneebedeckten Kraterrande des Popocatepetl ein Ballspielhaus errichtete.
Jedes Ballspielhaus hatte den gleichen Aufbau: zwei auf rechtwinkligem Grundriß errichtete Querflügel waren durch einen langgestreckten schmalen Zwischenbau verbunden. Von außen betrachtet, glich die dem Beschauer zugekehrte Stirnseite, wie ebenfalls die Rückseite, einer kleinen Palastfront mit zwei vorspringenden Seitenflügeln.
Reich verziert durch einen mäandrisch gestuften, an Gewebemuster mahnenden Ornamentfries, trugen die aus Quadern rötlichen Lavagesteins aufgeführten Außenmauern über einem auskragenden Gesims ein schlank geschweiftes, grün patiniertes Dach.
Im Innern bedeckte ein Verputz die schmucklosen Wände, schneeweiß übermalt und von glänzender Oberfläche. In der Mitte des – die zwei Kammern verbindenden – Ganges befand sich oben an der Decke ein durchlochter Stein, einem Mühlsteine ähnlich. Durch diesen Stein mußte der Federball hindurchfliegen.
Der Fußboden war zur Hälfte bis unter den ringförmigen Stein rot, zur Hälfte blau bemalt; eine Furche am Boden hob die Grenze zwischen Rot und Blau hervor.
Mit einem undurchdringlich heiteren Lächeln kehrte Montezuma aus dem Haus der Trauer zurück. Sein ins Wanken geratenes Vertrauen zu den Göttern stand wieder festgegründet wie ein Bollwerk zwischen ihm und der Sorge. Das stumme Gebet hatte die hetzenden Stimmen übertönt und zum Schweigen gebracht.
Der schwarzgeschminkte Priester des kleinen Teocalli folgte dem Zornigen Herrn, um das Ballspielhaus vor Beginn des heiligen Spieles zu segnen. Er betrat es, Kopalharz räuchernd, und hielt eine Ansprache an den Gott des Spieles, den Blumenprinzen, dessen Steinbild in einer nischenartigen Vertiefung an der Wand des Ganges

unter dem ringförmigen Steine aufgestellt war. Sodann warf er vier Bälle nach den vier Windrichtungen, mit strenger Feierlichkeit, da das Fliegen der Bälle die Erleichterung, das Leichtwerden der Herzen bedeutete.
Mehrere Höflinge hatten sich als Zuschauer eingefunden. Sie halfen den beiden Spielgegnern – Montezuma und dem Herrn des Fastens – sich bis auf den Lendenschurz zu entkleiden und das Rüstzeug des Spieles anzulegen: nämlich einen bis an die Schenkel reichenden Lederpanzer, geschmeidige Lederhandschuhe, eine Federkrone und eine kunstvoll gemeißelte und polierte Gesichtsmaske aus schwarzem Lavagestein.
Wenn Adlige spielten, hatte der Sieger ein Anrecht auf die Mäntel der Zuschauer; doch mußte er sie ihnen eigenhändig und innerhalb des Ballspielhauses von den Schultern reißen; es war darum hergebracht, daß im Augenblicke des Sieges die Zuschauer fluchtartig auseinanderstoben, während der Sieger sie am Verlassen des Ballspielhauses zu hindern suchte. Dies Nachspiel gab oft Anlaß zu fröhlichem Lachen und verlieh der besiegten Partei die Möglichkeit, die Scharte wieder auszuwetzen.
Könige aber pflegten um höhere Einsätze zu spielen; diese wurden von beiden Parteien vor Beginn des Spieles verabredet. Und berühmt war die Freigebigkeit Montezumas, der es liebte, bei solcher Gelegenheit unschätzbare Kleinodien zu verwetten. Auch hatte er die Neuerung eingeführt, daß das dritte Spiel entscheidend war: nur wer dreimal hintereinander gewann, galt als Sieger des Tages und durfte sich rühmen, bevorzugt von Göttergunst zu sein: Wünsche, die er vor Beginn des Spiels im Herzen gehegt, hatten Aussicht auf Verwirklichung.
Nachdem die beiden Könige gekleidet und maskiert waren, stellten sie sich einander gegenüber auf – der Herr des Fastens auf der roten und Montezuma auf der blauen Seite. Die Schwarze Blume stand als Zuschauer in der roten Kammer, neben mehreren Höflingen.
»Das Gebet im Hause der Trauer hat mein Herz gestärkt«, sagte Montezuma. »Fieberträume einer Kranken schrecken mich nicht. Das Spiel soll beweisen, daß Mexikos Götter mich nicht im Stich lassen. Eine Schatzkiste voll Smaragde verwette ich darauf!«
Obgleich eine Steinmaske Montezumas Gesichtszüge bedeckte, schien es doch dem Herrn des Fastens, als strahle des Großkönigs herausfordernder Hohn durch das Steinantlitz hindurch; die Gegnerschaft hatte seine Augen überscharf gemacht.
»Nein, o edler König, o Zorniger Herr!« sagte er. »Du sollst nur drei Truthähne verwetten – ich aber setze meine schöne Stadt Tezcuco und mein ganzes Königreich dagegen; und dein soll mein Reich sein, wenn du in diesem Spiel gewinnst. Denn alles wird sich erfüllen, was der Himmel androht, kein Mittel gibt es, das Furchtbare abzuwenden. Verschenkt hat das Schicksal unsere Kronen bereits; und

damit du siehst, wie gering ich mein Königtum achte, verspreche ich es dir als Siegespreis. Falls ich aber Sieger bin, will ich von dir nur die drei Truthähne haben.«
Noch nie hatte ein König um sein Land gespielt; aber niemals auch war um Truthähne gespielt worden. Der Truthahn galt in Anahuac als das gewöhnlichste der Haustiere und war vor jedem Bauerngehöft zu finden.
Die Höflinge jubelten. Wohl aber hatte Montezuma herausgehört, wie verächtlich die Worte des Oheims geklungen. Montezuma war ein geschickter Ballspieler, und er nahm sich vor, den Gegner für die tollkühne Wette zu strafen. Beim Wort nehmen wollte er ihn und ihm Krone und Länder entreißen – hier standen ja Ohrenzeugen des unsinnigen Vorschlages –, um vielleicht nachträglich, wenn seine Laune ihn antreiben sollte, Tezcuco und Acolhuacan zurückzuerstatten; doch würden dann der Rivale Mexikos und seine Nachfolger für immer gedemütigt sein und besäßen ihr Reich nur noch als Gnadengeschenk, als Lehen ...
Mit ausgesuchter Höflichkeit dankte er für das großherzige Anerbieten und ließ drei Truthähne herbeiholen. Dann begann das Spiel.

Überaus grotesk waren die Regeln des Ballspieles. Mit einem aus Leder geflochtenen Schlegel, dessen Ende einem Hufeisen glich, wurden die roten, blauen und gelben etwa apfelgroßen Kautschukbälle in die Luft geschnellt. Nur geübten Spielern konnte es gelingen, den Ball durch die Öffnung des durchlochten Steines unter der Decke hindurchzubringen. Hatte der Ball das Mühlsteinloch durchflogen, so mußte der Gegner, ohne die Arme und Hände zu gebrauchen, ihn auffangen und zurückschnellen: mit der Schulter, mit dem Kopf, mit der Lende oder mit dem Gesäß; und die seltsamen Stellungen der Spielenden erinnerten an die Körperhaltung hüpfender Frösche und Affen.
Montezuma schien heute vom Glück begünstigt. Die beiden ersten Spiele gewann er leicht. Als er das zweitemal siegte, fand der Jubel seiner Höflinge keine Grenzen; sie beglückwünschten ihn schon als den Herrn der Acolhuas. Und auch er selbst, berauscht vom Glück und angesteckt vom Freudenfieber der Schmeichler, setzte seinem Übermut keinen Damm mehr entgegen.
»Nur noch ein Spiel«, rief er, »und Tezcuco ist mein!«
»Du wirst Tezcuco verlieren, wie du dereinst Tenuchtitlan verlieren wirst!« rief, durch den rundlichen Mund der Steinmaske hindurch, der Herr des Fastens.
Da lachte Montezuma hellauf: »O großer Chichimecatl, an beides glaube ich nicht. Unser drittes Spiel wird es entscheiden. Doch jetzt bin ich Sieger, mir gehört jeder Mantel, den meine Hand berührt.«
Kreischend flohen alle Höflinge aus dem Ballspielhaus. Nur die Schwarze Blume blieb stehen, regungslos, wie ein Steinbild.

Montezuma näherte sich ihm und legte die Hand an den Mantel. Die Schwarze Blume hielt den Mantel fest. Wieder prallten ihre Augen wie Kiesel aufeinander.
»O großer König, o Zorniger Herr«, sagte der Jüngling. »Es ist leichter, Länder zu gewinnen als meinen Mantel.«
Unwillig ließ Montezuma den Mantel fahren.
»Es ist so«, sprach er, »wir spielen heute um Länder. Nicht ich schlug die aberwitzige Wette vor. Aber nichts soll mich hindern, zu behalten, was ich im Spiel gewinne. Und Tezcuco ist wahrlich mehr wert als ein Mantel.«
»Zweimal habe ich dich mit Absicht gewinnen lassen«, sprach nun mit überlegener Ruhe der Herr des Fastens, »und staunend sehe ich, wie rasch du Geschmack daran gefunden hast, dich für den alleinigen Herrn Anahuacs zu halten. Doch jetzt sollst du erfahren, wie unbeständig und vergänglich die Freude an den Herrlichkeiten der Erde ist, und ein Zeichen des Himmels soll dies letzte Spiel sein, ob wir alten Wahrsager und die Sterne wahr gesprochen; denn ob du auch zweimal Sieger warst, dies dritte Mal wirst du verlieren!«
»Himmel und Erde rufe ich an als Zeugen«, rief Montezuma, »nicht für mich spiele ich jetzt, sondern für Mexiko und seine Heiligtümer. Mögen die Bewohner der Heiligtümer mein Spiel und Tenuchtitlans Altäre schützen!«
War es vielleicht, weil die Erregung ihn lähmte, während der Gegner seine eisige Gelassenheit bewahrte – sosehr Montezuma sich abmühte, er verlor das Spiel. Aber auch der König von Tezcuco erhielt die Truthähne nicht, da er bloß einmal gewonnen.

Der Sonnengott war hinabgestiegen in das Land der Weiber, und der Abendstern, der Herr der Abendröte, das lebende Herz der Grüngefiederten Schlange, strahlte am violetten Horizont, als der Herr des Fastens und die Schwarze Blume sich über den amethystfarbenen See heimrudern ließen. Vater und Sohn schwiegen; wozu auch sollten sie Worte darüber verschwenden, daß das Ballspiel den Bruch mit Mexiko besiegelt und daß von Montezuma böse Vergeltung zu gewärtigen war.
Die Spiegelung der kristallgekrönten Kordillere verblaßte auf der Seefläche, die anfänglich scharfumrissenen stahlblauen Silhouetten der achtzig Pyramidentempel Tenuchtitlans und Tlatelolcos verschwammen im Nachthimmel, während die heiligen Feuer der Sanktuare sichtbar wurden wie goldrote Lava auf Kraterspitzen. Und am Seeufer, eine Viertelmeile südlich von der Wasserstadt, leckte plötzlich in der Vorstadt Acachinanco die riesenhafte Feuerzunge des Leuchtturmes an das Himmelsgewölbe und gab, Städte und Dörfer überschimmernd, nächtlichen Bootfahrern und Fischern Lichtes genug, sich auf der Lagune zurechtzufinden. Geräuschlos und unstet flatterten Fledermäuse, Hufeisennasen und Vampire dicht über dem

Wasserspiegel. Eine Brise trug von Tenuchtitlan her den gleichstimmigen Ruf der Wächter-der-Nacht über den See und auch abgerissene Fetzen süßhallender Lieder der Mexikos Straßen durchirrenden Freudenmädchen.

Da gedachte der Herr des Fastens der letzten seligen Nacht, die Anahuac gesehn.

Vor mehr als einem Jahrzehnt war es gewesen, nicht lange nach Montezumas Thronbesteigung. Der zweiundfünfzigjährige Zyklus war abgelaufen, und ungewiß war es, ob die Götter den Bund mit den Menschen erneuern würden. Am Vorabend des Jubelfestes Unsere-Jahre-umgürten-sich wurden alle Feuer gelöscht, alle Gerätschaften zerbrochen, alle Tongefäße in Scherben geschlagen. Von der Treppe der großen Schlangenbergpyramide aus bewegte sich die Prozession – der Gang-der-Götter – nach Süden, überaus langsam, um erst gegen Mitternacht auf der Höhe des heiligen Hügels, des Akazienberges bei Iztapalapan, anzulangen. Die Könige des Drei-Städte-Bundes, der höchste Adel und die Oberpriester, mit der Gewandung und den Insignien ihrer Gottheiten bekleidet, schritten an der Spitze des Zuges. Klopfenden Herzens drängte sich das Volk auf allen zinnengekrönten Hausdächern Tenuchtitlans und der Uferstädte, und die bange Frage schwebte auf allen Lippen, ob der Himmel das Feuer und die Erneuerung des Paktes nicht versagen, ob die Erde nicht zusammensinken werde wie erloschene Asche. Gatten schlossen ihre schwangeren Frauen in Scheunen ein, aus Furcht, sie könnten zu reißenden Tieren werden; Säuglinge wurden von ihren Müttern am Schlaf gehindert, auf daß sie sich nicht, zu Mäusen gewandelt, in Dielenlöcher verkröchen. Um dem Türkisherrn – dem Feuergott nämlich – ein besonders wertvolles Geschenk zu bieten, hatte kurz zuvor das mexikanische Heer den Freistaat Huexotzinco überfallen, und einem Krieger aus Tlatelolco war es geglückt, den berühmtesten Kriegshelden Huexotzincos am Haarschopf zu packen und als Gefangenen nach Tenuchtitlan zu bringen. Dieser Sklave des Feuers ging jetzt neben den drei Königen in der Prozession, und oben auf dem heiligen Hügel wurde er um Mitternacht, als eben die Plejaden den Meridian durchschritten, auf den Opferstein gebettet, und vom Hohenpriester wurde ihm der Edelstein – das zuckende Herz – aus der Brust geschnitten und dem Blauen Herrn, dem mit dem gelben Gesicht, dargebracht.

Über der rauchenden Wunde der Leiche aber wurde das männliche Stäbchen gegen das weibliche Stäbchen gerieben, bis im Holzmehl eine Flamme aufzüngelte. Sogleich kam ein hochgeschichteter Scheiter in Brand. Und wie aus einem Munde erdröhnte durch das Hochtal der frenetische Jubelschrei von Millionen angstbefreiter Seelen, endlos wiederholt vom Echo der Kordilleren und des Firmamentes. Fakkelschwingende Priester brachten leichtfüßig die beglückende Flamme auf die große Pyramide Huitzilopochtlis, auf den Schlangenberg, hinauf. Nach kaum einer Stunde loderten in allen Städten und Dörfern Anahuacs die Hausherde, und von allen Bergspitzen herab leuchteten Freudenfeuer. Tausend blumenbekränzte Boote voll singender Mädchen und Knaben schaukelten auf dem flammenspiegelnden See. Und umtost von Heilrufen schritten Hand in Hand Montezuma und der Herr des Fastens zurück über den großen Steindamm, wirr von Glück und Seligkeit, und angelangt im Großen Palast, umarmten sie sich mit Freudentränen . . .

Ja, ihre Freundschaft schien damals auf Felsen gegründet. Doch bald, allzubald hernach, als die Erde unter des Großkönigs Fuß zu beben begann, ward auch diese Freundschaft erschüttert, bekam Risse, bröckelte ab und stürzte zusammen wie morsche Trümmer.

Schritt für Schritt war Montezuma der machtlüsterne Tyrann geworden. Eine bezaubernde, fast frauenhaft scheue Anmut und Demut hatte ihn als Jüngling ausgezeichnet. Obgleich Königssohn, hatte er das azurne Diadem nicht in die Wiege gelegt bekommen. Nach dem Tod seines Vaters, des Königs Wassergesicht, trugen dessen Brüder das Stirnband aus Türkismosaik: erst – fünf Jahre nur – der schwächliche Tiçoc, der Kreidige, der durch ein schönes, zum Geschenk ihm gesandtes Mädchen behext und vergiftet wurde; und König Molch dann, der nach zwanzigjähriger Regierung an einer Kopfwunde starb – die hatte er sich selbst bei der furchtbaren Überschwemmung Mexikos beigebracht, als er aus einem plötzlich überfluteten Palastzimmer durch eine niedrige Pforte hatte flüchten müssen. Ein Adliger königlichen Blutes, lebte Montezuma am Hofe seiner Oheime, kaum unterschieden von anderen Prinzen – außer durch seine bestrickende Liebenswürdigkeit, feinen Takt und eine blindstarre Kühnheit im Kriegsdienst, mit der er früh Staunen erregte. Sein Vatersbruder, König Molch, vertraute ihm, nachdem er ihn zum Vorsteher des Hauses der Pfeile ernannt, die Führung der mexikanischen Heerscharen an; und Wundertaten vollbrachte Montezuma im Feldzuge gegen die Rebellen von Quauhtla im Huaxtekenlande. Aber so wundersam war seine Bescheidenheit – oder war es damals schon Verstellungskunst? –, daß er, kaum aus dem Kriege heimgekehrt, allen ihm zugedachten Ehrungen entsagend, sein strahlendes Papageienfederwams für die mit Kautschuk geschwärzten Hadern eines Unterpriesters eintauschte und im Tempel des Huitzilopochtli Wohnung nahm. Er trug fortab sein Haar ungeschnitten und ungekämmt, malte sich schwarz an und unterzog sich allen Kasteiungen und Sklaveneinrichtungen der Neophyten. Allnächtlich durchbohrte er sich mit einem zugespitzten Knochen die Ohren und die Zunge, fastete oft mehrere Wochen hintereinander, schleppte Holzscheite fürs Opferfeuer herbei und hielt – mit drei anderen Feuerhütten – ein Bein oder einen Arm des jammernden Gottes in Menschengestalt, dem der Hohepriester das Obsidianmesser zwischen die Rippen stieß.

Der Herr des Fastens, als Bruder der mexikanischen Königin Ameisenblume – der Gemahlin des Königs Wassergesicht und Mutter Montezumas –, mehr aber noch als Mitregent des Drei-Städte-Bundes, hatte einen ausschlaggebenden Einfluß bei der Königswahl nach König Molchs Tode. Obwohl der Spiegelherr, ein älterer Bruder Montezumas, die meisten Aussichten gehabt, da er, unfähig und träge, Wachs in den Händen des machtlüsternen Adels zu sein versprach, erwirkte der Herr des Fastens, mit zäher Festigkeit den Königswählern entgegentretend, daß sich die Stimmen nach langer und stürmischer Beratung auf den von ihm vorgeschlagenen Prinzen Montezuma einigten. Als darauf die Königswähler die große Schlangenbergpyramide bestiegen, um dem Prinzen feierlich seine Ernennung zum König Mexikos zu verkünden, fanden sie ihn damit beschäftigt, die Porphyrstufen der Pyramide mit einem Scheuerlappen abzuwaschen. Demütig und überbescheiden lehnte er die auf ihn gefallene Wahl ab, indem er erklärte, er sei unwürdig und nicht befähigt genug, ein so hohes Amt zu bekleiden. Langer Überredung bedurfte es, daß er einwilligte, den lasurblauen, an der Spitze hakenförmig gebogenen Herrscherstab in die Hand zu nehmen. Sofort wurde er ebendort auf den Tempelstufen vor allem Volke Mexikos nackt entkleidet, um seine Lenden wurde ein dunkelgrüner, mit kleinen Totenschädeln und Knochen bemalter Frauenrock getan, eine ebenfalls mit kleinen Schädeln verzierte Schärpe wurde ihm um die Stirn gebunden, ein perlbestickter Weihrauchbeutel an seinen linken Arm gehängt, und mit einem großen Schleier vom Kopf bis zu den Zehen verhüllt, wurde er hinaufgeführt zum Glutbecken, wo er vor dem juwelenblitzenden Standbilde des Stammgottes, des Wunderbaren Huitzilopochtli, weiße Weihrauchkörner ins heilige Feuer warf. Darauf wurde ihm die Nase an den Nüstern durchbohrt und mit einem unschätzbaren Smaragd, der die Gestalt eines Stäbchens hatte, geschmückt. Nachdem er dann vier Tage lang im Pfeilhause, einem Nebengebäude des großen Tempels, sich kasteit und gebetet und hernach von einem Sklavenraubzug die erforderliche Myriade Menschenopfer für die Festlichkeiten heimgebracht hatte, begann die mehrtägige Feier der Krönung, eingeleitet durch Entzünden von Pechpfannen zur Festbeleuchtung der Stadt und durch pomphafte Tanzspiele des Adels bei Tag und bei Nacht. Da war es der Herr des Fastens, der die Begrüßungsworte sprach an den neuen König, »der seinen Hof inmitten des Wassers hat«, ihm die azurne Stirnbinde ums Haupt wand und ihn mit der steilen, funkelnden Mitra krönte. Die Tränen in Montezumas Augen und seine glühenden Dankesworte waren nicht geheuchelt.

Aber im Unglück sich selbst zu bewahren, ist Menschen leichter als im Glück. Nach wenigen Jahren verwandelte sich Montezumas liebenswertes Wesen. Er, der anfangs keinen Beschluß gefaßt, ohne seinen väterlichen Freund und Oheim zu Rate zu ziehen, fing an,

selbstherrlich und despotisch zu regieren. Eines Tages entließ er sämtliche Plebejer aus den höheren Stellen des Heeres- und Staatsdienstes, taub für die Warnungen des Herrn des Fastens. Die Folge war eine tiefe Verstimmung in den blühenden handeltreibenden Orten Anahuacs und besonders in Tlatelolco, der Stadt der Kaufleute. Noch rücksichtsloser ging er gegen die niederen Stände vor. Handwerker und Bauern überlastete er mit Steuern, und so weit trieb er die Bedrückung der Armen, daß er den Bettlern sogar einen Läusezoll auferlegte, indem er sie zwang, große Säcke voll Läuse an die Steuereinnehmer abzuliefern.
Bald wurden auch – vielleicht erfundene, aber nicht unglaubwürdige – Worte des Weltherrn verbreitet: er sollte sich über den altersschwachen Drei-Städte-Bund und die wachsende Vorherrschaft Mexikos in einer Tezcuco und Tlacopan verletzenden Weise geäußert haben. So war denn eine Entfremdung eingetreten, lange bevor der Blumenbaum von Yuquane und der Brudermord am Prinzen Grasstrick die einst so warme Freundschaft erfrieren ließ.
Hatte der Herr des Fastens berechtigten Grund, seines Schwiegersohnes und Neffen Tötung nachzutragen, so suchte auch Montezuma nach einer Rechtfertigung seiner eigenen Undankbarkeit, und er fand sie in zwei Familientragödien, die den Frieden des Königshauses von Tezcuco in seinen Grundfesten erschütterten.

Einst hatte König Wassergesicht seine jungen Töchter, die Schwestern Montezumas, über den Schilfsee gesandt, damit der Herr des Fastens in der so lieblich befrachteten Galeere sich die rechtmäßige Gattin auserkiese. Unter den Mädchen erblickte der Herr des Fastens eine mit Namen Smaragd-Lingam, die – wohl ihr selbst unbewußt – mit ihren feuchtschimmernden Augen und blutrot gewölbten Lippen einen Dunstkreis seliger Berückung um sich zu verbreiten schien, lockend und schwül wie eine liebestrunkene Giftknospe. Und er wählte sie zu seiner Königin, obgleich sie erst acht Jahre zählte. Bis zur Mannbarkeit ließ er das Kind als unumschränkte Herrin in einem eigenen Palaste wohnen, bedient von zweitausend Pagen, Hofbeamten, Hofdamen und Sklavinnen; und auch nachdem sie die Seine geworden, blieb sie in diesem Palaste. Die schrankenlose Freiheit verdarb des Kindes Seele, der Wurm saß in der Knospe, noch ehe sie erblühte. Da das Kind gemerkt hatte, daß die Dienerschaft blindlings gehorchte und jeder mögliche Wunsch, kaum geäußert, in Erfüllung ging, begann es das Unmögliche zu ersehnen. Auf dem flachen Dache des Palastes stehend, blickte das sinnliche Kind hinab auf die Straße, und sobald es einen schönen Jüngling erblickte, gab es den Sklaven Befehl, ihn heimlich nachts in ihr Schlafgemach zu führen. Nach der Liebesnacht aber ließ es die Jünglinge vergiften und begrub sie unter den Blumenbeeten des Schloßgartens, indem es weinte und die Schönheit des Toten in Liedern besang. Und die kleine Verruchte ließ durch Bildhauer erzene Standbilder der Gemordeten fertigen und stellte die Statuen in ihrem Schlafgemach auf, bis dieses ganz mit Totenbildnissen gefüllt war. So trieb sie es vor und nach ihrer pomphaft gefeierten Hochzeit mit dem Könige Tezcucos. Der Herr des Fastens aber ahnte nichts, und als er einmal erstaunt fragte, was der Sinn der vielen Erzbilder sei, die ihres Schlafgemaches Wände schmückten, erwiderte sie mit unschuldsvollem Lächeln auf dem kindlichen Mund: es seien das ihre heimatlichen Götter. Und er gab sich mit der Antwort zufrieden, da ihm die abergläubische Bildverehrung der Mexikaner wohlbekannt war. Nun geschah es, daß ein Jüngling von hohem Adel eine Nacht beim kleinen Vampir verbrachte und Smaragd-Lingam durch seine Jugend und Anmut so entzückte, daß die Mordgewohnte es nicht übers Herz brachte, ihm den Giftbecher zu reichen, vielmehr Befehl erteilte, ihm ein Tor zu öffnen, auf daß er eine andere Nacht wiederkehre. Diese erste Regung eines menschlichen Gefühls wurde ihr Verderben. Denn der Herr des Fastens entdeckte an dem Jüngling ein Kleinod, welches ihm bekannt vorkam – hatte er doch selbst ein ganz gleiches seiner Gemahlin geschenkt; und so wertvoll und einzigartig war es, daß er nicht annehmen konnte, es gebe ein zweites in der Welt. Die Ausflüchte des zur Rede Gestellten bestärkten seinen Argwohn. Unangemeldet betrat er in der darauffolgenden Nacht den Palast der Königin und kam an die Tür ihres Schlafgemachs. Während er aber sonst sich zurückzuziehen pflegte, wenn die Palastdamen ihm sagten, die Königin schlafe, ließ er sich diesmal nicht abhalten, sondern bestand darauf, sie sprechen zu wollen, trat ein und näherte sich ihrem Lager. Da sah er beim hüpfenden Geflacker der Kienfackeln – nicht das zauberhafte Gesichtchen mit geschlossenen Wimpern und halbgeöffnetem Munde, tief in die Kissen getaucht und überflutet von dunklen Strähnen, wie er es sonst immer nachts geschaut. Das Herz blieb ihm stehen. Leer war das Bett.

Raserei packte den Herrn des Fastens. Nachdem er seine Leibwache gerufen, durchsuchte er selbst den Palast, bis er in einer entlegenen Kammer die Ehebrecherin mit dem Liebhaber auffand. Er ließ beide in einen Käfig sperren; er ließ die zweitausend Bediensteten des Palastes festnehmen. Dann traf er vorsorglich Anstalten für ein abschreckendes Strafgericht. Den ersten Richtern des Landes übertrug er es, die Mitschuld der Dienerschaft zu ermitteln, die Anklage aufzusetzen, das Urteil zu fällen. Nicht nur die Fürsten und den Adel der befreundeten Staaten lud er ein, sogar zu den Erbfeinden Tezcucos sandte er Boten, und freies Geleite zusichernd, bat er seine Gegner, zur Hinrichtung zu kommen mitsamt ihren Frauen und Töchtern, wären diese auch kindjung, damit die Mädchen Anahuacs erführen, wie Ehebruch gestraft werde. Die große Stadt Tezcuco konnte den Schwarm der herbeigeeilten Fürsten nicht fassen, in benachbarten Dörfern mußten viele Unterkunft suchen. Auch Monte-

zuma und seine Geschwister, der Überwältiger und die damals noch nicht verheiratete Papan, kamen über den See und standen neben dem Herrn des Fastens oben auf dem Tempel der Göttin der Lust, der Kehrichtgöttin – der Straferin sündiger Liebe, in Gestalt eines gräßlichen, am Maule blutigen Frosches verehrt –: »denn die Liebe frißt und verschlingt alles«, wurde von ihr gesagt. Und Montezuma mußte mit erzwungenem Gleichmut dem Schauspiel zusehen, wie der eigenen Schwester und ihrem Liebhaber Schlingen um den Hals gelegt, wie sie erdrosselt und dann verbrannt wurden, während die zweitausend Bediensteten auf hügelhohen Scheiterhaufen langsam verkohlten. Die ernste Papan und der ritterliche Überwältiger beugten sich erschauernd vor der starren Gerechtigkeit der Lustgöttin mit dem blutigen Maul, die alles frißt und verschlingt. Aber Montezumas Selbstgefühl bäumte sich auf; und ein Haß gegen den Herrn des Fastens schlug Wurzeln in seinem Herzen.
Von der Hingerichteten blieben dem Herrn des Fastens zwei Söhne: Huexotzinca, der Pflanzer des Weidenbaumes, und Cacama, der Edle Traurige. Dem Erstgeborenen hatte er diesen Namen gegeben, weil er kurz vor dessen Geburt einen glänzenden Sieg über den Freistaat Huexotzinco davongetragen. Und obgleich die Abkunft der beiden Kinder zweifelhaft war, ließ er sie weder die Sünde der Mutter entgelten noch die mißtrauische Liebe ihres Oheims Montezuma, der keine Gelegenheit vorbeigehen ließ, sie für Mexiko zu gewinnen. Es war, als sie zu Jünglingen heranwuchsen, ein Wettbewerb, ein stummer Kampf des Vaters und des Oheims um die Seelen der beiden. Und da der ältere, der Pflanzer des Weidenbaumes, um seines leutseligen und freien Wesens willen früh schon der Liebling des Volkes, mit reifender Einsicht die keineswegs selbstlosen Absichten Montezumas durchschaute und seinem Vater den Vorzug gab, wurde er der Stolz des Herrn des Fastens und der Neid Montezumas.
Unter den Konkubinen des Herrn des Fastens war eine mit Namen Xocotzin, die Baumfrucht, genannt, die Herrin von Tula, ein Wesen wundersamer Art, überragend durch Bildung, Begabung und eine hehre sibyllenhafte Schönheit. Obgleich nicht von Adel – sie war Tochter eines Kaufmannes –, usurpierte sie bald die bevorzugte Stellung der Hingerichteten und wurde zur ungekrönten Königin Tezcucos. Sie schenkte dem Herrn des Fastens die zwei jüngeren Söhne, Prinz Ohrring-Schlange und die Schwarze Blume, und eine Tochter, Prinzessin Perlmuschel. Der König, dessen Weisheit so bewundert wurde, daß das Gerücht von ihm ging, als Kind sei er durch eine Zauberin mit übermenschlichem Wissen begabt worden – der König fand einen gleichgearteten Geist an der Herrin von Tula. War sie doch fähig, über deutungstiefe Fragen der mexikanischen Philosophie – über die Vierheit in jeder Einheit, über die Identität des Wassers, des Schicksals und der Versklavung, über Tloque yn Nahuaque, den Grund der Gründe oder Gott aller Götter, »der in und bei allem

ist« – mit dem König und den Weisen seines Landes zu disputieren. Und so groß war ihre Dichtergabe, daß für ein Lied von ihr der König jede Bitte gewährte. Sie gewann nach und nach große Macht über ihn, und freiwillig unterwarf er seinen Willen dem ihren – gewiß zu seinem und des Landes Vorteil, da der Einfluß dieser so zartsinnigen Frau der Verfeinerung der Sitten und der Verinnerlichung der Kultur in hohem Maße fördersam war. Als sie daher eines Tages Klage darüber führte, an ihr Ohr seien schlüpfrige Reden von Höflingen geklungen, erließ er das Gesetz, daß jedes im Palaste gesprochene wollüstige Wort mit dem Tode gestraft werden solle. Vordem aber hatte er mit Nachdruck bekanntgegeben, daß seine drakonischen Gesetze gleiche Gültigkeit hätten für arm und reich, für hoch und niedrig, für den letzten Bettler sowohl wie für ihn selbst und die Seinen. Wie ernst es ihm mit diesem Ausspruch war, mußten bald die Völker Anahuacs mit Schrecken wahrnehmen. Denn die ihm angeborene starre Tugendliebe und das zähe Festhalten am verkündeten Königswillen brachten ihn in einen unlösbaren Konflikt mit sich selbst.
Sein ältester Sohn, der Pflanzer des Weidenbaumes, hatte die von Priestern geleitete Erziehungsanstalt für Prinzen königlichen Blutes als Siebzehnjähriger verlassen und wohnte wieder im Großen Palast, als er eines Tages in Gegenwart von Würdenträgern einer den Saal durchschreitenden jungen Coco scherzweise einige freie Kosenamen nachrief, die auf ihre straffen Brüste Bezug hatten. Das Mädchen hielt sich für todgeweiht, wenn sie die Kränkung verschwieg, und rannte daher, die Türwächter beiseite stoßend, unverzüglich in den Saal der Botschaften, wo sie sich dem König zu Füßen warf und mit Schluchzen den Vorfall berichtete. Der Herr des Fastens erkannte, daß er sich in ein selbstgesponnenes, unzerreißbares Netz verfangen. Erst noch klammerte sich seine Angst um den Lieblingssohn an die Hoffnung, die Sklavin könnte sich verhört haben. Aber die Ohrenzeugen, die er heimlich kommen ließ und ausfragte, fürchteten, durch Lügen selbst schuldig zu werden und bestätigten die Worte der Anklägerin. Da sprach der König das Urteil über sein eigenes Fleisch. Vergebens flehten die Großen des Landes, er möge Erbarmen haben mit sich selbst. Vergebens sandte Montezuma bange, beschwörende, fast drohende Botschaften. Umsonst auch nahte die Herrin von Tula mit ihren Kindern dem Thron und verschwendete niederkniend ihre rührende Beredsamkeit. Zum ersten und einzigen Mal blieb er taub ihren Bitten und befahl, sie fortzuführen. Nur so weit milderte er das Urteil ab, daß seinem Liebling die Nähe des Todes verborgen sein sollte. Der junge Prinz wurde in den blühenden Schloßgarten geführt, und seine Begleiter eröffneten ihm, der König, sein Vater, habe ihm vergeben. Voll seliger Freude darüber schmückte er sich mit Rosen, und auch seine Begleiter banden Blumenreifen und Blumenketten und schlangen sie ihm um den Hals, und lachend zogen sie

die Schlinge enger, so daß er erstickte an den berauschenden Blüten – im Augenblick höchsten Glückes, mit fröhlichem Lächeln auf dem sich weißenden Munde.

Leise vor sich hin, kaum vernehmlich, sang der Herr des Fastens ein Lied, das er auf den Tod seines erdrosselten Sohnes gedichtet:

»Ich berausche mich, ich berausche mein Herz!
Im Morgenrot sprach, redete der gelbe Löffelreiher
Auf der Schildmauer, auf der Speermauer:
Freue dich, du mein Erstgeborener! ...
(Wehe! Die Schopfente! Die huaxtekische Schopfente!)

Ein gar sehr durch Götterblumenwein Berauschter
Ist er dort, der Vogel am Ufer! ...
(Wehe! Die Schopfente! Die huaxtekische Schopfente!)

Der Smaragd ist zermalmt,
Die Schmuckfeder ist zerbrochen.
O mein Erstgeborener!
Immer wieder werden Prinzen sterben,
Um Berauschte zu sein dort im Lande der Bewässerung,
Dort am Seeufer.

Ach, schreiender Adler!
  Ach, brüllender Jaguar!
  Du mein Sohn, Pflanzer des Weidenbaumes!
Schon ist dort im Lande des Rauches,
  Im Hause der Roten Schlange
  Eine Grube bereitet.«

Als die Königsgaleere sich Tezcuco näherte, sagte plötzlich die Schwarze Blume, nach Tenuchtitlan blickend:
»Süßeres Fleisch als das Gekröse der drei Truthähne hat heute mein Bruder, der Edle Traurige, gewonnen – und dazu dein blaues Stirnband, Vater!«
Der Herr des Fastens schüttelte langsam den Kopf. Des Sohnes Gedanken waren denselben Weg gezogen wie seine, wie zwei nachtumhüllte Wanderer waren ihre Träume am gleichen Ziele angelangt. Einen natürlichen Bundesgenossen besaß Montezuma am Edlen Traurigen, dem Sohn der Hingerichteten, dem Bruder des lieblichen und so grausam mit Blumen Erdrosselten. Denn obgleich der Herr des Fastens des toten Sohnes Gemächer im Palaste hatte zumauern lassen, um seinen Augen den immerwährenden Vorwurf zu ersparen, der Erdrosselte fand doch nicht Ruhe im Lande der Sonne, und sein nie verblassendes Bild mahnte, die ihn geliebt hatten. Sein und

der Mutter Schicksal mußte ja den Edlen Traurigen zum Vasallen Mexikos machen, wäre er auch nie umworben und hinübergelockt worden. Und wenn er die Krone erbte, so war das Reich von Tezcuco nur noch eine Provinz Tenuchtitlans. Das war gewiß. Dennoch schwieg der Herr des Fastens, wie er immer schwieg, sobald ein Wort die noch ungewisse Thronfolge streifte. Nach längerem Sinnen aber sagte er:

»Dem Herabstoßenden Adler hat er sein Kind Maisblüte versprochen.«

Die Schwarze Blume lachte kurz auf:

»Alle seine Versprechen vergißt er. Sonst vergißt er nichts und nie. Doch auch ich werde den Hund nicht vergessen, der dich gebissen hat! Das schwöre ich bei Mictlan-Tecutli, dem Herrn des neunten Totenreiches und der weißen Kreideschmetterlinge! – Nie, nie werde ich vergessen . . .!«

Als sie diese Nacht sich trennten, umarmte der Vater den Sohn. Er hatte es nie getan, seit jener der Kindheit entwachsen. Voll Staunen und verständnislos blickte ihn die Schwarze Blume an. Dann wandte er sich um, sein Schlafgemach aufzusuchen. Der Herr des Fastens hielt ihn am Arm fest.

»Eins fürchte ich«, sagte er leise.

»Was, o König und Vater?« fragte die Schwarze Blume.

»Eins fürchte ich: du wirst dein eigenes Blut trinken, mein Sohn.«

Der Prinz schwieg finster.

»Schade um dies schöne Tal Anahuac«, sprach der König fast flüsternd, »und schade um dich, wenn du je Feuerbrände an die Heimat legst.«

»Dann treffe ihn der Fluch, der mir die Brandfackel in die Hand zwingt!« murmelte der Prinz, und seltsam lächelnd schritt er hinaus.

Die Besorgnis, Montezuma werde Vergeltung üben, war nicht unbegründet gewesen – das zeigten die nächstfolgenden Tage. Aber der Herr des Fastens hatte kleine Nadelstiche erwartet und war daher wie gelähmt durch einen unvorhergesehenen Keulenhieb, mit dem ihn die Rachsucht des Großkönigs aus dem Hinterhalt traf. Nämlich ohne vorher Tezcuco in Kenntnis zu setzen, sandte der Zornige Herr Botschaften an die tributpflichtigen Städte der Chinampaneca – der um den Süßwassersee von Chalco gelegenen Landschaft – und ordnete an, daß das dem Herrn des Fastens zukommende Drittel aller Abgaben in Zukunft mit nach Tenuchtitlan geschickt werde. Heimtückisch war dieser Streich, denn schwerer noch zu verschmerzen als der Verlust des Tributs war der Verlust an Ansehen. Vor aller Augen hatte Montezuma an die Selbständigkeit des Bundesstaates gegriffen, und zu schwach waren die Heerscharen des Acolhuas, den Schlag zurückzugeben. Der Herr des Fastens war ein gebrochener Mann seitdem. Ein Herzleiden, das schon früher hin und wieder seiner

Nächte Ruhe getrübt, schlürfte ihm jetzt den Atem aus der Brust und fing an, seinen Körper und Geist zu zerrütten.
Aber noch einen Pfeil hatte der Gegner im Köcher behalten, und auch den schnellte er nun vom Bogen ab. Der Edle Traurige verschwand aus Tezcuco; und als er nach etlichen Tagen freudestrahlend heimkehrte, umjubelt von seinen mexikofreundlichen Parteigängern, war er der Verlobte der schönen Prinzessin Maisblüte, der Lieblingstochter Montezumas.
Da zog sich der Herr des Fastens tief verbittert in das außerhalb der Stadt gelegene Lustschloß Tezcotzinco zurück. Keinem seiner Söhne gestattete er, ihm dahin zu folgen oder ihn dort aufzusuchen. Die turmhohen Steinmauern des wunderalten Schloßparkes schieden ihn ab von der Welt der Täuschungen und Enttäuschungen. Nur die Herrin von Tula durfte bei ihm weilen und mit Gesprächen und Gesängen seine Trübsal scheuchen. Zwei Monate später schickte er auch sie zurück nach Tezcuco, und er blieb allein, unter kahlköpfigen Zypressen die Tage verträumend, mit kreischenden Papageien und lärmenden Affen, mit stummen Kunstfelsen und schweigsamen Fischteichen, mit geschwätzigen Springbrunnen und zwei gebeugten Greisen – abgedankten nutzlosen Würdenträgern gleich ihm.

Fortan hielt er nur noch nachts mit Gestirnen Zwiesprache, nie mehr kam ein Wort über seine Lippen. Bloß einmal, kurz nachdem er von der Herrin von Tula Abschied genommen, durchbrach er das freiwillig auferlegte Schweigegebot. Den beiden Greisen eröffnete er, daß er den Tod nahe wisse, und gab Anordnungen, seine Leiche in aller Stille zu verbrennen und sein Hinscheiden längere Zeit dem Volke geheimzuhalten. Denn so weit seines Namens hinwelkende Macht reichte, wollte er das Unabwendbare hinausschieben. Auf die Frage, wen er zum Nachfolger bestimme, gab er zur Antwort: weder wolle er seinem besten Sohn, der Schwarzen Blume, die Kränkung antun, daß er ihn übergehe, noch dürfe er des Reiches Wohlfahrt so hintansetzen, daß er dem Verderber Anahuacs zum Thron verhelfe. Und er löschte die brennende Wißbegier der beiden Greise, indem er ihnen die Kindheit der Schwarzen Blume erzählte.
Einst, als die Herrin von Tula schwanger mit ihm ging, verkündeten böse Vorzeichen, das Kind im Mutterleibe sei dem eigenen Volke zum Fluch erzeugt worden. Sterndeuter und Weise nahten, um den König zu warnen, und stellten das Ansinnen an ihn, er müsse – die Gefahr abzuwenden – das Kind gleich nach der Geburt den Sterngöttern opfern. Schweren Herzens willigte der König drein. Als jedoch die Herrin von Tula die Wehen auf dem hohen Gebärstuhl überstanden und der König an ihr blumenbesätes Bett trat, ihr den Lohn ihrer Schmerzen zu entreißen, da wurde er weich im Nebel ihrer Klage. Und er schenkte dem todgeweihten Kinde ein zweites Mal das Leben. So fühlte er sich doppelt Vater dieses Sohnes und

hielt seine schirmende Hand über ihn, Planeten und eigener Einsicht zum Trotz, auch in späterer Zeit, als die Unbändigkeit des kleinen Prinzen bestätigte, welchen Wolf er an ihm großzog. Vier Jahre alt, stieß die Schwarze Blume seine Amme in ein tiefes Brunnenloch hinab, wo sie ertrank, und er tat es, weil sie den Liebesworten eines Adlerritters Gehör geschenkt. Im Alter von zehn Jahren ernannte er sich selbst zum Haupt einer Bande gleichaltriger Kinder, drang plündernd in die Wohnungen der höchsten Staatsbeamten ein und folterte diese zu Tode, weil sie sich zur Wehr gesetzt. Auf die Vorhaltungen seines erzürnten Vaters erwiderte der Knabe: viel mehr Lob als Tadel verdiene er, habe er doch die eingeschläferte Kriegslust der durch Reichtum und Wohlleben erschlafften Chichimeken wiedererweckt, wenigstens unter seinen Altersgenossen. Diese erstaunlich wildköpfige Antwort rettete ihn und seine Mithelfer. Die Strenge des Vaters, unerbittlich einst, war seit des Erstgeborenen Hinrichtung blutlos geworden. Er wollte keinen zweiten Sohn auf den Altar der Gerechtigkeit legen. Darum verzieh er und verzieh immer wieder.
Jetzt war es zu spät. Das kleine Welf hätte sich ertränken lassen – der so geliebte und gefürchtete Wolf nicht mehr. Ausgewachsen war er nun, ein herrliches Raubtier, nur halb gezähmt, und wußte vielleicht selbst noch nichts von seiner Blutgier und seinem Heißhunger nach rotem, zerrissenem Fleisch ...

Mehr als ein halbes Jahr war vergangen, seit der Herr des Fastens hinter den steilen Gartenmauern Tezcotzincos den Augen seines Volkes entschwunden. Da tauchte – unerklärlich wie und warum – das Gerücht aus der Tiefe des Volksherzens auf: der König der Acolhuas, der Große Chichimecatl, sei ins selige Land Tlalocan, in das zweite der Totenreiche, gestiegen. In Scharen zu Tausenden und aber Tausenden zogen die erregten Bewohner Tezcucos hinaus nach dem Lustschloß, um Sicherheit zu erlangen, daß ihr Herrscher noch lebe. Die beiden Greise wiesen erst die einlaßheischende Volksmenge ab mit dem Bedeuten, der König wolle in seinen frommen Meditationen nicht gestört sein. Als aber die Wilderregten Anstalten machten, mit Leitern die Mauern des Schloßgartens zu erklimmen, gaben die Greise zu, der König weile nicht mehr im Garten, sondern ermattet von schwerer Kasteiung ruhe er aus auf seinem silbernen Thronsessel im Schlangensaal. »Wir wollen ihn sehen!« schrie das Volk. Und eingeschüchtert riegelten die beiden Greise den Eingang zum Garten auf, nachdem sie als Bedingung gefordert, daß die Menge am weit geöffneten Tor des Thronsaales vorbeischreite, ohne den sinnenden König zu stören. Und so geschah es. Stundenlang zog die nie reißende Kette besorgter Männer, Frauen und Kinder am offenen Saaltor vorbei, und die Heimkehrenden konnten freudvoll in Tezcuco berichten, daß der König am Leben sei, da sie mit eigenen Augen ihn thronend erschaut.

Der letzte im langen Zuge war die Schwarze Blume. Die anderen Prinzen hatten es verschmäht, sich unter Kaufleute, Marktfrauen, Fischhändler und Bettler zu mischen. Aber ihn hatte die Sorge herausgerufen mit unwiderstehlicher Lockung. Als die letzten sich entfernt hatten, betrat er den Schlangensaal. Die beiden Greise warfen sich ihm entgegen, beschworen ihn, das Verbot des Vaters zu achten. Er würdigte sie keiner Antwort. Eilig näherte er sich dem Silberthron. Dann riß er dem Thronenden die Stirnbinde aus Türkismosaik vom Haupt und wand sie sich um die Schläfen. Der thronende König aber fiel auf die Marmorfliesen mit lautem Gepolter – ein stürzender Steingötze, lächerlich geschmückt mit den Kleinodien des längst verstorbenen und verbrannten alten Königs.

ZWEITES BUCH

Die Wächter Montezumas bewachten auf ihren Warttürmen das Meer, unermüdlich und gewissenhaft, wie man eine gefährliche Eingekerkerte hinter Gitterstäben, ein Muttertier mit Reißzähnen, eine entmenschte Verbrecherin oder eine entthronte Königin bewacht. Doch das Meer zeigte seine Reißzähne nicht, es lächelte in mädchenhafter Unschuld, und Muscheln, Korallen, wohl auch Leichen und Perlen rollte es mit ebbenden Atemzügen an den Küstensand, wie immer. Und seinen Kerkermeistern zum Trotz trug es eines Tages elf Karavellen auf seinen tiefblauen Schultern und lud am Ufer einer Bucht die schwankende Bürde ab. Ratlos mußten die Wächter der See zuschauen, wie ihre schöne Gefangene der Vorkehrungen Montezumas spottete; und sie vermochten nicht zu hindern, daß fünfhundertfünfzig weiße Götter mexikanisches Land betraten.

Noch bevor die weißen Götter den Fuß aufs Land gesetzt, versuchten unter dem Vorwande, Tauschhandel zu treiben, einige Wächter des Meeres auszukundschaften, in welcher Absicht die Unheimlichen genaht. In schöngeschnitzten Baumkähnen ruderten sie hinaus, und da sie am Maste eines der großen Wasserhäuser eine schwarze Sammetfahne erblickten, auf die ein Goldkreuz, umlodert von weißen und blauen Flammen, gestickt war, zweifelten sie nicht, daß dort der Tlatoani, der Große Herr, sich befinde, und sie erkletterten die Schiffstreppe. Und dies meldeten sie etliche Tage darauf im Saal der Botschaften, kniend vor Montezuma: »Wir küßten den Bug des Wasserhauses. Dachten wir doch – kam nicht vielleicht Unser Herr Quetzalcoatl vom Meer des Himmels herab auf dem Haus der Fluten? Als wir eine Treppe hinaufgestiegen, sahen wir ein Mädchen aus einer Tür treten, herrlich wie die Göttin der Blumen und der Liebe Xochiquetzal, und sie redete unsere Sprache, und sie führte uns vor Unsern Herrn. Der gab uns diese durchsichtigen Perlen – glitzernd blinken sie wie zu Stein gefrorene Regentropfen –, und er fragte uns durch den Mund des Mädchens: Wer seid ihr? Woher kommt ihr? Seid ihr aus Mexiko? Wie nennt sich der König in Mexiko: Und dann: ›Meldet eurem König Montezuma, daß ich als

Gesandter geschickt bin von einem König, der mächtiger ist als er – wie auch der Gott, dem wir dienen, mächtiger ist als alle Götter Mexikos. Die Botschaft, die ich überbringe, kann ich euch nicht sagen und keinem der Großen dieses Landes – sondern nur Montezuma selbst werde ich sie ausrichten, Auge in Auge.‹«

An einer ungesunden, sonnengedörrten Sandwüste war das kleine Heer der kastilischen Abenteurer gelandet. Sie waren von Kuba ausgezogen, um Gold zu suchen oder Ruhm oder Heldenabenteuer, manche wollten auch Götzentempel zertrümmern und das Kreuz aufrichten als wahre Nachfahren der Kreuzritter – aber sie alle hatten Zaubergärten erträumt, Märchenländer voll schimmernder Schlösser und liebeglühender Frauen, wie sie in den vielgelesenen Ritterromanen der Zeit, dem Amadis de Gaule, Palmerino di Rolando und Splandiano hingemalt waren. Eine dunkle Kunde von Mexikos Herrlichkeiten war seit Jahren bis nach Kuba geklungen. Nun befanden sie sich auf Mexikos Boden – und was sie sahen, war Ödnis: ein Streifen dünenhafter Sandhügel zwischen Weltmeer und Urwald. Vielen entsank der Mut wie ein verwelktes Blatt.

Das Feldlager mußte gerichtet werden. Ein weißes Zelt, das sie an Land gebracht, war bald kohlschwarz geworden, überdeckt von Myriaden Stechmücken; und Termiten hatten es angefressen, noch ehe es aufgerichtet war. Da befahlen die Offiziere, belaubte Zweige aus dem Urwald zu holen. Unter Aufsicht der Zimmerleute Cristóbal de Jaén, Alonso Yáñez und Alvaro López wurden Laubhütten errichtet, je eine für drei Mann. Dann wurden die Pferde ausgeschifft und die Geschütze. In einer Hürde wurden die Pferde untergebracht. Es waren nur sechzehn: denn Pferde und Neger waren fast unerschwinglich in Kuba. Die Schmiede Hernán Martin und Juan García beschlugen alsbald die zuckenden, von der Seereise benommenen Tiere. Die Artillerie bestand aus einigen schmächtigen Falkonetten und zehn kupfernen Kanonen – unter diesen fanden sich sechs lange Kartaunen, zwei kurze Kartaunen, eine lange Schlange und ein Basilisk. Die umfangreichste der Kartaunen war die Singende Nachtigall getauft worden.
Der Feuerwerker Alonso de Mesa – der schon in Italien unter dem großen Capitan Consalvo Ferrante gedient und Geschütze gegen Cesare Borgia gerichtet hatte – stellte jetzt, unterstützt von den Artilleristen Juan Catalán, Bartolomé de Usagre und dem einzigen Levantefahrer Arbenga, die kupfernen, mit Essig und Wein blankgescheuerten Kanonen und Falkonette rings um das Lager auf, wodurch dieses das Aussehen einer Wagenburg erhielt. Nach den vier Windrichtungen war je ein größerer Zwischenraum zwischen den Geschützen gelassen – sogenannte Tore –, in welche die Gassen des Feldlagers mündeten. Posten bewachten die Tore.

Dem Strande und den Schiffen zunächst waren die Lauben der Marketender. Dort wurden die Viktualien aufgestapelt, Essig- und Ölfässer, Konservenschachteln, Kisten mit gesalzenem Fleisch, weißem Zwieback und geröstetem Kassavebrot, auch Mehlsäcke. Doch erwies sich das Mehl durch Meerwasser verdorben und mußte verschüttet werden.

Besser hatte der Wein die Seereise überstanden. Und die Frau des Schmiedes Hernán Martin, die Marketenderin Catalina Márquez, genannt die Feuerlilie, hatte bald alle Hände voll zu tun, den sonnenversengten, pflichttreuen Soldaten nach schwerer Tagesmühe eine Labe zu reichen. Die Nichtstuer des Heeres aber wichen nicht von ihrer Seite: der Galicier Ribadeo, den sie Berberreo, den Weinschlauch, nannten; der kurzbeinige Pedro d'Ircio, geheißen Agrajes sin Obras, der Agramant ohne Taten und der Schwätzer Sánchez Farfán mit den weißen Händen, *de las manos blancas.* Auch eine junge Mulattin, Beatriz de Palacios, trieb sich mit ihnen herum, und während Pedro d'Ircio seine alten Geschichten von einem Don Pedro Jirón und einem Grafen von Urueña wieder auftischte, trank sie aus seinem Glas und aus den Gläsern des Weinschlauchs und des Weißhändigen, bis sie trunken kreischte und von ihrem alten Gatten Suárez mit Scheltworten weggetragen wurde. Es ging das Gerücht, sie sei die Tochter der Vaquera, einer alten reichen Portugiesin, die sich einst auf der Insel Haiti mit einem Negersklaven eingelassen, jüngst aber ihrer Silberminen wegen vom achtzehnjährigen Genuesen Lorenzo Serafini geheiratet worden war, nachdem sie das Pfand der Sünde, die bräunliche Tochter und angebliche Nichte, an den kahlköpfigen Suárez verschenkt hatte. Und so girrend verliebt war sie auf ihre alten Tage, daß sie dem flatterhaften Genuesen sogar aufs Schiff gefolgt war. Jetzt schlich sie verstohlen zwischen den Laubhütten umher, in der Hoffnung und Furcht, ihn zu ertappen. Serafini sah sie zwar von fern, doch unbekümmert fuhr er fort, mit den zigeunerhaften Glücksjägerinnen zu scharmieren, die sich dem Heere angeschlossen hatten, das Land des vergoldeten Mannes, *el Dorado,* zu suchen. Die schönste und vornehmste unter den Abenteuerinnen war ohne Zweifel die olivenbleiche Isabel de Ojeda, eines Statthalters Tochter. Rassig schön waren auch Doña Francisca de Valtierra, die reiche, knabenhafte María de Estrada und María del Rincón, alle drei adliger Abstammung. Auch die Lagerdirne Elvira López, ihrer eckigen Grazie wegen die lange Elvira genannt, fand Anbeter; und ebenfalls die etwas rundliche Rosita Muños. Ein besonderes Wesen aber war die kleine La Medina mit den schwermütigen Augen. Sie war fast häßlich. Doch wenn sie sang – und wer konnte singen wie sie! – blühte ihre Lieblichkeit auf wie eine Jerichorose im Wasserglas. Und wie konnte sie tanzen! Der Bergmann Ortiz, der beste Gitarrespieler und Tanzmeister des Heeres, bewunderte sie und erklärte sie für seine Meisterin.

In der Mitte des Lagers befand sich ein freier Platz, der eingesäumt war von den größeren Laubbaracken der Regierungsbeamten – des Rechnungsführers Albornoz, des königlichen Schatzmeisters Mejía und des königlichen Notars Godoy – sowie der Offiziere, der Anführer der elf Karavellen: Hernando Cortez, Pedro de Alvarado, Alonso Hernández de Puerto Carrero, Cristóbal de Olid, Juan Velázquez de León, Diego de Ordás, Francisco de Montejo, Alonso de Avila, Francisco de Lugo, Andrés de Tapia und des Hauptmanns der Armbrustschützen, Pedro Barba.
Die schwarze Standarte mit dem flammenumloderten Kreuz wehte über der Laubhütte des Hernando Cortez.
Auf dem freien Platze waren ein Schandpfahl errichtet und ein aus Feldsteinen roh aufgerichteter Altar.
Über alle Laubdächer hinweg sah man einen hohen Galgen ragen. Das Hochgericht befand sich außerhalb der Tore.

Das Gespenst der Meuterei schritt schon am ersten Abend durch das Heerlager. Dann erkletterte es den Galgen, und oben kauernd, grinste es hernieder auf den erregten Ameisenhaufen.
Der schwarzbraune Hengst des Cortez hatte sich bei der Ausschiffung ein Bein gebrochen und mußte getötet werden. Cortez war sehr mißgestimmt darüber. Da trat sein Kämmerer Rodrigo Rangel vor ihn – ein exzentrischer Mensch mit langem Spitzbart, gutmütig, ehrgeizig und zerfahren; stets leidend an der euphemistisch von ihm Drüsenübel genannten Seuche; diese war schuld, daß er nie dazu kam, die kühnsten Wundertaten zu vollführen. Seine Leidenschaft für die lange Elvira blieb unausgesprochen, daher unerwidert und hoffnungslos. Rodrigo Rangel hielt diese langatmige Rede:
»Euer Liebden werden doch nicht zu Fuß ins Fabelland Mexiko reiten. Euer Liebden haben einen Stallmeister – Martin de Gamba –, aber kein Roß. Gut. Aber – und das verstehe ich vollkommen – Euer Liebden wollen keinen Eurer Freunde unter den Offizieren – Alvarado, Puerto Carrero, Lugo und Tapia – des Streitrosses berauben; und was Euer Liebden Gegner unter den Offizieren betrifft – ich meine die anderen Kavaliere: den hitzigen Velázquez de León, den phantastischen Diego de Ordás, den vergnügten Montejo, den rüden Avila, und Olid, den einstigen Galeerensklaven –, so werden diese Euer Liebden weder für alle Schätze Venedigs noch für die Perle der Kleopatra, welche sie flüssig trank, ein Roß herleihen, wäre es auch nur, um Sr. Exzellenz dem Statthalter von Kuba, Don Diego Velázquez, eine kleine Freude zu bereiten. Bleiben unsere vier braven Kavalleristen, die tapferen Soldaten Gonzalo Domínguez, Enrico Lares und die Fähnriche Juan de Escalante und Gonzalo de Sandoval. Doch was ist ein Vogel ohne Flügel, ein Fisch ohne Flossen und ein Kavallerist ohne Schlachtroß? Es kommen daher für Euer Liebden nur drei Pferde in Betracht. Der Musikus und Tanzlehrer Ortiz be-

sitzt eins, gemeinsam mit dem Schmied García; es ist zwar ein Rotfuchs, doch ein ganz elender Klepper; man kann gut Gitarre spielen auf ihm und sogar auf seinem Rücken tanzen: La Medina hat's versucht, und man behauptet, mit Glück. Da ist ferner die braune Stute des Juan Sedeño aus La Havanna; doch die hat heute früh, kurz vor der Landung, Mutterfreuden erlebt und ein kräftiges Graufüllen geworfen; und ihr glücklicher Besitzer ist, wie Ihr wißt, der reichste Mann unter uns und nennt ein Schiff, einen Neger und eine Ladung Salzfleisch sein eigen; was könnt Ihr dem noch bieten? Also, um es kurz zu machen: der Scharfschütze Vaena aus Trinidad hat einen Rappen, ein vortreffliches Tier. Sagt selbst, was kann ein Scharfschütze mit einem Rappen Besseres anfangen, als ihn sich berappen lassen?«

So sprach Rodrigo Rangel.

Cortez ließ den Scharfschützen Vaena zu sich in die Baracke rufen. Er redete dem Mann freundlich zu und erstand nach einigem Feilschen das wertvolle Tier – für die Goldborte eines seiner Galakleider. Eigenhändig trennte er die Borte ab und überreichte sie dem Arkebusier.

Seinem Pferde gab Cortez den Namen Romo.

Der Schütze entfernte sich, hielt aber die Goldborte in der Wamstasche versteckt. Er wußte selbst nicht, warum er sich schämte, sie zu zeigen. Ein wenig reute ihn wohl der Kaufhandel. Mürrische Äußerungen von ihm wurden im Lager dahin gedeutet, als wäre ihm sein Roß mit Gewalt abgenommen worden.

Alle, die zum Statthalter von Kuba, Don Diego Velázquez, hielten – und das waren nicht wenige unter den Soldaten –, steckten die geröteten Köpfe zusammen. Noch schwelte und glomm erst das Feuer der Rebellion, noch loderte es nicht zur Flamme empor. Und ein fetter Dominikanermönch, der Lizentiat Juan Díaz, war bei dieser und jener flüsternden Gruppe zu sehn und blies mit wulstigen Lippen in die Glut.

Zwei Tage darauf war Ostersonntag. Vor dem aufgeputzten Steinaltar auf dem freien Platze wurde Messe gelesen. Außer den Kavalieren, Soldaten, Dirnen und Marketendern nahmen auch zwei vornehme Mexikaner mit großem Gefolge an der Zeremonie teil.

Schon tags zuvor hatten sich Indianer eingefunden, hatten Maisbrot, Truthähne, Gemüse und Kaktusfeigen überbracht als Geschenk des mexikanischen Statthalters, dessen baldigen Besuch sie ankündigten. Auch hatten sie bereitwillig mitgeholfen, die am Gründonnerstag flüchtig gezimmerten Laubhütten auszubessern; ja, in emsiger Beflissenheit hatten sie sogar die Hütte des Cortez mit einem Baumwolltuch überspannt, um den Tlatoani, den Großen Herrn, vor Sonnenstrahlen zu schirmen.

Früh am Ostersonntag wurde von Wachtposten gemeldet, zwei reich-

gekleidete Kaziken mit vielen Begleitern näherten sich dem Lager. Mit dem Wort Kazike bezeichneten die Kastilier alle Indianer von Rang, mochten es Könige, Feldherren und Würdenträger hochstehender Kulturvölker oder auch nur Häuptlinge wilder Stämme sein.
Teuhtliltzin, der Staubaufwirbler, Statthalter der Provinz Cuetlaxtlan, und Cuitlalpitoc, der Gebundene Falke, ein Steuererheber Montezumas, waren die Gäste. In zwei kunstvoll ornamentierten Sänften wurden sie von ihren Sklaven durch die Gassen des Lagers getragen. In der Mitte des Lagers machten sie halt, entstiegen den Tragsesseln und schritten leicht wiegenden Ganges der Hütte mit der schwarzsammetenen Standarte zu, wo Cortez, umgeben von den zehn kastilischen Offizieren, sie stehend erwartete. Bediademt mit hochragenden Edelfederkronen, gepanzert in Harnische aus kleinen Goldplatten und geziert mit juwelenflirrendem Brustschmuck, schlohweißen Schulterbinden und metallen glitzernden Prachtmänteln aus karminroten, ockergelben und grasgrünen Kehlendaunen von Kolibris, goldene Glöckchen an den Goldsandalen und in den bemalten Händen den runden Fächer und den lasurenen Krummstab haltend, machten die zwei Würdenträger einen befremdenden und beklemmenden Eindruck auf das christliche Heer, das sich eben um den Altar zur Messe versammelte. Hochmut war der Gang, Hochmut das Gehaben, Hochmut die Kleidung dieser ersten Boten einer neuen unbezwingbaren Welt!
Doch Cortez ließ sich sein Staunen nicht anmerken. In lässiger Haltung, lebhaft mit seiner Umgebung plaudernd und lachend, stand er da in seinem besten, etwas verknüllten Galakleid, dem nun die Goldborte fehlte. Er trug ein Wams aus Brokat, dazu schwarzseidene Kniehosen, weiße Strümpfe und Schnallenschuhe. Sein Sammetbarett war von der legendären Hahnenfeder geschmückt; sie hatte ihn jüngst um ein Haar das Kommando gekostet; und der Possenreißer Madrid, der frühere Hofnarr des Diego Velázquez, des Gobernadors von Kuba, konnte ihm bis an sein unseliges Ende die steile Feder nicht verzeihen. Noch jung war Cortez, erst vierunddreißig Jahre alt. Wie sein spät gereifter Charakter war auch sein Körper stählern, schlank und biegsam. Die geistige Überlegenheit, die sich in seinen Zügen malte, war maskiert durch eine stets gleichbleibende, gewinnende Freundlichkeit, ein Schmunzlächeln in den grauen Augen. Der hellbraune Vollbart verdeckte die untere Gesichtshälfte und mochte wohl auch ein Lauern um den Mundwinkel verdecken; der Bart verbarg aber nicht eine tiefe Schramme in der Unterlippe, ein Andenken an eines der zahllosen Duelle, die Cortez in Altkastilien und auf Kuba einst, schönen Frauen zuliebe, ausgefochten.
Die Kastilier warteten die Begrüßung der Mexikaner ab. Der Staubaufwirbler und der Gebundene Falke beugten sich, berührten mit der rechten Hand die Erde und führten die Hand zur Stirn. Es war der herkömmliche Gruß der Bewohner Anahuacs. Cortez schritt nun auf

beide zu und umarmte sie. Es hatte einen Augenblick den Anschein, als wollte der Statthalter der Umarmung ausweichen, als besänne er sich erst; mit kühler Fremdheit ertrug er die körperliche Berührung, als wäre es eine Zudringlichkeit...

Den Hochmut ließ ihn Cortez sogleich entgelten. Die Mexikaner waren gekommen, ein politisches Gespräch zu führen. Kaum hatte der Staubaufwirbler seine wohlgesetzte Rede begonnen, fiel Cortez ihm ins Wort und forderte ihn durch Zeichen auf, an der heiligen Handlung teilzunehmen. Die Mexikaner waren auf solch einen Empfang nicht gefaßt. Mit herablassender Höflichkeit fügten sie sich indes und stellten sich unter die Andächtigen vor den mit einem Kruzifix geschmückten Altar.

Die Messe sang der gute Pater Bartolomé de Olmedo vom Orden der Barmherzigen Brüder: *de nuestra Señora de la Merced.* Wenn mancher Barmherzige Bruder zum Hohn der barmherzigen Mutter unter die armen Heiden gezogen – Pater Olmedo wahrlich nicht. Mancher Kreuzfahrer dieses romantischen Kreuzzuges war mehr Zelot als er. Und redete Olmedo als gehorsamer Sohn der spanischen Kirche zuweilen auch ihre finstere Sprache – seine Taten waren immer menschlich.

Hünengroß war er. Bis an den Gürtelstrick der Kutte reichte ihm der graugesprenkelte Wildermannsbart. Mächtig wie sein Gliederbau war seine Stimme; er wurde als vortrefflicher Sänger gerühmt. Predigte er, so hallte der Baß seiner Worte weit über die Tore des Lagers hinaus.

Die Responsorien las der fette Dominikanermönch, der Lizentiat Juan Díaz mit den wulstigen Lippen. Und als Chorknabe, im spitzenverbrämten Röckchen, waltete ein alter, halberblindeter Soldat, Alonso Durán, seines Amtes. In Ermangelung einer Orgel begleiteten der Tanzmeister Ortiz und der Musikus Rodrigo Morón auf ihren Gitarren. Und der Trommler Canillas, der schon in Italien Tambour gewesen, rührte die Trommel, um auf die mexikanischen Gäste Eindruck zu machen.

Die Predigt des Paters Olmedo, erbaulich für Soldatenherzen, nahm auch auf die Mexikaner Bezug:

»... Seht hier die verlorenen Kinder des allgütigen Vaters«, rief er donnernd und mit ausdrucksvollen Armbewegungen. – »Sie gleißen in Gold und Smaragden wie die große Hure Babylon, die auf dem Tier daherritt und die Schale göttlichen Zornes austrank. Arme verblendete Götzenanbeter! Ihr wißt nicht, daß am Ostersonntag – heute vor tausend und fünfhundert Jahren – Er vom Tode auferstand, der am Freitag verblutet war, eurethalb verblutet war, ja eurethalb ...«

Die Mexikaner wußten es wirklich nicht. Sie verstanden von der Predigt kein Wort und sahen auch nichts weniger als schuldbewußt aus.

Nach der Messe schob Cortez die Unterredung noch einmal auf. Er lud die beiden vornehmen Mexikaner zum Frühstück. Sein Oberkoch, Juan Valera aus Burgos – ein immer scheu dreinblickendes Männchen mit einem violetten Muttermal über dem linken Auge – hatte einige der Truthähne gebraten, welche die Begleiter des Statthalters nebst Gemüse und gedörrten Fischen überbracht.
Mit Verwunderung beobachtete Cortez, daß die kultivierten Mexikaner das Geflügel sauberer mit den Händen zerlegten als die Capitane Diego de Ordás, Cristóbal de Olid und andere Kavaliere von altkastilischem Adel. An den Weingläsern, die ihre Lippen berührt hatten, war kein Fettrand zu sehen wie zum Beispiel am Glase des Don Alonso de Avila.
Der Statthalter befahl seinem Tlacatlacuilo, das heißt seinem Menschenmaler, die essenden Christen auf Pergament aus Hirschhaut mit Zypressenharzfarbe abzubilden.
Der Malaga mundete den Mexikanern, und sie tranken viel davon.

Endlich ließ Cortez die Zunge – *la lengua* – rufen. Die Dolmetscherin, die Indianerin Marina, trat in die Laubhütte. Ihr folgte der frühere Franziskaner **Jerónimo de Aguilar.**
Seit Marina – kaum erst vor vier Wochen – an der Küste von Yukatan mit neunzehn anderen Sklavinnen Cortez geschenkt worden war, hatte sie erstaunlich schnell Spanisch reden gelernt; jedoch noch nicht genug, um bei so wichtigem Anlaß zu dolmetschen. Dafür konnte sie, als geborene Mexikanerin, sich elegant im Idiom der Azteken ausdrücken, und sie beherrschte gleichfalls die einem andern Sprachstamme angehörende Mayasprache der Bewohner Yukatans. Nun waren auch dem Spanier Jerónimo de Aguilar, nach siebenjähriger Haft im Innern Yukatans, die fast vergessenen Mutterlaute wieder vertraut geworden, und auch er hatte sich in schwerer Gefangenschaft die Mayasprache angeeignet.
Bei der Abreise von Kuba hatten die Kastilier zwei Indianer, Julianillo und Melchorejo, als Dolmetscher mitgenommen. Als zwei Jahre früher der Statthalter Kubas, Don Diego Velázquez, drei Schiffe unter Führung des Feldhauptmannes Hernández de Córdova ausgesandt hatte, Sklaven zu rauben, war Yukatan wieder entdeckt worden. (Schon Kolumbus hatte es berührt und über die Sittsamkeit der Mayafrauen gestaunt, die, an den Schiffsleitern emporkletternd, ihre Röcke festhielten.) Die Mannschaft des Córdova – unter der sich manche Teilnehmer der beiden späteren Freibeuterzüge, des Grijalva erst und dann des Cortez, befanden – hatte nach schwerem Kampf mit den Einheimischen an der Punta de Cotoche diese beiden Indianer aufgegriffen. Trotz dem unerbetenen Taufwasser des fetten Lizentiaten Juan Díaz, trotz der christlichen Namengebung, europäischer Kleidung und zweijährigem Aufenthalt auf der Insel Kuba waren Julian und Melchior nur oberflächlich zivilisiert. Aber von Ha-

vanna absegelnd, war Cortez auf sie angewiesen, wie wenig Verlaß auch auf die verschmitzt grinsenden, verstockten und verschlossenen Burschen war. Sicher ist, daß er mit Julianillo und Melchorejo als Dolmetschern nie über die Sandhügel hinausgekommen wäre.
Es war sein übergütiges Glück, das ihn instand setzte, auf so zweifelhafte Dienste Verzicht zu leisten.
Das Glück hatte sich diesen Abenteurer zum Günstling ausersehn. Wie ein Schutzgeist mit weißen Flügeln begleitete es ihn und sollte hinfort kaum einmal im Laufe von drei Jahren von seiner Seite weichen. Es überschüttete ihn mit Geschenken. Das unerhörteste der Geschenke aber war Marina. Das Glück selbst hatte ihre Gestalt angenommen und sich diesem Manne geschenkt. Und als er sie, nach Jahren, fortwarf, verließ ihn sein weinendes Glück . . .
Nicht gleich erkannte er, was er in ihr besaß. Erst allmählich wurde sie seine Beraterin, seine Freundin, seine Führerin. Erst allmählich weckte ihre Glockenstimme im Goldsucher den Kreuzfahrer. Er sah anfangs nur das zauberhafte Weib, die Geliebte. Und allzu viele hatte er schon besessen.
Marina war fünfzehn Jahre alt. Nicht übertrieben hatten die Wächter des Meeres, als sie Montezuma von ihr gemeldet: das Mädchen Malintzin – so sprachen sie den Taufnamen Marina nach – sei der Göttin der Blumen und der Liebe, Xochiquetzal, zu vergleichen. Auch spanische Chronisten schrieben später von ihr: *era hermosa como diosa,* »sie war schön wie eine Göttin«.
Ja, so schön war sie, daß die rohe Soldateska sie – die Sklavin – ehrfürchtig Doña Marina nannte. Und selbst Aguilar, welcher von seinem Sklavenhalter, einem Fürsten in Yukatan, drei Tage lang einer Keuschheitsprüfung unterzogen worden war (ähnlich der des heiligen Antonius) und welcher dank seiner Weiberscheu dem Opfertode entronnen war – selbst Aguilar senkte die brennenden Asketenaugen nieder, wenn er mit ihr sprach, oder blickte an ihr vorbei ins Weite, um nicht dem gefährlichsten der Teufel zu erliegen.
Im Heere hatte nur einer keine Augen für sie: der Hauptmann Puerto Carrero. Bei der Verteilung der zwanzig geschenkten Sklaven war Marina ihm als Beutestück zugefallen. Er aber trauerte einem geliebten Wesen nach; und als er bemerkte, daß Cortez an der jungen Indianerin Gefallen fand, trat er sie ihm ab. Puerto Carrero war der vornehmste Teilnehmer dieses Freibeuterzuges. König Ferdinand der Katholische hatte einst seinen Vater zum Admiral der Armada gegen Kalabrien ernannt; seine Mutter war die Schwägerin des großen Capitan Consalvo Ferrante. Aus der glänzenden Laufbahn, die dem Jüngling am kastilischen Hofe in Aussicht stand, schleuderte ihn die Leidenschaft zu einer verheirateten Frau. Er floh mit ihr nach Kuba und fand in der Verschollenheit dort einige wenige Jahre ein besseres Glück, als er hinter sich zerstört hatte. Am Biß einer gifti-

gen Schlange ging sie zugrunde. Da schloß er sich Freibeutern an und suchte mit wilden Taten seinen Schmerz zu betäuben. Aber sein Herz und seine erloschenen Augen blieben tot. Darum sah er Marina nicht.
Von welchem Wert für den Freibeuterzug Marina als Dolmetscherin war, erkannte man erst beim Besuch der Wächter des Meeres auf den Schiffen. Es stellte sich heraus, daß weder Aguilar noch Julianillo und Melchorejo die Sprache der Mexikaner verstanden. Da meldete sich Marina. Sie übertrug die Worte der Mexikaner ins Maya, und Aguilar übertrug sie aus dem Maya ins Spanische.
Damit war der Riegel fortgeschoben, und nicht mehr verschlossen war das erzene Tor ins Wunderland.
Durch den Mund Marinas konnte nun auch Cortez mit dem mexikanischen Statthalter verkehren.

Auf der Universität Salamanca hatte einst Cortez nicht nur Weintavernen und Kemenaten freier Damen besucht. Auch mit Poesie und Rhetorik hatte er sich befaßt, bevor er seine militärischen Talente entdeckte. Seit jener Studentenzeit war seine Zunge ein glattgeschliffenes Rapier und sollte ihm noch zu manchem Sieg verhelfen, wo ein Haudegen versagt haben würde.
Ohne Stocken rieselte der Bach seiner Rede. Mit etwas zurückgeworfenem Kopfe und – nicht ohne Absicht – arrogant näselnd, setzte er dem Statthalter auseinander, warum das christliche Heer solche Sehnsucht hatte, die schöne Stadt Mexiko zu sehen. Ausgesandt seien sie als Boten des mächtigsten Kaisers der Welt, Don Carlos de Austria. Dem seien Brabant, Kastilien und Aragon sowie alle Länder des Ostens untertan. (Cortez verschwieg, daß eine arme Irre auf dem Thron Spaniens saß, die wahnsinnige Johanna von Kastilien, und daß ihr Sohn und Mitregent, der spätere Karl V., ein neunzehnjähriger Prinz damals, eben erst der Vormundschaft des Kardinals Ximenes entwachsen, weniger Aussicht hatte, Kaiser zu werden, als sein Rivale, der König von Frankreich.) Ausgesandt seien sie, weil der große Fürst des Sonnenaufgangs Kunde erhalten vom Fürsten des Sonnenuntergangs, Montezuma, und in seiner Gnade beschlossen habe, ihn sich zum Freund zu machen und eine Nachricht von weittragender Bedeutung für das mexikanische Reich durch seinen kaiserlichen Gesandten Hernando Cortez dem König Montezuma Auge in Auge mitzuteilen. Am Schluß seiner Rede forderte Cortez den Statthalter auf, ihn und sein Heer unverzüglich vor Montezuma zu führen.
Die Antwort des Mexikaners drückte den aufrechten Stolz eines alten Kulturvolkes aus, das in seinem höchsten Vertreter durch das taktlose Ansinnen dieses Abenteurers verletzt war.
Der Staubaufwirbler sagte: »Erst zwei Tage bist du im Lande und willst schon den Colhuatecuhtli, den großen Tlatoani Montezuma,

sehn? Es genügt vollkommen, wenn du seine Geschenke siehst und sie deinem Herrn, dem Fürsten des Ostens, überbringst.«
Darauf winkte der Statthalter einem seiner Begleiter und ließ eine mit Geschenken gefüllte Truhe herbeischaffen. Außerhalb der Baracke breiteten die Lastträger des Statthalters auf einer über den Sandboden gerollten Matte die Gaben aus: Edelsteine in kunstreicher Goldfassung, buntgemustertes Baumwollgewebe, mit Golddraht gebundene Büschel kostbarer Federn.

Nicht Montezumas Schatzhäusern entstammten die Gaben. Der Statthalter hatte sich begnügt, der eigenen Kleiderkammer einige entbehrliche Schmuckstücke und Stoffe zu entnehmen. Doch für die Spanier war es eine Augenlabe.
Nur Cortez hatte Mühe, seinen Ärger mit hochtrabenden Dankesworten und zur Schau getragener Freude zu bemänteln. Wenn der Kazike geglaubt, durch Bestechung seine Abreise zu erkaufen – ihn, Hernando Cortez, von seinem Ziel abzubringen –, er sollte sich täuschen! Jetzt galt es, Zeit zu gewinnen.
Durch Marina und Aguilar ließ er dem Statthalter sagen: auch der Herr des Ostens habe Gaben gesandt für den Herrn des Westens. Dann befahl er seinem Haushofmeister Simon de Cuenca, die bereitgehaltenen Geschenke zu bringen.
Es war ein Lehnstuhl mit einer Abruzzenlandschaft auf der Rückenlehne – gute Florentiner Intarsienarbeit (nur schade, ein abgebrochenes Bein des Sessels war eben erst notdürftig vom Zimmermann Cristóbal de Jaén angeleimt worden). Ferner ein geschliffener Aquamarin, in ein stark mit Levantiner Rosenöl parfümiertes Spitzentuch gewickelt; eine Schnur blauer Glasperlen und eine karmesinrote Nachthaube nach Art der Dogenmützen, an welcher ein emailliertes Heiligenbild von Dukatengröße – den heiligen Georg mit dem Drachen darstellend – befestigt war.
»Dies alles sendet mein kaiserlicher Herr dem König Montezuma«, sagte Cortez. »Überbringe ihm die Kleinodien und frage ihn, wann er mich – auf diesem Throne thronend und gekrönt mit dieser unschätzbaren Krone – empfangen will.«
Der Austausch der Geschenke hatte viel Neugierige angelockt. In ehrerbietiger Entfernung bildeten die Soldaten einen Halbkreis um die Feldobristen und ihre Gäste. Nach den letzten Worten des Cortez drängte sich plötzlich der Possenreißer Madrid durch die Zuschauermenge. Er war klein, bucklig, und seine Hühnerbrust war vorspringend wie ein Schiffsschnabel. Nie verlor sein rasiertes, überlanges Gesicht den unfrohen Ausdruck eines krähenden Hahnes. Blitzschnell, so daß niemand ihn hindern konnte, stellte er sich dicht vor die Mexikaner und kreischte aus Leibeskräften:

»Thronsessel hinkt
Spitzentuch stinkt!
Glas die Perlen!
Krone nur nütze
Bübischen Kerlen
Zur Zipfelmütze!
Über die Ohren
Zieht euch das Fell
Ein Raubgesell,
O ihr armen Toren . . .!«

Weiter kam er nicht. Ein junger schmucker Fähnrich, Bernal Díaz del Castillo, von seinen Waffengenossen der Galante genannt, hatte den Spaßmacher am Kragen gepackt und in den Sand geworfen. Er blickte Cortez fragend an.
»Soll ich ihn peitschen lassen?«
»Nein«, sprach Cortez. »Ein Hanswurst kann mich nicht kränken. Da, fang das Goldstück auf, Narr! Denn du hast mich lachen gemacht!«
Der Hofnarr des Gobernadors Diego Velázquez hatte viele Freunde im Heere . . .
Der Staubaufwirbler wandte sich an Marina.
»Was hat dieser Krieger gesagt?« fragte er.
»Es ist ein Wahnsinniger«, antwortete Marina. »Er hat geweissagt.«
»Was?«
»Daß Montezuma meinen Herrn empfangen wird.«
Der Statthalter sann nach. Dann beriet er sich flüsternd mit dem Steuererheber. Den Wert oder Unwert des Sessels und der roten Nachtmütze vermochten sie nicht zu bemessen. Die Glasperlen schienen Juwelen zu sein. Dem Großkönig solche Schätze und ihres Überbringers kühn gefordertes Verlangen zu unterschlagen, wäre ein todeswürdiges Verbrechen gewesen.
»Ich bin Montezumas Sklave«, sagte der Statthalter. »Ich werde die Geschenke vor sein Angesicht tragen. Mag sein Mund entscheiden, ob du vor ihn treten darfst.«

Doch Cortez wollte die Gäste nicht ziehen lassen, ohne ihnen erst einen Begriff von der Furchtbarkeit europäischer Kriegswaffen zu geben. Der »Menschenmaler« hatte nur friedliche Genrebilder auf das Hirschhautpergament gemalt: die heilige Handlung vor dem Altare mit Gitarrebegleitung, das Mittagsmahl in der Laubhütte, die Darbietung der Gaben sowie Bildnisse der elf Feldobristen und der Malintzin (wie die Indianer Marina nannten). Jetzt aber sollte er wilde Manöverszenen abkonterfeien, damit Montezuma, wenn er sie zu Gesicht bekommen, es sich wohl überlege, einem so unüberwindlichen Kriegführer Wünsche abzuschlagen.

Schon während des Mahles hatte Cortez seinem Stallmeister Martin de Gamba Auftrag gegeben, den Romo zu satteln und dafür Sorge zu tragen, daß auch die übrigen Pferde des Heeres bereitstünden.
»Meine Herren«, sprach jetzt Cortez zu den Hauptleuten, »wir wollen den Kaziken unser Reitergeschwader vorführen und ihnen zeigen, wie kastilische Ritter zum Ritterspiel stürmen. Laßt uns am feuchten Sandufer hinsprengen, denn auf den weichen Sanddünen könnte eines der Rosse stolpern – und das würde einen mißlichen Eindruck hinterlassen, sowohl im Sande wie in den Augen dieser Wilden. Wir können bei der Gelegenheit feststellen, wer von uns am besten im Sattel sitzt und wessen Pferd der hitzigste Renner ist.«
Die Kavalkade bestand aus fünfzehn Reitern.
Cortez wollte seinem Romo einen Ehrentag bereiten. Aussicht auf den Preis hatten aber auch die Fuchsstute des Alvarado – feurig wie ihre Farbe – (Alvarado hatte sie dem Hernando López abgekauft); der Hellbraune des Cristóbal de Olid und des Juan Velázquez de León Grauschimmel, ein riesenhaftes Tier, der Stumpfschwanz geheißen. Die anderen Pferde taugten sicher nicht viel, wenn auch der Tanzlehrer Ortiz versicherte, sein Klepper, der Rotfuchs, könne fliegen wie Pegasus; er hatte ihm daher den Namen das Flügelpferd beigelegt.
Der von Trompetenfanfaren und Musketenschüssen umtobte Sturmangriff auf den unsichtbaren Feind am Meeresufer war eine Überraschung – nicht nur für die zuschauenden Mexikaner. Durchs Ziel – zwei leere Weinfässer – lief Romo als dritter und Stumpfschwanz sogar als achter. Das Flügelpferd hatte vor einem toten Tintenfisch gescheut und seinen Tanzmeister im Bogen ins Meer geworfen. Sieger war der Fähnrich Gonzalo de Sandoval auf seinem dunkelbraunen Hengst Motilla.
Sandoval war erst zweiundzwanzig Jahre alt. Ein geborener Reitersmann, war er nicht hoch von Gestalt, muskulös, breitschultrig und hatte etwas gekrümmte Beine. Ein kleiner herabhängender Schnurrbart schmückte sein breites, immer ernstes Gesicht. Er stammte aus einer alten, aber verarmten Hidalgofamilie.
Cortez hatte den Cornelius Nepos und Plutarch auf die Reise mitgenommen und kannte die Namen seiner fünfhundertundfünfzig Begleiter. Von vielen aber wußte er nicht viel mehr als den Namen. Sandoval hatte bisher die Gelegenheit gefehlt, sich hervorzutun. Nur das war Cortez bekannt, daß der Jüngling aus seinem Heimatort, Medellin, stammte; den Vater des Fähnrichs, den Festungskommandanten Gregorio de Sandoval, hatte er in seiner Jugend oft durch die Gassen Medellins schlendern sehen, gespornt, mit der Reitgerte in die Luft schlagend, verdrossen über ein vertanes Leben.
»Ich beglückwünsche Euch, Sandoval!« sagte Cortez.
Sandoval war ein Stotterer. Er errötete, streichelte verlegen sein Pferd. Dann sagte er stockend:

»Motilla ist ein gutes Pferd.«
»Und Ihr ein guter Reiter. Ihr reitet besser, als Ihr sprecht. Ich ernenne Euch zum Capitan!«
Der aztekische Menschenmaler zeichnete mit leuchtenden Farben wild hüpfende Ungeheuer auf das Hirschhautpergament – Menschen bis zum Nabel, und weiter abwärts Tiere (sinnschwer waren die Bilder!); und er vergaß auch nicht die Metamorphose eines der Ungeheuer – den hohen Flug und das Bad des Tanzmeisters.

Inzwischen hatte der Feuerwerker Alonso de Mesa, unterstützt von den Artilleristen Juan Catalán, Bartolomé de Usagre und dem Levantefahrer Arbenga, mehrere der langen Kartaunen auf die Spitze der vierzig Fuß hohen Düne hinaufgeschafft. Als die Singende Nachtigall zu brüllen begann, verloren selbst der Statthalter und der Steuererheber ihre unverdrossene Selbstbeherrschung. Sie fielen zu Boden, husteten, niesten und erstickten fast im ungewohnten Pulverdampf.
Steinkugeln, groß wie Kinderköpfe, schwirrten zischend über die verängstigten Mexikaner hinweg in den nahen Wald und knickten dort einige Bäume.
Mit Genugtuung sah Cortez, daß die erhoffte Wirkung nicht ausgeblieben. Das Grausen der Mexikaner war augensichtlich, wie sehr sie sich auch zu steinerner Ruhe zurückzwangen. Der Menschenmaler, der eben erst Fabelwesen, kentaurenähnliche Dämonen mit Menschenleib und Tierbeinen, aufs Pergament gemalt, mußte jetzt das Übermenschliche malen, die geistverstörenden, grauenhaften Zauberkräfte der Sonnensöhne.
Nun wurden die Gäste an den Waldrand geführt: sie sollten die vernichtende Macht der Zauberei bewundern. Cortez zeigte ihnen einen wadendicken Palmbaum, dem eine Steinkugel die Krone abgerissen hatte.
»Hat Montezuma so furchtbare Waffen?« ließ er durch Marina den Staubaufwirbler fragen.
»Nein«, erwiderte Teuhtliltzin. »Wir haben nur hölzerne Schwerter, gefiederte Pfeile und Speere. Doch ein mexikanisches Schwert vermag das auch.«
»Das möchte ich sehen, ehe ich es glaube!« rief Cortez.
Der Statthalter winkte einem seiner bewaffneten Begleiter. Es war ein Chimalitquic, ein schildtragender Krieger mit einem habichtgroßen, stilisierten Schmetterling aus Federmosaik an den Schultern. In den Händen hielt er – außer dem buntbemalten Schild – ein Speerbündel und ein Macquahuitl, das gefährliche Sägeschwert der Azteken. Wohl war es nur aus Holz, doch an beiden Schneiden waren Obsidianspitzen eingelassen, scharf wie Rasiermesser.
Auf Befehl des Statthalters durchschnitt der Krieger den Baumstamm mit einem einzigen Hieb.

Da verstummten die stolzen Kastilier für eine Weile.
»Ein solcher Degen taucht in Stahlpanzer wie in Butter!« bemerkte der stets spöttische Francisco de Lugo etwas beklommen.
Nur die elf Kavaliere besaßen Panzer. Die übrigen Landsknechte der Expedition hatten sich mit wattierten Schutzröcken versehen, wie man sie auf den Inseln Haiti und Kuba trug, zur Abwehr von Pfeilen nackter Wilder.
»Ihr seid ein Wahnsinniger, Don Hernando!« platzte der verträumte, bizarre und stets melancholische Diego de Ordás heraus. »Wollt Ihr mit so trefflich bewaffneten Leuten Händel suchen? Das ist Narretei!«
»Wenn Ihr glaubt, an Montezumas Tafelfreuden teilnehmen zu müssen«, sagte der ungeschlachte Alonso de Avila, »so reitet hin mit Eurem Romo! Guten Appetit! Ich prophezeie, Ihr kommt nicht weiter als bis zur nächsten Stadtmauer! Aber setzt gefälligst Eure Kameraden der Gefahr nicht aus, als Rostbraten in den Töpfen des Mexikanerkönigs zu schmoren!«
»Ich meinte, Don Diego«, versetzte Cortez, ohne Avila zu beachten, »ein Ritter wie Ihr fürchte Tod und Teufel nicht.«
»*Válgame Dios!* Ich fürchte weder den Teufel noch seine Großmutter! Aber dieser Montezuma scheint hunderttausend Teufel zu haben. Übrigens, dort den roten Satan, ihn meine ich, der den Baum geköpft hat, wie es kein Henker besser macht – ihn werde ich zum Zweikampf fordern!«
»Und was wollt Ihr mit dem – Teufelsurteil beweisen?« fragte Alvarado lachend.
Ordás blieb die Antwort schuldig. Cortez ließ ihn gewähren, obgleich der Vorschlag des Zweikampfs nichts als ein törichter, grillenhafter Einfall war – sinn- und zwecklos und aus Langeweile geboren wie fast alle Handlungen des Diego de Ordás.
Marina mußte die großspurige Herausforderung, die Ordás ihr vorsprach, den verdutzt dreinschauenden Mexikanern übersetzen.
Der junge Krieger mit dem großen Falter auf dem Rücken schien nicht übel Lust zu haben, seine Haut zu Markte zu tragen. Doch die Besonnenheit des Statthalters vereitelte das unsinnige Duell. Noch benommen vom Pulverdampf und Getöse der Singenden Nachtigall, war der Statthalter sich bewußt, daß er Schreckensnachrichten nach Tenuchtitlan zu tragen habe; er wollte nicht auch noch Überbringer der Trauerkunde sein, daß beim ersten Waffentanz ein Azteke unterlegen.
Mit artigen Worten lehnte er ab. Es sei Zeit, aufzubrechen. Er habe Eile, die Geschenke und die Botschaft dem Colhuatecuhtli vorzulegen.

Man war ins Lager zurückgekehrt. Die Träger standen mit den Sänften bereit. Der lahme Sessel, der parfümierte Aquamarin, die Glas-

perlen und die karmesinrote Tuchmütze mit dem emaillierten Drachenkämpfer wurden sorgfältig verpackt.
Noch fehlten drei Schildträger von der Gefolgschaft des Statthalters. Es mußte nach ihnen gesucht werden.
Kastilische Soldaten hatten sich an sie herangemacht und einen Tauschhandel mit ihnen begonnen. Ohne Dolmetscher, durch die Sprache der Finger und Augen, hatten sie sich verstanden und sogar Freundschaft geschlossen. Arm in Arm war man schließlich zur Marketenderlaube der Feuerlilie gewandert, um mit hitzigem Portwein auf die Verbrüderung des kastilischen und aztekischen Volkes zu trinken ...
Dort wurden die Gesuchten gefunden. Schuldbewußt kamen sie jetzt auf den freien Platz vor die Hütte mit der schwarzen Standarte. Eine johlende Menge folgte ihnen. Den drei Mexikanern, die an den einheimischen Rauschtrank Pulque gewohnt waren, hatte der spanische Wein nicht sonderlich geschadet; nur daß sie Barette statt der Federbüsche auf den harzigen Strähnen trugen. Dafür prangte Ribadeo, der Weinschlauch, in einer Federkrone und rülpste grölend; der weißhändige Sánchez Farfán schwenkte ein mexikanisches Sägeschwert, verlor das Gleichgewicht und stolperte bei jedem Schritt; und Pedro d'Ircio, der Agramant ohne Taten, angetan mit einem Maxtlatl, einem Lendenschurz, den er über die Pluderhosen gestreift hatte wie eine Badehose, erzählte den mexikanischen Kriegern seine alten Geschichten von einem Don Pedro Jirón und einem Grafen von Urueña. Am tollsten aber benahm sich die junge Mulattin Beatriz de Palacios. Sie hatte einem der Mexikaner auf dem Schoße gesessen und aus seinem Glase getrunken, bis sie kreischte; sie trug sein Nasengehänge als Ohrring. Jetzt rollte sie dem Statthalter vor die Füße und übergab sich, des stolzen Herrn Goldsandalen beschmutzend.
Der Statthalter fragte liebenswürdig:
»Ist die Blume des Ostens krank?«
Cortez ließ durch Marina und Aguilar antworten:
»Die junge Frau leidet an der Krankheit des Meeres, weil sie lange auf der See gefahren ist. Wir alle leiden an dieser Krankheit.«
Der Statthalter drückte in bildreichen Wendungen sein Bedauern aus über die Leiden der weißen Götter. Cortez fuhr fort:
»Es gibt nur ein Heilmittel gegen diese furchtbare Krankheit. Aber die Medizin ist hier auf den Sandhügeln schwer erhältlich. Wenn Montezuma Freundschaft hegt für uns und unsern kaiserlichen Herrn, Don Carlos de Austria, so soll er uns viel, viel von der Medizin gegen die Seekrankheit senden.«
»Wie heißt die Medizin?« fragte der Statthalter.
Und Cortez antwortete:
»Gold!«

Zu den seltsamsten Gestalten des seltsamen Abenteurerheeres gehörte ein Soldat, der eben über den Platz schritt. Er war noch ziemlich jung und ungewöhnlich schön. In vier Sprachen – Spanisch, Italienisch, Französisch und Lateinisch – konnte er sich gewandt ausdrücken. Er mußte von hoher Herkunft, er konnte ein Prinz sein – so selbstverständlich edel und ungesucht waren seine Haltung, seine Rede, seine Zuvorkommenheit. Aber ihm fehlte die rechte Hand. Und kein Hehl machte er daraus, daß ein Henker sie ihm auf dem Block eines Blutgerüstes zur Strafe für eine schwere Vergehung abgeschlagen. Sonst aber behielt er das Rätsel seines Schicksals für sich; und nie ist der Schleier gelüftet worden.

Einen Namen hatte er nicht. Darum hieß er bei den Waffengenossen: der Namenlose. Er selbst nannte sich so.

Wußte man auch nicht, von wo er herkam – eins war doch gewiß: er mußte an den Kämpfen in Italien teilgenommen haben. Er trug einen in Italien geschmiedeten Degen; und seine Sturmhaube unterschied sich von den Eisenhüten der Kastilier: sie war aus Bronze, gute Schmiedearbeit, geziert mit einem geflügelten Drachen.

Die Augen weit geöffnet, starrte der Staubaufwirbler der Sturmhaube nach. Dann fragte er, ob er sie mit nach Mexiko tragen dürfe, um sie Montezuma zu zeigen.

Cortez rief den Namenlosen heran. Ohne Widerrede stellte ihm dieser die Sturmhaube zur Verfügung. Cortez reichte sie dem Statthalter und sagte:

»Unter der Bedingung, daß Montezuma mir diesen Helm bis an den Rand mit Gold gefüllt zurücksendet, gebe ich ihn dir mit. Aber erkläre mir, warum du glaubst, daß der Anblick dieses Helmes Montezuma Freude bereiten wird.«

Der Staubaufwirbler gab zur Antwort:

»Nicht nur was Freude bereitet, ist gut zu sehen. Einen Helm wie diesen trug Unser Herr Quetzalcoatl, als er auf der Erde wandelte. In seinem Tempel bewahrt man das alte Waffengeschmeide auf. Montezuma wird die beiden Helme vergleichen, um festzustellen, ob ihr die Enkel seid, von denen Unser Herr geweissagt hat.«

Cortez konnte die Bedeutung der dunklen Worte noch nicht ermessen. Doch die Erkenntnis dämmerte plötzlich in seiner Seele auf, daß auch er heute einen Zweikampf ausgefochten und nun klein und beschämt vor dem überlegenen Gegner dastand. Geärgert fühlte er, daß er sich unwürdig und possenhaft benommen. Er hatte sich vergriffen, weil er im finstern tappte, eine Welt der Ungewißheit mit den Fingerspitzen ertasten mußte und sich selbst ebensowenig kannte wie die urweltliche Größe des Ungeheuers, dem er achtlos auf den Fuß getreten. Man wird nicht von heute auf morgen Cäsar...

Der Staubaufwirbler dagegen hatte nichts zu bereuen und hatte genug verstanden. Es gab also ein Heilmittel, die Söhne der Sonne gefügig zu machen –: Gold, Gold, viel Gold!

Den Schreckensnachrichten, die er Montezuma zu melden hatte, konnte er wenigstens diesen Trost beifügen. Denn in Tenuchtitlan mangelte es nicht an dem *teocuitlatl*, Götterexkrement, genannten Metall.
Der Statthalter und sein Stab verließen das Lager.

Ohne sich einmal Nachtruhe zu gönnen, legte der Statthalter den weiten Weg nach Tenuchtitlan zurück. Als er im Großen Palast anlangte, war es Mitternacht. Der Zornige Herr schlief. Der Statthalter ließ den Vorsteher des Hauses der Teppiche rufen und bestand darauf, daß Montezuma geweckt werde.
Aus schrecklichen Träumen erwachte Montezuma zur schrecklicheren Wirklichkeit. Unerhörtes mußte geschehen sein, daß man ihn um diese Stunde weckte.
Seine scheu flackernden Gedanken fanden keinen Ruhepunkt, nicht auf Erden, nicht im Himmel, nicht im Halt der eigenen Brust. Dieser verquälte, verdrückte Mensch war der länderhungrige Gewaltherrscher nicht mehr, der beim Ballspiel um die drei Truthähne dem Himmel hatte trotzen wollen. Tief gedemütigt hatte ihn der erzürnte Himmel seit dem rätselhaften Verschwinden des Herrn des Fastens. Schon hatte die Schwarze Blume begonnen, ihr eigenes Blut zu trinken, nachdem durch mexikanisches Gold die Königswahl des Edlen Traurigen erkauft worden war. Und nun erfüllten sich auch die Worte seiner Schwester Papan: der weiße Gott stand vor der Tür und forderte Einlaß. Wahrlich, sie war nicht die einzige lebend Begrabene in Tenuchtitlan! Die Götter Mexikos waren aus der Stadt geflohen wie aus einer Todeswohnung! Montezuma fühlte seinen Glauben wanken und klammerte sich mit angstverzerrten Händen an den Aberglauben.
In seinem engen runden Schlafgemach wollte er die Nachrichten des Statthalters nicht entgegennehmen. Der Vorsteher des Hauses der Teppiche mußte daher den Staubaufwirbler und seine Begleiter in den Saal der Botschaften führen. Inzwischen ließ Montezuma ein Prunkkleid, auf welches Totenschädel gestickt waren, von seinen Sklaven bringen. Festlich gekleidet, in funkelndem Schmuck, begab er sich in den Saal der Botschaften und nahm auf dem Silberthron unter dem Baldachin aus Adlerdaunen Platz. Neben ihn stellten sich der Schwarze Amber – der Weibliche Zwilling – sowie der schweigsame Feldherr, das Schwelende Holz.
Kienfackeln, von Hauserleuchtern gehalten, füllten den weiten Saal mit Rauchstreifen. Schummrig belichtet vom hüpfenden Flammenschimmer, tauchten die blankpolierten Götzenskulpturen der Jaspiswände wie aus Nebelfernen auf, immer wieder verbleichend. Nicht weniger geisterhaft schwebten und wogten die Menschen im gaukelnden Feuerschein.
Montezuma hatte Befehl erteilt, fünf gefangenen Hauptleuten aus

dem Feldheere der Schwarzen Blume das Gesicht und den Körper mit Kreide zu weißen. Die fünf wurden jetzt hereingeführt, nackt, schneeig, wie aus Alabaster gemeißelt. Das tollgewordene Licht konnte sich nicht genugtun, auf den weißen Leibern zu tanzen. Auf die Marmorfliesen – dort, wo der Hund Montezumas den Dolchstoß erhalten – wurden die fünf nebeneinandergebettet, und »der Edelstein« wurde ihnen entrissen. Ihr Blut aber – aus den klaffenden Brüsten zischte es empor wie fünf karminrote Springbrunnen –, ihr Blut wurde auf Anordnung Montezumas dem Statthalter über das Haupt gegossen; und ebenso seinen Begleitern; dem Grausen zu Ehren, das ihre Augen erblickt.
»Denn«, sprach Montezuma, »ihr habt vor dem Angesicht der Götter geweilt, habt mit Göttern Reden gewechselt!...«
Der Statthalter erstattete Bericht und zeigte das Hirschhautpergament seines Menschenmalers vor. Aber Montezuma warf kaum einen Blick auf die Malereien. Er sagte auch kein Wort. Er weinte. Niemand sprach mehr im niedrigen, langgestreckten Palastsaal. Und die Tanzwut des Lichtes wurde zum Fieberschauer, in rasenden Zukkungen und Sprüngen hüpften die Lichterschatten auf den fünf mit silbriger Kreide und glühendem Blut getünchten Leichen.

Der Gebundene Falke war nicht mit nach Tenuchtitlan gereist. Am Ostersonntag und den folgenden Tagen erschien er im Lager und ließ jedesmal reichliche Mengen gedörrter Fische, Maisbrot, Gemüse und Obst abliefern. Den Christen war das um so mehr erwünscht, als sich inzwischen herausgestellt hatte, daß der weiße Zwieback und das aus Kuba mitgebrachte Kassavebrot von Würmern wimmelten und daß auch das eingesalzene Fleisch ungenießbar war. Rodrigo Rangel hielt an Cortez folgende Ansprache:
»Es steht fest, daß viele Menschen ungenießbar sind. Freilich, der Wurm im Sarge, Euer Liebden, denkt anders, er hat keine feine Zunge und findet alle Adamskinder schmackhaft. Und auch die Mexikaner sind keine Feinschmecker: sie bringen uns Maisbrot und Zwergbohnen, um uns für kannibalische Gelage zu mästen; sie wollen das Werk der Moskitos vollenden, die uns schon halb aufgezehrt haben. Denn Mücken sind ungesittet, geschmacklos und gar nicht wählerisch: sie finden das gepökelte Salzfleisch des Narren Madrid ebenso genießbar wie die selbstgeräucherte Rinderbrust San Juans des Aufgeblasenen und den süßlichen Schinken unseres Seemanns Alvara aus Palos, der auf Kuba im Lauf von drei Jahren dreißig Kinder von Indianerinnen bekam. Wahrlich, Euer Liebden, zu beneiden ist Galleguillo, der kleine Galicier.«
»Warum?« fragte Cortez.
»Weil er kurz ist. Zum Beispiel meine Flamme, die lange Elvira, bietet mehr Angriffspunkte (man könnte auch Verteidigungspunkte sagen, auch Anziehungspunkte). Und wiederum bieten die Moskitos

Angriffspunkte – (pechschwarze Punkte, Euer Liebden!) – für die Partei des Don Diego Velázquez. Die Herrn jucken und kratzen sich und murren. Bleiben wir hier auf den Sandhügeln, so werden wir aufgefressen oder fressen uns gegenseitig auf. Also, um es kurz zu machen: entweder zurück auf die Schiffe ohne Proviant und Ruhmestaten – oder geradeaus in den Urwald. Helden können Löwen und eine vielköpfige Hydra bewältigen – aber kein menschliches Ungeziefer!«

So sprach Rodrigo Rangel.

Mit den Offizieren Alvarado, Ordás, Lugo und Tapia unternahm Cortez einen Rekognoszierungsritt. Es stellte sich heraus, daß der Wald kein Urwald war und daß sich Dörfer in unmittelbarer Nähe befanden.

Indessen, dank der Fürsorge des Gebundenen Falken, fehlte es an den Tafeln der Offiziere und kaiserlichen Regierungsbeamten vorderhand nicht an Lebensmitteln. Und um im guten Einvernehmen mit den Mexikanern zu bleiben, verboten die Offiziere ihren Soldaten streng, in den Dorfschaften zu fouragieren. Die armen Kerle mußten das Meer plündern; sie angelten, nährten sich von Austern und Krabben, kratzten sich und fluchten.

Eine Woche war so hingegangen. Der Geist der Meuterei grinste unheimlicher denn je vom hohen Galgen herab auf das Gewimmel unter der Mückenwolke; doch nach schlaflosen Nächten waren die hohläugigen Gestalten zu mürbe und zerschlagen, ihrem Unmut lärmenden Ausdruck zu geben.

Da traf die lang erwartete Antwort Montezumas ein. Der Großkönig hatte seinen schweigsamen Freund und Lebensretter, den Feldherrn das Schwelende Holz, zum Gesandten ausersehen und ihm den Staubaufwirbler als Berater beigegeben. Begleitet von viertausend Soldaten, nahte das Schwelende Holz dem Lager. Seine Krieger ließ er außerhalb – sie waren eine entbehrliche Zierde des königlichen Pompes. Denn das Schwelende Holz führte die Medizin bei sich, die sie entbehrlich machte: hundertundzwanzig Lastträger trugen Körbe und Kisten voll leichter Edelfedern und schwerwiegenden »Götterdreckes« durch die Tore und Gassen des Lagers bis vor die Laubhütte mit der schwarzen Standarte.

Hatten sich neulich schon die Mexikaner hochfahrend gezeigt, heute benahmen sie sich erst recht dünkelhaft. Des Schwelenden Holzes Ton bei dem auffallend kurzen Besuch war verletzend trocken und stand in grellem Widerspruch zu dem unterwürfigen Überschwang seiner Begrüßungsworte.

»Euer Knecht Montezuma«, sagte er, den starr melancholischen Ausdruck seines mit blauen Streifen bemalten Gesichtes durch ein Lächeln verzerrend, »Euer Knecht Montezuma, der seinen Hof inmitten des Wassers hat, Euer Knecht, der Edle Traurige, der am Seeufer wohnt, und Euer Knecht, der Durch-Zauber-Verführende, der am Fuße der Berge herrscht, befahlen mir, Euch zu sagen: mit Jubel vernahmen sie die Kunde, daß sie den mächtigsten Fürsten des Sonnenaufgangs zum Freunde haben; und Freude erfüllt sie, daß die Abgesandten des großen Königs den Fuß wieder auf das Land gesetzt haben, das ihr Eigentum ist. Wir tragen Geschenke für unseren Herrn, den Fürsten des Ostens, dargebracht von Eurem Knecht Montezuma. Und wünscht Ihr mehr noch, sollt Ihr mehr haben, damit Ihr es vor das Angesicht unseres Herrn bringt, als Wahrzeichen der Freude Eures Knechtes Montezuma!«

Darauf ließ das Schwelende Holz die Gaben auf Matten ausbreiten. Der Schandpfahl auf dem freien Platze erstrahlte, als wäre ein glühflüssiger Stern rings in den Sand gesintert.

Was da lag, war mehr, als Goldsucher in verwegensten Traumbildern sich hätten erträumen können. Viele der Kastilier hielten ihre Augen für behext, rieben sich mit dem Handrücken die Lider – fasziniert, geblendet, aufgepeitscht vom Goldfieber. Der Hauptmann Don Alonso de Avila stand gekrümmt da, zum Sprung bereit, dumpf keuchend, mit blutunterlaufenen Augen; er mußte von Puerto Carrero, Avarado, Montejo und Olid an den Armen gehalten werden wie ein Berserker oder von Tobsucht befallener Irrer; ein verdurstendes Tier, mit Schaum am Munde, schlürft das rettende Wasser nicht gieriger ein, als Avilas lechzende Augen die goldene Labe eintranken.

»Tretet weiter zurück, meine Herren!« mußte Cortez mahnen. »Ein Fünftel gehört Seiner Majestät. Der Herr Rechnungsführer Albornoz wird alles buchen!«

Und der Rechnungsführer Albornoz begann zu buchen, überwacht vom Schatzmeister Mejía und beglaubigt vom königlichen Notar Godoy. Sie wußten Gold und Silber zu schätzen und verzeichneten den schätzbaren, Millionen übersteigenden Goldwert. Den andern – unschätzbaren – Wert buchten sie nicht. Wozu auch? Gold wird umgeschmolzen wie der Kosmos – er schmilzt sich selbst um – und bleibt doch immer Gold. Verloren gehen nur die Seelen toter Völker: eine Weile führen sie ein Nachleben, sind Einwohner von Kunsterzeugnissen, so wie das Meeresrauschen noch in der Muschel wohnt; und dann, im Schmelzofen der Zeit, verdunsten sie, fliegen ins Nichts, unwiederbringlich.

Unter den Geschenken waren Bilderhandschriften, heilige Ritualbücher, über und über mit Rebusschrift bedeckt, älteste Aufzeichnungen über den weißen Kreuzträger Quetzalcoatl: wie er sich im gekrümmten Spiegel erblickte und über sich erschrak; wie er im Rausch seine Schwester küßte und traurig hinwegzog, das Land Tlillan-Tlapallan suchend, begleitet von allen Singvögeln der Gärten Tulas... Eine stumme Muschel erzählt von den Wunderschauern des Meeres. Eines Volkes leidvolle Seele lebte in den geweißten Blättern

des Hirschhautpergaments ... Verloren, unwiederbringlich, verloren!
Unter den Geschenken war eine Scheibe aus gestanztem Gold, groß wie ein Wagenrad; darauf war in gehämmertem Flachrelief die Sonne dargestellt und um die Sonne die Sternbilder und der Tierkreis der Tolteken. Nach Schätzung des Schatzmeisters Mejía hatte die Scheibe einen Goldwert von zwanzigtausend Dukaten ... Alter Völker Ewigkeitssehnsucht spiegelte sich in ihrem Himmelsbild ... Verloren, für immerdar verloren! ...
Eine gleich große Scheibe aus Silber stellte den Mond dar und die Gestalten des Herrn der Morgenröte, des blauen Planeten.
Unter den Gaben sah man auch Tiere, naturgetreu in Gold gemeißelt. Zwanzig goldene Enten waren darunter.
Selbst die Perlengewandung des Quetzalcoatl von Tula, die bloß bei feierlichen Festen dem Götterbilde umgetan wurde, hatte Montezuma hergegeben, wie auch des weißen Gottes Gesichtsmaske, über und über inkrustiert mit weißen und blauen Steinen.
Der Helm des Namenlosen war nicht vergessen worden. Bis an den Rand war er gefüllt mit Körnern reinsten Goldes. Den Wert dieser Goldkörner allein berechnete der Schatzmeister Mejía auf dreitausend Dukaten. Die Schmelzöfen Europas sollten Arbeit erhalten ...

Mit schwungvollen Worten erstattete Cortez seinen und seines Kaisers Dank. Der Herzensdrang des Spaniers, den lieben Freund Montezuma zu umarmen, war ins Unermeßliche gestiegen.
»Wann will mich der König von Mexiko empfangen?« fragte er durch Marina und Aguilar.
»Nie«, antwortete das Schwelende Holz. »Denn König Montezuma ist krank und kann ans Meeresufer nicht kommen.«
»Das habe ich nicht verlangt«, sagte Cortez bescheiden, »daß Montezuma sich die Mühe macht. Ich und mein Heer scheuen die Strapazen der Reise nicht und wollen ihm in seiner schönen Stadt einen Besuch abstatten.«
Die schwermütigen Augen des Schwelenden Holzes schienen zu lachen.
»Das schlage dir aus dem Sinn – läßt dir Montezuma sagen. Denn zwanzig Sonnen entfernt liegt Mexiko-Tenuchtitlan; und unübersteigliche Gebirge ragen zwischen dem Meer und dem großen Montezuma; durch Wüsten führt der Weg, wo ihr vor Hunger und Durst verkommen müßtet. Auch geht die Straße durch Länder, wo unbotmäßige Völker wohnen, Gegner der Mexikaner; und sie würden keinen von euch am Leben lassen, da ihr Freunde Montezumas seid.«
Nach diesen Worten stiegen das Schwelende Holz und der Statthalter in ihre Sänften, ohne den Vorstellungen der Kastilier ihr Ohr zu leihen.
Von diesem Tage an ließ sich kein Indianer mehr im kastilischen Lager blicken.

In Tenuchtitlan schlachtete jetzt Montezuma jeden Tag einen Knaben, um mit des Himmels Segen die Christen in Ketten legen zu können, falls sie das Land nicht verließen. Die weißen Götter – hatte er beschlossen – sollten, bevor sie auf Altären verbluteten, zum Kinderzeugen gebraucht werden. Aztekische Frauen und Mädchen sollten Götterfrucht in ihrem Schoße austragen, das Volk der Mexikaner sollte ein Volk von Göttern werden.

Dem armen König Midas verwandelte sich alles in Gold, und er verlechzte inmitten von unschätzbarem Geschmeide. So ging es dem Christenheer; doch nicht alsogleich erkannte es seine Ähnlichkeit mit dem langohrigen Märtyrer des Reichtums.
Denn die Indianer schrieben nicht etwa einen Fehdebrief – wie das gesittete Völker machen – und ließen auch nicht durch Herolde kund und zu wissen tun, daß sie das Lager meiden wollten. Sie blieben eben fort. Sie brachten nicht mehr Körbe voll Maisbrot und Gemüse. Vergeblich trösteten sich die Hungerleider von einem Tag zum anderen: morgen, gewiß, morgen werden sie kommen! …
Unter der brütenden Sonne hatten sich die Würmer redlich genährt und vermehrt: zusammengeschmolzen waren alle Lebensmittel im glühenden Schmelzofen, umgeschmolzen, verwandelt in ein ekles, wimmelndes Leben …
Dennoch untersagten noch immer die Offiziere den Mannschaften, in den benachbarten Dörfern Fourage zu holen. Der gute Freund Montezuma durfte nicht verstimmt werden.
Da schlich sich ein kleiner Soldat, Gregorio Burgueño, aus den Toren des Lagers; und als er nach einigen Stunden zurückkam, trug er zwei gestohlene Truthähne unter dem Arm. Sein Hauptmann, Alonso de Avila, erfuhr davon und verurteilte ihn zum Tode durch den Strang. Ohne Cortez in Kenntnis zu setzen, ließ er die Strafe vollstrecken.

An diesem Tage hatte Alvarado einen Spazierritt unternommen, um seine hitzige Fuchsstute ausgaloppieren zu lassen. Prachtvoll sah Alvarado auf dem jungen Tier aus – ein junger Kentaur in blitzblanker Kavaliertracht; denn Alvarado kleidete sich stets mit ausgesuchtem Geschmack und peinlich sauber. Sein hoher schlanker Körper schmiegte sich jeder Bewegung des Rosses an, so daß ein Juwel, das er an einer Goldkette um den Hals trug, gleichmäßig wie ein Pendel schwang: Mensch, Tier und Juwel waren wie aus einem Guß. Nächst dem einhändigen Namenlosen kam kein Mann im Heere diesem Hidalgo westgotischer, vielleicht auch vandalischer, Abkunft an männlicher Schönheit gleich. Herzgewinnend war sein offenes, freimütiges Wesen. Und so strahlend war das Gold seiner langen Locken um den länglichen Schädel, der Goldschimmer seines flachsblonden, gestutzten Vollbartes um das gebräunte Aristokratengesicht wie auch das Feuer seiner großen hellblauen Augen, daß schon die Wächter des

Meeres bei dem ersten Besuch auf den Karavellen ihm den Namen Tonatiuh, die Sonne, verliehen. Bis an sein Lebensende blieb er den indianischen Völkern »die Sonne« –: eine funkelnde, schöne, segenbringende, aber auch eine sengende, versengende, todbringende Sonne.

Die Kavalleristen Domínguez und Lares begleiteten Alvarado bei seinem Ausritt. Erst am Meeresufer entlang, dann in den Wald hinein trabten die drei. Gleich am Waldesrand hörten sie ein Rascheln, ein Knicken von Zweigen – und in unmittelbarer Nähe sprang ein aufgescheuchter Hirsch vor ihnen her und verschwand im Unterholz. Von Weidlust gepackt, verfolgten sie ihn eine Weile; doch die Spur ging ihnen verloren. Dafür bot sich ihnen auf einer Waldwiese ein unerwarteter Anblick: die Kleider eines Europäers – Wams, Hosen, Stiefel, Hemd und Mütze – hingen an den Ästen eines Ceibabaumes.
Sprachlos vor Staunen hielten Alvarado und seine Begleiter ihre Pferde an. Sie vermochten es sich nicht zu erklären. Gab es hier im Lande noch andere Weiße? War einer aus dem Lager hergeschlichen? Als Selbstmörder etwa? Oder war er ermordet worden? Und von wem?...
Domínguez und Lares holten die Kleidungsstücke vom Baum herab und brachten sie Alvarado.
»Jetzt weiß ich es!« rief Domínguez, »Melchorejo, der grinsende Pavian, trug dies Wams!«
»Der verschmitzte Schuft ist ein Überläufer, kein Zweifel!« rief Lares.
»Neulich, als die Mexikaner kamen, habe ich es beobachtet, wie der Kerl Fratzen schnitt, mit den Armen fuchtelte ...«
»Er kann kein Wort Mexikanisch«, bemerkte Alvarado.
»Seine Finger können Mexikanisch!« rief Lares erregt. »Mit Fingern läßt sich verraten, wie gering an Zahl wir sind und wo unser Lager sich erstürmen läßt ...«
»Es ist ein böses Anzeichen – auch die Mexikaner sind spurlos verschwunden«, sagte Alvarado. »Wohl kaum ein Zufall, daß Melchorejo gerade jetzt entfloh ... Wir wollen es sogleich Cortez melden. Nehmt die Kleider mit!«
Sie kehrten um. Als sie aus dem Walde ritten, sahen sie, daß der Galgen – der sich außerhalb des Lagers befand – von einigen zwanzig Menschen umgeben war. Und Alvarado erkannte, als er näher kam, daß Burgueño auf der Leiter stand; sie wurde eben unter seinen Füßen weggezogen. Nun war Burgueño ein wackerer, etwas einfältiger Bursche, den Alvarado gut leiden mochte. Domínguez und Lares hatten kurz vor dem Ausritt vom Unglück Burgueños erfahren und konnten Alvarado über den Geflügeldiebstahl und des Hauptmanns Avila hartes Urteil Auskunft geben.

Alvarado drückte seiner Fuchsstute die Sporen in den Bauch und sauste windschnell heran, so daß die Zuschauer auseinanderwichen; und während er unter dem Galgen hinsprengte, durchschnitt er mit einem Hieb seines Degens den Strick des Gehängten.
Dieser war noch nicht tot, glaubte es aber zu sein. Nach dem dumpfen Fall in den Sand erhob er sich rasch, bekreuzigte sich und glotzte mit entgeisterten Blicken um sich. Er hatte sich das Paradies ganz anders vorgestellt.
»*Jesús María y José!*« murmelte er, gleichsam bedauernd; »bin ich denn nicht tot?«
Und er kniff sich in die Wangen. Die umstehenden Kameraden lachten ein grobes Soldatenlachen und hatten doch Tränen in den Augen. Ja, dem wutschnaubenden Hauptmann Avila zum Trotz bildeten sie jetzt eine lebende Schutzmauer um den Auferstandenen und übergaben ihn der Pflege des Bakkalaureus. So wurde der pedantische Apotheker des Heeres, Ponce de Güelva, genannt – ein verrückter Student, dessen schlummernder Wahnsinn von den Landsknechten für gelahrte Skurrilität gehalten und hingenommen wurde. Arm in Arm mit Burgueño zog er durch die Gassen des Lagers und brüllte: »Selig sind die Toten! Die Toten sollen leben!«

Die Tat Alvarados wurde als elegantes Reiterstück bewundert und gewann ihm viele Freunde.
Aber auch Feinde. Der Büttel Pedro Escudero raste. Vor Jahren in Kuba hielt er Cortez mit seinen Henkershänden umklammert und mußte ihn freilassen, weil Cortez sich dreingab, mit der armen Verwandten des Gobernadors Diego Velázquez statt mit des Seilers Tochter Hochzeit zu halten. Obgleich Escudero damals sich geschworen, nie wieder herauszugeben, was des Galgens war – tat er es nun doch zum zweitenmal. Er und sein Freund, der fette Lizentiat Juan Díaz, standen überflüssig und unsäglich lächerlich da auf dem Hochgericht – sie, die treuen Reisebegleiter des Delinquenten, ehrwürdige Büttel und Priester!
Die wulstigen Lippen des Lizentiaten waren rot angeschwollen vor Wut wie Kropfhäute eines Puters. Hatte er doch Burgueño mit Zuspruch versehen für die Fahrt ins läuternde Feuer, auch einige tausend Jahre Ablaß ihm in Aussicht gestellt, wenn er sich unten gut führe; und jetzt tobte er, als habe ein Gaudieb sein und der Hölle Eigentum gestohlen.
Ganz außer Rand und Band aber gebärdete sich Alonso de Avila. Ein rötlicher Fetzen genügte, diesen Bullen toll zu machen. Wie neulich beim Anblick des Goldes, verfiel er in Berserkerkrämpfe. Was ihn besonders reizte, war das Bewußtsein des eigenen Unrechtes, das sich in den Blicken der Umstehenden spiegelte. So beliebt Alvarado war, so verhaßt war Avila bei Untergebenen und Kameraden. Cortez konnte den rohen Patron nicht ausstehen. Erbarmungslos hart gegen

die Soldaten, war Avila auch im Verkehr mit den Hauptleuten zanksüchtig, eitel und anmaßend. Nur im Schlachtgewühl erwies er sich brauchbar und auch beim Kriegsrat, wo er oft durch kluge Einfälle überraschte. Im Widerspruch zu seinem unverträglichen Charakter stand der freundliche Ausdruck seiner nicht häßlichen Züge. Er war dreiunddreißig Jahre alt und hatte ebenso wie Alvarado, Puerto Carrero, Ordás, Montejo und der Lizentiat Juan Díaz an der Grijalva-Expedition teilgenommen.
»Seid Ihr des Teufels?« schnauzte er Alvarado an. »Wollt Ihr, daß mein Degen Euch durchlöchert wie ein Sieb? Was untersteht Ihr Euch?...«
»Weniger als Ihr!« antwortete Alvarado. »Ihr hängt einen braven Burschen, weil er sich herausnahm, Hunger zu haben. Ihr hängt ihn ohne Profos und ohne daß unser Befehlshaber Hernando Cortez das Urteil gutgeheißen!«
»Unser Befehlshaber ist Seine Exzellenz Don Diego Velázquez, Statthalter von Kuba!« schrie Avila. – »Cortez ist nicht mehr als wir andern Hauptleute!...«
Ein Wort gab das andere. Der Streit hatte eine andere Richtung genommen. Man zankte sich nicht um die vereitelte Henkerei. Der einfältige Truthahndieb war bald vergessen. Aber der Streit um den Oberbefehl sollte nicht mehr zur Ruhe kommen.

Der Aufruhr wäre wohl schon an diesem Abend ausgebrochen, hätte nicht ein merkwürdiges Geschehnis die Erregung abgelenkt. Die Feldobristen Velázquez de León, Olid, Ordás und Montejo hatten sich offen auf die Seite Avilas gestellt. León, weil er der Neffe des Diego Velázquez war; Olid, der einstige Galeerensklave, weil... er hätte es selbst nicht angeben können; vielleicht weil er zufällig neben León stand, als der Streit begann. Ordás, weil er sich langweilte, seit die Mexikaner seine Duellforderung abgeschlagen. Und Montejo – sonst ein vergnüglicher, friedliebender Herr – weil er soeben an den berüchtigten Spieler Sancho de Saldaña über zweitausend Dukaten, fast seine ganze Habe, verspielt hatte.
»Don Diego Velázquez ist unser Befehlshaber!« schrien sie. »Er hat uns nicht ausgeschickt, Länder zu erobern. Schon haben wir fünfunddreißig Mann verloren – die meisten durch Hunger. Cortez ist nicht bei Sinnen, wenn er daran denkt, mit der kleinen Mannschaft und ohne Lebensmittel sich in dies mächtige Reich hineinzuwagen. Die Flucht Melchorejos beweist, daß die Mexikaner Böses im Schilde führen. Diego Velázquez gab uns nicht den Auftrag, Krieg mit ihnen zu führen; nur Gold sollten wir sammeln. Wir wollen nach Kuba zurück, Montezumas Geschenke heimbringen – damit ist unser Auftrag erfüllt!«
Die Worte der Offiziere fanden ein lautes Echo bei den Mannschaften. Die Sonne war inzwischen untergegangen, die gelbe Scheibe des

Mondes blinkte geheimnisvoll am Horizont. Aber im Frieden des Abends wuchs noch die Empörung. Kaum einer legte sich zur Ruhe, die Laubhütten blieben leer. In Gruppen standen Gleichgesinnte zusammen – hie Cortez! – hie Diego Velázquez! Man war es schon müde zu streiten, man war es müde, Andersdenkende herüberzuziehen; man faßte Beschlüsse, man schwor Tod und Rache, man konspirierte nur noch. Da waren vor allem Steuermänner, Schiffsmeister und Seeleute, unbotmäßige Matrosen; sie waren entrüstet, daß sie Infanteriedienst leisten sollten; sie verziehen es Cortez nicht, daß er zwei von ihnen nach Kriegsrecht gestraft hatte. Selbst der ehrwürdige Antón de Alaminos, der Oberpilot der Flotte, hielt zu Diego Velázquez; er war schon mit Kolumbus gesegelt und hatte die Schiffe des Córdova und Grijalva als Obersteuermann geführt; er hatte reiche Erfahrung und blickte mit Geringschätzung auf Cortez wie auf einen blutjungen Anfänger. Der Steuermann Cárdenas war im Lager bekannt dafür, daß er bei jedem Gespräch ein giftiges Wort über König Cortez fallenließ. Der Steuermann Gonzala de Umbría zeigte einen Dolch herum, den er eigens für das verfemte Herz geschliffen – nur fürchtete er die bestrickenden Augen des Cortez. Und der Steuermann Juan Cermeño pflegte Umgang mit dem Büttel Escudero und dem Lizentiaten Juan Díaz, weil sie die Erzfeinde des Verhaßten waren; gestützt auf seinen Spieß, verstand er es, sich über die längste und von den größten Männern emporgehaltene Hellebarde hinwegzuschnellen; und so verfeinert war sein Geruchssinn, daß er, am Steuerruder, auf eine Entfernung von fünfzehn Meilen die Nähe des Landes spüren konnte. Mit grimmem Lachen machte er sich anheischig, auf eine noch größere Entfernung den Schwefelgeruch des Teufels Cortez zu riechen.
Nur der Seemann Alvaro aus Palos, der in drei Jahren dreißig Kinder von Indianerinnen bekommen hatte, setzte Hoffnungen auf Mexiko.
Unter den Anhängern des Velázquez sah man auch alle Wohlhabenden. Juan Sedeño, der Krösus des Heeres, hatte nicht nur ein Schiff ausgerüstet, er besaß auch eine Mutterstute samt dem bei der Landung geworfenen Graufohlen sowie einen Negersklaven; und das wußte jeder, daß Pferde und Negersklaven schier unerschwinglich waren in Kuba. Kein Wunder, daß er Heimweh trug nach der schattigen Hazienda in La Havanna – wie ebenfalls die anderen reichen Silbergrubenbesitzer Alonso Romero, Ochoa, Martin Vázquez und Pérez Artenga. Sie alle hatten ihr Leben und andere Kostbarkeiten zu verlieren.
Aber auch Leute, die nichts zu verlieren hatten, erwärmten sich für den Statthalter Kubas. Ein gewisser Tarifa aus Sevilla, ein blöder Schwätzer mit dem Spitznamen *de los servicios*, der Dienstbeflissene, deklamierte jedem, der es hören wollte, wie schweren Dienst er leiste für elenden Kupfersold. San Juan, der Aufgeblasene, fand sich

zurückgesetzt, seine Leistungen nicht genügend gewürdigt. Der Hausierer Tirado de la Puebla hatte venezianische Glasperlen in Goldkörner umgesetzt und wollte den kleinen Ertrag in Sicherheit bringen. Porras, der rothaarige Sänger, war unter den Schreiern, weil seine schöne Stimme gern andere übertönte. Pero Trujillo, der ungeschliffene Grobian, liebte den Krakeel um des Krakeels willen. Daß Zamudio, der Totschläger, nicht fehlte, verstand sich von selbst. Und Gonzalo Mejía Rapapelo, der Enkel der Räuberin Meja – in den Zeiten des Königs Don Juan war sie der Schrecken Spaniens gewesen –, entsann sich plötzlich seines Räuberblutes ...

Die Hetzer aber waren Escudero, der Büttel, Juan Díaz, der Lizentiat, Madrid, der bucklige Narr, und zwei ganz zügellose Menschen, geborene Aufwiegler: Alonso de Escobar, ein früherer Page des Diego Velázquez, und Pedro de Palma, der Galan der langen Elvira. Von Gruppe zu Gruppe eilend, forderten sie die Murrenden auf, sich zusammenzuscharen, noch an diesem Abend die Hütte mit der schwarzen Standarte zu umzingeln, in Brand zu stecken, Cortez gefangenzunehmen.

Auch die Anhänger des Cortez suchten ihr Nachtlager nicht auf, auch sie rotteten sich zusammen und erörterten die Ereignisse des Tages. Die Rettung des Gehängten steigerte ihre Anhänglichkeit und Treue. Gewiß, die Flucht des Überläufers Melchorejo war ein böses Zeichen –: ihr elendes Feldlager war einem nächtlichen Überfall durch mächtige Streitkräfte ausgesetzt; – doch sie waren ja Gefahren gewohnt. Schlimmer war die Gefahr innerhalb der Tore. Auf der Hut wollten sie sein und hielten die Augen offen.

Manche freilich schlichen heute wie sonst ihren eigenen Sorgen und Vergnügungen nach. Die alte Portugiesin Vaquera irrte durch die Gassen des Lagers und beobachtete ihren jungen Gatten, den Genuesen Lorenzo Serafini, wie er mit der olivenbleichen Isabel de Ojeda und der rundlichen Rosita Muños scharmierte. Ihr kahlköpfiger Schwiegersohn Suárez hatte wieder das Gekreisch ihrer Tochter, der Mulattin Beatriz de Palacios, gehört und fand seine junge Frau trunken auf dem Schoße des weißhändigen Sánchez Farfán. Ribadeo, der Weinschlauch, ließ sich von der Feuerlilie das zwölfte Glas einschenken. Und Pedro d'Ircio, der Agramant ohne Taten, erzählte von einem Don Pedro Jirón und einem Grafen von Urueña ...

Neugier und Abenteuerlust hatten sogar die adligen Damen Doña Francisca de Valtierra, die reiche, knabenhafte Doña María de Estrada und Doña María del Rincón wachgehalten. Nur der kleinen La Medina waren die Lider der schwermütigen Augen gesunken, während sie zur Gitarre des Bergmanns und Tanzmeisters Ortiz Romanzen sang; und gähnend war sie zu ihrer Laubhütte geschlichen und hatte sich schlafen gelegt.

La Medina schlief im westlichen Teil des Lagers. Alle Hütten waren heute leer und verlassen, bis auf die La Medinas und eine Nachbarhütte, wo ein zwölfjähriger blinder Knabe, Juan Núñez de Mercado, schlief. An der Küste Yukatans hatte eine zu früh entzündete Kartusche ihm das Augenlicht ausgeblasen.
Gegen zehn Uhr abends, nach halbstündigem Schlummer, erwachte La Medina. Eine klagende Stimme hatte gerufen. Matt erhellt von einer Stallaterne war die Laubhütte. Sie gewahrte: der blinde Knabe tastete sich herein, stand im Hemd vor ihrem Bett. Etwas Schwarzes umklammerte er mit den Händen. Blutstropfen perlten ihm vom Hals auf das Hemd.
»Ich sterbe, La Medina!« hauchte der Knabe. »Satan trank an meinem Hals ... Da wachte ich auf und fing ihn ... Er wird sich rächen, wenn ich ihn loslasse ... Hilf mir, ihn festhalten, La Medina! Hilf mir doch! Ich muß ja sterben sonst! ...«
La Medina sprang aus dem Bett, riß die Laterne empor. Milchweiß war der blinde Knabe. Jetzt sah sie die kleine Wunde an seiner Kehle, jetzt sah sie das Ungeheuer, den Blutsauger ... Mit tödlichem Entsetzen krampften sich die Finger des Knaben in das Fell des Vampirs, mochten die großen Flügel auch wütend ihm die Brust zerschlagen. Noch nie hatte La Medina von solch einem Wesen gehört, nie eins gesehen. Auch sie hielt es für den Teufel.
Lieb war ihr der Knabe. Doch sie fürchtete sich, den Teufel anzurühren. Sie packte den Knaben, zerrte ihn hinaus, lief mit ihm durch die Gassen des Lagers, lief mit ihm mitten unter die Meuterer. Auch sie war nur im Hemd, doch das Flammen ihrer Augen bannte jeden rohen Witz.
»Rettet Núñez«, flehte sie weinend. »Satan trank an seinem Hals! ...«
Und sie erzählte, was geschehen.
Die Mutigsten blickten feige drein. Und alle litten unter ihrer Feigheit. Da wagte Rapapelo, der Enkel der Räuberin, sein Leben, vielleicht nur, um San Juan, den Aufgeblasenen, zu beschämen. Er entriß dem blinden Knaben den Teufel; und da dieser ihm die Finger zerbiß, ließ er ihn los, so daß er davonflatterte.
Der eine oder andere hegte vielleicht Zweifel, ob es Satan gewesen, vor dem sie alle gezittert und gebebt. Aber nur Ponce de Güelva, der verrückte Bakkalaureus, wagte es, hellauf zu lachen:
»Eine große Fledermaus, eine Hufeisennase war's. Ihr Tölpel! ...«
Der Grobian Trujillo beförderte den gelehrten Apotheker mit einem Fußtritt zehn Schritt weit:
»Da, fliege wie eine Fledermaus! ...«
Sie fühlten sich alle beschämt. Erlahmt war der Schwung ihrer Streitlust. Eine Weile noch redeten sie vom geflügelten Satan und vom Kinde, das ihnen Scheu abzwang wie ein kleiner Heiliger. Dann suchten sie verdrossen ihre Laubhütten auf.

Vor Schreck und Blutverlust war der blinde Knabe in Ohnmacht gesunken. La Medina hob ihn auf ihre Arme und trug ihn in ihr Bett. Nachdem sie ihm beim Schimmer der Stallaterne die Wunde gewaschen und verbunden, bettete sie ihn weich an ihren jungen Körper; und ihre Schönheit blühte auf wie eine Jerichorose im Wasserglas. Fortan schlief er immer bei ihr.
Als um elf Uhr abends die Wachtposten vor den Toren abgelöst wurden, war es still im Lager.

Nicht untätig war Cortez diesen Abend gewesen. Mit seinen Freunden, den Offizieren Alvarado, Puerto Carrero, Lugo und Tapia, hatte er Kriegsrat gehalten und in aller Stille Vorkehrungen getroffen, einem Überfall – sei es außerhalb, sei es innerhalb der Tore – gewappnet zu begegnen.
Eine tiefe Niedergeschlagenheit hatte sich seiner bemächtigt. Zum erstenmal seit der Abreise verzweifelte er am Gelingen seines Werkes. Übermenschlich kühn waren seine Pläne, kaum durchführbar mit der kleinen Schar – selbst wäre sie einig gewesen, begeistert und geleitet von einem starken Willen, seinem Willen! ... Nun aber völlig aussichtslos, da kleinlicher Haß, Eifersüchtelei und Mißgunst ihm in den gefahrvollen Weg noch Steine warfen.
»Wir werden nach Kuba zurück müssen!« sagte er zu Marina.
Reif und tapfer war die fünfzehnjährige Mexikanerin. Das Christentum, ihr neuer und doch alter Glaube, festigte sie mit einer unerschütterlichen Zuversicht. Im Gekreuzigten hatte sie den weißen Kreuzträger Quetzalcoatl wiedererkannt und in seinem Gottesreich jenes geweissagte Friedensreich, die Heilslehre der frommen Quaquiles. Nachdem jüngst der Staubaufwirbler den Helm des Namenlosen nach Tenuchtitlan getragen, hatte sie Cortez in einem langen Gespräch seine rätselhaften Worte erklärt, hatte ihm erzählt, welche Hoffnungen alle Unterdrückten Anahuacs auf die Rückkehr des Kreuzträgers und seiner weißen Begleiter setzten. Voll ehrlicher Demut blickte sie auf zu Cortez als dem Gottgesandten, erschienen an dieser Küste, ihr Volk zu befreien, die Menschenopfer abzuschaffen und die Tränen der Witwen und Waisen zu trocknen ... Ihr Sklavendienst, ihre unterwürfige Hingebung waren ein Gottesdienst. Götzen hatte sie entsagt – nun war er ihr Götze.
Immer mit niedergeschlagenen Augen erwartete sie seine Anrede. Heute aber, da sie ihn mutlos fand, krampfte sich ihr Herz zusammen, als habe sie Tränen des Himmels gesehen. Ihre langen Wimpern hoben sich; Scham, Trauer, Enttäuschung blitzten ihre funkelnden Blicke. Mit zündenden Worten schürte sie seinen erlöschenden Mut. An den Jubel gemahnte sie ihn, mit dem er ihren Bericht vom Kreuzträger entgegengenommen. An seine Versprechen mahnte sie ihn, die Unseligen zu erlösen. Seit Jahrhunderten war er ja erwartet worden, Gemarterte hatten Söhne und Enkel auf ihn vertröstet;

– und nun, an der Schwelle, wolle er umkehren? Nicht Gold einzuheimsen, nicht Ruhm zu erwerben sei er ausgezogen, sondern Hunderttausenden Geknechteten wollte er Segen und Freiheit und Frieden bringen. Sein Herzenswunsch sei ja ihres Volkes Wunsch wie auch Gottes Wunsch – und gewiß werde Gott ihr Volk samt seinem Retter nicht im Stiche lassen ...
Cortez küßte sie auf die dunkelroten Lippen:
»Wenn die Geknechteten dir gleichen, Marina, so sind sie große Opfer wert ...«
Durch seinen Pagen Orteguilla ließ Cortez die Hauptleute Puerto Carrero, Lugo und Tapia rufen. Er gab ihnen einen heimlichen Auftrag für die Nacht.

Beim Abendessen hielt der Kämmerer Rodrigo Rangel diese Ansprache an Cortez:
»Hochnotpeinlich gefragt, hat Julianillo gestanden, daß er mit Melchorejo gern geflohen wäre, hätte er gekonnt. Ist das nicht peinlich für unsere Kultur, Euer Liebden? Ist es überhaupt zu begreifen, Euer Liebden? Melchorejo war ein Christ und zog es vor, ein Mensch zu sein! Man denke sich –: ein Nichts-als-Mensch! Wir überschütteten ihn mit Güte und mit Taufwasser! Nichtsdestominder, alle Segnungen der Kultur – als da sind seine Kleider, seine Wäsche, seine Bildung, ja sogar seine Taufe – hing er an einen Baumast! War das dankbar? War das klug? Aber so sind die Wilden: sie rennen mit dem Kopf durch die Mauer und tragen dann ein Stück Mauer um den Kopf wie einen Filzhut! ... Wilde nenne ich zum Beispiel Eure Widersacher, Ordás, Avila, Olid, Velázquez de León und Montejo. Es sind Vollblutspanier, doch ich habe sie im Verdacht, auch höchst menschliche Menschen zu sein. Sie hängen Mitmenschen an einen Baumast – und ist das nicht ebenso menschlich wie unmenschlich? Nicht nur Wilde wie Melchorejo lieben den Urzustand und zeigen schamlos ihre Blößen. Auch unsere weißen Wilden tragen dicke Mauern um ihre Köpfe und können nicht hinübersehen in die Gefilde des Wohlanstandes. Die Mauer des Diego de Ordás heißt Langeweile: er hat es übersatt, tatenlos seinen langen schwermütigen Schnauzbart zu drehen. Nicht etwa, daß er für den Statthalter Kubas (dessen Majordomo er einst gewesen) mehr Liebe und Treue hegte als für irgendeine Kuh in Andalusien. Er ist auf den Tod krank vor Nichtstun, seit die Mexikaner seine Duellforderung ausgeschlagen. Euer Liebden schenke ihm ein Abenteuer, so ist er kuriert und Euer Liebden Freund ... Die Mauer des Avila ist Goldgier: Euer Liebden stopfe ihm das Maul, füttere ihn mit Goldkuchen, so leckt er Euer Liebden Hand wie ein Hund ... Die Mauer des Olid ist seine Wunderlichkeit: dieser Häßlichste der Häßlichen und Tapferste der Tapferen, dieser frühere Galeerensklave weiß nie, was er will. Euer Liebden zeige ihm, was er will, und helfe mit einer Goldschaufel nach, so

ist er Euer Liebden ergeben – bis zum nächsten Mal!... Die Mauer des Montejo ist seine Spielsucht. Euer Liebden zahle seine Spielschulden – und keiner wird treuer zu Euer Liebden halten... Die Mauer des Velázquez de León ist seine Leidenschaftlichkeit. Ein kühner Bergsteiger, wie Euer Liebden, wird auch diese Mauer erklimmen können. Sagt doch der Dichter, daß ein goldbeladener Esel die höchste Mauer ersteigt. An Gold fehlt es Euer Liebden nicht und auch nicht an diensteifrigen Eseln...«
So sprach Rodrigo Rangel.

Cortez hatte sich eben von der Tafel erhoben, als ihm sein Page Orteguilla meldete, daß ein gemeiner Soldat namens Botello um die Vergünstigung bitte, ihn allein zu sprechen. Cortez schickte Rodrigo Rangel hinaus und empfing den Soldaten.
»Sonderbar wird Euch vorkommen, was ich sage, Señor Capitan«, sprach Botello. »Ungläubig werdet Ihr's anhören. Doch jetzt, wo durch Hunger, Aufruhr und einen übermächtigen Gegner Großes in Frage gestellt scheint, darf ich nicht verschweigen, was ich weiß.«
Botello war Italiener und hatte einst unter den Fahnen Cesare Borgias gekämpft. Hoch und dürr war seine Gestalt, gekrümmt sein Rumpf. Schwertnarben schmückten sein bartloses, nicht unedles Gesicht. Tief eingefallen waren seine Wangen. Das silbrige Kopfhaar trug er kurz geschnitten. Etwas Unheimliches, etwas unbeschreiblich Trauriges war um ihn. Im Heere besaß er kaum Freunde; die Kameraden verspotteten ihn als Sonderling.
»Was wißt Ihr, Botello?« fragte Cortez lächelnd.
»Daß Ihr nach Mexiko gelangen werdet«, antwortete Botello.
»Woher wißt Ihr das?«
»Ich war Astrolog, Nativitätssteller, bevor ich Kriegsdienste nahm.«
»Das ist lange her. Warum habt Ihr den Beruf gewechselt?«
»Es ist herrlich und furchtbar, die Zukunft zu wissen...«
»Ihr zerbracht Eure Instrumente?«
»Ich hatte den Mut nicht... Allnächtlich funkeln Sterne und locken...«
»Habt Ihr mir das Horoskop gestellt?«
»Nein, Euer Gnaden. Ich kannte Tag und Stunde nicht.«
»Aber Euch selbst, Botello?«
»Ja, Euer Gnaden. Ich werde in Mexiko auf einem Blutaltar sterben.«
»Wollt Ihr zurück nach Kuba?«
»Euer Gnaden machen mich lächeln.«
»Habt Ihr noch mehr in den Sternen gelesen?«
»Viel, Euer Gnaden. Es ist entsetzlich, entsetzlich!... Velázquez de León, Pardo, Arbolanche, der Tanzmeister Ortiz, Pedro d'Ircio, Morillas, Benítez, Sánchez Farfán, Ribadeo, Méndez, Rano, La Medina, Baldovinos, der Narr Madrid, Retamales, Alberza, Núñez, der blinde

Knabe ... sie alle enden auf dem Opferstein – und wie viele andere noch ... Es ist grauenhaft ...«
»Wem habt Ihr davon gesprochen?«
»Niemand außer Euer Gnaden.«
»Hört, Botello, ich nehme Euch in meinen persönlichen Dienst als Astrolog – Ihr versteht? ... Ihr sollt reichlich bezahlt sein. Könnt Ihr mir bis morgen meine Zukunft sagen?«
»Es ist viel zu berechnen, Euer Gnaden. Bis morgen abend kann ich Euch Euer Schicksal bringen ...«

Unter den Soldaten gab es einen kuriosen Kauz: er schlief – oder tat so, als ob er schlief –, wenn die andern wachten; und er wachte, wenn sie schliefen. Meist stand er versteckt hinter der Tür seiner Laubhütte und belauerte die Vorübergehenden. Er hieß Gil Solís und hatte von den Waffengenossen den Beinamen *Tras de la puerta,* Hinter der Tür, erhalten. Dabei war er nicht etwa der Spion einer Partei: Don Diego Velázquez war ihm so gleichgültig wie Cortez. Zur Rede gestellt, entschuldigte er sein Benehmen mit einem angeborenen Hang, die Menschenherzen zu ergründen. Er sei Zyniker, meinte er, ein Diogenes im Fasse und Weltbetrachter. Freilich suchte er die Menschen nicht mit der hellen Laterne, saß vielmehr im dunklen Versteck gleich einer Spinne und beobachtete regungslos, wie arme Fliegen sich im unentrinnbaren Netze verfingen. Es freute ihn, zu sehen, wie der Genueser Serafini die alte Portugiesin Vaquera betrog; wie der Spieler Sancho de Saldaña einfältige Tölpel zum Würfel- und Kartenspiel verleitete; wie der flegelhafte Trujillo sogar vor den Edeldamen Francisca de Valtierra und María del Rincón sich unflätig gehenließ. Oder wie die lange Elvira von ihrem Galan, dem Aufwiegler Pedro de Palma, Prügel und Stockschläge lammfromm hinnahm und ihm alle ihre Ersparnisse opferte ... Nichts wunderte ihn, nichts bewunderte er. Er registrierte nur.
Nachdem La Medina den blinden Knaben unter die Meuterer geführt hatte und der Teufel davongeflattert, war auch die Kampflust entflohen wie eine große Fledermaus. Um elf Uhr abends senkte sich der Schlaf auf alle Lider.
Gil Solís stand hinter der Tür und lauerte. Er glaubte nicht an diese allzu plötzlich hereingebrochene Stille. Er wartete.
Gegen Mitternacht fand er seinen Argwohn bestätigt. Schnell ziehende Wolken hatten den Mond verdeckt; nun zerriß die schleierige Hülle, und die blanke Scheibe schüttete ihren blauen Schimmer herab auf das Feldlager. Da erblickte er drei Männer, die verstohlen von Hütte zu Hütte schritten. Und er kannte sie; es waren die Hauptleute Puerto Carrero, Francisco de Lugo und der alte Fähnrich Juan de Escalante. Gil Solís sah, wie sie in den Laubhütten Leute weckten und herausriefen. Es war so totenstill, daß er abgerissene Sätze vernehmen konnte.

»Nehmt Eure Waffen, Señor!« hörte er Lugo sagen. »Ihr sollt Cortez begleiten, der die Runde macht...«
Trat dann der Mann heraus, so nahmen sie ihn beiseite und flüsterten.
»... Wir sind ruiniert... Diego Velázquez wird all unser Gold in die eigene Tasche stecken, wie er es nach der Grijalva-Expedition getan...«
Und dann wurden Eide geschworen auf ein Kruzifix.
Aber noch mehr beobachtete Gil Solís hinter seiner Tür. Fern am freien Platz, neben der Hütte des Cortez, befand sich die Baracke des Schatzmeisters Mejía. Dunkle Gestalten schlichen hinein und traten heraus mit schwerer Bürde.
Gil Solís war nicht empört und nicht erstaunt. Er kannte die Menschheit. Er schmunzelte nur.
»Götterdreck schmeckt gut!« murmelte er.
Eine Stunde später regte sich nichts mehr im Lager. Geheimnisvoll, lautlos wie ein ruderloser Nachen, glitt der Mond am Himmel. Vom Walde her tönte das klägliche Gebell des Präriewolfes.
Da sah Gil Solís, daß ein Wachtposten eine Sänfte durch eins der Tore hineingeleitete. Schwer war die Sänfte, von vielen Sänftenträgern getragen. Fünf reichgekleidete Indianer folgten ihr. Der Wachtposten führte sie zur Hütte mit der schwarzen Standarte.
Drei Stunden später verließen die Sänfte und ihre Begleiter das Lager. Außer Gil Solís erfuhren nur wenige von diesem Besuch.
Gewarnt durch das Verschwinden Melchorejos, hatte Cortez für diese Nacht die zuverlässigsten Soldaten zum Wachtdienst ausgewählt. Auch waren die Posten verstärkt.
Vor dem westlichen Tor – außerhalb des Lagers – standen: der Namenlose; ferner Cristóbal del Corral und Gonzalo Domínguez. Vor dem nördlichen Tor: Rodríguez de Villafuerte, ein Schwager des Cortez; Galleguillo, der kleine Galicier, ein sehr tapferer Mann; und ein gewisser Salamanca, der sich für den unehelichen Sohn eines Grafen de Monroy hielt und in der Neuen Welt seinen Vater suchte, nachdem er ihn in der Alten Welt nirgends gefunden.
Vor dem südlichen Tor standen: der junge Fähnrich Bernal Díaz, der Galante – Madrids, des Narren, Feind, denn er hatte ihn am Kragen gepackt, als er sein Spottlied auf den hinkenden Stuhl gedichtet –, ferner der Bogenschütze Pedro de Guzmán, der Tüchtigste im ganzen Heere und zugleich der Bescheidenste; und endlich Alonso Luis, ein baumstarker Hüne, der seinem schweren Wanst und wackelnden Doppelkinn zum Trotz flink wie eine Gazelle war und seines harmlosen Lachens wegen das Kind genannt wurde.
Hier, am südlichen Tor, geschah es, daß gegen ein Uhr nachts Pedro de Guzmán die Indianer mit der Sänfte erspähte; – sie gingen ängstlich, blieben oft stehen, blickten sich scheu um. Luis, das Kind, legte schon die Muskete an die Schulter, um loszuschießen; doch der Ga-

lante entriß sie ihm –: das sei unklug; man müsse die Feinde erst näher herankommen lassen.
Indes, sie benahmen sich nicht wie Feinde. Näher kommend grüßten sie ehrerbietig, berührten mit der Handfläche die Erde und ihre Stirn, und gaben durch Zeichen zu verstehen, daß sie zum Befehlshaber geführt sein wollten.
Die drei Posten berieten sich. Guzmán und das Kind waren Manns genug, das Tor zu bewachen. Der Galante übernahm es, die nächtlichen Gäste zu Cortez zu bringen.

Als Cortez, vom Galanten benachrichtigt, aus seiner Laubhütte trat, um die Indianer zu bewillkommnen, hätte er beinahe laut aufgelacht. Ein Fleischberg, eine unförmliche Fettmasse, entquoll der Sänfte und näherte sich ihm, ihn mit Kopalharz beräuchernd, von zweien der Sänftenträger an den Hüften unter den schwammigen Armen gestützt.
Die Türöffnung der Laubhütte mußte erweitert werden. Ein Feldstuhl brach unter der Fleischlast zusammen; – nur eine mit Kissen bedeckte Eichenkiste ertrug das fürstliche Gewicht.
Der dicke Kazike – nie anders wurde er in Zukunft von den Kastiliern genannt – hieß Chicomacatl, Sieben-Rohr, und war König der Totonaken. An der Küste seines Reiches war Cortez gelandet.
Ein uraltes Kulturvolk waren die Totonaken. Ihre älteste Ansiedlung, die sagenumwobene Stadt Teotihuacan, Wo-die-Götter-anlangen, gegründet vom Stammesheros Xelhua, war einst – lange vor der Blütezeit der Toltekenresidenz Tula – die Hauptstadt Anahuacs gewesen. Nach Erdkatastrophen pflegten die Himmelsgötter in Teotihuacan niederzusteigen und dort, auf Richterstühlen thronend, Rat zu halten. Den ersten Königen der Totonaken – Omeacatl, Zwei-Rohr, der aus seinem Badehause rätselhaft entrückt worden war, ohne zu sterben, und seinem Sohne und Nachfolger Xatontan – wurden die beiden berühmten Grabpyramiden in Teotihuacan erbaut: die kleinere, das Haus-des-Mondes, und die größere, das Sonnen-Haus.
Und bis in die neueste Zeit erhoben die langhaarigen Priester der Sonnenpyramide verdienstvolle Könige benachbarter Länder in den Rang von Göttern.
Der Mönchsorden der Quaquiles besaß in keinem der Staaten Anahuacs so viele Bergklöster wie in Totonacapan.
Der Stammesheros Xelhua, der älteste Sohn der Weißen Nebelschlange, hatte die Totonaken, zugleich mit den Olmeken, Xicalanken und Otomis, aus der Urheimat – den Sieben Höhlen und dem Reiherland – nach Anahuac geführt, an vielen Orten rastend und fortgetrieben durch den Gesang des Vogels mit den grünen Federn, dessen Lied aus den Worten bestand: »Nicht hier werdet ihr bleiben!« Gemeinsam hatten sie das Urvolk, die vom Schwarzen Tezcatlipoca

erschaffenen Riesen, die Quinames, bei einem Festmahl trunken gemacht und verbrannt, um ihre Päderastie zu strafen und weil die Quinames sich korpulente Frauen zur Züchtung von Riesenkindern zu rauben pflegten.

Nach der Begrüßung und Darreichung von Muskatrosen entschuldigte sich der dicke Kazike, daß er jetzt erst genaht sei, seine Aufwartung zu machen, obgleich er längst von der Ankunft der Sonnensöhne gewußt. Aber die Furcht vor Montezuma, der jeden Verkehr mit den weißen Gästen untersage, habe ihn bisher abgehalten; und auch heute habe er sich heimlich, im Schutze der Nacht, herbegeben, um den Blicken der Kundschafter Montezumas zu entgehen.
Cortez erkannte alsbald, daß eine gütige Fügung ihm den dicken Kaziken zugeschickt. Unschätzbare Aufklärungen konnte dieser Mann ihm geben. Daher bemühte sich Cortez, durch bezaubernde Freundlichkeit sein Vertrauen zu gewinnen und durch geschickt gestellte Fragen ihn zum Reden zu bringen. Wie sei das möglich, rief er aus, daß der König der Totonaken vor Montezuma zittere? Reiche denn der Arm Montezumas zwanzig Sonnen weit? Seien denn die Mexikaner unüberwindlich? Wenn die Totonaken Hilfe brauchten, sei er bereit, sich und sein Heer für sie einzusetzen.
Die Augen des dicken Kaziken schimmerten wässerig. »O großer Krieger, o weißer Gott! Du kamst zu uns, damit wir uns in deinen Mantel stellen!« rief er aus, asthmatisch nach Luft schnappend wie ein alter Karpfen. Tränen und Schweißtropfen glitten über die fleischigen Wangen und zerstörten die Gesichtsbemalung. Er seufzte tief auf. Und er schüttete dem weißen Gott sein übervolles Herz aus.
Seit Xelhua die Sieben Höhlen und das Reiherland verlassen, seien die Totonaken immer ein freies Volk gewesen, und erst vor wenigen Jahren habe Montezuma ihnen das Joch der Dienstbarkeit auferlegt. Die nimmersatten Götter Mexikos hätten die Wasserstadt zum Entsetzen der Welt gemacht, hätten den Zornigen Herrn in Blut gekleidet. Wie ein durchsichtiger Smaragd, wie ein Kristall sei Montezumas Palast – aber abgeschnittene Menschenhände, Leichenköpfe und fleischlose Kiefer lägen auf den Wegen der Länder, und die Menschen sagten in der Angst ihrer Herzen: der Jaguar kam über uns! ... Wie den Totonaken sei es unzähligen Völkern ergangen. So weit Anahuac reiche, wehklagten alle unter der Knechtschaft der erbarmungslosen Ausbeuter. Vom östlichen bis zum westlichen Weltmeere laste der Mexikaner fürchterliche Gewaltherrschaft. Denn Goldtribut nicht nur – auch Blutzoll müßten die Unterdrückten zahlen. Adlige Knaben forderten die Zollerheber, um sie auf den Altären Tenuchtitlans zu zerschneiden und ihr Blut, in Maisbrot verbakken, an das Volk zu verteilen; und Mädchen forderten sie, um sie zu schänden, sie als Kriegerdirnen in Tanzhäuser zu sperren, sie in den Straßen Tenuchtitlans wandern zu lassen.

Hier unterbrach ihn Cortez und fragte, wie es komme, daß so viele tapfere Völker diese Scheußlichkeiten geduldig litten; ob denn keine Aussicht sei, daß die Geknechteten sich vereinten, in gemeinsamem Aufschwung das furchtbare Joch abschüttelten und den Untergang Mexikos herbeiführten? ...

Das bedrückte Gesicht des dicken Kaziken strahlte auf.

»Der Untergang Mexikos hat schon begonnen!« rief er. »Wir waren uneinig, von früher her verfeindet. Doch Montezuma selbst hat uns einig gemacht. Montezuma selbst legte die Schlinge, die ihm nun das Herz zuschnürt. Montezuma selbst gab uns – was uns bis dahin gefehlt – den Anführer, den sieghaften Feldherrn!«

Und der dicke Kazike erzählte von der Schwarzen Blume. Nach dem Tode des Herrn des Fastens hatte Montezuma nicht ungern den Bruderzwist in Tezcuco gesehen, hatte ihn anfänglich sogar geschürt. Bestochen durch mexikanisches Gold und beeinflußt durch den Überwältiger, den als Gesandten nach Texcuco entbotenen Bruder Montezumas, hatten die Königswähler den ältesten der Prinzen, den Edlen Traurigen, den Verlobten der Prinzessin Maisblüte, zum König der Acolhuas erwählt. Als das Ergebnis der Wahl dem im Jaguarsaal versammelten Adel und den königlichen Prinzen mitgeteilt wurde, beglückwünschte Prinz Ohrring-Schlange seinen ältesten Bruder und forderte auch den jüngsten, die Schwarze Blume, auf, dem neuen König den Treueid zu leisten. Aber zitternd vor Wut legte die Schwarze Blume Einspruch ein gegen die Anzettelungen der Mexikaner. Nicht tot sei der Herr des Fastens, rief er, sondern verschwunden, davongezogen, in ein fernes Land vielleicht, und werde gewiß wiederkehren, die Erbfolge zu regeln. Bis dahin vertrete ihn der Besitzer der blauen Stirnbinde – und das sei er, die Schwarze Blume! Keinesfalls aber gebe die Erstgeburt dem Edlen Traurigen ein Vorrecht vor andern, welche treuer zu Tezcuco hielten und ein härteres Herz trügen in ihrer Brust! – Ein Teil des Adels, hingerissen von der Unbändigkeit des Jünglings, jubelte ihm zu. Darauf eilte die Schwarze Blume in die Gemächer seiner Mutter, der Herrin von Tula, und forderte stürmisch von ihr, sie solle zwischen ihm und dem Edlen Traurigen Schiedsrichter sein. Auch der Edle Traurige mit seinen Anhängern begab sich zur Herrin von Tula und führte Klage gegen den Anfechter altheiligen Brauches. Die Witwe des Herrn des Fastens hörte beide Kläger an und gab ihrem und des toten Königs Lieblingssohn, der Schwarzen Blume, recht. Von diesem Augenblick an war das Land Acolhuacan in zwei auseinanderklaffende Teile gespalten; denn die Mehrzahl seiner Bewohner beugte sich dem Willen der Herrin von Tula, als wäre es der Wille des entschwundenen großen Königs.

In Texcuco herrschte zwar das Gold Mexikos. Aber außerhalb der Stadt sammelte die Schwarze Blume ein Heer von hunderttausend Mann und stiftete durch Sendschreiben die unterdrückten Völker an zum Aufstand gegen das verhaßte Mexiko. Dreißig Städte öffneten ihm willig die Tore, huldigten ihm als Befreier, waren überfroh, endlich die lastenden Ketten Mexikos abwerfen zu können. Sein Zug durch die Länder war ein Siegeszug. Der hochmütige Feldherr die Rose hatte sich erboten, ihn im Zweikampf lebend zu fangen und vor Montezuma zu schleppen. Am Seeufer, angesichts der Tore Tenuchtitlans und vor den Augen des Empörerheeres, wurde der Einzelkampf ausgefochten. Mit einem einzigen Schlage seines Sägeschwertes streckte die Schwarze Blume den stolzen Vorsteher des Hauses Spiegelschlange nieder und verbrannte den noch Lebenden auf einem Scheiter von Binsen, während auf den Mauern Tenuchtitlans Montezuma mit seinem Hofstaat stand und ergrauend zusah, unmächtig, den Flammentod seines Getreuen zu hindern..

Und jetzt, vor wenigen Tagen, hatte die Schwarze Blume Boten an die Totonaken geschickt. Aufgefordert hatte er sie, sich dem Aufstand anzuschließen, und zugleich das Ersuchen an sie gerichtet, Vermittler zu sein zwischen ihm und den weißen Fremdlingen. Durch den Mund des dicken Kaziken bot er seine Bundesgenossenschaft an und seine Bereitwilligkeit, durch Verträge sich zu binden – auf daß sie in gemeinsamem Kampf Mexiko zu Fall brächten und in den Tiefen des Sees versenkten eine fluchbeladene, verwesende Leiche!...

Drei Stunden lang verhandelte Cortez mit dem dicken Kaziken und zog auch den kaiserlichen Notar Godoy hinzu. In der nahe gelegenen Totonakenstadt Sempoalla, wohin der dicke Kazike Cortez dringend einlud, sollte der entworfene Vertrag beschworen und besiegelt werden.

Bevor er aufbrach, erzählte der dicke Kazike von den Anfängen Mexikos, in der Absicht, den Kastiliern einen Begriff von der Unmenschlichkeit der Azteken zu geben.

Nachdem der jüngste Sohn der Weißen Nebelschlange, durch den Lockruf eines kleinen Singvogels angetrieben, die sieben Stämme der Azteken aus der Urheimat fortgeführt und die Wandernden unter dem geknickten Baume die zwei Schatzkästchen mit dem Smaragd und den männlichen und weiblichen Stäbchen zum Feuerreiben gefunden, siedelten sie sich auf zwei öden Schilfseeinseln an; – die Besitzer des grünen Feuers gründeten Tlatelolco und die Besitzer des roten Feuers Tenuchtitlan.

Armselige Fischer und Jäger, wohnten sie erst in Hütten aus Ried und Seeschlamm, nährten sich von Rohrvögeln und dem Fang ihrer Angeln und Netze. Mit zäher Ausdauer rangen sie die Armut nieder, wurden wohlhabend, kriegstüchtig und angesehen unter den umwohnenden Culhuas. Sie erbauten sich Steinhäuser und errichteten ihren bösen Göttern Tempel. Als sie dem Kriegsgotte Huitzilopochtli das erste Gotteshaus erbaut, ließen sie, um es mit großer Feierlichkeit einzuweihen, durch Boten den König der Culhuas ersuchen: er möge ihnen als Königin der Mexikaner seine junge liebliche Tochter sen-

den, da vom Himmel Befehl ergangen, sie im Heiligtum als »Großmutter« des Gottes, Unsere-Frau-der-Zwietracht, anzubeten. Nicht wagte der König der Culhuas, die Bitte den Göttern abzuschlagen, auch schmeichelte es ihm, daß seine Tochter so hoher Ehrung teilhaftig werden sollte. Darum sandte er mit prangendem Geleit und köstlichen Geschenken sein Kind nach Tenuchtitlan. Kaum aber hatte die Prinzessin, umjubelt vom Volk der Mexikaner, das Heiligtum betreten, wurde sie von Priestern auf einen Thronsessel gesetzt und, dem Gotte zum Opfer, lebend geschunden. Mit ihrer abgestreiften Haut wurde ein nackter Jüngling über und über bedeckt, so daß er das Aussehen eines unbekleideten Mädchens hatte. Und sie beteten ihn an als Unsere-Frau-der-Zwietracht. Dies geschah am Tage vor der Einweihung des Tempels. Zur Einweihung war auch der Vater, der König der Culhuas, geladen; und er kam, Opfergaben und Geschenke tragend, mit großem Gefolge, freudigen Herzens, der Verherrlichung seiner Tochter, die eine Göttin der Mexikaner geworden, beiwohnen zu dürfen. Die vornehmsten Mexikaner begrüßten ihn und geleiteten ihn in feierlichem Zuge durch blumengeschmückte Straßen und über Kanalbrücken zum Tempel, die steile Steintreppe empor und in die dunkle Kapelle des Heiligtums, damit er seine Tochter anbete und ihr Opferspenden darbringe. Er tat es: er legte Speisen und duftende Blumen auf den Altarstein und enthauptete kleine Wachteln, ihr Blut zu spenden. Vor dem steinernen Götterbilde stand aufrecht dort der Jüngling in Gestalt eines nackten Mädchens. Doch so finster war es im Sanktuar, daß des Königs Augen nichts zu unterscheiden vermochten. Da reichten Priester ihm einen Weihrauchbeutel und hielten ihm die Räucherpfanne hin, damit er vor seinem vergöttlichten Kinde Kopalharz verbrenne. Und als die Kopalkörner zu glimmen begannen und in Flammen aufschlugen, da sahen die Augen des Königs ... sahen das Gräßliche, die Haut seiner Tochter auf den Gliedern des Jünglings ... Aufbrüllend stürzte der König aus der Kapelle auf die Tempelstufen hinaus; in der Hand hielt er noch das Weihrauchbecken und brüllte wie ein wunder Puma. Zu wenige waren seine Begleiter – er konnte es nicht rächen ... Und auch heimgekehrt in sein Land, konnte er nichts tun, als sein Kind beweinen ...
Und grauenerregend war seit jenem Tage der Name Tenuchtitlan.

Nach dem Abschied des dicken Kaziken sprach Cortez lange mit Puerto Carrero und dann mit Marina. Diese Nacht hatte sein und Mexikos Schicksal entschieden. Das Unmögliche war über Nacht zur Möglichkeit geworden!
Jetzt galt es, das letzte Hindernis zu beseitigen: den Widerstand des Heeres. Aber seine Freunde und das Gold Montezumas hatten ja vorgesorgt.
Die Sonne stand schon am Himmel, als er sich niederlegte. Nach kur-

zem Schlaf wurde er durch Lärm geweckt. Mit wilden Drohrufen eilten die Anhänger des Diego Velázquez auf den freien Platz. Doch früher noch als sie hatten die Freunde des Cortez sich zusammengeschart und umstanden bewaffnet die Hütte mit der schwarzen Standarte, bereit, das Leben für ihren Feldherrn zu lassen.
Nicht überschnell kleidete sich Cortez an und betete sein Brevier wie immer morgens.
Merkwürdig angewachsen war über Nacht seine Anhängerschaft und nahezu gänzlich zusammengeschrumpft die des Diego Velázquez.
Neben Ordás und Velázquez de León sah man fast nur noch die unentwegten Hetzer: den Lizentiaten Juan Díaz, den Büttel Escudero, die Steuermänner Cárdenas und Cermeño, den Narren Madrid, den Pagen Escobar und den zügellosen Pedro de Palma, den Galan der langen Elvira. Auch Porras, der rothaarige Sänger, war unter ihnen und überschrie mit seiner Stimme beide Parteien. Aber Avila, Olid und Montejo ließen sich nicht blicken.
Der Lärm verstummte, als Cortez aus der Hütte trat.
Er war – das versteht sich von selbst – völlig ahnungslos. Mit überzeugend ehrlichem Verwundern wandte er sich an Ordás und fragte, was der Grund des Aufruhrs sei.
Ordás sprach immer undeutlich; in der Erregung war er überhaupt nicht zu verstehen. Er schien etwas von den hunderttausend Teufeln Montezumas zu stammeln und Klage zu führen über das allmächtige Gold.
Cortez war ein guter Lateiner und liebte es, in seine Reden Verse der Klassiker einfließen zu lassen.
»*At non ille deus pacem intra moenia finit!*« rief er. »Ich kenne meine Soldaten und weiß, daß ihnen Waffenruhm mehr gilt als Gold, daß ihnen die Aufrichtung des Kreuzes auf blutgetünchten Götzenaltären mehr am Herzen liegt als alle Schätze Montezumas! Nein, weder goldlüstern noch feige seid ihr, meine Herren Kameraden! Ihr fürchtet den glühenden Sand der Dünen hier, das ist es! Ihr fürchtet die schlafraubenden Moskitos mehr als hunderttausend Mexikaner mit Schwert und Schild!«
Wie aus einem Mund riefen seine Anhänger:
»Ja, laßt uns nach Mexiko ziehen! Wären wir doch schon auf dem Wege! . . .«
Nun trat Velázquez de León vor, der Neffe des Diego Velázquez. Er war noch ein junger Mensch, sechsundzwanzig Jahre alt. Schön gewachsen war seine Gestalt, knochig sein Gesicht, tiefschwarz sein Haupthaar und sein kurzer Spitzbart. Wie unbändig er hassen konnte, zeigte sein Blick; doch auch, daß er an seinem Hassen litt. Er haßte seinen Haß wie ein Geschwür, welches man öffnen muß, damit es auseiternd sich enthärte. Wenn dieser Jüngling sich anschloß, war er der treueste Freund, großherzig und freigebig.
In kurzen, zackigen Sätzen trug er die Klagen seiner Parteigänger

vor: Don Diego Velázquez habe die Schiffe ausgerüstet, um an den Küsten Tauschhandel zu treiben. Keinen Befehl habe er erteilt, Kolonien zu gründen und Krieg zu führen. Der Auftrag sei erfüllt; nun sei es an der Zeit, nach Kuba heimzusegeln.
Hierauf hatte Cortez bloß gewartet. Mit sichtlicher Bekümmernis erwiderte er:
»Ich wollte, ich könnte es leugnen. Doch auf mein Gewissen! Es ist die Wahrheit. Don Diego schickte uns nur aus, Gold zu sammeln, meine Herren Kameraden! Ich bin bereit, nach Kuba zurückzukehren.«
Und überwältigt von Trauer und Erregung schleuderte er seinen Mantel von sich.
Ein Sturm brach los. Jetzt waren es die Getreuen des Cortez, die außer Rand und Band gerieten. Dazu hätten sie sich nicht anwerben lassen, schrien sie; unverrichteterdinge wollten sie nicht zurückweichen. Nie wieder würden die Mexikaner Weiße an ihrer Küste landen lassen, wenn diese Gelegenheit verpaßt sei.
In der Nacht hatte Cortez dem alten Fähnrich Escalante Weisung gegeben, im Falle einer Meuterei die schriftliche Instruktion des Gobernadors ihm abzufordern.
»Wir glauben's auch nicht«, rief jetzt Escalante, »wenn wir's nicht mit eigenen Augen sehen! Zeigt uns das Schriftstück, Don Hernando!«
Und Cortez zog das Pergament aus seinem Wams. Er ließ es durch den Notar Godoy verlesen. Tatsächlich, der Auftrag beschränkte sich auf Handelsgeschäfte.
Das Heer raste und tobte. Die wenigen Anhänger des Diego Velázquez mußten vom Platze weichen. Das Heer erklärte sich für souverän. Das Heer lehnte den Gobernador Kubas als Oberherrn ab. Das Heer wollte nur dem Kaiser, Don Carlos, unterstellt sein und begehrte Hernando Cortez zum Anführer. Erst widerriet Cortez und warnte vor dem Zorn Don Diegos. Die Soldaten überredeten, gaben die Zusicherung, sie würden ihm, ebenso wie dem Kaiser, ein Fünftel aller Beute abtreten. Er lehnte bescheiden ab. Die Soldaten drohten und flehten. Er ließ sich erweichen, er nahm die Wahl an und stellte sich, mit Umgehung des Statthalters von Kuba, unter den Oberbefehl des Hieronymitenordens auf Haiti.
Darauf wurden drei Anträge Alvarados und Lugos durch Zurufe und Erheben der rechten Hand einhellig genehmigt:
Es sollte eine Niederlassung unweit vom Feldlager gegründet werden – als Stützpunkt für das Heer und als befestigter Hafen für künftig landende Schiffe. Zum Stadtkommandanten wurde der alte Escalante ernannt.
Ferner sollte Cortez in einem Brief an den Kaiser den vorauszusehenden Verleumdungen des Diego Velázquez zuvorkommen und ausführlich den wahren Sachverhalt darstellen.

Und endlich sollten zwei Kavaliere mit den Geschenken Montezumas auf der Capitana, dem Flaggschiffe, nach Kastilien segeln, eigenhändig dem Kaiser diesen Brief überreichen und den Inhalt, wenn nötig, mündlich bestätigen.
Alles dies wurde zum Beschluß erhoben. Nun schlug Cortez den Hauptmann Puerto Carrero, seiner vornehmen Verwandtschaft wegen – er war der Vetter der Grafen de Medellin und de Syrnela – sowie wegen seiner vielen Beziehungen zum kastilischen Hofe, als Boten an den Kaiser vor. Und er riet, ihm einen Kavalier von der Gegenpartei, nämlich Montejo, als Begleiter beizugeben; das würde die Unzufriedenen versöhnlich stimmen.
Auch dies wurde beschlossen.
Der Vorschlag, Montejo nach Europa zu senden, war der einzige, nie mehr gutzumachende Fehler, den Cortez an diesem Tage beging. Er hatte ihm die Spielschulden bezahlen lassen und glaubte seinen Dankesversicherungen. Einst sollte er es bitter bereuen, den Tod seiner besten Männer beklagen und sein über alles Erwarten geglücktes Wagestück urplötzlich und heimtückisch der Vernichtung preisgegeben sehen – bloß weil er die Maske dieses ewig lächelnden, vergnügten Spielergesichts nicht durchschaut hatte.

Die Meuterei flackerte ein letztes Mal auf, als die Beschlüsse im Lager bekannt wurden. Ordás, Velázquez de León, der Büttel Escudero, Cermeño, Palma und der Page Escobar eilten vor die Laubhütte des Cortez und bedrohten ihn mit gezückten Schwertern. Sie benahmen sich so, daß ihm nichts übrigblieb, als sie in Ketten zu legen. Er ließ sie auf die Schiffe bringen und in Kerkerzellen bewachen.
Doch schon am selben Abend wurden auf seinen Befehl Escudero, Cermeño, Palma und Escobar wieder in Freiheit gesetzt. Und Cortez selbst begab sich auf das Schiff, wo, getrennt in zwei Kammern, die Kavaliere Ordás und Velázquez gefangengehalten wurden.
Zuerst betrat Cortez die Kerkerzelle des Ordás. Zusammengekrümmt auf einer Bank saß der langgliedrige Hauptmann; sein schmaler Kopf hing wie überlastet von bleischweren Gedanken herab auf die Brust, und seine dürren Spinnenfinger vertrieben sich die Zeit mit ihrer Lieblingsbeschäftigung: sie drehten und haspelten am überlangen, schwermütigen Schnurrbart, knüpften Knoten und Flechten hinein. Ordás war ernüchtert wie nach einem Rausch, in einer Elendigkeit wahren Katzenjammers. Als der älteste unter den Offizieren – er war acht Jahre älter als Cortez – hatte er sich für überlegen gehalten, ehrfurchtgebietend, unantastbar. Das Bild, das er von seiner eigenen Herrlichkeit im Herzen trug, war zerstört. Aber merkwürdigerweise, kein Groll kam in ihm auf gegen Cortez – im Gegenteil, er empfand eine scheue Bewunderung für den kühnen Mann, daß er es gewagt hatte, ihn – Diego de Ordás – anzutasten. Ordás war, trotz seiner rauhen Schale, im Kerne ein gutherziger und ritterlicher

Mensch. Als Cortez bei ihm eintrat und ihm die Eisenketten abnehmen ließ, stürzten ihm Dankestränen aus den Augen.
Doch Cortez begnügte sich nicht damit, ihn versöhnt zu haben; ihm lag mehr daran, ihn sich zum Freund zu machen. Hatten Tatenlosigkeit und Langeweile den alten Raufbold zur Verzweiflung getrieben, so konnte ihm Cortez jetzt Abenteuer und Heldentaten in sichere Aussicht stellen. Die oft geäußerte Meinung des Ordás, ein tapferer Rittersmann könne alles gegen den Teufel, aber nichts gegen hunderttausend Teufel ausrichten, ließ sich widerlegen. Cortez war in der Lage, ihn zu bekehren: er berichtete ihm vom Besuch des dicken Kaziken, vom Aufstand der Schwarzen Blume und vom Vertrag zwischen den Kastiliern, den Totonaken und den aufgewiegelten Acolhuas. Fünfhundertfünfzig Weiße, unterstützt von Bundesgenossen, deren Heer mehr als hunderttausend Mann zählte, konnten einen Höflichkeitsbesuch am Hofe Montezumas wohl wagen...
Die verträumten Augen des Ritters begannen zu funkeln. Er erhob sich in seiner ganzen Länge und reckte und streckte die hageren Arme, als wollte er Mexiko umschlingen. Irgendwas stammelte er undeutlich und verschluckte Worthälften. Cortez erriet, daß es Dankesworte waren. Sie umarmten sich, zerdrückten sich die Hände. Und sie blieben ehrliche Freunde hinfort.

Darauf begab sich Cortez zu Velázquez de León. Dieser saß nicht gebeugt und ernüchtert da, stand vielmehr trotzig in einem Winkel der Schiffskammer. Als er die Tür sich öffnen sah, stellte er sich vor die Luke, starrte auf das abendliche Meer hinaus und drehte Cortez verächtlich den Rücken zu. Auch nachdem er von den Ketten befreit war, fuhr er fort, aufs Meer zu starren, regungslos. Cortez schickte seine Begleiter hinaus und blieb allein mit León.
»Ihr seid frei, zu gehn, wohin Ihr wollt«, sagte Cortez. »Besteht Ihr darauf, nach Kuba zurückzukehren, so stelle ich Euch das Schiff mit der erforderlichen Bemannung zur Verfügung. Doch ich möchte Euch einen besseren Vorschlag machen: schließt Euch Puerto Carrero und Montejo an und segelt mit ihnen nach Europa.«
Velázquez de León rührte sich nicht. Er blickte aufs Meer hinaus, teilnahmslos, als wäre er taub.
Cortez fuhr fort:
»Voll Leidenschaft seid Ihr für Euren Oheim Don Diego Velázquez eingetreten. Er ist Euch nah verwandt – darum haltet Ihr ihn für Euren väterlichen Freund. Ich muß Euch leider den Glauben nehmen. Wenn Ihr nach Kuba kommt, wird Seine Exzellenz Euch Euren Kopf vor die Füße legen!...«
Velázquez de León wandte sich schnell um. Mit groß aufgerissenen fragenden Augen suchte er die Augen des Cortez.
»Ihr seid der langgesuchte Mörder des Basaltas!« sagte Cortez leise.
Ein Zittern glitt über den Körper des Jünglings. Er verfärbte sich.

»Wie wißt Ihr das?« sprach er mit bebenden aschgrauen Lippen.
»Durch einen Brief Eures Oheims!« erwiderte Cortez.
»Ihr wußtet – und dennoch warbt Ihr mich an?« rief der Jüngling.
»So ist es«, sprach Cortez. »Den Tag vor unserer Abreise kamt Ihr, von Haiti nach Kuba fliehend, in La Havanna an. Denselben Tag erhielt der Stadtkommandant von La Havanna, Pedro Barba, zwei Briefe von Diego Velázquez: der eine ein Haftbefehl gegen mich und der andere gegen Euch. Pedro Barba zeigte mir beide Briefe, denn er wußte, wie treu das Heer zu mir hielt. Ebenso leicht hätte er die Sonne hinter Schloß und Riegel bringen können. Ich steckte lachend beide Briefe in die Tasche und ernannte Pedro Barba zum Hauptmann meiner Armbrustschützen ... Hier ist Euer Haftbefehl: lest ihn und zerreißt ihn!«
Und Cortez reichte das Papier Velázquez de León. Der Jüngling las. Er ergriff die Hand des Cortez und küßte sie. In großer Erregung sprach er: »Ich ertrage es nicht, daß Ihr schlecht von mir denkt, Don Hernando! Ich bin kein gemeiner Mörder! Nein – so wahr ein Gott im Himmel lebt! – ich war nur der Rächer meiner Ehre. Zwei Jahre währte mein junges Eheglück – oh, wie hatte ich mein Weib vergöttert! – da fand ich, von einem Ausritt heimkehrend, ihn, den reichen Basaltas, bei ihr ... im Bett ... Ich weiß nicht, was ich tat und wie ich es tat ... Es wurde mir schwarz vor den Augen ... Als ich sah, sah ich die Kissen und Laken voll Blut ... und sie kniete vor mir und flehte um Erbarmen ... sie tat mir leid, doch ich ließ auch sie nicht unversehrt und floh ... Im Wald wurde ich von zehn Bütteln überrascht (auf meinen Kopf waren fünfhundert Pesos gesetzt!) ... ich erwehrte mich der Verfolger, entkam auf ein Schiff, das nach La Havanna bestimmt war ...«
»Auf mein Gewissen, Ihr müßt nach Europa«, sagte Cortez mit großem Ernst. »Ich riet es Euch schon. Ich will Euch nichts verhehlen. Der Italiener Botello hat Euch das Horoskop gestellt. Es ist nicht gut, wenn Ihr nach Mexiko kommt ...«
Velázquez de León schüttelte lächelnd den Kopf.
»Euch verlasse ich nicht mehr, Hernando Cortez! Nur der Tod soll uns trennen. Ich habe eine Schuld zu sühnen. Wißt Ihr, wie die Franzosen jene Verzweifelten nennen, die – den Rotten voraus – sich mit der Blutfahne in die dichtesten Speerhaufen stürzen? *Les enfants perdus!* Ich will mein eigenes Bußopfer sein – als ich mich anwerben ließ, schwor ich es mir zu! ... Der einhändige Namenlose und ich: wir sind die verlorenen Kinder Eures Heeres, Don Hernando!«
Velázquez de León hielt Wort. Der Tod nur war imstande, ihn von Cortez zu reißen.

Am Abend dieses Tages brachte der Italiener Botello seine astrologischen Berechnungen. Mit unverändert traurigem Gesichtsausdruck trug er beispiellose Glückverheißungen vor.

»Ihr seid in einer Glückshaube geboren!« sagte er. »Alexander der Mazedonier und Julius Cäsar hatten solche Sterne!...«
Cortez belohnte den Astrologen königlich.
Er fand keinen Schlaf in dieser Nacht. Das Tor ins Wunderland stand offen. Kolumbus, Córdova, Grijalva – sie alle hatten das Tor nur von weitem und mit neun Riegeln verschlossen gesehen. Da kam er, das Glückskind, pochte – und die erzenen Torflügel rauschten auseinander. Mit fiebrigen Augen blickte er hindurch, in die Wunderferne, in die Zukunft, und was er sah, war ein Märchen. Als er sich müdegesehen, blickte er rückgewandt in die Ferne seines Weges, und – wunderbar! – auch was hinter ihm lag, war ein Märchen.
In Medellin, einer kleinen Provinzstadt Estremaduras, stand seine Wiege. Als das neugeborene Kind in der Wiege lag, kamen drei Gevatterinnen, artige Feen, und spielten mit ihm: die eine schmiegte ein Diadem an seine Stirn, die andere legte ein Kreuz auf seine Brust, und die dritte, die böse Fee, drückte einen Goldklumpen in die kleine Hand. Dann verschwanden sie mit ihren Geschenken...
Das glitzernde Gold hätte der Knabe gern behalten. Er entstammte einer gänzlich verarmten, wenn auch uralten Hidalgofamilie. Bei mangelndem Wohlstand war es immerhin ein Trost, daß das Geschlecht sich von gotischen und langobardischen Königen herleiten durfte.
Der Vater, Don Martin Cortéz de Monroy, ein bescheidener Landsknechthauptmann, und die Mutter, Doña Catalina Pizarro Altamirano, sparten, um dem kränklichen, für Kriegsdienste untauglichen Knaben den Besuch einer Universität zu ermöglichen. In der Lateinschule war der Knabe faul und unaufmerksam, bis eines Tages, beim Lesen des *De bello civili,* der Lehrer geärgert ihn verspottete:
»Freilich, faule Menschen wie du, Hernando, erobern keine Königreiche!«
Diese Worte brannten sich in des Kindes Seele. Es war verwandelt seitdem, überflügelte ehrgeizig die Mitschüler, verließ mit Auszeichnung die Schule. Kaum vierzehn Jahre alt, war Cortez Student in Salamanca.
Zu jung, den Verlockungen des ungebundenen Bacchantenlebens zu widerstehen, ließ er sich vom Wirbel der Vergnügen forttreiben. Der Aufschwung seines Ehrgeizes schwand so wunderschnell dahin wie das in einem Jahrzehnt ersparte Geld. Statt, dem Wunsche des Vaters gemäß, Jurisprudenz zu studieren, schloß Cortez sich Dirnen und jungen Literaten an, übte sich in Prosa und schrieb leidlich gute Verse. Nach zwei Jahren kehrte er mit leerem Beutel und ohne Examen nach Medellin zurück.
Er wurde der Schrecken der ehrbaren Provinzialstadt und die Schande seiner hochanständigen Eltern. Ein Nichtstuer, schob er der Welt die Schuld für sein verfehltes Leben zu, ließ seinen Unmut an den Angehörigen aus, trieb Schabernack mit Honoratioren und rächte sich

für den Abscheu friedlicher Bürger durch nächtliche Tumulte in den Gassen. Da er sich in zahlreichen Duellen als geschickter Florettfechter erwies, kam ihm der Gedanke, er sei zum Kriegshelden geboren. Seine einst so schwächliche Gesundheit war nicht untergraben, war sogar gestählt durch das ungezügelte Leben. Das Geld war vertan, aber nicht das jugendheiße Blut.

In den Moscheen Granadas ertönten damals christliche Gesänge. Der König von Aragon und Kastilien, Ferdinand, der Gatte Isabellas, führte den Ehrennamen der Katholische; denn er hatte Spanien von Mauren und Juden gesäubert. Wer Abenteuer suchte, mußte außer Landes ziehen.

Am Flusse Garigliano in Kalabrien, unter den Fahnen des großen Capitan Consalvo Ferrante – oder seines Gegners Cesare Borgia – waren Abenteuer noch zu bestehen. Dort lockte noch wilde Romantik. Die Sonne des untergehenden Rittertums erstrahlte ein letztes Mal in einem golden leuchtenden Abendrot. Blutige Kämpfe wurden unterbrochen und Turniere abgehalten für die Schaulust beider feindlichen Heere. Wie einst die Horatier und Curatier, tjosteten vor der belagerten Stadt Trani elf auserwählte Spanier mit elf auserwählten Franzosen, bloß um die größere Kühnheit der einen oder andern Nation darzutun. Dasselbe geschah bei Barletta, wo dreizehn Spanier mit dreizehn Franzosen einen Einzelkampf ausfochten. Es war der Herbst des Mittelalters. Seelengröße und Grausamkeit gingen nebeneinander Arm in Arm. Als ein spanischer Soldat einem gefangenen Schweizer die Goldkette vom Halse riß, verfolgte der große Capitan Consalvo Ferrante den fliehenden Frevler, holte ihn ein und strafte ihn eigenhändig. Als der Conte Fabio Ordini einen Getreuen des Cesare Borgia getötet, wusch er sich die Hände und den Mund mit dem Blute des Ermordeten ...

Ruhm war in Italien zu finden, aber kein Gold. Nach einigem Schwanken entschied sich daher Cortez für die Neue Welt. Genau zehn Jahre war es her, daß Kolumbus den Fuß auf die Antillen gesetzt. Der Reiz des Neuen, die Schauer des Unerforschten, die Aussicht auf Reichtümer – kurz, Habsucht, Tatendrang und Abenteuerlust lockten in das seltsame Westland. Der Nachfolger des Kolumbus, Don Nicolás de Ovando, Großkomtur des Ordens von Alcántara, rüstete eben eine Flotte aus. Cortez, entfernt verwandt mit ihm, ließ sich anwerben. Doch kurz vor der Abreise kletterte unser Held auf einer seidenen Strickleiter an einer hohen Hausmauer empor, um durch das Fenster zu einer geliebten Frau zu gelangen – da plötzlich gab das Mauerwerk nach, und zwei Stock tief stürzte er hinab, überschüttet vom nachbröckelnden Gestein und Kalk. Zwar nicht den Hals, aber doch mehrere Rippen hatte er sich gebrochen und mußte sich im Spital heilen lassen. Die Flotte segelte ohne ihn ab.

Einem dunklen Ehrenmann, Alonso Quintero, gehörte der Segler, auf welchem zwei Jahre später Cortez die Reise nach Westindien antrat. Bei den Kanarischen Inseln entfernte sich Quintero verräterisch bei Nacht vom Geschwader der Kauffahrer, um in Haiti früher als die anderen die verfrachteten Waren auf den Markt zu werfen. Ein jäher Sturm zersplitterte seiner Karavelle den Mast und zwang ihn zur Rückkehr. Zum Glück hatten die anderen Schiffe der Flottille auf ihn gewartet. Gemeinsam fuhren sie von den Kanarischen Inseln ab. Bald darauf wiederholte Quintero den bösen Streich. Wieder geriet er in einen Sturm; und so furchtbar war das Wüten der Elemente, daß sein Schiff mit Mann und Maus versunken wäre, hätte nicht, dem künftigen Heidenbekehrer Cortez zuliebe – wie die Legende berichtet – der Heilige Geist, in Gestalt einer Taube, sich auf den Mast gesetzt und dann vor dem Schiffe herflatternd den Weg zum Lande, zur Insel Haiti, gewiesen.
Cortez brachte Empfehlungsschreiben an seinen Verwandten, den Großkomtur des Ordens von Alcántara, Don Nicolás de Ovando, mit. Ihm wurde eine Plantage, ein sogenanntes Repartimiento, mit Indianersklaven zugeteilt.
»Ich kam, mit Schwert und Schild Gold zu erwerben – nicht wie ein Bauer hinter dem Pflug herzugehen!« sagte der Neunzehnjährige hochmütig.
Dennoch ging er eine Weile hinter dem Pfluge her. Er pflanzte Zuckerrohr und führte andalusische Kühe ein. Zuweilen auch schloß er sich Strafexpeditionen gegen aufständische Indianer an. Der Kleinkrieg mit Wilden wurde ihm vertraut.
Fünf Jahre vergingen so. Er hatte zahllose Liebschaften und ebenso zahllose Duellaffären. Bei einem Zweikampf wurde ihm die Unterlippe gespalten. Sonst war er immer Sieger.

Im Jahre 1511 war des großen Admirals Sohn, Diego Kolumbus, Statthalter von Haiti. Da die Silbergruben erschöpft waren, beschloß er, das benachbarte – schon von seinem Vater entdeckte – Kuba zu besiedeln und sandte zur Eroberung des noch wilden Eilandes ein Heer von dreihundert Mann aus. Zum Anführer ernannte er Diego Velázquez. Dieser war einer der ersten Kolonisten der Neuen Welt, hatte schon Christoph Kolumbus auf der zweiten Reise begleitet und galt für einen tüchtigen Heerführer, da er siebzehn Jahre lang in europäischen Kriegen Dienst geleistet.
Das Vertrauen, das Diego Kolumbus in Velázquez gesetzt, wurde ihm übel gelohnt. Hatte er Dank erhofft, so erntete er nichts als Undank. Velázquez eroberte Kuba, erwirkte durch seine Beziehungen zum Präsidenten der indianischen Angelegenheiten, Juan Rodríguez de Fonseca, Bischof von Burgos, daß er zum unabhängigen Gobernador Kubas ernannt wurde und sprach sich selbst jeder Verpflichtung gegen Diego Kolumbus los und ledig.

Undank war die unauslöschliche Schuld des Diego Velázquez, und durch Undank sollte ihn einst das Schicksal strafen, ihn arm, krank und elend, ihn zum Gelächter der Menschen machen, und das Herz ihm durchbohren mit einem Pfeil aus dem Hinterhalt – abgeschnellt von einem Mann, den er mit ehernen Dankesketten an sich geschmiedet glaubte ...
Damals schon ein Sechziger, unförmig korpulent und bequem, überließ Diego Velázquez die Pazifikation der Insel seinem skrupellosen Neffen, dem Leutnant Pánfilo de Narváez. Der befriedete das Land, indem er die Indianer dezimierte und kaum genug übrigließ, die Silbergruben zu füllen. Sein Dünkel war ebenso unbegrenzt wie unbegründet. Geistlose Reden trug er mit Vehemenz und mächtig hallender Stimme vor, die dröhnte, als käme sie aus einem Kellergewölbe. Er war mittelgroß, kurzhalsig, hatte einen roten Petrusbart und rotes Haar. Als knauserig war er verschrien, obgleich er eine reiche Erbin, María de Valenzuela, zur Frau hatte.
Mit Diego Velázquez war Cortez nach Kuba gekommen und mußte sich den hohlköpfigen Leutnant Narváez als Vorgesetzten gefallen lassen. Dem Dünkelhaften gegenüber verstand er es, seine geistige Überlegenheit verborgen zu halten. Pánfilo de Narváez ahnte in ihm keinen zu fürchtenden Rivalen und ließ sich herab, ihn mit seinem Vertrauen, zuweilen sogar mit seinem Lob zu beehren.
Nach der Eroberung gründete Diego Velázquez die Städte St. Jago de Cuba, Puerto del Príncipe, Trinidad, St. Salvador, Matanzas und La Havanna. Er selbst residierte in St. Jago. Während des Feldzuges hatte sich Cortez durch Unerschrockenheit und Tatkraft hervorgetan. Diego Velázquez ernannte ihn zu seinem Privatsekretär.

König Ferdinand der Katholische starb 1516. Die Kronen von Spanien, beider Sizilien und Flandern erbten gemeinsam Johanna von Kastilien, die Wahnsinnige, und ihr Sohn, der noch minderjährige Karl der Fünfte.
Für die Wahnsinnige und den Knaben führte der kluge, aber schon gealterte Kardinal Ximenes die Regentschaft. Seinem Scharfblick entging es nicht, daß sich die indianischen Angelegenheiten, in schlechten Händen befanden. Doch seine Macht war nicht Allmacht, und er vermochte nicht den Präsidenten des Rates von Indien, Juan Rodríguez de Fonseca, Bischof von Burgos, seines Amtes zu entheben.
Fonseca liebte und hätschelte die Mittelmäßigkeit und verfolgte das Genie mit dem Hasse eines Besessenen. Sein Leben war ein ununterbrochener Kampf gegen das Genie. Kein Mittel war ihm zu schlecht, einen verdienstvollen Mann in den Staub zu treten – oder, wie er es nannte: ihm die Larve vom Gesicht zu reißen. In seinem Minderwert fühlte er sich gekränkt, in den Schatten gestellt, gedemütigt durch menschliche Größe – daher rächte er sich mit der Heimtücke des Pygmäen.

Dieses bischöfliche Scheusal hatte Kolumbus in Ketten gelegt und dem großen Manne den Abend seines Lebens vergällt. Fonseca trug die Schuld daran, daß der edle und hochbegabte Vasco Núñez de Balbao, der Entdecker der Südsee, Peru nicht erreichte und schuldlos den Kopf auf den Henkerblock legen mußte. Und das Schicksal sparte diesen Bischof auf, um in ihm dereinst den unversöhnlichsten, gehässigsten und gefährlichsten Feind des Cortez erstehen zu lassen.
Kardinal Ximenes konnte den Bischof von Burgos nicht stürzen, aber er setzte wenigstens seinem verderblichen Einfluß einen Damm entgegen. Schon bald nach der Entdeckung hatten die Leiden der Indianer, die Einführung der Repartimientos – der brutalen Verteilung indianischer Leibeigener an Kolonisten – die Dominikanermönche auf Haiti zu einem leidenschaftlichen, mit geistigen Waffen ausgefochtenen Feldzuge veranlaßt. Zwar waren die Urbewohner der Antillen nackte Wilde und verhielten sich zu den Kulturvölkern Zentralamerikas wie etwa die tätowierten Britannier zu den Römern der Tiberiuszeit. Aber wußten die Dominikaner auch noch nichts von den hochzivilisierten Maya, Mexikanern und Peruanern, schon an den wilden Inselbewohnern erkannten sie, daß die rote Rasse seelisch und geistig weit höher zu bewerten sei als die schwarze und daß hier den Europäern keine biblische Rechtfertigung – wie die Verfluchung Hams nach Noahs Trunkenheit – zur Verfügung stand. Einige Jahre vor dem Thesenanschlag Luthers, im Dämmergrau der neuen Zeit, wurden von den Dominikanern für ihre rothäutigen Schützlinge die Menschenrechte proklamiert.
Die leichtblütigen Franziskaner – das versteht sich von selbst – stellten sich auf den entgegengesetzten Standpunkt. Sie verteidigten die Rechte der Kolonisten und machten geltend: ohne Arbeitskräfte sei das Land wertlos, und nur durch strenge Zucht könnte die Arbeitsscheu der Wilden überwunden werden. Die Franziskaner waren die Verteidiger aller Maßnahmen des Statthalters Diego Velázquez, und ihnen ward der Segen des Bischofs von Burgos zuteil. Denn Diego Velázquez hatte dem Bischof ein Repartimiento mit achthundert indianischen Leibeigenen zum Geschenk gemacht und sich dadurch seine Freundschaft erkauft.
Kardinal Ximenes scheute sich, offen für die Dominikaner gegen Fonseca und dessen Kreatur, Diego Velázquez, Partei zu nehmen. Statt dessen – und das war ein geschickter Schachzug – ernannte er den kleinen Mönchsorden der Hieronymiten auf Haiti zum Oberstatthalter der Neuen Welt.

Nicht lange blieb Cortez Sekretarius des Diego Velázquez, doch lange genug, um sich des Statthalters Gunst und Liebe zu erwerben. Diego Velázquez selbst beförderte ihn zum Alkalden seiner Residenzstadt St. Jago de Cuba. Seiner altersmüden Bequemlichkeit kam es gelegen, daß Cortez sich befähigt erwies, die Last der Regierungssorgen ihm abzunehmen. Und vollends der immer gleichbleibende Frohsinn und Witz des Cortez gewannen des alten Mannes Herz. Er war kinderlos und liebte Cortez wie einen Sohn. Schon machte er Pläne, durch eine Heirat ihn noch enger an sich zu fesseln.

Aus Granada waren damals vier Schwestern namens Suárez Pacheco, entfernte Verwandte des Diego Velázquez, nach St. Jago de Cuba gekommen. Sie waren jung, schön und arm. Mit tapferer Heiterkeit spotteten sie selbst ihrer Armut und verhehlten niemals, daß sie Granada verlassen, weil sie in der Neuen Welt das Glück und einen Gatten zu finden hofften. Die schutzlosen Mädchen nahm Diego Velázquez in seinen Schutz und mißbrauchte schändlich seine vormundschaftliche Gewalt. Daß die älteste Suárez das Bett mit ihm teilte, war bald stadtbekannt.

An der jüngsten, Catalina Suárez Pacheco, fand Cortez Gefallen. Das bleiche, hektische Mädchen klammerte sich, mit dem Naturtrieb einer vom Tode Gezeichneten, an das blühende Leben. Hemmungslos trieb sie ihr gieriger Lebenshunger dem schönen jungen Menschen in die Arme. Gerührt durch ihre Hingebung, versprach Cortez ihr in einer schwachen Stunde die Ehe. Dann plötzlich zog er sich zurück, da Gerüchte ihm zu Ohren kamen: alle vier Schwestern seien der Lüsternheit des Diego Velázquez zum Opfer gefallen.

Umsonst unternahm es Diego Velázquez, Cortez an seine Pflicht zu mahnen. Der zu Zornesausbrüchen neigende, an Gehorsam gewohnte alte Mann ließ sich hinreißen, Cortez zu beschimpfen. Es kam zum offenen Bruch.

Hatte der Günstling viele Neider und Hasser gehabt, so sah sich der Feind des Statthalters plötzlich von zahlreichen Freunden umgeben. Wer mißvergnügt war – und auf Kuba waren es die meisten – schloß sich Cortez an. In seinem Hause gab es nächtliche Zusammenkünfte; und die Unzufriedenen berieten mit ihm, wie den Übergriffen des Gewaltherrschers ein Riegel vorzuschieben sei. Eine Anklageschrift wurde aufgesetzt, und Cortez, als der Kühnste, wurde dazu ausersehen, sich im Ruderboot aufs Meer hinauszuwagen und auf der Insel Haiti dem kürzlich ernannten Oberstatthalter der Neuen Welt – dem Mönchsorden der Hieronymitenbrüder – die Anklage einzuhändigen.

Cortez war eben im Begriff, den achtzehn Meilen weiten Meeresarm im Ruderboot zu durchqueren, als er aufgegriffen und in Ketten gelegt wurde. Durch einen Verräter war nämlich Diego Velázquez benachrichtigt worden, und so maßlos war seine Wut, daß bloß das Schluchzen und Gewinsel der Catalina Suárez, die sich ihm vor die Füße geworfen, ihn abhielt, Cortez hängen zu lassen. Den schon erteilten Befehl, ihn unverzüglich zum Galgen zu führen, widerrief er und ließ ihn im zweiten Stock des Gefängnisgebäudes einkerkern.

Es gelang Cortez, seine geschmeidige Rechte aus der Eisenumklammerung zu ziehen. Mit der freien Hand befreite er die Linke und löste die Fußfesseln. Die Eisenstäbe des Fensters zu zerbrechen, diente ihm die Kette. In seiner liebestollen Jugendzeit hatte er es gelernt, an Hausmauern hinauf- und hinabzuklettern. Er entkam und suchte ein Asyl in einer Kirche.

Da vorauszusehen war, daß Cortez sein Leben teuer verkaufen würde, wagte Diego Velázquez nicht, das heilige Haus durch ein Gemetzel zu entweihen. Er begnügte sich damit, die Ausgänge des Gotteshauses bewachen zu lassen.

Einige Tage blieb Cortez unbehelligt. Er glaubte sich geborgen. Als er aber einmal achtlos auf den Stufen vor der Kirche saß, fühlte er sich plötzlich von hinten gepackt, von allen Seiten stürzten Häscher hinzu, und ehe er sich erwehren konnte, wurden ihm die Hände auf den Rücken gebunden. Der Büttel, der ihn ergriffen hatte, war der spätere Aufwiegler auf den Sandhügeln der totonakischen Küste, jener Freund des Lizentiaten Juan Díaz und des Steuermannes Cermeño –: der Büttel Pedro Escudero.

Diesmal wurde Cortez auf ein Schiff gebracht und von neuem in Ketten gelegt. Wieder gelang es ihm, seine Hände und Füße aus den eisernen Ringen schlüpfen zu lassen. Er wartete die Nacht ab und schlich sich auf Deck. Ein Boot war an dem Schiff befestigt. Geräuschlos ließ er sich in das Boot hinabgleiten. Dann durchschnitt er das Seil des Bootes. Eine starke Strömung trieb das Boot ins offene Meer hinaus. Da er keine Ruder hatte, warf er sich ins Wasser und erreichte schwimmend, dem Wogenstrom zum Trotz, das Land. Dann floh er zurück in dieselbe Kirche.

In jenen Tagen kehrte von den Küsten Yukatans der zweite von Diego Velázquez ausgesandte und von seinem Neffen Grijalva befehligte Freibeuterzug nach Kuba zurück. Grijalva hatte den Auftrag gehabt, Handelsgeschäfte zu machen, vor allem aber Sklaven einzufangen. Nun brachte Grijalva zwar keine Sklaven mit, dafür aber Gold im Werte von zwanzigtausend Piastern und die aufregende Nachricht von einem Goldland auf der *Tierra firme*, namens Mexiko. Als Alvarado, dessen Schiff früher als die andern angelangt war, dem Statthalter die Kunde brachte, tanzte der dicke Greis im Zimmer umher, schnippte mit den Fingern wie mit Kastagnetten und umarmte und küßte den verdutzten Alvarado. Sofort ließ er eine neue Flotte rüsten. Aber ihm fehlte ein Führer. Mit dem wackeren Grijalva war er unzufrieden; Grijalva, meinte er, hätte Mexiko gleich in Besitz nehmen sollen. Avila und Montejo waren nämlich später als Alvarado, aber früher als Grijalva eingetroffen und hatten die Zeit benutzt, ihren verdienstvollen und makellosen Führer anzuschwärzen.

Obgleich Cortez in seinem Asyl streng bewacht wurde, waren die Kirchentüren nicht geschlossen. Zum Morgen- und Abendgebet strömte das Volk ein und aus. Und da Diego Velázquez wenig beliebt

war, fehlte es dem Märtyrer seiner Willkür nicht an Speise und Trank.
Auf die Gefahr hin, sich des Statthalters Haß zuzuziehen, wagten es Puerto Carrero und Alvarado, Cortez in der Kirche zu besuchen. Sie erzählten ihm von Mühseligkeiten und Überraschungen ihrer abenteuerlichen Fahrt: wie sie auf der Insel Cozumel Bisamschweine sahen, die den duftigen Nabel auf dem Rücken haben; – wie sie an der Küste von Champoton von schwarz und weiß bemalten Indianern überfallen wurden, während ein Heuschreckenschwarm den Himmel verfinsterte, so daß man die fliegenden Pfeile von den Insekten nicht unterscheiden konnte und sämtliche Kastilier Pfeilschüsse davontrugen; – wie sie am Terminoshafen so vielen Hirschen und Kaninchen begegneten, daß ihr begeisterter Jagdhund ihnen entlief, und wie verändert sie bei der Rückreise ihn wiederfanden: er konnte kaum noch sich bewegen vor Wohlbeleibtheit und glänzte wie Metall vor Fettigkeit; – wie sie am Tabascostrom Freundschaft mit einem Kaziken schlossen und dieser ihnen durch Melchorejo und Julianillo sagen ließ: das Land des Goldes liege gen Sonnenuntergang und nenne sich Mexiko; – wie sie bei Aguayaluco Indianer sahen, welche große Schildkrötenschalen als Schilde trugen, und Diego de Ordás sich nur mit Mühe abhalten ließ, sie zum Zweikampf zu fordern; – wie sie vom Meer aus ewigen Schnee von Gletschern erblickten, und wie Alvarado einen nach ihm benannten Fluß stromaufwärts fuhr und alle Tempel ausraubte; – wie am Vanderasstrom Montejo als erster Europäer auf mexikanischem Boden landete und von einem Statthalter des Königs von Mexiko ausgefragt wurde; und wie sie endlich zu einer Insel gelangten – der Isla de Sacrificios –, wo in einem Tempel vor einem ekelhaften Götzen die Leichen von fünf eben geschlachteten Indianerknaben lagen: aus den klaffenden Brüsten waren die Herzen gerissen; die fünf Herzen lagen auf dem Schoße des Gottes, durch Beilhiebe waren die Arme und Schenkel der Knaben abgehackt, die Tempelwände und das Götzenbild waren frisch mit dem Blute der Opfer beschmiert . . .
Cortez lauschte mit gespannter Aufmerksamkeit, fieberhaft glänzten seine Augen. »Ich muß nach Mexiko!« rief er.
»Auch wir haben an Euch gedacht«, sagte Alvarado. »Schon rüstet Diego Velázquez eine neue Expedition aus, und er sucht einen Anführer. Gleich nach meiner Ankunft habe ich Euch, Don Hernando, als Feldobersten vorgeschlagen, denn ich wußte noch nichts von den Mißhelligkeiten zwischen ihm und Euch. Kaum aber hatte ich Euren Namen genannt, geriet er in solche Wut, daß ich davon abließ, ihn weiter zu drängen.«
»Ich selbst will ihn sprechen! Heute noch! Jetzt gleich!« rief Cortez und lief der Kirchentür zu.
Puerto Carrero hielt ihn am Ärmel fest. »Seid Ihr toll, Don Hernando?! Er hat geschworen, Euch hängen zu lassen! . . .«

Cortez riß sich los und stürmte hinaus.
Der Büttel Escudero merkte die Flucht erst, als Cortez längst auf und davon war. Der Büttel gewärtigte barsche Rügen, vielleicht sogar Entlassung aus dem Dienst für seine Nachlässigkeit. In größter Bestürzung lief er zum Hause des Statthalters, die Flucht des Verbrechers zu melden und sich selbst auszureden, so gut es ging.
Als er, von einem Diener in die Gemächer des Gobernadors geführt, sich umsah, verging ihm Hören und Sehen. Den hochmögenden Don Diego Velázquez und den Delinquenten Cortez fand er, Siesta haltend, gemeinsam ausgestreckt auf einem Ruhebette.
Don Diego vergab dem Büttel Escudero. Don Diego war gnädig gelaunt, denn Cortez hatte sich bereit erklärt, Doña Catalina Suárez Pacheco zu heiraten. Don Diegos altes Kriegerherz war bezaubert durch die dreimal geglückte Flucht des Cortez und staunte seine tollkühne Frechheit an, daß er es gewagt hatte, ohne Waffen vor ihn hinzutreten. Nach wenigen Worten waren sie sich weinend um den Hals gefallen.

Kurze Zeit darauf führte Cortez Doña Catalina heim. Verwandtschaftliche Bande knüpften ihn nun an Diego Velázquez. Er ging im Statthalterpalais ein und aus und fand so Gelegenheit, mit zwei einflußreichen Personen unauffällig Zwiesprache zu halten. Es waren die Vertrauten des Gobernadors: sein Sekretär Andrés del Duero und der Schatzmeister Seiner Majestät, Amador de Lares. Cortez verpflichtete sich, allen Gewinn des Unternehmens mit ihnen zu teilen.
Den beiden Helfershelfern fiel es nicht schwer, dem Statthalter eindringlich klarzumachen, daß er keinen umsichtigeren, klügeren und verwegeneren Führer finden könne als Hernando Cortez. Der alte Mann sagte sich das selbst, er vergötterte seinen neuen Verwandten seit dessen dreimaliger Flucht. So ernannte er ihn denn zum Generalkapitän der neuen Expedition und ließ die Bestallung – berichtet ein Chronist – durch den Secretario Andrés del Duero mit bester Tinte schreiben: *de muy buen tinta.*

Die Vetternschaft des Diego Velázquez hatte erwartet, daß einer aus ihren Reihen das Kommando erhalten würde, und war entrüstet. Alle Hebel wurden in Bewegung gesetzt, den Statthalter umzustimmen. Cortez wußte, wie leicht dieser zu beeinflussen war, und tat das menschenmögliche, die Abfahrt zu beschleunigen. Vor der Hochzeit hatte er seine Braut wie eine Königin behängt, sein letztes Bargeld für Schmuck vergeudet. Es gelang ihm, sein Repartimiento und eine Silbergrube, die er besaß, für viertausend Dukaten zu versetzen. Er kaufte Schiffe, Munition, Lebensmittel, Mais, Heu für Pferde und auch Tauschwaren, wie venezianische Glasperlen, kleine Spiegel und Taschenmesser. Er schrieb Hunderte von Briefen; und aus allen

Teilen des Landes strömten Abenteurer herbei, sich unter seine Fahne zu stellen.
Um seiner Person mehr Ansehen zu geben, trug jetzt Cortez einen Sammetrock, eine schwere Goldkette um den Hals, die ihm bis an den Gurt reichte, und ein Barett mit einer hohen Hahnenfeder.
Am Sonntag nach seiner Ernennung begab sich Diego Velázquez mit großem Gefolge – wie sich das für einen Machthaber schickt – zur Messe in den Dom. Neben ihm her schritten Cortez und Andrés del Duero. Da plötzlich tänzelte der bucklige Possenreißer Madrid, der Hofnarr des Tyrannen von Kuba, auf der Straße vor ihnen her. Und kreischend, damit alles Volk es vernehmen könne, rief er:

»Gevatter Diego,
Befrage dein Ego:
Wen machtest du, wen,
Zum Generalkapitän?
Den aus Medellin?
Du erntest durch ihn
Nur Sorgen und Hader.
Er wird dein Geschwader
Dir listig entwinden!
Das sehn ja die Blinden
Dem Feuerkopf an:
Das ist ein Mann
In Wolken sich türmend
Wie eine Zeder
Und himmelstürmend
Wie seine steile Hahnenfeder!«

Andrés del Duero prügelte den Narren durch und nannte ihn einen Trunkenbold. Diego Velázquez äußerte nichts; aber der verbissene Zug in seinem aschgrauen Gesichte war beredt genug. Die Wärme seiner Freundschaft zu Cortez kühlte merklich ab seit diesem Tage. Seinen Haushofmeister, Diego de Ordás, veranlaßte er, als Hauptmann mitzuziehen, und instruierte ihn heimlich, er solle Cortez auf die Finger passen.

Durch Andrés del Duero und Amador de Lares wurde – einige Wochen hernach – Cortez in Kenntnis gesetzt, daß Diego Velázquez den Entschluß gefaßt habe, seine Ernennung zu widerrufen und einen andern Befehlshaber zu ernennen.
Es galt, schnell zu handeln. Am späten Nachmittage hatte Cortez erst die Nachricht erhalten, und schon am Abend dieses Tages waren in aller Heimlichkeit die Mannschaften eingeschifft. In der Nacht raubte Cortez sämtliche Fleischerläden der Stadt aus und hinterließ seine goldene Halskette als Bezahlung.

Früh am nächsten Morgen machten die Bewohner St. Jagos die Entdeckung, daß ihnen das Fleisch zur Suppe fehlte, und erhoben ein Geschrei. Hausfrauen, Köche und Küchenmädchen strömten in Scharen zum Statthalterpalais und jammerten um ihr Mittagessen.
Don Diego war so entsetzt, daß er halbangekleidet zum Hafen lief. Der Possenreißer Madrid war ihm auf den Fersen.
Als Cortez den händeringenden Statthalter am Ufer erblickte, bestieg er ein Boot und ruderte zu ihm heran. Jedoch in respektvoller Entfernung machte er halt und ließ den Nachen von den Wellen schaukeln. »Wie, Gevatter, nehmt Ihr so von mir Abschied? Wahrlich, das nenne ich ein feines Benehmen!« schrie der dicke alte Mann mit weinerlicher Stimme.
»Entschuldigt«, versetzte Cortez, »doch die Zeit drängt; und schneller als ein Gedanke muß solch eine Tat sein, will sie gelingen. Wenn Ihr sonst noch ein Anliegen habt, sagt es mir jetzt, denn Gott weiß, wann wir uns wiedersehen!«
Don Diego wollte antworten, der hilflose Zorn schnürte ihm die Kehle zu. Stumm streckte er die geballte Faust zum Morgenhimmel empor, dann wandte er sich und ging. Freundlich winkte ihm Cortez einen Abschiedsgruß mit seiner gepflegten, ringgeschmückten Hand zu.
Der Narr Madrid war inzwischen an das Boot herangeschwommen, um es zum Kentern zu bringen. Dabei wäre er um ein Haar ertrunken. Mit spöttischem Mitleid zog Cortez den Erschöpften ins Boot herein und nahm ihn mit auf das Flaggschiff. So mußte denn der Possenreißer – ganz gegen seinen Willen – Mexiko erobern helfen.
Unverzüglich wurden die Anker gelichtet, und die Flotte verließ St. Jago.

An der Südküste der Insel Kuba, in den Häfen Trinidad und La Havanna, legte die Flotte erst noch an und nahm den Rest der Mannschaft, Geschütze, Munition und die sechzehn Pferde an Bord.
Sowohl Francisco Verdugo, der Alcalde Mayor von Trinidad und Schwager des Diego Velázquez, wie auch Pedro Barba, der Stadtkommandant von La Havanna, erhielten schriftlichen Befehl vom Statthalter, Cortez zu fangen, ihn abzusetzen, ihn in Ketten zu legen. Beide sahen die Unmöglichkeit ein, einem anhänglichen Heere den beliebten Feldobersten zu entreißen. Und Pedro Barba händigte sogar Cortez den Haftbefehl aus und ließ sich von ihm als Hauptmann der Armbrustschützen anwerben.
Auch an seinen bisherigen Haushofmeister Ordás schrieb Diego Velázquez einen Brief und mutete ihm zu, er solle Cortez zu einem Festessen laden und an der Tafel von gedungenen Banditen überfallen lassen. Doch der ritterliche Ordás warf das Schreiben ins Feuer und verständigte Cortez von den guten Absichten des Don Diego.
Nachdem die Wattepanzer für die Soldaten genäht, die Lanzenspit-

zen geschmiedet und alle erhältlichen Pfeile aufgekauft waren, segelten am 10. Februar 1519 die elf Karavellen von Kuba ab und steuerten hinaus gen Westen, nach dem unbekannten, geheimnisreichen Land des Goldes, der Wunder und der Schrecken.

Auf der Reise berührte Cortez Orte der Küste von Yukatan, wo vor ihm Córdova und Grijalva schon geweilt hatten. Bei der Insel Cozumel fiel es ihm auf, daß die Indianer öfter das Wort Kastilan im Munde führten. Er entsann sich, daß auch Córdova diese Beobachtung gemacht; und ihm kam der Gedanke, den Eingeborenen müßten früher schon Spanier begegnet sein. Durch Melchorejo und Julianillo ließ er die Indianer ausfragen und erfuhr: auf dem Festland, zwei Tagereisen von der Küste entfernt, lebten zwei Kastilier als Sklaven eines Kaziken.
Es traf sich gut, daß sich reisende indianische Händler auf der Insel Cozumel befanden und aufs Festland zurückzukehren im Begriff waren. Cortez übergab ihnen einen Brief an die weißen Sklaven und für den Kaziken einen Haufen Glaskorallen als Lösegeld.
Die Händler reisten ab und übermittelten ehrlich den Brief und das Geschenk. Der Kazike willigte ein, das Lösegeld anzunehmen, und ohne Weiterungen gestattete er, daß die Weißen sich zur Küste und in den Schutz ihrer Landsleute begaben.
Die beiden spanischen Sklaven waren der Franziskanerfrater Jerónimo de Aguilar und ein Matrose namens Gonzalo Guerrero. Durch einen Schiffbruch waren sie vor sieben Jahren mit vielen anderen Weißen an diese Küste verschlagen worden. Ihre Leidensgefährten waren auf den Götzenaltären verblutet; nur ihnen hatte man das Leben gelassen – dem Matrosen, weil er es verstanden, sich durch Dienstfertigkeit beliebt zu machen, und dem Frater, weil die Indianer ihn seiner geschlechtlichen Enthaltsamkeit wegen als Heiligen verehrten. Der Kazike hatte ihm nämlich eine Indianerin als Ehefrau angeboten – ein Gnadenbeweis, den der fromme Frater mit Dankesbeteuerungen zurückweisen mußte. Als Grund seiner Weigerung hatte er auf die Fragen des gekränkten Kaziken angegeben: ein Gelübde verbiete ihm, Frauen zu berühren. Das klang dem Mayafürsten so ungeheuerlich und unwahrscheinlich, daß er sich vornahm, der Sache auf den Grund zu gehen. Drei Nächte lang wurde die Reinheit Aguilars auf die Probe gestellt: halbwüchsige nackte Mädchen umtanzten ihn, reihten sich in hockender Stellung vor ihm auf, verhöhnten ihn kichernd, zupften ihn am Gewand und Haar und ließen nichts unversucht, ihn in ihre Arme zu ziehen. Seitdem er ihren Lockungen widerstanden, behandelte ihn der Kazike wie einen Freund und vertraute ihm die Aufsicht über seine zahlreichen Kebsweiber an.
Die Keuschheit Aguilars erschien den Maya darum so wunderbar, weil sie in den Annalen ihrer mythischen Geschichte nur ein Beispiel

gleicher Standhaftigkeit kannten. Ihre Götter Tohil, Avilix und Hacavitz waren mit ihnen ins Land eingewandert; und die Fürsten der Urbevölkerung ersannen einen Plan, sich der Eroberer dadurch zu erwehren, daß sie den Gott Tohil finden. Nachdem sie in Erfahrung gebracht, daß täglich die Götter Tohil, Avilix und Hacavitz in Jünglingsgestalt in einem Flusse badeten, wählten sie die zwei schönsten Fürstentöchter des Landes und unterwiesen sie: Geht, Töchter, zum Flusse, Wäsche zu waschen; und wenn die Jünglinge euch erblicken, so entkleidet euch vor ihnen. Schlagt ihnen keinen Wunsch ab, doch fordert ein Geschenk dafür. Die Fürstentöchter führten die Weisung aus und suchten die Götter zu betören. Aber Tohil fuhr die Entkleideten an und, sie bedrohend, zwang er sie, zu sagen, wer sie angestiftet. Dann gab er ihnen drei Mäntel: auf dem einen war ein Jaguar, auf dem anderen ein Adler und auf dem dritten waren Hornissen und Wespen gestickt. Die Mädchen trugen die Mäntel heim. Kaum aber hatten die Fürsten die Mäntel umgelegt, brüllten sie auf vor Schmerz: Jaguar, Adler, Hornissen und Wespen tranken ihr Blut. So strafte der Gott die Nacktheit der Mädchen.

Glückselig über die Freilassung eilte Jerónimo de Aguilar zu Gonzalo Guerrero, teilte ihm bebend vor Erregung die frohe Kunde mit und wollte gleich mit ihm zur Küste – zu den Schiffen der Befreier – aufbrechen. Doch der Matrose war ein Indianer geworden und hielt nicht viel von den Segnungen europäischer Zivilisation. Er hatte eine Mayafrau geheiratet, die ihm drei schöne Kinder geboren; an Nahrung fehlte es ihm nicht, und Palmen gaben kühlen Schatten – mehr ersehnte sein Herz nicht.

»Geht allein!« sagte er zu Aguilar. »Was soll ich dort! Mich hänseln lassen, weil meine Nase und meine Lippen durchbohrt sind? Mich abrackern für mein tägliches Brot und doch im Elend verkommen, wenn die Knochen alt und mürbe geworden? Für so freundliche Aussichten verlasse ich Weib und Kind nicht!«

Aguilar hielt ihm vor, daß er ein Christ sei, daß er seit sieben Jahren nicht zur Messe, nicht zum Abendmahl gegangen und daß er seine Familie ja mitnehmen könne.

»Laßt es gut sein, Gevatter!« versetzte der Matrose. »Messe und Abendmahl sind vortrefflich für Grafen und Herzöge. Wäre ich einer, ich verspürte vielleicht Sehnsucht nach meinem Schloß, nach Kaldaunenbraten und schönen Liebsten. Aber in Europa werden wir armen Schufte mißhandelt im Elternhaus, verprügelt vom Leben und auf den Kehrichthaufen geworfen, wenn wir alt sind. Ich habe mir einen lateinischen Matrosenspruch übersetzen lassen und auswendig gelernt: *Navigare necesse est, vivere non necesse est!* Ich weiß, was das bedeutet!... Kein Wunder, daß man den Haß nie aus dem Herzen reutet! Schenkt meinen Kindern drei Glasperlen, damit sie sich freuen – mehr nehme ich von meinen Landsmännern nicht an!...«

Aguilar mußte allein die Reise an die Küste antreten. Als er an Bord der Capitana vor Cortez geführt wurde, legte er Bogen und Pfeile auf dem Schiffsdeck nieder, fiel auf die Knie, schluchzte und rief: »Kreuz! ... Kreuz! ... Kreuz! ... Christus! ...« Cortez bedeckte ihn mit einem Mantel, denn er war halbnackt, als Indianer gekleidet. Nur mühsam konnte er sich in seiner Muttersprache ausdrücken. Doch schon nach wenigen Tagen beherrschte er wieder das Spanische und war imstande, seinem Retter wichtige Aufschlüsse zu geben über Verfassung, Religion und Sitten der Kulturvölker Zentralamerikas.

Von Cozumel aus gelangte die Flotte an die Küste von Tabasco. Ein Jahr vordem hatte Grijalva mit dem Kaziken von Tabasco Freundschaft geschlossen. Diesmal wurden die Kastilier feindlich empfangen und sahen sich genötigt, den Eingeborenen Schlachten zu liefern. Sie blieben Sieger, denn – so beschworen später Augenzeugen – ein Ritter in weißer Rüstung und auf schneeigem Schimmel (nach einigen der heilige Petrus, nach anderen der heilige Jacobus) kämpften in ihren Reihen.

Nachdem sie die Stadt Tabasco eingenommen, schlug Ordás mit seinem Schwerte drei wuchtige Hiebe in den Stamm eines Ceibabaumes und verkündete: die Stadt sei eine kastilische Stadt, und er fordere jeden zum Zweikampf, der sich herausnehme, das anzuzweifeln.

Doch es meldete sich niemand.

Cortez ließ die Gefangenen in Freiheit setzen und schloß Frieden. Gaben wurden ausgetauscht. Dann schifften sich die Kastilier wieder ein, um nordwärts, nach Mexiko, unter Segel zu gehen.

Als sie eben die Anker lichteten, sahen sie, daß ein Boot sich dem Flaggschiff näherte. Im Boot befanden sich zwanzig Sklavinnen – ein Geschenk des Kaziken von Tabasco.

Eine dieser Sklavinnen war Marina.

Puerto Carrero, dem sie als Kriegsbeute zugeteilt wurde, trauerte seiner toten Isabella nach und trat Marina an Cortez ab.

Nach kurzer Zeit konnte Marina sich spanisch verständigen. Während der eintönigen, Wochen währenden Segelfahrt fand Cortez Zerstreuung und Vergnügen am Geplauder mit der kindjungen Mexikanerin. Ihr Lerneifer und ihre Wißbegier waren unersättlich. Voll Inbrunst dem neuen Glauben ergeben, hörte sie nichts lieber als die heiligen Geschichten des Alten und Neuen Testaments.

Als eines Tages Cortez ihr vom Erzvater Jacob und seinen zwölf Söhnen erzählte, wie Joseph nach Ägypten kam und dort reich und mächtig wurde – füllten sich ihre Augen mit Tränen.

»Das ist meine Geschichte«, sagte sie.

»Wie meinst du das?« fragte Cortez.

»Die eine Hälfte habe ich erlebt. Und gebe Gott, daß ich das andere auch erlebe!«

»Das sind Rätsel! Erkläre mir's!« sagte Cortez.

»Ihr werdet es gleich verstehen«, fuhr Marina fort. »Seht, die Brüder zeigten das blutige Ärmelkleid vor und hatten doch Joseph nach Ägypten verkauft. Das ist es, was ich selbst erlebt habe. Und was ich mit Gottes Hilfe noch erleben möchte, ist das andere: Joseph wurde ein großer Herr, lud Vater und Geschwister zu Gaste und vergalt ihnen Böses mit Gutem! ...«

Dann erzählte Marina ihr junges, wunderseltsames Leben.

Im Südosten des Mexikanischen Reiches, in der Provinz Coatzacualco, war sie geboren, als einziges Kind eines hohen Würdenträgers. Ihrem Rang und dem Reichtum ihres Vaters entsprechend wurde sie in Künsten und Wissenschaften erzogen gleich den vornehmsten Erbinnen des Landes. Sie war dreizehn Jahre alt, als der Vater starb; und all sein Besitz, die reiche Stadt Painala und die großen Güter in ihrer Umgebung, wurde Eigentum ihrer Mutter. Bald darauf ging ihre Mutter eine neue Ehe ein und hatte von ihrem zweiten Gatten einen Sohn, den sie von seiner Geburt an über alles liebte. Die Mutter faßte einen Haß gegen ihre Tochter, da diese die Erbansprüche des kleinen Stiefbruders beeinträchtigen konnte. Eine Haussklavin hatte eine Tochter im Alter von Marina, und das Mädchen erlag einer Krankheit damals. Marinas Mutter kaufte der Sklavin die Kinderleiche ab und schloß die eigene Tochter in ein dunkles Gemach ein. Prunkvoll bahrte sie die Leiche auf und ließ bekanntgeben, Marina sei tot. Vom dunklen Gemach aus, wo sie gefangen war, hörte Marina die Litaneien ihres eigenen Begräbnisses an, die heuchlerischen Wehklagen der Mutter, die Tröstungen der Verwandten, die Grabgesänge der Priester. Heimlich bei Nacht wurde dann ihr Kerker von fremden Männern geöffnet, und sie wurde nach Xicalanco geschafft und während der Reise entjungfert. Im Auftrage ihrer Mutter verkauften sie die Leute von Xicalanco an Sklavenhändler, und diese brachten sie nach Tabasco. Der Kazike, dessen Beischläferin sie gewesen, verschenkte sie weiter an die Kastilier.

Ohne Trauer, ohne Groll, ohne Anklage erzählte sie das. Sie war durch Pfützen gegangen, doch im schmutzigen Wasser hatten sich ihr Leib und ihre Seele geläutert und rein gebadet. Ein strahlendes Ziel leuchtete ihr vor: zu werden wie Joseph, der Reinste der Reinen, und den blutigen Ärmelrock zu vergelten mit segenschwerer Güte und Beglückung.

Die vom Heere während des Aufruhrs gefaßten Beschlüsse gelangten in wenigen Wochen zur Ausführung.

An den Sanddünen, mehrere Meilen nördlich vom Feldlager, wurde die Hafenstadt Villa Rica de la Vera Cruz gegründet, ein Kastell, eine Kirche, ein Regierungsgebäude, Proviantmagazine, einige Wohnstätten und die Stadtmauer, mit Schießscharten und Türmen, wurden von den fünfhundert Mann des Heeres erbaut. Um seine Leute anzufeuern, nahm Cortez selbst den Spaten in die Hand, trug

Erdkörbe, Mörtel und Kalk. Die Stadt erhielt eine kleine Besatzung, an deren Spitze der alte Fähnrich Escalante stand.
Auf der Capitana segelten Puerto Carrero, Montejo und der Obersteuermann Alaminos ab nach Europa als Überbringer der Geschenke Montezumas und zweier Briefe an den Kaiser. Das eine Schreiben war von Cortez, sein erster langer Bericht; das andere war eine Bittschrift – Seine Majestät möge die Beschlüsse des Heeres und die Ernennung des Oberfeldherrn genehmigen – und war versehen mit den Unterschriften aller Offiziere und Soldaten.
Das Heer war marschbereit. Da wurde durch einen Cortez treu ergebenen Büchsenspanner, Bernaldino de Coria, eine neue Bündelei aufgedeckt. Der Lizentiat Juan Díaz, der Büttel Escudero und die Steuermänner Cermeño und Gonzalo de Umbría gestanden, auf der Folter befragt –: sie wollten sich eines Schiffes bemächtigen, nach Kuba in die See stechen und Diego Velázquez von allen Geschehnissen unterrichten. Cortez ließ die Schuldigen durch ein Kriegsgericht seiner Offiziere aburteilen. Der Lizentiat wurde begnadigt, dem Gonzalo de Umbría wurden die Füße abgehauen, Escudero und Cermeño erlitten den Tod durch den Strang. Als Cortez das Todesurteil seines einstigen Häschers Escudero unterschrieb, rief er aus:
»Ich wollte, ich hätte nie schreiben gelernt! ...«
Und dann vollführte er jene glorwürdige Tat, die Vernichtung seiner Schiffe. Er ließ sie anbohren, auf Sand laufen, und eigenhändig hielt er die brennenden Pechfackeln an die zehn schön gezimmerten Karavellenbuge. Im glühenden Schein der zum Himmel leckenden Flammenzungen und Feuergarben verwandelte sich das Meer in eine Blutsee ...
Nun gab es kein Zurück! ...
Mit Jubel und Grausen stand die Mannschaft am Ufer, belichtet von den aus schwarzen Rauchwolken flackernden karminroten Fackeln der Maste.
Man sprach von Gefahren, von der Unmenschlichkeit des Gegners. Cortez erzählte, was der dicke Kazike ihm berichtet hatte von der geschundenen Königstochter der Culhuas.
»Und sich vorzustellen, daß wir selbst vor zweitausend Jahren solche Bestien waren!« rief Rodrigo Rangel.
»Gottlob, daß wir es nicht mehr sind!« bemerkte der blonde, blauäugige Alvarado.
Und Cortez sagte:
»Darum zogen wir aus, um die Greuel abzuschaffen!«
Rot brandete das Blutmeer, als Cortez den Befehl zum Abmarsch gab.
Und die Soldaten schwenkten ihre Sturmhauben und schrien frenetisch:
»Nach Mexiko! Nach Mexiko!«

DRITTES BUCH

In Tenuchtitlan wurde das Toçoztli-Fest, die Begrüßung der neuen Saat, gefeiert. Der schäumende Rauschtrank Octli – oder Pulque –, sonst nur Greisen zu trinken erlaubt, durfte an diesem Tage von Erwachsenen und Kindern genossen werden. Das Fest wurde daher das Fest des Kinderrausches genannt.
Zwölfjährige Knaben und Mädchen tanzten öffentlich und reichten einander gefüllte Pulqueschalen dar, in deren blasigem, über den Rand sich wölbendem Silberschaum ein Blumenkelch stak. Sie tanzten und schlürften den prickelnden Saft, bis sie trunken und ungezügelt schamlos wurden. Die Orgie der Unreifen war ein Sinnbild der jungen, noch unreifen Natur im Frühjahr.
Auch die Kinder der adligen Geschlechter tanzten und berauschten sich an diesem Tage vor den Augen Montezumas, seines Hofstaates und seiner Krüppel und Narren. Der König hatte im Palast einen länglichen Saal, in dessen glanzige Basaltwände zahllose Stufenmäander gemeißelt waren, eigens für dieses Fest herrichten und mit Girlanden und bunten Papierfähnchen schmücken lassen. Auf seinem mit dem Jaguarfell bedeckten Königssitz thronte er auf erhöhter Estrade und blickte hinab auf das anmutig-freche Treiben der Kinder.
Seine kranke Seele lechzte nach der Stille des Vergessens im Getöse der Freude. Seit die großen Wasserhäuser die weißen Götter über das Meer des Himmels an sein Land gebracht, hatte sein Mund nicht mehr gelächelt. Aber heute glitt ein Lächeln über sein müdes, abgezehrtes Antlitz, als die kleinen Mädchen im Übermute des Rausches ihre mit Schmetterlingen und Vögeln bestickten Hüfttücher und Schulterdecken abwarfen und ihre zierlichen Körper hüllenlos zeigten.
Die Nacht war hereingebrochen. Und maßloser im Fackellicht tobte der Wirbel des Tanzes und der Schamlosigkeit. Aber jäh brach die Lust ab – gleichsam zerschnitten durch einen Sonnenstrahl in schwarzer Nacht.
Im Saal stieg eine tödliche Stille höher und höher wie hereinflutendes Wasser. Und in dieser flutenden Stille war eine Stimme vernehmlich. Aus der Wand kam die Stimme. Die Steine redeten.

»Tanze, tanze, mein schöner Schenkel! Denn bald liegst du begraben im tiefen See!«
So sprach die Wand.
Entsetzt war Montezuma von seinem Sitz emporgesprungen; der schwere Thronsessel fiel dröhnend um. Der König stürzte zum Ausgang, und Narren und Krüppel hinter ihm her in blasser Angst. Doch noch ehe sie die Tür erreicht hatten, sprach die Wand noch einmal:
»Tanze, tanze, mein schöner Schenkel! Denn bald faulst du begraben im tiefen See! . . .«

Schwere Träume folterten Montezuma.
Ihm träumte, daß er zur Mittagsstunde vor dem großen Kristallschädel im Hause der Trauer betete und weinte. Da brachten Fischer als Geschenk ihm einen fremdartigen Wasservogel, den sie am Gestade des Schilfsees gefangen. Grauschwarzes Gefieder, einem Kranich ähnlich, hatte der Vogel, doch statt des Schopfes trug er auf dem Kopfe ein glänzendes Diadem, zurückscheinend wie ein Spiegel. Und Montezuma blickte in das Diadem und sah, obgleich es Mittag war, alle Sternbilder am Himmel, das Sternballspielhaus, den Markt, den schießenden Stern, den Feuerbohrer und Unsern älteren Bruder, den Skorpion. Und ein Komet – der Stern mit der glutenden Rauchwolke – glitt zwischen den Himmelsbildern dahin, einer Giftschlange ähnlich, die lautlos durch ein Maisfeld kriecht. Ungünstig waren die Gestirne, unheildrohend wie der Herr des Fastens sie beschrieben. Und sie verwandelten sich, nahmen menschliche Gestalt an; gepanzert und mit Metallklingen bewaffnet, schienen sie weiße Götter zu sein. Und auf Wolken kniend schossen sie flammengefiederte Pfeile herab auf Mexiko . . .
Auch seine Sternseher ließ Montezuma in den Spiegelkopf des Reihers blicken. Doch sie vermochten das Wunder nicht zu deuten. Und während sie noch Rates pflogen, entschwanden die Fischer und der Wasservogel spurlos und geheimnisvoll.

Und einen herzbeklemmenden Traum träumte Montezuma.
Harz war vom Himmel auf ihn herabgetropft, und sein Leib war mit einer dünnen Schicht bedeckt – so wie ein Stein von glitzerndem Reif überzogen wird. Und regungslos wie ein Stein lag er da, unfähig, ein Glied zu rühren, unfähig, zu rufen, unfähig, die Augenlider aufzuschlagen. Bloß in seine Ohren war das tropfende Harz nicht gedrungen – er vermochte zu hören. Da hörte er die Anklagen der Tiere und der Dinge.
»Im Käfig hieltest du mich gefangen«, sprach sein weißer Arara. »Nie löstest du die Kette von meinem Fuß. Kläglich jammerte mein Weibchen auf dem Ocotlbaume. Doch du kanntest kein Mitleid. Darum habe ich kein Mitleid mit dir.«

»Die Geißel«, sprach sein künstlich enthaarter Hund, »die Geißel hattest du immer bereit, mich zu schlagen, Mensch! Und du sahst nicht, daß ich sprechen wollte und nicht konnte. Jetzt bist du der Stumme. Wie sollte ich Mitleid haben mit dir?«
Und Handmühlen hörte er reden.
»Maismehl und Gold mußten wir mahlen, um dich zu bereichern, Mensch!« sagten die Handmühlen. »Mahlen mußten wir, bis unsere Kehlen heiser und unsere Zähne stumpf geworden. Keine Rast gönntest du uns. Und rastlos werden wir nun deine Knochen zu Mehl zermahlen!«
Und zuletzt sprachen Fleischtöpfe.
»Immerzu setztest du uns dem Feuer aus, peinigtest uns mit tödlicher Feuerpein, Mensch! Du wolltest unsere Wehrufe nicht hören, wolltest nicht sehen, daß wir den Herdflammen zu entfliehen suchten und nicht konnten. Jetzt bist du der Lahme. Ohne Mitleid werden wir zusehen, wenn Wasser und Feuer über dich kommen!«
So sprachen die Fleischtöpfe.
Ächzend erwachte Montezuma und schlug auf eine Trommel aus Feingold; sie war mit einer Menschenhaut bespannt – mit der Haut eines von ihm erlegten Feindes. Sklaven stürzten ins runde Schlafgemach und knieten mit verschränkten Armen vor des Königs Lager nieder.
»Ich will keine Fäuste sehen!« stöhnte Montezuma.
»O erhabener Herr – wessen Fäuste?« fragten die Sklaven.
»Meiner Völker . . .«, murmelte Montezuma. Doch plötzlich besann er sich und verfiel in ein gramfinsteres Schweigen.
Verwundert entfernten sich die Sklaven.

Die geknechteten Völker erhoben die Fäuste, feilten an ihren Ketten. Nicht nur Montezuma sah es.
Daß der dicke Kazike Cortez eingeladen, daß die Kastilier auf mexikanischem Boden eine Stadt gegründet, daß sie ins Innere des Landes aufgebrochen und daß in zweihundertundfünfzig totonakischen Ortschaften die Häuser zu Ehren der weißen Götter im Blumenschmuck prangten – das alles hatten Boten nach Mexiko gemeldet.
Ein scheues Fragen geisterte in den Augen der Mexikaner umher. Was jeder Mund auszusprechen sich scheute, die Augen raunten es: War das nicht in alten Bilderschriften geweissagt worden, daß eines Tages der Schrecken und Glanz des Namens Mexiko erlöschen und grau werden würde wie ein erkalteter Aschenhaufen? Begann schon das Ende – daß ein eben erst unterjochtes Volk sich zu erheben wagte?
Und welche Schmach für das Weltreich, daß die Schwarze Blume unbesiegt und ungezüchtigt blieb!
Auch schon in Tenuchtitlan ballten sich Fäuste.
Da traf die Nachricht ein, daß das mexikanische Heer den Feldzug in

Guatemala siegreich beendet und daß die beiden Oberfeldherren – Tlalhuicolotl, der Irdene Krug, und Guatemoc, der Herabstoßende Adler – nicht mehr fern von den Toren Tenuchtitlans stünden.
Die Fäuste lockerten sich. Spät, doch nicht zu spät, kam dieser Strahl der Götterhuld.
Schon wurden Anstalten für einen pomphaften Triumphzug getroffen. Und mancher Mund, der bisher geschwiegen, nannte nun trotzig leise den Namen des Herabstoßenden Adlers. Eines Volkes Sehnsucht zitterte im Klang dieses Namens: ein himmlischer Schlachtruf der Unzufriedenen wurde er, ein Sinnbild der Erlösung – Drohung und Verheißung zugleich.

Der Kampfgenosse des Herabstoßenden Adlers, der Irdene Krug, war ein Otomi aus der Republik Tlascala und daher ein geborener Erbfeind Mexikos. Wohl zu verwundern war es, daß dieser Mann als Vorsteher des Hauses der Pfeile an die Spitze des mexikanischen Heeres gestellt war. Mehr noch als seine Geburt hätten seine früheren, längst zu Sagen gewordenen Taten ihm der Mexikaner Abscheu einbringen müssen – hätte dieser Abscheu sich nicht in sein Gegenteil, in heilige Scheu verwandelt. Denn dieser berühmte Held war ein Toter, obgleich er noch lebte: war ein Unantastbarer und heilig wie die Prinzessin Papan, Montezumas Schwester, die, aus dem Hause der Sonne zu den Lebenden zurückgekehrt, eine weiße Gestalt in den Gärten Tlatelolcos wandelte. So wie sie hatte Mictlan-Tecutli, der Herr der neun Totenreiche, auch ihn bloß leihweise den Mexikanern überlassen, um ihren Ruhm zu mehren, vor allem aber den Ruhm ihres Herrschers. War doch Montezuma nie ein größerer Schmerz zugefügt worden, als er ihn durch den Irdenen Krug erlitten; aber auch seine Großmut hatte ihresgleichen nicht und überbot sich selbst, als er den in seine Gewalt geratenen Todfeind vor dem Feuersteinmesser der Huitzilopochtli-Priester bewahrte. Das Schicksal des Irdenen Kruges – eines der wunderbarsten in dieser an Schicksalen wahrlich nicht armen Niedergangszeit – ist mit den Kämpfen des Freistaates Tlascala eng verknüpft.

Tlascala mit seiner stolzen Unabhängigkeit ragte wie eine Insel einsam empor im meergleichen Völkergewoge, das versklavt und tributpflichtig Mexiko umbrandete.
Der Freistaat lag nach Sonnenaufgang zu, etwa auf halbem Wege zwischen Tenuchtitlan und der von Cortez jüngst gegründeten Hafenstadt Verakruz. Das von Seen blinkende Anahuac – der Wassergau – war ein flaches Tafelland, begrenzt im Osten von mächtiger Kordillere. Die beiden mit ewigem Schnee bekleideten Vulkane, Popocatepetl und Iztaccihuatl – der Rauchende Berg und die Weiße Frau –, die beide, ein Segment des Himmels überschattend, sich im See von Tenuchtitlan spiegelten, gehörten ja nur einer von vielen

gleichlaufenden, kaum minder steilen Schneebergketten an und bildeten scheinbar das Eingangstor aus einem Paradies in ein unwirtliches finsteres Land der Schrecken. Und doch nur scheinbar. Zwar hieß die Paßhöhe – nördlich vom Rauchenden Berg und der Weißen Frau – nicht umsonst Tlalocan, genannt so nach Tlaloc, dem Gotte des Regens. Aber jenseits das Gebirgsland, das wilddurchschluchtet sich forterstreckte zwanzig Sonnen weit bis zum jähen Absturz ins Meer, war keine kahle Steinwüste. Dort, innerhalb der Bergschranken, gab es neben Firnschnee, Lavageröll, gelben Klippenschlünden mit blauschwarzem Arvensaum auch taufrische Matten, Täler und Ebenen, reich an Menschensiedlungen und Saatfeldern, pittoresk und blühend, wenn auch nicht so prangend wie der Garten Anahuac; und dort lebten die Tlatepotzca, Die-hinter-den-Bergen, die Bewohner der Staaten Cholula, Huexotzinco und Tlascala.
Diese drei Staaten waren einst die Schirmvögte der Freiheit gewesen, als im dreißigjährigen Befreiungskampf gegen die Tyrannei des Zürnenden Aderlassers, des Kaisers der Tepaneken, der entthronte, um Brot bettelnde König von Tezcuco (wie auch späterhin sein Sohn, der Hungrige Schakal) bei ihnen Aufnahme und kriegerischen Beistand gefunden. Doch in den mehr als hundert inzwischen verflossenen Jahren hatten Cholula und Huexotzinco ihre stolze Selbständigkeit für die aztekische Scheinfreundschaft und ein kaum verschleiertes Vasallentum hergeben müssen. Freiheit hauste jetzt nur noch in Tlascala, das vierundsechzig Jahre lang jedem Ansturm der mexikanischen Waffen getrotzt und immer noch, wie einst, das Asyl aller Landflüchtigen und Unbeugsamen war.
Eine hohe, zwanzig Fuß breite Mauer – ähnlich der Chinesischen – umgürtete das ganze Bergland Tlascala. In den dieser Mauer zunächst gelegenen Garnisonen waren vorzüglich Otomis, die eifrigen Hasser Mexikos, untergebracht. Außer den Tlascalteken – die sich Teochichimeken, Götterjäger, nannten – lebten auch die barbarischen Otomis seit Urzeiten in dem Lande, dessen Emblem der Pfeil war: der alte Jagdgott war beider Völker Gott. Der Stammesheros Xelhua, der älteste Sohn der Weißen Nebelschlange, hatte aus der Urheimat – den Sieben Höhlen und dem Reiherland – die Olmeken, Xicalanken und Otomis geführt, an vielen Orten rastend und immer wieder fortgetrieben durch den Gesang des Vogels mit den grünen Federn, dessen Lied aus den Worten bestand: Nicht hier werdet ihr bleiben! Und bevor er das meerumspülte Land Sempoalla erreicht und die Totonakenherrschaft aufgerichtet, hatte er Tlascala durchzogen, wo manche aus seiner Schar, des Wanderns müde, haltmachten und das Land besiedelten. Ihre Zahl war jedoch gering im Vergleich zu der der Götterjäger. Neuerdings aber hatten sich die Otomis aus Xaltocan, vor Mexikos Habgier fliehend, ihren ureingesessenen Stammesbrüdern zugesellt. Bereitwillig hatte ihnen der Hohe Rat von Tlascala Land zugewiesen und nur die Bedingung gestellt, daß

sie sich der Obergewalt des Pfeiles beugen und ihr Blut bereithalten sollten für die Sache der Freiheit. Die Otomis erfüllten die Bedingung nicht nur, sie nährten auch die Feindseligkeit gegen Mexiko wie Priester eine ewige Lampe.
Einem dieser aus Xaltocan geflüchteten Geschlechter gehörte der berühmte Otomi der Irdene Krug an.
Am unauslöschlichen Haß Tlascalas ist Mexiko gestorben – wie ja zuweilen ein muskelstarker Körper an einer kleinen, mißachteten Eiterwunde zugrunde gehen kann.
Was war die Ursache dieses schicksalvollen Hasses?
Als schon das ganze Tal Anahuac zur Provinz Mexiko geworden und die Anwohner des Stillen wie auch des Atlantischen Ozeans sich genötigt sahen, ihre Tributkarawanen an die Schatzhäuser Tenuchtitlans zu senden, unternahmen der König Wassergesicht und nach ihm sein Bruder König Molch mehrere Heerzüge, um die noch unbotmäßigen Tlatepotzca, Die-hinter-den-Bergen, dem Reiche einzuverleiben. Es gelang ihnen, wenn auch erst nach schweren Kämpfen, Cholula und Huexotzinco niederzuzwingen und ebenfalls das benachbarte Tlachquiauhco, in dessen Hauptstadt Yuquane späterhin Montezumas unglücklicher Bruder Prinz Grasstrick die rote Blume pflanzen und pflegen und um der roten Blume willen verbluten sollte. Aber am steilen Gelände, an der zwanzig Fuß breiten Mauer und an den harten Herzen der Tlascalteken zerschellte der Anprall aztekischer Ländergier immer und immer wieder.
Der heimgebrachten Trophäen waren so viele, die Siegesbeute aus Cholula und Huexotzinco war so reich, daß das Volk von Tenuchtitlan sich mit der Unübersteigbarkeit der Großen Mauer hätte abfinden können. Tat es das nicht, so hatte es wohl andere Beweggründe noch als bloß die Begier, eine Scharte auszuwetzen.
Das armselige Fischerdorf in der Lagune war zum glanzvollen Mittelpunkt einer Welt geworden, und die reichsten Kaufherren dieser Welt beherbergte nun die Königin aller Städte – so nannte sich Tenuchtitlan – in seinen vier Stadtvierteln. Tlatelolcos, der einstigen Schwesterstadt und Rivalin letzter Herrscher, der Dornenreiche Baum, von den Truppen seines Schwagers, Königs Wassergesicht, besiegt und auf die oberste Terrasse der von ihm erbauten Tempelpyramide gehetzt, war ergriffen und geschlachtet worden – Tlatelolco aber, jetzt einverleibt in Tenuchtitlan, war nur noch ein Stadtviertel wie die anderen. Seit dieser Verschmelzung hatte der Räuberstaat begonnen, sich in einen Kaufmannsstaat zu verwandeln. Denn die weitsehenden, unermüdlichen Kaufleute Tlatelolcos durchzogen die Welt, die bekannte und die unbekannte, bis an ihre fernen Grenzen; waren Pfadfinder und Wegemacher für künftige Eroberungen. Der Rat der Alten im Großen Palast zu Tenuchtitlan stellte sich fürderhin darauf ein, Handelspolitik zu treiben, ohne freilich der traditionellen Räuberpolitik zu entsagen.

Den großen Kaufherren war Tlascala ein Dorn im Auge. Hatten diese Götterjäger es doch verstanden, den Handel mit den meist olmekischen Völkerschaften der östlichen Meeresgestade an sich zu bringen; die Totonaken von Sempoalla, die Küstenbewohner von Tuxtla, ja selbst die von Tabasco tauschten ihnen Baumwolle, Honig, Salz, Gold, Kakao und die geschätzten Papageienfedern gegen Felle, Leder, Pelzwerk und Getreide ein.
Den wachsenden Wohlstand des Jägerstaates wollte Mexiko nicht länger dulden. Die so stolze, unübersteigbare Mauer sollte zur Kerkermauer werden, die ihre Insassen trennte von der übrigen, bluttränkten zwar, doch orchideenüberwachsenen, goldstrahlenden Welt. Den Küstenvölkern allen Handel und Verkehr mit Tlascala zu verbieten, war für die Königin aller Städte ein leichtes. Langsam, doch unaufhaltsam vollzog sich die Vereinsamung, bis eines Tages das Bergvolk abgeschlossen war – »wie eine Wachtel im Käfig« (sagten lächelnd die Mexikaner).
Da lernten die Eltern und die Kinder in Tlascala das Schwerste: sie lernten das Salz zu entbehren.

Der Rat der Alten in Tlascala sandte eine Gesandtschaft an König Molch. Man hielt sie indes nicht für würdig, seines götterähnlichen Leibes ansichtig zu werden. Die Gesandtschaft wurde vom Rat der Alten in Tenuchtitlan empfangen. Und ein Menschenmaler zeichnete auf Hirschhautpergament die Hieroglyphen der gesprochenen Worte. Diese Worte hat eine Laune des Glückes uns aufbewahrt.
Der Weibliche Zwilling sagte: »Der große Herr von Mexiko ist der Alleinherrscher des Erdkreises, und die Menschheit ist seine Sklavin. Sich zum Ziel gesetzt hat er, alle Geborenen zu zwingen, daß sie sein Herrentum anerkennen; die aber freiwillig und aus Gehorsam das zu tun sich weigern, muß er zerschmettern, und niederreißen muß er ihre Städte bis auf die Grundfesten, sie mit neuen Ansiedlern zu bevölkern. Darum zögert nicht mit eurer Unterwerfung, beeilt euch, ihn als Herrn anzuerkennen, indem ihr Tribut und Huldigungen darbringt, wie es ihm von allen Gauen und Königreichen zusteht. Denn tut ihr es im guten nicht, so kommt er über euch!«
Der Führer der Gesandten Tlascalas gab zur Antwort: »Ihr hochmächtigen Herren, Tlascala schuldet euch keinen Knechtesdienst. Auch haben wir Tlascalteken, seit wir die Sieben Höhlen verlassen, niemals mit Tribut und Abgaben einen König und auch nicht einen Beherrscher der Welt über uns anerkannt, haben vielmehr immerdar unsere Freiheit bewahrt. Und da wir es nicht gewohnt sind, haben wir kein Verlangen danach, euch zu gehorchen. Wir zögen vor zu sterben mitsamt Frauen, Greisen und Kindern, ehe das Undenkbare geschähe, daß wir eure Sklaven würden. Aber laßt euch gesagt sein – was ihr jetzt fordert, werden wir von euch fordern dereinst; und mehr Blut wird dann fließen, als unsere und eure Vorfahren vergos-

sen haben nach dem Auszug aus den Sieben Höhlen. Jetzt aber gehen wir, euren Bescheid in die Heimat zu tragen.«
Die Mexikaner ließen die vermessenen Redner ungezüchtigt den Heimweg antreten, denn die Unantastbarkeit der Gesandten wurde von diesen Völkern einer jüngeren Steinzeit heilig gehalten.

Für Tlascala war nun die Feuerschlange vom Himmel auf die Erde gestiegen: der sechzigjährige Krieg begann.
Das ganze Land wurde zur belagerten Festung. Die Mexikaner legten eine Kette von Garnisonen dicht an die Große Mauer. Doch aushungern ließ sich die Wachtel im Käfig nicht.
Die außerhalb der Mauer gelegenen Kolonien Tlascalas waren freilich verloren, auf Jahrzehnte hinaus verwüstet und vernichtet wie sein reicher Handelsverkehr. Gewiß war es nicht leicht, auf Papageienfedern, Gold und Kakao zu verzichten. Aber das freiheitsdürstende Volk biß knirschend die Zähne zusammen und lernte zu entbehren – ja sogar Salz zu entbehren. Der Feuersteinmessergott und das schöne zwölfjährige Mädchen, die Maisgöttin, hatten das Land ja nicht im Stiche gelassen: das Herz des Berges gab Wasser und das Herz der Erde gab Brot. Der Mangel aber machte das Volk hart, fromm und fleißig. Nicht mit Unrecht hatte es schon ehedem seinen Namen von Tlaxcalli, dem Maiskuchen, abgeleitet.
Und die Göttin der Wiege machte die tlascaltekischen Frauen gebärtüchtig und erstattete den Verlust der in den Himmel der Sonne steigenden Kämpfer durch krieggeweihten Nachwuchs.

Da die dauernde Unfähigkeit, Tlascala zu bezwingen oder auszuhungern, den Kaufherren Tenuchtitlans allgemach zum Ärgernis wurde und auch zu befürchten stand, es könnten daraus die geknechteten Provinzen und Vasallenstaaten einen Machtniedergang des Aztekenreiches folgern, beschloß der Drei-Städte-Bund, aus der Untugend eine Tugend zu machen. Der Rat der Alten in Tenuchtitlan verkündete – sich selbst ungescheut widersprechend –: nicht die Zertrümmerung Tlascalas sei beabsichtigt; und der Krieg an der Großen Mauer habe kein anderes Ziel als: in den heimischen Tempeln jederzeit Opfersklaven bereit zu haben, um mit deren Blut die Erde Mexikos zu begatten. Dieser Auslegung mehr Gewicht zu geben, wurde Texcucos König, der damals eben erst gekrönte Herr des Fastens, veranlaßt, Gesetze und Regeln zu ersinnen für ein ritterliches Mörderspiel, welches hinfort der Blumenkrieg oder Rosenkrieg heißen sollte. Sei es nun, daß der Herr des Fastens das Ansinnen Mexikos abzulehnen außerstande war, sei es, daß er hochsinnig erhoffte, das Blutvergießen durch strenge Satzungen eindämmen zu können – kurz, zu seines eigenen Landes Schaden (wie er später, allzu spät, erkennen mußte) deckte er mit seiner Rechtlichkeit jene Erfindung mexikanischer Abgefeimtheit. Er war es, der die periodische Wiederkehr des Blumenkrieges anordnete und auch die Stätte des Kampfspiels – das Tal zwischen dem Adlerberg und dem Jaguarberg, zwei Ausläufern des Popocatepetl – bestimmte, wo die Tlascalteken zu gleicher Anzahl mit den Azteken und ihren Bundesgenossen zu fechten hatten.

Den Tlascalteken konnte es gleich sein, ob die Schlachterei Krieg oder Blumenkrieg genannt wurde. Ein Spiel war ihnen die Beschirmung der Landesgrenzen nicht. Ihr Haß aber wuchs ins Ungemessene.

Während der ersten fünf Tage jeden Monats erscholl die Teponaztlitrommel in jenem Tal und es wurden Blumen gepflückt für die Altäre. Erst vor wenigen Jahren hatte eine Hungersnot Anahuac heimgesucht; – daher waren jetzt die Götter mehr als ehedem hungrig.

Der Rosenkrieg wurde in Mexiko als eine Schule des Mutes angesehen. Besonders der Kriegsadel legte Wert darauf, daß seine Söhne am Kampfspiel teilnahmen, wo sie sich zu wehren oder zu sterben lernten. Wer einem Tlascalteken gegenübergestanden und dennoch dem Tode entronnen, galt für gefeit und hatte die Waffen anderer Völker nicht mehr zu scheuen.

Indessen war solche Lernzeit in der Regel kurz bemessen. Die Azteken schonten ihre Mannschaften und liebten es, ihre Siege mit dem Fleisch und den Knochen der Vasallenvölker zu erkaufen.

Mehr als fünfzig Jahre schon hatte der Blumenkrieg gewährt, König Molch, der Tempelerbauer, war der Kopfwunde erlegen, die er sich bei der großen Wasserflut zugezogen, und Montezuma saß seit einem Jahrzehnt bereits auf dem von Adlerdaunen überdachten Thronsessel. Da beschloß auch er, der Herr der Welt, seinen Lieblingssohn, den Menschen-Fänger, in den Rosenkrieg zu senden. Er verlieh dem kaum Erwachsenen den hohen Rang eines Vorstehers des Hauses der Spiegelschlange, umgab ihn mit einer hochgemuten Leibwache, aus den Tapfersten der Tapferen gewählt, und überreichte ihm beim Abschied die Schlachtrüstung seines Vorfahren, des Königs Wassergesicht –: einen schwarzgoldenen, als Standarte dienenden Wappenschild mit einem Löffelreiher aus Edelsteinen; einen Goldplattenpanzer, überdeckt mit einer Menschenhaut (der Kleidung Xipes, Unseres Herrn des Geschundenen) und mit einem grasgrünen Mädchenröckchen versehen; sowie ein breites Sägeschwert, schwarz lackiert und mit zwei Reihen äußerst langer Obsidianschneiden.

Der Jubel, der den beim Volke beliebten, jugendschönen Prinzen bis vor die Tore der Hauptstadt begleitete, kam dem Jubel seines eigenen Herzens gleich. Als er spätabends in die Nähe der Großen Mauer gelangt war, sagte er zu seinen dort versammelten Kampfgenossen: »Morgen ist mein Tag!«

Und das Morgen kam, und das Rosenspiel begann. Wunder der Tapferkeit vollbrachte der Königssohn, streckte zwanzig Gegner nieder.

Da erblickte er – selbst schon ermattet – einen Teil der Seinen in Bedrängnis. Er warf sich den Zurückflutenden nicht entgegen, zwang sie nicht zur Umkehr – fast allein trug er die goldene Standarte ins Herz der tlascaltekischen Reihen; und wie vor einem Gotte wichen die Feinde entsetzt vor ihm. Da traf ihn der Keulenschlag des furchtbaren Otomikriegers, des Irdenen Kruges.

Kaum lag er blutend am Boden, war er auch schon unentrinnbar umschlossen, umwirbelt, umwimmelt. »Wie ein Wurm von Fliegen«, schrieb später ein Azteke. Der Prinz lächelte verächtlich, als er das Gewimmel sah, das eine rätselhafte Scheu noch in Abstand hielt, und er sprach zu seinen Bedrängern: »Nun ist geschehen, was mir bestimmt war. Ich habe mich ergötzt mit euch eine kurze Weile. Tut jetzt mit mir, was euch beliebt!«

Die Nachricht vom Tode seines Lieblingssohnes war für Montezuma um so erschütternder, als seine Selbstsicherheit damals schon ins Wanken geraten war infolge der ersten bösen Vorzeichen des drohenden Weltumschwungs. Der Schilfsee war rings um Tenuchtitlan siedend aufgeschäumt; das Fest des Jubels, Unsere-Jahre-umgürten-sich, war durch den Brand in den Türmen des Großen Tempels zum Schreckensfest geworden; am Himmel schritt ein Komet seine Bahn in blauem Geloder; und schon ließ sich zuweilen nachts die grausige Frauenstimme vernehmen, die stöhnend klagte: »Weh, meine Töchter! Weh, meine Söhne! Die Stunde des Verderbens naht! ...«

Zuerst zwar brachte es der König über sein Herz, das Leid niederzuzwingen; und zu den wenigen dem Gemetzel Entronnenen, die die Trauerkunde überbrachten, sagte er in schön gesetzter Rede, während Tränen seinen Blick verglasten: zu preisen sei das Los des Prinzen, der nicht bei Mädchen und Schmäusen, inmitten irdischer Sünden, umgekommen – sondern mannhaft »einen süßen, blumenhaften Tod gestorben, auf blumigem Feld, in blumiger Schlacht«. Auch bewirtete er sie im Palast, setzte ihnen Kakao, Rosen und Wohlgerüche vor und ließ jedem einzelnen durch den Vorsteher des Hauses der Teppiche einen kostbaren Mantel überreichen.

Dann aber überwältigte ihn der maßlose Schmerz. Er schloß sich ab und weilte Tag für Tag im schwarz verhängten Haus der Trauer, kniend, betend und den zerpeinten Blick in den durchscheinenden Kristallschädel bohrend, als ließe sich dem geisterhaft klaren Mineral die Antwort entreißen auf das unerforschliche Warum. Er haderte mit den Himmlischen, Irdischen und Unterirdischen. Sie hatten sich seine Menschenhekatomben gefallen lassen, die Hungrigen. Nie hatte er sie vernachlässigt, nie gekränkt. Dennoch nahmen sie ihm seine schimmernde Quetzalfeder ... Warum? ...

Dort im Hause der Trauer reifte sein Entschluß, für den Tod des Prinzen eine unerhörte Rachetat zu vollführen. Und als er, nach Wochen, sich den Staatsgeschäften wieder zu widmen begann, verkündete er dem Weiblichen Zwilling und dem Rat der Alten: der Blu-

menkrieg sei zu Ende, um dessentwillen der Himmel Tlascalas Zerstörung gefristet habe. Wie von einem Orkan solle es nunmehr fortgefegt werden, so daß selbst sein Name ausgewischt sei künftig aus dem Gedächtnis der Völker.
Die übermenschlichen Anstrengungen, die dieser Befehl im Gefolge hatte, fruchteten nichts. Die Heerscharen von zehn verbündeten Staaten, mit den aztekischen vereint, griffen – gleichzeitig und von allen Windrichtungen her – das kleine Land an, stürmten die Mauer in ihrer ganzen Ausdehnung, ohne indes eine Bresche zu schlagen. Heldenmut erwirkte nicht mehr als Hinterlist. Die Otomis nahmen der Mexikaner Bestechungsgeschenke – Gold, Kakao und Salz – gern entgegen und fochten um so erbitterter für das Reich der Freiheit. Das Ansinnen, den Mörder des Königssohnes, den Irdenen Krug, auszuliefern, wiesen sie mit Gelächter zurück. Die zehn Heerscharen mußten schmachbedeckt wieder abziehen. Bloß dreitausend Kriegsgefangene konnten dem Wunderbaren Huitzilopochtli dargebracht werden: eine geringe Anzahl, ein klägliches Ergebnis.

Erst vier Jahre später gab ein Zufall Montezuma die Möglichkeit in die Hand, Rache für seinen Sohn zu nehmen. Aber als dieser heißeste Wunsch sich rundete, Gestalt gewann, sich erfüllte, hatte längst die Sehnsucht den Stachel verloren. Teilnahmslos ließ Montezuma die Rache wie Sand seinen müden Fingern entgleiten.
Nämlich die südwestlich von Tlascala gelegenen Nachbarstaaten Cholula und Huexotzinco bemühten sich, neuerdings ins mexikanische Netz verstrickt, durch Liebedienerei die Erinnerung an frühere Freiheitskämpfe auszulöschen. Cholula hatte in seiner gleichnamigen Hauptstadt, der Stadt der Priesterkönige und der großen Pyramide, dermaleinst den weißen Gott, den Kreuzträger Quetzalcoatl, beherbergt – nachdem er in Tulas Meermuschelburg sein Antlitz im gekrümmten Spiegel erblickt und, vom Trank des Zauberers – (welcher sich am Spinnfaden vom Himmel herabgelassen) – berauscht, seine eigene Schwester geschändet hatte und fortgezogen war, von den Singvögeln der Gärten Tulas begleitet, das Land Tlillan-Tlapallan zu suchen. Ein gefangener König und Gott, hatte er in Cholula gelebt, sein Gesicht hinter der mit Türkisen inkrustierten Schädelmaske verbergend. Seitdem war Cholula mit seinen hehren Altertümern das Ziel ungezählter Wallfahrer alljährlich. Der nie versiegende Fluß von Reichtum, den die Pilger in die heilige Stadt geleitet hatten, verdarb und verweichlichte allgemach die einst kriegerischen Einwohner. Jetzt galt Cholula nur noch als eine Heimstätte der Fremden, der Krämer und der Freudenmädchen.
Anders Huexotzinco. Denn dieses hatte keine altehrwürdige, dem Wohlstand fördersame Vergangenheit. Wenn es hie und da Pilger anlockte, so geschah das allenfalls des großen Freudenhauses wegen, welches dem berühmten von Tlatelolco den Rang ablief. Und auf

Tlatelolco, den Lustort Tenuchtitlans, waren die Augen aller seiner vermögenden Jünglinge und begüterten Greise gerichtet. An Verderbtheit kam keine Stadt Huexotzinco gleich. Und morsch wie seine Moral war seine Politik. Ein in die Straßenmenge geschleudertes Wort genügte, das unstete Volk zu jeder Wahnsinnstat aufzustacheln. Unterjocht durch Mexiko, dessen blindlings nachäffender Bewunderer zu sein es in Lebenshaltung, Schmuckbedürfnis und Sittenverderbnis bemüht war, gab das Volk doch immer und immer wieder dem Zwingherrn Anlaß, an die Wucht der aztekischen Waffen zu erinnern: kürzlich erst, beim Jubelfest Unsere-Jahre-umgürten-sich, war es ja ein Kriegsgefangener aus Huexotzinco gewesen, welcher als Sklave-des-Feuers auf dem Hügel Iztapalapans, während die Plejaden den Meridian durchschritten, dem Türkisherrn dargebracht und in dessen edelsteinberaubter Brust das neue Feuer durch das männliche und weibliche Stäbchen errieben worden war.
Das Verhalten Huexotzincos seinem Lehnsherrn gegenüber mochte unklug sein, vielleicht auch entschuldbar; schlimmer war sein Benehmen gegen seinen Bundesgenossen und altbewährten Freund Tlascala.
Noch zu Beginn des Rosenkrieges hatten sie Seite an Seite den Azteken manches Treffen geliefert; wie ja auch der Gesetzgeber des Kampfspiels, der Herr des Fastens, ihnen gemeinsam Schranken auf der Gegenseite Mexikos zugewiesen hatte. Als aber des Spieles heiteres Antlitz sich verdüsterte, war auf Huexotzinco kein Verlaß mehr: es focht heute hier, morgen dort. Nach dem Tode des Königssohnes mischte es sich unter die Heerscharen, die sich heranwälzten, Tlascala fortzufegen wie ein Orkan, so daß selbst sein Name ausgewischt sei aus dem Gedächtnis der Völker.
Die Heerscharen zogen ab; jedoch Huexotzinco wie ebenfalls Cholula blieben; blieben ungeschützt und allein, nicht fern der Mauer; – sie waren ja Nachbarn und sogar Bundesgenossen, alte Freunde trotz allem, und hatten wohl Tlascalas Rache zu gewärtigen. Freilich war Tlascala augenblicklich erschöpft und mußte erst wieder zu Atem kommen. Dem vorzubeugen, schien ein Gebot der Klugheit.
Der Anstifter des neuen Überfalls war Cholula. Wie die großen Handelsherren Tlatelolcos hatten auch die Kaufleute Cholulas von jeher scheel dem Aufschwung Tlascalas zugeschaut; und die letzthin bewirkte Vernichtung seines Handels schien ihnen eine geringe Genüge: der Baum war gefällt, doch die Wurzel lebte noch und konnte neue Schößlinge treiben. Im Hohen Rat wiederholten Vertreter der Kaufmannschaft unentwegt die Forderung, der Rivale müsse vom Erdboden verschwinden; und die beiden Priesterkönige widersetzten sich ihren Gründen um so weniger, als ihnen jedwede Tücke gegen den früheren Bundesgenossen Lohn und Gunst von seiten Montezumas einbringen konnte. Das Volk der heiligen Stadt, das in der Vergangenheit lebte, wäre leicht zu entflammen gewesen durch den

Hinweis auf einst besessene, an Tlascala verlorengegangene Gebietsteile. Lodernde Begeisterung jedoch hätte nimmer hingereicht, ein sieghaftes Heer zu schaffen aus diesem Volk von Krämern und Priesterknechten, das seit Jahrhunderten dem Kriegshandwerk entwöhnt war. Darum wandte man sich an Huexotzinco, und mit gutem Erfolg, da dies Land die gleichen Gründe hatte, um das Wohlwollen des Weltherrn zu buhlen.
Der Angriff der Heerscharen war, wenn auch vergeblich, ein Keulenschlag gewesen; der nun folgende Kleinkrieg bestand aus einer Reihe von Nadelstichen. Tlascala nahm die Feindschaft Huexotzincos nicht ernst. Scharmützel wurden geliefert, nicht Schlachten. Es schien genügend zu sein, den überheblichen Zwerg abzuwehren wie eine lästige Wespe. Die Otomis lachten herzhaft, wenn der Gegner verstohlen und mordgewillt auftauchte, und sie hielten es oft genug der Mühe nicht wert, nach dem Speerbündel zu greifen. Die Lässigkeit wurde zur Fahrlässigkeit. So konnte es geschehen, daß die Mißachtung des Feindes die Otomis zu Tollkühnheiten verleitete. Ein Trupp von ihnen geriet in einen Hinterhalt auf morastigem Boden und wurde bis auf einen Mann niedergemacht. Dieser eine Mann war der Irdene Krug. Er stak bis an die Brust im Sumpf, so daß er die Arme nicht mehr frei hatte. Der Anführer der Leute von Huexotzinco, ein Mann namens Tlachpanquizqui, der Tempel-Feger, nahm ihn gefangen.

Der Irdene Krug wurde vom Tempel-Feger in einen Holzkäfig gesperrt, den er indes sofort zersplitterte, wie auch bald darauf einen zweiten. Erst ein neuerbauter dritter Käfig aus Zedernholz war stark genug, dies wilde Tier zu bergen. Einige Wochen lang, bis seine Wunden geheilt, wurde er gemästet und verhältnismäßig gut behandelt; denn es war erwünscht, daß dieser Götterleckerbissen wohlgenährt und kraftstrotzend, die Lippen von einem Lächeln umkräuselt, die Gelassenheit zur Schau trage, welche bei todgeweihten Kriegssklaven so sehr geschätzt wurde.
Sein Besitzer, der Tempel-Feger, setzte hohe Hoffnungen auf ihn, da er sich eben damals in schwerer Bedrängnis befand, aus der nur ein unwahrscheinliches Glück ihn befreien konnte. Das Gewölk hatte sich über seinem Haupte zusammengezogen, während er, von Huexotzinco abwesend, den furchtbaren Otomi in den Sumpf gelockt und dank dieser Heldentat auf der höchsten Sprosse des Ruhmes zu stehen glaubte. Als er mitsamt dem Käfig in seine Heimatstadt als Triumphator zurückgekehrt war, mußte er die Erfahrung machen, daß Ruhm kein Schild ist gegen Schmach und Tod. Beim Hohen Rat von Huexotzinco war er in seiner Abwesenheit verklagt worden wegen mehrfachen Ehebruchs. Die Stadt war darob in zwei Lager gespalten. Verwandtschaft und Anhang der beschimpften hochadligen Geschlechter heischten die unbarmherzige Strenge des Verfahrens

ohne Rücksicht auf die Person. In alten Gesetzesbüchern waren fleischliche Verfehlungen mit dem Tode bedroht. Zwar waren diese Gesetzesbücher seit langem nicht mehr aufgeschlagen worden. Aber das sittenloseste aller Stadtvölker hatte sich urplötzlich auf seine Sittsamkeit besonnen.
Der Tempel-Feger gehörte selbst einem Adelsgeschlecht an und war nicht ohne Anhang. Seinem Kriegerrang, seinem Reichtum und seiner in den philosophischen Akademien Tezcucos erworbenen Geistesbildung verdankte er die überragende Stellung, die man ihm bisher zugebilligt hatte, in und außerhalb Huexotzincos. Denn seit er als Jüngling in den Gerichtssälen Tenuchtitlans sich die Redekunst angeeignet, hatte er mancherlei Fäden zu den Hochmögenden der Weltstadt gesponnen und war dort ein oft und gern gesehener Gast. Nichts vom Provinzialen haftete diesem weltgewandten Epikuräer an. Die ersten Geister Mexikos, Philosophen, Historiker und Dichter, durfte er zu seinen Freunden zählen. Er war schön. In Gesichtsausdruck, Haltung und Gebärde glich er Montezuma so auffällig, daß es allgemein Staunen erregte. Nicht ungern hörte er das erwähnen. Und seufzend pflegte er darüber zu klagen, daß ein ungütiges Los ihn fern vom Mittelpunkt der Welt zu leben zwang.
Doch die Fesseln, die ihn an die Stadt seiner Geburt banden, hatte er nicht zu lockern vermocht. Klein war Huexotzinco; nur an Verderbtheit konnte es mit Tlatelolco, dem Lustort Mexikos, wetteifern. Wer unter Sittenlosen sich hervortun wollte, mußte der Sittenloseste werden. Und das wurde der Tempel-Feger. Genußsucht, Langeweile und hemmungslose Eitelkeit machten diesen Lüstling zum Diener und Gezeichneten der Straferin, der Kehricht-Göttin, die in Gestalt eines gräßlichen, am Maule blutigen Frosches verehrt wurde: »Denn die Liebe frißt und verschlingt alles ...«
Tränen gefallener Mädchen waren mit einem Edelstein oder einer Papageienfeder zu beschwichtigen; die Klagen der Väter mit Drohungen. Solange er sich begnügte, Fischerinnen, Blumenhändlerinnen und Handwerkerkinder der Lustgöttin zuzuführen, wurden seine Erfolge teils belächelt, teils beneidet. Aber seiner Vermessenheit waren die Erfolge zu leicht wiegend. Er sehnte sich nach verbotener Speise, deren Würze die Gefahr war. Nur noch ein Gift, das durch Todesschauer berauschte, konnte seinem müden Gaumen ein Reizmittel sein.
Mit zwei der vornehmsten Edelfrauen der Stadt ließ er sich gleichzeitig ein und verleitete sie zum Ehebruch. Sklavenaugen hatten die heimlichen Zusammenkünfte gesehen; und er, der vor keinem Auge zu beben wußte, hatte das mißachtet. Als er in den Kampf gegen Tlascala gezogen war, offenbarten die Sklaven den betrogenen Gatten, was sich zugetragen.
Die beiden Beschimpften waren hohe Würdenträger. Sie zögerten keinen Augenblick, Rache für die Schmach zu nehmen. Sie gaben

Befehl, die schuldigen Frauen des Schmuckes zu entkleiden und ihre Blöße in graue Hanfmäntel zu hüllen. Dann führten sie die nackten Sünderinnen auf den großen Marktplatz, und vor Himmel und Erde diese Missetat verkündend, forderten sie das Volk auf, die Verbrecherinnen zu steinigen. Erst stutzte wohl das Volk vor der Lieblichkeit der Sünde. Doch das geweckte Richtergefühl der Menge siegte über die Mitleidsregung. Ein Stein fiel, und bald hagelten die Steine.

Schwerer war es, den Verführer zu strafen. Die gekränkten Ehegatten führten Klage beim Hohen Rat. Und solange der Tempel-Feger abwesend war, schien sein Schicksal besiegelt. Dann aber kehrte er siegstrahlend zurück, als Bändiger umjubelt des furchtbaren Otomi. Der Hohe Rat war in Verlegenheit. Die Spaltung im Volk, der Haß unter den Adelsgeschlechtern konnten zum Bürgerkrieg ausarten. Man schob die Gerichtssitzung hinaus, der Schuldige wurde auf freiem Fuß belassen. Die beiden Würdenträger sahen in den Augen des Tempel-Fegers das triumphierende Lachen. Da begaben sie sich nach Tenuchtitlan, vom Herrn der Welt das Recht zu fordern, das ihnen in ihrer Vaterstadt versagt blieb.

Es gelang ihnen, zum Großen Palast und zum Saal der Botschaften Zutritt zu erhalten. Und der Zornige Herr lieh ihnen ein geneigtes Ohr. Freilich verschwiegen sie, daß der Sünder, den sie des doppelten Ehebruchs ziehen, den Totschläger des Königssohnes in Gewahrsam hielt.

Der Tempel-Feger mußte ein gewagtes Spiel spielen, wollte er seinen Kopf aus der Schlinge ziehen. Darum wurde der Otomi-Held im Käfig gemästet und gut behandelt. Denn nur sein Blut konnte seines Besitzers Helfer werden.

Nach wenigen Tagen kehrten die beiden Würdenträger befriedigt heim. Sie brachten ein Schreiben mit, worin Montezuma dem Vasallen Huexotzinco den Rat erteilte, den Ehebruch mit dem Tode zu ahnden. Ein Ratschlag des Zornigen Herrn litt keinen Aufschub.

Doch der Tempel-Feger war der Gefangennahme zuvorgekommen. Er selbst befand sich jetzt auf dem Wege nach Mexiko, in einem reichverzierten Tragsessel von vier Sänftenträgern getragen. Und hinter ihm her – auf den Schultern einer dreifachen Anzahl von Trägern – wiegte sich der große Käfig aus Zedernholz.

Es geschah etwa ein Jahr vor der Ankunft der weißen Götter. Die Sonne ging zur Neige und verschönerte die Welt, die bald in Nacht versinken sollte. Montezuma wollte sich in der Purpurflut dieses Abendrotes von Staatssorgen, Reue und Zukunftsbeklemmungen reinbaden und wandelte unter den Magnolien seines Palastgartens im Gespräch mit dem Annalenschreiber Xiuhcozcatzin, Feuer-Juwel, einem stillen, ernsten Mann. Von ihm ließ er sich die Geschichte der ersten toltekischen Könige vortragen, lauschte jedoch nur zerstreut der Erzählung. Denn immer wieder schwebten seine Gedanken über den See hinüber nach Tezcuco, wo – damals noch – der Herr des Fastens lebte, beleidigt von ihm und benachteiligt und doch so beneidet um seiner drei mannhaften Söhne willen. Ihm aber war sein bester Sohn erschlagen; und die Mannesgestalt des zweitältesten – Ilhuiltemoc, des Vom-Himmel-Gestiegenen – schimmerte bereits unheilkündend aus der durchsichtigen Schleierhülle der Jugend hervor: er war unstet, träumerisch und den Sinnen untertan; kein geborener Herrscher.

Ein dumpfes Gebrüll unterbrach den gleichtönigen Vortrag des Schriftgelehrten und schreckte den König aus seinem Sinnen. In einem Teile des Schloßgartens waren wilde und seltene Tiere untergebracht, die Montezuma mit gleicher Leidenschaftlichkeit sammelte wie Blütenbäume, Balsaminen und Orchideen. Dort befand sich seit zwei Tagen ein jüngst im Hochland eingefangener unbändiger Jaguar.

Montezuma und Feuer-Juwel schritten nun dem Tierpark zu. Speerträger und Höflinge folgten in angemessener Entfernung.

Der Weg führte vorbei an Käfigen mit Kolibris und Honigsaugern; die schwirrenden Blumenvögel glichen großen Faltern im Fluge, wie diese in buntem Metallglanz brennend. Da waren Käfige mit langgeschweiften Quetzalen, deren flammendes Goldgrün als der Inbegriff unirdischer Herrlichkeit galt. In anderen Käfigen sah man Türkisvögel, Buschreiher, Blauraben, Tangaren. An Stäbe gekettet, wiegten sich Hyazinthararas und kreischten die Vorübergehenden schreckhaft-gutherzig an. Geweihte Hirsche blickten mit Götteraugen über Palisaden hinweg. Eingepfercht in Hürden waren Präriewölfe, Stinktiere, Ameisenbären; ferner Beutelratten, von denen man annahm, daß sie die Geburt erleichterten. Tapire wälzten sich in morastigen Tümpeln.

Der Jaguar war in einem turmartigen Zwinger untergebracht. Zu ebener Erde befand sich eine verrammelte Pforte. Um das Tier sehen zu können, mußte man auf einer geländerlosen Außentreppe zu einer kleinen Terrasse steigen, die einen Blick in das Innere der ungedeckten Löwenhöhle gewährte. Als Montezuma und seine Begleiter dort oben standen, wurde die Raserei des Tieres zur Tollheit. Es sauste aufspringend an den geglätteten Wänden empor, ohne sie freilich je erspringen zu können, doch so höllenhaft wütig und wild, daß das steinerne Gebäude wie von einem Erdstoß gerüttelt dröhnte.

»Ich möchte ihn freilassen«, sagte Montezuma.

»O großer König, o Zorniger Herr«, sprach Feuer-Juwel beklommen. »Wenn du das tust, wird er's dir nicht danken.«

»Nein. Ein Jaguar weiß nichts von Dank – wie die Götter, wie wir Könige!« lächelte Montezuma. »Darum gleichen wir einander. Unsere Grausamkeit ist unschuldig wie der Duft der Blumen. Die Welt trägt Schuld – nicht die Götter, nicht wir.«

»In alten Liedern wird gesungen, daß das erste Weltalter verschlungen wurde von Jaguaren«, bemerkte der Gelehrte.
Montezuma erwiderte: »Die reife Frucht bedarf der Esser. Vielleicht ist die Welt wieder herangereift ... Ich will sehen, was der Jaguar tut, wenn ich ihn hier inmitten des Gartens, inmitten der volkreichen Stadt loslasse. Ich will sehen, ob der Held den Helden erspäht unter den Tausenden. Ich selbst fand ihn nicht, den ich suchte ... Vielleicht, weil ich ihn unter Menschen suchte«, fügte er hinzu.
Der Gelehrte war auch ein Höfling. Darum gab er zur Antwort: »Kraft ist nur Kraft durch Widerstände. Die Freiheit lähmt und schwächt und entmutigt. Das Tier wird so Vermessenes nicht wagen. Das Tier weiß, daß es an Königsblut ersticken müßte. Selbst wenn es dich anfallen sollte, es würde vor deinem Blick wie vor einem Spiegel zurücktaumeln. Geruhe mir zu glauben, o mein König, o Zorniger Herr – öffnest du die Pforte dort, so wird der Jaguar feige im Geäst der Zypressen Schutz suchen.«
Das Gespräch wurde durch den Vorsteher des Hauses der Teppiche unterbrochen. Er kam zu melden: aus Huexotzinco sei der Tempel-Feger angelangt und rühme sich, Montezuma beschenken zu wollen, wie ein Herr der Welt noch nie beschenkt worden sei; denn er bringe ihm als Gabe den Mörder des Königssohnes, den Irdenen Krug, den berühmten Otomi.
Montezuma hob die Arme zu stummem Gebet.
Vergessen war die Schuld des Ehebrechers, ausgewischt, erledigt. Montezuma begehrte ihn zu sehen, ihn zu belohnen. Obgleich er Fremde sonst nur vormittags im Saale der Botschaften empfing, gab er Befehl, den Tempel-Feger und den gefangenen Otomi sofort vorzuführen.

Nun hielt er sie in der Hand, die Rache, die so lange ersehnte. Und, wunderbar, sie erschien ihm plötzlich unansehnlich und klein, nicht würdig seiner und des großen Otomi. Er öffnete die Hand und ließ die Rache fallen.
Der Tempel-Feger nahte, und die Träger schleppten den großen Käfig hinter ihm her. Die Kunde von der Ankunft der Fremden hatte zahllose Neugierige aus dem Großen Palast gelockt; und auch aus dem Haus der Vierhundert Frauen, wo die Beischläferinnen des Weltherrn ihre Lagerstätten, Fontänen und porphyrnen Badebecken hatten, strömten jetzt Scharen befiederter, gelb geschminkter und grellbunt gekleideter Maidgestalten in den Garten. Alle Erhöhungen – Erdstufen und künstliche Felsen – waren von farbigem, zuckendem Leben verbrämt, als hätte sich ein Schwarm riesenhafter Kolibris zur Rast auf den Erdboden niedergelassen.
Der Mehrzahl der Hofbeamten war der Tempel-Feger von früher her bekannt. Aber Montezuma sah ihn zum ersten Male und sah maßlos staunend in ihm seinen Doppelgänger. Das Unheimliche der Ähn-

lichkeit zog ihn ebensosehr an, wie es ihn abschreckte, und unterjochte ihn alsbald gegen seinen Willen. Er fühlte sich schicksalhaft verknüpft mit diesem Mann und wußte sofort, daß er ihn noch enger an sich binden werde, mochte es zu Gedeih sein oder Verderb. Er nahm sich seinen kostbaren Brustschmuck ab, reichte ihn dem Tempel-Feger und sagte:

»O mutiger Krieger, o Tempel-Feger, du hast die Perle auf dem Grunde des Meeres gesehen und bist hinabgetaucht. Du hast den Wunsch auf dem Grunde meines Herzens gesehen! Dein Auge ist scharf. Sieht es nicht die andere Perle in den Tiefen? Bleibe wohnen in meinem großen Palaste, iß von meinen Speisen und trinke von meinen Königsgetränken!«

Dann wandte sich Montezuma dem Otomi zu. Er befahl, ihn aus dem Käfig zu lassen. Es geschah.

Der Irdene Krug war kein Riese, war kaum mittelgroß. Bis auf einen Lendenschurz trug er keinerlei Bekleidung. Sein Körper, stählern zäh wie der eines Raubvogels, war der ganzen Länge nach mit schmalen, rot-weißen Streifen übermalt und wies, wie ebenfalls sein Gesicht, viele tiefe Narben auf, Denkzeichen seiner ungezählten Siege. Sein kugelrunder Schädel blitzte kahlgeschabt im Sonnenschein; nur vom Scheitel wuchs ihm ein breiter Haarschopf in den Nacken. Und seltsam gutmütig erschien sein breites Antlitz, trotz des unförmigen Lippenpflockes aus Kristall und der entstellenden Gesichtsbemalung.

Der König und der Gefangene maßen sich mit bohrenden Blicken. Schließlich senkte Montezuma die Augen, als hätte er in die Sonne gesehen.

Die Tausende ringsher waren leichenstill geworden.

Da sprach Montezuma:

»O mutiger Krieger, du Junger, erwartet habe ich dich! Seit vier Jahren habe ich meinen Großen Palast schmücken lassen für deine Ankunft. Trinke auch du von meinen süßen Kräutertränken und wähle dir eins meiner Mädchen für den heiligen Tanz. Dann aber kehre lebend heim zu deinen Bergen und Tälern, kehre heim in dein Land Tlascala!«

Der Gefangene begriff. Und er fühlte sich schmachübergossen. Montezuma wehrte ihm seinen höchsten Stolz und sein letztes Glück: den Tod auf dem Altarstein.

»O großer König, o Zorniger Herr«, sagte er. »Ein gezähmter Wolf kehrt zu seiner Meute nicht zurück; denn sie würde ihn zerreißen.«

»O mutiger Krieger, du Junger, fürchtest du, zerrissen zu werden? Bangt dir vor dem Gott des Todes und der blauen Hölle so sehr?« fragte Montezuma verächtlich.

»Nein, o großer König, ich fürchte nur das Fürchten. Töte mich, denn ich habe deinen Sohn geschlachtet.«

Er hoffte, Montezuma reizen zu können. Doch dieser blieb gelassen.

»Das Blut, das du vergossen hast, kann nur durch das Blut der Sterne gesühnt werden! Dein Blut ist zu gering. Wer bist du, daß ich dich für ihn hinnehmen sollte? Deine Tat ist so groß, daß keine Strafe ihr gleichkommen kann. Darum geh nach Tlascala. Oder wenn du dich schämst vor deinen Bergen und Tälern, weil du vom Netz des Geschickes dich fangen ließest, so bleibe im Schatten meiner Herrlichkeit, und ich will dich reich und allbeneidet machen durch Geschenke, Würden und Ehrungen.«
Der Irdene Krug schwieg eine Weile. Dann sprach er:
»O großer König, laß mir den Edelstein aus der Brust schneiden! Deine Ehrungen sind nur süße Gifte für mich; – mehr als vor dem Tode müßte ich vor ihnen zittern – wenn ich zu zittern verstünde!«
Da brauste Montezuma auf. Mit herrischer Gebärde fuhr er den Gefangenen an:
»Beweise mir, daß du nicht zu zittern vermagst! Geh in den Zwinger hinein – zu deinem Bruder, dem Jaguar! Bring ihn mir her, lebend oder tot!«
Der Irdene Krug gehorchte. Er schob die schweren Balkenriegel der Pforte beiseite und entschwand im Zwinger. Ohne Waffe ging er zu seinem Bruder, dem Jaguar.

Das Fieber in den Augen der Zuschauermenge wurde zu einem glimmenden Geflirr, unverrückbar wie das am Gewande des Sternhimmelgottes. Wäre das Gebrüll im Zwinger nicht gewesen, man hätte Menschenherzen pochen hören und das Herz der Erde.
Das Gebrüll riß jählings ab. Und der Irdene Krug trat aus der Zwingerpforte, blutüberströmt. Fetzen Fleisch waren ihm aus dem Schenkel und der Brust gerissen. In den Armen trug er das erdrosselte Tier; und er breitete es vor den Weltherrn hin wie einen Schemel für seinen türkisbesäten Fuß.
Ein Schrei des Staunens kam aus tausend Kehlen und dann war wieder Stille.
»O mutiger Krieger, du Junger!« sprach Montezuma. »Ich lasse dich nicht von mir! Bezwungen hast du den Jaguar – doch ich bin gewaltiger als der Jaguar. Erdrosseln werde ich deinen Haß, niederringen deine große Verachtung, du starker Held! Wer lebt, der meines Herzens Wünsche mir verweigern dürfte?«
Und Montezuma gab Weisung, den Otomi in die Gemächer zu führen, welche einst sein Sohn bewohnt hatte. Die königlichen Ärzte wurden beauftragt, seine Wunden zu heilen.

Ein halbes Jahr lang lebte der Irdene Krug im Großen Palaste, frei und unbehindert. Wie einem Adligen prinzlichen Geblütes wurde ihm aufgewartet. Den Tribut ganzer Provinzen brachte man ihm dar. Keine Kostbarkeit war zu kostbar für seinen Besitz. Er aß von den fünfzig schmackhaften Gerichten des Großherrn und schlürfte von

seinen giftsüßen Kräutergetränken. Und dennoch vermochten alle Gunstbezeigungen seine schwermütige Düsterheit nicht zu lichten.
Montezuma schickte ihm schöne Tänzerinnen zu, damit sie ihn erheiterten. Der Otomi plauderte mit den Mädchen und entließ sie unberührt.
Der König ließ sich nicht abschrecken. Seine Bewunderung übersah den frevelhaften Trotz.
Eines Tages langte ein junges Weib in Tenuchtitlan an und fragte nach dem Irdenen Krug, den sie unter den Todgeweihten hinter der Schlangenmauer des Schlangenbergtempels glaubte. Sie war die Jüngste von den Weibern des Irdenen Kruges, an der Stirn rasiert, am Busen und am Oberarm blau tätowiert, dreizehnjährig und liebreizend. Es war ihr gelungen, bei nächtlicher Weile über die Große Mauer zu klimmen und die weite Strecke bis zum Schilfsee zu wandern, sich durchzufragen und durchzubetteln in Feindesland – sie war ja eine Tlascaltekin –, schrecklos und, allen Nachstellungen zum Trotz, unantastbar wie ein heiliges Feuer. Als sie endlich im Palaste verhärmt und selig dem Gatten gegenüberstand, brach der starke Mann in Tränen aus.
Seitdem schien ihm seine Schwermut zu entgleiten und wich einer ernsten Heiterkeit. Er, der Quetzalfedern und Smaragde stets zurückgewiesen, erbat sie sich von nun an, behing sein kindjunges Weib damit und lächelte.
Auch sang er jetzt zuweilen uralte Heimatgesänge.
Montezuma glaubte sich schon Sieger. Als aber ein halbes Jahr vergangen war, trat der Otomi vor ihn hin und sprach:
»Ich bin ein Toter. Willst du das nicht sehen? Ich bin mir selbst zum Gespenst geworden. Du aber verlängerst meine Qual. Geliehen sind mir mein Fleisch, meine Nägel und Knochen; zurückerstatten muß ich, was mir nicht gehört. Und nun will ich in Gestalt eines schönen Vogels ins Haus der Sonne fliegen!«
Montezuma schüttelte den Kopf.
»Dich gebe ich nicht her. Wenn ich dich opferte, es wäre, als legte ich mein ganzes Herz auf die Adlerschale. Im Kriege magst du sterben, wenn du sterben willst – doch niemals auf einem meiner Altäre. Darum zieh mit meinem Vetter Guatemoc nach dem Lande Guatemala am Meere des Südens. Ich ernenne dich zum Vorsteher des Hauses der Pfeile!«
Und wirklich, das Ungeheuerliche geschah: der Fremdling, der Erzfeind, der Tote wurde der oberste Anführer des mexikanischen Heeres. Und er zog mit dem Herabstoßenden Adler in das Land des Südens, wo er neue Siege und neuen Ruhm errang und den Schlachtentod nicht suchte. Denn er sehnte sich nach der Opferblutschale.

Mit großer Kriegsbeute und zehntausend gefesselten Kriegssklaven befand sich das mexikanische Heer nunmehr auf dem Heimweg. Die

geschwärzten Priester der Wasserstadt rüsteten das Mahl der Götter. Das Volk von Tenuchtitlan rüstete den Triumphzug für seinen Liebling, den Herabstoßenden Adler, und auch für den scheu bewunderten Helden, den Irdenen Krug.
Seit die beiden Kriegshäuptlinge fortgezogen, das südliche Land zu unterjochen, war kaum ein Jahr vergangen – und wie hatte sich die Welt verändert in der kurzen Spanne Zeit! Viel Schicksalhaftes hatte sich ereignet: die Auferstehung der Prinzessin Papan, die Ankunft der Söhne der Sonne, das verhängnisvolle Ballspiel um drei Truthähne, der rätselhafte Tod des Herrn des Fastens, der Aufstand der Schwarzen Blume und die Verbrennung des Feldherrn Rose. Kein Wunder, daß ein banges Fragen umhergeisterte, ein Mißmut heranwuchs, genährt durch alte Prophezeiungen. Ausgebeutete Sklavenvölker reckten aufhorchend das Haupt empor. Selbst in Mexiko ballten sich die Fäuste. Und Montezuma, vor einem Jahr noch ein selbstgenügsamer Gott, war jetzt ein kleinlauter, von Träumen gehetzter Zauderer.
Seinen Vorahnungen und Ängsten reihte sich jetzt auch die Beklemmung an, unter welcher er beinahe körperlich bei der Vorstellung litt, gar bald dem Herabstoßenden Adler Auge in Auge blicken zu müssen. Er hatte ihm einst die schönste seiner drei Töchter, Prinzessin Maisblüte, versprochen. In seiner Abwesenheit hatte er sie dann dem Edlen Traurigen, dem jungen König von Tezcuco, anverlobt. Königin von Tezcuco war indessen das Mädchen noch nicht. Und das war es, was auf Montezumas Seele lastete. Denn eine unrechte Handlung gesteht sich leichter ein als eine unlautere Absicht.
Gleich nach der Krönung Cacamas hätte die Hochzeit stattfinden sollen. Durch einen Überfall der Schwarzen Blume war das Krönungsfest jäh unterbrochen worden, und nur mit Mühe war es den Festteilnehmern gelungen, sich in Kähnen nach Tenuchtitlan hinüberzuretten. Ein Gekrönter ohne Königreich, kämpfte seitdem der Edle Traurige um den Bestand seines Erbes; die Hauptstadt Tezcuco war noch immer belagert. Und sein bei der Verlobung gegebenes Wort, den Goldschatz des Herrn des Fastens an Mexiko auszuliefern, hatte der Edle Traurige bis jetzt nicht eingelöst.
Montezuma beschloß, die Hochzeit zu beschleunigen. Das Familienfest könnte zugleich Anlaß geben, hoffte er, seine feindlichen Neffen auszusöhnen. Der Bruderzwist untergrub ja das Ansehen des Weltreiches. Allzulange schon hatte dies Ärgernis gewährt; das ganze Land Tezcuco, bis auf die belagerte Hauptstadt, war in den Händen der Aufständischen. Und das ritterliche Benehmen der Schwarzen Blume, welcher Bauern und fahrende Kaufleute der Vasallenstaaten unbehelligt ließ, um bloß mexikanischen Adligen seinen Haß zu schmecken zu geben, vermehrte täglich seinen Anhang. Dem mußte ein Ende gemacht werden. Zumal, da schlimme Nachrichten aus der Küstengegend vom Abfall Sempoallas berichteten und über geheim-

nisvolle Wanderer, die zwischen Tlascala und dem Totonakenlande gesehen worden waren, so daß die Gefahr aufdämmerte, die Schwarze Blume könnte sich mit Denen-hinter-den-Bergen und den weißen Göttern zusammenschließen. Ein Friede in Anahuac war in diesem Augenblick jedes Zugeständnis wert. Wie eine Lilienzwiebel mußte die Züchtigung des Aufsässigen beigelegt und kühl aufbewahrt bleiben bis zu einer günstigeren Jahreszeit.
Beiden feindlichen Brüdern ließ er durch seine Abgesandten sagen, er sei als Unbeteiligter bereit, den Frieden zu vermitteln. Denn wenn er auch räuberische Einfälle abgewehrt und den Karawanen seiner Kaufleute Schutzgeleite gegeben, am Kriege selbst habe er bislang nicht teilgehabt. Der Behelligung reisender Mexikaner jedoch tatenlos zuzuschauen, werde auf die Dauer nicht angängig sein. Als Blutsverwandter lege er Wert auf die Freundschaft beider Neffen, als Oberhaupt des Drei-Städte-Bundes dürfte er ihre Feindschaft länger nicht dulden. Er schlage eine Teilung des Reiches von Tezcuco vor: den größeren, aber gebirgigen Teil solle die Schwarze Blume erhalten; der Edle Traurige dagegen den fruchtbaren schmalen Küstenstreifen längs des Schilfsees mitsamt der Königsstadt. Dieser gleichlautenden Botschaft fügte er eine besondere an die Schwarze Blume bei: der Herabstoßende Adler und der Irdene Krug seien nicht mehr fern und mit ihnen die Heerscharen Mexikos, die den Frieden wollten, um ihre Maisfelder zu bestellen und bei ihren Frauen auszuruhen. Falls er nun den Frieden ausschlage – ob er denn ein Schattenbild habe, das ihm jetzt noch beistehen könne?
Leichter und schneller, als er erwarten durfte, gelangte der Zornige Herr ans Ziel. Die verfeindeten Brüder willigten, wenn auch mit Vorbehalten, in die Teilung ihres Erbreiches. Als eben erst die Friedensverhandlungen beginnen sollten, langte der Edle Traurige in Tenuchtitlan an und brachte vom heimlich in Sicherheit gebrachten Goldschatz Tezcucos schon diesmal den größeren Teil mit. Montezuma ließ in aller Stille den Goldschatz in den leerstehenden Palast seines Vaters, Königs Wassergesicht, schaffen. Nur wenige seiner Vertrauten wußten davon.
Die Entwendung des Goldes blieb der Schwarzen Blume vorderhand verborgen. Auch er handelte nicht ehrlich. Die Waffenruhe war ihm erwünscht augenblicklich, weil sie der Zeit in den Arm fiel, der Zeit, die ihm zum Schaden jetzt schon den Herabstoßenden Adler zurückrief. Seine weiten Pläne bedurften eines weiten Zeitweges. Günstig lautete die Kunde aus dem Lande der Totonaken: die weißen Götter waren zum Bündnis bereit. Vereint mit ihnen war er unbesiegbar. Doch noch waren sie getrennt durch die Gletscher des Rauchenden Berges und der Weißen Frau. Wahnsinn wäre es gewesen und eine Gefährdung seiner Ziele, hätte er dem Herabstoßenden Adler jetzt begegnen wollen.
Ohne Verstellung konnte er erklären, daß er seinen Bruder, den Ed-

len Traurigen, nicht hasse, trotz allem. Denn tatsächlich haßte er nur Mexiko. Seinem Bruder gönnte er die halbe Königskrone und gönnte ihm auch die kaiserliche Braut. Nur daß sie das Lieblingskind Montezumas war, mißbilligte er, und gern gehindert hätte er, daß sein Bruder durch die Verschwägerung noch mehr als bisher zum Knecht des Zornigen Herrn wurde.
Was er nicht verhindern konnte, verhinderte das Geschick. Die geplante Hochzeit, für die bereits ein glücklicher Tag gewählt war, wurde durch ein unerhörtes und wehvolles Geschehnis vereitelt.

Von den beiden rechtmäßigen Gattinnen Montezumas war die eine, die wunderschöne, über die Maßen von ihm geliebte Königin Tecalco, jung verstorben und hatte ihm zwei Kinder hinterlassen: den im Rosenkrieg vom Irdenen Krug erschlagenen Prinzen und eine Tochter, Prinzessin Maisblüte. Für den Vater war, seit dem sonnenhaften Untergang des Prinzen, dieses Mädchens Antlitz der junge Mond, der ihm das ins Land des Vergessens hinabgesunkene Licht der Toten widerspiegelte. Er umgab sie mit kaiserlichen Ehren, und – abgesondert von seinen andern Kindern – ließ er sie mit einem eigenen Hofstaat das zauberhafteste seiner Schlösser, das milchweiß aus dunkelroten Felsen und schwarzen Zypressenwipfeln emporleuchtende Chapultepec, am westlichen Ufer der Lagune, bewohnen.
Seine andere, noch lebende Gattin, die Königin Acatlan, hatte ihm zwei Töchter – Prinzessin Silber-Reiher und Prinzessin Nephrit – und sieben Söhne geboren. Mit ausgesuchter Höflichkeit behandelte er stets die früh gealterte, gefühlskarge und hochmütige Frau. Und nur fremde, kalte Blicke hatte er für ihre Sprossen, die zum Teil noch mit der Kindergesichtsbemalung umherliefen.
Der älteste dieser Söhne, Ilhuiltemoc, der Vom-Himmel-Gestiegene, war eben herangewachsen, siebzehn Jahre alt. Obgleich ein Königssohn, hatte auch er die grausame Strenge des Calmecac, der religiösmilitärischen Erziehungsanstalt für den Adel, zehn Jahre lang ertragen müssen. Jetzt, der Zucht enthoben, trank er, ein prinzlicher Nichtstuer, mit dürstendem Munde den Rauschtrank der Jugendlust ein. Flötenbläser und Tänzer verschönten ihm die Ungebundenheit, die seiner schwanken Wesensart entsprach. Es war diesem Genüßling vorherbestimmt, zielbewußten Genüßlingen ins Netz zu gehen. Der Tempel-Feger, der Ehebrecher aus Huexotzinco, seit kurzem im Schatten von Montezumas Gunst heimisch am mexikanischen Hofe, wurde dem haltlosen Knaben zum Verderber.

In einer dunstgeschleierten Silbernacht saß Feuer-Juwel, der gelehrte Annalenschreiber, als Gast bei einem jungen, immer rauschseligen Dichter, der den Namen Tzahuatzin, der Spinner, trug.
Das einstöckige Häuschen, auf dessen Dach die beiden Freunde im Mondlicht schwärmten, befand sich im ärmlichen Stadtviertel Cuepo-

pan; an sein von schleimigen Algen begrüntes Fundament spülte einer von den sechsundvierzig Kanälen Tenuchtitlans. Durch schmale Gartenstreifen von den Nachbarhäusern abgetrennt, hatte das fensterlose und schon ein wenig baufällige Gebäude nur eine Tür an der Kanalseite, mit einer steinernen Landungstreppe davor. Das Dach, wie alle mexikanischen Dächer mit Zinnen umkränzt, würde dem Hause ein festungsähnliches Aussehen verliehen haben, wäre es nicht überwuchert gewesen mit einer waldmoorartigen Pflanzenwirrnis, mit Zwergpalmen, Stauden und gesprenkelten Blumen, von denen besonders die tierhaften Vanilleorchideen das Bestreben hatten, durstig wie Riesenschlangen sich am Gemäuer herniederringelnd aus dem Kanal zu trinken.
In diesem hängenden Garten hockten die beiden Freunde auf zwei blau-rot gestreiften Sitzkissen einander gegenüber. Eine große Schale mit schäumendem Pulque, von einem hölzernen Vierfuß getragen, duftete zwischen ihnen. Feuer-Juwel las dem Spinner aus einer noch unfertigen Bilderschrift vor, worin er seine neugeborenen Gedanken in altheilige Gewänder kleidete. Was er der Welt zu verraten hatte an kühner Einsicht und frevlem Zweifel, gab er als Worte des Gottmenschen Quetzalcoatl aus.

Er las:
Das Land der Sehnsucht, Tlillan-Tlapallan, suchend, schritt Unser Herr Quetzalcoatl über Gletscher. Da sah er im Schnee einen toten Schmetterling, dem war ein Flügel abgebrochen. Und Unser Herr legte den abgebrochenen Flügel auf seine Handfläche und fragte den treuesten seiner Jünger:
»Was sieht dich an aus diesem Flügel?«
»Ein Auge«, sprach der Jünger, »ein vielfarbiger Spiegelfleck ...«
»Seit mein Auge in dies Auge gesehen«, sprach Quetzalcoatl, »habe ich erkannt, daß niemand verdammenswert ist und niemand lobenswert.«
»O Unser Herr! Was sieht dein Auge im Auge des Falterflügels? Mein Auge ist unwissend und sieht nur Farben ohne Sinn. Erkläre es mir!« bat der Jünger.
Da erklärte ihm Unser Herr den Sinn des Falterflügelauges. Er sagte:
»Der schwarze, innerste Kreis ist der einzelne Mensch. Ihn umgibt ein blauer Ring: das ist die Hausgemeinschaft, die Sippe. Umkreist wird die von einem grünen Ring: das ist die Volksgemeinschaft, das Heimatland. Hierum legt sich ein gelbroter Ring, der führt den Namen: Menschheit. Und den letzten, weißen Ring nenne ich: den Gott von Tlillan-Tlapallan.«
»Und warum, o Unser Herr, will dein Auge aus diesem Auge erkennen, daß niemand verdammenswert ist?« fragte der Jünger ungläubig.
»Weil jedes Wollen und jedes Denken in einem dieser fünf Ringe

steht«, entgegnete Quetzalcoatl. »Und wer recht hat in seinem freierwählten Ring, hat oft unrecht in einem andern Ring. Und wer seinem Ring Gutes tut, tut oft eben damit Böses den andern Ringen. Könntest du das durchschauen, es gäbe für dich keinen Streit mehr auf der Welt und keinen Widerstreit und auch keine Klage und keine Anklage mehr. Denn die fünf Ringe sind nichts für sich – sie sind bloß Teile eines Falterflügelauges. Und dies ist der reichste Fund und das tiefste Geheimnis, das ich mit mir nehme ins Land der Sehnsucht, Tlillan-Tlapallan; – denn selbst für dich, der du in dies Auge geschaut und meine Worte gehört hast, scheint es ein Geheimnis bleiben zu wollen und ein Rätsel ...«

Feuer-Juwel vollendete den Satz nicht. Ein Kanoe war auf dem Kanal herangerudert und hatte an der Landungstreppe angelegt. Stimmen wurden laut. Und gleich darauf zeigte sich oben auf dem hängenden Garten der tepanekische Sklave des Spinners, um seinem Herrn zu melden, daß im Boote unten der Tempel-Feger auf ihn warte; denn dieser habe den Auftrag, den berühmten Sänger mitsamt seinem Gaste zum schwimmenden Blumenbeet des jungen Königs von Tlacopan hinzurudern.

Die beiden Freunde seufzten entsagungsvoll. Dem Königsbefehl mußten sie sich fügen. Der Spinner trank das große Pulquegefäß leer und wankte die dunkle Treppe hinab. Die Pulquegötter trennten ihn bereits von Unserm Herrn und seinem Falterflügelauge. Schließlich waren ja die Lustbarkeiten auf den schwimmenden Blumeninseln voll Anmut und Lieblichkeit, beseligend für einen sinnenfreudigen Schönheitssucher.

Und die kleinen Pulquegötter trieben ihr Spiel in den lachenden Mundwinkeln des Spinners, als er mit Feuer-Juwel im Kanoe des Tempel-Fegers Platz nahm.

Leicht wie eine Ente glitt der Einbaum durch die nachtfinsteren Kanäle der silbrigen Lagune zu.

Der junge König von Tlacopan hieß Tetlepanquetzatzin – der Durch-Zauber-Verführende. Als vor einem Jahrhundert die tepanekischen Zwingburgen in Staub sanken, war noch Tlacopan ein glanzloser, der verwüsteten Tepanekenhauptstadt zunächst gelegener Marktflekken am westlichen Lagunenufer. Zwischen Ruinen rasch emporgeblüht zur neuen Königsstadt eines neuen Königreiches, bildete es seither mit Mexiko und Tezcuco den Drei-Städte-Bund. Doch von Beginn an hatte es die Blässe einer belebten Leiche. Es war das entmannte Tepanekentum, mit schöner Maske versehen, das neben den Trümmern einstiger Herrlichkeit sich in Tlacopan fortfristen durfte, unter anderem Namen freilich und Trost findend an der von Mexiko gewährten Scheinselbständigkeit. Den Bestrebungen des Herrn des Fastens, ein Gleichgewicht im Drei-Städte-Bund herzustellen, hatte der Vater des Durch-Zauber-Verführenden wohl Teilnahme, aber keinen Beistand zu leihen vermocht; obgleich er als Schwiegervater Montezumas – die Königin Acatlan war seine Tochter – ein gewisses Ansehen am Königshofe genoß und obgleich ihm zuzeiten vergönnt war, seine Bejahrtheit und Erfahrung auf die Waagschale zu legen im Rate der Alten.

Sein Sohn, des Weltherrn Schwager und Bundeskönig, galt gleichwohl am mexikanischen Hofe nicht mehr als die prinzlichen Neffen, die vielen. Tlacopans leicht wiegende Krone pflegte er daheim zu lassen, wenn er sich nach Tenuchtitlan begab, wo er seine Tage und Nächte im Freudentaumel verbrachte. Die in ihm schlummernden guten Eigenschaften hatte er selbst noch nicht entdeckt; – erst die Not sollte sie dereinst ans Licht ziehen, niemand zur größeren Verwunderung als ihm. Jetzt war er ein liebenswürdiger Jüngling, verschwenderisch, leichtlebig, sorglos, ein Liebhaber der Dichtkunst und ihrer schwebenden Schwestern.

Mit wenigen auserlesenen Freunden wollte er heute ein Nachtfest auf dem mondglitzernden See begehen. Die schwimmenden Beete Mexikos waren berühmt. Meist nur wenige Fuß breit und lang, bestanden sie aus Planken, auf die eine Schicht samenträchtiger Fruchterde geschüttet war; überspült von Wellen der Lagune, gehitzt von der Sonne Anahuacs, gekühlt von Bergwinden, keimten, blühten und reiften die sich selbst überlassenen Zierpflanzen und Früchte in überquellender Üppigkeit. An das Schleppseil eines Kahnes befestigt, wurden allmorgendlich Dutzende solcher Beete durch die Kanäle zum großen Marktplatz gefahren. Es gab auch schwimmende Gärten. Aus erdbedeckten Flößen aufsprossend und um ein Vielfaches größer als die Beete, trugen diese inmitten ihrer luftgeschaukelten Blütenfülle auch Balsamsträucher, kleine Lorbeerbäume, Dachpalmen und standen an Pracht den hängenden Gärten nicht nach.

Als der Tempel-Feger das Kanallabyrinth durchrudert hatte und nun ungehemmt sein Boot in die offene Lagune hinausschießen ließ, konnte Feuer-Juwel, der Schweigsame, einen Ausruf der Verwunderung nicht unterdrücken. Die schwimmende Zauberinsel des Königs Tlacopan, geisterhaft noch im Mondendunst, doch mit jedem Ruderschlag greifbarer aus den Wogen emportauchend, erschien ihm wie eines der sagenhaften Toteneilande im Himmelwasser des Westens, Wohnstätten der Acihua genannten Seejungfrauen. Die reichen Blumenhändler von Xochimilco hatten ihre köstlichsten Seltenheiten hergegeben. Und drei jugendliche Königskinder wetteiferten mit den Muskatrosen, Malven, Calliandrablüten und Jaguarblumen an Schönheit: neben dem jungen König von Tlacopan sein Jugendfreund Prinz Ohrring-Schlange sowie dessen Schwester Prinzessin Perlmuschel. Diese war achtzehn Jahre alt und schon Witwe – Witwe des unglücklichen Prinzen Grasstrick, der um der Roten Blume von Yuquane willen gestorben war.

Und aufrecht stehend ruderten zehn nackte Mädchen das schwimmende Eiland in den See hinaus, während der Mond ihre zierlichen Terrakottaleiber in seine Ätherschleier hüllte.

Prinz Ohrring-Schlange hatte nach dem rätselhaften Entschwinden seines Vaters, des Herrn des Fastens, sich überreden lassen, die Mexiko genehme Ernennung seines älteren Bruders zum König von Tezcuco gutzuheißen. Bis vor wenigen Tagen noch hatte er in seiner belagerten Heimatstadt gegen den jüngeren Bruder, die Schwarze Blume, gekämpft. Die begonnenen Friedensverhandlungen steckten dem Blutvergießen ein Ziel und ermöglichten es ihm, bei seinen Verwandten in Tenuchtitlan Entspannung und Erholung von den Kriegsmühsalen zu suchen. Denn seine Mutter, die Herrin von Tula, hatte gleich nach Ausbruch des Bruderzwistes Tezcuco verlassen und bewohnte mit ihrer verwitweten Tochter einen ihr gehörigen Palast in Tenuchtitlan, herrlich an der Südseite gelegen – einen Palast, den sich einstmals der Herr des Fastens erbaut hatte, als noch seine Freundschaft ihn allmählich in Montezumas Nähe zog.
Leidenschaftlicher als die Herrin von Tula, begleitete Prinzessin Perlmuschel den Siegeslauf der Schwarzen Blume mit Segenswünschen; und daß sie, bewundert als schöne Frau, verhätschelt als Schwägerin des Weltherrn, ihre Gedanken zu verbergen und die Gastlichkeit der Mörder ihres Gatten hinzunehmen sich gezwungen sah, war ihr ein fressender Kummer am Herzen. Von ihrem toten Manne hatte sie ein nachgeborenes Kind, kein leibliches: es war die kleine Rachehoffnung, die sie heimlich aufzog, in Windeln wickelte, wiegte und säugte.
Und eben darum hing sie am jüngeren Bruder, dem aufständischen, mit einer begeisterten Inbrunst: denn so wie sie hatte auch er die Rote Blume von Yuquane noch nicht vergessen.

Das Kanoe hatte jetzt angelegt. Feuer-Juwel und der Spinner stiegen auf den schimmernden Garten hinüber, huldvoll begrüßt vom jungen König. Hüllenlose weibliche Kinder reichten niederkniend ihnen Ananas, Agavesirup und Kräutertränke dar.
Der Tempel-Feger war im Kanoe geblieben und ruderte neben der fahrenden Insel her, immerzu an der Seite der Prinzessin Perlmuschel, eingefangen im Bannkreis ihrer Schönheit. Seine glühenden Augen ließen nicht ab von ihr. Nicht durch ein Wort, nicht durch einen Händedruck, nicht durch einen flüchtigen Blick hatte sie jemals ihn ermutigt. Ihre rachelechzende Schwermut hätte einen Lufthauch auf der Lagune erspäht, der zum weltvernichtenden Orkan werden wollte; der Tempel-Feger jedoch war weniger als ein Wind für ihre Sinne. Er indessen legte das dürstende In-die-Ferne-Schweifen ihrer mandelförmigen Augen als Liebe und Einverständnis aus. Schon schmiedete er Pläne. Zwei Opfer seiner Gier hatte das Volk von

Huexotzinco gesteinigt, und er war straflos ausgegangen. Warum sollte er sich scheuen, die diebische Hand nach dem Smaragd der Smaragde auszustrecken, nach der Schwester zweier Könige, der Schwägerin Montezumas? Die Götter belächelten ja Liebesseufzer. Und er, der Spötter, hatte den Warnungen der Priester nie Glauben geschenkt, daß Keuschheitssünden geahndet werden von der Straferin, der Kehricht-Göttin, welche in Gestalt eines gräßlichen, am Maule blutigen Frosches verehrt wurde: »Denn die Liebe frißt und verschlingt alles ...«

Der junge König bat den Spinner, eines seiner neuesten Lieder vorzutragen; und dieser gab der Flötenspielerin Anweisungen, in welcher Tonart ihn zu begleiten; bevor er jedoch mit dem Gesang begann, fragte er nach Montezumas Sohn, dem Vom-Himmel-Gestiegenen, und bedauerte, daß der Prinz fehle, da er sonst bei solchen Nachtfahrten stets der Lustigsten einer gewesen. Seine Lustigkeit sei hin, bemerkte der junge König; sie habe sich in Trübsinn gewandelt; und seit zwei Tagen habe er den Prinzen nirgends aufspüren können.

Der Tempel-Feger war in der Lage, Auskunft zu geben. Der Prinz sei krank vor Liebe, erzählte er, und mühe sich ab, es zu verheimlichen. Doch das Fieber verrate sich selbst. Zur Rede gestellt, habe der Prinz ihm eingestanden, daß er ein Sterbender sei, ein an Liebe Sterbender. Allen Bitten zum Trotz habe er sich aber geweigert, den Namen des Wesens zu nennen, das sein Unglück verschulde. Und nun rudere er jede Nacht, bloß von einem Freunde begleitet, hinaus zur Tempelinsel der Liebesgöttin, um ihr, Opfer darbringend, sein Leid zu klagen.

Der junge König befahl darauf den Ruderinnen, die Richtung nach der nicht fernen Tempelinsel zu nehmen. Denn es werde vielleicht möglich sein, meinte er, den Prinzen zu belauschen, wenn er der Göttin sein Herz auftue.

Während der schwimmende Garten der Tempelinsel zulenkte, sang der Spinner sein Sommerlied:

»Ich rufe mein Herz an: Wo werde ich sie pflücken,
Die schöne, die würzig duftende Blume?
Wen werde ich nach ihr fragen? Vielleicht frage ich ihn,
Den strahlenden Kolibri, den smaragdenen Schwirrvogel!
Vielleicht frage ich ihn, den gelben Schmetterling!
Sie werden es wissen; sie spüren, wo sie knospend aufblüht,
Die schöne, die würzig duftende Blume!
Möge ich ihnen begegnen hier im Lorbeervögelgarten,
Den Löffelreihern begegnen im Blumengarten.
Wo sie tauglitzernd sich krümmen, wo sie sich ergötzen.
Frieden wohnt hier; ich höre sein Blumenlied,
Das gleichsam der Berg nochmals beantwortet;
Friedlich ist hier das Gerinn, das grüne, des Wassers;

Türkisvögel am Quell dort singen sich an, zanken sich,
Es singen sich an, geben sich Antwort die Vierhundertstimmigen;
Darauf antwortet der Coyolvogel; wie Schellen schmettern weithin
Die verschiedenen lieblichen Sänger, die Vögel dort,
Die, in den Gesang einstimmend, die Welt verzaubern ...«

Auf einen Wink des jungen Königs verstummten Dichter und Flötenbläserin; – die Absicht, den Opferer zu überraschen, durfte durch die Musik nicht vereitelt werden. Bald war man schon auf Hörweite dem Tempel nahe gekommen. Auch das tropfende Plätschern der Ruderstangen erstarb in einer hauchlosen Stille, und spukhaft glitt der schwimmende Garten in den todschwarzen Mondschatten der Klippeninsel hinein.

Etwa auf halbem Wege zwischen Tenuchtitlan und Tezcuco ragte das kleine Felseiland aus dem Lagunenwasser heraus, von der Natur und von meißelnder Menschenhand zum Heiligtum geschaffen. Purpurhelle Steinwände glitzerten zwischen grauen, säulenschlanken Stämmen von Zypressen, deren Wipfel – zu einem gezackten Kamm vereinigt – gegen den blassen Mondhimmel emporleckten, als wären es dunkelgrün flackernde Flammen über einer großen Brandopferschale. Von der Plattform des Tempels führte eine sehr steile und breite Treppe mit dreißig polierten Steinstufen bis hinab in eine schmale, verschattete Bucht. Und dieser Bucht vorgelagert lag ein zweites, viel kleineres und gänzlich wüstes Basaltriff, welches von fern gesehen wie eine Erdzunge der Tempelinsel erschien.
Der schwimmende Garten steuerte in die Bucht und landete. Der junge König stieg aus und forderte seine Gäste auf, ihm geräuschlos zu folgen. Als sie die obersten Stufen der Tempelterrasse erklommen hatten, bot sich ihnen ein seltsamer Anblick.
Auf der Plattform standen drei silbergrell beschienene Menschen: der mexikanische Prinz, dessen Freund, der Schönling Coxtemexi, und ein achtjähriger Knabe. Das hohe steingemeißelte Götzenbild der Xochiquetzal, der Göttin der Liebe, der Künste und der Blumen, grinste mit sinnlichem Huldlächeln aus einer Altarnische herab auf die drei.
Überlebensgroß thronte die bunt bemalte Göttin im granitüberdachten Hintergrunde. Ein vorspringendes Juwel an ihrem Hals flirrte glühblau. Vor dem Altar, ihr den Rücken zukehrend, weinte der Knabe, an Händen und Füßen gefesselt. Einige Schritt von ihm entfernt, zunächst den Treppenstufen, legte der Vom-Himmel-Gestiegene einen gefiederten Pfeil auf seinen Bogen. Sein Körper war hüllenlos – denn nur nackt durfte der Göttin der Opferer nahen –, am Boden neben ihm lagen Kleider und Putz, seine Nephritsandalen und sein mit Schmuckfedermosaik verzierter Mantel. Selbigen Tages hatte er auf dem Sklavenmarkt einer Mutter ihr Kind abgekauft, um es als

Blumenopfer der Schirmherrin des Liebesrausches und der Freudenmädchen darzubringen. Jetzt spannte er den Bogen. Und das Geschoß auf die Brust des kleinen Todgeweihten abzuschnellen, war er eben im Begriff. Gleichgültig, als Unbeteiligter, schaute sein Freund Coxtemexi der Opferhandlung zu.
Große Tränentropfen sickerten über die Kindesbemalung schmaler leidverzerrter Wangen, und ein Gewimmer kam aus Knabenlippen.
Prinzessin Perlmuschel hatte sich plötzlich vor den Knaben gestellt und schützte seinen Leib mit ihrem schöngestalteten, geheiligten Königstochterleib.
Sie war ja aus Tezcuco gebürtig, der Stadt der Freidenkenden. Wie ihr verstorbener Vater, der Herr des Fastens, wie Papan, die Auferstandene, und wie die Schwarze Blume, war auch sie eine Adeptin der Geheimlehren vom weißen Dulder Quetzalcoatl, dem Kreuzträger, dem Heilbringer. Einhalt zu tun dem Blutwahnsinn der Völker Anahuacs, war das Lebensziel des Herrn des Fastens gewesen; gescheitert war er an der Übermacht der Priesterschaft und am Starrsinn Montezumas, der nur im Grausen der Menschheit den erdbebensicheren Unterbau seiner Herrschaft sah. Von der Hoffnung, der für ihn nimmermehr erfüllbaren, hatte der verstorbene König Schößlinge in die Herzen seiner Kinder gepflanzt.
»Schenke mir den Knaben!« sagte die Prinzessin ruhig.
Der Vom-Himmel-Gestiegene lächelte feindlich und traurig zugleich. Sein Wille war, bevor sie gesprochen, an der funkelnden Glut ihrer Blicke geschmolzen. Nunmehr verhärtete er sich wieder, gereizt durch den gebietenden Tonfall ihrer Worte. Die entspannte Bogensehne spannte sich von neuem; und blitzschnell zielte er. Ja, er war wohl imstande, durch sie hindurch das Kind zu treffen ...
Sein Begleiter Coxtemexi und der Tempel-Feger stürzten auf ihn zu, entrissen ihm den Bogen. Coxtemexi hatte die Umstehenden gemustert und begriffen, daß ihre Teilnahme nicht auf seiten des mexikanischen Prinzen war: der Gelehrte und der Dichter hielten zu Quetzalcoatl, der junge König verehrte die Prinzessin, der Tempel-Feger liebte sie, und Prinz Ohrring-Schlange war ihr Bruder. Ein entgleitender Pfeil hätte ein Gemetzel zur Folge gehabt. Obgleich ein Höfling und Speichellecker, hielt es Coxtemexi doch für klüger, dem launischen Jüngling entgegenzutreten, um sich mit seinem augenblicklichen Zorn künftigen Dank zu erringen. Lange redete er flüsternd in ihn ein.
»Ich sterbe vor Gram«, schrie der Vom-Himmel-Gefallene auf, »und ihr alle wünscht meinen Tod! Gestört ist mein Opfer; nie wieder nimmt die Göttin ein Opfer von mir, und nie mehr erhört sie mein Flehen!«
Dann bedeckte er das Gesicht mit einem Zipfel seines Mantels und zuckte, geschüttelt von Schluchzen.
»Wer und wo auch immer die Quetzalfeder sei, nach der du dich

krank sehnst, sie wird dein sein, bald!« sprach der Tempel-Feger zum Prinzen. »Ich weiß einen Rat, der dein Herz erhellen wird wie eine leuchtende Fackel. Doch nicht hier werde ich die Fackel entzünden. Es ist spät; und ehe wir heimkommen, wird es früh sein.«
Alle horchten auf. Die Muscheltrompeten des Haupttempels von Tenuchtitlan verkündeten die Mitternacht. Ihr dumpfer Posaunenton rollte über die Wasserfläche wie ein schwarzer Nebel daher.
»Schenkst du mir den Knaben?« wiederholte die Prinzessin ihre heischende Bitte.
Der Vom-Himmel-Gestiegene nickte nur stumm und schritt mit seinen beiden Tröstern die Treppe hinab. Auch der junge König brach auf. Seine Einladung mißachtend, nahm der Sohn Montezumas mit Coxtemexi im Kanoe des Tempel-Fegers Platz.
Trotz seiner Trunkenheit war der Spinner der Prinzessin behilflich, die Agavehanffesseln an den Händen und Füßen des Knaben zu lösen. Und da der völlig erstarrte Knabe nicht schreiten konnte, trug er ihn hinab auf die schwimmende Insel.

Die zehn nackten Sklavinnen hoben – gleicharmig und gleichschenklig aufrecht stehend – die Ruderstangen und ließen sie mit Geplätscher in die Flut gleiten. Das Kanoe fuhr nebenher, stets an jener Seite, wo Perlmuschel mit dem Knaben saß und ihm Ananasstücke in den Mund steckte, als wäre er ein eben gekauftes Hündchen, das sie an sich gewöhnen wollte.
Sie fragte das Kind: »Wie wirst du genannt?«
»Menschen-Puma«, antwortete der Knabe.

Der der Bucht vorgelagerte Holm verhinderte den freien Ausblick auf den Schilfsee. Als sie zwischen beiden Inseln hindurchgefahren waren, prallten sie fast zusammen mit zwei großen Nachen. Auch deren Führer schien die Begegnung weder erwartet noch gewünscht zu haben: er versuchte erst die Fahrtrichtung zu ändern. Man war sich indes schon zu nahe gekommen, und die mondhelle Nacht hätte ein heimliches Entweichen nicht begünstigt.
Kein Zweifel, daß die beiden Nachen von Tezcuco kamen und nach Tenuchtitlan steuerten. Was mochten sie bergen? Sie waren überfrachtet – bis dicht unter den Bootsrand leckten die Wellen – und zudem war die Ladung geheimnisvoll mit Tüchern überdeckt.
Nur je ein Rudersklave war zu sehen; und an der Spitze des vorderen Kahnes stand ein Mann mit einem strahlenförmigen Helmschmuck aus Kotingafedern. Ohrring-Schlange erkannte seinen Bruder Cacama, den Edlen Traurigen.
Was hatte das zu bedeuten?... Die unausgesprochene Frage beantwortete ihm der trunkene Dichter; denn die andern ahnten und schwiegen.
»O großer Krieger Ohrring-Schlange«, sagte der Spinner, »dein

Bruder muß den Brautpreis zahlen für die Tochter des Herrn der Welt...«

Der junge König von Tlacopan wollte den Trunkenen nicht weiterreden lassen – obgleich er innerlich selbst empört war: was heute Tezcuco geschah, mußte ja morgen Tlacopan leiden. Er verwies den Dichter zur Ruhe; dieser aber ließ sich nicht beirren.

»Das Gerücht schleicht auf Fuchsfüßen und kam auch an mein Haus. Der Goldschatz des Herrn des Fastens liegt zur Hälfte schon in...«

Die übrigen Worte ertranken im Wirbel der Geschehnisse. Mit einem mächtigen Satz, wie ein Raubtier, war Ohrring-Schlange hinüber in den vorderen Kahn gesprungen und riß nun die hüllenden Decken weg. Der Hort von Tezcuco glitzerte glühgolden empor im Mondlicht. Ohrring-Schlange wandte sich wutzitternd an seinen Bruder.

»Dieb! Dieb!« schrie er dem König von Tezcuco ins Gesicht.

»Ich liebe dich, Ohrring-Schlange!« sagte der Edle Traurige hoheitsvoll. »Darum rede, was du willst, und ich werde nur hören, was ich will! Aber eins wisse: ich schütze unseres Vaters Goldschatz, daß kein Dieb daran rühre!«

»Bring das Gold in unser Schatzhaus zurück!« schrie Ohrring-Schlange.

»Nein, nirgend als in Mexiko ist es sicher vor der Schwarzen Blume«, erwiderte der Edle Traurige. »Und nun geh, verlaß mein Boot!«

Ohrring-Schlange antwortete nicht und starrte nur mit blutunterlaufenen Augen. Seiner gewürgten Kehle entrang sich ein heiser grölender Laut. Einen Obsidiandolch aus seinem Gurtgehänge herausschnellend, stürzte er auf den Bruder zu und stach auf ihn ein.

Der Edle Traurige war äußerst gewandt, daher entging er durch eine blitzschnelle Bewegung dem Todesstreich. Aber er war schwer an der Schulter verwundet und sank blutüberströmt nieder.

Vier versteckt gewesene Krieger standen plötzlich neben Prinz Ohrring-Schlange und hielten ihn, wie man einen Kriegssklaven festhält.

»Tut ihm nichts! Gebt ihn frei! Ich will es!« sagte der Edle Traurige. »Laßt ihn unbehelligt zu seinen Freunden zurückkehren!«

Die schwimmende Insel war inzwischen so nah herangerudert, daß Ohrring-Schlange ohne Sprung hinübersteigen konnte. Und er tat es: wie ein Besiegter. Das Blut und die Großmut seines Bruders quälten ihm das Herz ab.

Mit raschen Ruderstößen entfernten sich die goldbeladenen Nachen.

»Edel ist mein Bruder Cacama«, rief Ohrring-Schlange dem Entschwindenden nach. »Und weil er edel ist, wird es ihn mehr schmerzen als eine Fleischwunde, daß er heute um eines Weibes willen seinen besten Freund verlor!«

Die fast flehentlichen Worte irrten ohne Echo über den See.
Da erhob sich Prinzessin Perlmuschel.
»Höre auch deiner Schwester Warnungsbitte an, Cacama!« rief sie. »Gib unser Erbe nicht hin als Kaufpreis für die Tochter Montezumas! Geschieht das aber, so sei deine Ehe verflucht! Und beim Namen des Mondes und beim Namen des Wassers tue ich dies Gelöbnis: falls du die Tochter Montezumas so bezahlt zum Weibe nimmst, lasse ich mir auf dem Schlangenbergtempel den Edelstein aus der Brust schneiden! Und zum Wahrzeichen, daß ich mein Gelöbnis halten werde, trinke ich dies Wasser!«
Feierlich hatte sie gesprochen, feierlich kniete sie nieder, schöpfte aus dem See eine Handvoll Wasser und führte den Schwurtrank an ihre Lippen. Bedrückend still pochte das Herz der Welt. Der Mond und der See waren Zeugen ihrer Worte und ihrer seltsamen Tat.
Während der Rückfahrt entfernte sich das Kanoe nach und nach aus dem Bannkreis der Prinzessin. Der Tempel-Feger wollte an die Ausführung von Plänen gehen, von denen er wohl wußte, daß sie den Beifall der rechtlich Denkenden auf dem schwimmenden Garten nie finden könnten.
Mit seinem Versprechen, dem mexikanischen Prinzen einen Rat zu erteilen, war es ihm anfänglich nicht Ernst gewesen. Aus der Not des Augenblicks geboren, hatten seine Worte nur das Ziel gehabt, das Kindesopfer zu hindern, zumal die Geliebte es gehindert zu sehen wünschte. Um eine nachträgliche Ausrede wäre er nicht verlegen gewesen. Was aber inzwischen vorgefallen, ängstigte ihn über die Maßen und zwang seinen erfinderischen Geist, nun doch einen Rat zu ersinnen, der, scheinbar dazu bestimmt, die Schwermut des Montezumasohnes zu lindern, in Wahrheit nichts weniger bezweckte, als Cacamas Ehe mit Prinzessin Maisblüte zur Unmöglichkeit zu machen.
Die Sorge um das Leben der Geliebten war der treibende Stachel. Daß Perlmuschel ihr Gelübde vollbringen würde, fühlte er mit schrecklicher Gewißheit, und daß sie nicht zaudern werde, am Tage von Cacamas Hochzeit den Schlangenbergtempel hinaufzusteigen und unabwendlich, zur Göttin geworden, alle jammervolle Marter auf sich zu nehmen, um durch ihr Leid den Bruder ins Herz zu treffen. Was sie angedroht, war von vielen schon – vor ihr – freiwillig erlitten worden. Sie würde nicht die erste sein, die, vom Volk angebetet, geschlachtet und verspeist wurde.
Jedes Mittel war ihm recht, wenn es die Königstochter vor der Selbstvernichtung bewahrte. Viele Möglichkeiten schwebten schwankend vor seinem Auge, formten sich zu Gestalten und zerflossen wieder in Luft wie Geisterschatten über einem Dreifuß. Sie alle verwarf er bis auf eine, eine teuflische.
Durch einen zufällig aufgefangenen Blick war ihm vor Tagen offenbar geworden, wohin die Sehnsucht des Prinzen sich verirrt hatte.

Dies Geheimnis war die Leiche, über die er das Gebäude seines Planes aufmauerte.
Aber an der Tat selbst und an ihren Folgen durfte er nicht teilhaben. Gefährdung zu sehr ausgesetzt als Unheimischer und Gast am fremden Königshofe, konnte er Montezumas Gunst nicht aufs Spiel setzen, ohne die grausigste Bestrafung zu gewärtigen. Es mußte verschleiert bleiben, daß er der Urheber des Unheils war.
Seine Mithilfe war auch nicht nötig. Genügte es doch, daß er das Gift ins Gemüt des Jünglings träufte. Auch ohne ihn würde das Gift fortwirken ...
Er erzählte ihm also von einem jungen Adligen in Huexotzinco, der krank vor Liebe war; und er ließ durchblicken, daß er selbst es gewesen. Der junge Adlige sah den Tod vor Augen, da, was er auch unternahm, die Geliebte, eine verheiratete, hochangesehene Edelfrau, für ihn unnahbar und unerreichbar blieb. Weil er nun fühlte, daß er an seiner Qual zugrunde ging, beschloß er durch eine frevelhafte Tat seinen Liebesdurst zu löschen und sodann zu sterben, das Himmelsglück mit der Strafe des Himmels erkaufend. Er verschaffte sich den Putz eines dem Opfertod Geweihten; und als Gott geschmückt und gekleidet kam er zur Geliebten. Sie unterstand sich nicht, durfte sich nicht unterstehen, einem Gotte ihre blühende Schönheit zu versagen. Die Strafe aber, die erwartete, blieb aus. Denn die Götter sind der Liebe untertan wie die Erdgeborenen; und da sie selber Ehebrecher sind, richten sie mild über Liebesfrevel ...
Nachdem der Tempel-Feger mit diesem Drachengift das Jünglingsherz geätzt hatte, stieg er im südöstlichen Stadtviertel Teopan an einer steinernen Kanalbrücke aus und ließ die zwei Freunde allein weiterfahren.
Auf der Mitte der Brücke stehend, blickte er den beiden nach. Er sah, wie der käufliche Coxtemexi vom Prinzen ein rubinblitzendes Armband entgegennahm.
Der Tempel-Feger nickte zufrieden.

Beim mexikanischen Frühlingsfest wurde Jahr für Jahr zu Ehren des Gottes Tezcatlipoca der Gott Tezcatlipoca getötet, nachdem ihm gestattet gewesen, vom Frühling bis zum Frühling jegliche Wonnen des Daseins auszukosten. Und alljährlich, gleich nach dem Tode des Gottes, erstand ein neuer Gott. Unter sämtlichen Kriegssklaven Mexikos wurde er, der schönste, gewählt, fehlerlos an Geist und Körper. Acht Jünglinge waren ihm beigegeben, die von seinen Fersen niemals wichen. Und ein hoher Würdenträger erhielt den Auftrag, den Gott zu erziehen. Denn dieser mußte lernen, wohlgesittet zu schreiten und zu grüßen und Blumen und Räuchergefäße anmutig wie ein König zu halten und süße, wehmütige Tonreihen auf der Flöte zu blasen. Nachdem der Gott erzogen war – das geschah in wenigen Wochen –, wurde der Gott zum Gott. Vier Mädchen, die

man mit den Namen von vier Göttinnen benannte, gab man ihm zu Begleiterinnen, als seine vier Gattinnen für ein kurzes Jahr. Die Menschen, die ihn kommen sahen, warfen sich zu Boden vor ihm und küßten die Erde. Auch der König betete ihn als das oberste der Himmelswesen an und beschenkte ihn mit der prunkvollen, reichgestickten Gewandung und den Emblemen Tezcatlipocas. So ging der Gott fortan als Gott gekleidet. Sein linkes Bein war bis zum Schenkel hinauf kohlschwarz bemalt; er trug goldene Schellen und Glöckchen an den Sandalen und im Kopfschmuck weiße Truthahnfedern. Offen fiel das strähnige Haar bis auf die Hüften herab.
Begleitet von seinen acht Knaben und seinen vier Mädchen ging er bei Tag und Nacht durch die Straßen der Stadt, ging flötespielend und tanzend von Haus zu Haus, und keine Tür verschloß sich ihm, keine. Nichts war ihm verwehrt, alles war ihm gestattet, denn er war der Gott.
Die letzte Woche vor dem Frühlingsfest wurde er tagaus, tagein mit seiner Flatterschar zu strahlenden Gastereien geladen. Und dann – ja dann setzte man ihn in eines der königlichen Boote und gab ihm die vielerlei Flöten mit, die ein Jahr lang seine Freude gewesen. Auch die vier Mädchen durften mit ihm über den Schilfsee fahren, ihm Trost zuzusprechen. In der Nähe Iztapalapans landeten sie, und ihn verließen seine vier Gattinnen, kehrten heim nach Tenuchtitlan; er aber stieg dort am Seeufer eine kleine unansehnliche Tempelpyramide hinan, und bei jeder Stufe, die er stieg, zerbrach er eine der Flöten.
Und sobald er oben angelangt war, packten ihn die Priester und vergossen sein Edelsteinwasser: sein Blut.

Die hochentwickelte Kalenderwissenschaft der Mexikaner bediente sich der Astronomie, um der Astrologie zu dienen. Dasselbe Volk, das mittels Schalttagen das Sonnenjahr zum Sternjahr machte, nahezu fehlerlos wie kein Volk der Erde vor ihm, und an seinem reichen Sternbilderhimmel das Fortrücken der Planeten und ihre verschlungenen Bahnen beobachtend, Venusperioden von vierhundertundsechzehn Jahren errechnete – dasselbe Volk mißbrauchte dieses hohe Wissen, um seine abergläubische Furcht vor dem an die Stunde gebundenen Unglück zu beschwichtigen. Von den zwanzig Tagen des aztekischen Monats führte jeder Tag einen Namen, war mit einem heil- oder unheilkündenden Vorzeichen versehen.
Zum zweitenmal hatte der Zornige Herr – nach langer Beratung mit seinen Hofsterndeutern – einen besonders glückhaften Tag für das Hochzeitsfest seiner Tochter gewählt; und zum zweitenmal mußte die Verehelichung verschoben werden, da der Bräutigam, König Cacama, krank darniederlag. Die von Prinz Ohrring-Schlange geschlagene Schulterwunde hatte sich entzündet.
Der neue Aufschub war dazu angetan, Montezumas verdüstertes Gemüt noch mehr zu verdüstern. Nicht daß er sich um den Edlen

Traurigen sorgte, der jung und zäh war. Was ihn niederdrückte, war die augenscheinliche Mißgunst des Geschickes –: die Himmlischen waren erzürnt und verwarfen immer wieder die glückverheißende Wahl, die er sorgsam abwägend getroffen; das erwartete Heil des Tages zerrann ungenutzt.
Einer der großen Steindämme Tenuchtitlans führte über die Lagune zu dem auf dem Westufer gelegenen Felsenschloß Chapultepec. Hier lebte mit ihrem Hofstaat die Braut des Edlen Traurigen, Prinzessin Maisblüte. Und allmorgendlich, wenn tauglitzernd die Zedern und Zypressen des Felsengartens sich röteten im ersten, frühkühlen Sonnenstrahl und die Goldkäfer auf den Muskatrosen zu funkeln begannen, ließ sie sich in ihrer schönen Sänfte die porphyrblanken Treppenstufen der – einander übergelagernden – Gartenterrassen hinab und über die Lagune tragen, um im Großen Palast ihrem kranken Verlobten einen Blumenstrauß zu reichen.
Auf dem Wege kaute sie weißes aromatisches Tzictliharz. Alle aztekischen Mädchen und Frauen, wenn sie nicht gerade beim Essen, Plaudern oder Singen waren, kauten immerwährend das weiße, aus der Fruchtmilch des Zapotebaumes gewonnene Harz, mit welchem sie ihren Atem durchsüßten. Trauernde freilich taten es nicht; doch die Prinzessin, strahlend schön wie die morgenjunge Welt ringsum, war keine Trauernde. Das Klappen der Zähne – leis klirrend wie Bachkiesel und gleichmäßig wie ein Tropfenfall – nahm nichts der orchideenhaften Zartheit ihrer Wangen, nichts ihrem wundervoll geschwungenen Zinnobermunde, und noch befremdlicher erschien dadurch die rätselhafte Kühle im Glanzblick ihrer langbewimperten Augen, die schlackenrein den erdfernen Gleichmut ihrer noch unerweckten, noch verpuppten Seele widerspiegelten.
Sie war dem Herabstoßenden Adler versprochen gewesen und war nun eines anderen Braut. Guatemocs entsann sie sich kaum noch: zu selten hatte sie ihn gesehen und war ein Kind, als er ins Südland Guatemala zog. Aber sowenig ihr Herz um den Herabstoßenden Adler Leid trug, so wenig auch lachte es dem neuen Verlobten entgegen. Ungefragt war sie versprochen worden, diesmal wie ehedem. Und sie selbst hatte sich noch nicht befragt und nicht ausgeforscht.
Wohl wußte sie, daß der Edle Traurige ein Held sei, an Klugheit, Tapferkeit und Hochsinn dem Herabstoßenden Adler kaum nachstehend. Sie fühlte sich sicher und geborgen in seiner Nähe und hatte ihn gern, weil er ihr blutsverwandt war und weil ihr Vater ihn ins Herz geschlossen. Das aber konnte sie nicht, konnte nicht ihn lieben, konnte nicht an seiner steten Leidenschaftlichkeit entflammen. Die Flügel ihrer Seele lagen noch zusammengefaltet.
Eine Pflicht erfüllte sie, indem sie täglich am Krankenbette weilte.
Die ersten Male hatte sie sich begnügt, Sträuße gelber Federnelken und weißer Seerosen auf das Lager des irre Redenden zu legen. Denn in der Geistesverwirrung des Wundfiebers erkannte der Edle Trau-

rige seine Braut nicht. Später, als das Fieber schwand, blieb sie länger bei ihm sitzen in stummer Selbstversunkenheit, da er zu matt war, Reden mit ihr zu wechseln. Nach acht Tagen war er, der Gefahr entronnen, ein Genesender; und nun vertraute er ihr an, was er vor Montezuma geheimhalten wollte: daß er ihretwegen von seinem Bruder die Wunde erhalten, daß sein Bruder ihretwegen ihm zum Feind geworden und spurlos seit jener Nacht verschwunden war.
Sie schwieg dazu und lächelte ihr Rätsellachen. Dank wurde von ihr erwartet, und sie fühlte keine Dankesregung. Sie hatte sich nicht zwischen die Brüder gestellt, sie hatte den Hort von Tezcuco nicht gefordert. Man bezahlte sie ohne ihr Zutun, man bezahlte sie überteuer – und das war ehrend und kränkend zugleich. Unbeteiligt kühl, unergründlich, blieb ihre Schönheit eine gleißende Maske.
Cacama war enttäuscht. Was sie ihm nähern sollte, schien sie von ihm zu fernen ...
Bevor die Sonne im Zenit stand, pflegte die Prinzessin nach Chapultepec zurückzukehren. Und die Nachmittage verbrachte sie damit, Opferkuchen in Gestalt von Schmetterlingen aus Maisteig zu kneten und zu backen und sie vor den Laren des Hauses – kleinen aus Ton gefertigten Götterbildern – niederzulegen. Nach Sonnenuntergang aber schritt sie singend mit ihren Mädchen durch den schlaftrunkenen Garten, und allabendlich betrachtete sie das überlebensgroße Steinbild ihres Vaters, das vom berühmtesten aller Steinmetzen und seinen Gehilfen damals gerade an der südlichen Felswand Chapultepecs ausgemeißelt wurde und schon nahezu vollendet war. Sie trat abends vor das Bild, weil sie es ungestört betrachten konnte um diese Zeit, während tagsüber viele Prinzen sich einfanden, der Arbeit der Bildhauer zuzuschauen und sie mit Glossen zu begleiten. Der sonst so streng verschlossene Terrassengarten von Chapultepec war jetzt auf besonderen Befehl des Zornigen Herrn, dem die Anteilnahme des Hofes schmeichelte, allen Adligen königlichen Blutes in den Tagesstunden zugänglich gemacht. Unziemlich wäre es gewesen, hätte sich die Prinzessin unter die Jünglinge gemischt und ihre hehre, auf goldenen Sandalen schwebende Schönheit begehrlichen Blicken und Worten preisgegeben.

Mit dem Felsenbildnis hatte es seine eigene Bewandtnis.
Auf der Nordseite Chapultepecs, auf senkrecht abstürzender Felswand, waren zwei der Vorgänger Montezumas, König Himmelspfeil und König Wassergesicht, übergroß in grellbunt bemaltem Flachrelief dargestellt, mit hocherhobenem Arm in der Pracht ihrer Insignien, Kleinodien und Schmuckfedernkronen den Sonnengott anbetend und umgeben von ihrem versteinerten Ruhm, den in Granit geschriebenen Annalen ihrer Großtaten. Die Bilder waren jeweils errichtet worden, nachdem diese Könige am Ende ihrer Blutlaufbahn erkannt hatten, daß der Schädelberg im Hofe des Großen Tempels

nur mählich zum Himmel emporwuchs, und deshalb, um sein Anwachsen zu beschleunigen, die mächtige Adlerschale – die Opferblutplatte – durch eine noch mächtigere ersetzen ließen. König Himmelspfeil überbot seine Vorgänger; und ein Wunder schien es, daß es König Wassergesicht noch gelang, König Himmelspfeil zu überbieten. Schwierig genug war es, einen geeigneten Granitblock zu finden und ihn, geformt und sauber bearbeitet, aus den Brüchen bis an den Fuß der großen Tempelpyramide zu schaffen; dort freilich blieb er Monate liegen; undenkbar, den ungeheuren Block, welchen zehn Mann kaum umspannen konnten, auf die Plattform der berghohen Pyramide und auf den hügelhohen Altar daselbst zu heben. Doch der Wille des Königs Wassergesicht hob die Adlerschale hinauf, als wäre sie ein Becher in seiner Hand.

Dafür wurde er von der dankgerührten Priesterschaft und vom Weiblichen Zwilling ersucht, ehe er von dannen gehe ins Reich der Sonne, sein Bildnis, wie es bei gleichem Anlaß sein Vorgänger getan, auf den Felswänden Chapultepecs der Welt zu hinterlassen. König Wassergesicht willfahrte den Bitten. Alsbald aber nach Vollendung des Bildwerkes starb er. Denn um sein Bild und gleichzeitig auch die neue Adlerschale mit Edelsteinwasser zu weihen, hatte er Myriaden von Opfern die Brust aufgeschnitten, einigen hundert mit eigener Hand; – die Überanstrengung und das im Übermaß genossene Menschenfleisch und getrunkene Menschenblut wurden ihm zum Verhängnis.

Da vor ihm auch König Himmelspfeil unmittelbar nach der Einweihung seiner Adlerschale und seines Bildes verschieden war, hielt eine abergläubische Scheu spätere Könige davon ab, für einen jähen Tod die Unvergänglichkeit im Steine zu suchen.

Auch Montezuma wäre durch diese Scheu abgehalten worden, hätte sein verängstigtes Volk ihm nicht den Beschluß abgerungen, durch ein unerhörtes Geschenk die verlorene Gunst des Himmels zurückzukaufen.

Es war zur Zeit, als die ersten Berichte über die Wasserhäuser und die ans Land gespülten weißen Götter nach Mexiko gelangten. Obzwar Montezuma die Verbergung der Schreckenskunde anbefohlen hatte, ließ sie sich doch nicht fangen und ersticken wie eine Flamme; sie schwebte auch unter hüllender Decke, loderte auf und lief bald wie ein Feuerbrand durch die Ortschaften Anahuacs.

Da wurde eines Tages Montezuma gemeldet, in einem der Höfe des Großen Palastes seien die Greise Mexikos versammelt und tanzten. Er begab sich hin mit seinen Krüppeln und Narren, dem Tanz der Greise zuzuschauen. Die Siebzigjährigen waren die jüngsten, es waren meist Achtzigjährige und Neunzigjährige, die sich da eingefunden hatten, durch ihren Tanz das Herz des Weltkönigs zu erschüttern.

Sie trugen lange Gewänder und hielten in der einen Hand eine Blume, in der anderen eine Kürbisrassel. Nachdem sie mit altersschwachen Schritten – im Kreis um einen hockenden Trommelschläger – sich trennend, sich kreuzend, sich vereinend, ihren feierlichen Umzug, der einem Totenzug ähnlich sah, vollführt und jeder von ihnen sich vor den vier Windrichtungen verbeugt hatte, fragte sie Montezuma nach ihrem Begehr.
»O großer König, o Unser Vater!« sprachen die Greise. »Der Himmel birst, die Erde klafft! Unersättlich ist der Durst der Götter! Zu klein ist das Gefäß, daraus du ihnen zu trinken gibst!«
Ohne Stirnrunzeln entließ Montezuma die Greise und ließ sie reich beschenken. Dann ordnete er schwermutsvoll an, die Adlerschale durch eine neue größere zu ersetzen und sein Bild in die Felswand Chapultepecs zu meißeln.

An einem schwülen Nachmittage befand sich Prinzessin Maisblüte in einer an der Nordseite der untersten Gartenterrasse Chapultepecs zwischen den beiden alten Steinbildnissen König Himmelspfeils und König Wassergesichts in das Felsinnere führenden, natürlichen, sehr geräumigen und feuchtkühlen Grotte. Aus dem Höhlendunkel gesehen, erschien die sonnendunstgebleichte Lagunenwelt draußen, fernschimmernd bis an den weißen Strand von Tezcuco und bis nach Otompan und Teotihuacan hin, wie überdeckt von einem bebenden, diamanten glitzernden, bläulichweißen Spitzenschleier. Die Prinzessin war allein, beschäftigt damit, der Göttin Sieben-Schlange eine Opfergabe zu bereiten. Vor der Grotte, unweit vom Eingang, saßen auf dem Rasen im schwerblütigen Schatten hoher Magnolienhecken ihre Gefährtinnen und sangen sonnenschläfrig den heiligen Sommertag an.
Die von der Prinzessin bereitete Opfergabe war ein gebratener und gebackener Frosch, am Gesicht blau geschminkt und von den Lenden abwärts mit einem buntgewirkten Mädchenröckchen bekleidet. Die Prinzessin hatte dem toten Tier das Röckchen bereits umgebunden und war eben dabei, mit einem feinen Pinsel den Kopf des Frosches blau anzumalen.
Da kam eine ihrer Gefährtinnen in die Grotte hereingestürzt, furchtbebend, atemlos. Der Gesang draußen war verstummt.
»Der Gott . . .«, stammelte das Mädchen.
»Welcher Gott? Und was tat er dir?« fragte die Prinzessin ruhig, doch sichtlich verstimmt darüber, daß man sie beim Opfer zu stören wagte.
»Welcher Gott?« wiederholte sie ihre Frage, da das Mädchen nicht gleich eine Antwort fand.
»Tezcatlipoca kommt zu dir!« schrie das Mädchen gell und stürzte hinaus. Ihr Schrei brandete an den Grottenwänden, und seine gepeitschten Wellen wollten sich nicht glätten.

Erstaunt blickte die Prinzessin nach dem Grottenausgang, wo das Mädchen verschwunden war. Und nun sah sie ihn, den Gott. Jünglinghaft stand er gegen das flirrende Licht, sein linkes Bein geschwärzt bis an den Schenkel, an den Sandalen goldene Glöckchen und Schellen, im Kopfschmuck die weiße Truthahnfeder. Ja, es war Tezcatlipoca, der oberste der Götter. Offen fiel sein langsträhniges Haar ihm auf die Hüften herab; sein Antlitz war durch eine Goldmaske verdeckt.

Er schritt auf die völlig Gelähmte, Willenberaubte, in Bangnis Verlorene zu, nahm sie bei der Hand und zerrte sie in den inneren, lichtlosen Teil der Grotte ...

Als nach geraumer Zeit die Gefährtinnen der Prinzessin in die Grotte zu blicken wagten, war der Gott verschwunden. Vom Seeufer her hörte man sein schwermütiges Flötenspiel, dort schritt er mit seinen vier Gattinnen und seinen acht Begleitern. Die Tochter Montezumas aber stand wie vordem nahe beim Höhleneingang über einen hölzernen Teller gebeugt, auf welchem ein mit einem Mädchenröckchen bekleideter Frosch lag. Sie hatte einen feinen Pinsel in der Hand und bemalte mit blauer Farbe den Kopf des gebackenen Frosches.

Als der Sonnengott, das Kind der Zeit, der Adler mit den Feuerpfeilen, am nächsten Morgen aus Gletscherschnee emporstieg, saß Maisblüte wieder in ihrer zierlichen Sänfte und ließ sich die Porphyrtreppen der Gartenterrassen hinab und über den Steindamm der Lagune tragen. Anstatt aber wie sonst den Weg nach dem südwestlichen Stadtviertel Moyotla zu nehmen, wo im Großen Palast König Cacamas Krankenlager war, bogen die Sänftenträger nach Norden ab. Durch das Gassengewirr des ärmlichen Stadtviertels Cuepopan, über zeltbeschattete Plätze und über zahllose Kanalbrücken trugen sie die Prinzessin nach Tlatelolco. Im Palastgarten der Königsschwester Papan setzten sie die Sänfte nieder. Maisblüte stieg aus und betrat das Schloß.

Kaum ein halbes Jahr war vergangen, seit Montezuma, vom Herrn des Fastens und der Schwarzen Blume ans Bett der Auferstandenen gerufen, aus ihrem Munde vernommen hatte, was sie in der Niederwelt erlebt: wie sie von Itzpapalotl, dem furchtbaren Obsidianschmetterling, verfolgt, am Rande des wildschäumenden Bergstromes gehalten und gestützt worden war vom bleichen Gotte, der ihr sodann das Fürstengefängnis, an welchem Hirschmenschen bauten, und das Schädelgebirge zeigte und sinndeutend erklärte. Montezuma hatte sich, ohne Abschied von seiner Schwester zu nehmen, grausend abgewandt wie von einer Leichenschau. Sein Befehl an ihre Mägde, die Kranke zu pflegen und streng zu hüten, machte Papan fortan zu einer lebend Eingemauerten. Nie mehr seit jenem Tage besuchte er sie und fragte auch nie mehr nach ihr. Wäre sie zum zweitenmal gestorben, hätte ihm niemand es zu melden gewagt.

Sie blieb eine Kranke, obgleich sie nicht mehr krank war. Das Fieber, das sie aufs Lager niedergeworfen nach den Erschütterungen der Schauernacht, das Fieber ihres Körpers war in kurzer Zeit geheilt, aber nicht das Fieber ihres Herzens. Wie ihr eigener blasser Schatten wandelte sie durch die leeren, gähnenden Säle des einstigen Königspalastes von Tlatelolco, eine Gefangene ihrer Dienerschaft. Ganze Wochen konnte sie bildstumm dasitzen, wenngleich ihre Augen sagten, daß sie fühlte und wußte und litt. Zu anderen Zeiten konnte sie gesprächig sein, lächeln, ja lachen sogar. Dann wiederum hatte sie Tage, da war sie verwandelt, eine gänzlich andere. Der Gott – ihr Gott – redete durch sie, kündete das Nahe, Unabwendbare. Nicht ihre, eine fremde, harte Stimme kam aus ihrem Munde. Ihre Umgebung aber hielt sie für wahnsinnig. Fünf Frauen mühten sich ab, sie zu bändigen, wenn sie, durch die Palastsäle rasend, die Orakelsprüche ihres bleichen Gottes in die Welt hinausschrie. Eines Tages gelang es ihr, sich den Umklammerungen der Pflegerinnen zu entwinden und, aus dem Schloßgarten entweichend, in die Stadt zu fliehen. Von einer Volksmenge umringt, irrte sie singend durch die Gassen. Die ihr nacheilenden Hüterinnen wurden vom Volk bedroht. So kam sie mit dem großen Haufen vor den Palast Montezumas, laut nach ihm rufend. Aber der Zornige Herr trat nicht heraus, die Heilige zu begrüßen, wie das Volk erwartet hatte. Vielmehr ließ er sie durch seine Leibwache, an Händen und Füßen gefesselt, nach Tlatelolco schaffen.
Prinzessin Maisblüte war nun heute zu Papan gekommen, um in ihrer Seelenbedrängnis sich Rat von der Seelenkranken zu erbitten. Trotz der Abneigung Montezumas gegen seine Schwester wurde Papan von jedermann als Heilige verehrt, nicht nur vom Volke. Für Maisblüte war sie immer die liebste ihrer Verwandten gewesen. Schrie der Gott nicht aus ihr – und selten waren die Tage ihrer Gesichte –, so mochte man glauben, daß eine Gottheit sanft und verständig und gütig aus ihr rede.
Doch Maisblüte hatte einen nicht glückhaften Tag gewählt. Als sie durchs Tor trat, schollen ihr aus dem Innern des Palastes wilde Rufe entgegen, und während noch der Torhüter ihr bedeutete, daß die Kranke heute von der Begeisterung ihres Gottes erfüllt sei, bot sich ihr ein erschütternder Anblick. Papan kam hereingewankt, an beiden Armen von ihren Frauen umklammert und gestützt, mit einem schmalen Streifen weißen Schaumes an den blutleeren Lippen und mit weit aufgerissenen, aus den Höhlen tretenden Augen. Ihre gellenden Aufschreie gingen durch Mark und Bein.
»Wehe über dich, du Tochter Montezumas!« schrie Papan, als sie ihre Nichte gewahrte. »Wehe über dich und deine Schwestern, die Mädchen und Frauen Mexikos! Bald wird der Komet bei Tageslicht scheinen, und die Sonne wird erbleichen und sich schwärzen vor ihm, der wie ein glühender Besen Tenuchtitlan fortfegt! Die Fratzen der

Finsternis steigen aus dem Westhimmel herab auf die Erde – siehst du sie nicht? Die Heerscharen der weißgesichtigen Hirschmenschen kommen vom Meer des Himmels, sie sind schon nahe – siehst du sie nicht? Wo kannst du hinfliehen, Tochter Mexikos? Wer kann dich retten, wer kann dich in eine Truhe legen und verschließen? Zur Hure wirst du werden wie deine Schwestern alle! Deine Verderber lüstern nach dir! Ich weine über dich, du Tochter Montezumas, du armes Freudenmädchen! Sie nehmen dir die Türkisvogelstirnbinde vom Haar – und du bist ein Königskind nicht mehr! Sie nehmen dir die gestickte Schulterdecke vom Nacken – und du bist eine Adlige nicht mehr! Sie nehmen dir das Hemd, nehmen dir das Hüfttuch vom Leibe – und du wirst Beischläferin der Fremdlinge, die du Königin aller Königinnen warst! Deine jungen Brüste werden sie betasten, und du mußt es leiden! Der Menge preisgeben werden sie deine Nacktheit, deinen Nabel und deine Schenkel zur Scheibe machen für die Giftpfeile ihrer Augen und ihres Spottes – bis du, wie die letzte der Huren, an den Gassenecken hockst und die Hand bettelnd ausstreckst nach einer Kakaobohne, du Tochter Mexikos, du Tochter Montezumas! Weine über dich, wie ich über dich weine, o du zerbrochener Smaragd im Netze der Unterirdischen, du zermalmte Goldperle! . . .«

So laut auch Papan sprach – ihre Worte wurden übertönt vom Gewimmer der Prinzessin. Wild schrie Maisblüte, und immerwährend schlug sie sich selbst mit der rechten Hand auf den offenen, gellenden Mund – wie alle Azteken taten, wenn das Grauen sie packte.

Dann floh Maisblüte wie ein verwundetes Tier hinaus in den Schloßgarten.

Und wie ein verwundetes Tier suchte und fand die Prinzessin ein Versteck im großen Schloßgarten. Verborgen hinter dornigen Agaven und Kakteen, nur von Honigsaugern, Faltern und dem azurnen Himmel droben belauscht, warf sie sich ins Gras, schlug mit den Armen um sich, raufte sich das Haar in wahnsinniger Verzweiflung. Das Schluchzen, dessen Zuckungen ihren Leib durchkrampften, ebbte allmählich ab, und sie wurde fähig, nachzudenken. Immer noch blind von Tränen, sann sie und sann. Schließlich verebbten auch die Tränen. Da gewahrte sie plötzlich, daß, während sie sinnbetäubt dagelegen, ein handgroßer, dunkelbrauner Skorpion an ihren Kleidern emporgekrochen war und nun, augenblinzelnd und den Giftstachel hebend, auf ihrem türkisenen Brustschmuck dicht über ihrem Herzen saß. Entsetzt schnellte Maisblüte empor und schüttelte das Tier ab. Dieses fiel schwer zu Boden, krümmte mehrmals den Schweif gegen den eigenen Rücken und entschwand, blitzschnell laufend, zwischen zwei Steinen.

Die Prinzessin hatte sich wiedergefunden. Das Grauen vor dem körperlichen Schmerz hatte den seelischen Schmerz zurückgedrängt. Schnell ordnete sie das zerzauste Haar und die verstaubten Prachtgewänder. Und als sie sich den am Gartentor harrenden Sänftenträgern näherte, drückten ihre Züge einen fast kindlich-heiteren Gleichmut aus. Unbeteiligt kühl, unergründlich war wieder ihre Schönheit eine gleißende Maske. Denn zumute war ihr, als säße immer hinfort der Skorpion auf ihrem Brustschmuck und wiche niemals, niemals mehr von ihrem Herzen . . .

Sie fragte die Sänftenträger, ob sie wüßten, wo der alte Zauberer Zacatzin wohne. Die Tlamamas verneinten, und einer von ihnen entfernte sich, es in der Nachbarschaft zu erfragen. Er kehrte mit der Auskunft zurück, der Alte wohne in der Nähe, hier im Stadtviertel Tlatelolco, jedoch in einer verrufenen Gegend. Trotzdem befahl die Prinzessin, sie in die Wohnung des Zauberers zu tragen.

Erst seit kurzer Zeit machte der Zauberer von sich reden. Zulauf von Plebejern – armen Frauen, Haussklaven und bescheidenen Handwerkern – hatte er früher schon gehabt. Doch erst seitdem einige junge Adlige darauf verfallen waren, den vermeintlichen Betrüger spottlüstern aufzusuchen, dann aber, nachdenklich geworden über sein wundersames Ahnungsvermögen, ihm nachsagten, er stehe mit den Tzitzimimê, den Dämonen der Sterne, in Verbindung – verschmähten auch hohe Würdenträger und selbst Prinzen es nicht, beim rätselhaften Alten sich Rat zu holen. Alles war Rätsel an ihm: seine Herkunft, sein selbstgenügsames Bettlertum und sein Wissen. Ob er immer in Tenuchtitlan gelebt, ob er, ein Fremder, zugezogen und seit wann und von wo – niemand wußte es.

Der Weg zu ihm führte zuerst an prunkvollen Wohnhäusern der Kaufmannschaft Tlatelolcos vorbei. Eine bunt und ausgesucht geschmackvoll gekleidete Volksmenge füllte die teils an den Kanälen entlang ziehenden, teils sie kreuzenden Gassen; und die Sänftenträger mußten immerzu tocne!, das heißt holla! rufen, um sich, ohne anzustoßen, durch ein Gewimmel sich fächelnder, behäbiger, zu Kapellen strömender Bürgerfrauen und mit Sonnenschirmen einherschreitender Handelsherren hindurchzuwinden. Das Straßenbild änderte sich, als man in die Nähe des großen Freudenhauses von Tlatelolco kam. Dieses war vor fünfzig Jahren noch, bevor Tlatelolco Mexiko einverleibt wurde, ein Palast des letzten Stadtkönigs, des Dornenreichen Baumes, gewesen. Der umfassende Bau, reich an Kammern, Bädern und Lichthöfen, diente seither zur Beherbergung von einigen hundert Freudenmädchen. Um durch lechzende Glutblicke und Zurufe Männer anzulocken, füllten die Süßduftenden, so wurden die Dirnen genannt, die benachbarten Gassen, sorgfältig das Haar gekämmt und geflochten, sauber in der Kleidung. Die peinliche Sauberkeit der aztekischen Huren war berühmt. Sie standen umher und zeigten kichernd ihre mit Cochenille rot gefärbten Zähne. Manche kauten Tzictliharz; und das Zähneklappen klang wie das Klirren

von Kastagnetten. Halbwüchsig waren viele von ihnen und nur wenige alt; denn die Mädchen, die das Leben des großen Dirnenhauses gekostet hatten, pflegten sich freiwillig für den Opfertod auf der Tempelpyramide der Xochiquetzal, der Göttin der Liebe, zu melden.
Vom Dasein solcher Verlorenen hatte Maisblüte wohl gehört, aber noch nie welche mit eigenen Augen gesehen. Und sie starrte nicht minder erstaunt ringsum, als sie erstaunt von den Dirnen angestarrt wurde. Kaum daß einige ehrerbietig ihrer Sänfte aus dem Wege gingen. Hielt man sie doch für eine begüterte Insassin des Tanzhauses von Mexiko, wo die den unverehelichten Kriegern zugewiesenen Mädchen vom Staate unterhalten wurden. Daß eine Tochter des großen Montezuma sich in diesen Gassen zeigen könnte, auf den Gedanken wäre keine verfallen.
Ein altes Weib mit einem von Schwären verwüsteten Antlitz trat unversehens an die Sänfte heran.
»Melde dich zum Opfertod, ehe es zu spät ist, mein Täubchen!« raunte sie heiser. »Auch ich war schön und reich ...«
Einer der Sänftenträger schlug die Alte mit einem Rohrstab zu Boden. Die Dirnen kicherten laut.
Die Prinzessin schloß die Augen. Sie wollte vergessen. Aber mehr noch als zuvor fühlte sie den Skorpion auf ihrem Herzen sitzen.

Vor einem unscheinbaren verfallenen Häuschen hielten die Sänftenträger. Während Maisblüte noch zögerte, ins dunkle Portal zu treten, kam ihr ein blinder Knabe entgegen, nahm sie bei der Hand und führte sie hinein.
Die brennende Kienfackel, die er trug, erleuchtete ihr – nicht ihm – den Weg. Und so wie sie eben die Sünde zum erstenmal mit der zarten Traubenhaut ihrer Augen gestreift, so streiften jetzt ihre Prinzessinnenaugen zum erstenmal die häßliche Armut, streiften sie scheu und angstvoll und schlossen sich, damit sie nicht in ihre Tiefen dringe. Die Räume waren kahl, schmutzig, modrig, Brutstätten für Ratten und Ungeziefer.
Der Knabe brachte sie in einen sonnengebackenen Hof. Nur unter der einen Wand war ein wenige Fuß breiter Schatten. Dort hockte auf einem Schemel der alte Zauberer.
Durch seinen Borstenbart, sein weißes Strähnenhaar, die zerschlissene, fleckig geflickte Kleidung unterschied er sich kaum von den vielen im Lande umherziehenden Zauberern, meist olmekischer Abstammung, deren Künste darin gipfelten, sich selbst zu töten und zu zerstückeln, aus Töpfen Hornissen und Schlangen, qualmende Feuersbrünste und sogar Quellen emporzuzaubern, darinnen Fische schwammen. Er war bettelhaft ungepflegt, ja unsauber. Bei genauerem Hinsehen freilich mußten die mächtige Stirn auffallen und die kleinen, tiefliegenden, alles und jeden durchleuchtenden Augen.

Kein Wunder, daß das Volk von ihm sagte, er esse die Herzen lebender Menschen und trage, in eine fliegende Schlange verwandelt, die Schlafenden auf dem Rücken durch die Nacht.
Wenn die Prinzessin gehofft hatte, ihren Rang vor ihm verbergen zu können, so nahm er ihr diese Hoffnung mit den ersten Worten, indem er sie Cihuapiltzin, das heißt Prinzessin, anredete.
Sie erzählte ihm ihren Traum. Daß sie geträumt hatte in der Grotte, als der Gott sie geküßt – das stand für sie fest, das zu glauben zwang sie ihr Stolz. Nachdem sie den Bericht beendet, bat sie den Zauberer, ihr den Traum zu deuten.
Lange sann er nach. In der Hand hielt er einen verdorrten menschlichen Unterarm und zog damit kreuzweise Striche in ein vor ihm liegendes mit Sand bestreutes Brett. Auf die Felder legte er je ein oder zwei oder drei Maiskörner.
»Es war kein Traum«, sagte er.
»War es Tezcatlipoca?« fragte sie. »Stein und Holz?...« fügte sie schaudernd hinzu. Schaudernd bedeckte sie ihr Gesicht mit den Händen.
Der Wahrsager schüttelte den Kopf.
»Du wärst eine Tote, hätte sein Mund deinen Mund berührt. Einst stieg er vom Himmel, die Tochter des Königs Huhemac in Bettlergestalt zu verführen. Doch das war, als noch die großen Tolteken in den Silberpalästen Tulas herrschten.«
Die Prinzessin starrte ihn stumm, ratlos, flehentlich an. Der Zauberer fuhr fort:
»Auch der Opfersklave kann es nicht gewesen sein, welcher ein Jahr lang der Gott ist und Flöte blasend einherzieht mit den vier Mädchen. Vor siebzehn Tagen wurde er geopfert; und der neu gewählte Gott wird erst zum Gott erzogen und streng beaufsichtigt. Er war es nicht.«
»Dann muß ich sterben«, sagte die Prinzessin leise.
»Nein«, sprach der Zauberer. »Doch mußt du erfahren, wer es war. Er wird wiederkommen. Und nun höre und befolge meinen Rat. Halte in der Grotte einen Topf mit rotgelber Axinfarbe bereit und tauche die Finger hinein, wenn der Gott dich an der Hand faßt. Selbst heiße Bäder waschen das Axin nicht ab, in die Haut frißt es sich ein, und mindestens fünf Tage lang bleibt es sichtbar. So wirst du deinen Gatten finden und wiedererkennen. Dann vollbringe eine Schreckenstat, die deine Unschuld dartut vor aller Welt.«
Die Prinzessin reichte ihm ihre Edelsteinkette als Bezahlung. Der Zauberer wies sie lächelnd zurück.
»O Cihuapiltzin«, sagte er, »die Weisheit der Sterne hat keinen Preis. Verwahre deine Dankbarkeit, hebe sie auf für mich. Einst werde ich kommen, sie von dir zu fordern...«
Die Sonne näherte sich dem Meridian, als Maisblüte das Krankenzimmer ihres Verlobten betrat. Sie sei beim Zauberer Zacatzin

gewesen, und Gutes habe er gewahrsagt, erzählte sie mit ihrem verschleierten Lächeln. Sie wollte ihre Verspätung erklären und Gerüchten zuvorkommen.

Der Edle Traurige fragte nicht, was sie verschwieg. Und sein Schweigen klagte ihr Schweigen an, so daß es sich wand vor Scham und Schmerz.

Der Bildhauer und seine Werkleute wurden, während sie in Chapultepec am Felsenbildnis Montezumas arbeiteten, wahrhaft königlich besoldet. Im Auftrage des Großherrn gab der Vorsteher des Hauses der Teppiche jedem einzelnen von ihnen als Bezahlung: mehrere reiche Mäntel, Unterkleidung und Hemden, je eine Last Baumwolle, Kakao, Bohnen, Pfeffer und ein Boot voll Mais. Dafür verdoppelten und beschleunigten die Werkleute ihre Arbeit; und obgleich sie später begonnen hatten als die den Adlerstein meißelnden Steinmetzen, gelang es ihnen, fast gleichzeitig mit jenen ihr Werk zu vollenden.

Und gleichzeitig, an einem glückhaften, vom Kalenderpriester ausgewählten Tage, sollte die Einweihung des Adlersteines sowohl wie des Felsenbildnisses festlich begangen werden. Die fieberhafte Erregung der Stadtbevölkerung wurde am Vorabend des Einweihungsfestes noch gesteigert durch die Nachricht, daß das aus Guatemala heimkehrende Heer nun endlich dicht vor den Toren stehe und daß der Herabstoßende Adler und der Irdene Krug vielleicht morgen schon, spätestens übermorgen, ihren Triumphzug halten könnten. Glückhaft wahrlich, meinte das Volk, müßte der kommende Tag sein, an welchem drei so erhoffte, so hoffnungsreiche, allzulange unerfüllt gebliebene Geschehnisse sich erfüllten. Mexiko zweifelte noch nicht an den Wahrsprüchen seiner urheimatlichen Kalender. Jubelnd und rosengeschmückt sehnte Mexiko, zuversichtlich sehnte Montezuma den Tag des Glückes heran, der jedoch, dem Kalender zum Trotz, für das Königshaus und für Mexiko ein schwarzer Tag, ein Tag der Trauer, zu sein bestimmt war.

Da nach Vorschrift des Zornigen Herrn der neue Adlerstein im Durchmesser eine Klafter mehr messen und zwei Ellen höher sein mußte als der schon riesenhafte Adlerstein des Königs Wassergesicht, so war es unmöglich gewesen, einen geeigneten Porphyrblock in der nächsten Umgebung Mexikos ausfindig zu machen. Die ausgesandten Steinmetzen hatten weite Wege zu gehen, ehe sie einen allen Wünschen gerechten Block in einem Flecken bei der Stadt Ayotzinco am Südufer des Chalcosees entdeckten. Der Süßwassersee von Chalco, eigentlich nur eine südlich sich hinstreckende Ausbuchtung der salzigen Lagune, war mit dieser durch einen Seearm an seiner Nordwestecke zwar verbunden, doch war die Schiffbaukunst der Azteken nicht hoch entwickelt, und ihre Kanoes und Flöße hätten eine Felsenlast nicht tragen können. Der nächste Weg von Ayotzinco nach Tenuch-

titlan führte durch hügeliges Gelände über viele überbrückte Bewässerungskanäle und dann noch über den steinernen Lagunendamm von Iztapalapan.
Im Steinbruch hatten dreißig Werkleute mit Spitzhauen aus Obsidian an der Adlerschale gearbeitet, ihrer Oberfläche die Ewigkeitssymbole des Jahresumlaufes eingemeißelt und sie blinkend poliert. Dann hatten sie die Adlerschale mit weißem Kopalharz überklebt und ganz und gar mit Papier zugedeckt, damit ihr Porphyrglanz bei der Überführung nicht Schaden leide.
Schon in der Nacht, bevor der Tag der Einweihung aufleuchtete, war halb Mexiko dem Steine entgegengegangen. Geschleppt wurde der Stein von den Chinampaneca – so wurden die Umwohner des Sees von Chalco genannt –, und zwar waren es zehntausend Menschen, die die dicken, an Bergschlitten befestigten Hanfseile zogen. Lasttiere gab es ja in Anahuac nicht, die unterjochten Völker waren die Lasttiere. Und schaulustig stand das Volk von Tenuchtitlan an den Straßen und sah die zehntausend Keuchenden vorüberziehen.
Bis nach Iztapalapan war der Adlerstein gelangt, als die Sonne aufging. Der Weibliche Zwilling und die Priesterschaft kamen ihm entgegen, ihn beim Einzug in Mexiko zu begrüßen. Die Greise Mexikos tanzten vor dem Stein zum Ton der Fellpauken und Muscheltrompeten. Unzähligen Wachteln wurde der Kopf abgerissen und mit ihrem Blute das umhüllende Papier des Steins rot gefärbt. Beweihräuchert wurde der Stein, und der weiße Kopalrauch zog wie eine Nebelwolke über den Schilfsee.
Aber jählings, gleich hinter Iztapalapan, verstummten die Trommeln und Muscheltrompeten. Die dicken Hanfseile rissen, und die Adlerschale sprach.
Mit einer Donnerstimme sprach die Adlerschale:
»Wie sehr ihr euch auch plagt, ihr bringt mich nicht hin!«
Die Tausende, die es hörten, lagen auf der Erde, regungslos, wie blitzzerschmettert.
Die ersten, die sich zu erheben wagten, waren die Priester und der halberblindete Weibliche Zwilling. Sie berieten, während ihre Hände und Lippen noch bebten. Sie beschlossen, eine Abordnung nach Chapultepec an Montezuma zu schicken, von dem sie wußten, daß er sich in den Morgenstunden nach Chapultepec begeben wollte, um dann, nach Beendigung der Zeremonien vor seinem Felsenbildnis, die inzwischen an ihren Bestimmungsort gelangte Opferschale zu begrüßen.

Zur selben Zeit, als die Seile rissen und der Stein sprach, hatten sich die jüngeren Prinzen des Königshauses vor der Felsenskulptur in Chapultepec vollzählig versammelt. Montezuma, mit seinen Krüppeln und Narren und den Würdenträgern, wurde erwartet, war aber noch nicht gekommen.

Da trat Prinzessin Maisblüte, nur von einer Sklavin begleitet, mitten unter die Prinzen. Wunderbar, sie gab den Blicken und Worten der Jünglinge ihre hehre, auf goldenen Sandalen schwebende Schlankheit preis. Aller Bewunderung war so groß wie die Verwunderung aller.
Die Prinzessin war in einen bis an die baren Schenkel reichenden Lederpanzer gekleidet, und ihre Stirn schmückte eine Federkrone, wie sie von den Ballspielenden im Ballspielhaus getragen wurde. Sie hatte geschmeidige Lederhandschuhe an, die auch den Unterarm bis an den Ellenbogen bedeckten. In den behandschuhten Händen hielt sie zwei Kautschukbälle und zwei polierte Gesichtsmasken aus schwarzem Lavagestein.
Heiteräugig ging sie auf ihren Bruder, den Vom-Himmel-Gestiegenen, zu, reichte ihm einen Ball und eine Gesichtsmaske und forderte ihn auf, mit ihr Ball zu spielen. Er solle als erster mit ihr spielen, sagte sie, denn sie habe vor, mit allen Prinzen der Reihe nach zu spielen.
Ihre Worte wurden mit Jubel begrüßt. Die Sänfte des Königs war ja noch nicht auf dem Lagunendamm zu sehen – also war noch Zeit. Alle folgten der Prinzessin in ihr kleines Ballspielhaus auf der obersten Terrasse des Felsengartens.
Der Schönling Coxtemexi, der diensteifrige, allzu gefällige Gefährte des Vom-Himmel-Gestiegenen, war ihm behilflich, die Rüstung des Ballspieles anzulegen. Als der Prinz sich seiner Kleidungsstücke entledigt, den Lederpanzer aber noch nicht angetan hatte, stand plötzlich Maisblüte dicht neben ihm und fragte, um welchen Preis sie spielen wollten. Und während sie dies fragte, glitten ihre Augen suchend über seinen unbekleideten Oberkörper. Da entdeckte sie an seinem Schlüsselbein den gelbroten Abdruck von fünf Fingern.
Er war es! Ihr Bruder!
Der Erdboden versank unter ihr. Sie glaubte zu taumeln.
Doch sie schrie nicht auf, und selbst ihre Augen verrieten den Sturm nicht, der in ihr tobte. Noch immer zauberhaft lächelnd, verließ sie das Ballspielhaus mit ihrer Sklavin; und sich entfernend, sagte sie: den Preis des Spieles ginge sie jetzt holen und werde bald zurück sein.
Die Prinzen warteten und vertrieben sich mit Scherzworten die Zeit. Dann fingen sie an, sich zu wundern, daß die Prinzessin nicht zurückkam.

Sie war in ihr Schloß gegangen. Auf dem Wege dahin wunderte sie sich, daß sie noch schreiten konnte. Eine Stürzende war sie, und dennoch stürzte sie nicht. Wie eine Wolke glitt sie über Wolken dahin; und da nichts sie trug, trug sie sich selbst.
Sie war nicht gefallen; aber die Welt lag tief unter ihr zusammengefallen.

Wie durch Nebel sah sie das kluge Antlitz des alten Zauberers und hörte seine Worte. Sein erster Rat hatte ihr zur Aufklärung des Rätsels verholfen. Nun wollte sie auch seinen zweiten Rat befolgen. »Vollbringe eine Schreckenstat, um der Welt deine Unschuld zu zeigen!« hatte er gesagt. Unerhörtes war ihr geschehen, nur Unerhörtes konnte sie reinbaden. Durch Nebel klangen die Worte des Zauberers, doch unerläßlich, ein Befehl. Und sie war bereit.
Sie ging in ihr Schlafgemach und schloß sich ein. Sie nahm aus einem Edelsteinkästchen alle Kleinodien heraus und stellte das Edelsteinkästchen bereit für den Preis des Spieles. Dann wählte sie unter ihren Obsidianmessern das schärfste. Und nun tat sie etwas Grauenvolles. Sie schnitt sich mit einem schnellen Schnitt ihre linke Brust ab und legte sie in das Edelsteinkästchen, dessen Deckel sie dann schloß.
Blutübergossen wankte sie zur Tür und rief ihre Frauen. Sie ließ sich die furchtbare Wunde verbinden. Bevor ihr die Sinne schwanden, befahl sie ihrer Sklavin, das Edelsteinkästchen ihrem Bruder im Ballspielhaus zu bringen; und sie ließe ihm sagen: »Da dir mein Leib so süß war, iß auch dies!«

Die Chronisten jener Zeit überliefern, daß Montezuma, als er ziemlich verspätet an diesem Morgen nach Chapultepec hinauskam und sein Bild erblickte, vor Stolz und Rührung in Tränen ausbrach. Auch seine Worte sind von aztekischen Schreibern aufgezeichnet worden:
»Niemals«, sagte er, »niemals wird mein Bild hinschwinden, ward es doch in einen guten Stein geschlagen! Wann sollte die Zeit kommen, daß mein Bild verblaßt? Wohl muß ich sterben und diese Welt verlassen, doch nie wird mein Name, nie mein Ruhm verloren sein. Mein Oheim, der Herr des Fastens, der König von Tezcuco, kannte er nicht sechshundert Zauberkünste und Zauberzeichen? Und dennoch starb er und hinterließ kein Denkmal wie ich! Und heute schon ist sein Ruhm vergessen ...«
Die vom Weiblichen Zwilling gesandten Abgeordneten waren inzwischen nach Chapultepec gelangt und wurden jetzt vom Vorsteher des Hauses der Teppiche vor den Weltherrn geführt. Sie berichteten das Unerhörte: die Adlerschale weigerte sich, nach Mexiko zu kommen; sie hatte die Seile zerrissen und hatte geredet.
»Wagt ihr es, betrunken vor euren König zu treten?« schrie Montezuma sie an. Und er befahl dem Vorsteher des Hauses der Teppiche, die Lügner gefangen abzuführen. Darauf entsandte er seinen Bruder, den Überwältiger, und andere Würdenträger nach Iztapalapan, mit dem Auftrag, die Fortschaffung des Adlersteines zu beschleunigen und über alles, was sie gesehen und gehört, ihm wahrheitsgemäße Melder zu sein.

Doch ehe dieser Befehl ausgeführt werden konnte, hatte der Adlerstein Mexiko in noch größeres Grauen und Grausen versetzt. Die Berichte über sein Verschwinden gehen im Märchengewand. Doch auch Legenden sind wahr, wenn man sie zu betrachten versteht.

Die zerrissenen Hanfseile waren durch neue ersetzt worden, und beim Ton von Trommeln und Muscheltrompeten, umtanzt von Tänzerinnen und Greisen, hatte sich die Adlerschale wieder ein Stück Weges gutwillig, ohne Widerspruch zu erheben, schleppen lassen. Bis über den Schilfseedamm, der Iztapalapan mit Tenuchtitlan verbindet, war man gekommen. Durch die ersten Gassen der Vorstadt Xoloco noch glitt der Stein auf den Bergschlitten so leicht dahin, als beschleunige er selbst seine Fahrt. Aber mitten auf einer großen Kanalbrücke machte er halt. Von neuem zerrissen seine Stricke, und wieder sprach er, furchtbarer und dröhnender noch als das erste Mal:

»Weiter schleppt ihr mich nicht!«

Und als er dies gesprochen, durchbrach der Adlerstein die Brücke und versank im Kanal, einen Wasserstrudel verursachend. Und die nachstürzende Brücke und die Hunderte, die zuschauend auf der Brücke gestanden, und die tanzenden Greise und die Räucherer und die Priester mit den Muscheltrompeten – sie alle verschwanden spurlos in der Wassertiefe. Der Schwarze Amber – so hieß der halberblindete Weibliche Zwilling – war einer der wenigen Begnadeten, die der Stein nicht mitnahm, denen er vielmehr gestattete, sich schwimmend zu retten. Denn der Stein wünschte, daß die Welt und der Zornige Herr vom Geschehnis Kunde erhielten.

»Geht, sagt es dem großen Montezuma«, rief die Adlerschale aus der Tiefe der Gewässer herauf, »es ist nicht mehr an der Zeit, Steine mit der Schnur zu messen! Götter und Blutschalen werden zertrümmert! Erkennet ihr nicht die Zeichen der Zeit? Wehe euch Armen!«

So erzählte der hundertjährige Schwarze Amber, als er, an Land gestiegen, dem Bruder Montezumas, dem Überwältiger, und den Würdenträgern begegnete, die im Auftrage des Königs die Fortschaffung des Adlersteines beschleunigen sollten. Das war nun nicht mehr ausführbar. Und so kehrten sie denn, als lebenden Zeugen den Weiblichen Zwilling mit sich führend, nach Chapultepec zurück.

In der Seele Montezumas war die Mückenstimme der Sorge für eine kurze Zeit verstummt, während die Priester, räuchernd, Papageien und Wachtelnd köpfend, die Weihung des Felsbildnisses vollzogen. Doch als er hiernach, sich mit einem reichverzierten Sonnenschirm beschattend, wehmütig und stolz vor seinem weltewigen unvernichtbaren Schattenriß in Betrachtung versunken dastand, schossen die Himmlischen drei Pfeile auf ihn ab, rasch hintereinander, und jeder der drei Pfeile durchbohrte und zerriß sein Herz. Fast gleichzeitig mit dem Überwältiger und dem Schwarzen Amber traf ein Eilbote vom Küstenland der Totonaken ein. Die grausige Kunde von der in den Kanal versinkenden Adlerschale, die Hunderte von Mexikanern mit hinabgenommen, ward gleichsam ergänzt durch die Nachricht, daß die weißen Götter in Sempoalla Götterbildnisse sowohl wie Opferblutschalen zertrümmert und von den Plattformen der Tempel hinuntergestürzt hatten. Was eben der versinkende Stein wahrsagend gerufen, war im Osten bereits Wirklichkeit geworden –: von den Wolkenhöhen der Tempelpyramiden hinabgestürzt wurden Götter und Opferschalen – erkennt ihr nicht die Zeichen der Zeit? Oh, wehe euch Armen! ...

Darum hatte der Stein nicht nach Mexiko gewollt! Es war nicht mehr an der Zeit, mit der Schnur zu messen!

Montezuma weinte.

Er wischte sich die Tränen mit Baumwollflocken ab, die er in einem Säckchen am Gürtel trug.

Da gewahrte er, daß ein weinender Jüngling vor ihm kniete. Hatte der lange vor ihm gekniet? Montezuma wußte es nicht. Keiner der Umstehenden hatte es gewagt, die beiden Weinenden aus ihrem Jammer zu wecken.

Und der Jüngling sprach; er bat darum, getötet zu werden. Warum wollte er getötet werden, fragte sich Montezuma und dachte wieder an die Opferschale. War das nicht der Prinz, sein Sohn, der Vom-Himmel-Gestiegene?

Und warum reichte er ihm das Edelsteinkästchen hin?

Der Prinz sprach, klagte sich an. Er erzählte, wie er seiner Schwester Gewalt angetan ...

Der Prinz öffnete das Edelsteinkästchen. Und Montezuma sah die blutige Brust seiner Tochter.

Nun begriff er erst, begriff alles. Die Götterbilder stürzten und rissen Mexiko mit in die Tiefe.

Mit beiden Händen bedeckte er sein Gesicht.

Sein Zorn erlahmte an seinem Schmerz. Die drei Pfeile der Himmlischen hatten sein Herz zerrissen. Den schluchzenden Knaben, der um Sühne und Tod winselte, erdrosselte er nicht.

Den Priestern befahl er, die Ehe der Verführten und ihres Verführers zu heiligen, noch am selbigen Tage. Für Mexiko, wo nicht nur Geschwistern, wo auch Verwandten weiterer Grade die Ehe bei Strafe des Todes verboten war, bedeutete Montezumas Befehl eine nahezu gotteslästerliche Neuerung. Doch allen angstvollen Einwendungen der Priester setzte er seinen Gewaltwillen entgegen.

Und er bestimmte, daß seine zweitälteste Tochter Königin von Tezcuco werden solle.

Schon tags darauf heiratete der kaum genesene Edle Traurige die Prinzessin Silber-Reiher. Er hatte aber den Hort von Tezcuco um einer andern willen nach Mexiko gebracht.

VIERTES BUCH

Als das kastilische Heer von der Meeresküste aufgebrochen war, um dem freigebigen Montezuma in seiner Hauptstadt Mexiko einen Besuch abzustatten, ritt der Hauptmann Diego de Ordás an der Spitze des langen Zuges. Er war ein mittelmäßiger Reiter, und seine magere, unfruchtbare Grauschimmelstute war ein ungern trabendes Pferd; doch die Sporen, mit denen er sie umklammert hielt, spornten mit ihrer auch seine eigene Tatenlust an, die, schwellend wie der Trotz oder wie Hochwasser, durch Widerstände wuchs. Hundert Schritt seinen Kameraden voraus ritt er, und hundert Meilen seinem Leib voraus ritt sein Geist. Wahrlich, er hatte Eile. War ihm doch tags zuvor von einem reisenden indianischen Händler – einem der vielen, die die halbfertige Stadt Verakruz zu bewundern kamen – ein Smaragd angeboten worden; und als er, mit brillantierten Glasperlen ihn bezahlend, nach der Herkunft des Edelsteines geforscht, hatte der Indianer gen Westen gewiesen: »Vierzig Sonnen westwärts« – so glaubte der Hauptmann ihn verstanden zu haben –, »vierzig Sonnen westwärts ragt ein grüner Fels zum Himmel empor, der ist ein einziger, riesenhafter Smaragd ...«

Dies Geheimnis verriet Ordás seinen besten Freunden nicht und verschwieg es sogar der Doña Isabel de Ojeda, wie sehr er sie auch sonst mit seiner väterlichen, verstiegenen, seraphischen Liebe betreute.

Ein Smaragdfels! Mein Gott, wenn er ihn fände! ... Damit ließe sich das Heilige Grab den Moslemin abkaufen! ...

Schwierig würde es freilich sein, ihn ungebrochen an die Küste zu schaffen ... Auch ihm mit Schmirgel Facetten anzuschleifen, würde wohl schwierig sein ...

Allein schon die Abfälle beim Schliff wären Königreiche wert.

Nicht nur ausgesöhnt war Ordás mit dem Generalkapitän; nicht nur aus seinem Feinde ein Freund geworden. Er war Cortez sogar tief dankbar, daß er ihn in Ketten gelegt und durch die Einkerkerung auf dem Schiff seinen verwilderten, am Nichtstun kranken Geist zu Vernunft gebracht hatte. Sich selbst diese Wohltat zu erweisen, hätte er nicht vermocht, das fühlte er.

Und nun war seiner Phantasie ein strahlendes Ziel gesetzt.
Darum hatte er es eilig und ritt allen Kameraden voran – dem Smaragdfels entgegen.
Dem Smaragdfels entgegen!

Die Vorhut bildeten die Armbrustschützen und Musketiere. Es waren einige siebzig Mann; und viele von ihnen hatten schon in Venezuela und am Darien, andere auf Kuba und bei den Expeditionen von Córdova und Grijalva sich Narben und Ruhm erworben: so Juan Benítez, den man mit Recht das Auge des Heeres nannte, da er ebenso umsichtig war wie scharfsichtig und einem fliegenden Falken durch beide Augen schießen konnte. Dasselbe galt vom Bogenschützen Pedro de Guzmán, einem der besten Soldaten des Heeres. Da waren ferner Bernaldino de Coria; Alonso Hernández aus Palo, der auch einen Bruder und einen alten Oheim bei der Infanterie hatte; dann der vornehme Büchsenspanner Juan de Nájera – ein Hidalgo, verschmähte er es nicht, eigenhändig seine Pfeile mit Federn und Spitzen zu versehen und Nuß und Sehne instand zu halten. Sebastián Rodríguez, im Nebenberuf Trompeter, und sein Freund Peñalosa waren gleichfalls ausgezeichnete Armbrustschützen; und ebenso ein gewisser Arrooyuelo und der alte Santisteban.
Dieser Santisteban war einer der drei Überlebenden des Gemetzels beim Hafen Matanzas auf Kuba. Dreißig Kastilier und zwei Kastilierinnen waren dort gestrandet; und durch den Schiffbruch angelockte Indianer hatten sich freundlich erboten, sie in Kanoes über den Fluß zu setzen. Mitten auf dem Fluß metzelten die Indianer die Wehrlosen nieder und ließen nur die beiden Frauen und drei der Männer am Leben, nämlich den alten Santisteban, Pedro Sánchez Farfán, den Weißhändigen, und Gonzalo Mejía Rapapelo, den Enkel der Räuberin. Die schönere der beiden Frauen, des Sánchez Farfán vor kurzem erst angetraute junge Gattin, wählte der Häuptling sich zum Kebsweib. Die drei Kastilier wurden an andere Häuptlinge verschachert und lernten als weiße Sklaven die Kehrseite des Sklavenhandels kennen: denn ihr Schiff war zu einer Sklavenjagd ausgesegelt, als es strandete. Ein Jahr später war es Cortez gelungen, Santisteban, Farfán und Rapapelo aus der Hand ihrer Peiniger zu befreien. Die beiden Frauen aber waren nach der *Tierra firme* hinübergerudert worden; ihre Spur blieb unauffindbar.
Noch zwei Arkebusiere verdienen Erwähnung: Vaena aus Trinidad, jener Scharfschütze, dem Cortez für die Goldborte eines Galakleides seinen Rappen Romo eingetauscht hatte; die Goldborte trug er noch immer in der Wamstasche versteckt. Und ein gewisser Pedro López; der hatte den Ruf eines Rüpels, zugleich aber auch den eines trefflichen Schützen. Einer der wenigen war er, die zum unbeliebten, rüden Hauptmann Alonso de Avila hielten.
Pedro Barba, der Hauptmann der Armbrustschützen, bis vor kurzem

noch Vizestatthalter und Stadtkommandant von La Havanna auf Kuba, hatte, als er Cortez – statt ihn in Ketten zu legen – den Haftbefehl des Gobernadors Diego Velázquez aushändigte, nicht mehr Zeit gehabt, sich vor der Einschiffung ein Pferd zu kaufen. So schritt denn auch er, wie seine Truppe, zu Fuß nach Mexiko.
Angeführt wurde die Vorhut von drei Reitern. Außer Diego de Ordás, dem voraneilenden, waren dies der Hauptmann Francisco de Lugo und der jüngst zum Capitan ernannte Gonzalo de Sandoval. Seit dem Wettrennen auf den Sanddünen hatten Sandoval und sein dunkelbrauner Hengst Motilla sich viel neue Gunst erworben. Das Heer liebte den pflichttreuen Jüngling, Cortez schätzte ihn. Unverändert bescheiden war wie damals sein breites, ernstes Gesicht; und der kleine herabhängende Schnurrbart verriet noch nicht den werdenden Helden.
Auch zwei Hunde trabten neben, vor und hinter den Armbrustschützen her und umkreisten sie, als wären sie eine Herde Schafe. Der eine war jener begeisterte Jagdhund, der dem Grijalva am kaninchenreichen Terminos-Hafen entlaufen war und den dann auf der Rückreise Alvarado so wohlbeleibt wiederfand, daß er wie Metall vor Fettigkeit glänzte und kaum noch sich bewegen konnte. Die Hungerzeit an den Sanddünen von Verakruz hatte ihm inzwischen seine natürliche Gestalt wiedergegeben. Er hieß Moro.
Der andere Hund, eine dänische Dogge, gehörte dem Hauptmann Francisco de Lugo und war sein Stolz wie auch der Stolz des ganzen Heeres. Denn der Hund hatte einen fürstlichen Stammbaum: er war ein Enkel des großen Hundehelden Becerrico.
Mit Leonel de Salinas, seinem Herrn, war jener Hund Becerrico nach den Antillen gekommen und hatte sich bald als hervorragender Sklavenfänger erwiesen. Von den Indianern wurde er für einen abgerichteten Puma gehalten; sein Anblick allein nahm ihnen Mut und Kraft, sich zur Wehr zu setzen. Bei Scharmützeln sprang er den Feinden an die Gurgeln und erwürgte in kurzer Zeit mehr Karaiben, als zehn Spanier im selben Zeitraum zu töten vermochten. Doch verstand er es auch, ganze Indianerhaufen unverletzt einzufangen. Man rühmte ihm nach, er könne bewaffnete von unbewaffneten, kriegerische von friedlichen, feindliche von befreundeten Indianern unterscheiden. Seiner Kriegstaten wegen wurden diesem Tier menschliche Ehren erwiesen. Während die Krone von Kastilien ein Fünftel aller Beute zugewiesen bekam, erhielt der Hund anderthalb Teile. So wurde der Hund zum Sklavenhalter und war auch Besitzer von Land. Sein Herr verwaltete die Güter in des Hundes Namen.
Die guten Eigenschaften des Becerrico vererbten sich auf seine Tochter, die Hündin Leoncico, die mehr als zweitausend Golddukaten erwarb.
Der Hund des Hauptmannes Francisco de Lugo war ein Sohn dieser Hündin Leoncico und hieß, wie sein berühmter Großvater, Becerrico.

So edles Geblüt berechtigte zu allen Hoffnungen; nur seiner Jugend war es zuzuschreiben, wenn er bisher keine Ruhmestaten vollbracht.
Hauptmann Lugo schätzte den Stammbaum seiner Dogge um so höher ein, als er selbst der Bastard eines verarmten kastilischen Kavaliers war.
Cortez hatte den Befehl gegeben, ein Stück Weges am Strande entlang nach Süden zu ziehen, wo die Dünen sich verflachen und wo es leichter sein würde, die Artillerie und den Troß hinüberzubringen; bei einer einsam dort stehenden Federpalme sollte das Heer nach Westen abbiegen.
Die Vorhut näherte sich der Stelle.
»Warum hält Ordás?« fragte der vornehme Nájera die anderen Büchsenspanner.
»Sein Grauschimmel ist wohl schon außer Atem!« meinte der alte Santisteban.
»Nein, der Hauptmann wappnet sich«, sagte Rodríguez. »Er setzt sich den Helm auf und läßt das Visier herab. Da muß ein Feind sein. Ich will in die Trompete stoßen.«
Und Rodríguez ließ auf seiner lilienförmigen Kupfertrompete einen schmetternden Warnungsruf ertönen.
Die Hauptleute Lugo und Sandoval kamen nach vorn galoppiert und fragten, was geschehen sei. Der alte Santisteban zeigte auf Ordás, der die Hülle vom Schild genommen hatte und mit eingelegtem Speer sich eben zum Sturmangriff anschickte.
»Da sind keine Rothäute«, bemerkte Lugo.
»Was liegt dort für ein schwarzer Klumpen am Meer?« fragte Sandoval.
»Vielleicht ein Wrack?« meinten einige.
Doch Juan Benítez, den man das Auge des Heeres nannte, schüttelte den Kopf.
»Das ist ein Fisch – groß wie Jonas' Fisch«, sagte er.
Lugo brach in helles Lachen aus.
»Schaut doch!« rief er. »Don Diego hält den Fisch für einen Meerdrachen und will ihm mit seinem Speer den Todesstoß versetzen!«
Alle lachten. Nur der Rüpel Pedro López verzog keine Miene und knirschte einen Fluch über den narrenhaften Wolkenritter.
Als man zur Palme gekommen war, erwies es sich, daß Juan Benítez richtig gesehen hatte. Der schwarze Klumpen war ein toter Walfisch. Ordás hatte ihm seinen Speer tief in die Brust gebohrt und kniete jetzt am Strand, um den Schaft im Meerwasser abzuspülen; denn der Tran des halbverwesten Pottwales roch scheußlich.
Der Drachenkampf trug Ordás viel Spott ein.
»Ihr fragt nach Andromeda?« fragte er zum schmunzelnden Hauptmann Lugo. »Aber beweist mir doch erst, daß es in diesem Lande keine Drachen geben kann!«

Und da Lugo ihm den Beweis schuldig blieb, ritt er melancholisch weiter, immer hundert Schritt voraus, dem Smaragdfels entgegen.

Das Heer schlug nun den Weg nach Westen ein. Jenseits der Dünen breitete sich zunächst eine öde steinige Ebene hin. Der Marsch durch diese Wüste war wenig reizvoll, war qualsam in der blanken Junisonne. Für den Mangel an Wiesenwasser und Vegetation entschädigte jedoch der überwältigende Anblick der sich in der Ferne emportürmenden Kordillerenkette.
Nach der Vorhut waren das Gros des Heeres und schließlich, nicht ohne Mühe, auch die Artillerie und der Troß – vorgespannt waren Indianersklaven aus Kuba und Negersklaven, Peitschen knallten – über die Düne in die Ebene gekommen. Als einer der letzten, bloß in Begleitung seines neugewonnenen Freundes Juan Velázquez de León und eines Pagen, ritt Cortez hinter der Nachhut und überblickte, wo jetzt die Fernsicht unversperrt sich dehnte, zum erstenmal den beängstigend hohen schneeigen Bergwall, den es zu übersteigen galt, um nach Mexiko zu gelangen. Zwei gletscherweiße Spitzen vor allem, der später von den Spaniern Cofre de Perote genannte erloschene Vulkan im Norden und der noch höhere Orizaba im Süden, fesselten das Auge. Neben dem siebzehntausend Fuß hohen Orizaba erschienen alle Berge, die Cortez in seiner Heimat gesehen, wie mäßige Hügel.
Zu Velázquez de León gewandt, äußerte Cortez:
»Gleich beim ersten Schauspiel, das sich uns bietet, wird die Alte Welt von der Neuen in den Schatten gestellt! Die kaiserlichen Kartographen werden begierig sein, den Namen dieses Ungetüms zu erfahren. Ob der Berg wohl einen Namen hat?«
»Der Berg dort im Süden heißt Citlaltepetl, Euer Gnaden!« sagte der Page. Er war der Sohn eines Infanteristen und war ein wunderhübscher Knabe von zwölf Jahren.
»Wie?« sagte Cortez. »Sitapepe? ... Der Teufel hat diese Sprache erfunden, um uns zu foppen!«
»Euer Gnaden sprechen es falsch aus. Nicht Sitapepe, sondern Citlaltepetl – das bedeutet Sternberg. Citlalin heißt nämlich Stern; und Tepetl heißt Berg.«
»Schau mal an, kannst du Mexikanisch?« fragte Cortez lachend. »Wer hat dich das gelehrt?«
»Doña Marina«, antwortete der Page.
Cortez wurde nachdenklich. Nach einer Weile sagte er zu Velázquez de León:
»Ich selbst habe es versucht, habe es aber aufgegeben. Die Sprache lernt kein Erwachsener. Auch Marina beherrscht sie nur, weil sie es als Kind gelernt. Nun haben wir bloß sie als Dolmetscherin. Was sie uns wert ist, hat uns jeder Tag gezeigt. In künftigen Tagen wird sie uns erst recht unentbehrlich sein. Es könnte ihr aber etwas zustoßen, sie könnte erkranken – was Gott verhüte! ... Ich denke daher, es

wäre angebracht, diesen Knaben das Mexikanische gründlich erlernen zu lassen.«

»Euer Gnaden muß ich zustimmen«, bemerkte Velázquez de León. »Gehirne der Kinder sind wie Wachs; ihre Ohren lassen mehr ein als unsere Augen. Ein Kind lernt solch eine Teufelssprache spielend. Und der Orteguilla zeigt Lust und Begabung hierfür. Wenn wir in die Stadt Sempoalla zum dicken Kaziken kommen, so sollte man ihm den Knaben in die Lehre geben.«

Cortez nickte und winkte dem Pagen, ihm rasch zu folgen. Dann ritt er an den Troß heran.

Die Frauen des Heeres gingen zu Fuß. Nur eine, die reiche Abenteurerin María de Estrada, hatte, als die Karavelle mit der Botschaft des Heeres an Kaiser Karl nach Europa absegelte, den Rappen des Puerto Carrero erstanden und hatte auch für die Bezahlung einiger Spielschulden des Montejo sich dessen Stahlpanzer und Helm schenken lassen. Sie ritt kampflustig weit vorn im Gros des Heeres unter den Reitern und Hauptleuten. Die anderen Frauen aber schritten hochgeschürzt und der Hitze wegen halb entkleidet, mit breiten strohgeflochtenen Federhüten auf den Köpfen und Bündeln auf dem Rücken, mitten im Troß dahin; die adligen Damen Doña Franzisca de Valtierre, Isabel de Ojeda und María del Rincón nicht ausgenommen.

Von zwei Negersklaven aber wurde in einer – aus Kassavebrotkisten vom Tischler Cristóbal de Jaén roh gezimmerten – Sänfte die Sklavin Marina getragen. Das hatte Cortez angeordnet, auf daß sie nicht ermüde, nicht erkranke, nicht in die Gefahr komme, von Dornen oder einer Schlange gestochen zu werden. Sie war ja unersetzlich. Und da er den Neid der zu Fuß gehenden Damen und ihrer Liebhaber befürchtete, hatte er einem seiner vornehmsten Soldaten, dem reichen und nicht mehr jungen Juan Pérez Arteaga, Befehl erteilt, nie von ihrer Sänfte zu weichen und ihr Beschützer, Oberhofmeister, Diener und Gesellschafter zu sein.

Jetzt war er an ihre Sänfte herangeritten und sagte ihr, daß der Knabe Orteguilla sie fortan als Page bedienen werde. Dafür sollte sie ihn Mexikanisch lehren. Vor Ergriffenheit schwieg sie; ihre Augen füllten sich mit Dankestränen. Sklavin, die sie war, hatte sie einen hochahnsehnlichen Oberhofmeister und nun auch einen zierlichen Pagen ... Sie dachte an Joseph aus Ägypten und das blutige Hemd.

Der Dolmetscher Aguilar ging auf der anderen Seite der Sänfte. Und plötzlich fühlte Marina das versengende Brennen seines Blickes so stark und peinvoll, daß sie scheu zu ihm hinschauen mußte. Und sie sah die rot umränderten, entzündeten, gemarterten und unreinen Augen des Asketen.

Sie erschrak, unwillig wendete sie sich ab. Es war nicht das erste Mal, daß sie seinen Blick wie eine Befleckung empfand – obgleich Aguilar stets, wenn er mit ihr sprach, die Augen niedergesenkt hielt oder an ihr vorbei in die weite Welt blickte. Jedoch dieses Auflodern heute – was bedeutete es? War es Eifersucht oder war es Neid? Gier oder Anbetung? . . .

Eben noch war ihr Herz feierlich und andächtig wie eine Kirche gewesen. Und sie scheuchte jene Fragen und wies sie von der Schwelle ihres Herzens.

Nicht lange hatte das Heer durch die öde Mark zu ziehen. Ein von hohen Bäumen umsäumter breiter Fluß mit starkem Gefälle hinderte den Weitermarsch. Obwohl, in Voraussicht solcher Hemmnisse, zwei Schiffsboote mitgeführt wurden, dauerte es doch Stunden, ehe das Heer übergesetzt werden konnte. Auf den Nachen, in denen jeweils nur wenige Mann Platz fanden, konnten die Pferde und die Artillerie nicht hinübergebracht werden; und das Herrichten der Flöße nahm viel Zeit in Anspruch.

Daher zogen es einige vor, hinüberzuschwimmen. Bernal Díaz, den man den Galanten nannte, war der erste, der sich in den Fluß wagte. Als er glücklich ans andere Ufer gelangt war, folgten sein Freund (und schon seit den Expeditionen Córdovas und Grijalvas sein Waffengenosse) Martín Ramos seinem Beispiel und auch noch einige zehn Soldaten; unter diesen Cristóbal de Guzmán, Gonzalo Domínguez und Galleguillo, der kleine Galicier. Andere versuchten es, konnten gegen die reißende Strömung nicht ankämpfen und kehrten um.

Nun entledigte sich auch María de Estrada, die blondlockige Amazone, ihres Helms und Panzers und warf ihre Kleider ab. Da der Weißhand Sánchez Farfán eben mit der Mulattin Beatriz de Palacios und deren Mutter, der alten Portugiesin Vaquera, in einen der Nachen stieg, bat sie ihn, ihre Rüstung und ihre Kleider hinüberzubringen. Dann warf sie ihr Hemd ab. Das ganze Heer stieß einen Schrei der Bewunderung aus; so wundervoll knabenschlank gebaut war ihr Körper. Sie stieg ins Wasser, und als sie zu schwimmen begann, schillerten in den grünlichen Wellen ihre Schenkel und Hüften wie leuchtende Emaille.

Sie schwamm neben dem Boote und unterhielt sich lachend mit Sánchez Farfán. Schon waren sie dem anderen Ufer nahe. Die Mulattin Beatriz de Palacios war seekrank geworden und hatte sich Farfán auf den Schoß gesetzt, ihre Arme um seinen Hals schlingend. Da plötzlich brüllte die alte Portugiesin vor Grausen und zeigte auf den aus dem Wasser ragenden Kopf eines Kaimans. Der große Alligator näherte sich rasch der Schwimmenden. Diese hatte ihn jetzt erst erblickt. Die Ruderer im Boot waren ohne Waffen. Farfán hatte die Hände nicht frei, mußte sich erst von der krampfigen Umklammerung der Mulattin befreien. Ihm blieb gerade noch Zeit genug, eine Hellebarde zu ergreifen und sie dem Kaiman in den Rachen zu stoßen. Das Tier verschwand mitsamt der Hellebarde. María de Estrada war gerettet und konnte unversehrt das Ufer erreichen.

Nackt, wie sie war, ging sie auf Sánchez Farfán zu, als er aus dem Boot stieg, und küßte ihm die weiße Hand.
»Mein Leben war verloren, Señor, und gehört Euch in Zukunft!« sagte sie mit strahlenden Blicken.
Die Mulattin Beatriz de Palacios hatte darauf einen Weinkrampf und war nicht zu beruhigen. Ihr alter Gatte, der kahlköpfige Suárez, mußte sie weit wegtragen, weil ihre gellen Schreie das Heer belästigten.

Erst am späten Nachmittage, nachdem der Feuerwerker Mesa mit den Artilleristen Arbenga, Juan Catalán und Bartolomé de Usagre die Geschütze, die Singende Nachtigall und die anderen Kartaunen, Basilisken, lange Schlangen und Falkonette über den Fluß geschafft, rührte der Trommler Benito Bejel die Pauke, und der Marsch konnte fortgesetzt werden. Da der Fluß nach Westen abbog, befahl Cortez, am Ufer entlang zu ziehen.
Wunderbar gewandelt funkelte hier die Landschaft. War den Soldaten der steinige Weg bis zum Fluß wie ein Pfad in die Hölle erschienen, so glaubten sie sich jetzt in ein Land der Seligen versetzt. Sie hatten die Küstengegend, öde wie sie ihnen bislang erschienen war, *la tierra caliente*, das glühende Land genannt; jetzt tauften sie sie um, nannten sie das Irdische Paradies – *el paraíso terrestre*. Im hohen Gras blühten fremdartige, tierähnliche Blumen, von handgroßen Atlasfaltern, Kolibris und Honigsaugern umschwirrt. Zwischen weißen Terebinthen und Lorbeerbäumen ästen Hirschherden, liefen Marder, Gürteltiere und Kaninchen umher; im Geäst hingen Faultiere, tollten und kreischten Affen, schwarze Eichhörnchen und Papageien.
Die Jagdlust erwachte in den meisten der Wandernden; in einigen wenigen auch die Freude an Blumen. Ein gutmütiger kleiner Soldat, Hernando Alonso aus Villanueva, der bei den Kämpfen in Tabasco seinen linken Arm eingebüßt hatte, trat aus Reih und Glied, um eine Cypurablüte zu pflücken. Er hatte nicht bedacht, daß der unwirsche Hauptmann Avila hinter ihm ritt. Wild fluchend galoppierte Avila mit eingelegtem Speer heran und durchbohrte dem Einarmigen den leeren Ärmel. Die rohe Tat machte viel böses Blut. Der kleine Soldat aber wurde – obgleich es im Heer noch mehr Einarmige gab – hinfort *el manguillo de Villanueva*, das heißt der Einarm von Villanueva, genannt.
Gegen Abend ritt Diego de Ordás in ein Dorf und verkündete laut, daß er es im Namen Kaiser Karls in Besitz nehme. Außer ein paar Truthühnern hörte ihn jedoch niemand. Die Dorfbewohner hatten die Menschenwoge heranfluten sehen, und in wahnsinniger Angst vor den Hirschmenschen – als solche erschienen ihnen die Reiter – und der Dogge Becerrico, die sie für einen abgerichteten Puma hielten, hatten sie das Weite gesucht.

Das Heer, das nun ins Dorf rückte, war enttäuscht. Denn hier sollte das Nachtlager aufgeschlagen werden; und indianische Männer zur Hilfeleistung, aber mehr noch indianische Mädchen zum Zeitvertreib wären erwünscht gewesen. An Fackeln, Kochgerät und Mahlsteinen fehlte es indes nicht; Feuer brannten noch auf den Herden der sauberen, mit Stroh- und Binsendächern pilzförmig überdeckten Hütten. Von Kaktusfeigen, Zwergbohnen, Mais und Chayotte – einer kürbisartigen Frucht – fanden sich reichliche Mengen vor.
Nur um ein weniges höher als die Häuser erhob sich am Ende des Dorfes eine bescheidene, aus Lehm erbaute Tempelpyramide. Der schöne Namenlose – er, dessen italienische bronzene Sturmhaube an Montezuma gesandt und mit Goldkörnern gefüllt zurückgeschickt worden war –, der schöne Namenlose stieg die Stufen des verlassenen Gotteshauses empor. Auf der kleinen Plattform vor dem Sanktuar blieb er stehen, wandte sich um und ließ den Blick schweifen über die Grasebene, von deren leuchtendem Wiesengrün sich die langgestreckten, blauen Abendschatten der Bäume und Berge dunkel abhoben. Seine rechte Hand war ihm auf dem Schafott für schwere Schuld abgeschlagen worden; mit dem Armstumpf beschattete er sich die Augen, während die untergehende Sonne sein bartloses Antlitz karminrot belichtete. Ein Gottesfrieden hatte sich auf die Landschaft ringsum gesenkt. Selbst das Surren und Rufen der im Dorf sich tummelnden Soldateska schwirrte wie aus einer Ferne herüber. Er war von allen der einzige, der die weihevolle Abendschönheit dieser Stunde empfand. Ein Kardinalvogel sang melodiös nahebei im Gebüsch, zwei Reiher, mit lang herabhängenden Beinen flogen am violetten Himmel der Sonne zu. Andächtigen Herzens ging er in das Sanktuar hinein. Gleich darauf kam er herausgestürzt und preßte den Armstumpf vors Gesicht und vor die Augen.
Vorbeigehende Kameraden fragten ihn, was er geschaut.
»Geht selbst hinein – ich mag es nicht beschreiben!« sagte er. Und er öffnete die Augen und wunderte sich, daß die Welt so weihevoll war ringsum und daß der Kardinalvogel sang ...
Bald strömte ein großer Teil der Soldaten und, allen voraus, die Frauen zum Sanktuar. Mit neugierigem, prickelndem Gruseln weideten sie sich am Anblick von fünf geschlachteten, halbwüchsigen Kindern. Vor kaum einer Stunde mochten die armen Wesen geopfert worden sein; augenscheinlich in der Absicht, die weißen Götter zu besänftigen, deren Herannahen die Dorfbewohner in Schrecken versetzt hatte: Schrecken sollte den Schrecken bannen. Den Kindern – drei Knaben und zwei Mädchen – waren die Brüste aufgeschnitten, die Herzen herausgerissen, die Arme und Beine abgehackt. Die flüchtigen Dorfbewohner hatten Arme und Beine mitgenommen, um sie – dem Opferritus gemäß – zu verzehren. Den weißen Göttern war das Opfer dargebracht; doch die weißen Götter lehnten das Opfer ab.
»Solche Greuel auszurotten, ist ein Ziel, wert, unser aller Leben

dafür hinzugeben!« rief der weißbärtige Gaspar Díaz aus, ein ebenso kühner wie frommer Soldat. Und was er aussprach, empfanden ehrlich die meisten. Mochte Abenteuerlust oder Goldgier sie in dies Land gelockt haben, sie hielten sich doch vor allem für Kreuzritter. Und außer Gaspar Díaz, der als Eremit sein Leben beschloß, bekundeten drei Jahre später auch die Infanteristen Burguillos, Lencero, Villasinda, Quintero und noch manche andere, wie ernst es ihnen mit dem Kreuzzug gewesen, indem sie ihre in Mexiko erworbenen Ländereien und Vermögen verschenkten und als arme Franziskaner und Dominikaner den Unterjochten das Evangelium predigten ...
Der Gedanke, den Panzer mit der Kutte zu vertauschen, kam manchem an diesem Abend zum erstenmal.

Außerhalb des Dorfes, im Kreis um den blutgetünchten Tempel, wurde das Lager aufgeschlagen. Nach einer Stunde war alles gerichtet. Vor den Zelten brannten die Beiwachfeuer, brutzelten die Kessel. Die Marketenderin Catalina Márquez hatte ihre Augen überall, war überall, half überall und wischte sich den Schweiß von den roten Backen – mit Recht trug sie den Spitznamen die Feuerlilie. In Gruppen von zehn Mann saßen und lagen die Mannschaften um die Feuer geschart, schwätzten, lachten, aßen. Und die flatternden Flammen malten grelle Ränderflecke auf die Lederwämser, Stahlwaffen, Sturmhauben und sonnverbrannten Gesichter.
Auch nach dem Nachtmahl wollte sich keine Müdigkeit einstellen – kurz war ja der Tagesmarsch gewesen. Der Mond hatte die Sonne abgelöst; sein mildblauer Metallglanz vermählte sich mit dem von den Wiesen aufdunstenden Nebelschimmer. Weißglühende heuschreckengroße Leuchtkäfer flogen umher. Ein Präriewolf heulte irgendwo weit draußen in der Grasebene; und Moro und Becerrico antworteten mit sehnsüchtigem Gebell.
Porras, der rothaarige Sänger, trug Romanzen vor von den Abencerrages, Zegris und Almoradis in Granada. Doch die Ritterlichkeit maurischer Edelleute fand diesmal weniger Anklang als sonst.
»Wir wollen tanzen!« rief der feiste Alonso Luis, den man das Kind nannte. Sein Vorschlag löste tosenden Beifall aus.
Der Bergmann und Tanzmeister Ortiz stimmte seine Gitarre und rief La Medina. Sie hatte soeben ihren Schützling, den blinden Knaben Juan Núñez de Mercado, schlafen gelegt. Sie kleidete sich um, als sie vernahm, daß ihr Tanz begehrt werde, und erschien alsbald in einem kurzen, kaum bis zu den Knien reichenden Flitterröckchen und einem unterhalb der bloßen, straffen Brüste geschnürten Mieder. Sie war über und über mit winzigen Messingscheiben behängt, und bei jedem ihrer Schritte klirrten die Scheiben; auch auf dem Scheitel trug sie welche, wie Schuppen eines Goldkarpfens übereinandergesetzt und spiralig zu einer rundlichen Kappe genäht, darunter buschig die schwarze Lockenmähne hervorquoll.

Und sie tanzte. Es war ihr Gottesdienst; und sie zwang die rohen Soldaten zu lautloser Andacht. Ihr Gesicht hatte das Schmerzlächeln Unserer Frau der Sieben Schwerter. *Nuestra Señora de las Siete Espadas.* Mit dünnen nackten Schenkeln tanzte sie heilig wie die tanzenden Engel Fra Angelicos. Sie zeigte ihre Blöße, wie man eine Monstranz zur Schau stellt. Ihr Hüpfen war ein Gebet.
Als sie geendet hatte und ermüdet, mit rotglühenden Wangen sich dem Beifall zu entziehen suchte, kam Juan Sedeño, der Reiche, auf sie zu. Er nannte einen Neger sein eigen, hatte eine Ladung Kassavebrot und eingesalzenes Fleisch mit auf die Reise genommen, und seine Stute hatte bei der Landung gefohlt –: er war eine hervorragende Persönlichkeit unter den Soldaten.
»Werde mein Weib«, flüsterte er. »Ich meine es nicht wie die anderen. Pater Olmedo soll uns trauen! ...«
Sie entwand sich seinem Griff und suchte Zuflucht bei ihrem blinden Knaben.
Auf La Medinas Einzeltanz folgten Reigen, Fackeltänze, Plumptänze. Sogar der bucklige, immer mißmutige Narr Madrid wurde von der allgemeinen Ausgelassenheit mit fortgerissen, sprang und watschelte grotesk umher, Arm in Arm mit dem Apotheker Ponce, dem verrückten Bakkalaureus. Der Bogenschütze Pedro de Guzmán aber, einer der besten Teilnehmer des Freibeuterzuges, drehte sich zierlich im Kreise, die vornehme Francisca de Valtierra herzhaft an sich pressend, und während er darüber nachsann, wie federleicht sie in seinen Armen lag, reifte sein Entschluß, sie noch fester an sich zu fesseln. Ein Blick von ihr entschied über ihr und sein Schicksal – ein Schicksal, das sie beide nach einem Leben, reich an Entbehrungen und Erfolgen, Leiden und Freuden, dereinst zum Schneetod auf den Gletschern Perus hingeleiten sollte ...
María de Estrada hatte sich ihren Lebensretter Sánchez Farfán zum Tänzer gewählt. Aus Schmerz darüber warf sich die Mulattin Beatriz de Palacios dem wüsten Ribadeo, dem Weinschlauch, an den Hals. Daß Beatriz Bermudez und die brave Ines Florín, daß die gutherzige Isabel Rodríguez, die etwas rundliche Rosita Muños und die Lagerdirne, die man die lange Elvira nannte, sich von den Tänzen nicht fernhielten und viel hofiert und umworben waren, versteht sich von selbst. María del Rincón, die eine Schwäche für Italiener hatte, tanzte mit dem Venezianer Maldonato, einem frühreifen, sechzehnjährigen kranken Burschen, und mit dem kaum älteren Genuesen Lorenzo Serafini, dem Gatten der alten Portugiesin. Isabel de Ojeda aber, die olivenbleiche, ließ sich vom stattlichen Alonso de Barrientos im Kreise herumwirbeln.
Da trat der junge Fähnrich Antonio Villaroel an sie heran und übergab ihr zwei große, grünbraune Orchisblumen, pantoffelähnliche Cypripedien. Er war der Untergebene des Diego de Ordás und hatte bei den Kämpfen in Tabasco eine Unterabteilung des von Ordás

befehligten Heeres zum Siege geführt. Ein wenig allzu eitel war er auf diese frischen Lorbeeren, eitler aber noch auf sein anziehendes Äußeres. Sein Kummer war sein bürgerlicher Name, der dem des portugiesischen Markgrafen Villareal so ähnlich sah. Neuerdings nannte er sich Villareal statt Villaroel.
Die beiden Frauenschuhe überreichend, sagte er:
»Don Diego de Ordás schickt Euch, Doña Isabel, diese Venusschuhe als Wahrzeichen seiner Liebe und als Ehrengabe für Eure liebreizenden kleinen, das Schicksal niedertanzenden Füße!«
Die olivenbleiche Isabel streckte die Hand nach den Blumen nicht aus.
»Ich bin schuldlos an seiner Liebe, Señor«, sagte sie.
»Wollt Ihr den alten Mann so kränken, Doña Isabel, und seinen Gruß zurückweisen?« fragte Villareal fast flehentlich.
Sie warf ihm einen finsteren Blick zu. Doch bald glätteten sich ihre Züge. Sie wunderte sich, daß sie diesen Jüngling bisher nicht beachtet hatte. Gewiß war er einer der Schönsten im Heer; und sie war – das wußte sie – sie war die Schönste.
»Ich will die Blumen nehmen, Señor, weil sie aus Eurer Hand kommen!« sagte sie. »Geht zu Eurem Herrn Don Diego und überbringt ihm meinen Dank und meinen Kuß, den ich Euch für ihn gebe!«
Und lachend küßte sie ihn auf den Mund.
Der Hauptmann Ordás hatte diesen Auftritt von weitem mit angesehen. Als Villareal ihm Isabels Botschaft ausrichtete, nickte er nur schwermütig. Auf den Kuß verzichtete er.
Einsamer denn je inmitten der tollenden Lebenslust, stieg er die Tempeltreppen hinauf und hockte oben, die allzu langen, holzdürren, in eng anliegende hellgraue Hosen gezwängten Spinnenbeine emporziehend. Mit den Knochenfingern drehte er wieder an seinem sarazenischen Schnauzbart. Er starrte in den Mond, ohne ihn zu sehen.
Seit ihrer Kindheit kannte er Isabel de Ojeda. Vor zehn Jahren war er der Reisebegleiter und Freund ihres Vaters gewesen – jenes prachtvollen, unglücklichen Alonso de Ojeda, der die Küstenstriche nördlich des Orinoko entdeckte und dem Lande, seiner Pfahlbauten wegen, den Namen Klein-Venedig – Venezuela – gab.
Ojedas Lebensgeschichte mutet an wie eine herbe Heldensage aus Wikingerzeit. War da einst in seiner Heimatstadt Sevilla die Königin Isabella von Kastilien zu Besuch und ritt auf weißem Zelter durch die Gassen: da erstieg er, ein Jüngling damals, den wolkenhohen Giraldaturm, wo ein zwanzig Fuß langer Balken aus einem Fenster hinausragte; und er schritt auf dem schmalen Balken, ging bis ans Ende des Balkens, hob pirouettierend ein Bein – schon glaubten Volk und Königin, er stürze aus der Schwindelhöhe herab. Doch ohne zu schwanken, kehrte er ans Fenster zurück.
Nach der Entdeckung Venezuelas wurde er vom Vorsteher der indianischen Angelegenheiten, dem Bischof Fonseca von Burgos, zum

Gobernador des an Veragua grenzenden Landes Urabá ernannt. Mehr als den Titel gab ihm Spanien nicht; den Besitz der ihm verliehenen Provinz sollte er erst erkämpfen. Der erste Kartograph Amerikas, Juan de la Cosa, wie gleichfalls Diego de Ordás, begleiteten Ojeda auf dieser schlecht ausgerüsteten, dem Untergang geweihten Expedition. Um die indianische Stadt Calamar einzunehmen, war Ojeda mit Juan de la Cosa und siebzig Mann an Land gegangen, seinem Freunde Ordás die Aufsicht über die Karavellen übertragend. Als nach fünf Tagen keiner der Ausgeschifften an die Küste heimkehrte, brach Ordás mit den zurückgebliebenen Mannschaften auf, die Gefährten zu suchen. Sie fanden sie in einem Walde, tot, alle siebzig niedergemetzelt; die Leiche des Kartographen war schwarz, grauenhaft gedunsen und entstellt durch das Pfeilgift der Indianer. Nur Ojeda fehlte. Weitab wurde auch er schließlich entdeckt, im Gebüsch liegend, vor Hunger fast irr, halb verblutet, doch ohne Giftwunden. Seiner Löwenkraft war es gelungen, sich durch den umzingelnden Feindeshaufen durchzuschlagen. In seinem Schilde staken dreißig Pfeile.

Beim nächsten – diesmal siegreichen – Gefecht mit Indianern durchbohrte ein Giftpfeil den Schenkel Ojedas. Da befahl Ojeda seinem Arzt, eine Eisenstange weißglühend zu machen und sie ihm durch den Schenkel zu stoßen. Erbleichend, angstbebend weigerte sich der Arzt, bis Ojeda ihm den Galgen androhte, falls er seinen Befehl nicht ausführe. Während der gräßlichen Prozedur ließ sich Ojeda an den Armen und Beinen nicht festhalten, wie es manch anderer getan hätte; er setzte sich so, daß er Zuschauer der Ausbrennung wurde. Das weißglühende Eisen verkohlte nicht nur einen Teil des Schenkels, es dörrte auch den übrigen Körper so sehr, daß Bauch, Brust und Hals noch lange hernach mit Weinessig gekühlt werden mußten, der aufzischend verdampfte.

Mangel an Lebensmitteln trieb bald das dezimierte Eroberungsheer zur Verzweiflung. Gefristet wurde der drohende Hungertod noch für kurze Zeit durch die Ankunft eines genuesischen Korsaren, auf dessen gestohlenem Schiff sich viel gestohlenes Gut befand. Die Soldaten gaben ihre geringe Habe hin, dem Seeräuber Brot und gesalzenes Fleisch abzukaufen. Als auch diese Quelle erschöpft war, beschloß Ojeda, nach Haiti zu reisen, um persönlich bei den Behörden Beistand für sein verschmachtendes Heer zu erwirken.

Zuvorkommend erbot sich der Korsar, ihn auf seinem Rennschiff nach Haiti zu bringen. Mit Diego de Ordás und wenigen anderen Begleitern bestieg der Statthalter das Boot des Freibeuters. Auf hoher See wurde Ojeda von den Seeräubern in Ketten gelegt. Ein Sturm verschlug das Schiff an die Westspitze Kubas; in der Meerenge zwischen Kuba und Yukatan zerschellte das Schiff. Ein Teil der Besatzung rettete sich auf die Insel Cozumel, fiel den Eingeborenen in die Hände und wurde einer nach dem andern verspeist. Nur zwei von diesen kamen mit dem Leben davon: der Frater Jerónimo de Aguilar, der spätere Dolmetscher des Cortez, und jener Matrose Gonzalo Guerrero, der, als er die Möglichkeit hatte, zu Christen zurückzukehren, es vorzog, ein Indianer zu bleiben.

Den meisten der Schiffbrüchigen aber gelang es, an Planken und Schiffstrümmer geklammert, die östlich gelegene, äußerste Spitze der langgestreckten Insel Kuba zu erreichen. Von da bis zu den europäischen Niederlassungen war ein Weg von Wochen, der durch endlose Moräste führte, wo die Schiffbrüchigen, bis an den Gürtel in Schlamm versinkend, Tag für Tag waten mußten. Ojeda wurde in Ketten mitgeführt; und nur, wenn Indianer in Sicht waren, wurden ihm die Ketten, seiner Tapferkeit wegen, für kurze Zeit abgenommen.

Als ein indianisches Kanoe gefunden wurde, befahlen die Seeräuber dem Ordás, von Jamaika Hilfe zu erbitten. Rudernd erreichte Ordás Jamaika. Der Statthalter Esquivel von Jamaika schickte sofort eine Karavelle mit Lebensmitteln, Kleidern und Hilfsmannschaften ab; obgleich Ojeda sich einst verschworen hatte, ihm den Garaus zu machen, wenn er ihn träfe. Der Anführer dieses Schiffes war Pánfilo de Narváez, der Neffe des Diego Velázquez, des Statthalters von Kuba.

Die Gestrandeten wurden an Bord gebracht. Als das Kanoe, in welchem Ojeda saß, sich der Karavelle näherte, rief ihm der großspurige und redegewandte Pánfilo de Narváez mit seiner mächtigen, wie aus einem Gewölbe ertönenden Stimme freundliche Trostworte zu und begrüßte den in Lumpen gekleideten, gebrochenen Mann als Statthalter von Urabá. Aber Ojeda antwortete darauf nur:

»*Mi remo no rema*. Mein Ruder rudert nicht mehr!«

Wenige Monate später zeigte sein Ermattungstod, wie wahr diese Worte gewesen. Als Bettler starb der Gobernador von Urabá. Außer Schulden hinterließ er seinen zwei Kindern, der achtjährigen Isabel und deren um ein Jahr älterem Bruder, nichts als einen sagenumwobenen Namen. Drei Stunden vor seinem Tode ließ sich der alte Soldat in den Orden der Franziskaner aufnehmen und verschied, ausgesöhnt mit seinem Geschick, im Mönchshabit.

Der beiden Waisen nahm sich Ordás an und gab ihnen die Erziehung, wie sie Kindern eines Statthalters zukam. Seine väterliche Zuneigung wurde zur Vergötterung, als Isabel außergewöhnlich schön heranwuchs. Um sie nicht schutzlos zurückzulassen, hatte er sie – und auch ihren Bruder Alonso – veranlaßt, mit nach Mexiko zu ziehen. Er wollte der Wächter ihrer Schönheit sein und hoffte, ihr mehr als das sein zu können. Sie aber dankte ihm mit einer Dankbarkeit, die weh tat. Er haßte ihren Dank, weil er ein Panzer war, mit dem sie sich vor ihm schützte ...

Um sein Schwert gewunden war eine amarantfarbene Schärpe, ein Geschenk Isabels. Mit silbernen Fäden hatte sie einen pudelhaften, von einer Putte gebändigten Löwen auf die Schärpe gestickt. Im

Mondschein auf den Tempelstufen hockend, nahm er die Schärpe ab und zupfte an den gestickten Fäden. Doch ohne Messer konnte er die Fäden nicht herausreißen. So ließ er denn – diesmal noch – das Emblem der Liebe auf der Schärpe.

Spät an diesem Abend hielt der Kämmerer Rodrigo Rangel diese Ansprache an Cortez:
»Wäre ich eine Kuh in Andalusien, ich würde bei einem Gang durch die Gassen Sevillas den Kopf nicht unmutiger schütteln, als ich hier, auf dem Wege ins Fabelland Mexiko, den Kopf schütteln muß. In Sevilla gibt es Fleischerläden – oh! ein bitterer Anblick für eine Kuh; und hier gibt es einen Opfertempel – ein bitterer Anblick für einen Menschen. Sonst aber suche ich nach einem Unterschied und finde keinen. Würde denn Montezuma ein Stück Menschenfleisch essen, wenn er denken könnte wie wir? Würden wir ein Stück Rindfleisch essen, wenn wir denken könnten wie eine Kuh? Das ist es: wir können nicht denken! Wir denken überhaupt nicht, wenn wir essen! Die Kuh aber kaut und kaut wieder und denkt – und das ist das Furchtbare!... Dem Namenlosen ist die Hand bei lebendem Leibe abgehackt und auf den Schindanger geworfen worden, wo sie von Ratten und anderem Geschmeiß gedankenlos zerknabbert wurde; die Indianer aber hacken Leichen die Arme ab, bereiten sie appetitlich zu mit Öl, Pfeffer und anderen Gewürzen, schmoren sie, verzehren sie eigenselbst und sagen: ›Ich kaue und esse meinen Gott!‹... Ich bitte Euer Liebden, was ist christlicher? Wir aber nennen es indianisch, wenn Avila den leeren Ärmel des Einarms von Villanueva durchbohrt, und gar mexikanisch will es uns scheinen, wenn Ordás einen toten Walfisch aufspießt! Kann ein toter Fisch den Tod verdienen? So wenig wie ein leerer Ärmel. So wenig wie ein rotes Tuch – aber die Stiere denken anders. Oder nein, sie denken eben nicht; nur die Kuh tut es; weil sie kontemplativ ist und keinem Ziel nachjagt. Womit ich nicht behauptet haben will, daß nicht auch Pferde denken. Aber was denkt sich so ein Pferd wie der Hengst des Tanzmeisters Ortiz, wenn er unablässig wiehernd hinter der Stute des reichen Sedeño hertrabt? Oder wenn María de Estrada (die ich für ein verzaubertes Edelroß halte) hinter dem Jammergaul Sánchez Farfán hertrabt? Oder wenn ich der langen Elvira nachlaufe, obzwar nicht wiehernd? Hat das einen Sinn? Verdient ein toter Fisch den Tod? (möchte ich nochmals fragen). Nein, er verdient den Tod nicht; auch nicht den Opfertod; auch nicht den Tod im Fleischerladen. Folglich – um es kurz zu machen – sollten wir ziellos sein. Nur das würde uns befähigen, zu kontemplativen Kühen zu werden.«
So sprach Rodrigo Rangel.

Früher als befohlen wurde Cortez den nächsten Morgen geweckt. Ein Pedro getaufter Indianersklave aus Manzanilla auf Kuba, ein Fuß-

läufer von besonderer Flinkheit, war aus Verakruz mit einem Brief des alten Escalante angelangt.
Nachdem Cortez den Brief gelesen, gab er Martín de Gamba, seinem Stallmeister, Auftrag, den Romo zu satteln und ließ Alvarado, Sandoval und den Kavalleristen Enrico Lares in sein Zelt bitten.
»Mir schreibt da Escalante«, sagte er, »daß sich ein fremdes Schiff dem Hafen nähert, und er erbittet Verhaltungsmaßregeln. Zum Glück sind wir noch so nah, daß ich selbst hinreiten und nach dem Rechten schauen kann, für den Fall, daß uns Diego Velázquez einen Tort antun will. Euch, Sandoval und Lares, nehme ich als Begleiter mit. Und Ihr, Alvarado, sollt, während ich abwesend bin, mich vertreten. Ich wähle Euch, weil die Leute Euch lieben; aber haltet die Zügel nicht zu locker!«
»Ich werde das Vertrauen rechtfertigen, das Ihr in mich setzt!« sagte der blauäugige Alvarado.
Als sich Cortez eben in den Sattel geschwungen hatte, näherte sich ihm Alonso de Grado, ein nicht mehr junger Mann mit dreimal gefaltetem, hängendem Unterkinn, schwarzen Äuglein und einem winzigen, schwarzen Schnurrbartflecken inmitten des glanzigen Mondgesichtes. Dieser Schlemmer, Lautenspieler, Zungendrescher und Vielschreiber hielt sich stets hintenübergebeugt, gleichsam im Begriff, auf den Rücken zu fallen vor aufgeblähter Selbstbewunderung. Schon den Abend vorher hatte er Cortez in den Ohren gelegen und mit vielen Argumenten seinen Herzenswunsch vorgebracht: Cortez möchte ihn doch – an Escalantes Stelle – zum Anführer der in Verakruz zurückgebliebenen siebzig Mann ernennen. Bloß gelächelt hatte Cortez und hatte ihn mit ausgesuchter Höflichkeit zum Zelt hinauskomplimentiert. Daher stellte sich Alonso de Grado jetzt wieder ein und zeigte eine Bittschrift vor, ein hochtrabendes Schriftstück, mit nicht weniger verschnörkelten Arabesken im Stil als in den kalligraphisch auf Pergament gemalten Majuskeln.
»Ihr hättet viel besser getan, Señor, die Nacht zu schlafen!« sagte Cortez und gab seinem Pferd die Sporen. Alonso de Grado sah ihm mit offenem Munde nach und hatte die Bittschrift noch immer in der Hand.

Da dicht beim Dorfe eine Brücke war, gelangten die drei Reiter ohne weiteren Aufenthalt ans andere Ufer. Sie ritten dann in scharfem Trab. Und der Indianer Pedro hielt Schritt mit ihnen, mühelos, als wäre er ein nebenher trottendes Windspiel. Den Tagesweg des Heeres legten sie in anderthalb Stunden zurück.
Das fremde Schiff war inzwischen gelandet. Und der alte Escalante kam Cortez vor die Tore der Stadt entgegengeritten und erzählte, daß der Schiffskapitän ein gewisser Francisco de Salcedo sei. Aus Veragua kommend, habe er in La Havanna zu spät von der Unternehmung des Cortez gehört; habe sich mit zehn Mietsoldaten – zu

spät gekommen wie er – zusammengetan, ein Schiff und drei Pferde zu kaufen, und sei, ohne Wissen des Statthalters von Kuba, Don Diego Velázquez, ins ungewisse hinausgesegelt, dem Zufall sich anvertrauend. Geradeswegs habe sein guter Stern ihn hierhergeführt.

»Nein – mein guter Stern hat ihn hergeführt!« verbesserte Cortez. »Zehn Mann sind uns viel wert; und noch mehr wert sind uns ihre drei Pferde!«

Darin irrte er nun freilich. Denn als er auf den Marktplatz ritt, wo vor dem halbfertigen Magistratsgebäude die Neuangekommenen in Reih und Glied auf ihn warteten, stellte es sich heraus, daß mit den Pferden kein Staat zu machen war: das eine hatte die Mauke und mußte in Verakruz zurückgelassen werden; die beiden anderen lahmten, ausgemergelt infolge der Seefahrt. Unter der Mannschaft aber waren Prachtkerle.

Am wenigsten gefiel Cortez der Anführer Salcedo. Er war ein sauberer, allzu sauberer Fant. Seine geleckte Nettigkeit stand ihm übel zu Gesicht wie ein Laster. Wenn er ein Bein um das andere schlang, geziert den Ellenbogen und den langnägeligen kleinen Finger hochhob, sein Schnurrbärtchen zu streicheln, vor allem aber, wenn er sprach – und nie anders sprach er als mit einer zur Schau getragenen Eleganz, konnten sich Cortez und seine Begleiter eines Lächelns nur schwer erwehren.

»Wir haben Bernal Díaz unrecht getan«, flüsterte Cortez Sandoval in die Ohren, »als wir ihn den Galanten nannten! Er wird den Spottnamen abtreten müssen!«

Den besten Eindruck machte der Leutnant Luis Marín. Grobschlächtig, rotbärtig, blatternnarbig. Seine Häßlichkeit war auffallend, er hatte Säbelbeine, breite Backenknochen, eine unschöne Spitznase; aber auffallend war auch der sanfte, besonnene, stete Blick seiner grauen Augen. Auf Fragen antwortete er sachlich, kurz. Cortez fühlte sofort, daß er einen seiner tüchtigsten Offiziere vor sich habe.

Erst als Luis Marín seinen Namen genannt, erkannte Sandoval im Blatternarbigen mit dem roten Vollbart einen Jugendfreund, von dessen Schicksalen er, seit er die Alte Welt verließ, nichts mehr gehört hatte. Er sprang vom Pferd, eilte auf ihn zu, krummbeinig wie er – sie waren beide geborene Reiter –, umarmte und begrüßte ihn warm. Obgleich acht Jahre jünger, hatte er sich einstmals in seinem Heimatorte Medellin (wo ja auch die Wiege des Cortez gestanden) dem Luis Marín und dessen Freunde Pedro d'Ircio, dem Agramant ohne Taten, angeschlossen und mit beiden Gefährten manche Nacht, den Romancero lesend, durchschwärmt. Nun überbrachte ihm Marín Grüße von seinem Vater, dem Festungskommandanten Gregoria de Sandoval, der noch immer durch die Gassen Medellins schlenderte, einsam, verdrossen über ein vertanes Leben ...

Ein baumlanger Kerl stand neben Luis Marín: der Infanterist Antonio de Quiñones. Stämmig und lässig in der Haltung; pechschwarz,

verwildert-struppig Bart und Haar; schmalstirnig, brutal und gutmütig das Gesicht. Daß dieser Sechsundzwanzigjährige sein Lebensretter werden würde, konnte Cortez nicht ahnen; aber das ahnte er wohl, daß ihm ein guter Stern einen Dienst erwies, indem er ihm diesen Mann zuführte.
Da standen auch noch zwei Freunde, die Reiter Francisco Martín de Vandabal und Don Pedro Gallejo. Auf der Universität Salamanca hatten sie sich gefunden und waren unzertrennlich seitdem. Sie waren Hidalgos, hatten schmale lange Gesichter und schöngeformte, längliche Schädel. Ihre Erziehung, Universitätsbildung und angeborenes Kavaliertum schied sie ab von den meisten der unter diesem Himmelsstrich dem Phantom el Dorado nachjagenden Abenteurern. Sie waren ernst und schweigsam. Besonders Don Pedro Gallejo schien beschwert von einer heimlichen Kummerlast, für die er vielleicht selbst keine Ursache wußte ...
Cortez ordnete an, daß der Indianersklave aus Manzanilla, der Fußläufer, die Neuangekommenen zum Feldlager geleite. Er selbst ritt, nach einstündigem Aufenthalt, mit Sandoval und dem Reiter Enrico Lares zurück.

Als sie das Stadttor hinter sich hatten, sagte Cortez zu Sandoval:
»Zu einem Freund, wie diesem Luis Marín, muß ich Euch beglückwünschen, Señor. Daß aber Pedro d'Ircio Euer Freund ist, nimmt mich wunder!«
»Ich war vierzehn Jahre alt, als ich ihn kennenlernte, Euer Gnaden! Ich staunte ihn an wie ein Meerwunder, weil er mir sein Erlebnis mit dem Grafen de Urueña und einem Don Pedro Jirón erzählte. Ich hatte nie dergleichen gehört ... Ich habe seitdem nie ähnliches gehört«, fügte Sandoval nach einer Pause hinzu.
»Vom Grafen de Urueña«, sagte Cortez, »soll d'Ircio auch jetzt noch immerwährend fabeln, sobald er ein Glas zuviel getrunken. Aber niemand glaubt ihm – wurde mir berichtet. Der Graf de Urueña ist ein großer Herr, ein Grande von Spanien. Muß man nicht annehmen, daß d'Ircio aufschneidet?«
»Das tut er sicherlich, Euer Gnaden. Aber er lügt nicht.«
»Ist das ein Unterschied, Señor?«
»Gewiß; wie zwischen einem Körper und einem Kleid. Er schneidet nur das Kleid zurecht, wenn er aufschneidet.«
»Freilich. Einen Menschen zu machen ist schwerer – oder leichter. Eine gute Erzählung auch. Beides traue ich ihm nicht zu. Also mögt Ihr recht haben, daß er sich's nicht aus den Fingern gesogen. Doch was hat er denn erlebt?«
»Eine der seltsamsten Geschichten, Euer Gnaden.«
»Erzählt, Señor. Es wird uns die Zeit vertreiben.«
Und Sandoval erzählte.
Als Sohn eines Tuchwebers war Pedro d'Ircio zur Welt gekommen

und war in seiner Jugend in keine Schule, wohl aber in die harte Schule der Not gegangen. Zwanzig Jahre alt, nachdem er sich als Lastträger, Küchenjunge, Eseltreiber, Glasbläser, Orangenverkäufer, ja sogar als Schneiderlehrling versucht, verdingte er sich beim Grafen de Urueña als Stallbub. Nachdem er es gelernt hatte, Pferde zu füttern und zu striegeln, rückte er zum Reitknecht herauf und durfte den Grafen bei seinen Ausritten begleiten. Das ging so eine Weile. Eines Morgens nun, als sie aus dem Walde kommend auf eine anmutig gewellte Wiese gelangten, verlangsamte der Graf den Trab und ließ – was er noch nie getan – den Stallknecht neben sich reiten.
»Willst du ein Stück Geld verdienen, Bursche?« fragte er ihn unvermittelt.
Pedro d'Ircio gestand schmunzelnd ein, daß für ihn ein Stück Geld keine Kleinigkeit sei. Der Graf fuhr fort: »In meinem Hause wohnt ein Weibsstück, das ihrem Namen und ihrer Familie Schande macht...«
Der Graf schwieg eine Weile. Und d'Ircio sann höchst verwundert über seine Worte nach. Denn noch nie war ihm zu Ohren gekommen, daß der alte Witwer eine leichte Person bei sich beherbergte. Ei, ei, so ein Scheinheiliger! ... Der Graf fuhr fort:
»Nachdem sie sich in Pfützen herumgesuhlt hatte, steckte man sie ins Kloster. Fünfmal. Aber jedesmal wurde sie von Liebhabern befreit. Kein Kloster nimmt sie mehr auf. Die Liebhaber wanderten ins Gefängnis. Immer neue fanden sich, da sie so schön ist. Die Ärzte behaupten, sie sei krank, mannstoll ... nur ein Mann könne sie heilen ... Welcher Mann ihres Ranges würde sie nehmen! Wäre sie auch reicher noch, als sie ist: ein getragenes Hemd kauft kein Edelmann. Darum raten mir die Ärzte, ihr einen Galan zu suchen, damit das Gerede aufhört...«
Wieder schwieg der Graf. Dem Bereiter aber donnerte das Herz an die Rippen.
»Ich habe dich dazu ausersehen, Bursche«, sagte schließlich der Graf. »Du sollst gut dafür bezahlt werden!«
Am Abend desselben Tages wurde der Reitknecht, mit verbundenen Augen, von einem alten Diener über Treppen und durch Säle und Korridore in ein Zimmer geführt. Dort nahm ihm der alte Diener die Binde von den Augen und verließ ihn; schloß die Tür hinter ihm.
Pedro d'Ircio befand sich in einem schummerig von einer Alabasterampel beleuchteten Schlafzimmer. Goldene Ledertapeten, Ölgemälde in Goldrahmen, Gobelins. Auf einem Prunkbett lag, nur mit einem Spitzenhemd bekleidet, ein junges Mädchen, achtzehnjährig, blondlockig, weiß wie Milch. Er kam sich wie ein König und wie ein Mörder vor; er wollte fliehen und blieb doch; wirbelig, brennend wie eine Fackel. Und wäre er kein bezahlter Reitknecht gewesen, er wäre doch geblieben ... Die Tür war ja verschlossen.
»Pedro«, hauchte das Mädchen und streckte ihm sehnsüchtig die Arme entgegen.

Als er sich näherte, starrte sie ihn an, schrie auf und brach in wildes Schluchzen aus.
»Ihr seid nicht Pedro! ... Wer seid Ihr, was wollt Ihr, Mensch?! ...«
Sie schrie um Hilfe, jammerte, flehte. Ihre Schreie vergellten ungehört. Sie kratzte ihm blutige Striemen ins Gesicht, biß ihn in die Finger. Es half ihr nichts.
Seit jener Nacht wurde er jede Nacht zu ihr geführt. Er hatte keinen Grund zu klagen. Geld hatte er in Fülle. Und auch sie behandelte ihn besser, kratzte und biß nicht mehr um sich wie eine Wildkatze.
Nach einem Jahr wurde sie zärtlich, entwarf Fluchtpläne. Sie wollte sein Weib werden, entweichen mit ihm, sich heimlich trauen lassen.
In einer stürmischen Herbstnacht gelang es ihm, ihre Kerkermeister zu überlisten und sie aus dem Schloß zu entführen. Einen Teil des erworbenen Geldes hatte er daran gewendet, in einem Dorf der Umgegend einen Kaplan zu bestechen, der die heimliche Ehe einsegnen sollte.
Während sie über die nachtschwarze Ebene eilten, nicht mehr fern von der Kirche, glaubte er Roßgetrappel zu hören. Es konnte auch der Sturmwind sein, der mit wütigen Böen über Stock und Stein galoppierte.
Die Tür der Kirche stand offen, gelbrotes Kerzenlicht blendete in die Nacht hinaus. Der Kaplan erwartete das Brautpaar. Wie sie eben eintreten wollten, sausten zwanzig geharnischte Reiter heran. Der vorderste sprang aus dem Sattel auf die Kirchenschwelle, hielt dem Kaplan eine Muskete unter die Nase.
»Ich heiße Don Pedro Jirón, und diese Doncella ist meine Braut. Ihr werdet uns trauen, wenn Ihr vernünftig seid! ...«
Pedro d'Ircio erlaubte sich bescheiden zu bemerken, daß die Braut seine Braut sei. Die Umstehenden brachen in ein zackiges Gelächter aus.
»Die Tochter des Grafen de Urueña?! Seid Ihr von Sinnen?«
Als er das hörte, glaubte er freilich von Sinnen zu sein.
Das Fräulein sagte zu ihrem Verlobten – ganz leise zwar, doch so, daß Pedro d'Ircio es hören konnte –:
»Ich schrieb Euch doch, daß der Mann, der mich herbegleiten werde, nicht recht bei Verstande sei. Es ist ein Reitknecht meines Vaters.«
»Dann mag er als Trauzeuge hierbleiben. Mich stört er nicht!« rief Don Pedro Jirón lachend.
Und so geschah es. D'Ircio blieb, wohnte der Zeremonie geistesabwesend bei, war Trauzeuge, ohne davon zu wissen.
Der Neuvermählte ließ sich von ihm den Steigbügel halten, als er sich lachend wieder in den Sattel schwang. Für die Hergeleitung der jungen Frau gab er dem Reitknecht ein artiges Trinkgeld.
Das war zuviel. Der Reitknecht erwachte und stieß dem Lachenden ein Messer in den Rücken. Dann entwich er in die wolkenverhängte Ebene. Später erfuhr er, daß der Dolchstoß nicht tödlich gewesen. Der

alte Graf aber ließ ihm trotz alledem einige hundert Pesos dafür auszahlen.

Noch lange, nachdem Sandoval die Erzählung beendet hatte, redete Cortez über das Abenteuer, das er sehr ergötzlich fand. Besonders vergnügte es ihn, wie unentwegt der alte Graf den Stallbuben seinem adligen Schwiegersohn vorzog.

»Daß d'Ircio zum Messer gegriffen«, sagte Sandoval, »versöhnt mit dem Vorangegangenen . . .«

»Gewiß!« meinte Cortez. »Blut ist ein Reinigungsmittel, besser als Seife. Vom Geld, das er genommen, kann er wohl sagen *non olet*, seitdem Blut daran klebt. Auch hat er den Kaplan damit bezahlt, um seinen Nebenbuhler zu verheiraten. Just so würde er heute noch handeln. Menschen ändern sich nicht.«

Sie waren an den Fluß gekommen, etwa eine Meile vor der Brücke, und ritten jetzt am Flußufer entlang.

»Was schwimmt da?« fragte Cortez, mit einem Ruck seinen Rappen zum Stehen bringend.

»Es scheint eine Tonne zu sein, Señor Capitan«, sagte der Reiter Lares.

»Seht nach, was es ist!« befahl Cortez.

Lares ritt nah ans Ufer heran. Vom Geäst eines überhängenden Ceibabaumes war die heranschwimmende Tonne festgehalten worden und blieb dort eingefangen, auf und ab schwankend in der reißenden Strömung und sich schwerfällig drehend. Lares kletterte auf den schief über den Fluß geneigten Baumstamm, zerrte und schob die Tonne ans Ufer und rollte sie dann Romo vor die Füße.

»Die Tonne ist nicht leer, Señor Capitan!« meldete er.

»Wir wollen sie öffnen und sehen, was sie enthält«, sagte Cortez. »Aus unserem Lager stammte sie, das ist klar. Und wir sind nicht so überreich an Lebensmitteln, daß wir sie sorglos in den Fluß werfen dürfen.«

»Ich kann mir nicht denken, daß einer aus unserem Heer so etwas tun würde«, sagte Sandoval.

»Der Galgen wäre zu gelinde für ihn«, meinte Lares.

Sandoval stieg vom Pferd und half Lares die Tonne öffnen. Da sie überzeugt waren, eingesalzenes Fleisch oder Kassavemehl zu finden, waren ihre Überraschung, ihr Schrecken, ihr Entsetzen maßlos, als sich ihnen beim Öffnen ein ebenso grotesker wie grausiger Anblick bot. Eingezwängt in die Tonne waren fünf Wesen: ein Mensch, eine Ratte, ein Truthahn, ein Affenweibchen und eine Giftschlange. Die Lynchjustiz eines erbosten Heeres hatte die fünf Sterbensgenossen lebendig in die Tonne gepfercht und sie den Wellen übergeben.

Der Mensch, der Truthahn und die Giftschlange waren tot. Aber die Ratte und das Affenweibchen lebten noch. Das Affenweibchen kroch auf den Rand der Tonne, winselte jämmerlich und, Grimassen

schneidend, faßte es mit den schwarzen Händchen an den gebrochenen Fuß. Die Ratte schlüpfte über den Rand und flüchtete ins Ufergras.
Die Encubamiento genannte Volksjustiz wurde damals noch häufig in Spanien geübt, allen Regierungsverboten zum Trotz. Eigentlich mußten dem Verurteilten ein Hund, ein Hahn, ein Affenweibchen und eine Viper in die Tonne beigegeben werden – alle noch lebend wie auch er. In Ermangelung eines Hahnes hatte man einen Truthahn gewählt; und da Becerrico und Moro zu wertvoll waren, war der Hund durch eine Ratte ersetzt worden.
»Wer ist es?« fragte Cortez.
»Der alte Suárez – der Mann der Mulattin Beatriz de Palacios! ...« rief Lares. »Er wird sie aus Eifersucht erwürgt haben!«
»Lebt der Alte noch?« fragte Cortez, rot vor Zorn.
»Nein, Euer Gnaden. Die Schlange hat ihn gebissen. Dafür hat aber auch er die Schlange zerquetscht.«
»Kommt, meine Herren, laßt uns in geschwindem Trab heimkehren! Alvarado soll mir Rede und Antwort stehen!«

Marina saß im Zelt. Die schwarzsamtene Standarte knitterte an der Fahnenstange. Marina erwartete ihren Gott.
Da kam der Dolmetscher Aguilar hereingeschlichen. Sie sprang vom Feldstuhl empor. Unheimlicher als je war sein Blick.
»Was wollt Ihr? ...« fuhr sie ihn an.
»Marina!« stöhnte er.
Und dicht vor ihr warf er sich auf die Knie, küßte den Saum ihres Kleides, suchte den Arm um ihre Hüfte zu legen. Sie riß ihm ihren Rock aus den Händen, stieß ihn von sich.
»Geht!« herrschte sie ihn an. »Geht, oder ich rufe ...«
Er keuchte, rang nach Atem, wurde geisterblaß.
»Verdammt mich nicht, Marina! Habt Erbarmen! Rettet mich! ...«
»Mich muß ich retten!« rief sie.
»Meine Berührung ist unrein, ich weiß!« ächzte er. »Doch nur Ihr könnt mir helfen! Nur Euch kann ich beichten!«
»Ich bin nicht Pater Olmedo!« sagte sie mit bitterem Spott.
»Hört mich an«, flehte er. »Ich bin ein Besessener ... Ich habe nicht alles erzählt von der Keuschheitsprobe des Kaziken ... Es wird mich befreien, wenn ich es erzähle ... Nachdem die vielen kleinen Mädchen mich nicht hatten verführen können, ließ mich – in der vierten Nacht – der Mayafürst allein mit einer kleinen Nackten, die noch liebreizender war als die anderen. Und ihr war vom Fürsten der Tod in Aussicht gestellt, falls es ihr nicht gelänge, mich zur Sünde zu verleiten ... Doch mein Gebet zu Gott machte mich hart. Und der Stolz auf meine Keuschheit war stärker als die Lust und das Mitleid mit dem Kinde. Und das Kind weinte, und als der Morgen herandämmerte, schluchzte es laut aus Furcht vor dem Tode ... Ich hatte die

Wahl, entweder mich zu retten oder das Kind. Und ich habe mich gerettet und habe zugelassen, daß das Mädchen grauenvoll zu Tode gemartert wurde... Seitdem ist meine Keuschheit verflucht: das tote Kind hat sich gerächt und rächt sich immerzu ... Ich habe meine Seele und meine Augen daran vergiftet... Für einen Heiligen halten mich die Soldaten, mich, der ich ein Sünder bin wider den Heiligen Geist!... Nur du kannst den Schmutz von meiner Seele waschen, Marina! Das Bild der kleinen Nackten schwindet vor deinem reinen Bilde... Halte mich nicht für so wahnwitzig, daß ich glauben könnte, du würdest mich je lieben... Nur erlaube mir, daß ich dich liebe...«

Unsäglich angewidert war Marina. Warum schüttelte er seinen Unrat vor ihr aus?

Sie wollte ihn noch einmal mit harten Worten hinausweisen. Doch da trat Velázquez de León ins Zelt, ihr mitzuteilen, daß Cortez nahe. Aguilar schlich sich hinweg.

Im Lager angekommen, fragte Cortez sofort nach Alvarado. Von Velázquez de León, den er vor seinem Zelte traf, erfuhr er, daß Alvarado mit dem Feldobristen Lugo, Olid und Tapia auf die Jagd geritten sei; für die Zeit seiner Abwesenheit habe er Avila die Beaufsichtigung des Lagers übertragen.

Böse lächelnd sagte Cortez:

»Und Avila hat die Oberaufsicht dem Narren Madrid übertragen! Und der Narr Madrid hat sie dem Hunde Becerrico übertragen! Schuld bin nur ich, daß ich nicht von vornherein – über die Köpfe meiner Hauptleute weg – den Hund Becerrico zum stellvertretenden Generalkapitän gemacht habe!...«

Er schäumte vor Wut. Er ließ sich von León berichten, was vorgefallen.

Am frühen Morgen war, weit außerhalb des Lagers, die Mulattin Beatriz de Palacios mit zertrümmerter Schädeldecke aufgefunden worden. Man hielt sie für tot; und der Zimmermann Cristóbal de Jaén hämmerte schon an einem Sarge für sie. Doch nach einer Stunde wachte sie für kurze Zeit auf und konnte einige Worte sprechen. Mit einem Mühlstein war ihr von ihrem alten Gatten, dem kahlköpfigen Suárez, der Schädel eingeschlagen worden; und er hatte die vermeintliche Tote heimlich im Dunkel der Nacht aus dem Lager geschafft, in der Hoffnung, sie werde zwar vermißt, aber nicht gefunden werden. Er hatte es ihr immer nachgesehen, wenn sie dem Weißhändigen oder dessen Freunden auf dem Schoß saß und scharmierte; seit sie sich aber dem derberen und weit weniger zurückhaltenden Ribadeo, dem Weinschlauch, an den Hals geworfen, hatte eine hemmungslose Eifersucht den Alten gepackt.

Nachdem die Mulattin ihre Aussage gemacht, lag sie wieder wie tot da. Nun erhob ihre Mutter, die Portugiesin Vaquera, ein Sturm-

geheul, rief das Lager zusammen, warf das Wort Tonne in die Menge. Die schauerlüsterne Menge fing das Wort wie einen Spielball auf; und eine Weile lang hüpfte der Ball hierhin und dorthin. Ratte, Truthahn, Affenweibchen und Schlange waren bald herbeigeschafft; nur der alte Suárez fehlte noch. Auch er wurde schließlich gefunden, leichenblaß, mit karminrot verweinten Augen ...
»Warum habt ihr die Tollheit nicht verhindert, Señor?« fuhr Cortez ihn an.
»Ich tat mein möglichstes, Euer Gnaden. Aber Avila gab mir zu verstehen, daß der Oberbefehl ihm und nicht mir übertragen sei; und ich solle mich nicht in Dinge mischen, die mich nichts angingen ...«
»Also er hat darum gewußt und es geschehen lassen, bloß um Euch aufzutrumpfen!« rief Cortez. »Und das sind die Hauptleute, mit denen ich ein rebellisches Heer zum Sieg führen soll! Auf mein Gewissen, ich verweifle an meiner Aufgabe! ...«
Als Cortez eben nach Avila schickte, ihn zur Rede zu stellen, kehrte Alvarado mit den anderen Hauptleuten heim von der Jagd. Sein sonnenheiteres Antlitz leuchtete, glänzte, blitzte Freudestrahlen mehr noch als sonst, denn er hatte einen Hirsch und viel anderes Getier erlegt.
Cortez vermochte nicht, ihm ernstlich zu grollen, trotz seiner Pflichtvergessenheit. Freundschaftlich machte er ihm Vorstellungen und erzählte ihm von der Tonne. Aber der zarte Sarkasmus, mit dem Cortez seine Unzufriedenheit maskierte, bedrückte Alvarado. Seine gute Laune verflog, er war dankbar und beschämt; fluchte auf Avila, brachte Entschuldigungen vor, die keine waren. Seitdem er den kleinen Soldaten Burgueño vom Galgen geschnitten, hatte er in Feindschaft mit Avila gelebt; oft von Cortez ermahnt, Frieden zu halten, hatte er geglaubt, heute sei eine Gelegenheit zur Aussöhnung, da es Avila schmeicheln mußte, daß er ihm – statt einem der anderen Hauptleute – den Oberbefehl abtrat.
»So wie ich ihn kenne, hat er das angestiftet, um mir eine Verlegenheit zu bereiten!« rief Alvarado, als gerade Avila hinzukam.
»Hört, Señor«, sagte Cortez, »Ihr habt gestern dem Einarmigen aus Villanueva ein Loch in den leeren Ärmel gestoßen. Ich habe es gesehen und wollte es nicht sehen und will es nicht gesehen haben, denn sonst müßte ich Euch vor ein Kriegsgericht stellen. Auch was heute geschehen ist, soll ungeschehen bleiben. Aber eine Verwarnung kann ich Euch nicht ersparen!«
Avila antwortete unwirsch; und es kam zu einem wüsten Auftritt. Die übrigen Feldobristen, weniger zartfühlend als Cortez, schütteten ihren lange aufgestauten Zorn aus. Avila wehrte sich wie ein Wolf gegen eine Hundemeute. Mit Alvarado verbiß er sich so grimmig, daß beide die Rapiere zogen und getrennt werden mußten. Cortez verbot streng, den Streit fortzusetzen. Er zwang die Wutblassen, sich die Hand zur Aussöhnung zu reichen.

Aber seit diesem Tage blieben für alle Zeit Avila und Alvarado offene, unversöhnliche Gegner.
Alleingeblieben, sagte Cortez zu Alvarado:
»Übermenschlich schwer ist die Aufgabe, die ich mir gestellt habe. Wenn sie scheitern sollte, so wird es nicht geschehen durch die Macht der Waffen, nicht durch die Feinde da draußen ... Mir in den Arm fallen werden Näherstehende ...«

Gegen Mittag langte Salcedo mit seiner Mannschaft aus Verakruz an, und der Marsch nach Mexiko konnte fortgesetzt werden. Der Sarg, mit der Mulattin darin, wurde mitgeführt, da sie schwache Lebenszeichen gegeben hatte, als man sie einscharren wollte.
Den Weg kannte niemand. Irgendwo im Westen lag das Goldland, jenseits der Savanne und der Schneeberge, unsichtbar, nebelfern wie der Smaragdfels des Ordás. Aber selbst zur nahe gelegenen Stadt Sempoalla kannte niemand den Weg.
Nach halbstündigem Marsch durch das Irdische Paradies wurde Cortez gemeldet, daß zwölf Indianer, augenscheinlich in friedlicher Absicht, dem Heer entgegenkämen. Durch Marina und Aguilar ließ er sie ausforschen. Totonaken wären sie, abgesandt vom dicken Kaziken; brächten Maiskuchen und Geflügel, böten ihre Dienste als Tlamamas – Lastträger – an; begehrten die Richtung zu weisen nach ihrer Hauptstadt Sempoalla.
Sechs von den Totonaken behielt er bei sich, die übrigen schickte er mit Ordás und einigen schnellfüßigen und martialisch ausschauenden Infanteristen voraus in die Stadt. Er wählte Ordás, teils weil er dessen lechzendem Tatenhunger einen Bissen in den Rachen stopfen wollte; teils aber auch, weil der bizarre, gespenstisch hagere Ritter in seiner blauschwarzen strahlenden Turnierrüstung und im Zauberschimmer seiner pompösen Schwermut mehr als andere geeignet war, dem Volke von Sempoalla einen Begriff zu geben von der Erhabenheit weißer Götter.
»Haltet die Augen offen!« sagte Cortez. »Indianer sind Indianer, auch wenn sie Freunde sind. Achtet auf jedes Zeichen, das auf Heimtücke deuten könnte.«
Unter der kleinen Schar, die Ordás begleitete, befanden sich die Besten: Guzmán, Olea und der eben erst gelandete Quiñones. So gute Fußgänger sie waren, konnten sie doch nur schwer dem vorausrasenden Ritter folgen, der sich keinmal nach ihnen umschaute. Um so häufiger zum Glück schaute sich seine Grauschimmelstute nach ihnen um, blieb sogar des öfteren trotz allen Spornens stehen, ganz einfach, weil sie sie erwarten wollte, seelenruhig Gras fressend.
Nicht lange und sie sahen hinter einem Hügel Quadermauern und Turmzacken aufragen, unwahrscheinlich greifbar in der harten Luft. Bebaut war das Land hier im Bannkreis der Stadt; Maisfelder, gut bestellt, von Wasserrinnen umzogen, wechselten ab mit Feldern, auf

denen Chillipfeffer, Kürbisse, Tabak, Zwergbohnen, Bataten und Baumwolle gepflanzt waren. Kakaobäume, Meerkirschbäume, Bananenbäume schatteten zwischen den Feldern, umrankt von Traubengewinden dunkelrebigen Weines. Auch Kakteen waren angebaut zur Zucht der Cochenilleschildlaus.

Der Einzug des Ordás glich einem Triumphe. Schon eine Meile vor der Stadt standen Indianerhaufen, näherten sich furchtlos; reichgekleidete Frauen und Mädchen reichten Früchte und Blumen dar, umwanden die Rapiere der Kastilier mit Kränzen. Das hielt auf, währte dem rasenden Roland zu lange. Er ließ seine Schar im Stich, galoppierte allein der Stadt zu. Ein Wunder, daß er die aus der Stadt strömende Menge nicht überrannte, nicht zerquetschte, nicht zu Brei zertrat, daß es ihm gelang, sich und sein Pferd durch das vollgepfropfte Tor hindurchzubringen. Die Gassen waren überfüllt. Er kam, von der gestauten Flut umwogt, auf einen großen Platz. Von Hunderten und aber Hunderten umtost war er. Jeder wollte ja den Hirschmenschen sehen, dies Fabeltier mit den zwei Köpfen, zwei Armen und vier Beinen. Schauder rieselte und plätscherte in eiskalten Wellen durch den Menschenknäuel ringsum: doch die Ehrfurcht hielt die Furcht in Bann. Einige knieten vor dem weißen Gott, andere beteten laut zu ihm, beweihräucherten ihn mit Kopalharz. Der weiße Gott ließ es sich gefallen, fand es nicht seltsam, beachtete es nicht. Mädchen reichten Blumen. Er sah es nicht. Er schien nur eines zu sehen: die Häuser, die weißgetünchten Häuser.

Das Licht schrie aus ihrem sonnengebeizten Weiß. Das Licht taumelte, tanzte orgienwild und sang mit Sirenenstimmen aus dem silbrigen Weiß. Ordás, überwältigt, vernarrt wie ein Knabe, geblendet, schloß die Augen. Als er sie wieder öffnete, zuckte eine barbarische Freude auf seinem käsebleichen, knochenmageren Gesicht. Die Stadtbewohner erschraken – was ging mit dem Sohn der Sonne vor? Was lachte er so grimmig? Sollte er hungrig sein? ... Die Menge wich auseinander. Er ritt den Weg zurück, den er gekommen. Vor dem Tor überrannte er ein hübsches Mädchen. Schade; ja, es war schade um sie; doch er hatte nicht Zeit ... Er raste zurück, bis er seiner Schar begegnete. Von weitem schon brüllte er Guzmán zu:

»Die Häuser sind aus Silber!«

Und näher gekommen, atemlos, hastgepeitscht, zähneklappernd vor Erregung, rief er:

»Begreift Ihr, was das heißt? Nein, Ihr begreift es nicht! Aus Silber die Häuser! ... Vom Fundament bis unters Dach aus massivem Silber! Jedes Haus! ... Die Alte Welt wird uns segnen! ...«

Und er jagte vorbei, galoppierte weiter, seinem Reittier bei jedem Hopser die Weichen mit den spannenlangen Rittersporen kitzelnd.

Quiñones, als Neuling, ließ sich von Guzmán und Olea belehren, daß der Hauptmann niemals an der Wahrheit seiner Behauptungen zweifle ...

Inzwischen war Ordás bis zu den Arkebusieren der Vorhut gelangt und stürmte, seine Freudenbotschaft wie Almosenmünzen verschenkend, austeilend, ausstreuend, am ganzen Heereszug entlang, bis er, stockheiser und schweißtriefend wie sein Gaul, endlich Cortez fand, welcher, mit Velázquez de León über Gedichte der Neulateiner plaudernd, hinter dem Trosse herritt. Ordás krächzte:
»Ich war in der Stadt. Alle Häuser sind aus Silber erbaut. Euer Gnaden! Ich weiß wohl, es klingt unglaublich; aber es ist so. Der Stein der Weisen ist gefunden! – Mit dem Silber läßt sich die Armut aus der Welt schaffen! Für unsere Glasperlen können wir ein Stadtviertel kaufen, die Silberhäuser auf Schiffe verladen – es wird keinen Bettler mehr in der Alten Welt geben ...«
Als Cortez Zweifel äußerte, hatte Ordás ein müdes Lächeln:
»Kolumbus ging es ebenso! ... Wer hat ihm geglaubt!«
Gegen Abend zog das Heer in Sempoalla ein. Es konnte leicht festgestellt werden, daß die Häuser aus Lehmziegeln erbaut und mit blendendweißer Kreideerde getüncht waren. Das frenetische Spottgelächter der durch die Gassen marschierenden Soldaten verschüchterte die Stadtbewohner. Das ganze Heer, vom ersten bis zum letzten Glied, heulte vor Lachen und glich einem langen Zug von Tollhäuslern, die, ohne ersichtliche Ursache, kindisch, sinnlos, blödwitzig vergnügt waren. Den Indianern war nicht wohl zumute dabei. »Wenn die Götter lachen, weinen die Menschen«, besagte eines ihrer Sprichwörter.
Überhaupt war die Begrüßung nicht so herzlich, wie Cortez erwartet hatte. Von Marina nach dem Grunde gefragt, berichteten ihr zwei Edelfrauen, daß der erste der Hirschmenschen eine adlige Jungfrau niedergetreten, mit den Hufen schwer verletzt habe.
Cortez wollte Ordás zur Rede stellen; unterließ es aber, als er ihm ins Gesicht sah. Scham, Weltekel, Lebensüberdruß durchfurchten die aschfahlen, qualverzerrten Züge. Mit einer Abwehrbewegung der länglichen Knochenhand flehte er:
»Laßt es gut sein, Señor. Ich weiß ... Ich weiß es selbst ... Madrid und ich ...«
Und er zwinkerte unbeholfen, um eine Träne zu zerquetschen.

Sempoalla war auf einem Hügel erbaut. Die Gassen – noch flach in der Nähe der Tore – stiegen nach dem Stadtinnern zu steil an, wurden zu Treppen. Im Mittelpunkt, auf der Höhe des Hügels, strebte eine Tempelpyramide in die Lasur des Himmels; und ihr gegenüber – getrennt durch einen geräumigen rasenbewachsenen Platz – breitete sich der einstöckige langgestreckte Königspalast aus, ein Steinhaus, glanzig blitzend, urweltlich fremd mit seinen wüstgezackten Stufenmäandern und tollen Dämonenverschlingungen. Hier auf dem Rasenplatz zwischen Schloß und Haupttempel sammelte sich das kastilische Heer.

Die Soldaten verloren das Lachen beim Gang durch die Stadt. Eine ungeahnte Pracht stürmte auf ihre Augen ein, überfiel sie wie aus einem Hinterhalt, überwältigte sie. Stumm wurden sie, nachdenklich, beklommen. Einige fragten sich, ob sie träumten, ob dies Wirklichkeit sein könne; überlegten besorgt, ob sie unwissend ein Gift gegessen, welches in ihren Gehirnen solche Fieberphantasien hervorrief. An die Abenteuer des Amadis de Gaule mußten die Gebildeten denken, an den meistgelesenen Ritterroman jener Zeit: nur in der Welt jenes Buches geschah so Wunderbares, unvermittelt und rätselhaft-selbstverständlich, nur da wurde so Wunderbares mit den Zauberfarben gemalt, welche sie hier, gläubig ungläubig, auf sich zu blendleuchtend anglühen und anflammen sahen.

Nach Westen, bis zum dünnen Längsstreifen des indigoblauen Ozeans, weitete sich, grünte, blühte das Irdische Paradies; nach Osten klomm der Blick an der nahen Sierrawand hoch zu Eisregionen. Die Stadt blinkte sauber wie ein Kleinodbehälter. Jedes der Häuser, zinnenumkränzt, umschloß einen wohlgepflegten Orchideengarten, darin Kühle spendend ein Wasserbecken tropfte. Außer dem Haupttempel hoben sich noch einige zehn Tempel zwischen den Altandächern des Häusermeeres empor; außer dem Palast gab es Paläste, kleinere zwar, doch steingemauerte.

Und welch ein stilles, blumenliebendes, blumenhaftes Volk war dies. Man wurde an Sevilla, an Granada, gemahnt.

Von Dienerinnen begleitet, schritten Edelfrauen einher, aufrecht wie Königinnen aus Sagenzeiten. Bis zum Hals hinauf gingen sie bekleidet. Das zu sehen, war man von den Antillen her nicht gewohnt.

Der Vorschlag, dieser Stadt den Namen Sevilla zu geben, wurde verworfen. Dafür einigte man sich, das Land Neu-Spanien zu nennen.

Am Riesenportal des Palastes hasteten Torhüter und Sklaven, warfen sich platt auf die Erde. Die Fleischmasse des dicken Kaziken quoll aus dem Tor hervor. Zwei kräftige Männer stützten ihn an den Armen, er hätte allein seine Körperlast nicht schleppen können. Nach allen drei Schritten – kleinen, überstürzenden Schritten – machte er halt, hilflos, erschöpft, nach Atem ringend. Er hatte, noch bevor Cortez in Sempoalla eingeritten war, ihn eine Viertelmeile vor dem Stadttor durch zwanzig seiner Edelleute – Rosenzweige in den Händen schwingend – willkommen heißen und sich entschuldigen lassen, daß es ihm seiner Leibesfülle wegen verwehrt sei, Unserm Herrn, dem Gotte Quetzalcoatl, entgegenzuziehen und ihm zu huldigen, wie sich's gebührte.

Jetzt kam er, das Versäumte nachzuholen, hielt selbst ein frühlinghaftes Blumenbüschel in der gedunsenen Hand. Und hinter ihm her, nachdem er sich durchs Tor durchgezwängt, durchgepreßt, durchgewürgt, traten seine Würdenträger heraus, der Hohe Rat, die Anführer des Totonakenheeres, und umstanden ihn – bescheidene Maul-

wurfhügel neben dem großen Fleischberg. Die Leuchtflecke der schreiend-bunten Staatsgewänder, Juwelen und Schmuckfederkronen wirbelten und haschten sich im Sonnenfeuer.
Auch die Tochter des dicken Kaziken, eine eben erwachsene Jungfrau, trat mit ihren Palastmädchen aus dem Königsschloß. Anmutig waren die Hoffrauen, einige sogar fremdartig schön.
Um so greller hob sich die phantastische Häßlichkeit der königlichen Jungfrau ab. Sie hatte von ihrem Vater die Anlage zum Fettansatz in der Hüftgegend geerbt. Auch sonst ähnelte sie einem gewölbten Tapir mehr als einem menschlichen Wesen. Mit einem seligen Lächeln auf dem in Fettfalten verlorenen Munde ging sie auf Cortez zu und warf ihm eine Nelkengirlande um den Hals; dann spuckte sie auf ihre wulstige Hand, bückte sich, berührte die Erde und führte die Hand an ihr Herz.
Cortez erschrak.
»Ich habe ja schon ein Weib!« flüsterte er Marina zu.
Doch Marina bedeutete ihm, daß er die Handbewegung falsch ausgelegt. Es sei dies ein devoter Gruß, üblich auch bei den Mexikanern, und besage: Ich demütige mich vor dir wie die Erde, die dein Fuß zertritt!
Die Begrüßungsrede des dicken Kaziken war freundlich und kurz. Der dem Palast gegenüberliegende Tempel wurde dem Heer zum Quartier angewiesen.
Der Narr Madrid behauptete später, Cortez sei in dieser Nacht vom Nachtmahr geritten gewesen, habe aus dem Schlaf geschrien, weil er von der Königstochter träumte. Nun, der Narr Madrid war sein Freund nicht, war ein Verleumder. Aber Tatsache ist es, daß Cortez die Nacht nicht ohne Bangnis zubrachte und mit der Ablösung der Schildwachen durch die vielen Vorhöfe des Tempels ging, wo die Truppe lagerte, sich auch mehrmals der Ronde anschloß, mit eigenen Augen sich zu überzeugen, daß seine Vorschrift, bewaffnet zu schlafen – ohne die Panzerröcke abzulegen und mit Pulver auf den Pfannen – nicht minder genau befolgt werde als das Geheiß, die Zugänge zur Tempelmauer aufs schärfste zu bewachen.
Am nächsten Morgen hätte Cortez seinen Gemeinsatz auf den Kopf stellen können: Freunde sind Freunde, auch wenn sie Indianer sind! Noch widerrief er seine Vorsichtsmaßregeln für die folgenden Nächte nicht; verbot auch, tagsüber den Tempel zu verlassen.
Das Seelenleben der Indianer war ein schwarzes Wasser, durch das kein Lichtstrahl drang. Diese Wesen schwärmten für Blumen, und auf Blutopferschalen zerhackten sie Menschen wie Schlachtvieh. Ja, sie aßen wirklich das Fleisch ihrer Opfer, wenn auch nur verbacken in Opferkuchen. Sie waren gutherzig, weich und anschmiegsam wie Kinder und waren gefühllos und grausam wie Kinder. Konnten weinen über ein Nichts, Tränen vergießen über einen toten Vogel, aufschluchzen vor Rührung und Gefühlsüberschwang; und sie konnten

das Gräßlichste, ohne zu schaudern, ohne mitzuleiden, sehen und dazu tanzen.
Die Europäer waren doch anders. In Europa tanzte man damals nicht bei Hinrichtungen.
Nachts mit der Ronde gehend, hatte Cortez in einem der Vorhöfe des Tempels Tausende von Menschenknochen und -schädeln zum Hügel gehäuft liegen sehen. Die Dachzinnen des Tempels waren mit aneinandergereihten Schädeln verziert. So malerisch das im Mondschein wirkte, erregte es doch sein Mißfallen.
Cortez beriet sich mit dem Pater Bartolomé de Olmedo und dem Lizentiaten Juan Díaz. Seit dem Strafgericht über die Aufwiegler Escudero, Cermeño und Gonzalo de Umbría trug der Lizentiat eine kriechende Unterwürfigkeit zur Schau und hütete sich, seine Giftzähne zu zeigen. Er wurde mit zu Rate gezogen, weil er als Franziskaner die Meinungen des Dominikaners Olmedo mit splitterscharfer Dialektik zu zerlegen und zu zerfasern pflegte. Cortez aber liebte es, entgegengesetzte Meinungen anzuhören, unter denen er sich zuweilen die bequemere, meist aber die gescheitere heraussuchte.
Er sagte den beiden Priestern, er habe vor, heute noch den dicken Kaziken wegen der Menschenopfer zur Rede zu stellen, mit oder ohne seine Einwilligung die scheußlichen Götzen zu zertrümmern und das Kreuz an ihrer Stelle zu errichten. Der Lizentiat fing den Gedanken mit fanatischem Enthusiasmus auf. Zum zweitenmal hätten sie dicht bei Schädelstätten, wahren jammerseligen Golgathas, übernachten müssen. Das an die Tempelwände gespritzte Blut, fingerdick geronnen, stinke zum Himmel, führe Klage vor Gottes Thron. Der Nachtwind habe auch ihm den Gestank in die Nase geführt, so daß er kaum habe schlafen können – (*Hinc illae lacrimae!* dachte Cortez) –, und wäre es ihm gestattet, würde er als erster die gleisnerische Pracht dieser Wohnstätten des Teufels in Stücke schlagen, sollte er auch den Märtyrertod dafür erleiden.
Pater Olmedo dachte anders. Und er drückte seine kluge Warnung im Jargon der Mönche aus:
»Der hochmütige Teufel – *el soberbio Demonio* – ist ein gefährlicher Feind und ist noch allmächtig in diesem Lande!« sagte er zu Cortez. »Euer Eifer ist schön, aber übereilt. Das Ziel ist nicht Sempoalla, sondern Mexiko. Darum braucht Ihr die Freundschaft des dicken Kaziken, mag er auch ein Knecht des Teufels sein. Wartet ab. Vielleicht gelingt es Euch, den Totonaken einen Dienst zu erweisen; – dann ist die Zeit gekommen, Forderungen zu stellen.«
Cortez gab Olmedo recht, verwarf den Gedanken einer gewaltsamen Bekehrung und behielt sich nur vor, dem dicken Kaziken gesprächsweise die Vorteile und Segnungen des Taufwassers darzulegen.
Noch während sie sprachen, wurde der Besuch des dicken Kaziken gemeldet.
In Begleitung vieler Edelleute kam er seine Aufwartung machen.

Hinter ihm her schritt eine ältliche Sklavin mit einem Gefäß, die Nachttopfträgerin. Er umarmte Cortez. Ob die weißen Götter sich wohl fühlten in Sempoalla? Sie fühlten sich wohl. Ob sie gut geschlafen und gegessen? Sie hatten gut geschlafen und gegessen. Das erfreue sein Herz; sie sollten fortfahren, heiter zu sein und zu genießen; darum wolle er von ernsten Dingen nicht reden.
Und schon verließ er sie.
Kurz, allzu kurz, war das. Für einen Fleischberg eine beschwerliche Reise und um so höher zu bewerten – meinte der kaiserliche Rechnungsführer Albornoz –, als der hinterlassene Goldschmuck gut zweitausend Dukaten wert war. Auch die buntgewirkten Baumwollmäntel waren ein nutzhaftes Geschenk, gingen doch einige der weißen Götter in geflickten Lumpen. Der Rechnungsführer hatte seit so langer Zeit – seit der Gesandtschaft des mexikanischen Feldherrn, des Schwelenden Holzes – nichts mehr zu buchen gehabt.
Eine Stunde später erwiderte Cortez den Besuch. Eine Leibwache von fünfzig Mann und seine Hauptleute (in Galastaat) begleiteten ihn, umgaben seine Person mit königlichem Gepränge. Außerdem nahm er Aguilar, Marina und den Pagen Orteguilla mit.
Am großen Portal wurden sie vom dicken Kaziken und seinem Hofstaat begrüßt, mit Kopal angeräuchert und in das Innere des Palastes geführt. Daß sie gestiefelt und gespornt eintraten, war ein flagranter Verstoß gegen die Landessitte. Indes, sie waren ja Götter.
Sie kamen durch die Säle, groß wie Turnierhöfe, die Wände niedrig, wirrsam schillernd von gemeißelten Flechtmustern, gemeißelten Mischgestalten, Sternbildern, Totenweltszenen; manche der Säle deckenlos, von windgeblähtem Zelttuch oder vom Blau des Himmels überdacht, andere mit Balkendecken aus kunstvoll geschnitztem Zedernholz und getragen von klafterdicken Steinsäulen.
Nil admirari; alles, auch das Überwältigende, gelassen hinnehmen, als wäre man's von Kind auf gewohnt, durch Prunkhallen zu wandeln – Cortez hatte es seinen Feldobristen eingeschärft, bevor sie den Besuch antraten. Olid, dem einstigen Galeerensklaven, gelang es; und auch Ordás schritt ausdruckslos dahin im Nebel seiner Melancholie. Die anderen aber rissen Mund und Augen auf und konnten ihre Verblüffung nicht meistern.
Wenn ein Vasall Montezumas, ein kleiner Provinzherrscher, so wohnte – kaum mehr als ein Zaunkönig war er ja neben dem Adler Montezuma –, wie mochten da erst die Paläste Mexikos sein!
Darüber nachzudenken und Schlüsse zu ziehen, hatten die Hauptleute und die fünfzig Mann der Leibwache Zeit genug, da sie, in einem der Säle zurückbleibend, etliche Stunden warten mußten. In ein angrenzendes kleines Gemach zog sich der dicke Kazike mit Cortez, den Dolmetschern und dem Pagen Orteguilla zurück. Vordem ließ er den Göttern durch seine Sklaven Ananas und Kakao, als Schokolade zubereitet, reichen.

Das waren zwei Herrlichkeiten, die noch keine Europäerzunge gekostet hatte. Hesperidenäpfel mochten nicht köstlicher munden. Das Entzücken war maßlos. Avila überaß sich so sehr, daß er sich hinausführen lassen mußte.
»Diese Früchte«, meinte Lugo, »geben uns einen Vorgeschmack von der Süße Mexikos!«
»Auch *die* Frucht werden wir pflücken!« rief Alvarado.
»Doch dürfen wir uns den Magen an ihr nicht verderben wie Avila!« sagte der ernste Hauptmann Tapia.
Einander gegenüber hockten Cortez und der dicke Kazike auf ganz niedrigen, mit Jaguarfell bedeckten Schemeln.
»Ich bringe Euch einen Knaben«, sagte Cortez, »der soll in Eurer Nähe bleiben, bis er Mexikanisch gelernt hat.«
Der dicke Kazike begriff nicht. Dreimal ließ er es sich von Marina erklären. Und als er es begriff, begriff er es falsch. Man schenkte ihm einen kleinen weißen Gott! Seine Augen quollen aus den Höhlen wie irisierende Seifenblasen. Er sollte einen kleinen Gott besitzen, liebkosen, verhätscheln, täglich mit ihm spielen dürfen! ...
Sofort rief er einen Sklaven herbei, ließ einen damastenen Talar, einen Nasenpflock und gelbe Schminke bringen. Damit beschenkte er den Knaben, patschelte ihn verliebt, küßte ihn mit seinen wulstigen Lippen. Der Page fing an zu weinen.
Cortez intervenierte mit gestrenger Miene. Der Knabe sei ihm nur leihweise überlassen. Die Nasenscheidewand zu durchbohren sei verpönt in Europa. Und Knabenliebe werde mit dem Tode bestraft. Überhaupt – und nun ereiferte sich Cortez – wäre es an der Zeit, mit den Teufelsgreueln in diesem Lande aufzuräumen. Darum habe der Kaiser, Don Carlos de Austria, ihn herausgesandt, und der sei mächtiger als der große Montezuma. Die scheußlichen Götzen seien als Götter verlarvte Teufel und Beamte der Hölle. Der wahrhaftige Gott aber wolle kein Blut und nur die Glückseligkeit der Menschen. Und Cortez erzählte von der Erbsünde und der Erlösung, vom Baum der Erkenntnis und dem Kreuzesbaum, von Eva und der süßen Gottesmutter Maria.
Flammen waren seine Worte, eine Lohe war die Übersetzung Marinas. Der dicke Kazike mußte eine Salamanderhaut tragen, daß er nicht aufächzte vor Feuerschmerzen.
»Wie du sprichst«, sagte er, »so sprachen auch die Könige von Tezcuco, der Hungrige Schakal und der Herr des Fastens. Nur einen Gott gäbe es, Tloque yn Nahuaque heiße er, ›der in und bei allem ist‹. Kein Blut wolle er und nur die Glückseligkeit der Menschen ... Was haben sie erreicht? Die anderen Götter sind zu machtvoll. Vor tausend Jahren sprach Quetzalcoatl, dessen Enkel du bist, ebenso. Kein Blut wollte er und nur die Glückseligkeit der Menschen. Außer Landes mußte er ziehen, das Land Tlillan-Tlapallan suchen ... Ich will gern an deinen Gott glauben, doch meinen alten Göttern bleibe

ich treu. Sie sind nicht schlecht, wie du sagst. Denn sie machen, daß Mais und Früchte wachsen und haben mein Volk seit Urvätertagen ernährt.«
Cortez ließ es für diesmal genug sein. Seine Rede würde nachwirken, hoffte er. Und er wollte den Bogen nicht überspannen, Pater Olmedos Warnung beherzigend. Unvermittelt, mit einem kühnen Sprung aus der Religion in die Politik, fragte er nach der Schwarzen Blume und dem Bruderkrieg in Tezcuco, von welchem ihm der dicke Kazike damals, bei seinem nächtlichen Besuch im Lager, berichtet hatte. Der vom Notar Godoy entworfene Vertrag zwischen der Schwarzen Blume, den Totonaken und Kastiliern sollte – so war es damals verabredet worden – hier in Sempoalla erörtert und besiegelt werden.
Der dicke Kazike machte ein bekümmertes Gesicht; seine Unterlippe schob sich vor, hing schwammig und kläglich herab. Durch die Rückkehr des Irdenen Kruges und Herabstoßenden Adlers aus Guatemala, setzte er nicht ohne Verlegenheit auseinander, habe sich die Schwarze Blume letzthin gezwungen gesehen, einen Scheinfrieden mit seinen Brüdern, dem Edlen Traurigen und Prinz Ohrring-Schlange, zu schließen und mit Mexiko sich auszusöhnen. Doch habe die Schwarze Blume ihm heimlich Botschaft gesandt, sein Bündnisangebot bestehe noch zu Recht, vorausgesetzt, daß es den weißen Göttern gelinge, Tlascalas Freundschaft und Beistand zu erringen.
Cortez fragte, was Tlascala sei.
Der dicke Kazike belehrte ihn, berichtete von Land und Leuten, von der Großen Mauer, von der Grenzwacht der Otomis, vom Rosenkrieg, vom uralten, unauslöschlichen Haß gegen Mexiko. Die Kastilier müßten durch Tlascala ziehen, wenn auch Montezuma sie überreden sollte, einen anderen Weg einzuschlagen. Er selbst habe schon Boten auf Boten gesandt, den Hohen Rat von Tlascala den weißen Göttern geneigt zu machen. Leider ohne Erfolg bisher. Er zweifle indes nicht daran, daß die Tlascalteken dem Bunde beitreten würden, sobald sie die Unbesiegbarkeit der weißen Götter erkannt, wäre es auch erst nach blutigen Kämpfen.
Zum Schluß fragte Cortez, ob er seinem Gastfreund irgendeinen Gefallen tun, einen Dienst erweisen könne?
Der dicke Kazike schwieg eine Weile und seufzte schwer.
Das Totonakenland, erzählte er, sei seit achthundert Jahren von seinen Vorfahren, einem langlebigen Geschlecht, beherrscht worden. Jeder der Totonakenkönige regierte achtzig Jahre. Ein Wunder scheine das; und doch verhielt es sich so: genau achtzig Jahre saß jeder dieser Könige auf dem Thron.
Cortez beglückwünschte ihn; nicht jeder habe solche Aussichten ...
Das Vorrecht, so alt zu werden, fuhr der dicke Kazike betrübt fort, sei neuerdings in Frage gestellt, seit sein Großvater zwei Söhne statt einen zu Nachfolgern bestimmte und damit die von den Göttern gewollte Ordnung umstürzte. Das Doppelkönigtum erwies sich als ver-

hängnisvoll. Die Brüder vertrugen sich nicht, das Volk spaltete sich. Der jüngere Bruder verließ Sempoalla, siedelte sich mit seinem Anhang in einer kleinen Nachbarstadt, Tzimpantzinco, an. Daß es Montezuma gelang, so schnell das Totonakenland zu unterwerfen, habe seinen Grund in dieser Auswanderung. Nun hätten die Mexikaner sogar Zauberer zu den Leuten von Tzimpantzinco geschickt; Zauberer, die sich in Pumas, Wölfe und fliegende Schlangen zu verwandeln verstünden; und sie drangsalten sein Volk, äßen die Seelen lebender Menschen und brandschatzten nachts die bestellten Felder.
Cortez erbot sich, ihn von den Zauberern zu befreien; er hoffe auch, fügte er hinzu, ihn mit seinen Blutsverwandten in Tzimpantzinco aussöhnen zu können.
Sorgenvoll schüttelte der dicke Kazike den Kopf.
»O großer Krieger, o weißer Gott!« sagte er. »Du kennst nicht die Macht der mexikanischen Zauberer!«
»Meine Zauberer sind mächtiger!« erwiderte Cortez lächelnd und erhob sich.

Am nächsten Morgen zog das kastilische Heer gegen die Stadt Tzimpantzinco.
Zum Fortschaffen des Gepäcks und der Artillerie hatte der dicke Kazike fünfhundert Tlamamas zur Verfügung gestellt. In helles Entzücken gerieten die Soldaten darüber – brauchten sie doch Sack und Pack nicht mehr auf dem Rücken mitzutragen; und zwar nicht nur diesmal, sondern künftighin immer, da – wie bald durch Marina bekannt wurde – es in mexikanischen Landen althergebrachte Sitte war, jedem Durchreisenden, mochte er darum bitten oder nicht, eine reichliche Anzahl Lastträger anzuweisen.
In gebührendem Abstand ließ sich der dicke Kazike in einer mit Papageiendaunen tapezierten Sänfte nachtragen, begleitet von seinem Feldherrn Tehuch und einem Teil des Totonakenheeres. Die Nachttopfträgerin keuchte hinterdrein. Es war klar, die Totonaken wollten Zuschauer sein, mit eigenen Augen sich überzeugen, wer beim bevorstehenden grauenvollen Ringen Sieger bleiben werde, die Zauberer Mexikos oder die Zauberer der weißen Götter ...
Als ein enttäuschend kleines Felsennest erwies sich beim Näherkommen die Stadt Tzimpantzinco. Kein würdiger Gegner. Beschämend das große Aufgebot, das Auffahren der Singenden Nachtigall vor einem so mäßigen Ziel.
Cortez rief die Hauptleute zu einer Beratung zusammen.
»Die Indianer tun so«, sagte er, »als hielten sie uns für Götter. Wie weit sie das ehrlich meinen, steht dahin. Einige sonderlich Pfiffige mögen vielleicht Zweifel hegen, während die abergläubische Menge, die Häuptlinge und Fürsten nicht ausgenommen, uns gewiß für höhere Wesen ansieht. Es wäre klug, wir bestärkten sie in ihrer guten Meinung. Dazu ist jetzt Gelegenheit. Die Stadt im Sturm zu nehmen,

würde keine Heldentat sein. Wenn wir aber einen einzelnen Mann hinschickten – einen Mann, dessen bloße Gegenwart, dessen furchtgebietendes Äußeres, dessen mutlähmende, atembeklemmende Entsetzlichkeit uns die Feste in die Hand liefern würde . . .«
»Ich bin bereit!« erklärte Ordás.
»Bei Tafelfreuden seid Ihr bescheiden, Señor«, sagte Olid, blaß vor Erregung, zu Ordás, »und Ihr nehmt Euch nicht mehr auf den Teller als wir anderen. Wo aber Ruhm serviert wird, beansprucht Ihr die ganze Schüssel für Euch!«
»Weder an Olid noch an Ordás habe ich gedacht«, fuhr Cortez fort. »Ihr seht zu menschlich aus, meine Herren! Euch kann ich nicht brauchen – ich suche ein Scheusal . . .«
»Wenn Euer Gnaden an meinen Hund Becerrico denken . . .«, fing Francisco de Lugo an, sich gekränkt stellend.
»Nein, auch den meine ich nicht«, antwortete Cortez lachend, »denn er ist ja ein Held! Hier handelt es sich nicht um einen galanten Ritterkampf. Der dicke Kazike und die zweitausend Totonakenkrieger seines Heeres folgen uns schaulüstern und wollen ein anderes Schauspiel sehen – wollen Zauber im Wettkampf mit Zauber sehen. Darum schlage ich vor, daß wir den alten Heredia hinschicken.«
»Heredia? Den altersschwachen Heredia?« riefen die Hauptleute erstaunt.
»Ja, ihn!« sagte Cortez. »Gleicht er nicht aufs Haar den scheusäligen Götzenbildern dieses Landes? Vor seiner grauenerregenden Häßlichkeit wird die tapferste Schar die Flucht ergreifen!«
Die Feldobristen stimmten lachend zu. Der alte Heredia wurde herbeigerufen.
Seine Häßlichkeit überstieg allerdings alles Maß. Nicht ohne Grund behauptete der Narr Madrid, ein Ziegenbock sei der Vater dieses Monstrums gewesen und seine Mutter eine Meerkatze. Zudem war sein Bocksgesicht von Schwertwunden kariert; ein Auge ausgelaufen; der Mund hasenschartig, fast zahnlos und mit zwei vorbleckenden gelben Hauern versehen; die Nase gebrochen; kropfig der Hals, einer quabbeligen Schweinsblase nicht unähnlich. Er trug ein Holzbein; und das gesunde Bein war geschweift wie die Mondsichel.
Cortez unterwies ihn, was er zu tun habe. Der alte Musketier grinste sardonisch und fand die Spiegelfechterei, die man ihm zumutete, keineswegs entwürdigend; im Gegenteil, er war geschmeichelt, fühlte sich urplötzlich beachtet, auserwählt unter den unzähligen Kameraden, ein Zielpunkt für Tausende von Augen. Die große Stunde seines Lebens war gekommen.
Nachdem er instruiert war, führte ihn Cortez an die Sänfte des dicken Kaziken heran und ließ diesem durch Marina sagen:
»So spricht der Sohn der Sonne: Die Stadt Tzimpantzinco ist das Blut keines der Meinen wert. Darum ziehe mit meinem besten Zauberer hin, daß er dir die Stadt übergebe!«

Der dicke Kazike und seine Begleiter blickten der Reihe nach Marina, Cortez und den furchtbaren Zauberer an. Einen Augenblick schien Zorn aufzuglimmen, ein ungutes Mißtrauen. Hielt man sie für Kinder, für Schwachköpfe, für Narren? Doch der Anblick Heredias scheuchte alsbald die Zweifel. So ein Unhold! Die drüben hatten keinen solchen!... Und der dicke Kazike machte sich auf den Weg mit dem weißen Zauberer.
Äußerst geschickt spielte der alte Heredia seine Rolle. An einem Bach dicht vor den Toren der Stadt kniete er nieder, wie um Wasser mit der hohlen Hand zu schöpfen; dabei schoß er einen Musketenschuß ab.
Das Echo lief betrunken umher mit dem Getöse im Arm, stieß sich an Hügeln, schlug sich an Felsen wund, prallte kobolzschießend von Türmen ab, sprang unter die Erde, rollte und kugelte sich an die Luft empor, schob und würgte sich durch Wolkenschichten. Dann lief es irgendwohin weg und fiel wie tot um. Es war sinnlos betrunken, das Echo.
Gleich darauf kam dreifache Antwort aus einiger Ferne. Drei Musketenschüsse. Dann dreifaches Echo.
Ein weißer Gott kam gelaufen; kniete vor dem Zauberer; nahm geheimnisvoll einen Befehl entgegen; lief eilig zurück.
Den feindlichen Kriegern, auf der Stadtmauer und vor dem Stadttor, wurde es nicht geheuer. Mit schrillem Angstschrei stoben sie davon. Der dicke Kazike und sein Zauberer konnten durch die unverteidigten Tore in die Stadt dringen und mit ihnen ihr Heer, zweitausend Totonaken. Diese hausten wie Indianer, die sie waren; raubten, plünderten, schändeten und machten Opfersklaven für ihre Götteraltäre.
Einigen Edelleuten und Priestern Tzimpantzincos war es gelungen, aus der Festung zu entkommen, und hilfesuchend traten sie vor Cortez: er möge die Stadt vor Vernichtung bewahren – sofern es wahr sei, daß er über das Wasser des Himmels in dies Land gekommen, alles Völkerelend durch das Glück der Völker, die Knechtung durch Freiheit, die Rechtlosigkeit durch Gerechtigkeit zu ersetzen.
Cortez eilte mit Alvarado und Velázquez de León voraus in die Stadt und tat den Greueln Einhalt. Mit flatterndem, blitzendem Zorn schrie er den dicken Kaziken und dessen Heerführer an, zwang sie, das Geplünderte wieder herzugeben, die Opfersklaven in Freiheit zu setzen.
So verschüchtert war der dicke Kazike, daß er gern dreinwilligte, als eine Stunde später Cortez an ihn das Verlangen stellte, mit den Leuten von Tzimpantzinco Frieden und Freundschaft zu schließen. Überglücklich war er, daß Cortez wieder freundlich mit ihm sprach. Der Stadt gewährte er Buße für die erlittene Unbill. Die Aussöhnung war von beiden Seiten herzlich und ehrlich gemeint, sollte sich auch in Zukunft als dauerhaft erweisen. Cortez aber hatte einen neuen Bundesgenossen gewonnen.

Der dicke Kazike ließ durch Marina den Zauberer fragen, welchen Lohn er begehre.
»Überlegt es Euch, Heredia!« sagte Alvarado scherzend. »Ihr habt nur den einen Wunsch zu tun; und Ihr kennt doch die Fabel von den drei Wünschen!«
Heredia sann nach und schmunzelte verlegen.
»Nun, was wünscht Ihr Euch?« wurde er nochmals gefragt.
»Ein hübsches Mädchen!« sagte der Alte mit dem Bocksgesicht.
Der dicke Kazike versprach es ihm.

Als die Kastilier wieder in Sempoalla einrückten, ward ihnen ein Empfang zuteil, wie er in Sempoalla gewiß noch niemals Helden bereitet worden war. Sie wurden eingeflochten in Blumengewinde, wateten knietief durch Blumenhaufen, anposaunt von Muscheltrompeten, angedonnert von Fellpauken, angefächelt und geblendet von Myriaden weißer Papierfähnchen, und konnten kaum atmen im wolkenhaften Weihrauchdampf, der ihnen die Augenlider rot beizte. War für ihr leibliches Wohl schon vordem gut gesorgt worden, so fanden sie jetzt in den Tempelvorhöfen, wo sie ihr Quartier hatten, die doppelte Anzahl von Körben mit Maispasteten, Pfeffer, geschlachteten Truthühnern, gerösteten Heuschrecken und Wasserkäfern vor. In Schüsseln gärten Pulque und Honigwein, weiß schäumend. Ja selbst Schalen mit Kakaosaft und Ananas standen bereit.
An diesem Abend hielt Rodrigo Rangel diese Ansprache, während er Cortez die gelben Reiterstiefel auszog:
»Um es gleich kurz zu machen, Euer Liebden – ich verstehe die Welt nicht. Der arme Tropf, der Heredia, hat sich ein Mädchen gewünscht. Ist das nicht zum Weinen? Er hätte sich eine Gurke an die Nase wünschen können oder eine Krone auf den Kopf. Doch er zog ein Mädchen vor. Ist das zu verstehen? Aber so ist die wunderliche Welt: in ihr hat alles ein Daseinsrecht, was da ist. Auch die Häßlichkeit ist da und will sich nicht ausrotten lassen, will fortleben, will sich ewig forterben. Und just darum erbt sie sich ewig fort. Wie auch die Dummheit. Ignotus (ein sehr berühmter Mann) hat gesagt: Kastriere die Dummheit, und die Welt stirbt aus! – Er hätte das von der Häßlichkeit sagen sollen ... Zum Glück ist nicht alles häßlich, was häßlich ist – weil ja nicht alles Gold ist, was glänzt, und nicht alles Zauber ist, was bezaubert. Um es kurz zu machen: Ordás glaubte, im Fabellande Mexiko seien die Häuser aus Silber, und hat damit bewiesen, daß auch nicht alles Silber ist, was glänzt.«
Also sprach Rodrigo Rangel.

Früh am folgenden Morgen wurde Cortez der Besuch des dicken Kaziken angekündigt. Umgeben von seinem Hofstaat, ging ihm Cortez bis vor das Tempeltor entgegen.
Auf dem großen Rasenplatz trafen sie sich, zwischen dem so

unwahrscheinlichen Stufenmäander-Granitpalast und der so unwahrscheinlichen Tempelpyramide mit dem Gesims von Menschenschädeln, überglitzert von einem fremdartig scharlachenen Frühsonnenlicht. Eine Mondgegend. Bauwerke der Mondbewohner. Und Mondmenschen in kreischenden Farben. Mondmenschen, die eigentlich Vögel waren, gekleidet in Vogelgefieder. Wunderlich, unerforschlich wie Pinguine. Ein Mondkönig, dieser Fleischberg. Auf zwei männliche Karyatiden gestützt, damit er nicht zusammensinke. In der Unterlippe drei Perlmutterknöpfe. Auf das Antlitz ein Schmetterling gemalt. Hielt in der Hand einen Rasselstab, lärmte damit wie ein Säugling. Ließ sich von einer Nachttopfträgerin begleiten. Und seine Feldherren – ihre Helme waren Adlerköpfe, ihre Gesichter lugten aus riesigen, weit aufgerissenen Adlerschnäbeln hervor, sie trugen Adlergewänder, waren Adler, gar nicht zu unterscheiden von Adlern.

Und ein weißer Knabe, der Page Orteguilla, zwölf Jahre alt, blauäugig, stand auf Türkissandalen, unbekleidet bis auf einen Lendenschurz und eine Edelmarderdecke auf dem Rücken, hatte eine mädchenhafte Perücke aus lang herabwallenden ockergelben Papageienfedern auf dem Kopf und fächelte mit einem Kolibriwedel dem Totonakenkönig die Fliegen aus dem Gesicht.

Der dicke Kazike war gekommen, seinen Dank zu entrichten. Sein Dank waren acht Jungfrauen und unter diesen seine Tochter.

Er käme, ließ er durch Marina mitteilen, diese acht Mädchen, Erbtöchter aus hohem Adelsgeschlecht, Besitzerinnen einträglicher Landgüter in der Umgegend Sempoallas, den weißen Hauptleuten und dem großen Zauberer als Gattinnen zuzuführen. Der Oberfeldherr aber solle seine Tochter erhalten.

Die Söhne der Sonne sahen sich verdutzt an. Darauf waren sie nicht vorbereitet. Indes ... warum nicht? Sich verschwägern, Wurzeln fassen im Lande ...

Die Königstochter war ja unleugbar häßlich. Der faustgroße Smaragd an ihrem Hals half darüber nicht hinweg. Aber die anderen! Es waren blutjunge, zierliche Dinger. Und wenn auch sie in die Hand spuckten, die Erde berührten und die Hand ans Herz führten – das sah ganz artig und anmutig aus.

Inzwischen war man durch das Tor der Mauer, welche die Tempelpyramide mit ihren Priesterwohnungen und Vorhöfen umfriedete, getreten.

Cortez flüsterte mit Pater Olmedo:

Er habe seine Warnung beherzigt, habe gewartet, bis er den Leuten einen Dienst erweisen konnte. Nun sei die Zeit gekommen, Forderungen zu stellen!

Pater Olmedo nickte zustimmend.

Eine Stunde später waren die Götzenbilder Sempoallas zerstört.

Doch vordem – was geschah alles in der einen Stunde!

Durch Marina ließ Cortez den Totonaken eröffnen, nur getaufte Mädchen könnten Gattinnen weißer Götter werden.
Der dicke Kazike hatte nichts einzuwenden.
Aber Cortez forderte mehr: nicht nur die Mädchen – auch der König, auch die Würdenträger, auch das ganze Volk der Totonaken sollten dem Irrglauben entsagen, den blutrünstigen Göttern abschwören, die ekelerregenden Götzenbilder in Stücke schlagen.
Das ging zu weit. Der dicke Kazike brauste auf.
Nun wurde ihm eröffnet: das Tor der Tempelmauer sei geschlossen und er mit seinem Hofstaat seien Gefangene.
Die Mädchen schluchzten, die dicke Prinzessin winselte, die Adler hoben ihre Holzschwerter. Umsonst. Sie wurden abgeführt.
Cortez blieb allein mit dem dicken Kaziken, ließ ihn sich austoben. Als der Kurzatmige, erschöpft von der Raserei, zu weinen anfing und, wie ein Fisch an Land, nach Luft schnappte, ließ ihm Cortez durch Marina gütig zureden:
Er solle doch sein Leben nicht aufs Spiel setzen! Der Kaiser Don Carlos habe freilich allen, die sich der Bekehrung widersetzten, den Tod angedroht. Aber Cortez lasse ihm ja Zeit zur Überlegung. Das müsse er doch einsehen, daß Cortez sein Freund sei und das Beste für ihn und das Heil seiner Seele wolle.
Der dicke Kazike sah das ein. Er liebte seine Götter, sein Leben aber liebte er doch noch mehr. Er wischte sich die Tränen ab, griff nach der Hand des weißen Gottes.
Er fürchte sich vor der unausdenklich furchtbaren Rache der Götter, und auch vor der Strafe Montezumas bange ihm.
Ausgeredet wurde ihm das. Rache der Götter? Kinderei! Armselige Steingötzen, stumm und taub, unfähig sich zu wehren, wenn man sie schlüge; wie sollten die sich rächen! Und gar der große Montezuma – ein Steingötze wie jene; durch Grausen einschüchternd, aber wehrlos, wenn die fällende Axt naht; sei er etwa mehr als der weiße Gott? Und vor wen der weiße Gott den schützenden Schild seines Wohlwollens halte, den treffe die Strafe Montezumas nimmermehr. Nur freilich, wenn der weiße Gott den schützenden Schild zurückziehe ...
Aufjammernd sank der dicke Kazike in die Knie, küßte die gelben Reiterstiefel des weißen Gottes, flehte, er möge den Schild nicht zurückziehen ...
Cortez gelobte mit gnädiger Herablassung (die eine Verlarvung heimlicher Freude war), auch fürderhin seinen Schild über den König und Freund zu halten, vorausgesetzt, daß dieser sein toll gewordenes Volk zur Vernunft brächte. Es war hohe Zeit. Ein tausendstimmiges Surren war von irgendwoher näher und näher herangeflutet und nun, zum wahnwitzigen Kriegsgeschrei angeschwollen, brauste, brandete und zerschellte es am Gemäuer des Tempels, umzischt vom Geschwirr gefiederter Rohrpfeile und überdonnert vom Geknatter

erzener Feldschlangen und Musketen. Kein Geplänkel war dies. Ein ganzes Volk raste, wollte seinen König befreien.
Cortez ließ sofort alle Gefangenen in Freiheit setzen. Als der dicke Kazike mit seinen Adlern und Jaguaren und den acht Jungfrauen aus dem Tor des Tempels hinaustrat, war bereits Blut geflossen. Fünf Totonaken waren der Zauberwirkung des Blitzfeuers der Weißen erlegen. Aber auch die Kastilier, die von den Mauerzinnen herabschossen, waren nicht alle unversehrt von indianischen Wurfgeschossen geblieben. Schwer verletzt waren zwei: Sandovals Freund Pedro d'Ircio, der Agramant ohne Taten (der einstige Reitknecht des Grafen von Urueña), und Alonso de Grado, jener Zungendrescher und Vielschreiber, dessen Bittschrift Cortez zurückgewiesen hatte.
Wie Öl auf sturmgepeitschte Wogen wirkte der Anblick des dicken Kaziken auf das tobende Volk. Kaum bedurfte es seiner väterlichen Ermahnung. Die Bogen wurden entspannt, die Pfeile von den Sehnen genommen.
Eine jähe Ruhe löste das Toben ab. Jählings in die Erde verkrochen oder in den Himmel entflogen war die Raserei. Gleich einer schwarzen Wolke lagerte die Sturmruhe über der Stadt, unheimlich böse und schicksalsschwanger, bereit, Feuer, aber auch löschendes Wasser zu gebären.
Die Totonaken mochten wohl erwarten, daß nach ihrem König nun Unser Herr der Weiße Gott zu ihnen reden werde durch den Mund seiner schönen Sklavin Malintzin (wie sie Marina nannten). Doch eine andere wurde diesmal Dolmetscherin seines Willens. Die Singende Nachtigall öffnete ihren lohenden Mund, spie eine klafterweite Flamme und Rauch aus und traf durch zauberische Fernwirkung das steinerne Bildnis des Gottes Tezcatlipoca auf der Tempelterrasse. Der Kopf des Gottes wackelte, schwankte, fiel ab, rollte die Treppe der Pyramide herunter, hüpfend wie ein Ball. Der Feuerwerker Mesa hatte einen Meisterschuß getan.
Das Volk der Totonaken ächzte, erstarrte. Wirre Klagelaute flatterten umher, klommen wie Lerchen an den Lüften empor ins glühende, lachende Himmelsblau. Aus den Tempeltoren stürzten schwarz bemalte, langkrallige Priester, kreischten Rachegebete ins lachende Himmelsblau empor.
Kein rächender Blitzstrahl – kein Erdbeben – nichts ... Der kopflose Gott saß regungslos, blöde, stumpfsinnig da, ein hilfloser, armer Götze.
»Es ist wie das Gottesurteil am Karmel: Elia und die Baalspriester!« flüsterte Pater Olmedo.
Nun endlich sprach auch Cortez, und Marina war seine Zunge:
»Schläft euer Gott? So weckt ihn doch, wenn ihr könnt! Oder starb er, der Geköpfte? Und vor ihm habt ihr gezittert? Vor diesem tauben Basaltklotz?«
Cortez hob die Hand, und der Scharfschütze Rodríguez setzte die

lilienförmige Kupfertrompete an den Mund, entlockte ihr einen jauchzenden Schmetterton. Im Nu stürmten die Kastilier die Tempeltreppe hinan, schlugen auf den kopflosen Gott mit Stahlhämmern und Äxten ein, zertrümmerten ihn wie einen tönernen Topf, schleuderten seine Gliedmaßen die steile Tempelpyramide hinab.
Das Volk der Totonaken erwachte aus seiner Erstarrung. Die Machtlosigkeit seiner Götter war dargetan. Der Strahlenglanz seines Pantheons war verblichen. Ein Rausch packte die Menge, ein Rausch der Zerstörungswut.
Noch zwanzig Tempel ragten aus der Dächerebene Sempoallas empor. Von Gotteshaus zu Gotteshaus zogen die Kastilier; und Totonaken führten sie, Totonaken halfen das Zerstörungswerk vollenden.
In einer Stunde war es vollendet.
Es gab keine Götter mehr in Sempoalla.

Der Page Orteguilla hat später erzählt, bis in die Nacht hinein habe der dicke Kazike seine toten Götter beschimpft. Seine Tochter aber, die dicke Prinzessin, habe erklärt, sie werde wirkliche Götter zur Welt bringen, denn sie sei die Braut des höchsten der wirklichen Götter; und sie verachte die toten Götter, sie habe sie überhaupt seit jeher verachtet!
So geht es den toten Göttern.
Drei Tage lang währten die Aufräumungsarbeiten. Die Tempelterrassen wurden von den Trümmern, Scherben und Splittern der zerschlagenen Bilder und Opferblutsteine reingefegt; das zu dicker Gallerte verharschte, stinkende Menschenblut an den Wänden und auf dem Fußboden der Sanktuarien wurde abgekratzt, abgescheuert, heruntergewaschen. Indianische Bauarbeiter wurden angestellt, die gesäuberten Wände mit Kalk weiß zu tünchen, sie einladend und wohnlich zu machen für christliche Heilige. Mählich verwandelten sich die Greuelstätten in traumstille Kapellen, schummerig beleuchtet von flirrenden Wachskerzen und einem roten Glaslämpchen vor dem Andachtsbild. Der Schiffszimmermann Cristóbal de Jaén mußte ein mächtiges Holzkreuz für die Dachspitze des Haupttempels fertigen. Und im Allerheiligsten der hohen Blutterrasse des Haupttempels stellten Pater Olmedo und der Lizentiat Díaz ein auf Leinwand gemaltes Bildnis der Erlösermutter auf und umgaben es mit einem Hag blutroter Rosen. Kein Kunstwerk, Dutzendware vielmehr – (mit dreißig ähnlichen auf dem Markte Havannas, zur Erhebung von Heidenherzen, billig erstanden) –, steif, fast byzantinisch-unbeholfen und dennoch seltsam verschönt in dieser Umgebung, lächelte die Jungfrau ein rührendes, erdenfernes Göttinnenlächeln.
Nach den Tempeln wurden die Teufelspriester gesäubert. Die schwarze Körper- und Gesichtsbemalung, überharscht von stinkendem Menschenblut, wurde abgekratzt, abgescheuert, heruntergewa-

schen; das nie gekämmte, nie beschnittene, von Läusenestern verfilzte Haar wurde geschnitten, auf Scheitern verbrannt. Und gar die schwarzen Priestergewänder mit den ekelerregenden purpurnen Spritzflecken – mit Zangen wurden sie von den Leibern gerissen, zu Haufen geschichtet, angezündet. Was Wasser nicht reinigt, reinigt Feuer! Die entkleideten Priester aber wurden in den Fluß getrieben – es war ihre Taufe. Und darauf kleidete man sie in blinkneue Gewänder, in langwallende, schlohweiße.
So umgewandelt, so durchbleicht von Bleichers Hand, zogen sie am dritten Tage in langer Prozession durch die Stadt, zogen von Tempel zu Tempel und räucherten – in Ermangelung von Weihrauch – mit Kopalharz, während Pater Olmedo und der Lizentiat die gesäuberten Kapellen dem Christengotte und seinen Aposteln und Märtyrern weihten.
Zur Beaufsichtigung der neugewaschenen, nunmehr christlichen Priester – die von Xesu Quilisto (so sprachen sie Jesus Christus aus) und von Xesu Nazaleno, von Santa Malia und vom Patele Santo kaum erst die Namen kannten – wurde ein altersschwacher Soldat, Juan Torrés, bestimmt.
»Der Alte weiß von unserm Glauben nicht viel mehr als seine Schutzbefohlenen«, sagte Velázquez de León zu Cortez. »Wie soll er sie bekehren?«
»Das hat schon das Wasser besorgt!« erwiderte Cortez. »Zum Kriegsdienst ist der Alte nicht tauglich – hier aber kann er uns dienlich sein! Und wenn er bloß den Pfaffen beibringt, aus Wachs Kerzen zu drehen, und sie dazu anhält, die Lichter und Lämpchen vor den Heiligenschreinen nicht ausgehen zu lassen, so ist das ein Gottesdienst – so heilig und andächtig wie der einer Zikade oder eines Singvogels bei Sonnenaufgang!... Übrigens wird sich der Page Orteguilla mit ihm beraten können, sollte uns im Rücken Gefahr drohen; auch wird der Knabe sich leichter mit seiner Verlassenheit und seiner Papageienfederperücke abfinden, wenn mit ihm der alte Torrés in Sempoalla zurückbleibt.«
Seitdem führte – bis an sein heiliges Ende – der halb erblindete Juan Torrés ein Eremitenleben auf der Spitze der großen Tempelpyramide als Diener Unserer Frau der blutroten Rosen. Sie konnte sich keinen treueren Diener wünschen als diesen Armen im Geiste mit dem silbrigen Hieronymusbart und den rinnenden Augen. Nie vernachlässigte er ihr plejadenähnliches Lichtergeflirr. Jahraus, jahrein bleichte er Wachs, drehte Kerzen und zündete Wachsstöcke an. Die Indianer aber, denen der Sinn seiner spanischen Reden verschlossen blieb, witterten die Weihe seiner frommen Einfalt und nannten ihn den großen Priester.

Pater Olmedo hatte alle Hände voll zu tun. Auf die Reinigung der Gotteshäuser und der Priester folgte die Taufe der acht Bräute und

ihrer Verwandten. Ein Glück, daß der Fluß durch die Stadt floß; in Reihen am Ufer aufgestellt, mußten, mittelalterlichem Brauch gemäß, die Täuflinge – Männlein und Weiblein –, bloß, wie sie ihr Schöpfer erschaffen, bis an den Hals in das Wasser steigen, während Pater Olmedo für alle zugleich die Taufformel sprach. Aber am Totonakenkönig und seiner Tochter wurde – ihres hohen Ranges wegen und weil die dicke Prinzessin sich geweigert hatte, ihre hüllenlosen Reize profanen Blicken preiszugeben – die heilige Handlung besonders vorgenommen, nachdem dem Volk bedeutet worden war, die Ufer und die benachbarten Gassen zu räumen. Außer Cortez, als Bräutigam, war es nur wenigen seiner Getreuen, als Paten, gestattet, Zeugen dieser Zeremonie zu sein.
»Ein rötliches Nilpferd!« flüsterte Lugo, als die Prinzessin im Wasser plätscherte. Den Vergleich weiter auszuspinnen, hinderte ihn jedoch ein strenger Blick des Generalkapitäns. Und die anderen nagten sich tiefe Narben in die Lippen . . .
Um ein Haar hätte die Taufe einen traurigen Abschluß gefunden. Der dicke Kazike, unter den Armen gestützt von seinen zwei Karyatiden, war bereits ans Ufer zurückgewatet, die dicke Prinzessin aber zauderte noch, das hüllende Wasser zu verlassen, und lachte verlegen die weißen Götter an. Plötzlich tauchte sie unter.
»Es schwelgt in seinem Element! . . .« flüsterte wieder Lugo.
Doch er irrte. Sie kam nicht zurück an die Oberfläche. Sie hatte das Gleichgewicht verloren und, gepackt vom reißenden Strom, wäre sie – des Schwimmens unkundig – gewiß fortgeschwemmt worden, hätte Alvarado nicht, ihr nachspringend, ihren linken Fuß erwischt und sie sachte ans Ufer gerollt. Als sie aufseufzend wieder zu sich kam, ließ er sich's nicht nehmen, ihr den wulstigen Nacken zu tätscheln. Eine Zutraulichkeit, die er, als Cortez ihm einen Verweis erteilte, für ein Vorrecht seiner Patenschaft erklärte; auch sei der Prinzessin nichts Schlimmeres damit geschehen als der frommen Susanna im Bade.

Und nun wurde die Hochzeit gerüstet. Drei Tage währten die Feierlichkeiten.
Es half nichts – Cortez mußte mit Doña Catalina India (so war die dicke Prinzessin getauft worden) Beilager halten.
Wohl hatte er erst Ausflüchte gesucht und durch Marina der Braut und ihrem Vater mitteilen lassen, er habe eine Ehefrau daheim – gleichfalls Catalina genannt –, und Doppelehen einzugehen gestatte die christliche Religion nicht. Doch die schmerzvolle Enttäuschung, die jede Falte im Antlitz des dicken Kaziken erschlaffte, die aschgraue Hoffnungslosigkeit, mit der er versicherte: er wolle niemand sein Kind aufdrängen, das Entsetzen des indianischen Hofstaates, der Todesschrecken und die gellenden Wehrufe der dicken Prinzessin erweichten Cortez das Herz, und er fing an, darüber nachzusinnen, ob er der Politik nicht ein Opfer bringen solle. Denn ein

Opfer war es. Marina, mit der er sich beriet, überredete ihn selbstlos dazu. Den Ausschlag gab Doña Catalina India. Sie hatte sich in den Kopf gesetzt, weiße Götter – sollten sie auch unehelich sein – zur Welt zu bringen. Von diesem Entschluß ging sie nicht ab. Und so verliebt war sie, daß sie Cortez ihren faustgroßen Smaragd zum Geschenk anbot.

Da schmolz das Eis. Cortez brachte es nicht übers Herz, eine so beharrliche Liebe mitsamt dem Smaragd zurückzuweisen. Er nahm das Geschenk an und damit auch die Schenkerin.

Da er noch manchen Widersacher im Heere hatte, ließ er sofort verbreiten, die dicke Prinzessin werde nur seine Konkubine sein. Durch Marina ins Mexikanische übersetzt, hieß das: »des weißen Gottes zweite Gemahlin« – und die Totonaken sowohl wie Doña Catalina India waren es zufrieden.

Weniger zufrieden war Cortez. Und er rechtfertigte sich, als die Hauptleute ihn mit einer Hilarität beglückwünschten, die seinem schlechten Gewissen teils verdutzt, teils bemitleidend und sarkastisch erschien. (Hatte nicht Alvarado ein teuflisches Zucken um den Mund, als dächte er an Susanna im Bade?...) Aber vielleicht schien das Cortez nur so. Mit würdiger Ernsthaftigkeit betonte er, daß er ein Opfer bringe. Und den Hauptleuten mußte es wohl einleuchten, daß die Politik einen Feldherrn vor schwere Aufgaben stellt...

Auch vor Marina entschuldigte sich Cortez unter vier Augen. Sie war gütig und – in diesem Falle – so wenig eifersüchtig, daß es eigentlich kränkend war; kränkend für ihn und kränkend für die dicke Prinzessin.

Nicht ganz so leicht, wie die Totonaken sich's gedacht hatten, war es, den sieben anderen Bräuten Männer zu finden. Die Kavaliere im kastilischen Heer waren zurückhaltend. Man befand sich ja noch nahe der Küste; man wollte abwarten; in den Ländern Tlascala, Cholula und Mexiko gab es ja auch noch Prinzessinnen... Ja, man wollte sich aufsparen.

Nur der stille, immer bleichwangige Hauptmann Andrés de Tapia ließ sich herbei, das adligste der Mädchen, seit der Taufe Doña Francisca genannt, zum Altar zu führen – die Tochter des totonakischen Heerführers Cuhextecatl und eine der reichsten Erbinnen des Landes. Unter den übrigen Bräuten durfte der alte bocksgesichtige Heredia – der furchtbare Zauberer von Tzimpantzinco – Ausschau halten und sich ein liebliches, zartjunges Ding aneignen. Die Freier der fünf anderen Bräute waren Fähnriche und Kavalleristen – keine Hidalgos.

Auf dem Rasenplatz zwischen Haupttempel und Königspalast war der Traualtar errichtet. Und wie einst am Ostersonntag – an den moskitobedeckten Sanddünen – sang der fette Franziskanermönch und Lizentiat Juan Díaz mit den wulstigen Lippen die Responsorien;

und als Chorknabe, im spitzenverbrämten Röckchen, waltete der siebzigjährige Musketier Alonso Durán seines Amtes. In Ermangelung einer Orgel begleiteten der Tanzmeister Ortiz und der Musiker Rodrigo Morón auf ihren Gitarren. Und der Trommler Canillas, der schon in Italien Tambour gewesen, rührte dazu die Trommel. Die Feier war erhebend. Der dicke Kazike schwamm in Tränen.
Cortez und Doña Catalina India wurden gesegnet, aber nicht getraut. Es war sozusagen eine Heirat linker Hand. Dennoch barst das dicke Mädchen schier vor Glück und verriet die Glut ihrer Empfindungen, indem sie sich wie rasend fächelte. »Sie könnte ein Ei in der Hand kochen«, flüsterte der Hauptmann Francisco de Lugo.
Pater Olmedo hatte sodann die sieben anderen Paare ehelich zu kopulieren und außer diesen noch einige kastilische Hochzeiter. Denn Brautschaften sind kontagiös. Die schöne Amazone María de Estrada wechselte die Ringe mit ihrem Lebensretter, dem weißhändigen Sánchez Farfán; der Bogenschütze Pedro de Guzmán, der Tüchtigsten einer, führte die vornehme Abenteurerin Francisca de Valtierra zum Altar, wie er es erst kürzlich, beim Abendtanz im Indianerdorf, sich vorgenommen; und zum Bedauern vieler wurde die reizende, etwas rundliche Rosita Muños die Frau eines gewissen Tarifa aus Sevilla, eines ledernen Gesellen, den man Tarifa von den Diensten – *de los servicios* – nannte, da er allzu häufig davon sprach, welche Dienste er Seiner Majestät dem Kaiser leiste und wie schlecht er dafür entlohnt werde.
Eigentlich hatten auch Antonio Villareal, der junge Fähnrich des Diego de Ordás, und die olivenbleiche Isabel de Ojeda vorgehabt, sich trauen zu lassen. Seit er ihr an jenem Tanzabend die beiden Venusschuhe überreicht, seit sie ihm den Kuß gegeben für Ordás, hatten sie sich wieder und wieder gesehen und geküßt und Treue geschworen. Als sie aber am Morgen dieses Tages vor Don Diego hintraten, sein Einverständnis zu erbitten, und der schwermütige Rittersmann sie mit einem verwundeten Blick ansah, mit einem Blick, welcher ächzte: »Ich weiß, ich weiß alles« – – da schwiegen sie betreten und redeten von gleichgültigen Dingen. Der Mut, ihm zu bestätigen, was er wußte, versagte ihnen. Darum verschoben sie entsagungsvoll die Verehelichung.
Eine Stunde vor der Trauungsfeier kam der alte Armbrustschütze Santisteban zu Sánchez Farfán dem Weißhändigen, als dieser eben sein bestes Seidenwams angelegt und damit beschäftigt war, sich mit Bisamsaft zu parfümieren; nicht umsonst hieß er der Weißhändige.
Besorgt fragte Santisteban:
»Macht Ihr Euch keine Gedanken, Señor?«
Nun war es gewiß nicht die Art des Weißhändigen, sich Gedanken zu machen. Und heute hatte er weniger als sonst Ursache dazu. Er begriff die Frage nicht. Jedermann hatte ihn beglückwünscht. Was wollte der Alte eigentlich?

Santisteban bastelte verlegen an seinem Ärmel herum und rückte erst nach vielem Stottern mit dem heraus, was ihm die Seele beschwerte.
»Stellt Euch vor, Señor, wenn Doña Elvira noch lebt!... Ihr würdet eine Schuld auf Euch laden!...«
»Pater Olmedo hat mich beruhigt«, erwiderte Farfán kalt und betrachtete sich in einem kleinen Spiegel, den er immer in seinem Barett trug. »Sie ist tot!«
»Woher wißt Ihr das?«
»Doña Elvira war zart und kränklich... Sie muß tot sein. Es sind ja zehn Jahre her... Als Sklavin verkauft – ich bitte Euch, wer hält das aus!«
Er selbst war Sklavenhändler gewesen. Er mußte es ja wissen.
»Nein, nein, sie ist tot«, wiederholte er.
»Ich wünsche ihr und Euch, daß Gott sie bald zu sich nahm!« murmelte Santisteban und entfernte sich kopfschüttelnd.

Das Hochzeitsmahl wurde in den dachlosen, mit grellbunten Zelttüchern gedeckten Prunkräumen des Königspalastes eingenommen. Das ganze kastilische Heer, vierhundert Mann und einige zwanzig Frauen, nahmen daran teil. Gemischt saßen die weißen Götter und Göttinnen zwischen ihren rothäutigen Anbetern mit den perlmutternen Nasen- und Lippenpflöcken, schlossen Brüderschaften, tranken mit Pulquebechern gelbgeschminkten Indianerinnen zu. Ein Fest der Verschwägerung, ein Fest der Verbrüderung. Reden auszutauschen war umständlich, ja untunlich – um so leichter Speisen und Getränke. Wunderneue Genüsse für Gaumen und Schlund boten sich dar. Auch die Totonaken erhielten Gelegenheit, die Kochkunst der östlichen Hemisphäre zu bewundern, denn die Marketenderin Catalina Márquez, welche man die Feuerlilie nannte, hatte in einem der zauberhaften Königssäle ihre Marketenderbude und einen Kredenztisch aufgeschlagen, schmorte, kochte und buk und teilte die beliebten spanischen Süßweine – »Alicante« und »Pedro Ximenes« – aus. Ihre Pasteten und Tortillas fanden den Beifall aller Indianer. Mit dem spanischen Wein freilich mußte gespart werden; daher durfte nur die königliche Familie davon kosten; und sie tat es ausgiebig, so daß der Narr Madrid – nicht ganz ohne Grund – sich herausnehmen konnte zu behaupten: die dicke Prinzessin habe nie genug von Pedro Ximenes, und ein Segen sei es, daß er kein Mann sei, sondern ein Wein...
Überaus mannigfaltig war die den Europäern vorgesetzte Speisenfolge, fand jedoch keine bedingungslose Anerkennung. In Erdlöchern gebratene Hirsche, Wachteln und Faultiere mundeten allerdings ausgezeichnet. Auch siebzig kleine Hunde, mit Chillipfeffer und Tomaten geschmort und mit Truthahnfleisch überdeckt, schmeckten zart und lecker. Aber nur wenigen gelang es, gerösteten Heuschrecken,

Wasserkäfern und den *meocuilin* genannten weißen Maiswürmern Geschmack abzugewinnen. Da zog man schon Saurierfleisch, gekochte Iguanodons und Schwanzlurche vor; oder man hielt sich an die *tamalli* – Maiskuchen nämlich, die, von Maisblättern umwickelt, in die Blätter hineingebacken waren.
Nach dem Mahl brachten hübsche Cocos Wasser zum Händewaschen und Mundspülen. Darauf wurden Tabakspfeifen umhergereicht und ein Getränk, bereitet aus Kakaomehl und Vanille. Dazu Stäbchen zum Umrühren des Kakaomehls. Und dann Früchte – berauschende, beseligende, berückende, wie die der Hesperiden. Zumal die Frucht des Zapotebaumes schmeichelte dem Gaumen. Noch kannte man ihre süße Tücke nicht. Apfelgroß die Frucht, mit hellgrüner Schale, weißlichgelb im Innern, mit nur vier Kernen. Die Totonaken machten Zeichen: man dürfe nur mäßig viel von der stark abführenden Frucht genießen. Übersehen oder mißdeutet wurden die Zeichen. Zu süß war die Frucht. So trat schicksalhaft und unaufhaltsam das Unheil ein: fluchtartig mußte ein Teil des kastilischen Heeres den Königspalast verlassen. Und die Zurückgebliebenen wälzten sich vor Lachen.
Durch den Vorsteher des Hauses der Teppiche ließ der dicke Kazike an seine kastilischen Gäste tausend buntgewirkte Mäntel und vierhundert Schambinden verteilen. Obgleich das mehr als genug war, sprach er unterwürfig die Bitte, ihm die geringe Anzahl der Mäntel nachzusehen, in einer Festrede aus, die mit den Worten begann:
»Vereinigt seid ihr in meinem Palaste, o ihr Krieger, o ihr Tapferen! Ihr habt die Mühe nicht gescheut, euch an diesen bescheidenen Ort zu begeben, trotz eures Ansehens! . . .«
Und dann brachte er Entschuldigung auf Entschuldigung vor. Das Mahl, das er seinen Gästen vorgesetzt – deutete er an –, sei wohl reichhaltig, aber doch kein Göttermahl, denn die beste der Speisen fehle.
Und als er so gesprochen, rollten ihm Tränen der Entsagung, erbsengroße Tropfen, über die gemalten Backen.
Nämlich gleich nachdem er seine Tochter dem Höchsten der weißen Götter anverlobt hatte – und das war nach der Einnahme Tzimpantzincos durch den großen Zauberer Heredia und noch vor der Zerstörung der Götterbilder geschehen –, hatte der dicke Kazike sich auf den Sklavenmarkt begeben, um seinem göttlichen Schwiegersohn zur Hochzeit die Speise der Götter vorzusetzen. In der Bude eines als redlich beleumundeten Menschenhändlers aus Tlatelolco setzte er sich nieder und ließ sich dessen Ware zeigen. Dieser Mann führte keine anderen Sklaven als nur solche, die gegessen wurden und die man Tlaaltiltin, das heißt die Gutgewaschenen, nannte. Denn da sie dazu bestimmt waren, als Speise zu dienen, wurde Gewicht darauf gelegt, daß sie sauber aussahen und daß ihr Fleisch weich und saftig und wohlgenährt war. Auch kleidete der Menschenhändler sie in reiche

Gewänder, schnitt ihnen das Haar nach Häuptlingsart, behängte sie mit Edelsteinketten und Blumenkränzen und ließ sie zu einer fröhlichen Flötenmusik Reigentänze aufführen und Freudenlieder singen, um Käufer damit anzulocken.

Mit einem Schwall von Worten pries der Händler dem dicken Kaziken seine Ware an, machte ihn aufmerksam auf die zierlichen Tanzbewegungen des einen der Gutgewaschenen, auf die wohlproportionierte Körperform des anderen, auf die Zartheit der Schenkel eines dritten, auf die klangvolle Stimme eines vierten. Leute mit Körperfehlern führte er überhaupt nicht. Wenn er für diesen oder jenen nur dreißig Mäntel als Preis verlangte, so geschah es, weil sie weniger Grazie beim Reigen zeigten. Die aber, die geschmackvoll singen und tanzen konnten, kosteten vierzig Mäntel. Von dem Preis ging er nicht ab, mochte selbst ein König Käufer bei ihm sein.

Der dicke Kazike wählte zwölf Gutgewaschene – sechs Jünglinge und sechs Mädchen – und bezahlte sie mit vierhundertachtzig Mänteln. Tags darauf aber waren die alten Götter tot, und die vierhundertachtzig Mäntel waren umsonst vertan.

Als am Abend des Hochzeitsfestes Rodrigo Rangel die Kissen auf dem Brautlager für Cortez und die dicke Prinzessin zurechtzupfte, hielt er diese Ansprache an den Hut des Generalkapitäns, da dieser noch im Festsaal weilte:

»Euer Liebden sind im Begriff, in die Fußstapfen Alexanders des Großen zu treten. Auch Alexander eroberte die Monarchia Indiana, und er hielt Hochzeit mit Roxane, der schönen Perserbraut. Was wissen wir von einer schönen Perserbraut? Nichts, in der Tat gar nichts. Und was wußte Alexander von ihr, ehe er ihr Bett bestieg? – Gleichfalls nichts! Denn schöne Perserbräute gehen verschleiert wie das Bild zu Saïs, wie Mutter Natur... Jede Frauensperson ist ein Bild zu Saïs – selbst meine lange Elvira und sogar La Medina, die neulich gar nicht verschleiert tanzte. Von einem Negerkönig hat man mir erzählt, der an seinem gelben Strohhut die abgeschnittenen Ohren seiner Untertanen befestigte, so daß der Hut schwarz aussah, und der seinen schwangeren Gattinnen den Rücken bei lebendigem Leib aufschneiden ließ, um das Wachsen der Embryonen zu beobachten. So lobenswert und ersprießlich Wißbegier auch ist, so finde ich doch, sie ging in diesem Fall zu weit. Allzusehr sollte man das Bild zu Saïs nicht entschleiern und auch keine Dame von Stand. Da sind wir Christen – (ich meine Europäer und Totonaken) – doch anders: wir schneiden Menschen nur auf in ehrlichem Kampfe, des Ruhmes und der Tafelfreuden wegen. *Panem et circenses:* das Weltgeschehen im Brennspiegel. Der Heiland gab für die Menschheit sein Blut; und die Menschheit gibt ihr Blut für die Gewürze Indiens – wenn nicht für Turniere oder Stiergefechte (o ihr Kühe Andalusiens!...): denn essen muß der Mensch, oder stolz sein. Darum nimmt der Ritter Diego de Ordás so wenig Speise zu sich. Und darum überlädt Ihre König-

liche Hoheit, die Prinzessin des Landes Totonacapan und Königin aller Blumen, so viel ihren Magen mit weißen Maiswürmern und ›Pedro Ximenes‹, wie wir es beim Hochzeitsschmaus schaudernd erlebt haben. Alvarado, der den Vorzug hatte, zur Taufe ihrer königlichen Hoheit zugegen zu sein und Höchstdieselbe an einem Bein aus dem Wasser zu ziehen, behauptet, sie sei eine rote Venus und sei dermaßen wohlgenährt, daß man sie als Gutgewaschene bezeichnen könne. So ist denn der Schleier dieses Bildes zu Saïs ein wenig schon gelüftet. Und doch nicht ganz. Daß Ihre königliche Hoheit, trotz Nasengehänge und Lippenpflöcken, sich allervortrefflichst den Mund auszuspülen versteht, haben wir am Schluß des Mahles mit Staunen und Begeisterung gesehen. Jedoch – um es kurz zu machen – Euer Liebden werden meine Schreckhaftigkeit begreiflich finden, die mich befürchten läßt, daß es Euer Liebden leichter sein dürfte, Lerchen mit einem Nachtlicht zu haschen, als Ihre königliche Hoheit zu küssen und ihren Umfang zu umfangen.«
So sprach Rodrigo Rangel.

Ohne Unterbrechung wurde das Hochzeitsfest fünf Tage lang gefeiert. Die Völlerei und Trunkenheit hatte in der ersten Nacht überhandgenommen, und das Fest war gegen Morgen zur Orgie ausgeartet. Die bedienenden Cocos und sogar vornehme Indianerinnen waren belästigt worden. Daher übernachteten, auf Anordnung von Cortez, die Kastilier fortan wieder in ihren Tempelwohnungen. Sobald sich die Sonne aber erhob, wurde im Königshaus weitergezecht und geschlemmt, gegrölt und scharmiert.
Am Vormittage des fünften Tages schritt Cortez mit Marina über den großen Rasenplatz, um sich in den Tecpan zu begeben. Eine Menge Neugieriger, Handwerker und Bürger, die zum Palast keinen Zutritt hatten, standen vor dem Schloßtor, in der Hoffnung, die Feingestalt der Marina zu erspähen oder einen Blick, ein Lächeln, einen Gruß des höchsten der Sonnensöhne zu erhaschen und wie ein Almosen nach Hause zu tragen. Doch plötzlich – leise und scheu, wie der Wind durch Schilfrohre streicht, glitt ein Murmeln, huschte ein banges Fragen und Kopfwenden über die hundertköpfige Menge hin. Cortez und Marina befanden sich eben in der Mitte des Rasenplatzes, und sie sahen, daß das Volk auseinanderwich, vier phantastisch buntschillernd gekleideten Indianern Platz zu machen, welche, heraufgestiegen aus dem Innern der Stadt, eilig auf den Eingang des Palastes zuschritten. Zwei von ihnen waren als Jaguare, die beiden anderen als Adler verkleidet. Besonders der eine Adler trug sich wie ein Adler. Die Kostbarkeit seines Panzers und Helmes, übersät von lichtersprühenden Kleinodien, überstieg alles, was Cortez bis dahin unter den Begleitern des Staubaufwirblers und des Schwelenden Holzes bei den Sanddünen und unter den Adlern und Jaguaren des dikken Kaziken an Kleiderpracht gesehen. Unüberbietbar die Arroganz

seiner Kopfhaltung, seines Armschlenkerns, seines lässigen und dünkelhaften Schrittes. Er sah Cortez und übersah ihn; keines Blickes würdigte er ihn. Und er ging in den Königspalast hinein, als betrete er sein eigenes Haus.
»Was sind das für Menschen?« fragte Cortez Marina, mühsam seine Erregung meisternd.
»Das sind Mexikaner!« erwiderte sie. »So benehmen sich nur Mexikaner!«
Von den umherstehenden Totonaken vermochte sie keine Auskunft zu erhalten. Offenbar waren die vier Mexikaner eben erst in Sempoalla angelangt. Cortez und Marina begaben sich in den Tecpan.

Als Cortez und Marina mehrere Gemächer durchschritten hatten und sich dem großen Festsaal näherten, schlug ihnen eine unheimliche Stille ans Ohr. Das Becherklirren, Singen und Grölen der Kastilier war ebenso verstummt wie der schwermütige Ton der Teponaztli-Trommel, der Kürbisrassel und Flöte, womit das Cihna-Netotiliztli – der Vogeltanz indianischer Tänzerinnen – begleitet wurde. Und ein schier unglaubliches Bild bot sich ihren Augen dar, als sie durch die Tür des Festsaales traten. Der dicke Kazike wälzte sich auf den Knien vor den vier Mexikanern und winselte händeringend und schluchzend. Die dicke Prinzessin lag platt auf dem Bauch und ohnmächtig auf dem Fußboden da; sie wurde mit Kräuterwasser vom Pagen Orteguilla besprengt, der nichts weiter anhatte als seine Schambinde und eine Perücke aus lang herabwallenden gelben Papageienfedern. Die Kastilier, soweit sie nicht sinnlos betrunken waren und schnarchten, waren von den Schemeln gesprungen und standen starr, gelähmt, rat- und tatlos umher. Die Totonaken mit ihren Frauen folgten dem Beispiel ihres Königs, knieten bestürzt. Die rothäutigen jungen Edelmädchen aber – dreißig an der Zahl – waren in eine Ecke des Saales geflüchtet, sich drängend mit ihren zierlichen Gliedmaßen wie ein Rudel verängstigter Rehe. Und nur einen Verteidiger hatten sie. Das war der Weinschlauch, Ribadeo. Mit einem großen Kochlöffel, den er in der Not der Feuerlilie aus der Hand gerissen, fuchtelte er zuversichtlich (wenn auch unsicher auf den Beinen) herum, wankte vor den bedrohten Indianermädchen auf und ab, willens, sie mit dieser Waffe zu beschützen.
Doch wenn er auf den Humor der Mexikaner gerechnet hatte, so hatte er sich verrechnet. Ohne dem Gewinsel des knienden Königs Gehör zu geben, schritt der schöne Adlerjüngling auf die Mädchenschar zu, wählte einige der Schönsten, zerrte sie heraus. Und als Ribadeo Anstalten machte, den Kochlöffel zu heben, schob er ihn verächtlich beiseite, doch so, daß der Betrunkene bis in die Mitte des Saales kollerte.
An die Göttlichkeit der Weißen glaubte dieser Mexikaner augenscheinlich nicht...

Durch Marina, die sich in aller Eile unterrichtet hatte, erfuhr Cortez, daß die vier Mexikaner gekommen waren, im Namen und auf Befehl Montezumas ein Strafgericht über die Totonaken zu halten wegen der Zerstörung der Götterbilder sowohl wie wegen der Verbrüderung mit den Weißen. Eine spätere Züchtigung des Königs und seiner Großen sich vorbehaltend, verlangten sie fürs erste einen sogleich zu entrichtenden Blutzoll von zwanzig adligen Jünglingen und Mädchen, Kindern der höchsten Würdenträger; die Jünglinge sollten in Tenuchtitlan auf den Altären Huitzilopochtlis und Tezcatlipocas geschlachtet, die Mädchen aber der Göttin der Sünde geweiht und dem großen Freudenhause Tlatelolcos überwiesen werden.
Cortez hatte gleich beim Betreten des Saales nach seinen Feldobristen – von denen keiner zugegen war – und nach seiner Leibwache schikken lassen. Durch die Wache ließ er die Ausgänge besetzen. Die Hauptleute waren bald zur Stelle. Außer sich über die Anmaßung der Mexikaner, rieten einige, sie festzunehmen, andere sogar, sie unverzüglich hängen zu lassen; Cristóbal de Olid aber, der einstige Galeerensklave, legte Gewicht darauf, die Mexikaner ausgepeitscht zu sehen.
Cortez verwarf alle diese Vorschläge.
»Wir haben jetzt eine Gelegenheit«, sagte er, »unsere totonakischen Freunde in ein Netz zu locken, aus dem sie sich nie mehr werden lösen können. Wir wollen die Totonaken veranlassen, die Mexikaner gefangenzunehmen. Wenn sie das tun, ist jedes Band zwischen ihnen und Montezuma zerrissen, und sie sind für immer an uns gekettet.«
Dieser Plan fand die Zustimmung sämtlicher Hauptleute bis auf Ordás, der sich plötzlich in den Kopf gesetzt hatte, er wolle den reichgekleideten Adler zum Duell fordern. Ihm das auszureden, kostete nicht weniger Mühe, als dem noch immer knienden dicken Kaziken auf die Füße zu helfen. Cristóbal de Olid vermochte, trotz seiner Bärenstärke, das Körpergewicht des Fleischberges nicht zu heben und mußte sich den Beistand von Tapia und Luis Marín dazu erbitten. Leichteres Spiel hatte die Überredungskunst Marinas. Der König räumte mit verlegenem Grinsen ein, daß er den Kopf verloren ... Ein Rückfall ... Die alte Gewohnheit ... Der Schrecken des Namens Montezuma ... Aber nie wieder werde er ... Er sei ja ein Christ und glaube an den Gott »Dios«. Und gewiß brauche er mit einem Heer von vielen tausend Totonaken die kleine Schar – bloß vier Mexikaner – nicht zu fürchten!
Seine jämmerliche Feigheit schlug in mordgierige Rachsucht um. Er schrie die Mexikaner an, beschimpfte sie, und an die Seinen erteilte er mit laut krächzender Stimme Befehle. Sofort traten zweihundert totonakische Adler und Jaguare in den Saal und stürzten sich mit tosendem Kampfgeheul auf die vier Adler und Jaguare. Diese verkauften ihre Freiheit teuer. Adlerfedern flatterten durch den Raum. Weiße Orchideen, die den Fußboden des Hochzeitssaales schmückten,

färbten sich rot. Zehn Totonaken verröchelten, ehe die vier überwältigt und gefesselt waren. Der dicke Kazike befahl, sie unverzüglich abzuführen und in Käfige zu sperren.
Mittlerweile war Doña Catalina India aus ihrer Ohnmacht erwacht. Und als die Gefangenen abgeführt wurden, stellte sie sich, böse wie eine Spinne, dem vornehmen Adler in den Weg und spie ihm ins Gesicht.
Er sah sie nicht einmal an.

Eine halbe Stunde später kam Pater Olmedo ganz bestürzt zu Cortez.
»Wäre es mir nicht verboten, ich würde jetzt fluchen«, rief er aus.
»Mir scheint, heiliger Vater«, sagte Cortez, »daß Ihr noch unschlüssig seid, ob Ihr Euch ärgern oder lachen sollt? Was ist geschehen?«
»Das Tollste, was ich je erlebt!« rief Olmedo, sein Lachen nicht mehr unterdrückend.
Und er erzählte, was er erlebt.
Vom Eremiten Unserer Frau der blutroten Rosen, vom halberblindeten Juan Torrés, herbeigerufen, war er gerade noch zur rechten Zeit auf die Tempelterrasse gekommen, um eine Wahnsinnstat zu verhindern. Denn die Totonaken waren eben im Begriff, ihrer neuen Göttin Santa Malia – wie sie das Bild der Jungfrau Maria nannten – die gefangenen vier Mexikaner zu schlachten. Zum Glück war der Diakon und Dolmetscher Jerónimo de Aguilar in der Nähe und konnte den erst jüngst getauften Priestern begreiflich machen, daß ein solches Unterfangen sündhaft sei.
»Eine Lehre für uns!« schloß Pater Olmedo seinen Bericht. »Ich war immer gegen diese überstürzte Bekehrung ... Nun sehen wir, wozu das führt! In Zukunft wollen wir die Heiden erst zu Christen machen, ehe wir sie taufen – nicht umgekehrt!«
Cortez lachte, daß ihm die Tränen in die Augen traten, hielt es dann aber doch für seine Pflicht, den dicken Kaziken streng zur Rede zu stellen.
Mit einer Verlegenheit, die deutlich sein Schuldbewußtsein verriet, versicherte der dicke Kazike, nichts von der Opferung zu wissen. Das Gegenteil ließ sich ihm nicht nachweisen.
Schließlich fragte er verschüchtert, was er denn mit den Gefangenen tun solle.
Cortez lehnte es ab, ihm einen Rat zu erteilen. Nicht durch Kastilier, sondern durch Totonaken seien die Mexikaner festgenommen worden. Also wäre es Sache der Totonaken, sie abzuurteilen und, falls sie es verdienten, sie hinzurichten.
Völlig verängstigt fragte der dicke König, was das sei – hinrichten?
Es wurde ihm auseinandergesetzt: das bedeute, daß man Leute an einen Baum hängt oder ihnen den Hals durchschneidet oder sie lebendig verbrennt ...

Der dicke Kazike schwieg und fragte nicht mehr. Aber es schien ihm nicht in den Kopf zu wollen, warum dies erlaubt sei und jenes nicht...
Bei diesem Gespräch erfuhr Cortez, daß der eine der Gefangenen ein Vetter Montezumas war mit Namen Guatemoc, der Herabstoßende Adler.

In der darauffolgenden Nacht ließ Cortez durch zwei seiner verwegensten Soldaten – Guzmán und Domínguez – den Herabstoßenden Adler nebst einem seiner Mitgefangenen heimlich aus ihrem Gewahrsam befreien und vor sich führen. So heimlich geschah dies, daß keiner der Totonaken davon erfuhr.
Nachdem er den Mexikanern Speise und Trank vorgesetzt und ihnen seinen Feldobristen vorgestellt, zog er sich mit Guatemoc in ein anderes Gemach zurück. Nur Marina durfte zugegen sein.
Eine Stunde lang sprachen sie. Cortez drückte sein Bedauern aus. Ein Mißverständnis. Er sei stets ein Freund Montezumas gewesen. Er mißbillige die Gewalt der Totonaken. Aber, bei Gott, die Kastilier seien schuldlos. Unerhört, daß man sich erfrecht habe, Hand an die unantastbaren Abgesandten des Weltherrn zu legen.
Guatemoc sagte nicht viel, gab kühl und weltgewandt Höflichkeit mit Höflichkeit zurück. Doch während leere Worte hin und her schwirrten, Gedanken zu umhüllen, von Gedanken abzulenken – blickten sich zwei finstere Königsadler forschend, bohrend, peinigend in die funkelnden Augen.
Inzwischen war totonakische Kleidung herbeigeschafft worden; und am Fluß lag ein Kanoe bereit. Als Totonaken verlarvt, wurden die beiden Mexikaner von Guzmán und Domínguez durch nachtfinstere Gassen zum Fluß geführt und aus der Stadt hinausgerudert.

Es war kaum eine Woche her, daß der Herabstoßende Adler als Triumphator aus den südlichen Mayaländern nach Tenuchtitlan zurückgekehrt war. Er und der Generalissimus der mexikanischen Heerscharen, der Irdene Krug, hatten in dem einjährigen Kriege den Ruhm Mexikos gemehrt, weite Länderstrecken Guatemalas und Nikaraguas dem Besitzstand des Weltreiches hinzugefügt. Aber nicht mit frohem Jauchzen, wie sie es hätten erwarten dürfen, waren sie empfangen worden – mit einem lärmenden Jauchzen vielmehr, das krampfhaft eine stille Wehklage niederschrie. Den unheilkündenden Geschehnissen, den Vorzeichen des Weltendes, die seit einem Jahrzehnt die Gemüter ängstigten, hatten sich drei neue hinzugesellt: die Schreckensnachricht von der Zertrümmerung der Götter in Sempoalla, das Versinken des großen Adlersteines im Kanal und die Ehe zwischen den königlichen Geschwistern Prinzessin Maisblüte und dem Vom-Himmel-Gestiegenen.
Aber trotzdem oder gerade deshalb verlangte das Volk nach dem

Triumphzug, den Montezuma der Landestrauer wegen abgesagt hatte. Die Bewohner der Wasserstadt hielten seit langem die Fäuste geballt, und nun begehrten sie, ihren Liebling, den Herabstoßenden Adler, zu feiern. Eines Volkes Sehnsucht zitterte im Klang dieses Namens: ein heimlicher Schlachtruf der Unzufriedenen war er geworden, ein Sinnbild der Erlösung – Drohung und Verheißung zugleich.
Montezuma mußte dem Volkswillen nachgeben, das Verbot aufheben. Zwei Tage nach dem Verschwinden des Opferblutgefäßes fand der Triumphzug statt. Die große Trommel auf dem Gipfel der Schlangenbergpyramide ließ ihre dumpfen Dröhnlaute ertönen. Der Kopalrauch der Räucherpriester tauchte die Stadt in weiße Nebelwolken. Fellpauken donnerten, Muschelhörner schmetterten. An der Spitze der Heerscharen und zehntausend gefesselte Schlachtopfer für die hungrigen Götter Mexikos mit sich führend, schritten, das Haar in Zöpfe geflochten, der Herabstoßende Adler und der Irdene Krug über den großen Steindamm von Iztapalapan, durch Siegespforten aus Blumengehängen und Papierfähnchen, über Kanalbrücken und Plätze und durch die Haupt- und Prozessionsstraße Tenuchtitlans, welche man die Straße-der-blauen-Scheibe (das heißt, des Erdrundes) nannte. Flötenspielende Mädchen umtanzten sie, Greise zogen ihnen tanzend entgegen. Und als sie sich dem Großen Palast näherten, trat auch Montezuma in Kriegstracht aus dem Palasttor mit einem türkisenen Schild am linken Arm und umgeben von seinen Krüppeln und Narren und dem Rat der Alten. Bewillkommnend lud er die Sieger in sein Haus. Und im Türweg ebenda, auf den langen Treppenstufen vor dem Palasttor, wurden angesichts des Volkes der Herabstoßende Adler und der Irdene Krug entkleidet, und ihre nackten Körper wurden ockergelb, ihre Gesichter karminrot bemalt. Auf das geflochtene Haar aber setzte man ihnen Siegeskronen, prachtvoll gearbeitet aus aufrecht stehenden Federn des Schlangenhalsvogels. Und Montezuma sprach die Worte, mit denen seit toltekischen Zeiten alle Könige Anahuacs ihren triumphierenden Feldherren den Siegeslohn gaben, sie zugleich damit in ihre Schranken zurückbannend:
»Die Mexikaner und ich, wir sind zufrieden mit euren Taten! Ihr habt euch vor dem Feinde gut gehalten; nun aber erholt euch und ruht euch aus!«

Des Irdenen Kruges kindliche Gattin war, seit er ins Südland gezogen, vierzehn Jahre alt geworden. Sein tlascaltekisches Heimatland lachte ihn aus ihren braunen Augen an. Rasiert an der Stirn, am Busen und am Oberarm blau tätowiert, war sie liebreizend und rein wie ein heiliges Feuer. Er trug sie umher wie einen flaumleichten Schmetterling. Und er sang:

»Laß mich hingehen, laß mich sterben gehen,
Denn ich bin der Maishalm.
Ein Smaragdsplitter ist mein Herz,
Eine zerschnittene Goldfrucht ist mein Herz . . .«

Der Zornige Herr aber, der dies hörte, sagte zum Irdenen Krug: »O mutiger Krieger, du junger! Suchst du noch den Tod? Aber du hast ihn ja nicht finden wollen . . .«
Der Irdene Krug schwieg. Dann sprach er:
»O großer König, o Herrscher! Ich suchte den Schlachtentod nicht. Denn ich sehne mich nach der Opferblutschale.«
»Erst sollst du mir einen zweiten Dienst leisten!« sagte Montezuma. »Ich opfere dich nicht, ich gebe dich nicht her. Nach Tlascala sollst du gehen, zu deinen Bergen und Tälern!«
Der Irdene Krug rührte sich nicht. Verständnislos blickte er den Großkönig an.
»O mutiger Krieger, du junger!« fuhr Montezuma fort. »Du wirst als mein Abgesandter zu deinen Bergen und Tälern gehen. Denn nur deine Treue kann dem weißen Gott den Weg versperren! . . .«

Die Kunde von der Verführung und Verehelichung seiner einstigen Braut hatte der Herabstoßende Adler erfahren, als er noch mit seinen Heerscharen vor den Toren Tenuchtitlans stand. Zugleich mit dieser Trauerbotschaft vernahm er jetzt erst, daß Maisblüte zuvor dem jungen König von Tezcuco versprochen war. Kein Mexikaner hätte gewagt, ihm das mitzuteilen. Durch seinen besten Freund, den Prinzen Ohrring-Schlange, wurde er aufgeklärt.
Von Iztapalapan aus, wo das heimkehrende Heer zum letzten Male vor dem Einzug Quartier genommen, war der Herabstoßende Adler am Vorabend seines Triumphes in einem Boot, nur von einem Sklaven begleitet, auf den Schilfsee hinausgerudert, in der Hoffnung, unter den blauen Zypressen von Chapultepec die Lichtgestalt seiner Braut zu erspähen, sie, wenn mit dem Munde nicht mehr, so doch mit den Augen küssen zu können.
Doch merkwürdig fremd und leblos lag der Terrassengarten da, als das Boot sich näherte. Herrlich wie immer zwar glitzerten die polierten Porphyrtreppen, dunkelten sich die Lorbeerwipfel, glühten die Zedernäste, purpurn von Abendsonnengold verbrämt. Aber kein Mädchenlachen erscholl, kein Flötenlied mischte sich in die Vogelstimmen. Ein verwunschener Trauerhain. Eine entseelte, herbschöne Leiche.
Guatemoc gab dem Sklaven ein Zeichen, zurückzurudern. Als aber das Boot sich wandte, gewahrte er ein Kanoe, das mit schnellen Ruderschlägen ihm entgegenkam. Im Kanoe saß nur ein Mann, in der Tracht eines huaxtekischen Tonwarenhändlers, mit einer zuckerhutähnlichen spitzen Kopfbedeckung aus Kaninchenhaarfilz. Trotz

der Verkleidung erkannte der Herabstoßende Adler im Nahenden alsbald seinen Vetter Prinz Ohrring-Schlange.
Sie begrüßten sich nach Indianerart mit spröder Herzlichkeit. Seit frühester Kindheit waren sie Spielgefährten und Freunde gewesen. Immer eines Sinnes, hatten sie noch nie ihre Treue wanken gefühlt. Unmerkbar, wie Knabengestalt in Jünglingsgestalt hinübergleitet, war ihre kindliche Anhänglichkeit zur Männertreue geworden. Aber ein Himmelsstern leuchtet nur in nächtlicher Dunkelheit, und Treue nur, wenn Leid sie umgibt.
Heute zum ersten Male sollte ihre Freundschaft geprüft und noch in kommenden Tagen auf eine harte Probe gestellt werden.
Ihr Zusammentreffen auf der Lagune verdankten sie nicht einem Zufall. Ohrring-Schlange hatte vorausgesehen, daß es den Freund in Chapultepecs Nähe locken würde, und er hatte ihm aufgelauert, um ihn heimlich zu sprechen, ihm die Augen zu öffnen, die Maske von Montezumas Gesicht zu ziehen, ihm zu verraten, was andere ihm verschwiegen, aber auch um seine eigene Handlungsweise zu rechtfertigen, seinen Abfall von Mexiko, seinen Bruch mit Montezuma und dem Edlen Traurigen wegen des erlisteten Goldschatzes von Tezcuco und seinen beabsichtigten Übertritt zum Rebellenheer der Schwarzen Blume.
Doch ehe er den Bericht begann, warf er einen mißtrauischen Blick auf den Sklaven und lud den Herabstoßenden Adler ein, in sein Kanoe zu kommen.
Dieser tat es, bemerkte jedoch lächelnd, daß der Sklave kaum ein Wort Mexikanisch verstünde. Und in der Tat, fremdartig genug sah der Mann aus. Er trug das Sklavenhalsband und am Scheitel die Sklavenfeder, zugleich aber auch Insignien eines Heerführers der Maya, hatte Ohren und Nase mit Kristallpflöcken durchbohrt; seine Haut war sonnengerötet und doch auffallend hell, und sein schmalknochiges Gesicht umrahmte ein wilder roter Vollbart.
»Mein Sklave ist ein weißer Gott!« sagte der Herabstoßende Adler.
Erst seit kurzem besaß er diesen Mann und hielt ihn wert als das kostbarste Beutestück des Feldzuges. Aus Guatemala und Nikaragua heimkehrend, waren die Mexikaner durch Yukatan gezogen und waren auch in das Reich des Mayakönigs eingefallen, der den Diakon und Dolmetscher Jerónimo de Aguilar, nachdem er ihn einer Keuschheitsprobe unterzogen, zum Aufseher seiner Frauen ernannt, dann aber, als die Schiffe des Cortez die Insel Cozumel angelaufen, ihm großmütig die Freiheit geschenkt hatte. Der Leidensgefährte Aguilars, der Matrose Gonzalo Guerrero, dem gleichfalls der Weg zur Freiheit offenstand, hatte sich geweigert, zu seinen Landsleuten zurückzukehren; und als Aguilar ihm vorgehalten, daß er doch ein Christ sei, daß er seit sieben Jahren nicht zur Messe, nicht zum Abendmahl gegangen – war seine Antwort gewesen:
»Laßt es gut sein, Gevatter! Messe und Abendmahl sind vortrefflich

für Grafen und Herzöge. In Europa werden wir armen Schufte mißhandelt im Elternhaus, verprügelt vom Leben und auf den Kehrichthaufen geworfen, wenn wir alt sind. *Vivere non necesse est* – ich weiß, was das bedeutet!«

Mit Isabel de Ojedas Vater, dem unglücklichen Statthalter von Urabá, mit Diego de Ordás und Aguilar hatte er Schiffbruch erlitten. Und was er vordem gelitten in zwanzigjähriger Seemannschaft, erschien ihm wie eine nie reißende Kette von Mühsalen und Erniedrigungen, eines Lebens Schiffbruch. Nicht das Geschick machte er für sein Mißgeschick verantwortlich – sondern die Ausbeutung der Schiffsreeder, der Brotherren, der Reichen. Ein ätzender Haß hatte sich in sein Herz gefressen gegen die gottgewollte Ordnung der christlichen Welt, gegen die Lehre vom Zinsgroschen, welche die Zukurzgekommenen auf ein Entgelt im Paradies vertröstete, auf Erden aber dem Kaiser gab, was des Kaisers war.

Sein Abscheu vor der Alten Welt erleichterte es ihm, ein Indianer zu werden. Wie Odysseus in der Polyphemhöhle, hatte er es mit ansehen müssen, daß bald nach dem Schiffbruch fünfzehn seiner Reisegefährten – täglich einer – geschlachtet und verzehrt wurden. Das hinderte ihn nicht, als schließlich der Mayafürst dem Frater und ihm den Opfertod erließ, seinem Christentum abzuschwören und zur Religion der Maya überzutreten. Er ließ sich tätowieren, Ohren, Nase und Lippen durchbohren; er nahm teil an den heiligen Handlungen, sogar an Menschenopfern. Als Renegat, der er war, stieg er von Stufe zu Stufe. Die der indianischen überlegene Strategie der Weißen hatte er unter Ojeda kennengelernt und war imstande, seinem Fürsten wertvolle Ratschläge zu geben, als der mit Nachbarstaaten Krieg führte. Bei den Kämpfen zeichnete er sich durch Unerschrockenheit, ja Tollkühnheit aus. Ihm wurde das weiße Reiherfederhemd verliehen, ein Abzeichen hohen Kriegerranges. Und jüngst beim Einfall der Mexikaner, der den Zwistigkeiten der kleinen Mayaländer ein Ende machte – freilich auch ihrer Unabhängigkeit –, führte Gonzalo Guerrero als Ordner der Pfeile das Heer seines Fürsten an.

Trotz verwegener Heldentaten wurde er besiegt. Die Mexikaner vermieden es, in den Kämpfen ihre Feinde zu töten – Kriegssklaven zu machen war das Hauptziel des Krieges; und jede Leiche auf dem Schlachtfeld beeinträchtigte den Glanz des Triumphzuges und die Speisung der hungrigen Götter. In der Entscheidungsschlacht gelang es dem Herabstoßenden Adler, eigenhändig den rotbärtigen Anführer des Mayaheeres zu fangen.

Über das Los eines Kriegssklaven hatte niemand zu entscheiden außer demjenigen, der ihn zum Kriegssklaven gemacht. Er konnte ihn den Göttern weihen, war aber dazu nicht verpflichtet; er konnte ihn auch als Haussklaven behalten, konnte ihn an einen Sklavenhändler verkaufen; ja, er konnte ihm die Freiheit geben.

Tausende von Maya waren gefangen worden. Und wie die Mehrzahl von diesen war auch Gonzalo Guerrero ursprünglich dazu ausersehen, auf der großen Adlerschale Mexikos zu verbluten. Aber um von ihm Aufschluß zu erhalten über die Schlupfwinkel seiner noch unbesiegten Bundesgenossen, ließ Guatemoc ihn foltern und durch Dolmetscher ausforschen. Da ergab es sich, daß er ein weißer Gott war. Der Herabstoßende Adler befahl, diese Auskunft geheimzuhalten, erfaßte er doch sofort ihre Tragweite. In einem Sondergespräch, das er mit dem einstigen Matrosen hatte, flößte ihm dieser durch seine indianische Lebensverachtung Achtung ein; und mit Staunen erfuhr er, daß der gewesene Christ die Christen haßte. Jetzt erst begriff Guatemoc ganz, welch ein Beutestück ihm das Glück in die Hände gespielt. Und er beschloß, den weißen Sklaven nicht zu opfern.

Als der Herabstoßende Adler ins Kanoe hinüberstieg, ging die Sonne unter; und die Sonne hob sich bereits wieder, als Prinz Ohrring-Schlange seinen Bericht beendete. Nicht ohne Unterbrechung freilich hatte er erzählt. Seines Freundes Verzweiflung, Ausbrüche der Klage und der Wut hatte er mit Trostzusprüchen und Vernunftgründen zu dämpfen gehabt und hatte sich genötigt gesehen, gegen erbitterte Vorhaltungen sich zur Wehr zu setzen, da der andere es nicht wahrhaben wollte, daß der Abfall von Montezuma den Abfall von Mexiko nach sich ziehen müsse.

Von der Verführung der Prinzessin Maisblüte erzählte Ohrring-Schlange das wenige, was Gerüchte davon ihm zugetragen. Daß der Tempel-Feger der Anstifter war, wußte er nicht; wohl aber, daß der Schönling Coxtemexi, der Gefährte des Vom-Himmel-Gestiegenen, am Flötenspiel Tezcatlipocas Mitschuldiger war.

»Ich habe keine Braut mehr«, sagte der Herabstoßende Adler. »Die Stadt inmitten des Sees wird in Zukunft meine Verlobte sein.«

»Der Zornige Herr wird dir auch diese Braut nehmen«, sagte Ohrring-Schlange. »Er fürchtet dich.«

»Warum?«

»Weil Tenuchtitlan dich liebt. Er ist neidisch auf die Herzen der Mexikaner, wie er auf die Blume von Yuquane neidisch war. Mein Schwager Prinz Grasstrick starb darum. Auch dein Leben wird Montezuma nicht schonen.«

»Ich selbst will mein Leben nicht schonen, seit ich erfahren, was ich heute erfuhr!«

Beide Freunde schwiegen lange. Dann sprach der Herabstoßende Adler:

»Ich liebe Mexiko, wie man ein Weib liebt. Hingabe ist dem Liebenden leicht, und nur schwer ist es, den Freund hinzugeben . . .«

Ohrring-Schlange reichte ihm die Hand.

»Auch als Feinde wollen wir Freunde bleiben!« sagte er.

So schieden sie.
Nach dem Triumphzug trat der Herabstoßende Adler vor Montezuma hin. Eine scheue Unruhe flackerte auf dem Antlitz des Weltherrn. Zwar war jetzt die Beklemmung von ihm gewichen, unter der er letzthin fast körperlich bei der Vorstellung gelitten, dem Vetter Auge in Auge eingestehen zu müssen, daß er Prinzessin Maisblüte dem König von Tezcuco gegeben. Der eine der drei Pfeile, mit dem am Tage der Einweihung des Felsenbildnisses die Himmlischen sein Herz durchbohrt und zerrissen hatten, enthob ihn dieser schweren Aufgabe. Wenn dennoch eine scheue Bangigkeit über seine sorgendurchfurchten Züge huschte, so trug das Volk der Wasserstadt Schuld daran, da es mit hellerer Freude dem Herabstoßenden Adler zugejubelt hatte als ihm, dem König der Könige.
Auch der Prinz unterließ, auszusprechen, was sein würgender Groll an Vorwürfen in Bereitschaft hielt. Wenn der König vom Verlöbnis schwieg, so schwieg er erst recht davon. Reden änderten ja nichts mehr. Für seinen Wortbruch war Montezuma schon vom Himmel bestraft worden, grausam genug.
Der Herabstoßende Adler erbat sich einen Auftrag von Montezuma. Er beantragte seine Entsendung nach Sempoalla, wo er die Totonaken wegen ihres Abfalls von Mexiko und von ihren Göttern zur Rechenschaft ziehen wolle. Einen Blutzoll von zwanzig Jünglingen und Mädchen wolle er ihnen auferlegen und eine spätere Züchtigung der Schuldigen in Aussicht stellen.
Der Zauderer Montezuma schreckte zurück, wie er vor jeder Entscheidung zurückschreckte. Dieser Vorschlag bedeutete eine Tat, eine entscheidende Stellungnahme gegen die weißen Götter. Sein Zweifelmut suchte Ausflüchte, um sich nicht entscheiden zu müssen. Die mexikanischen Heerscharen seien ermüdet, sehnten sich nach Weib und Kind, wollten ihre Maisfelder bestellen – brachte er vor.
Der Herabstoßende Adler lächelte. Zu seinem Schutz brauche er die Heerscharen nicht, und wenn es gelte, den Totonaken Schrecken einzuflößen, so genüge der Name des großen Montezuma, dessen Bote er sein werde. Ohne Heer, mit nur drei Begleitern, wollte er nach Sempoalla gehen.
Montezumas feinknochige Finger krampften sich an die Armlehnen seines silbernen Thrones. Er schwieg und sann. Ein grünliches Blinken glomm und erlosch in seinem faltenumrandeten Auge. Noch war in seinen Ohren das Triumphgeschrei nicht verrauscht; die Kosenamen und Zurufe, mit denen das Volk den Liebling Mexikos umtost hatte, hörte er noch immer gellen. Der Jüngling, der so siegesstolz vor ihm stand, war auch ihm teuer wie ein Sohn und verhaßt wie ein Nebenbuhler. Und nun erbot er sich ungestüm, ins Verderben zu rennen . . .
Montezuma fand keine Antwort. Er wolle erst mit sich zu Rate gehen, sagte er.

Da trat sein mißratener Sohn in den großen Thronsaal, unterwürfig begrüßt von den zahllosen Höflingen. Finster schweifte Montezumas Blick von einem Prinzen zum anderen, und sein Herz verhärtete sich. Kein Zweifel, wem der Thron einst gebührte.
Der Herabstoßende Adler begrüßte sich mit dem Vom-Himmel-Gestiegenen förmlich und höflich und erkundigte sich nach dem Befinden der Prinzessin Maisblüte, als ob er keiner Seelenwunde Schmerzen fühle. Offensichtlich würdigte er den Knaben nicht einmal seines Hasses. Er scherzte sogar mit ihm und fragte ihn nach dem Namen seines schmucken Begleiters – einen so schönen Mann habe er weder in Mexiko noch in fernen Ländern gesehen.
Der Königssohn nannte den Namen Coxtemexi.
Da geschah etwas Unerhörtes.
Im Thronsaal, angesichts des Herrn der Welt, packte der Herabstoßende Adler mit dem flinken unentrinnbaren Griff, mit dem er Kriegssklaven zu fangen pflegte, den langen Haarschopf Coxtemexis, drückte dessen Kopf nach hinten, bis Hinterhaupt und Rücken sich berührten, hielt ihn so mit der linken Hand, zog blitzschnell mit der Rechten einen Feuersteindolch aus dem Gurtgehenk und schnitt dem schönen Höfling die Nase ab.
Dann trat er vor den Thron Montezumas.
»O großer König, o Herrscher!« fragte er, »gingst du mit dir zu Rate?«
Die Höflinge im Saal waren wie erstarrt. Montezuma saß wie eine Bildsäule da.
»Geh nach Sempoalla!« sprach Montezuma leise.
Es war ein Todesurteil.

Nicht früher als Mitte August des Jahres 1519 schickte sich das kastilische Heer an, vom gastfreundlichen Totonakenland – vom Irdischen Paradies – Abschied zu nehmen und den Weitermarsch nach Mexiko anzutreten. Immer wieder war der Aufbruch hinausgezögert worden. Der Narr Madrid versicherte, die dicke Prinzessin habe – eine zweite Circe – die weißen Götter in Schweine verwandelt, um ihren Gemahl ganz für sich zu behalten. Sei dem, wie ihm wolle – sie hätte nichts ausgerichtet, hätte sie der Abreise Steine in den Weg gelegt. Denn Cortez verging vor Ungeduld. Aber das Hindernis war das Klima des Irdischen Paradieses und die dort im Hochsommer wütende Krankheit *Cómito negro,* das schwarze Erbrechen oder Gelbe Fieber. Viele erkrankten, einige erlagen der Seuche. Auch Cortez und die Feldobristen hatten leichtere Fieberanfälle zu überstehen. Sandoval war von den Hauptleuten der einzige, der pflichtgetreu seinen Dienst verrichtete und auch im Widerstand gegen die Krankheit seine schlichte uneitle Tüchtigkeit bewies.
Von den Soldaten waren mehrere so fiebergeschwächt, daß sie für den Zug über die Kordilleren nicht mehr in Frage kamen. Zurück-

bleiben mußten auch Pedro d'Ircio und Alonso de Grado, welche bei dem der Vernichtung der Götzenbilder vorangehenden Kampfe verwundet worden und noch nicht geheilt waren. Und die Mulattin Beatriz de Palacios schlief zwar nicht mehr im Sarg, genas jedoch nur langsam von der furchtbaren Schädelverletzung, lachte irr mit toten Augen, handelte und redete wie eine Mondsüchtige.
Es wurde beschlossen, die Kranken nach Verakruz zu schaffen. Cortez schickte einen Brief an Escalante. Mit einer Eskorte sollte er nach Sempoalla kommen, die Kranken abzuholen, zugleich auch letzte Verhaltungsbefehle entgegenzunehmen.
Escalante kam und brachte eine Nachricht mit, welche den Abmarsch des Heeres von neuem um etliche Tage hinausschob. Zwei Schiffe hatten sich an der Küste gezeigt und kreuzten südlich von Verakruz. Escalante hatte in Erfahrung gebracht, daß diese Schiffe Francisco de Garay, dem Statthalter der Insel Jamaika, gehörten.
Garay war der Nachfolger jenes freundlichen Esquivel, der, von Ordás um Hilfe angerufen, seinen Leutnant Pánfilo de Narváez mit einer Karavelle aussandte, Ojeda, den unglücklichen Statthalter von Urabá, aus den Morästen Nordkubas und von den Ketten seines Peinigers, des italienischen Korsaren Talavera, zu befreien.
Don Juan Rodríguez de Fonseca, Bischof von Burgos und Erzbischof von Rosano, Leiter der indianischen Angelegenheiten – der Mann, dessen Herz so eng war wie sein Name lang, der Unterdrücker jeder Begabung, war ein Gönner und Patron des unbedeutenden Francisco de Garay und hatte ihm ein Patent ausgefertigt, das ihm Sklavenraub und Tauschhandel an der Festlandküste westlich von Florida gestattete. Garay hatte von Kuba her vage Nachrichten über den Freibeuterzug des Cortez erhalten und fühlte sich benachteiligt. Die beiden Schiffe hatte er ausgesandt, um zu verhindern, daß die Kubaner in seinem Gebiet Sklaven raubten. Über Montezuma, Mexiko und die höheren Ziele des Cortez war er nicht unterrichtet.
Von seinem verbrieften Recht – in Besitz zu nehmen, was er entdecken würde – hatte er bisher keinen Gebrauch gemacht, wollte es aber nicht dulden, daß ein anderer ihm zuvor oder ins Gehege kam. In Wirklichkeit begann die ihm zugesprochene Küstenstrecke viele Meilen nördlich von Verakruz. Seine Schiffsleute hatten sich um einige Breitengrade geirrt, was bei der Beschaffenheit der damaligen Sextanten nicht selten vorkam.
Wie kürzlich bei der Ankunft des Schiffes des Salcedo beschloß Cortez, selbst nach dem Rechten zu sehen. Er übergab Alvarado und Sandoval die Aufsicht über das Heer, begleitete den Krankentransport bis zur Hafenstadt und ritt dann an den Dünen entlang weiter südlich in Begleitung von Escalante, Lares, Domínguez, Galleguillo, dem kleinen Galicier, und den Bogenschützen Benítez, Nájara, Guzmán und Peñalosa.
Sie fanden drei Leute des Garay am Strande. In einer Schaluppe

waren diese an Land gerudert und hatten soeben in eine Tonne Trinkwasser gefüllt. Beim Anblick der acht Bewaffneten wollten sie zurück zu ihrer Schaluppe. Doch der Weg wurde ihnen von den Reitern abgeschnitten.
Ein winziger runder Mann mit einer Spitznase, im schwarzseidenen Leibrock eines Gerichtsschreibers, mit Silberschnallen an den Schuhen und einem sauberen, doch zerrissenen Spitzenkragen, begann, als er sich umstellt sah, ein pergamentenes Schriftstück auseinanderzufalten, welches mehr Umfang hatte als er selbst.
Cortez redete ihn freundlich an:
»Ich hoffe, Ihr kommt in guter Absicht uns besuchen, Señor!«
Der Knirps antwortete ebenso freundlich:
»Da scheint Ihr mir doch zu irren, Señor. Die Besuchenden werdet Ihr wohl sein, wenn Ihr mir Zeit laßt, meinen Auftrag auszuführen.« Und er fuhr fort, sein großes Pergament zu entfalten.
»Ob ich Euch Zeit lasse, hängt von Eurem Auftrag ab«, sagte Cortez lächelnd. »Was habt Ihr vor?«
»Ich ergreife Besitz von diesem Lande, Señor, im Namen unseres Kaisers Don Carlos und des Statthalters Francisco de Garay von Jamaika – vor diesen meinen beiden Zeugen!« sprach der kleine Gerichtsschreiber und zeigte auf seine beiden Begleiter. Es waren einfache Matrosen.
Cortez klopfte ihm auf die Schulter:
»Zu spät, lieber Freund. Vom Land nahm ich schon Besitz. Nun aber möchte ich auch von Euch Besitz nehmen!«
Und der Generalkapitän, der, wenn er wollte, bezaubern konnte, machte sich die Mühe, den kleinen Schreiber zu bezaubern. Er schob alle Schuld den nautischen Instrumenten, dem Astrolabium und dem Inklinationskompaß zu. Und dann malte er ein Bild von Mexiko, vom Märchenland, vom Goldland Mexiko. Welche Möglichkeiten für unternehmende Männer! Der Notar sei ein Mann von Willenskraft und scharfsinnigem Verstand – das sehe man ihm an! Nicht minder Wagemutige befänden sich gewiß unter der Besatzung der beiden Schiffe, bereit, alles daranzugeben, wenn ein solches Preisziel winke!
Der kleine Mann und seine beiden Begleiter waren gewonnen. Sie erboten sich, die Schiffsbesatzung an Land zu rufen.
Indes, ihre Bemühungen waren erfolglos. Wohl brüllten die zwei Matrosen unbändig, und der Kleine überschrie sie sowohl als die Meeresbrandung, bis sein Kopf sich puterhaft rötete und die Stimmbänder schnarrten. Doch die Leute auf den Schiffen hatten, wenn auch aus ziemlicher Entfernung, die Umzingelung ihrer drei Kameraden mit angesehen und glaubten, ihr Winken und Rufen sei durch Drohungen veranlaßt.
»Auf die Weise erreichen wir nichts!« sagte der alte Escalante mißmutig. »Wenn wir aber hinrudern, so empfangen sie uns mit Musketenschüssen!«

»Wir müssen eine Kriegslist gebrauchen«, sprach Cortez. »Jetzt wollen wir so tun, als hätten wir unsere Absicht aufgegeben und zögen den Weg zurück, den wir gekommen.«
Zum Schein, gleichsam, als wären sie Gefangene, wurde der kleine Gerichtsschreiber und seine Gefährten in die Mitte genommen; und der sichtlich enttäuschte Trupp überschritt, die Richtung nach Verakruz einschlagend, die Düne.
Hinter der Düne, wo die Lauscherblicke der Schiffsbemannung nicht hindringen konnten, ließ Cortez haltmachen. Auf seinen Befehl mußten der Gerichtsschreiber und die beiden Matrosen ihre Kleider mit Galleguillo, dem kleinen Galicier, und den Armbrustschützen Benítez und Peñalosa wechseln. Der Schreiber protestierte gutmütig gegen die Maskerade, fügte sich jedoch ins Unvermeidliche. Die Kleider des kleinen Galiciers schlotterten an ihm wie an einer Vogelscheuche, während der kleine Galicier in der kurzen Amtstracht wie ein hochgeschossener Bub aussah. Das erregte viel Ergötzen.
Es war Abend. Und Cortez wollte erst das Morgengrauen abwarten, ehe er an die Ausführung seines Planes ging.
Nach einer mehrstündigen Rast hinter der Düne schlichen alle im Schutz der neumonddunklen Nacht zurück ans Meer und legten sich, geborgen durch Buschgehölz, auf die Lauer. Die Pferde hatte man jenseits der Düne an einen Baum gebunden.
Als die Sonne aufging, liefen der kleine Galicier, Benítez und Peñalosa am Strande hin und her, schrien und winkten, Haltung und Gebärden des Gerichtsschreibers und der Matrosen nachahmend. Und so täuschend agierten sie ihre Rollen, daß die Schiffsmannschaft – im Glauben, die Kameraden wären der Gefangenschaft entronnen – den Hilferufen diesmal Gehör schenkte. Ein Boot mit sechs Mann näherte sich dem Strande.
Es war ein schwüler Tag. Gewitterhaft grollte es in der Ferne. Bleiern und wellenlos plätscherte das Meer.
Um nicht zu früh erkannt zu werden, knieten, indes das Boot heranruderte, der vermeintliche Gerichtsschreiber und die vermeintlichen Matrosen am Meeresufer und wuschen sich umständlich Hals, Gesicht und Haar.
Zwei von den sechs Leuten des Garay kamen an Land, um – wie tags zuvor ihre Gefährten – eine Tonne mit Trinkwasser zu füllen; sie eilten einem nahebei rinnenden Bache zu. Die anderen im Boote Verbliebenen aber begannen sich zu wundern, daß Guillén de la Loa – so hieß der kleine Gerichtsschreiber – und seine Begleiter nicht aufhören wollten, sich zu waschen.
»Ihr seht, daß wir euch holen kommen, Don Guillén – was fackelt ihr so lange!« rief einer der Garay-Leute.
»Kommt ihr doch auch an Land!« entgegnete der kleine Galicier. »Hier gibt es pflaumengroße Honigameisen ...«
Allzuwenig glich seine Stimme der des Gerichtsschreibers. Indes,

wenn sich auch auf den Gesichtern der Angeredeten ein verdutztes Verwundern malte, sie hätten vielleicht wieder Vertrauen gefaßt, hätte sich nicht gleichzeitig hinter der Düne ein brünstiges Gewieher vernehmen lassen. Da nämlich das Pferd des Reiters Lares seit einigen Tagen lahmte, hatte er, um Cortez begleiten zu können, den Hengst des Tanzmeisters Ortiz ausgeliehen. Und dieser Hengst – sonst immer hinter der Stute des reichen Sedeño her – erblickte jetzt im ersten Sonnenstrahl die Schimmelstute des Domínguez und äußerte seine Bewunderung auf vernehmliche Weise.

»Ein Hinterhalt!« schrie einer der Garay-Leute.

Sofort stieß das Boot von Land ab, entfernte sich rasch rudernd. Dann Schuß auf Schuß.

Die hinter Gebüsch versteckt Liegenden waren emporgesprungen, erwiderten die Schüsse. Eine Musketenkugel durchbohrte Escalantes Hut, streifte ihm die Schläfe.

Cortez tat dem zwecklosen Geschieße Einhalt.

»Señor, Ihr seid doch nicht verwundet?« fragte er Escalante ernst und besorgt.

Der alte Escalante lachte so derb, daß sein weißer Knebelbart wakkelte.

»Ich habe eine gute Waffensalbe und einen Krötenstein, Don Hernando, und zwinge jede Kugel aus ihrer Bahn!«

»Vorsicht ist ein besserer Lebenstalisman!« sagte Cortez. »Wenn um Euretwillen nicht, so schont Euch mir zuliebe! Ich habe nicht viele Getreue gleich Euch ...«

Seitdem ihm kürzlich der Italiener Botello, sein Astrolog, ein Wort über Escalante gesagt, machte sich Cortez Sorgen um den alten Mann. Er verachtete Amulette und glaubte an Sterndeuterei und an die Sigille der Planeten. Zugleich glaubte er auch nicht daran, wie auch Escalante letzten Endes an seinen Krötenstein nicht glaubte. Ernst nahmen sie ihren Aberglauben in den Spielstunden des Denkens und bespöttelten sich selbst darob.

Die Festnahme der beiden Garay-Leute, die an Land gestiegen waren, Trinkwasser zu holen, brachte eine große Überraschung. Der eine von ihnen, ein junger Matrose, hatte bis zur Verbrennung der Flotte auf einer der elf Karavellen des Cortez Dienst getan. Im Nebenberuf war er ein Musikus; und wie der Tanzmeister Ortiz und Porras, der rothaarige Sänger, hatte auch er oft zur Unterhaltung und Aufmunterung des hungergeplagten und moskitozerstochenen Heeres während des Lagerlebens an der Seeküste beigetragen. Da er eine kleine Harfe besaß, auf welcher er seine Romanzen zu begleiten pflegte, war ihm der Name Pedro de la Harpa verliehen worden. Als nach der Gründung von Verakruz vor drei Monaten auf dem Flaggschiff (dem einzigen nicht verbrannten Schiff) die Hauptleute Puerto Carrero und Montejo nach Spanien absegelten, mit dem Auftrag, die Geschenke Montezumas – die Scheibe aus gestanztem

Gold, groß wie ein Wagenrad, darauf in gehämmertem Flachrelief die Sonne dargestellt war mit den Sternbildern und dem Tierkreis der Tolteken, die nicht minder große Silberscheibe mit der Darstellung des Mondes und des Morgensternes, sowie alle jene anderen unschätzbaren Gaben und Goldbarren – dem jungen Kaiser Karl persönlich zu überbringen, vor allem aber den Brief des Cortez und das Bittschreiben des Heeres, hatte der Schiffskapitän, der Pilot Alaminos, außer einigen anderen Matrosen auch den Meister Pedro de la Harpa mit auf die Reise genommen.
Die Gefangenen wurden vor Cortez geführt. Domínguez und Lares, die sie dingfest gemacht, hatten zuerst an eine zufällige Ähnlichkeit geglaubt, so undenkbar schien es, den Harfenspieler hier zu treffen. Er selbst indes gab sich zu erkennen, redete sie bei ihren Namen an. Da riefen sie ihre Gefährten zusammen. Es gab viel staunende Ausrufe, Händeschütteln, Hänseleien und Gelächter.
Doch Cortez wurde totenernst, als er den Mann erblickte. Selten verlor Cortez seine Fassung. Jetzt aber war seine zerspaltene Unterlippe weiß geworden.
Er nahm den Mann ins Gebet.
»Ist die Capitana untergegangen?«
»Nein, Señor, sie ist auf dem Wege nach Kastilien.«
»Wie kamst denn du, Bursche, nach Jamaika?«
»Erst war ich in Kuba, Señor.«
»Zum Teufel! ... Ich habe Puerto Carrero verboten, Kuba anzulaufen!«
»Der Hauptmann Puerto Carrero war seekrank ...«
»Aha, also Montejo ... Der Falschspieler! ... Es liegt klar am Tage! Ihr seid also gelandet?«
»Nein, Señor. Als wir aber in Mariel – dem Landgut des Hauptmanns Montejo – vorbeisegelten, schickte er mich mit einem Brief an seinen Pächter.«
»Was stand im Brief? Heraus damit! Aber lüge nicht, Bursche, sonst lasse ich dich hängen!«
»Den Brief gab ich uneröffnet ab, Señor. Erst später erfuhr ich, daß im Brief ein anderer Brief war.«
»An wen?«
»An den Statthalter Don Diego Velázquez.«
Cortez warf seinen Mantel auf die Erde. Das pflegte er zu tun, wenn er sehr erregt war. Die Worte blieben ihm im Halse stecken.
»Alles verraten«, brachte er mühsam hervor.
»Ja, alles, Señor. Ich erfuhr es hernach. Denn da das Schiff weitergesegelt war, mußte ich in Kuba bleiben. Und dort pfiffen es die Spatzen von den Dächern. Das erste, was Don Diego Velázquez tat, war, zwei bewaffnete Karavellen auf die Suche nach der Capitana zu schicken, um sie mit allem Golde Montezumas nach Havanna zu bringen. Doch das mißlang. Eine Zeitlang soll der stolze Statthalter

höchst niedergeschlagen einhergegangen sein und von seiner Körperfülle eingebüßt haben. Dann ist er von Stadt zu Stadt gereist und hat Leute angeworben.«
»Wozu?«
»Zu einem Feldzug gegen Euch, Señor.«
»Wie viele stehen jetzt unter seinen Fahnen?«
»Dreizehnhundert Mann, Señor. Er hat auch schon achtzehn Schiffe bereitliegen.«
»Will er sein Heer selbst anführen?«
»Nein, Señor. Zum Anführer der Streitmacht ist sein Neffe Pánfilo de Narváez ausersehen.«
»Narváez war um Weihnachten nach Europa gereist.«
»Das ist richtig, Señor. Er weilt auch jetzt noch in Europa. Und ehe er nach Kuba zurückgerufen werden kann, vergehen einige Monate.«
Schweren Herzens ritt Cortez mit Escalante nach Sempoalla zurück. Er hatte bisher mit kaltem Kalkül sein Spiel gespielt, und meisterlich war er mit Menschen verfahren, als wären sie Schachfiguren. Nun sah er den Fehler, den nie mehr gutzumachenden Fehler, in seinen Berechnungen. Er hatte Erkenntlichkeit falsch eingeschätzt. Er, der scharfsinnige Spieler, war von einem gewerbsmäßigen Glücksspieler matt gesetzt worden.
Doch sein getreues Glück ließ ihn auch im Unglück nicht im Stich –: bis zur Rückkehr des Narváez konnte ein halbes Jahr, wenn nicht mehr, vergehen. Und bis dahin war Mexiko sein ... Aber freilich, Zeit hatte er nicht zu verlieren.
Im Augenblick war auch die Rache des Statthalters Garay noch nicht zu fürchten. Auf Jamaika ließ sich Kriegsvolk so leicht nicht anwerben wie auf Kuba ... Noch knüpften sich die Maschen der Verstrickung nicht an- und ineinander ...
Stürmisch und sorgenbeschwert ritt Cortez mit Escalante nach Westen, Sempoalla zu. Zwei schwarze Gewitterwolken ballten sich am Meereshorizont zusammen. Und vor ihm lagerte drohend eine schwarze Wolke auf dem Firnschnee eines Feuerberges.

Der junge, immer rauschselige Dichter, welcher der Spinner hieß, verirrte sich in einer Nacht im Gassengewirr des ärmlichen Stadtviertels Cuepopan und fand sein eigenes Haus nicht. Von einem Gelage kehrte er eben heim, von einem kleinen, geistigen Festmahl auf dem blumenprangenden Hausdach seines Freundes, des gelehrten Annalenschreibers Feuer-Juwel. Sie hatten mit heiterem Munde von finsteren Dingen geredet. Um so tiefer hatten sie die flüchtigen Stunden genossen und trübe Gedanken niedergezecht, als sie beide nicht taub waren für die Not der Zeit. Auch sie waren ja Kinder Mexikos, und früher als andere hatten sie die nächtliche Frauenstimme klagen hören: »Weh meine Töchter! Weh meine Söhne! Die Stunde des Verderbens naht!« ... Mit sonnenklaren Augen sahen sie das herannahende Weltende, und hoffnungslos, unfähig, das Rad des Geschehens aufzuhalten, wandten sie die Augen von den Schrecknissen ab. Darum berauschten sie sich an wohlgefügten Gedichten, plauderten von der Grabesschönheit hingeschwundener Völker und schlürften den verbotenen, zärtlich-süßen, trostspendenden Honigwein, der aus zerquetschten Honigameisen bereitet war.

Jetzt wankte der Spinner durch eine fremde Gasse und blieb vor einem Häuschen stehen, das er für das seine hielt, da es baufällig aussah wie seines. Die Tür war unverschlossen. Er torkelte durch ein nachtschwarzes Gemach, wo Ratten umhersprangen, und kam auf einen Lichthof. Hier sah er sich einem Greis und einem blinden Knaben gegenüber. Er war in die Wohnung des Wahrsagers Zacatzin getreten.

Der Alte wies ihn nicht hinaus, bewillkommnete ihn vielmehr freundlich, als hätte er ihn längst erwartet, und bereitete ihm auf einer Strohmatte ein Lager. Der Betrunkene schlief sofort ein.

Den nächsten Morgen kamen sie in ein Gespräch, in ein Gespräch, das wie ein Zaubergarn sie umstrickte und verknüpfte. Der Tag ging hin, ehe sie Abschied nahmen. Und als sie schieden, waren sie Freunde.

Seitdem besuchten sie sich. Auf dem hängenden Garten des Spinners lernte Zacatzin bald darauf Feuer-Juwel kennen. Und auch sie fanden

Gefallen aneinander. Der Annalenschreiber, obgleich ein Höfling und reicher Mann, scheute sich nicht, zu seinen Zechgelagen mit dem Spinner den zerlumpt gekleideten Zauberer zu laden oder Gast in dessen schmutzstarrender Behausung zu sein.
In der Nacht nach dem Triumphzug saßen die drei Freunde in der Wohnung des Zauberers. Das nie verlöschende Feuer auf dem Hausherd inmitten des Lichthofes flackerte rötlich. Eine Kienfackel flammte an der Hofmauer. Der alte Wahrsager hatte drei Holzschemel in den Lichthof gestellt. Seine Gäste aber zu bewirten, verbot ihm seine Armut. Die große, schäumige Pulqueschale, aus welcher sie schlürften, war durch einen Sklaven des Annalenschreibers hingeschafft worden. Und schon trieben in den starrglänzenden Augen des Spinners die kleinen Pulquegötter ihr schelmisches Spiel. Beim Lichtschein der Kienfackel las Feuer-Juwel Legenden aus einer noch unfertigen Bilderschrift, worin er neugeborene Gedanken in altheilige Gewänder kleidete.

Er las:
Als Unser Herr Quetzalcoatl noch in Tulas Muschelpalast lebte, kam er mit dreien seiner Jünger von einem Gang in die Berge und Täler heim nach Tula und, den Palastgarten durchschreitend, sah er, daß in einem Steinbecken zwei nackte Frauen badeten. Mit Sternenaugen sah Unser Herr die Badenden – an seinen Jüngern aber gewahrte er häßliche Blicke. Da schritt Unser Herr in den Palast hinein, setzte sich auf seinen Silberthron und sann nach über den häßlichen Blick. Dann sandte er einen seiner Jünger hinaus, den nackten Frauen das Baden zu verweisen.
Der Jünger ging, kam jedoch nicht wieder.
Lange wartete Unser Herr. Und er sandte einen zweiten Jünger als Sendboten hinaus, den ersten Jünger zurückzurufen.
Und der zweite ging hinaus und kam nicht wieder.
Da erboste der dritte Jünger und sprach zu Unserm Herrn:
»Den Tod verdienen die Pflichtvergessenen!«
Und Unser Herr fragte ihn: »Warum?«
»Weil sie Frauenschönheit deinen erhabenen Worten vorziehen!« sagte der Jünger.
Unser Herr aber sprach:
»Sind Worte schöner als Schönheit? Was sind Worte?«
»Worte sind Abbilder, hast du uns gelehrt!« sagte der Jünger.
»Matte Abbilder sind sie – habe ich euch gelehrt!« sprach Quetzalcoatl milde. »Und eine Seele ist ein mattes Abbild des Göttlichen. So sind denn auch Worte Bilder von Bildern. Fernt sich das Abbild nicht von dem, was es bildet?«
»Wohl«, entgegnete der Jünger, »es verähnlicht sich nicht. Doch deine Worte, o Herr, sind Weisheit. Weisheit aber steht höher als Schönheit!«

Unser Herr schüttelte den Kopf und sprach:
»Nichts ist hoch, und nichts ist niedrig. Und auch ein Blick ist weder häßlich noch schön – (wie ich selbst eben noch dachte!)... Nur Menschenaugen sehen das so. Tief sein ist soviel wie hoch sein. Schlangen und Falken haben verschiedene Augen und sehen verschieden. Die Augen aber des Gottes von Tlillan-Tlapallan sind überall, und sie kennen kein Oben und kein Unten.«
Und Unser Herr schickte den erzürnten Jünger als Sendboten hinaus, die beiden anderen zu rufen.
Der Jünger ging hinaus zum Steinbecken. Und so wie die anderen, blieb er im Bann der heißblütigen Schönheit.
Und als auch er nicht wiederkam, lächelte Unser Herr sein gütigstes Lächeln.

Feuer-Juwel hatte eben aufgehört zu lesen, da tastete sich der blinde Knabe mit seinen überfeinen, Finsternis durchspähenden Fingerspitzen in den Hof herein, tappte am Gemäuer entlang, bis wo der Wahrsager saß, und flüsterte ihm ins Ohr. Zacatzin nickte, erhob sich schnell und stellte das fast leere Pulquegefäß in ein angrenzendes dunkles Gemach. In dieses Gemach bat er seine Freunde zu treten, da draußen zwei späte Gäste seien, die er weder abweisen noch in Gegenwart anderer empfangen könne.
Die vierhundert kleinen Pulquegötter spielten dem Dichter den Streich, daß sie ihn, als er eben aufstehen wollte, vom niedrigen Schemel sanft auf die Erde gleiten ließen, wo er, leblos ausgestreckt, in einen tiefen Schlaf verfiel. Ihn zu wecken, war ein vergebenes Unterfangen. Feuer-Juwel und der Wahrsager mußten ihn in die finstere Kammer tragen. Eine zerschlissene Binsenmatte diente dieser Kammer als Tür.
Der blinde Knabe hatte, nachdem er das Zaubergerät bereitgestellt, sich wieder hinausgetastet, die Gäste hereinzurufen. Im Lichthof allein geblieben, hockte Zacatzin an der Wand nieder. In der Hand hielt er einen verdorrten menschlichen Unterarm und zog damit kreuzweise Striche in ein vor ihm liegendes mit Sand bestreutes Brett. Auf die Felder legte er je ein oder zwei oder drei Maiskörner.
Die beiden jetzt eintretenden Männer waren in ärmliche Mäntel gehüllt. Der eine von ihnen ließ seinen Mantel zu Boden fallen; und Zacatzin sah, daß er Dienerkleidung trug. Als der Diener aber mit untertäniger Gebärde dem anderen den Mantel von den Schultern nahm, füllte königlicher Glanz den elendigen Hof: Saphire, Gold, Türkise und Smaragde blitzten im Kienfackelschein.
»Du bist nicht der große Montezuma, obgleich du ihm sehr ähnlich siehst!« sagte der Zauberer zum Tempel-Feger, der prunkhaft in Montezumas Kleidung und Schmuck vor ihm stand. »Dein Diener ist der Herr der Herren!«
Und Zacatzin kniete nieder, küßte die Füße des Dieners.

»O großer Zauberer, du kluger!« sprach Montezuma. »Wer ist klug wie du? Nun aber sollst du mir sagen, was mir droht.«
Zacatzin hockte wie zuvor an der Mauer nieder, und mit dem menschlichen Unterarm als Schreibgriffel zog er Striche auf der Sandtafel, legte Maiskörner auf die Felder. Lange, allzulange währten seine Berechnungen. Seufzend sagte er endlich:
»O großer König, o Zorniger Herr! Die Körner liegen nicht günstig...«
»O Zauberer, du kluger!« sprach Montezuma. »Fürchte nicht zu sagen, was die Körner mir androhen.«
Da sprach Zacatzin:
»O großer König! Die Körner warnen dich: Hüte dich vor Tlascala!«

Montezuma hätte in dieser Nacht noch manche Frage gestellt, und Korn auf Korn wäre über die Felder gewandert, hätte nicht ein banges Gestöhn dem Zauberwerk ein Ende bereitet. Aus dem dunklen Gemach nebenan, dessen Türöffnung nur durch eine Binsenmatte geschlossen war, erscholl das störende Geräusch. Der trunkene Spinner war mit einem Angstruf aufgewacht, weil mehrere Ratten in wilder Flucht über sein Antlitz gelaufen waren.
Die Gesichtszüge Montezumas verzerrten Schrecken erst und dann Zorn. Ein Geisterruf aus dem Reiche der Nebeltoten war ihm ans Ohr geklungen und hatte ihm das Herz erstarrt. Kalter Schweiß perlte ihm auf der Stirn. Doch nur einen Augenblick lang grauste ihm. Gleich darauf kam ihm zum Bewußtsein, daß er einen menschlichen Laut gehört. Und ein unverzeihlicher Frevel schien es ihm, daß ein Mensch sein heimliches Zwiegespräch mit dem Wahrsager mitanzuhören wagte. Des Todes würdig war der Lauscher, der den Bewohnern der Wasserstadt verraten konnte, daß der Großkönig, von Sorgen gehetzt, im Dunkel der Nacht und als Diener verkleidet, sich hergeschlichen hatte, von Zauberwerken Rat und Trost erhoffend...
Mit strafbereiter Strenge stellte er Zacatzin zur Rede. Das weiße, bis über die Augen niederhängende Haar des alten Medizinmannes und sein Borstenbart verhehlten jeglichen Ausdruck. Gelassen setzte er auseinander, warum er seinen Gast, den Dichter, nicht aus dem Hause habe schaffen können, als der König kam. Von Feuer-Juwel sagte er nichts, da er mit Recht annahm, dieser werde nach dem Schrei entwichen sein; hatte doch die Kammer einen Ausgang auf einen anderen Hof und von dort auf eine Gasse hinaus.
Vor hundert Jahren war von einem Vorgänger Montezumas, dem König Obsidian-Schlange, das Gesetz erlassen worden: nur Greisen solle der Genuß des Pulque, der Kräutertränke und des Honigweines gestattet sein; jüngeren Leuten aber und Kindern sei – außer zu gewissen Festlichkeiten – jeglicher Rauschtrank bei Strafe des Todes

verboten. Möglich, daß zu den Zeiten des Königs Obsidian-Schlange das Gesetz befolgt wurde. Späterhin wurde es allerorten und tagtäglich übertreten. Die königlichen Richter drückten ein Auge zu. Und nur von Zeit zu Zeit ließen sie die Strenge des Gesetzes walten, wenn im Rausche eine Übeltat begangen worden war.
Hielt Montezuma den Fremden nebenan für einen Horcher, so konnte er ihn als Übertreter des Trinkverbotes dem Tode überliefern. Aber seine Trunkenheit führte der alte Wahrsager als Entschuldigung an und versicherte, der Dichter sei in einem solchen Zustande der Bewußtlosigkeit, daß er von den Vorgängen im Lichthof nichts wisse, hätte er auch, statt zu schlafen, gesehen und gehört.
Der Tempel-Feger hatte längst erraten, daß der Berauschte niemand anders sein könne als der Spinner. Er war mit ihm gut bekannt. Als der junge König von Tlacopan mit der tezcucanischen Prinzessin Perlmuschel die Nachtfahrt auf der schwimmenden Insel unternahm, waren der Dichter und der Annalenschreiber vom Tempel-Feger abgeholt worden, der sie in seinem Kanoe auf die Lagune hinausruderte. Und auch von früher her kannte er den Spinner, als er – noch ein blutjunger Adliger des Freistaates Huexotzinco – in den Gerichtssälen Tenuchtitlans sich die Redekunst aneignete und, ein Gast der Königin aller Städte, mit den Hochmögenden sowohl wie mit den Hochbegabten Beziehungen anknüpfte.
Jetzt spürte sein schnell fassender und zufassender Geist, daß der Dichter in Lebensgefahr schwebte, und er griff ein, um ihn zu retten.
»O großer König, o Herrscher!« sagte er. »Ohren glauben und vertrauen – aber die Augen wissen! Laß deine Fackel die finstere Kammer erhellen! Schau selbst nach, denn kein Lebender schaut und durchschaut wie du! Überzeuge dich, ob der Mann dort ein Betrunkener ist, ob er ein Dichter ist.«
Das sagte er, weil er auf die liebenswürdige, entwaffnende Bezechtheit des Dichters rechnete.
»Ich will ihn sehen!« sagte Montezuma. »Wehe ihm, wenn er trank! – und wehe ihm, wenn er nicht trank! Doch wenn er ein Dichter ist, sei ihm beides verziehen!«
Der Zauberer nahm die Kienfackel aus dem Mauerspalt und leuchtete, die rissige Türmatte erhebend. Der König und der Tempel-Feger traten in das dunkle Gemach.

Obgleich nur wenige Augenblicke seit dem Aufschrei vergangen waren, war der Spinner wieder in Schlaf gesunken. Der Tempel-Feger rüttelte und schüttelte ihn derb. Umsonst. Erst als der Zauberer einen Finger des Dichters mit dem brennenden Kienspan versengte, schnellte dieser aus dem Schlummer empor, rieb sich den Finger und starrte mit gläsernen Augen die Umstehenden an. Vergnügt lachte er vor sich hin.

»Das ist ein schöner Traum!« sagte er. »Der Zornige Herr kommt mich besuchen! So schön habe ich noch nie geträumt!«
Dabei blickte er immer nur den Tempel-Feger an, dessen Prachtgewandung und große Ähnlichkeit mit Montezuma ihn wohl täuschen mußten, trunken wie er war. Nach einer Weile fuhr er fort:
»Nun wünschte ich, ich brauchte nicht mehr zu erwachen. Dann täte ich etwas!«
»Was würdest du tun, wenn dein Traum sich fortspinnt?« fragte ihn der als Diener verkleidete Weltherr.
»Ei, ich würde dem großen Montezuma ein Lehrer sein, ein Lehrer der Freude!« flüsterte der Spinner dem Diener ins Ohr. »Doch das darf er nicht hören, denn er haßt ja die Freude!«
»Wie willst du ihn die Freude lehren?« fragte der Diener.
»Indem ich ihn trinken lehre. Ach, wenn mein Traum noch andauern würde, ich wollte aus Montezuma einen Lacher und Tänzer machen!«
Da lächelte Montezuma und sprach:
»O Dichter, du junger! Dein Traum soll noch lange währen, denn ich sehe, daß du ein Berauschter bist. Nun aber laß mich hören, ob du auch ein Dichter bist.«
Zwischen spinnwebgrauem altem Hausgerümpel, Kehricht und Geschirrscherben ausgestreckt, den rechten Arm auf eine käfigartige, rohrgeflochtene Rattenfalle gestützt, trug der Spinner seine Verse liegend vor; denn aufrecht stehen konnte er nicht. Mit leiser Stimme sang er:

»Eine kurze Spanne Zeit wollen wir uns ergötzen, wollen wir singen;
Mag es unser Los auch sein, für immer zu scheiden,
Hinwegzuschwinden von der Stätte unseres Wohnens.

Eine kurze Spanne Zeit mit unseren Freunden allhier
Und nie mehr fortan vereinigt mit ihnen. Nie mehr fortan
Werden wir gemeinsam genießen, nie mehr einander kennen.

Wissen meine Freunde, wie sehr es mich härmt und bekümmert,
Daß sie nie zurückkehren, daß sie nie wieder jung werden auf dieser Erde?
Wo wird meine Seele weilen? Wo wird mein Wohnort sein?
Wo wird mein Haus stehen? Elend bin ich auf Erden.

Kostbarkeiten wollen wir nehmen und durch die Finger gleiten lassen,
Blaue Blüten wollen wir zwischen weiße Narzissen weben,
Schöne Kinder damit zu behängen.

O daß mein Herz sich in eine Blume verwandelte,
O daß mein Herz sich berauschte mit den Blumen,
Eh ich hinwegziehe, weinend vor dem Angesicht Unserer Mutter,
Die sich von Hirschherzen nährt.«

Als der Spinner sein Lied beendet hatte, war Montezuma so entzückt, daß er ihn einlud, jeden Abend zur Zeit des Sonnenunterganges sich im großen Palastgarten einzufinden: dort solle er ihn mit Gesängen zerstreuen und erheitern und sein Lehrer im Trinken sein.
Ungläubig und selig lachte der Dichter. Doch zum Danken hatte er nicht mehr Zeit. Denn obgleich er aus seinem Traum nie erwachen wollte, schlummerte er allzubald wieder ein.

Nachdem am nächsten Morgen der Spinner seinen Rausch ausgeschlafen, erfuhr er von Zacatzin, daß sein Traum kein Traum gewesen. Wie ein Nachtwandler war er an einem Steilabsturz hingeschritten, ohne zu straucheln, ahnungslos war er zum Günstling des Zornigen Herrn geworden.
Bei Sonnenuntergang begab er sich in die Rosengänge des Palastgartens. Fast jeden Abend seitdem verbrachte er in Gesellschaft Montezumas, seiner Krüppel und Narren und einiger Auserlesener.
Zu diesen gehörte der Tempel-Feger. Die Gunst des Großkönigs hatte er sich erworben, als er ihm im Tierpark den mächtigen Holzkäfig – worin sein berühmter Gefangener, der Irdene Krug – gemästet worden war – als Geschenk darbrachte. Aber wenn damals zwar Montezuma den Flüchtling aus Huexotzinco an seinen Hof zog, so fühlte er sich doch anfangs ebensosehr abgestoßen wie angezogen durch seinen Doppelgänger. Die unheimliche Ähnlichkeit schreckte ihn immer wieder und hemmte ein Jahr lang jegliche Vertrautheit. Und trotzdem hatte er schon bei der ersten Begegnung sich schicksalhaft mit diesem Mann verknüpft gewußt und vorausgewußt, daß er ihn noch enger an sich binden werde.
Das war inzwischen geschehen, allmählich, und fast gegen Montezumas Willen. In kluger Voraussicht hatte der Tempel-Feger seine Zeit abgewartet und sich nicht vorgedrängt. Nachdem er aber beobachtet, daß der König Schutz vor dem Zorn der Götter beim Aberglauben suchte, verstand er es geschickt, aus dieser Geistesrichtung Vorteil zu ziehen, gab Ratschläge und machte sich unentbehrlich. Schließlich wurde er Herrscher über des Königs verängstigte Seele.
Er war es, der Montezuma zum alten Wahrsager geführt hatte. Und so verdankte Montezuma ihm ebenfalls die Bekanntschaft mit dem Spinner.
Jedoch schon nach wenigen Abenden und durchzechten Nächten fing die Begeisterung des Königs für den Dichter an, den Ränkespieler zu beunruhigen. Er sah, daß die Seele Montezumas ihm entglitt. Um den König beherrschen zu können, war er seinem Gaukelwahn nach-

gegangen und hatte unablässig die Flammen der Angst geschürt, statt sie zu löschen. Solange der König von Schreckensgespenstern verfolgt wurde, war er in seiner Hand.
Nun trieb der rauschselige Dichter bei Hofe sein Spiel und vertrieb die Gespenster. In seiner jugendhellen Nähe fühlte sich Montezuma wie von klarer Gebirgsluft umweht und durchheitert. Und er, der zeitlebens mäßig gewesen, wurde ein gelehriger Schüler des Trinkers. In der Berauschtheit wichen alle Nachtwolken vom Herzen.
Der Tempel-Feger beschloß, dem Spinner seinen glückstiftenden Becher aus der Hand zu winden. Wollte er aber den schwindenden Einfluß auf den Weltherrn zurückgewinnen, so mußte er dessen Besorgnis und Niedergeschlagenheit wachhalten. Dazu fand sich bald Gelegenheit.
Eines Tages seufzte Tenuchtitlan auf wie ein Mädchen, das den Tod des Geliebten erfährt. Die Stadt inmitten des Sees legte Trauerkleidung an. Unbeglaubigt noch und dennoch von allen geglaubt war die Kunde, die reisende Kaufleute Tlatelolcos aus den Ostländern jenseits der Berge mitbrachten: festgenommen sei der Herabstoßende Adler in Sempoalla und von den Totonaken einer weißen Göttin geopfert worden; die weißen Götter aber seien auf dem Wege nach Mexiko.
Der Tempel-Feger fand Gelegenheit, Montezuma allein zu sprechen, als dieser eben den kleinen Tempel der Trauer verließ, wo er vor dem Kristallschädel gekniet, gejammert und geweint hatte. Der Höfling hatte seinen Herrn noch nie so verstört, so zerschmettert gesehen. Der Augenblick war günstig. Unmerkbar führte er das Gespräch auf den weißen Kreuzträger Quetzalcoatl, der nach einem Jahrtausend zurückkehren wollte aus dem Lande Tlillan-Tlapallan. Die Zeit war um, das Schicksal erfüllte sich. Der König seufzte –: daß man dem Schicksal nicht entgehen könne ...!
Diesen Gedanken griff der Tempel-Feger auf, hielt ihn fest, ließ hartnäckig nicht ab von ihm. Halb im Scherz äußerte er: ob man dem Verhängnis nicht doch entgehen könne? Freilich, falls die weißen Götter die Herren in Anahuac würden, sei hier nicht Bleibens mehr für Montezuma und die Mexikaner. Indes, es gäbe ja andere Welten noch außer dieser Erde, oberhalb und unterhalb der Erde. Jedes Kind kenne ja die Steinhöhle von Cincalco, die hinabführt in das Land der Nebel ...
Auch Montezuma wußte von der Höhle. Doch er wandte ein: kein Sterblicher sei bisher hinabgestiegen.
Der Tempel-Feger ließ den Einwand nicht gelten. Gewiß werde es beschwerlich sein. Doch er wisse, daß es Leute gebe, welche die Pfade ins Totenland oder in den Himmel der Sonne oder auch in die Höhle von Cincalco hinab zu beschreiten verstünden. Und wenn es erwünscht und nötig sei, werde es ihm glücken, hoffe er, seinem Herrn den Weg zu ebnen.

Die Seele Montezumas befand sich in einem Wirbel, war hinweggerissen von einem Meeresstrudel, hilflos, haltlos. Wie Ertrinkende zu tun pflegen, griff er ins Leere. An die Möglichkeit, die eine Unmöglichkeit war, klammerte er sich. Und er versprach dem Tempel-Feger den Tribut von eroberten Ländern, versprach ihm jeglichen Wunsch zu erfüllen, falls ihm sein Vorhaben gelinge.
»Hast du einen Wunsch?« fragte er ihn.
»Ja«, entgegnete der Tempel-Feger. »Doch mein Wunsch ist ungewährbar und ist schwerer zu erfüllen als dein Wunsch, o großer König, o Herrscher!«
Montezuma bestand darauf, daß er seinen Wunsch nenne. Da sprach der Tempel-Feger:
»O großer König, o Zorniger Herr! Ich liebe die Prinzessin Perlmuschel...«
Das war zuviel der Dreistigkeit. Dieser Flüchtling aus Huexotzinco wagte, das Auge zu erheben zur Schwägerin des Weltherrn, zur Schwester des Königs von Tezcuco. Ein unwilliger Blick strafte ihn. Doch kein unwilliges Wort. Denn Montezuma bedurfte seiner, wie ein Kranker des Heilmittels bedarf. Sollte es diesem Manne gelingen, ihm den Weg zu ebnen ins untere Reich, so daß er eine Zufluchtsstätte fände vor dem Unentrinnbaren, das sich näher und näher heranwälzte, ihn zu zermalmen – oh! kein Lohn wäre zu hoch!...
Auch war ja Perlmuschel nicht bloß die Schwester Cacamas, sie war auch Schwester der Schwarzen Blume und Witwe des unglücklichen Prinzen Grasstrick, welchen er um des roten Blütenbaumes von Yuquane willen umgebracht. Sie und ihre Mutter, die Herrin von Tula, wurden neuerdings, seit Ohrring-Schlange heimlich Tenuchtitlan verlassen, wie Geiseln behandelt und bewacht. Ihre Hinneigung zur Schwarzen Blume enthob ihn jeder Rücksichtnahme...
Montezuma schwieg. Und sein Schweigen war ein Versprechen.

In der Nacht nach diesem Gespräch trank Montezuma unmäßiger als sein Lehrer, der Dichter. Montezuma war schwer betrunken. Auf die zarten Verse des Spinners hörte er nicht mehr, er hörte nur noch auf die Einflüsterungen seines unheimlichen Doppelgängers. Das Gelage fand auf dem blumenbewachsenen Dache eines Gartenhäuschens statt, und auch die Krüppel und Narren des Königs nahmen teil daran. Feingliedrige nackte Mädchen und Tänzer reigten auf den Wiesen ringsher. Doch Montezuma sah sie nicht.
Und als die Muscheltrompeten von der Schlangenpyramide herab die Mitternacht verkündeten, gab der trunkene König den Befehl, vier Sklaven zu schlachten, ihnen die Haut abzuziehen und sofort ihm die vier Menschenhäute zu bringen. Der Befehl wurde rasch ausgeführt. Ein Priester, schwarz bemalt, mit einer Knochenrassel in der Hand, brachte die vier Menschenhäute, legte sie vor dem König nieder und entfernte sich stumm.

Und Montezuma trank mehr und mehr, und sinnlos betrunken war er, als er zum Dichter und zu seinen Krüppeln und Narren sprach:
»O meine Söhne, nun weiß ich, wie wir dem Schrecklichen entfliehen. Durch die Berghöhle von Cincalco steigen wir hinab zum König Huhemac, der einstmals ein König in Tula war. Und wenn wir hinabkommen in sein Reich, werden wir nie sterben, denn Speisen gibt es dort und Kräutertränke wie hier auf Erden, und schöne Rosen, weiß wie Knochen, wachsen dort und die Jaguarblume und die Blume, welche das kleine alte Weibchen heißt. Die Bewohner dort essen von so süßen Früchten, daß sie die glücklichsten Wesen aller Welten sind.«
Und als Montezuma dies gesprochen, äußerten die Krüppel und Narren ihre Zufriedenheit, obgleich ihre Glieder vor Schrecken schlotterten, denn Huhemac war ein König der Toten. Und sie hüpften umher und riefen: sie freuten sich, dem König Huhemac Gesellschaft zu leisten ...
Da kamen Diener und meldeten dem König: der alte Zauberer, nach welchem er gesandt, sei gekommen. Und Montezuma befahl, ihn auf das Dach des Gartenbaues zu führen.
Zacatzin warf sich vor dem betrunkenen König zu Boden, küßte ihm die türkisenen Sandalen.
»O großer König, o Herrscher, was befiehlst du?« fragte er.
Und Montezuma sprach:
»Als meinen Boten sende ich dich zum König Huhemac, und als ein Geschenk von mir wirst du ihm diese vier Menschenhäute überbringen. In den unterirdischen Palast von Cincalco sollst du hinabsteigen, dem König Huhemac die Hände küssen und ihm sagen: Montezuma, dein Knecht, sendet dir diese Gewandung und bittet, bei dir wohnen zu dürfen als dein Hausflurfeger.«
Dem Geheiß des betrunkenen Montezuma Einwände entgegenzuhalten, wäre Wahnsinn gewesen. Gehorsam entfernte sich Zacatzin, wanderte nach der Höhle von Cincalco, welche unweit von Chapultepec auf einer Bergspitze ihren Eingang hatte.
Als er aber nach vielen Stunden beim Morgengrauen zum Großen Palast zurückkehrte, wurde er nicht mehr vorgelassen. Denn der Herr der Herren schlief seinen Rausch aus.

Da begab sich der alte Zauberer zur Wohnung seines Freundes Feuer-Juwel. Trotz der frühen Stunde war der Annalenschreiber schon auf, er pflegte mit der Sonne aufzustehen. Sein Gelehrtenzimmer, wo er den Wahrsager empfing, war angehäuft mit alten Chroniken, Sammlungen heiliger Gesänge und astronomischen Werken. Jeder dieser Kodizes war eine farbige Bilderhandschrift, zusammengefaltet nach Art einer Ziehharmonika. Manche auf Hirschhautpergament, andere auf körniges, gelblichweißes Agavefaserpapier gemalt. In einem offenen Wandschrank befanden sich auch unschätz-

bare, aus Ruinen von Gräberstädten herstammende toltekische Altertümer. Der gelehrte Annalenschreiber war ein eifriger Sammler von Fundstücken aus alttoltekischer Zeit.
Nachdem Zacatzin ihm erzählt, welchen unausführbaren Auftrag ihm der trunkene König gegeben, sagte Feuer-Juwel:
»O Zauberer, sage mir: warum kehrtest du in den Palast zurück? Wolltest du den großen Montezuma belügen? Denn in die Höhle von Cincalco stiegst du nicht hinab.«
»Alle Worte sind Bilder!« entgegnete Zacatzin, auf die Rede anspielend, die Feuer-Juwel dem Heilbringer Quetzalcoatl in den Mund gelegt. »Wenn ich ein Bild des Todes male, so weiß der Gott von Tlillan-Tlapallan, daß ich nicht lüge. Denn seit mir befohlen ward, zu König Huhemac hinabzusteigen, weile ich bei König Huhemac. Ob ich nach rechts blicke oder nach links, ich sehe König Huhemac vor mir. In einem brennenden Boot sitze ich: wenn das Feuer mich nicht verschlingt, so verschlingt mich das Wasser!«
Der Annalenschreiber sann nach und sprach: »Wenn der Zornige Herr erwacht, so weiß er nicht mehr, was er in der Trunkenheit befohlen!«
Zacatzin schüttelte den Kopf:
»Der Tempel-Feger wird ihn erinnern. Er war es, der dies ihm eingeflüstert; er war es, der schon vordem Montezuma zu mir geführt. Der Listenreiche glaubt seinen Plänen zu dienen und dient doch nur meinen! ... Ein Fremdling ist er in Anahuac, sein Herz liebt Anahuac nicht. Mein Herz aber hängt am Land der Seen wie ein Kind an seiner Mutter! ...«
Und mit auffunkelnden Augen sprach der alte Zauberer von seiner Liebe zu Anahuac, dem Gefilde am Wasserrande. Nicht Mexiko, nicht Tezcuco, nicht Tlacopan galt seine flammende Hingabe, sondern der Gemeinsamkeit der Länder an den Ufern der Gewässer. Ihre Bewohner hatten die gleiche Zunge, die gleiche Abstammung, den gleichen Glauben. Durch Eifersucht gespalten und geschwächt, wurden sie jetzt an einen Abgrund geführt durch einen haltlosen König. Nicht die kleine Schar weißer Götter war das hereinbrechende Unheil, sondern die Unstetigkeit, das frevelhafte Schwanken Montezumas. Er aber hatte seit langem die Angstrufe Anahuacs, seiner Mutter, gehört, und ihr ein Helfer zu sein, hatte er sich in Tenuchtitlan niedergelassen und gewartet, daß Montezuma ihn suche. Das sei nun geschehen. Und auserwählt von den Bewohnern des Himmels, dem schwächlichen König das Gewissen zu wecken, werde er vor nichts zurückschrecken, werde vollführen, wozu er durch Götterspruch sich berufen fühle ...
Die Glut dieser Rede setzte den Annalenschreiber in Staunen. Wer war der Alte? Niemand wußte, von wo er herstammte. Den Schleier, der seine Vergangenheit umhüllte, hatte er nie gelüpft. Bei den Zusammenkünften mit dem Spinner hatte er wohl hier und da ein kluges Wort ins Gespräch fallenlassen wie ein Goldkorn, war aber

doch nie aus seiner geheimnisreichen Zurückhaltung herausgetreten. Und nun legte er rückhaltlos sein Herz offen, zeigte, daß es litt und wund war.

Feuer-Juwel liebte Anahuac, dachte wie der Zauberer. Magisch hingezogen zu ihm, wußte er sich rätselhaft verbunden mit ihm. Und als Zacatzin, Abschied nehmend, ihn um ein unschätzbares alttoltekisches Gefäß bat, schlug er es ihm nicht ab. Aus gehämmertem Gold war das Trinkgefäß und stammte aus einem Grabhügel bei Tula, der sagenhaften Toltekenstadt.

Unter dem Mantel verborgen trug Zacatzin das Kleinod in seine Bettlerwohnung im Stadtviertel Cuepopan. Und tagsüber wartete er, daß Montezuma ihn holen lassen werde, um von ihm Aufschluß zu erhalten über das Land der Nebeltoten. Der Tag verging, doch in den Palast gebeten wurde Zacatzin nicht. Der Herr der Herren schlief seinen Rausch aus.

In der darauffolgenden Nacht meldete der blinde Knabe dem Wahrsager, daß die beiden vermummten Fremden wieder um Einlaß bäten. Er empfing Montezuma im Lichthof, wo das unverlöschliche Feuer auf dem Hausherd rötlich flackerte. Der Tempel-Feger, der erst mit eingetreten war, verließ auf einen Wink des Königs den Lichthof.

Nachdem Zacatzin sich zu Boden geworfen und den Mund an die Türkissandalen des Königs gelegt hatte, bewillkommnete er mit einem Segensspruch den hohen Gast.

Montezuma forschte ihn aus:

»O kluger Zauberer, du Alter!« sagte er. »Bist du hinabgestiegen in die Höhle von Cincalco? Hast du dem König Huhemac die vier Menschenhäute überbracht von mir? Hast du ihn gefragt, ob ich wohnen darf im Haus der Glückseligkeit, seinem unterirdischen Schloß, als sein Hausflurfeger?«

Und Zacatzin gab Bericht über seine Höllenfahrt:

»O großer König, o Zorniger Herr! Ich stieg hinab in die Höhle von Cincalco, wie dein Mund es mir befohlen. Und der Weg spaltete sich in vier Wege, ich aber wählte den engsten Pfad, der am steilsten hinabführt in die blaue Hölle. Und tiefer und tiefer stieg ich hinab, da kam mir ein Mann entgegen, auf einen Stab gestützt. Und der Mann nannte sich Felsengesicht. Blind war er und hatte in den Augenhöhlen winzige Spitzen von Strohhalmen statt der Augen. Und Felsengesicht fragte mich: wes Weges ich ginge? Und als ich ihm gesagt, daß ich von Montezuma ein Sendbote sei an den König der blauen Hölle, führte er mich durch den Wald der Hölle; und er führte mich vor den König Huhemac. Auf einem Thron aus weißgebleichtem Gebein saß Huhemac und war gekleidet in ein Gewand aus Gras; auch sein königliches Stirnband und sein Kopfputz waren aus Gräsern geflochten – denn Gräser welken schnell wie die Menschen dahin.

Und Huhemac fragte:
›Von wannen kommst du, Mensch? Was begehrst du, Mensch?‹
Darauf meldete ich ihm, daß du, o großer König, mir aufgetragen, ihm die Hände und Füße zu küssen und ihm die vier Menschenhäute zu überbringen als ein kleines Geschenk von dir und ihn zu fragen, ob er dich wohnen lassen werde im Haus der Glückseligkeit, seinem unterirdischen Schloß, als sein Hausflurfeger.
Da rief Huhemac aus:
›Armer Montezuma! Ist seine Pein so groß? Sucht er Schutz im Haus des Vergessens, in der dritten Hölle? Glaubt er bei mir Zuflucht zu finden, er, der auf Warnungen nie gehört? Sein Oheim, der Herr des Fastens, hat ihm die Nebelwolke unter den Gestirnen gezeigt. Weiß Montezuma nicht, was die Wolke bedeutet? Will er's von mir erfahren? Doch was denkt Montezuma? Denkt er hier herrschen zu können wie in der oberen Welt? Tanz und Gesang sind hier nicht wie droben. Er würde fliehen, erblickte er mein Haus, keinen Tag würde er hier weilen. Doch mag er kommen, daß ich ihm die weiße Wolke zwischen den Gestirnen deute und ihm zeige, was ihm droht. Bring ihm diesen Trank, daß er ihn trinke. Denn ohne diesen Trank gelangt er nie zu mir.‹
Und als er dies gesprochen, reichte er mir dies Gefäß, daß ich es dir überbringe, o großer König, o Herrscher!«

Der Zauberer hatte seinen Bericht beendet. Montezuma saß sinnend auf einem Schemel, brachte lange Zeit kein Wort hervor. Dann fragte er nach dem Gefäß, ließ es sich zeigen.
Aus gehämmertem Gold war das Gefäß, angefüllt mit einem duftenden Kräutertrank.
»Ich will hinab zu Huhemac!« sprach Montezuma. »Wann soll ich den Trank trinken?«
»O großer König! Trinke, wenn die Stunde günstig ist. Ob jetzt die Stunde günstig ist? Ich will es das Herdfeuer – den alten Herrn – fragen.«
Und Zacatzin trat zum Hausherd, der würfelförmig, aus drei Quadersteinen erbaut, sich in der Mitte des Hofes befand. In das rote Herdfeuer warf Zacatzin drei Kakaobohnen. Niederfallend flammten sie bläulich auf. Und dies war ein Zeichen, daß das Feuer – der alte Herr – die Frage bejahte. Im Feuerherd lebt ja der alte Feuergott, der Türkisherr, der Herr mit dem gelben Gesicht.
Da trank Montezuma den Kräutertrank des Königs der Toten.

Vor den Augen Montezumas war schwarze Nacht; denn er war in die Höhle von Cincalco eingetreten. Und obgleich er nichts sah außer Finsternis, wußte er, daß der alte Zauberer neben ihm war und ihn hinabführte. Und der Weg spaltete sich in vier Wege, und der Zauberer schritt voraus, wählte den engsten Pfad, der am steil-

sten abstürzte in die blaue Hölle. Und tiefer und tiefer stiegen sie, bis ein bläulicher Lichtschein ihnen entgegendämmerte aus den Tiefen der blauen Hölle. Und heller ward der Lichtschein und war doch nur ein matter Schimmer, als sie angelangt waren auf der Flur des Landes ohne Sonne. Keine Straßen und Gassen gab es dort, keine Fußpfade und Wegweiser, traurig blühten die Rosen dort, weiß wie Knochen. Zurückfliehen wollte Montezuma und konnte nicht. Und er hörte die Stimme des Zauberers neben sich, der fragte: »Siehst du den Todesboten, den Affen mit dem Schädelkopf?« Voll Entsetzen wandte sich Montezuma um, wollte und konnte nicht fliehen. Ein großer Affe, dessen Kopf ein weißgeblichener Schädel war, sprang auf ihn zu, bedrohte ihn mit bleckendem, weit aufgerissenem Kiefer, versperrte ihm den Rückweg. Und der Zauberer drängte, weiter, immer weiter zu schreiten. Und ihnen entgegen kam, auf einen Stab gestützt, jener Mann, der sich Felsengesicht nannte. Blind war er und hatte in den Augenhöhlen winzige Spitzen von Strohhalmen statt der Augen. Und der Mann fragte sie, wohin sie gingen. Und als der Zauberer zur Antwort gegeben, sie suchten den König Huhemac, führte sie der Blinde. Nebel wogten auf und ab, weiße Nebel umringten und umdrängten Montezuma. In den Nebeln, mit den Nebeln, umschwebten ihn die Nebeltoten. Und wieder hörte er die Stimme des Zauberers neben sich, der fragte: »Erkennst du die acht stolzen Gestalten dort nicht? Die Könige, deine Vorfahren, sind es, sie, die Mexiko groß gemacht haben!« – Und Montezuma sah, daß acht Gestalten abseits schwebten von den anderen Nebeltoten, und näher kamen sie und umringten ihn von allen Seiten und hoben die Fäuste gegen ihn. Und er erkannte seinen Vorgänger König Molch, den Vater des Herabstoßenden Adlers; verzerrt vor Wut und Trauer war sein Antlitz. Fliehen wollte Montezuma und konnte nicht. Und er sah seinen Vater, König Wassergesicht, und König Himmelspfeil und König Obsidian-Schlange und die früheren Könige alle. Und einige streckten den Zeigefinger aus nach ihm, und andere ballten ihm die Fäuste entgegen, und dräuend und jammernd riefen sie: »Elender Montezuma, warum vernichtest du unser Werk? Du bist der Tod, du bist der Moder, du bist der Verfall für die Mauern, die wir aufgerichtet, für die Tempel, die wir geschmückt, für die Herzen, die wir stark gemacht! Der schönen Blüte Mexiko waren wir der Sommerwind, und in deinem Herbststurm muß sie entblättern! . . .«
Da verhüllte Montezuma mit den Händen sein Antlitz. Und Felsengesicht, der blinde Totendiener, nahm ihn bei der Hand, zerrte ihn fort und brachte ihn vor den König der Toten. Auf einem Thron aus weißgebleichtem Gebein saß der Fürst der Toten und war gekleidet in ein Gewand aus Gras; auch sein königliches Stirnband und sein Kopfputz waren aus Gräsern geflochten. Und vor ihn hintretend, gewahrte Montezuma, daß nicht König Huhemac dort saß; der dort saß, war kein anderer als sein eigener toter Bruder Prinz Grasstrick –

er, den er aus Liebe zur roten Blume von Yuquane hatte fangen und opfern lassen. Seine Brust klaffte weit und blutig, und kein Herz war in der Brust.
Auf die Knie stürzte Montezuma, küßte Hände und Füße dem König der Toten, seinem unglücklichen Bruder. Und stammelnd sprach er: »Ich ließ dir vier Menschenhäute überbringen als ein kleines Geschenk von mir. Laß mich wohnen in deinem Palast als dein Hausflurfeger!...«
Der Schatten auf dem weißen Knochenthron rührte sich nicht. Aber aufrecht neben ihm stand ein Greis und gab für ihn Antwort. Und als Montezuma dem Greis ins Antlitz sah, erkannte er den dahingeschiedenen König von Tezcuco, seinen tiefsichtigen Oheim und Feind, den Herrn des Fastens. Da erbebte Montezuma.
Der Herr des Fastens sprach:
»Wer ist dieser Montezuma? Ist es nicht der Schänder Mexikos? Watet er nicht durch Blut, seit er das blaue Stirnband trägt? Hat er nicht um einer Blume willen seinem Bruder die Brust aufgerissen? Erwacht er nun endlich? Hat ihn die Furcht gepackt? Das Verderben ist nicht mehr aufzuhalten – zu viel Blut hat er vergossen. Die Götter haben sich abgekehrt von Mexiko, sie haben die Königin aller Städte verlassen – wie will er sie zurückrufen? Durch neue Verbrechen etwa? Hat er nicht eben erst den Herabstoßenden Adler ausgeschickt, eine Ruhmestat zu vollbringen? Wo weilt der Herabstoßende Adler jetzt, der Liebling Mexikos? Die Jubelrufe der Mädchen Mexikos waren des Jünglings Verderben! Wenn der beste Sohn Mexikos nicht zurückkehrt, kehren auch die Götter nie mehr zurück!...«
Montezuma schrie auf. Sein Herz blieb stehen. Er erstickte vor Grausen, erstickte im Schleierdunst der Nebelwolken, die ihn dichter und dichter umhüllten und andunkelten, bis er nichts mehr sah. Er rang nach Atem, er erblickte den gräßlichen Thron nicht mehr, die Augen verweigerten ihm den Dienst. Als er wieder sehen konnte, als die Nebelwolken sich zerteilten, befand er sich im Lichthof der Wohnung des Zauberers. Auf dem Hausherd qualmten und schwelten Weihrauchkörner. Finster, ohne ein Wort zu sprechen, verließ der König das Haus, als könne er nicht schnell genug aus dem Reich und dem Bereich der Toten flüchten.

Zurückgekehrt in den Großen Palast, sagte Montezuma zum obersten Hofmeister, dem Vorsteher des Hauses der Teppiche:
»Laß die Wohnung des Zauberers Zacatzin heimlich umstellen, so daß er nicht entkommen kann – wenn er nicht wie eine Schlange in die Erde schlieft oder wie ein Vogel zum Himmel fliegt. Nimm ihn gefangen, ihn und seinen blinden Diener. Sie sollen beide zu Tode gefoltert werden. Sein Haus aber laß niederreißen bis auf den letzten Stein, so daß das Wasser des Sees dort flutet, wo die Grundmauern gestanden!«

Befreien wollte sich Montezuma vom Bann des Entsetzens. Unerträglich war die Erschütterung, die Durchschütterung seiner Seele. Wahrheit war, was er geschaut und vernommen, Wahrheit war die blaue Hölle, wo er geweilt – selbst wenn er nicht dort geweilt, selbst wenn seine Höllenfahrt ein Traumgesicht gewesen. Wahrheit war, daß seine Ahnen ihm fluchten und daß die alten Götter Mexiko verließen. Und weil es eine so harte, untrügliche Wahrheit war, wollte er, daß es Lüge und Betrug sei. Wie damals, als der Herr des Fastens ihm das Auferstehen der Prinzessin Papan meldete, haßte er die Wahrheit, wollte sie erdrosseln. Die Sterne durften nicht recht haben. Wenn Zeichen geschahen, so geschah ja auch, was die Zeichen androhten. Die eigene aus dem Grab gestiegene Schwester ins Grab zurückzustoßen, wie er es ursprünglich gewollt, hatte ihn eine Stimme in seinem Innern gehindert. Am Wahrsager aber Rache zu nehmen, hinderte ihn kein Gesetz und auch nicht das Gesetz in seiner Brust. Denn Zauberei war in Anahuac verboten, wurde nur nachsichtig geduldet. Die Zauberer und Zauberinnen waren vogelfrei. Und dieser Alte hatte sich unterfangen, ihn, den Herrn der Welt, zu belügen und zu betrügen. Kein Zweifel, daß der Kräutertrank des Königs Huhemac ein Schlaftrunk gewesen. Mit Kopalrauch hatte der Alte ihm die Nebel der Hölle vorgegaukelt, hatte, neben ihm stehend, ihm eingeflüstert, was in den Nebeln zu sehen und zu hören war. Glich sein Diener, der blinde Knabe, nicht Felsengesicht, dem Totendiener mit den gestielten Augen? Und der Alte selbst, glich er nicht seltsam dem verstorbenen König von Tezcuco, dem Herrn des Fastens, der hinter den Gartenmauern seines Lustschlosses Tezcotzinco auf so rätselhafte Weise aus dem Leben geschieden war? ... Gab es doch Leute, die versicherten, er sei nicht gestorben, er werde wiederkehren, wenn sein Land in Gefahr sei ... Nicht daß es glaubhaft war, er könne es sein, aber wundersam genug erinnerte er an jenen, und das war die Ursache wohl, daß der Sprecher neben dem Thron des Totenkönigs die Gesichtszüge des Herrn des Fastens trug. War aber der Alte ein Betrüger und kein wundermächtiger Zauberer – woher wußte er, was niemand wußte? Woher wußte er, daß die Entsendung des Herabstoßenden Adlers ein Todesurteil war? Ein Lebender, der dies wußte, war kein Lebender mehr. So übermenschliches Wissen hob ihn aus der Reihe der Menschen. Sterben mußte er, wenn er ein Mensch war ... Doch wie, wenn er mehr als ein Mensch war? Dann hatten Götter durch seinen Mund gesprochen, dann war die Höllenfahrt kein Traumgesicht, dann heischte der Himmel Sühne für den Herabstoßenden Adler ...

Und Montezuma zitterte bei dem Gedanken. Nur der Tod des alten Wahrsagers konnte ihm Ruhe geben. Zwischen Furcht und Hoffnung erwartete er die Rückkunft des Haushofmeisters.

Einige Stunden vergingen, ehe der Vorsteher des Hauses der Teppiche wieder vor ihn trat. Und er meldete: das Haus des Zauberers sei

niedergerissen bis auf den letzten Stein, so daß das Wasser der Lagune dort flutete, wo die Grundmauern gestanden. Doch der Zauberer und der blinde Knabe seien entkommen.
Niederschmetternd war der Bescheid. Montezuma hatte eben noch, angstvoll harrend, eine Frage an die Sterne gerichtet; und die Sterne gaben ihm diese Antwort! Daraus ersah er, daß der Zauberer mehr als ein Mensch war, daß die Höllenfahrt kein Traumgesicht gewesen, daß der Himmel Sühne für den Herabstoßenden Adler heischte.
Und für fünf Tage schloß sich Montezuma ein, ließ niemand vor, sprach selbst zu den Sklaven nicht. Auf seinem silbernen Bette lag er und weinte. Er beweinte seinen Neid, ihn reute die Untat am Herabstoßenden Adler. Er beschloß, sich zu kasteien und zu fasten, um durch sein Elend die Himmlischen zu rühren, sie zu versöhnen und zu erweichen, so daß sie zurückkehrten in ihre Stadt Tenuchtitlan. Und er nahm sich vor, von den fünfzig Speisen, die täglich ihm zubereitet wurden, immer nur eine zu essen und nie mehr Kräutergetränke und Pulque an die Lippen zu führen und nie mehr eine seiner vierhundert Frauen zu liebkosen. An Untergebene verschenken wollte er seine vierhundert Frauen. Gewiß werde der Himmel mit ihm Erbarmen fühlen.
Am fünften Tage wagte es der Vorsteher des Hauses der Teppiche, in das Schlafgemach des Königs vorzudringen und ihm mitzuteilen, daß der Herabstoßende Adler, aus totonakischer Gefangenschaft durch einen weißen Gott befreit, in Tenuchtitlan eingetroffen sei.
Montezuma beschenkte den Vorsteher des Hauses der Teppiche mit einer goldenen Armspange für diese Nachricht.

Aufrichtig herzlich war der Empfang, der dem Prinzen bereitet ward. Tenuchtitlan strahlte, und Montezuma blickte heiter, wie er seit langem nicht geblickt. Die schwerste Last war ihm vom Herzen gesunken. Er begrüßte und küßte den Herabstoßenden Adler, als wäre er sein Sohn, sein harten Gefährnissen entronnener Sohn. Er belohnte das Wagnis, indem er ihn »Jaguar-Arm« anredete und ihm damit seinen höchsten Titel verlieh. Zugleich ernannte er ihn zum Vorsteher des Hauses der Edelsteine. Die Bewachung der unermeßlichen Schätze Mexikos wie auch des kürzlich herübergebrachten Goldschatzes von Tezcuco legte er in seine Hand. Diese hohen Auszeichnungen und die sichtbare Zuneigung zum Prinzen, die er seinem neidzerfressenen Herzen abrang, brachte Montezuma gleichsam als ein Dankopfer dem Schicksal dar. Freilich hoffte er zugleich, sich mit dem Dankesbeweis von seiner Schuld und Dankesschuld loszukaufen.
Seines Gemütes Heiterkeit war indes nicht von langer Dauer. Kaum erst von schwerer Last befreit, wurde sein Herz alsogleich wieder beschwert durch den Bericht des Herabstoßenden Adlers über sein Zwiegespräch mit dem Führer der weißen Götter. Kein sanftmütiger

Büßer sei dieser gelbhaarige Fremde, kein schwermütiger Wahrheitslehrer und Freund der Singvögel, wie Quetzalcoatl einer gewesen. Begabt sei er mit dem Heldenherzen und den Glühaugen eines Pumas, mit der steinernen Kraft und den Hakenkrallen eines Pumas. Diesen Mann nach Tenuchtitlan hereinlassen, hieße ihm Mexiko überantworten. Und schon seien die Söhne der Sonne im Begriff, von Sempoalla aufzubrechen, nach Tlascala zu ziehen und von Tlascala nach Tenuchtitlan.

Der Zauberer, der unerbittliche Zauberer, hatte es vorausgesehen! Seine Maiskörner, die untrüglichen, hatten gewarnt:

»Hüte dich vor Tlascala! ...«

Der Zornige Herr beriet sich mit dem einzigen Mann, der von dieser Warnung wußte, mit dem Tempel-Feger. Nach der Höllenfahrt, als die Wohnung des Zauberers zerstört wurde, war auch der Flüchtling aus Huexotzinco vorübergehend in Ungnade gefallen. Seitdem aber glaubte Montezuma wieder an die überirdische Macht des alten Wahrsagers und grollte dem Mann nicht mehr, der ihn zu ihm geführt. Im Grunde war er froh, ihm nicht grollen, ihn nicht entbehren zu müssen, hatte er sich doch bereits so sehr an den unheilvollen Einfluß gewöhnt, daß ihm zu entsagen schwerfiel wie einem gewohnten belebenden Gift.

Der Tempel-Feger gab ihm den Rat, zwei Gesandtschaften abzuschicken. Eine an den höchsten der weißen Götter, um ihm seinen Dank zu überbringen für die Errettung des königlichen Vetters, zugleich aber, um ihm nahezulegen, er möge, statt den Weg über das felsige, unwirtliche, stets den Fremden feindlich gesinnte Tlascala zu wählen, doch lieber den bequemen Weg ziehen über Cholula, die friedliche Stadt der großen Pyramide, die heilige Stadt, wo einst sein Vorfahr Quetzalcoatl, der weiße Gott, als Priesterkönig geherrscht. Die andere Gesandtschaft aber solle Montezuma nach Cholula entsenden, reiche Geschenke an die beiden Priesterkönige und den Hohen Rat übergeben lassen und die Choluteken als Vasallen und Freunde veranlassen, die Gelbhaarigen in eine Falle zu locken, sie freundlich einzuladen in die heilige Stadt, sie gastlich zu empfangen, dann aber zu verabredeter Stunde sie innerhalb der Mauern Cholulas niederzumachen bis auf den letzten Mann.

Montezuma gefiel der Plan; denn von neuem wurde ihm damit eine Entscheidung abgenommen. Nicht bei ihm, sondern beim Sohn der Sonne lag es nun, welchen Weg er wählte; und wählte er den verderblichen, so beging nicht Mexiko, sondern Cholula die Schandtat und trug die Verantwortung vor Menschen und Göttern ...

Die Großmut des weißen Gottes mußte mit königlichem Dank, mit königlichem Pomp, mit wahrhaft königlicher Beschenkung erwidert werden. Zum Führer der Gesandtschaft an ihn bestimmte Montezuma zuerst den Statthalter der östlichen Provinz Huaxteca, den Staubaufwirbler; da dieser aber tödlich erkrankte, berief er seinen einstigen

Lebensretter und schwermütigen Freund, den Feldherrn Schwelendes Holz aus Otompan nach Tenuchtitlan, ernannte ihn zum Nachfolger des Staubaufwirblers als Statthalter des Ostens und beauftragte ihn, Dank und Geschenke dem weißen Gott zu überbringen.
Zum Führer der Gesandtschaft nach Cholula wurde der Tempel-Feger ernannt. Montezuma übergab ihm zwei Trommeln aus schwerem Gold für die beiden Priesterkönige der heiligen Stadt.

Und wieder ritt Don Diego de Ordás dem kastilischen Heere voraus, dem Smaragdfels entgegen. Roß und Reiter trieften. Es goß in Strömen.
Durch Maispflanzungen, Hegewiesen und freundliche, gastfreundliche, rosengeschmückte Ortschaften zog sich der Weg noch zwei Tage im Irdischen Paradiese hin bis zum Fuß der jäh, unvermittelt aus der flachen Ebene aufragenden Schneeriesen. Der Himmel war bewölkt, die Straßen durchweicht. Die Regenperiode hatte eingesetzt. Tausend totonakische Lastträger, bereitwillig vom dicken Kaziken zur Verfügung gestellt, schleppten, durch den morastigen Schlamm der Fußpfade watend, das tropfende Gepäck der Soldaten, spannten sich vor die Lastwagen des Trosses und vor die schweren Geschütze und trugen in einigen dreißig, dem Hause der Teppiche entnommenen Sänften – hellgrün lackierten und im Innern mit buntem Federmosaik austapezierten königlichen Sänften – die Dolmetscherin Marina und sämtliche weiße Göttinnen wie auch die jüngst verheirateten totonakischen Edelfrauen, die es sich nicht hatten nehmen lassen, mit ihren weißen Gatten, den Söhnen der Sonne, des Krieges Zufälle, Glücksfälle und Unglücksfälle zu teilen. Nur Doña Catalina India war trauernd in Sempoalla zurückgeblieben.
Als gegen Abend des zweiten Marschtages am Fuße der Kordilleren Rast gemacht wurde, hielt Rodrigo Rangel diese Ansprache an Cortez:
»So sind wir denn auf dem Wege! Auf dem Wege, den Euer Liebden mit Kreuzen bepflanzen will! Auf dem Wege ins Fabelland Mexiko, wo Euer Liebden sich ein unvergängliches Denkmal setzen wollen! Wie setzt man sich ein Denkmal? Indem man sich verewigt, denken einige, und verewigen sich. Wir Gescheiten sind gescheiter: wir warten, bis man uns ein Denkmal setzt. Wer das nicht abwarten kann, pflanzt einen Baum, von dem andere den Schatten und die Früchte haben –: eine fruchtlose Sache, obgleich sie fruchtbringend ist und obgleich die Schattenseite in diesem Falle die Lichtseite ist. So hat der galante Fähnrich Díaz del Castillo, von Neu-Spanien Abschied nehmend, unserer Feuerlilie die letzte ihrer Orangen abgekauft und die Kerne vor den Toren Sempoallas in die Erde gepflanzt. Seine Enkel werden seinen Namen vergessen haben und von seinem Denkmal mehr Nutzen haben als er. Und gilt von den Enkeln der Totonaken nicht das gleiche? Hat doch Pater Olmedo in

die Herzen ihrer Großeltern den Baum des Glaubens gepflanzt, indem er sie in den Fluß hineintrieb ... Denn bewässert werden muß jeder Baum: selbst im sonnigen Garten Eden gab es für den Baum des Wissens Regentage. Und hier im Irdischen Paradies gibt es sogar eine Regenzeit, in die wir hineingeraten sind. Als beim Abschied Euer Liebden den Totonaken innig ans Herz gelegt, der beschworenen Treue, Freundschaft und Schwagerschaft stets eingedenk zu sein, begann der Himmel zu weinen, wie die Dichter sich ausdrücken. Und als Euer Liebden so ergreifend ermahnten, mit den an der Küste zurückbleibenden siebzig Weißen, meist Kranken, Verwundeten und Krüppeln, gute Nachbarschaft zu halten, da regnete es über die Wangen der rothäutigen Christenpriester, denn sie gedachten vergangener kannibalischer Festtage ... Und als Euer Liebden vorschlugen, das Volk der Totonaken solle den Weißen behilflich sein, in der schönen Stadt Verakruz eine Kirche, ein Gefängnis und recht, recht dicke Festungsmauern zu bauen, da weinte das Volk der Totonaken vor Rührung und Dankbarkeit. Oh, wie hinreißend war es, als Euer Liebden die Hand des alten Escalante ergriffen und ausriefen: Seht, dieser ist mein Bruder; was er sagt, sage ich, was er tut, tue ich; wenn er befiehlt, so gehorcht, wie wenn ich beföhle; und sollten Mexikaner euch drangsalen – (denn wer sollte es sonst?) –, so wendet euch an ihn, daß er euch beistehe! ... Zwar sah der greise Escalante mit seinem schlohweißen Knebelbart Eurem Urgroßvater ähnlicher als Euch, doch da er nun einmal Euer Bruder und ein so großer Kriegshäuptling war, hat ihn der dicke Kazike mit Kopal beweihräuchert, so gründlich beweihräuchert, daß dem armen Escalante die Augen trieften und auch er weinte. Schweigen will ich von Euer Liebden lodernder, anfeuernder Ansprache ans Heer; – selbst Gott Pluvius vermochte nicht die purpurne Fackelglut der Anfeuerung zu löschen, und er war es, der bewirkte, daß kein Auge trocken blieb. Schweigen will ich, obgleich es zum Herzbrechen war, von den Tränenbächen des Pagen Orteguilla, von den Tränenströmen des dicken Kaziken, vom Tränenmeer der dicken Prinzessin. Doch das muß ich sagen –: daß sie nicht fortgeschwemmt wurde wie damals, als Señor Alvarado sie am Bein packte, beweist ihre Standhaftigkeit. Um es kurz zu machen: Ihre Königliche Hoheit ist im Irdischen Paradiese zurückgeblieben, um die Frucht auszutragen, die in ihr gepflanzt worden ist. Denn sie ist eine Prinzessin und läßt sich nichts ausreden: im Gebärzimmer des Königspalastes, von königlichen Ammen betreut, will sie durchaus mit einem wirklichen Gott niederkommen. Das wird das Denkmal sein, das sie Euch setzt.«

Einem Fabelungetüm, einem Lindwurm, einer endlosen Drachenschlange ähnlich kroch am dritten Marschtage der lange Heereszug der Kastilier und ihrer Bundesgenossen in langsam sich schlängelnden Windungen durch das Eingangstor der Kordilleren aufwärts, die felsige, wolkendüstere, wildschroffe Bergstraße hinan. Eine *via mala*, wahrlich eine Drachenwildnis. Das Paradies grenzte unmittelbar an die Hölle. Der Blick in die erste graue Schlucht, hinter welcher ungezählte tiefere und wildere Abgrundschlünde sich witterten, war ein Blick durch ein ragendes Höllentor, durch einen schwarz gähnenden Höllenrachen, gierig geöffnet, zu verschlingen, und trotzig gewillt, nie wieder herauszugeben, was dort verschlungen. Der unablässige Regen verdüsterte noch die Düsterheit der Bergwüstenei, leckte und fraß, bespülte und unterwusch die ungangbaren Pfade. Felswände, senkrecht himmelanstrebende, standen so nah beieinander, daß sie sich zu berühren schienen, daß die unabsehbar tiefe, trennende Kluft zwischen ihnen zu einem bloßen Spalt im Gestein wurde, zu einem Riß, zu einer Ritze. Schmal klomm der Pfad an den Wänden empor zu Wolkenhöhen, und die Adler und Geier nisteten schwindeltief unter ihm.

Die Troßwagen und die sechs schweren Geschütze über Geröll und Schroffen und auf schmalen Pfaden voranzubringen, war schier unmöglich. Und doch wurde das Unausführbare ausgeführt von den totonakischen Lastträgern, die auf ihre bürdegewohnten Schultern hoben, was sich nicht mehr rollen ließ. Manch einer freilich büßte es mit dem Leben, stürzte ab in die klaffende Tiefe.

Außer den tausend Tlamamas zogen auch totonakische Hilfstruppen, dreizehnhundert bewaffnete Krieger, mit den Kastiliern nach Mexiko. Die Anführer dieser Schar, vierzig hochadlige Kriegshäuptlinge, hatte sich Cortez vom dicken Kaziken als Ratgeber und Wegweiser ausgebeten, obgleich er sie in Wirklichkeit als Geiseln mithaben wollte. Unter ihnen die hervorragenden Heerführer waren Mamexi, Tehuch, Tamalli und des bleichwangigen Hauptmanns Andrés de Tapia Schwiegervater Cuhextecatl.

Nach zweitägigem Klimmen erreichte das Heer die kleine Ortschaft Xalapa. Ein Lichtblick. Die Wolken hatten sich verteilt. Klare Aussicht auf die pinienverbrämten, unübersteiglichen Kämme und Kuppen im Westen. Rosig im Alpenglühen leuchtend das Schneekleid des Berges der Sterne, des Vulkans Citlaltepetl. Ein Abschiedsblick auf die Gefilde des Irdischen Paradieses, eine letzte Ahnung vom Lasurstreifen des Weltmeeres.

Und weiter westwärts kroch der Schlangendrachen. Die Bevölkerung einiger spärlich verstreuter Dörfer war den Totonaken freundlich gesinnt, bewirtete scheu-freundlich auch deren Freunde, die weißen Götter, Cortez konnte predigen, in einigen der armseligen Dörfer sogar ein Holzkreuz errichten. Mehr zu tun, hinderten ihn die knapp bemessene Zeit und der Widerstand des Paters Olmedo. Er solle nicht wieder in den Fehler von Sempoalla verfallen, warnte der Pater unablässig.

Und höher und höher klomm der Schlangendrachen, den Paß des erloschenen Vulkans Nahucampatepetl empor, zwölftausend Fuß hoch. Von neuem zusammengeballt hatten sich die Wolken, nebelgleich wallend zogen sie unterhalb, oberhalb, neben und mit den Wandernden, zogen dunstgestaltig zwischen ihnen hindurch. Der strömende Regen, mit dem zuerst das Heer in den Paß eingetreten war, verwandelte sich in der Höhenkälte allgemach zum Schneefall, wurde zum Schneesturm, raste und tobte schließlich als Schneeungewitter. Die gepeitschten Schneeflocken ritzten und verbrannten die Haut der Wandernden, schnitten, als wären sie splitterscharfe Hagelkörner. Unsäglich litten die Kastilier, wenngleich durch ihre Kleidung geschützt und von Europa her vertraut mit den Schrecken der Kälte. Die Indianer aber, verweichlicht in der wollüstigen Luft der *tierra caliente* und nun mit ihren halbnackten Körpern aller Unbill des Eissturmes ausgesetzt, erlagen ihm widerstandslos. Dreißig Totonaken starben, erfroren im Schneeorkan.

Drangsal und Mühsal fanden ein Ende, die erste Kordillere, die erste Bergkette, war überwunden. Man befand sich in einem Hochtal. Eine gläserne, flirrend blaue Halbkugel, dehnte sich der silberreine Himmel, stützte sich auf die weißen Kuppen der Sierra Madre. Die Luft war gebirgskühl, überklar und hart. Und von der rauhen, trutzhaften Schönheit der Landschaft war die neuartige Vegetation ein Spiegelbild. Die blaugrauen Riesenagaven glichen Urwelttieren, mit ausladenden, schwertscharfen Stachelpanzern bedeckt, die großen Kakteen nahmen teufliche, groteske Gestalten an, bewaffneten sich gegen jedermann, und die meisten Sträucher trugen ein Dornengewand. Aber auch Nadelhölzer, edelste Zedern und Pinien wuchsen hier. Und in gehegten, gut bewässerten Feldern war Mais gepflanzt.

Als die Kastilier, von der Paßhöhe herabsteigend, die Hochebene erreichten, sahen sie eine größere, aus dunkelgrünen Maisfeldern kalkweiß hervorblinkende Stadt vor sich liegen. Von den totonakischen Heerführern, die Cortez zu Rate zog, erfuhr er, daß die mit einer starken Mauer, Türmen und Wällen umgürtete Stadt Tlatlauhquitepec, der Rote Berg, hieß und eine mexikanische Trutzfeste war. Fünftausend mexikanische Krieger lagen in der Umgegend, meist zu zweien längs der königlichen Poststraße, um diese zu bewachen; doch befand sich nur eine kleine Garnison in der Zitadelle der Stadt. Zwei vorausgesandte Totonaken brachten weder die erbetene Zehrung noch eine Einladung von ihrem Botengang zurück. Unbekümmert zog das Heer in die Stadt ein und fand keinen Widerstand, freilich auch keine sonderlich freundliche Aufnahme. Karg bemessen war die Nahrung, auch für Tauschware kaum erhältlich. Ungebeten und ungeladen richteten sich die erschöpften Wanderer auf mehrere Erholungstage ein und hungerten inmitten der hängenden Gärten, Türme und strahlenden Paläste des Roten Berges.

Dreizehn Gotteshäuser hatte der Rote Berg und eine Schädelpyramide von ungeheurer Höhe. Grellblank vom Sonnenlicht umglitzert, mit dunkel verschatteten Augen- und Mundhöhlen, lagen in einem der Vorhöfe des Haupttempels Schädel in solchen Mengen übereinandergeschichtet, daß selbst die steile Tempelpyramide klein daneben erschien. Bei einem Gang durch die Stadt besichtigten Cortez, Marina und Velázquez de León den großen Tempel und gelangten, die Tempelhöfe durchschreitend, zum Schädelberg. Sie fanden den schönen Namenlosen damit beschäftigt, die teils weiß gebleichten, teils bräunlich vergilbten Schädel zu zählen.

»Wieviel habt Ihr gezählt, Señor?« fragte Velázquez de León.

»Hunderttausend Schädel, Señor!« erwiderte der Namenlose. »Alle sauber aufeinandergeschichtet, alle gut erhalten in der ausdörrenden Sonne. Jeder einzelne trug einst ein Menschenschicksal. Und alle die Geschicke, Freuden und Leiden, schlechten und guten Taten hat die Sonne gesehen, und nichts, nichts hat die Sonne erhalten außer diesen Schädeln, diesen hunderttausend Schädeln!«

»Ihr wollt sagen: Myriaden... Denn gezählt haben könnt Ihr sie doch nicht!« sagte Velázquez de León.

»Doch Señor! Die Geometrie lehrt uns, das zu berechnen. Eher habe ich die Zahl zu niedrig gegriffen. Es sind mehr als hunderttausend Schädel.«

»Ihr seid ein kampferprobter Soldat«, sagte Cortez. »Doch mir scheint, Euch wollen sich die Augen feuchten...«

»Ich schäme mich dessen nicht, Euer Gnaden!« sprach der Namenlose. »Ich liebe mein Handwerk. Aber ich mag nicht sehen, was Fahnen, Trophäen und Denkmäler zuhüllen. Die Schädelberge Europas liegen unter der Erde, unsichtbar.«

»Sie sind vielleicht höher als diese...«, bemerkte Velázquez de León. »Und schichtete man einen nur, er wäre dem Himmel näher als der Turm zu Babel oder der Citlaltepetl, der Berg der Sterne!«

Marina klammerte sich an den Arm ihres Herrn und Geliebten.

»Heilbringer!« flüsterte sie. »Mein Heimatland ächzt und sehnt dich herbei!«

Der im Roten Berg residierende Fürst und Statthalter der mexikanischen Provinz Cuhetlaxtlan hieß Olintetl, der Rollende Stein. Er war ein großer Herr. In den weiten, schattigen, von tropfenden Wasserbecken gekühlten Sälen seines schöngemeißelten Steinpalastes dienten ihm zweitausend Sklaven. Außer hundert Kebsweibern hatte er dreißig rechtmäßige Gattinnen. Mehr als zwanzigtausend Kriegshäuptlinge waren ihm untertan.

Da er Cortez weder begrüßt noch eingeladen hatte, lud sich Cortez am zweiten Tage selbst bei ihm ein. Ein kalter Wind, wie er im Hochtal wehte, wehte auch in dieser Stadt: der Empfang des Heeres war frostig gewesen. Doch noch zitterten in Cortez' Seele das Gespräch mit dem Namenlosen und die begeisterten Worte Marinas

nach – durch mexikanischen Hochmut wollte sich sein Beglückungseifer nicht abschrecken lassen.
Mit den Feldobristen, Pater Olmedo, Marina und einer Leibwache betrat Cortez den Palast des Rollenden Steines. Nur der Hauptmann Alonso de Avila hatte sich ausgeschlossen, unter dem Vorwand, er fühle sich unwohl; tatsächlich aber, weil er den Anblick des strahlenden Alvarado und des bescheidenen Sandoval nicht ertrug. Denn aus gleichem Anlaß wie früher Alvarado haßte er neuerdings Sandoval, seit Cortez, als er mit Escalante den Krankentransport nach Verakruz begleitete und zu den Schiffen des Garay ritt, mit Übergehung von Avila (der dem Dienstalter nach der älteste der Feldobristen war) zu seinen Stellvertretern Alvarado und den jugendlichen Sandoval ernannt hatte. Wortwechsel und Degenklirren waren die Folge gewesen; und wie das erstemal, hatte bei der Rückkehr nach Sempoalla Cortez dem unwirschen Unruhestifter ernsthafte Vorstellungen machen müssen.
Auch der Dolmetscher Aguilar war nicht mitgekommen. Man konnte seiner entraten. Denn Marina sprach das Spanische bereits fließend. Sie hatte von den Blicken des Asketen, vom Überfall im Zelt und von der eklen Beichte nie ein Wort gesagt; aber Cortez war es nicht entgangen, daß ihr des Diakons Nähe Unbehagen verursachte.
Gering an Zahl war die den Generalkapitän begleitende Schar. Nicht gefahrlos war der Gang. Und alle, bis auf Marina, trugen sie stahlblanke Panzer und Waffen, sogar Pater Olmedo. Auch führte der Hauptmann Francisco de Lugo seine Dogge, den berühmten Becerrico, mit. Der galt ja in mexikanischen Landen für einen abgerichteten, unbesiegbaren Puma.

Am Palasteingang der stolze Torhüter, eingeschüchtert und verwirrt – wenn auch mehr durch das abgerichtete Raubtier als durch den Anblick der Weißen und ihrer wunderschönen Begleiterin – eilte ab, sie anzumelden. Sie wurden nicht abgewiesen. Der Rollende Stein ließ sich herbei, sie zu empfangen. Vielleicht nur, um zu zeigen, daß ein Mexikaner auch vor abgerichteten Raubtieren nicht zittert.
Im großen Saal der Botschaften, umgeben von den Großen seines Landes, empfing der hakennasige, ältliche Fürst die Gäste stehend, ging Cortez einige Schritte entgegen. Hoch und dürr, glich er durchaus nicht dem dicken Kaziken, ließ sich aber trotzdem von zwei Sklaven unter den Armen stützen. Das verlangte sein hoher Stand.
Mit lässiger Handbewegung wies er den Kastiliern niedrige Schemel zum Niederhocken an, während er selbst auf einem Thronsessel unter einem farbenleuchtenden Baldachin Platz nahm.
Wer sie seien? Was sie wollten?
Marina gab ihm Auskunft: diese großen Krieger seien die weißen Götter, die ausgezogen waren aus dem Reich der Morgensonne, den Völkern Anahuacs Glück, Befreiung und Gerechtigkeit zu bringen.

Was das wäre: weiße Götter? Er habe nie von weißen Göttern gehört.
Marina übersetzte Cortez die verblüffende Antwort. Jedes Kind in Mexiko wußte von den weißen Göttern. Aber dieser Statthalter hatte nichts gehört. Und er blieb dabei. Da war nichts zu machen.
Lugo kniff den Becerrico in den Schwanz, und der Hund knurrte grimmig. Der Rollende Stein musterte das Tier mit gleichgültigem Blick, ohne jegliche Neugier; und er wiederholte: von den weißen Göttern habe er nie gehört. Aber Glück und Gerechtigkeit brauchten sie diesen Ländern nicht zu bringen – dem Meere bringe man kein Wasser!
Ein großer Herr! dachten die Kastilier. Und Cortez ließ ihn durch Marina ausforschen:
Ob dies reiche Land und die Stadt mit den prangenden Tempeln, Türmen und Palästen sein eigen sei? Ob er ein Bundesgenosse oder ein Lehnsfürst des Königs von Mexiko sei?
Über das bartlose, längliche, gutgeschnittene Bonzengesicht des Statthalters glitt ein verächtliches Lächeln.
»Wer lebt auf der Erde, der nicht ein Knecht des großen Montezuma ist?« fragte der Rollende Stein.
Ihm wurde geantwortet, jenseits des Meeres wohne ein weit größerer Machthaber, dem von Gott die Herrschaft über alle Könige der Welt verliehen sei. Und Könige, die gewaltiger seien als Montezuma, dienten ihm. Wieviel mehr schulde er, der ja nur Statthalter einer kleinen Provinz sei, dem Herrn jenseits des Meeres Gehorsam. Und den müsse er beweisen durch reiche Geschenke an Edelsteinen und Gold.
»Gold achte ich gering und besitze keines. Geschenke aber sollt ihr haben, wenn mir Montezuma befiehlt, euch zu beschenken!« sagte der Rollende Stein mit einem stahlharten Blick seiner kleinen, stechenden, etwas schiefgestellten Augen.
Marina übersetzte es, und Lugo bemerkte leise:
»Der spricht von Geschenken, wie wenn er den Tod auf einem seiner Bluttempel meinte! . . .«
»Das ist kein Schwächling!« murmelte Ordás mit unverhohlener Bewunderung.
Und Cristóbal de Olid flüsterte Tapia ins Ohr: »Wir täten klüger, den Mann nicht zu reizen. Die Leute hier sind keine Totonaken . . .«

Auch Cortez hielt es für klüger, die Mißachtung des Goldes nicht in Frage zu ziehen, und wechselte leichtblütig und gewandt das Gespräch. Marina mußte den Mexikaner auffordern, ihnen ein Bild von der Macht Montezumas zu entwerfen.
Hatte vordem Cortez die Weltherrschaft des römischen Kaisers deutscher Nation mit allzu grellen Farben gemalt, so übertrumpfte ihn jetzt der Rollende Stein, indem er schlicht und wahrheitsgemäß die

Gewalt Mexikos und des Colhuatecuhtli beschrieb. Es war keine Lüge, wenn er sagte, daß auf der Lagune und in den Kanälen Tenuchtitlans fünfzigtausend Boote schwammen. Es war keine Lüge, daß Montezuma dreißig Vasallen hatte, von denen jeder hunderttausend gutausgerüstete Krieger ins Feld stellen konnte. Es war keine Lüge, daß Montezuma jedes Jahr zwanzigtausend Kriegssklaven auf den Altären Tenuchtitlans opfern ließ, in manchen Jahren sogar bis zu vierzigtausend. Hinreißend und doch ohne Übertreibung malte er die unvergleichlich herrliche Lage Tenuchtitlans mitten im Schilfsee, den Prunk seiner Paläste, den träumerischen Zauber seiner Wassergassen und Steinbrücken, die Haus mit Haus verbanden, das Menschengewimmel, das Völkergemisch, den Farbentaumel seines großen Marktplatzes, die Wolkenhöhe seiner edelsteinbeladenen Pyramiden. Uneinnehmbar die Stadt, da jedes Haus, mit Zinnen gekrönt, sich in eine Festung verwandeln ließ. Nur drei Zuzüge habe die Stadt, drei breite Dämme, deren Steinmauerung, in gewissen Abständen unterbrochen, durch Holzbrückenteile verbunden sei; und diese könnten – sollte Tenuchtitlan je in Gefahr schweben – als Ziehbrücken emporgehoben und entfernt werden. Wenn das aber geschähe, käme niemand nach Tenuchtitlan hinein – aber auch niemand aus Tenuchtitlan heraus!...

Als Marina die Rede übersetzt hatte, saßen die Kastilier eine Weile kleinlaut da.

»Eine Mausefalle! ...« knirschte Olid.

Cortez wollte diese Stimmung und Verstimmung nicht aufkommen lassen.

»Je schwieriger das Wagnis, um so ruhmvoller wird es sein!« sprach er. Und seine Begleiter nickten zustimmend, schämten sich bereits ihrer Zagheit. Dem Statthalter aber ließ Cortez sagen:

»Eure Beschreibung von Mexiko erhöht unser Verlangen, die schöne Stadt zu sehen!«

Der Rollende Stein antwortete nichts. Er erhob sich von seinem Thron und ging mit festen Schritten auf den Hund Becerrico zu. Furchtlos streichelte er ihm den Kopf, klopfte ihm den Rücken. Und das sonst so bissige Tier ließ sich die Berührung gefallen, wedelte mit dem Schwanz. Das Erstaunen der Kastilier war grenzenlos. Der Rollende Stein sagte:

»Ich besitze einen abgerichteten Jaguar und weiß mit Raubtieren umzugehen. Soll ich den Jaguar rufen, daß die beiden hier vor dem Angesicht des Himmels und der Erde kämpfen und wir sehen können, wer stärker ist: der Zahn des weißen Mannes oder die Kralle des roten?«

Ordás war für, die anderen Hauptleute waren gegen den Vorschlag. Der Hund war unentbehrlich, unersetzlich. Cortez ließ durch Marina entgegnen:

»Zahn und Kralle messen nur Feinde. Wir aber sind Freunde Montezumas.«

Der Rollende Stein lächelte.
»Hat der große Montezuma seine Freunde eingeladen, seine Freunde aufgefordert, die Stadt inmitten des Sees zu betreten?« fragte er mit kaum verhohlenem Hohn.
»Nein!« erhielt er zur Antwort. Cortez mochte den Stolzen nicht anlügen.
»Keiner von euch wird hinkommen, wenn ihr ungebeten hinzieht!« rief der Rollende Stein. »Auch euer Hund nicht, denn hierzulande werden Hunde gegessen, werden getötet, auf daß sie den Toten Wegweiser seien im Walde der Nebelhölle!«
»Die Vorsehung hat uns hergeführt zu euren Schädelbergen«, rief Cortez, »und wird uns weiterführen bis nach Mexiko, eure Menschenschlächtereien auszurotten und euch die neue Lehre zu bringen!«
Die mexikanischen Kriegshäuptlinge, die bisher regungslos den Thronsitz umstanden, verloren ihre steinerne Unbewegtheit, murrten mit blitzenden Augen. Der Rollende Stein wies sie streng zur Ruhe. Er fragte Marina:
»Was ist das – die neue Lehre?«
Da predigte ihm Cortez das Evangelium. Und Marina übersetzte Satz für Satz, Wort für Wort. Dem Rollenden Stein entging keine Silbe – aufmerksam und doch völlig gleichgültig hörte er zu. Ein Weltmann, der das Gerede eines Schwachsinnigen aus Höflichkeit geduldig anhört; geringschätzig, doch nicht ohne Neugier. Aha! Das also lehren diese armen Narren! Und er nickte teilnahmslos, als wäre ihm das alles nicht neu. Weltverbesserer! Nun ja, die gab es ja in mexikanischen Landen auch. Die Erde, die Blutfrau, soll kein Blut mehr trinken? – O ihr Schwärmer! Als ob die Welt ohne Kampf bestehen könne! Montezuma sollte Länder nicht mehr unterjochen, Völker nicht mehr knechten, keine Sklaven mehr opfern? – Ja, was denken sich diese Weißen, wovon soll denn Mexiko leben? Und immer wieder nickte er stumm, lächelte verächtlich. Seine Götter wurden beschimpft – es erboste ihn nicht einmal, er nahm den begeisterten Prediger und Götterfeind nicht ernst.
Als Cortez mit der Vermahnung schloß: »So sage ich denn Euch, Rollender Stein, und euch anderen Kaziken, die ihr hier steht und die Botschaft der neuen Lehre gehört habt –: laßt ab von euren Opfergreueln, verzehrt das Fleisch eurer Nächsten nicht mehr, laßt ab von euren schändlichen Sodomitereien, denn so befiehlt es Unser Herr, der Allmächtige Gott, der uns das Leben gibt und den Tod und nach dem Tode das Himmelreich« – als Cortez mit diesen historischen, von einem Chronisten überlieferten Schlußworten die feurige, allzu feurige Bekehrungsrede schloß, merkte er, daß er seine Kleinodien

in einen Abgrund geworfen. Keinerlei Eindruck hatte er auf die dünkelhaften Mexikaner gemacht. Der Rollende Stein sagte zu Marina:
»Schau, meine Tochter, die weißen Männer wollen den Krieg durch den Krieg beseitigen – denn sie führen flammenspeiende Waffen, Hirschmenschen und abgerichtete Raubtiere mit sich. Sie wollen unsere Götter durch ihre Götter ersetzen. Montezuma soll keine Länder mehr erobern, damit sie Länder erobern können; Montezuma soll keine Völker knechten, damit sie Völker knechten können. Aber ein Krieg, der den Krieg ausrottet, ist nichts als ein neuer Krieg!«
Von sich aus antwortete ihm Marina:
»Die weißen Götter werden den Bewohnern Anahuacs Glück, Befreiung und Frieden bringen, die Tränen der Witwen und Waisen trocknen und hindern, daß die Schädelberge höher wachsen!«
»Die Fremden werden an die Stelle alter Schädelberge neue Schädelberge setzen. Der Krieg ist unausrottbar. Als der Büßer Yappan den Krieg bedrohte, schickten ihm die Götter die Verführerin Ixcuninan; und weil Quetzalcoatl das Menschenschlachten verbot, mußte er, ein Flüchtling, davonziehen ins Land Tlillan-Tlapallan.«
Dies sprach der Rollende Stein zu Marina. Dann bat er sie höflich, Cortez zu sagen: Für die Erklärung der neuen Lehre danke er ihm. Doch würden er und seine Vasallen von den Menschenopfern nur lassen, wenn der große Montezuma es befehle. Auch fürchte er, der große Montezuma werde ihm vielleicht grollen, weil er die Fremden in seinem Palaste geduldet und zugelassen, daß ihnen im Roten Berge Speise und Trank verabreicht wurden ...
Es war eine höfliche und deutliche Hinausweisung. Cortez geriet in Wut. Zu den Hauptleuten gewandt, rief er:
»Gutwillig wollen diese Blutvergießer das Heil nicht empfangen, so sollen sie es denn mit einer Bluttaufe empfangen! Da Worte sie nicht bekehren, mag das Schwert sie bekehren! Laßt uns augenblicklich das heilige Kreuz in dieser Stadt errichten!«
Die Hauptleute scharten sich um ihn, bereit zum Äußersten. Und auch die Mexikaner waren zum Äußersten bereit. Von ihnen war die Herausforderung ergangen, und sie verstanden – ohne die Worte des weißen Anführers zu verstehen –, daß die Herausforderung angenommen wurde. Ein Blutbad stand bevor.

Da legte sich Pater Olmedo ins Mittel. Gewiß nicht aus Feigheit. Ein streitbarer, schwerbewaffneter Priester war dieser hünengroße Mönch vom Orden der Barmherzigen Brüder. Sein graugesprenkelter Wildermannsbart reichte ihm bis an den Gürtelstrick und verhüllte nicht den stahlblanken Panzer, den er über der Kutte trug. An einem silbernen Kettchen hing ein Silberkreuz über dem unteren Ende des langen Bartes, und wenn Olmedo ausschritt, pendelte das Silberkreuz zwischen seiner rechten und linken Schulter hin und her. Er sah das große Ziel durch Übereifer gefährdet und griff daher ein. Er

hielt Cortez das Unvernünftige einer gewaltsamen Bekehrung vor, die hier schwieriger als in Sempoalla, vielleicht unausführbar sein werde – denn solche Kinder wie die Totonaken seien die Mexikaner nicht. Doch selbst wenn es gelänge – ob denn Cortez das Kreuz, das heilige Symbol, in einer nur äußerlich bekehrten Stadt zurücklassen wolle, damit es nach dem Abzug der Christen geschändet werde?
Während Pater Olmedo noch sprach, stürzte ein Sklave, der Verwahrer der Wohlgerüche, in den Saal, warf sich vor dem Rollenden Stein zu Boden, küßte ihm die Hände und flüsterte ihm hastig ins Ohr. Gesichtsausdruck und Haltung des hochmütigen Mexikaners verwandelten sich wundersam. Mit scheuen Blicken betrachtete er die Kastilier. Leise erteilte er Befehle. Der Verwahrer der Wohlgerüche und mehrere Würdenträger entfernten sich.

Und als der Pater mit mild-ernsten eindringlichen Worten erzielt hatte, daß die Hauptleute und Cortez und selbst Marina, die übereifrige Heilbringerin, ihm beipflichteten – traten, vom Vorsteher des Hauses der Teppiche und zwei anderen Hofbeamten hereingeführt, fünfzehn Diener und vier Sklavinnen in den Saal der Botschaften, und die Diener breiteten Cortez zu Füßen reiche Geschenke auf den steingetäfelten Boden hin: – buntgemusterte, mit Fransen versehene Mäntel, schöngewebte Hemden aus feinstem Leinen, Quetzalfederbandriemen, Halbedelsteine und vielen Goldschmuck, Goldstaub, Goldbarren und Goldbleche. Das höchste der Wunder aber war, daß der Rollende Stein die Gäste als weiße Götter und Söhne der Sonne bezeichnete und Marina ersuchte, den weißen Göttern zu sagen: er lege keinen Wert auf Gold, und da sich im Hause der Edelsteine noch etwas »Götterdreck« gefunden, gebe er es mit Freuden den Söhnen der Sonne zum Geschenk. Und entschuldigen möchten die weißen Götter, daß sich nicht mehr Götterdreck vorgefunden. Und er schenke den weißen Göttern die vier Sklavinnen, welche Brot für sie backen sollten, auch habe er angeordnet, daß dem Heer der weißen Götter reichlich Nahrungsmittel verabreicht würden. Und wünschten die Söhne der Sonne nach Westen zu ziehen, so wolle er ihnen gern Führer mitgeben. Doch rate er ihnen, den südlichen Weg zu wählen über Cholula, die gastfreundliche, friedliche, heilige Stadt – keinesfalls aber sollten sie durch Tlascala ziehen, denn die Tlascalteken seien die Feinde der Menschheit, seien blutrünstige Mörder, und ihr schluchtenreiches Land, wie geschaffen für Hinterhalte, sei eine Mördergrube.
Mit höflichem Dank für diese wertvolle Auskunft und die Geschenke verabschiedete sich Cortez. Er hinterließ etliche Glasperlen, kleine Spiegel und Taschenmesser als Gegengaben.
Da Marina die geflüsterten Worte des Verwahrers der Wohlgerüche nicht verstanden hatte, blieb die plötzliche Sinnesänderung des Rollenden Steines vorerst ein Rätsel.

Das Rätsel löste sich, als Cortez mit seinem Stabe zum kastilischen Heer zurückkehrte, welches unter freiem Himmel auf dem geräumigsten Platze des Roten Berges kampierte (während das Feldlager der totonakischen Bundesgenossen sich außerhalb der Stadtmauern befand). Zwei benachbarte, den Totonaken befreundete Landschaften hatten Boten und Ehrengaben geschickt, um den Söhnen der Sonne Ehrfurcht zu bezeigen, und stellten Hilfstruppen in Aussicht. Die Hauptstadt des einen dieser Gaue, das Weiße Mondgefilde genannt, lag eine Sonne westlich an der Straße nach Mexiko. Das Heer wurde eingeladen, dort Aufenthalt zu nehmen.
Kaum hatte Cortez die neuen Bundesgenossen begrüßt, wurde ihm gemeldet, daß eine Gesandtschaft von Montezuma eingetroffen sei und darum ersuche, unverzüglich vorgelassen zu werden.
Cortez ließ die Abgesandten Montezumas warten. In aller Ruhe besprach er mit den neuen Bundesgenossen, was zu besprechen war. Und nachdem er sie entlassen, legte er die kriegerische Kleidung, Panzer und Helm ab, staffierte sich mit seinem reichsten Staatskleid und einem Straußenfederbarett aus, umgab sich mit den Besten seines Heeres, ließ Geschütze neben sein Zelt auffahren und ließ das Innere des Zeltes in einen kleinen Thronsaal verwandeln.
Die Gesandten wurden durch die Lagergassen geführt, und als sie sich dem Zelte näherten, vor welchem die schwarze Sammetfahne – mit dem gestickten, von weißen und blauen Flammen umloderten Goldkreuz – wehte, trat Cortez aus dem Zelt, prunkend wie ein kleiner König in der Korona seines Gefolges.
Anführer der aus zwei jüngeren Neffen Montezumas und anderen hochangesehenen Mexikanern bestehenden Gesandtschaft war des Großkönigs schweigsamer Freund und Lebensretter Quauhpopoca, das Schwelende Holz. Auf dem Wege nach der Meeresküste – da er zum Statthalter des Ostens, zum Verweser der huaxtekischen Provinz an Stelle des im Sterben liegenden Staubaufwirblers ernannt worden war – kam er, Montezumas Dank für die Befreiung und Errettung des Herabstoßenden Adlers sowie Dankgeschenke zu überbringen. In die huaxtekische Provinz – sie grenzte unmittelbar nördlich an die Hafenstadt Verakruz und das Land Totonacapan – begleitete ihn sein einziger Sohn, der Blitzende Schild, ein zwanzigjähriger Jüngling mit ernstem, edelgeformtem Indianergesicht.
Nicht zum erstenmal brachte das Schwelende Holz eine Botschaft und Gaben des Weltherrn ins Feldlager der Kastilier. Und wie damals an den moskitobedeckten Sanddünen war auch jetzt sein melancholisches Gesicht mit blauen Streifen bemalt.
Wohl entsann sich Cortez seiner und jenes auffällig kurzen Besuches, des Dünkels, der kränkenden Unnahbarkeit des Mexikaners. Und wie absichtlich umarmte er ihn – der Mexikaner zuckte zurück vor der körperlichen Berührung, mußte sie sich jedoch gefallen lassen. Cortez behandelte ihn wie einen alten Bekannten, herablassend, leut-

selig klopfte er ihm auf die Schulter. Die neuen Gaben Montezumas, von hundert Tlamamas herangeschleppt und auf Strohmatten ausgebreitet, glitzerten im Sonnenlicht – wenn auch nicht so überreich, so überhell flammend wie damals.
Der Rechnungsführer Albornoz schätzte den Goldwert auf vierzigtausend Dublonen.
Aber außer Schulterdecken, Kolibrifedern, zwei jungen Jaguaren und Götterdreck schickte Montezuma diesmal auch Maiskuchen und fünf Sklaven. Feierlich sprach das Schwelende Holz:
»Euer Knecht Montezuma, der seinen Hof inmitten des Wassers hat, euer Knecht, der Edle Traurige, der am Seeufer wohnt, und euer Knecht, der Durch-Zauber-Verführende, der am Fuße der Berge herrscht, befahlen mir, euch zu sagen: vor Freude schwillt ihr Herz, weil ihr, o ihr Söhne der Sonne, o ihr Gelbhaarigen, Anahuac aufsuchen wollt, das Land, wo euer Vorfahr, der weiße Gott, geherrscht hat, dessen Thron von Montezuma bereitgehalten wird für euch! Und vor Dank schwillt das Herz eures Knechtes Montezuma, weil sein Verwandter, der Herabstoßende Adler, Sohn des Königs Molch, befreit wurde durch euch, o ihr Söhne der Sonne, o ihr Gelbhaarigen! Euer Knecht Montezuma bittet euch, diese geringwertigen Kostbarkeiten anzunehmen als Dankesgaben. Und da euer Knecht Montezuma aus der großherzigen Errettung des Herabstoßenden Adlers ersehen hat, daß ihr wahrhaftig Söhne der Sonne seid, hat er den Gaben die Speise der Götter beigefügt –: Maiskuchen mit Menschenblut besprengt; und auch diese fünf Sklaven, auf daß die weißen Götter, wie auch die schwarzen Götter, ihren Durst an Menschenblut löschen können!«
Das Schwelende Holz wiederholte in diesen Sätzen wörtlich, was Montezuma ihm aufgetragen. Mit den schwarzen Göttern waren die Neger des kastilischen Heeres gemeint, von denen Montezuma Abbildungen besaß; hatte doch einst an den Sanddünen der Menschenmaler alles Sehenswerte des Feldlagers auf dem Hirschhautpergament verzeichnet. Die Mitglieder der Gesandtschaft waren beauftragt, genau achtzugeben, wie die weißen Götter und die schwarzen Götter die ihnen dargebrachten Opfergaben aufnehmen würden, ob sie die Blutkuchen essen, ob sie das frische Menschenblut trinken würden. Denn daraus würde man schließen können, hatte Montezuma gesagt, ob sie starke Herzen haben, ob sie wirklich Söhne der Sonne sind.
Durch Marina erfuhr nun das Schwelende Holz, daß die schwarzen Götter gar keine Götter seien, sondern Götterdiener. Fast noch mehr enttäuscht wurden die Mexikaner durch die weißen Götter. Mäntel, Edelfedern, rohe Edelsteine und Götterdreck nahmen sie an, sie verschmähten aber und verabscheuten die mit Menschenblut besprengten Kuchen, und den fünf Opfersklaven schenkten sie die Freiheit. Es war erwiesen – sie hatten keine starken Herzen!

Sich verabschiedend, erteilte das Schwelende Holz Cortez den Rat, über Cholula zu ziehen und Tlascala zu meiden.

Und wieder ritt Don Diego de Ordás hundert Schritt dem Heer voraus, westwärts auf der Hochebene, durch ein Flußtal dann, dem Flusse entlang, an zahlreichen wohlhabenden Dörfern vorbei. Mittags wurde auf einer Wiese gerastet. Und als das Heer sich wieder in Bewegung setzte, entdeckte Juan Sedeño der Reiche, daß sein Graufüllen entlaufen war. Sedeños Stute hatte bei der Landung gefohlt; das war vor einem halben Jahr, zu Ostern, geschehen – seitdem war das Fohlen ein ganz stattlicher kleiner Renner geworden und hatte nun das Weite gesucht. Für Sedeño ein schwerer Schlag; ein fast noch schwererer für das gesamte Heer, welches nur siebzehn Pferde mitführte. Alvarado, dem Sedeño das Mißgeschick als erstem mitgeteilt hatte, geriet in höchste Aufregung.

»Wißt Ihr, Señor, in welcher Richtung es gelaufen ist? Oder glaubt Ihr, daß es von indianischen Buschkleppern gestohlen wurde?«

»Nein, nicht gestohlen ...«, stotterte Sedeño verwirrt. »Ich sah, es ist entlaufen. Es ist verhext worden!« rief er fast weinend.

»Narrenpossen! Von wem verhext?«

»Von La Medina!«

Seit dem Tanzabend im Indianerdorf ließ der reiche Sedeño der schüchternen Tänzerin keine Ruhe mit seinen Liebesanträgen. Immer und immer wieder hatte sie ihn abgewiesen. Jetzt haßte er sie.

»Unsinn!« sagte Alvarado. »Ihr selbst erzählt, es sei entlaufen. Also müßt Ihr doch gesehen haben, wohin es lief!«

Sedeño zeigte auf einen benachbarten Wald. Alvarado winkte die Amazone María de Estrada und die Reiter Domínguez und Lares heran, und sie galoppierten in den Wald. Nach einigen Stunden kamen sie zu einem Weideplatz. Ein Rudel Hirsche äste dort, das Graufohlen stand zwischen den rötlichgrauen Hirschen, als gehörte es zu ihnen. Es trank am Euter einer Hirschkuh.

Die Reiter trennten sich, den Tieren die Flucht abzuschneiden. Doch die Herde hatte sie gewittert, stob plötzlich davon, verschwand im Unterholz. Auch das Fohlen. Die aussichtslose Verfolgung mußte aufgegeben werden.

»Mir ist, als hätte ich eine Rothaut im Dickicht gesehen«, sagte María de Estrada.

»Kundschafter unseres Freundes Montezuma!« meinte Alvarado achselzuckend.

Nach zehnstündigem Marsch näherte sich das Heer der Stadt Iztac-Metztitlan, das Weiße Mondgefilde, deren Bewohner, Freunde der Totonaken, tags zuvor Ehrengaben an Cortez gesandt hatten.

Das Angebot, das der Rollende Stein nach seiner plötzlichen Sinnesänderung Cortez gemacht, ihm Führer zur Verfügung zu stellen, war

keine Höflichkeitsfloskel gewesen – er hatte tatsächlich zwanzig seiner Palastbeamten als Wegweiser für den Zug nach Anahuac mitgegeben. Diese Führer rieten nun Cortez, nicht durch das Weiße Mondgefilde zu ziehen, sondern einen nach Süden abzweigenden Weg einzuschlagen. Die totonakischen Kriegshäuptlinge Mamexi, Tehuch, Tamalli und Cuhextecatl widersprachen, warnten vor den Ratschlägen der Bewohner des Roten Berges: die südliche Straße führe nach Cholula, dem hinterlistigen Cholula, der Vasallenstadt Mexikos; die nördliche Straße aber ginge geradeswegs nach Tlascala, dem Lande des Blumenkrieges, dem Lande, das seit sechzig Jahren den Rosenkrieg mit dem Drei-Städte-Bund führe. Und sollten auch die Otomis zu den Waffen greifen, so sei die ehrliche Feindschaft Tlascalas der falschen Freundschaft Cholulas vorzuziehen.
Cortez vertraute den Totonaken und war auf der Hut vor den unerbetenen Ratschlägen der Mexikaner und Montezumas. Allzu beflissen hatten sowohl der Rollende Stein wie die Abgesandten Montezumas Tlascala angeschwärzt und die Friedlichkeit Cholulas gepriesen.
Nach kurzem Kriegsrat mit den Feldobristen entschied er sich endgültig für den Weg über Tlascala. Er beschloß, an den Rat der Alten in Tlascala Boten zu senden und vorerst im Weißen Mondgefilde die Antwort und Einladung abzuwarten.
Zu Boten wählte er den Kriegshäuptling Tehuch, der ein Vetter des dicken Kaziken war, und Cuhextecatl, den Schwiegervater des Hauptmanns Andrés de Tapia; außerdem noch zwei gut aussehende totonakische Speerwerfer. Durch den Notar und kaiserlichen Sekretarius Diego de Godoy ließ er einen Brief an den Freistaat Tlascala aufsetzen, und Guillén de la Loa, den putzigen kleinen Schreiber des Garay, beauftragte er, das Schriftstück in pompöser, mächtig geschwungener Zierschrift auf Pergament zu schnörkeln. Da anzunehmen war, daß der Rat der Alten den Brief nicht werde entziffern können, wurden die Boten der Marina instruiert, den Inhalt des Schreibens mündlich vorzutragen. Und Cortez gab ihnen außer diesem Brief auch noch eine venezianische Mütze aus dunkelgrünem Seidensammet, einen Degen, eine Muskete und eine Armbrust als Ehrengeschenke an den Hohen Rat mit. Der Anblick der überlegenen Waffen sollte dem Rat der Alten die Überlegenheit und Unbesiegbarkeit der Söhne der Sonne zu bedenken geben.
Während die vier Boten nach Tlascala vorauseilten, zog das Heer in das Weiße Mondgefilde ein. Die anmutige Architektur und die überreichen Reliefskulpturen der auf steiler Kuppe ragenden Kastelle weckten die Bewunderung der Kastilier. Die freundlichen Bewohner des Weißen Mondgefildes empfingen an den Stadttoren die Einziehenden mit Weihrauch und Blumenspenden, hielten in großen Mengen Nahrungsmittel bereit, warnten vor Cholula und empfahlen den Weg über Tlascala.

Tehuch und Cuhextecatl, wie auch ihre beiden Begleiter, hatten Gesandtenkleidung angelegt und waren von weitem schon als Sendlinge kenntlich. Zur Grenze Tlascalas gelangt, wurden sie als Boten ehrerbietig von den Grenzwächtern behandelt, durch ein Tor der Großen Mauer eingelassen und nach der – wie das Land – Tlascala genannten Hauptstadt eskortiert. Man führte sie in den großen Tecpan, wo die Sitzungen des Hohen Rates stattfanden, und reichte ihnen Speise und Trank dar. Vollzählig versammelte sich der Rat der Alten, setzte sich feierlich auf die hundert kurulischen Stühle nieder, die Botschaft der weißen Götter entgegenzunehmen. Die Boten wurden in den Saal der Botschaften geführt, wurden willkommen geheißen und gefragt, was sie brächten. Da übergaben sie das dunkelgrüne Sammetbarett, den Degen, die Muskete und die Armbrust. Stehend vor der thronenden Ratsversammlung begann Tehuch so zu reden:

»O ihr hochmächtigen Väter, o ihr hochedlen Herren, mögen die Götter euch Sieg über eure Feinde verleihen! Die Mexikaner sind eure Erbfeinde, und sie sind auch die Feinde und Bedrücker der Totonaken. Darum gibt das Volk der Totonaken durch unseren Mund euch Kunde von den Enkeln Unseres Herrn Quetzalcoatl, den weißen Göttern, den Söhnen der Sonne, die über das Meer des Himmels aus einem fernen östlichen Reich herübergekommen sind in großen Wasserhäusern und gelandet sind an der Küste unweit der Stadt Sempoalla, das Kreuz aufrichtend, das Wahrzeichen Unseres Herrn Quetzalcoatl. Sie haben jenseits des Himmelswassers erfahren von der Unmenschlichkeit, der Ländergier, der Blutgier der Mexikaner. Und darum hat ihr Fürst, der große König des Ostens, sie ausgesandt, daß sie die Völker befreien, auch euch Tlascalteken befreien von der Gewaltherrschaft Montezumas und vom Blutdurst der falschen Götter Anahuacs, welche einst Unseren Herrn Quetzalcoatl, den weißen Gott, den Kreuzträger, hinweggetrieben haben ins Land Tlillan-Tlapallan. Sie, seine Enkel, bitten um freien Durchzug durch euer Land und senden euch diesen Brief, diesen Kopfschmuck und diese Waffen. Mögt ihr daran erkennen, wie erfinderisch, mutig und unbesieglich sie sind, und mögt ihr wie Brüder an ihrer Seite fechten gegen das mörderische, blutrünstige Mexiko, bis sie euch erlösen, wie sie uns von der Knechtung Montezumas erlöst haben. Tut ihr das aber nicht, so wißt ihr selbst, o ihr hochmächtigen Väter, ihr edlen Herren, daß Mexiko nie ablassen wird, euch zu bedrohen und zu drangsalen.«

Stumm nahm die hundertköpfige Versammlung die Rede auf. Keine Äußerung, weder des Mißfallens noch des Beifalls, wurde laut. Die Geschenke gingen von Hand zu Hand, wurden mit Befremden betrachtet. Da erhob sich einer der vier Tetrarchen des Landes, der angesehene alte Maxixca – das Offene Gesicht – und sprach:

»O ihr Götterboten, ihr tapferen Krieger! Wir haben gehört, wir

haben vernommen, was euer Mund geredet hat, was euer Mund verkündet hat vor dem Angesicht des Hohen Rates. Haben die Söhne der Sonne euch Beistand geleistet, haben sie euch befreit von der schwer lastenden Hand Montezumas? Wir freuen uns darob, und wir danken dem großen weißen Gott für seine Gaben. Geht, ruht euch aus, denn weite Wege seid ihr gegangen. Der Hohe Rat aber wird Entschluß fassen, welche Antwort er erteilen will!«
Darauf wurden Tehuch, Cuhextecatl und ihre Begleiter aus dem Beratungssaal hinausgeführt.

Das Volk der Tlascalteken setzte sich zusammen aus vier Stämmen, welche gesondert in vier Landschaften wohnten und die Namen führten: Die-auf-den-Bergen, Die-unter-den-Pinien, Die-auf-der-Kalkerde und Die-im-Regenlande. Auch in der Stadt Tlascala besaß und bewohnte jeder dieser Stammverbände ein Stadtviertel. Im Lauf der Jahrhunderte hatten sich die vier Stammesverbände in viele Unterstämme gespalten, und sämtliche Unterstämme waren im Hohen Rat vertreten. Die Leitung der Staatsgeschäfte aber lag in den Händen von vier Fürsten, Oberhäuptern der vier Hauptstämme. Damals hatten Die-auf-den-Bergen den Häuptling Maxixca, das Offene Gesicht, zum Oberhaupt; Die-auf-der-Kalkerde den hundertjährigen Xicotencatl, die Sammelnde Biene; Die-im-Regenlande Uhexolitzin, den Truthahn, und Die-unter-den-Pinien Chimalpopoca, den Rauchenden Schild.
Die Eintracht des Rates der Alten hatte in letzter Zeit eine Trübung erfahren, seit die beiden einflußreichsten Stammesoberhäupter – das Offene Gesicht und die Sammelnde Biene – in Zwist geraten waren. Die Ursache dieses Zwistes war in hohem Grade seltsam.

Die Söhne des hundertjährigen blinden Xicotencatl hatte der Rosenkrieg hingerafft. Am Leben war nur noch ein Enkel, seines jüngsten Sohnes Sohn. Dieser hieß Xicotencatl Xocoyotzin, das heißt Xicotencatl der Jüngere, und führte den Beinamen Axayacatl, Kriegsmaske. Ein hochgewachsener, stählerner, mit Wundmalen bedeckter und auffallend schöner Indianer war er, unbändig stolz, ungezügelt in seinen Leidenschaften, wild und gutherzig, treulos und treu zugleich. Kaum dreißig Jahre alt, war er bereits Vorsteher des Hauses der Speere und hatte den Oberbefehl über die Hälfte der tlascaltekischen Truppenmacht. Er bewohnte seinen eigenen Steinpalast. Seinem Reichtum und hohen Rang entsprachen die schier unermeßliche Zahl seiner Sklaven und die Größe seines Frauenhauses. Er besaß an die fünfzig Gattinnen.
Vor drei Jahren war ihm in den Gassen Tlascalas ein ärmlich gekleidetes Mädchen begegnet. Gebannt, erschüttert war er von ihrem Anblick, kein irdisches Wesen, eine verlarvte, in Lumpen gehüllte Göttin schien sie ihm. Sofort schickte er ihr einen seiner Sklaven nach,

ließ sie nach ihrem Namen, ihrer Herkunft fragen. Sie hieß Tiça-Papalotl, Kreideschmetterling. Obgleich sie von niederem Stand, Knüpferin von Blumenmosaik und Tochter eines Amol-Chiuhqui, eines Seifensieders, war, erbat er sich die Vierzehnjährige von ihren Eltern, machte er sie zu seiner rechtmäßigen Gattin. Und er räumte ihr einen Flügel seines Palastes ein, schenkte ihr Sklavinnen – Fächerträgerinnen, Sandalenbinderinnen, Haarkämmerinnen, Girlandenflechterinnen – und behängte sie mit Juwelen. War ihre überschlanke, knabenhafte Anmut, ihres immer schneeweiß geschminkten Gesichtes Schönheit ohne alles Maß – seine Liebe war es auch. Doch der Blumenkrieg zwang ihn, Abschied zu nehmen von Kreideschmetterling, fortzuziehen in den Kampf gegen die Heerscharen Mexikos, in jene Schlachten, welche dem jugendlichen Menschen-Fänger – dem ältesten Sohn Montezumas – den Tod und dem Irdenen Krug die Knechtschaft bringen sollten.
Ein Jahr lang focht Prinz Kriegsmaske an der Großen Mauer. Als Triumphator kehrte er heim nach Tlascala, sehnsuchtsverzehrt nach Kreideschmetterling. Da entdeckte er, daß zwei seiner Frauen schwanger waren – und von ihm, der länger als ein Jahr in der Ferne geweilt, konnten sie nicht schwanger sein. Sie hatten ihr Leben verwirkt, waren der Lustgöttin, der Straferin, verfallen, die als Frosch mit blutigem Maul verehrt wurde –: »denn die Liebe frißt und verschlingt alles . . .« Ein unerhörter Schimpf war Prinz Kriegsmaske angetan. Rasend vor Wut ließ er sie einkerkern, ordnete eine strenge Untersuchung an. Da kam ans Licht, daß Kreideschmetterling, seine Lieblingsgattin, halb Knabe, halb Mädchen war. Mitten unter den Frauen lebend, hatte – während seiner einjährigen Abwesenheit – das unselige Zwitterwesen sich in die zwei schönsten der Frauen verliebt und sie zur Sünde verleitet. Als Prinz Kriegsmaske dessen inne wurde, erließ er den Schwangeren die Todesstrafe, war er es doch selbst gewesen, der die Knäbin in ihre Mitte gebracht; er trennte sich von ihnen, verschenkte sie, verheiratete sie an Untergebene. Grausame Strafe aber erwartete den Hermaphroditen. Völlig nackt wurde Kreideschmetterling durch die Straßen Tlascalas, durch die höhnende Volksmenge geführt. Auf einer Opferterrasse wurde ihm mit scharfem Obsidianmesser die linke Bauchseite aufgeschnitten, so daß die Eingeweide herausquollen, und dann mußte das arme Wesen, die eigenen blutigen Gedärme mit der Hand haltend, laufen – mußte versuchen, der verfolgenden Volksmenge zu entlaufen. Gelang es dem Sträfling, den Verfolgern zu entkommen, so war er frei und fortan unantastbar – das schrieb uralter Brauch, altheiliges Strafgesetz vor. Doch noch nie hatte sich ein Sträfling retten können, alljeder war bisher zusammengebrochen, eingeholt, gesteinigt worden.
Auch Kreideschmetterling wäre es so ergangen, hätte sich nicht während seines Todeslaufes ein Palasttor geöffnet, in das er hineinflüch-

ten konnte. Der Volksmenge wurde der Eintritt verwehrt. Kreideschmetterling war gerettet. Der Mann, der ihn gerettet, der Besitzer des Palastes, war Piltecatl, Neffe des Maxixca und Oberfeldherr von gleich hohem Rang wie Prinz Kriegsmaske.

Seitdem waren die Familien Maxixca und Xicotenca verfeindet. Piltecatl verweigerte die Herausgabe des Hermaphroditen. Und Prinz Kriegsmaske ließ nicht ab, ihn zurückzufordern. Nicht, daß er ihn noch hätte töten oder sonstwie strafen wollen; – nach der geglückten Flucht war ja Kreideschmetterling unantastbar. Aber wunderbarerweise wurde Prinz Kriegsmaske jetzt mehr denn je von Liebe, Sehnsucht und Eifersucht verzehrt. Unerträglich war ihm der Gedanke, daß sein Rivale Piltecatl das überirdisch schöne Zwitterwesen gesund pflegen und hegen und durch Geschenke an sich fesseln konnte.
Der Streit der Familien griff über auf die Stämme. Die-im-Regenlande – meist der Kriegerkaste angehörig – hielten zu den Xicotencas; Die-unter-den-Pinien – in der Mehrzahl friedfertige Kaufleute – scharten sich um die Maxixcas. Zu offenen Feindseligkeiten kam es zwar nicht, doch das Land war in zwei Hälften zerrissen, der Nachbar traute dem Nachbar nicht mehr, der Freund nicht dem Freunde. Die einflußreichen verständigen Oberhäupter gerieten beim Versuch, den Streit aus der Welt zu schaffen, selber in Zwist. Das hatte nunmehr zur Folge, daß im Rat der Alten jeder Vorschlag der einen Partei von der anderen Partei mißbilligt und bekämpft wurde.
Als daher, nachdem die totonakischen Gesandten den Saal verlassen hatten, das Offene Gesicht ausführte: nicht nur die Empfehlung der Feinde ihres Erzfeindes, auch die vielen Vorzeichen der letzten Jahrzehnte machten es glaubhaft, daß die in alten Bilderschriften geweissagte Wiederkehr bärtiger, weißhäuptiger Sonnensöhne nach Anahuac zur Wahrheit geworden und daß die Zeit der Befreiung der Völker und des Strafgerichts über Montezuma nahegerückt sei; darum er es für ratsam erachte, diese Fremden, da sie doch Beistand gegen Mexiko anböten und, wie ihre Taten und Waffen zeigten, eher Götter als Menschen zu sein schienen, freundlich nach Tlascala einzulassen und nicht abzuwarten, daß sie sich den Zutritt erzwängen – als in einer klugbedachten und schöngefügten Rede das Offene Gesicht dies ausführte, erhob sich der erblindete hundertjährige Führer der Gegenpartei, die Sammelnde Biene, und widersprach leidenschaftlich. Dabei brachte er (wenn man den Chronisten glauben darf) höchst merkwürdige Vermutungen über die Entstehung der weißen Götter vor. Er sagte:
»O ihr mächtigen Väter, o ihr edlen Herren, möge Ypalnemoa – Er, durch den alles geschieht – unseren Sinn erleuchten, unseren Sinn lenken, auf daß wir Tlascala, unsrer alten Mutter, nicht schlechte Söhne seien! Wer sind diese Fremden? Was werden sie uns bringen? Wir wissen es nicht. Wir kennen die Zukunft nicht. Doch das wissen

wir, daß die Vergangenheit Tlascalas, unserer Mutter, ruhmvoll war; und nicht würdig der großen Vergangenheit Tlascalas dünkt es mich, wenn wir überschnell, wenn wir allzu dienstbereit den Fremden die Tore öffnen. Von alten Weissagungen hat man uns erzählt – doch Weissagungen haben oft schon getrogen. Sind die Berichte wahr, daß diese Fremdlinge sich von Gold ernähren und mit großen Hirschen einherziehen, so scheinen sie mir nicht Menschen zu sein, sondern Ungeheuer, dem Schaume des Meeres entstiegen oder vielmehr ausgespien vom Meer, das sie in seinem Innern nicht mehr bergen wollte. Darum ist mein Rat: Laßt uns ihnen bewaffnet entgegenziehen, eingedenk unserer Vergangenheit, unserer Götter, unserer Heimaterde, unserer Weiber und Kinder; laßt uns ihnen den Eintritt wehren. Nur so können wir erfahren, ob sie Menschen sind. Besiegen sie uns, die wir unbesieglich waren bisher, so sind sie die weißen Götter, die Vorausverkündeten. Dann bleibt immer noch Zeit, mit ihnen Freundschaft zu schließen und Bundesgenossenschaft gegen Montezuma!«

Die Rede der Sammelnden Biene machte tiefen Eindruck auf die Versammlung, überzeugte indes die Gegenpartei nicht. Das Wort ergriffen noch der Rauchende Schild, der Truthahn und viele Häupter der Unterstämme. Zu einem Ergebnis führte die Beratung an diesem Tage nicht.

Im Weißen Mondgefilde wartete Cortez mehrere Tage vergebens auf eine Antwort aus Tlascala. Die sehnlich erhoffte Einladung blieb aus, auch kehrten die totonakischen Boten nicht zurück. Am vierten Tage traf eine Gesandtschaft aus Cholula im Weißen Mondgefilde ein.

Der Gewandtheit des Tempel-Fegers war es gelungen, die heilige Stadt für den Plan Montezumas zu gewinnen. Mit gewohntem Geschick hatte er seinen Auftrag ausgeführt, hatte den Cholulteken nahegelegt, daß es ein verdienstvolles Werk sein würde, die Fremdlinge in die Stadt zu locken und niederzumachen. Mit den zwei goldenen Trommeln hatte er die beiden Priesterkönige, mit kostbaren Kotingafedern den Hohen Rat bestochen. Und nun sandte die Stadt eine Einladung an die weißen Götter. Der neunzehnjährige Sohn des einen der Priesterkönige war der Gesandtschaft beigegeben, um ihr mehr Ansehen und Gewicht zu verleihen.

Durch Marina ließ Cortez den Cholulteken auseinandersetzen, daß er in Tlascala erwartet werde und daher den Weg über Cholula nicht nehmen könne.

»O Malintzin! O Göttin!« sagte der junge Königssohn. »Die Quecholvögel erwarten dich; du aber willst ihren Gesang nicht hören, du Goldreiftragende, du Göttin!«

Marina übersetzte den Satz erst, als Cortez danach fragte. Velázquez de León bemerkte ärgerlich:

»Dieser Königsknabe hat sich in Marina verliebt! Er verschlingt sie ja mit seinen Augen!...«
Die Feldobristen lachten. Cortez, der einen feineren Spürsinn hatte, warf ihm einen erstaunten Blick zu. Was er über den Königssohn ausgesagt, hatte er über sich selbst ausgesagt. Velázquez de León liebte Marina und wußte es selbst nicht.
Die Enttäuschung der Gesandten war unverkennbar. In eine ungeheuchelte Betrübnis versetzte sie die Absage. Einen späteren Besuch der heiligen Stadt, um den sie nunmehr baten, stellte Cortez, ihnen zum Trost, in Aussicht und lud sie zu einem solennen Mittagsmahl ein. Juan Varela, der Oberkoch und Tafelmeister des Cortez, durfte mit seinen Künsten Staat machen, war ihm doch der Wink erteilt worden, nicht zu geizen.
Zum Festessen erschien der Königssohn mit einem Blumenstrauß, gewunden aus tausend gelben, grünen und lila Orchideen. Mehrere Sklaven schleppten den Riesenstrauß, legten ihn Marina vor die Füße. An der Festtafel saß der Königssohn zwischen Cortez und Marina.
»O Göttin, o Zauberfürstin! Wie komme ich in das blumenreiche, in das glückselige Land, wo es keine Sehnsucht und keine Trauer mehr gibt?...« flüsterte der Königssohn. Und er knetete auf den Teller Kugeln aus den Speisen und steckte die Kugeln Marina in den Mund.
Mit feinem Humor trank Cortez Velázquez de León zu, der ihm gegenübersaß und einen roten Kopf bekam. Und ihm zublinzelnd, sprach Cortez von der Eroberin, *la conquistadora*. Als aber der Königssohn die erhitzenden Weine Alicante und Pedro Ximenes gekostet hatte und den Arm um den Nacken seiner Göttin legte, sprang Velázquez de León von seinem Sitz empor und zog den Degen. Mit überlegenem Spott bat ihn Cortez, mit seinem Rapier keine Hirschbraten zu zerlegen, da dies Sache des Tafelmeisters sei, und er ersuchte ihn, sich still zu verhalten. Den erschrockenen Gesandten aber ließ er durch Marina mitteilen, bei den Gastmahlen der weißen Götter wären solche Waffenübungen Sitte und hätten den Zweck, die Söhne der Sonne auch in Stunden des Genusses an ihre Kampfziele zu gemahnen. Mit scheuen Mienen nahmen die Cholulteken hiervon Kenntnis.
Als Velázquez de León seinen Degen eingesteckt und wieder Platz genommen, sagte ihm Cortez: »Bedenkt, daß es uns von Nutzen sein kann, wenn wir Freunde in Cholula haben!...«

Und wieder kroch der lange Schlangendrachen westwärts.
Die nach Tlascala entsandten Boten waren ins Weiße Mondgefilde nicht zurückgekehrt. Vier Tage lang waren sie umsonst erwartet worden. Schließlich hatte Cortez Befehl zum Aufbruch gegeben. Tehuch und Cuhextecatl mußten ja, zurückkommend, dem Heer ent-

gegenkommen. Immerhin war ihr Ausbleiben rätselvoll und konnte als übles Zeichen gedeutet werden. Es wurde angeordnet, daß die Soldaten nur bewaffnet schlafen sollten.
Rechts und links vom Wege funkelten zuweilen schwarzglänzende Augen im Dickicht. Solche Augen hatte ja schon die Amazone María de Estrada im Gebüsch gesehen, als das entlaufene Fohlen des reichen Sedeño bei der Hirschherde gefunden wurde. Nicht getäuscht hatte sie sich; ihre Beobachtungen wurden jetzt von vielen bestätigt. Und andere höchst seltsame Beobachtungen wurden gemacht. Es fanden sich dünne Fäden über die Straße gespannt; zuweilen fünf, zuweilen zehn solcher bunten Fäden und alle eigenartig verknotet und daneben Papierstreifen und Papierfähnchen. Sträucher standen am Wege, behängt mit Fäden und Papierstreifen; und man kam durch einen Fichtenwald, der wie übersponnen war von so verknoteten Zauberfäden und Papierfetzen.
Das Heer wurde verfolgt, wurde begleitet von Zauberern. Und diese Zauberer waren ausgesandt, den weißen Göttern die Straße zu verlegen, sie zu hemmen, sie der Kraft zu berauben, sie zu vernichten; waren ausgesandt von Montezuma, der bereits Nachricht erhalten hatte, daß die Söhne der Sonne die Einladung nach Cholula ausgeschlagen. Ein aztekischer Chronist hatte später berichtet, wie die Zauberer den Auftrag Montezumas ausführten: »Sie begannen sich zu verteilen«, schrieb er, »schritten überaus heimlich – die einen in der einen, die anderen in der anderen Richtung – vor, so daß das christliche Heer in ihrer Mitte war. Und es sagten diejenigen unter den Zauberern, die sich in reißende Tiere zu verwandeln pflegten –: Wir wollen unser möglichstes tun, und wenn das nicht genügt, wollen wir ihnen die Herzen essen! Und als sie an sie herankamen, war ihre Mühe umsonst. Und da sie ihnen nicht schaden konnten, glaubten sie, die Herzen der Christen enthielten nur Dunst und Rauch, ja, sie meinten, die Christen hätten gar keine Herzen. Unter den Zauberern waren solche, die sich in Giftschlangen und Skorpione verwandelten; aber auch diese vermochten ihnen nicht zu schaden. Ferner gab es welche, die den Unterleib und die Waden essen; sie vermochten ebensowenig auszurichten und meinten, die Christen hätten keinen Unterleib und keine Waden. Und schließlich waren da auch die Zauberer, die mit Träumen behexen und die Berückten auf die Bergabhänge tragen, um sie hinabzustürzen; doch alle Nächte fanden sie das Heer von Wachen umstellt – während ein Teil der Christen schlief, wachte der andere –, und der Schildwachen wegen konnten sie ihnen nicht schaden. Und sie alle sagten: Versuchen wir es doch vier Nächte! Und als sie es die vier Nächte, ohne schaden zu können, versucht hatten, sprachen sie: Laßt uns zu unserem König gehen, ihm sagen, wie wir alle unsere Kräfte aufgewandt haben, doch ihnen nicht haben schaden können! . . .«
So berichtet der aztekische Chronist.

An einem bleichklaren Herbstmorgen erreichte das Heer die Große Mauer. Vor den baß verwunderten Augen der Kastilier tauchte eins der Weltwunder empor. Aus der Ferne gesehen, glich es einem rötlichgelben Band, einem unabreißbaren Band, aus dem Himmel auf die Landschaft niedergefallen und wellig angeschmiegt an Berg und Tal, an Fluren und Hügel, Gefels und Wildschluchten. Selbst über einem Fluß hing das Band, überschwebte ihn als steinerne Brücke so flach, daß kein Boot sie hätte unterfahren können. Das unfaßliche Dasein der endlosen Mauer offenbarte sich in seiner ganzen Rätselhaftigkeit erst, als das Heer nahe genug gekommen war, die Einzelheiten des Baues zu unterscheiden. Riesenquadern ohne Kalk und Mörtel aneinandergefügt. Ein Zyklopenbau. Zwanzig Fuß breit, neun Fuß hoch und durchgehend mit einem Zinnenkranz äußerst starker Brustwehren geziert. Nicht von Menschenhand schien der Bau gefügt. Gänzlich unwahrscheinlich und doch erdrückend, bedrückend durch seine Existenz.

Cortez winkte einige der Totonakenhäuptlinge herbei und fragte sie über den Ursprung der Mauer aus – was Tlascala wohl veranlaßt haben mochte, eine solche Schutzwehr zu errichten. Die Häuptlinge mußten weit ausholen, diese Frage zu beantworten. Sie erzählten, wie Tlascala von Mexiko umzingelt, von der Außenwelt abgeschlossen, zur belagerten Festung gemacht wurde; wie Tlascala lernen mußte, auf Papageienfedern, Kakao, Baumwolle, ja sogar auf Salz zu verzichten; wie Tlascala, als der sechzigjährige Krieg begann, aus Notwehr sich gezwungen sah, die Große Mauer zu erbauen; wie im Rosenkrieg, dessen Regeln der Herr des Fastens aufstellte, der Lieblingssohn Montezumas umkam und die Rache Montezumas, der Ansturm der mexikanischen Heerscharen, an der Großen Mauer zerschellte.

Manches, was die Häuptlinge erzählten, wußte Cortez schon durch Marina. Doch zum erstenmal übersah er den Fluß des Geschehens. Und ihn erstaunte das Schicksalhafte im langwährenden Haß zwischen Tlascala und Mexiko. Es machte ihn nachdenklich, hoffnungsreich und hoffnungsarm. Marina, die seine alpbeschwerten Gedanken witterte, sagte:

»Den Rosenkrieg hat Gott geschaffen, diesen Völkern und uns zum Heil! Gott stillt Blut mit Blut!«

»Die Mauer, die dieses Volk beschirmt, ist nicht aus Stein!«

»Auch in jene Mauer werden wir eindringen, wenn ihre Tore so unbewacht sind wie dieses!« rief Marina begeistert und begeisternd.

Und hellseherisch wahr hatte Marina gesprochen. Das eine Tor der Mauer war wunderbarerweise an diesem Tage nicht bewacht.

Nur einige wenige Tore – viele Meilen voneinander entfernt – hatte die Große Mauer. In den turmartig aufragenden Toren bildeten zwei verschlungen im Bogen geführte Gassen den Eingang. So schmal wa-

ren die Gassen, daß eindringende Feinde Mann für Mann gegen die Verteidiger kämpfen mußten. Die außerhalb der Mauer Stehenden konnten indes nicht wissen, ob Verteidiger sie erwarteten oder nicht. Die zwanzig Palastbeamten des Rollenden Steines warnten, erboten sich, einen um die Mauer führenden Weg zu zeigen. Die Totonaken aber rieten, den Durchgang durch das Tor zu wagen.
Cortez ließ sich von Cristóbal del Corral, seinem ersten Fahnenträger, die schwarze Standarte mit dem flammenumloderten Kreuz reichen. Sie hoch emporhaltend und schwenkend, rief er dem Heere zu:
»Vorwärts, Soldaten! Das heilige Kreuz ist unser Banner! In diesem Zeichen werden wir siegen!«
Und die Sporen in Romos Weichen drückend, galoppierte er auf das Tor zu, durchritt den halbkreisförmigen dunklen Gang und befand sich auf Tlascalas Boden. Kein Feind ringsum. Das Heer war ihm auf den Fersen gefolgt. Die Große Mauer, eines der schwersten Hindernisse, war spielend überwunden. Erst viel später erfuhr und begriff Cortez ganz, welch einem unerhörten Zufall er es zu verdanken hatte, daß das Tor offenstand. Er hätte, wäre es anders gekommen, am Zyklopenbau zerschellen müssen und höchste Ziele mit ihm. Doch wie ein Schutzgeist mit weißen Flügeln begleitete das Glück den großen Abenteurer, und übergütig wich es nicht von seiner Seite.

Außer Diego de Ordás zogen jetzt auch Cortez und sämtliche Berittene dem Heere voraus. Des Angriffs gewärtig, marschierte das Heer, dicht zusammengestaffelt und in strenger Ordnung, langsamer als bisher. Pulver lag auf den Pfannen der Musketen, die Sehnen der Armbrüste waren gespannt. Und die Infanteristen, je drei nebeneinander schreitend, hielten die Schilde, Lanzen und Schwerter zum Angriff bereit.
Allen, besonders aber den Reitern, war eingeschärft worden, mit den Lanzen nach den Gesichtern der Rothäute zu zielen und sich vorzusehen, daß beim Zustoßen die Lanzen nicht mit den Händen pariert, gepackt und ihnen entwunden würden.
Schon drei Meilen lag die Große Mauer hinter dem Heer, und noch hatte sich kein Feind blicken lassen. Steiler und rauher wurde der Weg. Man befand sich in einem unwirtlichen Gebirgsland. Die Flußebene, durch die man zog, verengerte sich zusehends, mündete in Felsschluchten. Als die vordersten Reiter einen Hügel hinaufgekommen waren, gewahrten sie jenseits im Tal einen kleinen Trupp Indianer, einige zwanzig Mann. Es waren Otomis, Grenzwächter des Freistaates Tlascala. Am Vorderhaupt rasiert, trugen sie alle den lang über den Rücken fallenden, Piochtli genannten Haarschopf. Sie standen in Kriegsrüstung da, mit grellbunten Federkronen, Helmmasken, buntverzierten Schilden aus Leder und Bambusrohr, hatten Handfahnen, Steinbeile, Pfeile mit Feuersteinspitzen, Speerbündel

und schwarzlackierte Sägeschwerter in den Händen. Auf ihren Nakken schaukelten riesenhafte, aus Baumwollstoffen gefertigte Tierdevisen – Schmetterlinge, Schlangen, Schakale, Araras. Und ihre Gesichtsbemalung bestand aus schwarzen und weißen Streifen.
Ordás, Alvarado und Lugo jagten auf sie zu. Die Otomis ergriffen die Flucht. Da Cortez mit Recht vermutete, ein größeres Heer werde in der Nähe verborgen liegen, ließ er schnell vorrücken und die Artillerie auf den Hügel anfahren. Fünf weitere Reiter schickte er Ordás, Alvarado und Lugo zu Hilfe. Denn inzwischen hatten die Otomis haltgemacht und sich zur Wehr gesetzt. Und schon im selben Augenblick wurde das Scharmützel zur Schlacht, da tausend Otomis aus einem Seitental vorbrachen. Eine schwarze Wolke von Pfeilen und geschleuderten Speeren fiel auf die Kastilier und Totonaken nieder. Die Musketiere und Armbrustschützen blieben die Antwort nicht schuldig, lichteten die Reihen der Feinde. Dann griff die Artillerie ein und entschied den Tag.
Nach halbstündigem Kampf zogen sich die Otomis in guter Ordnung zurück.
Seit der Landung war dies die erste Schlacht auf freiem Felde, die erste wirkliche Schlacht. Es war ein Sieg, und doch konnte Cortez seinen Sieg nicht anders als verhängnisvoll nennen. Der Nimbus der Söhne der Sonne, der Glaube an ihre Unbesiegbarkeit, Unverletzlichkeit, Unsterblichkeit mußte nach einem solchen Siege ins Wanken geraten. Nur zwischen den zuerst erblickten zwanzig Otomis und den sie verfolgenden Reitern war es zum Handgemenge gekommen, und keineswegs hatten sich die Weißen und ihre Stahlwaffen als überlegen erwiesen... Das sägeartig gezähnte Schwert der Indianer, scharf wie Rasiermesser, hatte mörderische Wunden geschlagen. Dem Pferde des galanten Schiffskapitäns Francisco de Salcedo sägte einer der Otomis mit einem einzigen Hiebe den Kopf ab. Niederstürzend erhielt Salcedo eine tödliche Wunde. Auch Tapias Pferd wurde niedergestochen; und Tapia, der am Boden lag, halb erdrückt vom Pferd, hätte ein gleiches Schicksal gehabt wie Salcedo, hätte María de Estrada nicht dem ihn bedrängenden Otomi mit ihrer Lanze durchs Auge gestochen. Keiner der Reiter, der nicht Wunden davongetragen hatte, wenn auch nicht unheilbare wie Salcedo. Von den Otomis blieben siebzig tot auf dem Schlachtfelde.

Einen dieser toten Otomis schleppte gegen Abend der verrückte Bakkalaureus und Apotheker Ponce de Güelva ins kastilische Nachtlager, welches am Flußufer aufgeschlagen war, und er hängte die Indianerleiche über ein Reisigfeuer mit dem Kopf nach unten. Er briet sie so lange, bis ihr das Fett aus Mund und Nase floß. Der schöne Namenlose beobachtete sein seltsames Tun. Es war schon nachtdunkel, rotgelb flackerte das Feuer, gräßlich verzerrt war die geschmorte Leiche.

»Was tut Ihr da, Señor?« fragte der Namenlose.
»Mir fehlt es an Salben«, antwortete der Apotheker. »Wie soll ich Pferde- und Menschenwunden heilen ohne Salben! Doch man muß sich zu helfen wissen! ...«
Um ihn her saßen drei junge Mädchen, die drei Samariterinnen des Heeres. Isabel Rodríguez, eine Schwester des Büchsenspanners und Trompeters Sebastian Rodríguez, Ines Florín und La Medina. Mit frommen Händen halfen sie ihm das Menschenfett in Salbenbüchsen sammeln und waren ihm die Nacht über behilflich, die Wunden der Pferde und Menschen zu bestreichen und mit Linnen zu umwinden.
Heimlich auf Befehl von Cortez verscharrten Lares und Domínguez in dieser Nacht die beiden getöteten Pferde. Die Kadaver dieser Fabelwesen, dieser menschenfressenden Hirschungeheuer, durften keinem Indianer in die Hände fallen.

Es war kurz vor Mitternacht, als der Narr Madrid an einem Zelt vorbeikam, darin ein Kranker laut stöhnte. Ines Florín trat aus dem Zelt und bat den Narren:
»Helft uns, Señor, ihn halten. Er hat um sich geschlagen, die Wunde ist aufgegangen ... Er verblutet.«
Madrid trat ins Zelt. Ines Florín und Isabel Rodríguez mühten sich um den sterbenden Salcedo. Kreideweiß, mit weit aufgerissenen Augen lag der Galante da, streichelte sein Schnurrbärtchen. Isabel Rodríguez beschwor die Wunde. Sie murmelte:

»Hiob ging über Land,
Hatte einen Stab in der Hand.
Blut, lege dich,
Nimmer rege dich!
Es ist Marias Wille!
Blut, steh stille!«

Der Sterbende phantasierte:
»Morgen bin ich in Mexiko! ... Wär's doch schon morgen! Dort ist nämlich ein Fluß, daraus fischt man Gold mit Netzen! ... Ihr müßt mit anfassen – das Netz ist schwer ... Wie schade! Das Netz hat zu große Maschen – alles Gold sickert heraus!«
»Ach, er hat das Wundfieber!« flüsterte Ines Florín.
»Nein, er hat das Goldfieber!« höhnte der mißmutige Narr.
»Ich will doch Pater Olmedo rufen, daß er ihm die Letzte Ölung gibt«, sagte Ines Florín und verließ das Zelt. Isabel Rodríguez murmelte wieder:

»Es ist Marias Wille!
Blut, steh stille!«

Salcedo starrte umher:
»Nun ziehe ich ins Goldland!... Zu spät? Wer sagt das? Als ich nach Kuba kam, hieß es: zu spät! kein Gold, kein Ruhm – die sieben Schiffe sind fort... Und doch war's nicht zu spät – ich holte die Schiffe ein!... Der Generalkapitän hat mich aufgefordert...«
»Wißt Ihr, armes Bürschchen, wer der Generalkapitän ist?« fragte der Narr und reckte seine Hühnerbrust. »Der leibhaftige Tod ist der Generalkapitän! Das ist er! Zum Totentanz hat Cortez Euch aufgefordert. Ihr, Señor, eröffnet den Reigen!«
»Welchen Reigen?« fragte der Sterbende.
»Den Reigen der dürren Klappermäuler. Wir alle, alle, alle folgen Euch bald. Gold suchen – Ruhm suchen – ei ja –: Köder für dumme Karpfen! Hei, das wird eine lustige leichtfertige Tänzerei, ein Knixen und Schwingen gebleichter Gebeine. Ihr seid der Vortänzer. Ihr führt den Ringelreigen an – galant und schöngewachsen seid Ihr ja, und Narr genug wart Ihr, Euch zur hüpfenden Narretei heranzudrängen. Welch ein Obernarr mag ich aber sein, der ich unfreiwillig und bucklig mittanzen muß in dieser *Chorea Machabaeorum!*...«
Ein Fußtritt des eintretenden Paters Olmedo beförderte den Narren vors Zelt. Eine Stunde später war Salcedo tot.

Am nächsten Morgen, nachdem der Grabhügel über Salcedo aufgeschüttet war und Pater Olmedo eine kurze Messe gelesen, wurde der Weitermarsch angetreten. Nach einer Viertelmeile Weges kamen Tehuch und Cuhextecatl verweint und ganz verstört dem Heere entgegen. Sie sahen jämmerlich zugerichtet aus, waren kaum imstande, ein Wort hervorzubringen. Was sie erzählten, war in hohem Grade besorgniserregend. Anfangs von den Tlascalteken gut behandelt, hatten sie die Botschaft und die Geschenke der weißen Götter dem Rat der Alten überbringen dürfen und waren höflich gebeten worden, als Gäste in der Stadt verweilend, die Antwort abzuwarten. Drei Tage lang hatten sie auf die Antwort warten müssen, da während dreier Tage der Hohe Rat zu keinem Entschluß gekommen war. Schließlich hatte der Hundertjährige, die Sammelnde Biene, die meisten Stimmen auf sich vereinigt, die Kriegspartei hatte gesiegt. Die Totonaken, obgleich unverletzliche Gesandte, wurden gefangengesetzt, sollten heute früh Camaxtli, dem Kriegsgotte der Tlascalteken, geopfert werden, wie hernach alle Christen. Durch einen Anhänger des friedfertigen Offenen Gesichts war ihnen frühmorgens, kurz vor der Opferung, der Kerker geöffnet, ihr Entweichen begünstigt worden. Auch von Kriegsvorbereitungen wußten sie zu melden. Der Rat der Alten, durch Feuersignale sofort von der gestrigen Schlacht unterrichtet, hatte Prinz Kriegsmaske beauftragt, mit dreißigtausend Mann den weißen Göttern entgegenzuziehen; und eine noch größere Heeresschar, befehligt vom Rivalen des Prinzen Kriegsmaske, dem Feldherrn Piltecatl, war ebenfalls schon unterwegs.

Und Tehuch und Cuhextecatl nahmen ihre Federkronen ab, zeigten ihre blutende Kopfhaut. Schauderhaft war der Anblick. Wie es allen zum Opfer bestimmten Gefangenen in der Nacht vor der Opferung geschah, war auch ihnen das Kopfhaar büschelweise ausgerupft worden. Ponce de Güelva, dem verrückten Apotheker, war wieder Gelegenheit gegeben, seine Fettsalbe anzubringen.

Inzwischen hatte das Heer einen dichten Eichenwald durchschritten. Heraustretend, sah es sich tausend Otomis gegenüber. Cortez ließ durch den Notar und kaiserlichen Sekretarius Godoy eine Aufforderung an die Otomis verlesen, die Feindseligkeiten einzustellen. Feierlich trat der Sekretarius in die Mitte zwischen beide Heere, und einen Augenblick lang verhielten sich auch die Indianer still, verwundert über sein Gehaben, gespannt erwartend, was nun folgen werde. Im Namen des Kaisers Don Carlos – und vor Zeugen – forderte Godoy sie auf, Frieden zu halten. Die Indianer verstanden keine Silbe, mußten ihn wohl für einen Zauberer halten; sie erhoben ein Indianergeheul, überschütteten ihn und das kastilische Heer mit Pfeilen, Speeren und Feldsteinen. Da stieß Cortez den Schlachtruf aus:
»Santiago und los auf sie!«
Des Trompeters Rodríguez lilienförmige Trompete schmetterte hell. Die Kastilier stürmten an. Die tausend Otomis gerieten ins Wanken, zogen sich in eine Schlucht zurück, und das kastilische Heer, überhitzig in der Verfolgung, ließ sich in die Schlucht hineinlocken. Zu spät erkannte Cortez, daß ihm ein Hinterhalt gelegt war. Dreißigtausend Mann – Otomis sowohl wie Tlascalteken – fingen den Anprall der Verfolger in der Schlucht auf. Mehr noch als die Überzahl der Feinde war für die Kastilier die Enge des Geländes verhängnisvoll, wo weder die Kavallerie noch die Artillerie zur Wirkung kommen konnte. Hier galt es, Mann gegen Mann kämpfen, einer gegen zehn. Eisern waren wohl die Schlachtschwerter, eisern der Mut, eisern die Muskeln – auf die Dauer hätten sie aber doch erliegen müssen. Schon sanken manche Soldaten pfeilbespickt, blutüberströmt nieder. Der Reiter und Musikus Rodrigo Morón aus Bayamo wurde vom Pferd gerissen; sein Pferd wurde getötet, wurde erbeutet von den Tlascalteken. Ein hitziger Kampf entspann sich um das tote Pferd. Mit übermenschlicher Anstrengung suchten immer und immer wieder die Christen die Pferdeleiche zurückzugewinnen. Vergebens. Im Triumph schleppten die Tlascalteken das menschenfressende Hirschungeheuer aus dem Kampfbereich, und noch am selben Abend zerhackten sie es und schickten die Gliedmaßen des Wundertieres an alle Städte des Landes.
Marina war überall. Marina richtete den Mut der Verzweifelnden auf. Marina wagte sich ins dichteste Schlachtgewühl, ermahnte, spornte an, feuerte an. Und wie von höherer Macht gefeit war sie, kein Pfeil ritzte ihr die Haut.

Die Lage war verzweifelt. Die Totonaken begannen zu weichen, die Totonakenfürsten glaubten an keine Rettung mehr. Wir alle sind verloren! jammerten sie, als Marina ihnen die Allmacht des Christengottes vorhielt, der die Seinen nie im Stiche lasse. Da ritt Diego de Ordás an Cortez heran und rief:
»Gebt mir ein Fähnlein von sechzig Mann, so erzwinge ich den Engpaß dort!«
»Ihr wollt Euch opfern, Ordás!« sagte Cortez kopfschüttelnd. »Ein nutzloses Opfer! . . .«
Doch Ordás bestand darauf, loderte vor Begier. Und Cortez spürte, daß der alte Rittersmann in diesem Augenblick eine Flamme war, eine brandheilige Flamme, fähig vielleicht, ein Wunder zu bewirken. Er gab ihm die sechzig Mann. Und wirklich, das Wunder geschah. Ordás brach durch den Engpaß.
Und als der Durchbruch gelungen war, gelangte das Christenheer heraus aus der Schlucht, gelangte auf eine weite Ebene. Hier war die Artillerie nicht mehr zur Untätigkeit gezwungen, hier konnte die Kavallerie eine Attacke reiten, hier konnte die Infanterie einen Wald von Hellebarden aufpflanzen. Mit wägender Umsicht nutzte Cortez alle Vorteile des Geländes aus. Ein Meisterstück war die Neuaufstellung seiner kleinen Phalanx, die Umgruppierung, während rings die Schlacht tobte. Und als ihm das geglückt war, rief er wieder:
»Santiago und los auf sie!«
Ein neuer Ansturm. Das rasende Geheul der Indianer überdonnerten nun die Geschütze. Die Steinkugeln der Singenden Nachtigall, groß wie Menschenköpfe, mähten Hunderte von Tlascalteken nieder. In geschlossenem Trupp sprengten die Reiter mit eingelegten Speeren ins dichteste Gewühl, überrannten, zerstampften, rissen Breschen in die feindlichen Reihen. Nach kurzem, wütendem Kampf war die Schlacht entschieden. Trotz zehnfacher Übermacht brach des Feindes Kraft. Er floh.

Unbeschreiblich war der Jubel der Sieger. In das freudige Geschmetter der Trompeten – Sebastian Rodríguez blies sich die Lunge aus – sowie der Muschelhörner und Holzpauken der Totonaken mischten sich christliche Choräle und barbarische Dankeslieder der rothäutigen Bundesgenossen. Die Soldaten umarmten einander, weinten und lachten vor Glückseligkeit. Sie bildeten aus ihren Schilden ein Dach und hoben Ordás darauf, dessen Wagemut den Durchbruch durch den Engpaß und damit den Sieg erfochten hatte. Dann trugen sie johlend Cortez umher, mußten doch heute seine heimlichen Feinde sogar ihm Feldherrngenie zugestehen. Und zum Schluß setzten sie die schöne Amazone María de Estrada auf das Schildedach und feierten sie, weil sie so zielsicher mit ihrer Lanze einem Dutzend Tlascalteken die Augen und das Gehirn durchbohrt hatte. Ihr Gatte Farfán, der Weißhändige, verging schier vor Stolz über solch ein Weib . . .

Der Kriegshäuptling Tehuch aber schritt mit dickverbundenem Schädel durch die Reihen der Totonaken und wußte nicht genug des Lobes über Marina zu sagen, welche, als alle verzweifelten, ihm geweissagt hatte, daß der Christengott die Seinen nicht im Stich lassen werde. Auf Vorschlag der Totonaken wurde zu guter Letzt auch Marina auf das Schildedach gehoben und feierlich umhergetragen.
Unweit des Schlachtfeldes ragte aus der Ebene ein Hügel empor, gekrönt von einem kleinen Opfertempel. Da die Pyramide einen weiten Blick ins Land gewährte und sich gut zur Verteidigung eignete, ließ Cortez das Nachtlager unterhalb des Hügels aufschlagen. Um seine Leute bei guter Stimmung zu erhalten, stiftete er das letzte Faß Pedro Ximenes. Mundvorräte zu verteilen gab es nicht. Schon seit zwei Tagen hungerte das Heer.

Trotz der Müdigkeit ritt gegen Abend Cortez mit Alvarado, Luis Marín, Olid, Domínguez und Lares in die Umgegend, Fourage zu suchen. Einige leere Dörfer, in die sie kamen, waren von Toten bevölkert. Auf Steinbänken vor den Häusern saßen Tlascaltekenleichen. Regungslos und doch seltsam lebendig durch die sitzende Stellung. Einige schienen zu brüllen, andere zu grinsen, und andere waren ernst verklärt; Sägeschwerter und Speere hielten sie in den Händen. Die untergehende Sonne glühleuchtete auf den zerfetzten Adlerfedern. Schakale heulten in der Nähe, wagten sich an die stillen Bewohner nicht heran, lauerten auf das Dunkel der Nacht. Die Toten waren von ihren Mitkämpfern aus dem Schlachtgewühl getragen worden – sie sollten den Feinden nicht in die Hände fallen, von den menschenfressenden Hirschungeheuern nicht verzehrt werden. Und für den Fall, daß sie gefunden würden, hatte man ihnen Waffen in die Hände gegeben, sie aufrecht gesetzt, daß sie wie lebend, furchterregend, unantastbar erscheinen mußten. In der Tat, die Hirschungeheuer schauderten vor ihnen, trabten davon, ohne ihnen ein Leid anzutun.
Viel brachten die Reiter nicht heim von ihrem Ritt. Außer Maiskuchen und einer Anzahl Truthennen einige eßbare, verschnittene, gutgemästete Hunde.

Bis in die Morgenstunden wurde das Siegesfest gefeiert. Viel Verbände zwar hatte die gütige Ines Florín zu machen, Isabel Rodríguez wurde nicht müde, Wundsegen zu sprechen, und auch die anderen Frauen mußte Samariterdienste leisten. Pfeilwunden hatte fast ein jeder der Soldaten und Hauptleute aufzuweisen. Schweißtriefend erklärte der verrückte Bakkalaureus, er wisse nicht, wo ihm der Kopf stehe, er werde noch verrückt, das sei ja, um wahnsinnig zu werden – denn schon ginge ihm das Indianerschmalz aus! ... Doch außer dem Apotheker klagte niemand. Selbst die Schwerverwundeten mühten sich, nicht zu stöhnen. Und die anderen, nachdem sie sich hatten verbinden lassen, tollten, schossen Freudenschüsse, sangen Seguidillas und Cantarcillos, spielten Glücksspiele beim Wachtfeuer. Die Kost war schmal – dafür gab es Wein, Gesang und Tanz. Das Lärmen der Tamburine und Kastagnetten verstummte die ganze Nacht nicht. Der Bergmann und Tanzmeister Ortiz, der Musikus Morón, dessen Pferd von den Tlascalteken zerstückelt worden war, und Meister Pedro de la Harpa – der jüngst auf den Schiffen des Garay aus Jamaika gelandet –, sie überklingelten, überboten, übergipfelten einander auf ihren zispernden Gitarren und erfüllten die feinhörige Nacht mit schwirrendem Gezirp. Porras, des rothaarigen Sängers, Stimme rollte dumpf, als redete der Erdgeist. La Medina wurde verlangt. Sie kam, mit Messingscheibchen behängt, in einem kurzen, kaum bis zu den Knien reichenden Flitterröckchen und einem unterhalb der bloßen, straffen Brüste geschnürten Mieder. Und mit dünnen, nackten Schenkeln tanzte sie heilig wie die tanzenden Engel Fra Angelicos.

Auf La Medinas Einzeltanz aber folgten Reigen, Fackeltänze, Plumptänze. Ein Wirbel der Leiber, ein Wirbel der Seelen, und alle wurden mit fortgerissen. Der junge Fähnrich Antonio Villareal drehte sich zierlich im Kreise mit der olivenbleichen Isabel de Ojeda – heute, endlich war sie seine Braut.

Als nämlich Diego de Ordás auf den Schilden der Soldaten umhergetragen worden war, kam sein Mündel, Isabel de Ojeda, auf ihn zu, ihn zu beglückwünschen. Mit schmerzlicher Wehmut betrachtete er sie und sagte:

»Den Engpaß habe ich gewonnen und Euch verloren, Doña Isabel!«

»Wie meint Ihr das?« fragte sie.

»Nun so... Als ich im Engpaß focht, tat ich ein Gelübde – wie Jephtha, der seine Tochter opferte...«

»Ihr wollt mich doch nicht opfern?« fragte sie lachend. »Und wenn, so hoffe ich, daß Ihr mir Zeit lassen werdet, mein Mädchentum zu beweinen!«

»Fragt Villareal, ob er Euch Zeit dazu läßt!« sagte der alte Ritter grimmig; und er fügte hinzu: »Ich zahle Euch die Aussteuer, Isabel. Er ist ein eitler Mensch – doch Ihr liebt ihn... Ich weiß, ich weiß ja doch!...«

Und Ordás winkte Villareal heran, der in der Nähe stand. Er legte ihre Hand in seine. »Sie ist erst siebzehn Jahre alt, Fähnrich!« sprach er mit knarrender Stimme. »Gebt ihr zwei Monate Zeit, ihr Mädchentum zu beweinen!...«

Während das Heer tanzte, sang und grölte, wurden mehrere tlascaltekische Gefangene gefoltert. Der Henker des Heeres war ein gewisser Pedro Osorio, ein früherer Matrose. Schlankgliedrig war er, überlang, flachstirnig, hatte buschige, zusammengewachsene Augenbrauen; ein breiter schwarzer Bart verbarg seine Gesichtszüge wie

eine stählerne Maske. Aus freien Stücken, aus Liebhaberei hatte er sich zum Amt gemeldet. Er war es, der dem Büttel Escudero und dem Steuermann Cermeño auf den Galgen hinaufgeholfen und dem Gonzalo de Umbría die Füße abgehauen. Auch sonst hatte er schon öfter Gelegenheit gehabt, seine Handfertigkeit zu vervollkommnen. An Folterwerkzeugen fehlte es ihm nicht. Zu freier Verfügung hatte er Daumenschrauben, Pechlöffel, spanische Stiefel, Zungenreißer, Halseisen und Brandmaleisen.
Marina stand neben ihm, während er folterte, wie eine Barmherzige Schwester einer Amputation beiwohnt. Sie litt nicht, denn das Furchtbare, das sie mitansah, geschah zum Segen ihres Volkes, geschah auf Wunsch ihres Abgottes. Ihr Abgott, der Heilbringer Cortez, wünschte Antworten auf die Fragen, die sie an die Gefolterten stellte: Wieviel Otomis, wieviel Tlascalteken kämpften in der Schlacht? Wer sind ihre Anführer? Wieviel Mann kann Tlascala aufstellen? und dergleichen mehr.
Zwei der Gefolterten starben mit Hohnworten auf den Lippen. Die anderen widerstanden lange; als Kraft und Trotz zu erlahmen begannen, sagten sie aus, verrieten ihre Heimat.
Beglückt trug Marina die Aussagen zu Cortez.

In seinem Zelt saß Cortez allein mit dem Astrologen Botello. Draußen tobte das Tanzfest der Soldateska; die beiden Männer aber erörterten überirdische Dinge, redeten von Sphären, Sigillen und Himmelszeichen. Nachdem Marina eingetreten, erhob sich der alte Italiener, setzte seinen schwarzen, hohen Spitzhut auf, verließ mit bedächtigen Schritten das Zelt. Auf dem Tisch lagen Papiere mit kabbalistischen Zeichen. Ein schwelendes Öllämpchen gab trüben Schein. Doch noch trüber, das spürte Marina, war der Dämmer, der heute von des Geliebten Seele ausging.
Sie erstattete Bericht über die Folterung. Cortez nickte:
»Das nächste Mal werden es also mehr als sechzigtausend sein! ...« murmelte er.
»Und wieder wird der Christengott siegen!« rief sie zuversichtlich. »Was hat der Sterndeuter verkündet?«
»Gutes«, sagte Cortez einsilbig.
»Und dennoch? ...« sagte sie.
»Und dennoch zermalmt mich die Verantwortung. Doch das wissen nur du und ich und Gott!« sagte er und streichelte ihr über das blauschwarze Haar.
Eine Weile schwiegen sie. Überlaut war der Lärm der Tanzenden draußen.
»Die dort wissen es nicht!« fuhr er fort. »Sie können tanzen ... sie sind sorglos ... kreisen umher wie die sorglosen Sterne, die mir Gutes, allzu Gutes wahrsagen.«
»Warum allzu Gutes?« fragte Marina.

»Schlimmes kann man fürchten; Gutes erhoffen. Doch allzu Gutes – daran wagt man nicht zu glauben. Ich liebe und ersehne diese kühnen Tlascalteken, wie ein Jäger den herrlichen Hirsch liebt, den er verfolgt, um ihn zu erlegen. Doch daß der Hirsch inmitten der Jagd innehält, zahm auf mich zukommt, mir die Hände zu lecken – das kann ich nicht glauben ... Geschähe das – ich müßte mir unheimlich vorkommen ...«
»O Don Hernando, Ihr wißt noch nicht, wer Ihr seid! Ich aber weiß es!« sagte Marina und küßte ihm die Falten von der Stirn.

Zwei Tage später waren die Tlascalteken in einer dritten Schlacht – der Entscheidungsschlacht – geschlagen. Und Prinz Kriegsmaske eilte nach Tlascala, um zu retten, was noch zu retten war.
Die Sterne hatten wahr gesprochen. Unerhört war der Sieg, unerhört aber auch das Glück des großen Abenteurers. Die Niederlage Tlascalas wurde verursacht durch Kreideschmetterling, die schöne Knäbin. Nachdem die Heere Piltecatls und des Prinzen Kriegsmaske sich vereinigt hatten, war es Prinz Kriegsmaske zu Ohren gekommen, daß Piltecatl den Hermaphroditen in seinem Zelte beherbergte. Prinz Kriegsmaske sandte an den Nebenbuhler die Aufforderung, ihm unverzüglich Kreideschmetterling auszuliefern. Mit Hohn verweigerte das Piltecatl. Inzwischen hatten Geplänkel mit dem Christenheer begonnen, und bald tobte die Schlacht. Piltecatl stürzte sich in das Schlachtgewühl. Da ließ Prinz Kriegsmaske das Zelt Piltecatls umstellen, ließ Kreideschmetterling herausholen und zu sich in sein Zelt bringen. Sobald Piltecatl erfahren hatte, daß Kreideschmetterling ihm geraubt sei, schickte er an Prinz Kriegsmaske eine Aufforderung zum Einzelkampf. Prinz Kriegsmaske lehnte den Einzelkampf ab. Darauf verließ Piltecatl mit seinen vierzigtausend Kriegern das Schlachtfeld. Der Abzug des größeren Teiles des Heeres verwirrte und entmutigte die Zurückbleibenden. Besser eingeschossen als das letztemal, rissen die Kartaunen und Falkonette mörderische Lücken. Und als Alvarado und Sandoval mit geglückter Umgehung dem linken Flügel in den Rücken fielen, war kein Halten mehr. In wilder Flucht stoben die Tlascalteken und die Otomis auseinander.
In der Stadt Tlascala angekommen, rechtfertigte sich Prinz Kriegsmaske vor dem Hohen Rat, schob alle Schuld auf die Verräterei Piltecatls, erbot sich, die Scharte wieder auszuwetzen. Doch der Rat der Alten hatte den Glauben an den Sieg verloren. Es wurde beschlossen, das Orakel der Priester zu befragen: ob die Fremden vielleicht doch Götter seien? Denn wenn sie Götter seien – wäre es ja aussichtslos, gegen sie zu kämpfen!
Nach mehrstündiger Beratung verkündeten die Priester:
»Die weißen Götter sind keine Götter; doch sind sie Söhne der Sonne und schöpfen ihre Kraft aus dem Sonnenlicht; daher lassen sie sich nur bei Mondlicht besiegen.«

Der Orakelspruch war widerspruchsvoll. Denn verpönt waren Nachtkämpfe bei den Völkern Anahuacs, seit uralters von den Göttern verboten; und nun wurde von den Göttern ein Nachtkampf angeraten. Leidenschaftlich trat Prinz Kriegsmaske dafür ein, den Rat zu befolgen. Sein hundertjähriger Ahn, die Sammelnde Biene, und dessen Anhänger unterstützten seinen Antrag, ihm das Heer noch einmal anzuvertrauen, damit er die Standarte des Freistaates, den goldenen Adler mit den ausgebreiteten Flügeln, zum Siege führe. Umsonst warnte das Offene Gesicht:
»Noch mehr Blut wird umsonst fließen, und ihr alle werdet die Blutschuld tragen, da ihr gegen den Himmel kämpfen wollt. Wenn die Blüte Tlascalas hingemäht ist, werdet ihr beklagen, daß ihr nicht schon früher auf meine Worte gehört!«
Sofort nach der Sitzung verließ Prinz Kriegsmaske die Hauptstadt, um den nächtlichen Überfall vorzubereiten.

Doch schon den nächsten Tag hatte das Offene Gesicht die Genugtuung, daß die Sammelnde Biene wie auch alle Anhänger des Hundertjährigen ihm beipflichten und dafür stimmen mußten, Frieden mit den Söhnen der Sonne zu schließen. Ein unerwarteter Gast war nämlich in Tlascala eingetroffen. Der große Otomiheld, der Irdene Krug, der dem Tode geweihte Kriegssklave der Mexikaner, war von Montezuma heimgeschickt worden in seine Berge und Täler mit dem Auftrage, Tlascala zum Kampf gegen die weißen Götter aufzustacheln.
Vollzählig saß der Rat der Alten auf den kurulischen Sesseln, den großen Sohn Tlascalas, den allgerühmten, betrauerten und geschmähten, welcher nun als Führer einer Gesandtschaft Montezumas in die Stadt gekommen war, anzuhören. Als er mit seinem stolzen mexikanischen Gefolge in den Saal trat, wurde er kühl begrüßt. Bekannt war es ja, daß er als Vorsteher des Hauses der Speere in Guatemala, Nikaragua und Yukatan mexikanische Truppen befehligt hatte. Kein Wunder, daß man ihn für einen Günstling des Zornigen Herrn hielt, für einen Landesverräter, der aus Furcht vor dem Opfertod sich an den Erzfeind verknechtet, Feldherrnrang und Reichtümer erschmeichelt hatte.
Und seine ersten Worte gaben scheinbar seinen Verächtern recht. Gekleidet als Mexikaner, sprach er als Mexikaner, zeigte kein Schuldbewußtsein. Schlicht erzählte er, wie Montezuma, erschrocken über die drei Niederlagen der Tlascalteken, ihn zu sich gerufen und ihm befohlen habe, den Hohen Rat zu ermahnen, daß er im Kampfe gegen die weißen Götter nicht nachlasse; und die Beendigung des Blumenkrieges, die Öffnung der Grenzen stellte Montezuma als Lohn in Aussicht. Wörtlich wiederholte der Irdene Krug die Rede des Zornigen Herrn.
Dann aber sprach er von sich aus, warnte den Hohen Rat vor den

Ratschlägen des Erzfeindes. Ein jäher Umschwung trat ein. Er riß die Versammlung hin. Doch einige schleuderten ihm das Wort »Verräter« zu.
»Die Füchse sind klüger als der Wolf«, rief der Irdene Krug, »und werden am Wunsche des Wolfes erkennen, was gut für sie ist!«
»Hört nicht auf den Knecht Montezumas!« schrie ein Anhänger der Kriegspartei.
»Hört auf die Stimme eines Toten!« entgegnete der Irdene Krug, sich hoch emporrichtend. »Nicht Montezuma bin ich verknechtet, sondern Mictlan-Tecutli, dem Herrn der neun Totenreiche. Ihm gehört mein Blut. Er, der Fürst der Totenknochen, der Weiße Herr, hat mich auf der Oberwelt gelassen, hat mich Gestorbenen am Leben gelassen, auf daß ich meinen Bergen und Tälern diesen letzten, größten Dienst erweise. Einen Verräter nennt ihr mich, weil ich, Montezuma verratend, mein Volk zu retten trachte? Grausam wird Montezuma mich strafen, Glied für Glied mir abhacken lassen, weil ich an ihm ein Verräter ward; doch lachen werde ich der Qualen, wenn es mir gelang, euch und die Söhne der Sonne zu Freunden zu machen. O ihr hochmächtigen Väter, o ihr hochedlen Herren, nie wieder werdet ihr Freunde finden wie die weißen Götter, nie wieder Bundesgenossen, vor denen der König Mexikos so bebt und zittert und mit denen vereint ihr, unbesiegbar geworden, die Stadt inmitten des Sees in Trümmer schlagen werdet wie einen verfaulten, altersmorschen Kahn!«
Die Wirkung dieser Worte war unbeschreiblich. Alle gegnerischen Stimmen waren verstummt. Die mexikanischen Begleiter des Irdenen Kruges verließen mit Drohworten den Saal. Ein Jubel ohnegleichen bewies dem Irdenen Krug, daß sein Tod, den er durch die Rede sich erzwungen hatte, nicht umsonst sein werde. Wie einst war er wieder der große Sohn Tlascalas, abgewaschen war die Schmach.
Der hundertjährige blinde Führer der Kriegspartei, die Sammelnde Biene, ließ sich zu ihm heranführen und tastete ihm mit seinen zittrigen Greisenfingern über das Antlitz. Und plötzlich – unerwartet für alle Anwesenden – ließ er sich auf die Knie nieder vor dem Irdenen Krug, beugte sich zur Erde, küßte ihm die Füße.
»O großer Krieger, du Toter!« sprach der blinde Hundertjährige. »Weh ist uns um dich! Willst du nicht bei uns bleiben, in deinen Bergen und Tälern?«
Der Irdene Krug schüttelte den Kopf und sprach lächelnd:
»Der große Montezuma erwartet mich! . . .«
Da riefen viele:
»Wir lassen dich nicht wieder fort! Bleibe in deinen Bergen und Tälern!«
Doch die das riefen, fühlten wohl, daß sie ihn nicht zum Leben überreden konnten. Und wie zuvor lächelnd, sagte er:
»Geliehen sind mir mein Fleisch, meine Nägel und Knochen; zurück-

erstatten muß ich, was mir nicht gehört. Ich will in Gestalt eines schönen Vogels ins Haus der Sonne fliegen!«
Da überredete ihn keiner mehr. Denn ein Gezeichneter war er, geweiht der Adlerschale.

In Tenuchtitlan sengte die herbstliche Mittagssonne auf das Wasser der Lagune und der Kanäle, und, zurückgespiegelt, glühte die hinabgestiegene Glut wieder empor und machte die Atmosphäre zittern. Auf die Quadern der Häuser und der Tempel sengte die Mittagssonne, und ihre in die Steine hinabgestiegene Glut wurde zurückgeworfen und brannte heißer als die Sonne selbst.
Im größten der Vorhöfe des Schlangenbergtempels waren Myriaden von Zuschauern versammelt, das Leiden eines Menschen mit anzusehen. Doch das in ihre Herzen hinabgestiegene Leiden strahlte nicht etwa mitleidverklärt empor, es brannte sengend in den Tiefen der Herzen, spiegelte sich aber in Augen und Antlitzen nicht wider. Denn der Gemarterte war ein Feind Mexikos. Unempfindlichkeit gegen fremdes und eigenes Leid galt als Tugend.
Auch der Zornige Herr mit seinen Krüppeln und Narren war zugegen, ehrte durch seine Anwesenheit den Untergang und die Todesmarter des großen Otomihelden, des Irdenen Kruges. Noch immer hegte er so viel Achtung für den unbesieglichen, auch durch Güte nicht zu besiegenden Gegner, daß er ihm das Herausreißen des Edelsteines ersparte. Nicht auf der Adlerschale sollte der Irdene Krug verbluten. Durch seine Rede vor dem Hohen Rat in Tlascala zum Verräter geworden an Mexiko, hatte er weniger Haß als Bewunderung bei den ritterlichen Mexikanern geerntet. Montezuma konnte ihm den Tod nicht mehr erlassen. Doch vergönnte er ihm, als Schaufechter sich die Todeswunde zu suchen. Eine Gunst, die selten nur berühmten Gefangenen erwiesen wurde.
Mehrere Tage lang waren ihm zu Ehren Feste gefeiert worden, war er mit seiner jungen Gattin zu Gastmählern geladen. Fröhliches Flötenspiel hatte ihn umklungen, Tänze schöner Mädchen hatten ihn umgaukelt, ihm die Nachtgedanken zu verscheuchen. Dann war sein weinendes junges Weib fortgeführt und getötet worden. Und bei einem der rauschenden Gastmähler waren ihm – gekocht in einem Gemüsegericht – die Geschlechtsteile seines geschlachteten Weibes vorgesetzt worden, und er hatte sie essen müssen.
Jetzt stand er inmitten des Tempelplatzes auf einem großen, scheibenartigen Stein. Zwanzig Fuß im Durchmesser hatte die Steinplatte, war mit vier, den Windrichtungen entsprechenden, kreuzförmigen Vertiefungen und einem Loch in der Mitte versehen. Im Loch befestigt war das Opferseil. Dieses hatte die Länge des halben Durchmessers der Steinplatte, sein anderes Ende war um die Hüfte des Opfers geschlungen. Über den ein wenig erhöhten Rand der Steinplatte konnte das Opfer nicht hinaus.

Alle erdenklichen Waffen lagen auf der Steinplatte zur Auswahl für das Opfer. Denn der dem Tode Geweihte sollte sich ja verteidigen, sollte ein letztes Mal den Bewohnern Tenuchtitlans dartun, daß er ein Held war.
Der Irdene Krug ließ das Sägeschwert, Pfeil und Bogen, den Speer, den Knochendolch, die Schleuder mit den Steinen unberührt liegen; nur mit einer mächtigen Keule bewaffnete er sich.
Zwei als Jaguare gekleidete Krieger griffen ihn zu gleicher Zeit an. Sie wurden beide von ihm zermalmt. Zwei andere traten auf den Plan und hatten das gleiche Los. Acht der tapfersten schildtragenden Krieger schlug er mit der Keule nieder.
Musikinstrumente begleiteten mit schwermütigen Melodien die Kampfhandlung. Und seine Angreifer abwehrend, sang der Irdene Krug das Lied, das er seinem jungen Weibe einst gesungen, als die Dreizehnjährige aus Tlascala zu ihm gewandert war, sein Schicksal mit ihm zu teilen:

»Laß mich hingehen, laß mich sterben gehen,
Denn ich bin der Maishalm.
Ein Smaragdsplitter ist mein Herz,
Eine zerschnittene Goldfrucht ist mein Herz ...«

Von seinem neunten Gegner erhielt der Irdene Krug die Todeswunde. Noch lebend wurde er etliche Fuß hoch über der Erde an ein bereitstehendes Holzgerüst gebunden, wie ein Gekreuzigter mit weit ausgestreckten Armen. Pfeilschützen stellten sich ihm gegenüber auf. Pfeil auf Pfeil sauste auf ihn, Pfeil auf Pfeil spießte sich auf in seinem Leib und seinen Gliedern. Da erlosch der Triumph in seinen Augen.
»Eine zerschnittene Goldfrucht ist mein Herz!« murmelte er.
Und matt sank sein Kopf auf die Brust.

Im Feldlager des Prinzen Kriegsmaske waren zwei Abgesandte des Hohen Rates von Tlascala eingetroffen und überbrachten ihm den Befehl des Hohen Rates, den geplanten nächtlichen Überfall zu unterlassen. Sie unterrichteten ihn vom Verlauf der bedeutsamen Sitzung, vom überwältigenden Eindruck der Rede des Irdenen Kruges und vom Beschluß des Rates der Alten, Frieden und Bundesgenossenschaft zu schließen mit den Söhnen der Sonne, sie festlich in der Hauptstadt zu empfangen und ihnen die adligsten Töchter des Landes zu Weibern zu geben.
Prinz Kriegsmaske brach in ein wildes Gelächter aus. Ob auch seine schöne Schwester eine weiße Göttin werden müsse? fragte er.
Die beiden Abgesandten erwiderten verlegen: der Rat der Alten werde gewiß Sorge dafür tragen, daß seine Schwester den vornehmsten der weißen Götter zum Gemahl erhalte ...

Da schlug die unbändige Lustigkeit des Prinzen in Raserei um. Er ließ die beiden Boten des Hohen Rates gefangennehmen.
Und eifriger noch als zuvor betrieb er die Vorbereitungen für den nächtlichen Überfall.

Wie in einer transparenten Flüssigkeit schwamm und schwebte die rotgelbe Kugel des eben aufgehenden Vollmondes über der Gletscherkuppe des großen Vulkans von Tlascala, welcher Matlalcuheye, die Maid-mit-dem-blauen-Hüfttuch, hieß. Die Ebene war weiß von Nebeln.
Noch immer befand sich das Christenlager unterhalb des Opfertempels. Der Nebel wegen, die die Fernsicht erschwerten, hatte Cortez in dieser Nacht die Wachen verdoppelt.
Es war gegen zehn Uhr abends, als der Armbrustschütze Juan Benítez, das Auge des Heeres, einen Indianer heranschleichen sah. Er ließ ihn nahe herankommen. Wie er aber anlegte, ihn niederzuschießen, sah er, daß der vermeintliche Indianer eine Indianerin war und gänzlich unbewaffnet. Willig ließ sie sich von ihm gefangennehmen.
Sie mochte dreißig Jahre alt sein, doch sah sie um vieles älter aus. Ihr Gesicht war verwüstet. Abschreckend häßlich war sie – und doch ließen sich Spuren einstiger Schönheit erkennen. Etwas Mitleiderregendes war an ihr. Sie war geschminkt und trug die Haartracht und Kleidung indianischer Huren.
»Führt mich zu Eurem General«, sagte sie stammelnd auf spanisch.
Benítez starrte sie wie ein Gespenst an.
»Seid Ihr Christin, Señora?« fragte er.
»Ja... schnell zum General... Wichtiges... sehr Wichtiges!...« stammelte sie. Ihre Muttersprache war ihr nicht mehr geläufig.
Um sie zu Cortez zu bringen, mußte Benítez sie durch das Lager führen. In Gruppen umherstehende Soldaten stellten Betrachtungen über das schauderhafte, verkommene Indianerweib an und riefen ihr Schimpfworte nach.
In einer der Lagergassen stand der alte Gonzalo Mejía Rapapelo, der Enkel der Räuberin, und erzählte dem Einarm von Villanueva von den Taten seiner Großmutter, der berühmten Räuberin Mejía, die unter der Regierung des Königs Don Juan Aragonien unsicher machte. Als Benítez mit dem Indianerweib an ihm vorüberkam, stieß er einen Schrei der Verwunderung aus:
»Doña Elvira!... Ihr!...«
Sie blieb stehen, starrte ihm ins Gesicht. Plötzlich erkannte sie ihn.
»Rapapelo!...« rief sie leise. Ein Zittern rieselte über ihren Körper. Sie haschte nach seinem Ärmel.
Nicht weit von ihnen saß der alte Büchsenspanner Santisteban, versah Pfeile mit Federspulen. Rapapelo rief ihn, nannte ihm ihren Namen. Kaum hatte Santisteban den Namen gehört und sie erblickt, stürzte er auf sie zu, küßte ihre Hände, schluchzte laut. Sie war ja

eine der wenigen Überlebenden des Blutbades von Matanzas auf Kuba. Zehn Jahre war es her. Ein zum Sklavenraub aussegelndes Schiff war gestrandet; und Indianer, angelockt durch den Schiffbruch, hatten sich erboten, die dreißig weißen Schiffbrüchigen über den Fluß zu setzen. Mitten auf dem Fluß machten sie die Wehrlosen nieder, ließen nur zwei Frauen und drei Männer – Rapapelo, Santisteban und Sánchez Farfán – am Leben. Doña Elvira, damals die Schönere der beiden geretteten Frauen, des Weißhändigen vor kurzem angetraute Gattin, mußte ein Jahr lang als Kebsweib bei einem Karibenhäuptling leben und wurde dann nach dem Festland hin verkauft. Seitdem war sie alle Stufen der Schmach hinabgestiegen.
»Lebt Farfán?« fragte sie weinend.
Der alte Santisteban wagte die Frage nicht zu beantworten. Er stand dem Konflikt hilflos gegenüber. Weniger zartfühlend als er, antwortete Rapapelo:
»Ja. Señora, Farfán lebt. Er ist hier. Ich will Euch zu ihm führen!«
Wieder rieselte ein Zittern über ihren Körper. Die gute Nachricht erschreckte sie; sie hatte eine andere Antwort erwartet. Nun grauste ihr vor dem Glück, als wäre das Glück tödlich für sie. Mit einer Gebärde des Entsetzens rief sie:
»Nein ... Später ...«
Und zu Benítez gewandt, sagte sie:
»Zum General ... Schnell ... Wichtiges ...«
Und Benítez führte sie zu Cortez.

Cortez hatte seit zwei Tagen hohes Fieber. Gleich nach der Entscheidungsschlacht war er erkrankt. Den Pillen des verrückten Apothekers Ponce de Güelva schenkte er kein Vertrauen, mehr vertraute er seinem Willen. Wie einen sich empörenden Sklaven zwang sein eiserner Wille den kranken Leib zum Gehorsam, ließ keine Herrschaftsgelüste der Krankheit aufkommen, räumte ihr keine Machtfülle ein. Trotz seines Fiebers hatte Cortez seit dem großen Sieg mehrere Rekognoszierungsritte unternommen, hatte Boten abgefertigt und Boten empfangen, hatte sogar eine neue Meuterei seines Heeres durch kluge Vorhaltungen im Keime erstickt, kurz, er hatte alle seine Feldherrnpflichten erfüllt. Ihm fehlte es an Zeit, krank zu sein.
Wieder gesammelt hatte sich das zersprengte Tlascaltekenheer, war wieder näher herangerückt. Auf die Kunde hiervon hatte Cortez einen Boten mit Friedensvorschlägen an Prinz Kriegsmaske entsandt. Einen vom Sekretarius Godoy geschriebenen Brief in der linken Hand haltend, einen Pfeil in der Rechten, war der Bote ins feindliche Lager gegangen. Bald war er in Begleitung einer Gesandtschaft des Prinzen Kriegsmaske zurückgekehrt. Statt auf das Friedensangebot einzugehen, hatten die Gesandten dreihundert Truthühner und zweihundert Körbe mit Maiskuchen mitgebracht, und auf Marinas Frage, ob dies Friedensgeschenke seien, hatten sie zur Antwort gegeben:

»Da Prinz Kriegsmaske weiß, daß die Söhne der Sonne hungern, sein Herz aber wünscht, daß sie gut genährt auf den Tempelhöfen Tlascalas Reigen aufführen, bevor wir sie verzehren, schickt er ihnen dies zur Labe.«

Das Hohngeschenk hatte die Mutlosen im Heere noch mutloser, die Aufsässigen noch aufsässiger gemacht. Es gärte schon lange. Seit Pedro de la Harpa, mit den Leuten des Garay gefangen, die Nachricht mitgebracht hatte von den dreizehnhundert Mann und den achtzehn Schiffen, die der Statthalter Kubas, Don Diego Velázquez, ausrüstete, um sie unter dem Oberbefehl seines Neffen Pánfilo de Narváez Cortez in den Rücken zu schicken; seit der stolze Fürst des Roten Berges, der Rollende Stein, ein überwältigendes Bild vom Reichtum und der märchenhaften Macht Montezumas entworfen und die Uneinnehmbarkeit der Stadt Mexiko-Tenuchtitlan geschildert; vor allem, seit die drei siegreichen Gefechte gezeigt hatten, wie schwer Siege über diese Völker zu erringen waren – hob die Rebellion ihr Haupt. Abenteuerliches war geglückt; doch die Fortsetzung des Abenteuers erschien vielen wie eine frevelhafte Herausforderung des Schicksals. Die heimlichen Gegner des Generalkapitäns – und nie fehlte es an solchen – hielten Anklagereden; nicht nur im Flüsterton. Der bucklige Narr Madrid fand willige Zuhörer, wenn er, groteske Plumptänze vormimend, vom reizenden Reigen deklamierte, den alle (ja, sie alle!) auf den Plattformen der Opfertempel binnen kurzem tanzen müßten; wenn er vom unabsehbaren Totentanz sprach, den Cortez anführte...

Ein großer Teil des Heeres verlangte den sofortigen Rückzug an die Küste.

Jetzt saß Cortez in seinem Zelt mit Velázquez de León und Alvarado, den beiden treuesten seiner Freunde.

»Ich glaube es nicht«, rief Cortez erregt.

»Ihr wißt, Don Hernando, daß ich Euch einst gehaßt habe«, sagte Velázquez de León errötend. »Von jener Zeit her weiß ich, wer Eure Gegner sind. Doch der Schwätzer Tarifa, der Hausierer Tirado, der Sänger Porras, der Narr Madrid – dies alles sind kleine Leute; sie würden sich als Aufwiegler nicht hervorwagen, wären sie nicht von Höherstehenden ermutigt...«

»Ihr nanntet Olid?« fragte Cortez mit fiebergerötetem Gesicht.

»Olid und Avila!« ergänzte Velázquez de León.

»Ich glaube es nicht!« rief Cortez wieder.

»Da Avila und ich verfeindet sind«, sagte Alvarado, »wollte ich schweigen und überließ es Velázquez, zu reden. Doch wenn Ihr Euch sträubt, ihm zu glauben, Don Hernando, muß ich Euch doch sagen, daß ich Avila im Gespräch mit dem Lizentiaten Díaz belauscht habe und Worte vernommen habe, die keinen Zweifel lassen über...«

»Genug! Keine Silbe mehr! Ich will es nicht wissen! Nein, ich will es

nicht wissen!« schrie Cortez. »Und brächtet Ihr mir den schriftlichen Beweis, ich würde das Schriftstück ungelesen ins Feuer werfen!...«
Benítez und Doña Elvira traten ins Zelt. Mit militärischer Kürze erstattete Benítez Meldung, wie er das Indianerweib gefangen und wer sie sei.
Cortez hatte nicht Zeit, krank zu sein. Er hatte auch keine Zeit für menschliche Anteilnahme an einem Einzelschicksal. Er hatte Doña Elvira gekannt, als sie eine der gefeierten Schönheiten Kubas gewesen, er hatte ihr zu Füßen gelegen, hatte Madrigale auf sie gedichtet, hatte, bevor sie das Weib des Sklavenhändlers, des weißhändigen Sánchez Farfán geworden war, ihretwegen Duelle ausgefochten. Blitzartig schossen die Erinnerungsbilder durch sein Hirn. Aber ihm fehlte die Zeit, sich der Erschütterung hinzugeben. Ohne Umschweife fragte er, was sie ihm brächte?
Kaum noch ihrer Muttersprache fähig, mit abgehackten Sätzen, einzeln hervorgestoßenen Worten, entdeckte sie ihm, in welcher Gefahr das Christenheer schwebte. Die Indianer, im Glauben, daß die Söhne der Sonne sich bei Sonnenlicht nicht besiegen ließen, hätten vor, sie bei Mondlicht zu überfallen. Heute gegen Mitternacht werde der Überfall stattfinden. Und sie gab Auskunft über die Vorbereitungen und die Aufstellung der feindlichen Kohorten.
Sofort erteilte Cortez Befehle. Alvarado und Velázquez de León stürmten aus dem Zelt. Mit einem Kopfnicken entließ Cortez Doña Elvira. Er hatte ihr die Hand geben wollen, hatte aber die Hand zurückgezogen – gar zu widerwärtig sah die Verkommene aus.
»Das Heer und seine Führer werden es Euch nicht vergessen«, sagte er steif und höflich, mit einer Handbewegung, die besagte: sie könne nun gehen, er habe keine Zeit mehr für sie.
»Nicht vergessen...«, wiederholte sie und schlich sich hinweg.
Marina trat eben ins Zelt und sah das geschminkte, als Indianerdirne gekleidete Europäerweib hinausgehen, sah, mit welch eisiger Höflichkeit Cortez sie entließ.
»Wer war diese Süßduftende?« fragte Marina, angeekelt zugleich und erschüttert. Sie selbst war eine gewesen.
Er zeigte nur auf seine gespaltene Unterlippe. Und alsbald begriff Marina. Sie wußte, daß er die Narbe in einem Zweikampf erhalten, einer Geliebten wegen. Er hatte es ihr erst vor kurzem erzählt.
Zum erstenmal erhob sich ein Schatten zwischen ihm und ihr. Zum erstenmal fühlte Marina ein Grauen vor ihrem weißen Gott. Ihr war, als wäre ein Vorhang gelüpft worden, als hätte sie für einen kurzen Augenblick hindurchblicken können durch den schwarzen Vorhang, der die Zukunft verbarg...
Inzwischen spielte sich im Zelte des Sánchez Farfán eine Tragikomödie ab. Der frühere Sklavenhändler besaß nämlich ein eigenes Zelt, seit er von der reichen Amazone María de Estrada, zum Dank für die Errettung vor dem Alligator, geheiratet worden war. Seit drei Tagen,

fast ohne Unterbrechung, feierte er mit einigen Freunden – Ribadeo, dem Weinschlauch, Valladolid, dem Dicken, und Saldaña, dem Spieler – den letzten entscheidenden Sieg, feierte bei einem Glase Pedro Ximenes seine unvergleichliche Frau. Denn wieder hatte sich die schöne Amazone hervorgetan, hatte, als die flüchtigen Tlascalteken niedergemetzelt wurden, unermüdlich gemetzelt und mit ihrer Lanze Gehirne durchbohrt. Mit Ruhm und Blut bedeckt, saß sie im Zelte und ließ sich von ihrem Mann und seinen Kumpanen feiern.
Rapapelo, der Enkel der Räuberin, und der alte Santisteban führten Doña Elvira herein. Sie war noch immer als Indianerweib gekleidet. Zitternd, mit niedergeschlagenen Augen, blieb sie am Zelteingang stehen.
»Was bringt Ihr uns da? Habt Ihr eine Sklavin zu verkaufen?« fragte Valladolid, der Dicke, lachend.
»Soll Farfán sie abschätzen? Er versteht sich ja darauf!« kicherte der Spieler Saldaña. Und zum Weißhändigen gewandt, sagte er:
»Bestimmt den Preis, Farfán! Ich möchte wissen, was solch ein Scheusal wert ist.«
Farfán warf einen Kennerblick auf das Indianerweib.
»Keine zehn Kupferstücke – ich weiß mich aus in solcher Ware!« rief er lachend. Er war schon ein wenig angetrunken.
»Ei, Ihr setzt den Preis so niedrig an, Farfán, um sie billig erstehen zu können!« lachte der dicke Valladolid.
»Ich habe das Geschäft aufgegeben. Aber die da würde ich zurückweisen, auch wenn man sie umsonst anböte. Wäre sie ein Gaul, ich würde, ohne ihr in den Mund zu sehen, sagen, sie ist reif für den Schindanger!« erklärte Sánchez Farfán.
Die Indianerin schluchzte.
»Nämlich ...«, sagte der alte Santisteban.
Verlegen bastelte er an seinem Ärmel herum. Mehrmals hatte er reden wollen; doch mehr als das Wort »nämlich« brachte er nicht über die Lippen. Da griff der Enkel der Räuberin ein.
»Wir bringen Euch Euer Weib, Señor!« rief Rapapelo mit ungeschminkter Schadenfreude.
Sánchez Farfán wurde weiß im Gesicht.
»Meine Frau sitzt hier!« sagte er und zeigte auf María de Estrada. »Ich weiß nicht, was Ihr wollt! ...«
»Richtig, Euer zweites Weib, falls sie überhaupt Euer Weib noch ist!« rief Rapapelo. »Doch Euer erstes Weib ...«
»Sie ist tot!« sagte Farfán, frech vor Angst.
»Ihr lügt, und Ihr wißt, daß Ihr lügt!« schrie Rapapelo ihn an. »Hier steht sie! Sie lebt!«
Nun verlor auch der alte Santisteban seine Verlegenheit, empört über das Benehmen Farfáns.
»Dies ist Doña Elvira!« sagte Santisteban vorwurfsvoll. »Wollt Ihr sie nicht begrüßen, Señor?«

»Sánchez!« wimmerte das Indianerweib.

Farfán verfärbte sich noch mehr. Er zitterte, ihm klapperten die Zähne.

»Ich kenne dies Weib nicht!« stotterte er mühsam hervor.

María de Estrada hatte sich bisher still verhalten. Jetzt brach sie in ein krampfhaftes Lachen aus und rief:

»Sei verständig, Sánchez! – Zahle die zehn Kupferstücke und behalte sie! Mich hast du heute doch verloren!«

Aber Farfán wiederholte:

»Ich kenne dies Weib nicht! ...«

María de Estrada erhob sich und ging auf die Fremde zu, die noch immer verschüchtert am Zelteingang stand.

»Wißt Ihr mit Pferden umzugehen, Señora?« fragte sie.

»Nein!« erwiderte Doña Elvira schluchzend.

»Ich werde es Euch beibringen! Und jetzt flennt nicht!« sagte María de Estrada mit barscher Güte. – »Kommt nur herein! Ihr sollt in meinem Zelt bleiben! Ich will's! Und ihn fragen wir überhaupt nicht! ... Auf ihn brauchen wir nicht eifersüchtig zu sein! ...«

Seit dem Tage lebte der Weißhändige mit zwei Frauen. Doch wurde er von seinen Kameraden nicht beneidet. Das Pferd der Amazone hatte es hinfort besser als er.

Noch nie hatte das kleine Christenheer in so großer Gefahr geschwebt wie jetzt. Zwei Stunden westlich im Gebirge, verborgen hinter Felsen und dichtem Gehölz, war das Feldlager der Tlascalteken. Der undurchdringliche Nachtnebel hätte es dem Feinde ermöglicht, unbemerkt in die Ebene zu kommen, die Christen von allen Seiten zu umstellen, von allen Seiten zugleich zum Angriff zu schreiten. Dank der Warnung Doña Elviras war Cortez instand gesetzt, den Schlag aufzufangen. Der undurchdringliche Nachtnebel, der ihn vernichten helfen sollte, wurde sein Bundesgenosse. Im Schutze des Nebels gingen die Christen westwärts bis nah an den Fuß des Gebirges vor, nahmen Deckung hinter hohen Kaktushecken. Nicht lange hatten sie zu warten. Die Tlascalteken stiegen in die Ebene herab und ahnten nicht, daß Geschützrohre auf sie gerichtet waren. Die in die Ebene Gelangten schritten durch Maisfelder, um von den Söhnen der Sonne – die sie weit im Osten gelagert glaubten, nicht erspäht zu werden. Wunderbar war der Anblick ihrer im monddurchschienenen Nebel glitzernden und über die wogenden Maisblätter hinausragenden Rüstungen, Waffen und Standarten. Blendend bunt war der Federkopfschmuck, waren die wilden Helmmasken, die mit der Sonne oder dem Mond oder Tierbildern bemalten Schilde, die farbigen Wattepanzer der Krieger und die aus Gold- oder Silberplatten geschmiedeten Panzer der Kriegshäuptlinge, überhängt mit Kolibrifedermosaik; die Steinbeile, Speerbündel, die blauen Wurfbretter und die kurzen Bogen mit den stark gewundenen Sehnen. Jeder der Hauptstämme

Tlascalas führte seine Devise in kostbarer Ausführung mit sich, getragen auf hohem Stab –: die der Xicotencas war ein auf einem Felsen stehender Wolf, der in den Vorderpfoten Bogen und Pfeil trägt; die der Maxixcas war ein grüner Reiher auf einem Felsen, mit goldenem Schnabel und goldenen Rosetten unterhalb der Flügel. Die herrlichste Standarte aber war die des Freistaates Tlascala, aus Silberfiligran, über und über besät mit glitzernden Edelsteinen und überlodert von einem die Flügel spreizenden Adler aus schwerem Golde.
»Santiago und los auf sie!« rief Cortez.
Der Kampf war kurz. Die Tlascalteken wußten nicht, wo der Feind sich befand. Ringsum öffneten sich im Nebel die Feuerschlünde, donnerten aus dem Nebel heraus die Geschütze. Die Mondscheinnacht, von der sie den Sieg erhofft hatten, wurde ihnen zum Verderben. Unsichtbare Mächte mähten sie hin, und sie vermochten sich nicht zu wehren, da sie niemand sahen, gegen den sie sich hätten wehren können. Sie ersehnten den Feind, wünschten Mann gegen Mann zu kämpfen. Doch als sie endlich den Feind erblickten, war er mitten unter ihnen, und es war zu spät: die Verwirrung, die Auflösung, war nicht mehr aufzuhalten. Die Tlascalteken flüchteten ins Gebirge zurück; und die verfolgenden Christen metzelten die Fliehenden nieder, bis sie des Metzelns müde waren.
Wenige Verwundete und keinen Toten hatte der Sieg die Christen gekostet. In dieser Nacht aber starb die Rebellion. Und nur der Narr Madrid trauerte um sie.

Am selben Morgen erschienen fünfzig Abgesandte des Prinzen Kriegsmaske vor Cortez. Sie wurden für Spione gehalten und gefoltert; einer von ihnen, gemartert vom Zungenreißer, befreite sich durch das Geständnis, daß sie Spione seien. Darauf befahl Cortez, allen fünfzig die rechte Hand abzuhauen und schickte die Verstümmelten an Prinz Kriegsmaske zurück.
Der Apotheker Ponce de Güelva mußte dem Henker Osorio ein Lebenselixier zu trinken geben – so erschöpft war er.

Gegen Mittag trafen im Feldlager hohe Würdenträger, Abgesandte des Rates der Alten von Tlascala, ein, kleine Friedensfahnen in den Händen tragend; und gleichzeitig mit ihnen Prinz Kriegsmaske im gleißenden Türkisvogel-Federschmuck des Hauses der Speere, Gesicht und Köpfe violett bemalt, begleitet von seinen vornehmsten Kriegshäuptlingen, Adlern, Jaguaren und Räucherpriestern. Als Sprecher der Gesandtschaft kniete Prinz Kriegsmaske vor dem weißen Gott nieder, küßte ihm Hände und Füße, bat ihn im Namen Tlascalas um Frieden und Bundesgenossenschaft. Alle Schuld nahm er auf sich – habe er doch die Fremden für Freunde Montezumas gehalten. Er bat, an seine künftige Treue zu glauben, und bot sich selbst und seine Begleiter als Geiseln an. Und er lud Cortez und die anderen weißen und schwarzen Götter in die Stadt Tlascala ein. Nahrungsmittel und Goldgeschenke überreichte er die Fülle; selbst für die Pferde – die Hirschungeheuer – hatte er Truthähne, Fleisch und Brot mitgebracht; und zum Schluß ließ er fünf Sklaven heranführen und sprach zu Cortez:

»O Sohn der Sonne! Wenn du ein stürmischer Gott bist, so empfange die fünf Sklaven und verzehre sie! Wenn du ein stiller Gott bist, so gestatte, daß wir dich mit Kopal beräuchern und mit Quetzalfedern behängen! Bist du aber ein Mensch, so nimm diese Wachteln, Maiskuchen und Honigäpfel an als Nahrung für dich und die Deinen!«

Dankend umarmte Cortez den Prinzen und versicherte ihn, daß er keine Menschen esse. Die Frage, ob er ein Gott sei, ließ er offen. Ein vom Sekretarius Godoy aufgestellter Friedens- und Bundesvertrag wurde verlesen und beschworen. Die Einladung, in die Stadt Tlascala einzuziehen, wurde mit Freuden aufgenommen.

Zu Prinz Kriegsmaske sagte Cortez:

»Ich verließ das Reich des Sonnenaufgangs und zog über das Meer aus Mitleid mit diesen armen Völkern! Ich bin gekommen, die Tyrannei auszurotten und den blutigen Greueln ein Ende zu machen!«

Die Lichter des goldenen Himmelskreises lächelten Segen auf Cortez hernieder und blendeten, verblendeten ihn schier. Unbegreiflich – selbst ihm, dem Selbstbewußten –, unfaßlich, unausdenklich war das jähe Wunder seines Erfolges.

Jede Rose hat eine Stunde höchster Rosenhaftigkeit – gleich weit entfernt von Knospenherbheit wie von Entblätterung. So kulminieren die Sterne, so gipfelt das Glück. Aber wer es erlebt, weiß es nicht, sieht es nicht.

Auch Cortez wußte es nicht, wußte es erst später; wie sehr ihn auch der abenteuerliche Ausgang berauschte, daß die Tlascalteken Freundschaft darbrachten wie einen kostbaren Tribut.

Er war geblendet, darum sah er den Feuerkäfer nicht, der weisend ihm voranflog und mit einem Flügelschlag die stärkste der Mauern niederriß, die nicht aus Steinen, die aus Herzen erbaut war. Offen und unbehütet lag nun der Weg da zur Wasserstadt und in das Land seiner Sehnsucht – das Land des Goldes und der Schrecken.

SECHSTES BUCH

Tausendgestaltig wie das Leben ist der Tod.
Eintagsfliegen und Sonnensysteme, doch auch lebloses Töpfergeschirr und Gedanken müssen sterben. Selbst Gespenster sterben, nachdem sie eine Zeitlang den Tod überlebten. Das Gespenst ist ja eine der tausend Gestalten des Todes –: es ist der Tod nach dem Tode.
Aber es gibt auch einen Tod vor dem Tode.
Es gibt auch Gespenster, die dem Ende vorangehen, es vorausschatten. Wie eine schleiericht deckende Silberfarbe schweben und schillern sie auf den grellen Farben der Dinge oder des pulsierenden Lebens.
Doch nur die wenigsten Wesen sind geistersichtig. Wer erkennt das Gespenstische eines todgeweihten Dinges? Eines kranken Vogels? Eines verlorenen Volkes?
Oft nehmen wir für Liebreiz, was heimlicher Tod ist. Hektische Röte verschönt.
Am Tage des Friedensschlusses mit den weißen Göttern leuchtete die Sonne in die Täler Tlascalas lichttrunken wie zuvor – und doch vergoldeten ihre Strahlen eine Leiche, eine noch lebende Leiche, die blumenbekränzt und freudeblühend sich ihres heimlichen Todes nicht bewußt war.
Es erging Tlascala, wie es einst dem strotzenden Garten Anahuac ergangen war, als noch König Molch die Türkismosaik-Stirnbinde trug. Ein wunderbar schöner, rabengroßer Vogel mit metallischblau brennender Brust und zwei spiralig geschweiften Schwanzfedern, einem sammetnen Paradiesvogel ähnlich, hatte sich am Schilfsee gezeigt. Und König Molch ließ durch Ausrufer verkünden, daß das Volk dem Wundervogel – dem Götterspecht, wie er ihn benannte – Nester bauen und ihn füttern müsse; und wer ihn töte, sei mit Todesstrafe bedroht. Da hegte und pflegte das Volk den herrlichen Vogel, bis Frauen, Kinder und Greise durch Hungersnot hingerafft wurden – denn der Vogel nährte sich von Mais und hatte bald alle Maispflanzungen vernichtet.
Ebenso hegte und pflegte Tlascala den weißen Mann, den unbesieg-

lichen Kampfgenossen gegen den Feind im Westen. Daß es den Tod zu Tische geladen hatte, ahnte es nicht.

Die Stadt Tlascala rüstete sich, ein Rosenfest zu feiern. Die Stadt Tlascala legte ein Hochzeitsgewand an. Aber sechs Tage vergingen, und die ersehnte Gästeschar traf nicht ein. Zwar waren täglich Boten ins Feldlager geschickt worden, freundliche Mahner, Überbringer erneuter, dringender, drängender Einladungen. Auch Prinz Kriegsmaske und andere Große des Freistaates gingen oftmals den Weg zum Tempelhügel, und sie begleitende Sklaven trugen Körbe voll Wildbret, Tomaten, Kakaoschoten, Kaktusfeigen und Agavesirup für die weißen und schwarzen Götter, beschenkten auch die Hirschungeheuer – die Pferde – mit Truthähnen, Fleisch und Brot. Sie alle wurden vertröstet, stets aufs neue vertröstet, und, heimkehrend, vertrösteten sie die ungeduldige Stadt.

O diese Sonnensöhne verstanden, sich bitten zu lassen! Schon fingen die Girlanden der blumengezierten Straßen an, Blatt für Blatt abzuwelken. Tlascala schmachtete und kränkte sich wie ein Mädchen, das sich verschmäht sieht.

Da machten sich der Hohe Rat und die vier Könige Tlascalas – die Sammelnde Biene, das Offene Gesicht, der Truthahn und der Rauchende Schild – auf den Weg. In Sänften die einen, auf dem Rücken von Lastträgern die anderen, nahten sie, ein Haufen greiser Bittsteller, dem Lager.

Sie wurden von weitem erblickt, ihr Prachtaufzug kroch heran wie eine farbenschillernde Raupe. Oben auf dem Hügel, dessen kleinen Opfertempel die Kastilier den Turm des Sieges – *la torre de la victoria* – benannt hatten, erwartete Cortez mit seinem Stab von Feldobristen und den Vornehmsten der totonakischen Heerführer – Mamexi, Tehuch, Cuhextecatl – die Ankunft der Besucher.

Der buntscheckige Zug machte am Fuße des Hügels halt. Die Alten entstiegen den Sänften, glitten von den Schultern der Träger, ordneten sich zu zweien, stiegen in langsamer Prozession, schwarze Stäbe und Fächer haltend, den kleinen Hügel hinan. Eine der Sänften aber wurde vorangetragen. In ihr saß der gebrechlichste und mächtigste der Alten, der blinde Hundertjährige, die Sammelnde Biene. Vor Cortez angelangt, mußte er aus der Sänfte herausgehoben werden. Verglichen mit dem Prunk, den die Abgesandten Montezumas entfaltet, waren Gewandung und Schmuck des Hundertjährigen bescheiden zu nennen. Sein geierhafter Kopf bedurfte keines silbernen Stirnbandes, um alle Blicke auf sich zu lenken. Ein Dunstkreis von stiller Größe und Erhabenheit umgab die Gestalt und wurde auch von den wetterharten Kastiliern sogleich gespürt und gewürdigt.

»Wer ist das?« fragte Cortez.

Tehuch und Cuhextecatl konnten Auskunft geben. Als sie vor Wochen das dunkelgrüne Sammetbarett, den Degen, die Muskete und die Armbrust dem thronenden Senat Tlascalas als Geschenk der weißen Götter zugleich mit einem Schriftstück und einem Friedensangebot überbracht hatten, war es die Sammelnde Biene, der blinde Hundertjährige, gewesen, welcher am eifrigsten gegen die fremden, goldfressenden, dem Schaum des Meeres entstiegenen Ungeheuer gewettert und durch das Gewicht seiner Stimme erreicht hatte, daß der Freistaat sich zur blutigen Abwehr der Christen entschloß. Aber sie wußten auch von seiner Sinnesänderung zu berichten, die in der entscheidenden Ratsversammlung durch die todesmutige Rede des Irdenen Kruges bewirkt worden war.

Die vier Könige Tlascalas verbrannten Kopalkugeln und begrüßten Cortez nach indianischer Weise. Auch der Hundertjährige tat es, beugte sich, gestützt von mehreren Gaufürsten, bis zur Erde hinab, zog sich die Handschuhe ab, berührte den Boden mit seiner adrigen, zittrigen Hand und führte die Hand an die dünnen, altersschwachen Lippen zum Kusse.

Cortez eilte auf ihn zu, hob ihn auf, umarmte ihn, umarmte auch seine Begleiter.

Da sprach der Hundertjährige:

»O Sohn der Sonne, o weißer Gott! Das Opfer, das ich dir bringe, ist mein Herz! Sieh, seit ich ein Kind war, wußte mein Herz, daß aus dem Lande des Sonnenaufganges die Enkel Unseres Herrn Quetzalcoatl, der als Morgenstern am Himmel leuchtete, wiederkehren würden, daß sie erscheinen würden in diesem Lande, daß sie herrschen würden auf dem Goldthron ihrer Ahnen. Und doch hat mein Herz es nicht fassen können, hat sich gesträubt, es zu glauben, daß du der Wunderbare seist, der Vorausverkündete! Jetzt aber weiß ich es, denn du hast dein Volk gezüchtigt wie ein Gott und bist unser Beschützer und Wohltäter! Und ich segne es, daß mein Haar welk ist und daß mein Bett noch nicht im Lande des Nebels steht und daß mir vergönnt ist, diesen Tag zu erleben! Nun aber will ich dich sehen, o weißer Gott!«

Und der Hundertjährige sprach einige Worte zu einem neben ihm stehenden Häuptling. Dieser hob ihm beide Augenlider empor, welche vor Alter immer geschlossen waren. Mit den aufgerissenen, toten, gläsernen Augen starrte der Greis Cortez ins Gesicht. Dann schüttelte er enttäuscht, wehmütig den Kopf.

»Umsonst ...«, murmelte er. »Ich hatte gehofft, daß in dieser Stunde, weil du der Erwartete bist ... Ach, ich sehe nur Schwärze ... Doch ich will dich sehen!«

Und ganz nah trat er an Cortez heran, und mit seinen zittrigen Fingern tastete er ihm langsam über Stirn, Augen, Nase, Mund und Kinn. Mehrmals wiederholte er das Abtasten, und Cortez hielt still wie eine Bildsäule, während der Alte sich das Gemälde seiner Finger einzuprägen suchte. Hunderte schauten zu, aber keinem kam ein Lachen oder Lächeln in den Sinn.

Der Alte nur lächelte freudig:
»Jetzt erblicke ich dich, jetzt kenne ich dich, jetzt habe ich dich in meinem Herzen, o Sohn der Sonne!«

Auch die andern drei Stadtkönige hielten Ansprachen, sie beklagten die Verzögerung des zugesagten Besuches und beschrieben die Sehnsucht der harrenden Stadt. Der Rauchende Schild äußerte die Befürchtung, daß die mexikanische Gesandtschaft das Gift des Mißtrauens gegen Tlascala in die Seelen der weißen Götter gepflanzt habe. – Cortez verneinte dies; wohl hätten die letzten Boten Montezumas vor Tlascala gewarnt, wie es vordem schon der Rollende Stein und das Schwelende Holz getan: doch sei er auf der Hut, mexikanischen Verdächtigungen und Zuflüsterungen sein Ohr zu leihen. – Dann bliebe nur die Erklärung, meinte das Offene Gesicht, daß die weißen Götter immer noch grollten, weil die Grenzwacht der Otomis ihnen den Eintritt in das Land verwehrt und das tlascaltekische Heer den Otomis Waffenhilfe geleistet habe. Sei dies zwar gegen seinen Wunsch geschehen, so bäte er doch, seine Volksgenossen deshalb nicht zu verdammen, da sie ja im Glauben zu den Waffen gegriffen hätten, sie stünden Freunden Montezumas gegenüber. – Cortez versicherte, die Christen fühlten keinen Groll; im Gegenteil, sie fühlten Ehrfurcht vor diesem Volk, das so kühn für seine Freiheit kämpfe; bewunderungswürdig wie ein Sieg sei eine Niederlage nach so tapferer Gegenwehr. Wenn er und seine Soldaten bisher verhindert gewesen seien, in die Stadt einzuziehen, so habe das bloß den Grund, daß es ihnen an Lastträgern fehle, die schweren Geschütze fortzuschaffen.
Die Mienen der alten Indianer hellten sich auf und leuchteten hochbeglückt. Also nur daran hatte es gelegen! Wie leicht war dem abzuhelfen! Eine große Anzahl Träger war ja mitgekommen, stand unten bei den Sänften; die anderen konnten ohne Verzug aus Tlascala geholt werden.
Cortez dankte; aber so schnell ließen sich, sagte er, die Vorbereitungen für den Aufbruch nicht treffen. Er bitte vielmehr, ihm am folgenden Morgen ein halbes Tausend Träger bereitzustellen.
Während dies besprochen und zugesichert wurde, näherte sich dem Turm des Sieges ein neuer, langer Zug buntgewandeter Menschen. Keine Sänfte war unter ihnen, alle schritten zu Fuß. Noch ziemlich fern waren sie, Gesichter und Kleidung ließen sich nicht erkennen.
»Sollten etwa dies die Lastträger sein?« fragte Cristóbal de Olid. Seine Fragen zeichneten sich nie durch Scharfsinn aus.
Jetzt konnte man bereits besser unterscheiden. Die Nahenden – einige hundert – hatten Frauenröcke an.
Francisco de Lugo verlachte Olids Frage:
»Wenn Ihr die alle belasten und trächtig machen wollt, Don Cristóbal, so müßt Ihr stärker als Herkules sein! Aber ich rate Euch, zieht

Ihnen die Röcke aus, daß sie nicht straucheln beim Tragen der Geschütze!...«

»Wer sind die, die dort kommen?« fragte Marina das Offene Gesicht.

»O Malintzin!« sagte das Offene Gesicht. »Du bist die Göttin unter den Göttern, du bist die Kolibrifeder zwischen den Adlerfedern! Die Götter brachten uns den Krieg, und du brachtest uns den Frieden! Tlascala will sich erkenntlich erweisen, Tlascala schenkt dir die dreihundert Mädchen!«

Glutübergossen senkte Marina den Kopf, lächelte verlegen. Cortez mußte sie mehrmals mahnen, ehe sie sich überwand, ihm die Rede zu übersetzen.

»Beschämt es dich, daß sie dich wie eine Fürstin ehren? Freut es dich nicht?« fragte er voll Stolz auf sie und doch nicht ganz frei von Neid.

»Ich bin deine Sklavin!« antwortete sie, den gesenkten Blick voll und strahlend erhebend.

»Darum will ich, daß du das Geschenk annimmst!«

Und er zwang sie, den Tlascalteken zu danken.

Ein ungewöhnlicher Anblick bot sich dem kastilischen Heere dar. Die Mädchen waren an den Hügel herangekommen und stiegen zum Turm des Sieges hinauf. Die meisten waren jung und traurig. Viele von ihnen weinten, da man ihnen gesagt hatte, sie würden einer Göttin zum Geschenk gebracht. Es gab Prinzessinnen unter ihnen: neben Töchtern von Handwerkern und Bauern auch Flötenspielerinnen und frühere Tanzhausbewohnerinnen und solche, die man die Süßduftenden nannte. Sie alle waren Kriegsgefangene aus dem letzten Feldzug gegen Cholula und Huexotzinco und waren aufgespart worden, um nach Jahr und Tag an einem der Hauptfeste der Göttin der Lust – der Froschgöttin mit dem blutigen Maul – geschlachtet zu werden. Doch der Rat der Alten hatte sich anders besonnen und befohlen, sie aus den Holzkäfigen zu nehmen, sie zu baden, zu kämmen und sauber zu kleiden; waren sie doch in den Käfigen, wo sie gemästet wurden, kleiderlos, hüllenlos der Unbill der Witterung und den Blicken der Tempelbesucher ausgesetzt gewesen. Gedunsen und fett sahen wohl einige aus, die Mehrzahl indes war schmalgliedrig, durch schwere Leiden abgehärmt.

Man hatte ihnen den Nacken und die bloßen Arme mit Daunenfedern beklebt, hatte sie mit Opferpapierschmuck behängt und ihnen kleine Opferfahnen gegeben, zum Zeichen dafür, daß sie Menschenopfer waren, von Tlascala der Göttin Malintzin dargebracht. Die Flötenspielerinnen spielten schwermütige Weisen.

Marina fühlte die Blicke aller Männer auf sich und ihren königlichen Hofstaat gerichtet. Die Soldaten vergötterten sie, nannten sie Doña Marina, obgleich sie Sklavin war, und gönnten ihr heute die außergewöhnliche Ehrung. Wenn auch mancher lüsterne Blick sich die

Lieblichsten im Mädchenhaufen erspähte, war das Heer doch frei von Neidgefühl gegen Marina. Wohl aber war mit der Frage, die Cortez an sie gerichtet hatte, ein Unterton von Eifersucht an ihr feinhöriges Ohr geklungen. Er war ihr Schicksal; und sie fürchtete den Neid des Schicksals. Über Gebühr wußte sie sich verhätschelt und verwöhnt. Schon vor Sempoalla hatte ihr Cortez zwei Negersklaven geschenkt und ihr den reichen, nicht mehr jungen Juan Pérez Arteaga als Hofmeister gegeben. Orteguilla war ihr Page gewesen; und als er beim dicken Kaziken zurückgelassen wurde, hatte sie an seiner Stelle den Knaben Santa Clara aus Havanna zum Pagen erhalten. Auch vom dicken Kaziken waren ihr Sandalenbinderinnen und Haarkämmerinnen zum Geschenk gemacht worden. Sie besaß bereits einen Hofstaat. Und sie dachte an Joseph in Ägypten, der von seinen Brüdern verkauft worden war wie sie von ihrer Mutter und der seinen Volksgenossen dann Böses mit Gutem lohnte. Das war das Ziel, alles andere nur Weg zum Ziel. Sie durfte nicht abirren, und noch lag Mexiko hinter Bergen und Wolken. Deshalb beschloß sie, sich der allzu reichen Gabe zu entledigen.
Nachdem der Rat der Alten Abschied genommen, sprach Marina lange mit Cortez. Zuerst verschloß er sich ihren Gründen, schließlich gab er nach und gab ihr recht. Aber er bestand darauf, daß sie mindestens dreißig der Sklavinnen behalte.
Durch ihren Haushofmeister Arteaga ließ Marina dreißig der Mädchen auswählen, wobei er weniger auf das Äußere als auf Handfertigkeit und Bescheidenheit Gewicht legen mußte.
Die übrigen zweihundertundsiebzig Mädchen schenkte Marina dem kastilischen Heer. Das Jauchzen, das ihr dafür lohnte, machte sie reicher, als sie gewesen war.

Hinter der westlichen Kordillere verglomm das Abendrot, die Gestirne begannen, bleich blinzelnd, aufzuglimmen. Da erkletterte der schöne Namenlose mit einer halbwüchsigen Cholultekin die Spitze der *torre de la victoria*, des Siegesturmes. Obgleich neben ihm das Kind die Treppenstufen emporstieg, umwölkte ihn die Einsamkeit, wie sie ihn immer umwölkte. Bei der Verteilung der Sklavinnen, der er nur als Zuschauer hatte zusehen wollen, war ihm das abgemagerte, überschlanke Mädchen durch seine herbe Anmut und schwermütige Schüchternheit aufgefallen, und er hatte sie sich zuteilen lassen, um sie vor dem Lose zu bewahren, daß sie einem Rohling anheimfiel ...
Er wollte sie nicht zur Geliebten, er schonte sie. Ein Spielzeug für seine eine prinzenhafte Hand sollte sie sein, ein Spielzeug für seine müde Verbrecherseele. Durch dies Kind wurde er sich seiner Güte und seiner makelfreien Hand bewußt. Abgehackt war ihm die andere, die sündige, und zermalmt war seine Seele von schwerer, geheimnisbedeckter Schuld.

Er und das Kind konnten sich nicht verständigen. Aber Güte bedarf der Worte nicht. Das Mädchen hatte begriffen, daß er eine Schwester suchte.
Die Septembernacht war lau, nebeldunstig und voll Frühlingsfreude. Zikaden zirpten, Nachtvögel gaben einander Antwort. Aus dem Lager unterhalb des Hügels klomm ein Gesumm und Gewirr von flüsterndem Gekose in die traumstille Nachtluft empor, und darein mengten sich schwüle Töne von Kastagnetten und Tamburinen und klagenden mexikanischen Flöten. La Medina tanzte dort unten und zeigte ihre weißen Schenkel; doch sie fand keinen Bewunderer heute außer dem Knaben Nuñez de Mercado, ihrem erblindeten Schützling. In weiter Ferne rollte und grollte es zuweilen, als spielten Bergriesen Kegel.
An die Brüstung gelehnt, blickte der Namenlose auf das schlaftrunkene Land ringsher, auf Schneekuppen und Gestirne. Er zog das Mädchen an sich heran, legte den Arm um ihren Nacken. Und er zeigte auf die schartenreiche Sichel des schwindenden Mondes.
»Metztli!« sagte sie. Es war der Name des Mondes, den sie nannte.
Seine Augen schweiften nach Norden, wo, sechs Meilen entfernt, die Stadt Tlascala lag –: ein Steinhaufen unter ragenden Felsen, in der Dunstluft eben noch zu ahnen, kaum zu erkennen möglich. Dahinter erhob sich schwarz und steil die Paßhöhe, die nach Cholula und Huexotzinco führte. Ein Kranz von Bergspitzen umzog die Ebene und wurde an den Kardinalpunkten von jenseitigen, noch steileren Kolossen überragt. Im Osten glitzerte das Schneedach des Citlaltepetl, des Sternberges, tauchte in den gestirnten Himmel hinauf. Im Süden schnitten die gletscherweißen Kraterkanten des Matlalcueye, der »Maid mit dem blauen Hüfttuch«, messerscharf in die Kristallhaut des dunkelblassen Äthers ein. Im Westen reckten sich die beiden Geschwister Iztac-Chiuatl, die Weiße Frau, und Popocatepetl, der Rauchende Berg, ungefüge empor. Und der Feuerschein am Krater des Rauchenden Berges überlebte die Abendröte; während sich die Nacht tiefer und tiefer herabsenkte, leuchtete er metallisch glühend wie eine neue Sonne.
Seit einer Woche schon war der Vulkan in Tätigkeit, doch in keiner der vorangegangenen Nächte war sein Lichtschein so tageshell gewesen.
»Tlatla!« sagte die kleine Indianerin.
»Er brennt«, bedeutete das. Der Namenlose nickte, als hätte er das Wort verstanden. Man versteht ja auch nicht, was die Vögel singen, und fühlt es doch.
Er setzte sich auf den obersten Treppenabsatz und legte sie so neben sich nieder, daß ihr Kopf auf seinem Schoße ruhte. Sie war willig, er hätte sie ausziehen können, ihr die jungen Brüste betasten können. Doch nichts dergleichen tat er. Mit seiner schmalen Hand strich er ihr über Stirn und Haar.

»Du bist wie eine, die einst mir allzu lieb war!« murmelte er.
»*Tlein titlatalhuia nopiltzine?*« fragte sie. (Was sagst du, o mein Herr?)
Ein Vogelgezwitscher, fremdartig und süß klang es. Er fuhr fort:
»Meine Liebe war ein grünes Feuer. Meine Sehnsucht brannte ihr Herz zu Asche. Todsünde waren meine Blicke. Schierling war mein Kuß. Du bist sanft, wie sie war ... Doch Lippen, die vom Becher der Schuld getrunken, schaudern, einen reinen Becher zu entweihen. Ich kann dich nicht lieben, Kind ...«
Er brach ab. Die Tempeltreppe heraufgekrochen kam ein mißgestaltes Wesen. Kein Tier, aber auch kein Mensch. Es war der Narr Madrid.
»Ei, Gevatter, schäkert Ihr an heiliger Stätte?« rief er mit häßlichem Lachen. »Lest Ihr eine schwarze Messe wie Mönche, die auf Altären buhlen und Hostien beflecken? ...«
»Beflecke du mir die heilige Stille nicht! Packe dich, Narr!«
»Wohin, Señor? Zurück in den wimmelnden Würmerhaufen? Von dort floh ich ja angewidert. Euch freilich hielt ich für eine Ausnahme, für einen ehrlichen Weiberfeind. Ihr habt mich enttäuscht, seid auch nicht besser als die anderen. Es scheint, daß ich der einzige Gescheite unter lauter Narren bin, der einzige Gerade unter lauter Buckligen! ... Ihr meint wohl, der Neid spricht aus mir?«
Der Namenlose würdigte ihn keiner Antwort. Doch der Narr ließ sich nicht beirren:
»Ich weiß, was Ihr denkt! –: ich hätte kein Weibsstück erhalten? Doch! Ein fettes, rundgemästetes! Der Seemann Alvaro aus Palos hat sie mir abgekauft – er liebt die runden –, und, Ihr wißt, er hat auf Kuba im Lauf von drei Jahren dreißig Kinder von Indianerinnen gehabt, der Schänder ... Auch anderen hat er heute Mädchen abgeschachert, und andere treiben ebensolchen Tauschhandel wie er. Ein wüster Wirbel, ein Taumel hat Männlein und Weiblein ergriffen, sie tanzen einen Totentanz und merken es nicht. *Chorea Machabaeorum!* Der klapperdürre Tod geigt voran! Und alle folgten sie ihm tanzend und lachend und girrend, bis auf die Blutaltäre Mexikos hinauf, wo das Hüpfen grausig genug enden wird! ... Das halst und kichert und umschlingt und vermischt sich wie die Blutegel in einem Glas, wie in einer Johannisnacht die Glühwürmer auf einer Wiese. Eine ekle, wimmelnde Brut. Die Menschen können nur Menschen zeugen und töten; – alles andere, wie Fressen, Saufen, Scheißen und Denken, ist nichts als Mittel und Weg, um Mors und Priapus zu dienen! Ich habe einmal zugeschaut, wie ein Heuschreckenweibchen während der Begattung das Männchen auffraß, ihm den Kopf und Rumpf abknabberte, bis nur der Leib übrig war; dem Liebesakt tat das keinen Abbruch! Wollust und Grausamkeit – paar oder unpaar – zwei Seiten eines Winkels ... So tanzen wir bis nach Mexiko hinein, morden die Männer und küssen die Frauen, schlach-

ten Kinder und umarmen Greise, waten durch Blut und kopulieren, blumenbekränzt und weintrunken, stolz wie die Götter und liederlich wie die Götter ...«

Der Namenlose und die Indianerin waren aufgesprungen und starrten entsetzt nach Westen. Auch der Narr tat es. Es war urplötzlich lichter Tag geworden, ein grellroter Tag. Die Gestirne waren fortgefegt, das Himmelsdach lohte karminen, die Erde, die Bäume, die Steine, die Menschen wurden wie gläsern, durchsichtig, durchleuchtet von roter Glut. Ein Gedröhn erscholl, als toste die letzte Posaune.

Der Popocatepetl war es, der brüllte. Aus flammender Kehle grölte er den gräßlichen grauenerregenden Angstschrei. Ein Erstickender, wand er sich in Krämpfen. Und pfeilgerade schoß ein urweltliches Chaos von Feuer, Wasser, Gestein und Dampf aus ihm hoch, meilenhoch, bis zu der letzten Erdenhülle empor. Die Piniengestalt des Auswurfs verwandelte sich, verbreiterte sich, der Kratermund zerriß, unfähig, so übergroße Massen aus engem Schlund zu speien, und frei geworden sausten die geschmolzenen Weißglutstrahlen fächerförmig nach allen Seiten.

»Weltuntergang!« sagte der Narr. – »Wäre es schade um solch eine Welt? Würdet Ihr es bedauern?«

»Ja!« sagte der Namenlose und stieg mit der kleinen Sklavin die Treppe hinab, um ins Feldlager zu gehen, wo das Rosenfest durch den Ausbruch des Vulkans gestört war.

Der Narr lief ihm nach.

»Nennt mir ein Wesen, nennt mir ein Ding, um das es schade wäre.«

»Plato!« antwortete der Namenlose. »Doch für dich, Narr, hat er nicht geschrieben!«

Nicht gallig und bitter wie der Narr Madrid, sondern mit schmunzelndem Behagen hatte ein anderer Soldat in dieser Nacht seine Menschenkenntnis bereichert. Das war Gil Solís, der kuriose Kauz, den seine Kameraden *Tras de la puerta*, »Hinter der Tür«, nannten. Dieser unverbesserliche Lauerer hatte nur eine Leidenschaft: die Neugier. Er war kein Verächter der Menschen, er war ein Belächler ihrer Schwächen. Zwecklos war sein Tun, weder für sich noch für andere suchte er einen Vorteil, wenn er fremde Geheimnisse lüftete. Auch hatte er es sich zur Pflicht gemacht, seine Beobachtungen geheimzuhalten. Traf ein, was er vorausgesehen, so war ihm das eine angenehme Genugtuung – aber auch nicht mehr. Er sah, wie die armen Fliegen ins Netz gingen; aber er half nicht, er warnte nicht, er schalt auch nicht. Zufrieden lächelte er, wenn der Genueser Serafini die alte Portugiesin Vaquera betrog; wenn der Spieler Sancho de Saldaña einfältige Tölpel zum Würfel- und Kartenspiel verleitete, wenn der flegelhafte Trujillo, der große Spuckkünstler, sogar vor den Edeldamen Francisca de Valtierra und María del Rincón sich

unflätig gehenließ, dicht an ihren geschminkten Gesichtern vorbeispuckte, oder wenn die Lagerdirne, die man die lange Elvira nannte, von ihrem Zuhälter, dem wilden Zuhälter de Palma, Prügel und Stockschläge lammfromm hinnahm und ihm alle ihre Ersparnisse aushändigte ... Nichts wunderte ihn. Nichts bewunderte er. Er registrierte nur.
Und in dieser Nacht hatte er viel zu registrieren. Durch Marinas Geschenk waren nicht nur die Beschenkten in einen Liebestaumel versetzt worden. Ansteckend wirkte die Sinnentollheit auf die meisten, sogar auf weiße, sonst ehrbare Frauen. Von seinem dunklen Versteck aus nahm Gil Solís wahr, daß die Marketenderin und Gattin des Schmiedes Martín, die Feuerlilie, mit Ribadeo dem Weinschlauch sich heimlich aus dem Lager entfernte; daß die hübsche rundliche Rosita Muños, vor kurzem erst in Sempoalla dem ledernen Gesellen *Tarifa de los servicios,* dem Dienstbeflissenen, angetraut – schamlos genug war, sich San Juan dem Aufgeblasenen an den Hals zu werfen; daß María del Rincón der Lust eines sechzehnjährigen, verseuchten Burschen namens Maldonato zur Beute fiel; daß selbst die Samariterin Ines Florín, die Tochter des Seeräubers, die rührende, tapfere, prachtvolle Ines Florín, sich wegwarf – aus Mitleid vielleicht –, sich verschenkte an Alfonso de Escobar, den einstigen Pagen des Diego Velázquez, einen leidenschaftlich-verzehrten, zügellosen Menschen.
Und mehr noch sah Gil Solís. Als La Medina Hand in Hand mit ihrem Schützling, ohne für ihren heutigen Tanz Beifall und Kupfermünzen geerntet zu haben, zu ihrer Schlafstätte zurückkehrte, wurde sie vom reichen Juan Sedeño überfallen. Schon immer hatte er ihr nachgestellt, immer war er abgewiesen worden. Heute nun hatte er sich auf die Lauer gelegt, um ihr Gewalt anzutun. Er zerrte sie hinter einen Busch. Der blinde Knabe schrie, das Mädchen kreischte wie ein gebissener Schakal – doch wer achtete in dieser Nacht auf kreischende Mädchen! Gil Solís registrierte und rührte sich nicht. Aber ein blutjunger Soldat, Aparicio Flamenco, kam zufällig des Weges, rettete La Medina und verscheuchte den reichen Lüstling.
Dem Versteck des Beobachters gegenüber stand das Zelt des Fähnrichs Antonio Villareal. Eine Frau näherte sich, blickte scheu nach allen Seiten. Mit einer schwarzen Taffetmaske waren ihre Gesichtszüge verdeckt. Auch hatte sie einen mexikanischen Mantel umgeworfen, um ihre Gestalt unkenntlich zu machen. Doch Gil Solís fehlte es nicht an Übung, durch Hüllen hindurchzuschauen. Eine Schulterbewegung verriet ihm die Heranschleichende. Es war die schönste der Weißen im Heere, die olivenbleiche Isabel de Ojeda. Sie verschwand im Zelte des Villareal.
Wenige Augenblicke danach kam Diego de Ordás durch die Lagergasse. Er riß und biß an seinem Schnurrbart. Wie ein Jagdhund, der eifrig schnüffelnd eine Spur verfolgt, suchte er in alle Winkel hinein, bis er Gil Solís in seinem Versteck entdeckte.

»Euch suchte ich!« sagte er hastig, »Ihr wißt Bescheid ... Habt Ihr sie gesehen?«
»Ich habe geschlafen, Señor.« (Und er gähnte.)
»Ich kann die Wahrheit vertragen, Gil Solís! Verschweigt mir's nicht! Ihr saht sie!«
»Wen?« (Die Frage schien unschuldig, nur seine Augen blinzelten verschmitzt.)
»Ihr wißt, wen! ... Sie ging hier vorbei!«
»Hier gehen viele vorbei, Señor!« (Er schnitzte Mund und Nase in eine Kokosnußschale.)
»Sie trug eine Maske ...«
»Ich habe schlechte Augen!« sagte Gil Solís. Die Antwort war nicht so frech gemeint, wie sie klang. Gil Solís kämpfte um sein Geheimnis, er wollte sich es nicht entwinden lassen.
Der alte Ritter legte sich aufs Bitten. Fast flehentlich sagte er:
»Ich muß es wissen. Ich bitte Euch, sagt es!«
»Was?«
Ordás brauste auf.
»Ich bin Euer Hauptmann! Ich könnte ...«
Doch er ließ den Satz unvollendet. Unwürdig war, was er hatte sagen wollen. Er wandte sich ab und schritt auf das Zelt Villareals zu.
»Señor!« rief Gil Solís ihm nach.
Ordás blieb stehen.
»Ja?«
»Ihr seid unbewaffnet. Nehmt mein Messer!«
Und Gil Solís reichte ihm seinen Dolch, mit dem er an der Kokosnußschale herumgeschnitzt hatte.
Ordás nahm den Dolch. Der Zeltvorhang, den er leise öffnete, schloß sich hinter ihm.

Der Ungebundenheit des Liebesfestes wollte Cortez nicht Abbruch tun. Ihm war es erwünscht, daß seine Soldaten zwischen schweren Mühen, die überstanden, und schwereren noch, die bevorstanden, sich nach Herzenslust der Freiheit freuten. Morgen wollte er in die Stadt Tlascala einziehen; und seines in Sempoalla getanen Ausspruchs eingedenk – daß Indianer Indianer bleiben, auch wenn sie Freunde sind –, war es seine Absicht, die Gastfreundschaft ohne Argwohn anzunehmen, das Pulver jedoch trocken zu halten und innerhalb der fremden Stadt auf strenge Manneszucht zu sehen.
Cortez war allein mit Marina im geräumigen Feldherrnzelt. Seinen Pagen Juan de Salazar und den Kämmerer Rodrigo Rangel hatte er hinausgeschickt – mochten sie zur langen Elvira gehen oder zu anderen. Marina saß ihm am Tisch gegenüber. Zwei zinnerne Leuchter mit brennenden gelben Wachslichtern standen zwischen ihnen auf dem Tisch und halbgefüllte Gläser. Sie tranken die letzte Flasche

Pedro Ximenes, tranken sich zu, brachten dem Glück die versprochene Libation. Wenn Cortez eine Regung von Neidgefühl gehabt, nichts spürte er mehr davon. Nur noch Dankbarkeit erfüllte ihn gegen sein Glück und sie, die sein fleischgewordenes Glück war.
Sie sprachen wenig. Seine Gedanken irrten ab nach Kuba, zu Catalina Suárez, der Schwindsüchtigen, vom Tode Gezeichneten. Diego Velázquez hatte ihn gezwungen, sie zu ehelichen. Ihr tändelndes Wesen hatte ihn weder arm noch reich gemacht. An Papageien und Katzen hatte sie Freude, rauchte Zigarillos, schaukelte in der Hängematte. Eine Puppe war sie ihm gewesen, die er mit Edelsteinen behängte. Doch sie trug seinen Namen und mußte jung sterben. Wann? Vielleicht erst nach Jahren. Er sträubte sich, ihren Tod herbeizusehnen; und doch konnte er nicht anders. Je tiefer seine Liebe zu Marina wurde, um so häufiger stellten sich die verbrecherischen Wünsche ein.
Marina sah die Wolke über sein Gesicht ziehen.
»Woran denkst du?« fragte sie.
»An Don Diego!« gab er ausweichend zur Antwort.
Sie erriet, was ihn quälte, und lächelte traurig.
»Heute darfst du nur an uns denken!« sagte sie, sich wieder aufheiternd.
Wie wundersüß das Wort »uns« in ihrem Munde klang. Zukunft klang stolz, überstolz in dem Wort, und zaghaft auch Gegenwart und Vergangenheit...
Wenig sprachen sie. Um so mehr sprach das Gestrahle ihrer Augen.
Dies stumme Sichanblicken war ihr Rosenfest. Marina hatte ihm anvertraut, daß sie sich Mutter fühle.

Die Kerzen auf dem Tisch verblichen. Das Innere des Zeltes wurde zinnoberrot. Der schreiende Berg ließ seine Höllenrufe vernehmen. Und in die Angstpausen seines Gebrülls hinein schollen beklommene, besorgte Menschenstimmen.
Cortez und Marina traten vor das Zelt und sahen das überwältigende Schauspiel der Eruption. Vögel stießen leise Schreckensrufe aus, in der Hürde wieherten aus dem Schlaf geschreckte Pferde. Und feuerfarben liefen gestikulierende Landsknechte und Dirnen umher, erstarrt standen andere da, wie lohend in transparenter Glut. Und während die einen neugierig glotzten, bekreuzigten sich die anderen und murmelten Gebete.
Diego de Ordás kam mit langen Schritten auf Cortez zu. Er hatte nicht lange in Villareals Zelt geweilt und hatte, als er es verlassen, Gil Solís den Dolch unblutig zurückgegeben. Sein Mündel und der Fähnrich lagen schlafend im Zelt... Nun wußten auch seine Augen, was sein Herz wußte. Doch Schlafende zu töten, war er nicht jung genug.

»Ich will dort hinauf!« sagte er jetzt zu Cortez.
Wie blutleer seine Lippen waren, ließ sich in der Feuerluft nicht erkennen; wohl aber, wie leidvoll sie bebten.
»Ich verstehe Euch nicht, Ordás. Wo hinauf?«
»Auf den Berg, auf den Krater! Noch heute nacht, jetzt gleich will ich hin! Ihr müßt mir Begleiter geben!«
»Ihr seid nicht bei Verstand!« rief Cortez. »Habt Ihr Heimweh nach der Hölle?«
Es kostete viel Überredungskunst, ihm das selbstmörderische Vorhaben auszureden. Ganz ausreden ließ er sich's nicht, doch willigte er schließlich ein, die Vollführung des Planes zu verschieben. Im Norden lag die Stadt Tlascala und – jenseits der nördlichen Paßhöhe – Cholula, die heilige Stadt, welche zu besuchen Cortez dem so sterblich in Marina verliebten Königssohne versprochen hatte. Aber von Cholula aus führte der Weg nach Mexiko dicht am Popocatepetl vorbei.
»Bis dahin wird die Glut verraucht sein!« meinte Cortez.
Diego de Ordás nickte, obschon ihm der Doppelsinn des Ausspruchs nicht zum Bewußtsein kam.
In der Nacht vor der entscheidenden Tlascaltekenschlacht hatte das ganze Heer gebeichtet und kommuniziert; daher fehlte es Pater Olmedo an Abendmahlswein. Den Auftrag, zwei vergrabene Malvasierflaschen aus Verakruz zu holen, erteilte Cortez dem Reiter Enrico Lares. Nicht bloß des Weines wegen wurde der Bote ausgesandt. Cortez legte Wert darauf, daß der Rollende Stein im Roten Berge, daß der dicke Kazike in Totonacapan und das Schwelende Holz an der huaxtekischen Küste möglichst bald von seinem Triumph erführen. Lares sollte deshalb Escalante und die siebzig zurückgebliebenen Kranken und Krüppel auffordern, die erfolgreichen Gefechte und das Friedensangebot Tlascalas mit einem Jubelbankett, mit Vivatrufen und Freudenschüssen zu feiern und durch die wehenden Wimpel der festlich beflaggten Stadt Verakruz den benachbarten Indianervölkern vor Augen zu führen, wie sehr das Kriegsglück die weißen Götter begünstigte.
Zwei Begleiter wurden Lares als Wegweiser mitgegeben – außer einem Totonaken auch ein Mexikaner, einer der zwanzig Palastbeamten des Rollenden Steines. Beide waren Schnelläufer, vermochten ohne Ermüdung mit dem Pferd Schritt zu halten. Der Totonake hatte Gelegenheit gefunden, sich etliche spanische Brocken anzueignen, so daß eine Verständigung einigermaßen möglich war.
Die gleiche Straße, die das Heer auf dem Hinweg gezogen, schlug nun Lares ein. Berge, Täler, Bäche, Felder, Bäume erkannte er wieder, wie sehr auch Friede, Stille und Einsamkeit die Landschaft verwandelt hatten. Gräser, zertreten jüngst von La Medinas tanzendem Fuß, richteten sich mählich wieder auf, Halme schaukelten im Winde, wo Kastilier und Tlascalteken eben noch Heldentaten und

Greuel vollführt hatten. Der Weg war nicht mehr leichenbesät: denn die Indianer bargen ihre Toten.
Und nicht unbewacht war diesmal die Große Mauer. Doch die Grenzwächter wußten bereits, daß Kreuz und Pfeil Freundschaft geschlossen. Lares ritt durch das turmartig aufragende Tor, befand sich auf mexikanischem Boden. Er trabte am Weißen Mondgefilde vorbei, näherte sich dem Roten Berge. Fern am Waldsaume erblickte er ein Rudel Hirsche, und Sedeños entflohenes Graufohlen glaubte er unter ihnen zu erkennen. Trank es noch am Euter der Hirschkuh, oder äste es schon mit den anderen? ... Und er entsann sich, wie er mit Alvarado, María de Estrada und Domínguez dem Tiere nachgesetzt, und wie die Amazone, nachdem man die Verfolgung aufgegeben, Indianeraugen im Gebüsch hatte blitzen sehen ... Auch ein anderes Jagdabenteuer fiel ihm ein, sein erster – bald nach der Landung an den Dünen – mit Alvarado und Domínguez unternommener Ausritt –: durch einen Hirsch in einen Wald gelockt, hatten sie die an einem Baumast gehängte europäische Kleidung des Melchorejo, des aus Kuba mitgebrachten Indianersklaven, gefunden ... Und da späterhin Melchorejos Gefährte, Julianillo, das Weite gesucht, sann nun Lares darüber nach, ob es nicht die Augen eines dieser zwei Karaiben gewesen, welche María de Estrada im Gebüsch hatte blitzen sehen. Doch der Gedanke hatte wenig Wahrscheinlichkeit für sich; – eher war anzunehmen, daß sie längst verspeist waren bei einem kannibalischen Festmahl ...
Wie am Weißen Mondgefilde, zog Lares auch am Roten Berg, ohne die Stadt zu betreten, vorbei. Doch entließ er angesichts der Türme und Wälle den Palastbeamten des Rollenden Steines, damit er seinem Herrn Kunde vom Umschwung in Tlascala gebe.
Nur noch vom Totonaken begleitet, setzte Lares die Reise fort. Schon lag der Rote Berg hinter ihnen, als ihnen ein Trupp mexikanischer Speerträger begegnete. Lares sah, daß die Mexikaner zwei gefesselte Kriegssklaven mit sich führten. Doch erst als sie nahe herangekommen, erkannte er – und maßlos war sein Erstaunen –, daß die beiden Opfersklaven jene entlaufenen, um die Augen bemalten »grinsenden Teufel« Melchorejo und Julianillo waren!
»Wo führt man euch hin, ihr Halunken?« rief er sie auf spanisch an.
»Nach Mexiko, Señor, zum König Montezuma!« antwortete Melchorejo grinsend, obgleich ihm Tränen der Selbstbemitleidung über die Backen rollten.
Eine Verständigung mit den mexikanischen Kriegern war unmöglich. Lares besprach sich – so gut es ging – mit dem Totonaken. Durch ihn ließ er den Mexikanern eröffnen: diese Opfersklaven seien Eigentum der weißen Götter, und sie nach Mexiko zu Montezuma zu bringen, ginge nicht an.
Der Anführer – am gegabelten, roten Federkopfschmuck kenntlich –

ließ darauf den Sohn der Sonne fragen, was mit den Sklaven geschehen solle. Ob er Anspruch auf sie erhebe?
Lares sah ein, daß er nicht imstande sein würde, die beiden Ausreißer an erneuten Fluchtversuchen zu hindern. Er gab daher zur Antwort, die Sklaven müßten nach Tlascala geschafft werden, wo sich das Feldlager der weißen Götter befinde.
Der Trupp setzte den Weg nach Westen fort. Die kühllächelnden Gesichter der Mexikaner ließen nicht erraten, ob man gewillt war, den unerbetenen Ratschlägen des weißen Mannes Gehör zu schenken. Die kalte Zurückhaltung entging Lares nicht. Einen Augenblick schwankte er, ob er ihnen nicht nachreiten, sich die Sklaven doch ausliefern lassen solle. Melchorejo und Julianillo hatten mancherlei gesehen und beobachtet, sie konnten in Mexiko Schaden stiften ... Doch Lares war an den Auftrag gebunden, Wein aus Verakruz zu holen. So beruhigte er sich denn dabei, daß die Mexikaner nicht wagen würden, den Anordnungen eines Sohnes der Sonne zuwiderzuhandeln. Und weiter ritt er ostwärts ins Land der Totonaken.

Und er langte schließlich in Sempoalla an, trabte zwischen den weißgetünchten Mauerwänden – den Silberhäusern des Ritters Ordás – den Palasthügel hinauf und ließ sich vom dicken Kaziken beweihräuchern. Der christliche König der christlichen Stadt war in der Zwischenzeit oft von der Sorge heimgesucht worden, die alten mißhandelten Götter könnten eines Tages die Tempelstufen wieder emporklimmen und über ihn zu Gericht sitzen, da er dem Gotte Dios und der Göttin Santa Malia diente. Seine Enthaltsamkeit – er aß kein Menschenfleisch mehr – hatte ein schlechtes Gewissen. Von solchen Beklemmungen befreite ihn die Siegesnachricht. Denn endgültig war damit dargetan, daß die alten Götter tot, leichentot blieben, unfähig, ihre zertrümmerten Körperteile zusammenzufügen. Ihre einstigen Priester – blankgewandet nunmehr, getauft, geschoren, mit Tonsuren versehen – mußten auf königlichen Befehl, zur Feier des Sieges, in großer Prozession durch die Stadt schreiten, sich die Ohren blutig ritzen, Papierfähnchen schwingen und Muscheltrompeten blasen. Mit Enrico Lares, dem phantastisch geschmückten Pagen Orteguilla und einer Korona von Würdenträgern begab sich der dicke Kazike, an den Ellenbogen von seinen zwei Karyatiden gestützt, über den Rasenplatz zum Haupttempel. Dort traf auch die aus der Stadt zurückkehrende Prozession ein. Sie stiegen die Pyramidentreppe empor, und vor dem Sanktuar oben, wo an Stelle eines hinabgeschleuderten Steingötzen das rosenumwucherte Ölbild der Heiligen Jungfrau aufgestellt war, opferten sie, schlachteten sie der christlichen Göttin dreihundert Hunde. Mehr Hunde waren in der Stadt nicht aufzutreiben gewesen. Es war ein Ersatzopfer und gut gemeint. Der alte Invalide Juan Torrés schüttelte zwar mißbilligend den Kopf, da er hundelieb war und allen Tieren zugetan; er fügte sich indes und

sprach eine Litanei. Seine Wachskerzen flimmerten Sternen ähnlich im finsteren Sanktuar. Und nach der heiligen Handlung buken die Priester das Hundefleisch in Maiskuchen und verteilten diese an das jauchzende Volk.
Die dicke Prinzessin nahm die Botschaft vom Sieg mit der Würde entgegen, die ihr Benehmen stets auszeichnete. Sie erklärte: von den Söhnen der Sonne habe sie nie anderes als Siegestaten erwartet; und der kleine weiße Gott, den sie unter dem Herzen trage, werde ebensolche vollführen. Da Doña Catalina India in anderen Umständen war und sich schonen mußte, ging sie nicht mit zur Pyramide, ließ sich's aber doch nicht nehmen, vor einem ihr von Cortez verehrten Messingkreuz eine Opferhandlung zu begehen; sie riß ihrem liebsten Orangeblaufink den Kopf ab und beschmierte das Kreuz mit dem Vogelblut.

Lares wollte gleich nach dem Gottesdienst sich wieder in den Sattel schwingen. Der dicke Kazike ließ das nicht zu und überredete ihn, die Abreise um einen Tag zu verschieben –: gegen Abend werde ein Festmahl veranstaltet, und da dürfe der Gott nicht fehlen. Bei diesem Gespräch leistete der Page Orteguilla Dolmetscherdienste. Mehr als je war er Liebling des dicken Kaziken. Die Wangen geschminkt, an allen Gliedmaßen mit Zierat behängt, in einer wallenden Perücke aus lockenähnlichen gelben Zacuanfedern, glich er einer bengalischen Bajadere. Lares war ein rechtwinkliger Reitersmann, und ihm gefiel der Knabe nicht. Ihm gefiel nicht etwas Schmachtendes in seinem Wesen, etwas Morbides in seinem Aussehen. Eine sichtliche Veränderung war mit ihm vorgegangen. Ermattet blickten die blauumränderten Augen, eine Erschlaffungsfalte grub sich um den Mund ein.
In der schwülen Mittagsstunde, während der dicke Kazike sich schlafen gelegt hatte, wandelte Lares allein im Palastgarten umher. Feuergelbe Falter und Honigsauger umschwirrten die Jaguarblumen. In der Nähe eines Fischteiches hörte er Stimmen, ein flüsterndes Kosen, leises Schreien und Gekicher. Zwei Kinder badeten dort, ein Knabe und ein Mädchen. Um sie nicht zu verscheuchen, stellte sich Lares hinter ein Gebüsch. Der badende Knabe war Orteguilla; die kleine Badende aber, unbekleidet wie er, war eine dreizehn- bis vierzehnjährige Indianerin. Sie war bezaubernd hübsch, rosig, dünnschenklig, schmal in den Hüften, kindhaft um die Brüste. Orteguilla bespritzte sie mit Wasser, so daß sie, sich abwendend, die Hände vors Gesicht halten mußte. Dann haschte er sie, die tauchend und zaghaft kreischend vor ihm floh, bis er sie am langen schwarzen Haar erhascht hatte; und er bog ihr den Kopf rückwärts und küßte sie auf den blutroten Mund, als ob er in eine rote Frucht hineinbisse. Sie riß sich los, kletterte ans Ufer; er setzte ihr nach, hinderte sie, in ihr weißes Hemd zu schlüpfen, indem er ihr das Hemd zerriß. Und er warf sie ins Gras.

Lares trat aus dem Versteck und rief Orteguilla beim Namen.
Das Mädchen stieß ein dumpfes Angstgestöhn aus, wand sich aus den Armen des Knaben empor und schlich sich davon.
»Wer ist dies Mädchen?« fragte Lares hart und streng.
»Sie ist meine Frau!« antwortete der Zwölfjährige.
»Laß solche Witze sein, Knabe, sonst schlage ich dich windelweich!« schrie Lares ihn an.
Die Augen des Pagen funkelten trotzig.
»Sie ist meine Frau!« wiederholte er. »Der König hat sie mir zum Geschenk gemacht, und wir haben Hochzeit gefeiert!«
Lares mußte mit Lachen kämpfen. Doch gelang es ihm, ernst zu bleiben. »Das wird aufhören! Dafür werde ich sorgen! Der dicke Kazike ist ein Narr!«
»Was wird aufhören?« fragte der Knabe.
»Diese Dummheiten!«
»Sie wird nicht von mir lassen – und ich nicht von ihr!«
»Das werden wir sehen!« sprach Lares und schritt dem Palast zu.

Da Lares im Palast erfuhr, daß der dicke Kazike immer noch schlief, und ihm nachträglich auch Bedenken kamen, ob er sich werde verständlich machen können, entschloß er sich, Juan Torrés, den Einsiedler Unserer Frau der blutroten Rosen, aufzusuchen.
Er schritt über den Rasenplatz, stieg die Pyramide empor. Die Tempeltreppe war durch die herabgewälzten Steinbilder arg beschädigt, war nirgends ausgebessert. Gras und Mauerlattich wucherten zwischen den zertrümmerten Stufen empor. Auf der obersten Terrasse, vor der Kapelle der María Santísima, fand Lares den alten Invaliden. Hingekauert auf einer abgeschlagenen riesigen Steinhand des zerschmetterten Huitzilopochtli – er selbst einem Götzen nicht unähnlich – saß der Alte unbeweglich da, mit einem heiligen Lächeln auf dem grau umbarteten Mund und den halberblindeten Triefaugen. Hunderte von Vögeln umgaben ihn, und furchtlos, als wäre er ein Steinbild, hüpften sie auf seinen Armen, Händen, Schultern und auf seiner struppigen Haarmähne umher. Er war wie überdeckt von einer lebenden, flatternden, zwitschernden Decke von sonnenbeglänztem Gefieder. Dort wimmelten neben und auf ihm Sperlinge – heimisch in Anahuac und von den Mexikanern »Tempelvögel« genannt –, auch viele Turteltauben, Zedernvögel, Schwarzbrustzeisige, Quauhtotopotlispechte, Blauraben und einige kleine Aasgeier. Lares hörte, wie der Alte zu den Vögeln sprach:
»Ei, geht doch, ihr Schelme! Wollt ihr auf mir nisten? Sucht euch ein dauerhafteres Haus! Und dann liebt euch und vermehrt euch – dazu hat der Herr alle Kreatur erschaffen!«
»Habt Ihr, Señor, keine vernunftbegabten Zuhörer, daß Ihr zur unvernünftigen Kreatur redet?« rief Lares.
»Meine Vögel sind kluge, christliche Vögel, Señor!«

»Aber Eure Ermahnung war weder klug noch christlich!«
»Warum?...«
»Es gibt zu viele Sperlinge auf der Welt und zu wenig Adler.«
»Ich würde auch zu den Adlern sagen: – liebt euch!... Aber die Adler kommen nicht zu mir.«
»Meint Ihr die Indianer?«
»Nein, das nicht... Die sind rechtschaffene christliche Leute. Sie schlachten nur noch Hunde und Wachteln. Und sie helfen mir Kerzen drehen. Aber wenn ich vom Evangelium spreche, verstehen sie mich nicht – sie verstehen mich nicht so wie die Vögel...«
»Ihr solltet Mexikanisch lernen.«
»Das ist zu schwer für meinen alten Kopf. Da müßte man ein Kind sein – wie der Page Orteguilla! Der spricht jetzt schon, als wäre er hier geboren!«
»Kein Wunder! Denn er hat eine gute Lehrerin!« bemerkte Lares.
Und er erzählte dem Einsiedler, wie er am Teich den Pagen mit der kleinen Indianerin ertappt hatte. Zur Rede gestellt, habe der Knabe trotzig erklärt, das Mädchen sei seine Frau.
»Das ist richtig«, sagte Juan Torrés. »Im Königspalast ist die Hochzeit der Kinder gefeiert worden.«
»Ist denn der dicke Kazike ganz von Sinnen?«
»Nein, das dürft Ihr nicht sagen, Señor! Er ist ein rechtschaffener christlicher Mann. Er tat es aus Herzensgüte...«
»Weil er vernarrt in den Knaben ist und ihn verhätschelt!« rief Lares empört. »Aus Affenliebe verdirbt er ihn durch Tabakrauchen, durch übermäßigen Pulquegenuß und durch diese Dreizehnjährige... Eine Sünde ist's! Wenn das nicht aufhört, geht der Knabe zugrunde! Und Orteguilla ist von unersetzlichem Wert für Cortez und unser Heer!...«
»Seht hier die beiden Turteltauben«, sagte Torrés und zeigte auf ein sich schnäbelndes Taubenpaar, »sie umflattern mich täglich, sie sind unzertrennlich. Möchtet Ihr sie trennen?... Ich nicht! Ich nicht! Sünde nennt Ihr's? Ich wohne hier hoch über den Menschen, und große Sünden sehen von hier so klein aus!...«
Lares brach das Gespräch ab. Der Alte war gar zu einfältig, schien ihm kindisch geworden. Lares sah ein, daß nur Escalante Abhilfe schaffen konnte. Denn beim Abschied von Sempoalla hatte ja Cortez Escalantes Hand ergriffen und ausgerufen: Dieser hier ist mein Bruder; was er sagt, sage ich; was er tut, tue ich; wenn er befiehlt, so gehorcht, wie wenn ich beföhle!... Es war anzunehmen, daß der dicke Kazike jedem Wunsch Escalantes Rechnung tragen würde.
Früh am nächsten Morgen ritt Lares nach Verakruz.

Ein Turmwächter erspähte, daß ein Berittener sich der Stadt näherte, und alarmierte die Besatzung. Viele stellten sich auf die Mauerzinnen, um besser zu sehen; andere, nachdem sie Lares erkannt, strömten zum Haupttor hinaus, empfingen den Herangaloppierenden hüteschwenkend mit Zurufen, drängten sich um ihn, ihm die Hand zu drücken, und wichen nicht von seiner Seite, bis er vor dem Stadthaus vom Pferd stieg, wo Escalante, der Richter Moreno Madrano, der Vielschreiber und Schönredner Alonso de Grado, der Schwätzer Pedro d'Ircio und der auf zwei Stelzfüßen gehende Steuermann Gonzalo de Umbría zu seinem Empfang bereitstanden. Das Händeschütteln und Umarmen nahm kein Ende. Escalante zog den Gast, um ihn aufatmen zu lassen, in das Stadthaus herein. Aber erst mußte Lares einen Becher mit rotem Alcantarawein trinken, kredenzt von der Mulattin Beatriz de Palacios, der Tochter der alten Portugiesin. Ihre zertrümmerte Schädeldecke war geheilt, ihr Geist war und blieb krank.

»Trinke auf unseren Sieg und aufs Gedeihen der Stadt, mein Bruder!« sprach sie zu Lares, denn alle Männer redete sie »Bruder« an. »Die Stadt ist mit Blut erbaut. Nur was mit Blut erbaut ist, hat Dauer ... Mein Nest habe ich im Himmel erbaut ... Ich will dir noch ein Geheimnis verraten, mein Bruder; unter dem Stadttor liegen vier Leichen begraben: ein toter Hahn, ein toter Affe, eine tote Viper, ein toter Mensch ... Darum ist die Stadt so schön geworden wie alles, was fluchbeladen ist! ...«

Es war eine Anspielung auf den alten Suárez, ihren Gatten, den ihretwegen die wütenden Soldaten in der Tonne ertränkt hatten.

Peinlich berührt, antwortete Lares nichts und ging mit Escalante ins Stadthaus hinein.

In kurzer Zeit war die Stadt fertiggebaut, war schön wie ein Limosiner Schmuckkästchen. Das Gefängnisgebäude, die kleine gotische Kirche, die dicken Festungsmauern frisch, blank, neu, gleichsam gefirnißt von Neuheit. Keine Kalkgruben und Mörtelkellen waren mehr zu sehen, kein Schutt, keine weiß gähnenden Fundamente, keine halbhoch ragenden Mauern. Die Arbeit war getan. Wenn auch die siebzig zurückgelassenen Invaliden sich wenig Verdienst daran zuschreiben durften. Ihr Verdienst war es freilich, daß die Stadt – wie Beatriz de Palacios gesagt hatte – mit Blut erbaut worden war. Denn da der dicke Kazike wenig Maurer zur Verfügung stellen konnte – die meisten Handwerker taten Kriegsdienste und waren mit Cortez nach Tlascala gezogen –, so holten sich die Kastilier aus den Verakruz benachbarten huaxtekischen Ortschaften Arbeiter, lieber aber noch Arbeiterinnen. Sie veranstalteten Raubzüge, Hetzjagden auf das rote Wild. Dabei floß Blut und immer wieder Blut; zeigten doch die Indianer wenig Neigung, sich freiwillig verknechten zu lassen. Diesem Treiben stand Escalante fern, es zu hindern jedoch fehlte ihm die Autorität. Das Schwelende Holz, der Statthalter der huaxtekischen Provinz, erhob Klage über Klage, drohte mit Gegenmaßregeln. Escalante beschwichtigte seine Abgesandten und gab Versprechen, die zu halten er nicht imstande war.

Anfangs hatten die Sklavenjagden einen Schein wenigstens von Berechtigung gehabt. Cortez hatte als Besatzung von Verakruz fast nur Krüppel, Verwundete und Kranke zurückgelassen. Und manche, deren Wunden schnell heilten, blieben, infolge des Klimas am *Vómito negro* (dem schwarzen Erbrechen oder Gelben Fieber) erkrankt, auch weiterhin arbeitsscheu und untätig. Mehr oder weniger litten alle Weißen an einer krankhaften Faulheit, waren lustlos und gereizt durch den glühenden föhnartigen Meerwind, mit welchem der Flugsand, die Stadt in Wolken hüllend, in Lungen, Augen und alle Poren drang. Die halbfertige Seefestung fertigzubauen gebot die Not. So hatten sie denn begonnen, sich skrupellos Arbeitskräfte zu holen, wo sie sie fanden.

Doch diese Gründe fielen jetzt fort. Es war inzwischen Ende September geworden, die Hochglut der Sommersonne hatte nachgelassen und mit ihr die Flugsandplage und das schwarze Erbrechen. Gemauert wurde nicht mehr in Verakruz. Aber die Kastilier, bedurften sie auch keiner Indianer mehr, mochten auf hübsche Indianerinnen nicht verzichten. Sich Menschenware aus der Umgegend zu holen, war ihnen zur Gewohnheit geworden. Müßiggang und Raublust stachelten die Unternehmungslust an.

Es hatten sich mehrere Räuberbanden in Verakruz gebildet, die unabhängig voneinander vorgingen. Durch totonakische – getaufte – Kuppler wurden sie benachrichtigt, wenn es schöne Mädchen zu erbeuten gab. Die Erbeuteten wurden redlich geteilt.

Anführer der vornehmsten dieser Banden war der schönrednerische Querulant Alonso de Grado. Vor zwei Monaten hatte er Cortez – erst mündlich und dann in einer kalligraphisch verschnörkelten Bittschrift – beweisen wollen, daß er sich besser als Escalante zum Kommandanten von Verakruz eignete; Cortez, der diesen Schlemmer, Lautenspieler und Zungendrescher richtig einschätzte und seine Selbstbewunderung ebenso wie sein Äußeres belächelte – der nicht mehr junge Mann hatte ein dreimal gefaltetes, hängendes Unterkinn, einen winzigen schwarzen Schnurrbartflecken inmitten des glanzigen Mondgesichts und hielt sich stets hintenübergebeugt –, hatte die Bittschrift nicht einmal entgegengenommen. Aber verwundet bei der Zerstörung der Götzenbilder in Sempoalla, sah Grado seinen Wunsch, an die Küste zu gelangen, dennoch erfüllt, und da es ihm nicht vergönnt war, der Hafenstadt als Alcalde vorzustehen, suchte er seinen Ruhm darin, der Erste unter Banditen zu sein. An Dorfschönen fehlte es in seinem Harem nicht; doch er wollte höher hinaus.

Ihm hatte sich unter anderen Pedro d'Ircio – der einstige Reitknecht des Grafen de Urueña und Galan der mannstollen Grafentochter – angeschlossen. Gekränkt, weil ihm zu Ohren gekommen war, daß er bei seinen Kameraden der Agramant ohne Taten hieß, unterfing er sich, den Beweis zu liefern (sei's auch am untauglichen Objekt),

daß er's dem König von Afrika und Gegner des Rasenden Rolands gleichtun könne.
Dieser Bande gehörte auch der Steuermann Gonzalo de Umbría an, dem Cortez die Füße hatte abhauen lassen. Zum Krüppel geworden, hatte er nichts von seiner Wildheit eingebüßt; und da unter Raubgesellen sich keine Gelegenheit bot, Aufwiegler zu sein, war sein Korsarenblut mehr denn je auf Plünderung und Mädchenschändung erpicht. Ebenso flink wie einst lief er nun auf Stelzen einher und wurde an Freibeuterzügen um so weniger gehindert, als er, wie auch Alonso de Grado, d'Ircio und Beatriz de Palacios, sich von totonakischen königlichen Sänftenträgern jeweils an den Ort des Überfalles herantragen ließ.
Denn auch die wahnsinnige Mulattin war stets dabei. Seitdem ihre Schädelwunden geheilt waren, lebte sie zügellos und schamlos, ohne sich ihrer Verderbnis bewußt zu sein. Als einzige Weiße unter siebzig Soldaten gehörte sie den meisten an; und die meisten waren ihrer geisterischen Umarmungen überdrüssig. Jetzt suchte sie sich ihre Beute unter jungen Indianersklaven, sie trank mit ihnen, setzte sich ihnen auf den Schoß, biß ihnen den Hals wund, lachend und küssend, sah sie mit ausdruckslosen Augen an und kreischte toll wie die blauen Araras, die großen Dickschnabelpapageien, bis man sie sinnlos trunken zu Bett bringen mußte.

Im Stadthaus führten Escalante und Lares ein ernstes Gespräch.
»Wenn Ihr die Rückreise antretet«, sagte der alte Kommandant mit besorgter Miene, »werde ich Euch bis Sempoalla begleiten, um dort nach dem Rechten zu sehen. Cortez, der sich viel von den Dolmetscherdiensten des Orteguilla verspricht, würde es mir nie verzeihen, wollte ich die Dinge laufen lassen, wie sie laufen ... Aber ungern, das kann ich nicht leugnen, verlasse ich Verakruz, und wär's auch nur für einen Tag.«
»Von der Küstenbevölkerung droht doch keine Gefahr?« fragte Lares.
»Nein. Nur von uns Weißen! Wir treiben's hier arg! ... Und die gutmütigste Rothaut greift zur Waffe, wenn Schwester, Weib oder Tochter angetastet wird ... Bisher gelang es mir immer noch, das Schlimmste abzuwenden und meinen Nachbar, den mexikanischen Statthalter, zu beschwichtigen ... Seinen Friedenswillen und Freundschaftsbeteuerungen führt der Mexikaner immerzu im Munde – doch was davon zu halten ist, weiß ich seit einigen Tagen.«
»Was ist vorgefallen?«
»Ich erfuhr, daß Melchorejo und Julianillo aufgegriffen wurden und sich im Gewahrsam des Statthalters befänden. Darauf ließ ich ihn auffordern, mir die beiden entlaufenen Sklaven auszuhändigen. Das lehnte er mit höflichen Redensarten ab und schützte vor, er habe die beiden bereits an Montezuma nach Mexiko gesandt.«

»Das kann ich bestätigen!« rief Lares.
Und er erzählte, wie er unterwegs dem Trupp begegnet sei und den eskortierenden Mexikanern befohlen habe, die Gefangenen nach Tlascala zu Cortez zu führen.
Escalantes dürre Finger zupften und stocherten mißmutig am schlohweißen Knebelbart herum.
»Ich bezweifle, daß hochmütige Mexikaner sich einen Deut um die Wünsche eines weißen Mannes kümmern werden, Señor!«
»Was konnte ich sonst tun!« sprach Lares kleinlaut.
»Weder Euch noch mich trifft Schuld und höchstens das Schicksal, welches diesem König Montezuma Kundschafter in die Hand spielt!«

Die Bewohner von Verakruz feierten den Friedensschluß mit Tlascala, so wie Cortez angeordnet hatte, mit Vivatrufen und Freudenschüssen, beflaggten die Stadt. Nachdem gegen Abend in der Kirche ein Dankgottesdienst abgehalten war, versammelte man sich im großen Sitzungssaal des Magistratsgebäudes zu einem Bankett. Es war bereits bekanntgeworden, daß Escalante tags darauf nach Sempoalla reiten und den Richter Moreno Madrano zu seinem Stellvertreter ernennen wolle. Mehr noch als die Nachricht vom Sieg beschäftigte die bevorstehende Abwesenheit des Kommandanten die Gemüter. Die Zügel in seiner Hand waren nicht straff, wurden aber doch als lästig empfunden. Allerlei Hoffnungen tauchten empor, schwebten verlockend durch den Festsaal.
»Wißt Ihr, wen wir hier feiern?« fragte d'Ircio seinen stelzfüßigen Nachbarn.
»Die Dummheit der Tlascalteken und unsere Gottähnlichkeit!« antwortete der Steuermann bärbeißig.
»Nein! Die anbrechende Freiheit!«
»Sagt lieber die ausbrechende oder die einbrechende!« verbesserte ihn Gonzalo de Umbría.
Mit tosendem Beifall wurde Lares, als er mit Escalante den Saal betrat, von der vollzählig anwesenden Kolonie empfangen. Alonso de Grado erhob sich und hielt eine ölige Begrüßungsrede. Bescheiden dankte der Reiter. Dann sprach auch Escalante, setzte die Bedeutung des Sieges ins rechte Licht und schloß, indem er Lares aufforderte, der versammelten Stadt die wunderbaren Begebenheiten vorzutragen.
Klar und rund, in schlichter, soldatischer Weise, trug Lares eine Epopöe vor. Nach wenigen Worten erzwang er sich die Aufmerksamkeit der Zuhörer. Die Spötter verstummten.
Während er berichtete, wurde Grado aus dem Saal gerufen. Er blieb lange draußen. Und als er zurückkehrte, hatte Lares seine Erzählung beendet. Jetzt wurde nur noch geschlemmt, gezecht, gelacht und gestritten. So laut war das Stimmengewirr im Saal, daß Grado nicht

zu befürchten brauchte, sein Geflüster mit d'Ircio und Gonzalo de Umbría könnte von unbefugten Lauschern aufgefangen werden.
»Was gab's draußen?« fragte ihn d'Ircio.
»Mein blaugestreifter Totonake will sich Glaskorallen verdienen!«
»Verdient er sie?«
»Mehr als das! Und er selbst verdient in Gold gefaßt zu werden! So einen Kuppler gibt's auf der Welt nicht wieder!«
»Was hat er ausgekundschaftet?«
»Der junge Kazike, der Sohn des mexikanischen Statthalters, geht morgen mit seinen Leuten ins Hochgebirge, auf die Pumajagd. Sein kleines Bergschloß bleibt so gut wie unbewacht...«
»Oho!«
»Der junge Kazike hat ein schönes Weib – Ihr habt sie ja gesehen neulich, wie sie zur Sänfte hinausblickte... Sie reiste mit starker Bewachung, drum mußten wir's verschieben... Nun trifft sich's gut, daß morgen auch Escalante uns keinen Strich durch die Rechnung machen kann...«
»Hm. Ist das nicht tollkühn?« meinte der Agramant ohne Taten.
»Bleibt daheim, d'Ircio, wenn Ihr eine Memme seid! Tollkühn? Weil es eine Vornehme ist? Ich habe die Bauernmädchen satt!«
»Ja, vor der Sänfte neulich lief Euch das Wasser im Munde zusammen, Don Alonso! Anderen ging's nicht anders!« bemerkte Gonzalo de Umbría. »Füße habe ich nicht mehr, aber Augen habe ich noch im Kopfe! Und um für Euch eine indianische Prinzessin zu ergattern, sollen wir anderen das Leben wagen?«
»Ihr werdet nicht leer ausgehen, Gonzalo, der junge Kazike hat drei allerliebste Nebenfrauen, eine bezaubernder als die andere! Und was wagt Ihr denn? Das kleine Bergschloß liegt abseits, fern von menschlichen Wohnungen. Die Männer gehen mit ihrem Herrn auf die Jagd. Wir pirschen uns auf einem höher gelegenen Felsen heran, so daß das Schloß uns zu Füßen liegt. Wenn abends die Edeldamen sich auf dem flachen Schloßdach zum Nachtmahl niedersetzen, lassen wir unsere Musketen auf die Dienerschaft losknattern. Die Frau des jungen Kaziken und seine drei Nebenfrauen werden natürlich geschont...«
»Bis auf weiteres!« lachte d'Ircio, »bis wir sie hier in unseren Häusern haben...«

Die Sonne stand schon hoch, als Lares mit schwerem Kopf sich von seinem Lager erhob. Er fand Escalante reisefertig und auf ihn wartend. Sie nahmen einen Imbiß ein und wollten sich eben zu den Pferden begeben; da hielt Lares den Kommandanten am Ärmel fest:
»Halt, Señor! Fast hätte ich ja die Hauptsache vergessen!«
Am vorhergehenden Tage war er, als Überbringer unerhörter Nachrichten, gezwungen gewesen, auf tausenderlei Fragen Bescheid zu

geben – so hatte sich ihm keine Gelegenheit geboten, die zwei Flaschen Malvasier auszugraben.
»Kommt in den Keller, ich zeige Euch, wo sie versteckt liegen«, sagte Escalante.
Mit Spaten und Hacke bewaffnet, stiegen sie in den Keller. Keinen seiner Diener oder Sklaven nahm der Kommandant mit, damit vom Geheimnis der vergrabenen Flaschen nichts ruchbar werde.
Auf eine Stelle unterhalb der Fensterluke zeigte er.
»Hier war es ... Zwei Fuß tief war es! ...«
Und sie fingen an zu schaufeln. Der Raum schimmerte helldunkel. Vom hoch angebrachten Fenster herab prallte Tageslicht auf einen Teil des Kellerbodens; um so schwärzer dunkelten die Schatten ringsher.
Das Kellerfenster war zu ebener Erde, in Höhe der Gasse draußen, und hindurch sah man die Beine und Füße vorüberschreitender Menschen.
Die beiden Schaufelnden gruben, bis sie zwei Fuß tief gegraben hatten. Sie fanden die Flaschen nicht. Sie gruben tiefer, mit ebensowenig Erfolg. Sie gruben den halben Keller um. Nach einer Stunde gaben sie es auf.
»Räuber! ...« zischte Escalante. »Aber vielleicht ist es gut so. Cortez wird daran ersehen, wie treu bewacht die Festung ist und was meine Aufsicht wert ist.«
»Cortez wird gewiß darüber lachen!« beschwichtigte Lares.
»Besser wird er tun, es ernst zu nehmen! ... Ich bin der Aufgabe nicht gewachsen! Sagt ihm das! Sagt ihm, daß er mich abberufen, daß er einen eisernen Besen, einen Alonso de Avila, hersenden soll, diesem Diebesgesindel den Daumen aufs Auge zu halten!«
»Wie konnten hier Diebe eindringen?« fragte Lares. »Die Kellertür war doch verschlossen! ...«
Vom Fenster her ertönte ein helles Gekicher. Die Mulattin kniete dort und lachte irr zum Fenster herein.
»Die Tür war verschlossen, doch das Fenster war offen!« rief sie. »Suchst du die Flaschen, mein Bruder?«
»Was wißt Ihr von den Flaschen, Señora?« fragte Escalante.
»Drei Männer waren verliebt in sie und wagten die Entführung ... Der eine hat keinen Namen, der andere hat keine Ehre, der dritte hat keine Füße ... Mehr darf ich nicht wissen –: meine Augen sind offen, doch mein Mund ist verschlossen! ... Flaschen sind wie Frauen – man muß sie entkorken, sie ausschlürfen! ... Wer sie vergräbt, ist ein Blaubart!« rief Beatriz de Palacios lachend und lief davon.
Escalante und Lares ritten nordwärts nach Sempoalla. Eine Stunde später verließ Alonso de Grado mit seiner Bande Verakruz und schlug den südwestlichen Weg in die huaxtekischen Berge ein.

Escalante konnte sich dem dicken Kaziken nicht verständlich machen. Orteguilla mußte gerufen werden. Orteguilla mußte gegen Orteguilla Klage führen. Das war viel verlangt. Der Knabe wand sich wie ein Aal, übersetzte wissentlich falsch, jeden Satz dichtete er um, erdichtete ganze Fabeln. Am zufriedenen Lächeln des dicken Kaziken war zu erkennen, daß der kleine Dolmetscher nichts von seinem Indianerweiblein sagte, dessen Entfernung von Escalante gefordert wurde. Lares, der zugegen war, merkte das bald und fuhr den Pagen an: »Höre! Du hast bisher gelogen, Orteguilla! Wenn du damit fortfährst, so nehme ich dich mit nach Tlascala, und Don Hernando wird dich auspeitschen lassen!«
Der dicke Kazike fiel auf die Knie und hielt die feisten Hände mit den weißbemalten Fingernägeln dem Sohne der Sonne flehentlich gefaltet unter die Nase. Ohne ein Wort zu verstehen, begriff er, daß man ihm seinen Liebling entreißen wollte. Kläglich jammernd brachte er Bittworte vor.
»Was sagt er?« fragte Escalante.
»Er sagt: Ihr sollt mich nicht töten!« antwortete verstockt und sehr bleich der Page.
Doch die Drohung des Lares blieb auch auf ihn nicht ohne Wirkung. Nach Tlascala mitgenommen werden hieß der kleinen Freundin für immer Valet zu sagen. Während hier in Sempoalla, mochte sie auch gewaltsam von ihm getrennt werden, immer noch die Möglichkeit und Hoffnung verblieb, von Zeit zu Zeit die Geliebte zu sehen, vielleicht heimlich mit ihr zusammenzutreffen ...
»Überlege es dir, Orteguilla, und sei vernünftig!« ermahnte Lares.
»Ich habe es mir überlegt ...«, murmelte der Knabe, plötzlich weich werdend. Und er brach in ein lautes Schluchzen aus.
Der dicke Kazike küßte ihn, streichelte ihm über die Papageienfederperücke, fächelte ihn mit einem perlgestickten Fächer.
Escalante mußte seine Ansprache an den Totonakenkönig von neuem beginnen; und diesmal übertrug Orteguilla Satz für Satz wörtlich. Die Einwände des dicken Kaziken wurden widerlegt, sein Einverständnis erzwungen. Er weinte mit Orteguilla, nahm sich einen Edelsteinstab aus dem Ohr, den Knaben damit zu beschenken, und flüsterte ihm etwas zu. Durch Tränen lächelte Orteguilla.
»Was flüstert er?« fragte Lares.
»Ich will nicht lügen«, erwiderte der Page, »er sagt: er wird mir morgen eine andere Frau schenken!«
Auch das wurde dem König verboten. Ach, er war kein König mehr.
Nun wollte Escalante die kleine Indianerin rufen lassen, um ihr die Aufhebung der Ehe mitzuteilen. Aber Orteguilla widersetzte sich. Er selbst wolle sie benachrichtigen, rief er und eilte hinaus in den Palastgarten.
Dort wartete die Dreizehnjährige auf ihn. Was ihnen bevorstand,

wußten beide Kinder seit dem ersten Besuch des Lares. Gefaßt und trockenen Auges hörte jetzt das Mädchen den Knaben an. Sie war älter, ein kleines Weib. Und sie tröstete ihn.
Escalante, Lares und der dicke Kazike waren ins Portal des Palastes getreten und beobachteten von weitem den Abschied der Kinder.
»Niemand kann uns trennen!« sprach das Mädchen.
»Wir werden uns wiedersehen!« weinte Orteguilla.
»Wir werden uns immer angehören!« fuhr das Mädchen fort, »und zum Zeichen dafür will ich dir einen Pinienapfel pflücken!«
Flink wie ein Eichhörnchen klomm sie an einem Pinienstamm empor, schaukelte bald masthoch über dem erstaunt blickenden Knaben. Mit einem Zapfen in der Hand winkte sie ihm.
»Schau, wie ich dich liebe! Dein bleibe ich für immer!« rief sie, und mit einem schrillen, jauchzenden Aufschrei warf sie sich in die Tiefe.
Wimmernd kniete Orteguilla neben ihr. Mit gebrochenem Rückgrat lag sie da, schwarzrotes Blut quoll ihr aus Nase und Mund.
Lares trug den ohnmächtigen Knaben in den Palast.

Die erbetenen fünfhundert Lastträger waren bei Sonnenaufgang zur Stelle, die Zelte wurden abgebrochen und auf Tragbahren verpackt. Da Pater Olmedo an Fieber erkrankt war, hielt der Franziskaner Juan Díaz einen Dankgottesdienst ab, wobei der alte Soldat Alonso Durán als Chorknabe im weißen Spitzenröckchen ministrierte. Von der Plattform der *torre de la victoria* – des kleinen Heidentempels – herab, wo man ein hölzernes Kreuz aufgerichtet hatte, las der Licenciado mit den wulstigen Lippen Messe und predigte dem versammelten Heer.
Der Popocatepetl hatte sich ausgetobt, nun umtobten ihn Gewitter. Und als plötzlich ein orkanartiger Windstoß sein Aschenregengewölk auseinandertrieb, gewahrten die Kastilier voll Staunen, daß in der einen einzigen Nacht die gesamte weiße Schneekappe des Vulkans abgeschmolzen war. Die gläsern roten Adern der frischen Lavabrüche hoben sich glitzernd ab von schwarzverkohltem Gestein.
Und der Clérigo predigte von Jehova, der Josuas Heer als Wolkensäule voranzog, mit dem Hauch seiner feurigen Nüstern die Heidengreuel der Baalsdiener zerschmolz, bis die Kinder Israel das Gelobte Land gewonnen, wo Milch und Honig fleußt.
Und Benito Bejel rührte die Trommel, und Rodríguez stieß in seine lilienförmige Kupfertrompete. Der Heereszug setzte sich in Bewegung, kriegsmäßig, in strenger Ordnung, als ginge es zur Schlacht. Den Scharfschützen voraus die Kavalleristen; und ihnen voraus Diego de Ordás.
Aschenstaub rieselte herab und verschleierte die Sonne. Einem großen Monde ähnlich hing sie am Himmel, bleichgelb, eine strahlen-

lose Rundscheibe. Aschenstaub lag auf den Schultern der Schreitenden, auf den Rohren der Geschütze, auf Steinen, Gräsern und Helmen wie ein weißlicher Winterreif und versilberte das Felsental.
Arm war der Freistaat, abgeschnitten vom Handel der Welt, überreich an Bergen und daher auch an Ödland; aber gerade die Armut hatte das Jägervolk – dessen Emblem der Pfeil war – gezwungen, jeden Streifen fruchtbarer Erde auszunutzen und den Urboden der Bergschluchten in Ackerboden zu wandeln. Nicht ohne Grund hieß Tlascala das »Brotland«.
Der Weg führte an einem Wallfahrtsort, einem Kloster der Quaquiles, vorbei, jener der Weltbefreiungslehre des Heilbringers Quetzalcoatl zugetanen und den Menschenopfergreueln abholden Mönche, deren wundenheilender Glaube so tief Montezumas Schwester Papan bewegt hatte, daß sie schon im Begriff stand, sich in eines der Frauenklöster des Quaquile-Ordens aufnehmen zu lassen, als ihre Grablegung, Auferstehung und Gefangenhaltung die Absicht vereitelte. Verfolgt in Mexiko, geduldet in Tezcuco, hatten die Mönche in Totonacapan und in Tlascala zahlreiche Klöster.
Übten sie ihren Einfluß vorwiegend auf kindliche, besonders weibliche Gemüter aus, so gab es doch auch zielbewußte Männer, ja Kriegshelden, wie der Herr des Fastens einer gewesen war, die ihren Bestrebungen Vorschub leisteten. Zu ihren Anhängerinnen zählten nicht nur Weiber des leidenden, nach Erlösung schmachtenden Volkes; auch Frauen von Kaufleuten besuchten die Klöster, ja selbst Gattinnen und Töchter der Ersten der Kriegskaste.
Von Zypressen überragt war das kleine, flache Gebäude. Nur zehn Insassen beherbergte es. Sie traten aus dem Tor, als das Heer nahte, in langen, bis auf die Füße herabreichenden Mänteln, deren schwarzes Gewebe mit winzigen weißen Kreuzen durchwirkt war. Das Haar trugen sie in Knoten gebunden. Eine vornehm gekleidete Indianerin, augenscheinlich keine Nonne, und drei Knaben im Alter von neun bis dreizehn Jahren waren mit dem Vorsteher des Klosters, einem hageren, ernsten Mann, gleichfalls auf die Straße getreten.
Von den Mönchen schleppten zwei eine hölzerne Leiter; ein dritter hielt eine Papierkrone in der Hand, geklebt aus buntgefärbten Agavepapierstreifen; ein vierter einen Napf mit Wachtelblut, und die übrigen hatten Räucherwerk in den Händen. Sie fragten einen der Totonakenhäuptlinge, wo der weiße Gott sei. Und man zeigte ihnen den stolz dahertrabenden Hirschmenschen mit dem blonden Vollbart und dem grünblau blinkenden Stahlhelm und Stahlharnisch.
Die Sänften Marinas und des erkrankten Paters Olmedo wurden herbeigetragen. Das Heer machte halt. Cortez, hoch zu Roß, nickte herablassend.
Der Vorsteher des Klosters redete ihn als Stern des Morgens an, den Erwarteten, den seit Jahrhunderten Herbeigesehnten, der vom Ost-

meer gekommen sei, den Völkern den Frieden zu bringen, die Tränen der Witwen und Waisen zu trocknen und die Zahl der Toten zu verringern, nachdem er – selbst ein Toter – zu den Toten hinabgestiegen und vier Tage lang ein Knochen gewesen sei ...
Cortez fiel die Ähnlichkeit mit dem christlichen Bekenntnis auf. Er konnte sie sich nur als Machenschaft des Teufels erklären.
»In den verführten Seelen dieser armen Heiden närrt und verzerrt Satan unseren Glauben wie in einem Hohlspiegel!« rief er aus.
»Oder sollte der heilige Apostel Thomas, der die Völker am Ganges bekehrt hat, bis hierher gewandert sein? ...« fragte Pater Olmedo nachdenklich.
Der Quaquile bat um die Vergünstigung, den Sohn der Sonne so ehren zu dürfen, wie man die Götter ehrt.
Cortez hatte nichts dawider einzuwenden.
Da stellten die Mönche die Leiter an Romos Flanke, lehnten die oberste Sprosse an die Stahlbrünne des weißen Gottes. Der Vorsteher des Klosters stieg die Leiter hinauf, und durch Marinas Vermittlung bat er Cortez, den Helm abzunehmen.
Cortez kam dem Wunsch nach und ließ sich geduldig die Papierkrone aufs Haupt stülpen. Einer der Mönche reichte den Napf empor. Da Cortez sah, daß der Napf Blut enthielt, wurde er stutzig und fragte, was damit geschehen solle.
Das Blut werde ihm über das Haupt gegossen werden, lautete die Antwort.
Nun hatte sich aber Cortez mit besonderer Sorgfalt gekleidet, um beim Einzug in Tlascala als Siegesheld und höheres Wesen bewundert zu werden. Vor der Stadt sich umzukleiden und zu säubern, war nicht tunlich. Er beriet sich mit Velázquez de León und Alvarado.
»Ei, was ein Götze sein will, muß sich Salböl gefallen lassen!« meinte Alvarado. »Die in Tlascala werden Euch um so höher schätzen, wenn Ihr als Gesalbter des Herrn durch die Gassen reitet.«
León und Olmedo stimmten dem zu. Und Cortez fügte sich.
Der Napf wurde ihm über den Kopf gegossen. Wie roter Lack troff das Blut an seinem gelbbraunen Haar, rieselte in kleinen Rinnsalen über Stirn, Wangen und Kinn, fleckte auf dem Metall der Rüstung. Mit tiefen Baßstimmen sangen die Mönche ein uraltes Lied:

»Und siehe, so lehrten unsere Väter, unsere Ahnen,
Und sie sagten: Uns machte, uns erschuf, uns richtete auf
Unser Schöpfer Quetzalcoatl, unser Prinz,
Und er erschuf Himmel, Sonne und den Erdherrn.«

Jetzt winkte der Vorsteher des Klosters die Frau und die drei Knaben heran. Schüchtern, doch in vornehmer Haltung, nahten sie und grüßten nach Indianerweise.

Wer die Frau sei und was sie begehre? wurde der Quaquile gefragt.
Er gab Auskunft. Die Frau hieß Coanentzin, die Als-Schlange-Lebende. Eine heimliche Beschützerin des Quaquile-Ordens, entstammte sie dem Fürstengeschlecht Derer-im-Regenlande und war die Gattin eines der ersten Feldherren Tlascalas, des Fürsten von Atlihuetza, mit Namen der Fichtenzweig, eines Freundes des Prinzen Kriegsmaske. Voll Sehnsucht nach der Wiederkunft ihres Gottes, kannte sie seit der frühesten Kunde von der Landung der Weißen keinen höheren Wunsch, als dem Kreuzträger ihr Herz und die Herzen ihrer drei Söhne darzubringen. Der Wirrwarr in der vor Erwartung fiebernden Stadt hatte es ihr ermöglicht, unbemerkt herzukommen. Sie wollte als erste unter ihren Volksgenossen Christin werden, sofort sich und ihre drei Söhne taufen lassen, denn sie hatte erfahren, daß die Söhne der Sonne die Totonaken durch bloßes Wasser zu ihresgleichen gemacht hatten.
Cortez hätte ihren Wunsch gern erfüllt. Doch Pater Olmedo lehnte ab. Er war todmatt vom Fieber. Auch hatte man in Sempoalla schlimme Erfahrungen mit übereilten Taufen gemacht.
Der Frau wurde mitgeteilt, sie solle sich in der Stadt Tlascala melden; dort werde sie getauft werden.
Die Quaquiles und die Frau sahen sich ratlos an.
»In der Stadt kann es nicht geschehen!« sagte die Als-Schlange-Lebende mit schmerzlichem Lächeln.
Warum sie das meine? wurde sie gefragt.
Weil dort ihr Gatte, der Fichtenzweig, es hindern werde, sagte sie. Eher werde er sie und ihre Söhne umbringen, als zugeben, daß sie Christen würden. Nichts auf der Welt verabscheue er, hasse er mit so glühendem Haß wie das Kreuz und die Diener des Kreuzes . . .
»Sagtest du nicht, daß er ein Freund des Prinzen Kriegsmaske sei?« erkundigte sich Cortez.
»O Sohn der Sonne, o unser Herr! Dich haßt Prinz Kriegsmaske ebenso, wie mein Gatte dich haßt. Doch besser weiß sein Gesicht zu verbergen, was das Herz denkt . . .«
»Prinz Kriegsmaske war allerdings unser Feind bis vor kurzem. Aber jetzt hat er Frieden mit uns geschlossen und uns gehuldigt.«
»Ja, und gleich danach kam er zum Fichtenzweig. Und ich sah, wie sie dem Herdfeuer, dem alten Herrn, dem Türkisherrn, Maiskörner streuten. Und sie saßen viele Stunden zusammen und weinten vor Wut und fluchten dem Frieden!«
Zu León und Alvarado sagte Cortez:
»Wir wollen diese Worte in unser Gedächtnis buchen, und zwar mit schwarzer Tinte, meine Herren, damit sie nie blaß werden, nie verwischen . . .«
Dann wandte er sich zur Tlascaltekin:
»Geh nach Hause, Frau, und sei ohne Furcht! Bei meinem Gewissen

– du und deine Söhne werdet getauft werden! Ob es dem Fichtenzweig recht ist oder nicht!«

Die Sehnsucht der Stadt Tlascala war ungebärdig geworden wie ein schreiendes Kind. Nun endlich ward sie gestillt. Durch den Schleier des stiebenden feinen Aschenschneefalles hindurch ließ sich die mächtige Staubwolke des Christenheeres, ließen sich die Christenbanner deutlich und immer deutlicher erkennen. Zu Hunderten strömten die Stadtbewohner aus dem großen Steintor der Umfassungsmauer den Kommenden entgegen und kargten mit Zurufen und Freudenbezeigungen nicht.

Störrischer als sonst war die unfruchtbare Grauschimmelstute des Diego de Ordás, mehr als einmal blieb sie stehen, rupfte sich Grashalme vom Wegrand und war nicht von der Stelle zu bringen. Ordás zersägte ihr mit der Kandare das Maul, kitzelte, schrammte, ritzte ihr die Weichen mit den spannenlangen Rittersporen. Er wollte als erster am Ziel sein. Und er ritt, trotz allem, als erster in die Stadt ein – ganz kampferschöpft freilich und nicht minder arg mitgenommen als seine Stute. Silberne Häuser, wie einst in Sempoalla, fand er nicht. Denn alle Häuser waren mit buntgemusterten Baumwolldecken, teppichähnlichen Matten und Blumenwerk behängt, verschwanden hinter Blumengewinden. Auch quer über die Gassen waren balkendicke Blumenketten gespannt, so niedrig, daß Ordás sich niederducken mußte, um darunter traben zu können. Nachdem er durch mehrere Gassen gekommen, gelangte er in eine, wo die Girlanden noch tiefer hingen, ihm bis zum Sattel herabreichten. Sein Roß blieb stehen und beschnupperte die Blumen, als wären sie Heu. Doch Ordás ließ sich nicht aufhalten. Mit eingelegtem Speer ritt er eine Attacke gegen die Blumen. Der Wucht seines Angriffes konnten die Blumen nicht standhalten. Niedergerissen, zerfetzt, zertrampelt lag die Girlandenpracht am Boden. Und erst recht kamen Ordás und seine Stute nicht voran, ertrinkend im Blumenmeer.

Das Volk hatte nicht sogleich begriffen, daß der Angriff den Blumen galt, war auseinandergestoben, Greise, Frauen und Kinder stolperten, wurden gequetscht und überrannt bei der Panik, wälzten sich am Boden, kreischten. Doch das währte nicht lange. Man sammelte sich wieder um den entsetzlichen Hirschmenschen, magisch zu ihm hingezogen, voll Neugier und Grauen. Und man flüsterte sich Fragen zu. Was mochte ihn bewogen haben, gegen Blumen zu fechten? Warum war er mitten in der Gasse stehengeblieben? Was bezweckte er damit, was plante er? Weshalb drückte er sich selbst so wütend die Flanken?

Da glaubte einer der Umstehenden des Rätsels Lösung gefunden zu haben. Das Maul der armen Stute, mißhandelt von der Kandare, war nämlich voll Schaum, und der weiße Schaum war mit Blutstropfen gemengt. Das hatte jemand entdeckt, und er raunte es seinem Nach-

barn zu. Bald raunten es alle. Das war es! Der Hirschmensch hatte einen Menschen gefressen – darum war er blutig am Maul! Und jetzt rührte er sich nicht vom Fleck, weil er wieder Hunger nach Menschenfleisch hatte! Also mußte man ihn besänftigen, ihn sättigen und so verhindern, daß er seine Gier an den Greisen, Frauen oder Kindern Tlascalas auslasse.
Es wurde nach einem Opfersklaven geschickt. In kurzer Zeit war ein Opfersklave zur Stelle. Er wurde dem Hirschmenschen zum Fraß vorgelegt. Und da der Hirschmensch keine Anstalten machte, die Speise zu verschlingen, wurde er gefragt, ob man ihm den Sklaven erst schlachten und zerlegen solle?
Ordás verstand nicht, was die Leute mit ihrem Kauderwelsch wollten. Er bat sie auf spanisch, sein widerspenstiges Pferd nicht noch scheu zu machen; und da er dies unwirsch sagte, brachte er das Leben des Sklaven erst recht in Gefahr. Zum Glück hatte ihn jetzt die Vorhut des Heeres eingeholt, mit den Kavalleristen kam auch Enrico Lares heran, der wenig von der Landessprache verstand, aber doch genug, um festzustellen, wie besorgt die Bewohner der Stadt um das leibliche Wohl ihrer Gäste waren. Den Kastiliern wurde das ein Anlaß zu überlauter Heiterkeit. Nur Ordás empfand, daß es schamlos war, die gutgemeinte Absicht des kindlichen Volkes so derb zu verlachen.
»Gesteht es ein, Ihr hättet Euch noch eine Weile als Minotaurus aufgespielt, wären wir nicht in der Nähe gewesen! Den Mut zur Lüge findet man leichter als den Mut zur Wahrheit!« meinte Lugo spottend.
»Ich will lieber für ein Raubtier gehalten werden als für einen Heufresser!« entgegnete Ordás.
Und höchst ernsthaft ließ er durch Lares den Tlascalteken für ihre Freundlichkeit danken.

Die Stadt hatte zehntausend Feuerherde – was etwa einer Bevölkerungszahl von zweihunderttausend Einwohnern entspricht. Die Kastilier wurden an das maurische Granada, die umfangreichste und romantischste der Städte Spaniens, gemahnt. Sempoalla, das jüngst so angestaunte Sempoalla, erschien im Vergleich wie ein Dorf. Reicher zwar waren dort die Bewohner gekleidet gewesen. Seit mehr als einem halben Jahrhundert angefeindet und bedrängt von Mexiko, war Tlascala verarmt, in den engen Gassen standen meist Lehmziegelbauten, nur hie und da sah man einen breitgelagerten Steinpalast; und mit Ausnahme weniger Kriegshäuptlinge trugen die Tlascalteken und Tlascaltekinnen bescheiden einfache Federzierate, da es an Papageienfederschmuck und erst recht an Goldschmuck fehlte. Verachtung und Mißachtung des Wohllebens, wie des Lebens überhaupt, Hochachtung vor dem Tode, Emsigkeit und Sinn für Ordnung waren die Tugenden dieses kriegsgewohnten

Bergvolkes. Die Herbheit ihrer Lebensauffassung erschloß sich nicht auf den ersten Blick, und bunt genug war das Bild, das sich den Einziehenden bot. Ein kaleidoskopisch wirbelndes Farbenspiel – jeder Stamm hatte seine besonderen Gewänderfarben, alle grell leuchtend, hier in der Heimat der Bergkoschenille. Noch waren den Kastiliern die Zentren der toltekischen Kultur – Cholula, Tezcuco und Tenuchtitlan – unbekannt, darum starrten sie Tlascala mit seinen großen und kleinen Marktplätzen, Töpfereien, Barbierstuben und Badeanstalten als das seltsamste der bisher erlebten Wunder an und glaubten sich mehr denn je in die Märchenwelt des Romans Amadis de Gaule versetzt.

Auf vier felsigen Hügeln erbaut, war die Stadt durch den Zusammenschluß von vier alten Städten entstanden, deren Bewohner je einem der vier Hauptstämme des Landes angehörten. Der höchste und steilste dieser Felshügel, gekrönt durch den festungsartigen Palast des Offenen Gesichtes, fiel jählings zum Ufer des die Stadt durchfließenden Zuhuapan ab. Durch hohe, aus Quadern erbaute Mauern und Tore waren die Stadtviertel voneinander abgegrenzt. Am ersten dieser inneren Stadttore hatte König Truthahn, pomphaft umgeben von allen Häuptlingen Derer-im-Regenlande, seinen Stand genommen. In behandschuhten Händen hielt er einen prachtvollen Strauß Kienfackelblumen und reichte sie dem vorbeireitenden Cortez mit überschwenglichen Begrüßungsworten hin. Am nächsten Tore erwartete das Offene Gesicht, der König Derer-auf-den-Bergen, das Christenheer; und seine Gabe an Cortez war ein Strauß Maiskolbenblüten. Am dritten Tor, wo Die-unter-den-Pinien wohnten, stand der Rauchende Schild und beschenkte Cortez mit einem Strauß von maulbeerfarbenen Ohrenblumen. Indes nicht am letzten Tor hatte sich das Stammesoberhaupt Derer-auf-der-Kalkerde, der hundertjährige König Xicotencatl, die Sammelnde Biene, aufgestellt – seines Alters wegen harrte er an den niedrigen Treppenstufen vor seinem Palaste. Er übergab Cortez einen Strauß Rabenblumen. Und dann lud er ihn ein, ihn und das Heer der weißen Götter, in seinem Tecpan Wohnung zu nehmen. An Raum fehlte es nicht im weiten Gebäude; seien doch seine vielen Söhne durch den Rosenkrieg hingerafft worden.

Vom Sattel herab verbeugte sich Cortez tief zum Dank, zwang Romo, vor dem Greise niederzuknien, und mit vielen artigen Redewendungen nahm er die angebotene Gastfreundschaft an.

»Diese Menschen sind ja Blumen, sind ja gar nicht Menschen!« bemerkte Velázquez de León. »Ein Zauberer muß uns die Augen behext haben, daß wir sie in Menschengestalt sehen. Sie sind nicht grausam, wenn sie Grausames tun: sie sind gedankenlos, herzlos, anmutig wie die Blumen, von denen sie so närrisch viel Wesens machen, weil sie sich ihnen verschwistert fühlen.«

Sofort nachdem das Heer in den fürstlichen Sälen das Quartier aufgeschlagen hatte, ging Cortez daran, den Tecpan in eine Burg umzuwandeln. Er ließ die Singende Nachtigall vor den Haupteingang, die anderen Kartaunen, Feldschlangen und Falkonette vor die seitlichen und hinteren Palasttore auffahren, so daß alle angrenzenden Gassen bestrichen werden konnten. Auch postierte er Schildwachen und verbot fürs erste seinen Soldaten, das Quartier zu verlassen. Innerhalb der Mauern stand ihnen frei, sich mit Würfelspiel, Trinkgelagen und den von Marina geschenkten Mädchen die Zeit zu vertreiben. Für leibliche Genüsse, Wildbret, Obst und Pulque, war zur Genüge gesorgt. Und so geräumig war der Tecpan mit seinen Nebengebäuden und Gartenhäusern, daß die Christen, Dirnen und totonakischen Bundesgenossen – an die dreitausend Menschen – in ihm ohne Gedränge Platz fanden, im Labyrinth seiner riesenhaften Empfangssäle sich verlieren, im Palastgarten einsam umherwandeln konnten.
Schüchtern wagte es Marina, Cortez vorzuhalten, daß er das gutherzige Volk durch seine Vorsichtsmaßregeln kränke. Und sie fragte ihn, warum er den Tlascalteken nicht traue.
Cortez wollte ihr die Antwort nicht geben, die er einem Alvarado gegeben hätte: daß Indianer Indianer bleiben ... Er rief ihr die Aussagen der Als-Schlange-Lebenden ins Gedächtnis über den treubrüchigen Haß des Prinzen Kriegsmaske und seines Freundes, des Fichtenzweiges.
Marina schüttelte den Kopf. Sie, die von ihrer eigenen hochverräterischen Untreue nichts wußte, war unfähig, die Treue der beiden einzigen aufrechten Männer Tlascalas zu erkennen oder gar anzuerkennen. Nach Jahren, als sie es konnte, war es zu spät ... Die beiden Hitzköpfe seien ohne Einfluß, meinte sie, und ihre hilflose Wut werde nie den Rat der Alten bewegen, eine Treulosigkeit zu begehen oder gutzuheißen. Sie kenne sich besser aus in den Seelen der Indianer und könne dafür einstehen, daß es keine verläßlicheren Feinde und keine verläßlicheren Freunde gebe als die Tlascalteken. In alle Zukunft würden sowohl die vier Könige wie der Senat und der Adel Seite an Seite mit den Christen siegen oder sterben. Und was das niedere Volk anlange, so seien von ihm Feindseligkeiten keineswegs zu erwarten, da es, beim heutigen Einzuge durch Lügenmärchen der Totonaken mit Furcht und Ehrfurcht erfüllt, die weißen Götter mehr denn zuvor für leibhaftige Götter halte.
Was das für Lügenmärchen gewesen seien, fragte Cortez.
Mit herzlichem Lachen erzählte nun Marina, daß die Totonaken, durch frühere Vorfälle gewitzigt, annahmen, und wohl mit Recht annahmen, in der Volksmenge müßten sich verkleidete Sendlinge Montezumas befinden, und sie gaben daher auf Fragen, die über die Christen an sie gestellt wurden, mehr Auskunft, als sich mit der Wahrheit verträgt. Das taten sie, damit es weit und breit, auch

jenseits der Großen Mauer, nachgesprochen werde. Sie erklärten die weißen Götter für unverwundbar und für unsterblich. So mächtig seien sie, daß jede Nacht die Götter Anahuacs zu ihnen gepilgert kämen, um ihnen zu opfern und sie anzuflehen, sie möchten außer Landes ziehen. Alle Fabeln über die menschenfressenden Hirschungeheuer wurden von den Totonaken bestätigt und ins Maßlose übertrieben. Den Hund Becerrico bezeichneten sie als den Gott der Raubtiere, und seine lange, aus dem offenen Rachen herabhängende Zunge beschrieben sie als eine rote Giftschlange. Von den Negersklaven sagten sie, daß sie geschwänzte schwarze Götter wären, und sie hätten in ihren Mänteln hinten eine Öffnung – um den affenähnlichen Schwanz durchzustecken, wenn sie sich setzen wollten. Die weißen Göttinnen aber seien menschengesichtige Vögel, und nachts flögen sie im Lande umher, um Männer der Augen und der Herzen zu berauben ...

Gegen Abend veranstaltete Tlascala den Gästen zu Ehren auf dem großen Markplatz ein rauschendes Tanzfest, bei welchem fünftausend Teilnehmer in farbenfunkelnder Tänzertracht ihre chorartigen Aufzüge ausführten. Durch eine Abordnung des Hohen Rates wurden die Kastilier eingeladen, dem Schaugepränge beizuwohnen. Für seine Soldaten lehnte Cortez ab. Er und die Hauptleute aber beschlossen hinzureiten. Es mochte vielleicht ein Wagnis sein, doch Cortez glaubte es unternehmen zu können. Dank den Lügenmärchen der Totonaken fühlte er sich von einer unsichtbaren Leibwache umgeben.

Da Marina in der Sänfte getragen wurde und ihr kleiner Hofstaat sie zu Fuß begleitete, ritten auch Cortez und die Feldobristen im Schritt. Wenig belebt waren die Gassen, denn alles Volk war zum großen Markplatz geströmt. Sie kamen durch Stadtteile, die wie ausgestorben waren. Die Häuser standen leer. An Palästen kamen sie vorbei, deren offene Tore keine Torwächter mehr hüteten. Sie hätten hineinreiten, durch alle Prunksäle reiten, an den glanzig polierten Wänden sich spiegeln, aus plätschernden Fontänen trinken können – und niemand wäre gewesen, der es ihnen verwehrt hätte.

Die alle Vorsicht vernachlässigende Schaubegier, die jung und alt, arm und reich zum Tanzplatz trieb, hatte zur Folge, daß ein streng gehütetes Wesen an diesem Tage seiner Gefangenschaft entfloh. Es gelang Kreideschmetterling, dem schönen Hermaphroditen, seine Bewacher zu überlisten.

Die dritte Schlacht gegen Cortez – die Entscheidungsschlacht – hatte Prinz Kriegsmaske verloren, weil er Kreideschmetterling gewonnen, weil er, von rasender Eifersucht verleitet, während des Kampfes das Zelt seines Mitfeldherrn Piltecatl umstellen und Kreideschmetterling daraus rauben ließ, worauf Piltecatl mit vierzigtausend Kriegern sich grollend vom Kampffeld zurückzog. So benommen war Prinz Kriegsmaske von der zauberhaften Knäbin, daß ihm ihr Besitz all sein Mißgeschick aufwog. In seinem Palast hielt er sie eingeschlossen, umriegelt, umzirkt, als das Einmalige, das sie war. Ihr früheres Vergehen war ihr verziehen; der Todesstrafe durch den geglückten Todeslauf entronnen, war sie ja unantastbar. Ein Verliebter, dachte er auch nicht an Vergeltung. Wieder behängte er sie mit Juwelen, gab ihr Fächerträgerinnen, Sandalenbinderinnen, Haarkämmerinnen, Girlandenflechterinnen und schenkte ihr einen überaus kostbaren Handspiegel aus schwarzem Obsidian, damit sie an ihrer einzigartigen Schönheit Freude habe.

Fünf alte Frauen aber hatten Auftrag, das Zwitterwesen nie aus den Augen zu lassen. Nur in wenigen, von Fontänen gekühlten Räumen und nur in einem kleinen Teil des Gartens war Kreideschmetterling zu lustwandeln gestattet.

Des Einzuges der Kastilier wegen hatte früh an diesem Tage Prinz Kriegsmaske seinen Palast verlassen. Da er auch beim Tanzfest nicht fehlen durfte, so war vorauszusehen, daß er erst zur Nachtzeit zurückkehren werde. Seinem Wunsch gemäß begaben sich seine Haupt- und Nebenfrauen mit ihren Sklavinnen zum großen Markplatz. Mit und ohne Erlaubnis entfernten sich die höheren Palastbeamten einer nach dem anderen. Ihnen folgte die Dienerschaft; und dann schlichen sich mehrere der alten Wächterinnen Kreideschmetterlings unbefugt davon. Im Palast waren schließlich außer dem Hermaphroditen nur zwei Wächterinnen und einige noch unmündige Kinder des Prinzen Kriegsmaske.

Ihrer Verantwortung bewußt, versahen sich die beiden Weiber mit Speeren, Bogen und Pfeilen; und sie führten den Zwitter, um ihn besser hüten zu können, in einen Saal, der nur eine Tür hatte. Dort im Saal spielte Kreideschmetterling mit einem der kleinen Prinzen, einem siebenjährigen Knaben. Vor der offenen Tür hatten die zwei bewaffneten Wächterinnen Platz genommen.

Kreideschmetterling wußte, daß der Palast leer war. Heute oder nie konnte er entkommen. Und er sann auf eine List, die Aufmerksamkeit der Weiber von sich abzulenken.

Aus seinem langen, bis zu den Hüften herabwallenden Haar riß er sich Strähnen aus, flocht sie zu einem feinen Seil und fertigte daraus eine Schlinge. Mit der unbeseelten kalten Verderbtheit, die ihm eigen war, scherzte er beim Spiel und lachte mädchenhaft, während er dem Knaben unauffällig die Haarschlinge um den Hals legte und ihr Ende an einen Ring band, der zum Halten von Fackeln an der Saalwand angebracht war. Er entfernte sich vom Kinde, und plötzlich die Arme ausstreckend, lockte er es durch Schmeichelrufe an sich. Geschwind machte das Kind eine Wendung, um zu ihm hinzulaufen. Da zog sich die Schlinge zu und schnitt in das Fleisch des Halses ein. Das Kind, das eben noch ausgelassen gelacht hatte, stieß einen erschütternden Schrei aus. Je wilder es um sich schlug, sich zu befreien versuchte, um so grausamer durchschnitt die Schnur den kleinen Hals, raubte Atem und Besinnung.

Aufgeschreckt durch den Schrei, traten die zwei Wächterinnen in den Saal. Sie sahen ein furchtbares Bild. Zusammengesunken war der Knabe, die erschlafften Muskeln hatten nachgegeben, wie eine Gelenkpuppe hing der Körper an der kaum sichtbaren Schnur, die Augen waren aus den Höhlen getreten, dick quoll aus dem Munde die Zunge.

Es war der jüngste der Söhne des Prinzen Kriegsmaske, es war sein Lieblingssohn. Starb er, so war auch den Wächterinnen der Tod gewiß.

Sie eilten, das Kind zu befreien, durchrissen die Schlinge; und für einen Augenblick war Kreideschmetterling vergessen. Das hatte dieser vorausberechnet. Er gewann die Tür. Aber während die eine der Frauen das Kind in den Arm nahm, jagte die andere dem Flüchtling nach, die Lanze zum Stoß ausholend. Mit seinem Spiegel als einziger Waffe setzte sich Kreideschmetterling zur Wehr, parierte den Lanzenstoß und ließ die Kante des schweren Obsidianspiegels auf den Kopf der Frau niedersausen, so daß sie mit gespaltenem Schädel tot hinsank. Ungehindert konnte er jetzt der Freiheit zueilen.

Er wäre entkommen, hätte nicht aus den Palasträumen heraus das Jammergeschrei in die Gassen gegellt, wodurch die Aufmerksamkeit der Vorübergehenden erregt ward. Einige Neugierige sammelten sich vor dem Palasteingang an; und schon wurde beratschlagt, ob man nicht in das verlassene Gebäude eindringen solle, da es der Schauplatz einer Untat zu sein schien. Als dann Kreideschmetterling herausgestürzt kam und, anstatt den Fragenden Rede und Antwort zu stehen, in großen Sätzen davonlief, wurde er verfolgt. Und mit jeder Gasse, durch die er kam, wuchs die Zahl seiner Verfolger.

Cortez und seine Begleiter waren inzwischen an eine Brücke gekommen. Denn ein ziemlich reißender, infolge der Regenzeit angeschwollener Fluß – der Zahuapan – strömte durch die Stadt Tlascala; und der große Markplatz befand sich hinter der Häuserreihe der jenseitigen Uferstraße. Die geländerlose Brücke war aus Holz erbaut, drei nebeneinander trabende Reiter hatten, ohne sich zu drängen, Platz auf ihr.

Die Feldobristen befanden sich noch auf dem diesseitigen Ufer, während Marinas Sänfte bereits über die Brücke getragen wurde. Da nahte eine wild rufende und brüllende Volksmenge. Die Kastilier sahen die Hetzjagd auf ein menschliches Wild. Sie sahen, daß das verfolgte Wesen ein Mädchen von außerordentlicher Schönheit war. Umstellt von drei Seiten, keinen Ausweg mehr wissend als den Fluß – mochten auch böse Geister in der Tiefe hausen –, warf sich das Mädchen in die Wellen. Wenn es den Wassergeistern entkam, wenn es das andere Ufer erreichte, so war es gerettet.

Aber die Strömung war zu stark, der Kampf gegen die Wellen war aussichtslos. Ordás, der Ritterliche, konnte keine Frau in Not sehen, ohne ihr beizustehen. Er trieb seine bockige Grauschimmelstute ins Wasser. Olid und Tapia folgten seinem Beispiel. Doch schon war es zu spät – die Ertrinkende wurde, ehe sie sie erreichten, von der Strömung fortgerissen. Mit mehr Geistesgegenwart und Voraussicht waren Alvarado und Sandoval währenddessen am Ufer entlang stromabwärts galoppiert. Jetzt ritten auch sie in den Fluß hinein, gerade noch zur rechten Zeit, um Kreideschmetterling aufzufangen. Sie zogen das vermeintliche Mädchen aus dem Wasser, trugen es ans Ufer, betteten es am Uferrand hin. Und sie bewunderten der Entseelten märchenhafte Leichenschönheit. Schmerzverwildert das lange, tropfende, an den Brüsten und Wangen klebende Haar; abgewaschen die kreidige Gesichtsschminke; die Lippen milchweiß; so lag Kreideschmetterling da, nicht tot – wie Alvarado und Sandoval erst glaubten –, doch in einer todähnlichen Ohnmacht. Nach einer Weile schlug er die Augen auf.
Der Zufall wollte es, daß Prinz Kriegsmaske des Weges kam. Da Kreideschmetterling sein Besitz war, nahm Cortez keinen Anstand, ihm das Mädchen, an dem er sehr zu hängen schien, auszuliefern. Die Dankbarkeit des Prinzen war ungeheuchelt. Zu Alvarado und Sandoval faßte er und bewahrte er seit diesem Tage eine freundschaftliche Zuneigung.
Auch sein Rivale Piltecatl erschien bald hernach auf dem Plan und machte erregt seine Rechte geltend. Cortez konnte und wollte in dem Streit nicht Schiedsrichter sein. Und da der Hermaphrodit dem Prinzen Kriegsmaske bereits ausgeliefert war, hatte es dabei sein Bewenden.

Trotz ihrer nassen Kleider ließen sich's die Feldobristen nicht nehmen, das Volksfest anzuschauen. Sie waren durch ihre Rettungstat entschuldigt, und sie wurden erwartet. Als sie, um fast eine Stunde verspätet, auf dem großen Marktplatz eintrafen, hatten die Schauvorführungen längst begonnen. Man sah chorartige Reigen, bei denen Tausende von Tänzern, in langen, auseinanderstrahlenden, sich ordnenden Rotten, um einen zentralen Punkt kreisten, feierlich langsam erst, dann rascher und rascher, wirbelnd zuletzt wie eine buntfarbige Sonne, zur Spirale verzerrt wie ein sich gebärender neuer Stern. Der Reigen der Tausende wechselte ab mit Einzeltänzen. Man sah den Vogeltanz mit seinem wundersamen Schreithüpfen, dem Flügelschlag der Ellenbogen und den ruckartigen Halsbewegungen. Man sah dann einen Jüngling und ein Mädchen tanzen, beide nur mit einem Netz bekleidet, in welches klirrende Schneckengehäuse eingeflochten waren; und der Jüngling hielt tanzend eine große Wasserrose in der Hand, das Mädchen aber eine dumpf dröhnende Kürbisrassel.

Dann wurden alte Gesänge vorgetragen. Mit tiefer, schwermütiger Baßstimme sang sie ein gefeierter Rhapsode, begleitet von leisen, unkenhaft hohlen Tönen der Teponaztlitrommel; und ein kleiner Chor von Sängern wiederholte den Refrain. Von der Unterwelt, dem Orte des Hinabsteigens, erzählten die Lieder und mahnten, die flüchtigen vergänglichen Freuden des Daseins zu genießen, denn die Toten wären der Freude bar.

»Ich gedenke« – hieß es in einem der Lieder –, »ich gedenke der jungen Helden, der in Scherben gebrochenen, der zersplitterten, und wo sie dort weilen mögen im Lande des Hinabsteigens. Sie waren Edle, sie waren Herren auf der Erde. Sie sind welk gewordene Schmuckfedern, sie sind zersplitterte Grünsteine, sie, die doch vordem die Erde sahen und schauten ...«

Marina übersetzte Cortez diese Strophen.

»Also glauben die Indianer an eine Hölle?« fragte Cortez.

»Ja«, antwortete Marina. »Doch der Glaube der Tlascalteken weicht von dem der Mexikaner ab, wenn auch beide Völker meinen, daß die Unterwelt bloß die an Krankheiten Gestorbenen aufnimmt, während die in der Schlacht Gefallenen in das Land der Sonne kommen, von wo sie in der Mittagszeit, wenn die Sonne den Zenit erreicht, in Gestalt von Kolibris auf die Erde herabsteigen. Die Tlascalteken behaupten, daß die Seelen der Adligen sich in Nebel, in Wolken, in buntgefiederte Vögel oder Edelsteine verwandeln, die Seelen des übrigen Volkes aber in Gewürm, Stinkkäfer oder Ratten!«

Alvarado brach in helles Lachen aus.

»Bei uns in Kastilien«, sagte er, »sorgen wir Hidalgos doch besser für das Volk und sein jenseitiges Wohlbefinden! Bei Gott, wir maßen uns nicht so unverschämte Vorrechte an! ...«

Die nächste Vorführung war der Einzeltanz eines der fünfhundert Priester Tlascalas. Der Tanz erregte ein unerhörtes Verwundern, aber auch lebhaften Widerwillen bei den Kastiliern.

Körper und Gesicht schwarz bemalt, mit einer Tabakskalebasse auf dem Rücken als einzigem Schmuck und Kleidungsstück, führte der Priester den sogenannten »Höllentanz« aus.

In der Hand hielt er, hob er und senkte er, umschmeichelte er und bedrohte er ein abgeschnittenes Haupt und zeigte pantomimisch, daß er entsetzt fliehe vor dem Haupt und daß das Haupt ihn verfolge ...

Cortez und seine Begleiter erkannten, daß er mit dem abgeschnittenen Kopfe eines Totonaken tanzte. Während der letzten Schlacht war dieser den Tlascalteken in die Hände gefallen, und gestern erst war er geopfert worden, wie Marina erfuhr.

Ohne das Ende des Festes abzuwarten, ritten sie schweigsam heim.

»Es hätte auch einer von uns sein können! ...« bemerkte Velázquez de León mit einem Schauder. »Und sie hätten uns ebenso freundlich als Zuschauer geladen!«

»Haltet Ihr diese gutherzigen Menschen noch immer für Blumen?« fragte Cortez, spöttisch lächelnd.
León fand keine Antwort. Stumm, in Gedanken, ritten sie eine Weile.
Als sie zur Brücke gekommen waren, sagte Cortez zu den Hauptleuten:
»Der Höllentanz darf in Tlascala nie wieder getanzt werden, meine Herren! Wir werden morgen diese Stadt taufen!«
»Womit?« fragte Avila unbescheiden. »Mit Wasser?«
»Womit sonst?«
»Und wenn es mit Wasser nicht geht? ... Man kann auch mit Feuer und mit rotem Saft taufen ... Und das gibt erst recht einen Höllentanz! ...«
»Ich hoffe, daß es nicht nötig sein wird!« murmelte Cortez verstimmt.

Seinen Bekehrungseifer zu betätigen, fand Cortez gleich am folgenden Morgen eine Gelegenheit.
Er hatte einen der Palastsäle zu einer Kapelle herrichten lassen. Ein Altar wurde aufgestellt, mit Palmenwedeln verziert, und dahinter an die Wand hing man mitten zwischen die dort gemeißelten Fratzengestalten ein Muttergottesbild. Bei Sonnenaufgang ergingen Einladungen an die Tetrarchen. Pater Olmedo zelebrierte für die Kastilier und Totonaken die Messe. Und die Stammesoberhäupter Tlascalas schauten der heiligen Handlung zu, schüchtern und voll Ehrfurcht vor dem Unbegreiflichen. In ihren urtümlichen Seelen fand die dem Sinn schmeichelnde Mystik des katholischen Ritus einen gelinden, dumpf mitschwingenden Widerklang.
Nach der Messe begaben sich Cortez und die Feldobristen in einen anderen Saal, wo sie den Besuch der vier Könige empfingen, zu denen sich auch Prinz Kriegsmaske gesellte. Sein von zahllosen Narben durchfurchtes Gesicht war zerwühlt von einer heimlichen Sorge. Bei der Messe hatte er gefehlt. Beauftragt vom Hohen Rat, kam er jetzt geradewegs vom Krankenbett seines Kindes, um freundliche Vorhaltungen darüber zu machen, daß Cortez und seine Soldaten trotz des geschlossenen Freundschaftsbundes noch immer voll Argwohn wären. Und nicht einmal das Mißtrauen zu verbergen bemühten sie sich. Wozu sonst würden sie die großen Feuerwaffen auf die Stadt gerichtet halten, Schildwachen aufstellen, Streifwachen durch die benachbarten Gassen gehen lassen und ihr gastliches Haus in eine Festung verwandeln? Daß die Warnungen Montezumas schuld an diesen kränkenden Vorsichtsmaßregeln hätten, sei dem Hohen Rat wohl bekannt. Das Land Tlascala frage die weißen Götter, weshalb sie die Lügen eines Gewaltherrschers für glaubwürdiger hielten als die Versicherungen eines Volkes. Und auf daß die Wolken sich verzögen, die ihre Freundschaft zu trüben drohten, sei

der Hohe Rat bereit, so vornehme und so viele Geiseln zu stellen, wie sie nur verlangen würden.
In seiner Erwiderung lehnte Cortez die Geiseln ab und leugnete, von Montezumas Warnungen beeinflußt zu sein. Aber in seiner Heimat sei es Sitte, daß die Krieger auch während des Friedens die Waffen nicht aus der Hand legten und täglich sich übten, um für neue Kämpfe gestählt zu sein.
Die Antwort wurde beifällig aufgenommen. Und Prinz Kriegsmaske äußerte die Absicht, auch in Tlascala das Waffentragen und die täglichen Kriegsübungen einzuführen. Er entfernte sich, da sein kleiner, von Kreideschmetterling halb erdrosselter Sohn mit dem Tode rang.
Hierauf bat das Offene Gesicht, die Söhne der Sonne beschenken zu dürfen. Auf eine vor Cortez ausgebreitete Matte wurden sechs Stückchen Gold, einige Topase und grüne und weiße Nephrite sowie etliche Hanfgewänder gelegt. Mit verlegenem Lächeln sagte das Offene Gesicht:
»O Sohn der Sonne, o weiser und mächtiger Herr! Wir sind ein armes Volk! Reicher sind die Goldgeschenke Montezumas, der uns ausgeraubt hat. Aber arm ist sein Herz. Und reicher ist die Liebe und Treue, mit welcher wir unsere armseligen Gaben dir darbringen!«
Aufrichtig gerührt, umarmte Cortez den Sprecher und umarmte dann auch die Sammelnde Biene, den Rauchenden Schild und den Truthahn. Mit anmutigen glasglatten Dankworten – er war ja Student in Salamanca gewesen! – versicherte er den vier Königen, daß von den vielen Ehrungen, die ihm seit seiner Landung zuteil geworden, keine, aber auch keine ihm so innige Freude bereitet habe und daß er diese Gaben höher schätze als einen großen Goldkörnerhügel.
Nun ergriff der Hundertjährige, die Sammelnde Biene, das Wort.
Da es ihnen an Gold fehlte, führte er aus, hätten er und die anderen Könige beratschlagt, ob sie nicht durch eine bessere Gabe, durch ein würdigeres Dankopfer die Ergebenheit und das Frohgefühl ihrer Herzen dartun könnten. Und den Beschluß hätten sie gefaßt, ihr Teuerstes herzugeben, ihre Töchter. Deren Liebreiz stelle alle Kleinodien Montezumas in den Schatten; und wenn die weißen Götter mit den Fürstenkindern Tlascalas Ehen schlössen, so werde das Bündnis unzerreißbar, die Verbrüderung unvergänglich sein. Er selbst besitze eine Enkelin, ein noch ungeküßtes Mädchen, die Schönste der Schönen, die auch die reichste Erbin des Landes sei, und sie biete er dem obersten der weißen Götter an.
Einige Indianer aus der Umgebung des Tetrarchen hatten sich inzwischen entfernt und traten jetzt mit fünf Prinzessinnen in den Saal, von denen jede ein Gefolge von mehreren Sklavinnen hatte. Die Prinzessinnen waren jung, mit auserlesenem Geschmack geklei-

det. Und ihre langen schmalen Gesichter – verschmälert noch durch einen an die Schleiertücher ägyptischer Sphinxe gemahnenden Kopfputz – wiesen die reizvollen Merkmale eines durch Auslese und jahrhundertelange Züchtung verfeinerten Indianertypus auf. Die Zauberhafteste unter ihnen war Prinzessin Rabenblume, die Enkelin der Sammelnden Biene und Schwester des Prinzen Kriegsmaske. In hold lächelnder Verwirrung, tief beschämt, weil sie sich als Zielscheibe vieler Männerblicke fühlte, hielt sie den Kopf gesenkt; und als ihr Großvater sie heranrief, hob sie rasch den Kopf, daß eine ihr über die Stirn gespannte Amethystperlenkette sich löste und klirrend zu Boden fiel. Schicksalhaft war es, daß die Perlen Alvarado vor die Füße rollten. Er hob sie auf, und ritterlich ein Knie senkend, reichte er sie ihr hin. Und während sie mit steinernem Lächeln sie entgegennahm, berührten sich ihre Hände, berührten sich ihre Augen und ihre Seelen. Schicksalhaft war es, daß sie ihm zum Dank eine Orchidee reichte und daß sie, während Sklavinnen die Perlenkette an ihrer Stirn befestigten, nicht abließ, den vor ihr Knienden schreckhaft verloren anzublicken – wie er sie. Schicksalhaft, doch auch unpassend war es, daß der Augenblick scheuer Verlegenheit so lange währte. Der Hundertjährige machte dem ein Ende, indem er das Mädchen bei der Hand nahm und vor Cortez führte, der eben leise mit Marina sprach. Alvarado aber fühlte sich wie gelähmt, unterjocht, in Ketten gelegt – er, der so manche Liebschaften gehabt, doch noch nie geliebt hatte.

»Ihr seid verheiratet, Don Hernando!« flüsterte er Cortez zu. »Überlaßt mir dies Mädchen!«

Erstaunt sah Cortez ihn an. Er wußte, wie wählerisch Alvarado war, wie absprechend er über die Totonakinnen geurteilt hatte. Auch verlor er selten seine überlegene Ruhe. Nun aber schien er völlig ein anderer.

»Ist Euch das Ernst?« fragte ihn Cortez.

»Sehr ernst. Gebt sie mir!«

»Doch erst, wenn sie Christin geworden! So lange werdet Ihr Euch schon gedulden müssen, Don Pedro!«

Und durch Marina, die ihre Sicherheit nicht verloren hatte, ließ Cortez den vier Königen auseinandersetzen, daß die weißen Götter, wenn auch mit Rührung und Dank erfüllt, da sie dies großmütige Geschenk vollauf zu würdigen wüßten, dennoch heute noch nicht in der Lage seien, zu sagen, ob sie die Fürstentöchter würden ehelichen können. Und es wäre, bis dies sich entschieden hätte, geraten, die Mädchen in der Obhut ihrer Eltern zu lassen.

Eine düstere Niedergeschlagenheit malte sich auf den Gesichtern der Tlascalteken. Sie fragten, warum ihr Geschenk zurückgewiesen werde.

Darauf wurde ihnen gesagt, daß nichts den weißen Göttern ferner gelegen habe, als sie kränken zu wollen. Aber noch dienten sie den

blutrünstigen Teufeln, schlachteten Menschen, äßen Menschenfleisch.
Das Offene Gesicht antwortete:
»O Sohn der Sonne, du forderst Unmögliches! Erst einen Tag bist du in der Stadt und willst schon, daß wir hassen, was unsere Väter und Ahnen seit Vorzeiten verehrt haben! Dein Gott und seine Mutter mögen gütig und erbarmend sein. Aber auch unsere Götter sind gut zu uns, denn ihnen danken wir das Gedeihen des Maises auf unseren Feldern, die Geburten unserer Kinder und die Siege in unseren Schlachten. Und befolgen wir deinen Rat – was würde die Folge sein? Das Volk und unsere eigenen Kinder würden sich gegen uns erheben, aufgehetzt durch unsere Priester, die euch längst mit scheelen Augen ansehen. Nicht zur Verbrüderung, sondern zur Verfeindung würde es führen; und der Friedensbund würde in neuen Kämpfen enden ...«
Cortez glaubte eine Drohung herauszuhören.
»Das hat mich in Sempoalla nicht abgehalten ...«, fing er an. Doch sofort legten sich Velázquez de León, Tapia und Pater Olmedo ins Mittel und beschworen ihn, es dabei bewenden zu lassen.
»Ei, Don Hernando, herrlich viel haben wir in Sempoalla erreicht!« sagte Pater Olmedo. »Man zertrümmert den Leuten einen Götzen, und sie laufen zu einem anderen; und wenn sie keinen anderen finden, so machen sie sich einen und sind sogar imstande, aus dem Göttlichen sich einen Götzen zu schnitzen! Wir haben's erlebt! Eine Fratze des Christentums haben wir im entgotteten Sempoalla hinterlassen! Wir sollten aber aus Fehlern lernen ... Nein, nein, wenn wir's vermögen, so laßt uns arme Sklaven befreien – das hat Eile; aber wir wollen es der Zeit überlassen, Götzen zu zerschlagen!«
Die Hauptleute stimmten ihm zu.
Währenddessen hatte die Sammelnde Biene leise mit Prinzessin Rabenblume gesprochen und sich sodann erregt flüsternd mit den anderen drei Königen beraten. Und jetzt sagte er laut:
»O Sohn der Sonne, o weiser und mächtiger Herr! Seit meine Hände und Finger dich gesehen haben – denn meine Augen sind versiegte Quellen –, seitdem weiß ich, daß du der Erwartete bist, der Herbeigesehnte! Noch ehe du aus dem Lande des Sonnenaufgangs kamst, haben kluge Männer vorausgesehen, haben vorausverkündet, daß du kommen werdest, dem blumigen Tod, dem Herausreißen der Herzen Einhalt zu tun. Und ich segne es, daß ich so lange gelebt, daß ich deine Kühnheit erlebt habe, der du deinem Urahn gleich, der Grüngefiederten Schlange, die Opferblutschalen zerschlagen willst. Laß uns Zeit, gewähre uns eine Frist. Dein Enkel, die Kriegsmaske, soll entscheiden, ob Prinzessin Rabenblume, seine Schwester, und ob Tlascala, seine Mutter, euren Glauben annehmen dürfen!«

Tags darauf gab Prinz Kriegsmaske die erbetene Einwilligung für die Taufe seiner Schwester Rabenblume und der anderen Bräute. Doch behielt er sich vor, über die Bekehrung des Landes Tlascala erst zu entscheiden, nachdem er den Rat der Priester eingeholt habe. Den von Cortez geäußerten Wunsch, eine wenigstens der Tempelpyramiden – eine der kleineren – von heidnischen Greueln gesäubert und mit dem Kreuz geschmückt zu sehen, versprach Kriegsmaske zu erfüllen.

Es wurde beschlossen, die Taufhandlung nach zehn Tagen vorzunehmen. Bis dahin sollte täglich Pater Olmedo mit Hilfe Marinas den Täuflingen Religionsunterricht erteilen.

Da Marina in Erfahrung gebracht hatte, daß im Volke die Ansicht verbreitet war, das Baden im Zahuapan (der, die Stadt durchströmend, viele Abfälle aufnahm) sei der vielen dort hausenden Wassergeister wegen nicht ungefährlich, und man könne sich davon eine Hautkrankheit – eine Art Krätze – holen, so wurde von einer Taufe im Flusse abgesehen. Und an die Stammesoberhäupter erging die Bitte, sie möchten ihre Steinmetzen schicken, damit diese nach Angaben des Dominikaners ein Taufbecken meißelten.

Der Religionsunterricht wurde dreimal täglich, frühmorgens, nachmittags und vor Sonnenuntergang, abgehalten. Auch die Als-Schlange-Lebende mit ihren drei Knaben fand sich regelmäßig dazu ein. Empfänglich gemacht durch den Einfluß des Quaquile-Ordens, eingeweiht in die Geheimlehre von dem zurückerwarteten Erretter, waren die Frau und ihre Kinder die aufmerksamsten Lauscher, die verständnisvollsten Schüler zu Füßen des Paters. Besonders der älteste der Knaben, Mito, der Kleine Pfeil, erstaunte trotz seiner Jugend – er war dreizehn Jahre alt – immer wieder den Pater und Marina durch seine quellklaren Antworten und schürfenden Fragen.

Eines Abends nach dem Unterricht streichelte Olmedo das Haar des Kleinen Pfeiles und sprach die prophetischen Worte zu Marina:

»Noch niemals sah ich ein Kind, das mir so wie dieses vorherbestimmt zu sein scheint, ein Heiliger oder Märtyrer oder ein großer Verbrecher zu werden! ...«

Fürst Fichtenzweig, der Gatte der Als-Schlange-Lebenden, wußte noch nichts davon, daß sein Weib und seine Söhne heimlich sich für die Taufe vorbereiteten. Erst später erfuhr er es, unmittelbar vor der Taufe – aber zeitig genug, um in aufsehenerregender Weise die heilige Handlung zu stören ...

Er war ein großer Herr und besaß sechzig Gattinnen. Seinem Rat war Kriegsmaske gefolgt, als er den Christen einen hinauszögernden und eben damit – worüber die Kastilier sich keiner Täuschung hingaben – einen abweisenden Bescheid erteilt hatte.

Es war eine regnerische, stürmische Nacht. Die Gassen waren menschenleer, lichtlos, schwarz. Matter als sonst flackerte auf der Spitze

des höchsten Stufentempels das ewige Feuer, drohte zu erlöschen, niedergepeitscht von Regen und Wind.
Nach Mitternacht verließ ein Trupp von zwanzig Kastiliern den Tecpan der Sammelnden Biene und schritt auf den nah gelegenen Tempel Unseres Herrn des Geschundenen zu. Außer den Feldobristen und einigen der unerschrockensten Soldaten nahm auch der Trompeter Rodríguez an der nächtlichen Streife teil, um im Falle der Gefahr ein Zeichen zu geben. Denn wie zur Schlacht bewaffnet stand das ganze Christenheer im Palast konsigniert. Marina war daheim geblieben, da Cortez entschlossen war, sich auf Verhandlungen mit den Priestern nicht einzulassen –: in dieser Nacht sollte das Schwert das Wort haben.
Von den Dahinschreitenden hatte jeder eine Pechfackel mitgenommen. Doch nur zwei der Fackeln brannten – mehr Lichtschein hätte die schlummernde Stadt geweckt, und das wollte man vermeiden. Die Sturmböen schlürften gierig am lebenden Feuer – es heil bis ans Ziel zu bringen, war schwer. Dicht vor dem Hauptportal des Teocalli wurden die anderen Fackeln entzündet. Und dann drangen die Kastilier ein, befanden sich hinter der Ringmauer des Tempelgeländes, das – wie eine Stadt für sich – die Pyramide umgab. Im Schlaglicht der zwanzig Pechfackeln sprangen die Kalkwände einzelner kleiner Gebäude und Pavillons wie taumelnd, wie trunken tanzend aus der brandschwarzen Nacht hervor, tauchten in sie zurück, zeigten sich wieder, teils bläßlich verwandelt, teils übergrell. Ein Labyrinth – denn als planloser Wirrwarr mußte auf den ersten Blick die Anhäufung hie und da verstreuter Häuschen und das Gewirr der mauerumragten Tempelhöfe erscheinen –, doch ein Labyrinth, in welchem Cortez und seine Begleiter sich bald zurechtfanden, hatten sie doch in Sempoalla, im Roten Berge und im Weißen Mondgefilde ähnliche Tempelanlagen und ihre Anordnung kennengelernt. Sie wußten, wo sich die Priesterwohnungen, die Badeplätze für die Priester, das Priesterballspielhaus, die Schädelgerüste befanden und wo die Holzkäfige standen, hinter deren Gittern die armen Opfer gemästet wurden.
Als sie an die Käfige kamen, scholl ihnen ein grausliches Gebrüll entgegen. Die Priester nämlich hatten sich dort zusammengerottet, hatten sich helmartige Tiermasken auf die Köpfe gestülpt, in der Hoffnung, die Eindringlinge abzuschrecken. Mit ihren gekreischten Zaubersprüchen ernteten sie indes nur Hohngelächter und wurden beiseite geschoben.
Grauenerregend war der Anblick der Käfige. Die zwanzig Pechfakkeln leuchteten purpurhell in dies menschliche unmenschliche Elend hinein. Käfig reihte sich an Käfig. Und die Insassen, nackt die meisten und allen Unbilden des Wetters ausgesetzt, saßen da im eigenen stinkenden Kot. Denn nur Platzregen im Sommer und winters Hagel und Schnee säuberten den Boden der Käfige. Fast nur Männer sah

man – vor kurzem waren dreihundert hier eingekerkerte Mädchen Marina geschenkt worden. Der Hermaphrodit, der erst vor wenigen Tagen eingeliefert worden war, trug sein Mädchengewand noch ziemlich sauber; doch ganz war es von Jauche nicht unversehrt geblieben; und er hatte große Fetzen herausgerissen, um sich den Geruch fernzuhalten ...

»Eins begreife ich nicht«, sagte León, »daß diese Menschen nicht wahnsinnig werden!«

»Habt Ihr schon wahnsinnige Mastgänse gesehen?« fragte Olid. Er selbst war einst Galeerensklave gewesen. Und düster fügte er hinzu:

»So leicht wird sich's nicht wahnsinnig!«

»Sie verweigern nicht einmal Speise und Trank«, bemerkte Alvarado, »sie streiten gewiß um jedes Stückchen Brot, singen tagsüber, scherzen, schwatzen, werden dick und fett... So hängen wir am Leben!...«

»Wir?... Ich zöge vor, sofort lebend geschunden zu werden!« rief León.

»Wartet's ab!« sagte Lugo. »Noch hat keiner von uns die Erfahrung gemacht, was vorzuziehen ist.«

»Ein Blick in die Hölle!« knurrte Avila. »Wer weiß, vielleicht machen wir in Mexiko die Erfahrung...«

»Wenn Ihr nach Verakruz zurück wollt, Señor«, sagte Cortez mit höflichem, doch ungutem Lächeln, »der Weg steht Euch offen!... Aber sollte einer von uns die Erfahrung machen – was Gott verhüte! –, so wird das Bewußtsein ihn stärken, daß er ein Märtyrer des Glaubens ist!«

»Ein Märtyrer des Goldes!« murmelte Sandoval. Indes niemand hörte es.

Die Käfige wurden geöffnet und die Opfersklaven aus dem Tempel geführt. Traumhaft gingen sie, wie Nachtvögel vom Fackelschein geblendet, noch betäubt vom Schrecken über die metallklirrenden Wesen, die sie für nachtenttauchte Dämonen hielten. Sie glaubten zum Tode geführt zu werden, und nur allmählich begriffen sie, daß sie frei waren. Scheu schlichen einige fort, und da niemand sie zurückholte, folgten andere, und dann, mit einem plötzlichen Freudengeheul, stoben alle davon. Schnell verblassend schwanden ihre laufenden, nackten Gestalten im schwarzen Gußregen.

Die Maid-mit-dem-blauen-Hüfttuch wurde durch die feurigen Pfeile Tonatíuhs – des »Der hitzend kommt« – aus nächtlichem Schlaf geweckt, und morgenfrisch erstrahlten ihre Schneeglieder hinter dem grünlichen Gletschereisgewand, neugeboren, jungfräulich, durchscheinend rosig. Die Tzitzimimê, die Sterndämonen, entwichen, die Uhus, Nachtkäuzchen, Vampire und Fledermäuse suchten ihre Schlupfwinkel auf, und auch ein großer aschgrauer Adler – wunder-

barerweise ein nächtlicher Räuber – flog heim zu seinem Horste. Während der rötliche Schein in das die Täler füllende Graublau hinabsickerte, regte sich auf dem großen Marktplatz von Tlascala morgendliches Leben, ein Durcheinanderfluten von Tönen und Lichtflecken, das allgemach zum grellschillernden Farbengewimmel und schrillenden Stimmengewirr anschwoll. Der Handel des verarmten, auf eigene Erzeugnisse angewiesenen Landes florierte seit dem Einzug der Fremdlinge wie seit lange nicht; und mehr als sonst prangten die Stände der Kaufleute mit Früchten und Blumen, Wildbret und Fellen, Kleidungsstücken und Waffen. Mehr auch als sonst hatten edelbürtige Besucher des Marktes – wo sich unter freiem Himmel das öffentliche Leben abzuspielen pflegte – neuerdings Anlaß zu erregten Erörterungen. Alte und junge Gaufürsten konnte man mit den Händlern und Weibern des Volkes die Köpfe zusammenstecken und neugierlüstern die Köpfe schütteln sehen.
Die Freilassung der Opfersklaven durch die weißen Götter, vor allem aber die Errettung Kreideschmetterlings hatten Schadenfreude und Ärger ausgelöst und eine Schar seltsamer Gerüchte im Gefolge gehabt. Obgleich drei Tage seit jener Nacht vergangen waren, vermehrten sich noch immer fortzeugend die Gerüchte.
Da sich das Öffnen der Käfige nicht ableugnen ließ, und um ihrer Zaubersprüche und Götter Machtlosigkeit zu verschleiern, hatten die Priester selber die Nachricht verbreitet, daß im Augenblick, als die Teponaztlitrommel auf dem Haupttempel erscholl – um Mitternacht also – die Regenwolkendecke des Himmels zerriß. Ein weißlich schimmerndes Flammenkreuz habe sich am östlichen Sternhimmel gezeigt, und laut winselnde Stimmen wären auf der Spitze der Pyramide erklungen. Man habe abgerissene Sätze vernommen und Klagelaute, vom Winde zerfetzt, der sie hertrug – als wäre der Turm des Heiligtums von jammernden Geistern umflattert. Durch den Herrn des Schwarzen Hauses nach dem Grund ihres Leidens gefragt, hätten die Stimmen keine Auskunft gegeben, wohl aber befohlen, die Söhne der Sonne gewähren zu lassen.
Ein klägliches Eingeständnis war das der Übermacht des Kreuzes und des Christengottes.
Je nach ihrer Stammeszugehörigkeit begrüßten oder verwünschten es die Tlascalteken, daß der Hermaphrodit befreit war; und sie ergingen sich in Mutmaßungen, ob es ihm wohl gelungen sei, zu seinem einstigen Retter, dem Fürsten Piltecatl, zu flüchten. Doch erschien dies unwahrscheinlich, da Piltecatl zur Zeit in der Stadt Tlascala nicht weilte, sich vielmehr mißmutig in eines seiner entfernt gelegenen Bergschlösser zurückgezogen hatte. Auch Piltecatls Rivale, Prinz Kriegsmaske, war in aller Munde. Leute, die ihn jüngst gesehen hatten, wunderten sich und bewunderten seinen Gleichmut. Wie jedermann, wußte auch er von der Entkerkerung der Sklaven und des Zwitters und wußte, wem er das zu danken hatte. Doch

nichts war ihm anzumerken. Wenn er an Rache dachte, so dachte er an eine langfristige Rache.
Im besten und im schlechtesten Sinne war Kriegsmaske ein Indianer und unumschränkter Herr über seine Gefühle. Erst gestern hatte er in einer Sitzung des Hohen Rates den Antrag gestellt, die hervorragendsten der weißen Götter durch Ehrennamen auszuzeichnen. Man beriet und einigte sich dahin, dem blonden Alvarado, der mit seiner strahlenden Liebenswürdigkeit alle Herzen erwärmte, den Namen des Sonnenherrn, Tonatíuh, »Der erhitzend kommt«, zu verleihen; Cortez aber, seiner fürstlichen Hofhaltung wegen und weil er den faustgroßen Smaragd, das Brautgeschenk der dicken Prinzessin, an einer güldenen Halskette trug, mit dem Namen »Der grüne Stein« zu ehren; auch war dies eine Anspielung darauf, daß der grüne Stein ein Symbol, ja sogar ein Name des weißen Gottes Quetzalcoatl war, dessen Mutter, das Mädchen von Tula, durch einen Smaragd geschwängert worden war. Marina erhielt den Namen »Unsere Mutter«. León wurde »Der sanfte Wind«, Ordás »Der Löffelreiher« und Sandoval »Der Marder« genannt. Den Fremdlingen öffentlich und feierlich diese Namen zu verleihen, wurde indessen hinausgeschoben bis zum nahen Fest der Taufe und der Hochzeit der Fürstentöchter.
Am heutigen Morgen nun, als die frühen Wanderer, mit Ballen, Säcken und geflochtenen Weidenkörben beladen, ihre Waren zum Marktplatz schleppten, wurde von vielen beobachtet, daß auf dem Palast des Prinzen Kriegsmaske, sich plusternd auf einer der rot bemalten, treppenförmigen Dachzinnen, ein Oactlivogel, ein kleiner schwarzer Geier mit weißer Halskrause, saß. Er galt als Heil- und Unheilbringer, er hieß der lachende Vogel. Setzte er sich auf ein Hausdach nieder, so hatte das stets eine Vorbedeutung: – eine gute, wenn er seinen kreischenden Schrei ah-ah-ah ausstieß; eine schlimme, wenn er *yeccan* rief.
Doch heute rief er nur *yeccan, yeccan*. Das Volk aber wußte, daß im Tecpan der Lieblingssohn des Prinzen krank darniederlag.

Fernab vom Geräusch der Straße schlummerte das wunde Kind.
Als letzter einer langen Reihe von Prachträumen lag im hintersten, abgelegenen, von den Akazien des Schloßgartens umschatteten Teil des Tecpans ein weiter und tiefer Saal, an dessen Längswänden sich oben unterhalb der Zedernbalkendecke quadratische Lichtöffnungen und unten je zwanzig niedrige Türen befanden. Jede Tür war mit einem Korallenvorhang versehen und ging in eine winzige Schlafkammer, die gerade nur für ein Lager Raum bot. An der hinteren Querwand aber führten drei Türen in geräumigere, mit schönem Hausgerät versehene Schlafkammern.
Eine von diesen war das Krankenzimmer.
Auf einer niedrigen, mit Silberblech beschlagenen, glanzig lackierten

Truhe, geschnitzt aus dem weißen Holze des Zapotebaumes, stand ein dreiarmiger kupferner, milchiggrün patinierter Kerzenhalter und hielt – an Stelle von Kerzen – drei fingerdünne und etwa ellenhohe Kienspäne. Diese waren mit Harz so sehr getränkt, daß sie langsam, ohne zu flackern, ohne zu qualmen, verbrannten, als wären sie Wachslichte. Ihr milder Schein vermählte sich mit einem Schimmer von Tagesschein, den das fensterlose Gemach durch den Perlenvorhang der einzigen in den Saal führenden Tür erhielt. Die Wände waren mit mattfarbigen Agavepapierstreifen, die mit stilisierten Raubtierkämpfen übermalt waren, beklebt.

Auf einem Lager aus übereinandergehäuften, ockergelben, mit Daunen gestopften Baumwollkissen lag das Kind und war eingehüllt in Decken aus weichstem Kaninchenhaargewebe. Hübsche maulbeerfarbene, jedoch duftlose Ohrenblumen waren gleichsam wie vom Himmel gefallene Sterne über das Krankenbett gestreut.

Hinter dem Kopfende des flachen Lagers knieten zwei ältliche Sklavinnen und scheuchten mit großen kreisrunden Fächern die summenden Fliegen von der feuchten Stirn des Knaben fort. Ihm zur Seite, auf einem zackig geschnitzten roten Holzsessel, saß Isabel Rodríguez, eine der Samariterinnen des christlichen Heeres, und nähte an einem Brautkleid.

Schon seit einigen Tagen war sie Pflegerin hier und wurde von Zeit zu Zeit abgelöst durch Ines Florín, die Tochter des Seeräubers. Der verrückte Bakkalaureus hatte sie hergebracht. Denn als die Künste der heimischen Wundärzte zu versagen schienen, hatte sich Prinz Kriegsmaske von Cortez den großen Arzt – »der die Krankheit aus dem Leibe zieht« – erbeten. Die Menschenfettsalbe Ponce de Güelvas, von der er ein halbes Büchschen noch übrig hatte, tat Wunder am kleinen Prinzen. Die Entzündung und Schwellung des Halses gingen zurück, das Fieber ließ nach. Seitdem wurden die Wünsche des Bakkalaureus blindlings im Tecpan erfüllt; und ohne auf Widerspruch zu stoßen, konnte er verfügen, daß die Medizinmänner sowohl wie die Medizinweiber vom Krankenbett ferngehalten und durch die beiden weißen Göttinnen ersetzt wurden.

Das Brautkleid nähte Isabel Rodríguez für Prinzessin Rabenblume, die Schwester des Prinzen Kriegsmaske. War zwar die tlascaltekische Frauentracht kleidsam und dem weiblichen Gliederbau zierlicher anschmiegsam als die holzig geschnürten Mieder und steifgefalteten höckerigen Frauenröcke der Damen Italiens und Spaniens jener Zeit, so legte doch Alvarado Wert darauf, daß seine künftige Gattin auch äußerlich als Christin und Edelfrau – eine *Hildalga de sangre* – mit ihm vor den Altar trete. Lavendelfarbene Seide und einige Fetzen Brokat hatte er der reichen Amazone María de Estrada abgekauft.

Auf der weißlackierten Truhe stand neben dem dreiarmigen Leuchter eine Phiole; und dort lag auch ein alter schwarz angefressener Zinnlöffel. Und zuweilen ließ Isabel Rodríguez ihre bauschige Arbeit zur

Erde fallen, träufelte einige Tropfen aus der grünlichblau belichteten Phiole auf den Zinnlöffel und flößte den Trank dem schlummernden Kinde ein.

Sich nähernde Schritte wurden vernehmbar, das hohle Surren eines Rasselstabes und das Klirren metallener, am Fußknöchel perlenschnurartig gereihter Glöckchen, wie sie die Vornehmen auf ihren Sandalenriemen zu tragen pflegten.
Kriegsmaske trat ein mit seiner Schwester Rabenblume. Die Begleiterinnen der Prinzessin blieben im großen Saal zurück.
Sie wohnte im Tecpan ihres Großvaters, der Sammelnden Biene, und war eben, mit langgestielten Silberreiherblüten in den behandschuhten Händen, in den Palast ihres Bruders herübergekommen, um nach dem Wohlbefinden des kleinen Neffen zu fragen, zugleich aber auch, um ihr Brautkleid in Augenschein zu nehmen.
Kriegsmaske hätte ihr Vater sein können – so groß war der Altersunterschied der Geschwister. Rabenblume war kaum erst erwachsen. Und doch beherrschte sie ihren starrköpfigen Bruder; vielleicht ohne sich ihrer Macht bewußt zu sein.
Ihr Körper war hochbrüstig wie seiner, doch mädchenzart und biegsam. Zwischen dem grasgrünen Quechquemitl, dem befransten Schultergewand, und dem zinnoberroten, mit weißem Schmetterlingsmuster zierlich durchwebten Mädchenrock war ein handbreiter unbedeckter Streifen Haut und zeigte, wie schmal sie in der Nabelgegend gebaut war.
Schüchtern, fast ängstlich trat sie auf. Nichts an ihr verriet, daß ihre gebrechlichen Glieder einem harten Willen untertan waren. Wohl aber ließ ihr etwas breiter, wundervoll geschnittener, glitzernder Mund eine rasche Entflammbarkeit ahnen; und mehr noch die im Schimmer der drei Kienspankerzen wie Kristall blinkende Glanzfeuchtigkeit der Augen.
Hellgelb geschminkt war sie. Und ihr Hinterhaupt war aureolenhaft umrahmt von zwei phantastisch emporragenden Schleifen eines Zopfbandes, das mit Blumenwasser parfümiert war. Ein Tzompaçolli, eine kunstvoll zerzauste Stirnlocke, fiel ihr über die rechte Braue.
Isabel Rodríguez hatte sich verlegen vom Sessel erhoben. Den eleganten Gruß des Prinzen und der Prinzessin, welche die Hand zur Erde und dann zum Herzen führten, erwiderte sie mit einem unbeholfenen Knicks. Sie war dreiundzwanzig Jahre alt, bleichsüchtig, sommersprossig und hatte rötliches Strohhaar. Ihr schmallippiger Mund konnte madonnenhaft lächeln.
Ohne Dolmetscher war ein Gespräch unangängig. Durch Zeichen gab sie den Eintretenden zu verstehen, daß das Kind schlafe und daß es ihm besser gehe.
Die beiden Mädchen lächelten sich zaghaft an. Durch ihr Verlöbnis

mit Alvarado und die täglichen Katechismusstunden bei Pater Olmedo aufrichtig und inbrünstig dem neuen Glauben zugetan, sah die indianische Fürstentochter in jeder Christin eine Schwester. Sie trat auf jene zu, legte ihr die Silberreiherblüten in die Hände und küßte sie auf die Wange.

Isabel Rodríguez war die Tochter eines armen Schusters in Toledo. Das Blut schoß ihr in die geküßte Wange wie in eine offene Bißwunde.

Obgleich Kriegsmaske mit einem unverändert höflichen Lächeln dastand, wußte Rabenblume, ohne hinzusehen, daß er an ihrer Zutraulichkeit Anstoß nahm. Sie fühlte sich für die Glaubensgenossin gekränkt.

»Auch mein Bruder soll die Jungfrau küssen«, sagte Rabenblume.

»Warum?« fragte der Prinz.

»Weil die Jungfrau am Bett des Kindes gewacht und den grünen Teufel Xoxouhqui Tzitzimitl vertrieben hat!« entgegnete die angehende Christin.

Daß es böse Teufel – *Demonios* – gab, stellte ja auch Pater Olmedo nicht in Abrede.

Für Kriegsmaske waren die Worte seiner Schwester wie ein Hieb ins Gesicht. Er war nicht frei von großherzigen Regungen; dabei aber haßte er die Retter seines Kindes. Eine Mahnung entwertete ihm sein schwer abgerungenes Dankgefühl.

Doch er fügte sich dem kindlichen Willen der Schwester. Vielleicht war es ihm auch nicht unlieb, so leichten Kaufes der Last des Dankes ledig zu sein.

Hastig erfaßte er die Hände des blonden Mädchens und beugte sich nieder, sie zu küssen. Doch Isabel Rodríguez entriß ihm schamerfüllt ihre Hände, noch ehe er Zeit gehabt hatte, sie mit seinen Lippen zu berühren. Im selben Augenblick traten Marina, ihr Haushofmeister Arteaga und der Apotheker Ponce de Güelva in das Krankenzimmer.

Kriegsmaske war äußerst verstimmt darüber, daß die Eintretenden seine Selbsterniedrigung gesehen hatten. Er raste innerlich und gab sich nicht einmal die Mühe, seine schlechte Laune zu verhehlen. Steif und zeremoniös begrüßte er den Arzt, die Dolmetscherin und ihren bestallten Beschützer und lächelte verbissen, als er Marina und Rabenblume Zärtlichkeiten austauschen sah. Dann starrte er unverrückt auf den kobaltblauen Lichtflecken in der kugelig gebauschten grünblauen Phiole.

Unberechenbar, leicht aus einem Extrem ins andere geworfen, fing er jetzt plötzlich an, seine Schwester zu hassen – aus keinem anderen Grunde, als weil er ihren Rat befolgt hatte. Und er nahm sich vor, nie mehr auf sie zu hören. Nicht minder haßte er jetzt die rotblonde Christenjungfrau, war sie doch der unschuldige Anlaß seiner Demütigung.

Um ärztliche Vorschriften erteilen zu können, hatte der Bakkalaureus schon bei seinen früheren Besuchen sich die Begleitung Marinas ausgebeten; und diese wiederum betrat – auf ausdrücklichen Wunsch von Cortez – kein tlascaltekisches Haus, ohne ihren bis an die Zähne bewaffneten Majordomus zur Seite zu haben.
Der stolze, graubärtige Juan Pérez de Arteaga war ihr Schatten, taktvoll, dienstbeflissen, sich selbst auswischend. Und stets übersah sie ihn wie einen Schatten.
Ponce de Güelva hatte ein riesenhaftes, mit lauem Kräuterwasser gefülltes Klistier mitgebracht. Ein Monstrum von einem Klistier. Für die Bewohner Tlascalas ein neugieranreizendes Zauberwerkzeug unbekannter Funktion.
Das Kind war erwacht und schrie aus Leibeskräften, wie es jedesmal beim Anblick des verrückten Apothekers geschrien hatte, an dessen struppigen, schmutzigbraunen Räuberbart es sich nicht gewöhnen konnte. Nachdem er den Puls gefühlt und befriedigt genickt hatte, legte er den kleinen kupferroten Körper bäuchlings auf die Kissen und bohrte das Instrument in die kindlichen Eingeweide. Er war ein Pedant; und was er tat, tat er feierlich und gründlich.
Da plötzlich – mit leisen katzenhaften Schritten war Kriegsmaske herzugeeilt und hatte blitzschnell das Kind befreit. Ponce fühlte eine eiserne Hand sich auf seine Schulter legen. Zischend vor Wut, mit verzerrtem Gesicht stand Kriegsmaske vor ihm und hielt ihm das Klistier unter die Augen.
»Wehe dir!« brüllte er.
Weit entfernt, sich einschüchtern zu lassen, geriet auch der Apotheker in Wut. In seiner Welt war, was er hatte tun wollen, logisch, heilsam und alltäglich. In der Welt der Völker Anahuacs aber war es eine Schändung, ein unerhörter Verstoß gegen die Sittsamkeit. Wo beide Welten aufeinanderprallten – wie einst bei den Totonaken und jetzt hier –, ergab sich eine groteske Situation, deren heimliche Komik noch gesteigert wurde durch die überhebliche Verachtung beider Welten füreinander. Kriegsmaske verteidigte sein Kind, und der Bakkalaureus verteidigte seine Wissenschaft, die ihm nicht weniger heilig war. Auf die überlegene Wissenschaft Europas ließ er nichts kommen. Nachdem er eine üble Flut von Schimpfereien hervorgesprudelt hatte – so maßlos, daß der steifleinene Pérez de Arteaga sich veranlaßt sah, ihn daran zu mahnen, sie wären Gäste hier im Hause –, verwandelte sich seine Wut in Sarkasmus. Zu Marina gewendet, die verlegen mit Rabenblume abseits stand – denn schon gleich zu Beginn des Streites hatte sie die Beleidigungen zu übersetzen sich geweigert –, gab er bei allen Heiligen schwörend das Versprechen, er werde sich hinfort zügeln, und bat sie, wieder Dolmetscherin zu sein. Nun behandelte er den Prinzen mitleidsvoll und herablassend als Schwachkopf, der gar zu sehr der Belehrung bedürfe, und erklärte ihm die Manipulation des Instruments, worin sich

weder Blitzfeuer noch Todesgift noch Dämonen befänden, sondern unschuldiges lauwarmes Wasser...

Als Antwort darauf spritzte ihm Kriegsmaske den unschuldigen Inhalt des Klistiers ins Gesicht und brach in ein böses kaltes Gelächter aus.

Für den Apotheker hatte der Auftritt keine weiteren Folgen. Um so schlimmer aber für Prinz Kriegsmaske. Denn seine Gereiztheit war allgemach zur Überreiztheit geworden. Marina warf Rabenblume einen angstvollen Blick zu, begriff sie doch, in welcher Gefahr der ahnungslose Quacksalber schwebte...

Da klirrte und raschelte es am Korallenvorhang, und herein durch die Tür schob sich wankend, scheu und furchtgehetzt die berückende Gestalt Kreideschmetterlings. Von zwei Torhütern wurde er geführt. Jetzt riß er sich los aus ihren Händen und stürzte vor dem Prinzen zu Boden. Zerschlissen und zerrissen die kostbaren Mädchenkleider, verwahrlost, zerzaust das Haar, ungeschminkt das Gesicht, ungewaschen, mit einer Schmutzkruste bedeckt – war doch das reizvolle Wesen in seiner Verwilderung schön wie je.

Im Augenblick war der Apotheker vergessen. Der Prinz hatte nur noch für den Ankömmling Augen und Sinn. Sein nach Entladung lechzender Groll hatte ein neues und würdigeres Ziel gefunden.

Die Torhüter berichteten, daß Kreideschmetterling, Kopf und Gesicht mit einem groben Hanftuch verhüllt, an einem der Nebeneingänge des Tecpans erschienen war, reumütig darum flehend, vor Kriegsmaske geführt zu werden.

Und in der Tat, freiwillig hatte sich der Zwitter eingestellt, wenn auch sein Entschluß, dies Äußerste zu wagen, kein freiwilliger war. Gleich nach der Befreiung durch die Kastilier hatte er im schützenden Dunkel jener regnerischen Nacht aus Tlascala flüchten wollen, aber nicht können, da er die Tore der Stadt verschlossen fand. Und ebenfalls verschlossen, wie er bald in Erfahrung brachte, war der Palast des Fürsten Piltecatl, seines Beschützers, welcher fern in einer Felsenburg weilte. Bis zum Morgengrauen trieb sich Kreideschmetterling hungernd und fröstelnd in der Stadt umher. Bei Tageslicht sich auf der Straße zu zeigen, durfte er nicht wagen, da jedermann ihn kannte und er Gefahr lief, gesteinigt oder ausgeliefert zu werden. So war ihm kein anderer Ausweg geblieben, als in seinem Elternhause ein Asyl zu suchen. Doch als er die Schwelle, die er seit Jahren gemieden hatte, betrat, traf er nur noch seinen Vater an; die Mutter und zwei Geschwister waren tot. Der Vater, ein armer Amolchiuhqui, ein Seifensieder, gealtert, menschenscheu, mürrisch, weigerte sich anfänglich, sein Kind aufzunehmen. Ausgemerzt hatte er aus seinem Herzen Erinnerung und Namen und Bild der einst geliebten Tochter, deren Ruhm nicht mehr sein Stolz, deren Schande nicht mehr seine Schmach war. Auch fürchtete er, sich den Zorn des mächtigsten der Stammesfürsten zuzuziehen. Als Kreideschmetterlings Bitten dringlicher und lauter wurden, ließ er ihn zwar ein, schloß ihn jedoch sofort in einen kellerartigen lichtlosen Raum, aus Besorgnis, seine Kundschaft könne, seinen Laden betretend, den Gast wittern und auch ihn selbst als Hehler verraten. So hatte nun Kreideschmetterling den Menschenkäfig des Tempels mit einem anderen Gefängnis vertauscht; und wenn es ihm auch an Speise nicht fehlte, so war er doch der Möglichkeit beraubt, sich und seine Kleider vom Schmutz, von den entsetzlichen Schandmalen des Menschenkäfigs zu säubern. Der Aufenthalt im Elternhause mochte drei Tage gewährt haben – genau wußte es Kreideschmetterling nicht, weil Nacht von Tag sich nicht unterschied –, da öffnete der Alte den verriegelten Keller und sagte ihm: er sei im Begriff, den Prinzen Kriegsmaske aufzusuchen und aufzuklären; und nichts könne ihn davon abhalten, es sei denn, daß Kreideschmetterling sich freiwillig in den Tecpan des Prinzen begebe, seine Strafe zu empfangen. Und Kreideschmetterling zog es vor, freiwillig vor seinen Richter zu treten, der ihn bis zur Raserei liebte. War es ein Wagnis, so war auch die Rettung, wenn es glückte, gewiß.

Tränen vergießend, lag er jetzt am Boden vor den Füßen seines Peinigers, besudelt und beschmutzt wie ein pfeildurchbohrter, blutender Schmuckvogel. Sein nasser Mund bebte und zuckte. Seine hellbraunen angstvergrößerten Augen hingen unverrückbar am starren, sich versteinernden Antlitz des Prinzen.

»Töte mich!... Ich habe es verdient!...« hauchte der Hermaphrodit.

Doch nichts regte sich im steinernen Gesicht. Wohl aber griffen die Finger des Prinzen langsam am Gurt entlang und zogen langsam einen nadelspitzen Knochendolch heraus. Es wurde still im Zimmer.

Da legte sich eine zarte Hand auf den Arm des Prinzen. Rabenblume war an ihn herangetreten und flüsterte, mit dem Kopf nach dem Krankenlager weisend:

»Das Kind!...«

Und mit schmeichlerischem Augenaufschlag nahm sie ihm den Dolch aus der Hand.

Kriegsmaske ließ es geschehen, überließ ihr den Dolch, als sei er ein Spielzeug. Er hatte sich umbesonnen. Er nickte zerstreut und finster.

»Ja, nicht hier!« ... sagte er. »Kommt!«

Und er schritt hinaus in den angrenzenden Saal.

Rabenblume, Marina, Ponce und Arteaga folgten ihm beklommen. Kreideschmetterling war erst wie betäubt liegengeblieben. Von den Torhütern barsch gemahnt, erhob er sich und ging mit ihnen in den Saal.

Nur Isabel Rodríguez und die alten Fächerträgerinnen blieben am Bett des Kindes.

Im Saal winkte Kriegsmaske die beiden Torhüter heran und befahl

ihnen, die Gäste aus dem Palast hinauszugeleiten. Dann erteilte er ihnen, sie in eine Nische ziehend, mit flüsternder Stimme einen anderen Befehl.
»Bringt die weiße Schlange!« sagte er.
Die Torhüter entfernten sich mit den Christen, deren Abschiedsverbeugungen Kriegsmaske höflich-gleichgültig, mit seinem bunten Zeremonienstab rasselnd, erwiderte. Den heimlichen Befehl hatte niemand außer den beiden Beauftragten vernommen.

An der Schmalwand des Saales waren zwischen den drei Türen nischenartige halbkreisförmige Vertiefungen.
In eine von diesen hatte sich Kreideschmetterling gestellt, mit weit ausgestreckten Armen gegen die konvexe Wand gedrückt, als hoffte er, vom Gemäuer verschlungen und vor den steinernen Augen des Prinzen geborgen zu werden. Doch die steinernen Augen gaben ihn nicht frei. Näher und näher kam das steinerne Gesicht, der Prinz stellte sich vor die Nische, so daß ein Entkommen unmöglich wurde. Sanft und unmutig stand Prinzessin Rabenblume dicht hinter ihrem Bruder.
Vorhin, im Krankenzimmer, hatte Kreideschmetterling erkennen können, daß das von ihm fast erwürgte Kind außer Gefahr war. Daran klammerte sich jetzt seine Hoffnung. Eines vermeintlichen Mordes wegen war er von Kriegsmaske an den Tempel geliefert worden, inzwischen aber hatte es sich erwiesen, daß er kein Mörder war.
Noch immer weinend und die Tränentropfen mit seinem langen zerzausten Haar von den Wangen wischend, begann er sich zu rechtfertigen. Mit seiner glockenhaften Mädchenstimme erzählte er, wie das Kind in die Haarschlinge geraten war, erzählte es lebhaft ausmalend, hinzuerfindend und frech lügend, um sich als schuldloses Opfer eines unglücklichen Zufalls hinzustellen. Er habe das geflochtene Haar an den Pfeiler gebunden, in der Absicht, als Spielzeug für das Kind einen Federball daran zu befestigen; wie aber das Kind sich drein verfangen hatte, habe ein Todesschreck ihn erfaßt; denn das habe er vorausgesehen, daß man ihm seine Unschuld nimmermehr glauben werde, und darum, ja bloß darum sei er geflohen und habe die alte Wärterin niedergeschlagen, um von ihr nicht niedergeschlagen zu werden.
Wie erlogen diese Darstellung auch war, so konnte sie doch glaubhaft erscheinen; und wäre Kriegsmaske gewillt gewesen, zu verzeihen, er hätte es auf Grund dieser Erzählung tun können. Indes sein Groll war seit dem demütigenden Handkuß ohne Unterlaß gereizt und gezerrt worden – jetzt verlangte sein Groll ein Opfer.
Die beiden Torhüter waren zurückgekehrt, einen fußhohen Holzkasten tragend, dessen Öffnung – eine kleine Schiebetür – an der Seite, wie bei Vogelkäfigen, angebracht war. Außerdem waren an verschiedenen Stellen Luftlöcher gebohrt, breit genug, um kleine

Fische und Eidechsen hindurchzustecken, womit das im Kasten gefangengehaltene Reptil gefüttert wurde.
Die Torhüter stellten den Kasten zwischen Kriegsmaske und dem Zwitter nieder. Und zum Prinzen gewendet, sagte der eine:
»O mein Herr, hier ist die weiße Schlange!«
Kaum waren diese Worte gesprochen, schrillte Kreideschmetterling winselnd auf; und auch Rabenblume stieß einen jähen Schrei des Entsetzens aus.
Die weiße Schlange war eine der gefährlichsten Giftschlangen; ihr Biß tötete in wenigen Augenblicken. Jedermann in Tlascala wußte, daß Prinz Kriegsmaske, das Beispiel einstiger tepanekischer Gewalthaber nachahmend, eine weiße Schlange in seinem Palaste fütterte, um seine Sklaven in Zucht zu halten. Hatte ein Sklave ein todeswürdiges Verbrechen begangen, so wurde er der Öffnung der Schlangenkiste gegenüber gefesselt aufgestellt; und kaum war die Käfigtür geöffnet, quoll der geringelte armdicke, zwei Klafter lange Leib hervor, und sich aufrichtend schnellte die Schlange auf den vor ihr Stehenden zu. Die hinter ihr Befindlichen waren, nach den bisherigen Erfahrungen, nicht gefährdet. Das Gift erschöpfte sich mit dem einen Biß.
»Bruder, ich will nicht, daß du das tust!« schrie Rabenblume, und ihre Blicke funkelten Grausen und Zorn.
Doch heute versagte ihre Macht. Im Gegenteil, ihre Worte peitschten seinen Trotz empor, nun erst recht zu zeigen, daß er auf sie nicht hörte. Er griff nach der kleinen Schiebetür.
Unbemerkt war Isabel Rodríguez aus der Krankenstube in den Saal getreten, hergelockt durch den schrillen Schrei, der angstverstört durch die Palasträume flatterte wie ein weinender Vogel.
Ohne zu begreifen, was vorging, ahnte sie das Furchtbare. Sie wußte nicht, warum sie es tat, sie wurde von Mitleid und Empörung angetrieben, sich selbst nicht zu schonen.
Mit ausgebreiteten Armen stellte sie sich vor Kreideschmetterling. Vielleicht hoffte sie, ihre Gegenwart werde Kriegsmaske abhalten.
Doch der Prinz ließ sich nicht mehr abhalten. Auch durch Rabenblume nicht, die kreischend mit ihm zu ringen begann. Er schüttelte die an ihn Gekrampfte ab, stieß sie unwirsch, so daß sie in die Knie sank. Und er öffnete die Tür des Schlangenkäfigs.
Der handgroße Kopf der weißen Schlange schob sich zuerst langsam, ruckweise vor. Rabenblume, kniend händeringend, stöhnte und schluchzte; jählings verstummte dann auch sie. Gläsern, fast transparent, rückte, glitt und quoll der mattgetigerte hellschuppige Leib heraus. Die Schlange hob sich kerzengerade, züngelte, riß den Rachen spannenweit auf, so daß die zwei langen geschweiften Giftzähne wie elfenbeinerne Haken blinkten; und auf die vor ihr erstarrt Umschlungenen schoß sie zischend los.
Isabel Rodríguez lag bleich auf den Marmorfliesen, und über sie hin-

gestreckt schluchzte Rabenblume, halb wahnsinnig vor Jammer. Aber auch des Prinzen Starrsinn hatte sich, sobald das Unglück geschehen war, in einer Flut von Tränen gelöst. Da er seitens seiner Schwester kein Mitgefühl für seine Selbstverwünschungen erhoffen durfte, warf er sich dem eben noch gehaßten Hermaphroditen an den Hals und schluchzte seinen Schmerz an dessen Brust aus. Da traten Cortez, Alvarado, Marina und die Schwarze Blume ein. Und ihnen folgten Aguilar, Arteaga und Ponce de Güelva.

Schon seit mehreren Tagen weilte die Schwarze Blume in der Stadt Tlascala. Am Tage des Einzuges der Christen hatten Boten von der westlichen Grenzwacht der Otomis die Mitteilung überbracht, mit einem kleinen Gefolge sei die Schwarze Blume an der Großen Mauer eingetroffen und erbitte vom Hohen Rat die Genehmigung, durch tlascaltekisches Gebiet ziehen zu dürfen, um in der Hauptstadt den weißen Göttern seine Huldigung darzubringen. Wohl waren letzthin öfters Boten zwischen Tlascala und dem Feldlager der Schwarzen Blume hin- und hergegangen. Aber die Ankunft des Königs selbst war doch eine unerhörte Überraschung. Der Rat der Alten ließ Anstalten treffen, ihn als Ehrengast zu empfangen, und schickte ihm ein würdiges Geleite entgegen.

Am Tag nach der Eröffnung der Menschenkäfige langte er an, neugierig von der mißtrauischen Volksmenge angestarrt, höflich, doch zurückhaltend von den Stammesfürsten bewillkommnet. Er übersah den frostigen Empfang, zeigte sich, wie er war, düster-freundlich und ritterlich, ohne nach Gunst zu haschen, und eben damit erwarb er sich die Gunst der Tlascalteken.

Stürmisch war seine Begrüßung mit Cortez. Ein Orkan war die Heftigkeit, mit der er seine Zuneigung, sein Zugetansein, seine Begeisterung für das Kreuz und die Kreuzträger äußerte. Vor einem silbernen Kruzifix, das Cortez ihm schenkte, warf er sich auf die Knie, bedeckte es mit Küssen. Kaum hatte er erfahren, daß die Fürstentöchter getauft werden sollten, und schon bestand er darauf, mit ihnen getauft zu werden. Die Kastilier waren verblüfft; – ein solches Temperament, gepaart mit warmblütiger, wenn auch überhitzter Herzlichkeit, hatten sie noch nie an einem Indianer beobachtet. Auch äußerlich hob er sich ab –: wie zum Trotz gegen die alten Götter war er ohne Gesichtsbemalung vor Cortez getreten. Hellhäutig war er, bleich wie ein Europäer. Langschädlig sein Kopf, auffallend schön das Profil mit der hochhöckerigen Adlernase und dem vorspringenden, edel ausgemeißelten Kinn. Seine fortreißende, alle Gipfel überklimmende Leidenschaftlichkeit hatte nichts von der Ungeschlachtheit eines Barbaren, sie äußerte sich in feingeschliffenen Redewendungen und Bildern, häufig aber auch wortkarg, bloß in Mienen und Blicken, mit der morbiden, an den Königshöfen Zentralamerikas so geschätzten Überfeinerung und wehmütigen Anmut, dem Erbgut uralter Kulturen.

Der Prunkraum, in welchem Kriegsmaske sonst Gäste zu empfangen pflegte, lag im vorderen Palastteil nahe beim Haupttor. Daß Cortez mit seinen Freunden und Begleitern unangemeldet in das Innere des Tecpans vorgedrungen war, hatte seinen Grund in der Besorgnis um das Los Kreideschmetterlings, von dessen Lebensgefahr er soeben durch Marina erfahren hatte. Denn als früh am Morgen dieses Tages die Schwarze Blume dem Prinzen Kriegsmaske einen Höflichkeitsbesuch abstatten wollte, waren Cortez und Alvarado mitgegangen und hatten, außer dem Gefolge des Königs und einer kleinen kastilischen Leibwache, Jerónimo de Aguilar – an Stelle der abwesenden Marina – als Dolmetscher mitgenommen. Unweit vom Palasteingang waren ihnen Marina, Arteaga und der Bakkalaureus mit verstörten Gesichtern entgegengekommen, tief bewegt von der drohenden Katastrophe, deren Ausgang sie nicht mehr hatten sehen können. Um, wenn noch möglich, den Mord zu verhindern, ließ sich Cortez von ihnen – sein Gefolge am Eingang des Tecpans zurücklassend – in das Palastinnere führen.
Sie waren zu spät gekommen. Der Apotheker konnte nur feststellen, daß Isabel Rodríguez tot war. Rabenblume fuhr fort, über der Leiche zu schluchzen. Und auch Kriegsmaske ließ Kreideschmetterling nicht fahren, klammerte sich an seinen gebrechlichen Körper wie Schutz suchend, starrte mit aufgerissenen Augen die Eindringlinge schreckhaft-finster an, während die kleinen Tränenkugeln ihm über die grasgrün bemalten, von Narben karierten Wangen liefen.
Cortez blieb eine Weile stumm. Er mußte sich fassen und mußte überlegen. Die Begleitumstände des hier Geschehenen schienen unentwirrbar – kein Europäer war Zeuge gewesen. Die Tote, eine Schwester des Scharfschützen und Trompeters Sebastián Rodríguez, war ein Liebling des Christenheeres. Ihrem Zauberspruch –

Es ist Marias Wille!
Blut, steh stille –

glaubte mancher Kastilier seine Heilung zu verdanken. Es war zu befürchten, daß die Kunde von ihrem rätselhaften Tod die heißblütige Mannschaft zu einer unbedachten Tat hinreißen könnte. Die unschätzbare Freundschaft von Tlascala aber durfte unter keinen Umständen aufs Spiel gesetzt werden. Also galt es vor allem, das Heer zu beschwichtigen. Wenn das Ziel mit anderen Zielen vereinbar war – um so besser. Cortez beschloß, von Kriegsmaske ein Lösegeld zu fordern, das seines Heeres Trauer um die Tote aufwog.
Durch Marina ließ er fragen, wie das Unglück sich ereignet habe.
Im Gesicht des Prinzen ging eine Wandlung vor; wie ein aus dem Schlaf Erwachender zuckte er zusammen. Seine Hände lockerten sich, er ließ den Hermaphroditen los. Den beiden Torhütern – welchen es eben erst gelungen war, die Schlange einzufangen und in den Käfig

zu sperren – sagte er, ohne die Lippen zu bewegen, einige gehauchte, kaum vernehmliche Worte.
Die Schwarze Blume stand zu weit entfernt; doch Marinas scharfes Gehör hatte die Worte aufgefangen. Sofort entfernte sich Arteaga statt der beiden Torhüter, welche am Verlassen des Saales gehindert wurden, denn Kriegsmaske hatte bewaffnete Hilfe rufen wollen.
Durch dies Mißlingen an der Schwelle der Verzweiflung entmutigt, verlor der Prinz allen Halt. Und auch sein eben noch aufbegehrender Trotz brach zusammen. Nur sein Stolz gab sich selbst nicht auf, weniger durch die weißen Götter als durch den ebenbürtigen Fürsten der Acolhuas zur Selbsterhaltung gezwungen.
Ein Gefühl des Unbehagens empfand aber auch die Schwarze Blume, als er den berühmten Kriegshelden ratlos vor seinen weißen Richtern dastehen sah. Nicht, daß er ein Mitgefühl hatte. Sie mochten einander nicht: voll hellseherischen Mißtrauens spürte die Schwarze Blume die Doppelzüngigkeit des Tlascalteken; und dieser witterte in ihm den Renegaten. Aber der mit Verschlagenheit gemengten Ritterlichkeit des Königs widerstrebte es, untätiger Zuschauer einer Demütigung zu sein. Unbekümmert um Cortez tauschte er die stereotypen höflichen Begrüßungsphrasen mit Kriegsmaske aus und erbat sich von ihm die Erlaubnis, an die Bettstatt des kranken Kindes hintreten zu dürfen, dem er Blumen mitgebracht habe. Mit Aguilar, der ihm den Weg zeigte, entfernte er sich in das Krankengemach.

Cortez ließ durch Marina nochmals seine Frage wiederholen. Aber Kriegsmaske fand keine Antwort. Er weinte wieder.
Da redete Kreideschmetterling für ihn und gab eine Beschreibung des tragischen Vorganges. Wie vorhin zu seinen Gunsten, mischte er jetzt zugunsten seines Gebieters Wahrheit und Lüge. Er stellte es so dar, als habe er aus Todesfurcht Schutz hinter der eben eintretenden Isabel Rodríguez gesucht, ihren Körper wie einen Schild vor sich haltend, als bereits die weiße Schlange aus dem Käfig gekrochen war. Damit nahm er alle Schuld auf sich und entlastete seinen Herrn.
An einer Wimper des Prinzen verdunstete eine letzte Träne, und er wischte sie mit dem knochigen, karminrot bemalten Zeigefinger ab. Seine dankerfüllten Blicke hingen gebannt am so lügenhaften, mädchenhaften Munde des Hermaphroditen. Mehrmals während der Erzählung nickte er und murmelte: »So geschah es, ja, so geschah es!...« Und als Kreideschmetterling geendet hatte, wiederholte er: »So geschah es!... Unser Herr Tezcatlipoca ist der Beschirmer der Wahrheit!«
Gebeugt über die Leiche des Christenmädchens hatte Rabenblume all die Zeit teilnahmslos und fast regungslos dagelegen, nur zuweilen geschüttelt vom Krampf ihres Schluchzens. Vergebens hatte sich ihr Verlobter, Pedro de Alvarado, um sie bemüht und versucht, sie sanft emporzuheben. Seine spanischen Trostworte waren ihr unverständ-

lich, seine streichelnden Hände hatte sie unmutig fortgestoßen. Jetzt aber erhob sie sich, schritt auf Cortez zu, und feierlich ernst wies sie mit ausgestrecktem Arm auf Kreideschmetterling und ihren Bruder.
»Beide lügen!« sagte sie. Und ihre Armspangen klirrten, denn sichtbar zitterten ihre zarten Gelenke vor Empörung, Abscheu und Haß. Den flehenden Augen ihres Bruders wichen ihre Augen nicht aus. Doch jene flehten nur einen Augenblick, wurden sofort hart wie ihre, haßerfüllt und spöttisch.
Nun erzählte Rabenblume wahrheitsgemäß und erhob die Mordanklage gegen ihren Bruder.
Kreideschmetterling machte noch einen Rettungsversuch. Er sagte zu Cortez:
»Die Cihuapilli war von den Geistern des Schreckens geblendet! ...«
Doch Kriegsmaske ließ ihn nicht ausreden.
»Ich will den Tod der weißen Göttin bezahlen«, erklärte er.
Das Wort war gefallen, auf welches Cortez gelauert hatte. Lieb war es ihm, daß der andere es zuerst ausgesprochen hatte. Mit seinen beringten Fingern strich er sich sinnend über den langen kastanienbraunen Vollbart.
»Bist du reich genug, eine Christin zu bezahlen?« fragte er ernst und höflich.
Die Frage verscheuchte die unterwürfige Demut aus dem Antlitz des Prinzen. Er richtete sich auf und erwiderte in überheblichem Ton:
»O Sohn der Sonne! So reich wie der große Montezuma bin ich nicht. Uns Tlascalteken fehlt es an Gold, uns fehlt es an Edelsteinen und Edelfedern. Doch ich besitze Häuser in der Stadt, ich besitze Paläste in der Stadt. Mir gehört das Herz des Volkes. Was ich beschlossen habe, hat der Rat der Alten von Tlascala beschlossen.«
»Ich zweifle nicht, daß das so ist«, sagte Cortez, immer höflich lächelnd. »Und darum sollen das Volk und der Hohe Rat von Tlascala mit dir gemeinsam das Lösegeld zahlen.«
»Was wollt Ihr fordern?« fragte Alvarado unruhig. Er war konziliant und wollte mit seinem künftigen Schwager nicht brechen, dessen Freundschaft ihm wertvoll war.
»Seht ihn an, Don Hernando«, fuhr Alvarado fort, »der Mann ist zermürbt von Reue und zu jeder Buße bereit, die seinen Stolz nicht niedertritt. Doch ich bitte Euch, überspannt den Bogen nicht!«
Cortez wollte ihm antworten, aber Rabenblume kam ihm zuvor.
»Alle sollen an Xesu Quilisto glauben!« rief sie ekstatisch. »Alle, alle, alle! Mein Bruder kann das Volk und den Hohen Rat überreden. Nur er hat die Macht, es zu tun.«
Ihre Ekstase war nicht frei von Triumph. Sie wußte, daß sie ihn ins Herz getroffen hatte.
Kriegsmaske machte eine Bewegung, als wollte er sich auf sie stürzen. Er bezwang sich.
»Nicht nur das verlange ich«, sagte Cortez jetzt zum Prinzen. »Nicht

nur die Bekehrung des Volkes wirst du erwirken, wenn du willst, daß dir der göttliche und die menschlichen Richter verzeihen. Du wirst uns auch einen deiner Paläste überlassen, auf daß wir hier in Tlascala ein Kloster gründen, wo die Söhne des Adels und des Volkes eine menschlichere Erziehung erhalten, als euch bisher zuteil ward. Und dein kleiner Sohn soll, sobald er genesen ist, als einer der ersten Zöglinge im Kloster wohnen.«

Nachdem Marina dies übersetzt hatte, starrte Kriegsmaske sie ratlos an, schüttelte den Kopf und sagte fast schüchtern leise, er habe nichts verstanden. Sie mußte es ihm nochmals übersetzen. Da brach er in ein hysterisches Gelächter aus. Er holte aus seinem am linken Handgelenk hängenden Weihrauchbeutel eine irdene Schrillpfeife hervor, führte sie an den Mund und ließ einen scharfen Pfiff ertönen. Sofort füllte sich der Saal mit bewaffneten indianischen Kriegern. Augenscheinlich hatten sie in einem angrenzenden Raum auf das Zeichen gewartet.

Die Lage von Cortez und Alvarado wäre verzweifelt gewesen, wäre nicht fast gleichzeitig durch eine andere Saaltür die kastilische Leibwache, eisenklirrend und dröhnenden Schrittes, eingetreten, geführt von Arteaga. Dieser meldete, daß Velázquez de León, Olid und Sandoval, von ihm benachrichtigt, den Tecpan mit zahlreicher Mannschaft besetzt hätten und auch Artillerie bereithielten.

Es kam nicht zum Blutvergießen. Kriegsmaske war klug und täuschte sich nicht über seine Hilflosigkeit. Todfinster befahl er den Adlern und Jaguaren, sich aus dem Saal zurückzuziehen.

Doch mit liebenswürdigstem Lächeln hinderte Cortez auch dies. Die Anwesenheit der Adler und Jaguare sei ihm erwünscht, äußerte er, denn sie könnten sogleich Zeugen des Eides sein, den der Prinz schwören werde; sie könnten gewissermaßen seine Eideshelfer sein. Kriegsmaske nickte dazu, als sei das auch sein Wille. Er hatte keinen Willen mehr.

Mechanisch leistete er den Eidschwur, indem er mit dem Zeigefinger die Erde und dann seine Lippen berührte. Als Buße verpflichtete er sich, seines Volkes Glauben, einen Palast und seinen Sohn darzubringen. Die Eidesformel schloß mit den Worten:

»Unser Vater, die Sonne, sieht es und hört es!«

Nach dem Schwur umarmte Cortez den Prinzen und dankte ihm. Dann begaben sie sich ins Krankenzimmer.

Vergnügt saß das Kind aufrecht in den Kissen und hielt ein Nenetl – eine aus Holz geschnitzte Puppe – in den Armen. Aguilar beendete eben eine Erzählung. Die Schwarze Blume, der gleichfalls zugehört hatte, nickte befriedigt.

»Ei, Ihr habt wohl dem kleinen und dem großen Kinde ein Märchen erzählt?« fragte Cortez gutgelaunt.

»Ja, Euer Gnaden«, erwiderte Aguilar und errötete. »Das Märchen

vom Aschenkätzchen, das im Elend lebte und doch schließlich eine mächtige Königin wurde.«
Marina war ins Gemach getreten. Aguilar hob die Augen zu ihr empor und seine Augen sprachen: »Von dir habe ich erzählt!« Dann wurde er weiß im Gesicht. Vernichtend war die Antwort ihrer Augen.

Den Bruder der toten Isabel, den Trompeter Rodríguez, zu benachrichtigen, hatte Alvarado übernommen. Ein Trupp Soldaten trug die Leiche des Mädchens in lugubrem Zuge, ein Miserere singend und mit entblößten Häuptern, aus dem Tecpan.
Zurückgekehrt ins kastilische Quartier, welches trotz einer Einladung des Offenen Gesichts noch immer bei Denen-auf-der-Kalkerde im geräumigen Tecpan der Sammelnden Biene aufgeschlagen war, traf Cortez Gesandte benachbarter Völker an, wie solche sich jetzt täglich einfanden, dem weißen Gotte mit Huldigungen und Gaben zu nahen. Eine dieser Gesandtschaften kam aus Huexotzinco, der Heimat des Tempel-Fegers; eine andere aus dem an Tlascala und Cholula grenzenden Ländchen Tlachquiauhco, dessen Hauptstadt Yuquane von Montezuma einst zerstört worden war. Sie brachten außer Geschenken auch Nachrichten mit, die in das von der Welt abgeschlossene Tlascala bisher nicht gedrungen waren. Von den beiden Priesterkönigen Cholulas war der eine vor wenigen Tagen gestorben; sein Sohn, fast noch ein Knabe – derselbe, der im Weißen Mondgefilde die Christen besucht und sich in Marina verliebt hatte –, war zum Nachfolger bestimmt, doch sollte seine Krönung erst nach einer längeren Trauerfrist erfolgen. In Cholula herrschte augenblicklich nur ein Priesterkönig, dessen Name Tecuanhuehue, das Alte Raubtier, war – und seinem Namen entsprach seine böse Art. Bestochen von Mexiko, hatte er den Rat der Alten in Cholula zu einem den Christen feindlichen Gesinnungswechsel veranlaßt, hatte drei widerstrebende Senatoren gefangengesetzt und mit ihnen auch einen Abgesandten Tlascalas, der nach Cholula gekommen war, den bevorstehenden Besuch der weißen Götter anzukündigen. Das Alte Raubtier begründete die Gefangennahme des tlascaltekischen Boten mit der Behauptung, die Republik Tlascala habe sich außerhalb des Völkerrechtes gesetzt, seit sie jüngst mit den totonakischen Boten Tehuch und Cuhextecatl ebenso verfahren sei.
»Nun wird aus dem Himmel die Feuerschlange wieder zur Erde steigen!« sagte die Schwarze Blume, als Cortez die Gesandten Huexotzincos und Yuquanes entlassen hatte. »Tlascala wird an Cholula den Kriegspfeil senden.«
Cortez, Marina und die Schwarze Blume gingen im Adlersaal auf und ab, die beunruhigenden Ereignisse erörternd. Im Schloßgarten draußen lärmten die Soldaten, hämmerten an Gewehr und Waffen. Der Bergmann und Tanzmeister Ortiz zirpte auf seiner Gitarre. La Medina summte ein trauriges Lied:

»Gönnt mir's doch und laßt mich's träumen,
daß mein Herz ein Herz gewonnen!
Nur das Glück, das ich ersonnen,
welkt nicht wie das Laub an Bäumen.«

Die Mittagsglut, die den Aufenthalt draußen unleidlich machte, hitzte auch die Mauern des Saales. Darum begaben sich die drei in einen kleineren halbdunklen Raum, in dessen Mitte ein quadratisches Wasserbecken aufragte. Aus dem Schnabel eines kupfernen Reiherkopfes fielen einzelne Tropfen und bildeten gleitende Ringe auf der dunklen Spiegelfläche.
Cortez, Marina und die Schwarze Blume setzten sich auf den Alabasterrand der Fontäne.
Die Schwarze Blume erzählte von Yuquanes Ausrottung, vom Blütenbaum und vom Tod seines Schwagers, des Prinzen Grasstrick. Und da Cortez sich nach Grasstricks Witwe erkundigte und fragte, ob auch sie dem Neid Montezumas zum Opfer gefallen sei, sprach er lebhaft und mit Wärme von seiner Schwester Prinzessin Perlmuschel. Sie lebte als Geisel in Tenuchtitlan, doch Tag für Tag gedenke sie der roten Blume von Yuquane, und ungeduldig erharre sie die Ankunft des Befreiers, des Heilbringers, des Strafers mexikanischer Untaten.
Und unvermittelt bot er seine Schwester Cortez als Gemahlin an.
»Noch nie ward ein Mann von einem Weibe so ersehnt wie du! Wenn du sie erblicken wirst, wirst du sie lieben. Sie ist schön wie Omi-Xochitl, die Totenbeinblume. Ihr Haar ist schwarz und lang und so glänzend, daß du dich in ihm spiegeln kannst.«
Schmerzensschwer legte sich's auf Marinas Brust, während sie diese Worte übertrug. Ein Schicksal, ein verwunderungswürdiges, anteilwertes, tauchte unerwartet empor und stellte sich wetteifernd neben ihr Schicksal. Und sie sah voraus, daß nicht Schönheit mit Schönheit ringen werde, sondern Leid mit Leid.
Doch nur einen Augenblick zitterte sie. Ein Blick auf Cortez gab ihr die Zuversicht zurück.
Er lächelte sein sieghaftes Lächeln.
»Du hast nichts zu fürchten, Marina! ... Sage ihm: auf einer der Inseln des Südens lebe mein Weib.«
Sie übersetzte es. Unmutig schüttelte die Schwarze Blume den Kopf.
»Mein Herz sieht es«, sagte er hartnäckig, »es ist unabwendlich. Gilt denn der König der Totonaken mehr als ich? Du hast ihm aber seine Tochter nicht ausgeschlagen.«
Da wurde Cortez plötzlich inne, daß er ein Unrecht gegen sich selbst und Marina in Sempoalla begangen hatte. Blitzartig durchleuchtete ein grelles Schlaglicht seine Seele, und er gewahrte den häßlichen Fleck. Nie hatte er es sich eingestanden, obgleich er es eigentlich damals schon wußte, als Alvarado und die anderen Feldobristen ihn

mit peinigender Hilarität zur Brautschaft beglückwünscht hatten. Jetzt fühlte er ein Mißbehagen, als wäre er im eigenen Netz gefangen, unfähig, aus den Maschen zu schlüpfen.

Jetzt fühlte er ein Mißbehagen, als wäre er im eigenen Netz gefan-

»Du stehst höher als der Totonakenkönig«, sagte er. Und sogleich ärgerte er sich, daß er keine bessere Antwort gefunden. Sie sollte evasiv sein und hörte sich doch fast wie ein Versprechen an. In den Ohren aber klangen ihm die Worte: ihr Haar ist so glänzend, daß du dich in ihm spiegeln kannst ...

Das Gespräch wurde unterbrochen. Der Rat der Alten von Tlascala hatte einen öffentlichen Ausrufer gesandt, mit dem dringenden Ersuchen an Cortez, die Sitzung des Senats, wo heute Beschlüsse von weittragender Wichtigkeit gefaßt würden, durch seine Gegenwart zu ehren.

Mit der Schwarzen Blume und seinem ganzen Stabe begab sich Cortez in den Tecpan des Hohen Rates. Wie die Kastilier waren auch die tlascaltekischen Senatoren eben erst durch König Truthahn zur Beratung geladen worden. Fast vollzählig waren sie erschienen. Zwei fehlten: Kriegsmaske und der Häuptling Fichtenzweig, der Freund des Prinzen; beide hatten sich wegen Krankheit entschuldigen lassen. Dafür war – unerwarteterweise – Fürst Piltecatl, der Neffe des Offenen Gesichts, anwesend. Die Kunde von der Öffnung der Käfige und der Freilassung Kreideschmetterlings hatte ihn in seinem Bergschlosse erreicht, und er war in die Stadt geeilt, um – falls es nicht zu spät sein sollte – des Zwitters habhaft zu werden. Doch es war zu spät – das hatte er gleich nach seiner Rückkehr am Morgen dieses Tages durch den greisen Seifensieder, den Vater Kreideschmetterlings, in Erfahrung gebracht.

Außer den vier Stadtkönigen, dem Hohen Rat und den Ehrengästen befanden sich auch die Gesandten aus Yuquane im Saal. Ein Bericht, den sie dem König Truthahn über die Vorgänge in Cholula erstattet hatten, war die Veranlassung der heutigen Sitzung.

Als die Kastilier eintraten, wurde bereits verhandelt. König Truthahn hatte die widerrechtliche Einkerkerung des tlascaltekischen Boten dem Rat der Alten bekanntgegeben, und mit feierlichen Eiden hatten die Gesandten aus Yuquane alle Einzelheiten bestätigt.

Der blinde Hundertjährige reckte seinen zittrigen Greisenkörper empor und forderte zum Krieg gegen das Alte Raubtier auf. Nach der Sammelnden Biene sprach das Offene Gesicht und führte aus: nicht weniger als die Tlascalteken hätten die Söhne der Sonne Ursache, auf Rache zu sinnen; denn ihretwegen, um ihren Besuch in der heiligen Stadt anzukündigen, sei der Bote entsandt worden. Der unerhörte Schimpf seiner Gefangennahme bedeute den Krieg.

»Dieses ist Feldbrand und Götterwasser!« rief er mit gellender Stimme, so daß die Wände des Beratungssaales erdröhnten. Und von

ihren Sitzen emporschnellend, stimmten die versammelten Häuptlinge in den Ruf ein: »Dieses ist Feldbrand und Götterwasser!«
Die Metapher besagte: Dies ist Sintflut und Zornfeuer, dies ist der Krieg.
Im Namen seines Heeres erklärte sich Cortez bereit, mit ins Feld zu ziehen, falls es zum Kampf kommen sollte.
Einstimmig beschloß der Hohe Rat, dem Alten Raubtier als Wahrzeichen der Kriegserklärung eine Büchse mit weißer Schminke zu senden.

Jedoch dem Priesterkönige die weiße Schminke zu überbringen, konnte sich nur unterfangen, wer mit dem Leben abgeschlossen hatte, wer jede Folterqual zu ertragen gewillt war. Tlascala mochte keinem seiner tapferen Söhne einen Auftrag erteilen, dessen Ausführung nicht anders als mit dem entsetzlichen Tod erkauft werden konnte. Und wieder sprach die Sammelnde Biene:
»O ihr Tlascalteken, meine Brüder und Söhne! Wenn Tlascala, unser aller Mutter, euch dies befehlen würde – ich zweifle nicht daran, keiner der Tapferen würde zurückschrecken. Doch Tlascala schreckt zurück, solches zu befehlen, und wartet lieber, daß einer von euch sich freiwillig erbietet. Den Kühnen, der das tun will, wird Tlascala nicht vergessen und wird sein Herz aufbewahren auf der Opferschale des Ruhmes und es lebendig erhalten in Liedern, welche zu singen die Söhne Tlascalas bis in ferne Zeiten im Erziehungshaus lernen werden, ihm zum Lob. Und auch der Witwe und der ihres Vaters beraubten Waisen wird Tlascala nicht vergessen und wird für sie sorgen, sie ernähren, kleiden und ausstatten.«
Einem kurzen Schweigen folgte plötzlich ein beifälliges Gemurmel. Der sich freiwillig für den Todesgang meldete, war der Stammesfürst und Feldherr Piltecatl.
Lebensüberdruß, Verzweiflung, weil Kreideschmetterling ihm unwiederbringlich verloren schien, veranlaßten ihn, die heldenhafte Tat mit ihren Folgen auf sich zu nehmen.
Mit scheuer Ehrfurcht wurde ihm gedankt.
Aber auch die Kastilier erlebten eine ans Wunder streifende Überraschung. Während Piltecatl gefeiert wurde, erlauschte die Schwarze Blume geflüsterte Äußerungen, aus denen hervorging, daß hoffnungslose Liebesraserei der Grund solchen Heldentums war. Die Schwarze Blume bat Marina, es Cortez mitzuteilen. Und während sie das tat, hatte sie plötzlich die Empfindung: an meinen Mund haben sich zwei Blutegel gehängt und trinken mein Blut aus! Und sie fühlte, daß ihre Lippen weiß wurden. Als sie aber die Augen hob, sah sie, daß es die gierigen Asketenblicke Aguilars waren, die sich an ihren Mund gekrampft und festgesaugt hatten, so daß sie schaudern mußte. Sie fand den Mut, mitten im Satz abzubrechen und, zu Aguilar gewendet, die Frage zu stellen:

»Wolltet Ihr etwas sagen, Frater?«
»Nein ... Nachher ... Es ist nichts Wichtiges ...«, stammelte er vernichtet.
Und gesenkten Hauptes ging er zu den vier Königen auf die erhöhte Estrade an der einen Schmalseite des Saales und sprach leise mit ihnen. Darauf teilte das Offene Gesicht den Versammelten mit: der Priester der weißen Götter sei entschlossen, mit Fürst Piltecatl in die heilige Stadt zu ziehen.
War Marinas Achtung unerzwingbar, so hoffte er doch auf einen mitleidigen Blick von ihr.
Umsonst bestürmten ihn die Feldobristen, sein Wort zurückzunehmen. Sie begriffen nicht, ahnten sein Flagellantentum nicht.
»Ihr hättet erst meine Einwilligung einholen müssen!« warf ihm Cortez vor.
»Euer Gnaden hätten mir die Einwilligung verweigert. Vielleicht vermag ich dort den Krieg zu verhindern«, erwiderte er schwermütig schmunzelnd, als wäre ihm eine List geglückt. »Ohne dem Ruf der Christen Abbruch zu tun, läßt sich nichts mehr rückgängig machen!«
Das wußten freilich alle. Und Marina wußte, was niemand wußte außer ihr und ihm. Und sie kam sich schuldig vor, trotz ihrer Schuldlosigkeit. Schuldig an seinem Tod. Und schuldig, weil zwischen ihr und ihm ein Geheimnis war.
Der Rat der Alten ließ dem Fürsten Piltecatl und Aguilar außer einer Büchse mit weißer Schminke auch weiße Daunenfedern, weißes Rindenpapier, einen Schild, eine Handfahne und Federkrone – als Geschenke für das Alte Raubtier – übergeben.

SIEBENTES BUCH

Gespenster gingen um in Tenuchtitlan. Nicht umsonst hatten beim großen Totenfest die Bewohner der Wasserstadt, auf ihren Dachterrassen betend, gerufen: »Kommt, o kommt, ihr Toten – wir Lebenden harren euer!«
Seitdem die große Adlerschale sich geweigert hatte, im entgötterten preisgegebenen Tenuchtitlan zu wohnen, schlurften Totenseelen auf den steinernen Dammwegen über den See heran, schlüpften nachts durch geschlossene Tore, überkletterten Mauern, bewohnten und bevölkerten Edelsteinpaläste, Tempelkeller wie auch Bettlerwohnungen an den dunklen Kanälen.
Die Toten hatten Mitleid mit den Lebenden. Die Unterwelt, das Land, wo man nicht stirbt, sorgte sich um die Königin aller Städte und suchte die satte, goldgesättigte Einwohnerschaft aufzurütteln, wachzuschrecken und zu ermannen.
Es geschah, daß Kaufherren im Axixcalli, dem Ort, wo sie ihre Notdurft verrichteten, eine zwergenhaft kleine und zierliche Frau erblickten. Sie war eine Spanne hoch, schmalhüftig, ihre Schenkel und Arme glichen feinen, langen Stäbchen. Das offene Haar rieselte bis zu den Knien herab. Schlitzäugig das schöne, winzige Gesicht, der Mund wollüstig und schmerzvoll. Schwankend ihr Gang wie der Gang einer Ente. Wer sie sah, wußte, daß er das Unheil der Azteken sah, welches in der Wasserstadt Wohnung genommen hatte, um nie mehr zu weichen.
Es geschah, daß alte erprobte Krieger, auch Kriegshauptleute und Oberfeldherren, auf nächtlichen Gängen durch die Gassen Tenuchtitlans einem hünenhaften Phantom im Kriegertotenschmuck begegneten, das drohend ihnen den Weg vertrat. Sie rangen mit ihm und vermochten es nicht niederzuringen. Der erste Morgensonnenstrahl aber vertrieb das Gespenst.
Es geschah, daß Totenseelen die Gestalt von Tieren annahmen. In einem der reichsten, vom Schilfsee umspülten Adelspaläste wurde ein weißer Hase gefunden. Ein Rätsel war es, wie er hatte eindringen können. Als man sich anschickte, ihn zu fangen, entlief er spurlos. Und Tenuchtitlan zitterte schreckensbleich über das Vorzeichen.

Auch Montezuma wurde von einem Gespenst verfolgt. Zum erstenmal sah er es, als Tlascala den weißen Göttern den Frieden anbot. Ruhelos schritt er durch die Säle des großen Palastes; alle Höflinge hatte er fortgescheucht; nur vom Feuer-Juwel, dem gelehrten Bücherschreiber, ließ er sich begleiten, ließ er sich die Todeszuckungen des sterbenden Toltekenreiches beschreiben. Und ein schmerzhafter Trost war es ihm, daß auch den Untergang der wunderbaren Toltekenkönige Schrecknisse und Zeichen vorausgeschattet hatten.
Bei einem Feste geschah es – berichtete Feuer-Juwel –, daß sich ein ungeschlachter Riese unter die tanzenden Tolteken mengte. Und sie wagten den heiligen Tanz nicht zu unterbrechen, denn sie wußten, daß der Tanz mit dem Riesen unausweichbar, unabweislich, unentrinnbar war, verhängt von den Himmelsgöttern. Tanzend umarmte der Riese seine Mittänzer; und wen er umarmte, den erwürgte er. So daß Hunderte tot auf dem Tanzplatz lagen, als der Riese entschwand. Und statt seiner erschien ein schönes, kleines Kind den furchtgelähmten Tolteken. Lieblich und helläugig war das Gesicht des Kindes, so strahlend war es, daß das Volk sich herandrängte, das Himmelswunder zu sehen. Jedoch der Hinterkopf des Kindes war modrig, war eine faulige, scheußliche, eitrige Masse, und der Gestank, der von ihm ausging, ein Todesgift, das, die Luft verpestend, Tausenden und aber Tausenden der Tolteken zum Verderben ward. Die Überlebenden aber zogen hinweg aus Anahuac ...
Der Bericht Feuer-Juwels riß ab. Montezuma stieß einen gellen Schrei aus. Mit milchweiß umrandeten Augen stierte er auf die Saaltür. Seine zitternden Hände krallten sich hilfesuchend an den Annalenschreiber, krampften sich in dessen Schultern und Arme.
»O großer König, o Zorniger Herr, was erschrickst du so?« fragte Feuer-Juwel.
»Das Haupt ...! Siehst du das Haupt nicht? ...« winselte Montezuma. Das Klappern seiner Zähne war laut vernehmbar.
»Ich sehe nichts ...«, murmelte Feuer-Juwel.
Ein schweifendes Haupt kam langsam in den Saal geflogen. Träge und geräuschlos war zuerst der Flug des Hauptes, dem Flug einer Eule ähnlich. Und näher heranschwebend, umkreiste es Montezuma und den Annalenschreiber. Es war ein bloßes Knochenhaupt, körperlos, fleischlos, ein gelber Schädel, leer und hohl wie eine trockne Kalebasse.
»Siehst du das Haupt nicht?« schrie Montezuma.
»Jetzt sehe auch ich es!« sagte der Höfling.
Das schweifende Haupt flog nun schneller, hob sich zur Decke, schnellte herab. Es prallte an Montezumas Schenkel, und wie ein Ball prallte es ab, kollerte auf den Marmorplatten des Fußbodens hin mit dem hohlen Geräusch eines rollenden Schädels ...
Entsetzt floh Montezuma. Und das Haupt flog hinter ihm her, bis er bewußtlos zu Boden sank.

Es war das erstemal. Aus der Ohnmacht erwachend, sah sich der Zornige Herr von Ärzten und Pflegern umgeben. Die beschwichtigenden Worte seiner Umgebung befreiten ihn von der Gewißheit nicht, daß das Haupt wiederkehren, sein täglicher und nächtlicher Begleiter werden würde ...
Tenuchtitlan erfuhr es und beweinte sich selbst und beweinte die edelsteinbehangenen, stolzen Töchter Mexikos ...

Aber außer dem goldstrahlenden, hochmütigen, ruhmberauschten Tenuchtitlan gab es auch ein alltaggraues, emsigstilles, dem Broterwerb nachgehendes Tenuchtitlan, welches Ruhm und Heldengröße nie erstrebt hatte und auch der Schande, dem Verfall, dem Untergang des Aztekenreiches gleichmütig zuschaute. Ein Orkan kann Bäume fortfegen, aber nicht das Gras. Wo die Orkane der Geschichte brausen, schwinden die Herren und machen neuen Gewalthabern Platz. Ewig gleich aber bleibt sich das geschichtslose Volk der Dürftigen. Sein Adel ist älter als der älteste Adel auf Erden. Kultur ist nur möglich, weil sie – die Geschichtslosen – ackern und weben, mauern und schmieden; und dennoch – am sinnlosen oder sinnvollen Weltgeschehen ackern und weben, mauern und schmieden sie nicht, es sei denn, wo die Kultur sich selbst zerstört. Hoch über ihren Köpfen schwebt das Weltgeschehen wie Gewitterwolken über einer Landschaft.
Das Volk, das wimmelnd wie ein Bienenschwarm die ärmeren Gassen der Wasserstadt behauste, hatte schon zu Zeiten der Tepanekenkaiser Steine geschnitten, getischlert und Federmosaik kunstvoll genäht, wie auch schon, als Tula, die Stadt der Toltekenkönige, Mittelpunkt der Welt war; und selbst früher noch, als die Zapotekenkultur der Totenstädte Mitla und Palenque bis nach Anahuac reichte. Einander abgelöst hatten die Quinames, Olmeken, Zapoteken, Tolteken und Tepaneken – und ihre Staaten waren aufgeknospt, hatten, Honig und Düfte spendend, geblüht, waren verwelkt und, sich entblätternd, zerfallen. Volk auf Volk war hingesunken, hingeschwunden. Doch nach wie vor fingen Entenjäger am Schilfsee die Wasservögel, und Töpfer kneteten Ton – unbekümmert darum, daß jetzt Präriewölfe dort heulten, wo der Zürnende Aderlasser und Prinz Schambinde in grauenvoller Tepanekenpracht geherrscht, und daß ausgeraubt, dem Erdboden gleichgemacht die Silberpaläste der Tolteken waren, von deren Herrlichkeit nur noch schwermütige Sagen zu künden wußten. Ein Wort, ein bloßer Name, war geblieben: die Handwerker in den Städten Anahuacs wurden Tolteca genannt.

Der rotbärtige und rothaarige Gonzalo Guerrero – der jetzt das Sklavenhalsband trug und am Scheitel die Sklavenfeder – liebte es, in der armseligsten Stadtgegend umherzuschlendern, das Treiben des arbeitenden Volkes zu beobachten, sich mit Mantelwebern, Seifensiedern, Blumenhändlern, Lackarbeitern und Korbflechtern in Gespräche einzulassen. Sein an indianische Laute gewöhntes Ohr hatte sich ziemlich rasch in den Irrsalen der mexikanischen Mundart zurechtgefunden. Der Herabstoßende Adler, dessen Eigentum er war, besaß zahllose Sklaven, und nicht zum Fächerhalter, Taktträger oder Sandalenbinder hatte er den gefangenen weißen Gott bestimmt. Wertvolle Auskünfte und Ratschläge erwartete er von ihm; doch um die zu erhalten, mußte er ihm Zeit lassen, ihm Gelegenheit geben, seine Zunge zu üben. Darum war es diesem Sklaven unverwehrt, im Meer der Gassen unterzutauchen, ja sogar, auf einem Einbaum über den Schilfsee rudernd, die benachbarten Orte zu besuchen. Ein Fluchtversuch wäre unsinnig gewesen. Jedes Kind kannte den Roten Jaguar.

Eines Tages erblickte der Rote Jaguar im Menschengewühl einen Jüngling, dessen Gesicht und Gestalt ihm bekannt vorkamen. Der junge Mensch ging in der Tracht eines huaxtekischen Tonwarenhändlers und trug eine zuckerhutähnliche, spitze Kopfbedeckung aus Kaninchenhaarfilz. Da plötzlich entsann sich der Rote Jaguar, daß sein Herr, der Herabstoßende Adler, mit diesem selben Jüngling auf der Lagune vor Chapultepec zusammengetroffen, daß er in sein Kanoe gestiegen war und eine Nacht hindurch leise und eindringlich mit ihm geredet hatte. Es mußte ein großer Herr sein, der in Verkleidung ging. Der Rote Jaguar beschloß, dem Rätsel nachzuspüren. Durch mehrere Gassen folgte er dem Jüngling und sah ihn schließlich in das ärmliche Haus eines Obsidianmesserhändlers treten. Auch er trat in das Haus. Doch in der staubgrauen, mit Steinsplittern übersäten Werkstatt fand er nur einen alten, mürrischen Mann vor.

Von seiner Arbeit sah der am Boden hockende Alte nicht auf und erwiderte den Gruß des Sklaven, indem er geflissentlich stumm und flüchtig nickte. Die Kunstfertigkeit, mit welcher die Mexikaner Feuersteinmesser herstellten, hatte der Rote Jaguar zu bewundern noch nicht Gelegenheit gehabt, und eine Weile lang schaute er gebannt zu. Die Gewandtheit des Alten war staunenswert. Mit seinen beiden von Sandalen entblößten Füßen hielt er einen trommelähnlichen schweren Obsidianklotz umklammert und fest an die Brust gedrückt. In der Hand hatte er einen drei Ellen langen Stock, an dessen Ende ein Stück Holz – armdick, jedoch nur spannenlang und an der Vorderseite flach geglättet – mit einem Riemen aus Affenleder flegelartig befestigt war. In ununterbrochener Folge, geschwind hämmernd wie ein Schmied, ließ der Alte den Flegel auf die obere waagerechte Schmalseite des walzenförmigen Feuersteinklotzes fallen, und jedesmal splitterte von der senkrechten Längsseite ein tadelloses Steinmesser ab, einem Eukalyptusblatt ähnlich, an den nadelspitzen Enden ein klein wenig gekrümmt und mit zwei Schneiden scharf wie ein Rasiermesser. Im Nu waren vor den Augen des Roten Jaguars ein Dutzend solcher Klingen entstanden, alle übereinstimmend in Größe und Gestalt.

Für eine Handvoll Kakaobohnen wollte der Rote Jaguar eins der Messer erstehen. Jetzt hob der alte Arbeiter den Kopf. Staubgrau wie seine Werkstatt waren seine tiefgefurchten Wangen. Er hüstelte. Mißtrauisch schielte er nach dem Mann mit dem Sklavenhalsband hin.
»Wozu brauchst du ein Messer?«
»Ein Messer kann vielerlei Zwecken dienen!«
»Welchen?«
»Es kann Maiskuchen schneiden und Rohr und Blumen und Wildbret. Es gibt Messer, die sich nach Herzen sehnen ...«
Der Alte nickte zustimmend.
»Das sind nicht die schlechtesten unter meinen Messern. Doch keinem sieht man's an, wonach es sich sehnt. Sie schauen alle gleich aus ... Denken in Tlillan-Tlapallan alle Sklaven so?«
»Wenn alle Sklaven so dächten, gäbe es keine Sklaven mehr und keine Herren!« erwiderte der Rote Jaguar.
Wie ein Wetterleuchten zuckte es im Gesicht des Alten. Für einen kurzen Augenblick waren sie Freunde. Der Arbeiter schien Gefallen am Sklaven zu finden. Er wies die Kakaobohnen zurück und schenkte ihm drei der Messer.
»Die Armen sind Bilder der Götter!« sagte er, ein mexikanisches Sprichwort anführend. »Scharf genug sind meine Messer«, fuhr er fort, »dir Bart und Haare zu scheren, wenn du dessen bedarfst ... Die neun Herren der Nacht verraten dich nicht – und auch ich bin verschwiegen ... Doch deine Augen werden dich verraten ...«
Nun fragte der Sklave nach dem Jüngling, den er ins Haus hatte treten sehen. Doch schon hatte der Alte die Arbeit wiederaufgenommen und antwortete wortkarg und mürrisch wie zu Beginn des Gespräches. Daß ein Jüngling in huaxtekischer Tracht das Haus betreten habe, leugnete er. Bald sah der Rote Jaguar ein, daß weitere Fragen zwecklos waren. Er verließ die Werkstatt, merkte sich aber das Haus und die Gasse.

Im Nebenhause wohnte eine Federarbeiterin mit ihren drei erwachsenen Töchtern. Als am folgenden Tage der Rote Jaguar wieder durch die Gassen streifte, traf er eine der Töchter vor dem Hause, redete sie an, kam mit ihr ins Gespräch, und unter dem Vorwand, sich das Federknüpfen anzuschauen, betrat er die Werkstatt.
Die reichen Kaufleute Tlatelolcos ließen Federarbeiten fabrikmäßig herstellen. Die Vielfarbigkeit der äquinoktialen Vogelwelt ermöglichte es, alle Buntheit des Himmels und der Erde mit Federmosaik nachzubilden. Landschaften sowohl wie Tiere und Dämonen, Menschen und Götter sah man auf den Federgemälden. Es gab große Federdecken, die als Wandbekleidung dienten; und im Silbernebel ihrer glimmenden Farben saßen oder tanzten Prinzessinnen, Flöte spielend oder sich schmückend mit Edelsteinketten und großen Blu-

men, schritten Prinzen mit qualmenden Räucherlöffeln in den Händen oder Bälle werfend im Ballspielhaus. Aber auch weniger anspruchsvolle Ware gab es, billige Fächer, Schilde, kleine Handfahnen, für welche einfache geometrische Muster oder eine stilisierte Hand, eine Mondsichel, eine Muschel als Schmuck dienten.

Die Vorlagen wurden von Malern auf Agavefaserpapier entworfen, mit Wasserfarben gemalt, in handgroße quadratische Felder zerteilt und zerschnitten. Jeder der Arbeiter und Arbeiterinnen des Kaufherrn erhielt ein solches quadratisches Feld ausgehändigt. Sie nahmen die Arbeit nach Hause und führten sie zu Hause aus – oft sogar ohne zu wissen, zu welchem Ganzen ihr Teil gehörte. Und dennoch führten sie die Arbeit so genau der Vorlage entsprechend aus, daß, wenn die fertigen Felder zusammengenäht und verknüpft wurden, nirgends eine Nahtstelle, nirgends eine Verzeichnung, eine Unebenheit in der Anordnung der Federn oder in der Abtönung der Farbenübergänge zu bemerken war.

Der einen der drei Töchter hatte die Schwindsucht die Wangen gehöhlt – unter Federarbeiterinnen eine häufige Krankheit, da die von Jugend auf eingeatmete stickige, mit Daunenflaum geschwängerte Luft die Lunge verfilzte. Doch dies kranke Mädchen war die geschickteste der Arbeiterinnen. Während ihre Mutter und ihre Schwestern Federkiele auf einem Holzbrett beschnitten, mit schlanken Bambushülsen versahen, durchbohrten, auf Fäden reihten und dann in ein feines, mit einem Netz überzogenes Holzgitter hineinknüpften – fertigte die Kranke das auf Baumwollpapier geklebte Federmosaik, daran zu arbeiten bedeutend mühseliger war, das aber auch höher bewertet und besser bezahlt wurde. Allein schon die Herstellung des Baumwollpapiers erforderte viele Tage. Ein sorgfältig gewähltes fehlerloses Blatt Agavepapier wurde mit einer dünnen Schicht Leim bedeckt, und über den noch feuchten Leim wurde gezupfte Baumwolle zart wie ein Spinngewebe gebreitet. Der trocknende Leim mußte immer wieder der Mittagssonne ausgesetzt, abgewaschen, zart gerieben und abgefeilt werden. Auf das so entstandene Papier wurde, nachdem es vom Agavepapier abgelöst war, die Vorlage abgemalt, und es wurde nun auf Rindenpapier geklebt. Dann galt es, mit großer Kunstfertigkeit die obere Farbschicht abzuheben. Diese mußte wieder auf Agavepapier geklebt und von neuem mit einer Schicht Leim und gekämmter Baumwolle überzogen und der Sonnenbestrahlung ausgesetzt werden.

Jetzt erst war die Unterlage fertig, auf welche den verschiedenfachen Farbenlichtern und Farbenschatten entsprechend die ersten – meist weniger wertvollen – Federn befestigt wurden, die den teuern Schmuckfedern als Bett dienten. Jene ersten wurden die »trockenen Federn« genannt; und in Betracht kamen dafür die Gefieder des gelben Reihers, des Orangefinken, der Blauflügelente, des blauen Arara, des rosa Cochopapageien, der Purpurtangare, des dunkelroten Cha-

molli, des weißen Sichlers. Sie verschwanden, wenn die Arbeit fortschritt, unter den »Prinzenfedern«, den kostbaren feurigen Federn der Schmuckvögel, des schwarz und gelben Trupials, des goldgrünen Quetzals, des schwarzblauen oder schwarzgrünen Türkisvogels und der metallisch glühenden Kolibris. Zuweilen legte die Kranke die Vorlage über das Federmosaik, um sich zu vergewissern, daß sie in der Zeichnung und Farbenwahl nicht abirrte.
Auch nachdem der Rote Jaguar die Arbeit sich hatte erklären lassen, blieb er und freundete sich mit den Arbeiterinnen an. Er hatte fremde, ferne Länder gesehen und konnte, wenn auch in fehlerhaftem Idiom, erzählen. Als er sich verabschiedete, wurde er aufgefordert, wiederzukommen.
Er kam wieder, war fast täglich Gast im Hause. Oft gegen Abend fanden sich noch andere Besucher ein, meist Arbeiter und Arbeiterinnen derselben Gasse; aber auch ein Entenjäger, der tagsüber bis an den Hals in der Lagune stand, sich den Kopf mit Schilfblättern verdeckend, um schwimmende Wasservögel mit den Händen zu greifen, da Pfeilwunden das Gefieder der Löffelreiher und Ibisse entwertete; und auch eine Wasserträgerin, die Trinkwasser in einem Bottich auf dem Rücken umhertrug und der ärmeren Bevölkerung feilhielt – denn das süße Wasser aus Chapultepec wurde vom großen Aquädukt nur in die Paläste der Reichen geleitet.
Müde gearbeitet wie ihre Gastgeber, hockten sie alle am Boden der engen Werkstatt und verdickten durch ihren Schweißgeruch die stikkige Luft. Stumm und stumpf waren sie, redeten kaum, widersprachen aber auch nur wenig, wenn der Rote Jaguar aufwühlende, aufreizende, aufpeitschende Worte fallenließ, von den Geknechteten redete, die ihre Fesseln brechen sollten. Mutlos-verdrossen schüttelten sie den Kopf. Für Tlillan-Tlapallan, das Land jenseits des Ostmeers, wo die Sonne sich hebt, mochte das wohl stimmen. Aber in Mexiko waren die Herren zu mächtig. Der geweissagte Weltumschwung werde daran nichts ändern. Ob der Weltumschwung kommen werde – was ging das sie an. Eine Verschlimmerung könne er nicht bringen, aber auch keine Verbesserung ihrer Lage. Es sei Sache der Reichen, den Untergang Mexikos zu fürchten. Sie aber, die kärglich Lebenden, hatten nichts zu fürchten, nichts zu hoffen ...
Klug genug war der Sklave, seine Gedanken nicht aufzudrängen. Er verfolgte kein Ziel mit seinen untergrabenden Äußerungen, er brachte sie nur vor, weil sein Herz übervoll war. Das fühlten und achteten seine Hörer. Im Nachbarhause, beim mürrischen Obsidianarbeiter, hatte er mehr Verständnis, doch weniger Zuneigung gefunden.
Erst nach einigen Tagen, als er sich im Kreise der neuen Freunde heimisch fühlte, stellte der Rote Jaguar unauffällig Fragen über den Nachbarn und einen Huaxteken, den er in dessen Haus hatte eintreten sehen.

Der Nachbar, wurde ihm geantwortet, arbeite nicht mehr des Erwerbes wegen. Sein mit dem Bambuswanderstab eine Handelskarawane in den Nordprovinzen führender Sohn sei ein wohlhabender Kaufherr geworden, ein Günstling des Händlergottes, des »Herrn der Nase«. Doch der alte Obsidianarbeiter wolle vom altgewohnten Gewerbe nicht lassen. Seit kurzem beherberge er in der Tat einen huaxtekischen Tonwarenhändler, einen jungen Menschen, der geheimnisvoll komme und gehe und über den sich bisher nichts in Erfahrung bringen ließ.
Eine Genugtuung war es dem Roten Jaguar, daß sein Auge ihn nicht getrogen hatte. Zurückgekehrt in den Großen Palast, teilte er seinem Herrn die Auskunft mit. Beauftragt vom Herabstoßenden Adler, ließ er dann durch eine der Federarbeiterinnen den Huaxteken um eine geheime Zusammenkunft bitten.

Es geschah wenige Stunden vor dem Ausbruch des Popocatepetl, daß der Vorsteher des Hauses der Edelsteine – dieser Rang war Guatemoc nach seiner Wiederkehr aus Sempoalla von Montezuma verliehen worden – sich von seinem rothaarigen Sklaven im hüllenden Schutze einer stürmischen Gewitternacht durch die moorschwarzen Kanäle des Stadtviertels Cuepopan rudern ließ und, bei der ärmlichsten der Gassen landend, das Häuschen des Obsidianarbeiters betrat. Prinz Ohrring-Schlange erwartete ihn an der Tür und führte ihn auf das Hausdach hinauf, wo sie unbelauscht reden konnten.
Der Gewitterregen hatte sich ausgetobt und fegte jetzt, einem weißgrauen Laken ähnlich, auf Tlacopan zu an das nordwestliche Gestade des Schilfsees; doch noch immer flackerte Blitz auf Blitz über Mexiko. Schon seit Tagen hatte sich der Rauchfaden über dem Vulkan verdichtet, war zur Piniensäule geworden, und der vom Winde westwärts abgedrängte Wasserdampf entlud sich jählings über dem Tafelland rings um die Lagune als flammenwütendes Unwetter. Die sich jagenden, blitzdurchglühten Wolken hinderten nun jede Fernsicht und verbargen die Vorgänge auf dem Rauchenden Berge längere Zeit, bis sie sich nicht verbergen ließen ...
Doch andere Wolken waren es, die die Herzen der beiden Freunde verdüsterten.
Seit ihrer Begegnung vor Chapultepec hatte jeder von ihnen Dinge gesehen und erlebt, die nachdenksam stimmten, und hatte sich, vereinsamt in menschenreicher Umgebung, nach dem Hörer gesehnt, dem allein er seine Zweifelsorge – die Anahuacs Zweifelsorge war – anvertrauen durfte. Verkleidet und unerkannt war Prinz Ohrring-Schlange in seiner Vaterstadt Tezcuco gewesen, die Stimmung dort zu erforschen. Der Eindruck, den er gewonnen, ließ Schlimmes voraussehen. Beim Friedensschluß zwischen dem Edlen Traurigen und der Schwarzen Blume war die Stadt an den Schwiegersohn Montezumas gefallen. Der aber war mehr denn je ein mexikanischer Prinz,

ein Trabant des Zornigen Herrn, und hatte, am Hofe von Tenuchtitlan lebend, sein Land und seine Hauptstadt einem hochmütigen und herrischen Adel überantwortet. Das Volk aber verdammte die Zweiteilung des Reiches. Aus dem Herzen des Volkes war der Glaube nicht auszurotten, daß der auf so rätselhafte Weise verschwundene Herr des Fastens zurückkehren werde, daher wünschte es dessen Witwe, die Herrin von Tula, zur Reichsverweserin über das wiedervereinigte Acolhuacan. Verhaßt war der Edle Traurige nicht minder als der durch Mexikos Gold bestochene Adel, mißachtet und vergessen war Prinz Ohrring-Schlange; und selbst die Schwarze Blume hatte an Volkstümlichkeit eingebüßt, seitdem er die Hand dazu bot, das Land in zwei Teile zu reißen. Prinz Ohrring-Schlange war zugegen gewesen, als die vierzehn Adelsfamilien Tezcucos, in ihren Steinpalästen von einer brüllenden Menge belagert, sich mit Schild und Schwert verteidigen mußten, und auf Schritt und Tritt hatte er in den Straßen der wilderregten Stadt Todesdrohungen vernommen gegen die besoldeten Verräter, den Edlen Traurigen und sämtliche Freunde des Zornigen Herrn.
Auch Guatemoc berichtete. Er hatte Coxtemexi die Nase abgeschnitten und war nach Sempoalla gezogen, von Montezuma in den Tod gesandt. Als Opfersklaven hatten die Totonaken ihn der Göttin schenken wollen; von den Gelbhaarigen befreit, hatte er dem Anführer der weißen Götter gegenübergestanden, mit ihm gesprochen, ihm tief in die Raubvogelaugen gesehen.
Als Guatemoc dann seine triumphartige Rückkehr nach Tenuchtitlan beschreibend erwähnte, er sei von Montezuma – den der Todesgang nachträglich reute – zum Jaguar-Arm und Vorsteher des Hauses der Edelsteine ernannt worden, machte ihm Ohrring-Schlange einen Vorwurf daraus. Dies Amt hätte er, um seiner Freundschaft willen, nicht antreten dürfen. Denn ihm als Reichsschatzverweser sei auch die Obhut über den Goldhort von Tezcuco anvertraut, welchen Cacama, allem Recht hohnsprechend, nach Tenuchtitlan gebracht; und zum Mitschuldigen werde er, indem er das gestohlene Gut verwalte.
»Nein«, sagte der Herabstoßende Adler, »wir sind eines Herzens! Solange die Jaguare die Sonne nicht fressen und das Licht seinen Weg zieht, gehört der Goldhort Tezcuco, mag er heute auch noch in Mexiko verwahrt sein. Und nie werde ich zugeben, daß er zu anderem Zweck verwendet wird, als um Tezcuco zu schützen oder Anahuac, welches Vater und Mutter Tezcucos ist.«
»Den Schatz des Herrn des Fastens wird Montezuma für sich verwenden. Und wer dürfte es wagen, ihm entgegenzutreten!«
»Ich!« antwortete Guatemoc. »Das Herz des Himmels und das Herz der Erde vernehmen meine Worte! Ich will den Zorn des Zornigen Herrn nicht scheuen, sollte er einen solchen Frevel nicht scheuen!«
»Er ist nicht ein Tapferer, er ist nicht ein Mann wie du!« sagte Prinz Ohrring-Schlange.

Seine Bedenken waren durch den Schwur des Freundes beschwichtigt. Besorgt erkundigte er sich nun nach der Herrin von Tula und Prinzessin Perlmuschel. Ein Lebenszeichen hatte er ihnen nicht gegeben, um ihnen, die wie Gefangene bewacht wurden, keine Ungelegenheiten zu bereiten. Von seinem Unterschlupf wußten sie nichts, hielten ihn gewiß für tot.
Der Herabstoßende Adler bestätigte es. Bei einem Fest hatte er Mutter und Tochter gesehen, ohne Gelegenheit zu finden, sie zu sprechen. Doch wurde bei Hofe erzählt, daß die Herrin von Tula ihren Sohn beweine, ihn für ein Opfer der Rachsucht Montezumas halte. Denn ans Licht gekommen war es, daß Ohrring-Schlange die Überführung des Schatzes von Tezcuco hatte verhindern wollen; und blieb Cacama zwar verschwiegen, hatte es sich doch nicht verheimlichen lassen, von wessen Dolch der Eidam des Weltherrn verwundet worden war. Unbekümmert um die Gefahr, der sie sich aussetzten, erhoben die Herrin von Tula und Prinzessin Perlmuschel nicht nur heimlich ihre Mordanklagen. Und so weit ließen sie sich von der Leidenschaft hinreißen, daß sie jüngst der Gattin Montezumas, der Königin Acatlan, die sie in ihrem Palast feierlich besuchen kam, die übliche Schale Kakaosaft nicht reichen ließen. Höflich und lächelnd hatte Acatlan sich verabschiedet, aber dann fast von Sinnen vor Wut – denn nicht nur den Königinnen, auch den Adelsfrauen und Frauen der Kaufleute bei Höflichkeitsbesuchen Kakaosaft zu kredenzen, erforderte die Sitte – hatte sie sich an Montezuma gewandt, Genugtuung für die Kränkung heischend. Bislang freilich schien Montezuma wenig Neigung zu haben, sich in den Frauenstreit zu mischen und wegen des verweigerten Erquickungstrankes eine Königin zu strafen.
Der Herabstoßende Adler erbot sich, er wolle der Herrin von Tula die Nachricht bringen, daß ihr Sohn am Leben sei. Erregt lehnte Prinz Ohrring-Schlange das ab, bat, das Geheimnis nicht zu lüften. Als Guatemoc nach dem Grund fragte, gab er eine Erklärung, die wie eine Ausflucht klang: solange seine Mutter und Schwester um ihn trauerten, werde auch dem Zornigen Herrn sein Tod wahrscheinlich sein ...
Eine Weile nachsinnend, fügte Ohrring-Schlange hinzu: »In einem Zauberbuche, das der Herr des Fastens besaß, las ich die rätselvollen Worte: ›Die Toten können nicht sterben; die Lebenden aber können den zehnfachen Tod sterben ...‹ Sieh, ich fürchte das Sterben nicht. Aber ich will mich aufsparen, will mich begraben und mein Blut nicht zwecklos vergeuden, auf daß ich es hingeben kann, wenn Anahuac den zehnfachen Tod von mir fordert! ...«

Das Gespräch ging unter im Tumult der Naturereignisse. Das Rollen und Grollen des Rauchenden Berges hatte sich von Stunde zu Stunde gesteigert. Jetzt wurde es zum Gebrüll. Mit grauenerregender Gewalt setzte die Eruption ein. Doch immer noch verwehrte eine Wolken-

wand den Anblick des Vulkans und seiner kosmischen Tätigkeit. Mit den Händen zu greifen war die Lufterschütterung. Die innerirdischen Weltzerstörer waren an der Arbeit; doch unsichtbar blieb die Flammenlohe ihrer Esse.
Und plötzlich krachte das Dach und schwankte. Erdbeben. Es war nur ein leiser Stoß gewesen. Wie aus *einer* Kehle schrie Tenuchtitlan. Der Obsidianarbeiter kam aufs Dach gestürzt, beschwor die Prinzen, sein baufälliges Haus zu verlassen. Doch sie blieben, belächelten seine schlotternde Furcht.
Sie setzten ihr Gespräch fort, solange der Lärm es zuließ. Kein Auge schlief mehr in der Wasserstadt. Die aufgeschreckten Bewohner liefen auf den Gassen umher, kämpften an den Landungsstellen um Kanoes. Auf den finsteren, blitzerleuchteten Kanälen wimmelte es von überfüllten Booten, die alle der Lagune zustrebten.
Fast noch eine Stunde verweilten die Prinzen auf dem Dach, bis ein Windwirbel das Gewölk beiseite schob und die furchtbare Pracht des flammenquellenden Berges enthüllte. Von einem gellen Aufschrei Mexikos wurde er begrüßt.
Jetzt stiegen auch die beiden Freunde auf die Gasse hinab, um, auf den Schilfsee rudernd, aus unbeschränkter Nähe das Schauspiel zu betrachten. Nur mühsam konnten sie vorankommen im Getümmel der angstverwirrten Menge. Die Riesenfackel der brennenden Bergspitze erhellte die Stadt, als wäre es lichter Tag, so daß die Gestirne verblichen und die heiligen Feuer auf den Tempelpyramiden zu erlöschen schienen.
An einer Straßenecke sah der Herabstoßende Adler einen Mann vorbeieilen mit einem großen, aus Weidenruten geflochtenen Korb auf dem Rücken, wie ihn Geflügelhändler zu tragen pflegten. Trotz des Getöses glaubte er einen menschlichen Schrei vernommen zu haben, der aus dem Korbe drang. Aufmerksam gemacht, vernahm auch Prinz Ohrring-Schlange ein Wimmern. Guatemoc eilte dem Manne nach, hieß ihn stehenbleiben. Er starrte in ein nasenloses Gesicht. Es war Coxtemexi, der Freund des Vom-Himmel-Gestiegenen.
Der Griff des Herabstoßenden Adlers war steinern und versteinernd. Coxtemexi versuchte nicht einmal, seinen gewürgten Oberarm aus den Adlerklauen zu befreien. Willenlos ließ er sich durch die Gasse zerren und in die Werkstatt des Obsidianarbeiters hineinschieben.

Der Obsidianarbeiter hatte vor seinem Hause gestanden und trat mit ihm in die Werkstatt. Während er dem Prinzen Ohrring-Schlange behilflich war, den Korb zu öffnen, bewachte Guatemoc die Tür und ließ Coxtemexi nicht aus den Augen. Im Korbe befand sich, eingeschnürt in Decken, gefesselt und geknebelt, ein etwa zehnjähriger Knabe. Als man ihn aus den Hüllen herauswickelte, war er nahezu erstickt und lag wie tot da. Bei seinem Anblick entsann sich Prinz Ohrring-Schlange der Nachtfahrt auf dem schwimmenden Garten

des jungen Königs von Tlacopan. Das ohnmächtige Kind war Menschen-Puma, jener kleine Opfersklave auf dem Inseltempel der Liebesgöttin, den Perlmuschel geschützt und an sich genommen hatte, als der Vom-Himmel-Gestiegene im Begriff war, ihn mit Pfeilen zu durchbohren.
Die Steinsplitter, mit denen der Boden der Werkstatt bedeckt war, betteten Menschen-Puma unsanft. Daher nahm ihn der alte Arbeiter auf seine sehnigen Arme und trug ihn ins Nachbarhaus zu den Federarbeiterinnen. Von weiblichen Händen gepflegt und ins Leben zurückgerufen werden sollte das regungslose, leichenfahle Kind.
Ohrring-Schlange hatte den Herabstoßenden Adler aufgeklärt über den Eingriff seiner Schwester in das Los Menschen-Pumas und die Vermutung geäußert, er werde Perlmuschel gestohlen worden sein; rätselhaft war nur –: in welcher Absicht? ... Auch der Herabstoßende Adler entsann sich, den Knaben als Begleiter der Prinzessin gesehen zu haben. Coxtemexi, befragt von den Prinzen, verweigerte trotzig jede Auskunft. Er wurde bedroht. Und als er eines der umherliegenden Obsidianmesser aufgriff, sich zur Wehr zu setzen, entriß es ihm Guatemoc, und mit einem Edelsteinriemen, den er sich vom Nackenschmuck nahm, band er ihm die Hände. Haßerfüllt schlugen ihre Blicke aufeinander. Der Herabstoßende Adler konnte niemals verwinden, daß dieses Menschen Ränke die Schändung der Prinzessin Maisblüte begünstigt und ermöglicht hatten. Sein unverlöschlicher Haß rang einen stummen Ringkampf mit dem Haß des von ihm Geschändeten, dessen schönes Antlitz durch ihn in ein scheusäliges, nasenloses verwandelt worden war. Doch der Haß des einstigen Schönlings unterlag, sich selbst zwang er, diesmal zu unterliegen. Eine Entdeckung nämlich, eine nicht unwichtige, hatte Coxtemexi eben gemacht: das Haus, wo sie sich befanden, war ohne Zweifel das Versteck des verschollenen, totgeglaubten Ohrring-Schlange, den er, seiner huaxtekischen Verkleidung ungeachtet, nicht verkennen konnte ... Jetzt galt es, den Prinzen zu willfahren; – denn ließen sie ihn am Leben, so war ihm der Dank des Zornigen Herrn gewiß. Scheu senkte er den Blick vor dem Blick des Herabstoßenden Adlers und bequemte sich, die Wahrheit zu sagen.
Die Geschwisterehe des Vom-Himmel-Gestiegenen und der Prinzessin Maisblüte sei keine glückliche, erzählte er. Die Prinzessin verachte ihren Gatten und versage sich ihm. Um seine Schwermut abzuschütteln, habe der Königssohn andere Liebschaften angeknüpft und in einem wilden Leben, zügelloser noch als vor seiner Ehe, Zerstreuung gesucht. Doch sei bei Tänzerinnen und Flötenspielerinnen sein Herz nicht gesundet. Verflucht fühle sich der Vom-Himmel-Gestiegene von der Liebesgöttin Xochiquetzal, weil er ihr das geweihte Opfer vorenthalten habe, den kleinen Menschen-Puma. Die Furcht vor der Rache der Göttin habe in ihm den Wunsch geweckt, das Kind in seine Gewalt zu bekommen, um es auf dem Inseltempel

mit Pfeilen zu durchbohren. Ihm, Coxtemexi, war der Auftrag erteilt worden, den Knaben zu fangen. Doch alle bisherigen Versuche mißglückten, da das Kind unbewacht den Palast nie verließ. Erst die heute nacht durch das Gebrüll des Rauchenden Berges und das Erdbeben verursachte Verwirrung hatte es ihm ermöglicht, in den Schloßgarten der Herrin von Tula einzudringen, wo er den aus dem Palast geflüchteten Menschen-Puma schutzlos vorfand, ihn knebeln und forttragen konnte, ohne daß die Hilferufe im allgemeinen Gewirr und Getöse beachtet wurden. »Die Krankheit wird dich besuchen für diesen Frevel!« knirschte der Herabstoßende Adler.
Doch Coxtemexi beteuerte, schuldlos zu sein; er habe nur ausgeführt, was ihm aufgetragen war; ein größerer Frevel wäre es gewesen, dem Sohn des großen Montezuma den Gehorsam zu verweigern.
»Darum gabst du ihm die Flöte in die Hand und kleidetest ihn in die Gewänder des hinkenden Gottes!« schrie der Herabstoßende Adler. »Mit deiner Nase hast du jene Tat bezahlt... Womit wirst du diese bezahlen?«
»Nicht mit meinem Leben!« sagte Coxtemexi. »Meine Schönheit konntest du mir nehmen; meine Häßlichkeit wirst du mir nicht nehmen!«
Der Herabstoßende Adler lachte. Doch Coxtemexi fuhr unbeirrt fort: »Ein kostbarer Smaragd ist meine Häßlichkeit nicht – was kann dir an ihr gelegen sein!... Wenn ich lebe, kann ich dir den Mann nennen, der statt meiner das Flötenspiel Tezcatlipocas mit seiner Nase hätte zahlen müssen; denn ein anderer träufelte dem Vom-Himmel-Gestiegenen den giftigen Rat ins Herz. Entkomme ich heil dieser Gefahr, so nenne ich dir jenen... Die Toten aber sind stumm.«
Aufgehorcht hatte der Herabstoßende Adler, verändert war sein Gesicht. Ein undurchspähbarer, unergründlicher, bodenloser Schlund schien sich vor ihm zu öffnen.
»Nenne mir den Mann!« flüsterte er heiser.
Den Kopf schüttelnd, antwortete Coxtemexi:
»Meine Häßlichkeit ist kein Smaragd; – auch mir ist nichts an ihr gelegen! Nimm sie, wenn du magst. Doch jenen nenne ich nur, nachdem ich dieser Gefahr entronnen und frei bin!«...
Da begriff der Herabstoßende Adler, daß er diesen Menschen nicht zwingen konnte.
Leise besprachen sich die beiden Prinzen. Es mußte verhindert werden, daß Coxtemexi, der Prinz Ohrring-Schlange gewiß erkannt hatte, das Geheimnis seiner Anwesenheit in Tenuchtitlan verrate. Die Freunde beschlossen, Menschen-Puma bei den Arbeiterinnen zu lassen und seinen Räuber in den Huei-Tecpan zu bringen, wo der Vorsteher des Hauses der Edelsteine einen Flügel bewohnte. Unauffällig konnte Coxtemexi dort in Gewahrsam gehalten werden.
Und so führten sie es aus, während in Tenuchtitlans Gassen weißer Aschenregen herniederflockte.

Ein Mal von Verheerung hatte das Erdbeben nicht hinterlassen; Menschen waren nicht zu Schaden gekommen; nur wenige Häuser wiesen Risse auf. Dennoch mußte, alter Sitte gemäß, sich der Herrscher Mexikos in den Schlangenbergtempel begeben, das Baumorakel zu befragen.

Das zu tun, hatte Montezuma Ursache genug – nicht nur des Erdbebens wegen. Oft seit Urzeiten hatte die Erdkröte gezuckt – denn als ein lichtschlingendes Ungetüm, eine Kröte, in deren aufgesperrten Rachen das Feuersteinmesser des Lichtes glitt, wurde die Erde gedacht. Daß aber gerade in diesen Tagen die Erdkröte zuckte, war nicht nur ein Zeichen göttlichen Mißvergnügens; vielen überhandnehmenden Prognostiken gliederte diese letzte sich an, und sie alle offenbarten einen Aufruhr im Volke der Sterngötter. Die himmlischen und die irdischen Throne wankten. Das Gerücht von einem Friedensschluß in Tlascala wollte unter den Bewohnern Mexikos nicht verstummen. Und bei Tag und Nacht verfolgte den Zornigen Herrn das schweifende Haupt, der fliegende gespenstische Schädelkopf, rollte auf den Estrich, hohl und dumpf summend wie eine rollende leere Kalebasse ...

Obgleich vom Großen Palast bis zum Schlangenberg nur wenige Schritte zu gehen waren, ließ sich Montezuma in einer mit Goldblech beschlagenen und im Inneren mit blauen Kotingafedern austapezierten Sänfte, einem Meisterwerk der im Huei-Tecpan wohnenden »Federarbeiter des Königs«, in den Haupttempel Mexikos tragen.

Genau in der Mitte der Laguneninsel nahm das quadratische Gelände des Schlangenbergtempels einen Raum von so überwältigender Größe ein, daß die Stadt ringsher mit ihren steilaufragenden Teocallis, ihrem Gewirr von Kanälen und Gassen, Marktplätzen und Adelswohnungen, alten und neuen Königspalästen nur wie eine Umbordung dieses eigentlichen, gottbewohnten Mexikos sich ausnahm. Hier war der Weltmittelpunkt, die Behausung des Stammgottes der Azteken und Chichimeken, des Wunderbaren Huitzilopochtli, die älteste, grausige, blutgetränkte Kultstätte des Kolibrigottes.

Gleich allen Tempeln Anahuacs hatte auch diese Tempelburg eine hohe, festungsartige, zinnengekrönte Mauer – die altberühmte Schlangenmauer – aus Steinquadern erbaut, mit je einem Toreingang nach Osten, Süden und Westen. Auch die Anordnung der Heiligtümer unterschied sich nicht von der anderer Tempelbezirke. Aber während des Schlangenberges Stufenpyramide, trotz ihrer Bergeshöhe, die im Stadtviertel Tlatelolco befindliche Speerhauspyramide Tezcatlipocas, des Unheimlichen, nicht überragte und, verglichen mit den Riesenpyramiden Teotihuacans und Cholulas, kaum überhoch erschien – häuften sich hier die Bauten, Altäre und Betplätze in einer so verwirrenden Fülle, wie sie nirgendwo sonst anzutreffen war. Außer der mächtigen Stufenpyramide ragten innerhalb der Schlan-

genmauer nicht weniger als fünfundzwanzig kleinere Tempelpyramiden empor. Statt einer Schädelstätte gab es deren sieben, statt eines Badeplatzes blinkten drei jaspisumrandete Badeteiche. Auch sah man hier ein Gefängnis der fremdländischen Götter; etliche Gärten und Fontänen; zwei Ballspielhäuser, in welchen zu spielen dem Wunderbaren Huitzilopochtli vorbehalten war; einen mächtigen Scheibenstein für den Gladiatorenopfertod – der Irdene Krug hatte auf ihm geblutet –, mehrere große Tanzhöfe, Gartenhäuschen für Fastende und, neben zahllosen Priesterwohnungen, ein Adlerhaus mit Rüstkammern voll Speeren, Pfeilen, Keulen und Opfermessern und mit Schlafsälen, darin die jungen, in die Mysterien einzuweihenden Adler und Jaguare übernachteten.
Am südlichen Tempeltor wurde der Zornige Herr, da sein Besuch nach dem Erdbeben selbstverständlich war, von der versammelten Priesterschaft, dem hohen und niederen Klerus erwartet und ehrerbietigst empfangen. Sie alle hatten Gesicht und Körper schwarz geschminkt; und als Nasenschmuck flirrten in ihren durchlöcherten Nasen schimmernd weiße Totenknochen. Die Neophyten gingen unbekleidet. Die Unterpriester – die Brennholzschlepper, Kerzenbündelträger, Tempelsänger, Flurfeger, Räucherer und Feuerbohrer – waren in tiefschwarze Meßgewänder gehüllt; ihre verfilzten, nie gekämmten Haarwülste starrten struppig auf, gleich finsteren Aureolen die Stirnen umbuschend; ihre Ohren waren ausgezackt und zerfetzt, denn sich kasteiend mußten sie sich Zunge und Ohren mit Knochendolchen durchstechen; sie hatten Tabaktäschchen auf dem Rücken, hielten in den Händen Kopalbeutel, Opfervögel und Papierfähnchen. Ebenfalls schwarz war der Ornat der höheren Priester und Obersten in der Hierarchie – »des Herrn des schwarzen Hauses«, des »Furchtbaren Opferers«, des »Blutvergießers«, des »Sich-in-Blut-Kleidenden« und wie sie heißen mochten – Mitglieder des Königshauses befanden sich unter diesen –, doch unterschieden sich ihre Priestergewänder dadurch, daß sie schmutzstarrend waren, klebrig und stinkend von verharschtem, dunkelrotem Blut und mit weiten wallenden Ärmeln versehen aus gegerbter Menschenhaut. Der Fürst der Priester aber – das Mexikaner-Priesterchen genannt – ging in schlohweißem Talar und lang herabhängendem Zopf, einen Federstab haltend, wie gleichfalls eine Priesterin, über deren Tätigkeit der Name ihres Ranges keinen Zweifel ließ, denn sie wurde als die »Frauenköpfe sammelnde Weiße Frau« bezeichnet.
Die Trommelschläger und Trompeter mit großen Muschelhörnern erhoben einen ohrenbetäubenden Lärm, als der Zornige Herr den Tempelbezirk betrat. Die Tempelsänger, geleitet vom Vorsänger, sangen im rauhen Baß uralte, ihnen selbst kaum mehr verständliche Kultlieder von der Geburt des jungen Kriegers Huitzilopochtli.

Ich bin Huitzilopochtli, der junge Krieger,
Niemand kommt mir gleich.
Nicht ohne Grund nahm ich den Toztlifedermantel,
Durch mich wurde es Tag!

Das Mexikaner-Priesterchen war ein hoher hagerer Greis mit düsterem Gesichtsausdruck. Schon zur Zeit des furchtbaren Königs Molch war er Hoherpriester gewesen; und Montezuma, der kurz vor seinem Regierungsantritt noch als Unterpriester das dunkelrote Edelsteinwasser von den Marmorstufen der großen Schlangenbergpyramide abwusch, hatte oft seine unbeugsame Strenge erfahren, war auch einmal, einer kleinen Übertretung wegen, auf Befehl dieses Mannes von Mitpriestern auf den Schilfsee hinausgebracht, untergetaucht und mit Keulenschlägen übel zugerichtet worden, bis er wie tot am Seeufer lag. Aber kein Rachegefühl hatte dies Strafgericht im Herzen des Zornigen Herrn zurückgelassen, und obgleich das blaue Herrscherstirnband ihn schmückte, empfand er auch jetzt noch eine fast kindliche, unerklärte Scheu und Ehrfurcht vor dem Mexikaner-Priesterchen. Diese Scheu war der Grund, daß er in letzter Zeit, obgleich von Sorgen zermartert, es vermieden hatte, den Vertreter der Staatsreligion um Rat anzugehen, und bei Eulenmenschen, Maiskörnerstreuern, Kristallbeschauern und Fadenknüpfern Trost gesucht hatte. Aber ungetröstet durch den Aberglauben und dem Einfluß seines abwesenden Doppelgängers – des Tempel-Fegers – entzogen, nährte Montezuma, sich selbst kaum bewußt, die Hoffnung, daß der heutige unfreiwillige Besuch eine Annäherung bringen und eine Brücke schlagen könnte zum vernachlässigten Götterhimmel.
Die gleiche Hoffnung hegte das Mexikaner-Priesterchen. Sein Ziel war es, die einstige Macht über den leicht beeinflußbaren König zurückzugewinnen. Lange genug hatte er mit scheelen Augen mit ansehen müssen, ohne es ändern zu können, daß bei Hofe Zauberer ihr Unwesen trieben und die Einnahmen der wahrsagenden Priesterschaft beeinträchtigten. Mehr aber noch als an den Einnahmen seines Tempels war ihm am Einfluß gelegen, der dem obersten Priester des Kriegsgottes im Rate des Drei-Städte-Bundes zukam.
Obwohl ihm bekannt war, mit wie demütigender und eingefleischter Scheu seine Gegenwart den Zornigen Herrn erfüllte, begrüßte er ihn mit der devoten Anrede:
»O großer König, o du von aller Welt geliebter Sohn! Du bist das wiederherstellende Wasser und das zerfressende Feuer, redend hältst du in deinen Händen unser Leben und unseren Tod. Huitzilopochtli hat dich erwartet, hat dich herbeigesehnt; der Gott jubelt, daß du den Weg zu ihm fandest!«
Montezuma überhörte den Vorwurf, der nicht einmal gerecht war; denn erst vor kurzem, als der Irdene Krug auf dem Scheibenstein die Todeswunde erhielt, war der König mit dem Hofstaat im Schlangen-

bergtempel gewesen, wenn auch die Zeremonien des Opferfestes und der nicht endende Gladiatorenkampf Zeit zu einem Zwiegespräch nicht gelassen hatten.
»O mein Oheim und Vater«, sagte Montezuma, »unser mächtiger Gott Huitzilopochtli hält, wenn er redet, Leben und Tod. Ich komme, ihm die Füße und die Hände zu küssen. Mein Silberthron ist sein. Möge er uns alle unter den Schatten seines Erbarmens nehmen! ... Nun aber führt mich zum Orakelbaum, damit er mir sage, damit er mir verkünde, was die Erde zittern macht – wenn ich mich auch für unwürdig halte, das Geheimnis der Götter zu erfahren! ...«

Die Hunderte von Unterpriestern blieben am Tempeleingang zurück, nur vom höheren Klerus wurde Montezuma durch das Gelände geführt. Sie mußten die große Stufenpyramide umschreiten, da sich die Orakelkapelle dahinter befand. Sich verjüngend, in fünf terrassenartigen Absätzen, ragte die Pyramide in die Wolken hinauf; und ein um ihre vier Seiten herum in eckigen Spiralen sich aufwärts windender, kaum ellenbreiter, steinerner Steg verband Terrasse mit Terrasse und führte bis zur obersten – Menschenwürgeplatz genannten – Plattform empor. Dieser äußere Steinsteg wurde jeweils von den todgeweihten Opfern und den sie begleitenden Prozessionen beschritten, so daß von jedem Stadtteil aus die Bewohner Tenuchtitlans imstande waren, den Todesgang der mit Daunen beklebten ins Land des Morgensterns Wandernden zu sehen. Außerdem führte zur Plattform eine überaus steile Marmortreppe, deren Treppenwangen mit dem seltsamsten Geschlinge gemeißelter Fabelwesen verziert waren. Und senkrecht war die Treppe in zwei Hälften geteilt durch eine handbreite Marmorrinne, über welche an Festtagen die Bäche des karminroten Edelsteinwassers zur Erde herabströmten.
Die Blicke Montezumas hefteten sich an die Treppe. Dort hatte er gekniet und demütig den Marmor gescheuert, als das Schicksal nahte, ihm ein Diadem aufs Haupt zu setzen ... Und weiter aufwärts schweiften seine Blicke. Dort auf der Plattform hatte er, ein blutgewohnter Priester, Arm oder Bein manches unglücklichen Opfers halten müssen ... Ja, damals war er schon blutgewohnt, aber reinen Herzens damals ...
Zwei große, goldglitzernde Sanktuarien standen auf der Plattform dem Treppenaufgang gegenüber. Rechts ein hohes, Huitzilopochtli geweihtes; und links, an dieses angebaut, eine um etwas niedrigere Kapelle des Regengottes Tlaloc. Über den mit rotbemaltem Holz eingefaßten Eingängen strebten die beiden Sanktuarien als viereckige Türme empor, überreich an der Vorderseite verziert, der Turm des Regengottes mit stilisierten, blauemaillierten Wasserstreifen, der Turm Huitzilopochtlis aber mit einem funkelnden Sternhimmelfries, zwischen dessen erhaben skulptierten und leuchtend metallisch gefirnißten Sternbildergruppen riesenhafte, aus Alabaster gemeißelte

Totenköpfe schneeweiß hervorschimmerten. Wie nachts hier das ewige Feuer, so brannte und flammte strahlend am Tage der Sternhimmelfries einem Fanal ähnlich über der Wasserstadt, aus großer Ferne sichtbar noch, wenn die Häuser im Sonnendunst verschwammen, ein Nachtweiser und Tagesweiser zugleich den Bootfahrenden und Wandernden, ein Drohungszeichen den Feinden, das Symbol der tributerraffenden Königin aller Städte und ihrer Weltbedeutung, der höchste Stolz ihrer Erbauer.
Montezumas prüfendes Auge entdeckte, daß die Mörtelschicht des bunten Firnisses an einigen Stellen abgelöst und abgebröckelt war. Er fragte den Hohenpriester, ob das Erdbeben diesen Schaden verursacht habe. Das Mexikaner-Priesterchen sagte:
»O du von aller Welt geliebter Sohn! Das Zucken der Erde kann an den Sternhimmel nicht rühren. Doch nie beiseite legen wird mein Herz, daß das Haus des Furchtbaren Huitzilopochtli verwittert und verblaßt ist . . .«
Als sie vor die auf einem kleinen Fels stehende Orakelkapelle gelangt waren, blieb die Gefolgschaft zurück, und der König, der Hohepriester und ein Orakelkünder klommen den Felspfad empor und traten ein.
Die dachlose Kapelle war ein uralter, schmuckloser, weißgetünchter Bau, vier mit einer niedrigen Tür versehene glatte Wände, aufgerichtet rings um einen zeitzermürbten Nopalbaum. Hier war der Mittelpunkt der blauen Erdscheibe. Um dieses älteste Bauwerk herum war im Laufe von Jahrhunderten der weite Komplex des Schlangenbergtempels entstanden, und auch das große Mexiko war emporgewachsen aus diesem unscheinbaren Kern. Die Geschichte des Nopalbaumes und seiner Ummauerung war die Geschichte der Gründung des Aztekenreiches.
Eine ellenbreite, weithin duftende weiße Silberreiherblume in der Hand haltend, hatte der Stammgott, der blaubemalte Huitzilopochtli, den in der siebenten der Urmenschenhöhlen zurückgebliebenen Azteken befohlen, aus dem Reiherland auswandernd, denselben Weg einzuschlagen, den vor ihnen die Tolteken, Chalken, Tepaneken, Culhuas, Tlalhuiken und Tlascalteken gezogen waren. Als sie nach Mechoacan kamen, hüpften die aztekischen Weiber vor Freude in einen Wassertümpel, die hinzukommenden Azteken aber beraubten sie der Röcke, Hemden und Schamgewänder, so daß sie hüllenlos zurückbleiben mußten. Da ging Malinalxoch, die Schwester des Wunderbaren Huitzilopochtli, die Nackten zu trösten, und erregte dadurch den Zorn ihres Bruders. »Ich stieg herab, der Welt den Krieg zu bringen und mich mit Bogen, Pfeil und Schild zu schmücken. Meine Schwester aber, die Zauberin, raubt den Männern die Waden«, sprach der Gott. Und den seiner Schwester dienstbaren Greisen verbot er, fürderhin ihre Sänfte zu tragen. Nachts, während Malinalxoch schlief, brach das aztekische Heerlager heimlich auf.

Erwachend sah sich Malinalxoch ausgesetz, nur wenige Frauen und Greise waren bei ihr geblieben. Umsonst klagte sie weinend die Heimtücke ihres Bruders Huitzilopochtli an – von den Fortgezogenen fand sie keine Spur, und sie mußte mit den Leidensgefährten sich in öder Kaktussteppe ansiedeln. Die Azteken zogen von Land zu Land, weilten an einigen Orten Jahrzehnte, an anderen nur wenige Wochen, und ihr Gott beherrschte sie, aus einer Urne redend, welche von Priestern in einer Lade umhergetragen wurde. Den erlahmenden Mut seines durch Not und Krankheit hinschwindenden Volkes aufzufrischen, zauberte Huitzilopochtli in der Umgebung Tulas einen schimmernden Schilfsee hin, der sich vor den Augen der staunenden Azteken mit silbrig beschuppten Fischen füllte, sich mit Wasserrosen, Zypergras und Kolbenröhricht bedeckte und überflogen und durchschwommen war von zahllosen blinkenden Wasservögeln, Edelreihern, Ibissen, Seeraben, Sichlern und Blauflügelenten. In der folgenden Nacht aber schnitt Huitzilopochtli allen Kleinmütigen das Herz aus der Brust, und den Überlebenden versprach er, sie an den seligen Ort zu führen, den er ihnen als Luftspiegelung gezeigt hatte. Er führte sie nach Chapultepec, dem Heuschreckenhügel, und sie sahen den Schilfsee und erkannten, daß er an Schönheit seinem Zauberbilde gleichkam. Doch obgleich die mächtigen Tepaneken ihnen für geringe Abgaben gestatteten, Lehmhütten am Seeufer zu bauen, gerieten sie alsogleich in Lebensgefahr und Bedrängnis, Copil, der Sohn der Gottesschwester Malinalxoch, nahte mit einer bewaffneten, durch aufgestachelte Nachbarvölker vergrößerten Horde, um die seiner Mutter angetane Schmach zu rächen. Vor ihm flüchtend, setzten die Azteken auf Flößen nach einer der unbewohnten Laguneninseln über. Copil folgte ihnen dahin, erlag jedoch im Kampf; sein Herz, ihm aus der Brust gerissen, wurde Huitzilopochtli dargebracht und sein Leichnam zwischen Röhricht im See versenkt. In der Nacht aber sprach der Gott aus der Urne: »Ich habe euch gehalten, was ich euch versprochen. Ich habe euch an den Schilfsee und an den Ort geführt, wo ihr bleiben werdet, um Gold und Silber, Perlen und Edelsteine, Edelfedern und kostbare Mäntel, Söhne und Töchter allen Völkern der Welt zu rauben. Das Herz Copils, das ich euch herauszuschneiden befahl, brachtet ihr mir auf einem kleinen Felsen dar. Sein Blut verwandelte ich in eine Quelle; und aus dem Herzen ließ ich einen Nopalbaum wachsen, auf dessen Spitze ein Adler horstet und die schönen Flügel spreitet, gewärmt von der Sonne und erfrischt von Morgenwinden. Wenn es tagt, werdet ihr ihn sehen und die vielen grünen, blauen, roten und weißen Federn der Edelvögel sehen, von denen er sich nährt, und den Felsen mit dem Nopalbaum sehen, dem ich den Namen Tenuchtitlan verleihe.« Und als im Frührot die Azteken sich erhoben, gewahrten sie eine wunderschöne weiße Quelle am Fuße des Felsens und neben der Quelle einen Sadebaum, weißglitzernd wie Salz; die Rinde seines Stammes, seine Äste und Zweige und sämtliche Blätter waren salzweiß. Und sich umschauend, sahen sie, daß ringsher alles Gras und alle Büsche und Stauden salzweiß waren. Und aus dem Quellwasser stiegen wunderschöne salzweiße Frösche. Auf dem Felsen aber, der mit Edelfedern bestreut war, ästete sich ein stachelumpanzerter Nopal, ein Feigenkaktusbaum, empor, ebenfalls salzweiß, und ein weißer, riesenhafter Adler horstete auf dem Nopal und zerkrallte eine wütend sich wehrende weiße Schlange...

Die von Montezuma betretene Kapelle war von jenen ersten Ansiedlern zum Schutze des Nopals aufgerichtet worden, und noch immer war es derselbe jahrhundertealte Baum, den sie umfriedete. Ein abgerichteter Adler, mit einer Goldkette an die oberste Abzweigung des Kaktusbaumes gefesselt, hatte die Aufgabe, dem Orakelpriester das Baumorakel zu offenbaren, der dann, in einen Rauschzustand versetzt, den Orakelsinn deutete.

Das Mexikaner-Priesterchen – in dessen Blut das Lebensblut des heiligen Baumes fortlebte – hatte, als er in die Kapelle trat, sich ein etwa einjähriges Kind reichen lassen, wie solche zu Opferzwecken auf den Märkten Mexikos zu kaufen waren, und hielt es dem Raubvogel hin. Dieser nahm das Kind in die Krallen und bewegte den Kopf, ihn herabsenkend, langsam hin und her. Es konnte als eine Begrüßung des Königs gedeutet werden.

Der Orakelpriester, ein durch Kasteiungen ausgemergelter, hohlblickender Mensch, hatte inzwischen seine Gewänder abgelegt und sich auf einen niedrigen Ast des Kaktus gesetzt, so daß ihm das Blut von den Schenkeln und Waden herabtroff. Aus einer Ledertasche nahm er eine Giftsalbe und beschmierte seinen nackten Oberkörper damit, bis er in einen Traumzustand geriet. Unablässig starrte er nach dem Adler hinauf. Doch das Erwartete blieb aus. Der Adler fraß das Kind nicht.

Von einer fiebrigen Erregung wurde Montezuma ergriffen. Auch das Mexikaner-Priesterchen konnte seine Besorgnis nicht verbergen.

»Warum verschmäht er die Speise?« fragte endlich Montezuma flüsternd.

»Der Baum zürnt!« ließ sich die schwebende Stimme des Orakelpriesters vernehmen. Sie klang wie von anderswoher.

Mit pochendem Herzen fragte Montezuma weiter:

»Wie kann ich den Baum beschwichtigen?...«

»Laß den Sternhimmel am Turm des höchsten Heiligtums mit Edelsteinen überdecken!« – sagte der Baum.

»Ich habe so viel Edelsteine nicht!« rief Montezuma entsetzt aus.

»Du hast den Schatz von Tezcuco« – sagte der Baum.

Da verstummte Montezuma.

Den folgenden Tag fastete der Zornige Herr. Er tat es, um, in seinen

Gemächern oder im kleinen Tempel der Trauer verweilend, Guatemoc nicht zu begegnen, um ihm den Befehl noch nicht erteilen zu müssen. Wieder einmal fürchtete er sich vor den Augen seines Vetters, der als Vorsteher des Hauses der Edelsteine die Verantwortung für den Goldhort trug. Er fürchtete seine harten Augen mehr als die Vorwürfe, die Wut, die Raserei seines leidenschaftlichen Schwiegersohnes Cacama. Diesen, den er berauben wollte, konnte er mit dem Hinweis auf Mexikos Not beschwichtigen – aber nicht den unbestechlichen Hüter des Schatzes.
Wichtige Geschehnisse kürzten indes das Fasten ab, gaben auch dem Sorgensinn des Zornigen Herrn ein anderes Ziel, so daß er sich Zeit lassen konnte, die Antastung des fremden Goldes noch einige Tage länger zaudernd zu erwägen.
Der Tempel-Feger war nach Tenuchtitlan aus Cholula heimgekehrt und überbrachte unheilvolle Nachrichten. Die weißen Götter weilten in Tlascala, setzten Opfersklaven in Freiheit, verschwägerten sich mit dem Adel, verlobten sich mit den Töchtern der Tetrarchen; die Schwarze Blume hatte sich in Tlascala eingefunden und kniete vor dem Holzkreuz der Gelbhaarigen. Und selbst Prinz Kriegsmaske willigte ein, daß das Volk den neuen Glauben annahm. Beunruhigend war auch, was in Cholula vorging. Dort rieten Verängstigte bereits, dem Bunde der weißen Götter, der Tlascalteken und der Schwarzen Blume beizutreten; das Alte Raubtier und seine Berater und Mitpriester, wenn auch nach wie vor geneigt, die Fremdlinge in den Hinterhalt zu locken und zu vernichten, erklärten jetzt, die heimliche Aufforderung Montezumas genüge ihnen nicht, sie erwarteten eine öffentliche Aufforderung und müßten darauf bestehen, daß Mexiko die Verantwortung für alle Folgen der Tat auf sich nehme.
Die höchsten Würdenträger, den Rat der Alten und alle Großen seines Reiches ließ der Zornige Herr zu einem Kronrat in den Saal der Dämonen rufen. Dazu war auch noch ein anderer Anlaß.
Aufgegriffen vom Schwelenden Holz an der Ostküste, waren die entlaufenen Sklaven Julianillo und Melchorejo nach Tenuchtitlan gebracht worden, und da sie nur die Mayasprache und einige Brocken Spanisch reden konnten, hatte, auf Anraten Guatemocs, der Rote Jaguar den Auftrag erhalten, ihre Aussagen beim Verhör zu übersetzen. Er tat es wörtlich, gab ungeschminkt ihre schamlosen Übertreibungen wieder, mit welchen sie den Mexikanern dartun wollten, die weißen Götter seien Feiglinge, entzweit untereinander, gering an der Zahl, ein Haufe stelzfüßiger Verwundeter, ungefährlich und machtlos. Von sich aus aber klärte der Rote Jaguar den Herabstoßenden Adler auf, was hieran Wahres und was Lüge sein mochte.
Auf Montezuma und mehr noch auf den König Tezcucos, den Edlen Traurigen, übten die Aussagen der beiden Sklaven eine befreiende, bestimmende, richtunggebende Wirkung aus. Erwiesen sich die weißen Götter als ein Häuflein von Krüppeln – welch eine Schmach war

es dann, daß Mexiko vor ihnen gezittert hatte; nicht bald genug konnte dieser Ehrenflecken ausgewischt werden ... Ganz anders dachten Guatemoc und der Bruder Montezumas, der Überwältiger, und stillschweigend mißbilligten sie es, daß Montezuma den beiden Prahlern eine ehrenvolle Behandlung zuteil werden ließ, wie sie solche Sklaven nicht verdienten. Der Vorsteher des Hauses der Teppiche hatte nämlich Auftrag erhalten, Melchorejo und Julianillo mit je zwei Mänteln, Schambinden und Sandalen zu beschenken, sie mit Chilipfeffer, Maispasteten und Honigäpfeln zu beköstigen und ihnen sogar die Freilassung in Aussicht zu stellen, falls sie sich weiterer Einzelheiten entsännen, die geeignet wären, die Fremdlinge ihrer Göttlichkeit zu entkleiden ...

Der Saal der Dämonen, wo sich der Hohe Rat versammelte, war ein deckenloser Palasthof, an dessen niedrigen Jaspiswänden gemeißelte Götter und doppelköpfige Dämonen mit Schlangenleibern einander befehdeten, erwürgten und fraßen. Um die Beratenden vor der Sonne und dem noch immer niederrieselnden Aschenstaub zu schirmen, war ein buntgewebtes Segeltuch über den weiten Raum gespannt, der mehr als tausend Menschen fassen konnte. Heute hatten sich hier einige hundert Berater eingefunden; in Mänteln, durchwirkt mit farbigen Stammesabzeichen, am Nacken Quasten und grelle Federbüsche tragend, die Gesichter bemalt und mit Edelsteinnasenstäben geschmückt, hockten sie, einen Halbkreis um den König bildend, auf niedrigen Schemeln. Der Verpflichtung, in Gegenwart des Herrn der Herren einen grauen Hanfmantel überzuwerfen, waren sie an diesem Tage entbunden.
Ein Fächerhalter scheuchte die Fliegen vom Antlitz des Zornigen Herrn. Und aufrecht neben dem schwersilbernen, vom Adlerfittichbaldachin überdachten Thronsessel standen zwei Axtträger und des Königs Günstling, der Tempel-Feger. Sein Amt war es, die Reden des Königs laut in den Saal zu rufen. Denn althergebrachte Sitte heischte, daß der König Mexikos nur flüsternd leise sprach – als unvereinbar mit seiner hehren Würde wäre es empfunden worden, hätte er seine gottähnliche Stimme angestrengt ...
Der zahnlose Schwarze Amber – der Weibliche Zwilling – erhob sich.
»Mein Alter berechtigt mich, zuerst zu reden!« sagte er wie entschuldigend zu den Anwesenden.
Und er setzte auseinander, warum der König die Väter des mexikanischen Volkes hergerufen hatte. Schon standen die Gelbhaarigen in Tlascala. Es galt jetzt zu entscheiden, ob man sie mit Waffengewalt vertreiben, ob man sie als Gäste in der Wasserstadt aufnehmen solle. Die geringe Zahl der weißen Götter lasse es unglaubwürdig erscheinen, daß das tapfere Tlascaltekenvolk sich von ihnen besiegen ließ. Eher sei anzunehmen, daß die Niederlage eine Scheinniederlage

war und der Friedensschluß eine Hinterlist, ersonnen von der Schwarzen Blume, dessen Ziel es wohl sei, Mexiko zu zertrümmern – nicht durch die Waffen eines Häufleins Fremder, sondern durch den lähmenden Schrecken, den die Ankunft weißer und bärtiger Männer verursachte. Wie ein Fadenknüpfer sich der Zauberfäden, so wolle die Schwarze Blume sich der Söhne der Sonne bedienen. Zum Glück habe durch die Aussagen von zwei aufgegriffenen Sklaven sein Zauber den Schrecken eingebüßt.

Den Worten des Weiblichen Zwillings folgte ein längeres Schweigen. Niemand wagte zu reden, solange die Könige von Tezcuco und Tlacopan nicht geredet hatten. Aber der Durch-Zauber-Verführende schüttelte, als fragende Blicke ihn trafen, abweisend und verlegen den Kopf. Und auch der Edle Traurige verzichtete diesmal bescheiden auf sein Vorrecht zugunsten seines älteren Oheims, des Fürsten von Iztapalapan, des Bruders des Zornigen Herrn. Höflich aufgefordert durch Cacama, erhob sich der Überwältiger und sagte:

»O ihr hochmächtigen Herren, erlaubt mir zu sagen, was mein Herz mir eingibt. Diese Fremdlinge sind wie die furchtbare Schlange, die der gelbe Fürst genannt wird und die ihr tödliches Gift auf große Entfernungen hinausschleudert. Unbedacht handelt, wer einem so schädlichen Gezücht an seinem Hausherd eine Wohnstätte zuweist ...«

Und in langer, eindringlicher Rede fuhr der Überwältiger fort, vor den Fremden zu warnen. Man solle ihnen Geschenke schicken und Freundschaft antragen, aber sie ersuchen, den Rückweg über das Ostmeer anzutreten. Möge auch jeder ihrer Wünsche erfüllt werden, so doch der eine nicht, daß sie die Dammwege der Wasserstadt betreten. Und ließen sie sich gutwillig nicht abhalten, so müßten die Adler und Jaguare Mexikos sie abhalten.

Die Aufnahme der Rede war zwiespältig, fast kühl. Auf allen Herzen lastete die Sorge – aber eben darum erhoffte man von den Rednern eine Selbstberauschung, eine großzügige Selbstbelügung, überhebliche, aufstachelnde, die Sorge bannende Worte. Und Klugheit ernüchterte, Voraussicht bedrückte, Vorsicht kränkte den mexikanischen Stolz. Da erhob sich der Edle Traurige und sprach leidenschaftlich, sich am Widerspruch und am Beifall, den er bald spürte, erhitzend.

Er sei anderer Meinung als der König von Iztapalapan, erklärte er. Feige wäre es, wollte man den Söhnen der Sonne, nachdem man sie fast bis vor die Tore der Stadt gelassen, den Eintritt wehren; und unklug wäre es, da alle Völker daraus schließen müßten, daß das große Mexiko vor so wenigen Fremden bange. Edler und der ruhmvollen Vergangenheit würdiger würde es sein, wenn Mexiko seine Statthalter und Beamten beauftragte, die weißen Götter auf ihren Wegen und Straßen so zu empfangen, als wären sie Chichimekenkönige, und sie über den Schilfsee zu geleiten, damit sie die unvergleichliche Macht und Herrlichkeit Tenuchtitlans und Montezumas sehen und erschaudernd erkennen, wie unvergleichlich und unvernichtbar sie sei, und, heimgekehrt nach Tlillan-Tlapallan, ihrem Fürsten das Geschaute beschreiben könnten. Sollten sie eine Botschaft zu sagen haben, so sei sein Oheim Montezuma, ein Zedernbaum, stark genug, den Wind, der ihn umsäuselt, anzuhören. Sollten sie sich aber anmaßend betragen, so werde es an Tapferen nicht fehlen, und er selbst werde der erste sein, sie mit Schimpf dafür zu züchtigen.

Als Cacama seine Rede beendet hatte, wurde er durch ein zustimmendes Gemurmel belohnt. Auch Montezuma, der bis dahin regungslos mit wächsern fahlem Gesicht wie eine Puppe dagesessen hatte, nickte sinnend. Für manche noch Unschlüssige war dies ein Wink, wohin ihre umherirrende Meinung sich wenden müsse.

Die nun folgenden Reden bewiesen, daß der Edle Traurige die meisten der Anwesenden für seinen ritterlichen Vorschlag gewonnen hatte.

Da erhob sich der Herabstoßende Adler. Ein scheuer scharfer Blick Montezumas verletzte ihn wie ein Pfeil. Und der Jüngling wunderte sich, daß seine Rede Haß erweckte, noch ehe sie gesprochen war. Doch er ließ sich nicht abhalten zu sagen, was er sagen mußte.

»O ihr hochmächtigen Väter« – rief er –, »öffnet eure Augen! Blickt die Wahrheit an, blickt nicht an ihr vorbei! Seht ihr nicht, daß Mexiko sich in einen Abgrund werfen will – wie es Tula einst tat, die versunkene Toltekenstadt? In alten Büchern ist es gemalt, daß ›Er, dessen Sklaven wir sind‹, in Bettlerverkleidung den Toren Tulas nahte und Einlaß begehrte. Ich will den König sehen und ihn sprechen!‹ sagte er zu den Torhütern. ›Hebe dich fort!‹ wurde ihm geantwortet, ›entferne dich, Alter! Der König ist krank und läßt sich nicht sprechen!‹ Darauf wiederholte der Bettler immer wieder: ›Ich muß ihn sehen!‹ Da gingen die Torwächter, es dem König zu melden, daß ein Bettler vor den Toren stehe. ›Wir haben ihn vom Tor gewiesen, wir haben ihn fortgejagt, aber er will sich nicht entfernen, und er sagt, dringend notwendig sei es, daß er dich spreche!‹ Großmütig befahl der König, ihn einzulassen: denn die Armen seien Abbilder der Götter, sprach er. Nicht lange aber, nachdem ›Er, dessen Sklaven wir sind‹, die Stadt betreten hatte, floh der König und flohen die Tolteken aus dem verlorenen Tula ...«

Und der Herabstoßende Adler beschwor die Väter Mexikos, den törichten Edelmut der Tolteken nicht nachzuahmen und die Tore dem verschlingenden Meere nicht zu öffnen, damit es Mexiko nicht so ergehe wie Tula, damit man den Eindringling nicht einst benenne: »Er, dessen Sklaven wir sind!« ... Aber auch durch Geschenke sich loszukaufen, wie der Fürst von Iztapalapan vorgeschlagen, sei der Größe Mexikos unwürdig. Und da die Gelbhaarigen sich an Gold noch immer nicht ersättigt hätten, sollte man ihnen die Goldstandarte der Wasserstadt senden, umringt von jungen Kriegern in Jaguarrüstung und Pfeilschützen, die vierhundert Feuersteinspitzen versenden. Noch sei es Zeit dazu. Bald aber werde es zu spät sein, wiedergutzumachen, was nicht mehr gutzumachen sei.

Die Rede übte eine noch tiefere Wirkung aus als die des Edlen Traurigen und machte großes Aufsehen. Es war bekannt, daß Guatemoc und Cacama sich nicht liebten, entzweit seit der Verlobung der Prinzessin Maisblüte. Man hatte einen Meinungsgegensatz und einen Wortkampf der beiden Prinzen erwartet. Nun war das Unerwartete geschehen, daß sich keine Feindseligkeit gegen den Rivalen in den Worten des Herabstoßenden Adlers hatte spüren lassen. Er hatte die Vorschläge des Königs von Tezcuco bekämpft, doch nicht ihn selbst, da die Besorgnis um Mexiko zu groß und der Augenblick ihm zu ernst erschienen war, an kleinlichen Zwist zu denken. Ja, er hatte die vornehme Gesinnung Cacamas gewürdigt, wenn er sie auch für unheilvoll hielt. Und wenn seine Ermahnung eine heimliche Spitze hatte, so richtete sich diese nur gegen den Zornigen Herrn und die würdelose Beschenkung der weißen Götter.

Der Tempel-Feger, mit welchem Montezuma längere Zeit geflüstert hatte, wollte eben die Entgegnung des Königs in die Versammlung rufen, als ein Sklave vor dem Zornigen Herrn niederkniend meldete, aus Tlascala sei das Rauchende Blut – Montezumas letzter Gesandter an die weißen Götter – zurückgekehrt. Der König ließ ihn in den Saal bitten.

Über die gehaltenen Reden war das Rauchende Blut, während er vor der Tür des Dämonensaales wartete, unterrichtet worden, daher wußte er, daß der Schwarze Amber den Sieg über Tlascala als einen Scheinsieg bezeichnet hatte und den beschlossenen Bund als eine Spiegelfechterei, mit welcher die Schwarze Blume nur ängstliche Herzen schrecken könnte. Diese Entstellung des wahren Sachverhalts, diese ahnungslose Zuversicht und Unterschätzung der Gefahr – wie sie außer dem Weiblichen Zwilling auch der Edle Traurige bekundet hatte – wies der Gesandte, seinen Bericht erstattend, eifrig zurück, indem er hervorhob, daß er das blutgetränkte Schlachtfeld gesehen und der Bestattung der Tlascaltekenleichen beigewohnt habe. Zu Hunderten seien die Tlascalteken und Otomis von Donner und Blitz – den feuerspeienden Waffen der Weißen – hingemordet worden; in einem Scheinkampf würden so viele den Tod nimmermehr gefunden haben. Der gesamten Wehrmacht des Freistaates standen vierhundert Söhne der Sonne gegenüber und siegten – nicht einmal nur, dank einem Glückszufall, sondern jedesmal, in etlichen Schlachten siegten sie und wären auch einem mächtigeren Feinde gegenüber Sieger geblieben. Unverletzlich und unsterblich zwar seien sie nicht, da auch sie Verwundete und Tote hätten, aber vermöge ihrer zauberischen Feuergeräte aus Kupfer kaum bezwingbar – es sei denn, daß Mexiko seine gesamten Heerscharen gegen sie aufböte. Und klüger

möchte es sein, den Feind vor den Toren des Landes als vor den Toren der Hauptstadt oder gar innerhalb der Stadtmauer zu vernichten. Und zum Schluß überreichte er Montezuma die bemalte Leinwandurkunde, darin der Wortlaut der Rede des weißen Gottes verzeichnet stand.
Auf einen Wink des Zornigen Herrn las der Tempel-Feger von der Leinwand die hochfahrenden Worte ab, mit welchen der weiße Gott von Montezuma drohend erheischte, ihm unverzüglich die beiden entlaufenen Sklaven auszuliefern.
Wie aus einem Munde stieß der Hohe Rat einen Entrüstungsruf aus. Die Verwirrung, die bis dahin geherrscht hatte, war geschwunden. Es gab keinen Widerstreit der Meinungen mehr. Es handelte sich nicht mehr um Cacama oder Guatemoc, ob man die Fremden in die Stadt einladen solle oder nicht. Jetzt handelte es sich nur darum, für eine freche Beschimpfung die würdige Antwort zu finden. Hätte Montezuma in diesem Augenblicke seine Ratgeber gefragt, sie hätten ihn alle ohne Ausnahme gebeten, die Adler und Jaguare auf die Gelbhaarigen loszulassen.
Doch Montezuma fragte nicht, da er die Antwort voraussah und den Rat nicht befolgen wollte. Es wäre für ihn selbst eine Erlösung gewesen. Denn seit einem halben Jahr krankte er an der Unfähigkeit, einen Entschluß zu fassen. Aber sogar die kühne Anmaßung des weißen Gottes befreite ihn nicht von der Lähmung seines Willens. Er, der eben noch – beeinflußt durch die Aussagen der beiden Sklaven – den Vorschlägen des Edlen Traurigen zugenickt hatte, war verwirrt durch die Rede des Rauchenden Blutes und haltloser denn je. Mit verlorenen Blicken sann er hin und her und flüsterte mit dem Tempel-Feger. Nicht nur seines Leibes, auch seiner Seele Doppelgänger schien dieser zu sein – sein williges Werkzeug und doch zugleich der Wille, der den Königswillen sich zum Werkzeug schuf...
Nach einer Weile sprach Montezuma zur Versammlung, und der Tempel-Feger wiederholte laut rufend jedes seiner unvernehmbaren Worte. Der König teilte seinen Entschluß mit – der keiner war, sondern eine Ausweichung, eine feige Umgehung des männlichen Entschlusses.
»O ihr meine Oheime und Väter«, sagte Montezuma, »wir wollen die beiden Sklaven Unserer Großmutter, der Göttin mit dem Adlerfuß, opfern, deren Fest, das Fegen der Wege, morgen gefeiert wird. Denn weder kann ich dem weißen Gott seine Bitte erfüllen noch will ich mich von ihm zwingen lassen, sie zu erfüllen. Wenn wir aber die Sklaven geopfert haben und man fragt uns nach ihnen, so können wir sagen, so können wir offenbaren, daß die Sklaven im Himmel der Sonne weilen und mittags in Gestalt von Kolibris zur Erde fliegen. ›Fangt die Kolibris!‹ werden wir sagen. Fangt euch die Summvögel, die eure Sklaven sind, werden wir sagen, wenn man

uns fragt. Aber unsere Tapferen werden wie die Präriewölfe in den Bergen und Schluchten um Cholula heulen und hindern, daß man uns fragt. Denn die heiligen Könige Cholulas empfingen zwei Goldtrommeln als Geschenk von mir, und sie wollen die Tore der heiligen Stadt öffnen und ein Fest den weißen Göttern rüsten und sie auf ihre Tempel hinaufführen, während unsere Adler und Jaguare in den Schluchten lauern ...«
Nur drei wagten Widerspruch zu äußern, der Überwältiger, der Edle Traurige und der Herabstoßende Adler. Ihr Kampf gegen die Heimtücke war vergebens. Der Rat der Alten hatte keine Stimme mehr, nachdem Montezuma gesprochen hatte.

Melchorejo und Julianillo starben mit vielen Leidensgefährten und einer Leidensgefährtin, einer schönen flaumjungen Mexikanerin. Freiwillig hatte sie sich dazu gemeldet, Unsere Großmutter, die Göttin der Lust und des Unrates, zu sein, hatten doch junge und alte Hebammen und Ärztinnen – »die die Würmer aus den Zähnen oder aus den Augen ziehen« – ihr vorgeredet, sie werde in ein Gemach geführt werden, wo »der König« – der junge Maisgott – bei ihr liegen werde.
Während fünfzehn Vorfesttagen wurde sie, nachdem sie die Göttinnentracht angelegt hatte, durch lautlose, gesanglose Tänze und Tanzspiele zerstreut, da es für ein schlimmes Vorzeichen galt, wenn Unsere Großmutter ihren Tod beweinte. Den Mund mit schwarzem Kautschuk bemalt, schritt sie den letzten Tag, begleitet von allen Medizinweibern, durch die Straßen Tenuchtitlans und auf den großen Markt, um Abschied von der strahlenden Welt zu nehmen. Und wo sie ging, streute sie Maismehl, so daß der weiße Faden ihrer Spur sich allerorts über den Boden der Gassen, Plätze und Kanalbrücken schlängelte. Vor dem Tempel der Göttin aber wurde Unsere Großmutter von fünf Priestern in Empfang genommen; und tröstend raunten die Hebammen ihr zu: »Ängstige dich nicht, mein Täubchen! Du verbringst die Nacht mit dem König! Freue dich! ...« Auf der Plattform stellte der stärkste der fünf Priester sich Rücken an Rücken zu Unserer Großmutter, hakte seine Arme in ihre Arme, beugte sich und hob sie, um sie als Rückenlast zum »König« zu tragen – genauso, wie es in Mexiko üblich war, die Braut zum Bräutigam zu tragen. Im selben Augenblick wurde ihr Haupt vom Halse getrennt. Dann zog man der Leiche die Haut ab. Und aus der Schenkelhaut schnitt man eine Maske für das Gesicht des starken Priesters. Den Körper aber dieses Priesters bedeckte man mit der frisch gegerbten Mädchenhaut. Und ein Frauenrock wurde ihm umgelegt, große Adlerfüße – das Attribut der Göttin – wurden ihm an die Knöchel geschnallt und allerlei Zierate Unserer Großmutter aus Goldblech, Amethyst, schwarzem Achat und Grünstein erhielt er als Schmuck. So zur Göttin geworden, ging er daran, unterstützt

von den vier anderen Priestern, die als die vier Morgenröten gekleidet waren, den männlichen Opfersklaven den Edelstein aus der Brust zu reißen.
Während die Tötung des Mädchens in der Nacht vor dem Festtage erfolgen mußte, geschah die Schlachtung der Sklaven erst nach Sonnenaufgang. Die vier Morgenröten hatten Brennholz zu großen Haufen auf der Plattform geschichtet und zu einem mächtigen Feuerbrand entfacht.
Das Besenfest – das Fegen der Wege genannt – war eins der volkstümlichsten. Die gesamte Bewohnerschaft Tenuchtitlans nahm daran teil und drängte sich, zermalmte sich schier in den Gassen. Alle Dächer waren von Schaulustigen überfüllt. Denn in den Höfen des kleinen Tempels der Göttin war wenig Raum – und die Ehrenplätze dort waren dem Zornigen Herrn, seinem Hofstaat und seinen Krüppeln und Narren vorbehalten.
Auch die Herrin von Tula und ihre Tochter Perlmuschel hatten sich einfinden müssen, höflich, aber unverweigerlich dazu aufgefordert durch die Königin Acatlan, obgleich oder gerade weil diese anzunehmen Grund hatte, daß die Witwe und Tochter des Herrn des Fastens, seinen abtrünnigen Lehren getreu, den blutigen Opferritus mißbilligten und verabscheuten. Die Rache der Königin Acatlan für die verweigerte Schale Kakao gelang ihr vollkommen. Gezwungen, ihre Empfindungen hinter einem versteinerten Lächeln zu verstecken, mußten die beiden Frauen mit ansehen, wie Melchorejo und Julianillo schluchzend und laut heulend vom Daunen- und Papierschmuck sich entblößen ließen, an Armen und Beinen sich binden ließen; wie sie erst von den vier Morgenröten mit Pfeilschüssen durchbohrt und dann auf den Scheiterhaufen gelegt wurden, wo ihre Körper, von Brandblasen geschwellt, sich gräßlich aufblähten, bis – fast eine Erlösung war es – Unsere Großmutter sie, die immer noch Lebenden, aus dem Feuer zog und, von Brustwarze zu Brustwarze sie aufschlitzend, ihnen das dampfende Herz herausriß . . .
Der kleine Menschen-Puma fiel ihn Ohnmacht.
Seit er in der Erdbebennacht von den Federarbeiterinnen gepflegt und dann durch Guatemoc der Prinzessin Perlmuschel wieder zugestellt worden war, fieberte er. Doch Perlmuschel hatte sich nicht entschließen können, ihn in ihrem von Feinden behüteten Palast zurückzulassen, hatte ihn krank, wie er war, mitgenommen, um ihn unter ihren Augen zu behalten. Längst war es ihre heimliche Absicht, in diesem Knaben sich einen Rächer für die rote Blume von Yuquane zu erziehen, darum war sie davor nicht zurückgeschreckt, ihn das Furchtbare sehen zu lassen (das ja die Kinder in Mexiko auf Schritt und Tritt sahen); – es mußte den Groll und die Empörung gegen die bluttrinkenden Götter und ihre mexikanischen Diener in der von ihr beeinflußten Kindesseele einwurzeln und wachsen machen . . .
Der Vom-Himmel-Gestiegene verließ seinen Platz neben seiner

Schwester Maisblüte, wand sich durch das Gedränge der Höflinge und stand plötzlich vor der Herrin von Tula und Perlmuschel.
»O Prinzessin«, sagte er zu Perlmuschel, »laß mich Menschen-Puma in deinen Tecpan tragen.«
»Räuber!...« entgegnete sie leise und umklammerte den Knaben. »Du hast ihn neulich geraubt!...«
»Es gibt Unglückstage, o Prinzessin! Ich wußte nicht, was ich heute weiß.«
»Was weißt du heute?«
»Daß du mein Weib werden wirst!«
»Du hast ein Weib und viele Weiber...«, sprach sie fassungslos.
»Nein. Maisblüte warf meine Freude in einen Brunnen. Und die Flötenspielerinnen bringen mir die Freude nicht wieder. Aber du kannst sie aus dem Brunnen ziehen!«
»Ich hasse dich!«
»Mich straft die Liebesgöttin durch dich, o Prinzessin!«
»Und darum raubst du mir den Knaben?«
»Wenn man die Trommel kratzt, so schreit sie, o Prinzessin! Auch mein Herz schreit vor Qual. Wäre der Knabe dein Bruder, das schwöre ich dir bei der Sonne und bei den Wassern des Sees, ich würde ihn nie töten. Aber er ist dir ein Fremder, und doch liebst du ihn mehr als mich. Also muß er sterben, weil mich die Liebesgöttin so grausam straft...«
Der Vom-Himmel-Gestiegene entfernte sich. Die Prinzessin hielt den Knaben angstvoll umklammert und sagte zur Herrin von Tula:
»Die Sonne und die Wasser des Sees haben seine Worte gehört: wenn Menschen-Puma mein Bruder ist, wird ihm nichts geschehen...«
Doch ihre Mutter schwieg düster und ließ sie ohne Antwort.

Beim Opferfeste fehlten der Edle Traurige und der Tempel-Feger; sie hatten den Abend zuvor Tenuchtitlan verlassen. Der Edle Traurige, weil der Aufruhr in Tezcuco seine Gegenwart erheischte; und der Tempel-Feger, um neue Weisungen Montezumas nach Cholula zu tragen.
Seiner Abreise war ein längeres Zwiegespräch mit Montezuma vorausgegangen. Gleich nach der Kronratssitzung hatte Montezuma wieder zu bereuen begonnen, daß der Überfall in Cholula beschlossen war. Nicht ohne Mühe gelang es dem erfindungsreichen Günstling, die Bedenken des Königs zu zerstreuen; und um dessen Zaghaftigkeit zu beschwichtigen, trat er mit zwei neuen Plänen hervor. Gewiß, meinte er, könne der Anschlag mißlingen, und nur klug sei es, auch diese Möglichkeit ins Auge zu fassen. Darum rate er, den Weg von Cholula zum Paß zwischen dem Rauchenden Berg und der Weißen Frau zu unterhöhlen und mit eingerammten Pfählen zu versehen, so daß die Söhne der Sonne mit ihren Hirschungeheuern, den Weg

betretend, sich selbst aufspießen würden. Sollte es ihnen aber gelingen, auch dies Hindernis zu überwinden, so brauche Montezuma dennoch nicht zu fürchten, ihnen begegnen zu müssen. Denn er erbiete sich – gekleidet mit allen Insignien des Herrn der Welt, geschmückt mit der türkisenen Stirnbinde und umringt von Würdenträgern, dem weißen Gotte entgegenzuziehen, seine Botschaft anzuhören und ihn mit einer Antwort an den Fürsten des Ostens zu entlassen. Die Gelbhaarigen und ihre tlascaltekischen Begleiter würden nicht imstande sein, den falschen Montezuma vom echten zu unterscheiden ...

Beide Vorschläge fanden den Beifall des Zornigen Herrn. Seit seinem Besuch beim alten Zauberer Zacatzin hatte er es vermieden, vor seinem Günstling den Namen der Prinzessin Perlmuschel zu nennen. Jetzt sagte er zum Tempel-Feger: »O tapferer Krieger, du Kluger! Mein Herz begreift nun, warum der Herr unserer Leiber im neunmal verkettet ruhenden Himmel dich mir zum Spiegel machte! Gelingt dir's – so wird die Göttin der Blumen dir und meiner königlichen Nichte, der Prinzessin Perlmuschel, das Ehebett weihen!«

Im wunderschönen Chapultepec führte Prinzessin Maisblüte ein glückloses Leben. Sie verachtete ihren Gatten und Bruder, den Vom-Himmel-Gestiegenen. Sie verfluchte ihre erzwungene Ehe. Und sie trug nicht, wie andere junge Frauen, eine getrocknete Beutelratte (von der man annahm, daß sie die Geburten fördere). Denn Maisblüte wollte ihrem Gatten kein Kind gebären.

Eine kurze Zeit hatte sie sich Mutter gefühlt. Aber nach wenigen Tagen schon war sie durch eine der berüchtigten mexikanischen Fruchtabtreiberinnen – die sie ohne Wissen des Vom-Himmel-Gestiegenen in ihr Schloß bestellt hatte – von der verhaßten Bürde befreit worden.

Ihrem Gatten teilte sie mit, daß sie kinderlos bleiben werde und auch bleiben wolle. Sie versagte sich ihm.

Als sie aber eines Tages in der Speise, die er ihr reichte, eine zerhackte kleine Macaschlange – ein nicht selten angewandtes Liebeszaubermittel – fand, erboste sie und sprach den Fluch aus: weder von ihr noch von einer anderen Frau solle er je ein Kind haben!

Um sich sein Eheleid aus dem Sinn zu schlagen, stürzte sich der Vom-Himmel-Gestiegene von neuem in wilde Vergnügungen, zügelloser noch, als er es vor der Ehe getan hatte. Sein nasenloser Freund Coxtemexi mußte ihm allnächtlich Feildirnen, Tanzmädchen und Flötenspieler in das Lustschloß bringen. Und das fernblasse Gelärm der Orgien zirpte über den verschlafenen Schilfsee.

Eine Weile schaute Maisblüte grollend dem Treiben zu. Dann verbot sie die Entweihung ihres Schlosses Chapultepec.

Der Prinz setzte die wüsten Gelage in Tenuchtitlan im Großen Palaste fort, und er entblödete sich nicht, auch Sandalenbinderinnen seines Vaters dazuzuziehen. Keiner der Tecpanbewohner, keiner der allzu vielen Höflinge brachte den Mut auf, den Königssohn bei seinem Vater zu verklagen. Und Montezuma konnte von den anstoßerregenden Vergnügungen nichts vernehmen, denn die Baumkronen des Schloßparkes rauschten, und die Springbrunnen murmelten zwischen dem von ihm bewohnten Palastteil und den weit entfernten Gemächern des Prinzen.

Seit der Erdbebennacht ließ sich der Nasenlose nicht mehr blicken, und der Prinz machte sich Sorgen deshalb, ohne zu ahnen, daß dicht neben dem Schauplatz der Orgien – die nun ohne Coxtemexi gefeiert werden mußten – sich das Gewahrsam des vermißten Freundes befand. Als der Vorsteher des Hauses der Edelsteine bewohnte nämlich der Herabstoßende Adler mit seiner Dienerschaft und seinem strenggehüteten Gefangenen einen angrenzenden Palastflügel.

Maisblüte war es nicht unbekannt geblieben, wohin ihr Gemahl die Trinkgelage verlegt hatte und wie schamlos er sich an den Mägden des Königs vergriff. Wenn Montezuma diesen Ärgernissen kein Ziel steckte, so wollte sie es tun. Sie beschloß, ihren Gatten zu überraschen.

In der dem Besenfest folgenden Nacht ließ sie sich in ihrer Sänfte nach der Stadt und in den Großen Palast tragen. Aber anders, als sie es sich ausgemalt hatte, war im blumengeschmückten Papageiensaal die Begegnung mit dem Vom-Himmel-Gestiegenen.

Entgegen seiner Gewohnheit – vielleicht infolge der launisch-jäh gefaßten Liebe zu Perlmuschel und ihrer harten Abweisung trüb gestimmt – hatte sich der Prinz diesmal auch mit ernsteren Zechgenossen umgeben, deren Gegenwart der groben Ausgelassenheit der Sandalenbinderinnen Einhalt tat. Als Maisblüte, mit zürnenden Worten vor ihn hintretend, unter vielen fremden Gesichtern auch die wohlbekannten Züge des jungen Königs von Tlacopan und die weinseligen des Spinners erblickte, konnte ihr überzartes Mädchengesicht nicht anders, als freundliches Lachen lachend erwidern. Und ihren mit Vorwürfen beginnenden Satz beendete sie mit Scherzworten. Ihr Gatte fing die Scherzworte auf und warf sie lachend zurück: nur darum schelte sie ihn, rief er, weil sie Pulque nicht zu trinken wage. Und alle Gäste horchten auf, welche Antwort die Prinzessin wohl geben werde. Und in scherzendem Ton gab sie die Antwort, die von ihr erwartet wurde: sie rühmte sich, mehr Pulque zu vertragen als der Vom-Himmel-Gestiegene. Da bestanden alle Gäste darauf, es müsse erprobt werden. Und Prinzessin Maisblüte trank mit ihrem Gatten um die Wette, bis sie trunken war. Und als sie trunken war, kreischten die Sandalenbinderinnen und Tanzmädchen vor Entzükken über sie, die liebreizende, die adelige, die betrunkene Königstochter.

Da trat ein ungeladener Gast in den Papageiensaal. Aus dem Schlaf geweckt durch das Flötenspiel und Gekreisch, kam der Herabstoßende

Adler, dem lärmenden Königssohn Vorhaltungen darüber zu machen, daß er sich am Frauenhause seines Vaters vergriff ... Gelächter erhielt er zur Antwort.
Und im Schimmer der schwelenden Kienfackeln sah er Maisblüte ... Stets hatte er sie gemieden, seit sie ihm verloren war. Eine Trunkene, saß sie jetzt unter Trunkenen.
Ihre Augen jammerten. Ihr voller Giftblumenmund war schmerzlich geschlossen, feucht wie eine zerschnittene Frucht. Und sie erhob sich, trunken, wie sie war, erhob sie sich, kam schwankend auf ihn zu und sprach ihm von Sehnsucht, von Neigung und von zu jungen Herzen, die sich selbst nicht verstehen ...
»Ach, allzu spät hat die Blume der Liebesgöttin mich berührt!« sagte sie.
Er stieß sie von sich, und taumelnd sank sie zu Boden. Schnell verließ er den Saal.
Und nun trank Prinzessin Maisblüte, bis sie bewußtlos wurde und einer Toten gleich dalag.

Und als Maisblüte tags darauf ihren Rausch ausgeschlafen hatte, war sie sich selbst verhaßt, war sie sich selbst ein Greuel geworden; und wie zerfetzt war ihre Seele durch die Messer der Scham und der Reue und des Lebensüberdrusses. Wieder fühlte sie den handgroßen Skorpion auf ihrem Brustschmuck sitzen – wie damals, im Schloßgarten von Tlatelolco, als die wiederauferstandene Papan, von der Begeisterung des Gottes erfüllt, Wehe über die Tochter Mexikos gerufen hatte ...
Die Götter des Pulque und aller Rauschgetränke – die Totochtin, die kleinen Hasengötter – hatte sie durch ihr Benehmen beleidigt. Und sie beschloß einen Bußgang in den Tempel der Hasengötter.
Doch nur in Tenuchtitlan ließ sich das ausführen und nur, wenn Montezuma ihr seinen Beistand lieh. Sie schwebte in ihrer Kolibrisänfte zum Zornigen Herrn. Ihre Schönheit vermochte viel über ihn. Aber diesmal mußte sie lange überreden, viele Gegengründe widerlegen. Gar sehr widerstrebe es ihm, sagte er kopfschüttelnd, seines liebsten Kindes Nacktheit den Blicken des Volkes preiszugeben – wie solches beim Bußgang zu den Hasengöttern unvermeidlich wäre.
Um den Blicken zu wehren, erwiderte sie ihm, erbitte sie ja seinen Beistand. Und sie zeigte ihm, wie er das Volk hindern könne, ihre Blöße zu schauen.
Da ließ Montezuma durch den Vorsteher des Hauses der Teppiche mancherlei Anstalten treffen für den mitternächtlichen Bußgang der Prinzessin Maisblüte. Und allen Bewohnern Tenuchtitlans und allen Palastbewohnern wurde befohlen, drei Stunden vor Mitternacht müßten sie sich schlafen legen – wer aber wachend angetroffen werde, solle mit dem Tode gestraft werden. Auch alle Torwächter müßten sich zur Ruhe begeben; und unbehütet offen sollten – in

dieser einen Nacht – die Tore des Palastes stehen. Und der Vorsteher des Hauses der Teppiche erhielt ferner den Auftrag, dreißig Blinde in Tenuchtitlan zusammenzusuchen, damit sie mit Kienfackeln den Weg der Prinzessin erhellten.

Den Bußgang zum Tempel der Vierhundert Kaninchen trat Maisblüte in einem stolaähnlichen Papiergewande an, welches rechts und links aufgeschlitzt war. Sie kam zum Tempel, klomm die Treppe hinauf zur Plattform, und kniend im Sanktuar – wo Grünsteinbilder von zehn Pulquegöttern und von Mayauel, der Agavegöttin, der Vierhundertbrüstigen, aufgestellt waren – räucherte sie, klagte sich ihrer Sünde an und betete. Und nach dem Gebet nahm sie sich das Papiergewand ab und legte es vor der Vierhundertbrüstigen nieder. Und völlig nackt – bis auf die silbernen Sandalen, mit deren schleifenverzierten Lederriemen die halbe Wade umschnürt war – stieg Maisblüte die Stufen hinab. Am ganzen Körper war sie hellgelb geschminkt. Nur Sterne des Himmels sahen blinzelnd auf ihre zauberhafte Blöße nieder, deren Zauberhaftigkeit noch erhöht wurde durch das grausame Wundmal, die schreiend rote, kaum geheilte Vernarbung der linken, zerwüsteten Brust... Sterne, Eulen und Vampire sahen sie – aber Menschen nicht. Durch die toten schwarzen Gassen und Kanalbrücken ging sie wiegend dem Großen Tecpan zu. Und alle hundert Schritt stand einer der dreißig Blinden, die hängenden Ränder der ausgelaufenen Augen karminen grell beleuchtet von der Fichtenholzfackel, mit welcher er, ein ewig Blinder, der nackten und verstümmelten Königstochter den Weg erhellte.

Dem letzten der Blinden nahm Maisblüte die Fackel aus der Hand. Denn sie fürchtete sich, in den lichtlosen, nachtschwarzen, wie verzauberten Tecpan zu treten. Alle Palasttore standen unbehütet offen, und sie wußte nicht, durch welches sie eintrat. Sie kam durch Säle und Korridore, die sie nie gesehen hatte. Dann, als sie weiterging, entsann sie sich, daß sie in diesen Irrgängen schon früher gewandelt war, doch sie wußte nicht, ob in Träumen oder in Wirklichkeit. Und als sie schließlich erkannte, daß sie sich im Palastflügel befand, den Guatemoc bewohnte, war es zu spät, zurückzufliehen. Ahnungslos hatte sie eben das Schlafgemach des Herabstoßenden Adlers betreten. Beim Kienfackelschein starrte sie ihm entsetzt in die Augen, der wach dasaß, als hätte er sie herbeigesehnt. Sie wollte zurückweichen – er ließ sie nicht fort. Und er fing sie zart mit den Händen und hielt sie, als hätte er einen Schmetterling erhascht, und er zog sie auf das Bett.

»Auch mich hat die Blume der Liebesgöttin berührt!« sprach er, sie mit Küssen fast erstickend.

Gegen Morgen war er eingeschlafen. Sie aber streichelte ihm die Stirn und das Haar. Da war ihr, als sähe sie im Dämmerlicht, daß ein Kopf sich durch den Korallenvorhang der Kammertür schob. Und nur der Kopf war zu sehen, körperlos schien er dort zu hängen, gleichsam an die Luft genagelt. Dem wohlgeformten Antlitz aber fehlte die Nase ... Und als ihr zum Bewußtsein kam, daß es Coxtemexi sei, der sie hier auf dem Lager des Herabstoßenden Adlers erblickt und hohnvoll anblickte, stieß sie einen Schrei aus. Das Haupt verschwand, und Guatemoc erwachte. Doch auf alle seine Fragen schüttelte sie nur traurig den Kopf und verriet ihm nicht, was sie weinen machte, und warum sie eilends von ihm Abschied nahm. Denn sie selbst hielt das Gesicht für ein Traumgesicht und wollte dem Geliebten mit haltlosen Ahnungen das Herz nicht beschweren.

Am Vormittag wurde Guatemoc zu Montezuma gerufen. Und als er sich eben in den Saal der Botschaften begeben wollte, warfen sich ihm mehrere seiner Sklaven verzweiflungsvoll vor die Füße.

»Strafe uns, o Herr! Wir haben den Tod verdient! ... Der Gefangene, den du uns zu hüten gabst, ist entkommen! ...«

Die Schuld zu untersuchen, die Saumseligen zu strafen, fehlte es dem Prinzen an Zeit. Auch war ihm klar, daß die Hauptschuld der gestrige Befehl Montezumas hatte, indem durch die Verfinsterung des Palastes und die anbefohlene frühe Nachtruhe die Beaufsichtigung des Gefangenen erschwert worden war.

Mißgestimmt trat der Prinz vor Montezuma, küßte ihm die Füße und die Hände, warf Weihrauchkörner in eine Räucherpfanne, und mit über der Brust gekreuzten Armen erwartete er die Befehle des Herrn der Herren.

Der König schickte sein Gefolge aus dem Saal. Er hatte allein mit dem Herabstoßenden Adler zu reden.

Die plötzliche Abreise des Edlen Traurigen nach Tezcuco erleichterte Montezuma dies vorausgefürchtete Gespräch. Nur noch des einen Widerstand war zu brechen ...

Er erzählte von seinem Besuch im Schlangenberg und vom Baumorakel. Er bat nicht, und er befahl nicht; er sagte nur, es sei sein Wunsch, den Sternhimmel am Huitzilopochtliturm mit einer Schicht von Edelgestein und Edelmetallen zu überziehen.

»Die Tribute aller Provinzen reichen dazu nicht hin!« sagte der Herabstoßende Adler.

»Die Schatzhäuser des Königs Wassergesicht und des Königs Molch sind unangerührt«, sprach Montezuma mit unstet flackernden Augen.

Erregt antwortete der Herabstoßende Adler.

»Beide Könige, dein Vater wie mein Vater, setzten einen Fluch zum Hüter ihrer Schatzhäuser ein. Und denjenigen wird ihr Fluch vernichten, der die Kleinode der Ahnen antastet, ehe Mexiko in Gefahr schwebt!«

»Mexiko schwebt in Gefahr ...«, murmelte Montezuma.

»Nein. Noch nicht ... Aber bald naht vielleicht die Zeit; und wenn sie naht, wollen wir mit Gold und Grünsteinen Waffen kaufen, die

Juwelen in Speere und Wurfbretter, Pfeile und Pfeilspitzen, Schilde und Sägeschwerter verwandeln, um die Gefahr zu bannen.«

»O großer Krieger, du Tapferer«, sagte Montezuma mit verletzender Höflichkeit, »ist das dein Mund, der so spricht? Ein guter Beschützer des Hauses der Tribute bin ich! spricht dein Mund. Dem Hunde gleichst du, der eines Knochens wegen seinem Herrn die Zähne zeigt! Denke ich denn daran, anzutasten, was unantastbar ist? Doch der Schatz von Tezcuco hat keinen Fluch zum Hüter!«

»Er hat die Ehrlichkeit Mexikos zur Hüterin!« rief der Herabstoßende Adler.

Hart prallten ihre Augen aufeinander. Von maßloser Wut gepackt, schrie Montezuma:

»Bist du die Ehrlichkeit Mexikos? Wirfst du mir Unehrlichkeit vor?... Hebe dich fort von hier!... Für deine Würden werde ich Würdigere finden... Fort! Mir aus den Augen!... Ich verbanne dich! Und wenn du nicht bis morgen wie ein Vogel entfliegen oder wie eine Schlange in die Erde dich verkriechen kannst, so stirbst du einen bösen Tod!...«

Ohne zu antworten, entfernte sich Guatemoc aus dem Saal der Botschaften. Und eine Stunde später schritt der Rote Jaguar hinter einer von vier Tlamamas getragenen Prachtsänfte her. Königlich, ein stolzer Verstoßener, ließ sich Guatemoc aus dem Palast hinaustragen, den wieder zu betreten ihm – vielleicht für immer, vielleicht für lange Zeit – verwehrt war.

In Adlerrüstung, mit allen Insignien seines fürstlichen Ranges behängt, begab sich der Herabstoßende Adler nach Chapultepec, von Prinzessin Maisblüte Abschied zu nehmen. Er verwischte seine Spur nicht, er befürchtete keine Verfolgung vor Ablauf der eintägigen, vom König ihm gewährten Frist. Am Gartentor des Lustschlosses entstieg er der Sänfte und schickte die Tlamamas in den Großen Tecpan zurück. Auch den Roten Jaguar schickte er fort und gab ihm den Auftrag, in das Haus des Obsidianarbeiters zu gehen und dort Ohrring-Schlange von seiner Verbannung zu unterrichten.

Von Gartenterrasse zu Gartenterrasse war der Herabstoßende Adler die glanzig polierte dunkelrote Steintreppe emporgestiegen und näherte sich dem obersten Garten, wo die alten moosbewachsenen Zypressen das milchweiße Schlößchen gleich schwarzgrünen Flammen umloderten – als ihm der Gesang der Prinzessin Maisblüte entgegenklang:

»Gefüllt mit meinen Worten
Stehn die Blumen aufrecht im Wasser.

Hinweggenommen sind die Tolteken,
Beendet ist das Buch ihrer Herzen –
Nicht länger mag ich hier leben.

Wer wird mich nehmen? Wer wird mit mir gehen?
Ich bin bereit, daß ihr mich nehmen kommt.
Was frisch war – die Düfte und meine Gesänge schwanden mit ihnen.
Gefüllt mit meinen Worten.
Stehn die Blumen aufrecht im Wasser ...«

Doch statt in die schattige Grotte zu gehen, aus welcher dies Lied herausschallte, ging Guatemoc auf das kleine Ballspielhaus zu. Und durch eine Sklavin ließ er Maisblüte melden, er erwarte sie und wünsche mit ihr Federball zu spielen. Schnell entkleidete er sich, legte den Lederpanzer der Ballspielenden an und band sich die Maske aus dunklem Lavagestein vors Gesicht. Denn so verkleidet, gedachte er zu fliehen, nachdem er von der Geliebten Abschied genommen.
Sie kam, das dunkle Haar zum Schutz gegen die Sonne mit Feuerreiherblumen bekränzt. Er sagte ihr mit wenigen Worten, was ihn – trotz aller Gefahr – zu ihr getrieben hatte. Und als auch ihr von ihren Frauen Lavamaske und Lederpanzer angelegt worden waren, führte er sie vor das Ballspielhaus auf einen Rasenplatz hinaus; konnten sie doch innerhalb der Mauern zu leicht umstellt werden. Keine Frage richtete Maisblüte an ihn. Klar sah sie den Schmerz seiner Fröhlichkeit. Abschied nehmend, spielte er mit ihr, weil durch das anmutige Spiel ihr die Tränen gehemmt und ihm das Herz mit dem Bilde ihrer silberfüßigen Schönheit angefüllt wurde.
Da plötzlich sauste von der Lagune her ein Pfeil vor ihn in den Rasen. Und ihn aufhebend, fand er ein wie ein Briefchen gefaltetes Blatt an den Pfeil gebunden. Aus nur drei Worten bestand der auf das Schilfblatt eingeritzte Brief: »Coxtemexi; Montezuma; entflieh!«
Aber der Herabstoßende Adler wollte die Geliebte so jäh nicht verlassen. Er ließ durch Sklavinnen ein flammendes Räucherbecken, als wäre es zum Empfang von erwarteten Gästen, auf den Rasen stellen, und unbekümmert fuhr er fort, mit Maisblüte den Federball zu werfen. Und wieder flog ihm ein Pfeil vor die Füße. Aber ehe er ihn aufheben und lesen konnte, sah er aus den Gebüschen rings die Feuersteinlanzenspitzen der Leibwache Montezumas aufflimmern, sah blitzend in der Abendsonne die haßglühenden Augen Coxtemexis und des Vom-Himmel-Gestiegenen auf sich gerichtet und hörte die heiseren Befehle des Königs: »O meine Söhne, fangt ihn! Weh euch, wenn ihr ihn entkommen laßt!«
Ein leiser Aufschrei der Prinzessin Maisblüte zeigte ihm, daß auch sie ihn für verloren hielt. Er lächelte wie ein Sieger, und vor aller Augen drückte er ihr den Abschiedskuß auf die geschweiften Lippen. Und dann warf er seinen vollen Weihrauchbeutel auf das Räucherbecken. Als die weiße Rauchwolke sich verzogen hatte, war der Herabstoßende Adler entschwunden.

Die warnenden Pfeile waren von Prinz Ohrring-Schlange geschossen worden.
In das Haus des Obsidianarbeiters hatte der Rote Jaguar nicht zu gehen brauchen, da gleich, nachdem er am Eingang zum Schloßgarten seinen Herrn verließ und zurück nach Tenuchtitlan über den Steindamm eilte, ihm unter den Bootfahrenden auf dem Schilfsee ein Mann aufgefallen war, der seiner Tracht nach niemand anders sein konnte als der Prinz, den zu suchen er Auftrag hatte. Es gelang ihm, sich durch Winken bemerkbar zu machen. Im Schilfröhricht am westlichen Seeufer trafen sie zusammen. Kaum aber hatte Prinz Ohrring-Schlange von der Verbannung des Herabstoßenden Adlers und seinem verwegenen Besuch im Garten der einstigen Verlobten erfahren, da gewahrte er auch schon, wie die Zugänge zum Garten von der Leibwache Montezumas besetzt und wie der König, Coxtemexi und der Vom-Himmel-Gestiegene mit einem Trupp bewaffneter Krieger die Treppen zu den Gartenterrassen emporeilten. Er schoß seine Pfeile ab, obgleich kaum noch zu hoffen war, daß sie den umstellten Freund zeitig genug erreichen würden.
Im Schutze des Rauchqualmes war dann der Herabstoßende Adler seinen Verfolgern entsprungen und hatte das Seeufer erreicht. Stumm wurde er von Ohrring-Schlange und dem Roten Jaguar in das bergende Röhricht gezogen. Alle drei bestiegen das bereitliegende Kanoe und ruderten zunächst in das Kanalgewirr der Stadt hinein. Unfern dem Hause des Obsidianarbeiters stiegen die beiden Prinzen aus, da Ohrring-Schlange, der in seinem Schlupfwinkel olmekische, mixtekische, zapotekische und andere völkische Trachten bereitliegen hatte, darauf bestand, sein Freund müsse eine davon wählen und sich der Ballspielrüstung – des Lederpanzers und der Maske – entledigen. Als Versteck kam das Haus des Arbeiters für die beiden Prinzen nicht mehr in Frage, länger zu verweilen oder gar zu übernachten darin wäre leichtsinnig gewesen, seitdem Coxtemexi in Freiheit war. Aber an eine augenblickliche Gefahr dachten die Prinzen nicht. Auch war, als sie sich näherten, dem unscheinbaren Gebäude keine Veränderung, nichts Gefahrdrohendes anzusehen. Als sie jedoch schon dicht bei der Haustür waren, bemerkte Ohrring-Schlange, daß aus dem Nebenhaus eine der Federarbeiterinnen, die jüngste Schwester der Schwindsüchtigen, herausschaute und sich mit der Hand an die Kehle faßte. Es war dies ein zwischen ihr und dem Prinzen verabredetes Zeichen. Ohrring-Schlange ergriff Guatemocs Hand, und ohne daß ein Wort gesprochen worden war, wußte auch dieser, daß das Haus von Häschern Montezumas besetzt war. Sie schritten an der Tür vorbei und bemühten sich, unauffällig durch das Menschengedränge der engen Gasse sich Bahn zu schaffen. Doch sie waren gesehen worden. Aus dem Hause des Obsidianarbeiters stürzten Bewaffnete, denen anbefohlen war, die beiden Feinde des Zornigen Herrn tot oder lebendig zu ergreifen. Die Prinzen nützten

ihren Vorsprung aus und entwichen. Die Folge davon war, daß ein Hagel von Geschossen ihnen nachgesandt wurde – der sie zwar nicht traf, unter der ahnungslosen Menge auf der Gasse aber ein Gemetzel anrichtete. Verwundete wälzten sich in ihrem Blut. Der jungen Federarbeiterin, der Schwester der Schwindsüchtigen, waren Brust und Lunge von einem Speer durchbohrt worden. Eine Sterbende, wurde sie ins Haus getragen.

Die beiden Landflüchtigen hatten, den Weg durch Seitengassen nehmend, die Landungsstelle wieder erreicht, wo der Rote Jaguar mit dem Kanoe auf sie wartete. Blitzgeschwind trug sie das Boot durch das Labyrinth der kleinen Vorstadtkanäle hinaus auf die Lagune. Erst ziemlich weit von Tenuchtitlan entfernt, im östlichen Teil des Schilfsees, verstummte der hastige Schlag der Ruder, und geschaukelt von Wind und Wellen ließen die Ruderer das Boot treiben. Sie berieten nun, was sie tun sollten. Beide Prinzen hegten den Wunsch, in oder doch in der Nähe Mexikos zu bleiben, wo seit dem Anmarsch der weißen Götter große Geschehnisse sich ankündigten. Im Augenblick aber wäre es aussichtslos gewesen, einen Unterschlupf in der Wasserstadt zu suchen. Aber auch in einen der Küstenorte des Sees sich zu wagen, wäre tollkühn gewesen, da Montezuma seine Späher und Häscher in jedem Fischerdorfe hatte. Prinz Ohrring-Schlange schlug einzelne der Laguneninseln vor; doch der Herabstoßende Adler lehnte immer und immer wieder ab und wies auf die Undurchführbarkeit der Vorschläge hin; die eine oder andere Insel mochte für eine Nacht Obdach bieten, doch nicht für längere Zeit, da zu viele Fischer und Krabbenfänger den See befuhren ...
Der Rote Jaguar, der bis dahin geschwiegen hatte, fragte, ob er reden dürfe. Und aufgefordert gab er den Rat, in einer unterirdischen Grabkammer, die er ausfindig gemacht hatte, Wohnung zu nehmen. Im nordwestlichen Teil des Sees liege verborgen zwischen hohem Röhricht der Eingang zu einem vergessenen – sei es toltekischen, sei es tepanekischen – Totenhaus. Kürzlich erst, bei einer seiner einsamen Bootsfahrten, habe er die Grabkammer entdeckt; doch da ihm eine Fackel nicht zur Hand gewesen, habe er in das finstere Gewölbe nicht eindringen können.
Der Vorschlag fand Beifall. Einen Feuerbohrer und ein Bündel Kienfackeln hatte Prinz Ohrring-Schlange vorsorglich ins Boot genommen. Der Rote Jaguar wurde angewiesen, zur Grabkammer zu rudern.

Der Steindamm von Chapultepec verband Tenuchtitlan mit dem Westufer des Sees. Ein anderer Steindamm aber, der von Tepeyacac, führte über den nordwestlichen Teil des Sees in das Gebiet des Königs von Tlacopan – in das an Trümmerhügeln reiche einstige Stammland der tepanekischen Welteroberer Zürnender Aderlasser

und Schambinde. Im Norden des Dammes von Tepeyacac war der See verschlammt und verschilft. Der Seeboden hatte sich – wohl infolge vulkanischer Tätigkeit – gehoben, und durch den aus dem Wasserspiegel emporgetauchten Schlamm waren zahllose kleine und kleinste Inseln entstanden, die, von üppiger Vegetation überwuchert, an Aussehen und Größe den schwimmenden Gärten Mexikos glichen, nur daß sie im See verankert blieben. So nahe lagen sie beieinander, daß in den sie trennenden Wasserrinnen oft kaum für ein schmales Kanoe Raum zur Durchfahrt war. Und da es nicht selten geschehen war, daß Boote in das Eilandwirrsal hinein-, jedoch nicht wieder herausgefunden hatten, wurde dieser Teil der Lagune von Fischern gemieden. Nur Entenjäger wagten sich zuweilen in das Schlammdickicht und suchten sich eine der tieferen Rinnen, wo sie, bis an den Hals im Wasser stehend, den Kopf mit Schilfblättern verdeckt, nach schwimmenden Wasservögeln mit den Händen griffen. Denn dichter gedrängt als sonstwo auf dem See flogen und schwammen, tauchten und nisteten, kreischten, piepten, schrillten und zankten sich hier in ihrem Röhrichtparadies die Blauflügelenten, die gelben Baumenten, Rotkappenibisse, Schlangenhalsvögel, blaue Reiher, weiße Sichler, Moorschnepfen, rosa Löffelreiher und Kraniche.
An diesem Abend begegnete das Boot keinem Entenjäger. Es war bereits Abend geworden, als der Rote Jaguar zwischen den mit Kolbenrohr, Schildkrötenblumen und kleinen Dornakazien bewachsenen Inseln hindurchsteuerte. Obgleich er bloß einmal hier gerudert war, entging er dank seinem außergewöhnlichen Ortssinn der Gefahr, sich zu verirren oder festzufahren. Nach einem kurzen Zickzackweg legte er an einer der größten Inseln an.
»Hier ist der Eingang«, sagte er.
Aber erst nachdem er an Land gestiegen war und vor den Eingang getreten war, erkannten seine zwei Begleiter, daß – gänzlich überwachsen von Schilf, Schlingpflanzen und Farnkräutern – sich ein aus Quadern errichtetes Mauerwerk kaum fußhoch aus dem Inselboden erhob. Ein gestufter Schacht führte hinab in das Subterraneum.

Da ein Lichtschein vom Seeufer aus gesehen werden konnte, beschlossen die Prinzen, die Fackeln erst unter der Erde zu entzünden. Sie und der Sklave tasteten sich die enge, stockfinstere, kellerfeuchte Treppe hinab und waren bald von schwarzer Nacht umfangen. Ein eisiger Modergeruch legte sich schwer auf ihre Sinne. Etwas huschte an ihnen vorbei – ein Marder war es oder ein Katzenfrett –, sie konnten es nicht erkennen: von Wand zu Wand sprang es dem Ausgang zu. Endlos lang schien der Schacht zu sein. Eine Wolke von Fledermäusen flüchtete an ihnen vorbei ins Freie. An den moosbewachsenen Wänden tastend, deren rieselnde Feuchtigkeit zuerst sich schleimig angefaßt hatte, fiel es den Hinabsteigenden auf, daß allmählich die Feuchtigkeit schwand und einer erddunstigen, staubtrockenen Kälte wich, je weiter sie vordrangen. Der giftige Moderstaub zerbeizte die Augen, setzte sich in Lungen und Kehle fest, reizte zum Husten. Statt sich an die Finsternis zu gewöhnen, wurden die Augen wie verdeckt von einem Tränenschleier. Und als das Ziel erreicht war, als die drei ebenen Boden unter ihren Füßen fühlten, waren ihre Augen so getrübt und der durch die Schachtöffnung einfallende Lichtschimmer so schwach, daß sie einander nicht sehen und von der Kammer, in der sie sich befanden, nichts erkennen konnten.

Der Herabstoßende Adler griff mit den Händen in die graue Dunkelheit hinein und erfaßte einen Mantel.

»Ohrring-Schlange? Bist du es?« fragte er leise.

»Nein!« ertönte die Antwort aus einer anderen Ecke der Totenkammer.

»Auch ich bin es nicht«, murmelte der Rote Jaguar.

Und auch seine Stimme klang entfernt.

»Hier steht ein Mann neben mir!« flüsterte der Herabstoßende Adler.

Unheimlich wurde es ihm. Er ließ den Mantel fahren. Weiter tastete er sich vor.

»Auch hier steht ein Mensch ... Und hier steht ein Dritter ...«

Ohrring-Schlange und der Sklave rieben Feuer an.

Als ein Flämmchen aus dem Holzmehl aufzüngelnd das Kienfackelbündel zu belecken begann, lief ein tänzelnder rötlichblasser Lichtschein in waagrechter Richtung nach den entferntesten Winkeln des schmalen, langen und niedrigen Raumes und bevölkerte ihn. Da saßen und standen einige fünfzig Gestalten. Ob es Geister waren oder Menschen – Feinde vielleicht –, ließ das eben geborene Flatterlicht nicht gleich erkennen. In lasser, müder Haltung, den Kopf an die Brust gesenkt oder zur Decke emporgerichtet, schienen sie regungslos in Träumereien versunken vor sich hinzublicken und schenkten den Eindringlingen keine Beachtung. Erst nachdem die Fackeln hell aufgeflammt waren, verdrängte das sieghafte Licht die staubgraue Kellerdüsternis, belichtete die Wirkereien, Kleinodien, Gliedmaßen und Gesichter der hier Versammelten und zeigte, daß sie Mumien waren. Erst jetzt konnte man sehen, wie grausig und zugleich grotesk die große Schar dieser schweigenden Gestalten war, die seit Jahrhunderten in der Grabkammer den kommenden Jahrtausenden entgegenharrten. Denn es waren Gekrönte des unter Schutt und Trümmern versunkenen Tepanekenreiches, die Kaiser Schambinde, Zürnender Aderlasser und ihre Vorgänger, nebst prinzlichen Brüdern und Schwestern, Neffen und Nichten, die hier in altertümlichem Fürstenornat teils thronend saßen, teils angelehnt an die beiden Längswände der Katakombe in schier endloser Reihe – gerade aufrecht die einen, schief und fallend die anderen – einander gegenüberstanden. An ihrem Fleisch, ihrem Haar und ihrer Haut hatte keinerlei Verwesung genagt, die unterirdische Luft hatte sie gedörrt; aber die Haut ihrer Hände und Köpfe wies Risse auf wie überaltes und trockenes, von der Zeit zerbeiztes Leder. Eingesunken waren die Augen und Nasen. Weit geöffnet waren die Münder mit vorbleckenden gebräunten Zähnen – alle fünfzig Mumien hatten die ledrigen verschrumpften Lippen aufgerissen; und das gab ihnen das Aussehen, als sängen sie gemeinsam ein Lied. Manche schienen stille Sänger zu sein, andere gebärdeten sich, als brüllten sie aus Leibeskräften. Eine Frau, die ihrem Schmuck nach eine Kaiserin gewesen sein mochte, sang und hielt schalkhaft ihr schweres Haupt zur Seite geneigt; ihr rotbraunes Haar aber und ihr Kopfputz waren zerzaust und überdeckt mit dem Kot von Fledermäusen, die auf ihr genistet hatten. Einem der Thronenden war der Halswirbel gebrochen und die Halshaut gerissen; sein Kopf war ihm auf den Schoß gefallen und lag grinsend und singend zwischen den starr ausgestreckten Armen.

Die drei Lebenden unter den Toten hatten keinen Sinn für die grauenhafte Komik dieser fürstlichen Versammlung, und sie übersahen, daß hier der Tod seiner Erhabenheit entkleidet war. Nicht daß die Nähe des Todes sie lähmen konnte, aber ihre Seelen schwebten lange Zeit in haltloser Verwirrung, wie scheue an Käfiggitter sich schlagende Vögel, infolge des ebenso unerwarteten wie ungewohnten Anblicks. Schrieb doch der aztekische Gräberkult vor, daß Könige und Prinzen – sofern man sie nicht auf Scheitern verbrannte – in Grabkammern einzeln beigesetzt, mit weißen Totengewändern und einer Gesichtsmaske verdeckt und dann eingemauert werden mußten. Es war dem Herabstoßenden Adler und Ohrring-Schlange unbekannt, daß frühere Völker andere Bestattungsgebräuche gehabt hatten. Und sie vermochten sich dies erstarrte Leben, die Festbannung, die Unwandelbarkeit des sonst ewig sich wandelnden Lebens nicht zu erklären. Warum die Toten hier versammelt waren, in solcher Anzahl und die meisten aufrecht stehend, war ihnen ebenso rätselhaft wie ihre verhältnismäßige Unversehrtheit durch die Zeit. Daß dies Wunder durch vulkanische Gase bewirkt war, die aus der Seetiefe an der Insel emporsteigend die Leichen vor Verwesung bewahrten, blieb selbst dem weißen Sklaven dunkel.
Da Ohrring-Schlange und der Herabstoßende Adler lange kein Wort fanden und stumm umherzublicken fortfuhren, wagte es der Rote Jaguar als erster, das lastende Schweigen zu brechen. Er bemerkte:
»Der letzte der Toten – dort am Ende der Kammer – ist kein Toter!«
Wunderbar war die Wirkung auf die beiden Prinzen. Sie hatten bereits sich an die Nähe der Leichen zu gewöhnen begonnen. Aber die Vermutung, ein Lebender leiste diesen fünfzig Toten Gesell-

schaft, war furchtbarer als die erste Schau beim Entzünden der Fackel. Das schon besänftigte Grausen wurde von Grund auf wieder emporgewühlt. Pfeilschnell flogen die Blicke den Saal entlang. Aber dann schüttelte Guatemoc abweisend den Kopf.
»Warum glaubst du das?« fragte er den Sklaven.
»O edler Herr, er hat sich bewegt!«
»Das Licht bewegt sich ... Die alle dort haben geschlossene Augen!«
»O edler Herr, blind ist jener letzte – doch er lebt!«

Guatemoc entriß dem Sklaven die Fackel und schritt durch die Gasse, die aus den zwei Reihen vertrockneter Leiber gebildet war. Ohrring-Schlange und der Rote Jaguar folgten ihm dicht auf den Fersen. Am anderen Ende der langen Grabkammer befand sich an der Schmalseite eine Tür – offen, in einen lichtlosen, tiefschwarzen Raum hinausgähnend – und neben der Tür stand ein Knabe. Mochte er eine Mumie, mochte er ein Mensch sein – seine Augen waren geschlossen, und in den Händen hielt er eine kleine grasgrüne Papageienmumie mit einem Halsband aus roten Karneolperlen und einer kurzen dünnen Goldkette, die an der linken Klaue befestigt war. Diese Goldkette war gerissen, und ihr größerer Teil befand sich in den schmalen schokoladenbraunen Kinderhänden einer etwa siebenjährigen Prinzessin; unweit, neben dem Thron jenes Königs stand sie, welcher seinen Kopf auf dem Schoß liegen hatte. Augenscheinlich war dem Mädchen ihr Lieblingsvogel mit ins Grab gegeben worden, und der Knabe hatte der kleinen Prinzessin den Papagei entwendet.
Er war keine Mumie. Er wandte den Kopf, als der Herabstoßende Adler mit der grellen Fackel näher kam – die geschlossenen Augen spürten das Licht, öffneten sich jedoch nicht. Blind war der Knabe. Furchtlos ging er Guatemoc entgegen und faßte ihn an der Hand.
»Komm!« sagte er, »ich werde dich führen!«
Und das Wunderbare geschah, daß Guatemoc, gelähmt in seinem Willen und jeder Widerstandskraft bar, sich vom blinden Knaben führen ließ. Hätte der Knabe ihn in einen Hinterhalt, in einen Abgrund locken wollen, der kluge, vorsichtige Krieger wäre ihm in diesem Augenblick, den inneren Warnerstimmen zum Trotz, dennoch gefolgt.

Sie durchschritten die Tür und traten in den nachtschwarzen Raum. Der Lichtschimmer der Fackel verscheuchte alsbald die Finsternis, welche flatternd durch Decke, Fußboden und Wände auseinanderstob, als wäre sie ein Volk schwarzer Vögel. Geräumig war die Kammer, in der sie sich befanden, ärmlich, doch wohnlich eingerichtet. Binsenmatten deckten den Fußboden, Gewebe hingen an den Wänden. Auf Stühlen saßen zwei Menschen, ein Greis und ein Jüngling. Guatemoc erkannte den Spinner und erriet, daß der Alte jener Zauberer Zacatzin sein müsse, von dem jedermann in Tenuchtitlan wußte, daß er wie eine Schlange in die Erde geschlüpft oder wie ein Falke in die Luft geflogen war, als Montezuma sein armseliges Haus dem Erdboden hatte gleichmachen lassen.

»Wir haben Euch lange erwartet!« begann Zacatzin seine Begrüßungsrede. Doch weiter zu reden, wurde er gehindert durch das Ungestüm des Prinzen Ohrring-Schlange. Mit einem Aufschrei stürzte der Prinz auf ihn zu, beugte sich über seine Hände, küßte die Greisenhände.

»O du Alter!« rief er glückstrahlend. »Du bist der Alte Wickelbär, der treue Diener des Herrn des Fastens! Der einzige bist du unter den Lebenden, der des sterbenden Königs letzte Reden vernommen hat!«

Und so war es. Von den beiden Greisen, die in den Gärten Tezcotzincos den herzkranken Herrn des Fastens auf dem Sterbebette gepflegt und, seinem Wunsche gemäß, lange Zeit sein Hinscheiden dem Volk Tezcucos verheimlicht hatten, war der eine bald hernach dem großen König ins Land der Sonne gefolgt. Der andere aber, Cuetlach-huehue, der Alte Wickelbär, war nach Tenuchtitlan übergesiedelt, woselbst er sich Zacatzin nannte und das Zaubergewerbe betrieb, welches ihn in den Stand setzen konnte, durch den Verkehr mit arm und reich Einblick zu gewinnen in mancherlei verborgene Gespinste des Hofes von Mexiko.

»So wahr der Himmel und die Erde leben! würde der König und Große Chichimecatl, mein Vater (wie heute noch das Volk Tezcucos erwartet) plötzlich wiederkehren von den Toten, plötzlich vor mir stehen – meine kupfernen Armringe könnten nicht freudiger klirren, als sie es jetzt tun!« rief Ohrring-Schlange überschwenglich.

Da erhob sich der Alte Wickelbär hoheitsvoll und sprach:

»O mein Herr, o du strahlender Quetzalvogel! Gehört habe ich mit Tränen, vernommen habe ich mit Rührung den Aufschrei deines Herzens. Der Herr des Fastens kehrt nie mehr zurück auf die blaue Erdscheibe, denn fortgezogen ist er in das Speerhaus des Himmels, in den Palast seines Vaters, der Sonne, wo alle ein Dasein der Freude, Zufriedenheit und Glückseligkeit führen. Doch mag sein Leib auch tot sein – sein Wille lebt noch und wird fortleben. Obgleich ich unwürdig bin, hat der Große Chichimecatl mir seinen Willen anvertraut, damit ich als treuer Diener ihn hüte und verwahre. Ich habe ihn gehütet wie eine kostbare Standarte und ihn verwahrt wie einen mit Perlen geschmückten Knochen. Nunmehr ist die Zeit nahe, daß ich dir des Toten Willen übergeben kann. Dann sollst du fortan sein Hüter und Verwalter sein, du edler Krieger, du Junger! Das Volk Tezcucos aber wird sich in dein Sternbild stellen!«

So sprach der Greis, kniete nieder und küßte des Jünglings Hände und Füße.

ACHTES BUCH

San Juan der Aufgeblasene und der Grobian Pedro Trujillo rauchten und zechten in der Marketenderlaube, die im Ballspielhaus der Sammelnden Biene aufgeschlagen war. Sie hockten auf niedrigen Sitzschemeln. Ein über mehrere Schemel gelegtes Brett diente als Tisch, auf welchem zwei mit Pulque gefüllte Zinnbecher standen. Denn spanischen Wein bot die Feuerlilie längst nicht mehr feil.
Der schweigsame, immer griesgrämige Trujillo war ein Meister im Spucken. Auf zehn Schritt Entfernung konnte er eine Fliege an der Wand treffen. Er war imstande, eine Schwalbe im Fluge zu besudeln. Leute, die es gesehen hatten, versicherten, er habe einmal aus ziemlicher Entfernung durch ein Schlüsselloch gespuckt, so zielsicher und elegant, daß der Metallrand des Schlüsselloches nicht einmal feucht wurde.
Zuweilen war sein Spucken chaotisch, zuweilen methodisch. In letzterem Falle lag stets eine Idee – eine platonische Idee – zugrunde. Figuren entstanden um ihn herum. An die Wand oder auf den Fußboden zeichnete er, bedächtig ein Häuflein Speichel neben das andere schleudernd, geometrische Gebilde; aber auch Organisches; Pflanzen, Insekten und Wirbeltiere. Mit unleugbar malerischer Begabung konnte er zum Beispiel die Konturen eines Ferkels mit geringeltem Schwänzchen spucken.
Heute hatte er seinen chaotischen Tag. Überraschend, geräuschlos spie er im Bogen über die aufrecht stehende Feuerlilie hinweg, spie gelegentlich wie zum Scherz durch den Henkel eines Kruges. Der ganze Raum zeugte von seiner Anwesenheit.
Doch es fehlte die Idee. Er war mißgelaunt, weil er mit Pulque vorliebnehmen mußte.
»Diese süßliche Jauche hat einen Nachgeschmack wie verwestes Fleisch!« schimpfte er.
Nichtsdestoweniger trank er den fünften Becher aus und ließ sich den sechsten füllen.
Die Hauptleute Olid, Avila und Lugo traten in die Marketenderlaube. Geradeswegs kamen sie von der Sitzung des Hohen Rates

und wollten sich den Staub aus den Kehlen spülen. Sie erzählten das Neueste: Kriegserklärung an Cholula.
»Frohlockt nicht zu früh!« bemerkte Avila. »Dem Frater traue ich zu, daß er's hintertreibt!«
»Der Frater ist ein Heiliger, daß Ihr's wißt, Señor!« schrie Olid und schlug mit der Faust auf das Brett, daß die Zinnbecher taumelten.
Um das Gespräch abzulenken – denn schon auf dem Heimweg hatten Olid und Avila über Aguilar gestritten – wandte sich Lugo an San Juan den Aufgeblasenen:
»Nun endlich werdet Ihr der Welt dartun können, Señor, was Euer Zweihänder vermag!« sagte er lachend.
Der Aufgeblasene besaß ein Landsknechtsschwert von ungewöhnlicher Größe, das seines Gewichtes wegen nur mit beiden Händen geschwungen werden konnte. Beim Aufbruch von Sempoalla hatte er die unhandliche Waffe mit anderen Gepäckstücken den totonakischen Lastträgern übergeben. Mochte es Zufall, mochte es Absicht sein – bei den Kämpfen vor Tlascala war das Schwert verschwunden, und erst nach dem Einzug fand es sich wieder.
Nicht zum erstenmal erlebte er es, daß spöttisch auf sein Schwert angespielt wurde. Aber immer hatte er sich so erhaben über seine Kameraden gedünkt, daß es außer dem Bereich der Möglichkeit für ihn lag, die an ihn gerichteten Fragen könnten anders als ernst gemeint sein. Er selbst hatte ja durch Renommisterei dafür gesorgt, daß sein Schwert im Heere als Wunderschwert gerühmt war.
Diesmal aber höhnte ein Hauptmann – und das schnitt sogar durch den Panzer der Eitelkeit.
Der Aufgeblasene sagte in seiner hölzernen Weise: »Mein Schwert vermag einen Mann vom Scheitel bis zum Nabel zu spalten!«
Lugo brach in ein helles Gelächter aus. Es war ansteckend, auch Avila und Olid vergaßen des Streites und lachten.
»Ich schlage Euch eine Wette vor!« rief Avila. »Nicht auf die Waffe, nicht auf die Sehnen und Muskeln kommt es an, sondern auf die Eleganz des Hiebes. Ich vermag, wenn ich auch nur ein kurzes Schwert habe, mit einem einzigen Streich einen Kopf vom Hals zu trennen.«
»Ihr meint, das sei wunder was?« unterbrach ihn der bärenstarke Olid.
»Könnt Ihr das auch, Señor? Gut, also laßt uns beide nächster Tage im Krieg gegen Cholula die Köpfe zählen, die wir mit einem Hieb abschlagen. Wohlverstanden, bloß die Köpfe, die glatt abfliegen, sollen gelten. Und San Juan mag zählen, wie viele er bis zum Nabel spaltet. Ich gehe die Wette ein, daß ich mehr Köpfe einsammle als Ihr, Olid – von den Nabeln San Juans ganz zu schweigen.«
»Was stellt Ihr zur Wette?« fragte Olid ernsthaft und sachlich.
»Fünf indianische Jungfrauen aus Cholula!«
»Nein«, lachte Lugo. »Wer die Wette verliert, soll an der Wand

stehen wie Sankt Sebastian am Pfahl und sich von Trujillo rundherum spucken lassen ...«

»Auch ich will wetten«, rief der Narr Madrid, der schon seit einer Weile zugehört hatte. »Ich wette, daß der Hauptmann Lugo die fünf indianischen Jungfrauen wird in Obhut nehmen müssen, weil der Held, dem sie zufallen werden, vom *jus primae noctis* keinen Gebrauch machen kann.«

»Warum? ... Von wem sprichst du, Narr?« fragte Lugo stutzend.

»Von Eurem Hetzhund, dem Becerrico, dem Hundehelden!« grinste Madrid. »Er wird mehr Indianer zerfleischen und zerreißen, als Ihr mit eleganten Hieben köpfen könnt. Wollt Ihr Euch mit ihm messen, ihm den Rang ablaufen? Gebt's auf! Denn Becerrico ist ein Bluthund. Das seid Ihr doch nicht!«

Der Pulque rettete dem Narren das Leben, denn die Trinker verstanden ihn nicht.

Der jüngst verstorbene Priesterkönig von Cholula hatte (ebenso wie das Alte Raubtier) den Ratschlag des Tempel-Fegers seinerzeit gutgeheißen und sich einverstanden erklärt, die weißen Götter durch einen Hinterhalt zu vernichten. Darum hatte er seinen neunzehnjährigen Sohn Tatoantzin, den Vogelsteller, in das Weiße Mondgefilde mit dem Auftrag entsandt, die Sonnensöhne zu Festgelagen, Federballspielen und Tänzen in die heilige Stadt zu laden. Nach der Rückkehr des Königssohnes war aber ein Wandel eingetreten. Sei es, daß der erkrankte willensschwache Vater sich vom Vogelsteller bereden ließ, Malintzin für die Göttin der Blumen und Cortez für die leibhaftige Grüngefiederte Schlange zu halten; sei es, daß die Beschreibung der Singenden Nachtigall den Ausgang des blutigen Festes zweifelhaft erscheinen ließ. Der Plan wurde fallengelassen, und das Alte Raubtier hatte nicht die Macht, ihn gegen den Einspruch seines Mitregenten durchzusetzen.

Dies war der Stand der Dinge, als der Tempel-Feger – kurz vor dem Opfertode Julianillos und Melchorejos – nach Tenuchtitlan zurückgekehrt war.

Inzwischen war der Priesterkönig in Cholula gestorben, wo nun bis zur Thronbesteigung seines Sohnes das Alte Raubtier, unumschränkt herrschend, die Gegner der mexikanischen Politik unterdrückte. Auch war inzwischen eine neue Weisung von Montezuma ergangen, der damals, beeinflußt durch die Aussagen Julianillos, an die Unschädlichkeit der weißen Götter glaubte und sogar nicht abgeneigt war, ihnen die Tore Mexikos zu öffnen, damit die blaue Scheibe – der Erdkreis – erfahre, daß er dies Häuflein Krüppel und Stelzfüße nicht fürchte. Der Wind hatte sich gedreht. Ihnen solle freundlich begegnet werden, wurde gewünscht. Und der Überbringer dieser Weisung erzählte dann auch, in welche Wut Montezuma geraten war über die Verbrüderung der Götter und der Tlascalteken.

Das Bestreben, den Mexikanern gefällig zu sein, hatte dem Alten Raubtier, nachdem er vom Zorn Montezumas erfahren, den Gedanken eingegeben, Tlascala zu beschimpfen. Und eine Gelegenheit hierzu hatte sich bald darauf gefunden, als ein tlascaltekischer Bote den bevorstehenden Besuch der weißen Götter anzumelden kam. Nicht nur eingekerkert wurde er; das Alte Raubtier ließ ihm auch die Haut beider Hände abschinden. Doch diese Grausamkeit wurde erst später bekannt; die Gesandten aus Yuquane wußten hiervon noch nichts, als sie Cortez und die Tlascalteken vom Völkerrechtsbruch in Kenntnis setzten.
In der Stadt Quetzalcoatls und der Großen Pyramide waren von jeher die Erträgnisse des Friedens höher eingeschätzt worden als die des Krieges. Priester, Kaufherren und Dirnen bevölkerten die Gassen. Habsüchtig und genußsüchtig, verurteilten die unkriegerischen Bewohner die Handlungsweise des Priesterkönigs – nicht, weil sie ihnen als ein Rechtsbruch, sondern, weil sie ihnen als eine Unklugheit erschien. Die schroffe Herausforderung der Nachbarrepublik konnte den Handel und den Fremdenbesuch der heiligen Stadt beeinträchtigen oder sonst unliebsame Folgen nach sich ziehen. Die Adligen und die hohen Würdenträger freilich fürchteten Tlascala nicht und vertrauten auf Mexikos Beistand. Cholulas Hoher Rat war ein williges Werkzeug des Alten Raubtieres. Die wenigen Widersacher, welche es gewagt hatten, warnend die Stimme zu erheben, schmachteten in Holzkäfigen.
Um so lebhafter war der Meinungsstreit außerhalb des königlichen Tecpans auf Gassen, Straßen und Plätzen. Das Volk ließ sich nicht mundtot machen wie jene Ratsherren. Die Erregung ließ sich nicht eindämmen, solange ungewiß blieb, welche Gegenmaßregeln Tlascala ergreifen werde.
Da trafen Piltecatl und Aguilar in Cholula ein. Die Kunde hiervon wurde bestritten, verlacht, als eine lügnerische Erfindung abgetan. Niemand hielt es für denkbar, daß ein Tlascalteke sich vor den Priesterkönig wagen könne. Als es sich dennoch als wahr erwies, überstieg die Bewunderung für die Waghalsigen alle Grenzen und glich einer Anbetung.
Wie ein Meer umtoste die Volksmenge den Königspalast, in welchen Piltecatl und Aguilar geführt worden waren.

Unter einem Baldachin aus purpurnen Tangarefedern saß der Priesterkönig auf dem mit Jaguarfellen bedeckten Silbersessel. Ein anderer Thron stand leer daneben; der noch ungekrönte Vogelsteller hockte auf einem niedrigen Sitzschemel wie alle Würdenträger des Hohen Rates. Außerdem füllten einige hundert Bewaffnete in glanzstrahlender Kriegertracht den großen Beratungssaal. Die Wände waren dunkelrot getüncht; und ein in schreienden Farben gemalter Fries, der einander mordende affenähnliche Götterwesen und Reptile darstellte, lief unterhalb des Dachgebälks und der Lichtöffnungen rings um den Saal.

Das Alte Raubtier war verhältnismäßig jung, noch nicht vierzig Jahre alt. In seinem knochigen, flachen Gesicht fielen besonders die gestutzte Nase und die vorgeschobene, mißvergnügt herabhängende Unterlippe auf. Halb Priester, halb Fürst, trug er die mit Juwelen besäten Embleme und Insignien seines Doppelranges. Die hohe Mitra auf seinem Kopf, einem kleinen Bienenkorb ähnlich, bestand aus aneinandergelöteten fingerdicken Goldringen. An seiner Halskette hing die goldene Trommel, das Bestechungsgeschenk Montezumas.

Er saß wie ein Steinbild da, hatte die Arme auf die Schenkel und die Hände auf die Kniescheiben gelegt.

»O edler König, Herr der goldenen Standarte«, sagte Piltecatl, »der Hohe Rat von Tlascala grüßt dich. Der Hohe Rat hat mir dies Büchschen voll weißer Kreide mitgegeben als ein Geschenk für dich, und auch diese weißen Daunen, diese Streifen weißen Rindenpapiers, diese Handfahne, diesen Schild und diese Federkrone – schneeblank, wie sie die Toten tragen – als ein Zeichen dafür, daß wir Krieg führen werden und du von uns erschlagen wirst. Befehl erging an mich, dich zu schmücken, wie man die Toten schmückt. Und weil du ein Toter bist, wünscht Tlascala, daß ich auch dein Antlitz und deinen Leib weiß bemale, wie man die der Adlerschale Geweihten bemalt.«

Piltecatl verstummte. Und stumm, gleichsam erfroren, war das Menschenmeer um ihn. Bis auf die Straße draußen pflanzte sich die Stummheit fort. Wie ein lautzirpendes Ohrensausen schrillte die tonlose, wortlose Erwartung.

Doch das Alte Raubtier tötete den Kühnen nicht, antwortete nicht, wies das Geschenk nicht zurück – selbst er gelähmt von ergrausender Bewunderung.

Da ging Piltecatl auf den Priesterkönig zu, ihn zu schminken und zu schmücken. Der aber saß noch immer regungslos da, die Hände auf die Kniescheiben gedrückt.

Und das Wunder vollendete sich. Willig ließ das Alte Raubtier sich entkleiden. Der Tlascalteke nahm ihm die Mitra vom Haupt, den Mantel von den Schultern, die Goldtrommel und die Embleme von der Brust, die Schambinde von den Lenden, wickelte ihm die Bänder aus Goldblech von den Waden, löste die Sandalen von den Füßen. Nackt stand der Priesterkönig vor seinem Volke da und ließ zu, daß der Feind ihn schlohweiß von der Stirne bis zu den Zehen schminkte. Und als das Unerhörte geschehen war, ließ er sich auch die Totenkrone aufs Haupt setzen, das Totenfähnchen und den Totenschild in die Hand geben.

Und nun tanzte Piltecatl einen feierlichen Tanz und sang das Tlascaltekenlied. Eine Herausforderung war der Tanz, eine Herausforderung das Lied, das der Kriegsgesang seiner Heimat war:

»Was grämt ihr euch, ihr unsere Freunde, ihr Otomis?
Jammert ihr, weil ihr trunken wurdet vom Octlitrank?
Weil das Trinkschalenlied euch berauschte?
Kommt her und singt – liegt nicht ausgestreckt da!
Erhebt euch, ihr Freunde! Kommt in unsere Wohnstätten im Lande des Frühlings –
Die Schildblumen und Pfeilblumen überblühen das fruchtbare Land!
Ist es möglich, o Freunde, daß ihr uns nicht hört?
Kommt den weißen Octlitrank ausströmen lassen, den Trank der Schlacht!
Kommt trinken, wo uns der Octlitrank, süß wie der Tau der Rosen, eingeschenkt wird!
Wir werden – bereichert, in Beglückung getaucht – das Wasser der Blumen einschlürfen,
Wandernd ins Land der Blumen, das fruchtbare Land!«

Als Piltecatl Tanz und Lied beendet hatte und schwieg, wurde die Stummheit des Saales vernehmlich. An allen Seelen zerrte die Spannung.
Da sprach der geschminkte König. Auf seinem kalkigen Antlitz zuckte und huschte Neid – um der Bewunderung willen, die er in tausend Augen las. Übertrumpfen wollte er den Tollkühnen, von ihm ab die Bewunderung auf sich lenken.
»O mutiger Krieger«, sprach er ungelenk, steif, ausdruckslos wie eine große Puppe, »mit weißer Erde hast du meine Gliedmaßen bemalt, und alle Tlascalteken jubeln: ›Nun ist das Alte Raubtier ein Toter!‹ Doch noch stehe ich nicht am Kreuzweg der Unterwelt! Geh heim zu den Tlascalteken und melde es ihnen: Noch schloß das Alte Raubtier seine Augen nicht! Geh heim; ich erlaube dir heimzukehren, weil du ein Tapferer bist. Aber ob mein Volk es dir erlauben wird und ob du die Speerträger der Grenzwacht zwingen kannst, daß sie dich durchlassen in deine Berge und Schluchten – das weiß ich nicht und glaube es nicht.«
Piltecatl wandte sich und schritt hinaus aus dem Tecpan. Ehrfurcht bahnte ihm den Weg. Die Menschenwogen teilten sich, unbehelligt konnte er durch die feindliche Menge hindurchschreiten, ungehindert die Stadt verlassen.
Aguilar war im Tecpan zurückgeblieben. Ihm war kein freier Abzug zugestanden worden. Und selbst hätte er die Erlaubnis gehabt, er hätte den Heimweg nicht angetreten, solange sein Ziel nicht erreicht war. Zum Ziel gesetzt hatte er sich, durch die Macht seines Wortes, durch herzliche Ermahnungen, Warnungen und Bitten, den Frieden zu retten.
Beim Anblick des kreideweißen Königs wäre wohl jeder andere zur Einsicht gelangt, daß das Unterfangen ein aussichtsloses war. Von

mönchischem Eifer beseelt, gab er indes die Hoffnung nicht auf. Er kniete vor dem Alten Raubtier nieder, küßte ihm die geweihte Rechte und begann seine Ansprache.
Aufmerksam lauschten die Versammelten. Es war ja der erste Gott von Fleisch und Blut, den die heilige Stadt sich bewegen und sprechen sah. Sein ausgemergeltes, hohläugiges Asketengesicht machte Eindruck.
Doch er war ein schlechter Redner, und zudem beherrschte er die Sprache der Völker Anahuacs nur mangelhaft.
Eine Enttäuschung, wenn nicht Schlimmeres – den Holzkäfig, ja die Opferblutschale vielleicht –, ersparte ihm sein gütiges Schicksal. Denn nach wenigen einleitenden Sätzen wurde er unterbrochen und am Weiterreden gehindert. Der Tempel-Feger war unerwartet aus Tenuchtitlan angelangt; und über die Wünsche Montezumas, deren Übermittler er war, mußte sofort beraten und Beschluß gefaßt werden. Ein Fremder durfte dabei nicht zugegen sein. Darum ließ der Priesterkönig Aguilar hinausführen.
Der Tempel-Feger trat gerade ein, als Aguilar den Saal verließ. Flüchtig und dennoch einprägsam berührten sich aufeinanderprallend ihre Blicke.

Der Wind hatte sich wieder einmal gedreht. Nachdem vor kurzem erst Montezuma die Weisung erteilt hatte, den Sonnensöhnen den Weg nach Tenuchtitlan nicht zu verlegen, wünschte er jetzt die Ausführung des früheren, zeitweise fallengelassenen Hinterhaltplanes. Der Herr der Welt fragte nicht einmal nach dem Einverständnis Cholulas, innerhalb dessen Mauern der Überfall stattfinden sollte; für ihn war es beschlossene Sache. Hatte er doch – so berichtete der Tempel-Feger – beim letzten Kronrat die Worte gesprochen: »Die Cholulteken wollen die Tore der heiligen Stadt öffnen und ein Fest den weißen Göttern rüsten und sie auf ihre Tempel hinaufführen, während Mexikos Adler und Jaguare in den Schluchten lauern.«
Diesmal nahm das Alte Raubtier den Wunsch des Lehnsherrn nicht so ergeben hin wie sonst, äußerte vielmehr Zweifel an seiner Ausführbarkeit. Der Tempel-Feger sehe ja, daß Tlascala ihn mit weißer Schminke beschenkt, ihm den Tod angesagt habe. Der bevorstehende und unvermeidliche Krieg mache die Einladung der Götter zur Unmöglichkeit.
Bisher hatte der Tempel-Feger keine Frage gestellt. Das zu tun wäre für einen der Herrlichkeit des Königs gegenübertretenden Gesandten unpassend gewesen. Wie groß auch seine Erregung war, als er, in den Saal kommend, den Priesterkönig, wie eine Leiche geschmückt, auf dem Thron gewahrte – er hatte sich zu beherrschen gewußt, hatte die Begrüßungsformeln gleichmütig gesprochen und sich seines Auftrages entledigt.

Jetzt, da der König selbst von seiner kreidigen Bemalung sprach, stellte der Tempel-Feger die bislang zurückgehaltene Frage: was dieser Leichenaufputz bedeute?
Ihm wurde mitgeteilt, welch eine frevelkühne Tat Piltecatl vollbracht habe.
Daraufhin erhob er im Namen Montezumas die Forderung: die Kriegsansage müsse sofort rückgängig gemacht, der Krieg müsse bis nach der Ausrottung der weißen Götter verschoben werden.
Das Alte Raubtier saß stumm und gläsern da. Erniedrigung war, was Mexiko verlangte, Verzicht auf Rache für die weiße Schminke ...
Da erkühnte sich der junge, noch ungekrönte Priesterkönig unaufgefordert, seine Meinung zu äußern.
»Bevor mein Vater ein Gott wurde, widersetzte er sich der Ausrottung der weißen Götter. Sterbend sagte er: Wehe über Cholula, wenn es das blutige Fest feiert! ...«
Es war ein Glaube der chichimekischen Völker, daß die Toten zu Göttern wurden.
Der Tempel-Feger lächelte verlegen-spöttisch und blickte das Alte Raubtier an. Der kreidige Mann auf dem Throne kochte vor unterdrückter Wut. Grotesk sah er aus, schattenhaft, unwirklich und zugleich traurig und finster. Ein Stäbchen aus schwarzem Achat, das in der durchbohrten Nasenscheidewand steckte, erzitterte und glitzerte.
Der Vogelsteller wurde keiner Antwort gewürdigt.
»Sprich weiter!« sagte das Alte Raubtier zum Tempel-Feger.
Doch da meldete sich der schwarzgrün geschminkte Oberpriester der Großen Pyramide und bat um die Vergünstigung, reden zu dürfen.
»In den alten Götterbüchern ist es geweissagt« – sprach der Oberpriester –, »daß Cholula nicht untergehen kann, selbst wenn die Feinde in die Paläste der heiligen Stadt gedrungen sind. Und sollten die Feinde versuchen, Blut hier zu vergießen, so wird eine Wasserflut sie daran hindern und sie verschlingen. Wir Priester aber können die Wasserflut jederzeit hervorrufen, indem wir die Schindeln vom Dachfirst des Quetzalcoatl-Tempels brechen und die Kalkbekleidung des heiligen Turmes abschaben – so ist es in den alten Götterbüchern geweissagt.«
Der Mehrzahl der Anwesenden war die Prophezeiung nicht unbekannt, doch war sie dem Gedächtnis entrückt gewesen, während die Sorge – der Hinterhalt könne mißlingend Cholula zum Verderben werden – im Mittelpunkt aller Erwägungen stand. Daher wirkten die Worte des Oberpriesters wie eine Erlösung. Die beiden Sorgenfalten um den wulstigen Mund des Alten Raubtiers glätteten sich. Man konnte also dem Befehl des Zornigen Herrn gehorchen und ein den Himmelsgöttern wohlgefälliges Werk vollbringen, ohne daß ein Blutbad für Cholula zu befürchten war.
Dem Tempel-Feger entging der Umschwung nicht, und er nahm des günstigen Augenblicks wahr, um eine Nachricht bekanntzugeben,

die auch die Ängstlichen beschwichtigen mußte. Montezuma habe seine Adler und Jaguare entsandt, sie seien auf dem Wege nach Cholula. In Schluchten unweit der heiligen Stadt werde der größere Teil des Heeres kampfbereit verborgen liegen; eine kleinere Heeresabteilung aber müsse – noch vor der Ankunft der Feinde – in den unterirdischen Räumen der Großen Pyramide untergebracht werden, um sogleich nach Beginn des Überfalles zur Hand zu sein und an der Seite der cholultekischen Krieger fechten zu können.
Zeugte der angebotene Beistand auch von wenig Vertrauen zu den Cholulteken und ihren kriegerischen Eigenschaften, so wurde er doch dankbar angenommen.
Aber Zweifel wurden laut, ob es gelingen könne, die weißen Götter in die Stadt zu locken. Das habe doch zur Voraussetzung, daß sich der Friede mit Tlascala wiederherstellen lasse. Und um so unwahrscheinlicher sei dies, als Piltecatl, wenn ihm auch gestattet worden sei, ungestraft von hier zu entweichen, sicherlich durch die Krieger der Grenzwacht den Tod erleiden werde.
Dem müsse man unverzüglich Einhalt tun, erklärte der Tempel-Feger erregt. Unverzüglich müsse der Priesterkönig Schnelläufer an die Mannschaft der Grenzwacht abschicken, um solches Unglück zu verhüten. Und ratsam wäre es, ebenfalls ohne Verzug eine Gesandtschaft nach Tlascala abgehen zu lassen, um mit Entgegenkommen und Zugeständnissen den Frieden zu erkaufen und gleichzeitig die Einladung an die weißen Götter zu erneuern. Wenn Piltecatl lebend zurückkehre, so werde der Friede nicht schwer zu erhalten sein.
Es war, als stünde statt des Tempel-Fegers der Zornige Herr selber im Beratungssaal – so geschwind und widerstandslos wurden seine Wünsche erfüllt. Einige halbgeflüsterte Anordnungen des Alten Raubtiers, einiges Hin- und Herhuschen von Sklaven – dann trat wieder Ruhe ein. Und schon waren Schnelläufer auf dem Wege zur Grenzwacht und eine Gesandtschaft auf dem Wege nach Tlascala.
Nun erbat sich der Priesterkönig vom Tempel-Feger Rat: was mit dem Priester der weißen Götter – er meinte Aguilar – geschehen solle. Seine Rede sei vorhin unterbrochen worden. Ob man ihn weiterreden lassen solle? Ob man ihm einen Begleiter mitgeben solle, der ihn nach Tlascala zurückführe? – denn allein, getrennt von Piltecatl, werde er nicht imstande sein, zurückzufinden.
Das Gesicht des Tempel-Fegers legte sich in Falten.
»Sein Auge hat mein Antlitz gesehen, und niemals wird sein Auge mein Antlitz vergessen...«, sagte er sinnend. »Es darf aber keiner der Sonnensöhne mein Antlitz kennen...«
»Warum nicht?« fragte das Alte Raubtier lauernd.
»Montezuma weiß es; und ich, sein Knecht, weiß es und schweige...«
»Willst du, daß ich den Sohn der Sonne töte?...«
»Nein!« erwiderte der Tempel-Feger. »Du sollst ihn weder töten

noch retten. Laß die Bewohner Cholulas Zeugen dessen sein, daß er unversehrt blieb. Doch schicke ihn ohne Begleiter heim nach Tlascala!«

Die blinkende Mondsichel hob sich über der Schneekuppe der Maid-mit-dem-blauen-Hüfttuch. Finster waren eben erst Gewitterwolken über die Stadt Tlascala hinweggezogen und entluden sich wetterleuchtend in entlegenen südwestlichen Gebirgsschluchten. Wie ein unterirdisches Rollen ließ sich das Nebelrasselbrett des Regengottes Tlaloc vernehmen. Die Dunkelheit wich, Sternbilder erglitzerten, schleierig schimmerte die Nachtluft, matt gebleicht vom Mond im ersten Viertel.

Vor einem Lusthaus seines Palastgartens, auf einem terrassenartigen Vorbau mit rot bemaltem Geländer, der vom weit ausschweifenden Dach überdeckt war, saß Fürst Fichtenzweig, der Freund des Prinzen Kriegsmaske, und trank Pulque mit seiner Lieblingsgattin Smaragd-Puppe. Ein unmäßiger Zecher war er, wie die meisten Kriegshäuptlinge Tlascalas. Aber heute nacht leerte er schneller als sonst eine Trinkschale nach der anderen. Sein Durst war gehitzt von Verzweiflung und Ingrimm. Der Freistaat hatte plötzlich die Taufe, die Bekehrung des ganzen Volkes beschlossen; und der Anstifter, der Verräter, der Frevler an den sechzehnhundert Göttern und Göttinnen in den dreizehn Himmeln war kein Geringerer als Prinz Kriegsmaske, obwohl er bisher nicht minder erbittert als Fichtenzweig die Christen verabscheut hatte. Rätselhaft, wie die Tatsache selbst, waren auch die Umstände, das eilige Einverständnis der Tetrarchen und der schwächliche Widerspruch gewesen, den der Vorschlag des Prinzen beim Volke gefunden hatte. Außer Fichtenzweig hatten nur wenige von den Geschlechterfürsten den Mut aufgebracht, sich für die alten Götter zu entscheiden.

Was seinen Freund zum Verräter gemacht hatte, wußte Fichtenzweig noch nicht, doch blindlings verdammte er ihn. Mit ätzenden Vorwürfen überschüttete er den Abwesenden und trank und trank, seinen Kummer zu besänftigen.

Wie sehr er sich auch gesträubt hätte, vor einer seiner sechzig Frauen Kummer und Betrübnis zu zeigen – vor Smaragd-Puppe sträubte er sich nicht, ließ sich gehen, ließ ungehemmt seinen Schmerz in der Maske des Zorns sich austoben. Er fluchte, weil er nicht jammern wollte.

Von üppiger Gestalt, untersetzt, breithüftig, vollbusig und mit regelmäßigen, wenn auch etwas gewöhnlichen, von dichtem Flaum gedunkelten Gesichtszügen, hatte Smaragd-Puppe sich erst vor kurzem ins Herz des Fichtenzweiges geschmeichelt und ihre schmächtige, strahlenäugige Rivalin – die Als-Schlange-Lebende – ausgestochen. Allen seinen Frauen hatte Fichtenzweig stets die Als-Schlange-Lebende vorgezogen und ein Jahrzehnt lang ihrer Hinneigung zum

Glauben an den Kreuzträger Quetzalcoatl kein Gewicht beigelegt. Erst seit der Ankunft der Enkel des weißen Gottes war seine Liebe zu ihr erkaltet. Und Smaragd-Puppe, ihres Vorteils gewahr werdend, hatte nicht unterlassen, zwischen den beiden Unfrieden zu stiften. Nachdem ihm hinterbracht worden war, sein Weib sei im Gespräch mit Mönchen des Quaquile-Ordens gesehen worden, hatte er sie zur Rede gestellt und grausam gezüchtigt. Es blieb nicht das einzige Mal, er mißhandelte sie fast täglich, gereizt durch ihre schüchterne Demut. Sie aber entschuldigte es vor ihren weinenden Kindern mit seiner Trunkenheit, die ihn der Sinne beraube.
Die sechzig Frauen des Fürsten waren auf seinem Landgute Atlihuetza und in verschiedenen Bergschlössern untergebracht. In der Stadt Tlascala wohnten nur die beiden rechtmäßigen Gattinnen mit ihren Sklavinnen. Und da der Tecpan verhältnismäßig eng war, kam man sich nicht leicht aus den Augen.
In der Absicht, sich der Nebenbuhlerin ganz zu entledigen, bestach Smaragd-Puppe deren Dienerinnen; und viel Belastendes hatte sie bereits in Erfahrung gebracht. Mit Anklagen war sie bis jetzt nicht hervorgetreten, weil sie mehr und mehr sammeln wollte, um die möglichen Zweifel ihres Gatten durch die Fülle des Beweises zu erdrücken. Auch hatte sie auf einen günstigen Augenblick gewartet. Der schien ihr heute nacht gekommen, da Fürst Fichtenzweig in machtloser Wut wie ein Kettenhund das den Tlascalteken aufgedrungene Christentum ankläffte.
Nun erzählte ihm Smaragd-Puppe alles, was sie über die geheimen Wege der Als-Schlange-Lebenden wußte. Vor dem Quaquilekloster habe sie mit ihren drei Söhnen gestanden, als Cortez mit Wachtelblut gesalbt und übergossen wurde; habe sofort nach christlicher Taufe verlangt, was indes zunächst abgeschlagen worden sei. Seit dem Einzug der Kastilier aber nehme sie mit ihren Kindern heimlich teil am Religionsunterricht des Paters Olmedo.
Erstummend, unheimlich still hatte Fichtenzweig zugehört. Die Berauschung durch das Getränk wich einem Rausch von Haß und Angst. Es handelte sich nicht mehr um sein Weib, das ihm längst entfremdet war, es handelte sich um sein Fleisch und Blut, um seine Söhne, und vor allem um seinen vergötterten Sohn, den dreizehnjährigen Mito, den Kleinen Pfeil. Ihm dämmerte auf, daß er unterliegen könnte im Kampf um das Herz des Knaben. Und ein nie gekanntes Angstgefühl verriet ihm die Macht des Kreuzes, dem zu trotzen er mehr denn je entschlossen war.
Noch hatte er aus dem Wirbel seiner Gedanken mit keinem Wort herausgefunden, als unglaubhaft wie eine Traumerscheinung die Als-Schlange-Lebende hinter Fuchsiasträuchern auftauchend eben jetzt an den bedeckten Hausflur des Lusthäuschens herantrat. Wohl hätte er sie von ihrem Schlaflager weg an den Haaren zerren und durch die Säle des Tecpans schleifen können, nicht gerührt durch ihr

Wehgeschrei, im Gefühl, ihr Richter zu sein. So aber, da sie ungerufen vor ihm stand, entwaffnete ihn – wenn auch nur im ersten Augenblick – ihre rührende Erscheinung. Warum sie nicht schlafe? fuhr er sie an. Ob sie hergeschlichen sei, zu lauschen?
Sie war es gewohnt, von ihm so behandelt zu werden. Daher fiel ihr sein Grimm nicht auf.
Prinz Kriegsmaske sei gekommen, gab sie zur Antwort. Mit mehreren Tlamamas sei er gekommen, die schwere Warenballen trügen.
Es sei Mitternacht. Wer den Prinzen eingelassen habe? fragte Fichtenzweig scheinbar noch ruhig.
Sie habe es getan, entgegnete sie unbefangen. Die Diener seien, als es pochte, unschlüssig gewesen; sie aber habe geglaubt, Kriegsmaske einlassen zu dürfen, da er doch sein Freund sei.
Das sei Lüge! Sein Feind sei er! Nicht sehen wolle er ihn, in seinem Palast ihn nicht dulden! brüllte der Häuptling.
Das habe Kriegsmaske vorausgewußt, fuhr die Als-Schlange-Lebende fort. Deshalb habe er gebeten, daß nicht einer der Torhüter, sondern sie selbst seinen nächtlichen Besuch anmelden gehe. Und sie solle ihm sagen: nicht seinetwegen, sondern Tezcatlipocas wegen müsse er ihn sprechen.
Es war der heimlichen Christin schwergefallen, die letzten Worte wiederzugeben. Sie war sich bewußt, daß sie damit einen Verrat an ihrem Heiligsten beging. Doch im Widerstreit der Pflichten hatte in ihr die treue Gattin über die Adeptin gesiegt.
Die Worte wirkten wie ein Zauber auf Fichtenzweig. Er erhob sich rasch und ging durch den Garten dem Tecpan zu, um mit seinem Freunde abzurechnen.

Kriegsmaske war ihm in den Garten entgegengekommen, während seine Begleiter im Tecpan warteten.
Aufgeregt flüsternd schritten sie in einem Baumgang auf und ab. Der Prinz hatte Vorwürfe erwartet, nicht aber die verletzende Kühle, mit welcher ihm begegnet wurde. Er setzte sich zur Wehr, ohne angegriffen zu werden, und da der andere zurückhaltend war, wurde er ausfallend und erhob den Vorwurf: Fichtenzweig habe ihn voreilig verurteilt und verworfen, ohne seine Gründe zu kennen. Mit einer Geflissenheit, die sein nicht ganz lauteres Gewissen verriet, suchte er sich vom Verdacht des Abfalls reinzuwaschen, indem er von der weißen Schlange, vom Tod der christlichen Jungfrau und dem ihm abgedrungenen Eid erzählte, durch welchen er gezwungen worden sei, gegen seine Überzeugung zu handeln.
Fichtenzweig sehnte sich nach Aussöhnung, darum söhnte er sich aus – obgleich die Rechtfertigung keine Rechtfertigung war.
Darauf erklärte der Prinz, was ihn zu so später Stunde hergeführt habe. Seine Begleiter waren nicht Lastträger, sondern jene Priester, die man Teomamas – »Götterträger« – nannte. Und nicht Waren-

ballen hatten sie in den Tecpan gebracht, sondern einige der wertvollsten und ehrwürdigsten Götterbilder aus den Teocallis der Stadt. Sie zu retten gelte es, damit es ihnen nicht ergehe, wie es den Götterbildern in Sempoalla kurz vor der Taufe des Totonakenvolkes ergangen war. Er selbst habe der Priesterschaft den Vorschlag gemacht, sei aber außerstande, die Heiligtümer in seinem eigenen Tecpan in Sicherheit zu bringen, da dort noch immer eine Wache der weißen Götter die Ausgänge besetzt halte.

Fichtenzweig war sofort bereit. Und sie gingen zum Haupttor des Palastes, den Götterträgern die Zusage mitzuteilen. Zwei Hauserleuchter leuchteten ihnen mit flackernden Kienspanbündeln voran, während sie durch den nachtschwarzen Tecpan schritten. An der Tür des Saales, wo die Teomamas warteten, gewahrte Fichtenzweig eine schmächtige Knabengestalt, nackt, offenbar eben dem Bette entstiegen, und erkannte seinen Sohn, den Kleinen Pfeil, der scheu wie ein erschrecktes mondsüchtiges Kind davonzuhuschen versuchte. Er hieß ihn stehenzubleiben, rief ihn herbei, schalt ihn und fragte ihn, was er da tue. Der Knabe log nicht, und was er vorbrachte, war glaubhaft: er sei durch lautes Gepoche aus dem Schlaf geweckt worden, habe das Umherlaufen der Diener und fremde Stimmen vernommen und sei aufgestanden, nachzusehen, wer die Gäste seien.

Aus der Antwort war zu ersehen, daß der Knabe den Zweck des späten Besuches nicht kannte. Fichtenzweig befahl ihm, in ein entlegenes Gemach zu gehen und dort auf ihn zu warten.

Der Haushofmeister des Tecpan – der Ordner der Teppiche –, ein kleiner fetter Mann mit wackelnden Hängebacken und vorquellendem Bonzenbauch, hatte inzwischen die wartenden Priester unterhalten und durch seine gutartige Wichtigtuerei, die nicht ohne Selbstbespöttelung war, zum Lachen gebracht.

Die adligen Herren, meinte er, pflegten sich zwar Blumentöpfe als Geschenk zuzusenden; aber doch nicht so schwere Blumen und nicht um die Zeit, wenn die Teponaztli-Trommel die Nacht in zwei Hälften teile . . .

Seine Neugier über den Inhalt der geheimnisvollen Ballen wurde gestillt, als sein Herr mit dem Prinzen eintrat und sogleich von den Götterbildern zu reden anfing. Es handelte sich vor allem um ein uraltes Bildnis des Totengottes Mictlan-Tecutli, zusammengefügt aus selten großen Stücken »Göttertürkis«. Nur den Götterbildern, aber keinem lebenden Menschen, war es erlaubt, Göttertürkis als Schmuck zu tragen – für so heilig und unantastbar galt diese Abart des Türkises. Und die Skelettfigur bestand vom Scheitel bis zur Sohle aus dem unschätzbaren Edelstein. Unausdenkbar der Frevel, wenn die Christen des Totengottes habhaft werden sollten! . . .

Im Tecpan befand sich ein Hausheiligtum, eine Götterkammer, wo auf einem Altar kleine tönerne, aber auch steinerne Götter standen und saßen, denen an Feiertagen mit Maiskuchen und Wachtelblut

geopfert wurde. Fürst Fichtenzweig befahl dem Ordner der Teppiche, Kriegsmaske und die Priester dorthin zu führen und Sklaven zu rufen, damit sie beim Auspacken und Aufstellen der Götterbilder behilflich seien. Er selbst werde bald nachkommen und den Eingang ins Heiligtum durch eine steinerne Türplatte – wie ein Grabgewölbe – schließen.
Und während die schweren Ballen hinausgeschleppt wurden, ging Fichtenzweig in die Kammer, wo sein Sohn auf ihn wartete.

Im Dunkeln sprach er mit dem Kinde. Er sprach leise und weich, wie es sonst seine Art nicht war.
Schuldig seien nicht die Verführten, sagte er, sondern die Verführer. Am meisten schuldig sei wohl er als Vater, weil er nicht rechtzeitig die Liebe zum Kriegsgott und zu kühnen Taten ins Herz seines Sohnes gesenkt habe, weil er ihn aus den Augen gelassen und verloren habe. »Ich liebe kühne Taten!« murmelte das Kind.
Fichtenzweig spürte den fanatischen Trotz, obgleich die Worte schlicht gesprochen waren. Erst wollte er aufbrausen, bezwang sich aber. Gewiß, edles Blut verleugne sich nicht, der Sohn schlage dem Vater nach. Um so schmerzlicher sei es für einen Vater, wenn er entdecke, daß Diebe ihm das Herz des Sohnes stehlen wollten. Bekannt sei ihm, wo das Herz seines Sohnes sei. Nicht schelten, nicht drohen, nicht bitten wollte er; doch wolle er ihm ein Märchen erzählen.
Und dies war das Märchen, das ihm selbst von den Ahnen seines Geschlechts überkommen war:
Einst, als der Stamm der Teochichimeken, der Götterjäger, bevor er in Tlascala seßhaft wurde, durch die dichten Wälder in der Gegend des Totengottes – fern im Norden – wanderte, wurde eine schwangere Frau von Geburtswehen überrascht. Und ihretwegen blieben ihr Mann, ihr Sohn und ihre Tochter bei ihr zurück, während die Teochichimeken weiterzogen. Sie genas eines Knäbleins und starb bald hernach. Nun lebte der Mann mit seinen drei Kindern dort im Walde, denn wo sich der Stamm der Teochichimeken hingewendet hatte, wußte er nicht. Und nachdem zehn Jahre vergangen, fühlte auch er seinen Tod herannahen, und er ließ sich von seinen beiden älteren, jetzt schon erwachsenen Kindern das Versprechen geben, daß sie ihren jüngeren Bruder nicht im Stich lassen würden. Kaum aber war der Vater tot, wurde das Mädchen von Sehnsucht ergriffen nach den Gefährtinnen, mit welchen sie ihre Kindheit verbracht hatte, und sie entfernte sich, den wandernden Teochichimekenstamm zu suchen. Und als ein Jahr vergangen und sie nicht zurückgekehrt war, entfernte sich auch der ältere Bruder, die Schwester zu suchen. Nach meilenweiten Wegen aus der Waldwildnis auf eine Grasebene gelangend, fand er die Schwester, welche inzwischen das Weib eines Götterjägers geworden war; denn ebenda an einem Flußufer in der Grasebene hatten die Teochichimeken ihre Zelte aufgeschlagen. Und

auch er blieb dort, nahm sich ein junges Weib und jagte mit den Stammesangehörigen, uneingedenk seines dem sterbenden Vater gegebenen Versprechens.
Der vergessene Knabe in der Waldhütte konnte eine Weile von den Vorräten leben, welche seine Geschwister zu seinem Unterhalt zurückgelassen hatten. Dann aber trieb ihn der Hunger hinaus, und er nährte sich von Wurzeln und Beeren im Freien wie ein kleines Tier. So vertraut wurde er mit den Tieren, Bäumen, Gräsern und allen stummen Dingen, daß er ihre Sprache verstand; und er verstand, was nachts die Sterne sangen:

Wir sind die Sterne, die singen,
Wir singen mit unserem Licht;
Wir sind die Feuer-Vögel,
Wir fliegen über den Himmel.
Unser Licht ist eine Stimme;
Wir machen für Geister den Pfad,
Den Pfad, auf dem sie wandeln.

Doch als der Winter kam, mußte er in hohlen Baumstämmen Schutz suchen und fand nichts zu essen als nur Knochen – Überreste der Mahlzeit der Wölfe. Darum schloß er sich den Wölfen an. Und sie gewöhnten sich an seinen Geruch und ließen ihn in ihrer Mitte weilen.
Zu Beginn des Frühlings ruderte der ältere Bruder in einem Boot dem Walde zu, da sah er am Flußufer Wölfe stehen und unter ihnen einen Knaben, der sang:

Mein Bruder, mein Bruder!
Ich werde ein Wolf,
Ich werde ein Wolf!

Und jener erkannte ihn, obgleich der Knabe graubehaarte spitze Wolfsohren hatte und vom Nabel abwärts ein Tier war, mit Wolfsbeinen und Wolfskrallen und einem langen buschigen Schweif. Da sprang der ältere Bruder ans Ufer und schrie: Kleiner Bruder, komm zu mir!
Doch der Knabe floh mit den Wölfen und entschwand im Walddickicht. –
Als Fichtenzweig die Erzählung beendet hatte, schwieg er längere Zeit, und als er dann die Rede wiederaufnahm, klang es wie die Fortsetzung eines Selbstgesprächs.
»Jaja«, sagte er, »schon bist du zur Hälfte ein Wolf geworden! Der Fluch der sechs Himmelswanderer trifft mich, weil ich dich, meinen Edelstein, meine Edelfeder, vergessen hatte! Nun ruft mein Herz: kleiner Bruder, komm zu mir!«

Und wieder schwieg er. Ein beklommenes Schweigen. Der Knabe blieb stumm.
»Wird mein Herz vergebens rufen?« sagte Fichtenzweig.
Er erhielt keine Antwort und erzwang keine Antwort; hatte wohl auch keine erwartet. Er schickte den Knaben schlafen.

Der Kleine Pfeil ging in seine Schlafkammer, die er mit den beiden jüngeren Söhnen der Als-Schlange-Lebenden teilte. Diese hatten in tiefem Schlummer gelegen, als er weggeschlichen war; jetzt aber fand er sie wach und äußerst aufgeregt über die nächtlichen Ereignisse, von denen sie mehr wußten als er. Denn nachdem er sich vorhin entfernt hatte, waren auch sie durch Geräusche geweckt worden und hatten sich hinausgetastet in den dunklen Tecpan. Es war ihnen geglückt, unbemerkt herannahend und hinter Wandpfeilern verborgen alles zu beobachten. Von ihnen erfuhr jetzt der Kleine Pfeil, was ihm selbst bis dahin unaufgeklärt geblieben war; daß die vermeintlichen Lastträger Priester waren und daß sie im Hausheiligtum Götterbilder aufstellten, um sie vor den Christen zu schützen.
Einer der Brüder erzählte auch, er habe gehört, wie sein Vater dem Ordner der Teppiche befohlen, viele Pulqueschalen in das Gartenhaus zu tragen, denn er habe vor, mit den Gästen ein Nachtgelage zu veranstalten.
»Und wenn er betrunken ist, wird er morgen früh unsere Mutter schlagen«, bemerkte sachlich und nachdenksam der jüngste der Brüder. Er war neun Jahre alt. Der Kleine Pfeil sagte nichts. Und bald darauf hörte er den regelmäßigen Atemzug der eingeschlummerten Geschwister. Nur er lag wach da und lauschte, ob die Stimmen im Hause noch nicht erloschen.

Nachdem die Bilder geborgen und die Tür der Götterkammer durch eine Steinplatte verschlossen war, forderte Fichtenzweig den Prinzen Kriegsmaske und die Götterträger auf, ihm in den Garten zu folgen, wo im Lusthaus ein Nachtmahl und Getränke für sie bereitständen. Die Götterträger lehnten die Einladung mit zeremoniösen Dankesworten ab und verließen den Tecpan, vom Hausherrn bis ans Tor begleitet. Kriegsmaske aber blieb, da er ebenso wie Fichtenzweig das Bedürfnis empfand, seine Trauer mit Reden zu ersticken und im Rausch die Befreiung von den zehrenden Besorgnissen zu suchen.
Die Dienerschaft erhielt die Erlaubnis, sich zurückzuziehen; – nur ein Haus-Erleuchter mußte im Garten bleiben, um von Zeit zu Zeit neue Pulquegefäße aus der Vorratskammer zu holen und abgebrannte Harzfackeln zu ersetzen.
Auf der Terrasse mit dem rot bemalten Holzgeländer redeten und zechten die beiden Freunde die ganze Nacht hindurch. Kriegsmaske sprach vom Gebäude, das er den Christen auszuliefern verpflichtet war und das künftig dem Zwecke dienen sollte, ein Knabenkloster

zu sein, ein von weißen Göttern geleitetes Calmecac. Er hielt die Klostergründung für eine größere Gefahr als die Taufe des gesamten Volkes. Denn Wasser hinterließe keine Spuren, führte er aus, wohl aber hinterließen Worte Spuren, wenn sie junger Kinder Herzen vergifteten. Sei zwar Montezuma immer der Feind Tlascalas gewesen, so müsse doch jetzt jeder Tlascalteke, wenn er den Freistaat und die Freiheit liebe, seine heimliche Hoffnung auf die Tücke, auf den Verrat des Tyrannen Montezuma setzen. Und falls auf ihn nicht, so auf sein Volk. Schicksalergeben alle Kränkungen hinnehmen würden die überstolzen Mexikaner keinesfalls, wie es die verblendeten Tlascalteken täten – nicht ohne seine eigene Schuld, wie er zugeben müsse. Würden erst die weißen Götter in Tenuchtitlan sich herausnehmen, Käfige der Opfersklaven zu öffnen, Kreuze zu errichten und Erziehungshäuser für die Söhne des Adels zu gründen, so würden sie weggefegt, ausgetilgt werden bis auf den letzten Mann. Dann komme auch die Zeit der Rache und Befreiung für Tlascala; – vom Zwang des Kreuzes und der Taufe sich entledigend, werde es seine Kinder wieder lehren können, daß Menschenblut die Erde befruchte und den Himmel erfreue.

Bis dahin werde Tlascala tot sein, meinte Fichtenzweig. So lange dürfe man nicht warten. Schon jetzt müsse der Adel Tlascalas sich weigern, die Kinder ins Erziehungshaus der Gelbhaarigen zu schikken. Und er schwor einen Eid: er werde nicht zugeben, daß seine Söhne getauft würden, und er werde sie nie herausgeben, sollten auch die weißen Götter sie mit Gewalt zu rauben kommen.

Man könne ja Sklavenkinder auf dem Markte kaufen, schlug Kriegsmaske vor. Man könne Sklavenkinder für die Adelskinder unterschieben. Die Gelbhaarigen würden das nicht durchschauen, so klug sie auch seien.

Doch Fichtenzweig schüttelte den Kopf. Nicht betrügen wolle er, sondern ehrlich trotzen und ehrlich hassen. Tlascala sei im Blumenkriege einzig groß gewesen, dem Ansturm der Heerscharen der ganzen Welt habe es standgehalten, und nur sich selbst, seiner Friedenssehnsucht sei es unterlegen, verführt durch den Traum von Quetzalcoatls Friedensreich, den zu verwirklichen die weißen Götter sich anmaßten. An welchen Abgrund dies Friedensreich führe, sehe man jetzt schon. Er sei entschlossen, diesem Wahnsinn entgegenzutreten – und müßte er allein kämpfen als der letzte Tlascalteke. Er hoffe, daß sein Beispiel Tlascala auferwecken werde. Ließe es sich aber nicht mehr auferwecken, sei es und bleibe es eine Leiche, so werde das Leben unerträglich sein und der Tod eine Befreiung ...

Zwei Stunden mochten seit Mitternacht vergangen sein. Noch immer lag der Kleine Pfeil wachend auf seinem Lager und lauschte hinaus. Die Sklaven waren zur Ruhe gegangen. Im Tecpan war es still jetzt. Wenn das Holz einer Truhe knarrte, scholl das Echo einsam durch die steinernen Säle. Mäuse tanzten, schlurften und pfiffen irgendwo auf Marmorfliesen, die hellfleckig vom silbrig fließenden, aus den Dachluken herabrinnenden Mondlicht gefärbt waren. Mehrmals war von den Edelweiden des Gartens her der Ruf eines Nachtkäuzchens herübergeklungen; doch dann war der Vogel verstummt, wohl verscheucht durch den Lärm der beiden nächtlichen Trinker. Der Pulque hatte ihre ernsten Gespräche allgemach in Gelach und Gegröl verwandelt. Und dies ferne Getöse war es, worauf der Knabe gewartet hatte. Die Stimmen der Berauschten durchdrangen die Quadermauern des Tecpans, deutlich vernahm der Knabe die Worte eines wilden Kriegsliedes, das sein Vater sang:

»Entsinnt euch dessen, ihr Tlascalteken, ihr unsere Neffen,
Wie wir es vollbrachten, das Ohrendurchbohren,
Als man die Mexikaner und ihre Frauen röstete,
Als man die Sklavenhalter auswählte für den Opferstein.«

Der Knabe tastete an der Wand, wo über seinem Lager eine kupferne Axt hing. Er holte sie herab und suchte unter dem Kissen ein winziges aus Buchsbaum geschnitztes Kruzifix hervor, ein Geschenk Pater Olmedos. Darauf schlich er aus der Schlafkammer hinaus, schlich durch die Säle, stehenbleibend zuweilen und gespannt horchend, schlich so dem Hausheiligtum zu. Doch als er schon dicht davor war, zögerte er, schien zu überlegen, sich eines andern zu besinnen. Er begab sich in den Garten und von dort aus zur Vorratskammer. Er fand die Tür offen. Einige Stufen führten hinab in den kühlen, kellerartigen Raum.

Er war eben hinabgestiegen, als er Schritte hörte. Der Sklave kam, ein neues Pulquegefäß für die Trinkenden zu holen. Der Knabe stellte sich hinter einen mannshohen, mit Mais gefüllten Sack und wartete, bis der Sklave sich wieder entfernt, bis das Klappen der Hirschledersandalen sich im Garten verloren hatte. Zwischen Säcken und Körben, die mit Fischen, Krabben, Wildbret, Hülsenfrüchten und Obst gefüllt waren, tastete sich der Knabe voran, bis er zu den auf hölzerne Dreifüße gestellten, mit Bastschnüren netzartig umsponnenen Gefäßen und Krügen aus porösem, Feuchtigkeit ausschwitzendem Ton kam, in welchen berauschende Getränke – Zypressenzapfenwein, Nopalfruchtwein, Honigwein, Yauhtli (eine Art Wermut) und Pulque – aufbewahrt und gekühlt wurden. Mit seiner kupfernen Axt schlug er in den Boden eines jeden der Gefäße und Krüge ein kleines Loch, durch das der Saft herausrieselte.

Und heimlich wie er gekommen, ging er wieder durch den Garten und die Säle, bis er vor dem Teocalco, dem Hausheiligtum, stand. Der Eingang war durch eine steinerne Platte verschlossen. Doch nur angelehnt war sie; erst tags darauf sollte sie mit Kalk und Mörtel in die Türumrahmung eingemauert werden. Mochte ihr Gewicht auch

schwer sein – es gelang ihm, sie ein wenig wegzuschieben, so daß er sich hindurchzwängen konnte.
Jetzt befand er sich in der Götterkammer, atmete ihren süßlichen Kopalduft ein. Aus einer Lichtöffnung an der Decke schnitt ein breiter Mondstrahl, wie ein blauer Balken scharf umrissen, durch die graue Dämmerfinsternis und endete als glitzerig flammendes Gefunkel auf dem türkisenen Skelettgesicht des Totengottes. Rechts und links von diesem standen, allzu nahe zusammengerückt und einander in ihrer einsamen Majestät störend, große Steinbilder der Wassergöttin Matlalcueye (der Maid-mit-dem-blauen-Hüfttuch), des Regengottes Tlaloc und des Camaxtli, des tlascaltekischen Jagd- und Kriegsgottes. Außer den neun Insassen sah der Knabe auf dem dreimal gestuften Altar inmitten des Gemaches die seit seiner Kindheit ihm vertrauten Mißgestalten der kleinen fußhohen Hausgötter.
Er begann sein Zerstörungswerk mit den Hausgöttern. Je ein Hieb seiner Axt genügte, sie in Scherben zu schlagen. Sie zerfielen wie Töpfergeschirr, fast lautlos, sie schrien nicht, erhoben keine Anklage und keinen Lärm über ihren Tod.
Dann versuchte er die großen Götter zu vernichten. Hatte er sie und ihresgleichen früher als die Herren über Leben und Tod gefürchtet, so stand er ihnen auch jetzt nicht furchtlos gegenüber. War er doch von Pater Olmedo aufgeklärt worden, daß sie Demonios – böse Teufel – seien; und nicht viel anders hatten die Quaquiles ihr Unwesen verurteilt. Aber gerade weil ihm der kalte Schweiß über die Stirn rann, war er sich bewußt, wie ungeheuerlich und wie tapfer die Tat war, die er beging. Ein Gefühl des Stolzes und der Selbstbewunderung stärkte ihm den Mut und half ihm die Angst besiegen. Mochten die bösen Teufel aus den Steinen hervorspringen und ihn erwürgen – was lag an seinem Tod! Doch sie würden es wohl nicht wagen, da er ja das Kreuz aus Buchsbaumholz bei sich trug. Und unmöglich war es nicht, daß es ihm gelingen könnte, seinem Vater die Machtlosigkeit der Götzen zu beweisen. Der Mutter wegen hatte er die berauschenden Getränke ausfließen lassen, denn nur wenn der Vater betrunken war, wurde sie geschlagen. Was er aber jetzt tat, tat er um des Vaters willen. Nicht minder als die Mutter liebte er ja den Vater trotz allem, obwohl es unerträglich war, daß er auf die Einflüsterungen der Demonios und auf die der argen Smaragd-Puppe hörte und die Mutter mißhandelte. Ja, trotz alledem hing er an ihm und wollte ihn retten, ihn heilen, obgleich er mit ihm nicht zu sprechen verstand und nie das rechte Wort fand, sobald er von ihm angeredet wurde. Als der Vater gesagt hatte: »Kleiner Bruder, komm zu mir – auch du bist schon halb ein Wolf«, hatte er vieles entgegnen wollen und hatte doch scheinbar trotzig geschwiegen. Nun wagte er eine Antwort, die den Vater vielleicht schmerzen, vielleicht zur Raserei bringen, vielleicht aber auch vom Bann der bösen Teufel lösen konnte.

Mit aller Gewalt hieb er auf die Götzen ein. Die Schneide seiner Axt stumpfte ab, wurde schartig, verbog sich. Die Bildnisse aber aus Granit hielten stand, grinsten ihr höllisches Grinsen. Kaum daß sie Schrammen aufwiesen. Dem Regengott war ein Stück seiner brillenartigen Augenumrahmung weggebrochen, dem Kriegsgott einige Perlen seines Saphirhalsbandes –: zu schwach war der Knabenarm, Steinklötze zu spalten.
Da wandte sich der Kleine Pfeil zum mondbeschienenen Totengott. Der bestand nicht aus einem Steinblock, der war mosaikartig aus vielen kleinen Stücken Göttertürkis zusammengesetzt. Die Axt traf den blauen Totenkopf am Scheitel und zersplitterte den Schädel. Ein zweiter wuchtiger Hieb traf das Schlüsselbein – und der Brustkorb klaffte auseinander. Ein Knistern, ein Geriesel, ein Krachen – der Götze brach in sich zusammen.
Der Hochtriumph in der Seele des Knaben währte nur einen Augenblick. Eine schwere Hand legte sich auf seine Schulter. Der fette Ordner der Teppiche stand vor ihm. Seine verquollenen Augen traten weit aus den Höhlen heraus wie glasige Fischaugen. »Mein kleiner Herr«, flüsterte er, »fort, fort – sonst rächt sich der Totengott an dir!« Er war gutmütig und sah voll Mitleid, daß das Kind in Todesgefahr schwebte. Nicht ihn erboste der Gottesfrevel, aber er sah voraus, daß die Entdeckung der Tat Fichtenzweig zur Tollheit reizen mußte. Er selbst hatte zwar stets geredet, wie sich's für den Oberhofmeister des fürstlichen Hauses geziemte und wie es den Gästen des grimmigsten Feindes der weißen Götter zu hören lieb war. In seinen heimlichsten Gedanken jedoch hatte er den Weltumschwung willkommen geheißen. Von freigelassenen Sklaven abstammend, seit seiner Kindheit in dienender Stellung, war er kein Freund des Kriegsgottes und verdammte allen blutigen Opferkult. Daß der Hohe Rat die Taufe des Volkes beschlossen hatte, fand er recht, wenn er auch aus Rücksicht auf das Fürstenhaus, dem er diente, dem alten Glauben treu blieb. Er hing an seinem Gebieter und liebte dessen Sohn – und nun zitterte er für beide.
»Mein kleiner Herr, fort, fort!« wiederholte er. »Man darf dich nicht sehen ... Ich selbst will die Tür vor Sonnenaufgang mit Mörtel und weißer Erde vermauern ... Wenn man den Lärm gehört hat, werde ich sagen, der Gott sei von selbst zusammengestürzt ...«
Und da der Knabe nicht floh, faßte er ihn an der Hand, ihn fortzuziehen. Doch der Rache des Totengottes konnte das Kind nicht mehr entgehen. Der Ordner der Teppiche stieß einen leisen Schrei des Schreckens aus. Am Eingang zum Heiligtum stand Smaragd-Puppe mit drei Sandalenbinderinnen. Sie hatten gehört. Smaragd-Puppe lächelte schlangenhaft. Einen Sohn von drei Jahren besaß sie, für dessen Erbberechtigung sie hoffte und kämpfte. Jetzt sah sie ihre Hoffnung der Erfüllung nahe. Plötzlich wandte sie den Kopf, lauschte und spähte hinaus.

Und fast zu gleicher Zeit erscholl der trunkene Gesang Fichtenzweigs, näher schon – nicht mehr vom Garten her –

»Als wir die Mexikaner und ihre Frauen rösteten,
Als wir die Sklavenhalter auswählten für den Opferstein . . .«

Kriegsmaske war aufgebrochen. Durch eine Flucht von Sälen hüpfte rötlicher Lichtschein, der Haus-Erleuchter trug das Fackelbündel voran. Schwankend begleitete der Fürst den Prinzen bis ans Haupttor des Tecpans. Frührot begann eben den Himmel zu bleichen.
Smaragd-Puppe flüsterte der einen der Sandalenbinderinnen einige Worte zu; und eilig entfernte sich die Sklavin.
»Bleibe!« sagte Smaragd-Puppe zum Knaben. »Unser Herr, der Kriegshauptmann Fichtenzweig, kommt gleich – er kommt, weil ich ihn rief. Er wird dein Richter sein, und seine Strafe wird scharfschneidig sein!«

Zwei Stunden später trug die Als-Schlange-Lebende ihren sterbenden, aus zwanzig tiefen Wunden blutenden Sohn auf ihren Armen durch den Tecpan, ihrem Schlafgemach zu, wo sie mit schluchzenden Dienstfrauen das Kind auf ihrem Lager bettete. Vergebens mühte sie sich ab, die Wunden zu verbinden, mit Balsam zu kühlen. Verzweifelnd mußte sie es aufgeben. Das Kind verblutete.
Zwei Stunden hatte das Martyrium des Knaben gedauert, bis endlich es der Mutter gelungen war, ihn dem Rasenden zu entreißen.
Der Fürst hatte, nachdem er den Haufen Göttertürkis erblickt, alle, sogar auch Smaragd-Puppe, durch eine Zorngebärde hinweggejagt und war wortlos mit dem Knaben in ein angrenzendes Gemach gegangen. Zuerst war es seine Absicht gewesen, den Knaben nur streng und gerecht zu züchtigen, und auch das erst nach einer Aussprache und väterlichen Ermahnung. Doch die Aussprache, bei welcher das Kind die Tat nicht leugnete, sich der Tat sogar rühmte, wurde zur Niederlage des Vaters, allzu offensichtlich war die überlegene Hoheit des Kindes. Nicht der Vater, sondern der Sohn wurde zum Ermahner und Warner und Strafer. Der Knabe, der in Gegenwart des Vaters nie zu reden verstanden hatte, sprach wie ein Erwachsener, liebevoll und bei weitem geschickter als der durch den Rausch Befangene. Da ließ sich Fichtenzweig hinreißen, ihn erbarmungslos zu schlagen – immer noch in der Hoffnung, er werde um Verzeihung betteln. Doch die Mißhandlung hob den Knaben über sich selbst hinaus, machte ihn zum Schmerzverächter. In flackernder Schmerzenswollust reizte er den Kriegshäuptling, indem er vom Erlöser der Welt Xesu Quilisto und der Gnadenmutter Malia predigte und glühend empfundene, wenn auch barbarisch entstellte und mißverstandene Phrasen aus dem eben genossenen Religionsunterricht in einer Art trunkener Seligkeit vorbrachte. Da schlug der Vater mit

seinem ausgezackten eichenen Rasselstab auf ihn ein, bis sein Arm lahm wurde, bis er selbst vor Ermattung zusammenbrach und sich in einen Sessel fallen ließ, tief atmend und triefend von Schweiß. Vor ihm am Boden ausgestreckt lag das nackte Kind, rot besudelt am ganzen Körper, mit klaffenden Wunden übersät. Und jählings wich der Nebel von den Augen des Rasenden, er sah die Wunden, sah, was er angerichtet hatte. Da fing er an laut aufzuheulen wie ein Tier, hielt sich die Hände vors Gesicht, geschüttelt von Schluchzen, zerrissen von Mitleid mit sich selbst und dem Kinde, das er liebte. Und als das Kind trotz des Blutverlustes Kraft genug noch hatte, sich zu erheben, um sich hinauszuschleppen, ließ er es zu, hinderte es nicht. Doch nur bis zu der Tür kam der Knabe. Dort stand Smaragd-Puppe mit ihren Frauen und versperrte ihm den Weg. Und sie hetzte ihren Mann auf: Ob er ein solcher Feigling sei, daß er den Mut nicht aufbrächte, den Göttern Genugtuung zu verschaffen? Ob er die Rache des Himmels auf sich und sein Haus ablenken wolle – denn das werde er gewiß, falls er mit dem Frevler Erbarmen fühle! Ob er sich mit der halben Tat zu begnügen gedenke und dem Knaben gestatten wolle, sein Angeber zu werden bei den weißen Göttern?

Während sie noch sprach, erscholl ein Gekreisch hinter ihr. Die Als-Schlange-Lebende hatte durch eine Schar von Sklaven, welche beauftragt waren, sie fernzuhalten, sich soeben durchgerungen, beißend, kratzend, um sich schlagend sich einen Weg gebahnt und stand schreiend an der Tür neben der Feindin – einer Wahnsinnigen gleich, das Kleid zerfetzt, das Haar zerwühlt, die Lippen fahlblau.

»Gebt mir mein Kind!« schrie sie.

Smaragd-Puppe sah die Erschütterung im Gesicht Fichtenzweigs, sie spielte ihren letzten Trumpf aus. »Du weißt noch nicht alles, was er getan hat!« rief sie Fichtenzweig zu. »Alle Pulquegefäße hat er vernichtet!«

Das Gesicht des Fürsten verdüsterte sich von neuem. Aber die Wirkung ihrer Worte war eine andere, als sie erhofft hatte. Sein Unmut richtete sich jetzt gegen sie. Mit barschen Worten herrschte er sie an: Sie solle nicht wagen, sich zwischen ihn und seinen liebsten Sohn zu stellen. An allem Unglück sei nur sie mit ihren bösen Ratschlägen schuld.

Smaragd-Puppe, im Vertrauen auf ihre Stellung als bevorzugte Gattin, ließ sich nicht einschüchtern und antwortete hochfahrend. Da schnellte er empor, riß ein Obsidianmesser aus dem Gurtgehenk. Und er hätte sie erdolcht, hemmungslos, wie er war, wäre sie nicht entsetzt geflohen.

Jetzt endlich durfte die Als-Schlange-Lebende ihr Kind bergen.

Im Bette seiner Mutter, gestreichelt von der tränenlos Weinenden, umringt von den verschüchterten Geschwistern, mußte sich der Knabe noch mehrere Stunden lang quälen, ehe der Tod ihn erlöste. Kurz vor dem Ende bat er, man möge seinen Vater rufen.

Fichtenzweig kam sofort an das Lager des Sterbenden. Scheu, wie unter einer Last sich krümmend, trat er ins Gemach. Er wollte die Wirklichkeit nicht anerkennen, wollte sie trotzig verneinen. Doch sie war da, die furchtbare Wirklichkeit, und ließ sich nicht auslöschen. Mochte er es auch nicht glauben wollen, daß er sein liebstes Kind getötet – was half's, der Augenschein strafte seinen Selbstbetrug Lügen. Wie sehr er sich sträubte, erwachen mußte er doch aus dem künstlichen Traumzustand, in welchen er sich seit einigen Stunden versetzt hatte, um sich vor der eigenen Verzweiflung zu schützen.
Mühselig hauchte der blutleere Knabenmund Worte der Verzeihung, ermahnte, der Vater solle nicht weinen.
»Bald werde ich beim Herrn des Himmels sein, und die Angelotin werden singen«, sprach das Kind langsam, kaum hörbar, mit jenseitigen, verklärten Augen.
Die Mutter und die Geschwister wimmerten schluchzend. Sie wußten, daß die Angelotin – die Engel – nur den Abgeschiedenen wahrnehmbar waren.
Nach der Hand des Vaters greifend, flehte das Kind, er möge der Mutter und den Brüdern die Taufe nicht verwehren. Der Fürst versprach es.
Als das Kind tot war, brüllte er so laut, daß es in den entferntesten Kammern des Tecpans zu hören war.
Bis gegen Mittag sang er die Totenklage und legte dem Kinde den Totenschmuck an. Dann trug er die Leiche in die Götterkammer, und eigenhändig vergrub er sie unterhalb des Hausaltars.
Und als er hiernach seine Weiber, Kinder, Hausbeamten, Diener und Sklaven zusammengerufen hatte, war wieder alle Weichheit von ihm gewichen. Er befahl, das Geschehene streng geheimzuhalten, und drohte, für den Fall es verraten werden sollte, die qualvollsten Folterstrafen an.

Daß Piltecatl und Aguilar heil zurückkehren könnten, wurde von keinem Tlascalteken angenommen. Die Kriegsansage zu überbringen, hatten sie ihr Leben preisgegeben und wurden als freiwillige Opfer beklagt und bewundert. Der Krieg war beschlossen, eifrig wurde gerüstet. War zwar seit den Kämpfen mit den weißen Göttern nicht abgerüstet worden, so mußte doch viel zerstörtes Kriegsmaterial erneuert werden. Pfeile und Lanzen mußten mit Feuersteinspitzen versehen, Schilde mußten geflickt, frisch bemalt und gefirnißt, fehlende Waffen durch neue aus dem Speerhause ersetzt werden.
Fieberhaft trafen ebenfalls die Kastilier Vorbereitungen. Auf den Tag vor dem Abmarsch ins Feld war die Taufe und die Hochzeit festgesetzt worden. Inzwischen aber hatte Kriegsmaske den Hohen Rat bewogen, in die Bekehrung der gesamten Stadtbevölkerung zu willigen – und das machte die Vollziehung der Taufe an einem Tage unausführbar. Die Taufhandlung mußte gegliedert werden. Cortez

überwies dem Pater Olmedo die Adligen und dem Lizentiaten das Volk. Tagelang nahmen die beiden Priester ununterbrochen die heilige Handlung vor. Da es aber ebenso schwer gewesen wäre, hunderttausend Namen zu finden, wie sich zu merken – für die Christen schwer und für die Indianer erst recht schwer – entschloß man sich, der drohenden Verwirrung durch ein radikales Mittel abzuhelfen, indem man den Täuflingen am ersten Tage samt und sonders den Namen Juan gab, am folgenden Tage den Namen Pedro; am dritten wurden lauter Anna getauft, am vierten lauter Maria.

Sich den Umständen anzupassen, hat *la santa madre iglesia* stets verstanden.

Mit mehr Liebe und Sorgfalt waren den fünf Fürstentöchtern und ihren hochadligen Sippen Taufnamen ausgewählt worden. Und man hatte für den Morgen des Hochzeitsfestes die Taufe der Bräute angesetzt, wie ebenfalls die Einweihung des Klosters.

Am Vorabend des Festes traf ein Otomi in der Stadt Tlascala ein. Er kam vom südwestlichen Segment der Großen Mauer, wo diese die Grenze gegen Cholula bildete, und überbrachte einen auf Agavepapier gemalten Botenbrief, der ihm von einem chollultekischen Schnelläufer für Malintzin übergeben worden war. Marina hatte in ihrer Jugend die Erziehung einer Fürstentochter genossen und war daher imstande, ohne Beihilfe die Hieroglyphen zu entziffern. Der kurze Brief enthielt eine Warnung, die Aguilar betraf: er befinde sich – ebenso wie Piltecatl – auf dem Rückweg, werde aber dem Anschlag gedungener Mörder nicht entgehen, es sei denn, daß Hirschmenschen sofort ihm Beistand leisteten.

Aus dem Brief ging nicht hervor, wer der Schreiber war, wohl aber, daß er Marinas wegen warnte und ihren Dank zu verdienen hoffte – wohl, weil er den Frater seines Dolmetscherberufes wegen für ihren Gefährten und Freund hielt.

Marina zeigte Cortez den Brief und äußerte die Befürchtung, es könnte sich um eine Kriegslist handeln. Sie wies darauf hin, wie unglaubwürdig es klinge, daß Piltecatl und Aguilar noch lebten, daß ihnen gestattet sein sollte, den Heimweg anzutreten. Wären sie aber wirklich freigelassen worden – wie widersinnig sei es dann, daß man sie ermorden wolle. Der Zweck des Briefes sei es wohl, kastilische Reiter ins Verderben zu locken.

Cortez teilte diese Ansicht nicht. Er gab den Widersinn zu – der darin besonders bestünde, meinte er, daß Leute hinterrücks getötet werden sollten, deren öffentliche Hinrichtung nach der Überbringung der weißen Schminke niemand gewundert hätte. Dennoch halte er die Warnung für ehrlich. Und niemand anders könne den Brief abgesandt haben als Marinas Liebhaber, der Vogelsteller, der junge König von Cholula. Sei dies der Fall – und kaum ließe sich's bezweifeln –, so dürfe der gutgemeinte Rat nicht in den Wind geschlagen werden.

Trotz der vorgerückten Stunde bat Cortez Diego de Ordás, mit Lugo, Tapia und dem jüngst zum Feldobristen beförderten Luis Marín nach Cholula aufzubrechen. Er wählte diese Hauptleute, denn tags darauf sollten die Verlobten der fünf Fürstentöchter – Alvarado, Velázquez de León, Sandoval, Olid und Avila – Hochzeit halten. Am liebsten wäre Ordás allein auf die Suche Aguilars ausgezogen, weil in seinen Augen ein Abenteuer, wenn er es mit Gefährten teilte, an Abenteuerlichkeit verlor. Doch mußte er sich dreinfügen, daß auf Wunsch von Cortez sich auch noch Domínguez und Lares anschlossen.
Indes niemand verstand die Landessprache; und da Cortez Marina nicht entbehren konnte, wurde Doña Elvira – die eine der beiden Ehefrauen des weißhändigen Farfán – veranlaßt, als Dolmetscherin mitzureiten. Seit der nächtlichen Tlascaltekenschlacht fortdauernd geplackt und bemitleidet, angeschrien und übergütig behandelt von ihrer Mitgattin María de Estrada, hatte sie – zuerst, um sich erkenntlich zu erweisen, und später, weil es ihr Freude machte – das Pferd der Amazone versorgt, ihr die Waffen geputzt und hatte es bald gelernt, wie ein Mann im Sattel zu sitzen und die Lanze zu schwingen. Für den Ritt nach Cholula lieh ihr der Bergmann und Tanzmeister Ortiz seinen Rotfuchs, den Pegasus. Und der Einarm von Villanueva nahm sich seine rostige Sturmhaube vom Kopfe und stülpte sie ihr auf die spärlichen eisgrauen Locken.

Nachdem Aguilar Cholula verlassen hatte, war er erst eine größere Strecke nach Nordosten, der tlascaltekischen Mauer zu, gewandert. Die ihm auf der Landstraße begegnenden Bauern und Händler musterten ihn zwar verstohlen mit schreckhaften oder finsteren Blicken, ließen ihn aber doch unbehelligt seines Weges ziehen. Kam er durch Dörfer, so taten die erwachsenen Bewohner, als sähen sie ihn nicht; und nur kleine Kinder sammelten sich neugierig um ihn, warfen ihm auch Steine nach. Als der Anstieg begann – denn längs einer Gebirgsfalte schlängelte sich jener Streifen der Großen Mauer hin, dem er zustrebte –, wurde er von zwei wandernden mexikanischen Kaufleuten überholt und ins Gespräch gezogen. Ihre Ware – Felle wilder Tiere und mancherlei Schlangenhäute – trugen sie in schweren Kisten auf dem Rücken, gingen aber so leichten Schrittes dahin, daß Aguilar kaum folgen konnte. Sie hätten heute den Rückweg nach Tlatelolco angetreten, erzählten sie, weil das Tageszeichen »Eins Affe« besonders günstig für eine Reise sei. Dann fragten sie ihn über sein Ziel aus und rieten ihm, er möge sich lieber ihnen anschließen und einen Umweg über mexikanisches Gebiet machen, da die cholultekischen Grenzwächter ihn niemals durchlassen würden; die nordwestliche Grenze aber sei unbewacht.
Aguilar ließ sich überreden. Eigentlich bereute er es sogleich schon, nachdem er eingewilligt hatte, fand aber den Mut nicht mehr, dann

noch umzukehren. Warum er ein Mißtrauen fühlte, konnte er selbst nicht sagen. Seine Begleiter behandelten ihn mit äußerster Zuvorkommenheit.

Das Benehmen der beiden Kaufleute änderte sich, als sie gegen Abend mexikanisches Gebiet betraten. Sie fingen an, leise und erregt miteinander zu streiten. Wie sehr Aguilar auch hinhorchte, war er doch nicht fähig, dem geschwinden Wortwechsel zu folgen. Eine ganze Weile ging er schweigsam und sehr beunruhigt neben ihnen her.
Sie befanden sich in einer länglichen, baumlosen, grasbewachsenen Talmulde, die beiderseits von niedrigen Hügeln eingefaßt war. Ein kühler unfreundlicher Bergwind wehte, ruckweise mit zwecklosem Eigensinn immer wieder die Grashalme zur Erde beugend. Der Himmel hatte sich häßlich, aschfarben bewölkt, und eben begann ein trüber Herbstregen herabzunieseln.
Da vernahm Aguilar einige Worte, die ihm keinen Zweifel ließen, daß seine Ermordung beschlossene Sache war. Nicht ob, sondern wo sie erfolgen solle, wurde von den beiden Händlern erörtert. Der eine hatte einen nahe gelegenen Wald in Vorschlag gebracht; der andere aber wollte die Tat sofort ausführen, da in der Talmulde kein Mensch war, der sie stören konnte.
Im Grunde erfuhr Aguilar nichts Neues, schon seit mehreren Stunden hatte er das Verhängnis herannahen gefühlt. Obgleich er voll Lebensüberdruß und Lebensverachtung vor dem Priesterkönig in Cholula gestanden hatte, zitterte er jetzt an allen Gliedern.
Der zermürbenden Ungewißheit ein Ende zu machen, stellte er seine Mörder zur Rede, fragte sie, warum sie ihn töten wollten. Der jüngere, ein kleiner, stämmiger Mann, blickte achselzuckend verlegen zur Erde. Der andere – groß, schlank, mit auffallend breiten Nüstern und wulstigen, vorstehenden Lippen – machte nicht einmal den Versuch, es abzuleugnen, und gab grinsend zu, daß er vom mexikanischen Gesandten, dem Tempel-Feger, gedungen worden sei. Er und sein Gefährte würden für die Tat hundertundzwanzig Mäntel erhalten – was ein angemessener Preis sei. Als Bedingung sei ausgemacht, daß der Mord auf mexikanischem Boden geschähe, da Cholula schuldlos sein müsse, um mit Tlascala Frieden zu schließen.
Während er dies sprach, hatte er seine Warenkiste vom Rücken sachte zur Erde gleiten lassen und geöffnet. Weder Felle wilder Tiere enthielt sie noch Schlangenhäute – nur einige Waffen und ein getrocknetes Jaguarherz, wie es die Leute, deren Beruf der Meuchelmord war, stets bei sich zu tragen pflegten. Er wählte ein Sägeschwert; und gewissermaßen sich entschuldigend, teilte er Aguilar mit, die Köpfung könne nicht länger verschoben werden.
Dennoch erbat sich der Frater einen Aufschub, um ein letztes Gebet zu sprechen. Es wurde ihm bewilligt. Die Mörder entfernten sich

einige Schritte von ihm. Er kniete nieder, und die Hände gefaltet emporstreckend, betete er lange und inbrünstig.
Doch wie vertieft er in sein Gebet auch war – seine zum Himmel gerichteten, tränengefüllten Augen wurden abgelenkt durch eine unerwartete Erscheinung. Auf dem Kamme des nahen Hügels hoben sich die Silhouetten dreier Indianer gegen den regenweißen Himmel ab. Die Indianer – in Jägerkleidung, mit Jaguarfellmützen auf den ungepflegten Haarsträhnen – schienen zu beraten, und plötzlich eilten zwei von ihnen in die Talmulde herunter und sprachen mit den Mördern.
Aguilar betete nicht mehr, obgleich er in betender Stellung blieb – er tat jetzt nichts als schauen. Und er sah, wie die Indianer, die eben noch mit freundlichen Mienen gesprochen hatten, jählings über seine Mörder herfielen und sie mit Dolchstößen niedermachten.
Der eine Indianer kam danach eilig auf ihn zu. Aguilar bekreuzigte sich und senkte den Kopf, in sein Schicksal ergeben – er war überzeugt, nun sei die Reihe an ihn gekommen.
»Ihr habt nichts mehr zu fürchten!« rief der Indianer auf spanisch. »Doch wart Ihr in verteufelt schlechter Lage, Aguilar, und hätte der Zufall nicht ausgerechnet mich hergeführt . . .«
»Gonzalo Guerrero!« schrie Aguilar erschüttert, mit erstickter, von Freudentränen gewürgter Stimme. Jetzt wußte er, daß er gerettet war. Jetzt erst hatte er seinen Leidensgenossen aus Yukatan wiedererkannt – und auch nur am Tonfall und am hellblauen Auge; denn sonst war er ganz unkenntlich. Der rote Bart war abrasiert, das rote Haar unter schwarzer Perücke versteckt, das Gesicht streifig bemalt. Der Rote Jaguar hatte mit der Bart- und Haartracht auch die Sklavenfeder und den metallenen Halsring der Sklaven abgelegt und trug jetzt – wie gleichfalls seine beiden Gefährten – die Kleidung mexikanischer Jäger.
Über die Ermordung der Mörder verlor Guerrero nicht viel Worte. Sie hatten ihr Los verdient. Von seinen Begleitern sei der auf dem Hügel stehende sein Herr, der Herabstoßende Adler, dessen Anwartschaft auf den Thron Mexikos neuerdings in Frage gestellt sei, da er in Ungnade gefallen sei und von Montezuma verbannt wurde. Der andere sei Prinz Ohrring-Schlange, ein Bruder der beiden feindlichen Könige von Tezcuco.
Sowohl Aguilar wie Guerrero hätten Stunden dazu gebraucht, aufzuzählen, was ihnen, seit ihrer Trennung vor bald einem Jahr, an Wundersamem zugestoßen. Doch Guerrero durfte seinen Gebieter nicht lange warten lassen. Er begnügte sich daher anzudeuten, weshalb – für die nächste Zeit wenigstens – ihr sicheres Asyl, die unterirdische Grabkammer im Schilfsee, verlassen worden war. Abgeschlossen wie Tote in der Unterwelt, hatten sie nur wenige Tage dort verbracht. Eine Nachricht über Cholula war der Anlaß, daß der Herabstoßende Adler, die Gefahr mißachtend, hierher aufgebrochen war,

um den Ereignissen nahe zu sein und wenn möglich die Schmach feiger Heimtücke von Mexiko abzuwenden. Prinz Ohrring-Schlange hatte sich ihm angeschlossen, weil die Ausartung des Bürgerkrieges in Tezcuco ihn beunruhigte und er nach einer Gelegenheit suchte, mit seinem jüngeren Bruder, der Schwarzen Blume, zusammenzutreffen. Da er mit seinem älteren Bruder gebrochen und vor Montezuma des Edlen Traurigen wegen sich verborgen halten mußte, durfte er erwarten, daß die Schwarze Blume ihm freundlich begegnen werde. Ja, er machte sich Hoffnung, die Schwarze Blume dazu überreden zu können, daß er gleichzeitig mit dem Edlen Traurigen auf den Doppelthron zugunsten ihrer Mutter, der Herrin von Tula, verzichte, wie es das Volk von Tezcuco verlangte. Nur nachts wandernd, hatten sie in drei Nächten den weiten Weg hierher zurückgelegt, waren auch mehrmals trotz der ärmlichen Jägerkleidung erkannt worden. Doch so beliebt war der Herabstoßende Adler bei allen Mexikanern, daß jedesmal die Entdeckung keine anderen Folgen hatte, als daß ihm Speisen, Getränke und Blütenzweige überreicht und Zufluchtstätten angeboten wurden. Ein mexikanischer Beamter schickte ihm sogar Sänften und warnte ihn vor einer Straße, auf welcher er Spähern Montezumas begegnen konnte.

Während Guerrero dies berichtete, war Guatemoc den Hügel herabgestiegen und hatte eine Weile mit Ohrring-Schlange gesprochen. Jetzt kamen beide Prinzen auf Aguilar zu. Guatemoc kannte ihn von Sempoalla her, wo er ihn als Dolmetscher neben Marina gesehen hatte. Mit herablassender, etwas verächtlicher Gebärde begrüßte er ihn.

Er war zufrieden mit der Rettung Aguilars, weil dadurch eine Absicht seines Widersachers, des Tempel-Fegers, durchkreuzt wurde. Zur Genüge war ihm bekannt, daß bei allen trüben Geschehnissen der letzten Zeit der Ehebrecher aus Huexotzinco den Zornigen Herrn, als wäre er dessen böser Geist, gelenkt hatte. Ohne im einzelnen Fall die dunklen Beweggründe zu kennen, konnte er mit Recht annehmen, daß jeder Plan dieses selbstsüchtigen Ränkeschmiedes seinen Plänen zuwiderlief.

Auch sonst war ihm die Begegnung lieb. In Sempoalla gefangengesetzt von den Totonaken, war er durch Cortez vor dem Opfertode bewahrt worden – und jetzt fand er eine Gelegenheit, die lästige Schuld des Dankes gegen einen Feind zu begleichen. Freilich war Aguilar nicht Cortez, die Rettung des Dolmetschers wog die Rettung des künftigen Herrn der Welt nicht auf. Doch durch Aguilar konnte er den weißen Göttern Nachricht senden vom Einmarsch der Adler und Jaguare Montezumas in Cholula, deren Versteck er und Ohrring-Schlange ausgekundschaftet hatten, und Cortez wissen lassen, daß die von Cholula zum Paß zwischen dem Rauchenden Berg und der Weißen Frau führende Straße unterhöhlt und mit Pfählen versehen sei, um die heranziehenden Hirschungeheuer aufzuspießen.

Dies durch einen mexikanischen Boten sagen zu lassen, wäre unmöglich gewesen. Unmöglich, weil kein Mexikaner nach Tlascala eindringen konnte; und unmöglich, weil die Botschaft wie ein Verrat an Anahuac erscheinen mußte und trotz Guatemocs Beliebtheit wohl von keinem Mexikaner überbracht worden wäre. Dennoch lag es Guatemoc fern, einen Verrat an seinem Lande zu begehen. Den offenen Vernichtungskrieg gegen die Fremdlinge hatte er stets gefordert, so noch beim letzten Kronrat in Tenuchtitlan. Und heute dachte er nicht anders. Sein Gewissen sagte ihm, daß er sein Land nicht nur nicht verriet, indem er die hinterhältigen Pläne des Oheims aufdeckte – daß er vielmehr dadurch sein Land vor dem Makel des Verrates bewahrte.
Nach seinen kühlen Begrüßungsworten hatte er mit regungslosem Gesicht die überschwengliche Dankrede des Fraters angehört und sich dann kurz mit Ohrring-Schlange beraten. Es wurde Aguilar eröffnet, daß man ihn durch mexikanisches Gebiet bis an ein nordwestliches Tor der Großen Mauer bringen werde.

Am Morgen des Hochzeitstages war der Himmel grau verhängt. Die ganze Nacht hatten Regenschauer über die Stadt Tlascala hingefegt. Während aber die ersten Gäste sich im Tecpan der Sammelnden Biene einfanden, durchbrach die Sonne strahlend das Gewölk. Christen und Heiden begrüßten es als ein Sinnbild. Reich war die Festordnung des Tages. Auf die Taufe in der Frühe sollte die Einweihung des Klosters folgen; auf die Einsegnung der Brautpaare am Nachmittage öffentliche Lustbarkeiten; und am Abend das Hochzeitsmahl.
Dem hohen Rang der Bräute entsprechend, waren ihre Verlobten ausschließlich Feldobristen. Zwei von diesen – Olid und Avila – waren brutale, rohe Gesellen, hatten Seelen wie Henkersknechte, wenn auch besser gewaschene Hände; waren Verbrechernaturen, obwohl sie sich für Kavaliere hielten. Freilich unterschieden sich auch die Besten unter ihren Kameraden nicht allzusehr von ihnen. Wie meist bei politischen Verlöbnissen, war nur der Rang ausschlaggebend – nach menschlichen Eigenschaften wurde nicht gefragt. Niemand nahm Anstoß daran, daß die liebreizende Erbtochter des Rauchenden Schildes – eine Prinzessin – des einstigen Galeerensträflings Olid Gattin wurde.
Das Offene Gesicht hatte zwei Töchter, von denen die jüngste mit Sandoval verlobt war. Die ältere, nächst Rabenblume die schönste der fünf Bräute, war von ihrem Vater Cortez zugedacht gewesen. Cortez aber bestimmte Velázquez de León, sie zu heiraten – vielleicht, um ihn von der Schwärmerei für Marina zu heilen, vielleicht auch, weil er der bösen Prophezeiung seines Astrologen Botello Glauben schenkte und für den vom Geschick gezeichneten Jüngling ein ephemeres Glück erhoffte. Großer Überredungskunst bedurfte es, seinem Freunde – der sich den Mord an seinem Weibe und ihrem Liebhaber

nicht verzieh – den Einwand auszureden, er dürfe nie wieder ein Weib an sein unseliges Dasein ketten. Allzuviel südländisches Pathos war in den Worten Leóns, daher wies Cortez, ein wenig verstimmt, ihn mit durchsichtigem Sarkasmus darauf hin, daß in letzter Zeit sein Dasein nicht so unselig gewesen sei, wie er es hinstelle. Wenn auch beide vermieden, den Namen Marinas auszusprechen, so wußten doch beide, daß Velázquez de León endlich einwilligte, daß es Marinas wegen geschah.

Die Zeit der Verteilung der Bräute und der Verlobungsfeiern lag mehr als acht Tage zurück. Damals erfolgte auch eine Brautwerbung, die viel belacht wurde, wenngleich es den feinen Sinnen des Cortez nicht entging, daß der Anlaß zu dem Gelächter wenig harmlos war. Durch den Narren Madrid nämlich war Ribadeo, der Weinschlauch, auf den phantastischen Einfall gebracht worden, sich als Bräutigam für eine der fünf Fürstentöchter anzubieten.

»Wenn man Euch abweist«, hatte ihm Madrid gesagt, »so wird das Heer endlich zur Einsicht kommen, daß die Tapferkeit der einfachen Soldaten elend belohnt wird. Aber so geschieht es immer: Reichtümer fallen nur dem Reichen und das Glück fällt nur dem Glücklichen zu.«

Nicht daß sich der Weinschlauch vom Gift Madrids vergiften ließ – er hatte einen Straußenmagen. Doch allzu gern gefiel er sich stets in der Rolle eines Tölpels. Nichts bereitete ihm mehr Vergnügen, als wenn er durch seine scheinbar unfreiwillige Komik die Aufmerksamkeit auf seine mißachtete Person lenken konnte.

Sein Anliegen brachte er vor, als Cortez und die Feldobristen sich eben zum Mittagsmahl vereinigt hatten. Eine Weile noch, nachdem er geredet hatte, herrschte ein verdutztes Schweigen ob solcher Dreistigkeit.

»Ihr sollt eine Fürstentochter haben!« rief Lugo, ergriff eine leere Weinflasche, legte sie dem Brautwerber in den Arm und schob ihn mit einem Glückwunsch, der wie ein Fluch klang, zur Tür hinaus. Die Freunde des Weinschlauchs draußen grölten.

Kurz vor Beginn der Taufe, gegen acht Uhr morgens, trat Pater Olmedo in das von Cortez bewohnte Gemach, wo dieser eben sein Frühstück beendete. Olmedo äußerte seine Besorgnis wegen seines Lieblingsschülers, des Kleinen Pfeils. Während in dem für die Taufhandlung hergerichteten Tecpansaale bereits sämtliche Täuflinge versammelt seien, fehle noch immer die Als-Schlange-Lebende, und auch keins ihrer Kinder sei erschienen. Das an sich würde ihn nicht bekümmern; sie könnten sich verspätet haben, könnten nachträglich noch kommen. Mehr Sorge mache es ihm, daß der Kleine Pfeil, der früher bei keiner Religionsstunde und Andachtsübung gefehlt, sich seit zwei Tagen nicht habe blicken lassen, wie übrigens auch seine Mutter und Geschwister nicht.

Cortez fragte, ob der Pater einen bestimmten Verdacht habe?
Die knochigen Finger Olmedos wühlten nervös in seinem grauen Wildermannsbart, der ihm bis zum Gürtel reichte.
Daß der Kazike Fichtenzweig, meinte er, das Christentum hasse und von der Taufe nichts wissen wolle, sei ja bekannt. Sollte er von der Bekehrung seiner Frau und Kinder erfahren haben, so sei es wohl schon denkbar, daß er sie eingesperrt habe, daß er sie hindere, zur Taufe zu kommen.
»Padre, wollt Ihr, daß ich sie holen lasse?« fragte Cortez verdrossen.
»Nein, Euer Gnaden, das könnte nur mit Gewalt geschehen – und dazu würde ich nie raten. Übrigens nehme ich an, daß der Kazike mit Weib und Kindern die Stadt verlassen und auf seinem Landgute Atlihuetza oder in einem seiner Bergschlösser sie in Sicherheit gebracht hat; wenn nicht der Taufe wegen, so vor allem, um seine Kinder nicht in unser Kloster geben zu müssen ... Ich glaube, es hat keinen Zweck, die im Saal dort Versammelten länger warten zu lassen – es würde doch vergebens sein.«
»Padre, das glaube ich auch«, sagte Cortez. »Und ich fürchte, Padre, Ihr werdet Euch damit abfinden müssen, daß Ihr die Frau und ihre Kinder nie mehr zu Gesicht bekommt.«

Die Taufe hatte begonnen, eingeleitet durch Gesang und Predigt. Schon hatte laut schluchzend vor Ergriffenheit die Schwarze Blume den Namen seiner Apostolischen Majestät Don Carlos erhalten, Kriegsmaske, weniger bewegt, den Namen Don Vincente, seine als Kastilierin gekleidete Schwester Rabenblume, strahlend vor Stolz, den Namen Doña María Luisa und die schüchtern lächelnde Braut des Velázquez de León den Namen Doña Violante – da trat der Fürst Fichtenzweig festlich gekleidet in den Saal, und hinter ihm her kamen seine beiden ehelichen Frauen, die Smaragd-Puppe sowie die Als-Schlange-Lebende und ihre zwei jüngeren Kinder. Und mit fester Stimme erklärte Fichtenzweig, daß er sich und die Seinen taufen lassen wolle.
Eine Bewegung des Staunens rauschte durch den Saal.
Stumm sahen sich Cortez und Olmedo an. Wie war das zu erklären? Was hatte den Christenfeind gewandelt? Was bezweckte er? Und warum schloß er den Kleinen Pfeil von der Bekehrung aus?
Cortez beantwortete den fragenden Blick Olmedos mit einem Achselzucken. Man konnte den hochangesehenen und einflußreichen Kaziken nicht abweisen. Man konnte auch aus Rücksicht auf die feierlich-andächtige Stimmung aller Anwesenden kein Verhör anstellen.
Olmedo sah es ein, obgleich eine beängstigende Ahnung ihm die Seele bedrückte. Suchend senkte sich sein Blick auf den Mann und die beiden Frauen, als wollte er in die Tiefen ihrer Herzen hinabsteigen, ein Geheimstes emporzufördern. Sie ertrugen seinen Blick,

schienen sich gewappnet zu haben gegen ihn. Daß Smaragd-Puppe, die Olmedo nicht kannte, keck und dennoch beunruhigt die herausgeputzten Europäer in ihren flitterhaften Galakleidern, das große Holzkreuz und das steinerne Taufbecken anstarrte, war nicht zu verwundern. Auffallend verändert war Fichtenzweig; sein erzwungener Gleichmut verdeckte mühselig die innere Zerrissenheit. Und kaum wiederzuerkennen war die Als-Schlange-Lebende. Verwüstet durch tagelanges Weinen, glich sie einer Dahingeschiedenen; ihr zerstörtes Gesicht war ausdruckslos wächsern und tot; ihre Augen waren erloschen.

»Wenn du ein Christ sein willst, darfst du nur *ein* eheliches Weib haben!« ließ Olmedo durch Marina verkünden. Ein Schimmer von Selbstzufriedenheit glänzte auf des Paters gebräuntem Antlitz. Er war stolz darauf, daß ihm dieser Einwand eingefallen war, der ihm ermöglichte, ein salomonisches Urteil zu fällen. Jetzt würde sich's herausstellen, ob es dem Kaziken Ernst mit der Bekehrung war. Aus Äußerungen, die der Kleine Pfeil getan, wußte er, daß der Kazike, vom Teufel der Trunkenheit angereizt, die Als-Schlange-Lebende zu mißhandeln pflegte und ihr Smaragd-Puppe vorzog. Und wenn – wie anzunehmen nahelag – die Verwüstung im Gesicht des armen Weibes durch eine von ihm begangene Schandtat verursacht war, so würde die Wahl, zu der er jetzt schreiten mußte, ein Bekenntnis seiner Schuld sein.

Unter den Tlascalteken erregte der Einwand des Paters großes Aufsehen. Der Fürst war nicht der einzige im Lande, der zwei Ehegattinnen besaß, wenn auch in dem kriegerischen Jägervolk die alte Sitte monogamer Ehen vorherrschend geblieben war. Mit Spannung wurde die Antwort erwartet.

Die Augen Fichtenzweigs ruhten düster auf Smaragd-Puppe. Sie schüttelte unwillig den Kopf. Unsichtbare Fäden waren zwischen seiner Seele und ihrer geknüpft, es bedurfte keiner Worte.

»Ich will nur ein eheliches Weib haben«, sagte Fichtenzweig.

»Welche von den beiden Frauen soll es sein?« fragte Olmedo.

»Diese!« entgegnete der Fürst und zeigte auf die Als-Schlange-Lebende.

Niemand hatte erwartet, daß er so wählen würde. Im ersten Augenblick war auch der Priester enttäuscht; gleich darauf aber witterte er eine geflissentliche Irreführung und gewann den Eindruck, der Kazike habe sich eben dadurch verraten. Inwiefern er sich verraten und was ihm zur Last zu legen sei, hätte Olmedo nicht sagen können. Es war ein bloßes Gefühl, vorbeihuschend und nicht greifbar.

Die unterbrochene Taufhandlung nahm ihren Fortgang. Fürst Fichtenzweig erhielt den Namen Don Alfonso.

Gegen Mittag wurde das Kloster eingeweiht.

In den letzten Tagen war viel hin und her erwogen worden, wer zum

Prior und Erzieher der tlascaltekischen Adelskinder ernannt werden solle. In Betracht konnte nur ein Priester oder Mönch kommen, und daher war die Auswahl klein. Den Lizentiaten Juan Díaz, den Freund des Gobernadors von Kuba, wäre Cortez bei dieser Gelegenheit gern losgeworden. Doch sein Vorschlag scheiterte am Widerspruch sämtlicher Feldobristen und vor allem Olmedos, der, obgleich er sich schlecht mit dem Lizentiaten stand, auf seine Hilfe nicht verzichten mochte und Cortez vorhielt, daß die in Mexiko harrenden Aufgaben von einem einzigen Priester nicht zu bewältigen seien. Marina, die sich einst vorgenommen hatte, niemals aus eigennützigen Gründen ihren Einfluß geltend zu machen, wich in diesem Fall von ihrem Vorsatz ab und brachte Cortez auf den Gedanken, daß Aguilar als Dolmetscher entbehrlich sei und sich als Franziskanermönch für den Posten eines Klostervorstehers besonders eignen würde. Um den Verhaßten aus ihrer Nähe zu verbannen, lobte sie seine priesterlichen Eigenschaften über die Maßen, so daß Cortez sie verwundert anschaute und ein Mißbehagen wegen ihres Eifers empfand. Aus kleinen Anzeichen hatte er längst bei ihr einen Abscheu vor dem Mönch herausgespürt, und es irritierte ihn, daß sie jetzt ihren Haß in Lobsprüche kleidete. Gegen den Vorschlag hatte er nichts einzuwenden, wie ebenfalls Olmedo nicht; doch das war vor mehreren Tagen gewesen, und ehe man zu einem Entschluß kam, war Aguilar mit Piltecatl nach Cholula aufgebrochen; ob er von dort zurückkehren werde, war fraglich.
In Betracht kam nur noch ein gewisser Juan de las Varillas, ein einfacher Soldat, von seinen Kameraden *el Teólogo* genannt. Vor wenigen Jahren noch war er Priester auf Kuba gewesen, hatte eine einträgliche Pfründe gehabt. Von den Hieronymitenbrüdern vor das geistliche Gericht nach Haiti zitiert, um sich wegen sittlicher Verfehlungen, deren man ihn beschuldigte, zu verantworten, hatte er es vorgezogen, den Priesterrock auszuziehen und unter der Soldateska zu verschwinden. Er hatte sich von Grijalva und später von Cortez anwerben lassen. Mit Olmedo und Juan Díaz führte er zuweilen gelehrte Dispute und liebte es, durch Ansichten, die an Ketzerei streiften, den Lizentiaten zu erbosen.
Olmedo, der kein Zelot war, hatte Cortez geraten, den Musketier zum Klostervorsteher zu machen und, was seine zweifelhafte Moral anbetraf, ein Auge zuzudrücken – vielleicht auch beide. Denn mochten die Leute auch munkeln, er habe die Kinder seiner Parochie verführt – die dunkle Angelegenheit lag Jahre zurück und ließ sich nicht mehr aufhellen. Und zudem war man auf ihn angewiesen.
Cortez hatte daraufhin Juan de las Varillas zum Prior und Knabenerzieher ernannt.
Ein geistliches Gewand ließ sich aus einem abgetragenen des Paters Olmedo zurechtschneidern und zurechtflicken. Der buschige Schnauzbart, den der Musketier sich hatte stehenlassen, konnte abgenommen

werden. Die rauhe Kriegersprache abzulegen und frömmelnde Redewendungen hervorzukramen, konnte dem einstigen Gottesgelehrten nicht schwerfallen. Nur auf die eine Schwierigkeit stieß man, daß der Mann kein Wort der Landessprache verstand. Doch auch darüber setzten sich Cortez und Olmedo leichten Herzens hinweg: war doch anzunehmen, daß ein tüchtiger Humanist wie Varillas den Kindern in kurzer Zeit genug Latein beibringen werde, um sich mit ihnen lateinisch zu verständigen.

Das schöne am Ufer des Zahuapan gelegene steinerne Haus, welches Prinz Kriegsmaske als Klostergebäude zur Verfügung gestellt hatte, war von bescheidenem Umfang, galt aber als ehrwürdiges Gebäude, da in seinem Garten die heilige grüne Quelle von Tlascala entsprang, welcher die Stadt den Beinamen »Am Nephritwasser« verdankte.

Des mangelnden Raumes wegen hatte man weniger Gäste als zur Taufe geladen. Von den Tlascalteken waren bloß die Väter erschienen, deren Söhne in das Kloster eintreten sollten.

Als Prior gekleidet, machte Varillas den Hausherrn, begrüßte die Eintretenden und führte sie auf ihre Plätze. Bei der eigentlichen Feier aber mußte er bescheiden beiseite stehen: Olmedo und der Lizentiat hielten die Ansprachen.

Sogleich nach der Einweihung stellte Olmedo an Fichtenzweig die Frage, die er schon während der Taufe hatte stellen wollen, dann aber aus Rücksicht auf die Umgebung unterdrückt hatte. In strengem Tone forschte er aus: Warum der Fürst nur seine jüngeren Söhne mitgebracht habe? Wo der Kleine Pfeil sei? Vom Hohen Rat sei doch beschlossen und den Christen zugesichert worden, daß die Söhne des Adels dem Kloster überliefert werden müßten.

Nichts im Gesicht des Fürsten verriet, daß die Fragestellung eine Verdächtigung, eine Kränkung für ihn bedeutete. Offensichtlich war er auf solch ein Verhör vorbereitet. Er antwortete – dumpf, traurig, finster und beinahe herausfordernd klang es: – er wisse nicht, wo der Kleine Pfeil sich befinde. Er pflegte seinen Söhnen nicht nachzugehen, wenn sie sich vom Hause entfernten ...

Vielleicht wollte er nur sagen: immerzu habt ihr mein Kind heimlich fortgelockt, und meine Schuld war es, daß ich mich nicht darum gekümmert ...

Der Pater wandte sich an Cortez.

»Ich weiß nicht, warum die Antwort mich so seltsam bewegt«, sagte er. »Ich muß an die Antwort denken, die Kain gab, als er nach Abel gefragt wurde ... Nicht anders wird Kain dreingeblickt haben ... Und wie zermalmt sieht die Mutter aus ... Was mag in diesen Seelen vorgehen? ... Welch ein Geheimnis birgt sich dahinter? ...«

Cortez schüttelte ungläubig den Kopf. Seine Gedanken verirrten sich nicht in psychologische Labyrinthe. Er war aufgebracht, da ihm die ausweichenden Worte des Kaziken wie eine Verhöhnung der *Conquista espiritual* – der geistlichen Eroberung – erschienen.

»Bei meinem Gewissen! Das werdet Ihr uns nie glauben machen!« fuhr er den Fürsten an. »Ihr wißt, wo Euer Sohn ist, denn Ihr habt ihn versteckt, um zu verhindern, daß er ein Klosterschüler wird!«
»Wenn man mir nicht glaubt, so soll man die Als-Schlange-Lebende fragen! Sie wird bezeugen, daß der Kleine Pfeil vor zwei Tagen aus dem Tecpan ging und nicht zurückgekehrt ist.«
»Ist das wahr?« fragte Olmedo die Frau.
»Es ist wahr!« erwiderte die Als-Schlange-Lebende. »Mein Sohn verließ uns – der Herr des Himmels weiß, wo er weilt... Zu uns ist er nicht zurückgekehrt.«
Zwei große Tränen näßten ihr die ausgehöhlten Wangen.
»Padre, auf die Aussage der Frau ist nichts zu geben«, sagte Cortez ärgerlich zu Olmedo. »Sie zittert vor ihrem Mann und redet, was er ihr beigebracht hat. Ich werde seinen Palast durchsuchen lassen!«
Olmedo lächelte – er wußte, daß Cortez die Drohung ja doch nicht ausführen würde. Aber Alvarado nahm sie ernst und widersprach mit naiver Leidenschaftlichkeit. Er bat Cortez, auf die Feststimmung des Tauf- und Hochzeitszuges Rücksicht zu nehmen, und gab ihm zu bedenken, daß Fichtenzweig der Blutsfreund seines Schwagers Kriegsmaske sei. Zu weiteren Erörterungen kam es nicht, denn eben trafen Ordás und Doña Elvira aus Cholula ein. Cortez und die Feldobristen eilten ihnen entgegen – nicht ohne Besorgnis um das Schicksal Aguilars und Piltecatls.

Keine Stunde war es her, daß angesichts der aus der Ebene emporschimmernden Mauern, Tore und Teocallis der Stadt Tlascala Diego de Ordás (mit Doña Elvira) von der heimkehrenden Kavalkade sich getrennt hatte und vorausgeritten war, da ihm viel daran lag, vor Beginn der Trauung ein Wort im geheimen mit Isabel de Ojeda, der olivenbleichen, zu reden und ihr seinen väterlichen Segen zu erteilen. Nie hatte er verraten, daß er in der Nacht des Vulkanausbruches in das Zelt seines Fähnrichs Villareal eingedrungen war, daß er von der Schmach seines Mündels wußte. »Meine Brust ist ein Marmorsarkophag«, pflegte er vieldeutig zu sagen. Unverändert zuvorkommend gegen Isabel, hatte er aber doch selbst darauf gedrungen, daß die immer und immer wieder hinausgeschobene Hochzeit nun endlich stattfinden müsse.
So eilig war er jetzt, so erpicht darauf, Isabel noch ledig zu sehen, daß er – als Cortez, Alvarado, Velázquez, Sandoval und Olid ihm in einer Straße Tlascalas entgegenkamen – im Galopp an ihnen vorbeisauste. Doña Elvira sprang lächelnd vom Pegasus – zu lachen hatte sie noch nicht wieder gelernt – und statt Ordás stand sie dem Generalkapitän Rede und Antwort. Der abenteuerliche Ausritt war ohne jegliches Abenteuer verlaufen. Gleich hinter der Großen Mauer war ihnen Piltecatl heil und gesund begegnet. Über Aguilar freilich hatte sich nichts in Erfahrung bringen lassen.

Inzwischen war Ordás vor dem Tecpan der Sammelnden Biene angelangt. Mit langen gespenstischen Schritten ging er durch Gemächer, wo Damen sich umkleideten und bei seinem Nahen schrill aufkreischten. Ihr Schrecken schreckte ihn nicht, unbekümmert ging er weiter, bis er Isabel de Ojeda fand. Sie saß vor einer zerkratzten Spiegelscherbe, kämmte sich ihr kastanienbraunes Haar. Ihr entblößter Busen und ihre vollen Arme waren wie fahles, matt gemasertes Elfenbein. Er mußte wegblicken, wollte er seinen Verzicht nicht bereuen. Sein Herz, ans Kreuz geschlagen, ächzte und jauchzte. Eine kleine Kassette mit etlichen Hundert Goldpesos – sein ganzes Besitztum – überreichte er ihr als Hochzeitsgeschenk. Als sie Dankworte vorbrachte, lehnte er den Dank ab.
»Dem unglücklichen Statthalter von Urabá, Eurem braven Vater zum Gedächtnis geschieht das!« sagte er, melancholisch seine langen Gliedmaßen hin und her wiegend. »Mag der Tote es mir danken, wenn er will und kann. Von Lebenden erwarte ich es nicht – am wenigsten von Eurem Verlobten! ...«
»Warum denkt Ihr schlecht von Villareal?«
»Als ich ihn kennenlernte, Señora, hieß er noch einfach Villaroel. Mit jeder Gunst, die Ihr ihm gewährt habt, änderte er seinen Namen um – erst in Villareal, dann in Villa Real und neuerdings in de Villa Real. Ich bezweifle nicht, daß er es Euch zu Gefallen tat, Isabel! Aber hat er sich erst in den Grafen- oder Herzogsrang erhoben, so werdet Ihr ihm vielleicht nicht mehr genügen!«
Nachdem Ordás seine Pflicht als Vormund erfüllt hatte, begab er sich zum Schmied Hernán Martín und erteilte den rätselhaften Auftrag, ihm einen eisernen Schöpfeimer zu schmieden, dazu eine dünne eiserne Kette und ihm außerdem ein Hanfseil von einigen hundert Klaftern Länge zu verschaffen. Der Schmied versprach es, versprach auch, die Sache geheimzuhalten.
Danach suchte Ordás Cortez auf.
»Ihr habt mich um ein Haar überritten!« sagte Cortez scherzend. »Ich wußte nicht, daß Euer Pferd den Teufel im Leibe hat, Señor!«
Undeutlich stammelte Ordás Entschuldigungen.
»Ich war so erregt ...«, stotterte er, »ich mußte Hernán Martín einen Auftrag erteilen ...«
»Welchen Auftrag?«
»Mir einen Schöpfeimer und eine Kette zu schmieden und mir ein sehr langes Seil zu verschaffen.«
»Wozu das? ...«
»Ich bitte Euch, Don Hernando, fragt mich nicht ... Noch kann ich es nicht sagen. Wenn die Zeit gekommen ist, werde ich Euch ins Vertrauen ziehen ...«
»Ihr habt mich neugierig gemacht und wollt mich nun noch neugieriger machen!«
»Nein, nein ... Ihr werdet's ja bald erfahren ... So viel kann ich sa-

gen, es handelt sich um ein Geheimnis, das mir einer der cholultekischen Grenzwächter anvertraut hat.«
»Ein Soldat des Alten Raubtieres? Seid Ihr so vertrauensselig? *Timeo Danaos et dona ferentes!* Alle Cholulteken sind Possenreißer, behauptet Marina ...«
»Dieser nicht, Euer Gnaden! Dieser ist ein ernster Mann, ein wundervoller Mann, abgeklärt und weise. Des Regens wegen mußten wir in einer Felshöhle Unterkunft suchen; und die ganze Nacht habe ich, während Lugo, Tapia und Luis Marín schliefen, mich mit dem Mann unterhalten und Freundschaft mit ihm geschlossen. Aus Dankbarkeit, weil ich meinen Mundvorrat mit ihm teilte, hat er mir das Geheimnis anvertraut ... von einem Schatz ...«
»Gegen den die Schätze Montezumas gewiß ein Kinderspiel sind!« lächelte Cortez. »Und er liegt wohl am Boden eines Sees, daß Ihr ihn mit einem Schöpfeimer heraufholen wollt?«
»Leicht wird er nicht zu heben sein!« versetzte Ordás gekränkt und einsilbig.
»Wenn es nicht wieder Silberhäuser sind, Don Diego!«
»Sehr richtig, Euer Gnaden! Eben darum will ich von der Beschaffenheit des wunderbaren Hortes und dem Ort, wo er zu suchen ist, keine Silbe sagen und warten, bis ich Gewißheit habe.«
So wenig ernst nahm Cortez die Phantasien des schwermütigen Ritters, daß er auf nähere Auskunft nicht drang. Es wäre auch keine Zeit gewesen. Sein Geheimschreiber Hernandez kam mahnen: die Hochzeitsgäste seien versammelt.

Nach der Trauung begaben sich die Jungvermählten – mit ihren kastilischen Taufpaten und Freunden und der vielhundertköpfigen Schar indianischer Verwandter – in langer Prozession durch die Hauptstraßen Tlascalas und über die Zahuapanbrücke zum großen Marktplatz. Ein Volksfest begann. Der tlascaltekische Adel führte Tänze und den Mitotl-Reigen auf, durch welchen die Taten der Vorfahren gefeiert wurden. Diesmal freilich hüpfte kein Priester mit dem abgeschnittenen Haupte eines Feindes umher. Die fromme Handlung des Tanzes war zum leeren Schaugepränge herabgesunken – das kam indes dem jubelnden Volke nicht zum Bewußtsein. Das Geräusch des Rasselschmuckes der Tänzer, der Lärm der Flöten und Trommeln erstickte die in einzelnen Herzen aufflackernde Ahnung, daß die Freiheit des Freistaates heute gestorben war inmitten aller Festfreude. Nachdem der große feierliche Reigen beendet war, bauten Akrobaten Menschenpyramiden in die Luft und wurden dann übertrumpft von einem Eulenmenschen – einem Zauberer –, der ein Seil in die Wolken warf und, als wäre es dort festgehakt, am Seil empor in die Luft kletterte – eine unerklärbare Phantasmagorie und nicht weniger rätselhaft dadurch, daß der Bakkalaureus versicherte, er habe den Zauberer regungslos am Boden hocken sehen, während sein Scheinkörper in der Luft verschwand. Auch Europäer gaben ihre Künste zum besten. Mit verdutzten Gesichtern sahen die Tlascalteken den Kastagnettentanz La Medinas, hörten sie den Gesang des rothaarigen Porras, das Zirpen der Gitarre des Bergmanns Ortiz und Pedro de la Harpas Saitenspiel. Zum Schluß wurde ebenda auf dem großen Marktplatz ein Pferderennen veranstaltet.

Als dann die Hochzeitsgäste sich im Tecpan des Offenen Gesichts, in einem mit Blumengirlanden, Früchten und Papierfahnen überreich geschmückten Saal, an den von der Last der Speisen – Alligatorbraten und in Erdlöchern gerösteten Affen – fast zusammenbrechenden Tlaquauapallis, den Speisetischen, zum Hochzeitsmahl niedergelassen hatten, hielt der blinde Hundertjährige, nachdem er am lodernden Hausherd ein Opfer dargebracht, seiner Enkelin Doña María-Rabenblume eine jener schlichten, heidnisch-frommen und sogar von mönchischen Chronisten bewunderten Reden, wie sie seit uralters in allen chichimekischen Ländern den neuvermählten Töchtern von ihren Müttern oder nächsten Anverwandten gehalten wurden:

»O du Perlenkind, du Schmuckfeder! Schwer lebt sich das Leben. Die Kräfte zehren sich auf. Viel Mühe kostet es, die Güter, die uns von den Göttern geschenkt werden, zu behalten. Darum, geliebte Tochter, ergib dich nicht dem Traum und dem Bett und dem Nichtstun und sei keine Freundin des kühlenden Schattens; denn der kühlende Schatten ist ein Lehrer der Faulheit und der Laster, mit ihm kannst du nicht leben, mit ihm kannst du nicht ehrbar leben. Wo immer du seist, gehe gemessen, nicht übereilt, nicht lachend, nicht hierhin und dorthin blickend; weder die Entgegenkommenden noch sonst jemand beachtend, gehe deinen geraden Weg. Reiche deinem Gatten das Wasser zum Händewaschen und mache ihm das Brot schmackhaft. Und wenn dein Gatte aus der Schlacht zurückkehrt, verlaß dein Gemach mit deinen Frauen und geh ihm entgegen, ihn liebevoll und sittsam zu begrüßen – wenn du das tust, wird er dich liebhaben wie wir, deine Verwandten, dich liebhaben ...«

»Es ist eigentümlich«, bemerkte Cortez zu Velázquez de León, nachdem er durch Marina den Inhalt der Rede erfahren hatte, »in der Welt Homers hätte ein Vater so zu seiner Tochter sprechen können. Auch da gab es von Menschenblut triefende Altäre und daneben die höhere Sittlichkeit und Sittsamkeit der Frauen, einer Andromache, Antigone, Iphigenie ... Warum sind die Frauen der Alten Welt heutzutage so wenig sittsam?«

»Weil wir eine zu hohe Moral haben!« erwiderte Velázquez de León. Und ein Schatten zog über sein Gesicht: seine erste Frau war eine fleißige Kirchgängerin gewesen. »Die Sittlichkeit macht die Sittsamkeit überflüssig«, fügte er hart sarkastisch hinzu; und gleichsam schuldbewußt streifte sein Blick das schöne Profil der schüchternen Doña Violante.

Von der Straße her scholl ein wildes Getöse in den Festsaal herein. Ganz Tlascala schrie, brüllte, kreischte vor unbändigem Jubel. In Begleitung der Hauptleute Lugo, Tapia und Luis Marín war Piltecatl, der Totgeglaubte, angelangt. Und zugleich mit ihm eine cholultekische Gesandtschaft, die dem Hohen Rat von Tlascala das Friedensangebot des Alten Raubtieres sowie den Kastiliern seine Einladung zu überbringen kam.
So wichtig waren die Mitteilungen Piltecatls, daß sofort, während des Hochzeitsmahles, Kriegsrat abgehalten wurde. Zwar war man noch im ungewissen über das Schicksal Aguilars; doch stand fest, daß er ebenso wie Piltecatl Cholula unversehrt verlassen hatte. In einen Kampf mit Grenzwächtern verwickelt, war Piltecatl durch nachgesandte Schnelläufer beschützt worden; man durfte daher annehmen, daß Aguilar gleichen Schutz genießen werde. Daß das Alte Raubtier die weiße Schminke nicht zurückgewiesen und die schimpfliche Herausforderung mit so unerwarteter Langmut und Großmut beantwortet hatte, begeisterte Ordás und gefiel den kastilischen Hauptleuten, wurde auch von den Tlascalteken gelobt, wenngleich ihnen der Friedenswille Cholulas nach solcher Kränkung unwahrscheinlich und darum verdächtig erschien. Sie machten darauf aufmerksam, daß die Abgesandten Cholulas von niederem Adel seien; und wenn das Alte Raubtier so geringe Leute dazu ausersehen habe, so liege dem eine Absicht zugrunde, eine verletzende Herabsetzung und Mißachtung der weißen Götter. Doch Cortez schlug vor, darüber hinwegzusehen. Mit Ausnahme von Avila, der seiner Wette mit Olid und Trujillo wegen auf den Krieg ungern verzichtete, stimmten die Feldobristen in der Ansicht überein, daß man die dargereichte Hand nicht ausschlagen dürfe; ungeachtet heftigen Einspruchs von seiten des Offenen Gesichts und anderer Fürsten gelang es Cortez, die widerstrebenden Tlascalteken zu überreden.
Nach längerer Beratung wurde den Abgesandten des Priesterkönigs eröffnet, das Friedensangebot sei vom Hohen Rat und die Einladung von den weißen Göttern angenommen, obgleich diese gewohnt seien, Gesandte von Fürstenrang zu empfangen.

Am folgenden Morgen brach das kastilische und totonakische Heer nach dem südwestlich gelegenen Cholula auf und wurde mit Segenswünschen und Blumenspenden bis vor die Tore der Stadt vom Volk Tlascalas, vom Adel und von den Tetrarchen hinausbegleitet.
Viele Augen waren feucht, Segenssprüche wurden nachgerufen. Auf allen flachen Hausdächern standen Frauen und Kinder, warfen Blumen herab; und die Leuchtfarben ihrer Gewänder wirbelten flirrend in einem grellen Tausendblumenschein.
Die Silberfiligranstandarte Tlascalas und die Standarten der vier Könige wogten schwankend über dem Farbenmantel der überfüllten Straßen.

Ein Teil des tlascaltekischen Heeres – dreißigtausend Krieger, geführt von Piltecatl, Kriegsmaske, Fichtenzweig und dem Truthahn – schloß sich dem Zuge an ... Nicht als ob Tlascala den eben erst verkündeten Frieden zu brechen beabsichtigte; aber der Freistaat machte sich Sorgen um Cortez und wollte seinen Untergang verhindern. Piltecatl hatte in der heiligen Stadt, wenn auch ehrerbietig vom Priesterkönig und seinem Hofstaat behandelt, das Volk auf den Gassen Drohungen ausstoßen hören, die über die Gesinnung gegen die Europäer keinen Zweifel ließen: nicht feige sich unterwerfende Weiber wie die Tlascalteken seien die Krieger Cholulas; und nicht die abgerichteten Pumas, nicht die Blitzwaffen und scharfschneidenden Waffen aus »weißem Kupfer« und auch nicht die bärtigen Gesichter schreckten sie, da von ihrem Stadtgott Quetzalcoatl in den alten Götterbüchern geschrieben stehe, daß er mit einer der großen Pyramide entsprudelnden Quelle die fremden Eindringlinge wegspülen könne ...

Ganz frei von Angst waren die Tlascalteken nicht, es möchte etwas Wahres an den alten Prophezeiungen sein ...

Eine Gebirgsfalte trennte die beiden feindlichen Staaten. Die Grenze – die Große Mauer – lag gleich jenseits der Paßhöhe. Der Abstieg, weniger steil als der Aufstieg, führte in eine sandige Ebene, die, im Gegensatz zu den engen Schluchten und Tälern Tlascalas, offen sich hinbreitete und nur in ziemlicher Entfernung von Bergketten umsäumt war. Wie Inseln aus dem Meer hoben sich aus der ockergelben Sandfläche dieses Am-Kolibri-Wasser genannten Tafellandes drei große Städte, deren ragende Mauern je ein grüner Gürtel von Baumgärten umringte, weiß und zart rosa blinkend empor: zunächst im Süden Cholula mit seinen vierhundert Türmen und der riesenhaften Stufenpyramide; unweit davon im Westen Huexotzinco; und fern im Südosten Yuquane, die Hauptstadt von Tlachquiauhco.

Das Heer kam nur langsam voran. Die Artillerie auf den Paß hinaufzuschaffen war schwierig und fast schwieriger noch, sie auf schmalen, jähen Pfaden hinabzurollen; und nachdem jenseits die Ebene erreicht war, versank immer wieder die Singende Nachtigall im windgewellten Sandboden. Als die Sonne sich niedersenkte, stand erst die Vorhut unter den Mauern Cholulas.

Um nicht im Dämmerdunkel einziehen zu müssen, ließ Cortez in einiger Entfernung von der Stadt an einem Bache das Nachtlager aufschlagen.

Nach Mitternacht bezog der Armbrustschütze und Trompeter Rodríguez den Posten vor dem nördlichen Teil des Lagers. Er war ein schlichter Soldat ohne Poesie und Phantasie. Vor drei Tagen, bei der Beerdigung seiner Schwester Isabel, hatte er weder Rachegelüste noch Schmerz geäußert. Vielleicht war ihr Tod ihm doch nähergegangen, als er durch Mienen und Worte auszudrücken fähig war. Ein vorbeitrottendes Gürteltier machte ihn, den sonst so Gleichmütigen, zusammenzucken. Aus dem Gleichgewicht mußte seine Seele wohl geraten sein, daß er die Seltsamkeit der vierhundert gipsweißen Türme Cholulas gewahr ward, daß die Poesie der Nachtstille und des Mondlichts, wenn auch getrübt wie durch ein mattes Glas, in sein nüchternes Bewußtsein drang.

Ein schnell ausschreitender Mann war von der Großen Mauer her herangenaht. Der Trompeter erkannte die Kleidung und Gestalt Aguilars und erzitterte, als stünde ein Spukbild vor ihm.

»Was willst du von mir, Gespenst!« schrie er, und vor Angst dröhnte seine gewürgte Stimme.

Aguilar hatte große Mühe, ihn zu beruhigen, ihm zu beweisen, daß er lebe und atme. Schlotternd vor Entsetzen erwiderte Rodríguez immer von neuem: er wisse es ja doch, daß er Satan sei in Mönchsgestalt! Nimmermehr könne der lebende Aguilar von Norden, von Tlascala her kommen!

Da erzählte ihm Aguilar, wie er von Gonzalo Guerrero und den beiden mexikanischen Prinzen aus Mörderhand gerettet und durch mexikanisches Gebiet bis an das westliche Tor der Großen Mauer gebracht worden sei. In der Stadt Tlascala habe er Cortez nicht mehr angetroffen und sei, ohne sich Rast zu gönnen, sofort dem Heere nachgeeilt, da er eine äußerst dringliche Warnung dem Generalkapitän mitzuteilen habe.

Das Grausen des Trompeters schlug in Jubel um. Er zerdrückte dem Totgeglaubten die Hand, umarmte ihn.

»Eure Rückkehr, Frater, ist wichtiger als die Nachtruhe des Heeres. Ich will die Schläfer wecken, damit sie Euch feiern, wie sie den Piltecatl gefeiert haben!«

Und er nahm seine lilienförmige Trompete von der Schulter. Doch Aguilar ließ nicht zu, daß er sie an den Mund setzte.

Dann schritt Aguilar durch das schlafende Heer. Zelte waren – mit Ausnahme einiger Offizierszelte – der einen Nacht wegen nicht aufgeschlagen worden. Die Soldaten lagen im weichen trockenen Sande. Der Mönch stolperte über Schlafende, mußte über sie hinwegschreiten, hinwegspringen, hinwegklettern. Mit einer nicht neidlosen Verachtung stellte er Betrachtungen darüber an, wie reichlich das Heer mit Frauen versehen war – dank der Freigebigkeit Marinas, die damals am Siegesturm dreihundert Opfermädchen verschenkt hatte. Weiberfeinde gab es nur wenige unter den Soldaten; ein Mädchen besaß fast ein jeder, und einige besaßen sogar fünf oder sechs – seien es von den Kameraden erhandelte, seien es auf den Sklavenmärkten Sempoallas und Tlascalas gekaufte Sklavinnen.

Nicht alle schliefen. Aguilar kam an Diego de Ordás vorbei, der mit Doña Elvira, dem alten Heredia und einem cholultekischen Grenzwächter im Sande hockte und sich die Aussagen des Indianers übersetzen ließ. Und auch noch an einer wachenden Gruppe kam er vor-

bei: ein Mann und zwei Frauen saßen da um ein Wachtfeuer herum, und im Zwielicht des Mondscheines und der Holzflammen nähten sie. So auffallend war ihr emsiger Fleiß um diese Nachtstunde, daß Aguilar neugierig herantrat. Die Nähenden waren der verrückte Apotheker, Ines Florín und Rosita Muños. Während die beiden Frauen emporsprangen, dem Mönch die Hand zu küssen, blieb der Bakkalaureus vertieft in seine Arbeit sitzen und machte von der unerwarteten Rückkehr des Verschollenen kein Aufhebens. Die Frage des Fraters, was sie da schafften, beantwortete er mysteriös flüsternd und mit pedantischer Weitschweifigkeit. Man müsse sich nicht ins Bockshorn jagen lassen, fing er an – sondern andere ins Bockshorn jagen. Mit Nadel und Zwirn schmiede er eine Waffe, die mehr Schrecken verbreiten werde als die Singende Nachtigall. Die Erfindung des Pulvers in allen Ehren – trotzdem sei noch immer das schrecklichste Mordinstrument, das bisher die Welt gesehen, das Haupt der Gorgo! Er sei nun dabei, einige zwanzig Medusenhäupter herzustellen ...
Wie er das meine? fragte Aguilar.
Das sei nicht seine Schuld, wenn man seine Worte wörtlich nehme und dann zur Bildsäule des Erstaunens werde! entgegnete Ponce de Güelva. Er habe nicht behauptet, daß Medusa einen langen schwarzen Männerbart getragen habe. Und wie der Frater ja sehen könne, nähe er mit den beiden Jungfrauen an künstlichen Bärten. Also stimme der Vergleich wohl nicht? Doch, er stimme! Denn verglichene Dinge seien wie die Parallelen: sie begegnen einander in der Unendlichkeit, unglücklichen Liebenden vergleichbar, die, an gebrochenen Herzen sterbend, im Himmel vereinigt werden.
Was er mit den künstlichen Bärten vorhabe, fragte Aguilar.
Die Stadt Cholula in Stein zu verwandeln! erwiderte der Bakkalaureus. Vom Fürsten Piltecatl habe er es erfahren, daß die Cholulteken mehr noch als die Feuerwaffen die bärtigen Gesichter der Europäer fürchteten. Eine große Schwierigkeit freilich sei es gewesen, Haar zu beschaffen. Auf dem Markt zu Tlascala habe es Kaninchenhaar, aber kein Menschenhaar zu kaufen gegeben. Doch man müsse sich zu helfen wissen ...
Wie? fragte Aguilar.
Auf dem Wege hierher habe er einige Dorftempel durchsucht. Und wenn man Kopfhaut geschickt zu lösen verstehe ...

Nachdem Cortez den Bericht Aguilars angehört, ließ er die Hauptleute und die Schwarze Blume in sein Zelt bitten. Vor ihnen mußte Aguilar wiederholen, was der Herabstoßende Adler ihm zu sagen aufgetragen hatte: daß zehntausend mexikanische Krieger in Cholula eingerückt seien, um das christliche Heer aufzureiben; und daß die eine der beiden nach Mexiko führenden Straßen unterminiert, mit eingerammten spitzen Pfählen versehen und streckenweise durch hohe übereinandergeschichtete Baumstämme ungangbar gemacht sei.

»An dieser schlechten Kunde«, bemerkte Cortez, »ist das eine tröstlich: daß sie vom mexikanischen Prinzen stammt – wodurch uns wieder einmal bewiesen wird, wie zerklüftet und in sich uneins das große Reich ist. *Omne regnum in seipsum divisum desolabitur.* Wir haben den Vorteil davon.«

»Vorderhand sehe ich nichts als den Nachteil, Don Hernando – eine zehnfache Übermacht«, meinte Francisco de Lugo.

»Mir soll's recht sein, wenn sich Cholula plündern lassen will!« platzte Olid heraus. Er hatte, wie immer, den Gesichtsausdruck eines hungrigen Raubfisches.

»Mexikos Adler und Jaguare«, sagte die Schwarze Blume, »werden im Umkreis der heiligen Stadt heulen wie die Schakale und Wildkatzen, doch sie werden abwarten, was Cholula tut, ehe sie sich der Spitze der Pfeile ausliefern!«

»Das ist auch meine Ansicht!« rief Cortez. »Wollten wir jetzt umkehren, es würde als Eingeständnis unserer Schwäche gedeutet werden, und wir wären verloren. Die Legende unserer Unbesiegbarkeit dürfen wir nicht zerstören – sie allein macht uns unbesiegbar.«

Es wurde beschlossen, scheinbar ahnungslos in die Stadt einzuziehen, keinerlei Mißtrauen zu zeigen, dem König und dem Volk mit ausgesuchter Höflichkeit zu begegnen – dabei aber die Augen offenzuhalten und für das Schlimmste gerüstet zu sein.

Die Sonne hatte die vor den Osthimmel getürmten, zerfransten Bergzacken überklommen, als die sich schlängelnde langgestreckte Staubwolke des Heerzuges dicht vor den Toren der Stadt mit einer anderen Staubwolke zusammenprallte und zusammenfloß. Um den Söhnen der Sonne ein Willkommen zu bieten, hatte der Priesterkönig diesmal seine vornehmsten Würdenträger – Fürsten und Prinzen mit Türkismosaik-Stirnbinden – entboten. Unter den Abgesandten waren auch einige Mitglieder des Hohen Rates, die vor kurzem noch voll wilden Hasses die Vertilgung der Fremden gefordert hatten; jetzt aber kamen sie als Freunde, überreichten Blütenzweige, weihräucherten mit Kopal. Mexikanische Flöten schrillten, Teponaztlitrommeln dröhnten. Sklaven trugen Lebensmittel. Die Einladung, die heilige Stadt zu betreten, wurde feierlich wiederholt und aus freien Stücken die Erklärung abgegeben, daß Cholula sich unter die Botmäßigkeit des Herrn des Ostens, des großen Tlatohuani jenseits des Himmelswassers stelle und sich verpflichte, ihm alljährlich Tribut zu senden. Ein Pfeilschaft wurde erbeten (und gern bewilligt) – als Symbol der Pfeilbelehnung.

Eiligst ließ Cortez die durch einen Lehnseid bekräftigte Unterwerfung vom Notar Godoy zu Papier bringen und mit amtlichen Siegeln versehen.

Nachdem die Cholulteken soviel, fast zuviel, Entgegenkommen gezeigt hatten, wagten sie es, eine Bitte vorzutragen. Sie bedauerten es als ein Zeichen von Mißtrauen, daß Cortez sich von dreißigtausend Tlascalteken – den Todfeinden Cholulas – begleiten ließ. Sie sprachen die Besorgnis aus, die Tlascalteken könnten, einstiger Mißhelligkeiten eingedenk, sich rächen wollen. Und sie ersuchten Cortez, ohne seine Bundesgenossen in die heilige Stadt einzuziehen.
Cortez verschloß sich diesen Gründen nicht, obgleich die eifervolle Unterwürfigkeit, mit der die Bitte vorgetragen wurde, ihn an die Warnung des Herabstoßenden Adlers gemahnen mußte. Doch noch hoffte er, die neuesten Untertanen Seiner Katholischen Majestät ohne Schwertstreich in Schach halten zu können; – und er war sich bewußt, daß die Tlascalteken ihm die Ausführung dieser Absicht gewiß erschweren würden. Auch wenn es ihm nicht nahegelegt worden wäre, hätte er sich genötigt gesehen, seine indianischen Freunde vor den Toren zu lassen.
Da er sich entsann, daß Olid beim Kriegsrat eine Plünderung der Stadt angeregt hatte, hielt er es für wünschenswert, auch Olid fernzuhalten. Er übertrug daher Olid den Oberbefehl über die indianischen Truppen und ordnete an, daß sie auf einer Wiese außerhalb der Mauern lagern sollten. Für den Fall, daß es wider Erwarten doch zum Blutvergießen käme, wurde ein Zeichen – drei Musketenschüsse – verabredet. Und um, wenn Straßenkämpfe stattfinden sollten, Freund und Feind, Tlascalteken von Cholulteken unterscheiden zu können, wurde auf Vorschlag Alvarados den Kriegern Tlascalas und Sempoallas anempfohlen, sich Girlanden aus Pfriemengras um den Kopfschmuck zu binden.
Trotz dieser Vorsichtsmaßregeln verließ sich Cortez auf seine oft bewährte Fähigkeit, Menschen in seinen Bann zu ziehen. Zuversichtlich glaubte er, daß es ihm auch diesmal gelingen werde, Feindseligkeiten im Keime zu ersticken; und er sandte, weil er den Cholulteken einen Beweis seines Vertrauens geben und jeglichen Anlaß zu Mißtrauen ihnen nehmen wollte, den größten Teil des tlascaltekischen Heeres über die Grenze zurück. Unter den Gaben Montezumas wählte er buntgewirkte baumwollene Hemden und Papageienfedern, die – für die Kastilier wertlos – in dem von der Welt abgeschnittenen Tlascala überaus geschätzt wurden, und machte sie Don Vincente-Kriegsmaske, Don Alfonso-Fichtenzweig und den anderen Fürsten beim Abschied zum Geschenk. Nur viertausend tlascaltekische Krieger mit ihren Heerführern Piltecatl und König Truthahn behielt er zurück und unterstellte sie, wie ebenfalls die von Tehuch und Cuhextecatl geführten totonakischen Truppen der Oberaufsicht des Hauptmanns Cristóbal de Olid.
Den Frater Aguilar gab er Olid als Dolmetscher bei; und er hatte nichts einzuwenden, als die Schwarze Blume es vorzog, sich dem König Truthahn und Piltecatl anzuschließen.

In einer Sänfte Montezumas, von Sänftenträgern Montezumas getragen, verließ der Tempel-Feger das südliche Tor Cholulas, während Diego de Ordás – wie immer hundert Schritt dem Heere voraus – eben das nördliche erreicht hatte. In einiger Entfernung von der Stadt ließ der Tempel-Feger die Tlamamas halten, und er stieg einen kleinen Hügel hinan, von dessen Spitze aus er das steinerne Meer von Häusern und Tempeln überblicken konnte. Hoch und schlank stand er allein dort oben, die Augen mit der rechten Hand beschattend. Und ein selbstzufriedenes Lächeln glitt über sein Gesicht. Er sah, wie die Sandwolke der christlichen Nachhut allmählich im Tor verschwand, sich mit Kopalwolken innerhalb der Mauern vermischte. Was er erstrebt hatte, war erreicht: die weißen Götter waren in die Falle gegangen! Und Cholula, welches das blutige Festmahl rüstete, trug vor der Welt allein die Schuld – nicht Mexiko! Auch das trügerische Cholula war betrogen, weil es auf seine Ratschläge gehört. Der Flüchtling aus Huexotzinco hatte Ursache, sich stolz zu fühlen: der Prinzessin Perlmuschel, der Schwägerin des Weltherrn, war er jetzt sicher! Mit unsäglicher Verachtung schaute er auf die vierhundert Türme hin, als sähe sein inneres Auge sie bereits in Flammen aufgehen. Und er selbst wohl hätte nicht zu sagen vermocht, für wen seine Verachtung abgründiger war, für die käuflichen Cholulteken oder die ahnungslosen weißen Götter.

Unter den vom Apotheker hergestellten Bärten hatte sich die Amazone María de Estrada den dichtesten, schwärzesten und längsten ausgesucht; als er ihr, mit dem milchigen Saft eines Gummibaumes, an Wangen und Kinn geklebt war, glich sie der grotesk-süßlichen Majolikastatuette eines babylonischen Königs, mit rosa Gesichtsfarbe, grünlichen Augen und hellblonden Ringellocken. Auch der bartlose Velázquez de León hatte sich trotz Widerspruchs von seiten Doña Violantes eine Bartperücke umgelegt und ebenso Sandoval, dessen kaum sichtbares flaumiges Schnurrbärtchen seinen Kameraden allzu wenig martialisch erschien. Die übrigen Bärte waren unter die jüngsten Soldaten verteilt worden.
Wenn der Bakkalaureus später behauptete, durch diese etwas kindliche Maskerade sei das Volk Cholulas betäubt und gelähmt worden, gleichsam versteinert von lauter Medusenhäuptern – so war das allerdings eine Übertreibung. Doch ein ungewohnter unheimlicher Anblick, kaum weniger unheimlich als das abgerichtete Raubtier Becerrico, als die Kartaunen, Basilisken, Schlangen und die bläulich leuchtenden Panzer, Helme und Schwerter aus weißem Kupfer (wie die Indianer das ihnen unbekannte Eisen der Europäer benannten), versetzten die trotzigen wilden Bärte und Bartperücken das fast völlig bartlose Volk in ein tiefes, an Grausen grenzendes Staunen.
Indes trotzdem, wenn nicht gerade deshalb, füllten Hunderttausende von Neugierigen die Straßen und standen dichtgedrängt zwischen

dem Blättergrün der hängenden Gärten auf den flachen Dächern der reichverzierten, aus Porphyr und Basalt erbauten Häuser. Die breiten Straßen, durch welche das einziehende Heer geführt wurde, waren mit Blumengirlanden geschmückt wie – drei Wochen früher – die engen ärmlichen Gassen Tlascalas. Nicht mit frenetischem Jubel wie dort, eher abwartend kühl grüßte die Menge, aber auch nicht feindlich. Frauen und Mädchen hielten fußhohe, aus den verschiedensten Blumen zusammengebundene Pyramiden – Abbilder des Haupttempels – in den Händen und reichten sie den Kastiliern als Begrüßungsgeschenk dar.
Die Cholulteken mußten wohl Meister der Verstellungskunst sein, ihre sprichwörtliche Höflichkeit, das von den satten Gesichtern nie weichende Lächeln verriet nicht, welche Gefühle sie für ihre Gäste hegten. Diese waren geblendet, waren bezaubert.
Hatte Tlascala Sempoalla überstrahlt, so wurde Tlascala von Cholula gänzlich in den Schatten gestellt. Den Kastiliern kam es vor, als hätten sie bis dahin nur Zerrbilder der mexikanischen Kultur gesehen. Sie begriffen nicht mehr, wie sie das barbarische Sempoalla hatten bewundern können, wie es möglich war, daß sie vor den Lehmziegelbauten Tlascalas an die Märchenstimmungen der Ritterromane erinnert worden waren. Das Märchen begann ja jetzt erst; von der Pracht Mexiko-Tenuchtitlans gab ja zuerst Cholula eine Vorahnung. Die Totonaken waren ein niedrigstehendes Volk, kaum oberflächlich zivilisiert durch ihre Handelsbeziehungen zum fernen Mittelpunkt der aztekischen Kultur. Und das Bergvolk der Tlascalteken, kernhaft wie alle Bergvölker, aber auch wenig zu Wohlleben und Luxus geneigt, hatte in einem sechzigjährigen Kriege erkennen gelernt, daß für ein von Feinden bedrohtes Land Brot herzustellen wichtiger war als alles, was den Schönheitssinn befriedigt. Schlicht wie die Tracht der Tlascalteken waren ihre Wohnungen, ihr Hausgerät und auch ihr Schmuck – wenn er nicht, wie der Schmuck der Adelsgeschlechter, entweder ererbt oder mexikanischen Kriegsgefangenen abgenommen war. In Cholula dagegen wetteiferten der durch Fremdenbesuch zuströmende Verdienst und die nicht immer ehrlich erworbenen Schätze der Handelsherren, Priester und Freudenmädchen mit dem älteren Reichtum der adligen Kriegerkaste; und selbst freigelassene Sklaven prunkten mit ihren Steinpalästen, ihrem schönen Hausgerät und ihren Kleinodien. Im rechtwinkligen Straßennetz der heiligen Stadt wogte eine begüterte, mit außerordentlich feinen Geweben und prachtvoll gemusterten Mänteln gekleidete Volksmenge. Und auch das Korrelat des üppigen Reichtums fehlte nicht: zum erstenmal in der Neuen Welt erblickten die Kastilier Bettler, zerlumpte, verwahrloste, wie ihre Brüder in Europa, Haufen von Bettlern sogar, die an Tempeln und Betkapellen um eine Kakaobohne, die Scheidemünze Anahuacs, bittend die Hand ausstreckten.
Zu einem Kampf mit Blumengewinden – wie damals in Tlascala –

fand Diego de Ordás keine Gelegenheit, da vorsichtshalber Cortez ihn ersucht hatte, auf das planlose Drauflosreiten in Cholula zu verzichten. Die Würdenträger, von denen im Auftrage des Alten Raubtieres die weißen Götter vor den Toren der Stadt empfangen worden waren, hatten auch die Führung beim Einzug übernommen, und sie geleiteten das Heer einen seltsam langen Zickzackweg, indem sie gewisse Straßen mieden und durch andere Straßen mehrmals zogen. Die Länge des Weges hätte die Kastilier stutzig machen müssen, doch ihre Augen waren trunken von den Herrlichkeiten der Porphyrpaläste, der vierhundert Teocalli und der wunderbaren Großen Pyramide, des »Künstlichen Berges«, dessen Spitze, im Blau des Himmels verankert, wie die Gletscherspitzen des Citlaltepetl im Westen und des Popocatepetl im Osten von jeder Straße aus vor den Beschauern emportauchte, erdrückend durch seine Schwere und der Schwere trotzend durch seine Höhe.
Ein kleinerer, dem Ixcoçauhqui, dem gelbgesichtigen Feuergott, geweihter Tempel, ziemlich weit vom Künstlichen Berg entfernt, wurde dem Heer als Quartier zugewiesen. Vor dem mit menschengroßen Skorpionen gezierten Hauptportal der Tempelummauerung breitete ein Yuccabaum seine gespenstischen Äste.

Gegen Mittag erhielt Cortez den Besuch des Alten Raubtieres. Mit einem glänzenden Gefolge, mit Räucherpriestern, Fürsten, Prinzen und Beilträgern kam der Priesterkönig in einer abenteuerlichen Tracht von metallblanken, seitwärts starrenden, emporstrebenden, aufwärts lodernden Quechol- und Quetzalfedern, die seine schlanke Gestalt und sein Haupt wie eine riesenhafte Aureole von roten und goldgrünen Flammen umhüllten. Eine türkisene Binde – das Zeichen der Königsmacht – war um seine Stirn gebunden. In der Hand hielt er das Tlatocatopilli, das königliche Zepter. Als einzigen Schmuck trug er auf der Brust, an einer Halskette aus Nephritperlen, die kleine Trommel aus Gold, welche der Zornige Herr ihm jüngst durch den Tempel-Feger hatte überbringen lassen. Die untere Hälfte seines Gesichts bis zur Nase war karminrot, die obere Hälfte hellgelb geschminkt; rings um die Augen war je ein großer Stern gemalt. Sein bis zu den Knöcheln herabreichendes Gewand – an der linken Seite geschlitzt, so daß es einen schmalen Streifen der Körperhaut unbedeckt ließ – war mit eingewirkten blauen Kreuzen verziert.
Er reichte Cortez eine vollblütige Palmenrispe.
Seit uralters galt bei allen chichimekischen Völkern der ältere der beiden Priesterkönige von Cholula – der Tlalchiach, »der obere Herr«, der zugleich der Hohepriester war – als eine Inkarnation des Gottes Quetzalcoatl. Der Glaube an Seelenwanderung war allgemein verbreitet in Anahuac. Die Verstorbenen kehrten nicht nur als Kolibris zur Erde zurück, sie wurden auch wiedergeboren. Ein Wiedergeborener hieß *Yn oppatiuh*, »Er, der zweimal kommt«.

Wenn bis vor kurzem noch das Alte Raubtier sich gesträubt hatte, Cortez – den weißen Gott – gastlich aufzunehmen, so war das begreiflich, da er selbst der wiedergeborene weiße Gott war. Freilich hatte die Grüngefiederte Schlange des chichimekisch gewordenen Cholula nur noch wenige Züge mit dem alten sanften Heilbringer der toltekischen Zeit gemein. Dem Kreuzträger Cholulas wurden alljährlich sechzigtausend kleine Kinder geschlachtet.
Die Rivalität der beiden Heilbringer trat beim kurzen Höflichkeitsbesuch nicht in Erscheinung. Taktvoll unterließ es Cortez, darauf hinzuweisen, daß er gekommen sei, Cholula zu beglücken und die Tränen der Witwen und Waisen zu trocknen. Er begnügte sich, seiner Freude Ausdruck zu geben, daß das Alte Raubtier sich Don Carlos de Austria, dem König aller Könige, unterworfen, und erwähnte nur so nebenbei, daß ein Untertan Seiner Majestät die Ehrenpflicht habe, seine christlichen Gäste mit Gold, Juwelen und Lebensmitteln zu versehen. Leider seien dem Heer beim Einzug mehr Blumen als Speise und Trank gereicht worden; von Blumen aber könnten seine Soldaten nicht leben.
Während dieser Rede blieb das Gesicht des Priesterkönigs regungslos wie damals, als Piltecatl ihn mit Kreide bemalte. Sowie er aber zu sprechen anfing, tat er es mit einer gewinnenden lächelnden Höflichkeit, die offensichtlich Zeugnis davon ablegte, daß seinem Gedächtnis die weiße Schminke gänzlich entschwunden war.
Einem Räucherpriester nahm er den Weihrauchlöffel aus der Hand, entnahm seinem Kopalbeutel weißes Harz und hüllte Cortez in duftende Wolken. Er entschuldigte sich: seinem Vorsteher des Hauses der Schätze habe er Auftrag gegeben, Anstalten zu treffen, daß Geschenke – der Götter würdige Geschenke – bereitgestellt würden; bei seinem zweiten Besuche wolle er die Edelsteine den Göttern darbringen. Auch werde er seinen Vorsteher des Hauses der Teppiche auf einem Holzstoß verbrennen lassen, weil er für die Beköstigung der Götter nicht genügend gesorgt, weil er die Götter habe hungern lassen. Er versprach schleunigst Abhilfe und verabschiedete sich mit undurchdringlicher Liebenswürdigkeit.
Als Marina äußerte, die Worte hätten doppelsinnig geklungen, wollte es Cortez nicht wahrhaben: es sei undenkbar, meinte er, daß ein Kazike solche Anspielung wagen und noch obendrein lächelnden Mundes vorbringen würde. Doch gab er zu, daß einige der Wendungen verschiedene Deutungen zuließen.
Bald danach statteten der junge Vogelsteller und seine Mutter, die Königinwitwe, einen Bewillkommnungsbesuch im Ixoçauhquitempel ab.
Wie seinerzeit im Weißen Mondgefilde brachte auch diesmal der verliebte Prinz einen riesenhaften Strauß für Marina mit. Vier zierliche Begleiterinnen seiner Mutter schleppten keuchend das Blumenungetüm, erlagen beinahe der Last.

Nachdem er eine Begrüßungsrede an Cortez gerichtet, ihm einen Zweig mit »Blumen-des-roten-Herrn« gereicht und Kopal aufs Räucherbecken gestreut hatte, wandte er sich an Marina, erklärte ihr ganz unbefangen seine Liebe und eröffnete ihr, daß er entschlossen sei, sie zu ehelichen, sie zur Priesterkönigin von Cholula zu machen.
So verdutzt waren Cortez, seine Hauptleute und Marina, daß ein peinliches Schweigen entstand. Ein Schweigen, das zur Kränkung wurde, je länger es währte. Da Cortez eine Möglichkeit sah, den jungen Priesterkönig gegen das Alte Raubtier auszuspielen, lag ihm viel daran, den Jüngling nicht zu verstimmen. Aber Marina konnte er ihm freilich nicht abtreten.
Er ließ ihm sagen: Jeden anderen Wunsch würde er ihm erfüllen – doch seien die Christen auf dem Wege nach Mexiko und könnten auf die Dolmetscherin nicht verzichten.
Der Vogelsteller murmelte etwas vom Unglückstag, den der Kalender-Priester für ihn gewählt... Und seine Augen füllten sich mit Tränen.
Da griff die Königinwitwe ein und warb für ihren Sohn.
Sie glich einem verkleideten Mann (während ihr Sohn einem geschmeidig-hageren Mädchen glich). Ihre königliche Frauentracht aus feinstem, schleierdünnem Gewebe hing reizlos am mächtigen knochigen Körper und bildete einen grotesken Gegensatz zu ihrem kühnen, kriegerischen, nicht unschönen Gesichtsausdruck. Sie hatte ein Tlaxapochtli, ein schwarzes rundgeschnittenes Pflaster auf der linken Wange. Ihre Stimme war tief und männlich. Wie eine Drohung trug sie ihre Bitte vor.
Sie sei nicht gewillt, erklärte sie, nun auch ihren Sohn zu verlieren, nachdem sie eben erst ihren Gemahl verloren. Die Liebesgöttin Xochiquetzal, die Weberin, habe das Herz ihres Sohnes mit Fäden umsponnen, und nun sterbe ihr Sohn an ungestillter Liebessehnsucht. Als seine Mutter verlange sie, bestehe sie darauf, daß Malintzin sich durch ein Versprechen verpflichte, sein Weib – wenn auch nicht jetzt gleich – zu werden, da niemand außer ihr den Kranken heilen könne.
Um Zeit zu gewinnen, ließ Cortez ihr erwidern: Marina sei Christin und sei sein Patenkind – das besage, daß er dem Schöpfer der Welt verantwortlich sei für ihre Seele. Daher müsse er sich erst mit dem obersten der Christenpriester, dem Pater Olmedo, beraten, ob es anginge, daß sein Patenkind einen heidnischen König heirate. Augenblicklich aber habe sich Pater Olmedo zum außerhalb der Stadt lagernden Heer Cuhextecatls begeben, um einem sterbenden, von einer giftigen Eidechse gebissenen Totonaken Zuspruch und die Letzte Ölung zu erteilen.
Mutter und Sohn gaben sich damit zufrieden. Beim Abschied brachte Cortez den Wunsch vor, vom Vogelsteller durch die Stadt geführt zu werden. Er wollte dem Jüngling Gelegenheit geben, einige Stunden

in Marinas Gesellschaft zu verbringen, auf daß die Weberin Xochiquetzal sein Herz noch mehr umspinne.

Cholula war von den kunstreichen Tolteken gegründet worden, lange bevor die ersten fellbekleideten Chichimeken (ihre Gegner skalpierend und mit Skalpen sich die Gürtel schmückend) in Anahuac eingefallen waren. Und auch die Priesterkönige, die einen gemeinsamen Vorfahren hatten, rühmten sich, vom toltekischen Königsgeschlecht abzustammen: die Königin Quetzalblume, die Ehebrecherin, hatte nach einem Volksaufstand ihren Gatten, den Weißen Adler, den König Tulas, verlassen und war, als sie in Cholula Zuflucht suchte, vom Hohenpriester, dem Großen Stinktier, verführt worden; ihm hatte sie den »Wissenden«, den Ahnherrn der Könige Cholulas, geboren.

Aber viel weiter zurück in eine nebelgraue Vergangenheit, wo es noch keine Tolteken gab, in das Zeitalter der Wasser-Sonne, führten die Überlieferungen vom Ursprung des großen Pyramidentempels. Sie wußten von der Flut zu erzählen, durch welche die Riesen, die ersten Bewohner Anahuacs, teils den Tod fanden, teils in Fische verwandelt wurden. Nur sieben Brüder mit ihren Frauen retteten sich in die Höhlen eines Berges. Und einer dieser Riesen, Xelhua, der Baumeister, der Stammvater der Olmeken, errichtete, als die Wasser sich verlaufen hatten, dem Berge zum Gedächtnis, der ihn und seine Brüder beherbergt hatte, einen künstlichen Berg an dem Orte, wo späterhin die Stadt Cholula entstand. Von seinen Söhnen, Enkeln und Enkelkindern ließ er die Ziegel brennen und herbeischleppen. Höher und höher stieg die Pyramide empor, bis sie an die unterste der dreizehn Schichten des Himmels stieß. Da entsetzten sich die Himmelsgötter, und um die Vermessenheit Xelhuas zu strafen, schleuderten sie Feuer und Sturmwind auf das Gebäude herab, welches, wie eine rote Knospe emporwachsend, mit der Knospe des Weltalls zu wetteifern schien. Zerstört wurde die Pyramide durch Flammen und Wind – das Zeitalter der Wind-Sonne begann damals. Auf den Trümmern des zerstörten Tempels erbauten dann später im Zeitalter der Erden-Sonne die Cholulteken die neue Große Pyramide und weihten sie ihrem Stadtgott Quetzalcoatl, der Grüngefiederten Schlange – angeblich, weil der Zusammenbruch des ersten künstlichen Berges durch Wind verursacht worden war. Denn er, der Gottmensch, der weiße bärtige Heilbringer, galt – nach dem schmerzvollen Ende seiner schmerzvollen Erdenfahrt – als Gott des Windes, des Atems, der alle Welten durchflutenden Luft und daher auch des Geistes und des fühlenden Herzens. Er war das atemgebende beseelende Prinzip, welches, wenn auch physischen Kräften überlegen, zart und gebrechlich ist und nur durch Askese, durch strenge Selbstüberwindung sich gegen eine bestialische Welt behaupten kann. Dem bösen kampflüsternen Prinzip, dem Gotte des unerbittlichen Himmels, Tezcatlipoca, hatte der milde Büßerkönig aus Tula weichen müssen. Und als er seine Kostbarkeiten, Bücher und Flöten im Quellbrunnen versenkt und, begleitet von seinen Anhängern und allen Singvögeln der Gärten Tulas, das Land der Sehnsucht Tlillan-Tlapallan suchend, in die Nähe der Stadt Cholula gekommen war, hatten ihn die Bürger festgehalten und gezwungen, des Landes Krone zu tragen. Jahrelang war er dort geblieben, ein gefangener König und Gott – bis er mit nur vier Jüngern auch aus Cholula floh und am südöstlichen Weltmeer sich in einer Steinkiste verbrannte. In die Unterwelt stieg er hinab für vier Tage, war vier Tage lang ein Knochen. Bevor aber sein Herz zum Morgenstern geworden und seine Asche in der Gestalt von Löffelreihern und Blumenvögeln mit strahlendem Gefieder in alle Winde geflogen war, hatte er den Völkern Anahuacs zum Wahrzeichen der Gesittung, die er ihnen gebracht, das Kreuz – genannt »der Baum unseres Fleisches« – errichtet und als erster selbst angebetet...

Am Fuße des Künstlichen Berges standen Cortez, Marina und Velázquez de León, während der Vogelsteller diese Legenden erzählte. Überwältigend waren die Steinmasse, der Umfang und die Höhe der Pyramide, die, aus Lehm und Ziegeln erbaut, mit einer Schicht von Porphyrquadern überkleidet war. Am Fundament dreizehnhundertsechsundachtzig Fuß lang, verjüngte sie sich in neun Absätzen, rührte an das Blau des Himmels. Ein Prozessionsweg schlang sich wie ein Band, allmählich ansteigend, mehrmals um die Pyramide, führte von Terrasse zu Terrasse bis zum »Menschenwürgeplatz« auf der obersten Plattform und dem turmartigen Sanktuar mit dem vergoldeten Kupferdach. Und steil, beinahe senkrecht wie ein Wasserfall über abstürzende Felsen, senkte sich vom Menschenwürgeplatz eine doppelte – durch eine Blutrinne geteilte – Treppe von hundertundzwanzig äußerst hohen Stufen herab.
Priester mit langen Zöpfen in schwarzen Mänteln und mit weißen Knochen in den durchbohrten Nasen schritten auf der obersten Plattform hin und her, nackte Neophyten trugen Brennholzbündel für Feueropfer. Die Höhe der Pyramide machte sie winzig wie Ameisen. Auch die Tempelsänger droben schienen meilenfern; ihr Gesang aber senkte sich in der klaren Luft herab, wie Farbenfäden sich in ein stilles Wasser senken; und dem Ohr so nah klang der Gesang, daß Marina die Worte Cortez übertragen konnte. Es war ein vor Jahrhunderten entstandenes, der altertümlichen Sprache wegen kaum noch verständliches Lied von Quetzalcoatl, dem leidenden Gott.

In Tula stand jenes Säulenhaus.
Er färbte sich das Gesicht rot, er zerkratzte sich,
Der Schlangenfedrige.
Er ist fortgezogen, in die Ferne weichend,

Der Vierstrahlige, Unser Herr,
Schon beklagt man ihn mit Muschelhörnern –
(Wehe, unsere Kinder!) –
Schon geht er, um hinzuschwinden dorthin nach Tlapallan, wehe!

Dorthin, nach Cholula dort,
Folgten wir ihm in die Gegend des Sternberges.

»Ins Land der Stummen am Ostmeer werde ich kommen;
Schon komme ich als Löffelreiher;
Ich mische mich unter Aschenstaub;
Ich mache mich mir selbst zur Jagdbeute!«
Abschied nehmend sprach so mein Gott.
Eine eiternde Wunde hinterläßt er mir –
Ich bin im Netz eine Blume!

Ein Berg stürzt zusammen –
Mehr noch ward sein Weinen am Meeressande.
»Ich gedenke ihrer!«
Abschied nehmend sprach so mein Gott.
Eine eiternde Wunde hinterläßt er für mich –
Ich bin im Netz eine Blume!

Wehe, wehe, wehe, wehe!
Wer wird sein in deinem Hause, der es schmückt?
Wer wird sein, der im Hause Fürst ist?
Verlassen ist jetzt Tula, ist Nonohualco!

Als er trunken war, weinte der Fürst wie eine Eiterwunde.

Stein und Holz ward geschrieben gegen Tula:
Daß dort der König, der Vierstrahlige, Unser Herr,
Umkommen müsse. Darum wird weinen, der zum Knechte wird.

Doch wir im Türkishaus, im Schlangenhaus,
Wir sind verarmt
Dort in Tula, wo er geherrscht hat
Der Vierstrahlige, Unser Herr.

Die schwermütige Melodie des Gedichtes belastete die Herzen der Zuhörer. Eben noch hatte Cortez über die Turmbaulegende gespöttelt und an Velázquez die Frage gerichtet: aus welchem Grunde wohl der Teufel die heiligen biblischen Geschichten in die Neue Welt gebracht – denn wer außer dem Teufel konnte es getan haben! Hatte er doch sogar diese Rothäute gelehrt, ihre Säuglinge bei der Namengebung mit Wasser zu begießen, also gewissermaßen zu taufen. Ob wohl Seine satanische Majestät nur aus Freude an der Lüge, Verzerrung, Entstellung, Profanierung den Cholulteken zugeflüstert habe, ihre Vorfahren hätten erlebt, was Jehova die einsprachige Menschheit in Babel erleben ließ? ... Doch schon ohne Spott hatte Cortez dann zugehört, als der Vogelsteller vom asketischen Heilbringer sprach. Der Gesang vollends hatte ihn nachdenklich gestimmt. Und plötzlich fand er eine Antwort auf seine Fragen: der Teufel glaubte der Hölle Vorschub zu leisten, während er doch nur dem Himmel nützte. Gott wollte, was der Teufel zu wollen meinte. Auch die Passion Quetzalcoatls war Lüge, Verzerrung, Profanierung; und die Stufen des Leidensweges Tula, Cholula, der Sternberg und Nonohualco (das Land der Stummen am östlichen Ozean) erinnerten an Gethsemane, Jerusalem, den Ölberg und Golgatha. Vier Tage lang weilte auch Quetzalcoatl in der Totenwelt und war ein Knochen vier Tage lang. Doch entgegen den Absichten des Teufels – Cortez erklärte das Marina und Velázquez – war gerade durch diese Profanation der Boden für die christliche Lehre wie auch für den Sieg der christlichen Waffen vorbereitet. Ein eigentümlicher Zufall hatte es gewollt, daß die ersten auf hohen Wasserhäusern heransegelnden weißen Götter Francisco Hernández de Córdova, dann Juan de Grijalva und ebenso schließlich Cortez an derselben Stelle im Lande der Stummen (der die Mayasprache redenden Völker) am östlichen Meeresgestade, in Tabasco nämlich, gelandet waren, wo Quetzalcoatl seine Pilgerfahrt geendet und voll Sehnsucht nach dem jenseits des Ozeans gelegenen Tlillan-Tlapallan hinweggeschwunden war. Fast noch wunderbarer war das Spiel eines anderen Zufalles. Quetzalcoatl trug den Beinamen »Eins Rohr«; er war, der Überlieferung nach, im Jahre »Eins Rohr« – im Jahre 895 unserer Zeitrechnung – zum Morgenstern geworden; für das Jahr »Eins Rohr« war seine Rückkunft geweissagt; und tatsächlich, nach zwölfmaliger Wiederkehr des zweiundfünfzigjährigen Zyklus, fiel das prophezeite Datum *Ce acatl* »Eins Rohr« auf das Jahr 1519, das Jahr, in welchem die weißen Götter, die Enkel des weißen Gottes, nach Mexiko zogen.

Cortez hatte allen Grund, dem Teufel – *el Demonio* – dankbar zu sein. Hier in Cholula, in der Stadt des Dulderkönigs, kam es ihm erst voll zum Bewußtsein, durch welch eine Kette von unerhörten Fügungen ihm der Weg geebnet worden war. Ohne ein Mystiker zu sein, fühlte er sich doch als Werkzeug Gottes, als Strafer und Beglücker, ja sogar als Heilbringer – wie jener rätselhafte Mensch, der in Tula keine Opfer außer Schmetterlingen und Blumen geduldet hatte. »Ich will mein Ebenbild sehen!« sagte er plötzlich halb im Scherz zu Velázquez. »Kommt, laßt uns die Treppe hinaufsteigen. Ich will mich im Spiegel sehen. Ich will wissen, wer ich bin.«
Marina teilte dem Vogelsteller den Wunsch des Generalkapitäns mit. Der junge Priesterkönig warf einen scheuen Blick auf die große

Volksmenge, die neugierig und wenig respektvoll die Fremden umlagerte. Da Marina erriet, was ihn zögern machte, erbat sie sich seine Führung und seinen Schutz. Ihr die Bitte abzuschlagen, brachte er nicht über sich.

Keuchend kletterten sie die hundertzwanzig ellenhohen Stufen hinauf und wurden, auf dem Menschenwürgeplatz angelangt, durch den herrlichen Blick auf die Stadt, auf die Ebene, auf die den Horizont umgürtenden Berge belohnt. Im Osten wölbten sich die Schneehäupter des Sternberges und des Viereckigen Berges, im Norden wurden die düsteren Syenitfelsen der Berge Tlascalas von der Maid-mit-dem-blauen-Hüfttuch schneeweiß überragt; im Westen blinkten sonnenbestrahlt die Gletscher der Weißen Frau und des Rauchenden Berges, dessen abgeschmolzene Schneekappe durch eine neue ersetzt war. An einer großen basaltenen Opferblutschale vorbei führte der Vogelsteller die Christen in die Gotteshütte.

Das Betreten des Heiligtums war Fremdlingen verboten; ein Blick des jungen Priesterkönigs indes bewirkte, daß die vor dem karminrot bemalten Balkenportal des Sanktuars aufgestellten Priester den Eingang freigaben.

Mit einem Scherzwort auf den Lippen war Cortez in den halbdunklen Raum getreten. Noch während er über den Menschenwürgeplatz schritt, hatte er lachend zu Velázquez geäußert: »Ich wette, daß er mir ähnlich sieht, dieser weiße Gott! Und wenn nicht – auch in einer Fratze kann man sich wiedererkennen ...«

Jetzt stand er vor seinem Ebenbild und sah das Omen, das er mit kecker Lustigkeit dem Schicksal abgefordert hatte.

»Tod und Teufel!« kam es von seinen Lippen.

Das überlebensgroße, mit Juwelen behängte Götzenbild aus dunkelgrauem Basalt stellte ein Doppelwesen dar. Zwei Köpfe trug es auf nur einem Rumpf. Nach rechts blickte der Löffelreiherkopf Quetzalcoatls, des Gottes des Lebens und des Atems; nach links blickte mit kreisrundem Augapfel und weit vorzüngelnder Zunge der Totenschädelkopf Mictlan-Tecutlis, des Totengottes. Der nach rechts ausgestreckte Arm trug ein mannshohes Zepter mit einer gebogenen Schlangenkopfbrücke. Der nach links ausgestreckte Arm, der eine Knochenrassel hielt, war von Geschwüren zerfressen, wie ebenfalls das linke Bein.

Und mit Blut – mit verharschtem und auch frischem Blut – bespritzt waren der Fußboden und die Wände des Heiligtums, mit Blut beschmiert war der Doppelkopf. Erst vor wenigen Stunden waren Menschenopfer gefallen ...

Schweigend gingen Cortez, Marina und Velázquez hinaus, schweigend stiegen sie die Treppe der Pyramide hinab.

Velázquez de León befreite sich mit dem Ausruf:

»Welche Scheußlichkeit! Ich wünschte, wir könnten heute schon diesen Götzen zertrümmern!«

»Wer Götzen zertrümmert, bringt der Welt den Tod, ist der Tod! Das habe ich heute gelernt!« sagte Cortez tief verstimmt. Und dann den Kopf in den Nacken werfend, fügte er fest hinzu: »Gegen Drachen kämpft man aus Erbarmen erbarmungslos! . . .«
Marina sagte nichts. Sie schielte nach dem verdüsterten Gesicht des Geliebten. Seine Pein zerpeinte sie. Und sie fand das rechte Wort nicht. Mehrmals hatte sie das Schweigen brechen, Tröstendes sagen, ihm zuflüstern wollen: »Sei Heilbringer und kümmere dich nicht darum, ob hernach die Menschen dein Bild mit Blut besudeln! . . .« Sie selbst wollte ja durch ihn ihrem Heimatland Erlösung bringen – gewiß nicht den Tod, sondern ein neues besseres Leben. Wäre er der Würgeengel ihres Volkes – eine wieviel fluchwürdigere Verwüsterin wäre sie, die geborene Aztekin! . . . Das durfte nicht sein. Sie wies den Gedanken von der Schwelle ihrer Seele. Doch das auszusprechen vermochte sie nicht. Sie fühlte, daß in dieser Stunde jedes Wort einen falschen Ton hatte, daß jedes Wort als beschönigende Abwehr erscheinen, als Bestätigung des bösen Omens kränkend sein würde.
Und so schwieg sie, zerfressen von Selbstvorwürfen, weil sie schwieg.

Die Nacht und der darauffolgende Vormittag vergingen ohne Zwischenfall. Kein gutes Zeichen war es allerdings, daß die vom Alten Raubtier in Aussicht gestellten Lebensmittel dem Heer nicht gebracht wurden, statt dessen nur Holz zum Feuern und Wasser zum Kochen. Als Cortez, um Klage zu führen, sich den Besuch des Alten Raubtiers erbat, ließ dieser ihm antworten: er sei erkrankt und könne daher nicht kommen. Und auch der Vogelsteller brauchte, als Cortez nach ihm gesandt, die gleiche Ausrede. Der dem Kaiser geleistete Lehnseid war allzubald vergessen.
Hatten sich die Cholulteken am ersten Tage zu Tausenden eingefunden, so mieden sie jetzt in weitem Umfange das Quartier der Götter. Die wenigen, die sich in die Nähe der Schildwachen wagten, grinsten frech und herausfordernd.
Am Nachmittage trafen drei Boten, Schnelläufer – keine Gesandten –, aus Tenuchtitlan ein. Sie suchten die zwanzig Hofbeamten auf dem Roten Berg – welche der Rollende Stein den Christen als Begleiter mitgegeben hatte – auf und besprachen sich lange Zeit mit ihnen. Eine Mißachtung des Generalkapitäns war es, daß sie sich nicht zuerst zu ihm hatten führen lassen. Cortez ließ sie vor sich kommen und stellte sie zur Rede. In ungebührlichem Ton erwiderten sie: ihr erster Auftrag habe den Leuten aus dem Roten Berg gegolten; ihr zweiter aber laute so: der Zornige Herr rate den weißen Göttern, Tenuchtitlan zu meiden, denn nicht genug Mais enthielten die Kornkammern der Inselstadt, ein so großes Heer zu ernähren.
Mit faszinierender Liebenswürdigkeit stellte darauf Cortez die Frage:

wie es möglich sei, daß ein so hochgestellter Herr tagtäglich seine Ansicht ändere? Übrigens hofften die Christen, sich selbst beköstigen zu können. Und er zöge ja aus keinem anderen Grunde nach Mexiko, als bloß, um Montezuma die Hände zu küssen . . .
Für diesen grimmen Humor hatten die Boten kein Verständnis. Schroff forderten sie einen sofortigen Bescheid, da sie ohne Verweilen zum Herrn der Welt zurückkehren müßten.
Doch Cortez ließ sich nicht verleiten, ihre Schroffheit mit gleicher Münze zurückzuzahlen. Er beschenkte sie mit kleinen Spiegeln und Taschenmessern, und höflich erbat er sich eine Frist, um die Antwort an Montezuma mit seinen Feldobristen beraten zu können.
Die Boten versprachen, bis zum nächsten Morgen zu warten.
Doch einige Stunden darauf wurde Cortez gemeldet, daß sowohl die Boten wie auch alle zwanzig Mexikaner aus dem Roten Berg spurlos verschwunden seien.
Das waren böse Anzeichen. Voreilig war das Hauptheer der Tlascalteken entlassen worden, befand sich bereits jenseits der Großen Mauer. Cortez sandte heimlich einen der totonakischen Tlamamas (welche die Geschütze in die Stadt geschafft hatten) nach Tlascala ab und ließ den Prinzen Kriegsmaske auffordern, unverzüglich in die Nähe Cholulas zurückzukehren.

Am späten Nachmittage schlenderte der schöne Namenlose mit seiner kleinen Sklavin durch die Straßen Cholulas. Seit der Nacht an der *torre de la victoria*, wo er unter den dreihundert verschenkten Opfermädchen sich dies schüchterne Kind ausgewählt hatte, war Tlauan-Xochitl, die Berauschende Blume, sein Schatten, wich nicht von seiner Seite – fähig, für ihn in den Tod zu gehen aus schrankenloser Dankbarkeit dafür, daß er ihr das Mädchentum gelassen und sie menschlich, brüderlich, gütig behandelte.
Eine Cholultekin war sie. Schon den Tag zuvor, gleich nach dem Einzug, hatte er sie durch Doña Elvira fragen lassen, ob sie Verwandte in der Stadt habe. Sie hatte bejaht und ihn vor ein stattliches, vornehm aussehendes Haus geführt. Doch als sie eingetreten waren, hatte sich's gezeigt, daß fremde Leute jetzt das Haus bewohnten. Sie war nicht sonderlich enttäuscht gewesen.
Hätte er es ihr freigestellt, ihn zu verlassen – sie wäre bei ihm geblieben. Glücklich war sie, daß er ihr erlaubte, ihm eine Schwester zu sein, ihm die tiefen Kummerfalten zu glätten mit ihrem kindlichen Geplauder. Sie sprach aztekisch, und er sprach spanisch – nach mehr Verständigung sehnten sich beide nicht.
Einen Widerschein der anderen, die ihm allzu lieb gewesen war, sah er in ihrer kindlichen Gestalt, ihren orchideenhaft geschweiften Lippen. Tödliches Gift waren seine Küsse jenen anderen Lippen gewesen; Todsünde seine Blicke jenen feuchten Augen; ein grünes Feuer seine Sehnsucht, das jener anderen Herz zu Asche gebrannt

hatte. Nie wieder wollte er das Feuer entzünden. Die Liebe, die er für dies Kind empfand, war nicht Liebe, war ein Licht ohne Feuer. Nicht minder hell und um so reiner darum.
Sie waren über einen kleinen Marktplatz gegangen, wo ausschließlich Töpferwaren verkauft wurden – die in Anahuac so geschätzten, schöngemusterten Majoliken Cholulas. Feindliche Augen sah der Namenlose auf sich gerichtet. Früh am Morgen war Ordás durch die Stadt geritten, seine Grauschimmelstute hatte gescheut, war über den Töpfermarkt gerast und hatte viele Stände in Scherbenhaufen verwandelt.
Der Namenlose und die Berauschende Blume bogen in eine menschenleere Gasse ein. Zwei ältere, beleibte Männer mit roten Sonnenschirmen kamen ihnen entgegen. Plötzlich faßte die Berauschende Blume nach dem Handgelenk des Namenlosen, krampfte sich an ihn. Sie zitterte vor Erregung.
»Mein Vater!« rief sie aus.
Und dann stürzte sie auf den einen der beiden Cholulteken zu, hing schluchzend und lachend an seinem Halse. Er gleichfalls lachte, liebkoste, streichelte, küßte sie, während ihm Tränen über die Backen liefen. Und sein Begleiter bückte sich lachend, den zu Boden gefallenen roten Sonnenschirm aufzuheben, und wischte sich verstohlen die Augenwinkel trocken.
Der Vater der Berauschenden Blume hatte selbst sein einziges Kind an Sklavenhändler verkauft. Das war vor einem Jahr gewesen, als er die Nachricht erhalten, daß eine große, von ihm nach Michuacan ausgesandte Handelskarawane von Räubern überfallen und geplündert worden sei. Umsonst war sein Papieropfer vor Jacatecutli, dem Herrn der Nase, dem Händlergotte, gewesen. Der reiche Kaufherr war über Nacht zum Bettler geworden. Die Gläubiger setzten ihm zu. Seine Kleinode veräußerte er, doch sie genügten nicht, seine Schuld zu decken. Ein Kleinod, das vierzig Mäntel wert war, besaß er noch – sein Kind. Er liebte es über alle Maßen, aber seinen ehrlichen Händlernamen liebte er noch mehr. Er war ein Lump, trotz seines ehrlichen Namens.
Eigenhändig kleidete er die Vierzehnjährige, putzte sie heraus wie eine Prinzessin. Weiße Drachen waren in das dunkelgelbe, rockartige Hüfttuch gewebt; ein reichverziertes rotes Schmetterlingsmuster schmückte das befranste, mit Glöckchen versehene dreieckige Schultergewand. Er selbst färbte ihr das schwarze Haar mit »Blaukraut«, kämmte ihr das Haar nach Art des Haarputzes der jungen Dirnen –: gescheitelt auf der linken Seite und in kleinen Zöpfen dicht über dem linken Ohr als Knoten aufgesteckt, fiel es nach rechts hin offen auf die rechte Schulter herab.
Und er war zufrieden wie ein Künstler mit seinem Kunstwerk. Er verschluckte Tränen, während er sein Kind so verschönte. Mit Mühe gelang es ihm, den Kummer vor der stolz Lächelnden zu verbergen.

Wohin er sie führe, ihr zu sagen, fand er den Mut nicht. Er war sich bewußt, daß er ein Lump sei, und weinte mehr über sich als über sie. Und dann strahlte er wieder, weil sie so liebreizend war und als Gutgewaschene gewiß bald einen Käufer finden werde.
Nachdem er sie dem Sklavenhändler übergeben, lag er drei Wochen krank zu Bett.
Ein halbes Jahr darauf kehrte seine Handelskarawane unversehrt und mit großem Gewinst nach Cholula zurück. Falsch war die Nachricht gewesen, daß die Tlamamas ermordet und die Waren geraubt worden seien. Er war reicher als vordem. Doch alle Nachforschungen nach der kleinen Gutgewaschenen blieben ergebnislos.
Jetzt endlich hatte er sein Kind wiedergefunden.

Abseits stand der Namenlose und wartete, daß der Rausch der Freude und Rührung sich austobte. Schließlich ermatteten Weinen und Lachen, die Ausrufe wurden seltener, häufiger die Fragen. Das Mädchen zählte ihre Erlebnisse auf und sprach von ihm, ihrem Herrn und Retter. Das Unwahrscheinliche, kaum Glaubliche, berichtete sie –: daß er sie geschont, sie nicht zu seiner Beischläferin gemacht habe. Betroffen sahen sich der Vater und der Oheim an, blickten scheu nach dem schönen weißen Mann mit dem vergoldeten Bronzehelm – einen ähnlichen Helm hatte Quetzalcoatl getragen; im Schatzhaus Montezumas wurde das Waffenstück aufbewahrt... Und auch keusch war der weiße Gott gewesen... Es mußte wohl wahr sein – das Kind beteuerte es ja...
Die beiden dicken Händler gingen auf den Namenlosen zu und umarmten ihn, küßten ihm die Hände; knieten inmitten der Gasse nieder, küßten ihm die Füße. Sie sprachen allerlei, und so viel verstand er aus ihren Gebärden, daß sie ihn in ihr Haus einluden. Er lehnte nicht ab. Unweit in derselben Gasse stand das Haus.
Über eine Stunde lang – nachdem sie zuerst am Herdfeuer ein Wachtelopfer dargebracht – bewirteten sie den Namenlosen mit Ananas, Kaktusfeigen, Haselnüssen und tranken ihm mit Octli und mit Kräutergetränken zu. Er mochte den etwas fauligen Geruch des Pulque nicht; dafür kostete er Honigwein – der aus zerquetschten pflaumengroßen Honigameisen bereitet wurde – und Tannenzapfenwein, Nopalfruchtwein, Palmensirup so wie Yauhtli – eine Art Wermut – und fünferlei aus berauschenden Giftpilzen gebraute Getränke. Doch er nippte nur, um zu kosten; bloß aus Wißbegier.
Seine Gastgeber aber tranken und tranken, bis ihnen die Augen verglasten.
Der Namenlose gab zu verstehen, daß er aufbrechen müsse. Sie ließen sich's nicht nehmen, ihn nach Hause zu begleiten. Überzärtlich, in trunkener Dankbarkeit hielten sie seine Schultern umfaßt, schritten rechts und links von ihm, schwankten und stolperten. Die Berauschende Blume ging sittsam und verlegen hinterdrein.

Am Yuccabaum vor dem Skorpionentor des Ixcoçauhqui-Tempels, wo das kastilische Heer lagerte, verabschiedeten sie sich nicht. Sie wollten sehen, ob ihr Kind gut untergebracht sei. Der Namenlose erwirkte ihnen trotz der späten Stunde die Erlaubnis, das Lager zu besichtigen. Nachdem er sie umhergeführt, setzte er sich mit ihnen in die Marketenderstube. Die Feuerlilie regalierte sie mit Pulque.
Zufällig trat die Gattin des Weißhändigen, Doña Elvira, ein und vernahm die Unterhaltung der beiden Kaufherren, die diese ganz unbefangen führten, im Glauben, niemand der Anwesenden könne sie verstehen. Erst allmählich begriff Doña Elvira, wie ungeheuerlich das war, was sie da erlauschte. Die beiden Trunkenen entwarfen einen Plan, die Berauschende Blume in Sicherheit zu bringen, damit sie beim Christengemetzel nicht in Gefahr komme, welches am folgenden Tage stattfinden sollte ...
Doña Elvira schlich hinaus und eilte zu Marina.
Cortez, von Marina sofort in Kenntnis gesetzt, ließ sich die beiden Kaufherren vorführen. Überaus geschmeichelt fühlten sich die Trunkenen, daß der oberste der weißen Götter sie empfing, sich mit ihnen in ein Gespräch einließ. Er gewann ihr Herz durch seine Güte und Leutseligkeit, er beschenkte sie mit Glasperlen, die sie für fremdartige, jenseits des Himmelswassers gewachsene Edelsteine hielten. Zuerst ließ er durch Marina keine Fragen an sie stellen – das hätte sie nur kopfscheu gemacht. Er lobte den Namenlosen, daß er so edel an seiner Sklavin gehandelt habe; jetzt sei er sogar bereit, die Berauschende Blume dem Vater zurückzugeben. Mit dieser Ankündigung schürte Cortez ein helles Geloder der Dankbarkeit an und goß Öl ins Feuer, indem er zwei große Grünsteine verschenkte – Symbole seiner Herrlichkeit, war ihm doch in Tlascala der Ehrenname Chalchihuitl, der Grünstein, verliehen worden, der auch Quetzalcoatls Beiname war. Wenig geschätzt in Europa, wurde der grüne Nephrit oder Jade von den Völkern Anahuacs kaum minder hoch geachtet als der Quetzaliztli, Grünfederstein, genannte und oft mit Chalchihuitl verwechselte Smaragd. Wie Wachs schmolzen die Herzen der beiden Berauschten. Da begann Cortez Falsches und Erdichtetes vorzubringen. Man habe ihm gesagt, es seien dreißigtausend mexikanische Krieger in den Häusern Cholulas untergebracht, um über die Christen herzufallen. Zum Widerspruch gereizt, erklärten darauf die beiden Kaufherren, es befänden sich bloß fünftausend Mexikaner in der heiligen Stadt, und die wenigsten seien in den Häusern versteckt, die meisten vielmehr in den unterirdischen Kammern der Großen Pyramide. Auf ähnliche Weise lockte Cortez allmählich aus ihnen erschreckende Einzelheiten über den beschlossenen und von langer Hand vorbereiteten Hinterhalt heraus. Er erfuhr, daß außer den im Künstlichen Berg verborgenen Kriegern ein mexikanisches Heer von zehntausend Mann südlich von Cholula in Bergschluchten auf der Lauer lag, um, wenn nötig, den Kämpfern in den

Straßen zu Hilfe zu kommen und die Flucht der Christen zu verhindern; daß die Vornehmen ihre Frauen und Kinder in der vergangenen Nacht heimlich aus der Stadt gebracht hatten; daß viele Gassen durch Balken verrammelt, andere durch Gräben und Wolfsgruben und eingerammte Pflöcke ungangbar gemacht waren; daß Häuser in Festungen verwandelt waren, daß auf den Hausdächern Steine und Pfeile und Wurfspieße aufgehäuft lagen; daß Montezuma, ermutigt durch seine Götter Tezcatlipoca und Huitzilopochtli, angeordnet hatte, möglichst alle weißen Götter lebend und gefesselt nach Tenuchtitlan zu schaffen und bloß zwanzig von ihnen in Cholula auf der Adlerschale zu schlachten; und daß mehrere leerstehende Häuser bis zum Dach angefüllt waren mit Stricken, Riemen und Stangen, um die große Zahl christlicher Opfersklaven aneinanderzubinden, an den Oberarmen zusammenzuschnüren.
Mit freundlichen Dankesworten und einem Geschenk von zwanzig totonakischen Mänteln entließ Cortez die Kaufherren. Gleich darauf versammelte er seine Hauptleute, Fähnriche wie auch die verläßlichsten unter seinen Soldaten zu einem nächtlichen Kriegsrat in dem geräumigsten der Tempelsäle.
Sein Entschluß stand fest; doch er wollte nicht allein die Verantwortung tragen.

Die Beratung hatte kaum erst begonnen, als sie wegen der Ankunft von drei als Bauern verkleideten Totonaken aus Olids Lager unterbrochen werden mußte. Mehrere Stunden lang hatten sich diese Totonaken in dunklen Gassen umhergetrieben, um auszukundschaften, ob und welche Vorbereitungen für einen Überfall von den Cholulteken getroffen seien. Sie hatten in einigen Straßen frisch aufgeworfene, mit lockerer Erde aufgefüllte Gräben entdeckt, die offenbar den Zweck hatten, die Reiter zu Fall zu bringen. Und sie hatten zwanzig dreijährige Kinder den Passionsweg der Großen Pyramide hinaufschreiten sehen, hatten aus der Ferne mit angeschaut, wie die zwanzig Kinder geschlachtet wurden. Solch ein nächtliches Kinderopferfest pflegte sonst nur am Vorabend großer Ereignisse, vor allem bei Kriegsausbruch, auf Bergspitzen veranstaltet zu werden. Die Große Pyramide galt als Berg, als der Künstliche Berg.
Während Alvarado und die meisten Hauptleute der Ansicht waren, die Aussagen der beiden Kaufleute seien durch die Beobachtungen der Totonaken voll bestätigt, widersprach Diego de Ordás. Sein Idealismus sträubte sich, an die Tücke eines Volkes zu glauben, das den Überbringer der weißen Schminke auf so ritterliche Weise unversehrt gelassen und eben erst sich freiwillig durch einen Lehnseid zur Treue verpflichtet hatte. Wegen ihrer Trunkenheit, meinte er, könne man die Händler nicht als einwandfreie Zeugen gelten lassen; und falls die Totonaken nicht aus Furcht Gespenster gesehen, so bewiesen einige aufgewühlte Straßen nichts; und erst recht nichts

die Prozession der zwanzig Kinder – in einer Stadt, wo alljährlich sechzigtausend Kinderherzen dargebracht wurden.
Sandoval, Velázquez de León und Luis Marín stimmten ihm zu, daß es geraten sei, sich vorerst mehr Gewißheit zu verschaffen, ehe man folgenschwere Entschlüsse fasse. Dagegen wollte Alonso de Avila unverzüglich – es war Mitternacht – losschlagen und dem Überfall durch einen Überfall zuvorkommen.
Da langten acht Tlascalteken an, die ebenso wie die Totonaken bald nach Sonnenuntergang, als Feldarbeiter verkleidet, sich in die Stadt geschlichen und gekundschaftet hatten. Sie trugen in den Beratungssaal einen Mann herein, der einer Leiche mehr glich als einem lebenden Menschen. Es war jener erste Bote Tlascalas, welcher mit dem Auftrag geschickt worden war, den Besuch der weißen Götter anzukündigen. Das Alte Raubtier hatte ihn einkerkern, ihm die Haut von den Händen abschinden lassen. Von den grauenvollen Qualen hatte kein schneller Tod ihn erlöst, langsam siechte er hin; abgefault war das Fleisch der Hände, eingetrocknet das braune Sehnengeflecht um die weißen Fingerknochen. Nachdem der Tempel-Feger den Friedensschluß mit Tlascala, die Heimsendung Aguilars und Schutz für den von Grenzwächtern bedrohten Piltecatl gefordert und erwirkt hatte, war auch der Bote aus seinem Holzkäfig entlassen worden. Doch von der Erlaubnis, nach Tlascala zurückzukehren, hatte er keinen Gebrauch machen können. Ein schwerkranker Mann, hatte er sich fortgeschleppt, war durch die Straßen der fremden Stadt geirrt und war schließlich in einer Gasse, wo fast nur Bettler wohnten, zusammengebrochen. Seiner erbarmt hatte sich eine alte Frau, die als Wäscherin sich kümmerlich ernährte. In ihr Haus hatte sie ihn aufgenommen und ihn gepflegt, dann aber als Entgelt verlangt, daß er aus seiner Verkrüppelung Nutzen ziehe. Am Eingang eines der Opfertempel hatte er seitdem unter Bettlern als Bettler gelebt.
Während die Tlascalteken dies berichteten, wurde Marina vom Knaben Santa Clara, ihrem Pagen, abberufen. Geheimnisvoll flüsternd teilte er ihr mit, daß in ihrem Gemach eine verschleierte cholultekische Edelfrau auf sie warte und sie unter vier Augen zu sprechen wünsche.

Das Erstaunen Marinas war nicht gering, als sie, allein geblieben mit ihrem Gast, an der dunklen Stimme und den männlichen Bewegungen erkannte, daß ihre verschleierte nächtliche Besucherin niemand anders war als die Mutter des Vogelstellers, die Königinwitwe von Cholula.
»Mein Täubchen«, fing die Königin an, »du weißt es: die Göttin, die Weberin, hat sich an den Webstuhl gesetzt und meinem Sohn, dem Fürsten der Priester, das Herz umgarnt. Wenn du stirbst, so stirbt auch er. Darum komme ich, dich zu retten, dich vor der fürch-

terlichen Gefahr zu bewahren. Ich habe dich liebgewonnen, Täubchen, du tust mir leid, und ich will nicht, daß du stirbst. Im Haus der Silberreiher, meinem Palast, sollst du Schutz finden.«
»O meine Mutter«, fragte Marina, »von welcher Gefahr sprichst du? Wovor willst du mich bewahren? Ich weiß von keiner Gefahr. Bin ich hier nicht vollkommen sicher in dieser gastfreundlichen Stadt, wo du und dein Sohn und lauter Freunde der weißen Götter wohnen?«
Da erzählte ihr die Königin, daß Montezuma und das Alte Raubtier beschlossen hätten, alle Christen – sowohl die weißen wie die schwarzen Götter, sowohl Männer wie Frauen – umzubringen. Nichts von den Vorbereitungen für den Hinterhalt verschwieg sie. Und alle Einzelheiten, die Marina durch geschickt gestellte Fragen aus ihr herausholte, bestätigten die Aussagen des Vaters und des Oheims der Berauschenden Blume.
»O meine Mutter«, sagte Marina, »ich will das Weib deines Sohnes werden. Die Göttin, die Weberin, hat auch mich umsponnen. Beschütze mich im Hause der Silberreiher, deinem Tecpan, nimm mich mit, gute Mutter. Ich bin bereit, dir zu folgen.«
Und mit vielen Dankesbezeigungen küßte sie die Hände der Königin.
»Deine Worte sind süßester Honig für mein Herz, mein Täubchen. Ich habe eine Sänfte und Sesselträger für dich mitgebracht!« sagte die Königin.
»Noch trage ich die Sklavenfeder im Haar und den Sklavenstrick um den Leib, Mutter! Klug muß ich zu Werke gehen, damit die weißen Götter meine Flucht nicht merken. Ich besitze viele Mäntel und viel kostbares Geschmeide, Halsketten und Armringe. Die Mäntel kann ich nicht fortschaffen – aber arm und dürftig will ich nicht die Frau des Fürsten und Priester werden. Darum warte hier auf mich – und ich will gehen, meine Edelsteine und Edelfedern holen.«
Aus dem Gemach tretend, befahl Marina ihrem Haushofmeister, die Tür durch zwei Posten bewachen zu lassen. Darauf lief sie in den Tempelsaal, wo der Kriegsrat abgehalten wurde.

Außer Atem – so schnell war sie gelaufen – trat Marina in den von Harzfackeln erleuchteten Saal. Ein wüstes Stimmengewirr schlug ihr entgegen. Alle schrien durcheinander, überkreischten sich, unbeherrschte, hemmungslose, verwilderte Freibeuter, die sie waren. Feuerrot glühten die Köpfe und die in der Luft fuchtelnden Hände und geballten Fäuste. Seit der Meuterei an den moskitobedeckten Sanddünen hatte sich der Zwiespalt im Heer nie so unverhüllt gezeigt, waren die Meinungen nie so wütend aufeinandergeplatzt.
Gestritten wurde über zwei Vorschläge, die sich gegenseitig ausschlossen. Avila verfocht die Ansicht, man dürfe keine Zeit verlieren, man müsse sofort losschlagen, die schlafende Stadt überrumpeln

und, um die verbündeten Tlascalteken zur Raserei zu bringen, ihnen unverzüglich den Boten mit den entfleischten Händen zuschicken. Lugo dagegen, dem in dieser Nacht der Humor geschwunden war, erklärte es für Wahnsinn, in der Mausefalle, wo sie sich befänden, einem hundertfach überlegenen Feind die Stirn zu bieten, und verlangte, Cortez solle das Heer nach Tlascala zurückführen.
Unter den Teilnehmern des Kriegsrates waren die beiden Ansichten ziemlich gleich verteilt; und da keine Mehrheit war, wollte der Streit kein Ende nehmen.
Schließlich erzwang sich Cortez Gehör. Er lehnte den Antrag Lugos als unausführbar bei Nacht, als unklug und überflüssig ab; bald nach Sonnenaufgang werde Prinz Kriegsmaske – wie der an ihn gesandte Tlamama zurückgemeldet habe – mit fünfundzwanzigtausend Tlascalteken vor Cholula erscheinen. Für nicht minder unklug halte er daher auch Avilas Forderung – abgesehen davon, daß die nächtliche Finsternis den Kastiliern eher hinderlich als förderlich sein würde; er habe vor, den verkrüppelten Boten erst am Morgen an Piltecatl zu senden, falls sich's bis dahin herausstellen sollte, daß das Blutvergießen nicht zu umgehen sei. Wenn er auch zugebe, daß die durch Aguilar überbrachte Warnung des Herabstoßenden Adlers und die Mitteilungen der trunkenen Händler merkwürdig übereinstimmten, so sei er doch nicht völlig von der Schuld Cholulas überzeugt; Guatemoc sei als Mexikaner und Vetter Montezumas verdächtig; und man könne nicht wissen, ob die beiden Händler nicht im Auftrag einer Partei gesprochen. Beunruhigend seien ihre Aussagen, aber nicht beweisend.
Daß sich Marina im Beratungssaal befand, war infolge des Tumultes nicht beachtet worden. Und da gleich darauf Cortez zu reden begonnen hatte, war sie abwartend an der Tür stehengeblieben. Jetzt trat sie an ihn heran und raunte ihm etwas zu. Die Veränderung in seinem Gesicht während des kurzen Gespräches war so auffallend, daß es im Saal totenstill wurde. Alle Augen waren auf ihn und auf sie gerichtet.
Im schummerigen Fackellicht war nicht zu erkennen, ob Cortez sich verfärbt hatte. Er nickte nachdenklich. Und dann bat er Marina, den Versammelten mitzuteilen, was zwischen ihr und der Königinwitwe gesprochen worden war.
Marina erstattete den Bericht. Nun war kein Zweifel mehr möglich. Die eben noch heiß gestritten, getobt und gebrüllt hatten, saßen still und kleinlaut da.
Cortez gab Befehl, die Königin vorzuführen.
Keine Angst, keine Verlegenheit verriet sie, während sie mit ihrem Männerschritt in den Beratungssaal trat. Neugierig musterte sie die Versammelten.
Doch als Cortez ihr durch Marina Fragen vorlegen ließ, verweigerte sie die Auskunft. Auf unwürdige Weise zwangen Avila und sein

Gefolgsmann Pedro López, der Arkebusier, die Königin zu reden, indem sie ihr je einen Dolch vor die Augen hielten.
Nachdem alle Fragen beantwortet waren, ordnete Cortez an, daß sie als Gefangene bewacht und gehindert werde, in Cholula ein Geschrei zu erheben. Während man sie hinausführte, verfluchte sie Marina, die Verräterin.
Marina lächelte entgeistert. Sie war Christin, sie brauchte den Fluch, mit dem die Rache des Kriegsgottes Camaxtli auf ihr Haupt herabgeschworen wurde, nicht zu fürchten. Und doch war ihr nicht wohl zumute.

Auf die Stille im Saal folgte nun von neuem ein Sturm. Der Sprecher der Erregten und Ängstlichen war – wie einst an den Dünen – der fette Dominikanermönch und Lizentiat Juan Díaz mit den wulstigen Lippen. Er ging in seiner Forderung weiter als Francisco de Lugo: nicht nach Tlascala bloß, sondern an die Küste nach Verakruz müsse Cortez sein viel zu kleines Heer zurückführen. Denn selbst wenn es gelänge, alle Gefahren zu bannen und in Mexiko einzuziehen – nimmermehr werde das Heer aus Mexiko herauskönnen, welches so viel größer als Cholula und noch dazu von Wasser umgeben sei. Vor Gott und vor dem Kaiser sei Cortez verantwortlich für fünfhundert Menschenleben und habe nicht das Recht, sie seinem Ehrgeiz zu opfern.
Die Wogen, die diese Worte aufgepeitscht hatten, brandeten lange und wurden von Velázquez de León, Alvarado und Ordás durch überhitzte Gegenreden immer wieder aufgewühlt.
Da erhob sich Cortez zu einer kurzen Entgegnung.
»Von Heimkehr zu sprechen, meine Herren, hatte einen Sinn, bevor wir die Schiffe verbrannten. Seitdem ist unser Heereszug mit Widerhaken versehen wie eine Harpune. Tiefer und tiefer hineinstoßen läßt sich die Harpune – zurückziehen nicht! Gehen wir einen Schritt zurück, so verliert Tlascala den Glauben an uns und fällt von uns ab. Und selbst die Totonaken, ausgeliefert an Montezuma und gezwungen von ihm, werden über uns herfallen. Dann gelangt keiner von uns bis an die Küste; und auch die Besatzung von Verakruz wird unser Schicksal teilen ... Ist jemand von euch, der das widerlegen kann?«
Es meldete sich keiner. Auch hatte Cortez keine Widerlegung erwartet. Er fügte einige aufmunternde Sätze hinzu. Den Verzagenden riet er, sich von Pater Olmedo das heilige Sakrament reichen zu lassen – war doch schon einmal, in der Nacht vor der großen Tlascaltekenschlacht, fast das gesamte Heer zum Abendmahl gegangen.
Dann schärfte Cortez äußerste Vorsicht und Wachsamkeit ein; keiner der Soldaten dürfe in dieser Nacht schlafen; mehrere Ronden müßten ununterbrochen in den Tempelhöfen unterwegs sein und alle Posten verdoppelt werden.

Auf das Dach des dem Tempeleingang zunächst gelegenen Priesterballspielhauses wurden Kartaunen hinaufgeschafft, um das Tempelgebäude und jenseits der steinernen Umfassungsmauer die Straßen und Gassen bestreichen zu können.

Mictlan-Tecutli, der Gott der Nebeltoten, stieg aus dem neunten der Totenreiche zur Erde empor und wanderte durch die nachtleeren Gassen und Marktplätze Cholulas. Er begegnete dem Todesengel der Christen. Von Haus zu Haus ging der Todesengel und versah die Häuser mit Blutzeichen.
»Was tust du?« fragte der Totengott.
»Ich bezeichne die Häuser, welche vernichtet und verbrannt werden sollen, mitsamt ihren Bewohnern.«
»Auch ich komme, die weißen Männer dem Verderben zu weihen«, sagte der Totengott. »Einer von uns muß weichen – ich oder du!«
Sie rangen miteinander. Der Todesengel rang den Totengott nieder.
»Ich weiche dir«, sagte Mictlan-Tecutli. »Doch das sage mir erst: Ist dein Tun besser als meines? Bist du stärker als ich, weil du schön bist und tausend Augen auf den Flügeln hast? Mein Volk kann nur leben, wenn deines stirbt; – und dein Volk kann nur leben, wenn meines zugrunde geht. Sollten wir uns nicht lieber verbünden und die Erde kahl machen? Ist sie das Leben wert, welches sich nur tötend erhalten kann?«
»Wir beide sind Diener des Lebens«, erwiderte der Todesengel. »Wir beide sind Gärtner: wir roden und reuten aus, um für das Leben Platz zu schaffen.«
»Wessen Leben?« fragte Mictlan-Tecutli. »Des einen Leben ist des anderen Tod. Jetzt verstehe ich, was dich zum Sieger macht über mich – deine Heuchelei!«
Und hinab in die neunte Hölle fuhr Mictlan-Tecutli.
Doch die Häuser wußten nicht, daß sie mit Blut gezeichnet waren. Und auch die Menschen in den Häusern wußten es nicht. Im Vertrauen auf den Beistand des Zornigen Herrn schliefen sie furchtlos, träumten von einem Opferfest, bei welchem das Fleisch von zwanzig weißen Göttern in Mais verbacken verteilt wurde als heilige Speise. Strahlend wie immer glitzerten Rigel, Sirius, Aldebaran, Capella und Algol auf die verlorene Stadt herab.
Die Kastilier aber durchlebten eine entsetzensvolle Nacht. Wieviel auch an Gefahren sie in ihrem Abenteurerleben bestanden hatten, wie oftmals sie sich selbst aufgegeben hatten angesichts unvermeidlich scheinender Vernichtung – nicht nur beim Verzweiflungskampf vor Tlascala, auch früher schon in Kuba und auf dem Isthmus, am Darien, bei den Perleninseln des Pazifischen Ozeans, in Veragua oder am Valsafluß – ein Kinderspiel war alles einstige Grauen im Vergleich zu dieser Spannungsqual während der schleichenden, zer-

renden Nachtstunden. Sie waren nicht Kinder, die der Gefahren spotten können, weil sie ahnungslos und verantwortungslos sind. Die Mehrheit der Kastilier waren erprobte, wetterharte, sturmgewohnte Landsknechte. »Wir haben Furcht, weil wir Männer sind« – diesen prachtvollen Ausspruch tat Bernal Díaz, der Galante, in dieser Nacht.

Bald nach Sonnenaufgang schickte Cortez die acht Tlascalteken mit dem mißhandelten Boten an Olid ab.
Bis gegen sieben Uhr morgens wartete Cortez. Ein Angriff war nicht erfolgt. Ausspäher, welche auf dem Turmdach des Ixcoçauhqui-Sanktuars postiert waren, hatten noch immer nicht die Nachricht heruntergerufen, daß Kriegsmaske mit dem Hauptheer der Tlascalteken auf den nordöstlichen Gebirgspfaden zu sehen sei. Aber auch vom Heranrücken eines mexikanischen Heeres meldeten sie nichts. Die Stadt schien ruhig zu sein.
Cortez beschloß, nicht länger auf Kriegsmaske zu warten. Einen Hofbeamten – kenntlich durch seine reiche Kleidung als Magazinverwalter –, der zufällig am Tempeltor vorbeiging, ließ er hereinbitten, beschenkte ihn mit Glasperlen und beklagte sich bei ihm über das unhöfliche Benehmen der beiden Priesterkönige. Er habe tags zuvor um ihren Besuch gebeten; und da sie mit nichtigen Entschuldigungen sich zu kommen weigerten, habe er ihnen mitteilen lassen, er werde – um ihnen nicht länger zur Last zu fallen – heute bald nach Sonnenaufgang die heilige Stadt verlassen, vorausgesetzt, daß sie ihm die erforderliche Anzahl von Lastträgern für die Fortschaffung der großen Feuerwaffen und des Gepäcks zur Verfügung stellten. Darauf sei keine Antwort erfolgt. Und bis jetzt hätten die Lastträger sich nicht blicken lassen; und auch die Könige hielten es nicht einmal der Mühe wert, Abschied von ihm zu nehmen. Unbegreiflich sei es ihm, daß sie ihn dermaßen haßten oder fürchteten, da er doch der Stadt nichts Böses getan habe.
»O Grüner Stein«, sagte der Magazinverwalter mit verlegenem Lächeln, »ich weiß, daß nicht die Furcht, daß nicht die Scheu sie abhält, dir Blumen zu bringen, Abschied von dir zu nehmen. Zweitausend Tlamamas und Krieger stehen bereit, dich zu begleiten, mit dir zu ziehen in das Land der Seen. Und wenn ich mich zu den beiden Tlatoanis begebe, sie herzubitten, werden sie sicherlich dich besuchen kommen.«
Der Magazinverwalter entfernte sich. Kaum eine Viertelstunde später nahten die beiden Priesterkönige mit dem Hohen Rat, den Würdenträgern und Hofbeamten und dem Adel Cholulas, alle in Prachtgewändern und, der Wohlhabenheit der Stadt gemäß, überreich blitzend von Juwelen. Ihnen auf dem Fuß folgten fünfhundert Tlamamas und fünfzehnhundert cholultekische Krieger.
Sie wurden durch das vom gespenstischen Yuccabaum beschattete

Skorpionentor in den ersten großen Tempelhof eingelassen. Sogleich, nachdem sie sich innerhalb der Mauer befanden, ließ Cortez dieses Haupttor wie ebenfalls zwei seitliche Tore durch dreißig Hellebardiere besetzen.
Das ganze Christenheer war längs der Umfassungsmauer, teils auch vor mehreren den Tempelhof umgrenzenden Priesterwohnungen, kampfgerüstet aufgestellt. Die Hauptleute und Reiter saßen zu Pferde, sprungbereit. Alonso de Mesa, Bartolomé de Usagre, Juan Catalán und der Levantefahrer Arbenga standen mit Lunten in der Hand an den geladenen Geschützen.
Es stellte sich heraus, daß zusammen mit den Hofbeamten auch die drei kürzlich verschwundenen mexikanischen Boten in den Tempelhof gekommen waren.
Cortez ersuchte die Priesterkönige, den Rat der Alten und die drei Mexikaner mit ihm in das Adlerhaus des Tempels zu treten. Er wollte ihr Leben schonen, damit nach beendetem Kampf vertragsfähige Leute in Cholula seien, mit denen Frieden, womöglich ein Bündnis geschlossen werden könnte.
Im Saale des Adlerhauses bemächtigte sich des Vogelstellers eine krankhafte Erregung. Er wollte wissen, wo seine Mutter sei; ob Marina nicht nachts den Besuch seiner Mutter erhalten? Spurlos verschwunden sei sie, und auch die Sesselträger, die mit ihr das Haus der Silberreiher verlassen hatten, seien verschwunden. Und er beschwor Marina, ihn zu seiner Mutter zu führen.
Unschlüssig, was zu antworten, ob sie es ableugnen, ob sie es zugestehen sollte, fragte sie Cortez.
»Heute haben wir keine Zeit für dies Muttersöhnchen!« rief er unwillig und wandte sich den drei mexikanischen Boten zu.
»Euren großen Montezuma habe ich bisher für meinen Freund gehalten. Den Worten, die er mir sagen ließ, habe ich geglaubt. Denn im Lande des Ostens, von wo ich herstamme, lügen die Könige nicht – wie konnte ich annehmen, daß der größte Herrscher des Westens ein Lügner sei? Doch seit gestern weiß ich es und habe den Beweis dafür. Aufgedeckt ist der Vernichtungsplan. Nichts verbirgt sich meinen Augen und Ohren. Montezuma war es, der mir den Weg über Cholula anraten ließ, sein Wunsch war es und ist es, daß Cholula mein und meines Heeres Grab werde!«
Obgleich die Worte an die Mexikaner gerichtet waren, fühlten die Cholulteken, daß die Anklage ihnen nicht minder galt als dem Zornigen Herrn. So niedergeschmettert waren sie, so versteinert von Entsetzen, daß keiner, auch das Alte Raubtier nicht, einen Versuch, sich zu rechtfertigen, machte. Wozu auch! Der weiße Mann wußte alles – er mußte doch wohl ein Sohn der Sonne sein!
Mexikanischer Hochmut half den drei Boten über den anfänglichen Schrecken hinweg. Sie leugneten, vom Hinterhalt zu wissen; sie wiesen die Annahme empört zurück, daß Montezuma die Hand im

Spiele habe. Sei doch Cholula von Montezuma mehrmals aufgefordert worden, die weißen Götter aufzunehmen, als wären sie Könige von Anahuac, und ihnen ein sicheres Geleit bis vor die Tore Tenuchtitlans zu geben. Sei Böses geplant, so sei es gegen den ausdrücklichen Wunsch Montezumas geplant. Zum Schluß wollten die Boten von Tezcatlipoca und Huitzilopochtli gestraft werden, falls sie die Unwahrheit sprächen.
Auf die freche Ableugnung war Cortez gefaßt gewesen. Sie gab ihm die Handhabe, ein Exempel zu statuieren und dennoch die sogenannte Freundschaft Montezumas – ohne die er in Tenuchtitlan nicht einziehen konnte – sich zu erhalten. Ja, er spielte sich sogar als Verteidiger Montezumas auf, obwohl er wußte, daß die Kunde vom grauenvollen über Cholula verhängten Strafgericht, von Ort zu Ort, von Land zu Land wandernd wie eine erstickende Giftwolke, dazu bestimmt war, dem Herrn der Welt das Herz zu lähmen.
Inzwischen waren die drei Mexikaner mit den Cholulteken in Streit geraten. Gegenseitig warfen sie sich vor, Anstifter des geplanten Hinterhaltes zu sein. Empört riß sich das Alte Raubtier die goldene Trommel, das Bestechungsgeschenk Montezumas, vom Halse und schleuderte sie den Mexikanern vor die Füße. Streng unterbrach Cortez ihr leises giftiges Gezänk.
»Womit habe ich euren Verrat verdient!« herrschte er das Alte Raubtier und den Vogelsteller an. »Keinem eurer Untertanen habe ich ein Leid getan, wie ein Freund habe ich euch geliebt. Meine tlascaltekischen und totonakischen Bundesgenossen ließ ich, weil ihr es wünschtet, außerhalb der Tore. Ich war bereit, früher als beabsichtigt, hinwegzuziehen, um euch von der Last der Gastfreundschaft zu befreien. Doch eure Gastfreundschaft war Hinterlist, euer Lehnseid ein Betrug, eure Freundschaftsversicherung eine Lüge – dazu bestimmt, uns in Sicherheit zu wiegen, während ihr Steine auf die Dächer eurer Häuser schlepptet, fünftausend Krieger in der Stadt verstecktet, Gassen durch Balken versperrtet, Straßen mit Gräben und eingerammten Pfählen versaht und Häuser anfülltet mit Stöcken, Lederriemen und Seilen, um uns zu binden, uns auf euren Altären das Herz aus der Brust zu schneiden!«
Den verratenen Plan jetzt noch abzustreiten, wäre sinnlos gewesen – das sahen die Cholulteken ein. Sie befanden sich rettungslos in der Schlinge, die sie selbst gelegt hatten. Sie machten auch gar keinen Rettungsversuch. Doch empörte es sie, daß Montezuma, der Hauptanstifter, als schuldlos hingestellt wurde. Verängstigt und zugleich wütend traten das Alte Raubtier und drei seiner Ratgeber vor, klagten den Zornigen Herrn an: er sei es gewesen, der den Hinterhalt ersonnen und durch seinen Gesandten, den Tempel-Feger, alle Vorbereitungen habe treffen lassen.
»Ihr hört, was diese Verleumder behaupten!« rief Cortez den drei Boten zu. »Merkt euch ihre Worte und wiederholt sie, wenn ihr nach

Mexiko zurückgekehrt seid, wiederholt sie vor Montezuma, damit er wisse, daß die von mir verhängte Strafe streng, aber gerecht ist! Jedes Mitgefühl haben diese Elenden verscherzt, denn nicht nur an mir und meinem Heer sind sie Verbrecher, noch mehr Verbrecher sind sie am Namen des großen Montezuma, indem sie den edlen Freund der Christen so schamlos zu verleumden wagen, ihn durch freche Bezichtigungen zum Mitschuldigen, zum Mitwisser zu machen suchen. Könnte ich den Frevel gegen mich und die Unsrigen verzeihen, den Frevel gegen den König von Mexiko kann und darf ich nicht verzeihen –: ein Majestätsverbrechen ist dies, und nach kastilischem Recht muß es hart gebüßt werden – mit dem Tode aller Schuldigen, und da die ganze Stadt schuldig ist, mit dem Tode der Stadt!«

Zur Tür hinaus winkte Cortez. Einige Sekunden tiefster Stille folgten der graziösen Bewegung seiner gepflegten, ringbedeckten Hand. Dann knatterten draußen auf dem großen Tempelhof drei Musketenschüsse hart und trocken in der Luft. Es war das mit Olid verabredete Zeichen, war der Befehl, die beutegierigen Totonaken und die rachedurstigen Tlascalteken auf die Stadt loszulassen.

Sofort nach den drei Schüssen stürmten bewaffnete Kastilier in den Saal des Adlerhauses.

Cortez befahl ihnen, den beiden Königen, dem Rat der Alten und den übrigen dort versammelten Würdenträgern Fesseln anzulegen und sie zu bewachen, daß keiner entkomme.

Dann trat Cortez auf den Hof hinaus. Vor der Tür stand sein Stallmeister Martín de Gamba mit Romo und hielt den Steigbügel. Cortez schwang sich in den Sattel.

Die Metzelei hatte bereits begonnen. Von drei Seiten her richteten Kartaunenrohre ihre schwarzen, hell erblitzenden Schlünde auf die im Tempelhof eingeschlossenen Cholulteken, schleuderten kürbisgroße Steinkugeln, bliesen Menschenfleisch vor sich her, rissen Lükken in die zusammengepferchte Menschenherde – unentrinnbar und gleichmäßig, wie eine Sense im Kornfeld Garben niederlegt. Von drei Seiten her flammten die Musketenläufe, sausten die Bolzen der stählernen Armbrüste. Feuer und Eisen – Kugeln und Bolzen, Degen, stahlbeschlagene Schilde und Harnische – versperrten den Ausweg zum westlichen und zum östlichen Tor. Nur von Süden, vom großen Skorpionentor her wurde nicht geschossen, dort schien der Weg frei. Ein Wahnwitz des Grausens wirbelte die Cholulteken durcheinander, raubte ihnen den Mut zum Widerstand. Der größte Teil des Adels, der im engen Saal des Adlerhauses nicht Platz gefunden, befand sich wehrlos auf dem Hof, wehrlos waren die fünfhundert Lastträger, und selbst die Krieger waren, obgleich sie Speerbündel und Bambusschilde trugen, wehrlos – entwaffnet durch ihren Schrecken, mitgerissen von der Verwirrung, verzweifelt über die Aussichtslosigkeit des

Kampfes. Die meisten warfen ihre Waffen fort und flohen, flohen dem südlichen Ausgang zu.
Aber am Yuccabaum vor dem Ausgang des Skorpionentores standen dreißig Lanzenträger und spießten die Flüchtenden auf. Die schreiende Menge staute sich am Tor, doch zurückfluten konnte sie nicht, ihr Gekreisch ging unter im allgemeinen Wehgeheul, und immer von neuem, immer wilder drängten die weiter hinten ineinandergepreßten Menschenmassen und schoben die vorderen Reihen in die starrenden Lanzen hinein.
Die Geschütze und Musketen verstummten und überließen es dem Schwert, die Arbeit zu vollenden. Von allen Seiten stürzte sich das kastilische Fußvolk mit gezogenen Degen auf die Cholulteken und wurde nicht müde, die Klingen rot zu färben.
»Santiago! Santiago!«
Taub hätte der heilige Jago sein müssen, hätte er den hundertfachen Ruf um Beistand überhört...
Leichenhügel türmten sich auf. Zu einem karminenen Teich wurde der Tempelhof, bis an die Knöchel wateten die Christen – (denn Christen waren es!) – in der blutigen Lache. Und nicht untätig sahen die Feldobristen und Reiter zu. Sie sprengten in den Menschenknäuel hinein, wo er am dichtesten war, sie zersprengten ihn, um schneller die kleineren Haufen abzutun. María de Estrada zeichnete sich aus und fügte ihrem Ruhm neuen Ruhm hinzu, indem sie treffsicher nach Indianeraugen zielte. Alonso de Avila brannte darauf, seine mit Olid und Juan dem Aufgeblasenen geschlossene Wette zu gewinnen; kerzengerade im Sattel sitzend, ließ er unablässig sein kurzes Schwert auf die kupferbraunen Nacken niedersausen; und mit jedem seiner Hiebe löste sich ein Kopf von einem Halse und fiel wie eine reife Frucht herabkollernd und rot aufspritzend in den karminenen See... Die Eleganz seiner Hiebe weckte den Neid und den Nachahmungstrieb des Matrosen und Henkers Pedro Osorio. Die abgeschlagenen Köpfe zu zählen, hatte Avila seinen Getreuen, den Arkebusier Pedro López, beauftragt; und dieser sah sich gezwungen, anzuerkennen, daß Avila am Henker einen nicht zu unterschätzenden Rivalen besaß. Von López wurde auch festgestellt, daß Juan der Aufgeblasene mit seinem Riesenschwert, dem Zweihänder, die Cholulteken nur bis zum Schlüsselbein, aber niemals bis zum Nabel zu spalten vermochte.
Die Hühnerbrust des Narren Madrid machte ihn für das Kriegshandwerk untauglich. Jederzeit bereit zu plündern, war er – solange gekämpft wurde – ein müßiger Zuschauer. Dafür hatte er sich selbst zum Preisrichter eingesetzt. Und mit Genugtuung beobachtete er, daß seine Voraussage eintraf: die fünf cholultekischen Jungfrauen, um die gewettet worden war, mußten – falls es noch eine Gerechtigkeit auf der Welt gab – keinem der Hauptleute, auch nicht dem Henker, sondern einem Bluthunde zufallen, Denn Moro und Becerrico

waren auf die Indianer gehetzt worden, und besonders Becerrico, der junge Hundeheld, tat sich so hervor, daß er sämtliche Christen in den Schatten stellte. Einige Dutzend Cholulteken zerriß und zerfetzte er; und da er unter die mit Gold und Edelsteinen behängten Standesherren geraten war, hatte er Aussicht, seinen Kleinodienbesitz nicht unbeträchtlich zu vergrößern (den sein Herr Francisco de Lugo in seinem Namen zu verwalten pflegte) ...
»Totentanz, Totentanz!« krähte der bucklige Narr in das wahnsinnige Geschrei der sterbenden Cholulteken hinein.
Allmählich erstarb auch das Geschrei. Das Schwert hatte die Arbeit vollendet. Keiner war entkommen.

Durch die drei Tore des Tempelhofes flutete nun das Christenheer in die Stadt. Dumpfes, krachendes Waffengeklirr, Rasseln von Eisenplatten und Eisenringen. Auch Schellengeläute. Denn an den Füßen der Pferde waren kupferne Glöckchen angebunden, den Fußtruppen den Weg zu weisen, falls sich im Gassengewirr ein Reiter in Gefahr befand. Polternd rollte die Artillerie hinaus, um den Brandschatzenden Häuser und Paläste zu öffnen, um, wenn nötig, ganze Straßenzüge niederzulegen. Ein neues Geschrei stieg allenthalben zum Himmel empor, übertönte die Santiagorufe der Kastilier – ein hilfloses Gewinsel und Geschrei von Frauen und Greisen und Männern und Kindern. Erst scholl es nur in den benachbarten Gassen. Doch gleich darauf fand es einen gräßlichen Widerhall in entfernten Stadtgegenden. Die Tlascalteken hatten ihr Rachewerk begonnen. Wie bei einer Feuersbrunst Flammen hier und da aufzüngelnd sich vereinen und zum Flammenmeer werden – so verschmolzen die Rufe aus Hunderten von Gassen und Straßen und wurden ein einziger grauenhafter Schmerzenslaut. Die sterbende Stadt hatte ihren Mund geöffnet und brüllte im Todeskrampf.
Als Cortez zum Skorpionentor hinausgeritten war, sah er, in eine Gasse einbiegend, den Vater und den Oheim der Berauschenden Blume. Voll Besorgnis um das Leben des Mädchens, waren die beiden Alten gleich nach den ersten Musketenschüssen in die Nähe des Ixcoçauhquitempels geeilt, hatten aber keinen Einlaß gefunden. Jetzt liefen mordende Landsknechte durch die Gasse. Cortez rief dem Reiter Domínguez, der zwanzig Schritte vor ihm hertrabte, zu:
»Rettet die beiden. Wir schulden ihnen Dank ...!«
Doch Domínguez konnte dem Befehl nicht mehr nachkommen. Bereits hatte der Spieler Saldaña hinterrücks die zwei Händler durchbohrt, schon kniete er über ihnen und steckte sich die beiden Grünsteine in die Wamstasche, mit denen in der vergangenen Nacht der Verrat an der Heimat bezahlt worden war ...
Cortez wandte sich ab. Er konnte Saldaña für eine Tat nicht strafen, die in diesem Augenblick von allen Christen begangen wurde. Doch obzwar er im Tempelhofe den Anblick des Gemetzels ertragen hatte

– wie eines unabwendbaren Fatums, welches die Rettung seiner Mannschaft und seines heiligen Kreuzfahrerzieles bedeutete –, ging ihm jetzt (er selbst wunderte sich darüber) der Mord an zwei Menschen, von welchen ihm Gutes erwiesen worden war, zu Herzen. Fast hätte er mit der Vorsehung hadern können, war er doch gewohnt, sie als Richterin anzusehen, die den Bösen züchtigt und den Guten belohnt. Der Gute war der den Christen Nützende, mochte er auch ein Verderber seines Volkes sein ...
Bisher hatte Cortez sein Schwert von Blut rein gehalten. Sowie er aber in die nächste Gasse ritt, riß er den Degen aus der Scheide und sprengte auf einen Portugiesen, einen gewissen Alvarez Rubazo, los. Der Portugiese hatte eine junge Indianerin erdolcht, weil sie ihm nicht zu Willen gewesen war. Nun war er dabei, sich ihren Schmuck, Halskette und goldene Ohrgehänge, anzueignen. Cortez spaltete ihm den Schädel.
Vorbeieilende Kastilier blieben stehen, sammelten sich zu einem neugierigen Haufen rings um die beiden Toten und starrten den Generalkapitän an, als fürchteten sie, er sei irrsinnig geworden. Einige murrten, geduckte Wildkatzen vor dem Bändiger. Der Erschlagene war freilich nur ein Portugiese ...
»So soll es jedem ergehen, der tat, was dieser tat!« schrie Cortez bebend vor Wut. »Als ihr vorige Nacht zum heiligen Abendmahl gingt, habe ich euch eingeschärft, daß Frauen, Kinder und Greise geschont werden müssen. Eilt weiter und warnt eure Kameraden!«
Der Haufe stob auseinander.

Olid hatte angeordnet, daß die Tlascalteken und Totonaken sich Kränze aus Pfriemgras um die Federkronen schlingen sollten, um den Kastiliern als Freunde kenntlich zu sein. Auch hatte er, schon seit zwei Tagen, dürres Holz und Reisig sammeln lassen. Als er durch das westliche Stadttor mit seinem Indianerheer einzog, trug jeder der Krieger ein großes Bündel Holz und Reisig. In der Stadt teilte sich das Heer in vier kleinere Heere zu tausend Mann, geführt von der Schwarzen Blume, Piltecatl, König Truthahn und dem Totonakenhäuptling Cuhextecatl. Sie trennten sich und kamen von vier Seiten her vor der Großen Pyramide wieder zusammen, sie völlig umschließend.
Die reichsten und vornehmsten Leute der heiligen Stadt, der Adel, soweit er nicht im Ixcoçauhquitempel umgekommen war, viele begüterte Kaufherren und ein großer Teil der Priesterschaft aus den vierhundert Teocalli Cholulas hatten sich auf den Künstlichen Berg hinaufgeflüchtet. Denn hier glaubten die Verängstigten sicher und geborgen zu sein, von hier mußte die gewahrsagte Sintflut sich über die Feinde ergießen ...
Doch nicht der unseligen Flüchtlinge wegen wollte Olid das wunderbare Gebäude in Brand stecken. Er hatte das Holz herbeischaffen

lassen, um das in den Kellerräumen der Pyramide versteckte mexikanische Heer auszuräuchern. Kein Mexikaner dürfe entkommen, hatte er sich geschworen.
Unerklärlich aber war es, daß die Mexikaner keine Anstalten trafen, dem Überfall zuvorzukommen, das Aufschichten des Holzes und die Brandlegung zu verhindern. Die Schwarze Blume machte Olid darauf aufmerksam, daß mexikanische Krieger sich niemals so feige benehmen würden; darum halte er es für ausgeschlossen, daß sich ein Heer im Innern der Pyramide aufhalte. Und als Olid das zu glauben sich weigerte, stieg er einen in die Subterraneen führenden Stufengang hinab. Ohne Begleitung stieg er hinab, so überzeugt war er davon, niemand anzutreffen.
Während er den Blicken entschwunden war, kamen Tlascalteken mit einer Nachricht, die Olid im ersten Augenblick ebensowenig glauben wollte. Er hatte sie ausgeschickt, Balken zu holen, mit welchen so viele Gassen Cholulas verrammelt sein sollten. Sie erklärten jetzt, sie hätten keine Balken und keine versperrten Gassen gefunden...
Die Schwarze Blume erschien am Ausgang der Treppe und teilte Olid mit, daß er keinen Menschen im Innern der Pyramide angetroffen habe – auch in den oberen Stockwerken nicht, wo in reich geschmückten Totenkammern die Mumienbündel der einbalsamierten Könige Cholulas seit olmekischen und toltekischen Zeiten aufbewahrt wurden.
»Ihr habt doch den Brief Don Hernandos gelesen – wie ist das zu erklären?« fragte Olid Aguilar. »Er schreibt mir von fünftausend Mexikanern. Er ist doch sonst ein heller Kopf – wie konnte er sich so anführen lassen?«
»Wer, wie ich, lange in einer Indianerstadt gelebt hat, kann das nicht wunderlich finden, Señor! An der Wahrheit von Gerüchten pflegen Indianer nie zu zweifeln. Und oft erträumt sich die Angst einen Grund zur Angst. Falls hiesige Würdenträger die Möglichkeit erwogen, fünftausend Mexikaner in der Pyramide zu verbergen, so kann das genügt haben, daß ein Lauscher aus der Absicht eine Tatsache machte... Ach, Señor, wie können wir irrenden Menschen andere irrende Menschen richten und hinrichten und gar eine ganze Stadt zum Richtplatz machen... Seid barmherzig, Señor, verbrennt nicht die Flüchtlinge dort oben – denkt daran, daß wir alle einst eines Erbarmers bedürfen könnten... in böseren Flammen vielleicht...«
Olid wollte schon barsch sich die unberufene Einmischung verbitten. Doch dann zuckte er nur mit der Achsel und wandte sich ab. Es war ja der Beruf der Pfaffen, zu predigen – wie es sein Beruf war, zu vernichten, Tod und Teufel nicht zu fürchten. Mit der Hölle mochte man andere schrecken. Der Begriff Barmherzigkeit war ihm fremd.
Er ließ die Pyramide von drei Seiten in Brand stecken. Nur an der einen südlichen Seite, wo die steile Doppeltreppe zum Menschenwürgeplatz emporführte, züngelte keine Flamme auf. Wenn die auf

den oberen Plattformen zusammengepferchten Flüchtlinge sich bergen wollten, so mußten sie hier herabsteigen.
Das Sanktuar auf dem Menschenwürgeplatz strebte als sehr hoher Turm ins Ätherblau hinein, verziert mit Türkisschlangenmasken, dem Emblem Quetzalcoatls. Auf dem vergoldeten Bronzedach stand mit einer goldenen Mitra gekrönt der Hauptpriester und war umringt von zwanzig anderen schwarzbemalten, filzhaarigen Priestern und Tempelsängern. Über die Brüstung des Turmes hingebeugt, riefen die Priester den Hunderten, die auf den obersten drei Plattformen jammernd und händeringend das Feuer rings auflodern sahen, Trostworte zu: sie sollten nicht verzweifeln; das Wunder werde im letzten Augenblick geschehen, die Sintflut werde das Feuer löschen und die Feinde fortspülen.
Nach alter Prophezeiung konnte das Wunder von den Himmelsgöttern (selbst gegen deren Wunsch) erzwungen werden, wenn die Kalkbekleidung des Sanktuarturmes abgeschabt wurde. Aus dem kahl gewordenen Gemäuer mußte sich unweigerlich das Flutwasser ergießen. In friedlichen Zeiten pflegte man einer Flutkatastrophe vorzubeugen, indem man jedesmal, wenn durch Regen und Wind eine Stelle der Turmwand schadhaft geworden war, dreijährige Kinder tötete und ihr Blut mit Kalk gemengt zum Verputzen verwandte. Der weiße Turm war mit roten Flecken besät.
In wahnsinniger Angst rieben und schabten die Priester den Putzmörtel herab. Vergebens. Der Wasserquell sprudelte nicht hervor.
Doch höher und höher und näher und näher flammte das Feuer. Von außen her leckten die Flammengluten an die Terrassen heran, aber auch von innen her: aus den vielen zwischen den neun Plattformen befindlichen fensterähnlichen Lichtöffnungen schossen prasselnde Feuergarben heraus.
Die Tlascalteken hatten brennende Reisigbündel in das Innere der Pyramide geworfen.
Ein furchtbares Bild. Zinnobergelbe Glutzungen, blaugraue Wolkenballen von Qualm und in phantastischer Höhe prunkvoll gekleidete, vielfarbig geschminkte Menschen, grellbunt sich abhebend gegen den azurblauen Himmel.
Auf der dritthöchsten Terrasse hatten sich die cholultekischen Adligen aufgestellt. Es waren einige fünfzig, und sie allein von allen Flüchtlingen trugen Waffen. Sie zogen den Tod dem Feuertode vor; – schon wurden die Steinfliesen unter ihren Sandalen glühheiß. Von den Tlascalteken wurde ihnen zugerufen, sie sollten sich ergeben. Doch sie antworteten mit aufreizenden Hohnworten, rühmten sich, in früheren Kämpfen Häuptlinge der Tlascalteken zu Tode gepeinigt zu haben, und stürmten die große Doppeltreppe hinab in den Wald von Speeren und Sägeschwertern ihrer Bedränger hinein. Als sie niedergemetzelt waren, schrien Piltecatl und die Schwarze Blume zu den auf der zweitobersten und obersten Terrasse Stehenden hinauf,

sie sollten sich ergeben, man werde sie schonen. Doch keiner ergab sich, keiner glaubte dem Versprechen.
Und immer höher schossen die Flammenschlangen aufwärts. Da rief der Hauptpriester vom Dach des Sanktuarturmes herab:
»Sättige dein Herz mit Rache, o Tlascala! Bald ist die Reihe an Montezuma, sein Herz mit Rache zu sättigen!«
Nachdem er dies gerufen, stürzte er sich köpflings vom Dach herab. Und genau wie er zerschmetterten alle zwanzig Priester ihre Köpfe, vom Turm in die Tiefe springend.
Da eilten die Verzweifelten auf den oberen Plattformen ins Sanktuar hinein, erklommen die Turmtreppe und suchten den Tod, den ihnen die Priester gezeigt hatten. Doch in der Turmtreppe und am Eingang des Sanktuars staute sich die Menge, und Flammen hüpften bereits am Rande des Menschenwürgeplatzes. In dieser höchsten Not faßten einige Kaufherren den Entschluß, zu den Tlascalteken hinunterzusteigen, da von diesen die Aufforderung, sich zu ergeben, noch immer wiederholt wurde.
Sie kamen nur bis zur Mitte der Doppeltreppe. Weiter unten waren bereits die Marmorstufen weißglühend geworden. Sie mußten umkehren.

Ins kastilische Quartier war noch keiner der Feldobristen oder Soldaten zurückgekehrt. Das Skorpionentor stand offen. Eine große Schar Hokkos – mexikanische Aasgeier – flatterte auf dem Hof herum; und niemand war da, der ihnen wehrte, sich auf die Leichenhaufen zu setzen. Den blutigen Teich hatte das Erdreich aufgesogen, und die Sonne dörrte die letzten roten Pfützen aus.
An die Außenwand des kleinen Priester-Ballspielhauses war noch immer ein Ölbild der Mutter Gottes genagelt. Als in der vergangenen Nacht von Pater Olmedo das Sakrament verteilt worden war, hatten die Soldaten vor der Madonna gekniet.
Jetzt kniete eine schluchzende Frauengestalt vor dem Madonnenbilde. Die schreiende Stadt war noch nicht verstummt.
»Mache ein Ende, Mutter der Barmherzigkeit! Rette die Stadt! Rette mich vor Verzweiflung! Rette ihn vor dem furchtbaren Makel! Er kann dies nicht gewollt haben – ich kenne ja sein Herz! Er will ein Segen, er will nicht ein Fluch diesen Völkern sein!...«
Gramgebrochen härmte sich Marina. Seitdem sie mit Cortez und Velázquez vor dem grausigen Janusbildnis des toltekischen Heilbringers gestanden, dessen Rückseite der Tod war, vor allem, seitdem die Königinwitwe den Fluch gesprochen, war sie, die schwindelfreie Bergsteigerin, ängstlich und schreckhaft geworden, war sich des jähen Abgrundes bewußt geworden, über den sie hinschritt. Der Nebel vor ihren Augen hatte sich auseinandergeteilt. Sie wollte nicht sehen und sah doch, wenn auch noch unklar, noch immer verschleiert. Wie ein grünliches Gespenst tauchte – zum erstenmal seit dem Brand

der Schiffe – das Schreckbild der Entzauberung vor ihr auf, nahm ihre Gestalt, ihre Gesichtszüge an und hatte die Frage auf den Lippen: ob nicht ihr strahlendes Kreuzzugsziel eine Selbsttäuschung, eine verderbenbringende Täuschung sei ...
Aguilar kam durch das Skorpionentor in den Hof gelaufen. Er erblickte die betende Marina. Er eilte auf sie zu, er faßte sie an der Schulter.
»Steht auf, Doña Marina! Jetzt ist nicht Zeit, zu beten! Gott hat nicht Zeit für Euch! Handeln müßt Ihr! Nur Ihr vermögt es! Seid die Retterin der Hunderttausende! Bringt Cortez dazu, diesen Wahnwitz zu enden! Ich habe Scheußlichkeiten gesehen, daß mir das Blut erstarrt, wenn ich daran denke. Die Tlascalteken hausen wie wilde Tiere. Ich habe es nicht mehr ansehen können, ich bin weinend weggelaufen, hierhergelaufen, um Euch zu bitten. Ich verehre Cortez nicht weniger als Ihr – uns beiden kann es nicht gleich sein, daß sein Ruhm besudelt wird durch diese Elenden!«
Marina blickte ihn tränenden Auges an. War das derselbe Mensch, der ihr sonst solchen Widerwillen eingeflößt hatte? Hingezogen fühlte sie sich zu ihm. Sie hätte an seiner Brust weinen mögen, sie wußte beim Anblick seiner ausgemergelten, hohlen Wangen, bei der Berührung seiner gelben knochigen Asketenhand von keinem Abscheu mehr. In diesem Augenblick tausendfachen Jammers war sie nicht Weib und er nicht Mann, sie waren beide nur Menschen, mitleidende Menschen. Und er – unter allen Christen der einzige – hatte christlich gefühlt, christlich gesprochen.
»Ich kann nichts tun«, sagte sie hilflos traurig zum Frater. »Don Hernando ist nicht hier ... – ich kann nicht zu ihm: er verbot mir, das Quartier zu verlassen!«
»Er verbot es, weil er für Euer Leben fürchtet!« rief Aguilar. »Fürchtet Ihr für Euer Leben, Doña Marina? Oder fürchtet Ihr seinen Zorn? Schon fünf Stunden währt dieses Gräßliche!«
»Ich fürchte mich nicht, wenn Ihr mich zu ihm führen wollt, Aguilar! Mehr als seinen Zorn fürchte ich Gottes Zorn!«
Sie eilten dem Tore zu. Vor dem Yuccabaume begegnete ihnen eine königliche Sänfte inmitten eines Haufens vornehmer Indianer. Es waren die Abgesandten des benachbarten Freistaates Huexotzinco; und im Tragsessel saß der Oheim des Feldherrn Piltecatl, der tlascaltekische Tetrarch, das Offene Gesicht. Denn jetzt endlich – um fünf Stunden zu spät, viel zu spät, falls ein mexikanischer Angriff erfolgt wäre – hatten Kriegsmaske und Fichtenzweig die von Cortez erbetenen Hilfstruppen an Cholula herangeführt. Und das Offene Gesicht, der sich dem Heereszuge angeschlossen, war, vom Gebirge herabsteigend, beim Anblick der brennenden, gebrandschatzten Stadt so bewegt worden, daß er, dem Heere voraus und ohne Rücksicht auf eigene Gefahr, seine Sänfte zum Quartier der weißen Götter hatte tragen lassen, um Cortez zu bitten, dem Gemetzel und

der Plünderung Einhalt zu tun. Die gleiche Absicht hatte das nahe gelegene Huexotzinco, wohin stundenlang der Südostwind die Schreie Cholulas, den Donner der Kartaunen und den Qualm der Feuersbrunst hinübertrug, Mitglieder des Senats abgeschickt. Sie waren erfreut, die beiden Dolmetscher anzutreffen, ohne die sie ihre Bitte nicht würden vortragen können.
Gemeinsam suchten sie den Generalkapitän in den verwüsteten Straßen. Sie fanden ihn auf einem Marktplatz. Er ließ eben einen cholultekischen Häuptling und mehrere Krieger und Priester standrechtlich erschießen.
Es hatten sich nämlich einige Cholulteken zu wütender Gegenwehr aufgerafft. Ein kastilischer Soldat war buchstäblich in Fetzen gerissen worden, bevor er den grausigen Martern erlag. Und der kleine Truthahndieb Gregorio Burgueño, der einst auf Avilas Geheiß gehenkt werden sollte, hatte das Unglück gehabt, als er gerade ein Mädchen der Adelsklasse wegschleppte, dem Häuptling und seiner Schar in die Hände zu fallen. Sie hatten ihn auf einem der vielen hundert Teocalli über einen Blutopferstein gelegt und ihm die Hände und Füße gehalten, während der Opferpriester ihm das Herz aus der Brust riß. Der arme Bursche war der erste, an dem sich Botellos Horoskop bewährte.
Cortez, zufällig am Teocalli vorbeireitend, hatte seinen Tod mit angesehen, ohne ihm helfen zu können. Nur rächen konnte er ihn.
Der Häuptling und seine Helfershelfer standen an die Wand eines Hauses gelehnt. Die Musketiere, die beauftragt waren, sie zu erschießen, standen in der Mitte des Platzes.
Als eben Marina mit den anderen Friedensvermittlern nahte, hielt – den Tod, die runden bronzenen Musketenöffnungen dicht vor Augen – der Häuptling eine letzte Ansprache an seine Schar.
»Wißt ihr, o meine Freunde«, rief er, »warum diese weißen Männer uns morden und ausplündern, unsere Götter und Altäre zerschlagen, unsere Frauen und Töchter schänden? Weil sie einen Gott haben, der mehr vermag als unsere Götter! Und wißt ihr, meine Freunde, wer ihr Gott ist? Ich will ihn euch zeigen!«
Er riß sich den goldenen Brustschmuck ab und zeigte das blinkende Gold umher.
»Das ist der Gott, dem die Christen dienen!« fuhr er fort. »Der Gott der Christen heißt Götterdreck! Nur ihn beten sie an! Ihm opfern sie uns und alle Völker! . . .«
Cortez ließ Feuer geben.
»Was hat der Mann gesagt?« fragte er Marina.
Sie übersetzte es. Unwillig wandte Cortez sein Pferd. Jetzt sah sie, daß von seiner Stirn ein kleiner roter Bach herabrieselte. Auch Romos glanzschwarze Mähne war blutbefleckt.
»Ihr blutet, Don Hernando?« rief sie bestürzt.
»Nichts . . . Ein Stein, von einem Hausdach geworfen«, und finster

fügte er hinzu: »Mich schützt mein Stern... Wer aber schützt dich?... Ich verbot dir, durch die Gassen zu gehen, Marina!«

»Gott befahl mir herzukommen, Don Hernando!« entgegnete sie hart.

Das Offene Gesicht war herangetreten. Marina verdolmetschte seine Bitte um Erbarmen.

Cortez gab lange Zeit keine Antwort.

»Woran denkst du, Marina?« fragte er. »Denn ich sehe dich denken...«

Marina schloß die Augen.

»Ich leide, Don Hernando... Verhüte die Königin des Himmels, daß ich heute denke, daß ich nachdenke...«

»Der Krieg ist kein Ringelreihen, Marina! Der Krieg ist grausam, aber heilsam. Das Blut, das den Götzen fließt, kann nur durch Blut gestillt werden – du selbst sagtest das einmal!«

»Wenn ich mir das nicht sagte, könnte ich nicht weiterleben!« erwiderte sie. Und sie blickte nach der in der Ferne brennenden Großen Pyramide, dem hehrsten Heiligtum der Völker Anahuacs. Quadersteine schmolzen eher als menschliche Herzen.

Cortez gab Befehl, die Feindseligkeiten einzustellen.

Während die Posaune des Trompeters Sebastián Rodríguez Frieden auf Erden verkündete, brach der rotglühende Sanktuarturm des Künstlichen Berges zusammen. Unversehrt aber und weithin sichtbar, vom hüllenden Mauerwerk befreit, stand auf dem Menschenwürgeplatz zwischen Trümmern und Leichen hoch aufragend das graubasaltene, überlebensgroße Doppelbildnis des Heilbringers und des Todbringers.

NEUNTES BUCH

Die Feuerblumen Cholulas waren verlodert, die Feuerschmetterlinge waren davongeflogen. Aschenhügel und Steintrümmer zeigten nun für alle kommenden Jahrhunderte an, wo die Feuerblumen purpurn geleuchtet, wo die Feuerschmetterlinge geflattert, gehüpft und getanzt hatten. Sechstausend Leichen und die hohen Schuttberge hinwegzuräumen – soweit das menschlichen Händen möglich war –, die heilige Stadt neu aufzubauen, an deren Schönheit hingeschwundene Geschlechter, versunkene, vergessene, sagenhafte Völker gebaut, an deren Tempeln die versteinerten Spuren einer überreichen Vorzeit dem Beschauer auf Schritt und Tritt bis zum Tage des Blutbades entgegengestrahlt hatten – das überließen die Christen den durch Verheerung gänzlich verarmten, entblößten und entgötterten Bewohnern. Denn sie selbst hatten weder Lust noch Zeit und Muße dazu. Der Smaragdfels lockte von Westen her . . .
Und wieder ritt Diego de Ordás dem grünen Wunder entgegen.

Wie von Freunden hatten die erschrockenen Cholulteken von ihren Zuchtmeistern Abschied genommen, bis vor die Tore der Stadt hatten sie das abziehende Heer mit Fellpauken, Flöten und Blütenzweigen hinausbegleitet. Über dem Getrümmer, das der Künstliche Berg gewesen war, reckte und streckte sich – einem Galgen auf dem Hochgericht nicht unähnlich – ein riesenhaftes Holzkreuz, das Gedächtniswappen der dem Christengott untertanen Stadt, vom Zimmermann Cristóbal de Jaén aus zwei mächtigen Zederstämmen aufgerichtet.

Ebenda war in einer vom Feuer verschonten Nische das Ölbild der Jungfrau Maria aufgehängt, und die Gottesmutter wurde von den Cholulteken Tonantzin, »Unser Mütterchen«, genannt und ihr wurde geräuchert und geopfert wie der *Teteo yn nan*, der Mutter der Götter, der Froschkönigin mit dem blutigen Maul, die ja gleichfalls Tonantzin, »Unser Mütterchen«, hieß.

Die Stadt war der Kirche gewonnen. Während der fünf Tage, die nach dem Gemetzel Cortez in der Stadt noch geblieben war, hatte er es verstanden, Balsam in die durch sein Schwert geschlagenen Wun-

den zu träufeln, hatte Opfersklaven befreit, hatte die Tlascalteken veranlaßt, ihre Kriegsgefangenen freizulassen, hatte den Huldigungseid für den Kaiser ein zweites Mal entgegengenommen, hatte der vernichteten Stadt Liebe, Frieden und Bundesfreundschaft abgezwungen. Das Alte Raubtier freilich war der Lehnsherrschaft des Herrn des Sonnenaufgangs durch Selbstmord aus dem Wege gegangen – an einer Zinne seines zertrümmerten Tecpans hatte er sich erhängt –, Cortez mußte für die Wahl und Krönung eines neuen Priesterkönigs Sorge tragen. Unversöhnlich blieb auch die Königinwitwe und fügte ihrer Verfluchung Marinas neue und grimmigere Flüche hinzu. Ihr Sohn aber, der Vogelsteller, schöpfte – da Cortez ihn als Priesterkönig bestätigt hatte – neue Hoffnungen auf den Besitz seiner geliebten Malintzin, und würdelos beflissen ließ er keine Gelegenheit vorübergehen, dem »Genelal-Capitantzin« durch die Dolmetscherin auseinandersetzen zu lassen, daß die Schuld am Mißverständnis (so bezeichnete er seines Volkes Untergang) einzig und allein der Tempel-Feger trüge. Doch Cortez hatte den Namen des Tempel-Fegers noch nie nennen hören und legte daher diesen Anklagen keinerlei Gewicht bei.
Indes schon bald – im benachbarten Huexotzinco – sollte er den Namen wieder hören und Näheres über die Schicksale des vielgewandten Mannes erfahren.

Am Abend vor dem Abzug aus Cholula bat Gaspar Lencero, ein tapferer, schlichter, doch stets etwas versponnener Soldat, um die Vergünstigung, den Generalkapitän allein sprechen zu dürfen. Cortez empfing ihn leutselig. Nach wenigen Worten zerschellte aber sein helles Lachen an der demantenen Feierlichkeit des mit der Welt zerfallenen Grüblers.
»Ich komme um meine Entlassung bitten, Señor Capitan!« sagte Gaspar Lencero. »Ich bin nicht imstande, fortan Waffen zu tragen.«
»Seid Ihr verwundet worden?« fragte Cortez.
»Nicht von Menschen, Señor Capitan. Gott hat mich verwundet. Er schnitt mir mit einem wilden Schwerthieb in die Seele. Nun bin ich ein Lahmer – und kann nicht mit Euch ziehen nach Mexiko . . .«
»Ich verstehe Euch nicht. Wollt Ihr zurück an die Küste?«
»Nein, Euer Gnaden. Ich sah bei Tlascala eine Felshöhle – dort gedenke ich als Einsiedler zu leben.«
»Ihr seid nicht bei Verstande, mein Sohn! Jeder weiße Mann zählt in diesem kleinen Heer! Und Ihr seid einer meiner Besten! Was Ihr vorhabt, ist Fahnenflucht!«
»Gottes Trommel ruft mich, Señor Capitan! Und überhöre ich seine Werbetrommel, so ist das erst recht Fahnenflucht!«
Cortez schüttelte ärgerlich den Kopf.
»Bildet Ihr Euch ein, Señor, daß Ihr Gott soviel wert seid wie mir?« fragte er spöttisch. »Bildet Ihr Euch ein, daß der Herr der Heer-

scharen um Euretwillen die Trommel rührt?... Was sind das für vermessene Reden!«
»So war es nicht gemeint, Euer Gnaden! Mit meinem Leben habe ich hinfort meine Schuld vor Gott abzubüßen.«
»Welche Schuld, mein Sohn?«
»Die Schuld, Euer Gnaden, daß ich den indianischen König, die Schwarze Blume, nebst etlichen seiner Spießgesellen nicht sofort niedergestreckt habe, als ich sie die Scheußlichkeit begehen sah. Daß ich Mitschuldiger wurde, weil mein Auge es sah, weil mein Gehirn es wußte und mein Arm doch tatlos blieb...«
»Von welcher Scheußlichkeit redet Ihr?«
»Ich wüßte von mancher zu reden, Euer Gnaden. Doch die eine meine ich, deren Zeuge ich war. Sie geschah beim östlichen Stadttor, wo Ihr nicht hinkamt, wo der Zufall mich vorbeigehen ließ. Schon war die Große Pyramide ein Flammenmeer, da zogen, geführt von der Schwarzen Blume, die Tlascalteken durch die Gassen, nach anderer Beute für ihre hungerlechzende Rache zu suchen. Sechzig reiche Kaufherren hatten sie gefangen; und sie rammten hohe zugespitzte Pfähle in die Erde, setzten die Unglücklichen auf die Pfähle und entzündeten zu ihren Füßen ein Feuer. Und während die Pfähle durch die Eingeweide, Herz und Lunge der gräßlich Brüllenden schnitten, fraßen die Flammen am Holz der Pfähle und an der Haut der Menschenleiber... Als ich das sah, kam ich mir vor, als wäre ich Gott, der sich selbst haßte und verachtete, weil er das geschehen ließ... Gott empörte sich in mir gegen Gott!... O Señor Capitan, das war ein sündiger, ein sträflicher Gedanke, und mein Lebtag will ich ihn abbüßen in der Felsenhöhle.«
Es gelang Cortez nicht, ihn von seinem Vorsatz abzubringen.

Die Steine schrien zum Himmel. Cortez wußte es, denn seine Seele war nicht taub. Mit eifriger Geschäftigkeit hatte er sich mit der Wahl und Krönung des neuen Priesterkönigs, der Freilassung der Kriegsgefangenen und anderen menschenfreundlichen Taten zu schaffen gemacht, um den Selbstvorwürfen zu entgehen. Doch die Last wich erst von seinem Herzen, als er durch den angehenden Eremiten erfuhr, daß einer der Indianerfürsten mit fluchwürdiger Schuld beladen war. Das gewährte ihm die Möglichkeit, das Odium und die Verantwortung für alle Greuel von seinen Schultern auf die der Schwarzen Blume abzuwälzen.
Nicht um Cholula, sondern um Montezuma zu strafen, um durch die Schreckensnachricht Anahuac einzuschüchtern, hatte er das Strafgericht über die unglückliche Stadt verhängt. Doch gegen seinen Willen war das Strafgericht zur Wüterei ausgeartet; das Verbot, Greise, Frauen und Kinder anzutasten, war mißachtet worden. Er hatte sein Heer nicht in der Hand behalten, die Zügel waren ihm entglitten. Ungern gestand er sich's ein – war doch dies die eigent-

liche Schuld, ein klägliches Versagen seiner Feldherrnschaft, auf die er sonst so stolz sein durfte. Noch peinlicher war, daß sich nachträglich herausgestellt hatte, wie leichtgläubig er und seine Feldobristen während des nächtlichen Kronrates teils auf erfundene, teils auf stark übertreibende Aussagen hin ihre folgenschweren Entschlüsse gefaßt hatten: nur einige Gassen hatte man durch Balken versperrt gefunden; Mexikaner waren in den unterirdischen Kammern der Großen Pyramide überhaupt nicht versteckt gewesen; und die in den Waldschluchten außerhalb Cholulas lauernden Adler und Jaguare Mexikos waren so gering an Zahl, daß sie der überfallenen Stadt nicht zu Hilfe eilen und erst recht nicht dem heranrückenden Tlascaltekenheer die Stirn bieten konnten.

Zwar stand fest, daß ein Überfall geplant worden war; mehr aber als die ersten Vorbereitungen hatte das Alte Raubtier – immer wieder gehemmt durch die sich widersprechenden Weisungen Montezumas – nicht treffen können.

Seine Kastilier, auf die er angewiesen war, samt und sonders hängen zu lassen, war für Cortez so unausführbar, wie die Tlascalteken zu strafen, die getreuen Bundesfreunde. Sogar bloß ihren Heerführern einen Verweis zu erteilen, verbot die Klugheit. Die Stadt Tlascala blieb der wichtigste Etappenort im Rücken des Christenheeres, und die freundliche Gesinnung seines Hohen Rates mußte, wenn erst Mexiko erreicht war, noch mehr als zuvor unentbehrlich werden: die Verbindung mit der Küste und der europäischen Außenwelt ließ sich nur über die Talwege des Freistaates aufrechterhalten.

Als daher Cortez vor den Toren Cholulas von dem – nunmehr Don Lorenzo genannten – König Offenes Gesicht, von Don Vicente-Kriegsmaske, von Don Alfonso-Fichtenzweig und ihren zwanzigtausend Kriegern Abschied nahm, erwähnte er die begangenen Schändlichkeiten nicht und ließ auch kein Wort fallen über das um fünf Stunden verspätete Eintreffen des Entsatzheeres. Daß man unterrichtet war durch Piltecatl (der es von seinem Oheim, dem Offenen Gesicht, wußte), wer die Verzögerung absichtlich verschuldet hatte, und daß man sich keiner Täuschung hingab über die christenfeindliche Gesinnung Don Vicentes und Don Alfonsos – nicht nötig war es, daß diese es erfuhren. Im Gegenteil, Cortez überschüttete sie mit Dankesworten und beschenkte sie wie auch ihre Unterführer überreich mit Jadeitschmuck und Papageienfedern, den in Tlascala so hoch bewerteten Toztli- und Zucuanfedern.

Beglückt zogen die Tlascalteken ab: bei der Plünderung hatten sie viel Salz erbeutet.

Wie wünschenswert es auch gewesen wäre, die beiden getauften Christenfeinde unter den Augen zu behalten, erzwingen ließ es sich nicht. Die Aufforderung, mit nach Mexiko zu ziehen, lehnten sie ab, wenn auch Prinz Kriegsmaske in Aussicht stellte, seine Schwester Doña María Luisa-Rabenblume in Tenuchtitlan zu besuchen, sobald

Montezuma dem Kaiser den Treueid geleistet haben werde. Es klang in diesem Zeitpunkt und aus diesem Munde wie ein herausfordernder Hohn.
König Truthahn und Piltecatl mit ihren viertausend Mann wichen von Cortez nicht ab, treu entschlossen, ihn bis nach Mexiko, bis hinter die Mauern der Inselstadt zu begleiten, alle Gefahren mit ihm zu teilen. Auch die Schwarze Blume und seine kleine Gefolgschaft verließen die Kastilier nicht und zogen mit ihnen den westlichen Gebirgsketten entgegen, welche die Hochebene Am-Kolibri-Wasser vom Anahuactafelland trennen. Den jungen König zur Rechenschaft zu ziehen, beauftragte Cortez den Pater Olmedo. Die Religion hatte die Arme frei, sie durfte streng sein, brauchte nicht Rücksichten zu nehmen wie die an beiden Händen gefesselte Politik. Eine strenge Kirchenbuße wurde dem König auferlegt: für ein halbes Jahr sollte er vom heiligen Abendmahl ausgeschlossen bleiben.
Auf dem ganzen Wege bis zum Fuß der Kordilleren weinte die Schwarze Blume in seiner königlichen Sänfte wie ein gescholtenes schmerzzerrissenes Kind.

Das erste Nachtlager wurde in Itzcalpan, einem Weiler des Freistaates Huexotzinco, aufgeschlagen. Dort überbrachten Gesandte aus dem Staate Tepeaca dreißig Sklavinnen und ein Goldgeschenk im Werte von vierhundert Dukaten. Auch aus der Stadt Huexotzinco nahte eine Abordnung des Hohen Rates und schenkte Cortez einen Edelsteinkasten aus Eisenholz, mit reichgeschnitztem Eidechsenmuster auf dem Deckel und beschlagen mit schwerem Goldblech; Juwelen füllten den Kasten bis zum Rand. Das sei nur ein geringes Geschenk, doch Mexiko habe erst vor kurzem Huexotzinco ausgeraubt, darum möge der weiße Gott mehr den guten Willen als das Geschenk bewerten ... Der Freistaat sei bereit, Hilfstruppen zu stellen. Mit freudigem Dank nahm Cortez das Geschenk und das Anerbieten an.
Beim Nachtmahl im Feldherrnzelt, zu welchem die Fürsten aus Tepeaca und Huexotzinco geladen wurden, warnten sie – wie es ehedem schon der Herabstoßende Adler durch Aguilar getan hatte – vor einem drohenden Anschlag Montezumas: die Wege im Gebirge habe er ungangbar gemacht, damit die weißen Götter, in Eis und Schnee versinkend, weder weiter noch zurück könnten. Durch ein Gebirgstor steige die Straße aus der Ebene aufwärts bis zur ersten Paßhöhe – dort spalte sie sich; der eine, nördliche Weg führe nach Chalco, Coatepec und Tezcuo, der andere, südliche, nach Tlamanalco, Amaquemecan und Xochimilco. Die nördliche, an der Weißen Frau vorüberziehende Straße sei durch einen überhängenden Felsblock gefährdet, welchen Montezuma habe lockern lassen, um das Christenheer, falls es dort vorbeizöge, zu zermalmen; die südliche, durch das Gebiet des Rauchenden Berges führende aber sei unter-

höhlt, mit Pfählen versehen, von tiefen Gräben durchschnitten und durch hoch aufgeschichtete Baumstämme gesperrt.

Auf die Frage, ob es einen dritten Weg nicht gebe, erhielt Cortez zur Antwort: es gebe einen zwischen den beiden Straßen, doch sei das ein enger, äußerst steiler Pfad, überwuchert von Dorngestrüpp und wilden Kakteen; unmöglich würde es sein, die schweren Feuerwaffen dort über die Felsenhöhen und durch die klafterschmalen Felsschluchten zu bringen.

Und als Cortez Zweifel über den neuen Hinterhalt und über den bösen Willen Montezumas äußerte, erzählten ihm die Kaziken vom eigentlichen Anstifter aller dieser Ränke, vom ausgestoßenen Sohn Huexotzincos, dem Tempel-Feger, dem schlimmen Ratgeber und Beherrscher des mexikanischen Königs. Wie er den berühmten Otomi-Krieger, den Irdenen Krug, im Moraste fing; wie er als Siegesheld gefeiert, bei seiner Heimkehr aus der Schlacht wegen Ehebruchs mit zwei Edelfrauen angeklagt wurde; wie er den Irdenen Krug im eichenen Käfig nach Tenuchtitlan brachte und Montezuma bescherte; wie dieser in ihm seinen Doppelgänger erkannte und ihn einlud, im Huei-Tecpan zu wohnen; und wie allmählich der König der Welt seinen Willen dem des frechen Ehebrechers unterordnete – in breiter Ausführlichkeit wurde der Roman dieses Abenteurerlebens Cortez vorgetragen. Schon in Cholula waren ihm Anklagen gegen den Mann zu Ohren gekommen. Hatte er aber neulich kaum hingehört, als der Vogelsteller den Tempel-Feger erwähnte, so prägte er seinem Gedächtnis diesmal den Namen und die Taten des Mannes ein, welcher nach so übereinstimmenden Aussagen am Blutbad von Cholula die Hauptschuld trug.

Denn eine Schuld lag vor, nach Schuldigen mußte gesucht werden. Und menschliches Schuldbewußtsein ist oft wie ein Auge, das alles sieht – nur sich selbst nicht.

Der lange Schlangendrachen, vergrößert durch achthundert Krieger aus Huexotzinco und vierhundert aus Tepeaca, kroch am nächsten Tage weiter durch den fruchtbaren westlichen Teil der Hochebene Am-Kolibri-Wasser und erreichte, als die Sonne im Meridian stand, den Fuß der Kordilleren. Eben sollte bereits der Vortrab das Gebirgstor durchschreiten, als eine Nachricht eintraf, die zu längerem Verweilen zwang. Der Page Orteguilla und ein Bote Escalantes, der Karaibensklave Pedro aus Manzanilla auf Kuba – jener Fußläufer, durch welchen noch vor Sempoalla Cortez des galanten Salcedo wegen an die Küste gerufen worden war – hatten das Heer eingeholt und überbrachten ein beunruhigendes Schreiben des Stadtkommandanten von Verakruz.

Schon von Tlascala aus, bald nach der Rückkehr des Reiters Enrico Lares, hatte Cortez Escalante wissen lassen, daß Orteguilla dem dicken Kaziken abgenommen und in Begleitung eines verläßlichen

Mannes dem Heere nachgeschickt werden müsse. Doch auch ohne diesen Anlaß hätte Escalante seinen Brief, der ein Notschrei war, mit dem Fußläufer an Cortez gesandt, seine Hilfe zu erbitten, ehe es zu spät war. Die kleine Besatzung der Hafenfestung schwebte in höchster Gefahr. Nichts Geringeres zu fordern sah sich der Kommandant durch widrige Umstände gezwungen, als daß Cortez seine totonakischen Hilfstruppen entlasse, sie in das Irdische Paradies heimkehren lasse. Denn weder Escalante noch sein Bundesfreund, der dicke Kazike, verfügten über eine genügende Heeresmacht, den Angriffen des Schwelenden Holzes auf die Dauer standzuhalten, falls es zum Krieg kommen sollte. Ein Kampf auf Leben und Tod aber schien unvermeidlich, da der mexikanische Statthalter den Steuermann Gonzalo de Umbría und die Mulattin Beatriz de Palacios gefangengesetzt hatte und herauszugeben sich weigerte.
Nachdem er den Brief gelesen, fragte Cortez Orteguilla und den Karaiben aus, ließ sich das ziemlich lakonische Schreiben durch mündlichen Bericht ergänzen. Orteguilla wußte nur, was ihm der dicke Kazike anvertraut hatte; der Sklave Pedro dagegen kam von der Meeresküste und hatte die Geschehnisse aus nächster Nähe verfolgen können. Was Cortez erfuhr, war eine Rechtfertigung des Schwelenden Holzes – wenn in den Augen eines Konquistadors ein Kazike zu rechtfertigen war, der sich unterstanden hatte, Hand an einen weißen Räuber und seine Gefährtin zu legen.

Der Ausflug in die Berge, welchen an jenem schönen Herbstmorgen, nachdem Escalante und Lares nach Sempoalla geritten waren, der Vielschreiber Alonso de Grado, der Agramant ohne Taten Pedro d'Ircio, der auf Stelzfüßen gehende Gonzalo de Umbría und die wahnsinnige Beatriz de Palacios unternommen hatten, um dem Blitzenden Schild, dem Sohn des Statthalters der Huaxteca, seine liebreizende Gattin nebst etlichen Nebenfrauen zu rauben, war nicht so glücklich und ertragreich verlaufen, wie die Raubgesellen sich's geträumt hatten. Von totonakischen Tlamamas hatten sie sich bis in die Nähe des Felsenschlosses herantragen lassen, waren den Sänften entstiegen und hatten auf Umwegen – um nicht bemerkt zu werden – eine Felsspitze oberhalb des Schlosses erklommen. Dort verzehrten sie ihre Mundvorräte und schliefen mehrere Stunden, um erst bei Sonnenuntergang an die Ausführung ihres Planes zu gehen.
Die Felsplatte, wo sie auf der Lauer lagen, war durch einen tiefen Abhang von dem auf einer alleinstehenden Felskuppe erbauten Schloß getrennt. Eine steinerne Brücke, die den Eingang des Schlosses mit dem Berge verbunden hatte, war erst vor kurzem infolge eines Erdbebens eingestürzt; an ihrer Stelle führte – als vorläufiger Ersatz – eine Holzbrücke mit einem weinrot bemalten, breiten Holzgeländer über den Abgrund.

Der Plan des Alonso de Grado ging von der Annahme aus, daß der Blitzende Schild und alle waffenfähigen Schloßbewohner sich auf der Pumajagd befänden. Die wenigen zum Schutz der Frauen zurückgebliebenen Sklaven wollte er vom flachen Dach des Schlosses herabschießen, wenn sich dort die Gattinnen des jungen Kaziken zur Abendmahlzeit versammelt hätten.

Doch die Sonne senkte sich, und weder Diener noch Frauen zeigten sich auf dem Schloßdache.

»Da stimmt etwas nicht!« knurrte der hinkende Steuermann. »Euer vergoldeter Kuppler, Freund Grado, hat Euch und uns alle zum besten gehabt!«

»Unheimlich ist's ... nichts regt sich in diesem Gespensterschloß. Laßt uns nach Verakruz zurückkehren«, schlug der einstige Reitknecht des Grafen Urueña vor.

In diesem Augenblick glitt ein Baumstachelschwein vom Stamm einer Weißtanne ab und kollerte d'Ircio vor die Füße, verzweifelt mit dem Greifschwanz und den schwarzen sichelförmigen Krallen um sich schlagend. D'Ircio war entsetzt aufgesprungen, suchte den Fußpfad zu gewinnen, der zu den Sänften hinabführte. Die Mulattin hängte sich kichernd an seinen Ärmel, um ihn an der Flucht zu hindern.

»Seht doch den Agramant ohne Taten!« hohnlachte Alonso de Grado. »Schlottert wie Espenlaub, will seine werte Person in Sicherheit bringen, will auskratzen mit seinen zu kurzen Beinen, will seine Gefährtin im Stich lassen! Ihr seid mir ein Held, d'Ircio!«

Beschämt und wütend kehrte d'Ircio zurück. Mit dem Kolben seiner Muskete zerquetschte er das zur Stachelkugel aufgeplusterte Tier.

»Ich will dir ein Geheimnis verraten, mein Bruder!« raunte Beatriz de Palacios. »Unter dem Schloßtor dort hausen vier Gespenster: ein toter Hund, ein toter Affe, ein toter Hahn und ein toter Mensch ...«

»Ich hoffe doch, daß wir heute mehr nach Hause bringen als ein Stachelschwein – wenn's auch Indianerinnen gibt, die sich wie ein Stachelschwein benehmen, sobald man sie streicheln und hätscheln will!« brummte der stelzfüßige Steuermann. »Worauf warten wir eigentlich noch, Señor Grado? Man hat uns hier oben gesehen – das ist klar! Und man will uns und unseren Musketen den lieblichen Anblick nicht gönnen. Eine Mahlzeit läßt sich auch im Innern des Schlosses einnehmen. Doch wir sind, sollte ich meinen, Manns genug, uns selbst einzuladen, wenn man es unterläßt, uns zu Tisch zu bitten!«

»Wenn das Tor nicht verschlossen ist«, zögerte Alsonso de Grado.

»Ach was! Tore und Frauen sind dazu da, geöffnet zu werden!« erklärte Gonzalo de Umbría. »Das ist kein Mann, der das nicht wagt! Komm, laß es uns versuchen – das Schloß ist nur von Frauen bewacht!«

Er hatte sich erhoben und stelzte voraus. Die anderen folgten ihm den Felsensteig hinab über die Holzbrücke. Als sie sich auf der Brücke befanden, schon unweit vom Tor, erscholl ein dumpfes Stimmengewirr über ihnen.
»Verdammt!« knirschte Alonso de Grado und zeigte aufs Dach. Dort stand der Blitzende Schild mit seiner speerbewaffneten Mannschaft. Ein Indianergeheul, dann ein ratterndes Schwirren und Klirren: zwanzig Speerschäfte sausten herab.

Wie durch ein Wunder blieben Alonso de Grado und Pedro d'Ircio unversehrt. Beatriz de Palacios war der Oberschenkel durchbohrt – irr lachend zog sie sich sofort den Schaft aus der Wunde; dann aber verlor sie das Bewußtsein und sank zu Boden. Den Steuermann, der mit seiner rechten Hand das Brückengeländer umklammert gehalten hatte, traf ein Speer mitten in die Hand und nagelte sie, sich tief in das Holz einbohrend, fest. Rasend wie ein toller Stier brüllte Gonzalo de Umbría, doch trotz verzweifelter Anstrengungen vermochte er den Speer aus dem Holze nicht herauszuziehen, seine Hand nicht zu befreien. Alonso de Grado und Pedro d'Ircio waren über die Brücke zum Felsenpfad zurückgeflohen, wo sie hinter Gestrüpp Deckung suchten. Die Mexikaner blickten nicht mehr über die Zinnen des Daches herab; man hörte sie im Schloßinnern herabsteigen – näher und näher klangen ihre Stimmen; jeden Augenblick mußten sie aus dem Tor auf die Brücke treten, um der weißen Götter habhaft zu werden.
»Ihr Feiglinge!« brüllte der Steuermann den beiden im Gebüsch versteckten Gefährten zu. »Ich will mich nicht fressen lassen!... Kehrt zurück und hackt mir die Hand ab! Sonst muß ich selbst es tun... Doch das kann ich nicht mit dem kurzen Messer... Erschießt mich doch lieber, ihr feigen Hunde!... Ich will's, ich verlange es!... Tut mir doch den Freundschaftsdienst!«
Alonso de Grado wagte sich bis auf die Mitte der Brücke vor. Der Mut verließ ihn dann aber doch. Weder dem Gefährten die Hand abzuhauen noch ihn zu erschießen, brachte er über sich. Und entsetzt floh er von dannen. Gonzalo de Umbría sah ihn und Pedro d'Ircio den Felsenpfad hinunterjagen bis ins Tal, wo die Tlamamas mit den Sänften warteten.
Da nahm der Steuermann sein Messer und schnitt an seiner Hand herum, ohne sie abschneiden zu können. Und helles Frauengelächter erscholl vom Schloßdach herab: die schöne Frau des Blitzenden Schildes lehnte dort über der Brustwehr des Söllers mit ihren Sandalenbinderinnen. Und sie warf ihm eine Mondblume zu.
Ihr junger Gatte und seine Begleiter stürmten gleich darauf aus dem Tor; und sie verschonten den weißen Gott und die weiße Göttin, sie nahmen sie gefangen...

Dem Fußläufer und Orteguilla auferlegte Cortez Stillschweigen, und nur seine Feldobristen machte er mit dem Inhalt von Escalantes Brief bekannt. Die Mannschaft durfte nicht erfahren, welch eine Gefahr im Rücken drohte.

Trotz aller Erfolge war Cortez noch immer seines Heeres nicht sicher. Die heimlichen Widersacher und Aufwiegler waren nicht bekehrt und nicht abgetan, bloß in Schach gehalten waren sie und warteten eine günstige Gelegenheit ab, die Funken in der Asche neu anzufachen. Wohl fehlte es an kühnen Draufgängern nicht, aber auch Müde, Satte, durch die Plünderung Cholulas Bereicherte gab es und auch viele Vorsichtige, denen vor Mexiko graute, wie selten sie es zwar eingestanden. Je näher das Wunderland in den Gesichtskreis rückte, je mehr es greifbare Wirklichkeit wurde, um so größer wurde die Zahl der Verängstigten.
Unter dem Vorwand, die Totonaken litten an Heimweh und das Herandringen so vieler Hilfstruppen könne Montezuma argwöhnisch machen, schickte Cortez den Schwager des Hauptmanns Tapia, den Feldherrn Cuhextecatl, mit dem größten Teil des totonakischen Heeres an die Küste zurück – nur Tehuch und zweihundert Totonaken behielt er bei sich. Und er gab Cuhextecatl einen Brief an Escalante mit, worin er diesen ermahnte, allen Herausforderungen zum Trotz Frieden zu halten und eine Aussöhnung mit dem Schwelenden Holz herbeizuführen; sobald dies aber geschehen, solle er ihm Alonso de Grado und Pedro d'Ircio zusenden, damit ein Kriegsgericht sie zur Rechenschaft ziehe.

Während das Christenheer längs einem schaumweißen, donnernden Gebirgsbach die Straße am schroffen Gefels der Kordilleren aufwärts klomm, stolzierte der Kämmerer Rodrigo Rangel neben dem Rappen Romo einher und stellte, nach Luft schnappend, diese Betrachtungen an:
»Euer Liebden wissen, daß unsere Freunde, die Totonaken, ihre Beute aus Cholula nicht fortzuschleppen vermochten und sich einige hundert Lastträger von den Cholulteken ausbitten mußten. Spät einen Gedanken zu fassen, ist besser, als ihn gar nicht zu fassen; vorausgesetzt, daß ein Gedanke faßbar ist: die Mehrzahl nämlich der Gedanken sind glatte Aale (wenn sie nicht Blindschleichen oder Giftnattern sind, die anzurühren nicht immer rätlich sein mag). Hätten nun die Totonaken früher zugegriffen und ihre gleitenden Gedanken beim Schwanzende erwischt – was wäre erfolgt? Sie hätten sich die Lastträger von vornherein ausgebeten und wären der Menschheit vorbildlich geworden durch eine solche Tat! Eine welterlösende Tat – für eine Welt, die sich erlösen lassen will! Nur daß die Menschheit – genau wie die Totonaken – ihre guten Einfälle meistens zu spät, wenn überhaupt, einzufangen versteht. Alle Kriege von den Zeiten

der seligen Semiramis bis auf unsere Tage hätten sich verhüten lassen, wäre man stets so human verfahren, die Gegner um Tlamamas zu bitten, damit sie einem die Beute nach Hause tragen! Schleppte nicht auch der Erlöser sein Kreuz nach Golgatha? ... Aber die Völker machen's just umgekehrt: erst lassen sie sich kreuzigen und tragen dann hinterher ihr Kreuz! ...«

So sprach Rodrigo Rangel.

Die Ebene jenseits der ersten Gebirgskette war erreicht. Die beiden schneeigen Riesen, der Rauchende Berg und die Weiße Frau, erhoben sich nahe und bedrohlich vor den besorgten Blicken des Heeres, standen schutzbereit vor Mexiko, versperrten den Zugang ins Tal der Verheißung, zwei ungeschlachte kosmische Wächter. Doch ein Kampf mit feuerschnaubenden Riesen war ja das unerhörte Abenteuer, wonach Diego de Ordás zeitlebens gelechzt hatte. Das größere der beiden Ungetüme, der Vulkan Popocatepetl, war ihm seit Wochen zum Widersacher ausersehen. Ihm wollte und mußte er den Fuß auf den Nacken setzen, ihm den Goldhort abgewinnen, von dessen Dasein er kürzlich durch den Grenzwächter an der Großen Mauer erfahren hatte.

Ordás verließ die Vorhut und ritt an Cortez heran.

»Löst Euer Versprechen ein, Don Hernando! Wir stehen am Fuß des Vulkans. Und damals vertröstetet Ihr mich ...«

»Ja, ich entsinne mich. Damals meinte ich, die Glut würde verraucht sein ... Was erhofft Ihr Euch eigentlich davon, Don Diego?«

Sein Geheimnis hatte Ordás bisher eifersüchtig gewahrt. Jetzt durfte er es preisgeben.

»Dort oben ist ein See aus purem flüssigen Golde, Don Hernando!«

»Den wollt Ihr ausschöpfen?! ... Alle Wetter!«

»Oh, das weiß ich wohl, daß ich einen See nicht ausschöpfen kann! Aber einen stattlichen Goldklumpen hoffe ich Euch als Probe mit herabzubringen. Hernán Martín hat mir einen eisernen Eimer und eine Eisenkette dafür geschmiedet. Was schmunzelt Ihr? Glaubt Ihr, ich werde auf halbem Wege umkehren?«

»Nein, nein – Ihr tut nichts halb, Don Diego! ... Versucht's nur. Es wird immerhin Aufsehen erregen in Mexiko, daß ein weißer Gott sich dort hinaufgewagt hat, wo die höllischen Kessel brodeln!«

Acht Tlascalteken, geübte Bergsteiger, erhielt Ordás als Begleiter. Außerdem nahm er den alten Musketier Heredia – den bocksgesichtigen, einbeinigen Zauberer von Tzimpantzinco – mit, welcher einst, ebenso wie er, ein Bediensteter im Hause des Gobernadors von Kuba gewesen war. Und um sich mit den Tlascalteken verständigen zu können, veranlaßte er auch Doña Elvira Farfán, des Weißhändigen Gattin, an der Ersteigung des Vulkans teilzunehmen.

Der Popocatepetl trug unterhalb seiner blaugeschlitzten Schneemütze einen Gürtel aus brandschwarzem Lavakies; darunter ein smaragdgrünes Band leuchtender Alpenmatten; seine unterste Zone aber

war dunkelgoldgrün, ein Waldgebirge urwüchsiger Zypressen und Zedern. Nach jahrhundertelanger Ruhe hatte der Vulkan erst vor zweihundert Jahren mit einer neuen, nicht abreißenden Kette von Eruptionen begonnen. Bis dahin war er Der-den-Sand-Erhebende genannt worden.
Ordás hatte seine Eisenhosen, Eisenpanzer und Helm zurückgelassen, nur auf die Hieb- und Stichwaffen hatte er nicht Verzicht geleistet: die baumlange Ritterlanze wollte er als Bergstock gebrauchen. Nach einstündigem Aufwärtsklettern jedoch entledigte er sich nach und nach auch seines ockergelben Flauschmantels, seines Lederwamses, seines Kappkragens, seines Schwertes nebst Schwertgehenk und bebürdete die tlascaltekischen Begleiter damit, welche ohnedies mit Mundvorräten, dem eisernen Eimer und der Eisenkette beladen waren.
Einer der Tlascalteken zeigte den Weg an. Er kannte sich gut aus im Waldgebirge. Einst war er mit einigen Kriegern in einer der vielen Schlachten des Blumenkrieges von seinem Truppenteil abgesprengt worden und hatte im Gebiet des Rauchenden Berges längere Zeit als Flüchtling gelebt. Alte Überlieferungen von der Liebe der Weißen Frau zum Rauchenden Berge hatte er damals in Erfahrung gebracht.
Mit Hilfe Doña Elviras teilte er Ordás mit, warum das Herz des Berges nicht zur Ruhe kam und warum die dreizehn Felssteine in seinem Innern den Tanz der tausend Füße tanzten.
Die zwei Erstgeborenen der Erde, die Brüder Xiuhnel und Mimich, hatten zwei Hirsche aus dem Blau des Himmels auf eine Wiese herniederfallen sehen; und sie verfolgten die Tiere, ohne sie erlegen zu können. Als aber die Nacht hereinbrach, warfen die Hirsche ihr Geweih und ihr Fell ab und standen still da in Gestalt von zwei wundersam schönen Mädchen. Sie forderten die Jäger auf, bei ihnen in einem Zelte zu schlafen. Xiuhnel, der ältere der beiden Brüder, widerstand der Verlockung nicht und trank vom Blut, das ihm das Mädchen in einer buntbemalten Schale aus gebranntem Ton darreichte; und während er bei ihr schlief, nagte sie ihm das Herz aus der Brust. Mimich aber, der jüngere Bruder, floh vor seiner Verführerin. Und das Mädchen verfolgte ihn mit Wurfbrett, Speer und Schild, bis er in einem Kugelkaktus und dann in den Flammen einer brennenden Waldschlucht Zuflucht suchte. Und als das Mädchen ihm auch in den feurigen Schlund hinab mit Schild, Wurfbrett und Speer nacheilte, begannen dreizehn Felsblöcke den Tanz der tausend Füße zu tanzen; und gezwungen war das Mädchen, im Wirbel der Steine mitzuhüpfen, so daß der Jüngling ihr entkommen konnte. Da beschloß sie, ihn auf andere Weise zu fangen. Traurig lächelnd kam sie, da er ermüdet ruhte, an sein Graslager heran, demütig legte sie ihr Wurfbrett, ihren Speer und ihren Schild vor ihm ins Gras nieder, ließ ihren Rock fallen und zeigte ihm ihre berückende Nacktheit. Er jedoch, der wußte, daß sie ein Tzitzimitl, ein böser Sterndämon, war,

ergriff Pfeil und Bogen und schoß nach ihr. Der erste Pfeil ging fehl. Den zweiten Pfeil fing sie mit der Hand auf. Mit dem dritten Pfeil traf er sie in den Schlitz. So laut schrie sie auf, daß die Sterne es hörten. Nicht zulassen wollten die Sterngötter ihre Bezwingung durch ihn; darum verwandelten sie das Mädchen in die Weiße Frau und den Jüngling in den Rauchenden Berg; und sie verpflanzten die dreizehn Steine in den feurigen Schlund, damit sie auch fürderhin den Tanz der tausend Füße tanzten. Des abgeschiedenen Mädchens hingebettete Leiche ist immerdar unter der langgestreckten Schneehülle der Weißen Frau als Schattenriß sichtbar. Des Jünglings Schicksal aber war es, am Leben zu bleiben und ewig den Leichnam der Erschossenen vor Augen zu haben ...

Der alte Heredia vermochte den verliebten Bergen wenig Anteilnahme abzugewinnen, nur den Anfang der Erzählung hatte er mit angehört, war dann hinterherkeuchend immer weiter zurückgeblieben, und als die Waldzone überstiegen war, ließ er sich nicht blicken. Tlascalteken wurden zurückgesandt, ihn zu suchen. An den Armen ihn mehr tragend als stützend, schleppten sie ihn endlich vor Ordás. Schweißtriefend erklärte der alte Musketier, er könne nicht weiter, er habe seine Kräfte überschätzt.

Es war bereits Nachmittag, und da der Aufstieg bis zum Kraterrand sich doch am selben Tage nicht hätte ausführen lassen, beschloß Ordás, dort auf einer Wiese Rast zu machen. Von gleitenden weißen Nebelwolken wurden die Schlummernden überkrochen und überhuscht.

Gleich nach Sonnenaufgang brachen sie auf. Die Täler unter ihnen waren teils noch schwarz, teils dunstblau, nur die Schneespitzen und Felsköpfe loderten durchsichtig goldenrot. Schwieriger als tags zuvor wurde es, die Felsungeheuer zu bezwingen. Höllenkahle Geröllhalden, Steilschluchten und Schroffen mußten überwunden werden. Als schließlich die Region des Lavasandes erreicht war, brach Doña Elvira Farfán erschöpft zusammen, und Heredia behauptete von neuem, er könne nicht mehr, er sei am Ende seiner Kräfte. Ordás fluchte.

»Gebt auch Ihr es auf, Señor Capitan!« meinte Heredia, aufdringlich grinsend. »Es wäre doch schade ...«

»Was wäre schade?«

»Wenn der Teufel Euch droben holte!«

»Aha! Und der Respekt vor ihm ist Euch in die Knochen gefahren? Das also ist's?« grollte Ordás.

»Ich habe ein junges Weib, Señor. Könnt Ihr wünschen, daß sie Witwe wird und mich beweint?«

»Euch?! ...« Ordás, der sonst nie lachte, mußte hell auflachen. Doch das sah er wohl ein, daß er den eigensinnigen Alten nie bis zum Krater hinaufbringen werde. Er hieß ihn bei Doña Elvira bleiben und auf seine Rückkehr dort warten.

Mit den Tlascalteken klomm Ordás weiter hinauf, gelangte zum ewigen Schnee. Die Indianer wanden sich Baumwolltücher um die Füße und umwickelten auch seine Sohlen, obgleich er sich anfangs gesträubt hatte. Der feste, von Sonnenstrahlen gebackene Schnee hielt stand. In den Augen flammte das betäubende Licht, flackerte bei jedem Augenaufschlag als karminenes Glutenmeer. Die Schneeschatten färbten sich dunkelviolett.
Nach Westen hin wurde der Ausblick frei auf das Land der Seen, den Garten Anahuac, auf Tezcuco und Tenuchtitlan. Doch die geblendeten Augen gewahrten nicht mehr als ein rotes Schimmern. Und hätte Ordás auch sehen können, er hätte doch nichts gesehen: als Sklave seiner Traumziele war er für Naturschönheit blind.
Die Kälte der Eiswelt verbrannte die Haut, und die Sonne brannte wie ein überheizter Eisenofen. Die Bergkrankheit umnebelte die Sinne, brauste in den Ohren, dörrte den Gaumen aus, erschwerte das Atmen. In immer kürzeren Abständen mußte der Aufstieg unterbrochen werden, mußte das rasend stürmende Herz sich mattlaufen.
Endlich stand Ordás auf dem siebzehntausendachthundert Fuß hohen Kraterrande. Eine Weile lang in dunkles Gestein starrend, gewöhnte er sein Auge daran, wieder Bilder aufzunehmen. Er hatte es nach Möglichkeit geschont, war ganze Strecken mit geschlossenen Lidern gestiegen. Das rote Flimmern verlor sich allmählich. Nun konnte er in den Krater blicken.
Über die gelbgrünen Schwefelfelsen und grauen Lavaklötze des Kraterrandes – überharscht von Schneeflaum und gletscherblau überfroren – hingen mannsdicke Eiszapfen in die brodelnde Tiefe hinab. Dort unten aber brandete das metallene Meer. Sturmgepeitscht rollten die haushohen Metallwogen, brachen sich aufschäumend und zischend am Felsenufer. Ein See von mehr als tausend Fuß Durchmesser war es, leuchtend, obgleich kein Sonnenstrahl hindrang, leuchtend von eigenem Licht. Rudern und segeln hätten irdische Schiffer nicht können auf diesen Fluten aus purem geschmolzenem Gold ...
Jedoch auf den ernsten Zügen des Ritters Ordás prägte sich keine Verblüffung aus wie auf den entsetzten Gesichtern seiner indianischen Begleiter. Er war gefaßt, war vorbereitet auf diesen Anblick. Sachlich, ernst und methodisch ging er ans Werk. Und nachdem er einen überhängenden Schwefelfelsen ausfindig gemacht hatte, ließ er den eisernen Eimer an der langen Eisenkette und dem noch viel längeren Hanfseil hinunter in das metallene Meer.
Viel Zeit nahm das Hinabgleiten des Eimers und ebenso das Emporziehen. So viel Zeit währte es, daß der heiße kostbare Inhalt des Eimers – an den säulendicken Eiszapfen entlang aufsteigend – erkaltete. Als schließlich der Eimer oben angelangt war, hatte sich das Gold in graue Lavaschlacke verwandelt.
Die Tlascalteken kicherten. Ordás aber stieß mit einem Fußtritt den

Eimer in den See von Gold. Wie werden erst die Kastilier sich vor Lachen schütteln! dachte er und drehte schwermütig an seinem langen Schnurrbart. Er war es gewohnt, daß das Schicksal ihn narrte ...

Einen der riesigen Eiszapfen nahm Ordás mit, um Cortez wenigstens etwas Brauchbares mitzubringen. Vier Tlascalteken mußten den baumlangen Eiszapfen tragen.
Den Abstieg erleichterte sich Ordás, indem er es Quetzalcoatl, dem toltekischen Gotte, gleichmachte, welcher sich vom Krater des Popocatepetl bis in die Ebene hatte hinabgleiten lassen. Von Marina hatte er davon gehört, und längst war es sein Vorsatz gewesen, die Tat des Gottes nachzuahmen. Nur leider war sie unnachahmlich, wie er bald merkte, als er auf seinem ausgebreiteten Flauschmantel eine Schneehalde hinabschlitterte – auf halbem Wege trennten sich Mensch und Mantel; und mit dem Kopf voraus verschwand Ordás im Schnee, mußte von seinen Tlascalteken ausgegraben werden. Bei der zweiten und dritten Schneehalde erging es ihm nicht besser, bis er es aufgab.
An der Stelle, wo er Doña Elvira Farfán zurückgelassen hatte, traf er diese allein an. Der alte Heredia hatte sich aus dem Staube gemacht, vorschützend, er höre deutlich ein unterirdisches Rollen und habe nicht Lust, sich von seinem jungen Weibe betrauern zu lassen.
Der lange Eiszapfen wurde ins Gras gelegt, die Mundvorräte wurden ausgebreitet, Ordás, Doña Elvira und die acht Tlascalteken setzten sich auf umherliegende Lavablöcke, das Mittagsmahl einzunehmen.
Während sie aßen, fragte Ordás den Führer aus über den weißen König der Tolteken. Er wisse von Malintzin, daß der Gott ein Ballspielhaus auf dem Kraterrand erbaut habe, doch sei droben nichts davon zu entdecken gewesen.
Der Tlascalteke entgegnete, die Trümmer des Ballspielhauses befänden sich noch auf dem Krater, wären aber, durch Eis und Schnee überwuchert, den Blicken der Erdgeborenen entzogen. Und hier anknüpfend, erzählte er eine seltsam schöne Sage vom Auszug des Gottes aus Tula:
An einem Spinnenfaden hatte sich der unheimliche Tezcatlipoca vom Himmel herabgelassen, den Büßergott zu verderben. Wein überbrachte er ihm, den er als Trank der Unsterblichkeit anpries. Und nicht nur Quetzalcoatl, auch seine Feldherren und Höflinge tranken vom Wein, durch einen Rohrstiel ihn einsaugend. Ihrer fünf und immer wieder fünf schlürften und berauschten sich. Und einer der Höflinge sprach:
»O großer König und Herr, befiehl, daß man singe! Siehe, ich weiß das wollüstige Lied, das Lied, das dir gefallen wird!«
Und als der Büßerkönig nickte, sang der Höfling:

»O Palast, glitzernd von Quetzalen,
O Palast meiner geliebten Vögel,
O Palast der Türkise,
O Palast, rieselnd von Smaragden,
Nie werde ich aufhören, dich zu verschönen!
An ya, an ya!«

Und der trunkene Gott unterbrach das Lied, glückselig rief er aus: »Man bringe mir meine Schwester Quetzalpetlatl! Berauschen will ich mich mit ihr!«
Da eilten mehrere Höflinge in den Palast von Nonohualco, wo die Prinzessin lebte.
»O Prinzessin«, sprachen sie, »der königliche Priester Quetzalcoatl erwartet dich, um sich an dir zu berauschen.«
»Ich bin bereit, euch zu folgen!« sagte die Königstochter.
Darauf sangen die Höflinge:

»O liebliche Schwester, freue dich,
O Quetzalpetlatl!
Wir jauchzen vor Freude,
Wir singen dir, wir singen dir,
Der Geliebten Quetzalcoatls!
An ya, an ya!«

Seitdem konnte Quetzalcoatl nicht mehr sagen: »Ich bin ein Heiliger!« Er badete nicht mehr mitternachts im Schloßbrunnen, seines Bleibens war nicht mehr im Lande. Und er dichtete dieses Lied:

»Meine Mutter, meine würdige Mutter
Blickte mich an in meiner Trunkenheit.
Sie sagte: ›Ich erkenne meinen Sohn nicht!
Es ist der göttliche Herr nicht mehr!
Unglücklicher! Ich weine! Wehe!‹«

Und im krummen Spiegel, den der schwarze Tezcatlipoca ihm gebracht hatte, sich betrachtend, sah Quetzalcoatl, daß er ein hundertjähriger Greis war – obgleich er ewig jung erschien –, und hinweg zog er mit allen Singvögeln Tulas ...
Da fragte Ordás, woran das gelegen habe, daß der König ewig jung erschien, obgleich sein Antlitz die Züge eines Greises trug?
Das habe daran gelegen, erwiderte der Tlascalteke, daß er nachts im Schloßbrunnen badete, der ein Brunnen der Verjüngung war.
Die müden Züge des Ritters spannten sich. Ein neues Ziel leuchtete vor seinem Tatendurst auf.
Wo der Verjüngungsbrunnen sei? fragte er.
Unter den Trümmern des Silberpalastes von Tula, gab der Tlascal-

teke zur Antwort. Doch niemand wisse mehr, wo das alte Tula gestanden. Mehrere Orte nannten sich so. Doch gebe es auch viele Trümmerhügel in Anahuac – eine jener Schuttstätten müsse wohl die Stadt der Silberpaläste gewesen sein . . .

Ordás ließ sich von Doña Elvira Farfán Verschwiegenheit schwören. Er ganz allein wollte den Jugendbrunnen ausfindig machen, ihn dem Kaiser schenken . . . Alle Greise und Greisinnen Europas würden nach Tula gepilgert kommen . . .

»Auch Euch, Doña Elvira, werde ich Jugend und Schönheit wiedergeben!« schloß er.

Grausam war seine Zerstreutheit. Doña Elvira war eine indianische Hure gewesen und war sich ihres verwüsteten Aussehens stets bewußt.

»Wozu!« sagte sie düster. »Ich möchte mir es nicht wünschen, noch einmal zu leben. Schon so ist es allzu lang . . .«

Während des Mahles und der darauffolgenden Siesta war die Sonne vom Meridian weit nach Westen gewandert. Als Ordás den Abstieg ins Tal weiter fortsetzen wollte, stellte es sich heraus, daß der große Eiszapfen verschwunden war.

Gegen den Rat der Kaziken aus Huexotzinco und Tepeaca hatte sich Cortez für den mittleren der drei Wege, für den Engpfad zwischen der Weißen Frau und dem Rauchenden Berg entschieden, nachdem er sich mit eigenen Augen davon überzeugt hatte, daß gefällte und hoch übereinandergeschichtete Baumstämme die breite südliche Straße bedeckten, während die nach Chalco und Tezcuco führende Straße durch herangewälzte Syenitblöcke verstopft war. Nur noch ein letzter Sattelkamm, allerdings der am schwersten zu übersteigende, trennte das Heer vom Tal der Verheißung.

Am Scheidewege verabschiedete sich die Schwarze Blume, nachdem es ihm geglückt war, Cortez zu einem Besuch Tezcucos zu überreden. Im Waldgebirge hatte der junge König eine heimliche Zusammenkunft mit seinem Bruder Ohrring-Schlange, dem Herabstoßenden Adler und dem Roten Jaguar gehabt, die – alle drei noch immer als Jäger verkleidet – dort seinethalb umherstreiften. Durch einen hörigen Landarbeiter hatten sie ihn in ihre Waldhütte bitten lassen; dringend hatten sie ihn mahnen lassen, er möge der notwendigen Verständigung nicht ausweichen; sie selbst würden ihn aufgesucht haben, scheuten sie nicht eine Begegnung inmitten des Christenheeres. Die Schwarze Blume war der Aufforderung willig gefolgt; – teils, weil der gemeinsame Haß gegen Montezuma frühere Gegensätze überbrückte; teils aber auch, weil seine Treulosigkeit nach einem neuen Widerhalt suchte. Die Kirchenbuße des Paters Olmedo hatte einen Stachel hinterlassen.

Seit dem Bruderkrieg vor den Toren Tezcucos war dies das erste Wiedersehen der Brüder. Damals war durch mexikanische Vermittler der Friede zuwege gebracht worden, dem Edlen Traurigen waren die Hauptstadt Tezcuco und ein Streifen am See, der Schwarzen Blume das umfangreiche Gebirgsland zugefallen. Doch schon gleich nach dem Waffenstillstand hatte sich Prinz Ohrring-Schlange zu seiner Mutter nach Tenuchtitlan begeben und war mit seiner Schwester und dem Durch-Zauber-Verführenden auf der schwimmenden Insel gefahren, während die Schwarze Blume noch in Tezcuco verhandelte.

Jetzt stürzten sich die Brüder weinend in die Arme, und gleich nach den ersten Worten spürten sie eine Wärme der Vertrautheit und eine schrankenfreie Nähe, als hätten sie sich nie mit Speer und Schild gegenübergestanden. Aber auch der Herabstoßende Adler, der Feind Quetzalcoatls, und die Schwarze Blume, der jüngst Getaufte, fanden Gefallen aneinander, trotz vielem, was sie schied. Prächtige Vertreter waren beide einer raubtierhaften Zuchtrasse, stählern ihre Glieder, stählern ihre Herzen.

Es galt, sich zusammenzuschließen für alle, die grollend abseits standen und der Politik des Huei-Tecpan die Gefolgschaft verweigerten. Mit jedem Tage wurde die Handlungsweise Montezumas rätselhafter.

Sogar das niedere Volk, sonst immer knechtisch untertänig, gewohnt, in ihm einen Gott zu sehen und anzubeten, hatte bereits begonnen, ihn wegen seiner schmachvollen Verschrecktheit zu verachten, und die höheren Kasten wurden zur Raserei gebracht durch seine launischen Willkürbefehle. Die neueste, eben aus Tenuchtitlan herübergekommene Nachricht lautete: der Zornige Herr habe die Prinzessin Perlmuschel eingekerkert und wolle sie opfern, falls sie nicht einwillige, das Weib des kecken Ehebrechers aus Huexotzinco zu werden!

Die Schwarze Blume tobte. Und als im Auftrage seiner Mutter, der Herrin von Tula, ihn Prinz Ohrring-Schlange aufforderte, mit nach Tezcuco zu kommen, war er bereit dazu.

Er begab sich zurück zum Christenheer – noch hatte dieses den Weg zwischen den beiden Vulkanen nicht eingeschlagen –, und dort an der Wegscheide nahm er von Cortez und den Hauptleuten Abschied. Er versprach, am Seeufer wieder zum Heere zu stoßen.

Ohne den Herabstoßenden Adler – denn dieser und sein Sklave hatten sich in den Schluchten des Nordwestabhanges der Weißen Frau schon von ihnen getrennt – langten Prinz Ohrring-Schlange und die Schwarze Blume gegen Abend in Tezcuco an.

Festjubel scholl ihnen am Stadttor entgegen. Tezcuco, in dessen Mauern noch vor wenigen Tagen ein erbitterter Volksaufstand gewütet hatte – Tezcuco prangte im Schmuck der Lilien und Standarten. Das ausgesöhnte Volk feierte die Errettung, die glückliche Flucht der Prinzessin Perlmuschel aus dem »Ort der Schergen«, der Richtstätte Tenuchtitlans.

Da Ohrring-Schlange und die Schwarze Blume am Stadttor erfuhren, Perlmuschel und die Herrin von Tula befänden sich in Tezcotzinco, dem außerhalb Tezcucos gelegenen einstigen Lustschloß des Herrn des Fastens, begaben sie sich geradeswegs dorthin, ohne die Stadt zu betreten.
Auf einer felsigen, wie ein Kap in die Lagune hinausragenden Landzunge rauschten die Wasserfälle, die Springbrunnen und dunklen Baumwipfel von Tezcotzinco, rings verbrämt vom silbrigen, plätschernden Schaumstreifen des Schilfsees. In die mit schwarzen Moospolstern getigerten Felswände sah man Symbole und Embleme gemeißelt – ein brennendes Haus, zwölf Köpfe von Fürsten und Königen, zwei flammenatmende Jaguare –, versteinerte Lobgesänge auf die Großtaten des Herrn des Fastens und seiner Vorfahren. Dort, hinter den turmhohen Steinmauern des wunderalten Parkes, hatte er, abgeschieden von der Welt, das letzte Halbjahr seines Lebens verbracht, nächtens Zwiesprache gehalten mit dem gestirnten Himmel und unter kahlköpfigen Zypressen die Tage vertrauert mit kreischenden Papageien und lärmenden Affen, mit stummen Kunstfelsen und schweigsamen Fischteichen, mit geschwätzigen Springbrunnen und zwei gebeugten Greisen – von denen der eine, der alte Wickelbär, nach des Königs rätselvollem Hingang, in Tenuchtitlan als Zauberer gelebt und sich Zacatzin genannt hatte ...
Auf den hüpfenden Wellen des Schilfsees spiegelte sich roter Fackelschein. Das einem Kastell ähnliche, am Rand der Kuppe des schroff in die Lagune abstürzenden Vorgebirges erbaute kleine Lustschloß war festlich erhellt. Ein indianischer Ball, ein strahlendes Tanzfest wurde in den mit Federmosaikteppichen behängten Räumen veranstaltet. Märchenschimmer war das Farbenspiel der Kolibrigewänder und der am Fackellicht erglühenden Kostbarkeiten. Die tanzenden jungen Männer prangten in Jaguarfelle gekleidet. Die Mädchen und jungen Frauen hielten, reigend, große elfenbeingelbe Wasserrosen in den Händen.
Nach stürmischer Begrüßung mit Mutter und Schwester und nachdem Tränen der Rührung und Freude vergossen waren, folgten die Schwarze Blume und Ohrring-Schlange der Herrin von Tula in einen Saal, wo, wie sie geheimnisvoll andeutete, ihrer eine Überraschung harrte. Es war der Schlangensaal, an dessen weitgeöffnetem Tor einst – nach dem damals noch verborgen gehaltenen Tode des Herrn des Fastens – das geängstigte Volk Tezcucos vorbeigepilgert war, den Thronenden zu erblicken, der, ein lebloses Steinbild, mit lautem Gepolter dann auf die Marmorfliesen stürzte, als ihm die Schwarze Blume die Stirnbinde aus Türkismosaik vom Haupte riß.
Jetzt war der Saal mit zweihundert überschlanken jungschönen Frauen gefüllt, die, alle kniend, auf ihren Fußhacken saßen. Und inmitten seiner Frauen, kauernd auf einem niedrigen Schemel, lauschte der Edle Traurige seinem Musikmeister, welcher, zum Gesang eines

Knabenchors und begleitet von drei mit Huhehuhetltamburinen und perlmutternen Rasseln den Takt angebenden Trommlern, in eine Menschenarmtrompete blies. Am durchbohrten, entfleischten Menschenarm befanden sich noch – mit silbernen Bändern verbunden und weit auseinandergespreizt – die fünf Knochenfinger, und jeder Finger war auf einen anderen Ton abgestimmt.

Der Edle Traurige erhob sich und hieß die Musik verstummen, als er die Herrin von Tula und seine Brüder eintreten sah. Er war zur Aussöhnung bereit. Die auf dem See bei der Liebesinsel erhaltene Schulterwunde hatte er seinem Bruder Ohrring-Schlange verziehen. Und auch gegen die Schwarze Blume fühlte er, seitdem die Waffen ruhten, keinen Groll mehr. Längst hatte er sich nach einer Verständigung gesehnt, und nur sein Stolz hatte ihn bisher abgehalten, den ersten Schritt zu tun.

Der Herrin von Tula und Perlmuschel war es nicht schwergefallen, ihn zu der Zusammenkunft zu überreden.

Die jüngsten Geschehnisse in Tenuchtitlan hatten einen Gesinnungswechsel in ihm bewirkt. Zwar war und blieb er, obwohl er die Krone Tezcucos trug, ein Vasall Tenuchtitlans und fühlte sich mehr als Mexikaner denn als Acolhua – zu lange hatte er die Luft des Huei-Tecpan geatmet; und die Kindheitseindrücke ließen sich nicht auswischen: die Herrin von Tula war seine Mutter nicht, er war ein Sohn jener hingerichteten zwölfjährigen Ehebrecherin Smaragd-Lingam; der mit Blumengewinden erdrosselte Pflanzer-des-Weidenbaumes war sein leiblicher Bruder gewesen. Aber liebte er Mexiko noch immer – Montezuma liebte er nicht mehr. Seine an Anbetung grenzende Verehrung hatte der Zornige Herr sich verscherzt durch den Kleinmut gegenüber dem Schicksal, durch die Heimtücke, die Unwahrhaftigkeit seiner Handlungen sowohl wie seiner Worte. Die enttäuschte Liebe des Edlen Traurigen war im Begriff, sich in Abscheu und Feindschaft zu wandeln.

Wie Guatemoc, so war auch Cacama um Maisblüte betrogen worden, und auch an seinem Herzen nagte – nicht minder qualvoll als an dem des Herabstoßenden Adlers – ein nie zu verwindender Schmerz. Mit Prinzessin Silber-Reiher, der reizlosen zweiten Tochter des Zornigen Herrn, führte er keine glückliche Ehe – nicht um ihretwillen hatte er den Hort von Tezcuco nach Mexiko gebracht.

Es reute ihn, daß er das getan hatte. Er konnte sich die Übereiltheit nicht verzeihen, mit der er dem Zornigen Herrn das Gold seiner Ahnen ausgeliefert hatte, ohne den Preis des Handels – die Geliebte – in Händen zu halten. Vor der Schwarzen Blume, der doch *eines* Blutes mit ihm war, hatte er geglaubt, den Schatz retten zu müssen – und nun war er nicht fähig, ihn vor der Habgier Montezumas zu retten. Kein Geheimnis war es geblieben, daß der Herabstoßende Adler als Vorsteher des Hauses der Edelsteine sich geweigert hatte, das Gold Tezcucos antasten zu lassen, und daß er deshalb

in Ungnade gefallen und verbannt war. Das Mexikaner-Priesterchen im Schlangenberg brüstete sich bereits, der Sternhimmel am Huitzilopochtli-Turm werde bald mit einer dicken Schicht von Edelgestein und Edelmetallen überzogen werden, und deutete an, daß Montezuma hierfür das Erbe des Herrn des Fastens gestiftet habe, um den Kriegsgott, den Wunderbaren, zu besänftigen.
Aber noch andere Gründe hatte der Edle Traurige, Montezuma zu grollen. Die Blutschande des Vom-Himmel-Gestiegenen, der frevelhafte Mißbrauch der Kleidung Tezcatlipocas, waren ungesühnt geblieben. Seinen mißratenen Sohn hatte der Zornige Herr nicht gestraft, hatte ihm sogar, heiliger Sitte entgegen, die Schwester zur Frau gegeben. Und auch nicht vom König, sondern vom Herabstoßenden Adler war der Schönling Coxtemexi, der bis vor kurzem noch als der Anstifter des Unheils galt, gezüchtigt worden. Seiner Nase hatte ihn Guatemoc beraubt, hatte ihn widerrechtlich im Huei-Tecpan gefangenhalten. Jetzt aber, nach der Verbannung seines Peinigers befreit aus der Haft, deckte Coxtemexi vor allen Prinzen, Höflingen und Edelleuten Tenuchtitlans den wahren Sachverhalt auf und bezichtigte den Tempel-Feger als den Hauptschuldigen – wohl in der Hoffnung, daß es dem Herabstoßenden Adler zu Ohren kommen werde, und um ihn gegen einen unüberwindlich scheinenden schlangenglatten Feind zu hetzen. Was heute jedermann in der Wasserstadt wußte, mußte auch Montezuma bekannt sein. Doch weit entfernt, den Tempel-Feger zur Verantwortung zu ziehen, hatte er ihm Prinzessin Perlmuschel, seine – des Edlen Traurigen – Schwester, versprochen. Ja, er hatte sogar, nicht scheuend, ihre Einwilligung mit Gewalt zu erzwingen, sie zu einer Verzweiflungstat veranlaßt ...
Prinz Ohrring-Schlange ahnte, was in der Seele Cacamas vorging. Er selbst bereute die Verwundung des Bruders, wie jener die Überantwortung des Goldhortes bereute. Vernarbt war die Schulterwunde; indes auch das väterliche Erbe war noch nicht vergeudet. Verloren war nur die Liebe des Volkes von Tezcuco – doch selbst die ließ sich vielleicht zurückgewinnen, wenn sich der Hort zurückgewinnen ließ. Und das war immer noch möglich; freilich nur möglich, wenn die Geschwister zusammenhielten und bei dem täglich näher androhenden Umschwung in Tenuchtitlan eines Sinnes waren. Denn Montezuma schien ein Verlorener, ein Gezeichneter, ein von den Sterngöttern im Stich Gelassener; gewiß, seine Tage waren gezählt. Daß Cacama sich von ihm abwenden werde, mochte er ihn einst auch wie einen Vater verehrt haben, war letzthin oft von Ohrring-Schlange erhofft worden. Nun hatte die unerhörte Kränkung der Schwester den inneren Abfall beschleunigt.
Der Edle Traurige und Ohrring-Schlange umarmten sich.
Doch die Schwarze Blume wies die dargereichte Hand ab.
»Erst soll mein Bruder unser leeres Schatzhaus wieder füllen!« rief er und eilte zornig in den Garten hinaus.

Perlmuschel eilte ihm nach. Über eine Stunde währte die Aussprache zwischen Bruder und Schwester.

Der Aufruhr in Tezcuco war erst vor wenigen Tagen dank dem Eingreifen der Herrin von Tula beschwichtigt worden. Seit der Belagerung der Stadt durch die Schwarze Blume und dem Friedensschluß, welcher das Land Acolhuacan in zwei Hälften zerriß, hatte es im Volk immerzu gegärt. Die Mexiko freundlich gesinnte Partei der adligen Landbesitzer war mißvergnügt, weil der Schwarzen Blume das Bergland zugesprochen war, wo sich die Mehrzahl der Feldgüter befand; die Partei der städtischen Plebejer wiederum war mit dem Edlen Traurigen unzufrieden, der, gänzlich zum Mexikaner geworden, in Tenuchtitlan wohnte, ein Schwiegersohn, Trabant und Höfling des Weltherrn, fast nie nach Tezcuco kam und sein Volk der Willkürherrschaft des hochmütigen Adels preisgab. Als vor kaum drei Wochen Prinz Ohrring-Schlange, der damals noch in seinem Versteck beim alten Obsidian-Arbeiter lebte, sich in huaxtekischer Verkleidung nach Tezcuco gewagt hatte, war er, in den Straßen unerkannt umherstreifend, Zeuge gewesen, wie die vierzehn Adelsfamilien, in ihren Steinpalästen von einer brüllenden Menge belagert, sich mit Schild und Speer verteidigen mußten, und auf Schritt und Tritt hatte er in der wilderregten Stadt Todesdrohungen vernommen gegen die besoldeten Verräter, den Edlen Traurigen und sämtliche Freunde des Zornigen Herrn. Wenige Tage hernach, kurz vor der Verbannung Guatemocs, hatte der Edle Traurige Tenuchtitlan verlassen, den unhaltbaren Zuständen in seiner Königsstadt ein Ende zu machen. Es war ihm gelungen, Ruhe zu stiften. Nur kehrte er allzubald nach Mexiko zurück, abberufen durch die Ratlosigkeit Montezumas infolge der Vorgänge in Cholula. Kaum war er abgereist, begann der Hader von neuem, und es kam zu noch heftigeren Ausbrüchen der Volksleidenschaft als vordem.
Der Adel ließ die sechs hauptsächlichsten Verhetzer des Volkes aufgreifen und den Göttern schlachten. Dies wurde das Zeichen zur Erhebung der gesamten Bürgerschaft. Doch an Waffen fehlte es dem Volke – das Speerhaus war im Besitz der Adelskaste. Da stürmte das Volk die Tempel und schändete die Schädelstätten. Es gab in Tezcuco Schädelpyramiden, die den Steinpyramiden an Höhe gleichkamen; es gab Tempeldächer, die mit Schädeln bedeckt waren. Myriaden von Schädeln wurden in Körbe gesammelt und an die Menge verteilt. Und während die adligen Krieger mit Pfeilen und Speeren in die Ansammlungen brüllender Aufständischer hineinschossen, bewarfen diese die Angreifer mit Schädeln, mit Armknochen und Beinknochen, erschlugen ihrer viele und trieben die anderen nach längerem Kampfe in die Flucht. Myriaden von Schädeln und Knochen lagen zersplittert auf allen Straßen Tezcucos, so daß man nicht gehen konnte, ohne auf sie zu treten.

Und nach der Schädelschlacht, nach dem Sieg über den Adel, beschloß das Volk die Absetzung sowohl des Edlen Traurigen wie der Schwarzen Blume: statt ihrer sollte Prinz Ohrring-Schlange die Stirnbinde aus Türkismosaik tragen; und sei er auch verschollen, so sei doch von seinem Tode nichts bekannt; und wenn es wahr sei, was Reisende behaupteten, daß er in der Nähe des Rauchenden Berges erblickt worden sei, so solle man ihm Boten senden, ihm den Thron anbieten.
Kaum aber war dieser Beschluß gefaßt, erscholl ein Schreien vom See her; und sogleich schwirrte das Gerücht umher: der alte König, der Herr des Fastens, sei von den Toten zu den Lebenden zurückgekehrt. Und alles Volk strömte zum Seeufer hin.
Auf den lasurblauen Wellen, auf welchen weiße, vermorschte, staubverpichte Schädel schwammen, schaukelte ein Einbaum, gerudert von einem blinden Knaben. Und aufrecht im Boot stand ein Greis. Und viele sagten: er sei es, der so rätselhaft entschwundene Herrscher sei es! Und andere meinten, der Mann im Boot sähe Zacatzin ähnlich, dem Zauberer von Tenuchtitlan, dem Feind Montezumas, auf dessen Ergreifung der Weltherr einen hohen Preis gesetzt hatte. Andere aber, die ihn kannten, riefen aus: niemand anders sei es als der Alte Wickelbär, der Freund und Sterndeuter des sterneliebenden Königs!
Und der Alte Wickelbär gab sich dem Volke zu erkennen. Und nachdem er vernommen hatte, die Stadt beabsichtige, dem Prinzen Ohrring-Schlange den Thron anzubieten, riet er davon ab, da der Prinz gewillt sei, allen Ehrungen und Würden aus dem Wege zu gehen. Erst vor kurzem habe er den Prinzen gesprochen und ihm den letzten Willen des Herrn des Fastens kundgetan, den unter allen Erdgeborenen keiner außer ihm vernommen habe und den er nun vor dem Volke Tezcucos nicht länger geheimhalten wolle. Kurz vor dem Tode gefragt, wen er zu seinem Nachfolger bestimme, habe der Herr des Fastens geantwortet: Nicht den Sohn der Smaragd-Lingam; aber auch nicht Ohrring-Schlange – denn in der feurigen Schrift der Sterne stehe verzeichnet, daß zwei Brüder des Prinzen Ohrring-Schlange vor ihm die blaue Stirnbinde tragen würden; weder könne er seinem besten Sohn, der Schwarzen Blume, die Kränkung antun, daß er ihn übergehe, noch dürfe er des Reiches Wohlfahrt so hintansetzen, daß er dem Verderber Anahuacs zum Thron verhelfe; stärker indes als sein Wille sei der Wille der Sterne, und die hätten verkündet, daß in der Stadt Tezcuco – als vierter seiner Nachfolger – die Schwarze Blume herrschen werde, nachdem zuvor drei seiner Brüder auf dem Silberthron gesessen und eines gewaltsamen Todes gestorben seien ...
Die Volksmenge am Gestade unterbrach den Greis. Warum er von vier Söhnen rede – rief man ihm zu –, da doch bekannt sei, daß der König bloß drei Söhne hinterlassen habe?
Doch das Boot hatte sich vom Ufer entfernt. Ob der Alte Wickelbär

eine Antwort gab und welche, war nicht mehr vernehmbar. Ein bleicher Nebeldunst wurde von einem Stoßwind über die Seefläche getrieben – darin entschwand bald das Boot den Blicken, und nur noch die schwimmenden Schädel schaukelten blank auf den lasurblauen Wellen.

Die Herrin von Tula, die damals noch mit Perlmuschel in Tenuchtitlan weilte, wurde eine Woche darauf von Abgesandten der Stadt Tezcuco aufgesucht.

Als die Abgesandten an der vom vorspringenden Kupferdach beschatteten Landungstreppe aus dem Kanoe stiegen und in den zierlichen, einst vom Herrn des Fastens aus rotem, blasigem Lavastein erbauten Tecpan getreten waren, trafen sie die Bewohner des Palastes in großer Erregung vor. Ratloser, freudiger Schrecken strahlte auf den Gesichtern der Dienerschaft. Eine seltsame Tat, unerforschlich in ihren Gründen, hatte die Herrin von Tula eben ausgeführt.

Am frühen Morgen dieses Tages war jener Entenjäger, den im Hause der Federmosaikarbeiterinnen der Rote Jaguar öfters an Feierabenden angetroffen hatte, in den Tecpan gekommen. Einen Botenbrief trug er in der Hand, bestimmt für die Herrin von Tula. Und nachdem sie das Schreiben entziffert hatte, ließ sie ihn in ihr königliches Gemach rufen, und lange Zeit hielt sie heimlich Zwiesprach mit diesem Ärmsten der Armen. Was der Inhalt der schriftlichen und mündlichen Botschaft war und wer den Entenjäger geschickt hatte, erfuhr außer Prinzessin Perlmuschel niemand. Doch schien die Königinwitwe befriedigt, denn sie entließ den Mann mit einem reichen Geschenk.

Und sie gab Anordnungen für ein Familienfest, ohne zu sagen, wem zu Ehren es gefeiert werden sollte. Mit Maisstauden, Tollinlilien und Malven wurde der Tecpan ausgeschmückt. Und in einen der Tecpanhöfe, wo das heilige Herdfeuer brannte, ließ die Herrin von Tula einen Jaguarfellsessel tragen und vor den drei heiligen Herdsteinen hinstellen. Alle Hausgenossen – Anverwandte, Diener und Sklaven – hatte sie dort zusammengerufen. Und nachdem sie Wachteln und Papageien geköpft und dem Türkisherrn, dem Gelbgesichtigen, ölige Chiankörner in das Herdfeuer gestreut hatte, sprach sie ein Gebet, erflehte den Beistand der Himmelsgötter für die Tat, die sie vorhatte.

Hierauf nahm sie auf dem königlichen fellbedeckten Sessel Platz und rief Menschen-Puma heran, das Pflegekind ihrer Tochter. Und während sie mit der Hand über das Kopfhaar des Knaben strich, brachte sie vor, weshalb sie die Hausgenossen um sich versammelt habe. Weil sie jedoch den wahren Grund nicht nennen durfte, nannte sie einen erfundenen. Der Sohn Montezumas, der Vom-Himmel-Gestiegene, stellte dem Knaben nach, sagte sie, schon zweimal habe er ihn in seiner Gewalt gehabt und nicht ruhen werde er, bis er ihn der

Liebesgöttin auf der Schilfseeinsel geopfert habe. Jüngst aber, beim Besenfest, habe er zu Prinzessin Perlmuschel gesprochen: »Wäre der Knabe dein Bruder, das schwöre ich dir bei der Sonne und den Wassern des Sees, ich würde ihn töten!«

Und zur schreckhaften und doch freudigen Überraschung aller sie umringenden Hausgenossen, die sie als Zeugen nächst den Himmelsgöttern anrief, befahl sie, Menschen-Puma auf ihren Schoß zu setzen.

Durch diese symbolische Handlung nahm sie ihn an Kindes Statt an. Es war die übliche Form der Adoption in Anahuac.

Als Königssohn ließ sie ihn kleiden, schmücken und kämmen.

Ein Prinz von Tezcuco, ein Sohn der Herrin von Tula, ein Bruder der Prinzessin Perlmuschel war nun der kleine Menschen-Puma, und er wurde gehätschelt von seinen neuen Verwandten, ehrfurchtsvoll beglückwünscht von der Dienerschaft. Da trafen die Abgesandten des Volkes von Tezcuco ein. Sie abzuweisen hatte die Herrin von Tula keinen Grund, da der Unwille des aufständischen Volkes sich wohl gegen Cacama, jedoch nicht gegen das Königshaus als solches richtete und die Schädelschlacht nur den Söldlingen Montezumas geliefert worden war.

Kopal verbrennend, huldigten die Volksbeauftragten der Königinwitwe. Und sie forderten sie auf, heimzukehren in ihre Stadt, in ihre Berge und Täler, in ihren großen Palast. Tezcuco habe in Erfahrung gebracht, sagten sie, daß der Herr des Fastens außer dem Edlen Traurigen, Ohrring-Schlange und der Schwarzen Blume auch noch einen vierten unehelichen Sohn hinterlassen habe, Tecocoltzin, die Eule – den Sohn einer Blumenbinderin, der seinem Alter nach wohl noch mit der Kindergesichtsbemalung umhergehe. An Stelle des abgesetzten Edlen Traurigen habe das Volk die Eule zum König von Tezcuco gewählt und wünsche, daß während seiner Minderjährigkeit die Herrin von Tula für den Knaben herrsche.

Die Herrin von Tula erwiderte: die Eule habe nach dem Tode der Blumenbinderin in ihrem Tecpan gelebt; dort sei das Kind vor einem Jahr gleichfalls verschieden. Nun habe sie aber ein anderes Kind im gleichen Alter an Sohnes Statt angenommen –: den kleinen Menschen-Puma, welcher jetzt ein Prinz des königlichen Hauses sei.

Da warfen sich die Abgesandten zu Boden vor dem scheu lächelnden Knaben, küßten ihm die Füße und die Hände, begrüßten ihn als den König von Tezcuco, als den Großen Chichimecatl. Und einer von ihnen gab den Rat, den Tod der Eule geheimzuhalten und Menschen-Puma künftig die Eule zu nennen.

Ahnungslos beherbergte die Herrin von Tula eine Kundschafterin Montezumas, eine alte Wärterin ihrer Tochter: – was in ihrem Tecpan vorging, blieb dem Huei-Tecpan selten verborgen. Noch weilten die Abgesandten Tezcucos bei ihr, als ihr der Haushofmeister des

Zornigen Herrn, der Vorsteher des Hauses der Teppiche, gemeldet wurde. In Begleitung bewaffneter Schildträger trat er in den Schloßhof.
Ihr allein – so lautete des Zornigen Herrn Gebot – sei die Abreise gestattet, vorausgesetzt, daß sie sich verpflichte, das Volk Tezcucos zu beruhigen. Dagegen müsse Prinzessin Perlmuschel in Tenuchtitlan bleiben, denn man gedenke sie zu verheiraten. Und falls Menschen-Puma der Sohn der Herrin von Tula sei, so gehöre er in die Erziehungsanstalt der adligen Knaben. Nimmermehr dürften des Edlen Traurigen Rechte geschmälert werden.
Die finstere Wut der Königinwitwe, der Tränenausbruch ihrer Tochter, der Jammer der Hausgenossen vermochten es nicht zu verhindern, daß der Menschen-Puma von den Schildträgern ergriffen und vom Vorsteher des Hauses der Teppiche weggeführt wurde.
Der Pflicht sich entziehen wollte die Herrin von Tula nicht: ihr Land heischte ihre Anwesenheit; als Friedensbringerin wurde sie jenseits der Lagune erwartet. So bestieg sie denn mit den Volksbeauftragten das Kanoe – wie schwer es ihr auch fiel, die verzweifelte Prinzessin im feindlichen Tenuchtitlan allein zurückzulassen.

Gegen Abend erhielt Perlmuschel den Besuch des jungen Königs von Tlacopan. Ihr seine Dienste anzubieten, kam der Durch-Zauber-Verführende, ihr behilflich zu sein, falls sie fliehen wollte.
Doch Perlmuschel dachte nicht an Flucht. Leidenschaftlich erklärte sie, nicht eher werde sie Mexiko verlassen, als bis ihr Menschen-Puma wiedergegeben sei.
Aus ihren Worten ersah der junge König, daß sie die eigene Gefahr noch nicht kannte. Da verriet er ihr, daß Montezuma sie dem Tempel-Feger versprochen habe.
Die Prinzessin weinte nicht und raste nicht, sie lächelte nur irrblikkend vor sich hin. Ein furchtbarer Entschluß reifte in ihr. Das Lächeln verzerrte sich in ein trotziges Lachen: dieser Maske bedurfte sie, um sich dem Freund zu verbergen. Schließlich sagte sie höhnisch: »In den Bergen steigen alle – die einen hinunter, die anderen hinauf!«
Der junge König durchschaute nicht ihren Gleichmut.
Von neuem drängte er, sie solle der Gefahr entgehen, sonst könne es bald zu spät sein. Und er suchte ihr zu beweisen, daß ihr Entweichen vom Hofe gern gesehen werde, von Cacama, vielleicht sogar von Montezuma begünstigt werden würde. Trotz der Enthüllungen Coxtemexis unfähig, sich vom Tempel-Feger loszusagen, werde der Zornige Herr doch gewiß froh sein, das übereilte Versprechen nicht halten zu können.
»Nein«, sagte Perlmuschel, »du überredest mich nicht. Ich weiß ein Mittel, mir das Herz des Zornigen Herrn zu gewinnen, so daß er mir keine Bitte abschlägt. Morgen früh werde ich ihm mein kostbarstes

Kleinod bringen, um das er mich viel beneidet hat, für dessen Besitz er mir oft schon den Tribut reicher Provinzen hat bieten lassen.«
»Was willst du ihm bringen?« fragte der Durch-Zauber-Verführende.
»Meinen Edelsteinfisch!« entgegnete die Prinzessin.

Nachdem der König von Tlacopan sich entfernt hatte, begab sich die Prinzessin in den Garten des Tecpans, wo in einem marmornen, viereckigen Wasserbecken der Edelsteinfisch umherschwamm.
Aus Yuquane stammte der kaum eine Spanne lange, karpfenähnliche Fisch. Ein Goldarbeiter hatte dem Tiere, als es noch jung war, etliche Schuppen in gewissen Abständen entfernt und an den entschuppten Stellen blaue und weiße Saphire sowie Smaragde und Opale ins Fleisch eingelassen. Die Wunden waren geheilt, die Edelsteine ins Fleisch eingewachsen. Schwimmend glitzerte der Fisch, ein lebendes Geschmeide.
Jeden Morgen und jeden Abend pflegte die Prinzessin an das Marmorbecken zu treten, den Edelsteinfisch zu füttern.
Doch an diesem Abend fing sie ihn mit einem Netz und tötete ihn, indem sie ihm den Kopf mit einer Nadel durchstach. Dann schnitt sie ihn auf und verbarg ein steinernes Messer in seinem Inneren. Sorgfältig nähte sie die Schnittflächen wieder zusammen.
Und ein Juwelenkästchen aus Bergkristall füllte sie mit Wasser; und an Baumwollfäden befestigte sie den Fisch, so daß er im Wasser hing und zu schwimmen schien.
Am nächsten Morgen trug sie ihn in den Huei-Tecpan. Ihre Bitte, dem König der Welt die Hände und die Füße küssen zu dürfen, wurde ihr gewährt, war es doch sofort im Palast bekanntgeworden, welch eine Gabe sie brachte. Und während Montezuma herablassend mit ihr sprach und sich das kostbare Geschenk zeigen ließ, griff sie blitzschnell ins Wasser, und den Edelsteinfisch in der Hand haltend, zielte sie nach dem Herzen Montezumas. Ein hinzuspringender Höfling fing ihren Arm auf und rettete den König vor dem Dolchstoß. Sie wurde gefangen und abgeführt, um Tzinacan, dem Fledermausgott, geopfert zu werden.
Doch nur bis um Mitternacht war sie eine Opfersklavin. Ihr Bruder Cacama und der König von Tlacopan erzwangen sich Eintritt in ihren streng bewachten Kerker. Heimlich geleiteten sie sie durch nachtdunkle Gassen an einen Kanal, wo ein Boot sie erwartete, und ruderten sie über die Lagune nach Tezcuco.

Wie das außerirdische Wasserparadies, das Land des Gewittergottes Tlaloc, die Totenwelt der Ertrunkenen, der Blitzzerschmetterten und der geschlachteten Kinder, so wurde auch jene Gebirgsgegend, durch welche das Christenheer auf jähem Pfade westwärts klomm, als Tlalocan, als Wasserparadies, bezeichnet. Die Mutter der Hexen, die

Wassergöttin mit dem blauen Hüfttuch, trieb dort, umherwirbelnd, mit der »Bergblume« genannten Hexe ihr Unwesen – die Wassergöttin, der Tlaloc sich vermählt hatte, nachdem ihm seine erste jugendliche Gemahlin, Xochiquetzal, die Göttin der Liebe und der Blumen, durch den unheimlichen Tezcatlipoca geraubt worden war. Dort auf der Höhe zwischen dem Rauchenden Berge und der Weißen Frau stand ein Steinbild aus hellgrauem Bimsstein, ein riesenhafter Tlaloc, und blickte ostwärts auf sein Reich, das Reich der Wildbäche, der Sturzbäche, der Gewitterregen, des Schnees, des Hagels und des gleitenden Nebels, wo die geringeren Regengötter auf seinen Wink Unwetter hervorriefen.
Diego de Ordás, beim gigantischen Bergidol angelangt, ließ seine Grauschimmelstute verschnaufen. Alonso de Avila, Gonzalo de Sandoval, Francisco de Lugo und die Armbrustschützen der Vorhut sammelten sich um ihn, starrten das Götzenbild an, dem der abgebrochene linke Arm mit drei großen goldenen Klammern befestigt war. Weißlich verwittert und verwaschen, zerbröckelte die poröse Lava des Idols; kaum noch erkennbar waren der von der Unterlippe herabhängende Schilfblätterbart und die brillenähnliche Augenumzierung. Man konnte zweifeln, ob das Bild ein menschenähnliches Wesen oder ein Tier, etwa einen zottigen, auf einer viereckigen Steinplatte dasitzenden Bären, darstellte. An den Hinterkopf gelehnt war eine Leiter; und die der Vorhut zugeteilten tlascaltekischen Führer stiegen sogleich empor und pflanzten in eine auf dem Scheitel befindliche Steinschale (auf deren Boden schwarz wie Pech schmelzender Ullikautschuk zerlassen war) Tomaten, Pfefferschoten und Arumwurzeln, dem Herrn von Tlalocan als Speiseopfer.
Aus toltekischer Zeit stammte dies Götzenbild. Die chichimekischen Besiedler Anahuacs hatten es hier auf der nebelumflossenen Berghöhe angetroffen, und schon damals waren Schößlinge und Samen von Nutzpflanzen in den geschmolzenen Gummi eingesenkt. Als nach einem Siege über den Freistaat Huexotzinco das Berggebiet an Tezcuco gefallen war, hatte der Herr des Fastens seinen königlichen Steinmetzen Auftrag gegeben, das verwitterte Bildwerk durch ein neues, würdigeres zu ersetzen. Den grauweißen Tlaloc entfernten die Steinmetzen und schafften einen aus schwarzem Basalt gemeißelten auf den Berg hinauf. Doch schon im selben Jahr wurde der neue Tlaloc durch einen Blitzstrahl des Gewittergottes zerschmettert. Da mußte der alte Götze aus dem Grund, in welchen er gestürzt worden war, wieder hervorgeholt werden. Voll Entsetzen meldete die Priesterschaft dem Herrn des Fastens, daß ein Arm des Götterbildes abgebrochen sei; um den Gott zu besänftigen, ließ der König den Arm mit drei mächtigen Klammern aus reinem Golde befestigen.
Wo der neue Götze hingekommen sei; erkundigte sich (mit Hilfe von Doña Elvira) Ordás teilnehmend beim tlascaltekischen Führer. Es reizte seine Phantasie, daß der Gott sein eigenes Bild zerschmetterte.

Sonst pflegten Götter nur gegen Menschen zu wüten. Der Steingötze erhielt hierdurch ein menschliches, fast mitleidswürdiges, anteilwertes Schicksal.
Ja, in einen viel tieferen Abgrund als der erste Tlaloc sei der neue geschleudert worden, weil er dem Himmel verhaßt war, entgegnete der Tlascalteke. Er werde ihm die Stelle zeigen, der Weg führe an dem Abgrund vorbei. Nicht mehr weit sei es bis dahin: gleich hinter der auf der Paßhöhe befindlichen Wandererherberge Ithualco näherten sich die Felswände, und ein zwischen sie gekeilter Felsblock bilde eine nicht von Menschen, wohl eher – wie die Priester sagten – vom Wassergott geschaffene Brücke, über welche die Straße vom rechten Steilabhang zum linken hinüberführe. So hoch schwebe diese Felsenbrücke über der Tiefe, daß man, hinabblickend, den unten schäumenden breiten Wildbach weder vernehmen noch gewahren könne.
Während Ordás sich dies berichten ließ, erteilte Avila unter dem Vorwande, das Teufelsbild müsse vernichtet werden, heimliche Befehle. Und schon wurden Vorkehrungen getroffen, die schweren Goldklammern in Sicherheit zu bringen. Sandoval und Lugo wollten das nicht zulassen; zum mindesten müsse Don Hernando erst gefragt werden. Avila geriet in Berserkerwut, behauptete, aus Sandovals Worten einen Vorwurf herauszuhören, als wolle er die Goldklammern für sich rauben. Durch das Gezänk aus seinen Träumereien geweckt, ritt Ordás an die Statue heran, senkte angriffsbereit den Speer und erklärte, für den alten Götzen sein Leben lassen zu wollen...
In diesem Augenblick begann es zu schneien; und zugleich nahten auf dem Engpfade von Westen her drei vornehme Mexikaner. Sie brachten die überraschende Nachricht, daß nahebei in der für erschöpfte Wanderer erbauten Herberge Ithualco der Herr der Welt – der große Montezuma in eigener Person – angelangt sei und, umringt von seinem glänzenden Hofstaat, den Enkel Quetzalcoatls erwarte, ihn an der Grenze Anahuacs willkommen zu heißen.
Vergessen war Tlaloc, noch bevor ihn der flockende Schnee zum Schneemann machte.

Die unerhört wichtige Kunde von der bevorstehenden Zusammenkunft mit Montezuma mußte dem Generalkapitän sofort gemeldet werden. Doch die Hauptleute – und selbst Ordás – sahen ein, daß es unmöglich war, sie ihm zu überbringen; denn so schmal war stellenweise der Pfad am Steilabhang, daß die Soldaten nicht in Reihen, sondern einzeln hintereinander herschritten. Die Nachricht wurde den weiter hinten Befindlichen zugerufen und gelangte so von Abteilung zu Abteilung bis zu Cortez, der an der Spitze der Nachhut ritt. Er gab sofort Befehl, Sandoval solle mit einem Teil des Heeres über Ithualco hinausmarschieren; die übrigen Hauptleute und Reiter aber müßten zurückbleiben und auf ihn warten, damit er mit einer stattlichen Kavalkade vor Montezuma erscheine.

Vom großen Tlaloc bis zu Ithualco war noch eine halbe Stunde Weges. Unter dem dichten Schneefall verschwand der Felsenpfad, verschwanden Schlucht und Bergzacke. Ein wütender Schneesturm setzte ein. Im weißen Gewirbel konnten die Soldaten einander nicht sehen, konnten im messerscharfen Eiswind nicht sprechen, waren kaum noch imstande, ihre metallenen, brennendkalten Waffen in den Händen zu halten.
So schnell das Unwetter genaht war, so schnell war es auch wieder vorübergerast. Als Cortez mit seinen Feldobristen und Reitern an die Herberge und die Teufelsbrücke heranritt, waren zwar Mann und Roß beschneit und beeist, doch grünlichblau wölbte sich wieder die kristallene Halbkugel des Himmels über die demanten flirrende Schneelandschaft rings und leuchtete gelb im Westen, vergoldet von der untergehenden Sonne.

Die Herberge Ithualco war von Montezumas Vorgänger, König Molch, erbaut worden, um den die Paßhöhe überschreitenden Handelskarawanen oder auch einzelnen Bergwanderern Schutz vor Kälte und ein Obdach für Nachtruhe zu gewähren. Dieses mexikanische Hospiz bestand aus einem einzigen langen Saal mit einem Rauchfang über dem Feuerplatz und einigen zwanzig Matratzen an den Längsseiten. Auch an Matten und Decken fehlte es nicht –: etwa hundert Menschen konnten dort Unterkunft finden.
Der Platz vor dem Hospiz war fußhoch verschneit. Und da das Eingangstor breit und hoch war, beschloß Cortez, mit seinen Feldobristen in den Saal hineinzureiten und erst vor Montezuma abzusteigen, der – wie man ihm mitgeteilt hatte – ihn dort erwartete.
»Wir werden so mehr Eindruck auf ihn machen, als wenn wir zu Fuß kommen!« sagte Cortez nervös. Er war bleich vor gespannter Erwartung. Der große Augenblick der Erfüllung nahte.
Sie ritten in den qualmgebeizten Saal; Marina wurde in ihrer Sänfte hereingetragen. Ein großes Holzfeuer loderte, viele Kienspäne flakkerten. Gewänder von unerhörter Pracht erglitzerten im Dunst.
Der Totonakenfürst Tehuch, der mit Aguilar auch eingetreten war, zeigte auf einen beim Toreingang stehenden hohen schlanken Mann mit schön geschnittenem, langem Gesicht, auf dessen Stirn ein Türkismosaikdiadem prangte. Er trug Sandalen aus Türkismosaik, sein Gewand war golden, und in der Hand hielt er den silbernen Reiherstab, das Zepter der Könige Mexikos. Zwei karminrot geschminkte Stabträger standen rechts und links von ihm.
Cortez stieg vom Pferd, schritt auf den König zu, umarmte ihn und hängte ihm eine Kette aus Glaskorallen um den Hals. Und der König ließ sich die Umarmung des weißen Gottes gefallen, mochten auch dessen Ärmel von geschmolzenem Schnee triefen; und als Gegengeschenk reichte er ihm eine Edelsteinschnur dar und ließ viele Lasten Goldes und baumwollene Gewänder vor ihm ausbreiten.

Da sagte Aguilar laut zu Alvarado, obgleich seine Worte an Cortez gerichtet waren:
»Seid auf der Hut, Señor! Das ist nicht der König! Ich bin dem Schelm in-Cholula begegnet!«
Aguilars Gedächtnis trog ihn nicht. Es war in der Tat der Tempel-Feger, der Doppelgänger Montezumas, geschmückt mit den Insignien seines Herrn.
Hierauf ließ Cortez den Tempel-Feger durch Marina fragen: ob er Montezuma sei?
»O weißer Gott, o großer Krieger«, gab der Tempel-Feger zur Antwort, »ich bin dein Knecht Montezuma, der seinen Hofstaat inmitten des Wassers hat, ich bin der König von Mexiko, dem du Auge in Auge eine Botschaft zu sagen herzogest. Sage die Botschaft des Herrn des Sonnenaufgangs, und wenn dein Auftrag erfüllt ist, kehre um und ziehe heim, dem König des Ostens meine Geschenke zu bringen.«
Die Kaziken aus Huexotzinco waren in den Saal getreten und lachten. Von Cortez beiseite genommen und gefragt, was ihre Heiterkeit errege – ob etwa dieser Montezuma ein falscher Montezuma sei, erwiderten sie: freilich, das sei es, worüber sie lachten, daß der Präriewolf sich ein Pumafell übergezogen habe und glaube, man kenne ihn nicht; sie aber kannten ihren Landsmann, den Ehebrecher, den ränkevollen Königsgünstling, der schuld sei am Hinterhalt und Blutbad in Cholula ...
Ehe Marina Zeit fand, diese Aussage zu verdolmetschen, geschah etwas Unerwartetes – ein Geschehnis von phantastischer Schrecklichkeit.
Gleich nach dem Eintritt der Leute aus Huexotzinco hatte der Tempel-Feger sein Spiel verlorengegeben. Er wußte, daß Cortez ihn richten lassen würde. Mußte er schon sterben, so wollte er glorreich sterben und wenigstens einen der verhaßten Gelbhaarigen mit ins Verderben reißen. Stolz, Geschicklichkeit und sieghaftes Glück hatten ihn niemals verlassen; sie sollten ihn auch jetzt nicht verlassen.
Im Saal waren alle Feldobristen zugleich mit Cortez von den Pferden gestiegen, doch vor der Herberge saßen die Reiter Domínguez und Lares noch im Sattel. Der Tempel-Feger stand dicht neben dem Tor. Mit einem Satz – mit einem Sprung, wie nur ein Indianer ihn springen kann – schwang er sich auf die Kruppe von Enrico Lares' Pferd. Und während er mit der rechten Hand Lares würgte, bohrte er mit der linken ein Messer in die Weichen des Pferdes. Das Tier bäumte sich hoch auf und stürmte dann der Brücke zu. An der jenseitigen Felswand standen Kastilier – an ein Entkommen war nicht zu denken. Mitten auf der Brücke gelang es dem Tempel-Feger, Lares die Zügel zu entwinden – er riß das Pferd herum – noch einmal bäumte es sich steil empor – ein Schrei aus vielen hundert Kehlen auf beiden Steilabhängen – eine atembeklemmende Stille dann – die unter-

gehende Sonne funkelte flammend auf dem Goldgewand und der Türkismosaikstirnbinde – ein letztes jauchzendes Siegerlachen des falschen Montezuma – und hinab sprengten die beiden Männer und das Roß in die grausige Tiefe.

Trotz der bald hereinbrechenden Dunkelheit setzte das Christenheer den Weg fort, um nicht im Schnee übernachten zu müssen: das Hospiz hätte ja doch nur wenigen Schutz bieten können. Ein schlichtes Holzkreuz wurde Lares zum Gedächtnis am Wegrand errichtet.
Der Abstieg, nicht weniger klippenreich als der Aufstieg, war erschwert durch den schmelzenden Schnee und das schwimmende Dämmerlicht.
Doch der Vollmond erglühte, als es Nacht wurde, metallblank und übergroß im Südosten, den Hohlweg beinahe taghell versilbernd.
Ein seltsames Gerufe irrte fernher durch die Mondnacht. Längere Zeit wußte das langsam abwärts steigende Heer sich diese wilden Laute nicht zu erklären. Aus der Tiefe schienen sie emporzutönen, wo die Arkebusiere der Vorhut, eben die lange Felsschlucht verlassend, auf einen freien Wiesenabhang getreten waren. Wie ein unbändiges Freudengeschrei klang es. Zuweilen verstummte es, doch immer von neuem, sobald weitere Scharen zur Felsschlucht hinausfluteten, erhob es sich mit verstärkter Macht.
»Was rufen die dort vorn?« fragte Velázquez de León.
»Ich errate, was sie rufen!« sagte Cortez. »In Xenophons Anabasis habe ich es gelesen! Die Griechen jubelten damals: Thalatta! Thalatta ...!«
Das gesamte Christenheer befand sich jetzt auf der weiten mit wildem Rhododendron und wilden Azaleen umwachsenen Hochwiese am Westabhang des Gebirgsstockes und starrte verwirrt – selig und angstvoll – auf das mondbeschienene Tal Anahuac hernieder. Es war der erste Blick in das Land der Verheißung. Ein Panorama, wie es auf Erden seinesgleichen nicht hatte. Berauschend herrlich glänzte das Hochtal im schleirigen Licht – aber auch bedrohlich, beklemmend durch die hinter dieser Traumschönheit geahnte grimme Wehrhaftigkeit seines raubgezüchteten Überreichtums. Der aufbegehrende Prunkstolz all der Pyramiden, Stadtmauern und Türme war auf einem blutgeschwängerten Boden erwachsen.
Fünf große Landseen, dreißig hochummauerte Städte. Und Tausende von Dörfern, dichtgedrängt an den Seeufern, verstreut über die Ebene, sich verlierend in den jenseitigen Porphyrbergen. Alles Land bebaut, jedes Fleckchen Erde ausgenutzt; strotzend überall Getreide, Gemüse und köstliches Obst – gepflanzt von Menschenhänden, gereift unter einem segensvollen Gestirn. Nicht umsonst sprachen die Mexikaner vom Garten Anahuac.
Habgier, Abenteuerlust, Tatendurst glommen in den strahlenden Augen derer, die beim Anblick dieser zaubervollen Welt Freudenrufe

ausgestoßen hatten; doch in allzu vielen Augen auch schwelten Wut oder Hoffnungslosigkeit und Verzagtheit.

»Wohin wollt ihr euch noch führen und verführen lassen?« rief der Narr Madrid erbittert. »Nicht wahr – ins gelobte Land, wo die rote Milch fließt? Nicht wahr – ins selige Land, geradeswegs in die Eingeweide der Azteken? Aber freilich, die Herde trottet nach, wenn der Hammel ins Schlachthaus läuft ...!«

Gefährlicher als je zuvor erhob sich die Rebellion. Ein Teil des Heeres verweigerte den Gehorsam, bedrohte die Offiziere, beschimpfte die andersdenkenden Kameraden, stieß wüste Verwünschungen aus und erhob die Anklage: die Macht und Größe Mexikos sei vom Generalkapitän geflissentlich den gemeinen Soldaten verheimlicht und vertuscht worden. Das Ansinnen wurde an Cortez gestellt, umzukehren, nach Kuba heimzukehren. Und sogar Besonnene erklärten, sich weiter vorzuwagen, hieße den Kopf in des Löwen Rachen legen. Das würde Frevelmut, Vermessenheit, eine Herausforderung Gottes sein. Und richtiger wäre es, erst nach Tlascala zurückzukehren und dort abzuwarten, bis das Heer sich durch neue Bundesgenossen oder durch die Landung anderer Europäer vergrößert habe.

Eine Weile ließ Cortez den Sturm austoben. Erhöht stand er auf einem Geröllblock, und mit unsäglicher Verachtung blickte er nieder auf die johlenden Meuterer. Durchschauten sie, daß er ein Spieler war? Er wußte es – doch sie durften es nicht wissen. Nur blinder Glaube kann Wunder tun. O diese selbstmörderischen Zweifler! War dies der Dank dafür, daß er eine neue Welt erschlossen hatte? Wunder über Wunder waren geschehen, die schwersten Hindernisse, Völker und Gebirge waren überwunden worden, und jetzt – so dicht vor der Schwelle des höchsten Erfolges – wollten diese Elenden ihre eigene ruhmbekränzte Siegesfahne aus Kleinmut zertreten und zerfetzen ...

Doch er bezwang seine Menschenverachtung, wie er sie stets zu bezwingen und verborgen zu halten verstand. Heiteren Blickes beruhigte er Marina und seine Hauptleute: der Anfall von Mutlosigkeit sei eine Krankheit ohne schlimme Folgen, hervorgerufen durch Höhenluft, Kälte, Nässe und Übermüdung. Und dann begab er sich mitten unter die Schreier und verblüffte sie, entwaffnete sie durch seine unbezwingliche Leutseligkeit, fing sie ins Netz seines Willens, durchzitterte sie mit einer wie Orgelklang schwingenden Begeisterung. Er wies mit seiner schlanken, handschuhbedeckten Hand hinab auf das mondbeglänzte Hochtal Anahuac. Schon in Tlascala, in Cholula und Huexotzinco waren ihm geographische Karten aus Agavepapier vorgelegt worden, auf denen alle umgrenzenden Berge, alle Seen, Städte und Ortschaften Anahuacs gemalt waren. Er kannte jeden Namen, wußte Bescheid über die Lage der Tore und Türme jeder Stadt, konnte Auskunft geben, durch welche Erzeugnisse und Kunstfertigkeiten ihre Bewohner sich hervortaten. Meilentief unterhalb

der Hochwiese blinkten, wo die Ausläufer des Popocatepetl in der Ebene sich verliefen, die beiden länglichen, westwärts sich erstrekkenden Süßwasserseen von Chalco und Xochimilco, getrennt durch einen breiten Damm, in dessen Mitte die von zwei Seiten seeumspülte Stadt Cuitlahuac lag. Zahllose Pfahldörfer umsäumten die Ufer; und auch in den am Süßwasser gelegenen Städten Chalco, Iztapaltzinco, Ayotzinco, Cuitlahuac, Culhuacan und Xochimilco – der Blumenstadt – waren ganze Stadtviertel auf Pfählen ins Wasser gebaut. Die Chinampanecâ, die Pfahlwerkerbauer, hießen die Umwohner dieser Seen; einst ein mächtiges freies Volk und erst vor einem halben Jahrhundert von König Himmelspfeil grausam unterjocht, haßten sie Mexiko und lechzten danach, die Ketten brechen und an den räuberischen Unterdrückern Rache nehmen zu können. Das nordwestliche Ende des Sees von Xochimilco bog sich nach Norden und floß über in den großen salzigen Schilfsee von Tenuchtitlan, an dessen Südufer die Städte Coyoacan, Mexicatzinco, Huitzilopochco und Iztapalapan lagen, dann Chapultepec, Popotla und Tlacopan am Westufer, Tepeyacac am Nordufer, Chimalhuacan, Tezcuco und die Gärten von Tezcotzinco am Ostufer – gleich befestigten Vorwerken rings um die Wasserburg Tenuchtitlan, deren Leuchtturm Unserer-Großmutter-Holz, wie auch die ewigen Feuer ihrer Pyramiden, auf die mondblaue Lagune zinnoberroten Glimmer spiegelten. Und noch zwei andere Seen sah man jenseits der Lagune im Norden blinken, den Xaltocansee und den noch weiter entfernten Tzompancosee, den See am Schädelgerüst; und ebenso nebelfern, nur dichter herangerückt an die Kordillerenkette, dort, wo die Höhenzüge von Otompan das Hochtal umklammerten, dämmerte das Pyramidenfeld von Teotihuacan, Wo-die-Götter-niedersteigen, aus dem Schleierdunst der Mondnacht hervor.
Otompan war kürzlich von der Schwarzen Blume den Mexikanern entrissen worden, die Bergvölker waren noch immer aufständisch. In Tezcuco war Cacama verhaßt, weil er als Freund Mexikos galt. Und auf Leichenhügeln des durch Mexiko zertrümmerten Tepanekenlandes war die Stadt Tlacopan zu einer Scheinblüte aufgesproßt. Nur eines Beschwörungswortes bedurfte es, und die Leichen erhoben sich zu neuen Kämpfen.
Nachdem Cortez die Morschheit der auf Gewalt gegründeten, durch Gewalt sich erhaltenden Tyrannenmacht beleuchtet hatte, zeigte er seinen Soldaten Tenuchtitlan, die »Stadt im Kolbenrohr«, und malte sie so herrlich schön, wie er sie in seinen Träumen zu sehen pflegte. Das war die Königin aller Städte, der Stapelplatz unermeßlicher Reichtümer, der Wohnsitz jenes sagenhaften Mannes el Dorado, jenes goldstarrenden Königs, der, allnächtlich in den See steigend, sich den Goldstaub von Kopf und Gliedern abbadete, um allmorgendlich von neuem vergoldet zu werden. Vasco Nuñez de Balboa, Ojeda, Nicuesa, Pedrarias und Zehntausende mit ihnen waren elend ge-

scheitert, als sie den Goldmann suchten. Jetzt aber – endlich, endlich – hatte mit des Erbarmers Beistand eine kleine Schar beherzter Männer das Tor der Sierra Nevada zu öffnen vermocht. Nur wenige Tage noch und eintreten würden sie, weltbeneidete Konquistadoren, in den Kristallpalast Montezumas, seine Zwingherrschaft zu brechen, Blutaltäre in Kirchen zu verwandeln, Berge Goldes zu erwerben, wie sie noch niemals von sieghaften Soldaten erworben wurden. Ein Zauberer war Cortez. Unwiderstehlich bannte seine Feuerrede. Auch die Übelwollenden erlagen ihr. Der Mut war wiederaufgerichtet, das Heer war ihm zurückgewonnen. Stürmische Beistimmung lohnte ihn. Gegner, die eben noch einander bedroht hatten, umarmten sich.

Auf der Hochwiese übernachtete das Heer. Vor Überfällen war man selbst in Alpenhöhen nicht sicher. Schildwachen wurden aufgestellt. Und als Parole für diese Nacht wählte Cortez die Worte: der schönste Blick der Welt.
Gegen Mitternacht knatterten die Musketen der Wachtposten. Das ganze Heer, aus dem Schlafe geschreckt, griff zu den Waffen, lief durcheinander. Doch sogleich schon wurde beschwichtigt: die Schießerei sei ohne Belang; nur fünf Mexikaner seien getötet worden ... Vielleicht waren es neugierige Gebirgsbauern gewesen. Nie ließ es sich aufklären, warum sie sich in Schußweite herangewagt hatten. Alle, mit Ausnahme der Wachtposten, legten sich wieder zur Ruhe, da keine Gefahr im Verzuge war.
Und dennoch schwebte in dieser Nacht das kleine Kastilierheer in einer Gefahr, mit welcher verglichen alle bislang überstandenen sich wie Kinderspiel ausnahmen. Nichtsahnend schlummerten die Soldaten, während das Schicksal zu ihnen emporklomm, sie zu vernichten, sie führerlos und ratlos den Feinden auszuliefern. Doch das lachende Glück des Cortez siegte auch in dieser Nacht über das wahllos zutappende, blindwaltende Geschick.
Um zwei Uhr, als der Mond untergegangen war und die Sonne noch nicht begonnen hatte, den Sternenhimmel bleich zu färben, machte Cortez die Ronde. Als er an eine Wache herantrat und kaum drei Schritt von ihr entfernt stand, hörte er das Spannen eines Hahnes, und im selben Augenblick sah er den Lauf einer Muskete auf seine Brust gerichtet. Er hatte gerade noch Zeit, die Losung: »der schönste Blick ...« zu rufen. Schon war es zu spät – der Wachtposten drückte los. Ein hartes Knacken ließ sich vernehmen. Doch das Gewehr versagte – das Pulver war genäßt.
Der Wachtposten hatte, während er abdrückte, die Parole vernommen und die Stimme des Generalkapitäns erkannt, war aber nicht mehr imstande gewesen, den Finger vom Hahn zu lösen. An allen Gliedern zitternd und schlotternd, warf er die Muskete ins Gras, stürzte vor Cortez auf die Knie, weinte und küßte ihm die Hände.

»Gott hat es abgewendet! Gelobt sei der Allmächtige!« schluchzte er, halb irr vor Schrecken und Beglückung darüber, daß Cortez unversehrt vor ihm stand.
»Seid Ihr nicht Martin Gutiérrez, der Schiffbaumeister?« fragte Cortez.
»Der bin ich, Señor Capitan! Gebe Gott, daß ich einst gutmachen kann, was ich heute verbrach...«
»Ihr habt Eure Pflicht getan, mein Sohn! Die Schuld lag an mir, daß ich Euch nicht früher anrief.«
Cortez ging weiter, bis er in der Finsternis allein war mit seinem Gotte. Schrecken zitterte in ihm nach, und Dankbarkeit durchschütterte ihn. Im Schlachtgewühl hatte er sich nie geschont – jetzt aber fühlte er, daß seine Lippen blutleer waren. Und auch er kniete nieder und weinte Freudentränen – niederblickend auf Anahuac zu seinen Füßen und auf die ewigen Sterne über seinem Haupte.

Immer häufiger, fast täglich, wurde Montezuma vom schweifenden Haupt heimgesucht. Irrte er durch die Palastsäle, so kam es durch Saaltüren hinter ihm dreingeflogen, schloß er sich ein, so zwängte es sich durch Mauern und Wandverkleidungen hindurch, sprang aus einer Saalecke hervor, umkreiste ihn, grinste ihn an. Selbst ins Schwarze Haus der Trauer, wo er ganze Tage vor dem Kristallschädel kniend verbrachte, schwebte es herein, dörrte ihm das Blut in den Adern.
Träge und geräuschlos war der Flug des schweifenden Hauptes, dem Flug einer Eule ähnlich. Es war ein bloßes Knochenhaupt, körperlos, fleischlos, ein gelber Schädel, leer und hohl wie eine trockene Kalebasse. Es prallte an Montezumas Schenkel, und wie ein Ball prallte es ab, kollerte auf den Marmorplatten des Fußbodens hin, mit dem hohlen Geräusch eines rollenden Schädels...
Da Tempel- und Palastmauern keinen Schutz boten, floh Montezuma, als das furchtbare Gespenst ihn wieder einmal umwirbelte, ächzend und stöhnend auf die Dachterrassen des Huei-Tecpan hinauf. Und seltsamerweise folgte das Haupt ihm dorthin nicht nach, stellte sich auch später nicht ein, gleichsam, als wäre es an die Nähe des Erdbodens gebunden. Seitdem weilte Montezuma Tag und Nacht auf dem Palastdache. Um gegen Sonnenglut und nächtliche Winde geschützt zu sein, ließ er Dachgezelt aufrichten für sich, seine Krüppel und Narren und die jüngsten Schönen aus dem Haus der Vierhundert Frauen.
Vom Gespenst war er befreit, von der Sorge nicht, die immer malmender lastete. Das Unentrinnbare wälzte sich heran, war nicht mehr durch Schneegebirge den Blicken entzogen. Schon waren die Söhne der Sonne ins Hochtal Anahuac herabgestiegen, schon hatten sie den See von Chalco erreicht, schon näherten sie sich Iztapalapan am Schilfsee, von wo aus der große Steindamm ins Herz von Mexiko

führte. Und zunichte geworden waren alle Rettungspläne, hatten sich in ihr Gegenteil verkehrt, hatten das Verhängnis, statt es abzuwenden, noch mehr verdüstert und ergrimmt. Nicht nur mißglückt war der Hinterhalt in Cholula – abschreckend für andere Lehnsstaaten mußte es sein, daß Cholula die Gefügigkeit, mit der es mexikanischen Befehlen nachgekommen war, durch das furchtbare Blutbad gebüßt hatte. Jedermann war es bekannt, daß Felsblöcke gelockert und die Gebirgsstraßen mit Steinen und gefällten Baumstämmen versperrt worden waren – nur noch vermehrt war dadurch das Ansehen der weißen Götter, und vor aller Welt war nun dargetan, daß sie sich von keinem Hindernis, von keiner Schranke abhalten ließen und fähig waren, das Ungangbare gangbar und das Unausdenkliche möglich zu machen. War doch einer dieser Götter bis ins Herz des Rauchenden Berges hinabgestiegen, sich den Tanz der dreizehn Felssteine anzusehen. Und wie sie allkönnend waren, so waren sie allwissend; den falschen Montezuma hatten sie entlarvt; und nicht dem Tode, nur ihrer Strafe und Verhöhnung hatte sich der Tempel-Feger durch den Sprung in den Abgrund entzogen.
Den letzten, den einzigen Freund hatte Montezuma verloren. Daß es ein Feind gewesen, begriff er, um ihn klagend, so wenig, wie daß er selbst sein schlimmster Feind war. Eines freilich wurde er inne, daß er freundlos war und gänzlich verwaist. Das Schwelende Holz, sein Lebensretter, weilte fern in der Huaxteca. Der Annalenschreiber Feuer-Juwel verstand doch bloß von toten Völkern zu reden und hatte, ein honigzüngiger Höfling, nie ein kühnes Wort auf den Lippen. Der Spinner war zwar ein sorgenscheuchender Trinkgenosse gewesen, fesselnd durch die Anmut seiner Gedichte, belebend durch seine lustige, schlagfertige Redegewandtheit – doch allen Nachforschungen zum Trotz war er in Tenuchtitlan nicht mehr aufzufinden. Und immer wieder schweiften jetzt Montezumas Gedanken zurück zum Zauberer Zacatzin, dem Geächteten, der Rache Entschlüpften ... Ungeheuerlich und doch lockend war es, ihn sich als Freund vorzustellen, als Berater und Lenker im Gewissenssturm – ihn, der die Gabe besaß, zu geißeln durch mannhafte Worte, aufzupeitschen, zu ermannen, aufzurichten ... Vergebliche Hoffnung, daß er wieder auftauchen werde aus seiner Verschollenheit, daß er den morschen Thron zu stützen bereit sein könnte. Denn hätte er die Zaubermacht, sich schadlos vor des Weltherrn Antlitz zu wagen, so würde er nicht mehr Donner sein wie bisher, sondern zündender Blitz. Und aus Liebe zum Volk Anahuacs würde er zertrümmernd den Thron nicht schonen, würde er auf Trümmern neu aufbauen wollen ...
Verwaist war Montezuma. Nur noch Musik war seine Freundin, freie, ungebundene, kühne Musik. Und hingezogen fühlte er sich zu dem Künstler, der ihn ins Traumreich der Töne entführte. Scheinfreund wurde ihm sein Musikmeister, ein grauhaariges, schon etwas altersblödes Männchen, das die vielerlei Chöre der Sänger, Sänge-

rinnen, Schildkrötenpanzerschläger und Flötenspieler leitete und trotz seiner Bejahrtheit mit blendender Taktsicherheit die gebräunte Affenhaut der am Boden liegenden Holzpauke erdröhnen machte. Er hieß Quecholcoatl, Löffelreiher-Schlange; einst ein Prinz von Amaquemecan-Chalco, lebte er seit mehr als fünfzig Jahren am Hofe von Tenuchtitlan und war schon unter König Wassergesicht, König Kreideweiß und König Molch Musikmeister gewesen. Für einen Schmuck des Huei-Tecpan, ererbtes Eigentum, kaum mehr als ein Ding und versklavt wie die Krüppel und Narren und alles, was den Glanz der Krone Mexikos mehrte in der Welt, hatte Montezuma diesen Mann stets betrachtet; erst die Vereinsamung lehrte ihn die schlichte Einfalt schätzen, die um Gold und Auszeichnungen nicht käuflich war.

An käuflichen, besoldeten Freunden, Ratgebern und Kundschaftern fehlte es freilich dem Zornigen Herrn nicht – verringert hatten sie sich nicht in diesem Unglücksjahre Eins-Rohr, eher hatten sie sich sogar vermehrt. Sie brüsteten sich mit ihren Verdiensten um den Thron, und ihre stolzen Worte glichen gierig ausgestreckten Bettlerhänden. Doch ekelte es ihn zwar – er konnte ihrer nicht entraten. Er konnte vor allem auf die Kundschafter nicht verzichten. Durch sie wurde er über die Stimmung in den Residenzen des Drei-Städte-Bundes – Tlacopan und Tezcuco – und in den vielen Vasallenstaaten immerzu aufgeklärt; auch in manchen Palästen Tenuchtitlans unterhielt er Späher und ließ sich jede mißfällige Äußerung, jedes Drohwort des grollenden Adels hinterbringen.
Erkauft mit seinem Golde, verklagten Kinder ihre Eltern, Diener ihre Herren. Sein Gold tilgte Liebe, Dankbarkeit und Treue aus.
Schon seit Jahren leistete eine Dienerin der Herrin von Tula, eine frühere Amme und Wärterin der Prinzessin Perlmuschel, dem König Kundschafterdienste. Sie war es, die ihn hatte wissen lassen, daß Abgesandte des Volkes von Tezcuco im Palast ihrer Herrin angelangt seien, Menschen-Puma als König der Acolhuas zu huldigen. Und ebenfalls durch sie war er benachrichtigt worden, welche Gefahr ihm vom Edelsteinfisch drohte, so daß der Mordversuch vereitelt werden konnte.
Nach der Befreiung der Prinzessin Perlmuschel aus dem »Ort der Schergen«, dem königlichen Kerker, hatte sich die Wärterin sofort nach Tezcuco begeben. Und die ahnungslose Prinzessin kannte kein Geheimnis vor ihr, liebte sie wie eine zweite Mutter und war allzusehr geneigt, ihren Ratschlägen Gehör zu schenken. Sie ließ sich von ihr auch begleiten, als sie mit ihren Brüdern Ohrring-Schlange und Schwarze Blume an den Süßwassersee von Chalco kam, Cortez vorgestellt zu werden und die Taufe zu empfangen.
Wenige Tage darauf war die Spionin wieder in Mexiko. Und sie wurde die Treppe empor auf die Dachterrasse des Huei-Tecpan ge-

führt. Als sie, gehüllt in einen grauen Agavehanfmantel, das königliche Prunkzelt betreten, Kügelchen aus Kopalharz in ein Kohlenbecken geworfen und, mit drei Verbeugungen sich nähernd, »Großer Herr! Großer Herr! Erhabener großer Herr!« gesprochen hatte, entfernte sich alsbald das Gefolge, da der Zornige Herr sie ohne Zeugen anzuhören wünschte.

»O Herr, o König!« sagte die Wärterin. »Die Prinzessin Perlmuschel hat sich in einen schnellfüßigen Hirsch verwandelt, doch deiner Strafe entlaufen, deiner Strafe entgehen konnte sie nicht! Viele gleiten aus vor deinem Goldthron, keiner entkommt dir! Sei froh in deiner Herrlichkeit: ich habe den versuchten Mord gestraft, ich habe dich gerächt an der Prinzessin und habe sie zur zerknitterten Schmuckfeder gemacht!«

Da ließ sich Montezuma erzählen, wie Perlmuschel zur verwelkten Quetzalfeder wurde.

Die Wärterin begann ihren Bericht mit dem abendlichen Tanzfest in Tezcotzinco und der Aussöhnung der drei Söhne des Herrn des Fastens. Die Schwarze Blume hatte sich zuerst geweigert, war zornig in den Garten hinausgeeilt; doch Perlmuschel, die ihm hinausgefolgt war, hatte ihn schließlich umgestimmt, so daß er zurückkehrte und den Edlen Traurigen umarmte. Indes nur einen Tag lang herrschte Eintracht. Nach Cacamas Abreise eröffnete die Schwarze Blume der Mutter und den Geschwistern, was er in Gegenwart Cacamas verschwiegen hatte: er habe sich mit heiligem Wasser begießen lassen, sei ein Anhänger des ans Kreuz genagelten Gottes geworden; und er habe dem Führer der Sonnensöhne, welchen die Tlascalteken den Grünen Stein nannten, seine Schwester Perlmuschel als Weib versprochen; außerdem habe er sich verpflichtet, am Ufer des Chalcosees wieder zum Heer zu stoßen und seine Mutter, seine Schwester und seinen Bruder mitzubringen, damit sie gleichfalls sich taufen ließen. Erst widersetzten sich die Mutter und die Geschwister und brachten durch ihre Absage die Schwarze Blume zur Raserei. Als er einsah, daß er mit Drohungen wenig ausrichtete, begann er zu überreden, flehte und beschwor und gemahnte an den Herrn des Fastens, seinen Vater: wie sehr er den Blutdurst der Götter Anahuacs verabscheut habe und daß es seine Verheißung und Hoffnung gewesen sei, der weiße bärtige Quetzalcoatl werde wiederkehren und die Opfer abschaffen. Obgleich Ohrring-Schlange und Perlmuschel im Herzen der Schwarzen Blume zustimmten, scheuten sie sich doch, durch ihren offenen Übertritt der Herrin von Tula einen Schmerz zu bereiten. Denn die Witwe des Herrn des Fastens mißbilligte wohl die Opfer und ersehnte wie einst der tote König die Rückkehr der milden Herrschaft des toltekischen Gottes, hielt aber dennoch den alten heimischen Göttern die Treue.

Zwei Tage lang währte der Hader. Der Leidenschaftlichkeit der

Schwarzen Blume gelang es schließlich, den Widerstand seiner Geschwister zu brechen. Perlmuschel erklärte sich – ebenso wie Ohrring-Schlange – bereit, an den Chalcosee zu kommen und den neuen Glauben anzunehmen. Sie willigte auch ein, des Grünen Steines Weib zu werden, vorausgesetzt, daß dieser durch Versprechen sich binde, die blutende Wunde des Blütenbaumes von Yuquane zu rächen und Menschen-Puma dem Zornigen Herrn zu entreißen.
Die Erwartung der Geschwister, die Mutter werde im letzten Augenblick vor Antritt der Reise sich ihnen doch noch anschließen, erfüllte sich nicht. Zu einem in den Gärten Tezcotzincos befindlichen kleinen Tempel flüchtete die Herrin von Tula, sperrte sich ein und weigerte sich, ihr Asyl zu verlassen. Da ließ die Schwarze Blume, sinnlos vor Wut, Brennholz herbeischaffen und zündete den Tempel an vier Ecken an: Stolz trat die Königin aus dem schon brennenden Tor; und sie beschimpfte die weißen Götter und nannte es erbärmlich, daß ihr Sohn sich von einem winzigen Häuflein fremder Eindringlinge einfangen und verknechten ließ. Die Schwarze Blume aber schrie: Wäre sie seine Mutter nicht, er würde ihr für diese Worte den Kopf vom Rumpfe trennen ...
Die Herrin von Tula blieb in Tezcotzinco. Und als ihre Kinder von ihr Abschied nahmen, sprach sie den Mutterfluch über die Schwarze Blume aus.
Und weiter erzählte die Wärterin, wie sie zugegen gewesen sei, als in der Stadt Chalco die Schwarze Blume seine Geschwister dem Grünen Stein zuführte. Alle Könige des südlichen Wassergaus waren mit reichen Geschenken gekommen, den Gott ihrer Ergebenheit zu versichern, ihm mit prachtvollen Kriegstanzvorführungen und Gesängen zu huldigen und über den Zornigen Herrn Klage zu führen; nur Miccacalcatl Tlaltetecuintli, König der Stadt Huixtoco-Tecuanipan-Amaquemecan-Chalco, war nach Tenuchtitlan geflohen; und selbst der achtzigjährige Frierende Adler und der Frauen-Sucher – der neun Jahre alte König von Panohuayan – hatten sich eingefunden und führten Tänze auf. Und auch die musikbegabten Einwohner Chalcos tanzten dem Grünen Stein zu Ehren den Tapir-Reigen. Doch der Grüne Stein sah die Reigenden nicht, er sah nur die Prinzessin. Und Malintzins Augen waren wie die Augen eines pfeildurchbohrten Hirsches, als sie die Schönheit der Prinzessin gewahrte. Und während sie die Reden der Prinzessin verdolmetschte, flatterte ihre Stimme wie eine gefangene verschreckte Schwalbe hin und her. Perlmuschel erbat sich die Zusage vom Grünen Stein, daß er die blutende Wunde der Blume von Yuquane am Mörder des Prinzen Grasstrick räche und Menschen-Puma, der nach der Schädelschlacht zum König ausgerufen war, auf den Thron Tezcucos setze – und wenn er das täte, wolle sie sein Weib werden! – In Gegenwart all der Könige sagte sie das, mit glorreicher Schamlosigkeit bot sie sich an, schmerzlich stolz, als weihe sie sich für die Opferblutschale Unseres Herrn

des Geschundenen. Und Malintzin übersetzte ihre Worte und wagte den Gott nicht anzublicken. Er aber schlug ihretwegen die Prinzessin aus. Und da es ihm schwer wurde, sagte er gequält und finster: »Ich habe nie Liebe gekauft, Prinzessin; und habe mir meine Taten nie bezahlen lassen; auch ohne deinen Lohn, der zu hoch ist – da du zu hoch stehst –, werde ich für die Rote Blume Vergeltung üben und den Knaben zum König von Tezcuco machen!«

Und als am Abend die Prinzessin allein war, schluchzte sie, weil sie ihre Schönheit verschmäht sah. Und sie gestand der Wärterin ein: sie wisse jetzt, daß sie den Grünen Stein liebe, seit sie ihn verloren. Sein Weib zu werden, sei ihr nun für immer versagt. Nie stillbar sei ihre Sehnsucht. Denn wenn ihr Herz ihr auch gestatten würde, seine Geliebte zu werden, so verböten das ihr Stolz und die Rücksicht auf ihre königlichen Brüder ...

Und während am südlichen Seeufer das Heer von Chalco bis Cuitlahuac – der Stadt zwischen den beiden Süßwasserseen, wo der zweiköpfige Hirsch verehrt wurde – und dann bis zur Blumenstadt Xochimilco vordrang, war nun die Prinzessin mit dem Grünen Stein und Malintzin täglich zusammen. Und schmerzvoll war ihr Zusammensein; die beiden Frauen haßten sich nicht, sie bemitleideten sich, aneinander leidend.

Und nun berichtete die Wärterin, wie sie den Plan ausführte, die Prinzessin zu verderben.

Der Garten des Palastes, wo der Grüne Stein in Xochimilco wohnte, war vom See umspült. Das Ufer war felsig; und in einer Basaltgrotte schlürften schäumig die tiefblauen Wellen. Im See, dicht vor der Grotte, befand sich – kaum anderthalb Fuß unter dem Wasserspiegel – die liegende Steinfigur einer Acihua, einer Seejungfrau. Diese war der Schutzgeist des Seevolkes; und an gewissen Festtagen kamen aus den Pfahldörfern der Umgebung Hunderte von Booten angerudert, und Mädchen versenkten als Opfergaben für die Seejungfrau kleine goldene Eidechsen und Edelsteinnasenstäbe. Unterhalb des Bildwerkes war auf dem Seeboden eine heiße Quelle, deren spärliches Wasser, durch den halboffenen Mund der Seejungfrau sikkernd, sich mit den Gewässern des Sees vermengte. Das Volk von Xochimilco glaubte, daß jedem, dem es gelänge, den heißen Strudel von den Lippen der Seejungfrau zu trinken, der sehnlichste Wunsch sich erfüllen müsse – aus Furcht, sich zu verbrühen, schreckten freilich die meisten zurück.

Auf diesen Glauben baute die Wärterin ihren Plan. Sie stellte der Prinzessin in Aussicht: ihr sehnlichster Wunsch werde in Erfüllung gehen.

Als aber Perlmuschel nachts sich ans mondbeschienene Gartenufer begeben hatte und sich von zwei Sandalenbinderinnen in der Basaltgrotte entkleiden ließ, eilte sie – die Wärterin – zum Grünen Stein. Und da man wußte, daß sie die Freundin der Prinzessin sei, wurde

sie sogleich vorgelassen. Und sie sagte: unrecht sei es von den Leuten, die sich eben erst mit heiligem Wasser begießen ließen, daß sie heimlich den Göttern Mexikos opferten. Und wie der Grüne Stein sich weigerte, das zu glauben, erbot sie sich, ihm es zu beweisen. Doch bestand sie darauf, er müsse ohne Begleitung und auch ohne Malintzin ihr in den Garten folgen. Da hieß der Grüne Stein Malintzin zurückbleiben und kam zur Grotte ans Ufer.
Dort kniete die Prinzessin nackt auf dem Leibe der liegenden Seejungfrau. Mit den Händen stützte sie sich auf die Schultern des Steinbildes. Ihr offenes schwarzes Haar fiel über die Stirn mähnig in die Wellen. Die abwärts gerichteten Brustwarzen berührten das Wasser. Die obere Hälfte der Schenkel ragte schlank und sehnig aus der Flut. Und dann tauchte sie mit dem Kopfe langsam hinab, küßte die Seejungfrau auf den halboffenen Mund, schlürfte ihr den heißen Trank von den steinernen Lippen, während ihr schwarzes Haar auf den Seewogen flutend mondumschimmert glitzerte.
Strahlend, von Wasserperlen träufelnd, erhob sie sich und stand aufrecht da in ihrer sieghaften Blöße. Jetzt erst erblickte sie den Grünen Stein und stieß einen seligen Verzweiflungsschrei aus, als wäre ihr ein Traumbild erschienen. Die Sklavinnen entflohen, und die Wärterin verbarg sich hinter Gestrüpp.
Die Liebenden konnten sich nicht verständigen. Doch auch Worte hätten sie voreinander nicht mehr retten können. Mit traurigen, brennenden Augen sahen sie sich an. Langsam kam Perlmuschel ans Ufer, kniete vor dem Grünen Stein hin, hob flehend die Hände. Sie selbst hoffte kaum noch auf seine Großmut. Er schüttelte den Kopf, hob sie auf seine Arme und trug sie in die Grotte.
Montezuma schlug auf eine goldene Trommel; Höflinge stürzten ins Zelt. »Ergreift diese Kupplerin!« schrie er. »Sie soll der Göttin Sieben-Schlange geschlachtet werden!«
Und nachdem die Wärterin weggeführt war, gab Montezuma Befehl, Menschen-Puma der Prinzessin Perlmuschel zuzusenden und ihr zu melden: Der Knabe sei des Großkönigs Lohn für ihre Hurerei; vom Grünen Stein werde sie geringeren Lohn empfangen!

Und denselben Tag noch saß Montezuma, umgeben von seinen Zauberern, Fadenknüpfern und Gespensterbeschwörern, im Zelt auf dem Dach. Da er Zacatzin, den einzigen, den fähigsten aller Eulenmenschen, nicht herbeirufen konnte, suchte er bei den vielen, die sich in Schakale und fliegende Schlangen zu verwandeln verstanden, Rat und Trost. In seiner Verzweiflung wollte er einen letzten Versuch machen, das Verhängnis durch Zauberkünste aufzuhalten.
Während sie in die lichten Tiefen von Kristallkugeln schauend berieten, wie sie den weißen Göttern die Herzen essen könnten, erscholl vom Norden der Stadt, von Tlatelolco her, ein Stimmengebrause, das näher kam und zu wildem Gerufe anschwoll. Sklaven

wurden ausgeschickt, zu erkunden, was das bedeute. Schreckensbleich kehrten sie zurück. Ixcoçauhqui, der Türkisherr, der alte gelbgesichtige Feuergott, schritt durch die Straßen und über die Kanalbrücken der Wasserstadt; in Tlatelolco war er gelandet, war in das Schloß der Schwester des Zornigen Herrn eingedrungen, hatte die von den Toten auferstandene Papan von ihren Wächtern und Krankenpflegerinnen befreit und näherte sich jetzt, die irr redende Prinzessin bei der Hand führend, dem Huei-Tecpan. Das Getöse aber war verursacht durch die Angstrufe der Volksmenge, die überall, wo der Gott vorbeischritt, sich ächzend und wimmernd zu Boden warf.

Und diese Meldungen waren kaum erstattet, da betraten auch schon der Gott und die Wahnsinnige den Huei-Tecpan und kamen auf die Dachterrasse hinauf. Und keiner der Großen des Reiches wagte ihnen den Weg zu vertreten. Eine weiße Perücke trug der Türkisherr, der Vater Tezcatlipocas, und vor dem Gesicht eine Türkisschlangenmaske. Erstarrt war Montezuma, und dennoch erhob er sich und wollte dem Gotte räuchern. Aber der Gott schlug ihm den Räucherlöffel, seinen Türkisschild schwingend, aus der Hand.

»Unglücklicher König!« rief der Türkisherr. »Glaubst du noch immer, mit Zaubereien das Strafgericht des Himmels abwenden zu können? Weißt du immer noch nicht, daß es zu spät ist? Die Zahl deiner Untaten ist zu groß! Ich und alle Himmelsgötter, wir sind müde geworden, und wir verlassen dich und diese verlorene Stadt, die bald ein Haufe Asche sein wird. Da, blicke hin –: meine heilige Flamme leckt an den Steinen, mein roter Arara schlägt mit den Flügeln! Hörst du, wie das Feuer weint?«

Und Montezuma stürzte aus dem Zelt und sah vom Palastdach hinab auf das in Flammen stehende Mexiko. Aus allen Pyramiden und Kapellen, aus allen Palästen und Häusern loderten die Feuerzungen zum Himmel empor.

Und während Montezuma den Brand anstarrte, verließ der alte gelbgesichtige Feuergott ungehindert das Dach und den Huei-Tecpan.

Bald erlosch wie ein karminrotes Abendrot die Vision des flammenden Tenuchtitlan.

Da war Montezuma zumute, als schrecke er aus einem Wachtraum auf. Und er entsann sich, daß ihm die Stimme des Türkisherrn vertraut ans Ohr geklungen war, daß er einen Augenblick im Zweifel gewesen, ob er nicht die Stimme Zacatzins erkenne... Doch er äußerte die Vermutung nicht, er hütete sie wie ein Geheimnis, während die Eulenmenschen entsetzt vom alten Feuergott sprachen.

Von jetzt ab war seine Seele zerbrochen wie ein morsches Rohr. Er ließ die von ihrem Gott erfüllte, um die Töchter Mexikos jammernde Papan frei umhergehen, hinderte sie nicht, im Huei-Tecpan zu bleiben. Er selbst aber verließ das Dach – denn seine Hoffnungslosigkeit fühlte kein Grauen mehr, dem schweifenden Haupte in die hohlen Augen zu blicken.

Im Adlersaal versammelte er alle Großen seines Reiches um sich und hielt, mit Tränen kämpfend, diese Ansprache:
»O ihr meine Oheime und Brüder, ihr tapferen mexikanischen Herren! Entsinnt ihr euch, wie ich um drei Truthähne mit dem Herrn des Fastens Federball spielte? Ich verlor das Spiel und wollte es nicht glauben, wollte es nicht für wahr halten, daß ich mein Reich, meinen silbernen Thron und mein Leben verloren hatte. Nun trifft ein, was der König von Tezcuco, der sechshundert Zauberzeichen kannte, geweissagt hat, was die vom Tode Auferstandene vorausgesagt hat, was die versinkende Opferblutschale verkündet hat: ›Geht, sagt es dem großen Montezuma, es ist nicht mehr an der Zeit, Steine mit der Schnur zu messen! Götter und Adlerschalen verlassen Mexiko! Wehe euch Armen!‹ – Ja, wehe uns Armen! Entfliehen können wir nicht wie unsere Götter – darum laßt uns mutig dem Verderben entgegensehen, laßt uns diesen großen Palast festlich zum Empfang des Verderbens schmücken! Bettler werden wir werden, die wir mächtige Herren waren – doch nicht kampflos wollen wir das Los der Knechtschaft auf uns nehmen.
Einen grausamen Tod werden wir sterben – ich und die meisten von euch –, doch kein ruhmloser Tod soll es sein! Die aber unter euch, die den Schrecknissen lebend entgehen werden, mögen dereinst bezeugen, daß ich mir von den Augen den Nebel gerieben habe und klar gesehen habe, was bevorstand. Um die Greise, Frauen und Kinder dieses armen Volkes weine ich – freundlos und schutzlos und heimatlos werden sie sein!«
Und der Zornige Herr ließ Vorbereitungen treffen für den Empfang der weißen Götter. Er ließ das große Speerhaus bis ans Dach mit Pfeilschäften, Lanzen, Schilden und Wurfbrettern anfüllen.

Das Christenheer zog in Iztapalapan ein und hatte nunmehr die Südspitze der salzigen Lagune und den Steindamm erreicht. Wie drei Tage zuvor bei Ayotzinco am Süßwassersee von Xochimilco der Edle Traurige und der Durch-Zauber-Verführende als Beauftragte Montezumas in pomphaftem Aufzuge mit Hunderten von Begleitern erschienen waren, die Enkel Quetzalcoatls in Mexiko im Namen des Drei-Städte-Bundes willkommen zu heißen, so begrüßte sie jetzt nicht minder pomphaft Montezumas Bruder, der Überwältiger, König von Iztapalapan, am Tore seiner Stadt, beschenkte sie mit Sklavinnen, Federn und Gold und stellte ihnen seinen herrlichen Tecpan als Wohnung zur Verfügung.
In einem Traumzustand, beklommen von Todesahnungen, beseligt, überwältigt von der silbernen Schönheit der von bläulichem Sonnendunst umschleierten Seenlandschaft und der zaubervollen Pracht all der zahllosen an und in die Lagune gebauten Ortschaften und Städte, war die kleine kühne Schar von vierhundertfünfzig Freibeutern Iztapalapan – ihrem letzten Nachtquartier vor dem Einzug in

Tenuchtitlan – genaht. Und wie in ein Märchen versetzt wandelten sie nun durch die mit poliertem Zedern- und Sandelholz getäfelten, mit Jaspis, schwarzem Achat und Goldblechstreifen umrahmten, mit Kolibrifedermosaikteppichen behängten Prunksäle und trauten ihren Augen nicht, als sie den ganz einzigartigen Garten des Fürsten von Iztapalapan betraten, wo Alleen vielhundertjähriger Zypressen schatteten; wo zierliche, mit Muschelscherben bestreute Wege – überdeckt hier und da von granitenen Portalen – sich schlängelten zwischen den an Balsamduft und Buntheit einander überbietenden Beeten mit Kienfackelblumen, Herzblumen, Feuerreiherblumen, Totenbeinblumen und unzähligen anderen auserlesenen Edelgewächsen; wo die Hecken immergrüne Myrtifloren waren; wo die bemoosten Stämme der weißen Terebinthen, Ilitlerlen, Purpurtannen, Eschen, Mimosenbäume und Pinien von gigantischen Lianen umwürgt waren, während aus dem von kreischenden Araras und goldgelben Rollschwanzaffen umtobten Gezweig eine strotzende Fülle parasitischer Blüten, phantastisch gesteigerter rosa Orchideen und Bromeliazeen herniederhing; wo einsam auf einem weiten Rasenplatz zwischen braunem Zittergras ein Drachenblutbaum sich erhob, bevölkert von langgeschweiften Silberfasanen; wo die Luft funkelte vom Geschwirr der Blumenvögel und Honigsauger und der handgroßen Falter, der feuergelben und der schwarzen Schmetterlinge; wo ein steinerner Aussichtsturm auf einem Hügel viele Kammern und Korridore hatte; und wo neben einem Hain von Dachpalmen ein künstlicher viereckiger Tisch blinkte, dessen Grund aus prächtig gearbeiteten grünen und orange Onyxmarmorquadern mit Perlen und rotem Kristall verziert war. Und spiegelblank gemeißelt wie das Mauerwerk war die ins Wasser hinabführende Alabastertreppe, umspielt von Scharen kupfern blitzender Fischchen; zwischen den Seerosen aber lärmten und schwammen die seltensten Tauchervögel, Schilfvögel, Reiher und Ibisse.

Auch Cortez wandelte mit seinen zwei Frauen durch diesen Zaubergarten. Ohne Marina konnte er mit Perlmuschel nicht sprechen. Seit jener Nacht in Xochimilco war Marina die Vermittlerin, die unfreiwillige Kupplerin und Dienerin seiner Untreue. Rechtlos war sie, eine geschenkte Sklavin – und wenn seine Dankbarkeit ihr keine Rechte einräumte, hatte sie keine zu fordern. Er war ja der Gott, war der Sieger, dem Völker und Frauen unterlagen, dem alles zufiel, was seinen Augen begehrenswert erschien. Und nicht verwunderlich war es, daß die Königstochter Gnade vor seinen Augen gefunden – eher war es ein Wunder, daß er seiner Sklavin so lange die Treue gehalten hatte, der einst unter den Damen Haitis und Kubas von Abenteuer zu Abenteuer getaumelt war. Wenn einer, so gönnte Marina es der unglücklichen Witwe des Prinzen Grasstrick, daß sie des Geliebten Herz mit ihr teilte. Stolz und aufrecht trugen sie beide ihr Leid und ihre Schande; frei von Neid, da beider Los beneidenswert nicht

war, bemitleideten sie sich und hatten bald gelernt, einander wertzuschätzen.
Ohne Schuld und ohne Reue, erfüllt und verzehrt von glückloser Liebe, verhehlte sich die Prinzessin nicht, daß sie das Schandmal einer Geächteten nicht nur im eigenen Gewissen trug. Von ihren Brüdern und ihrem Freunde, dem König von Tlacopan, wurde sie gemieden, übersehen, keiner Anrede gewürdigt. Wenig Trost war es, daß die kastilischen Kavaliere ihr, der Begünstigten, mit gunstheischender Ehrfurcht begegneten. Bei der Taufe war von ihrem Paten Don Juan Velázquez de León ihr der Name Doña Juana gewählt worden. Doch obgleich den Feldobristen ihre strenge Schönheit wie eine Verkörperung aller Herrlichkeiten des Seenlandes erschien, nannten auch sie sie, wie die gemeinen Soldaten sie nannten: *La Azteca.*
Ein wenig wegwerfend klang es und wurde doch ihr Ehrenname. Selbst Cortez nannte sie *La Azteca.*

Umhergeführt von einem »Aufseher der Blumen«, hatte Cortez erst einen Teil der Gartenanlagen besichtigt, als er mit Marina und *La Azteca* in den Palast gerufen wurde. Menschen-Puma war angelangt. Und einer der Begleiter des Knaben, ein königlicher Axtträger, verschwieg der Prinzessin die grausamen Worte Montezumas nicht: der Knabe sei des Königs Lohn für ihre Hurerei; vom Grünen Stein werde sie geringeren Lohn empfangen.
Freudentränen und Verzweiflungstränen zugleich vergoß die Prinzessin. Und in Marinas bekümmerten Augen las Cortez die Aufforderung: Gib ihr sofort – und wäre es bloß, um Montezuma Lügen zu strafen – den versprochenen Lohn, die geforderte Krone für den Knaben! Doch mochte Cortez auch ein Phantast in seinen Zielen sein – nie, wenn er handelte, verließ er den Boden der Wirklichkeit. Unsinnig wäre es gewesen, hätte er am Vorabend seines Einzuges in Tenuchtitlan die Krone Tezcucos vergeben wollen, sich in einen Streit einmischen wollen, den zu schlichten ihm vorderhand die Macht fehlte.
Eben erst hatte der Edle Traurige in seiner Eigenschaft als König von Tezcuco und Mitregent des Drei-Städte-Bundes die weißen Götter willkommen geheißen und befand sich beim Heer in Iztapalapan. Mit Worten konnte man ihm die blaue Stirnbinde nicht vom Haupte nehmen. Aber auch die Schwarze Blume hatte seine Ansprüche auf Tezcuco nicht gänzlich aufgegeben – Verzicht geleistet hatte er zugunsten des jüngsten, nicht des ältesten Bruders. Jede Mißhelligkeit an indianischen Höfen betrachtete Cortez als fördersam für seine Absichten – die Kluft zu erweitern, nicht sie zuzuschütten, war das Gebot der Klugheit. Die Schwarze Blume konnte als Anwärter auf den Thron der zweitmächtigsten Stadt im Drei-Städte-Bund den Christen von größerem Nutzen sein, als wenn ihm Tezcuco bereits zugefallen

und seine Ehrbegierde gesättigt wäre. Ihn vor allem galt es hinzuhalten, und dazu boten der Mutterfluch und die Kirchenbuße des Paters Olmedo eine Handhabe: die Krönung Menschen-Pumas ließ sich vielleicht als eine vorläufige Verfügung – eine Zwischenherrschaft – hinstellen, und in Aussicht stellen ließ sich eine andere endgültige Regelung, für die freilich zur Bedingnis gemacht werden müßte, daß die Schwarze Blume abbüße und um der Stadt Tezcuco willen diene, wie Jakob bei Laban um Rahels willen gedient hatte ...

Doch die Voraussetzung für diese Pläne war die Herrschaft des Kreuzes über Tenuchtitlan. Wohl hatte Cortez schon in Sempoalla, von Escalante sich verabschiedend, geäußert, er wolle Montezuma gefangennehmen ... Der verwegene Ausspruch erschien ihm nun selbst zuweilen wie ein Scherzwort. Sterne vom Himmel zu rauben mochte nicht leichter ausführbar sein. Hier vor den Toren der »Königin aller Städte« war, wie seine Soldaten, auch er nicht frei von Beklemmungen beim Anblick eines Reichtums und einer Macht, so über alle Maßen ungeheurer als die bisherigen, fast kindlichen Vorstellungen von der Herrschergewalt Montezumas.

Er bat Marina, der Aztekin zu sagen: sein verpfändetes Wort werde er einlösen, wenn auch erst in Tenuchtitlan. Bis dahin müsse der kleine König zum König erzogen werden. Er werde ihm Erzieher geben, die ihm Spanisch zu reden, zu lesen und zu schreiben beibringen würden, sich gut auf dem Pferde zu halten und sich herablassend zu benehmen wie die Monarchen Europas.

Zu Hofmeistern des kleinen Königs ernannte Cortez Sánchez Farfán und dessen zwei Gemahlinnen. Der Weißhändige faßte seine Aufgabe dahin auf, als müßte er aus Don Jacobo Tecocoltzin, der Eule – so wurde Menschen-Puma jetzt genannt –, einen parfümierten, morbiden Höfling machen. Doña Elvira war angestellt, zu dolmetschen; sie erzog nicht, sie verzog nur.

Doña María de Estrada aber, beauftragt, Reitunterricht zu erteilen, begann ihre Erziehung mit einer Tracht Prügel, weil der kleine König sich weigerte, den Stand ihres Pferdes mit den Händen auszumisten.

Nach dem Abendessen wurde ein als Tonwarenhändler verkleideter Totonake Cortez vorgeführt. Der Mann hatte eben erst das Heer eingeholt, war erschöpft von den zurückgelegten Eilmärschen. Er überbrachte einen Brief Escalantes.

So niederschmetternd war der Inhalt des Briefes, daß Cortez außer Marina, Alvarado und Velázquez de León niemand davon Kenntnis gab.

Escalante hatte nach der Gefangennahme des Steuermannes Gonzalo de Umbría und der Mulattin Beatriz de Palacios vom Schwelenden Holz die Herausgabe der Gefangenen zu erwirken gesucht. Zuerst vergebens. Nachdem er aber hohes Lösegeld geboten hatte, erging an ihn und an die Honoratioren von Verakruz die Einladung: sie möchten sich in jenes Bergschloß des Blitzenden Schildes begeben – das Schwelende Holz sei bereit, dort mit ihnen über die Auslieferung zu verhandeln, und er sichere ihnen freies Geleit zu. Mit den wenigen Standespersonen der Hafenfestung – dem Gerichtsschreiber, dem Oberrichter, dem Schatzmeister, dem Büttel und drei Krüppeln, die sich für Hidalgos hielten – traf Escalante am Ort der Zusammenkunft ein. Als die Kastilier das Bergschloß betreten hatten, wurden sie vom Schwelenden Holz, dem Blitzenden Schild und einer großen Schar vornehmer Mexikaner freundlich empfangen und in den Saal geführt, wo ein Mittagsmahl bereitstand. Sie wurden aufgefordert, sich an den Tisch zu setzen und am Mahl teilzunehmen; und es wurde ihnen bedeutet, der Statthalter wünsche erst nach genossenem Mahl mit den Verhandlungen zu beginnen. Escalante und seine Begleiter fügten sich und aßen, und entzückt waren sie von der Höflichkeit und heiteren Zuvorkommenheit ihrer Gastgeber, die sich nicht genugtun konnten, ihnen Speisen vorzulegen. Als das Mahl beendet war, ließ sich das Schwelende Holz eine Trommel geben, und schwermütig sang er, sich selbst auf der Trommel begleitend, einen Kriegsgesang. Dann eröffnete er den Kastiliern: der Steuermann und die Mulattin seien sauber gewaschen worden, nachdem man sie getötet hatte – das soeben verzehrte Fleisch sei der gebratene Gonzalo de Umbría gewesen!... Da sicheres Geleit zugesichert war, konnten die Christen unversehrt nach Verakruz zurückkehren. Seitdem hatte der offene Krieg begonnen: mit fünfzig kastilischen Soldaten und tausend Jaguaren des dicken Kaziken war Escalante im Begriff, gegen den übermächtigen Feind zu ziehen, als er den Brief schrieb, der hoffnungslos klang wie ein Abschiedsbrief.

In hilfloser Wut ballte Cortez die Fäuste. Wenn die Hafenfestung ihm entrissen wurde, so war sein Unternehmen gescheitert. Nur noch ein Wunder konnte Verakruz retten. Und an ihm war es, das Wunder zu bewirken. Der Gedanke, Montezuma gefangenzunehmen, drängte sich ihm wieder auf – wie sehr er ihn auch als wahnsinnig, als ungeheuerlich erst abwies. War die Gefangennahme so undenkbar? fragte er sich jetzt. Ein Vorwand, ein Rechtsmittel war ihm durch Escalantes Brief in die Hand gegeben. Denn es war mehr als wahrscheinlich, daß das Schwelende Holz die Scheußlichkeit des kannibalischen Festmahles nicht zu ersinnen, nicht auszuführen gewagt hätte, wäre von Montezuma nicht Weisung dazu ergangen. Und selbst wenn es sich nicht beweisen ließ, konnte geltend gemacht werden, daß der Herr für die Untat seines Dieners verantwortlich sei.

An diesem Abend ging Cortez mit Marina – ohne *La Azteca* – durch den Garten ans Seeufer. Die Sorge hatte ihn wieder zu Marina zurückgeführt. Nur mit ihr konnte er reden, nur mit ihr konnte er schweigen. Und seine Stummheit war eine Abbitte. Nur Marina

ahnte, erahnte jede Regung seines Seelenlebens, sie allein ermaß, wie hoch der Einsatz war, um den er tolldreist spielte.
Auf den strahlenden Tag war ein regnerischer Abend gefolgt. Tropfen fielen mit scharfem Knattern und Prasseln auf die harten Palmenblätter, übertönten die blechernen Schreie der Kraniche und Ibisse. Bedeckt von weißlicher Wolkendecke stand der abnehmende Mond unweit des heiligen Hügels, des »Akazienberges«, auf dessen Spitze beim Jubelfest Unsere-Jahre-umgürten-sich in der herzberaubten Brust des Sklaven-des-Feuers die heilige Flamme errieben wurde. Nur den Himmel erhellte das verhüllte Mondlicht, kaum die Erde. Doch die Lagunenufer waren fast taghell erleuchtet von roten Fanalen. Ungeschwächt durch den Tropenregen loderte die Flammenbrunst des Unserer-Großmutter-Holz genannten Leuchtturmes, glutete das Altarfeuer des Schlangenberges.
»Da schau, wie der Regenhimmel blinkt –: es ist der Widerschein des Goldes und Silbers von Mexiko, der droben schimmert!« sagte Cortez zu Marina.
Sie wußte, was er meinte. Wie der Himmel unermeßlich und unerreichbar war das Gold Montezumas; und war allmächtig wie der Himmel ... In der glänzenden Glashaut ihrer schwarzen Augen spiegelte sich das Pharuslicht, spiegelten sich die düsteren Ahnungen des Geliebten.
Plötzlich faßte sie seinen Arm und zeigte auf den Schilfsee. Ein endloser Zug von Lichtern näherte sich. Meist zu zweien schwebten die Lichter. Wie eine Prozession war es von dunstgestaltigen, durchscheinenden Totenseelen, welche, Kerzen haltend, ihren Gerüsten entstiegen waren. Sie schwebten auf und ab, näherten sich feierlich, gemessen. »Der Zug des Todes!« murmelte Cortez. »Gott zeigt mir die Ankunft meines Heeres! ...«
Und als er bald darauf erkannt hatte, daß es Leuchtkäfer waren, groß wie Heuschrecken – blieb er dennoch dabei: Gott habe ihm den Zug des Todes gezeigt. Marinas Tränen vermochten es ihm nicht auszureden.

Nach der regnerischen Nacht erglomm ein wundervolles Morgenrot am wolkenlosen Himmel und vergoldete die liegende, über Felskolossen schneeig aufgebahrte Leiche der Weißen Frau.
Gleich nach Tagesanbruch hatte sich das Christenheer am nördlichen Stadttor Iztapalapans gesammelt. So gering an Zahl, so winzig erschien plötzlich Cortez seine Streitmacht, daß er Alvarado in den Tecpan zurückschickte, nachzuforschen, ob nicht Kastilier zurückgeblieben seien. Doch Alvarado fand keine Nachzügler. Nun marschierte das kleine Heer auf dem zwei Meilen langen Steindamm dem südlichen Stadttor Tenuchtitlans zu. Der breite Dammweg, auf welchem acht Berittene nebeneinander Platz hatten, war von Neugierigen überfüllt, ein Voranschreiten wurde bald zur Unmöglichkeit.

Schon tags zuvor war die Ankunft in Iztapalapan um Stunden verzögert worden durch das Zusammenströmen von Myriaden sich herandrängender Zuschauer auf der großen Heerstraße zwischen Xochimilco und dem Schilfsee. Und jetzt staute sich die Menge dermaßen, daß Diego de Ordás, eingezwängt von allen Seiten, weder vor- noch rückwärts konnte und schon den Degen aus der Scheide riß, seine Grauschimmelstute herauszuhauen... Da eilte der Totonakenfürst Tehuch dem Heere vorauf, immerwährend den Mexikanern zurufend: die Söhne der Sonne töteten jeden, der sich ihnen in den Weg stelle. Er erreichte damit, daß sich zwei Menschenmauern auf beiden Seiten des Dammweges bildeten und eine Gasse freiließen, so daß die Christen nun schnellen Schrittes vorankommen konnten.
Vom Steindamm aus sah das Heer auf dem weit sich ausbuchtenden, mit Zypressen und Zedernwäldern umbordeten südöstlichen Teil des Sees unzählige schwimmende Inseln und mit bemalten Männern, Frauen und Kindern gefüllte Kanoes; am nahen westlichen Seeufer aber – wovor nicht weniger dicht gedrängt sich Einbäume auf den blauen Wellen schaukelten – die Städte Mexicatzinco, Coyoacan und Huitzilopochco. Dunstzitternde, greifbar nahe und doch so ganz unwillkürlich an den Beschauern vorübergleitende Architekturbilder. Jede dieser Städte hatte mehrere tausend – teils an Land, teils auf Pfahlwerk in den See gebaute – Häuser und prachtvolle getürmte Tempel, übertüncht mit weißer Kalkerde, silbernen Zauberschlössern ähnlich im lichtglitzernden Morgenschein.
Von Coyoacan aus führte ein anderer Steindamm ebenfalls nach Tenuchtitlan und traf mit dem Damm von Iztapalapan – etwa eine halbe Meile vor dem Stadttor und unfern des letzten Dammdurchstichs, der Brücke Xoluco – an einem, Acachinanco genannten, der Wasserstadt quer vorgelagerten und mit hohen Wehrtürmen versehenen Bollwerk zusammen. Durch je eins der zwei südlichen Festungstore eintretend, verschmolzen die beiden Dammwege innerhalb des Bollwerks und verließen es als einer durch das eine Tenuchtitlan gegenüberliegende Tor.
Die langen, aus großgequadertem Granit zusammengefügten Steindämme waren an mehreren Stellen durchstochen. Zwanzig Fuß breit flutete das Wasser in diesen Durchstichen und war von zierlich gezimmerten Holzbrücken überwölbt. So viele blendende Bilder zogen an den Augen der Schreitenden vorbei, die immer noch wachsende Erregung war so aufwühlend, daß nur wenige von den Kastiliern im Rausch und Taumel ihres Seelenfiebers die Muße fanden, Betrachtungen darüber anzustellen, wie bequem sich's zwar nach Tenuchtitlan hineinschritt, wie schwierig aber ohne die leicht entfernbaren Holzbrücken der Rückweg sein würde.
»Nun sind wir bereits in der Mausefalle!« flüsterte Francisco de Lugo dem an seiner Seite reitenden Cristóbal de Olid ins Ohr, als sie den ersten Durchstich hinter sich hatten.

Ohne Verzug und ohne Zwischenfall wurden auch die anderen Holzbrücken überschritten. Hier jedoch, am östlichen Tor des Bollwerks, trat eine Verzögerung von mehr als einer Stunde ein. Gehüllt in Kopalrauchwolken, umragt von wehenden Federwerkstandarten, umtost von dumpfen Teponaztli-Trommeln und schrillen, klagenden Goldflöten, kam der Adel Mexikos, Handfahnen, Zeremonienstäbe und Fächer tragend, dem Grünen Stein entgegen, ihm das Herannahen des Weltherrn anzumelden. Der Sonnenglanz hüpfte und wirbelte im schillernden Geflirr und Gewirr und Geschwirr der goldgrünen Quetzalfederkronen, der schwarzgelben Trupialfederbüschel, der blutroten Chamolinfederquasten – von denen eine jede einen erlegten Feind bedeutete. Die Edelsteinriemen, die glitzernden Brustschmucke und Stirnbinden aus Edelmetall kreischten Lichtgesänge, umtobt, umheult von der Farbenorgie der Perlen, Amethyste, Bernsteine, Opale auf den grasgrünen, ockergelb oder kobaltblau geschminkten Männerkörpern, deren einzige Bekleidung – von den blitzenden Juwelen abgesehen – eine schlohweiße oder grellrote Schambinde und ein mit Edelfedern verbrämter Mantel war. Viertausend Adlige waren es, die dort am Sohn der Sonne vorbeizogen, und jeder von ihnen räucherte und grüßte, indem er mit der Hand die Erde berührte und die Hand dann zu den Lippen führte, die Worte des Willkommens sprechend.
Da das Herannahen Montezumas angekündigt war, ritt jetzt Cortez an der Spitze seiner Feldobristen dem Heer voraus. Sein Page Juan de Salazar und sein Stallmeister Martín de Gamba schritten links, Marina, die ihrer Sänfte entstiegen war, schritt, als indianische Fürstin gekleidet, rechts vom rabenschwarzen Romo. Gleich nachdem Cortez das Bollwerk Acachinanco durchschritten hatte, gewahrte er, aus dem langgestreckten dunklen Festungstor in den flirrenden bläulichen Lichtwirrwarr heraustretend, das demantenhafte Blitzen des königlichen Zuges. Doch noch eine ziemliche Strecke mußte er auf der Dammstraße zurücklegen, bevor sein Auge Einzelheiten unterscheiden konnte.
Am letzten Dammdurchstich, an der Xoluco benannten hölzernen Zugbrücke, trafen sie zusammen. Drei Adlige königlichen Geblütes schritten voraus, sich auf mannshohe Goldstäbe stützend. Dann folgten vier große Tragsessel, über und über prunkvoll verziert mit stilisierten Blumen und Rankenwerk aus reinem Gold, eingelassenen Perlen und Edelsteinen. Im vordersten Tragsessel saß Montezuma, in den drei anderen die Könige von Tezcuco und Tlacopan, der Edle Traurige und der Durch-Zauber-Verführende, und Montezumas Bruder, der Überwältiger, Fürst von Iztapalapan. Der Tragsessel Montezumas ruhte auf den Schultern von sechs »Adlerprinzen« – Adligen der Kriegerkaste –, und vier andere Adlerprinzen hielten die silbernen Masten eines den Weltherrn überdachenden Baldachins aus metallisch flammenden Tzinizcanfedern. Und diese zehn Träger

des Sessels und des Baldachins gingen barfuß, obgleich sich unter ihnen die höchsten Staatsbeamten befanden: der Ordner der Heerscharen, der Vorsteher des Speerhauses, der Vorsteher des Schwarzen Hauses und der Weibliche Zwilling.

Eine zwei Klafter lange Fahne, ein Meisterwerk der königlichen Federmosaikarbeiter, flatterte neben dem goldenen Tragsessel Montezumas. Nur aus Federn des schwarzgelben Trupialvogels war sie gearbeitet. In ihrer Mitte blinkte auf schwarzem Hintergrund ein überlebensgroßer grellgelber Totenschädel.

Montezuma und die anderen Könige verließen ihre Tragsessel. Die höchsten Würdenträger bückten sich, herrliche Teppiche hinzubreiten, damit der Fuß des Herrn der Welt den Boden der Brücke nicht berühre, welcher von anderen Erdgeborenen zuvor betreten worden war. Montezuma schritt Cortez entgegen und wurde von den ihm zur Rechten und zur Linken barfuß gehenden Mitregenten des Drei-Städte-Bundes, den Königen von Tezcuco und Tlacopan, an den Ellenbogen gestützt. Die Volksmenge war anbetend niedergekniet, berührte mit den Stirnen den Boden des Steindammes. Niemand außer den Königen durfte es wagen, den Blick zum Herrn der Welt zu erheben. Zweihundert Prinzen, alle entschuht, doch in märchenhafter Kleiderpracht, folgten, je zwei und zwei, den Königen. Ihnen voran gingen sechs Axtträger mit kupfernen Prunkäxten.

Cortez warf seinem Stallmeister die Zügel Romos zu und schwang sich aus dem Sattel. Näher kommend, betrachtete er mit prüfender und kühl abwägender Neugier den Gang, die Gestalt und Kleidung des Mannes, dem zu begegnen, den gefangenzunehmen und zu knechten seit so vielen Monaten sein Ziel war. »Er gleicht aufs Haar jenem falschen Montezuma im verschneiten Berghospiz von Ithualco« – schoß es Cortez durch den Kopf –, »doch noch schlanker und geschmeidiger ist sein Körper als der jenes Tempel-Fegers und länger das vornehm geschnittene Gesicht, schwermütiger ...« Auch fiel es Cortez auf, daß die Gewandung des Königs zwar weniger reich als die des falschen Montezuma, dafür bei weitem phantastischer war. Montezuma hatte für die Begegnung mit dem weißen Gotte eine seiner ganz seltsamen Kriegstrachten gewählt. Er trug einen Panzer aus gelben Papageienfedern und – von den Hüften bis zu den Knien – ein glockiges Mädchenröckchen aus blauen Federn. Die Sandalen, Sandalenriemen und Wadenschienen waren von Gold. An der blauen Diadembinde strahlte als einzige Verzierung ein Türkisvogel, abwärts schwebend, mit dem Kopf nach unten, so daß der Schnabel die Mitte der Stirn berührte. Auf dem Rücken Montezumas aber war die aus Federn gebildete Ungestalt eines Tzitzimitl, eines Dämons, befestigt – des weiblichen Dämons Itzpapalotl, Obsidian-Schmetterling, von welchem die Königsschwester Papan in der Unterwelt verfolgt worden war; ein scheußlicher Drache mit fletschendem, aufgerissenem Rachen und langem Echsenschweif war der Körper des riesenhaften

Schmetterlings, und die Augen, Füße und Krallen waren aus Gold; an den Rändern der langen Schmetterlingsflügel aber blitzten scharfe Feuersteinmesser.
Das linke Handgelenk Montezumas verzierte eine Goldspange mit einer taubeneigroßen Kamee, in »Blutstein« – so wurde Chalzedon genannt – geschnitten, welche die thronende Gestalt des Herrschers von Mexiko darstellte. In der rechten Hand hielt er einen mit Saphiren besetzten Beinknochen.
Cortez ging auf Montezuma zu, sich in derselben zeremoniösen Weise zu begrüßen, wie es die Monarchen Europas zu tun pflegten: er wollte ihn umarmen, nachdem er sich tief vor ihm verbeugt hatte. Schon stand er dicht vor dem König. In diesem Augenblick aber, als er die Arme ausstreckte, sie ihm um die Schultern zu legen, stellte sich blitzschnell der Edle Traurige schützend und drohend vor den Zornigen Herrn und verhinderte die körperliche Berührung. Cortez biß sich auf die Unterlippe, daß sie blutete. Er und Montezuma lächelten sich höflich an, nur ihre Augen lächelten nicht. Ihre Augen haßten und fürchteten und maßen einander wie Tieraugen, die sich im Urwalddickicht begegnen. Montezuma war sich bewußt, daß Cortez einen unerhörten Schimpf erlitten hatte; obgleich nichts zu bereuen war – vor Schlimmerem hatte ihn der Edle Traurige bewahrt, indem er ihn vom todeswürdigen Vergehen abhielt: der König Mexikos war ein göttliches Wesen, wer ihn berührte, wäre ein Kind des Todes gewesen ... Montezuma beeilte sich, den peinlichen Eindruck zu verwischen. Er winkte einen seiner prinzlichen Begleiter heran, streifte sich von der rechten Hand den aus Affenleder gefertigten Handschuh ab und entnahm einer milchigen Jadeitvase langgestielte Orchideen. Mit einer Verbeugung, nachdem er die Hand zur Erde und dann zum Mund geführt hatte, reichte er Cortez die Blumen hin. Dieser nahm die Blumen mit einer stummen Verbeugung in Empfang und beschenkte den König mit einem Halsband aus venezianischen Glasperlen, welche echten Perlen und Diamanten täuschend nachgebildet waren. Als Gegengeschenk hängte ihm Montezuma zwei schwere Goldketten um den Hals: die Kettenglieder bestanden aus schön gearbeiteten goldenen Meerkrabben.
Nun begann die Zeremonie der Begrüßung durch die Prozession der zweihundert Prinzen. Als einige dreißig an Cortez, den Boden und den Mund mit der Hand berührend, vorbeidefiliert waren, machte Montezuma, um die weißen Götter nicht länger aufzuhalten, der Zeremonie ein Ende, indem er Cortez bei der Hand faßte und mit ihm der Stadt zuschritt. Am Stadttor verabschiedete er sich und beauftragte seinen Bruder, den Überwältiger, und den Edlen Traurigen, Cortez und sein Heer durch die in allen Straßen und auf allen Dachterrassen von Myriaden Neugierigen überfüllte, vor Erregung wie ein Bienenkorb rauschende Stadt nach dem leerstehenden alten Tecpan seines Vaters, des Königs Wassergesicht, zu führen.

Im nördlichen Teile des Stadtviertels Moyotla, unweit des Steindammes nach Chapultepec und des großen Aquädukts gelegen, dehnte sich der alte Tecpan mit seinen Nebengebäuden und Gärten vom Schlangenberg-Tempel bis zur westlichen Lagune hin und bedeckte einen kaum geringeren Flächenraum als der von Montezuma an der Südspitze von Moyotla erbaute Huei-Tecpan. Strahlte dieser glanzvoller in purpurner Herrlichkeit, so war die düstere violette Pracht jenes alten Tecpans vom Geist einer versunkenen Epoche umweht, und aus den in Stein verewigten Schlächtereien und Greuelszenen an seinen Wänden starrte den Beschauer das Bild des furchtbaren Königs Wassergesicht an, dem nach der Einweihung eines neuen Adlersteines das im Übermaß genossene Menschenfleisch und getrunkene Menschenblut zum Verhängnis geworden war.
Vorderseite und Haupteingang des Tecpans befanden sich dem westlichen Tor der Schlangenmauer gegenüber, nur durch einen freien Platz getrennt von ihr.
Gleich nachdem das Heer angelangt war, traf Cortez Anordnungen, den Palast in eine unbezwingliche Burg zu verwandeln.
Es war Mittag geworden. Ein königliches Mahl für die Offiziere, ein überaus reichliches für die Mannschaft wurde aufgetragen, serviert von Montezumas Tafelmeister und einigen hundert Sklaven und Sklavinnen.
Nach dem Mahl wurde geraucht und Siesta gehalten.
Gegen Abend stattete Montezuma Cortez einen Besuch ab.
Cortez umgab sich mit seinem kleinen Hofstaat, empfing den König am großen Tor des Tecpans und geleitete ihn in den Audienzsaal. Auf einer Estrade prangten dort zwei mit Halbedelsteinen inkrustierte und mit Jaguarfellen bedeckte Thronsessel. Montezuma hieß seine Begleiter sich an einer der Längswände aufstellen. Der christliche Hofstaat stellte sich ihnen gegenüber an die andere Längswand.
Mit sinnender Trauer ruhten die Augen Montezumas, nachdem er sich mit Cortez niedergesetzt hatte, auf Marinas schönem Gesicht, während sie leicht und gewandt seine Worte übertrug.
Seit die Wächter des Meeres die erste Kunde von den Wasserhäusern überbracht und das Mädchen Malintzin mit der Blumengöttin verglichen hatten, war von allen ausgesandten Kundschaftern, Zauberern und auch von den Gesandten – dem Staubaufwirbler, dem Schwelenden Holz, dem Herabstoßenden Adler, dem Rauchenden Blut – immer wieder ihr Name genannt, ihr Liebreiz beschrieben, ihre Klugheit mit ehrfürchtiger Verwunderung erwähnt worden, als wäre sie ein unheimliches, zauberhaftes, verderbenbringendes Wesen, wie etwa die Mutter der Hexen oder die Bergblume auf den Schroffen des weißen Tlaloc.
Die Trauer um sein Land und um sein eigenes Los verdunkelte sich am Glanz des kühnen Eindringlings und seiner Gefährtin, die, ein

Kind Mexikos, Mexiko und ihn verriet und zu der er sich trotzdem wundersam hingezogen fühlte.
»O meine Tochter, o Malintzin«, begann Montezuma, »sage dem Sohn der Sonne, was ich dir sage.«
Er richtete die ersten Worte an Marina, wie es vor ihm die meisten einheimischen Fürsten und Gesandten bei Verhandlungen mit Cortez getan hatten. Die Kastilier, der Sprache unkundig, hörten immer nur die Anrede »Malintzin« und hatten daraus den falschen Schluß gezogen, mit dem Namen Malintzin – welchen sie in Malinche verbalhornten – werde von den Indianern Cortez bezeichnet.
Die Begrüßungsrede Montezumas bei diesem ersten Besuch ist später von einem Azteken aufgezeichnet worden. Sie lautete:
»Du bist in dies Land gekommen, das dein ist, in deine Stadt und deine Behausung Mexiko. Gekommen bist du, dich auf deinen Thron zu setzen, auf deinen Königssitz, auf welchem ich selbst in deinem Namen während etlicher Tage gethront habe. Anderen hingeschwundenen Königen gehörte es vordem, den Königen Obsidian-Schlange, Himmelspfeil, Wassergesicht, Kreideweiß und Molch. Als der letzte übernahm ich das Amt, dein mexikanisches Volk zu beherrschen; die Bürde, für deines Landes Verwaltung und für deine Untertanen zu sorgen, habe ich getragen. Weder schauen noch wissen können meine verblichenen Vorgänger, was heute geschieht. Oh, hätte es den lebenspendenden Göttern doch gefallen, daß einer der toten Könige noch lebte und daß er erlebte, was unter meiner Herrschaft geschieht! Doch sie sind dahin, o Sohn der Sonne; und ich schlafe nicht, ich träume nicht; wahrlich mit meinen eigenen Augen sehe ich dein Antlitz und deine Gestalt! Viele Tage sind es nun, daß ich alles dies erwartet habe; lange Zeit waren die Augen meines Herzens dorthin gerichtet, wo ihr – du und deine Begleiter – herkommt. Ihr seid aus Wolken und Nebel herausgetreten, aus einem jedermann verborgenen Ort. Wahr ist es, was die Könige, unsere Vorfahren, uns als Weissagung hinterlassen haben: du werdest wiederkehren, Herr zu sein über diese Königreiche, du werdest deinen Thron und Königssitz wieder einnehmen. Ich sehe jetzt, daß sie wahr gesprochen. Sei denn willkommen. Und erfreut euch in euren Palästen an meinem Gold und Silber, an meinen Juwelen und kostbaren Federn – denn euretwegen habe ich sie gesammelt und aufbewahrt!«
Zwei große Tränentropfen glitzerten an Montezumas Wimpern, rollten über seine hohlen Wangen.
In seiner Antwort dankte Cortez für die so überschwengliche Freigebigkeit. Doch habe er nicht des Goldes und des Silbers wegen den mühseligen Weg nach Tenuchtitlan zurückgelegt. Sein hoher Gebieter, der große Herr des Sonnenaufgangs, Don Carlos de Austria, fühle ein tiefes Mitleid mit dem Herrscher Mexikos und seinen Völkern, weil sie, falschen Göttern dienend, ihre Seelen verderbt hätten und, ewigen Höllenstrafen verfallen, in umflammten Kesseln, in

Pfuhlen von Menschenkot, in glühenden Bleisärgen oder im Eise des untersten Höllenringes, von Höllengabeln und Zangen der Diener Beelzebubs zerfleischt, für ihren Irrglauben büßen müßten – es sei denn, daß ihnen das Heil gebracht würde und sie es nicht von sich wiesen. Vom erbarmungsvollen gnädigen Kaiser seien er und sein Heer entsandt worden, das Friedensreich der Grüngefiederten Schlange – die Herrschaft der über allen Menschen und Königen thronenden Moral – wiederaufzurichten. Und jetzt, da er Montezuma von Angesicht zu Angesicht gegenüberstehe und sehe, welch ein milder, freigebiger Fürst er sei, zweifle er keineswegs daran, daß die Völker Mexikos den Dienern Satans entrinnen werden, gerettet durch Montezuma, der damit sich selbst retten werde und, wenn er sich der göttlichen Gerechtigkeit unterordne, zu einem Fürsten der Gerechtigkeit in den Ländern des Westens werden könne, wie Don Carlos in den Ländern des Ostens ein solcher sei. Diese Völker hätten bisher in der Finsternis gelebt, und ihnen müsse geholfen werden. Auf seinem Zuge über die Schneeberge habe er von seinen Freunden, den Totonaken und Tlascalteken und anderen Völkerschaften mancherlei Klagen gehört über die Blutgier der Götter, der Könige und der Völker des Drei-Städte-Bundes; er lege den Anschuldigungen kein großes Gewicht bei, da der Krieg die Seelen zu vergiften pflege, so daß Unrecht aufgebauscht und das eigene Unrecht gern übersehen werde; doch behalte er sich vor, bei anderer Gelegenheit auf jene Anklagen zurückzukommen; und versichert solle Montezuma sein, daß er als Schiedsrichter keinem anderen Leitstern folgen werde als dem der allheiligen Gerechtigkeit.
Montezuma antwortete hierauf nichts. Die Erwähnung der Tlascalteken hatte ihm die Tränen getrocknet. Daß mit den Kastiliern viertausend Rebellen nach Tenuchtitlan gekommen waren, empörte jedes mexikanische Herz. Mit heiterem Antlitz und überaus höflich erkundigte er sich nach dem Range der Unterfeldherren. Cortez stellte ihm seine Feldobristen, seine Fähnriche und einige seiner besten Soldaten vor und auch die Anführer der Hilfstruppen: Tehuch, Piltecatl und die Schwarze Blume. Der Kriegsruhm des Totonaken und besonders des verwegenen Tlascalteken, der in Cholula dem Alten Raubtier die weiße Schminke überbracht hatte, war Montezuma bekannt, und – mochten sie auch Erbfeinde sein – er ehrte sie durch ein flüchtiges Neigen des Kopfes. Daß aber der Erzrebell, der Überwinder des Feldherrn die Rose und Brandschatzer vieler mexikanischer Städte, sich unter dem Schutze der Gastfreundschaft im alten Tecpan aufhielt, empfand Montezuma als einen unverwindlichen Schimpf. Seit jenem Abend, als in Gegenwart des Herrn des Fastens die Schwarze Blume seinem enthaarten Lieblingshund den Bauch aufgeschlitzt hatte, begegneten sie sich heute zum erstenmal. Und das Schicksal hatte es gewollt, daß die Schwarze Blume heute ein Zeuge der tiefsten Demütigung des Zornigen Herrn wurde. Finster wandte sich

Montezuma ab und beachtete es nicht, daß der junge König sich eben anschickte, ihm die Hände und die Füße zu küssen.
Geschenke – Gold, Silber, Steingeschmeide, fünftausend baumwollene Mäntel – ließ der Zornige Herr hereintragen und an die Feldobristen verteilen. Der hellblonde blauäugige Alvarado fiel dem Zornigen Herrn auf und wurde durch die Frage ausgezeichnet, ob er Tonatiuh, der Sonnenheld, sei?
Nicht als Geschenk, sondern als ein Pfand seiner Freundschaft und ehrfurchtsvollen Ergebenheit, wie er sich ausdrückte, verlieh beim Abschied Cortez dem König den Knaben Orteguilla als Pagen. Es lag ihm daran, vom ersten Tag an einen Spion in der Umgebung Montezumas zu haben. Der Knabe war genau unterrichtet worden, wie er sich zu benehmen habe.
Nach Sonnenuntergang hielten die Kartaunen, Feldschlangen und Basilisken ihre dumpfen – wenn auch diesmal nur scherzhaft gemeinten – Begrüßungsansprachen an die Bewohner Mexikos und versetzten sie in Grauen und Schrecken.

Die erzenen Münder waren verstummt. Die Nacht und ihr Sohn, der Schlaf, hatten sich auf Tenuchtitlan herabgesenkt. Der zarte Schleier der lautlosen Stille wurde nur selten zerrissen durch Schifferrufe in den engen schwarzen Kanälen, durch Wächterrufe der christlichen Posten auf der Umfassungsmauer des alten Tecpan oder durch Lockrufe der dem großen Freudenhaus Tlatelolcos entschlichenen Süßduftenden.
Kurz ehe es zu tagen begann, lief atemlos ein Bote aus dem Huaxtekenlande auf dem Steindamm von Iztapalapan der Wasserstadt zu. Das Abzeichen des Läufers verriet die Bedeutsamkeit seiner Sendung. Von den Besatzungen des Bollwerkes Acachinanco und des südlichen Stadttores wurde er ohne Verzug durchgelassen und durch Trompetenstöße dem Huei-Tecpan gemeldet. Bei seiner Ankunft im Huei-Tecpan trat ihm der inzwischen von den Sklaven geweckte Vorsteher des Hauses der Teppiche im ersten Palastsaal entgegen, fragte ihn aus, von wo und von wem er komme, und begab sich, nachdem er erfahren, daß der Läufer vom Schwelenden Holz Botschaft bringe, ins königliche Schlafgemach, den Weltherrn aus dem Schlummer zu stören.
Wie damals vor acht Monaten, als der Staubaufwirbler nachts ankam, über die blutlose Opferhandlung unter freiem Himmel, den Wettlauf der Hirschmenschen auf den Dünen, die Donnerwaffen, die Trunkenheit der Tochter der Sonne, die mit Goldkörnern zu füllende Sturmhaube des Namenlosen, Bericht zu erstatten und das Hirschhautpergament seines Menschenmalers vorzulegen – so wollte auch diesmal der Zornige Herr die nächtliche Schreckenskunde nicht in seinem Schlafgemach entgegennehmen und ließ den Läufer in den Saal der Botschaften führen. Freilich, fünf nackten mit Kreide

geweißten Opfersklaven wie damals den Edelstein aus der Brust zu schneiden, lag diesmal kein Anlaß vor, denn nicht »im Angesicht der Götter geweilt« hatte der Läufer, hatte nicht »mit Göttern Reden gewechselt« und mußte daher nicht mit Blut übergossen werden. Der Glaube an die Göttlichkeit der weißen Götter war geschwunden.

Mit Schmetterlingsgesichtsbemalung und in einem Prunkkleid, auf welches skelettköpfige Waldkatzen gestickt waren, begab sich Montezuma in den Saal der Botschaften und nahm auf dem Thron unter dem Baldachin aus Adlerdaunen Platz.

Er trug eine Krone aus übereinandergeschuppten Silberplatten – einer Wangen und Stirn einrahmenden Haube ähnlich –, aus deren becherförmiger Spitze ein grüngoldener Springquell von Quetzalfederbüschen emporsprudelte. Ein Ohrenschmuck in Gestalt silberner Maisähren hing ihm von den Ohrläppchen bis zu den Schultern herab.

Kienfackeln, von Hauserleuchtern gehalten, füllten den weiten Saal mit Rauchstreifen. Schummerig belichtet vom hüpfenden Flammenschimmer, tauchten die blankpolierten Götzenskulpturen der Jaspiswände wie aus Nebelformen auf, immer wieder verbleichend. Nicht weniger geisterhaft schwebten und wogten die Menschen im gaukelnden Feuerschein.

Montezuma war wach – und dennoch hörte er die Nachrichten von den Geschehnissen an der Meeresküste an, als wären sie eine Fortsetzung seiner bösen Träume. Mit verängstigten Blicken starrte er eine kleine Kiste aus Sandelholz an, welche vom knienden Boten ihm hingereicht wurde. Er nahm die Kiste nicht entgegen, er ließ sie auch nicht öffnen.

»Erzähle erst!« sagte er zum Läufer.

Und der Läufer erzählte. Mit vierzig Gelbhaarigen und tausend Totonaken war der Befehlshaber der Hafenfestung ins Feld gezogen, das furchtbare Gastmahl des Schwelenden Holzes zu strafen. Doch das Schwelende Holz nahm die Schlacht nicht sogleich an. Sein Sohn, der Blitzende Schild, lockte mit seinen Adlern und Jaguaren die Feinde in das Landesinnere, mit dem Hauptteil der mexikanischen Truppen aber durchzog das Schwelende Holz Totonacapan, verlangte die Herausgabe des seit der Gefangensetzung Guatemocs verweigerten Tributes, erklärte, als der dicke Kazike sich auf das Verbot der weißen Götter berief, die weißen Götter seien bereits Opfersklaven in Tenuchtitlan und ihr Edelsteinwasser werde in den nächsten Tagen schon über die Tempeltreppen herabfließen. Und er drohte mit der Zerstörung der Stadt Sempoalla, im Falle die Totonaken bei der Weigerung verharrten. Der Tribut wurde gezahlt. Und nun wandte sich das Schwelende Holz gegen das Heer der Weißen. Als eben die Schlacht begann, ließen – auf Befehl ihres Königs – die tausend totonakischen Krieger die Weißen im Stich. Allein mußten die vierzig

Weißen gegen die mexikanische Streitmacht kämpfen. Trotz ihrer Blitzwaffen wurden sie in die Flucht geschlagen; sieben fanden den Tod – der tödlich verwundete Anführer und eines der Hirschungeheuer gerieten in die Gewalt der Mexikaner.
»Öffne die Kiste!« sagte Montezuma zum Boten. »Ich will das Geschenk des Schwelenden Holzes sehen!«
Der Bote hob den Deckel ab. In viele farbige, mit Paatlwasser parfümierte Tücher eingewickelt, lag dort ein unkenntlicher, kugelförmiger Gegenstand.
»Entferne die Tücher!« befahl Montezuma.
Der Bote entnahm der Kiste das Geschenk des Schwelenden Holzes und schälte von ihm die Hüllen ab. Nun wurde sichtbar, was er in den Händen hielt: es war das abgeschnittene Haupt Escalantes.
Blauweiß, pergamenten leuchtete die runzlige Haut des eingefallenen Gesichts. Die scharfe Adlernase trat unnatürlich weit hervor. In den halboffenen Augen glomm ein Widerschein des Kienfackellichtes. Welk, vergilbt blinkte der weiße Knebelbart.
Einen kurzen scheuen Blick warf Montezuma auf das abgeschnittene Haupt, einen Blick voll Grausen und Triumph. Jetzt sah er es mit eigenen Augen, daß die Söhne der Sonne nicht unsterblich, nicht unbesiegbar, nicht allwissend waren. Alle seine Pläne – der Hinterhalt in Cholula, die Entsendung des falschen Montezuma, die gelockerten Felsen an der beim Popocatepetl vorbeiführenden Straße – waren von den weißen Göttern durchschaut und hintertrieben worden; nur dies hatten sie nicht hindern können, nur dies war voll und ganz gelungen, hatte sich abgespielt, wie es geplant worden war: das schaurige Gastmahl, das Herauslocken der Besatzung, der Verrat der Totonaken, der Tod des weißen Anführers. Zum erstenmal seit Jahresfrist waren die Himmelsgötter auf seiten Mexikos. Wollten sie in die Königin aller Städte zurückkehren? Durfte er es als ein Zeichen auffassen, daß ihm fortan – bei einer gewagteren Tat – ihr Beistand nicht fehlen werde?
Er ertrug den Blick der verglasten Augen nicht. Selbst im Tode übte der weiße Mann einen Zauber, eine magische Anziehungskraft aus. Montezuma hatte nach ihm greifen wollen, doch seine Hände zitterten zu sehr. Scheu senkte er den Blick.
Man müsse das abgeschnittene Haupt den Göttern Mexikos darbringen, sagte er. Als aber der Vorsteher des Hauses der Teppiche an ihn die Frage richtete, auf welchem Altare der Götter Mexikos der Kopf niedergelegt werden sollte, besann sich der Zornige Herr und widerrief seinen Befehl. Es würde bald ruchbar werden, wenn das Haupt in einem der Gotteshäuser Tenuchtitlans liege, und die weißen Götter könnten versuchen, es zu befreien – darum wünsche er, daß das Haupt heimlich über den Steindamm von Tepeyacac nach Tlacopan gebracht und dort Tezcatlipoca geweiht werde ...

Die Sonne war inzwischen aufgegangen. Und zu erregt war Montezuma, sich wieder schlafen zu legen.
Um sein wallendes Blut wieder zur Ruhe zu bringen, rief er seine Krüppel und Narren. Fade waren, nicht des Hinhorchens wert, ihre Späße, unschmackhaft nach solch einer Nacht. Da hieß er die schönsten Mädchen aus dem Haus der Vierhundert Frauen kommen, setzte sich in ihre Mitte und lauschte dem Musikmeister Löffelreiher-Schlange und seinem Chor. Zwei Stunden lang ließ er sich von den Gesängen in ein mildes Wunschland entführen.
Dann nahm er – früher als sonst – den mit Vanille und Honig gesüßten Kakaotrank ein. Der Rührlöffel in der buntbemalten, aus Cholula – der Stadt der Majolikaarbeiter – stammenden Kakaoschale war ein geschliffenes, stielförmiges Stück Bernstein, in Gold gefaßt. Unversehens entglitt der Bernsteinlöffel der noch immer zitternden Hand Montezumas, fiel auf den marmornen Estrich und brach in zwei Hälften. Tränen stürzten aus den Augen des Zornigen Herrn. Nicht um die entwertete Köstlichkeit weinte er – denn jederzeit konnte er einen gleichen Löffel von den berühmten Steinschneidern der Künstler- und Blumenstadt Xochimilco erhalten –, um sich selbst weinte er; ihm war, als sei der in zwei Stücke gebrochene Stab ein Bild von ihm, als sei er selbst der Bernsteinlöffel, eine entwertete Köstlichkeit...
Der Hohepriester von Mexiko, das Mexikaner-Priesterchen, wurde gemeldet. Montezuma ließ ihn in den Audienzsaal bitten und zugleich mit ihm auch den Überwältiger und den Edlen Traurigen. Beim letzten Kronrat hatte sein Bruder gefordert, dem Grünen Stein die Tore Mexikos zu verschließen; sein Neffe aber hatte es für unwürdig der Größe Mexikos erklärt, ihm die Gastfreundschaft zu verweigern. Sie waren die Vertreter der zwei schroff entgegengesetzten Anschauungen unter den Adligen der Kriegerkaste; und Montezuma wollte, daß beide Parteien zu Worte kämen, falls im Gespräch mit dem Hohenpriester (wie zu erwarten war) die Geschehnisse in der huaxtekischen Provinz und, im Zusammenhang damit, die Frage erörtert würde, was mit dem Grünen Stein und seinem Heer nunmehr geschehen müsse...
Ein hoher, hagerer Greis mit düsteren Gesichtszügen war das Mexikaner-Priesterchen. Seit König Molchs Zeiten Oberster der Edelsteinentreißer, hatte er einst Montezuma – als dieser noch ein mit geschmolzenem Kautschuk schwärzlich bemalter Unterpriester im Schlangenberg war – seine Strenge oft fühlen lassen und war sich seiner ungeminderten Macht über den König bewußt. Es war sein Wille, sein öffentlich ausgesprochener Wille, daß der König von den Göttern gestraft werde, weil er sein Versprechen nicht gehalten hatte, den Sternhimmel am Huitzilopochtli-Turm mit Geschmeiden zu überdecken. Das Mexikaner-Priesterchen war von der Allgewalt des mexikanischen Kriegsgottes zu sehr überzeugt, um die seitens der

weißen Götter drohende Gefahr ernst zu nehmen. Die lächerlich kleine Schar der Gelbhaarigen hatte er beim Einzug gestern gesehen und gezählt – ein Wort Montezumas genügte ja, sie zu zermalmen. Aber darauf kam es ihm gerade an, Montezuma zu hemmen, daß er das Wort nicht zu früh ausspreche. Es lag ihm daran, Montezuma in Angst zu erhalten, auf daß er noch lange die Ungnade, die Strafe des Himmels spüre. Verlassen von den Göttern, im Stich gelassen von den Orakeln sollte er sein, bis er, reumütig den Schatz Tezcucos für den Sternhimmel herausgebend, sich des Wunderbaren Huitzilopochtli Verzeihung und Gunst erkauft haben werde.

In der letzten schweren Zeit hatte der Hohepriester dem König Beistand und Rat versagt. Heute aber kam er, ihn zu demütigen, zu erniedrigen, ihm die Abhängigkeit von der Hohen Geistlichkeit zum Bewußtsein zu bringen.

Mit unterwürfiger Körperhaltung und mit kriecherisch devoten Worten stellte er den Zornigen Herrn streng zur Rede, warum er das abgeschnittene Haupt des Gelbhaarigen dem Tezcatlipoca von Tlacopan geschenkt habe, statt es dem Huitzilopochtli von Tenuchtitlan zu geben. Und er verlangte im Namen der gekränkten Göttergesamtheit Mexikos, daß der König unverzüglich den Kopf durch Schnellläufer zurückholen lasse.

Montezuma entschuldigte sich: die kostbare Trophäe habe er aus Tenuchtitlan entfernt, damit sie von den weißen Göttern nicht entwendet werde; und er wolle sie feierlich nach Tenuchtitlan wieder zurückbringen, sobald die weißen Götter vernichtet wären; – das könne vielleicht schon nach wenigen Tagen geschehen sein.

Der Überwältiger bemerkte hierzu: nach einigen Tagen werde es wahrscheinlich zu spät sein. Mehr als einmal habe er gewarnt und gefleht, der Zornige Herr möge nicht Leute in sein Haus laden, die ihn hauslos machen könnten. Doch Vorwürfe zu erheben sei jetzt nicht die Zeit. Und obgleich seine Ratschläge nicht beachtet worden seien, wolle er nicht aufhören, die Stimme zu erheben und zu helfen, soviel in seinen Kräften stehe. Sein Rat gehe nun dahin: noch an diesem Tage die Gelbhaarigen zu überfallen, sie zu opfern, den Kriegsgott durch ihr Blut zu ehren. Alle Vorbereitungen seien getroffen, schon würden die Pfeile, Speere und Schilde verteilt, die Adler und Jaguare stünden bereit und warteten nur auf das Losungswort des Zornigen Herrn. Heute sei noch Zeit zu kühnem Entschluß – morgen könne die Tat vielleicht schon unausführbar sein.

Der Edle Traurige widersprach. Ritterlich trat er für die Heiligkeit des Gastrechts ein. Beim letzten Kronrat habe auch er sich bereit erklärt, an der Ausrottung der Gäste teilzunehmen, sobald sie sich anmaßend benehmen, sich eines Übergriffes schuldig machen würden. Das sei indes bisher nicht geschehen.

Erregt entgegnete der Überwältiger: es sei schon zu viel gewartet und verschoben worden. Alle Schildträger lechzten nach Rache für

Cholula. Heute, spätestens morgen, müsse es geschehen, sonst stehe er für das Gelingen nicht ein. So günstige Vorzeichen wie augenblicklich, so günstige Kalendertage wie heute und morgen würden so bald nicht wiederkehren. Auch beweise die Kunde aus dem Huaxtekenlande, daß die Unbesiegbarkeit der Söhne der Sonne eine Fabel sei und daß die Himmelsgötter den Kindern Mexikos ihre Liebe und Huld wieder zugewandt hätten.
Das sei ein Irrtum, unterbrach ihn das Mexikaner-Priesterchen. Die Götter grollten noch immer; die Orakel, die er täglich befragen lasse, lauteten ungünstig. Und das Los Cholulas beweise, wie unklug es sei, Orakel zu mißachten. Er teile die Ansicht des Edlen Traurigen, daß man jetzt noch nicht losschlagen dürfe – wäre es auch nur, um die Tlascalteken ebenso gänzlich auszurotten wie die weißen Götter. Ein zerschnittener Wurm sei nicht tot, solange sein Kopf noch lebe. Darum solle man abwarten, bis sich die Tlascaltekenführer Kriegsmaske und Fichtenzweig gleichfalls in der Stadt der vier Steindämme eingefunden hätten – dann werde der Schimpf des unerbetenen Einzuges der Tlascalteken wettgemacht werden, und die Geduld der empörten Bevölkerung Tenuchtitlans werde belohnt sein.
Der Überwältiger machte dagegen geltend: wichtiger, als den Freistaat seiner Führer zu berauben, sei es, den weißen Göttern zuvorzukommen. Die Nachricht von der Niederlage ihres Küstenheeres werde ihnen nicht lange verborgen bleiben und werde sie vielleicht zu einer Verzweiflungstat drängen. Aber leider scheine die Zerstörung Cholulas manchen Mexikanern das Herz erweicht zu haben ...
Bisher hatte Montezuma geschwiegen. Jetzt äußerte er seine Meinung – und seine mit leiser Stimme fast zaghaft vorgebrachte Meinung bedeutete einen unumstößlichen Beschluß, der keine Widerrede mehr duldete.
Solange der Grüne Stein, sagte er, vom abgeschnittenen Haupt nichts wisse, halte er es für klug, ihm und allen frechen Eindringlingen das Leben zu fristen. Auch glaube er, daß es nicht von Menschen, sondern vom Himmel abhängen werde, wie lange diese Frist dauern und über wessen Geschick sie wie eine Wolke schweben werde ... Inzwischen werde er die Gäste wie Gäste behandeln, durch Güte und Huldbeweise sie in Sicherheit wiegen ...
Der Vorsteher des Hauses der Teppiche trat ein und meldete Malintzin. Montezuma ließ sie hereinführen.

Unter dem Schutz ihres Hofmeisters Pérez de Arteaga, ihres Pagen Santa Clara und zweier Musketiere kam Marina, den Großkönig zu fragen, ob ihm Cortez im Laufe des Vormittags seine Aufwartung machen dürfe. Nachdem sie einen bejahenden Bescheid erhalten, wollte sie sich wieder entfernen, wurde jedoch von Montezuma zurückgehalten, der ihr und ihren Begleitern Sessel hinstellen ließ und sie in ein Gespräch zog. Um Cortez nicht warten zu lassen, schickte

sie Santa Clara in den Tecpan König Wassergesichts mit dem Auftrag, Montezumas Antwort auszurichten und zu erklären, warum ihre Rückkunft verzögert sei.
Allberühmt wie ihre Schönheit war die Legende ihres Lebens. Die nackten Tatsachen ihrer absonderlichen Erlebnisse muteten ja an sich schon wie ein Märchen an. Und seit einem Jahr war von den Bewohnern Anahuacs an diesem Märchen weitergedichtet worden, war es zu einem grotesken Mythus umgedichtet, entstellt und verzerrt worden. Tonantzin, »Unser Mütterchen«, wurde sie angeredet, wie die Maisgöttin. Sie sei die Tochter eines Königs, behaupteten die einen, sie sei die Tochter eines Gottes, behaupteten die anderen. Bei einer Seejungfrau unter dem Wasser habe sie ihre Jugend verlebt und sei dort mit Weisheit und Zauberkunst beschenkt worden, wurde erzählt; oder: sie sei eine Schwester der Bergblume; manche wiederum wollten wissen: als Schlachtopfer sei sie der Unratgöttin geweiht gewesen, die habgierigen Priester aber hätten sie an Menschenhändler verkauft...
Alle diese Sagen hatten am Hofe Mexikos willige Hörer gefunden und waren auch dem Zornigen Herrn zu Ohren gekommen. Seine Teilnahme für das seltsame Mädchen war gesteigert seit der ersten Begegnung tags zuvor. Er konnte sich selbst darüber nicht Rechenschaft geben, was ihn zu ihr hinzog, die doch eine Feindin und Verräterin war. Ihre Schönheit – so außergewöhnlich sie war – konnte auf ihn, den Herrn des Hauses der Vierhundert Frauen, so tief nicht wirken, und menschliche Schicksale (sein eigenes ausgenommen) hatten bisher noch nie ein Mitgefühl in ihm geweckt.
Jetzt forderte er sie auf, ihm die Geschichte ihrer leidvollen Jugend zu erzählen.
Sie tat es. Als sie geendet hatte, fragte er sie: ob ihre böse Mutter noch am Leben sei.
Das wisse sie nicht, antwortete sie. Doch flehe sie zu Gott, daß ihre Mutter noch lebe.
»O Malintzin«, sagte Montezuma, »willst du, daß ich deine böse Mutter töten lasse?«
Wie zur Abwehr streckte Marina beide Arme aus und rief:
»O Herr, o König! Das Zeichen deiner Augenbrauen ist der Blitz – was du befiehlst, geschieht sofort. Doch ich möchte nicht, daß du dieses befiehlst!...«
»Oder willst du«, fuhr der König zu fragen fort, »daß ich das schlechte Weib, das dich verkauft hat, nach Tenuchtitlan schaffen lasse, damit du dich an ihr rächen kannst? Meine Schnelläufer können Oaxaca in einem Tage erreichen. Deine Mutter wird morgen abend im Huei-Tecpan sein.«
Das Antlitz Marinas strahlte wie Sonnenschein.
»O Herr, o König, dessen Macht ohne Grenzen ist – ja, das will ich!« rief sie mit Tränen in den Augen. »Laß meine Mutter herkommen,

daß ich sie wiedersehe! Doch nicht rächen will ich mich an ihr. Denn mein Gott Christus hat mir befohlen, die zu lieben, die mir Schlimmes zugefügt haben.«

Die letzten Worte machten einen ungünstigen Eindruck auf den König und seine Umgebung. Es war bekannt, daß Cortez solche Rede im Munde führte – in Cholula aber hatte er keine Liebe zu seinen Feinden bewiesen! Warum sprach ihm das Mädchen solche Heucheleien nach! Allzu unwahrscheinlich klang es, daß man lieben könne, was man hassen mußte ...

Unwillig blickte Montezuma Marina an. Ehe er jedoch eine zurechtweisende Antwort fand, kam seine Schwester, die vom Gott besessene Prinzessin Papan, in den Saal.

Mit weit aufgerissenen Augen stand sie vor Marina. Wirre, unzusammenhängende Sätze schrie der Gott aus ihr:

»Tochter Montezumas! Wehe dir, daß du nicht als Kind starbst! ... Wehe dir, daß du herangewachsen bist, du Unheil Mexikos! ... Nun kommst du in Blut gekleidet! ... Der König der Hirsche und die Hirschgöttin entsetzen sich vor dir ... Die Sterne zittern ... Eine Schlange bist du und warst eine Königstochter ... Weh mir Unglücklichen, daß ich dich retten half ... Du warst des Maisgottes Braut, doch leid taten mir deine Kinderhändchen ... Nun wird statt deiner Mexiko der Adler mit der geöffneten Brust ... Die Fratzen der Finsternis steigen aus dem Westhimmel herab auf die Erde – siehst du sie nicht, o mein Bruder Montezuma? ... Im Skelettgefäß habe ich dein Kind verborgen ... Nicht Malintzin heißt sie – ihr Name ist: die Welle ... Bald wird der Komet bei Tageslicht scheinen, und die Sonne wird erbleichen und sich schwärzen vor ihm, der wie ein glühender Besen Tenuchtitlan fortfegt! ... O ihr Söhne Mexikos, kämpft gegen die rote Blutschlange, kämpft gegen die Prinzessin Welle, bringt sie in das Brautgemach des Maisgottes, dem sie als Wiegenkind versprochen wurde!«

Alle waren von ihren Sitzen emporgeschnellt. Montezuma sagte zu Papan:

»Es ist gut, ich habe deine Worte vernommen, beruhige dich ...«

Er faßte sie bei der Hand, führte sie zur Tür, übergab sie ihren Wärterinnen. Dann kehrte er zum Silberthron zurück, setzte sich, stützte das Kinn auf die Hand und schwieg lange, in Sinnen verloren.

Von einer Nebenfrau hatte er einst eine Tochter – Acneyotl, die Welle – gehabt. Bei einer Hungersnot vor mehr als einem Jahrzehnt, die infolge von Regenmangel ganz Anahuac heimsuchte, war die kleine Königstochter vom Volk und den Priestern als Regenmädchen für den Gewittergott Tlaloc gefordert worden. Zum Wohl des Landes hatte Montezuma sein Fleisch und Blut hergegeben, nur geweigert hatte er sich, bei der Opferhandlung zugegen zu sein. Seitdem war er immer des Glaubens gewesen, das Kind sei auf einer Bergspitze

dem Regengott dargebracht worden. Aber freilich, undenkbar war es nicht, daß von Wärterinnen oder weiblichen Verwandten ein Sklavenkind als Regenmädchen untergeschoben worden war ...
Als er den Blick hob, trafen seine Augen auf die sinnenden Augen des Hohenpriesters. Auch das Mexikaner-Priesterchen entsann sich der Welle, wußte bestimmter als der König, daß die gemütskranke Papan sich irrte. Doch gelegen kam ihm dieser Irrtum. Eine neue Handhabe gab ihm der aufsteigende Zweifel Montezumas, ihn zu foltern, an seiner kranken Seele zu zerren.
Man müsse Nachforschungen über die Geburt Marinas anstellen lassen, äußerte das Mexikaner-Priesterchen. Des Königs Augen seien wie die Sonne: wo sie hinblicken, hellt sich das Dunkel auf!
Montezuma nickte.
»Ich werde nachforschen, bis ich es aufgeklärt habe!« sagte er.
Und er schaute voll Schrecken und Liebe auf die verloren lächelnde Marina.
Da wurde die Ankunft von Cortez gemeldet.

In Galakleidern traten Cortez, Velázquez de León, Alvarado, Ordás und Sandoval ein. Eine Leibwache von fünf Soldaten begleitete sie.
Nachdem man sich begrüßt und Platz genommen hatte, machte Cortez seinen zweiten Bekehrungsversuch – hatte er doch schon im alten Tecpan dem König nahegelegt, sich durch Taufwasser gegen die Qualen in den sieben Trichterkreisen der Gehenna zu feien. Während er sprach, zählte er die Türen des Saales. Marina, noch wirr und erschüttert von den Worten Papans, hatte Mühe, die christliche Mystik in mexikanische Worte zu kleiden. Denn Cortez nahm die Gelegenheit wahr, die Entfernung von Montezumas Thronsitz bis zur nächsten Tür zu messen, während er redegewandt in Gegenwart des blutfinster dreinschauenden Mexikaner-Priesterchens die Eschatologie des Christentums entwickelte, beginnend mit der Erbsünde als Auftakt zum Jüngsten Gericht. Wie ein Theologe sprach er von der Trinität, der Inkarnation, der Transsubstantiation, der Passion und Resurrektion und überlegte, ob dreißig bewaffnete Besucher genügen würden, den König zu fangen ... Doch wie sehr auch Marina bestrebt war, das Transzendentale faßlich, das Unverständliche verständlich zu machen – es gelang nicht, Montezuma davon zu überzeugen, daß seinetwegen der Christengott am Kreuze gestorben war.
Wie tags zuvor lehnte Montezuma das dargebotene Heil ab. Freundlich und höflich tat er es, indem er dasselbe Argument vorbrachte, mit welchem früher, in gleicher Lage, schon die Tlascalteken und die Totonaken sich gegen die Bekehrung verschanzt hatten: der Christengott möge gut sein, die Götter Anahuacs wären aber gleichfalls gut ... Und er lenkte geschickt das Gespräch ab, indem er die unsin-

nigen Gerüchte beklagte, die schuld seien an so vielen Mißverständnissen und bewirkt hätten, daß Mexiko vor den Söhnen der Sonne ergrauste, so daß er sich veranlaßt gesehen habe, ihnen vom Besuch Tenuchtitlans abzuraten. Jetzt wisse er, daß die weißen Götter keine greuelhaften Ungeheuer mit Hirschfüßen seien und auch keine bösen Götter, wie erzählt wurde, sondern gütige, freundliche, die Gerechtigkeit liebende Menschen von Fleisch und Bein, Menschen mit hellerer Haut. Doch auch sie sollten den falschen Gerüchten über ihn und den Verleumdungen der Tlascalteken keinen Glauben schenken: auch er sei kein Gott, sei Fleisch und Bein, weder habgierig noch grausam; und sein Tecpan sei nicht aus gelbem und weißem Götterdreck erbaut, sondern aus Stein und Mörtel – davon könnten sie sich ja überzeugen. Das wenige, was er an Götterdreck besitze, pflege er zu verschenken. Er habe ihnen schon einiges gegeben und hoffe, sie noch oft damit zu erfreuen.
Und Montezuma ließ Goldgeschenke für Cortez und die Feldobristen hereintragen. Auch jedem der gemeinen Soldaten hängte er zwei Goldketten um den Hals.
Für sein Heer erbat und erhielt Cortez die Erlaubnis, den Huei-Tecpan und die Gärten Montezumas zu besichtigen.
Als er aber den Wunsch äußerte, die Schlangenberg-Pyramide zu ersteigen, zögerte Montezuma, beschwichtigte mit einer Handbewegung den aufbegehrenden Überwältiger, noch ehe dieser seiner Empörung Luft machen konnte, winkte das Mexikaner-Priesterchen heran und sagte, nachdem er mit dem Hohenpriester eine Weile im Flüsterton geredet hatte: er werde am Nachmittage den Grünen Stein auf dem Menschenwürgeplatz erwarten und ihm das Heiligtum zeigen.

Velázquez de León war von den Kastiliern der einzige, dem die Erregung Marinas aufgefallen war. Beim Rückweg in den alten Tecpan schritt er neben ihr her. Seit den Vorgängen in Xochimilco war eine leichte Verstimmung zwischen ihm und Cortez. Mit seiner jungen Frau, Doña Violante, lebte er in glücklicher Ehe, und dennoch verabscheute er *La Azteca* und bemitleidete Marina, fühlte sich für sie gekränkt.
Leise fragte er, was ihr geschehen sei.
Sie sagte es ihm. Ein wenig spöttisch sprach sie von der Leichtgläubigkeit Montezumas.
»Also haltet Ihr selber es nicht für möglich, Señorita, daß Ihr seine Tochter seid?«
Marina lachte.
»Ich weiß bestimmt, daß es unmöglich ist, daß es der Einfall einer Kranken ist. Was mich erregt, ist die Freude, morgen abend meiner Mutter gegenüberzustehen.«
»Einerlei, ob jenes wahr oder unwahr ist«, bemerkte Velázquez.

»Wenn Montezuma es für möglich hält, so kann uns das vielleicht von Vorteil sein ... Ich wünschte, ich könnte es auch Don Hernando glaubhaft machen.«

»Warum, Don Juan?« fragte sie erstaunt.

Velázquez gab keine Antwort. Zu verwegen waren seine Gedanken, als daß er sie hätte aussprechen dürfen. Nicht zum erstenmal beschäftigte ihn die Zukunft Mexikos. Sein Freundesehrgeiz – denn für Cortez war er ehrgeiziger, als Cortez selbst war – verstieg sich auf halsbrecherische Wolkenpfade. Noch war der Untergang des Christenheeres ebenso wahrscheinlich wie sein Triumph. Doch wenn es gelang, dies tollkühne Wagnis, das seit den Heerzügen Alexanders und Cäsars ohnegleichen in der Geschichte war – sollte dann der bischöfliche Leiter der indianischen Angelegenheiten die Früchte einheimsen, wie er es nach der Pazifizierung in Haiti und Kuba getan hatte und tat? Sollte Cortez belohnt werden, wie der große Admiral belohnt worden war? Oder bestenfalls mit einer gnädigen Audienz, dem Goldenen Vlies, einem Marquisat abgefunden werden? Nur der Diener seines Herrn wollte Cortez sein und wußte vom jungen Kaiser nicht mehr als den Namen. Zu niedrig gesteckt war sein Ziel. Wenn er der große Mann war, für den seine Freunde ihn hielten, so durfte er sich nicht abspeisen lassen wie die Hofschranzen, so durfte er seinen Lohn sich selbst verleihen. Und warum sollte er es nicht, warum sollte er – wenn das Glück ihn krönte – die Hand nicht ausstrecken nach der Krone ... nach dem blauen Stirnband eines Kaisers des Sonnenuntergangs? ...

Die Erlaubnis für das christliche Heer, den Huei-Tecpan und die Gärten Montezumas zu besichtigen, hatte sich Cortez erbeten, um gegebenenfalls in unauffälliger Weise eine größere Anzahl Soldaten im Großen Palast versammeln zu können. Seinem Plan nach sollte der Besuch der Baulichkeiten und Gärten sich auf mehrere Tage erstrecken. Er schwankte nämlich noch und zweifelte, ob er den Anschlag bald werde wagen können, und hatte, wenngleich er zur Tat entschlossen war, einen Zeitpunkt noch nicht festgesetzt. In den alten Tecpan zurückgekehrt, gab er daher die Weisung, es sollten sich täglich nicht mehr als etwa ein halbes Hundert Soldaten in die Stadt begeben und in einzelnen Gruppen zu zwölf Mann den Huei-Tecpan besuchen, sich dort herumführen lassen.

Während am frühen Nachmittage der erste Trupp dieser Besucher durch das Labyrinth der Jaspissäle schlenderte, Montezumas Thronsessel, seine Rüstkammern, sein Schlafgemach, sein Badezimmer, sein Haus der Trauer, sein Ballspielhaus, die Werkstätten der königlichen Federarbeiter besichtigte und in dem von dreihundert Wächtern betreuten Tierpark – trotz des unvergeßlichen Eindrucks der Blumensammlung in Iztapalapan – geradezu in Verzückung geriet über die Weiße des Liliengartens mit den zehn alabasterummauerten

Teichen, über die zwei Tierhäuser mit unterirdischen Raubtierzwingern, Schlangenkammern, Käfigen für Adler, Käfigen für Kolibris und Schmetterlinge und über die berühmten Zypressen Montezumas, deren Stämme hundertundsechzig Fuß im Umfang maßen – ritt Cortez mit Alvarado, Andrés de Tapia, Olid, Lugo und einer Leibwache nach dem großen Markt von Tlatelolco. Marina folgte in einer Sänfte nach; sie stieg dicht beim Marktplatz aus und schloß sich einer Schar hoher Palastbeamten an, welche im Auftrag Montezumas sich eingefunden hatten, den Söhnen der Sonne die Herrlichkeiten des Marktes zu zeigen.

Der unermeßlich große Platz war von prachtvollen Säulengängen aus rotem Porphyr umgeben. In der Mitte des Platzes erhob sich »der Altar« – ein kleines Heiligtum Tezcatlipocas, seltsam ärmlich und schlicht, genau den an Kreuzwegen errichteten Betkapellen für Wanderer gleich: ein grauer Lehmziegelbau, mit sechs Stufen, einer engen Plattform und einem ziemlich hohen Sanktuar aus geflochtenem Maisstroh. Rings um dieses uralte Wahrzeichen der gefahrvollen Händlerreisen bildeten die hölzernen Stände und Buden Hunderte von niedrigen Gassen, in deren buntscheckigem Menschengetümmel neben Mexikanern alle Völkerschaften Zentralamerikas in den verschiedensten merkwürdigsten Trachten durcheinanderwimmelten und, Geldtaschen am Handgelenk tragend, verkauften sowohl wie einkauften. Im bunten Wirrwarr herrschte eine überraschende Ordnung. Jede Art von Waren hatte ihren besonderen Standort. Um Diebstähle, Streit, Betrügereien zu verhindern oder sofort zu bestrafen, wurden alljährlich vom König etliche Marktordner ernannt und mit richterlicher Gewalt ausgestattet; sie gingen von Stand zu Stand, prüften die Maße, setzten den Wert der Waren fest, sahen darauf, daß die Käufer nicht übervorteilt wurden.

Über eine Stunde lang weilten die Feldobristen inmitten des rauschenden und berauschenden Getriebes – auf sechzigtausend Menschen schätzten sie die den Marktplatz füllende Menge –, und sie wurden nicht müde zu schauen. Bewunderung erregte die weibliche Menschenware, die ungeheure reiche Auswahl in den Buden der Sklavenhändler und Sklavenhändlerinnen, die Reinlichkeit, der Gesang und Tanz der Gutgewaschenen, unter denen besonders die schönen schwermütigen Zapotekenmädchen hervorstachen. In den Verkaufsläden der Goldarbeiter, der Steinschneider, der Federmosaikhändler und Blumenhändler prangten Kostbarkeiten, wert, Montezuma oder eine seiner Töchter zu schmücken. Doch was gab es sonst nicht alles anzustaunen! Lebende Raubtiere wurden feilgeboten – und nicht einmal teuer: für ein Yaquimilli, das heißt eine Last von sechzig Baumwollmänteln, konnte man einen Puma oder einen Jaguar erstehen. Bücher, Bildschriften, gemalte Chroniken und Liedersammlungen, Kunstwerke berühmter Schönschreiber lagen zum Verkauf aus; dazu Streifen von Hirschhautpergament, Agavepapier, wei-

ßes Rindenpapier, Zypressenharz zum Schreiben, Purpur aus dem Blut der Stachelschnecke, Indigo, Rötel, Ockerfarbe und ein weißer Lack, mit welchem die Bilder untermalt wurden; ferner Retorten zum Mischen der Farben und Terpentinsalbe.
Man sah bei einem der Bücherhändler die Landschaften des hervorragenden Malers Tocual. Kohlen wurden verkauft; Bausteine aus dem Steinbruch der Laguneninsel Tepeapulco; Onyxmarmor aus Oaxaca; Gips, Blei, Zinn, Kupfer; Goldkörner in Entenfederspulen; kostbare Muscheln (die von Mädchen als Symbol der Jungfräulichkeit getragen wurden). Werkzeuge: kupferne Nähnadeln, kupferne Äxte und Pflugpfähle. Die Lackarbeiter hatten in zwei Gassen Bude an Bude. Unter den Töpferwaren fielen groteske Gesichtsurnen und Majolikaschalen mit Goldrand auf. Alles, was zu Kleidung und Schmuck diente, war in verblüffend großer Auswahl vorhanden, sauber geordnet und aufgestapelt. Fast ein Drittel des großen Marktplatzes wurde von den Ständen der Lebensmittelverkäufer eingenommen. Und da sah man außer Grünwaren und Wild auch Haselnüsse, Kakaofett, Austern, Wasserkäfer, geröstete Heuschrecken, die eßbaren Blumen des Yuccabaumes und geschlachtete einjährige Kinder.
Der nordwestliche Teil des Marktes wurde Cortez und seinen Begleitern nur aus der Ferne gezeigt. Es war der Trödelmarkt und hieß »der Ort der Flöhe«. Unter anderem wurde dort auch mit Menschenkot gehandelt, welchen die mexikanischen Kürschner zum Gerben brauchten.
»Wo wird diese kostbare Ware gesammelt?« fragte Cortez spöttisch.
Da führten ihn die Hausbeamten Montezumas durch zwei Nebengassen an ein von niedrigen Fächerpalmen und Palisaden umfriedetes Axixcalli ... Die Kultur Europas kannte dergleichen noch nicht. Im dichtbevölkerten Tenuchtitlan aber gab es einige Hundert zu jedermanns Gebrauch.
Mehrere Stunden hätten kaum genügt, alle Sehenswürdigkeiten des Großen Marktes zu besichtigen, doch wurde Cortez von einem der Höflinge daran erinnert, daß es Zeit sei, zum großen Tempel aufzubrechen, da Montezuma ihn dort erwarte.

Am Südtor der Schlangenmauer angelangt, wurden Cortez und sein Stab über den mit weißen Marmorplatten bedeckten Tempelhof zum Fuß der Pyramide geführt. Zwei Götterträger und mehrere Diener Montezumas standen bereit, die Christen auf ihren Schultern die hundertundvierzehn überaus hohen Stufen emporzuziehen. Doch Cortez lehnte für sich und seine Hauptleute ab; nur Marina wurde auf den Rücken eines der Götterträger gesetzt.
Auf dem Menschenwürgeplatz erwartete Montezuma in Federkleidung und mit Sternhimmelgesichtsbemalung, umgeben von einem

kleinen Gefolge, die Enkel Quetzalcoatls; vor den beiden Sanktuaren im Hintergrund standen rings um den Adlerstein das Mexikaner-Priesterchen mit blutigen Händen und der höhere Klerus in schmutzstarrendem Ornat, mit wallenden Ärmeln aus gegerbter Menschenhaut.

Auf die Frage des Königs, warum der Grüne Stein sich von seinen Dienern bei dem so ermüdenden Aufstieg nicht habe helfen lassen, erwiderte Cortez mit hochfahrendem Freibeuterstolz: die Christen kennten keine Ermüdung, wenn es gelte, dem Himmel näher zu klimmen ...

Montezuma wandte sich an Marina.

»O Unser Mütterchen, o Malintzin«, sagte er. »Ich habe Boten – meine Augen und Ohren – nach Oaxaca gesandt. Morgen wird das böse Weib im Großen Palaste sein ...«

»Lebe viele Jahre, o edler Herr und König!« sagte Marina.

Cortez blickte hinab auf das Dächermeer und die darin wie Klippeninseln verstreuten achtundsiebzig milchweißen Teocalli. Ein ganz besonderer Reiz – unfaßbar und rätselhaft wie ein flüchtiger Dufthauch, eine nicht zu erhaschende Melodie – war der von Kanälen durchaderten Wasserstadt eigen. Das sonnendurchblinkte Wellengeglitzer spiegelte sich an allen Häuserwänden empor, glimmerte und rieselte die kreidegetünchten Tempeltürme hinauf, lachte, lächelte und leuchtete allüberall. Eine Wasserwelt – und wären die Bewohner Fische gewesen, es wäre kaum als größeres Wunder erschienen, als daß in dieser wellenflimmernden Stadt luftatmende Menschen hausten ...

Doch nicht um den schönen Anblick zu genießen, war Cortez emporgestiegen. Er befand sich in einer Festung. Er mußte sich von der strategischen Lage ein Bild machen; Möglichkeiten des Angriffs und der Abwehr ins Auge fassen.

Unauffällig war die Arbeit seines Geistes. Mit Montezuma redend, sah er, entwarf, prägte sich Straßenzüge und Kanalbrücken ein.

Nachdem er wußte, was er wissen wollte, schweifte sein Blick weiter hinweg und blieb im Südosten am Tempel Xipe-Totecs, Unseres Herrn des Geschundenen, haften, dessen Dach aus gelblichen Menschenschädeln bestand. Wahrlich, das Schicksal Sodoms verdiente die schöne Stadt und war kein Erbarmen wert ...

Cortez erbat sich die Erlaubnis, in die beiden Sanktuare treten zu dürfen. Nach kurzer Beratung mit dem Mexikaner-Priesterchen willigte Montezuma ein und führte die Christen in die Heiligtümer.

An der Schwelle der Huitzilopochtli-Kapelle schlug den Eintretenden ein grauenhafter, infernalischer Gestank entgegen. Seit der Erbauung des Tempels war der Raum nie von Blut gesäubert worden. Zu dicken Klumpen verhärtet, troff es gleich schwarzen und roten Stalaktiten von der Decke und den Wänden herab, so daß die gemeißelten Basreliefs unterhalb der scheußlichen Kruste verschwanden. Eben jetzt

triefte helleres, frisches Blut über das Gallert der fast schon versteinerten Tropfen. Nahe beim Eingang prasselte auf einem Altar, aus einem Feuertopf hochflammend, das Ewige Feuer – sein Widerschein hüpfte rot auf den blaugrünen Stahlharnischen der Kastilier –, ein Rauchfang in der Decke entführte den weißlich-grauen Feuerqualm in den hohen Sanktuarturm, den Sternhimmel Huitzilopochtlis. Vor dem mit Obsidianmessern, Feuerbohrern und allerlei Tempelgerät bedeckten Altar lag die zwei Klafter lange, aus einem ausgehöhlten Yuccastamm geschnitzte und mit einer Schlangenhaut überspannte Teponaztli-Trommel des Kriegsgottes – sie wurde nur selten, nur in schicksalsschwangeren Stunden gerührt. Weiter hinten in einer vergoldeten Nische erhob sich das überlebensgroße Bildnis des Wunderbaren Huitzilopochtli aus spiegelblank geglättetem, schwarzem Basalt. Als ein niederkauernder Jüngling war der Gott dargestellt; eine Schlange aus Juwelen wand sich um seinen nackten Körper. Einen goldenen Schlangenstab hielt er in der rechten, eine weiße Blume und vier goldene Pfeile ohne Spitze in der linken Hand. Auf seinem Rücken kroch ein großer Drachen, ragte über seine Schultern empor. Als Halsband trug der Gott aneinandergereihte goldene und silberne Herzen. Blau bemalt war sein Gesicht und wies gelbe Querstreifen auf, welche Kinderschmutz bedeuteten.
In die danebenliegende Kapelle des Wassergottes blickten die Kastilier nur flüchtig hinein. Der Gestank war zu unerträglich. Der basaltene »Zauberprinz« entsprach genau dem weißen Tlaloc auf der Kordillere, nur daß er ein goldenes Blitzebündel in der Hand hielt. Und vor ihm, auf einem Steintisch, zuckten drei soeben erst entrissene Edelsteine. Im Sanktuar Huitzilopochtlis hatten die Christen fünf solche noch pochende Menschenherzen gesehen . . .
Nachdem sie wieder ins Freie getreten waren und tiefaufatmend die reine Höhenluft einschlürften, bemerkte Cortez: »Dieser teuflische König hat, bevor wir heraufstiegen, eine Opferhandlung vornehmen lassen, um seine Götzen mit unserem Besuch auszusöhnen!«
»Trotzdem bitte ich Euer Gnaden«, warnte Pater Olmedo, »dem König hier oben keine Vorhaltungen zu machen. Wir müssen auf seine Gefühle Rücksicht nehmen – was uns als Greuelstätte erscheint, ist ihm das heiligste seiner Heiligtümer . . .«
Cortez wollte antworten, doch sah er, daß Sandoval eilig die große Pyramidentreppe emporklomm, und ging ihm entgegen.
»Was bringt Ihr, mein Sohn Sandoval?«
»Zwei Briefe. Einen von Alonso de Grado und einen vom Richter Moreno Madrano. Es ist ein Wunder, daß sie noch angelangt sind: denn der verkleidete Tlascalteke, der sie überbrachte, sagte mir, er habe, über den Steindamm gehend, gesehen, daß die Mexikaner bereits Vorbereitungen treffen, die hölzernen Dammbrücken zu entfernen . . .«
Cortez entsiegelte zuerst den Brief des Vielschreibers. Jede Zeile war

eine Hiobspost. Abfall und Verrat des dicken Kaziken; Niederlage; Escalante und sechs Weiße erschlagen, eins der Pferde getötet... Und nicht die geringste der Hiobsnachrichten war es, daß Alonso de Grado sich zum Stadtkommandanten von Verakruz hatte wählen lassen.
Der Brief des Richters enthielt Klagen über die Schreckensherrschaft Alonso de Grados.
Montezuma erriet, was Cortez las. Sein Herz verhärtete sich.
»O mein Oheim und Vater«, sprach er leise zum Mexikaner-Priesterchen. »Die Frist, die ich dem Verhängnis lassen wollte, hat der Himmel kurz bemessen. Heute nacht muß es geschehen.«
»O du von aller Welt geliebter Sohn«, flüsterte der Hohepriester. »In deinen Händen hältst du das Leben und den Tod. Doch sprich das Wort der Vernichtung nicht aus, solange das Rätsel der Welle nicht gelöst ist. Warte bis morgen abend, bis das Weib aus Oaxaca das Geheimnis zeigt, das sie in ihren Eingeweiden verbarg.«
Cortez hatte jetzt den Entschluß gefaßt, am folgenden Morgen das Äußerste zu wagen. Ihm lag daran, daß Montezuma ihm diesen Entschluß nicht anmerke. Um ihn auf eine falsche Fährte zu führen, scheute er davor nicht zurück, ihn – der Warnung Pater Olmedos zum Trotz – durch freimütige Äußerungen über die Götzen zu kränken. Mochte er auch taktlos und wie ein unbeirrbarer Schwärmer erscheinen, so hoffte er gerade dadurch den Anschein zu erwecken, als beschäftige ihn kein anderer Gedanke, als wäre die Bekehrung sein einziges Ziel.
»Eure Majestät verzeihe mir die Kühnheit«, begann er. »Die Götter, die ihr Mexikaner anbetet, sind stinkende Diener des Teufels. Wenn Eure Majestät gestatten wollten, das Bild der wahren Mutter des Allmächtigen hier oben aufzurichten – es würde bald offenbar werden, wie machtlos diese elenden Götzen sind!«
»Vergeßt nicht, wo wir uns befinden, Don Hernando!« murmelte Alvarado.
»Ihr solltet wissen, Don Pedro, daß ich kein Narr bin!« versetzte Cortez. »Solange Ihr den Inhalt der beiden Briefe nicht kennt, vertraut meiner Klugheit...«
Er sprach die ernsten Worte lachend aus, damit sie den Mexikanern wie eine Scherzrede klingen sollten.
Inzwischen hatten der König und der Hohepriester funkelnde Blicke gewechselt.
»O Grüner Stein«, sagte Montezuma zornbebend zu Cortez. »Hätte ich vorausgeschaut, daß solche Worte im Angesicht meiner Götter aus deinem Munde herauskommen würden, niemals hätte ich dir erlaubt, zum Sternhimmelfries emporzusteigen! Begib dich in deine Wohnung! Ich aber werde hierbleiben, die Götter zu tränken, die Frucht darzubringen, die der Adler verschlingt, die blutende Adlerkaktusfeige, und den schrecklichen Huitzilopochtli durch Kasteiung

und Gebete um Vergebung zu flehen, daß ich dich hergeführt habe!«
Mit Befriedigung ersah Cortez aus dem Zorn Montezumas, daß er ohne Argwohn war. Höflich entschuldigte er sich: das Mitleid mit der Seele des Königs habe ihn verleitet, rücksichtsloser zu reden, als man vor einem so berühmten und mächtigen Herrscher wohl reden dürfe. Er bat den König, ihm seinen Eifer – der ja ein Zeichen seiner Verehrung und Liebe sei – nicht nachzutragen; und er verabschiedete sich mit einer tiefen, ehrerbietigen Verbeugung.
Montezuma aber ging auf die Edelsteinschale zu, wo der Herr des Schwarzen Hauses und der Blutvergießer seiner warteten.
Erst auf dem Rückweg erfuhren die Feldobristen den Tod Escalantes.
Cortez ritt neben Sandoval.
»Macht Euch bereit, mein Sohn Sandoval, sofort an die Küste aufzubrechen. Verakruz ist das Lebensmark unserer Unternehmung. So jung Ihr seid – ich habe zu keinem Vertrauen wie zu Euch. Darum habe ich mich entschlossen, Euch zum Nachfolger Escalantes zu ernennen!«
Sandoval dankte bewegt. Cortez lehnte den Dank ab.
»Es ist keine leichte Aufgabe, mein Sohn! Ich schicke Euch in das Haus des Augias – vielleicht in das des Todes. Doch freilich, den Tod haben wir alle zum Gastgeber – auch hier . . .«
Im Tecpan des Königs Wassergesicht bat Cortez die Schwarze Blume, in einem Kanoe unauffällig den südlichen Steindamm entlang bis nach Iztapalapan zu rudern und sich zu vergewissern, ob die hölzernen Brücken noch nicht entfernt würden.
Darauf diktierte Cortez dem Notar Diego de Godoy den Text einer Urkunde, worin die Absetzung des Don Alonso de Grado und die Bestallung Sandovals als Oberrichter und Befehlshaber der Meeresfestung verfügt wurde.
Drei Stunden später meldete die Schwarze Blume: die Holzbrücken stünden zwar noch; gewisse Vorkehrungen deuteten aber darauf hin, daß sie in der kommenden Nacht entfernt werden würden.
Sandoval ritt mit einer Eskorte von zwanzig Tlascalteken an die Küste ab. Sein junges Weib, Doña Ximena, die Tochter des Offenen Gesichtes, setzte er hinter sich auf des Pferdes Kruppe: Motilla war kräftig genug, beide zu tragen.

Am Abend saß der Astrolog Botello im Schlangensaal bei Cortez und zeigte ihm seine Berechnungen.
»Ist Euer Megameter nicht verbogen?« fragte Cortez zweifelnd.
»Ich habe es dreimal berechnet, Euer Gnaden! Wahrhaftig, Ihr seid unter der Fahne geboren!«
Cortez beschenkte ihn und entließ ihn.
Dann ging er ruhelos auf und ab im großen, leeren Saal. Noch nie

hatte ihm ein Entschluß solche Qualen verursacht. Auf der obersten Plattform der Pyramide hatte er geglaubt, entschlossen zu sein – seit er herabgestiegen war, war sein Wille zur Erde gestürzt und lag zerschellt da. Bedenken auf Bedenken stellte sich ihm entgegen. Und war er zwar immer noch entschlossen, so bezweifelte er doch jetzt die Ausführbarkeit seines Beschlusses. Er glaubte plötzlich nicht mehr an seines Sternes Kraft.

So versunken war er in der Flut seiner Gedanken, daß er zusammenfuhr, als er im Kienfackellicht den Zimmermann Cristóbal de Jaén vor sich stehen sah.

»Wie kommt Ihr herein? ...« fuhr er ihn an. »Was wollt Ihr?«

»Euer Gnaden wissen, daß ich Zimmermann und auch Maurer bin. Daher habe ich etwas gesehen, was andere Leute nicht gesehen haben ...«

»Wollt Ihr damit sagen, Señor, daß Ihr etwas wißt, was ich nicht weiß?«

»Vielleicht ... Oder ist es Euer Gnaden bekannt, daß sich in diesem Saal eine verborgene Tür befindet?«

»Nein! ... Wo?«

»Als ich heute früh durch diesen Saal ging, sah ich es sofort. Doch ich verschwieg es, um es Euer Gnaden allein mitzuteilen ... Hier an der Wand ist die Tür. Sehen Euer Gnaden sie jetzt?«

»Nein, noch immer nicht«, gestand Cortez ein.

»Ja, diese Mexikaner haben tüchtige Werkleute, Euer Gnaden! Die Tür ist vermauert, mit Mörtel verschmiert und mit Tapetenstreifen überklebt ...«

Der Zimmermann erhielt den Auftrag, die Vermauerung zu entfernen. Das laute Gepoch des Stemmeisens lockte die Hauptleute und viele Soldaten in den Schlangensaal.

Als die Tür erbrochen war, ließ sich Cortez eine Fackel reichen, und auch die Feldobristen ergriffen Fackeln.

Die Tür ging auf eine enge Treppe hinaus, und diese führte hinab in eine Flucht unterirdischer Kammern.

Cortez stieg die Treppe hinab, betrat die erste Kammer. Ein hellgelber Glanz schimmerte ihm entgegen, entzündete sich am Kienfackelschein, auflodernd wie ein Feuerstrom. Der Goldschatz des Königs Wassergesicht lag da ausgebreitet. Aus schwarzer Nacht glomm er empor wie ein sich gebärender Stern. Den ganzen Raum füllte die aufsteigende Lichtemanation.

Cortez schritt weiter. Schatzkammer reihte sich an Schatzkammer. Neben Goldbarren standen Edelsteinkisten, goldene Hausgötzen, goldene Trinkgefäße. In einem älteren Stil als die Geschenke Montezumas oder die Kostbarkeiten der Juwelenhändler auf dem Großen Markt waren diese Goldarbeiten ausgeführt, barbarischer, seltsamer. In den drei letzten Kammern wetteiferte der Hort von Tezcuco mit dem altmexikanischen an Pracht.

»Es ist, als schritten wir durch das Schatzhaus des Atreus«, bemerkte Velázquez de León zu Cortez.
»Ja«, sagte Cortez, »und das Leben am Königshof zu Orchomenos oder Mykenä wird kaum anders gewesen sein als am Königshof zu Tenuchtitlan. Gold, erworben durch Greuel, und Greuel, verursacht durch Gold. Eine purpurne Herrlichkeit, golden und blutig. Das Schicksal der Atriden sei eine Warnung auch für uns! Wieder zumauern lassen will ich die Tür, dem Glück das Geschenk vor die Füße werfen, womit es mich überlisten will!«
Rasch kehrte Cortez zum Eingang zurück. Als er in die erste Kammer trat, sah er, daß San Juan der Aufgeblasene einen Geier aus Gold im Arme hielt. Er zwang ihn, die Kostbarkeit an ihren Platz zurückzustellen.
»Dies Schatzhaus gehört Montezuma!« rief er den Soldaten zu. »Ich lasse jeden hängen, der einen Gegenstand zu entwenden wagt!«
Eine Weile noch gönnte er es den Neugierigen, sich am Geblink und Geflimmer zu weiden. Dann befahl er allen, sich zu entfernen.
Murrend gehorchten die Soldaten. Auch die Feldobristen stiegen die Treppe hinauf. Nur Avila rührte sich nicht. Vom Goldfieber gepackt, hatte er einen Tobsuchtsanfall wie einst bei den Sanddünen. Gekrümmt stand er da, raubtierhaft, mit blutunterlaufenen Augen, mit Schaum am Munde. Er wollte es nicht zulassen, daß die Tür vermauert werde, er wollte Cortez an die Gurgel springen. Olid, Luis Marín und Alvarado gelang es nur mit Mühe, seine Berserkerwut zu bändigen und ihn wie ein Tier aus der Schatzkammer zu schleppen.
Der Zimmermann Cristóbal de Jaén vermauerte darauf die Tür.
Eine Stunde später versammelte Cortez die Hauptleute zum Kriegsrat. Seine Bedenken waren durch die Entdeckung des Goldschatzes beseitigt: er durfte nicht abwarten, daß Montezuma von dieser Entdeckung erfuhr. Und sein Heer – das hatte ihm das Goldfieber gezeigt – tanzte und taumelte über einem Abgrund, ahnungslos.
Manche stimmten seinem Vorschlage zu, manche entsetzten sich vor solcher Verwegenheit . . .
Da trat der Page Orteguilla ein. Er war aus dem Huei-Tecpan entflohen, weil er fürchtete, verspeist zu werden. Wie einst in Sempoalla ging er auf Türkissandalen, war unbekleidet bis auf einen Lendenschurz und eine Edelmarderdecke auf dem Rücken und hatte eine mädchenhafte Perücke aus lang herabwallenden ockergelben Papageienfedern.
Cortez fragte ihn aus. Der Knabe hatte nicht viel gesehen, doch allerlei Gespräche belauscht. Die Höflinge redeten von einem Opferfest – sämtliche Christen würden geopfert werden. Nur Marinas wegen zögerte Montezuma noch und habe den Überfall auf den übernächsten Tag verschoben.
Auch von Escalantes Haupt wußte Orteguilla zu berichten. Zwar

war er nicht zugegen gewesen, als es Montezuma gebracht wurde; doch die Höflinge hatten die schaurige Nachtszene beschrieben, und nun beschrieb sie der Knabe.
Der Eindruck auf die Feldobristen war so stark, daß sie einstimmig den Beschluß faßten, am folgenden Morgen Montezuma gefangenzunehmen oder – falls er Widerstand leisten sollte – ihn zu töten.

Kundschafter gingen ein und aus im Huei-Tecpan. Während der Nacht erfuhr Montezuma, daß Cacama, obgleich er bisher ein Verfechter des heiligen Gastrechtes gewesen war, nunmehr als der erbittertste Fremdenfeind die Streitlust der Kampfbegierigen schürte. Die Anmaßung, von welcher der Edle Traurige den Tod der weißen Götter abhängig gemacht hatte, erblickte er im beleidigenden Benehmen des Grünen Steines auf dem Menschenwürgeplatz. Er sowohl wie der Überwältiger gaben bekannt, um Mitternacht werde der Angriff erfolgen – sie besäßen das stillschweigende Einverständnis Montezumas dazu.
Montezuma ließ den Vorsteher des Hauses der Speere kommen und widerrief alle Befehle seines Bruders und seines Neffen. Er verbot die Entfernung der Dammbrücken, er verbot jegliche Herausforderung der Christen. Auf den Vorhalt des Feldherrn, daß die Wut der Heerscharen sich kaum noch zügeln lasse – schrie er ihn an: ob er seinen Schildträgern Gehorsam schuldig sei oder seinem König? Und er machte ihn für die Ruhe in dieser Nacht verantwortlich.
Nicht Marinas wegen hatte Montezuma den Angriff in dieser Nacht verschoben. Sein Wille war erkrankt. Er sah das Verhängnis näher und näher kommen und legte die Hände in den Schoß, erwartete das Verhängnis. Er sah den sicheren Rettungsweg, beschritt ihn jedoch nicht und hinderte andere, die ihm die Verantwortung abnehmen wollten. Ein Zauderer war er immer gewesen; aber jetzt war seine Zauderei eine wollüstige Selbstzerfleischung – so furchtbar und sinnlos, wie wenn ein Irrer sich lachend die Adern aufschneidet. Um seine unerklärliche Willenlosigkeit sich selbst zu erklären, redete er sich ein, daß er nicht auf das Verhängnis warte, daß er vielmehr die Frau aus Oaxaca erst sehen und sprechen müsse. Hätte er sich ehrlich gefragt, ob er an die Möglichkeit glaube, Marina sei die Welle, er hätte es verneinen müssen. Doch er wollte daran glauben. Er erhoffte von diesem Wahnglauben einen Zeitgewinn. Es rechtfertigte ihn vor seinem Gewissen, wenn er einer verlorenen Tochter wegen die Entscheidung hinausschob. Es rechtfertigte seine Feigheit, wenn die Bringerin des Verhängnisses das geweihte Kind war, das, von ihm preisgegeben, nicht ohne überirdische Hilfe hatte wiederkehren können als Rächerin ...
Wie alle Mexikaner empfand auch er eine abergläubische Scheu vor Marina. Schon die Wächter des Meeres hatten viel Wesens von ihr gemacht. Ihr Name war in aller Munde, als noch niemand den ihres

Herrn kannte. Auf der Pyramide in Sempoalla war das rosenumhegte Bild einer weißen Göttin aufgestellt worden, und das Gerücht ging, es sei ein Bild der Malintzin. Auch in Tlascala und Cholula hatten die Christen Bilder ihrer Göttin hinterlassen, welche vom Volk als Tonan, Unsere Mutter, angebetet wurde. Und der Überbringer des abgeschnittenen Hauptes hatte auf die Frage, wieso bloß sieben der Gelbhaarigen getötet worden seien, geantwortet: eine weiße Göttin habe in den Reihen der Gelbhaarigen gekämpft und habe ihnen den Rückzug gedeckt ... Der Gedanke verfolgte Montezuma, das müsse Malintzin gewesen sein – gab es doch auch Eulenmenschen, deren Nebelbild meilenweit wanderte, während ihr Leib im Schlummer lag.
Und diesen Traum im Traum spann sein ruheloses nächtliches Sinnen fort. Wie, wenn sie sowohl seine Tochter war wie eine Göttin? Seine von den Göttern zur Göttin erhobene Tochter? Dann war Widerstand aussichtslos. Dann konnte nur ihre Huld ihn retten – wenn es ihm gelang, ihre Huld zu gewinnen. So stark war sein Selbstbetrug, daß er sich freute auf den kommenden Tag, der den Schleier von ihrer Herkunft lüften – und vielleicht eine Brücke schlagen würde zwischen ihm und den Söhnen der Sonne ...

Heiterer als sonst, gekrönt mit einer hohen Goldmitra und – in Erwartung eines Festes, das ein Frühtraum verkündet hatte – festlich gekleidet mit dem »goldenen Gewand« hörte Montezuma am folgenden Morgen dem Trommelspiel seines Musikmeisters Löffelreiher-Schlange zu und dem Gesang des Mädchenchores:

»O ihr mexikanischen Völker!
Jener Chichimeke bin ich,
Der traurig und nachdenksam
Mit seinem Schilde hinschritt!
Jetzt muß ich gehen, mein Verderben suchen
Oder wiederkehren mit Schätzen
Nach schwerem Kampf.«

Mit blendender Taktsicherheit schlug Löffelreiher-Schlange das gebräunte Affenfell der am Boden liegenden Pauke. Das grauhaarige Männchen hatte unter vier Königen Mexikos alle Tanzfeste und Jubelfeiern als Trommelschläger geleitet und war ein Prinz von Amaquemecan gewesen, bevor er durch ein wundersames Ereignis an Tenuchtitlans Königshof gefesselt wurde.
Fünfzig Jahre war es her. Um dem König Wassergesicht das »Weiberlied« vorzutragen, waren die Prinzen der (in der Landschaft Chalco gelegenen) Städte Tlalmanalco und Amaquemecan nach Tenuchtitlan gekommen. Und als sie im Tanzhof des Palastes einen mit Trommelspiel und Gesang begleiteten Reigen aufführten, kam einer der

Tlalmanalco-Prinzen beim Trommelschlagen aus dem Takt, verlor vor Entsetzen die Besinnung und senkte den Kopf über die Trommel. Löffelreiher-Schlange sprang für ihn ein, ergriff die Trommel und rettete so den Vortrag des Tanzgesanges. Wassergesicht, der von seinen Frauen umringt nebenan in einem Saal saß, hatte es bemerkt. Und so einzig wunderbar schien ihm das Trommelspiel des Löffelreiher-Schlange, daß er seine Frauen verließ, in den Tanzhof kam, sich unter die Tanzenden mischte und schließlich selbst anfing, sich zu drehen, mitzusingen und mitzutanzen. Nach dem Reigen entfernte sich Wassergesicht, indem er zu den Prinzen ungnädig sagte: sie sollten einen solchen Tölpel nicht wieder die Trommel rühren lassen. Und die Prinzen schlotterten vor Angst, denn sie glaubten, der König werde sie alle verbrennen oder steinigen lassen. Wassergesicht aber hatte sich wieder nebenan zwischen seine Frauen gesetzt und schickte Höflinge, daß sie ihm den Mann brächten, der ihn erfreut hatte, der ihn gezwungen hatte, mitzusingen und mitzutanzen. Und als die Höflinge Löffelreiher-Schlange holten, entsetzten sich die Prinzen noch mehr und steckten sich an mit ihrer Angst, glaubten sie doch, Löffelreiher-Schlange werde jetzt verbrannt, und dann käme an sie die Reihe... Doch als Löffelreiher-Schlange vor Wassergesicht geführt worden war, rief dieser den Prinzessinnen zu: »Ihr Frauen, erhebt euch, bewillkommnet ihn und setzt ihn in eure Mitte! Gekommen ist euer Gefährte! Betrachtet ihn genau und freundet euch an mit ihm! Entführt habe ich ihn, um euch zu erfreuen, ihr Frauen! Denn er hat es fertiggebracht, mich tanzen zu machen, dieser Löffelreiher-Schlange! – und nicht nur einmal! Mein Musikmeister wird er sein fortan!« Und Wassergesicht verlieh ihm einen feuerfarbenen Mantel, einen feuerfarbenen Lendenschurz, feuerfarbene Sandalen und einen mit Quetzalfedertroddeln verzierten Kopfbandriemen; und er hieß ihn diese Geschenke sofort anlegen.

Alle Siegesfeste des aufblühenden Mexiko hatte dieser Mann mit seiner Trommel geleitet und auch die Leichenbegängnisse dreier Könige. Denn die Trommel kann jubeln und trauern, ihr schicksalhaftes Pochen begleitet Freude und Schmerz, Aufstieg und Niedergang.

Mit dreißig geharnischten Begleitern kam Cortez in den Huei-Tecpan – fünfundzwanzig Mann ließ er am Haupteingang; mit Alvarado, Ordás, Velázquez, Avila und Olid betrat er den Schlangensaal. Im Huei-Tecpan befanden sich aber noch mehr Kastilier: seit dem frühen Morgen waren viele Soldaten, einzeln oder in kleinen Trupps, gekommen, die Gärten Montezumas und die Prunksäle zu besichtigen; ihre Zahl wuchs immerzu.

In der kurzen Verbindungsstraße zwischen dem alten und dem neuen Palaste patrouillierten Posten. Der Rest des Heeres stand kampf-

bereit im Tecpan des Königs Wassergesicht unter dem Oberbefehl von Lugo und Tapia.
Heiter begann das Gespräch. Montezuma schien vergessen zu haben, daß er Cortez vom Menschenwürgeplatz fortgewiesen hatte. Er war sichtlich bestrebt, die Erinnerung an den Zwischenfall auszumerzen.
Er fragte nach dem Helden, der im Bauche des Rauchenden Berges den Tanz der dreizehn Steine gesehen habe; und als Ordás ihm vorgestellt wurde, scherzte er mit ihm, fragte lachend nach dem herabgebrachten Eiszapfen, von welchem man ihm erzählt habe, er habe die Größe einer fünfjährigen Tanne gehabt. Ob es wahr sei, daß der Eiszapfen davongelaufen sei, schnell wie ein Windhund, aus Furcht vor der Sonne? Und sich vor Lachen schüttelnd, erkundigte er sich, wie Ordás die Schneehalde herabgeglitten sei, ob stehend, ob sitzend, ob liegend, ob auf dem Rücken, ob auf dem Bauch – etwa mit dem Kopf voraus? oder seitwärts wie ein rollender Stab?
Die eine Längsseite des Saales – an welcher in langer Reihe das Gefolge des Königs aufgestellt war und seine Scherzworte belachte – hatte dicht unter dem Zederngebälk der Decke zehn quadratische Lichtöffnungen, die, Fenstern gleich, mit dünngeschliffenen Alabasterplatten verschlossen, den Tagesschein – aber nicht Regen, Kälte und Wind – einließen. So durchsichtig waren die Alabasterscheiben, daß die schräg einfallenden Sonnenstrahlen auf dem grünlichgelben Onyxmarmorestrich zehn große milchige Flecke malten. Langsam, stetig krochen die regelhaften schimmernden Vierecke an Montezuma heran, unaufhaltsam rückten sie näher und immer näher, bestrebt, regellos ihre Form auflösend, über den Silberthron hinzurieseln.
Und Montezuma gewahrte dies Bild der Unentrinnbarkeit, und krampfhaft lachte er. Krampfig verzog sich sein langes, abgezehrtes, überfeinertes Adlergesicht, welches heute nur mit einer kleinen schwarzen Kautschukscheibe auf jeder Wange geschmückt war.
Unvermittelt in scherzendem Tone fragte er Cortez, ob er eine seiner Töchter zur Gemahlin wünsche.
Die tändelnde Unterhaltung hatte Cortez schon zu lange gewährt, sie erschwerte es ihm, die bereitgehaltenen Vorwürfe anzubringen. Jetzt sah er eine Gelegenheit, den Streit vom Zaun zu brechen. Er antwortete sehr ernst, beinahe schroff: die Christen heiraten nur getaufte Mädchen.
Doch Montezuma hatte einen Wall von Heiterkeit um sich errichtet und wollte sich nicht daraus hervorlocken lassen. Lächelnd sagte er: noch wisse er es nicht bestimmt, doch möglich sei es, daß eine seiner Töchter das Kreuz anbete ...
Cortez unterbrach ihn.
»Ich bitte, die Aufmerksamkeit Eurer Majestät auf ernsthaftere Vermutungen lenken zu dürfen«, sagte er. »Es ist jetzt nicht die Zeit, Hochzeitsfeste zu feiern, während an der Meeresküste meine Kampf-

genossen die Leichenfeier veranstalten für sieben weiße Männer, die auf Befehl eines Dieners Eurer Majestät umgebracht wurden!«
Montezuma lachte nicht mehr. Der erste viereckige Sonnenlichtfleck hatte den Silberthron erreicht. Montezuma starrte mit schreckhaft großen Augen Cortez an. Ihm sei nichts davon bekannt, sagte er leise.
Ob ihm auch nichts vom Gastmahl des Schwelenden Holzes bekannt sei? fuhr Cortez zu fragen fort. Ob er nicht wisse, daß ein weißer Mann und ein weißes Mädchen verspeist worden seien?
Montezuma schüttelte den Kopf.
»Die Tlascalteken sind Lügner!« sagte er.
Da holte Cortez aus seinem Wams den Brief Alonso de Grados heraus, und mit der Faust auf das Papier schlagend, daß es laut knisterte, rief er: »Dies Papier aber ist kein Lügner, Majestät! Dies Papier ist ein untrüglicher Zeuge! Dies Papier sagt: wir hielten Frieden, doch das Schwelende Holz brach den Frieden, indem es widerrechtlich zwei der Unseren gefangennahm! Dies Papier sagt: eingeladen wurden die weißen Männer, um Frieden zu schließen, bewirtet wurden sie, und als das Mahl beendet war, erfuhren sie, an welchem Greuel sie unwissend teilgenommen hatten, erfuhren sie, daß das Fleisch, das sie eben verzehrt hatten, ihr weißer Bruder und ihre weiße Schwester gewesen war! Dies Papier sagt: daß von den weißen Männern, die auszogen, das scheußliche Gastmahl zu strafen, sieben nicht in ehrlichem Kampfe, sondern hinterrücks erschlagen wurden. Dies Papier sagt: daß der abgeschnittene Kopf des Anführers dem König Montezuma geschickt wurde. Und Euer Majestät haben das Haupt nicht in Tenuchtitlan, sondern auf einem Altar in Tlacopan niederlegen lassen! Und dies Papier sagt endlich: daß gefangene Mexikaner unter der Folter gestanden haben, sie hätten aus dem Munde des Schwelenden Holzes gehört: nicht er sei verantwortlich für das Gastmahl und seine Folgen, da er nur ausgeführt habe, was ihm anbefohlen war von Eurer Majestät!«
Über den juwelenfunkelnden Silberstuhl Montezumas waren zwei Jaguarfelle gebreitet. Die ausgestopften Jaguarköpfe lagen auf den Sessellehnen – mit weit aufgerissenen Rachen, die Augen aus schwarzem Spiegelstein, die Reißzähne aus weißem Achat naturgetreu nachgebildet. Montezumas Hände krampften sich in die offenen Raubtierrachen, spießten sich in die scharfen Fangzähne, so daß Blut über seine Finger lief. Doch er beachtete es nicht; niemand beachtete es.
Das alles seien Lügen, rief er finster.
»Auch ich glaube, daß es Lügen sind!« sagte Cortez überaus höflich. »Und ich hoffe, daß es Eurer Majestät gelingen wird, sich von diesem Verdacht reinzuwaschen. Darum schlage ich vor, daß Euer Majestät das Schwelende Holz nach Tenuchtitlan kommen lassen. Wenn der Statthalter uns Red' und Antwort steht, wird die Unschuld Eurer Majestät alsbald offenbar werden!«

Montezuma nahm sich von seinem linken Handgelenk die Spange ab, auf deren goldgefaßter, taubeneigroßer Kamee seine thronende Gestalt, in Chalzedon geschnitten, dargestellt war. Er winkte einen seiner Höflinge heran: schnell wie ein Falke solle er ins Huaxtekenland fliegen, die Spange dem Schwelenden Holz vorzeigen; unverzüglich sollten das Schwelende Holz und sein Sohn, der Blitzende Schild, nach Tenuchtitlan kommen.
Der Höfling zog die schon ausgestreckte Hand entsetzt zurück.
»O Herr, o König, Blut an deinem Bild . . .!«
»Ja, Blut ist an mir . . .«, murmelte Montezuma. »Wische es nicht ab – es soll bleiben, bis ich selbst es abwasche . . .! Und nun nimm mein Bild und eile!«
Der Höfling ergriff den Armring und stürmte hinaus.
Marina riß einen Fetzen aus ihrem Schultergewand, kniete vor dem König, wollte ihm die Wunden verbinden. Er ließ es nicht zu und schüttelte mißmutig den Kopf. Doch da er den weißen Glanz ihrer Augen sich feuchten sah, strich er ihr über das Haar, und in Gedanken versunken färbte er, ohne es zu wollen, ihr die Stirn rot.
»Die Eile, mit welcher Euer Majestät geruhen, die Schuldigen zur Verantwortung zu ziehen«, fing Cortez von neuem an, »beweist mir – woran ich nie gezweifelt habe –, daß Euer Majestät den Verbrechen fernstehen. Wie könnte es auch anders sein, da Euer Majestät ein so treuer Freund meines kaiserlichen Herrn sind! Leider jedoch genügt meine Überzeugung nicht, den Verdacht meiner Soldaten zu beschwichtigen. Aus Rücksicht auf die erregte Stimmung meines Heeres sehe ich mich zu meinem Bedauern gezwungen, an Euer Majestät das Ersuchen zu richten: Euer Majestät möchten bis zur Ankunft des Schwelenden Holzes in den Palast des Königs Wassergesicht übersiedeln.«
Die wehrlosen Höflinge an der Längswand stießen heisere Schreie aus, wollten sich auf Cortez werfen, ihn erwürgen – rasselnd schnellten die Degen der Feldobristen aus den Scheiden. Andere Mexikaner stürzten zu den Türen – doch dort starrten ihnen Hellebarden entgegen.
Unbeirrt fuhr Cortez fort:
»Ich gebe Euer Majestät die Zusicherung als Kavalier und Gesandter des mächtigsten Fürsten der Welt, daß Euer Majestät bei uns ebenso frei sich bewegen werden wie in diesem Palast, bedient von eigenen Dienern, und noch dazu den Vorteil genießen werden, auch von Kastiliern bedient zu sein. Nichts soll unterlassen werden, den Aufenthalt Eurer Majestät in unserer Umgebung so angenehm zu gestalten, daß es Eurer Majestät einst schwerfallen wird, sich von uns zu trennen! Fürsten pflegen ja oft aus einem Palast in den anderen zu ziehen; und ebenso wie dieser neue Tecpan ist auch der Tecpan des Vaters Eurer Majestät ein Wohnhaus Eurer Majestät. Ich rate Eurer Majestät, mit uns zu kommen, ohne Lärm zu schlagen. Unser

Zusammenwohnen wird ein Zeichen gegenseitigen Vertrauens sein. Und der Verdacht meines Heeres wird mit der Ankunft Eurer Majestät in unserem Quartier widerlegt sein.«
»Ich bin ein König!« schrie Montezuma, zornbleich vom Jaguarfellsitz emporschnellend. »Wer wagt es, vor dem Angesicht eines Königs so zu reden? Wer untersteht sich, einen König in den Käfig zu sperren? Sind Könige dazu geschaffen, in Käfigen zu verschmachten? Seht mich an – seht ihr denn nicht, daß ich der ruhmreiche Teppich bin, der ruhmreiche Thron, vor dem selbst der Schmerz sich untertänig beugt? Wißt ihr denn nicht, daß ich meinem Volke heilig bin wie einer der Himmelsgötter? Mein Volk, das so gefürchtet zwischen Schilf und Röhricht wohnt, wird nicht erlauben, daß ich mit euch gehe. Und wenn mein Herz auch erstürbe in der Brust und ich bereit wäre, mit euch zu gehen, wird mein Volk mir das Sklavenhalsband abnehmen und euch verschlingen, wie der Jaguar die Sonne verschlingt!«
»Majestät belieben zu drohen«, sagte Cortez mit eisiger Ruhe. »Doch sollten Majestät einsehen, daß Männer, die sich zu solcher Tat entschlossen haben, durch Drohungen nicht einzuschüchtern sind!«
»Wozu die vielen Umstände mit ihm!« platzte Olid barsch heraus. »Es handelt sich um Leben und Tod für uns! Und unser Leben ist uns mehr wert als seins! Einlenken können wir nicht mehr, nachdem wir so weit gegangen sind. Also – entweder er folgt uns, oder wir machen ihn kalt!«
Montezuma ließ sich von Marina die Worte Olids übersetzen.
Dann stierte er entgeistert um sich. Die Mexikaner im Saal, das wußte er, wollten sich hinmetzeln lassen für ihn. Doch er schüttelte den Kopf, wehrte ab – es würde ja doch zwecklos sein ... Die Augen der Kastilier suchte er. Seine Blicke prallten an lauter steinharten Blicken ab; nur Marinas Augen waren weich und tränenfeucht.
Und der große Montezuma, vor dem eine Welt zitterte, war klein und schwach geworden wie ein Kind. Und in kindlicher Hilflosigkeit tat er das Unglaubliche, daß er das Mädchen fragte: was sie ihm rate? was er tun solle?
Schluchzend, ihm die Hände küssend, riet sie ihm, sich zu fügen.
»Ich gehe mich krümmen, ich gehe mich mit schwarzer Farbe schminken! Niedergeworfen ist die Goldblechfahne Mexikos, am Boden liegen das Hemd aus violetten Federn und der blaue Netzmantel!« sprach er flüsternd.
Und er befahl den Höflingen, den Tragsessel zu bringen.
Die Bewohner des Palastes scharten sich um das Haupttor, drohend stürmten die sechshundert Krieger des Tecpan heran. Doch Montezuma verbat sich ihren Schutz. Freiwillig folge er den Söhnen der Sonne, rief er ihnen zu. Und er rief es auch der Volksmenge auf der Straße zu. Freiwillig besuche er die weißen Götter, sein Wunsch sei es, eine kurze Weile ihr Gast zu sein!

Und Montezuma lebte fortan im Tecpan des Königs Wassergesicht und hielt in den ihm zu Ehren wundervoll mit Wandteppichen und königlichem Hausgerät ausgeschmückten, wenn auch allzusehr bewachten Palastsälen hof wie immer. Täglich badete er, brachte seinen Hausgötzen Wachtelopfer und Rauchwerk dar, erledigte unbehindert Regierungsgeschäfte (wobei der Weibliche Zwilling und andere Berater ihm zur Seite standen), empfing den Besuch des Hohen Adels, des Klerus, der Königin Acatlan und ihrer Kinder, ließ sich in den Erholungsstunden des Nachmittags von seinen Krüppeln und Narren aufheitern oder saß inmitten der schönsten seiner vierhundert Frauen, während Löffelreiher-Schlange die Trommel schlug. Er aß, wie er immer gegessen hatte – denn mit der Dienerschaft und dem gesamten Haushalt war auch die königliche Küche übergesiedelt; und wenn er unter den von jungen Dienerinnen in fünfzig goldenen Schüsseln servierten Gerichten gewählt hatte, was der Laune seines Geschmackes entsprach, verschenkte er mit den Speisen zuweilen auch ihre liebreizenden Trägerinnen an seine Kerkermeister, die zwanzig ihn bewachenden kastilischen Soldaten. Velázquez de León hatte die Oberaufsicht über den Wachdienst beim gefangenen König.
Durch den Pagen Orteguilla erfuhr Cortez, was Montezuma den mexikanischen Adligen zu antworten pflegte, wenn sie um die Erlaubnis flehten, ihn mit Waffengewalt zu befreien. Er sei nicht ein Gefangener der Christen, sagte er, sondern ein Gefangener Huitzilopochtlis; das Volk müsse dem Adel, der Adel dem König, der König dem Gotte gehorchen; solange der Gott nicht befohlen habe, zu den Waffen zu greifen, dürfe er es nicht befehlen und müsse warten, bis das Mexikaner-Priesterchen ihm ein günstiges Orakel aus dem Schlangenberg melde . . .
Doch nicht nur auf das Orakel wartete er. Viel sehnlicher wartete er – wiewohl er sich schämte, es seinen Besuchern einzugestehen – auf die Ankunft des Schwelenden Holzes. War ihm doch von Cortez in Aussicht gestellt worden, daß seine Gefangenschaft ein Ende haben solle, sobald der Statthalter eingetroffen sei, und daß es ihm dann freistehen werde, in den Huei-Tecpan zurückzukehren. Dann erst wollte er das Zeichen zum Vernichtungskampf geben und grausamste Rache üben, wenn er selbst nicht mehr Gefahr lief, als Geisel ermordet zu werden.
Auf Marinas Mutter hoffte und wartete er nicht mehr. Die entsandten Boten waren ohne sie zurückgekehrt: die Frau war vor Jahren aus Oaxaca fortgezogen. Doch er fühlte keine Teilnahme mehr für ihr und Marinas Schicksal. Ihm schien jetzt, er sei von Papans Besessenheit angesteckt gewesen, als er um eines Wahnes willen die Zeit zum Handeln verpaßt hatte.
Fast zwei Wochen schon lebte Montezuma im alten Tecpan, als das Schwelende Holz, der Blitzende Schild und fünfzehn adlige Herren

– lauter Teilnehmer am kannibalischen Mahl – in Tenuchtitlan anlangten. Die höchsten Staatsbeamten und Reichsfürsten zogen auf dem Damm von Iztapalapan bis zum Bollwerk Acachinanco ihnen entgegen, sie ehrfurchtsvoll zu begrüßen, und begleiteten die zwei kostbaren Tragsessel des Statthalters und seines Sohnes durch die Straßen Tenuchtitlans bis an den auf Stufen erbauten Tecpan des Königs Wassergesicht.

Mit einem grauen Hanfmantel seine Prunkrüstung verhüllend, trat das Schwelende Holz vor den Zornigen Herrn. Vor siebzehn Jahren, als – gleich nach seiner Erwählung zum König – Montezuma einen Sklavenraubzug ins ferne Atlixco unternommen hatte, war das Schwelende Holz im Kampfgewühl sein Lebensretter gewesen, hatte ihn, während er mit durchbohrtem Schenkel zu Boden gestürzt war, herausgehauen. Seitdem stand niemand dem Herzen Montezumas so nahe wie er. Sie waren Freunde, soweit Freundschaft möglich war zwischen dem Herrn und seinem Knecht. Dem König sein Leben hinzuopfern, war dem schwermütigen Statthalter so selbstverständlich, wie es dem König selbstverständlich war, das Opfer anzunehmen.

Über eine Stunde währte das heimliche Gespräch der beiden Freunde. Montezuma weinte. Der immer schwermütige Statthalter aber war heiter.

»O großer König, o Zorniger Herr«, sagte er, »ins Land, wo die Blumen stehen, will ich, dein Knecht, den Namen mitnehmen, den du deinem Knecht verliehen hast: auch dort will ich dein Lebensretter heißen!«

Montezuma schluchzte an seiner Brust und nahm Abschied vom Freund wie von einem Toten.

Darauf versammelte er seinen Hofstaat um sich und ließ die Kastilier in den Saal bitten.

Und er teilte Cortez mit: das Schwelende Holz bekenne sich schuldig; nicht nur eigenmächtig habe er gehandelt, sondern gegen seinen – Montezumas – ausdrücklichen Befehl, die Söhne der Sonne im Küstenland unangetastet zu lassen, ihnen wie aztekische Prinzen zu begegnen.

Das Schwelende Holz bestätigte die Worte des Königs und nahm alle Schuld auf sich.

Doch nicht das war es, was Cortez hatte erfahren wollen. Er ließ das Schwelende Holz, den Blitzenden Schild und ihre Begleiter in Ketten legen und überantwortete sie dem Henker Pedro Osorio, damit er sie dem peinlichen Verhör unterziehe.

Allen Folterqualen zum Trotz blieben die treuen Indianer stumm. Ihre Standhaftigkeit zwang sogar dem Henker Hochachtung ab.

Dann tagte das Kriegsgericht. Schon vordem hatte Olid das Witzwort geprägt: das Schwelende Holz müsse brennen – der Name sei sein Schicksal! – Der grausame Scherz war nachgesprochen worden; und

nun heischte das Christenheer den Scheiterhaufen für die Kannibalenmahlzeit.
Cortez, Velázquez de León und Ordás schlugen als Strafe die Enthauptung vor. Doch sie wurden überstimmt. Der Feuertod wurde beschlossen, nachdem Avila geltend gemacht hatte, die Furchtbarkeit der Strafe werde den Verschwiegenen sicherlich den Mund öffnen.
Und die Voraussage Avilas traf tatsächlich ein. Als den Gefangenen das Verdikt bekanntgegeben wurde, fragte einer der fünfzehn Begleiter des Statthalters: ob das Urteil nicht abgemildert werden könne, wenn die Unschuld seines Herrn dargetan sei. Die Frage wurde von Cortez bejaht. Und obgleich das Schwelende Holz und der Blitzende Schild ihren Untergebenen anschrien und ihm weiterzureden verboten, sagte er aus: der Statthalter opfere sich für den König, denn er habe nur ausgeführt, was von Montezuma angeordnet worden war.
Die Aussage wurde zu Protokoll genommen gegen den erbitterten Einspruch des Schwelenden Holzes und seines Sohnes.
Nun hatte Cortez den gewünschten Anlaß, auch Montezuma zu strafen.
Auf dem freien Platz zwischen dem alten Tecpan und der Schlangenmauer wurden – dem Haupteingang des Palastes gegenüber – zwei hohe Pfähle eingerammt. Und Cortez ließ aus dem kürzlich erst gefüllten Hause der Speere sämtliche Bogen, Pfeile und Speere herausholen und rings um die Pfähle zu einem hohen Haufen schichten. Darauf gab er die Anweisung, das Schwelende Holz und den Blitzenden Schild in Ketten herbeizuführen und sie an die beiden Pfähle zu binden. Denn ihren fünfzehn Unterbeamten war die Todesstrafe erlassen worden: die erbetene Abmilderung des Urteils bestand darin, daß sie als Sklaven verkauft wurden.
Darauf begab sich Cortez zu Montezuma und eröffnete ihm, daß durch eine Zeugenaussage seine Schuld am Tode des Hauptmanns Escalante, des Steuermanns Gonzalo de Umbría und sechs anderer weißer Männer erwiesen sei. Die göttliche Gerechtigkeit und die Gesetze Europas verlangten, daß das Verbrechen des Mordes mit dem Tode gesühnt werde. Doch wolle er davon absehen, die Todesstrafe über ihn zu verhängen, in Anbetracht der Freundschaft, die er dem Könige Don Carlos de Austria stets bezeigt habe. Die geringe Strafe könne ihm freilich nicht erlassen werden: daß er gefesselt zugegen sein müsse, während das Schwelende Holz an seiner Statt den Feuertod erleide.
Montezuma schrie auf wie ein verwundetes Tier.
»Tötet mich...! Warum tötet ihr mich nicht, ihr Blutsauger!« schrie er.
Sein Hofstaat war ohne Waffen wie er. Sein Hofstaat schluchzte und schrie.
Rauhe Kriegerhände faßten den unantastbaren Herrn der Welt,

zogen, zerrten ihn hinaus vor das große Tor des Tecpans. Dort, angesichts seines entsetzten Volkes, wurden ihm an Hände und Füße schwere rasselnde Eisenketten angelegt.
Tränenlos stand er aufrecht. Das Grausen verschleierte ihm den Blick. Er sah nicht das waffenstarrende Christenheer rings um den aufzüngelnden Scheiterhaufen, er sah nicht den qualvollen Tod der beiden glorreichen Dulder, er sah nicht die Zehntausende weinender Mexikaner, und er sah nicht die um ihn knienden Reichsfürsten, die mit Fetzen kostbarer Gewänder die Rauheit der lastenden Eisenklammern von seinem geheiligten Leib fernzuhalten sich mühten. Er sah nur sich selbst: bejammernswürdig in seinem maßlosen Leid. Er sah sich, wie sein Volk ihn sah: niedergestürzt von der höchsten Stufe irdischer Herrlichkeit – ein armes Menschenkind, das ein Gott gewesen war. Und jener Menschensohn kam ihm in den Sinn, von welchem Marina ihm erzählt hatte, der ein Gott war und sein eigenes Kreuz zur Schädelstätte getragen hatte ...
Kein Gott, kein König, kein Mann war er mehr. Und dahin war sein Königreich mit ihm. Mexikos Schande war seine Schande, Mexikos Leid war sein Leid.
Da plötzlich sahen seine blinden Augen. Zwei schwarze Falter kamen über das Palastdach geflattert. Sie haschten einander, verfolgten einander in wirbelndem Liebestanz. Eine Welt ging unter – sie aber jagten und schwebten und wogten buntschillernd im Sonnenglanz.
Eine Stunde später kniete Cortez vor Montezuma und nahm ihm eigenhändig die Ketten ab. Nun stehe es ihm frei, in den Huei-Tecpan zurückzukehren, sagte er ihm.
Doch Montezuma schüttelte nur stumm den Kopf und würdigte Cortez keiner Antwort.
Montezuma wußte von jetzt ab, daß er nie mehr zurückkehren konnte.

ZEHNTES BUCH

Nach dem Fett des weißen Paradiesvogels soll sich ein Kaiser Chinas gesehnt haben zeitlebens. Unerfüllbar war seine Sehnsucht: denn es gibt keinen weißen Paradiesvogel.

Die Sehnsucht hob ihn empor, hob ihn aus der dumpfen Masse der Sehnsuchtslosen heraus. Mehr wert ist Sehnsucht als ihre Erfüllung.

Erfüllung ist Untergang: die reife Frucht fällt vom Baum.

Auch die Welterlösung ist ein ewig fernes Sternbild. Doch unselig das Volk, das nicht nach Sternen langt; unselig der Mensch, der keine Gedanken für Sterne hat.

Es kommt nur auf den Weg an, auf den Weg zu den Sternen. Alles andere ist für des Leibes Notdurft.

Freilich, des Leibes Notdurft kann Lehrmeisterin sein, kann zu hungern, zu dürsten und zu lechzen lehren. Irrwege und Umwege können zum Sternenweg führen. Die Armen und Unterdrückten in Anahuac waren es vornehmlich, die auf den Heilbringer, den Sohn der Sonne, gehofft hatten.

Erhebung war die Erwartung gewesen, Enttäuschung wurde die Erfüllung.

Die Reichen und Satten, Montezuma und der Adel Mexikos, hatten kein Ziel gekannt, außer noch reicher und satter zu werden. Nicht jeden verzehrt der Hunger nach dem Fett des weißen Paradiesvogels.

Nun aber waren auch sie Geknechtete. Und sie lernten zu lechzen, nach Erlösung zu lechzen. Über sich selbst erhoben sie sich durch die Gier nach heiliger Rache.

Denn auch Rache ist heilbringend und heilig, wenn sie der Erlösung den Weg ebnet.

Jubel herrschte in Tlascala: kampflos war der Erzfeind zusammengestürzt und lag geknebelt am Boden, unfähig, sich je wieder zu erheben!

Recht hatte Tlascala getan, sich auf die Seite der Christen zu stellen; der Triumph des Kreuzes war der Triumph des Pfeiles!

Die Nachrichten übergipfelten sich: Gefangennahme Montezumas!

Hinrichtung des Schwelenden Holzes und des Blitzenden Schildes! Der Herr der Welt in Ketten!
Und nun kam die freudigste Kunde: die Grenze war offen! Tlascala war nicht mehr eine Wachtel im Käfig! Endgültig erledigt war der Blumenkrieg! Ein Edikt Montezumas drohte für die Antastung eines weißen Mannes oder eines Tlascalteken die Todesstrafe an.
Jetzt stand es jedem Tlascalteken frei, ohne Waffen mexikanisches Gebiet zu durchziehen, auf den Märkten Anahuacs Handel zu treiben, als Gast in der Königin aller Städte und in den anderen Wunderorten des Drei-Städte-Bundes zu weilen, welche seit der Hinrichtung der Smaragd-Lingam, der Mutter des Edlen Traurigen, bloß tlascaltekische Opfersklaven hatten betreten dürfen.
Die erste Folge dieses Umschwunges war, daß Kreideschmetterling, nachdem er mit Kleinodien seine Wärter bestochen, aus dem Tecpan des Prinzen Kriegsmaske entfloh, in der Hoffnung, nach Tenuchtitlan, zum Feldherrn Piltecatl, seinem Beschirmer, gelangen zu können.
Gleich nach Entdeckung seiner Flucht brach Kriegsmaske nach Tenuchtitlan auf, jagte in einer von Schnelläufern getragenen Sänfte dem Hermaphroditen nach.
Kriegsmaske hätte sich auch ohne diesen Anlaß – wenngleich wohl später erst – nach Tenuchtitlan begeben. Nicht nur, weil er es seiner Schwester Doña Maria Luisa-Rabenblume und seinem Schwager Pedro de Alvarado in Aussicht gestellt hatte. Montezuma – der gefangene Montezuma – hatte eine Einladung an den Prinzen Kriegsmaske und den Fürsten Fichtenzweig gesandt und sie aufgefordert, den Abschluß des Blumenkrieges an dem nunmehr befreundeten Hofe von Tenuchtitlan zu feiern. Kriegsmaske hatte zugesagt zu kommen.
Zugesagt hatte er nach einer erregten Aussprache mit Fichtenzweig. Dieser sah in der Aufforderung eine Falle, gelegt von den weißen Göttern: der gefangene Weltherr, meinte er, könne sich schwerlich aus eigenem Antriebe darum bemühen, seine ärgsten Widersacher als Gäste zu bewirten – es sei denn, er wolle sie den Christen in die Hände spielen. Kriegsmaske hatte die Vorsicht des Freundes verlacht. Obgleich er in Eilmärschen nach Anahuac jagte, gelang es ihm jedoch nicht, des Hermaphroditen habhaft zu werden.

Fichtenzweig hatte abgelehnt, blieb in Tlascala. Menschenscheu und verbittert mied er die Sitzungen des Rates der Alten, wo die Sammelnde Biene und das Offene Gesicht Lobreden auf den Grünen Stein hielten; er nahm an den Festreigen des verblendeten Volkes auf dem Großen Marktplatz nicht teil, denn er wußte, daß Tlascala eine tanzende Leiche war. Ein Einsamer, saß er trauerverzehrt in seinem Tecpan und schlürfte weißen Pulque, um den Jubel der Stadt und die mahnenden Stimmen in seinem Innern nicht zu hören.

Schwärzer denn je war seine Seele. Nur der Pulquerausch befreite ihn von den Vorwürfen seines ermordeten und immer wieder aus dem Grabe steigenden Kindes.
Unerträglich war ihm der Anblick der Als-Schlange-Lebenden, der Mutter des Kleinen Pfeiles. Ihr verhärmtes Gesicht war eine furchtbare Anklage. Er faßte den Entschluß, sich ihrer zu entledigen.
Den Hetzreden ihrer Nebenbuhlerin Smaragd-Puppe gab er willig Gehör – obgleich eine heimliche Stimme ihm sagte, daß kein Verrat zu befürchten war, außer wenn er sich selbst verriet. Er ließ sich von Smaragd-Puppe einreden, die Als-Schlange-Lebende frohlocke über die Erfolge der Sonnensöhne und trage sich mit der Absicht, für die Tötung des Kleinen Pfeiles Strafe zu fordern.
Fichtenzweig dang zwei seiner Diener, um die lästige Mitwisserin zu beseitigen, und er verschaffte ihnen ein getrocknetes Jaguarherz, wie es die Leute, deren Beruf Meuchelmord war, stets bei sich zu tragen pflegten.
Eines Abends schickte er die Als-Schlange-Lebende in einer Sänfte nach seinem an der Südostgrenze gelegenen Felsenschloß Atlihuetza, dem »Wasserfallschloß«.

Kreideschmetterling hatte richtig vermutet, daß Prinz Kriegsmaske – im Glauben, er sei geradeswegs zu Piltecatl nach Tenuchtitlan geflohen – ihm auf der westlichen Heerstraße nachsetzen werde. Um seine Spur zu verwischen, hatte er sich daher ostwärts ins Gebirge gewandt. Nachdem er einen Tag umhergeirrt war, suchte er ein Nachtlager in einer Felsenhöhle, zu welcher ein Klippenpfad emporführte. Eintretend, gewahrte er einen weißen Gott, niedergekniet und in Gebet versunken, vor einem roh geschnitzten Holzkreuz. Kahlköpfig war der Mann, hatte einen langen grauen Bart; seine hanfene Kutte war um die Lenden mit einem Strick gegürtet. Es war jener Soldat Gaspar Lencero, den das Gemetzel von Cholula zum Eremiten gemacht hatte.
Erschreckt, wollte Kreideschmetterling sich wieder hinausschleichen; doch Gaspar Lencero hatte ihn erblickt und hielt ihn zurück. Das Licht der untergehenden Sonne fiel schräg in die Höhle hinein und zeigte ihm, welch ein märchenhaft schöner Gast ihn besuchen kam. Rätselhaft war, was ein so vornehmes, reichgekleidetes Mädchen zu abendlicher Stunde in die Wildnis, in die Berghöhle getrieben haben mochte. Sie schien verfolgt zu sein, schien Schutz zu suchen. Mitleid und Neugier veranlaßten ihn, ihr Schutz zu gewähren. Auch war er trotz der Kutte ein Mann, hatte erst vor wenigen Wochen der Welt entsagt, hatte sich noch nicht gewöhnen können an die Abgeschiedenheit, an das qualvolle Schweigen bei Tag und bei Nacht. Einen Hund hatte er sich zuweilen gewünscht, um zu einem Wesen reden zu können. So war ihm denn an diesem Abend die Nähe eines menschlichen Wesens willkommen – mochte es auch ein Mädchen,

mochte es eine Verlockung Satans sein. Er hielt sich für stark genug, Satan zu widerstehen ...
Kreideschmetterling hatte alsbald erkannt, daß dies ein christlicher Heiliger sein müsse, von dem keine Gefahr drohte und der möglicherweise ihm behilflich sein konnte, Tenuchtitlan zu erreichen. In Tränen ausbrechend, erzählte er dem Eremiten erlogene Abenteuer, begründete damit seine Schutzbedürftigkeit. Gaspar Lencero verstand nichts außer den Worten »unversehrte Jungfrau« und »das Tränken der Götter«. Das übrige ergänzte seine erregte Phantasie. Ihm stand es fest, daß die heidnischen Götter mit dem Edelsteinwasser dieser unversehrten Jungfrau getränkt werden sollten – und das zu verhindern, war er als Christ verpflichtet.
Er lud das schöne Mädchen ein, bei ihm zu bleiben. Und er setzte ihr als Nachtmahl das Rippenstück eines Hirsches vor, den er mit seiner Armbrust erlegt hatte. Weit von seiner Lagerstätte entfernt, am andern Ende der Höhle, breitete er Maisstroh für sie hin und hieß sie sich niederlegen.
Er selbst lag die ganze Nacht schlaflos da, mit offenen Augen ins Dunkel starrend. Das berückende Bild wich nicht von seinen Augen, wie sie im Abendsonnenschein am Eingang der Höhle gestanden hatte, umspielt vom kecken Bergwind, der ihr das zerzauste Haar an die Wangen schlug und am seitwärts flatternden Mädchenrock so stark zerrte, daß die überfeinen Linien der Schenkel, des Knies und der zartgeschweiften Waden sich bildhaft wundervoll gegen das gelbfunkelnde Sonnengold abhoben. Toll machte ihn das Bild. Er hatte Satans Macht unterschätzt. Er hatte Satan in seine Klause geladen. Und er nahm sich vor, auf der Hut zu sein.
Bei Tagesanbruch kniete er vor dem Kreuz und züchtigte seinen Rücken mit Geißelhieben.

Der Felswand – wo in beträchtlicher Höhe sich das gähnend schwarze Loch des Höhleneingangs befand – ragte eine andere, nicht minder hohe und schroffe Felswand gegenüber. Zwischen den beiden Felsmauern aber dehnte sich eine ziemlich breite Schlucht. Kein Weg führte durch die Schlucht, kein Mensch und kein Tier hätten sich dort Bahn schaffen können; denn der Boden war mit Kakteen bewachsen, mit phantastischen baumgroßen Opuntien, mit Erdkaktus, Orgelpfeifenkaktus, Stachelkaktus. Es war eine Kakteenwüste, eine Urwildnis von Kakteen.
Der diesseitige Felspfad wand sich unterhalb der Eremitenhöhle hin. Der obere Teil des Felsens trat an jener Stelle ein wenig zurück, und ein Wiesenhang erstreckte sich, sanft abfallend, vom Höhleneingang bis zum Pfad. Ein neben der Höhle rieselnder Quell bildete in dem Wiesenhang einen Tümpel, wo Gaspar Lencero sich täglich zu waschen pflegte.
Als Kreideschmetterling bald nach Sonnenaufgang erwacht war, ging

er zum Tümpel hinaus, sich zu waschen. Dabei entblößte er den Oberkörper. Und der Eremit erblickte die jungen, birnenförmigen, spitz aufwärts geschweiften Mädchenbrüste und erschrak vor sich selbst, fürchtete, der Sünde zu erliegen. Darum verjagte er das Mädchen.
Doch das Mädchen kehrte wieder, bettelte und schluchzte. Da ergrimmte er und warf einen Stein nach ihr. An der Schläfe traf sie der Stein, schlug ihr eine klaffende Wunde. Ohnmächtig war das Mädchen hingestürzt. Gaspar Lencero trug sie in die Höhle, verband ihr die Wunde.
Zwei Wochen lang pflegte er sie. Obgleich er vom Lager der Todkranken nicht wich, bemerkte er doch nicht, daß sie ein Knäblein war.
Als es ihr besser ging, behandelte er sie rauh und abweisend. Er fürchtete sich vor ihr. Doch er verbot ihr nicht, bei ihm zu bleiben.
In einer Mondscheinnacht, als die Höhle bläulich durchhellt war, stieß das Mädchen einen durchdringenden Schrei aus. Er näherte sich ihrem Lager, glaubte er doch, ihre Wunde habe sich wieder geöffnet. Sie war emporgesprungen, und sie zeigte entsetzt auf einen spannenlangen Tausendfuß am Kopfende ihres Strohbettes. Mit einem Holzscheit hatte sie das Tier zerquetscht. Und noch immer, flatternd vor Angst, klammerte sie sich an den heiligen Mann, schlang die Arme um seinen Hals.
Er machte ihr Vorwürfe: grundlos sei ihre Angst, und unrecht habe sie getan, Gottes Kreatur zu töten.
Sie fing zu weinen an. Und er tröstete sie und streichelte sie wie ein Kind. Da küßte sie ihn auf den Mund.
Einen flüchtigen Augenblick lang trank er den Kuß wie ein süßes todbringendes Gift. Dann ergrimmte er maßlos. Und er trieb sie hinaus in die Nacht.

Nach zwei Stunden war sie wieder da. Er hatte inzwischen mit Gebet und Kasteiung den Teufel überwunden und war seelenruhig eingeschlafen. Sie weckte ihn. Verändert, ernst, besorgt sah sie aus. Er müsse ein Verbrechen hindern, rief sie. Und atemlos erzählte sie, was sie draußen gesehen hatte.
Während ihres wochenlangen Krankseins hatte sich sein Ohr an das mexikanische Idiom gewöhnt, so daß er jetzt einigermaßen imstande war, ihren Bericht zu verstehen.
Sie ergriff seine Hand, zerrte ihn hinaus vor die Höhle und zeigte auf die jenseitige Steilwand, wo auf dem schmalen Fußpfade eine Frau und vier Männer gingen. Sie kenne diese Männer – flüsterte sie –, es seien Diener des Fürsten Fichtenzweig; und die Frau sei dessen Gemahlin, die Als-Schlange-Lebende. Vorhin habe sie beobachtet, wie die Diener eine Sänfte, die sie getragen hatten, niedersetzten und ihre Herrin auszusteigen zwangen und sie – trotz ihres

Sträubens – zwangen, zu Fuß den Weg fortzusetzen. Gewiß hätten sie vor, der Frau ein Leid anzutun.
Der Eremit ging zurück in die Höhle, gürtete seinen Degen um die Kutte, nahm seine Armbrust und seinen Jagdspieß. Als er heraustrat, bedeckte sich Kreideschmetterling ächzend das Gesicht, als wolle er ein Grausiges nicht sehen.
Drüben hatte sich ein Kampf entsponnen: mit ihren Mördern rang die Als-Schlange-Lebende.
Gaspar Lencero rief die Mörder an, spannte die Armbrust, drohte zu schießen. Doch schon wurde die Frau in die Tiefe hinabgestoßen. So senkrecht war die Felswand drüben, daß der fallende Körper nur zweimal an Felsvorsprünge anstieß und dann wie Blei hinabschnellte in die Kaktuswüste.
Der Eremit schoß etliche Bolzen auf die Diener ab, obgleich die Entfernung für Pfeilschüsse zu groß war. Die Diener rannten weg und verschwanden hinter Weißtannen.

Inzwischen war es Tag geworden. Gaspar Lencero und der Hermaphrodit stiegen ins Tal hinab, um die Leiche der Als-Schlange-Lebenden zu bergen. Bald mußten sie es indes aufgeben. Die Kaktuswildnis war undurchdringlich.
Im Begriff, zur Höhle wieder emporzusteigen, blickten sie in ein anderes Tal, durch welches die Heerstraße – vom östlichen Tor der Großen Mauer her – führte. Und sie sahen dort christliche Männer westwärts ziehen. Da gingen sie ihnen entgegen. Denn dem Eremiten lag daran, Pater Olmedo vom Vorfall in Kenntnis zu setzen. Er wußte, daß die Als-Schlange-Lebende von allen Bewohnern Tlascalas die erste gewesen war, die den Wunsch ausgesprochen hatte, sich taufen zu lassen; und ihm war auch bekannt, daß Pater Olmedo für diese Frau und ihre drei Kinder – vor allem für den Kleinen Pfeil – stets eine besondere Teilnahme gehegt hatte.
Die Kastilier, denen der Eremit und Kreideschmetterling entgegengingen, waren der alte Richter Moreno Madrano aus Verakruz und – inmitten einer Eskorte von zehn Musketieren – zwei Gefangene: Alonso de Grado und Pedro d'Ircio. Dem Richter hatte Sandoval, als neuernannter Stadtkommandant der Hafenfestung, den Auftrag erteilt, die beiden Übeltäter nach Mexiko zu bringen, da Cortez sie zur Rechenschaft ziehen wollte. Zwei Schmiede und einige fünfzig Tlamamas zogen mit ihnen ins Land der Seen.
Gleich nach der Gefangennahme Montezumas nämlich hatte Cortez den Entschluß gefaßt, zwei Brigantinen bauen zu lassen, um auf ihnen – falls bei kriegerischen Verwicklungen die Holzbrücken von den Dammdurchstichen entfernt würden – sein Heer über den Schilfsee schaffen zu können. Montezuma gegenüber war es so dargestellt worden, als sollten die Brigantinen zu seinem Vergnügen und zu seiner Zerstreuung dienen, indem er auf den Schiffen, deren Größe

seine königliche Galeere um ein Zehnfaches überträfe, Lustfahrten werde unternehmen, seine Schlösser an der Lagunenküste und seine Jagdgefilde werde besuchen können. Mexikanische Werkmeister, Zimmerleute und Holzschnitzer waren von Montezuma zur Verfügung gestellt worden, und sie schufen die mächtigen Schiffsgerippe nach den Anweisungen des Schiffbaumeisters Martin Gutiérrez – jenes Wachtpostens, durch welchen Cortez auf dem Kordillerenpaß zwischen dem Rauchenden Berg und der Weißen Frau beinahe erschossen worden war. Früher, als er damals hatte ahnen können, erfüllte sich nun dem Schiffbaumeister der Wunsch, durch eine verdienstvolle Tat sein nächtliches Mißgeschick wettzumachen.
Um die Brigantinen, sobald sie vom Stapel liefen, ausrüsten zu können, hatte sich Cortez von Sandoval zwei an der Küste zurückgebliebene Schmiede sowie das Takelwerk der elf in Brand gesteckten Karavellen ausgebeten. Die fünfzig mit Moreno Madrano, Grado und d'Ircio ziehenden Tlamamas schleppten Ambosse, Blasebälge, Anker, Kompasse, Segel, Werg, Pech und schwere Schiffsketten nach Tenuchtitlan.

Nachdem der Eremit den Richter begrüßt und vom Mord in Kenntnis gesetzt hatte, berieten sie, was zu tun das klügste wäre, damit die Untat nicht ungesühnt bliebe. Den Urwald von Kakteen auszuholzen, um an die Leiche zu gelangen, ging nicht an, da Madrano von Sandoval Befehl hatte, möglichst bald Mexiko zu erreichen. Auch würde es, meinte Madrano, Aufsehen im Lande machen und die Verbrecher zur Flucht oder zu bewaffnetem Widerstand veranlassen. Ein mächtiger Fürst wie Fichtenzweig werde sich nicht freiwillig dem Gericht stellen. Er müsse überrumpelt werden zu einer Zeit, wo er keinen Angriff erwarte. Doch das auszuführen sei nur Cortez imstande, vorausgesetzt, daß er einen Teil des kastilischen Heeres in Tenuchtitlan entbehren könne. Im Augenblick ließe sich nichts anderes machen, als Cortez und Pater Olmedo zu benachrichtigen und ihnen die Zeugin zuzuführen, welche in den vier Mordgesellen Diener des Fürsten Fichtenzweig erkannt haben wollte.
Gaspar Lencero war erfreut über diesen Vorschlag, der es ihm ermöglichte, in seiner Höhle zu bleiben. Nur ungern hätte er seine Bußübungen unterbrochen. Dem Schutz des alten ehrsamen Richters konnte er ohne Bedenken Kreideschmetterling übergeben. Sich selbst befreite er von einer Gefahr damit und erwies auch Kreideschmetterling einen Gefallen. Hatte dieser doch oft geäußert, er müsse nach Tenuchtitlan wandern, getraue sich nur nicht, der Räuber und der wilden Tiere wegen. Und der Eremit fühlte sich schuldig gegen seine schöne Hausgenossin, seitdem er sie mit dem Steinwurf nahezu getötet hatte, und war froh, im Frieden von ihr zu scheiden, da es ihm zweifelhaft war, ob er die Kraft gefunden hätte, ein zweites Mal einen Stein gegen sie zu erheben.

Der alte Richter übernahm es, Kreideschmetterling zu Cortez zu bringen.
Die Reise ging ohne Zwischenfall vonstatten. Moreno Madrano schützte Kreideschmetterling vor den Zudringlichkeiten der Mitreisenden. Er verbot Pedro d'Ircio, der schönen Jungfrau Kußhändchen zuzuwerfen.
In Tenuchtitlan angelangt, baten de Grado und d'Ircio um die Erlaubnis, sich vor Cortez rechtfertigen zu dürfen. Doch sie wurden nicht vorgelassen. Der zürnende Generalkapitän ließ sie einkerkern. Umsonst verfaßte Alonso de Grado Bittschrift auf Bittschrift.
Cortez entsann sich sofort Kreideschmetterlings, als ihn Moreno Madrano ihm zuführte. Der erste Abend in Tlascala und die Verfolgung des Mädchens durch die wütende Volksmenge standen ihm noch deutlich vor Augen, und wie um die – unweit von der Flußbrücke – aus den Wellen Gerettete ein Streit entbrannt war zwischen Kriegsmaske und Piltecatl. Daß er damals das Mädchen dem Prinzen zugesprochen hatte, war ihm seitdem leid geworden. Unzuverlässig, ein verkappter Feind war der Prinz, Piltecatl dagegen hatte sich als der treueste Freund der Christen erwiesen.
Pater Olmedo war zugegen, als Kreideschmetterling mit Hilfe Marinas seine Zeugenaussage machte. Der kleine Gerichtsschreiber Guillén de la Loa nahm sie zu Protokoll.
Olmedo sagte zu Cortez:
»Don Hernando, ich will jetzt aussprechen, was ich bei der Taufe in Tlascala nicht auszusprechen wagte, obgleich ich es damals schon vermutete. Der Kleine Pfeil ist als Märtyrer gestorben. Sein eigener Vater, der Fürst Fichtenzweig, hat ihn getötet und hat nun ein zweites Verbrechen begangen aus Furcht, daß das erste Verbrechen durch die Mutter des Kindes verraten werde. Entsinnt Ihr Euch, was ich damals von Kain, dem Gezeichneten, sprach?«
»Padre, Ihr mögt recht haben«, erwiderte Cortez. »Wir werden der Sache auf den Grund gehen ... Dies Mädchen aber will ich Piltecatl übergeben, der Ansprüche auf sie erhebt. Kriegsmaske soll sie nicht erhalten; er ist befreundet mit Fichtenzweig, und vor seiner Rachsucht muß diese wichtige Zeugin beschützt werden. Von der weißen Schlange wollte er sie ja damals totbeißen lassen, als Isabel Rodríguez an ihrer Stelle starb. Wir hätten sie ihm schon damals abnehmen sollen!«
Durch zwei Soldaten ließ Cortez Kreideschmetterling zu Piltecatl führen. Kriegsmaske, der bereits seit Wochen in Tenuchtitlan weilte, erfuhr es und kam zu Cortez gestürzt wie ein Besessener, forderte tobend und brüllend die Herausgabe seines Eigentums. Cortez entschuldigte sich: Kreideschmetterling habe Piltecatl als seinen Herrn bezeichnet. Und als Kriegsmaske zu rasen nicht aufhörte, wurde ihm erklärt, es fehle die Handhabe, Piltecatl zur Rückgabe zu zwingen. Cortez bot dem Prinzen mehrere Sklavinnen zum Entgelt an. Doch

der Prinz lehnte die Annahme ab. Er wurde still und entfernte sich; denn plötzlich hatte er begriffen, daß ihm nur noch eine Freude auf der Welt geblieben war: die Rache.
Und er blieb in Tenuchtitlan und wartete geduldig das Heranreifen seiner Rache ab.

Mit Moreno Madrano und dem Pater Olmedo sprach Cortez bis in die Nacht hinein über den Mord an der Als-Schlange-Lebenden. Der Alkalde wiederholte, was er zum Eremiten geäußert hatte: ein mächtiger Fürst wie Fichtenzweig werde sich dem christlichen Gericht nicht stellen; Tlascalteken ließen sich gegen ihn nicht verwenden; nur Kastilier – und zwar eine beträchtliche Zahl weißer Soldaten – würden imstande sein, ihn gefangenzunehmen, indem sie ihn überrumpelten, bevor er Zeit gefunden, seine Stammesgenossen zu den Waffen zu rufen; die Verhaftung ließe sich freilich bloß ausführen, falls Cortez einen Teil seines Heeres in Tenuchtitlan entbehren könne; auf alle Fälle müsse die Angelegenheit geheimgehalten werden, damit Fichtenzweig keine Gegenmaßregeln treffe.
Da erinnerte Pater Olmedo Cortez daran, daß er vor kurzem die Absicht geäußert hatte, Expeditionen auszusenden, um die Vasallenstaaten Mexikos auf ihre Bodenschätze hin zu untersuchen, vor allem, um nach Gold und Silber zu forschen. Auch habe er ja vorgehabt, Velázquez de León mit hundertfünfzig Soldaten nach Cholula zu schicken, der heiligen Stadt wegen des Hinterhaltes eine Kontribution aufzuerlegen. Nun grenze aber Cholula an Tlascala, und es werde kein Aufsehen erregen, wenn die hundertfünfzig Mann bei dieser Gelegenheit dem verbündeten Land einen Besuch abstatteten.
Das leuchtete Cortez ein.
»Padre, Ihr meint, ich soll zwei Fliegen mit einer Klappe schlagen. Bisher war ich der Ansicht, daß eine Fliege zu fangen mehr wert sei, als nach zwei Fliegen zu schlagen. Doch in diesem Fall denke ich, daß der Fang gelingen kann. Euer Vorschlag ist gut, und ich werde ihn mir durch den Kopf gehen lassen.«
Schon lange trug sich Cortez mit dem Gedanken, das Vorkommen von Edelmetallen und edlen Steinen in den mexikanischen Provinzen feststellen zu lassen. Den Gönner La Medinas, den Tanzmeister und Bergmann Ortiz, hatte er zu Rate gezogen und ihn beauftragt, einen Plan auszuarbeiten und bei den Einheimischen sich umzutun, welche Länder für eine Exploration besonders in Betracht kämen.
Als fahrender Ritter durch ferne Länder zu streifen, war so recht nach dem Geschmack des Diego de Ordás. Gleich nachdem jener Auftrag dem Bergmann erteilt worden war, hatte Ordás an Cortez das Verlangen gestellt, ihm Soldaten und aztekische Führer zu geben, weil auch er auf eigene Faust das mexikanische Gebiet durchforschen wolle – nicht, um Goldbarren und Erzgruben, sondern, um den Brunnen der Verjüngung zu suchen. An den Smaragdfels

glaubte er nicht mehr, hatte vielleicht nie an ihn geglaubt. Um so mehr war er jetzt Feuer und Flamme für sein neues Ziel: das Wasser des Lebens.

Und wieder mußte er es erleben, daß Cortez ihn verlachte.

»Ihr seid unverbesserlich, Don Diego! Aus dem Goldmeer habt Ihr Schlacke gefördert, und im Jungbrunnen werdet Ihr Schlamm finden – wenn Ihr ihn findet! Doch wie wollt Ihr das anstellen? Ich kann Euch solche Führer nicht verschaffen.«

»Montezuma wird sie mir verschaffen!« sagte Ordás zuversichtlich.

Er hoffte auf Montezuma. Er baute auf die Güte und Freigebigkeit Montezumas, wie alle Kastilier es taten, denen ein Wunsch von Cortez abgeschlagen worden war. Schon mehr als einmal hatte die Macht des machtberaubten Königs unerfüllbare Wünsche erfüllt, Unerreichtes erreichbar gemacht. Einen dem Hauptmann Lugo entflogenen Jagdfalken mit silbernen Schellen an den Füßen hatte Montezuma von seinen Hofjägern binnen einer Stunde jenseits des Schilfsees aufstöbern, einfangen und zurückbringen lassen. Allerdings kam es darauf an, die Bitte im rechten Zeitpunkt vorzutragen, wenn er bei Gebelaune war. Denn war er mißgestimmt, so verstand er keine Anspielung, überhörte jedes noch so dringende Ersuchen. Doch nur selten geizte er, meistens vergeudete er. Nicht daß er seine Kerkermeister bestechen wollte. Ihm war wertlos geworden, was Wert hatte. Und da er es nicht liebte, unzufriedene Gesichter um sich zu sehen, stopfte er die gierigen Mäuler.

Auch der Schönredner und Vielschreiber Alonso de Grado hoffte auf Montezumas Freigebigkeit. Und zwar hatte er nichts Geringeres im Sinn, als sich von Montezuma dessen Lieblingstochter, Prinzessin Maisblüte, zur Ehe zu erbitten. Nur kurze Zeit waren de Grado und d'Ircio eingekerkert gewesen. Für die Freilassung des Agramants ohne Taten waren seine Jugendfreunde Sandoval und Luis Marín eingetreten. Der Richter Moreno Madrano hatte aus Verakruz einen Brief mitgebracht, worin Sandoval Cortez daran erinnerte, wie sehr ihn das Abenteuer d'Ircios mit der Tochter des Grafen de Urueña belustigt hatte; und auch jetzt verdiene der einstige Reitknecht eher Spott als Strafe. Luis Marín unterstützte mündlich das Gesuch Sandovals. Und Cortez mochte so verdienstvollen Fürsprechern keinen abschlägigen Bescheid geben. Da er aber gegen d'Ircio Milde walten ließ, konnte er de Grado nicht verurteilen. So verzieh er beiden und begnügte sich, ihnen einen Verweis zu erteilen.

Kaum war Alonso de Grado aus dem Kerker entlassen, geschah ihm das Unglück, daß er Maisblüte begegnete, welche mit ihrem zartgliedrigen Mädchengefolge in den Tecpan des Königs Wassergesicht gekommen war, ihrem Vater einen Besuch abzustatten. Nicht mehr jenseits des Sees im schönen Schloß Chapultepec wohnte sie; seit der Gefangennahme des Königs war sie nach Tenuchtitlan in den Huei-

Tecpan übergesiedelt, um ihrem Vater nahe zu sein. Täglich ließ sie sich zu ihm tragen, brachte ihm Blumen und brachte ihm Trost durch ihr flimmerndes, erdfernes Lächeln.
Alonso de Grado sah ihre auf goldenen Sandalen schwebende Schönheit und schnippte mit den Fingern, halb wahnsinnig vor Gier. Er beschloß, um sie zu werben.
Seitdem lag er Cortez mit dem Heiratsplan in den Ohren. Auf seinen Wortschwall erhielt er kaum eine Antwort. Das schreckte ihn nicht ab. Er wußte, daß nichts so sicher zum Erfolg führt wie eine Reihe von Mißerfolgen.
Und um zwei Eisen im Feuer zu haben, nahm er sich vor, gleichzeitig auch Montezumas Einwilligung zu erbetteln.

Die Kastilier ließen es sich angelegen sein, Montezuma bei guter Laune zu erhalten. Sie hätschelten ihn, wie man ein gezähmtes Tier hätschelt.
Einsamkeit hätte ihn auf böse Gedanken gebracht. Darum durfte er nie allein sein. Immerzu mußte er durch Vergnügungen und Spiele abgelenkt werden.
Um ihn zu zerstreuen, wurde ihm täglich die kastilische Wehrmacht vorgeführt. Die Pikeniere, Musketiere und Artilleristen führten Waffenübungen vor ihm aus, marschierten in Reih und Glied, exerzierten. Und Montezuma erteilte Lob und Tadel, begeisterte sich für den Drill.
Auch seine Teilnahme für den Bau der zwei Brigantinen wurde geweckt und wachgehalten. In Begleitung der Feldobristen besuchte er oft das Dock am Ufer des Palastgartens, wo die noch unfertigen Schiffe mit ihren Rippen aus Zedernholz wie Skelette von Walfischen in die Luft ragten. Ungeduldig erkundigte er sich, wann er seine erste Lustfahrt auf dem See werde unternehmen können.
Er schien nur noch Sinn für Lustbarkeiten zu haben. Sein Leben im alten Tecpan war ein immerwährendes Fest. Beschattet war sein Antlitz nur, wenn er Mexikaner empfing in den Morgenstunden. Sonst lachte er immerzu und scherzte mit den Feldobristen und auch mit den gemeinen Soldaten, nannte sie beim Namen. Und für jeden hatte er ein freundliches Wort bereit. Nur noch selten verfiel er in ein düsteres Brüten.
Bald, allzubald, hatte er es gelernt, die Gitterstäbe seines goldenen Käfigs zu übersehen.
Doch wenn die Mexikaner es ihm verdachten, die Christen verehrten und ehrten ihn darum um so mehr. Seiner Leutseligkeit wegen war er überaus beliebt beim Heer. Die Soldaten nahmen in seiner Gegenwart stets die Sturmhauben ab, und selbst Cortez bedeckte sich nur, wenn er von ihm dazu aufgefordert worden war. Nichts als das Schattenbild eines Königs war er, und eben darum räumte man ihm alle Vorrechte des Königstums ein, außer der Freiheit. Die rauhen

Soldaten spürten, daß er den Weg des Menschensohnes ging, seit er nicht mehr ein Gott war.
Freilich gab es auch Ausnahmen, flegelhafte Gesellen ohne Mitgefühl, ohne Ehrfurcht vor dem tragischen Geschick des geknechteten Königs. Für ihre groben Hände war seine wehmütige Freundlichkeit ein zu feines Gespinst. Den heidnischen Hund nannten sie ihn. Er war ihnen ein Stachel im Auge, weil seinetwegen der Wachtdienst keinem Waffentragenden erlassen wurde.
Während in einer Nacht Pedro Trujillo – der große Spuckkünstler – im Schlafzimmer Montezumas Wache hielt, ließ er sich unflätig gehen. Am nächsten Morgen beklagte sich Montezuma, tief verletzt in seinem Schamgefühl, bei Cortez. Als jedoch Trujillo ins Gefängnis abgeführt werden sollte, erwirkte er nicht nur seine Begnadigung, er beschenkte ihn auch noch mit einem Perlenhalsband. Der Rüpel war schamlos genug, das nächste Mal, als er wieder das Schlafgemach des Königs bewachte, die Unflätigkeit zu wiederholen – in der Annahme, es werde ihm eine zweite Perlenkette eintragen. Darin täuschte er sich allerdings. Cortez strafte ihn und ordnete an, daß hinfort die Posten sich auf dem Gang vor dem Schlafgemach aufzuhalten hätten.
Für Montezuma aber war dies Erlebnis eine der schmerzensreichsten Stationen seines Passionsweges. Und seine Seele trug seitdem eine Wunde mehr.

Im Garten des alten Tecpans stand ein Ballspielhaus, wo zur Zeit des Sonnenunterganges die Kastilier mit des Königs Gefolge oder auch mit ihm selbst den Federball zu werfen pflegten. Sie beachteten die strengen Regeln des Spieles, entkleideten sich, hüllten ihre nackten Körper in Lederpanzer, trugen Steinmasken vor dem Gesicht und Hirschlederhandschuhe an den Händen. Ja, scherzweise riefen sie sogar Macuilxochitl, Fünf-Blume, den Gott des Spieles, an. Und sie ahmten mit mehr Mühe als Geschick die affenartigen Stellungen der mexikanischen Spieler nach. Immer von neuem erregte es ein schallendes Gelächter, wenn Lugo oder Olid den Versuch machte, den Kautschukball mit dem Gesäß zurückzuschnellen.
Hatte Montezuma zwar die drei Truthähne dem Herrn des Fastens nicht abgewinnen können, so war er doch ein außerordentlich geschickter Ballspieler. Seit seiner Gefangennahme schien er kein Glück mehr im Spiel zu haben. Es machte ihm Freude, die Christen seine hohen Einsätze – Goldbarren im Werte von fünfzig Dukaten – gewinnen zu lassen. Zuweilen verlor er hintereinander bis zu vierzig solcher Goldbarren. Wenn aber die Kastilier verloren, zahlten sie ein Stück Jadeit, das für sie wertlos war.
Eines Tages fragte Montezuma Ordás, warum er, der furchtlose Besucher des Rauchenden Berges, solche Furcht vor dem Federball habe. Denn Ordás hatte sich bisher vom Spiel ferngehalten, da es

seiner erhabenen Feierlichkeit widerstrebt hatte, Affenstellungen einzunehmen und ein Ziel des Spottes zu werden (das er sowieso meist war).

Er erklärte sich bereit, mit Montezuma zu spielen, vorausgesetzt, daß der Einsatz nicht ein Geschmeide, sondern die Gewährung einer Bitte sein würde. Und da er keine Übung im Ballschlagen hatte und bestimmt wußte, daß er den Ball durch den durchlochten Stein an der Decke nie hindurchwerfen könnte, unterließ er den Versuch und erbat sich Olids Beistand. Er stieg auf Olids Schultern, so daß er an die Decke reichen konnte, und statt den Ball zu werfen, steckte er ihn gemächlich durch das Steinloch. Kastilier und Mexikaner heulten vor Lachen. Und auch Montezuma lachte und ließ es als Sieg gelten. Er versprach Ordás Führer zum Brunnen der Verjüngung und veranlaßte den Annalenschreiber Feuer-Juwel – seinen Vorsteher des Hauses der Bücher – im alttoltekischen Göttlichen Buch nachzuschlagen, wo der Brunnen zu suchen sei.

Seitdem kam es auf, statt um Geschmeide, um die Gewährung von Bitten zu spielen. Auch beim Patolli geschah das. Eine Art Würfelspiel war das Patolli: auf zwei kreuzweise übereinandergelegte, in Felder geteilte Bretter wurden vier große, durchbohrte Bohnen fallen gelassen.

Montezumas Bohnen waren aus Gold. Wenn sie verschwanden – und sie pflegten zu verschwinden –, ließ er sich andere bringen. Wenn der blonde Alvarado beim Spiel betrog, tat er, als sähe er es nicht, oder er klopfte, wenn jener es zu toll trieb, ihm gutmütig auf die Schulter und sagte mit feinem Lächeln bloß: »O Sonnensohn, du Geldbörsenverstecker! . . .«

Beim Patolli erspielte sich der Zungendrescher und Wüstling Alonso de Grado die Prinzessin Maisblüte. Montezuma verschenkte seine liebste Tochter, wie er alles verschenkte. Er hätte die Sterne des Himmels verschenkt, wäre er darum gebeten worden. Wertlos war ihm, was Wert hatte.

Und dennoch harrte er auf das Wunder, das seiner Vergeudung einen Riegel vorschieben mußte. Er wartete auf das Orakel des Mexikaner-Priesterchens, um seine Geschenke zurückzufordern mit blutigen Zinsen.

»Ich wünschte, der Teufel drehte diesem heidnischen Hund den Hals ab – sonst tue ich es einmal, damit die verdammten Nachtwachen aufhören!« fluchte der Arkebusier Pedro López, der Günstling des Hauptmanns Avila, als er eines Morgens vom Wachdienst abgelöst wurde.

Die Worte konnte Montezuma nicht verstehen, doch Ton und Gebärde waren deutlich genug gewesen. Er teilte Cortez den Vorfall mit. Um ein Exempel zu statuieren, ließ Cortez dem Arkebusier hundert Stockprügel verabreichen.

Avila, bei dem Pedro López sich beklagte, geriet in Wut, und in Gegenwart Montezumas stieß auch er Verwünschungen und Todesdrohungen aus.
Eingeschüchtert, sann der König darauf, Avila zu versöhnen. Er bot ihm herrlich gestickte Mäntel und schöne Mädchen an, die jedoch Avila grollend ausschlug.
Da lud er ihn zum Patollispiel ein und versprach, falls er gewänne, ihm jeden Wunsch zu erfüllen.
Sie spielten, und Avila gewann. Was sein Wunsch sei, ließ ihn der König durch Orteguilla fragen.
»Mein Wunsch ist: öffne das Schatzhaus, dessen Tür du hast zumauern lassen!
»Ihr könnt die Tür öffnen ohne mich...«
»Nein, du mußt die Erlaubnis geben, daß der Goldschatz an uns Christen verteilt werde!«
Montezuma hatte sein Wort verpfändet. Was hätte es ihm auch genützt, hätte er behalten wollen, was ihm ja doch nicht mehr gehörte.
»Nehmt den Schatz meines Vaters!« sagte er. »Schickt den Schatz meines Vaters dem großen Herrn des Ostens als einen Tribut seines Knechtes Montezuma!«
Alle anwesenden Kastilier entblößten ihre Häupter zum Dank. Sie waren ergriffen wie in einer Kirche. Als hätte ein Priester ein Tabernakel geöffnet. Segen rieselte auf sie nieder, Goldsegen...
Vom Schatz von Tezcuco hatte Montezuma nichts erwähnt. Als er mit Cortez allein war, bat er darum, den Hort des Herrn des Fastens nicht anzutasten.
»Ich habe ihn als Tempelschatz dem Monde geweiht«, sagte er.
Cortez sicherte es ihm zu.

Die vermauerte Tür war wieder aufgebrochen worden. Albernoz, der Säckelmeister Seiner Majestät, buchte das Kronfünftel. Er ließ die Goldbarren und Geschmeide heraustragen und zu drei mannshohen Haufen schichten.
Als Cortez mit Montezuma und seinen Höflingen die drei Goldhaufen zu besichtigen kam, machte ihn die Schwarze Blume darauf aufmerksam, daß der eine der drei Haufen der Schatz seines Vaters sei. Ebenso wie Montezuma, hatte auch die Schwarze Blume dringend darum gebeten, daß der Hort von Tezcuco geschont werde. Und sich nicht daran zu vergreifen, hatte Cortez seinen Feldobristen ausdrücklich eingeschärft.
Ärgerlich fuhr er den Rechnungsführer an:
»Wer hat das angeordnet, Señor?«
»Der Hauptmann Avila, Euer Gnaden, befahl es...«
Doch da Avila nicht zugegen war, verschob es Cortez, ihn zur Rede zu stellen. Er entschuldigte sich bei Montezuma und bei der Schwar-

zen Blume. Und er sorgte dafür, daß der Schatz von Tezcuco unverzüglich zurückgetragen wurde in die unterirdischen Schatzkammern. Ein Posten bewachte fortan die aufgebrochene Tür.
Die Soldaten murrten. Einzelne rechneten aus, daß der vierhundertundfünfzigste Teil von zwei Goldhaufen ein gar kleines Goldhäuflein sein werde. Und sie tuschelten sich in die Ohren, Cortez habe ein Drittel beiseite schaffen lassen, er wolle es für sich verwenden. Es wurde behauptet, er habe sich goldenes Tafelgeschirr bei mexikanischen Goldschmieden bestellt.

Die Teponaztli-Trommel auf der Schlangenbergpyramide hatte Mitternacht verkündet. Im großen Audienzsaal des alten Tecpans blinkte auf dem Marmorestrich ein europäischer Zinnleuchter und trug – an Stelle einer Kerze – einen harzigen flackernden Kienspan, der eine mattgelbe Aureole wenige Schritte im Umkreis schuf, umnachtet ringsum von schwärzester Finsternis. An der zu den Schatzkammern hinabführenden Tür stand ein Wachposten, der kleine Galicier, und von Zeit zu Zeit ersetzte er den herabgebrannten Kienspan durch einen neuen.
Unruhig blickte er um sich in das undurchdringliche Dunkel hinein. Schon vor einer Stunde hatte er heranschleichende Schritte vernommen. Ihm war gewesen, als hätte jemand den Saal betreten, als befände sich jemand im Saal. Er glaubte, atmen zu hören. Umhergeleuchtet hatte er, doch vergebens. Er konnte mit dem matten Kienspanlicht den weiten Audienzsaal nicht durchhellen. Auch angerufen hatte er den seltsamen Gast, ohne Antwort zu erhalten.
Unheimlich war ihm zumute. Die Schlafgemächer der Kastilier lagen weit entfernt.
Doch seit einer Stunde hatte er nichts vernommen. Und er beruhigte sich beim Gedanken, seine Sinne müßten ihn wohl getrogen haben.
Jetzt vernahm er wieder Schritte. Nicht so leise wie das erste Mal. Ein Mann tauchte aus der schwarzen Finsternis auf, wurde, während er, näher kommend, in den Lichtschein rückte, als kastilischer Soldat erkennbar. Es war Pedro López, Avilas Günstling, dem Cortez vor kurzem hundert Stockprügel hatte verabfolgen lassen.
Er schwankte, schien schwer betrunken zu sein und hielt eine mit Pulque gefüllte Schale in der Hand. Bis jetzt habe er in der Marketenderei mit Pedro Trujillo getrunken, erzählte er. Und ein Mitleid habe ihn erfaßt mit seinem Kameraden, der um diese Stunde Wache stehen müsse; – darum habe er ihm einen Schluck mitgebracht zur Stärkung.
Und er reichte ihm die Pulqueschale hin.
Der kleine Galicier schlug den freundlich gereichten Trank nicht aus. Nachdem er ihn eingeschlürft hatte, plauderte er noch eine Weile mit Pedro López, bis dieser sich entfernte.

Seltsame Gestalten sah der kleine Galicier aus dem Dunkel auf sich zukommen. Plattnäsige, kürbisköpfige Zwerge; spindeldürre Greisinnen, die wie Frösche hüpften; grauenvolle Krüppel und Mißgestalten, am Rücken zusammengewachsen, im Ringkampf mit sich selbst; und das weiße Skelett eines Windspieles, das umherlief, mit dem Knochenschwanz wedelte und hüpfte. Doch wundersam, der kleine Galicier erschrak nicht. Er war zu müde, zu erschrecken. Er gähnte, konnte sich nicht mehr aufrecht halten, legte sich auf die Marmorfliesen und schlief ein.
Dem Pulque, den er genossen hatte, war ein betäubender Pilztrank beigemischt gewesen.

Aus dem Dunkel des Saales schritten jetzt zwei Männer auf den Lichtschein zu, Alonso de Avila und Pedro López. Schon waren sie nicht mehr fern von der Tür, da tauchte eine weibliche Gestalt auf. Sie sprang auf den Schlafenden zu, riß sein Schwert aus der Scheide und stellte sich vor die Tür.
Avila prallte zurück und wurde weiß im Gesicht. Seinen Raubplan sah er auf unerwartete Weise durchkreuzt. Die vor ihm stand mit funkelnden Augen, mit erhobenem Schwert, bereit, ihr Leben zu lassen für den Hort des Herrn des Fastens, war Prinzessin Perlmuschel, die Tochter des Herrn des Fastens, welche von den Soldaten *La Azteca* genannt wurde.
Obgleich er keinerlei ritterliche Gefühle kannte und sich sonst nicht gescheut hätte, eine Frau niederzustechen, wagte er es in diesem Falle doch nicht. Er zähmte seine aufbegehrende Brutalität, er überlegte.
La Azteca war die Geliebte des Cortez; und mochte auch Marina in letzter Zeit die Oberhand gewonnen haben, so war sich Avila doch bewußt, daß es nicht ungefährlich war, die Prinzessin zu beseitigen. Er beschloß, sie auf gütliche Weise zu entfernen.
»Was schafft Ihr hier, Señora, um diese Zeit? Überlaßt es uns Hauptleuten, das Gold zu bewachen! Ihr seht, ich mache die Ronde – und verlaßt Euch darauf, ich werde für die Bestrafung des pflichtvergessenen Wachpostens Sorge tragen! Begebt Euch ruhig in Eure Kammer, Señora – Pedro López soll Euch hinbegleiten.«
Avila war ein hübscher Kerl und konnte, wenn ihm daran lag, artig sprechen und bestrickend lächeln.
Doch *La Azteca* kannte nur wenige spanische Worte. Avilas Rede verstand sie nicht. Sie verstand bloß, daß er sich durch sie nicht abschrecken ließ.
Da packte sie die Raserei der Angst. Ohne fechten zu können, ließ sie das erhobene Schwert niedersausen, schlug sinnlos auf ihn ein. Und sie verwundete ihn schwer an der linken Hand.
Toll machte ihn die Wunde. Er verfiel in eine Berserkerwut. Geschickt ihr das Schwert entwindend, würgte er sie an der Kehle, bis

sie wie leblos am Boden lag. Und er stopfte ihr ein Schweißtuch als Knebel in den Mund.
Dann zündete er zwei Fackeln an und stieg mit seinem Begleiter hinab ins Schatzhaus.

Nach einer Weile erhob sich *La Azteca*. Sie war betäubt, nicht ohnmächtig gewesen. Und sie vermochte den Knebel, an dem sie fast erstickt wäre, aus dem Munde zu entfernen.
Sie eilte in die Kammer des Pagen Orteguilla, rüttelte ihn aus dem Schlaf. In fliegender Hast erzählte sie ihm, was geschehen war, und bat ihn, den Rechnungsführer Albernoz zu benachrichtigen. Cortez aus dem Schlaf zu stören, wagte sie nicht.
Orteguilla lief, den Rechnungsführer zu wecken, und kehrte bald darauf mit ihm und dem Notar Godoy zurück. Sie begaben sich in den Schlangensaal und warteten. Albernoz verbot dem Pagen, den Saal zu erleuchten, damit die Diebe keinen Verdacht schöpften.
Avila und Pedro López kamen die Treppe emporgestiegen, goldbeladen. Als Avila in der Tür stand, trat ihm Albernoz entgegen.
»Señor, um kein Aufsehen zu erregen, ersuche ich Euch, das Gold zurückzutragen.«
»Ich lasse mir von Euch keine Vorschriften erteilen, Señor!« antwortete Avila barsch und wild.
»Señor, nicht Vorschriften erteile ich, sondern einen wohlgemeinten Rat, weil ich Euch schonen wollte . . .«
»Mich schonen? Seid Ihr toll? Wollt Ihr damit sagen, daß ich ein Dieb sei?«
»Ich sage, daß Ihr nahmt, was Euch nicht gehört!«
»Zieht, Señor!«
Und sie fochten.
Auch Pedro López zog den Degen, in der Absicht, den Notar Godoy anzugreifen. Doch der kaiserliche Sekretarius entfloh und erhob ein Zetergeschrei, das bis in die fernsten Schlafsäle vernommen wurde.
Bald füllte sich der Schlangensaal mit Soldaten. Die Feldobristen kamen herbeigeeilt, beunruhigt durch das Geschrei und das nächtliche Degenklirren.
Cortez trennte die Fechtenden. Er verurteilte beide zu Gefängnisstrafe und ließ sie sofort abführen.

Wie wenig beliebt Avila sonst auch war – seine Gefangensetzung machte böses Blut im Heer. Pedro López verstand es, den Vorfall seinen Kameraden so darzustellen, als habe Avila das von Cortez veruntreute Gold retten wollen zum Besten des Heeres, sei aber von *La Azteca*, der Geliebten des Cortez, daran gehindert worden. Der Groll des Heeres richtete sich nun vornehmlich gegen *La Azteca*. Und der kleine Galicier war nicht imstande aufzuklären, da er von seinem Pilzrausch noch nicht erwacht war.

Am folgenden Tage wurden die in zwei Haufen geschichteten Geschmeide unter Aufsicht des Rechnungsführers Albernoz, den Cortez inzwischen in Freiheit gesetzt hatte, von Goldschmieden aus Azcaputzalco eingeschmolzen und abgestempelt. Als dann bei der Verteilung des Goldes sich herausstellte, daß auf jeden gemeinen Soldaten nicht mehr als hundert Pesos kamen, brach der Aufruhr los.
Die Meuterer stürmten zum Ballspielhaus, wo sie Cortez vermuteten. Doch sie trafen nur Alvarado und Montezuma an. Alvarado, im Vertrauen auf seine Beliebtheit, wagte es, die Tobenden herrisch anzufahren. Er erreichte nichts und brachte sich selbst in Lebensgefahr.
Montezuma rettete ihn und auch sich, indem er durch Orteguilla den Aufständischen mitteilen ließ: er schenke dem Heere den Schatz des Herrn des Fastens.
Die Meuterer entfernten sich. Doch nicht nur Gold, auch Sühne wollten sie haben für das vermeintliche Unrecht, das ihnen mit der Einkerkerung Avilas geschehen war. Sie fanden Cortez am Seeufer, wo er dem Prinzen Kriegsmaske die halbfertigen Brigantinen zeigte.
Was sie begehrten? Warum sie tobten?
Wüstes Gebrüll war die Antwort.
»Gib uns *La Azteca* heraus!« schrien die einen. »Gib Avila frei!« schrien die anderen.
Cortez begann eine Rede. Die schönen Wendungen verfingen diesmal nicht. Die Wildheit steigerte sich.
»Laßt uns die Brigantinen in Brand stecken! Das wird ihn zwingen!« kreischten die Wahnsinnigen.
Und Cortez ließ sich zwingen. Den Brigantinen durfte nichts geschehen. Von den Brigantinen hing alles Heil ab, falls das Unheil hereinbrach ...
Er willigte ein, Avila sofort freizulassen. Und die Hinrichtung der Prinzessin lehnte er nicht schroff ab; er bat sich eine Bedenkzeit aus bis zum folgenden Morgen und versprach, die Forderungen des Heeres ernstlich in Erwägung zu ziehen.
Den Meuterern genügte das, sie verliefen sich. Und Cortez hatte Zeit gewonnen. Er ließ die Schwarze Blume und *La Azteca* rufen und besprach lange mit ihnen, wie die Gefahr zu bannen. Da stieß er auf einen Widerstand, den er nicht vorausgesehen hatte. *La Azteca* forderte hart und finster von ihm die Bestrafung Avilas. Das konnte er nicht gewähren.
Wie ein schweres Rosenblatt sank ihre Liebe zu Boden.
Bei Anbruch des Abenddunkels verließen die Schwarze Blume und *La Azteca* den Tecpan des Königs Wassergesicht.
Prinz Kriegsmaske aber dachte an seine Rache, und er sah einen Weg.

Denselben Abend ruderten die Schwarze Blume und *La Azteca* nach Tezcotzinco, dem unfern von Tezcuco auf einer Landzunge gelegenen einstigen Lustschloß des Herrn des Fastens. Als sie am Fuß des felsigen Kaps anlangten, sahen sie keinen Lichtschimmer aus den Alabasterfensterscheiben des hochgelegenen Schlosses herausstrahlen, gewahrten aber, daß viele Boote aus Zypressenholz und fürstliche Galeeren (mit zähnebleckenden Dämonenhäuptern am Bug) vor der Landungsstelle schaukelten.
Die Schwarze Blume brauchte von den umhersitzenden Ruderknechten nicht zu erfragen, daß eine geheime Zusammenkunft im Lustschloß stattfand. Ihm war bekannt, daß seine Mutter und seine Brüder schon öfter in letzter Zeit die mißvergnügten Fürsten Anahuacs empfangen hatten. Er selbst war zu solchen Zusammenkünften geladen gewesen. Und wenn er sich bisher den Verschwörern nicht angeschlossen hatte, so hatte ihn nicht etwa die Treue, nicht die Liebe zu Cortez davon abgehalten, sondern sein Haß gegen Mexiko, der ihn blind machte für das hereinbrechende Elend in Anahuac.
Jetzt hatten die Verteilung des väterlichen Hortes und die Bedrohung seiner Schwester durch christliche Soldaten eine Sinnesänderung zuungunsten der Christen in ihm bewirkt. Den Schimpf, daß Perlmuschel preisgegeben war von Cortez, dem sie selbstvergessen aufopferungsvoll sich hingegeben, daß ihr Beschützer sie nicht beschützte, empfand er um so tiefer, als er selbst der Kuppler gewesen war und die Schwester dem weißen Gott angeboten und zugeführt hatte.
Am Garteneingang wurden sie von einem Torhüter angehalten: die Herrin von Tula habe jedermann – er sei, wer er wolle – den Eintritt verboten. Die Schwarze Blume stieß den Wächter beiseite und schritt mit der Prinzessin durch den Garten. Am Portal des Schlosses aber standen zehn Bewaffnete. Da gab die Schwarze Blume den Versuch auf, sich gewaltsam Eintritt zu verschaffen. Und er schickte nach seinem Bruder Ohrring-Schlange.

Schon vor zwei Monaten – gleich nach der Hinrichtung des Schwelenden Holzes und des Blitzenden Schildes – hatten die meisten der am Hof von Tenuchtitlan lebenden Könige und Fürsten die Wasserstadt verlassen, teils, weil sie sich dort nicht mehr sicher fühlten, teils, weil sie es nicht ertrugen, der Schmach Montezumas untätig zuzusehen, und auf Abhilfe sannen. Grollend hauste, abgeschlossen von der Welt, Montezumas Bruder, der kränkliche Überwältiger, in seinem Wunderschloß Iztapalapan. Der Durch-Zauber-Verführende lebte in seiner Königsstadt Tlacopan und zerstreute sich mit der Wasserwildjagd. Der Edle Traurige aber hatte sich mit seinem Bruder Ohrring-Schlange nach Tezcuco begeben, und überaus rührig schürte er seitdem den Haß gegen die christlichen Unterdrücker und traf Anstalten für eine Erhebung der Azteken.
Er hatte sofort von Tezcuco aus einen Aufruf an den mexikanischen

Adel erlassen. Ein Kriegsruf war es gewesen, ein sorgenbeschwingter, mahnender, flehender Lockruf – doch seinem hellen Klang war ein mattes Echo erfolgt. Die Azteken mochten nicht handeln, solange der Zornige Herr nicht handelte: auch in Gefangenschaft war er noch immer der Herr der Welt, und solange er das Zeichen nicht gab, mußten die Waffen ruhen.

Der Adel der Azteken fühlte sich eins mit seinem König wie ein Bienenschwarm mit seinem Weisel. Der Adel war gelähmt und willenskrank und vergnügungssüchtig wie Montezuma. Noch nie war in Tenuchtitlan so viel getanzt, gelacht und getrunken worden wie seit dem Einzug der Söhne der Sonne. Im Wirbel des Leichtsinns sich betäubend, sträubten sich die Verschreckten, die furchtbare Wahrheit zu glauben. Zu unwahrscheinlich waren die Geschehnisse, zu plötzlich hereingebrochen. Ein böser Traum mußte es wohl sein, aus welchem man eines Tages zur freudigen Wirklichkeit des Ehedem erwachen werde. Und genau wie der Zornige Herr hoffte und harrte auch der Adel auf ein Wunder.

Die anderen Schichten der Bevölkerung waren und blieben stumpf und gleichgültig. Des Alltags Antlitz war ja unverändert. Der König lebte unsichtbar irgendwo, übergesiedelt in einen anderen Tecpan – auf den Kanälen wimmelten die Boote lustig wie stets. Die Handelsherren hatten ihren Verdienst; und selbst die armen Federmosaikarbeiterinnen, Wasserträgerinnen und Entenjäger fanden noch immer ihren kärglichen Lohn. Eine Knechtschaft war durch eine andere Knechtschaft ersetzt – doch was ging es sie an! Was gingen sie die Streitigkeiten der Zwingherren an, solange es an Mais nicht fehlte für den täglichen Bedarf!

Nur der höhere Adel hatte sich durch den Sammelruf Cacamas aus der schreckbewirkten Lethargie emporreißen lassen. Schon seit Jahren grollten die Fürsten der sträflichen Schwäche Montezumas und führten alles Übel auf sie zurück. Wenn nicht mit dem Zornigen Herrn, so ohne ihn, ja gegen ihn wollten sie kämpfen. Ein König war nicht unersetzlich wie die Ehre des Landes. Starb ein König, so schritt man zur Königswahl. Und der Zornige Herr war ein Verblichener, seit er der Hinrichtung des Schwelenden Holzes in Ketten zugeschaut hatte. Aus Feigheit blieb er bei den weißen Göttern wohnen, weil er sich bewußt war, daß er nicht mehr das Antlitz eines Königs hatte – im Huei-Tecpan wäre er verloren gewesen. Die Fürsten waren entschlossen, seine Befreiung nicht abzuwarten, ihn jetzt schon zu ersetzen ...

Mehr Erfolg hätte Cacama gehabt, wäre ihm die Aufrüttelung des Volkes geglückt, wäre es ihm gelungen, den niederen Adel um sich zu scharen. Doch die Fürsten, eigensüchtig und eifersüchtig auf ihre Macht, dachten mehr an die Königswahl als an die Rettung des Landes.

Prinz Ohrring-Schlange erschien am Schloßtor. Die Schwarze Blume teilte ihm kurz mit, was ihn und seine Schwester den Gegnern der weißen Götter in die Arme trieb: die Geschmeide des Herrn des Fastens wurden eingeschmolzen, und das Christenheer verlangte den Tod der Prinzessin.
»Cacama und ich haben dich seit langem erwartet!« sprach Prinz Ohrring-Schlange. Und auf eine Frage der Schwarzen Blume, wer an der Versammlung teilnehme, zählte er ihm die Könige und Fürsten auf. Sie alle legten seiner Feindschaft gegen Montezuma mehr Gewicht bei als seiner Hinneigung zu den Sonnensöhnen, daher hätten sie gegen seine Anwesenheit nichts einzuwenden – wofern er sich durch einen Schwur verpflichte, von der Beratung nichts zu verlautbaren.
Die Schwarze Blume erklärte sich bereit, den Eid der Verschwiegenheit zu leisten.
Zur Schwester sich wendend, sagte Ohrring-Schlange, sie solle sich in die inneren Gemächer zur Herrin von Tula begeben, welche um diese Zeit noch am Webstuhl sitze, um wach zu sein, falls einer ihrer Söhne ihres Rates bedürfe.
»Sprich ein Gebet, Schwester«, fügte er hinzu, »sprich ein Gebet zu Ypalnemoa – durch den alles geschieht –, daß unsere Mutter dich vorlasse! Denn seit du dich zur flüchtigen Hindin gemacht hast, grollt sie dir gar sehr!«

Während Ohrring-Schlange die Schwarze Blume in den Versammlungssaal führte, begab sich Perlmuschel in die inneren Gemächer und trat in die Kammer, wo ihre Mutter webte.
Zwei dreiarmige, kupferne, milchgrün patinierte Kerzenhalter mit fingerdünnen Harzfackeln erhellten den mit Kolibrifederteppichen verhängten Raum. Rings um die webende Königinwitwe hockten auf Schemeln fünf junge Mädchen mit langen, offenen Haaren; ihre Gesichter waren mit gelblichem Markasitpulver bestreut.
Die Königin von Tula unterbrach ihre Arbeit nicht. Mit dem Webemesser schlug sie gleichmäßig die in den Webekamm gefügten Baumwollfäden fest. Durch den mitleiderregenden Anblick der heimgekehrten Tochter ließ sie sich nicht rühren. Kalt und finster wies sie die Prinzessin aus ihrem Gemach hinaus. Und als Perlmuschel dennoch blieb, warf die Herrin von Tula das Webemesser nach ihr.
Perlmuschel verließ die Kammer, kniete draußen vor dem Perlenvorhang der Tür nieder, jammerte, schluchzte und schrie. Und schreiend schlug sie sich mit der Hand auf den offenen Mund.
Nachdem sie eine Stunde lang draußen gekniet hatte, ließ ihr die Herrin von Tula durch eine alte Sklavin eine verschlossene Majolikaschüssel bringen. Gestank dünstete der Prinzessin entgegen, als sie den Deckel abhob: in der Schüssel befanden sich menschliche Exkremente.

Und durch den Perlenvorhang erscholl die schneidende Stimme der Mutter:
»Nähre dich von Unrat, Tochter – du dienst ja der Göttin des Unrats, dem Frosch mit dem blutigen Maul! Auch du bist eine Kotfresserin, eine Sünderin ...!«
Die Prinzessin kreischte gell vor Entsetzen wie ein durchschossener Adler.
Und sie schlich hinaus in den Garten, ging zum Landungsplatz und ruderte zurück nach Tenuchtitlan.

Im hellerleuchteten Saal, wohin Ohrring-Schlange die Schwarze Blume geführt hatte, waren die Fensteröffnungen schwarz verhängt. Die sonst in einem der Schloßhöfe stehenden heiligen drei Herdsteine waren in die Mitte des Saales gestellt worden: bei der heiligen Flamme legten die Verschwörer den Eid ab, die Geheimnisse ihrer nächtlichen Zusammenkünfte nie zu verraten, und warfen zum Wahrzeichen Maiskörner in den Feuermund des alten Herrn mit der weißen Perücke, des gelbgesichtigen Feuergottes. Obgleich Christ und Hernando getauft, opferte auch die Schwarze Blume dem Herrn des Türkises, streute Körner ins Feuer und leistete den Eid.
Die anwesenden Verschwörer waren: der Edle Traurige, König von Tezcuco; der Überwältiger, König von Iztapalapan; der Durch-Zauber-Verführende, König von Tlacopan; ein König von Matlatzinco und ein König von Coyoacan. Ferner Prinz Ohrring-Schlange, die Schwarze Blume und der Herabstoßende Adler. Es war dem Prinzen Ohrring-Schlange gelungen, eine Versöhnung zwischen Cacama und Guatemoc zuwege zu bringen.
Die Beratung in dieser Nacht führte zu keinem Ergebnis, und die Meinungsverschiedenheit artete bald in häßlichen Hader aus. Einig waren sich zwar alle, daß Mexiko königlos sei und eines neuen Herrschers bedürfe. Aber gerade dies rief die Uneinigkeit hervor. Die Verschwörer gönnten einander die Krone Mexikos nicht.
Der König von Matlatzinco, ein großer, dicker, allzu selbstbewußter Herr, geriet in Streit mit dem Edlen Traurigen und beschuldigte ihn, er werfe sich zum Anführer auf, nicht, weil ihm Mexikos Rettung am Herzen liege, sondern weil er als Neffe und Schwiegersohn Montezumas glaube, ein Anrecht auf die Türkismosaikbinde der Könige Mexikos zu haben; es gebe aber andere, die mehr Anrecht darauf hätten als er.
Der König von Matlatzinco war nämlich ein mexikanischer Prinz, ein Sohn des Königs Kreideweiß. Erst vor kurzem hatte er Prinzessin Nephrit, die jüngste Tochter Montezumas, geheiratet und war daraufhin mit dem Königreich Matlatzinco belehnt worden. Sein Großvater, König Himmelspfeil, hatte drei Söhne gehabt: Wassergesicht, Kreideweiß und Molch. Die Söhne des Königs Wassergesicht waren der Zornige Herr und der Überwältiger; der Sohn des Königs Molch

war der Herabstoßende Adler. Da die Azteken ein Wahlkönigtum hatten, kam der haltlose Sohn des Zornigen Herrn, der Vom-Himmel-Gestiegene, als Nachfolger nicht in Betracht. Doch nur Agnaten konnten gewählt werden; und hätte der Grad der Verwandtschaft allein entschieden, so wäre als Thronanwärter der König von Matlatzinco der Nächste gewesen nach dem Überwältiger. Er durfte, ohne zu lügen, behaupten, daß er mehr Anrecht habe als sein Schwager Cacama, der bloß ein Verwandter mütterlicherseits, ein Sohn von Montezumas hingerichteter Schwester Smaragd-Lingam, war. Freilich hatte noch niemand im König Matlatzinco den künftigen Weltherrn gesehen – außer er selbst; weder der Adel noch das Volk hatte je an ihn oder Cacama gedacht. Der Adel schätzte den stillen tatkräftigen Überwältiger, während des Volkes Sehnsucht sich auf den Herabstoßenden Adler, den grundlos Verbannten, richtete, dessen Name schon lange ein heimlicher Schlachtruf der Unzufriedenen war.

Beim Streit mit Cacama gestand der König von Matlatzinco unverhüllt ein, daß er sich für den würdigsten Nachfolger Montezumas halte, und für seine weitere Teilnahme an der Verschwörung machte er zur Bedingung, daß ihm die Führerschaft zugebilligt werde.

Indes die Vorwürfe gegen den Edlen Traurigen waren ungerecht. Ohne eigensüchtige Hintergedanken hatte Cacama den Aufruf an die Azteken erlassen und die Fürsten nach Tezcotzinco geladen. Mehr als andere litt er unter der Schmach Mexikos und lechzte nach der Austilgung der räuberischen Eindringlinge; bloß aus Liebe zu Heim und Herd wollte er zu den Waffen greifen; und wenn er so leidenschaftlich den Vertilgungskrieg forderte, so tat er es mit keinem anderen selbstsüchtigen Ziel, als um seine Schuld an den Bewohnern Anahuacs wiedergutzumachen: denn er war es gewesen, der bei den letzten Kronratssitzungen in Tenuchtitlan stets ritterlich dafür eingetreten war, die weißen Götter müßten eingelassen werden.

Es gelang ihm nur halb, die maßlosen Angriffe seines Schwagers abzuwehren. Er war zu stolz, sich reinzuwaschen, da er sich reinen Herzens fühlte. Der Schein war gegen ihn.

Der Überwältiger, der Herabstoßende Adler und die Schwarze Blume verhielten sich zurückhaltend, ließen ihre Gedanken nicht erraten. Im Herzen mißbilligten sie die Erörterung der Thronfolge, solange Montezuma am Leben war. Der König von Coyoacan stimmte dem König von Matlatzinco bei. Ohrring-Schlange und der junge König von Tlacopan verteidigten Cacama, erhitzten sich und reizten die Gegner zu immer neuen Ausfällen.

Unversöhnt, wenn auch äußerlich versöhnt, trennten sich gegen Morgen die Verschwörer.

Der Garten des Huei-Tecpan war von der Lagune umspült. Ein mit der Lagune durch einen kurzen und schmalen Kanal verbundener

Teich befand sich unweit vom Parkufer; er diente als Hafen für die königlichen Boote und war von einer Steinmauer eingefaßt.
Drei Tage nach jener nächtlichen Zusammenkunft schritt Prinzessin Maisblüte durch den Schloßgarten, singend mit ihren Begleiterinnen.

»Auf die Erde herab fiel die Blume,
Auf die Erde brachte sie herab Tezcatlipoca,
Die schöne Blume, die gelbe Blume ...«

Ein junger Ruderknecht rief die Prinzessin an, als der Weg sie am Bootshafen vorbeiführte.
Er gehörte zu ihrem Haushalt, war mit ihr von Chapultepec nach dem Huei-Tecpan übergesiedelt. Als sie noch unverheiratet war, hatte stets nur er sie auf dem See gefahren. Seit sie ihres Bruders Gattin war, mußte er auch ihn rudern.
Wie einer Gottheit war er ihr ergeben und mißachtete seinen neuen Herrn, den Vom-Himmel-Gestiegenen, weil er dessen Untreue fast allnächtlich sah.
Als er Maisblüte anrief, war sie stehengeblieben, erstaunt über die Kühnheit eines Knechtes.
Er habe ihr Wichtiges mitzuteilen, sagte er entschuldigend, als ihr harter Blick ihn traf.
Da hieß sie ihre Mädchen sich entfernen. Sie setzte sich auf die Steinbrüstung und senkte den Kopf herab, um deutlicher zu hören, was er – der aufrecht im Boot stand – ihr ins Ohr flüsterte. Ihr offenes Haar fiel auf die Mauer nieder, und, vom Wind gebläht, streiften zuweilen einzelne Strähnen sein schönes Knabengesicht.
Ein Gespräch, das ihr Brudergemahl, der Vom-Himmel-Gestiegene, mit dem nasenlosen Coxtemexi geführt hatte, war vom Ruderknecht erlauscht worden, und davon machte er ihr Mitteilung. Aus dem Gespräch ging hervor, daß der König von Matlatzinco die Verschwörung und die Namen der Verschwörer dem jungen Prinzen verraten hatte, damit durch diesen Montezuma erfahre, daß seine Absetzung geplant sei. Noch hatte der Vom-Himmel-Gestiegene mit Montezuma nicht gesprochen und schien nicht Lust zu haben, Cacama und die anderen Fürsten seinem Vater und damit auch den weißen Göttern auszuliefern. Coxtemexi aber hetzte den Prinzen auf, hielt ihm die sündige Liebe des Herabstoßenden Adlers zur Prinzessin Maisblüte vor und mahnte ihn an seinen Racheschwur. Wolle er aber Guatemoc verderben, so dürfe er auch die anderen nicht schonen. Und schließlich beschwichtigte er des Prinzen Bedenken, indem er ihm einen Plan entwarf, wie er die Prinzessin Perlmuschel, die er so liebe, jetzt erlangen könne. Er solle dem Anführer der Sonnensöhne, dem Grünen Stein, anbieten, ihm fünf aufständische Fürsten zu fangen und sich dafür Perlmuschel von ihm versprechen lassen.

Als der Ruderknecht den Bericht beendet hatte, sagte ihm Maisblüte mit seltsam flackerndem Lächeln:
»Ich will dich überreich belohnen! Du sollst mich küssen!«
Noch tiefer beugte sie sich über die Brüstung, legte ihren linken Arm um seine nackte braune Schulter, näherte ihr Gesicht seinem schreckgelähmten Gesicht. Mit der rechten Hand aber suchte sie ihren Obsidiandolch. Und während ihre Lippen sich berührten, durchschnitt sie ihm die Kehle.
Er hatte zuviel gewußt – darum durfte er nicht leben. Doch weil er schön war und jung, hatte sie ihm das Sterben versüßt.
Sie rief ihre Mädchen und sagte: getötet habe sie ihn, weil er ihr einen unsittlichen Antrag gestellt habe. Und sie befahl den Mädchen, die Leiche des Jünglings auf den Schilfsee hinauszurudern und sie dort zu versenken.
Sie selbst ging in den Tecpan, rief ihre Sänftenträger und ließ sich in die Gelehrtenwohnung des Annalenschreibers Feuer-Juwel tragen, durch welchen sie öfters Botschaften vom Herabstoßenden Adler erhalten hatte.

Das Arbeitszimmer Feuer-Juwels war angefüllt mit Altertümern, Chroniken, Sammlungen heiliger Gesänge und astronomischen Werken. Doch er schrieb heute nicht, er malte nicht mit Zypressenharz auf Hirschhautpergament, als die Prinzessin anlangte. Inmitten der Bilderhandschriften und umringt von Urnen, aus Grabstätten herstammenden toltekischen Fundstücken, saß er mit seinen Freunden, dem Alten Wickelbär (welcher, als er noch als Zauberer in Tenuchtitlan lebte, sich den Namen Zacatzin beigelegt hatte) und dem Spinner, dem jungen rauschseligen Dichter.
Düster redeten sie vom Untergang ihres Volkes, ihrer Welt. Die aufdämmernde Welt, die ihre Welt ablösen kam, bedurfte eines Fundaments von Scherben.
»Wird nichts, nichts, was wir liebten, bleiben?« fragte der Spinner.
»Nichts!« sagte Feuer-Juwel. »Alles wird hinschwinden – wie einst, als der Jaguar die Sonne fraß.«
»Auch die herrliche Adlerpforte, der Stolz Mexikos?« fragte der Spinner zaghaft.
»Sie wird im See versinken!«
»Auch die Bücher, die du geschrieben hast?«
»Nichts wird von ihnen bleiben!«
»Auch die Lieder, die ich gedichtet habe? ... Wenn alles verschlungen wird – wozu stieg dann Mexikos Schönheit aus dem See hervor?«
»O Dichter«, sagte der Alte Wickelbär, »auch die Wasserrose steigt aus dem See hervor und blüht nur drei Tage lang!«
Da schlug Feuer-Juwel eine noch unfertige Bilderhandschrift auf, sein Lebenswerk, worin er seine neugeborenen Gedanken in altheilige Gewänder kleidete. Und er las:

Als Unser Herr Quetzalcoatl, das Land der Sehnsucht Tlillan-Tlapallan suchend, an Cholula, der heiligen Stadt, vorbeizog, hielten ihn die Bürger fest und zwangen ihn, des Landes Krone zu tragen. Nur noch vier Jünger und eine Jüngerin, ein schönes stilles Mädchen, folgten ihm in die heilige Stadt; denn die meisten seiner Anhänger und alle Singvögel der Gärten Tulas waren im Schneegebirge erfroren.
Auch das Mädchen, vergewaltigt von einem Cholulteken, starb verzweifelt und wurde von den vier Jüngern beweint.
Da fragte Unseren Herrn der treueste der Jünger, der ihm die mit Türkismosaik überkrustete Schädelmaske geschenkt hatte:
»O Unser Herr, wozu ist die Welt da?«
»Um vom Dasein erlöst zu werden!« erwiderte die Grüngefiederte Schlange.
»O Unser Herr, erkläre es mir!« bat der Jünger.
Da sagte Quetzalcoatl:
»Alles Etwas ruht im Nichts. Die Welt ist nicht endlos: die Welt grenzt an die Nicht-Welt. Und auch die Zeit hat Anfang und Ende und ist von der Nicht-Zeit begrenzt.«
»Verzeih, o Herr«, unterbrach ihn der Jünger. »Mein Herz kann es nicht fassen. Was ist die Nicht-Welt?«
»Die Nicht-Welt«, fuhr Quetzalcoatl fort, »ist das nie Gewandelte, ist das noch Ungewordene, ist das Gestaltenlose. Die Nicht-Welt ist wie Wasser, und die Welt ist wie Eis, das im Wasser schwimmt. Die Erlösung des Eises aber ist das Wasser.«
»Ach, wozu gerinnt das Eis, wenn es doch schmelzen muß!« rief der Jünger. »Immerfort weinen möchte ich über die grundlose Welt!«
»Sieh dort das Wölkchen am blauen Himmel!« sagte Quetzalcoatl. »Keine Wolke ist Tränen wert. Mag sie wie Perlmutter schimmern oder wie purpurnes Gold im Abendschein glimmen, ehe sie zerrinnt – der kristallene Äther ist schöner ohne sie. Keine Wolke ist beweinenswert – es bilden sich immer neue. Wenn du Tränen hast, so vergieße sie um die Ameisen, die dein Fuß zertritt!«
Als Feuer-Juwel zu lesen aufgehört hatte, entsann sich der Spinner der redenden Palastwand beim Fest des Kinderrausches. Und leise murmelte er vor sich hin:
»Tanze, tanze, mein schöner Schenkel! Denn bald faulst du begraben im tiefen See! ...«

Ein Sklave meldete: eine Edelfrau, gekleidet wie eine Prinzessin des königlichen Hauses, wünsche den Annalenschreiber zu sprechen. Feuer-Juwel begab sich mit dem Sklaven hinaus. Nach einer Weile kehrte er mit Maisblüte zurück. Der Alte Wickelbär und der Spinner hatten sich erhoben und wollten sich entfernen. Doch Feuer-Juwel bat sie, dazubleiben: was die Prinzessin zu sagen habe, ginge sie beide nicht weniger an als ihn.

Maisblüte hatte schon früher durch Feuer-Juwel erfahren, daß der Herabstoßende Adler in der unterirdischen Mumienkammer der Schilfinsel beim Alten Wickelbär und dem Spinner Zuflucht gefunden hatte. Sie wußte, daß es Freunde ihres Geliebten waren, daß sie offen vor ihnen reden durfte – um so mehr, als ihnen das Ziel der nächtlichen Bootsfahrten Guatemocs nicht unbekannt sein konnte, mochten sie selbst auch an den Zusammenkünften der Fürsten nie teilgenommen haben.
Sie hatte sich auf einen hölzernen, mit blau-gelb-gestreiftem Kissen bedeckten Schemel niedergehockt, dicht neben die in engem Kreise hockenden Männer. Flüsternd sprach sie, doch so erregt, daß das Perlengehänge ihres Ohrpflocks klirrte und die Strahlenscheibe aus weißen Federn, die sie auf dem Rücken trug, wie ein Fächer hin und her schwankte. Um ihren glitzernden, schöngewölbten Mund huschten schwermütige Schatten, während sie vom Verrat des Königs von Matlatzinco erzählte und vom Racheplan des nasenlosen Coxtemexi, der, um den Herabstoßenden Adler zu verderben, auch die anderen Fürsten nicht schonen wollte.
Und als sie geendet, erhoben sich die drei Männer schnell, und auch sie erhob sich. Der Alte Wickelbär drängte. Es sei keine Zeit zu verlieren; schon senke sich die Sonne; in der kommenden Nacht wollten die Verschwörer im Schloß von Tezcotzinco zusammentreffen. Um die Schwarze Blume und den Überwältiger zu warnen, solle sich Feuer-Juwel in den Tecpan des Königs Wassergesicht und von dort nach Iztapalapan begeben. Der Spinner solle nach Tezcotzinco rudern, den Edlen Traurigen und Ohrring-Schlange in Kenntnis setzen und sie veranlassen, Ruderer auf den See hinauszuschicken, um den Durch-Zauber-Verführenden und den König von Coyoacan abzufangen und an der Landung in Tezcotzinco zu hindern. Er selbst aber wolle unverzüglich seine unterirdische Wohnung aufsuchen, wo er den Herabstoßenden Adler noch anzutreffen hoffe, da dieser erst nach Sonnenuntergang aufbrechen wollte.
Es gelang nur zwei der Verschwörer zu retten.
Der Alte Wickelbär erreichte noch rechtzeitig die Toteninsel und hielt den Herabstoßenden Adler zurück, als er eben ins Boot steigen wollte. Feuer-Juwel konnte im Tecpan des Königs Wassergesicht die Schwarze Blume allein sprechen und von der Gefahr benachrichtigen; als er aber in Iztapalapan anlangte, befand sich der Überwältiger bereits auf dem See, zu weitab, als daß er hätte eingeholt werden können.
Der Spinner hatte sich, seit er bei den Mumien hauste, immer nur nachts auf den See oder auch in die dunklen Kanäle Tenuchtitlans gewagt, wollte er seinem Freund, dem Annalenschreiber, einen Besuch abstatten. Und er pflegte – ebenso wie der Alte Wickelbär – den Tag über in der Gelehrtenwohnung zu verweilen und erst in der darauffolgenden Nacht zurückzurudern. Diesmal indes, wo

Höheres auf dem Spiel stand als bloß ihr Leben oder ihre Freiheit, ließen beide die Vorsicht aus der Acht. Weniger vom Glück begünstigt als der Alte Wickelbär, erreichte der Spinner sein Ziel nicht. Er hatte gehofft, unbehelligt im Menschengewühl untertauchen, sich durchschleichen zu können. Doch er wurde erkannt und wurde festgenommen, da von Montezuma ein Preis für seine Auffindung ausgesetzt worden war. Man brachte ihn in den alten Tecpan und führte ihn vor Montezuma. Erfreut war der Zornige Herr, den oft Vermißten, seit lange Ersehnten wieder vor sich zu sehen. Weder nahm er ihm die Freiheit, noch gab er sie ihm zurück. Er beschenkte ihn und hieß ihn bei ihm bleiben, mit farbenprächtigen Gedichten sein Freudenbringer und Sorgenbrecher zu sein.

Siebzig weiße Götter, befehligt von Olid, setzten in Kanoes über den See, drangen in Tezcotzinco ein, metzelten die zur Wehr sich setzenden Palastwächter und Schildträger nieder und nahmen den Edlen Traurigen, Prinz Ohrring-Schlange, den Überwältiger, den Durch-Zauber-Verführenden und den König von Coyoacan gefangen, nachdem diese in verzweifelter Gegenwehr schwere Wunden davongetragen hatten.

Die Herrin von Tula und Königin Silber-Reiher, die Frau des Edlen Traurigen, kamen, die Gefahr mißachtend, an die Landungsstelle, wo in den Händen von Geharnischten große Pechfackeln vom Sturmwind zerzaust wurden. Qualm und Flammenlocken trug der Wind fort, grellrot leuchtete das Gestein des Felsenkaps, goldene Schlagschatten fielen auf Zypressen, Edelweidenstämme und Menschen.

Mit finsterer Wut schauten die beiden Königinnen zu, wie die vier Könige und der Prinz, gefesselt an Händen und Füßen, blutbesudelt, mit klaffenden Wunden, zu den Booten gebracht, in die Boote gesetzt wurden.

»Diese Gelbhaarigen«, rief die Herrin von Tula ihrem Sohn Cacama zu, »diese Gelbhaarigen greifen wie Affen nach dem glitzernden Gold! Schmach meinen Söhnen, daß sie sich von Affen fangen ließen!«

Der Edle Traurige schwieg. Sein Bruder Ohrring-Schlange antwortete für ihn:

»Von deinem liebsten Sohn, Mutter, ließen wir uns fangen! Melde unserem Bruder, der Schwarzen Blume, daß wir dem Verräter fluchen und noch am Kreuzweg der Unterwelt ihm fluchen werden für diese Schandtat!«

Auch die anderen Gefangenen stießen Verwünschungen aus gegen die Schwarze Blume. Sie waren überzeugt, daß niemand anders Cortez benachrichtigt haben konnte.

In Tenuchtitlan angekommen, übergab Cristóbal de Olid die Gefangenen den Häschern Montezumas. Mit großem Pomp wurden die blutüberströmten Könige in goldenen Tragsesseln durch die Stadt zum Tecpan des Königs Wassergesicht getragen.

Der Edle Traurige verlangte, vor den Zornigen Herrn geführt zu werden. Doch Montezuma lehnte es ab, ihn zu sehen. Die Gefangenen wurden vor Cortez geführt.
Er saß auf dem Jaguarfellsitz, als wäre er der Herr der Welt, befugt, über Könige Recht zu sprechen. Neben seinem Thron standen Marina und die Feldobristen.
Streng ließ er den Edlen Traurigen fragen: ob er nicht bereue, das befreundete Volk der Azteken zum Krieg aufgehetzt zu haben? Ob er nicht einsehe, daß den Krieg zu entfachen leicht, ihn jedoch zu beenden schwer sei? Ob er vergessen habe, daß es seine Pflicht sei, dem mächtigen König des Sonnenuntergangs ein treuer Freund zu sein?
Mit blitzenden Augen entgegnete der leidenschaftliche Jüngling:
»O großer Krieger, o weißer Gott! Von deinem mächtigen König weiß ich nichts und will ich nichts wissen! Und wenn – wie du forderst – der endlose Krieg nicht entfacht werden soll, mußt du Anahuac verlassen. Sonst aber – magst du den Weltherrn und vier Könige gefangenhalten – werden andere ausführen, was wir vorhatten, und für Mexiko die Ehre zurückerobern, die von Räubern entwendet wurde!«
Die Schmiede Hernán Martín und Juan García (der Mann der Feuerlilie) wurden beauftragt, die Könige von Tezcuco, Tlacopan, Iztapalapan, Coyoacan und den Prinzen Ohrring-Schlange an *eine* Eisenkette zu schmieden. Auf den Fußboden der unterirdischen Kammer, die bis vor kurzem den Hort des Herrn des Fastens beherbergt hatte, wurde Maisstroh gelegt, das Schatzhaus in einen Kerker verwandelt.
Rohe Soldaten rissen den schwerverwundeten Gefangenen den fürstlichen Juwelenschmuck, die königlichen Gewänder vom Leibe. Nackt wurden die Könige an die dicke Eisenkette, und die Eisenkette wurde an die Mauer des Schatzhauses geschmiedet.
Lichtlos war der Raum, Nacht umhüllte das Leid und die Tränen, Ratten raschelten im Stroh, Skorpione krochen an den Wänden. Nur Ines Florín, die gutherzige Samariterin, kam zuweilen, brachte Wasser und Brot, ersetzte das stinkende Stroh durch frisches und verband die eiternden Wunden.

Die Gefahr einer Erhebung war im Keime erstickt, Grabesruhe herrschte in mexikanischen Landen. Cortez war jetzt in den Stand gesetzt, sich von einem Teil seiner Kampfgenossen zu trennen, sie als Pfadfinder, als fahrende Ritter – wie Ordás es bezeichnete – in die Welt hinauszusenden, um sie den Brunnen der Verjüngung und andere verborgene Erdschätze suchen zu lassen. Die Entfernung des Pazifischen Ozeans sollte dabei festgestellt und Umschau gehalten werden nach neuen – vielleicht günstiger als Verakruz gelegenen – Hafenplätzen am Atlantischen Ozean. Der Bergmann Ortiz hatte nicht gefeiert und hatte eine Liste zusammengestellt über Fundstätten von Gold, Silber, Magneteisen, Zink, Kupfer sowie von Türkis, Opal, Smaragd und Saphir. Und Montezuma beschenkte Cortez mit farbig auf Agavepapier gemalten geographischen Karten, auf denen außer Bergen, Tälern, Seen, Flüssen auch Städte, Dörfer, Bollwerke nebst Wegen und Brücken verzeichnet waren.

Der Hauptmann Andrés de Tapia erhielt den Auftrag, bis an die Meeresküste der Südsee vorzudringen und nach Edelmetallen in der Umgegend der Stadt Tequantepec zu suchen. Der Bergmann und Tanzmeister Ortiz brach in das nördlich von Huexotzinco sich erstreckende Goldland Cacatlan auf. Ordás ritt in den Nordwesten des Hochtals von Mexiko, wo es einen kleinen Ort gab, Tollan oder Tula geheißen, wie die Stadt Quetzalcoatls. Diego Pizarro, ein erst zwanzig Jahre alter Neffe des Cortez, erbat sich die Erlaubnis, das südwestliche, an die Tabascoküste grenzende Zapotekenland zu erforschen und nahm als Begleiter den alten Heredia, den jungen Escalona und den Narren Madrid mit. Velázquez de León aber zog mit hundertundfünfzig kastilischen Soldaten nach Cholula, um der heiligen Stadt zur Strafe für den Überfall eine Kontribution aufzuerlegen und von dort aus im benachbarten Tlascala den Fürsten Fichtenzweig wegen des Mordes an der Als-Schlange-Lebenden dem Scharfrichter zu überantworten.

Auch die gegen *La Azteca*-Perlmuschel eingegangene Verpflichtung zu erfüllen, war Cortez jetzt in der Lage, nachdem durch die Einkerkerung des Edlen Traurigen der Thron von Tezcuco erledigt war. Als durch die Schwarze Blume am Chalcosee *La Azteca* ihm zugeführt worden war, hatte er ihren Pflegling und Adoptivbruder Menschen-Puma drei Erziehern – dem weißhändigen Sánchez Farfán und dessen zwei Ehegattinnen – mit dem Auftrag übergeben, sie sollten ihm königliche Manieren, die Haltung und das Gehaben eines christlichen Potentaten beibringen; er hatte es aber verschieben müssen, ihm die Krone aufs Haupt zu setzen. Das nachzuholen war nunmehr die Zeit gekommen. Die anderen Brüder des Edlen Traurigen hatten ihr Erbrecht verscherzt: Ohrring-Schlange war mit den vier Königen an eine Kette geschmiedet; und dank dem Verrat des Königs von Matlatzinco war Cortez in Kenntnis gesetzt, daß auch die Schwarze Blume an der Verschwörung teilgehabt hatte. Cortez ließ sich nicht anmerken, daß er darum wußte, behandelte die Schwarze Blume nach wie vor mit ausgesuchter Zuvorkommenheit, schloß ihn jedoch von der Nachfolge aus. Da der Schein aufrechterhalten werden mußte, als wäre Montezuma Alleinherrscher und immer noch das Haupt des Drei-Städte-Bundes, wurde ihm nahegelegt, den unmündigen Menschen-Puma zum Großen Chichimecatl, zum Herrscher der Acolhuas, zu ernennen. Und Montezuma berief Königswähler aus Tezcuco, welche wählten, wie befohlen war. Nachdem der kleine König in einen mit Totenschädeln und Knochen be-

malten Frauenrock gekleidet, nachdem die Nasenscheidewand ihm durchbohrt worden war und er auf der Tempelpyramide Unseres Herrn des Geschundenen geräuchert hatte, band eigenhändig Montezuma die Türkismosaikbinde um seine Stirn, gab ihm den blauen, an der Spitze gebogenen Herrscherstab in die Hand und thronte ihn neben das heilige Feuer, den Türkisherrn, »der der Vater aller Götter ist«.
Schuldig fühlte sich Cortez vor *La Azteca*. Nicht nur, daß er ihrer überdrüssig war; nicht nur, daß er am Dock gezeigt hatte, wieviel mehr wert die Brigantinen ihm waren als sie, seine Geliebte. Er hatte dem Sohn Montezumas, dem Vom-Himmel-Gestiegenen, als dieser *La Azteca* zum Lohn für die Auslieferung der Verschwörer forderte, die Prinzessin nicht abgeschlagen. Und wenn er für Menschen-Puma den Thron erwirkte, so bewog ihn – neben anderen, politischen Gründen – auch der Wunsch, sich dadurch von einer Schuld zu entlasten.
Fortgewiesen, hohnvoll hinausgestoßen von der Herrin von Tula, war *La Azteca* ins kastilische Quartier zurückgekehrt, den Tod mißachtend, ja den Tod herbeisehnend. Doch in jener Nacht hatte Cortez Gold verteilen lassen – und die Meuterei war bald ausgebrannt und erloschen wie ein Strohfeuer. Keiner der Schreier entsann sich mehr, daß er der Prinzessin Kopf gefordert hatte. Sie wurde nicht behelligt und kaum beachtet.
Fortan war ihr Leben ohne Hoffnung, ohne Ziel. Menschen-Puma trug den Smaragdpflock in der durchbohrten Nase. Ihr toter Gemahl, Prinz Grasstrick, Montezumas grausam geschlachteter Bruder, und der Blütenbaum von Yuquane bedurften keiner Rache mehr. Und ihre tote Liebe rief nicht nach Rache, klagte nur sich selbst an.
Rabenblume, Alvarados Gattin, erbarmte sich der Bedauernswerten und wurde ihre Freundin. Auch mit Prinzessin Maisblüte hatte Rabenblume Freundschaft geschlossen. Und eines Tages überbrachte sie eine Botschaft von Maisblüte an *La Azteca:* sie solle sich vom Grünen Stein nicht verschenken lassen, der sie gern los wäre; dem Vom-Himmel-Gestiegenen habe er sie verkauft für seinen Verrat. Bereits habe der Vom-Himmel-Gestiegene sich taufen lassen, um sie, die Getaufte, zu ehelichen. Doch sei den Christen nur ein Eheweib gestattet. Und noch sei die Geschwisterehe des Prinzen nicht geschieden. Und Perlmuschel solle nicht fürchten, daß Maisblüte je in die Lösung der Ehe einwilligen werde. Denn sie hasse ihren Bruder und Gemahl und werde ihm die Freiheit nicht zurückgeben.

Trockenen Auges trat *La Azteca* vor Cortez und fragte ihn, ob das möglich sei, daß er sie an den jämmerlichen Sohn Montezumas verhandelt habe.
Er wich ihrem trauervollen Blick nicht aus.

»Hat der Prinz dir das gesagt?« fragte er leichthin.
»Nein, ich weiß es von Prinzessin Maisblüte, der Tochter Montezumas.«
»So – also Maisblüte war es ...« Und Cortez' Augen wurden hart. »Sie ist eine Christenfeindin wie ihr Vater. Sie lächelt immerzu und ist im Herzen verstockt wie er. Geweigert hat auch sie sich, die Taufe zu empfangen. Was hast du mit der Heidin zu schaffen! Wie kannst du ihren Worten Glauben schenken!«
»Maisblüte ist zu stolz, als daß sie fähig wäre zu lügen!« sagte *La Azteca*.
Cortez war weniger stolz. Er log, weil er sich schämte. Nichtig sei sein dem Prinzen gegebenes Versprechen. Er habe ihm, um die Namen der Verschwörer zu erfahren, mit gutem Gewissen die Erfüllung seines Wunsches in Aussicht stellen können, denn ihm sei sofort klar gewesen, daß unübersteigbare Hindernisse der Vollziehung der Ehe entgegenstünden.
Welche Hindernisse es seien, fragte *La Azteca*.
Der Prinz habe die Taufe empfangen, erklärte Cortez. Und die christliche Religion verdamme die Tat des Prinzen, die Verführung der eigenen Schwester, als eine Todsünde. Daß der Prinz in ehelicher Gemeinschaft mit seiner Schwester gelebt, sei ein so unsühnbares Verbrechen, daß bloß der Heilige Vater in Rom Ablaß davon zu erteilen vermöchte. Die schmachvolle Geschwisterehe dürfe nicht länger geduldet, müsse möglichst bald geschieden werden – dafür werde er Sorge tragen. Jedoch nicht, um den Prinzen mit *La Azteca* zu verheiraten; vielmehr, um ihn auf einem kastilischen Schiffe – sobald ein solches den Hafen von Verakruz anlaufen werde – nach Europa, nach Rom zum Papst zu senden. Fraglich erscheine es ihm allerdings, ob ein indianischer Königssohn bis nach Rom gelangen, den Papst sprechen, Verzeihung für seine tödliche Sünde erlangen könne. Doch sollte ihm das auch gelingen, so würden Jahre darüber hingehen – und bis dahin werde *La Azteca* längst eines anderen Mannes Weib sein.
»Ich war die Geliebte des Grünen Steines«, erwiderte die Prinzessin, »darum bin ich zu hoch und zu niedrig für einen rechtschaffenen Mann. Doch irrst du, wenn du glaubst, du könntest die Geschwisterehe lösen. Maisblüte wird sich weigern, ihren Gatten freizugeben.«
»Die Tochter Montezumas wird sich fügen, wenn ich befehle!« sagte Cortez.
Indes bald erfuhr Cortez, daß der Trotz der Prinzessin Maisblüte härter war als sein Wille. Genötigt, den Beweis zu liefern, daß er der Herr in Mexiko sei, ließ er durch Pater Olmedo die erfolgte Scheidung feierlich verkünden. Damit erreichte er wenig. Die Prinzessin blieb bei ihrer Weigerung, belächelte alle Drohungen. Allmächtig war der weiße Gott, doch seine Allmacht zerbrach am Lächeln dieses Mädchens wie Meeresbrandung an einem Riff. In seiner Wut be-

schloß er, sie zu strafen. Zufällig kam ihm eine der zahllosen Bittschriften des red- und schreibseligen Querulanten Alonso de Grado in die Hand. Obgleich ihm bekannt war, daß Alonso de Grado ein Schnapphahn und ein Wüstling war, verlobte er ihn mit der Tochter Montezumas. Und nicht schwer fiel es ihm, des Königs Zustimmung zu erlangen, da dieser bereits vor längerer Zeit beim Patollispiel dem Redegewandten seine liebste Tochter halb und halb versprochen hatte.

Einen Trost und eine letzte Freude hatte *La Azteca:* ihr Liebling Menschen-Puma war König von Tezcuco. Auch um diese Freude wurde sie gebracht durch die Rachsucht des Hauptmanns Avila.
Er hatte sich von Cortez den Auftrag erteilen lassen, die Stadt Tezcuco zu brandschatzen, die Adelshäuser nach Gold zu durchforschen, ob vom Hort des Herrn des Fastens nicht ein Teil zurückgeblieben sei. Mit sechzig Kastiliern und einigen hundert Tlascalteken setzte er über den Schilfsee. Und er nahm Menschen-Puma mit, als Geisel gewissermaßen, damit das Volk Tezcucos aus Rücksicht auf den kleinen König sich nicht zusammenrotte. Sánchez Farfán, der Königserzieher, begleitete seinen Zögling.
In Tezcuco langte ein Schnellbote Montezumas an, nahm Menschen-Puma – der eben erst der königlichen Galeere entstiegen war – beiseite und flüsterte ihm einen Befehl Montezumas zu, er solle den Christen alle Wünsche erfüllen und nicht etwa versuchen, Gold zu verheimlichen; Montezuma sei daran gelegen, daß die Gelbhaarigen befriedigt nach Tenuchtitlan zurückkehrten.
Avila hatte dies heimliche Gespräch beobachtet. Gehört hatte er nichts, behauptete aber, der Knabe habe vor, das Volk Tezcucos zu den Waffen zu rufen. Sánchez Farfán wagte nicht einmal den Versuch, den kleinen König in Schutz zu nehmen, welchen Avila in rohester Weise schlug. Und ohne Kriegsgericht ließ Avila Menschen-Puma an einen Zedernast hängen.
Sánchez Farfán schnitt nachts die Leiche des gehenkten Knaben ab und brachte sie seinen beiden Frauen.
Zwei Tage darauf verließ Perlmuschel den Tecpan des Königs Wassergesicht. Mit einigen ihrer Juwelen erstand sie sich eins der vielen Schwitzbäder Tenuchtitlans. Und sie, die in Yuquane eine goldgekrönte Königin gewesen, hauste dort mit einer Dienerin; und jedem Mexikaner, der das Bad betrat, mochte er reich oder arm, jung oder alt sein, gab sie sich hin, nachdem sie sich von ihm hatte schwören lassen, daß er, sein Leben nicht schonend, helfen werde, das Christentum auszurotten und die Christen dem Wunderbaren Huitzilopochtli darzubringen.

Velázquez de León befand sich seit mehr als einer Woche in Cholula, als die Ankunft eines aus Verakruz von Sandoval abgesandten

Kastiliers ihm einen Vorwand gab, gegen den Fürsten Fichtenzweig einzuschreiten, ohne ihn ahnen zu lassen, daß er in Mordverdacht stehe.

Jener Kastilier hatte durch Tlascala ziehend bei Atlihuetza – dem Wasserfallschloß – einen Streit mit einem Untergebenen des Fürsten gehabt. Der von ihm gezüchtigte Mann eilte in die Felsenburg, sich bei seinem Herrn zu beklagen. Und Fichtenzweig, begleitet von einem Haufen Schildträger, holte den weißen Gott ein und züchtigte ihn, Gleiches mit Gleichem vergeltend. Als Gefangener sollte der Kastilier ins Felsenschloß geschleppt werden, als es ihm gelang, sich durch Preisgabe von Gold, das er bei sich trug, loszukaufen. Ohne sein Gepäck, welches er gleichfalls hatte zurücklassen müssen, langte er gänzlich ausgeraubt in der heiligen Stadt an.

Nach einem nächtlichen Marsch erschien Velázquez de León mit seinem kleinen Heere überraschend vor Atlihuetza, umzingelte die Burg und stürmte sie. Fichtenzweig wurde überwältigt und in Ketten gelegt; und auch jene vier Diener wurden ergriffen, von denen die Als-Schlange-Lebende in die Kaktuswildnis hinabgestoßen worden war. Smaragd-Puppe entwich während des Kampfes aus der Burg.

In der Stadt Tlascala, wohin die Verhafteten gebracht worden waren, ließ Velázquez de León Fichtenzweig den Prozeß machen – anfänglich bloß wegen Beraubung eines Christen. Die Leitung des Prozesses lag in den Händen des Richters Moreno Madrano. Er kam aus Tenuchtitlan nach Tlascala und brachte das Protokoll der Aussagen Kreideschmetterlings mit.

Zwei Tage nahm es in Anspruch, einen Weg durch die Kaktuswüste zu bahnen. Eine weibliche Leiche fand sich an der vom Eremiten und von Kreideschmetterling bezeichneten Stelle; Gesicht und Körper waren von Geiern zerhackt und halb verwest, doch die Kleider und Schmucksachen ließen sich als die der vermißten Frau feststellen. Auf Grund dieses Fundes befahl Moreno Madrano, die vier Diener zu foltern. Sie legten ein Geständnis ihrer Schuld ab, gaben an, Fichtenzweig habe sie zum Mord verleitet. Als ihnen mitgeteilt wurde, Fichtenzweig leugne seine Mitschuld, klagten sie ihn an, außer seiner Gattin auch seinen ältesten Sohn, den Kleinen Pfeil, getötet zu haben – man solle im fürstlichen Tecpan in der Götterkammer nachgraben, dort werde man die Überreste des Kindes finden.

Der Richter veranlaßte nun den Prior des christlichen Klosters in Tlascala, Juan de las Varillas, die jüngeren Brüder des Kleinen Pfeiles, die mit anderen Adelskindern eine spanisch-katholische Erziehung erhielten, auszufragen, ob sie vom Kindesmord wüßten. Bisher hatten die Knaben aus Furcht vor ihrem Vater geschwiegen. Jetzt sagten sie aus. Sie hatten in der Mordnacht nicht geschlafen; und als sie gellende Schreie ihrer Mutter vernommen hatten, waren sie heimlich auf die Dachterrasse emporgestiegen und – durch eine

Lichtöffnung in das Gemach ihres Vaters hinabblickend – hatten sie das Martyrium des armen Kindes mit angeschaut. Sie beschrieben alle Einzelheiten und wiederholten sie später vor dem Richter, der bei ihrem Bericht – ebenso wie vor ihm Juan de las Varillas – in Tränen ausbrach. Die Anklage der Kinder besiegelte des Fürsten Geschick.

Als die Kastilier in der Götterkammer des Tecpans nachgruben, stießen sie auf den verscharrten Knaben. Als ein Wunder des Himmels deuteten sie es, daß des Kleinen Pfeiles Antlitz wachsgelb, doch lieblich wie schlummernd aussah und – wohl infolge von Ausdünstungen im vulkanischen Boden, gleich den tepanekischen Leichen der Toteninsel – kaum eine Spur von Vermoderung aufwies. Beim Leichenbegängnis in der Kapelle des Klosters nannte der Prior ihn den ersten Blutzeugen der Neuen Welt.

Zum Tod durch den Strang wurde der Fürst verurteilt. Er nahm die Urteilsverkündigung mit erstaunlichem Gleichmut hin.

Velázquez de León glaubte es wagen zu können, den Galgen inmitten der Stadt Tlascala zu errichten. Fern, in Tenuchtitlan, weilte Prinz Kriegsmaske; seine und des Fürsten Fichtenzweig Anhänger waren führerlos. Seit Montezumas Gefangennahme triumphierten die Christenfreunde Tlascalas. Und selbst die Tetrarchen und die anderen Stammeshäupter im Hohen Rat billigten die Hinrichtung des stolzen Tlascaltekenfürsten – nicht, weil er ein Gatten- und Kindesmörder war, sondern weil er anders dachte als sie und die Mehrheit des Volkes.

Unter dem Galgen hielt Fichtenzweig eine Rede an die Tlascalteken:

»O ihr tapferen Tlascalteken, ihr meine Oheime und Brüder! Seid ihr gekommen, zuzuschauen, wie der letzte Tlascalteke stirbt? Oder seid ihr waffenlos gekommen, mich mit Tränen vom Tod zu befreien? Denn Feiglinge seid ihr, sonst stünde ich nicht hier, sonst stünde ich an der Spitze eurer Adler und Jaguare und würde mit Schnabel und Klaue das Fleisch der Gelbhaarigen zerhacken. Doch wo sind eure Adler und Jaguare? Ist dies noch Tlascala? Schaut zu, wie der letzte Tlascalteke stirbt und erzählt es euren Enkeln, daß er lachend ins Land der Sonne ging und zum funkelnden Schwirrvogel wurde, froh im Herzen, die Schmach Tlascalas nicht mehr zu sehen!«

Die Verlobung der Prinzessin Maisblüte mit Alonso de Grado war bekanntgegeben worden. Ganz Mexiko entsetzte sich darüber, daß die Tochter des Herrn der Welt mit einem christlichen Soldaten das Bett teilen sollte. Für das Adelsgefühl der Azteken war das eine ruchlose Entweihung, eine Schändung, eine Prostitution.

In einer Nacht wurde Maisblüte in den Garten des Huei-Tecpan hinausgerufen. Der Alte Wickelbär hatte sich von seinem blinden

Knaben heranrudern lassen. Als sie ans Ufer der Lagune trat, stieg er ans Land und setzte sich mit ihr in einen kleinen Lorbeerhain, wo sie unbelauscht reden konnten.
»O Prinzessin«, sagte der Greis. »Einst kamst du dir Rat von mir holen, suchtest mich auf in meiner armseligen Zauberwohnung. Seitdem hat der Zornige Herr meine Wohnung niederreißen lassen bis auf den letzten Stein, so daß das Wasser des Sees dort flutet, wo die Grundmauern einst gestanden. Du könntest mein Haus nicht finden, selbst wenn du zu den Wasserjungfrauen hinabstiegest. Und da ich weiß, daß du in Not bist, komme ich zu dir.«
»O Zauberer«, sagte die Prinzessin. »Bald werde ich zu den Wasserjungfrauen hinabsteigen, daß sie mich retten vor dem Gelbhaarigen, dem ich angelobt ward. Sterben werde ich vor dem Tag der Hochzeit.«
»Auch damals sprachst du, du müßtest sterben. Doch dann befolgtest du meinen Rat...«
»Weißt du einen Rat für mich, Alter? Die Blume der Liebesgöttin hat den Herabstoßenden Adler und mich berührt. Ihm bin ich verloren, wenn der weiße Gott mich schändet!...«
»Mein Rat ist derselbe wie damals: vollbringe eine Schreckenstat, die deine Reinheit dartut vor aller Welt!«
»Mein Tod wird sie dartun!«
»Nein – sein Tod! Du hast ein steinernes Herz...«
»Ja, und mein Messer ist scharf – meine linke Brust bezeugt es. Doch vermag ich Weib ein wildes Tier zu töten? Mein Verlobter geht nie ohne Waffen aus. Seine Brust deckt ein Panzer. Mein Messer könnte zu seinem Herzen nicht hinfinden.«
»O Prinzessin, wilde Tiere fängt man in Fallen. Locke ihn in ein Schwitzbad. Und sobald er sich dort entkleidet und sich seiner Waffen entledigt hat, mache ihn nieder wie ein schändliches Tier.«
»O kluger Zauberer, einst sagtest du, die Weisheit der Sterne habe keinen Preis. Und du batest mich, meine Dankbarkeit zu verwahren, sie aufzuheben für dich.«
»Nicht vergessen habe ich es, o Prinzessin. Und jetzt will ich den Dank von dir fordern.«
»Was begehrst du, o Greis?«
»Sage dem Zornigen Herrn, daß ich bereit bin, seinem Ruf zu folgen. Den Spinner soll er nach Zacatzin senden, wenn er meines Rates bedarf.«
Maisblüte versprach, es ihrem Vater auszurichten. Und der Alte Wickelbär stieg ins Boot und ließ sich vom blinden Knaben zur Toteninsel heimrudern.

Schon am folgenden Tage sandte Montezuma den Spinner nach dem alten Zauberer. Denn ratlos war Montezuma: von Cortez war ihm eröffnet worden, er und seine aztekischen Vasallen müßten dem

großen König des Ostens den Lehnseid leisten; und er selbst solle zur feierlichen Ablegung des Schwures die Fürsten Anahuacs in den alten Tecpan laden. Zugesagt hatte er, wie er jeden Wunsch seiner Peiniger bewilligte. Doch er sträubte sich diesmal, sein Treuwort einzulösen, da er klar erkannte, daß der Eid die Besiegelung seiner Schmach werden würde, daß auch der letzte Schein seiner Oberherrschaft damit verschwinden würde. Hoffnungslos richtete er – nachdem Maisblüte sich heimlich ihres Auftrages entledigt hatte – eine letzte schwache Hoffnung auf die Klugheit des alten Zauberers, der die Gabe hatte, zu geißeln durch mannhafte Worte, aufzupeitschen, zu ermannen, aufzurichten. Zurückgewünscht hatte er letzthin oft den Geächteten, den er fürchtete, haßte und beinahe liebte ...
Am Nachmittage kam der Zauberer. Seinem Wunsche gemäß empfing ihn der Zornige Herr in seinem Schlafgemach ohne Zeugen.
»O großer Zauberer, du Kluger! Einst habe ich auf den Herrn des Fastens nicht gehört, als er, der sechshundert Zauberkünste und Zauberzeichen kannte, mir die Schrift der Sterne gedeutet hatte. Und auf dich habe ich nicht gehört, als du mich ins Land der Nebeltoten hinabführtest zu Huemac, dem ich vier Menschenhäute überbringen ließ durch dich. Nun aber, o Greis, will ich auf dich hören, wie man dem Schicksalsspruch der Götter lauscht.«
Und er legte ihm dar, was sein Herz bedrückte.
»O großer König, o Herrscher!« sagte der Alte Wickelbär. »Sende noch heute Boten an die Fürsten Anahuacs und lade sie ein als Eideshelfer in den alten Tecpan. Tun mußt du das, damit die weißen Götter keinen Verdacht schöpfen. Doch den Treueid wirst du nicht leisten!«
»O Zauberer«, sagte Montezuma bitter, »ich wohne bei meinen Freunden. Freiwillig zog ich zu ihnen als Gast. Wie kann ich meinen Freunden eine Bitte abschlagen!«
»O großer König, o Herrscher! Heute nacht wirst du in den Huei-Tecpan zurückkehren!«
Freude und Schrecken verzerrten das Gesicht Montezumas. Mit beiden Händen faßte er die Schultern des Zauberers, starrte ihm entgeistert in die Augen.
»O Greis, was redest du! Vermagst du die Pforte zu öffnen ...?«
»Nein«, sagte der Alte Wickelbär. »Nicht die Tore des Tecpans werden sich dir auftun. Aber öffnen werde ich die Mauer dieses Schlafgemachs – an jener Wand dort, die an die Straße grenzt. Mit meinen Freunden werde ich gegen Mitternacht die Steine herausbrechen ... Wo pflegt der Krieger zu stehen, der dich nachts bewacht?«
»Auf dem Gang draußen vor der Tür.«
»Von dort aus kann er die Wand hinter dem Vorhang des Bettes nicht sehen. Und er kann draußen auch das Geräusch der ausbrechenden Steine nicht hören. Laß ihn nicht in dein Gemach treten – sonst ist die Mühe vieler Wochen verloren. Fast jede Nacht kamen

meine Freunde und ich, und wir lockerten die Mauersteine. So leise taten wir es, daß dein Schlummer nicht gestört ward.«

Überaus gesprächig und aufgeräumt war Montezuma beim Patollispiel mit den kastilischen Kavalieren und vergeudete Goldbarren mehr als sonst. Je näher die Nacht heranrückte, um so ausgelassener war seine Heiterkeit, um so quälender aber auch seine heimliche Rastlosigkeit.

Früh begab er sich zur Ruhe. Wie gewöhnlich scherzte er mit dem Pagen Orteguilla und den Sklaven, die ihm beim Entkleiden halfen. Er entließ sie. Und kaum allein geblieben im Schlafgemach, band er selbst sich die Türkissandalen wieder an die Füße, kleidete und schmückte sich von neuem. Unschlüssig, teils freudescheu, teils sorgengehetzt fing er an, auf und ab zu gehen. Doch dann fiel ihm ein, daß dem Wachtposten draußen sein Hin- und Herschreiten auffallen könnte. Und er legte sich angekleidet auf das königliche Bett.

Fieberhaft jagten die Gedanken, jagten Schreckensbilder durch sein Hirn. Er sah die Befreiung mißglückt, sah sich auf der Flucht, verfolgt, eingeholt, wieder eingefangen. Angstschweiß näßte seine Stirn.

Das Schlafgemach war von einem irdenen Öllämpchen, einem Geschenk Alvarados, dämmrig erleuchtet. Herrliche Federteppiche, von Cortez an die Wände gehängt, sollten über die Traurigkeit des königlichen Kerkers hinwegtäuschen. Dumpf und eintönig hallte der schwere Tritt des Wachtpostens draußen vor der Tür.

Den Wachtdienst beim König hatte in dieser Nacht Alonso de Ojeda – der Bruder Isabels de Ojeda, der olivenbleichen –, ein hübscher, kaum neunzehnjähriger Bursche. Montezuma kannte ihn und mochte ihn gut leiden. Jüngst hatte er eine seidene, noch nicht in Gebrauch genommene Geldbörse mit vielen kleinen Täschchen in den Händen des Jünglings gesehen, hatte sie sich zeigen lassen, sie bewundert und sie sich ausgebeten. Und da Ojeda nicht gezögert hatte, sich mit einer artigen Redewendung vom hübschen aus Sevilla stammenden Seidenbeutel zu trennen, hatte er ihm als Entgelt zwei außerordentlich schöne Mädchen aus dem Haus der Vierhundert Frauen und eine Ladung Kakao zum Geschenk gemacht.

Immer wieder lauschte Montezuma an der Wand hinter dem Pfühl, auf dem sein Kopf ruhte. Doch noch regte sich nichts. Eine halbe Stunde mochte es vor Mitternacht sein. Das Fieber seiner Angst stieg und stieg.

Und plötzlich kam eine Erschlaffung über ihn, und er dachte: Wozu noch hoffen! Wozu sich ängstigen! Daliegen, regungslos, gedankenlos daliegen ist besser! Schlummern, tot sein – nur das wäre Befreiung, nur das!

Und seine Mutlosigkeit empörte sich gegen die unerbetenen Befreier. Ein Feind war der Zauberer immer gewesen; – Gutes konnte von

ihm nicht kommen. Unheimlich wie er mochten wohl auch seine ungenannten Helfer sein. Wer waren sie? Warum verschwieg der Zauberer ihre Namen? War der Herabstoßende Adler einer von ihnen? Und andere Verbannte, die in Schlupflöchern hausten ...? Hatten sie vor, sich seiner zu bemächtigen, um ihn nicht minder zum Schattenkönig zu machen, als es die Christen taten ...? Nein, lieber im Ballspielhaus mit krankem Herzen lachen Tag für Tag, als die Freiheit erlangen durch die Geächteten, die Erzfeinde!
Doch dann verwarf er seinen Kleinmut. Für Mexikaner, selbst wenn sie ihn haßten, war er ja der Herr der Herren, ein Gott von Fleisch und Bein. Und er jubelte, daß sie ihn retten kamen. Einerlei, durch wen – nur wieder frei sein! Herrschen, strafen, sich rächen ... Und er malte sich seine Rückkehr in den Huei-Tecpan aus und wie alles dann sein werde wie ehedem ...
Wieder lauschte er gespannt ... Nein, noch war kein Laut zu hören.
Und plötzlich wurde er inne, daß nichts mehr sein könne wie ehedem; daß es Selbstbetrug gewesen war, wenn er bisher auf das Orakel des Schlangenbergs gehofft und gewartet hatte. Er wußte tief und klar, daß er in den Huei-Tecpan niemals zurückkehren konnte, daß sein Leben an das Leben seiner neuen Freunde, der Christen, gebunden war. Nur noch mit ihnen konnte er Herrscher sein, mit ihnen mußte er untergehen.
Nein, er durfte nicht fort, das Schicksal hatte ihn in einem unzerreißbaren Netz gefangen. Ein Fisch kann im Netz leben, solange das Netz im Wasser bleibt. Wer das Netz ans Land zieht, vernichtet den Fisch.
Montezuma erhob sich vom Bett, ging an die Tür, rief den Wachtposten in das Schlafgemach herein.
Erstaunt sah Ojeda, daß Montezuma angekleidet war. Sofort auch fiel ihm auf, wie fieberhaft des Königs Augen flackerten, wie seine Knie und Hände bebten.
Ob Seine Majestät aus einem bösen Traum erwacht sei, fragte Ojeda in fehlerhaftem Mexikanisch.
Ja, er habe einen furchtbaren Traum gehabt, sagte Montezuma. Und hastig erzählte er einen erfundenen Traum. Ein riesenhafter Adler habe sich auf sein Bett niedergelassen, habe ihn gepackt, habe ihn durch die Lüfte getragen. In eine Grotte habe er ihn getragen, ihn wie einen Leichnam auf den Boden gelegt und sich dann in einen Mann verwandelt, der auf einem steinernen Sessel thronte und zu Gericht saß über ihn ...
Gleich, als er zu reden begonnen hatte, war sein Gesicht wie von einem Blitz durchzuckt worden. Das längst erharrte Geräusch an der Wand – nun endlich hatte er es vernommen. Ganz leise klang es, ein Rascheln, ein Bröckeln und Rieseln von gelockertem Mörtel. Um es zu übertönen, hatte er dann immer schneller und lauter gespro-

chen, unbekümmert darum, daß der Wachtposten kein Wort verstand. Eisiger Schweiß überdeckte ihn. Denn obgleich er Ojeda ins Schlafgemach gerufen hatte, um sich selbst die Flucht unmöglich zu machen, grauste ihm vor dem Augenblick, wo das Geräusch deutlicher werden und von Ojeda vernommen werden mußte. Er wollte es und wollte es auch nicht. Darum erhob er die Stimme und schrie wie ein Kranker im Fieberschauer. Und plötzlich – mitten in einem Satz – verstummte er. Seine und Ojedas Augen erstarrten aufeinandergerichtet. In die jähe Stille hinein fiel dumpf und unverkennlich das schreckliche Geräusch. Ojeda hob die Hand, wies mit dem Zeigefinger auf die Wand. Flüsternd sagte er:
»Das muß ich dem Generalkapitän melden, Majestät!«
Und er eilte zur Tür. Doch ehe er sie erreichte, blieb er stehen. Ein Loch war jetzt in der Wand und vergrößerte sich geschwind. Unsichtbare Hände rissen Steine heraus. Länger durfte Ojeda nicht warten, er stürmte davon.
Durch die nur wenige Fuß hohe Öffnung kroch der Zauberer herein.
»O großer König! Du hast meinen Rat nicht befolgt, du hast den Gelbhaarigen hereingelassen! Doch noch ist Zeit – darum schnell, schnell, komm! . . . Der Huei-Tecpan erwartet dich!«
»Flieh, Alter! Flieh, ohne mich!« rief Montezuma. »Gleich werden sie hier sein und draußen den Palast umstellen. Rettet euer Leben. Ich aber bleibe. In den Huei-Tecpan will ich nicht zurück!«
»O unser Herr, warum nicht?«
Da richtete sich Montezuma mit müder Lässigkeit auf, als würde er sich ein letztes Mal seiner einstigen Herrlichkeit bewußt. Und mit stolzer Feigheit sagte er:
»Ein König schreitet durch offene Tore. Ich bin kein Schakal, der durch Löcher kriecht!«
Da verließ ihn der alte Zauberer.
Und Montezuma vernahm von der Straße her die Stimme seines verbannten Vetters, des Herabstoßenden Adlers:
»Von jetzt an hofft Mexiko nicht mehr auf dich, verlorener König!«

Den Kastiliern gelang es nicht, der Befreier des Königs habhaft zu werden.
Strenger wurde die Bewachung Montezumas seit dieser Nacht: der Fähnrich Rodrigo Alvarez Chico hatte hinfort mit sechzig Mann die Rückseite und die Seitenflügel des Tecpans zu bewachen, Andrés de Monjaráz mit zwanzig Mann die Vorderseite.
Die Eidesablegung verlief als eindrucksame Feier, wie sie von Cortez geplant worden war. Mit Ausnahme des Königs von Matlatzinco, der seinem Schwiegervater eine freche Absage geschickt hatte, waren die Fürsten Anahuacs und der hohe Adel Mexikos, gehorsam dem

Ruf ihres Oberherrn, vollzählig erschienen. Tausende von Federkronen wehten und schimmerten buntfiedrig im Schlangensaal – jenem großen Audienzsaal, wo jüngst *La Azteca* mit Avila gefochten hatte. Und, verschwindend neben den Quetzalbüschen, spiegelten wasserhaft kastilische Stahlhelme, dunkelgrau und nüchtern.
Mit leiser Stimme hielt Montezuma eine Rede an die Versammelten. Und ein ihm zur Seite stehender Höfling schrie die Königsworte hinaus in den Saal.
Montezuma setzte seinen Vasallen auseinander, wozu er sie berufen habe. Er sprach lange und eingehend von Quetzalcoatl, dem Urkönig, dessen Stellvertreter alle späteren Beherrscher Anahuacs bis zu ihm herab gewesen seien. Auch er habe die Goldkrone Mexikos nur als Vertreter des ostwärts hinweggezogenen Gottkönigs getragen. Und da jetzt bekanntgeworden sei, daß der wahre Nachfolger Quetzalcoatls jenseits des Himmelswassers lebe, stehe er nicht an, jenes Erben Rechte anzuerkennen. Er sei gewillt, dem Herrn des Ostens Treue zu schwören, und er bitte seine Vasallen, ein Gleiches zu tun.
Mit tränenerstickter Stimme hatte Montezuma geflüstert, hatte – unfähig, weiterzureden vor Ergriffenheit – sich mehrmals unterbrechen müssen. Als seine Rede beendet war, rollten ihm die Tränen über die Wangen.
Ganz still war es im Saal. Nur hier und da ein verschlucktes Räuspern. Männer weinten, Indianer weinten ...
Aber zwanzig im Vordergrund stehende Fürsten weinten nicht.
Cortez fürchtete einen Umschlag der gedrückten Stimmung, einen jähen Aufschrei mit unberechenbaren Folgen. Durch Marina ließ er verkünden: er verpfände sein Ehrenwort, daß der König Don Carlos de Austria vom Lehnsrecht nie Gebrauch machen werde. Es handle sich ja nur um die Anerkennung einer von niemand angezweifelten Tatsache – die vielleicht aber nach Jahrhunderten in Vergessenheit geraten könnte. Darum müsse sie eidlich festgelegt werden – aus keinem anderen Grunde hatte ihn sein Herr über das Weltmeer nach Anahuac gesandt. Sei erst die Eidesleistung erledigt, so sei auch seine Aufgabe in diesem Lande erledigt. Und befriedigt werde er dann Tenuchtitlan mit dem Christenheer verlassen und zu seinem Kaiser zurückkehren können, ihm die Kunde vom beschworenen Lehnseid zu überbringen.
Wundersam schmerzlindernd wirkten die heuchlerischen Worte. Wie Cortez wußten auch Montezuma und die Fürsten, daß die Christen aus freien Stücken die Wasserstadt nie verlassen würden. Und dennoch horchten sie auf, als hätte die Hoffnung mit Zauberstimme hinter einem Vorhang gelockt und getröstet.
Sie seien einverstanden, der Zornige Herr solle für sie alle schwören, riefen einige. Und die Mehrzahl der Versammelten äußerte keinen Widerspruch. Nur die zwanzig im Vordergrund stehenden Fürsten

widersetzten sich, riefen: »Laßt erst die Gelbhaarigen abziehen, dann wollen wir schwören ...!«
Da öffnete sich die Tür, die in die ausgeplünderten Schatzkammern hinabführte. Klirrend schlürften Kettenringe über Steinstufen.
Geschleppt, gezerrt von kastilischen Soldknechten kam – einer Riesenschlange ähnlich – eine lange, mit rotem Rost bedeckte Eisenkette in den Saal, an der, mit den Handgelenken angeschmiedet, fünf menschliche Wesen hingen, nackt, verwahrlost, schmutzstarrend, mit Eiterwunden bedeckt.
Ein Ächzen huschte durch die Totenstille, verstummte sofort. Keiner, den dies Bild des Jammers nicht lähmte, nicht zur Bildsäule versteinerte. Goldgeschmückte Könige waren diese Ärmsten gewesen und glichen kaum noch Menschen, ausgezehrt durch Hunger, Wundfieber und Verzweiflung.
Cacamas wegen hatte Cortez sie heraufholen lassen. Menschen-Puma war tot; und für diesen einen Tag sollte der Edle Traurige noch einmal König von Tezcuco heißen, um mit dem Zornigen Herrn und dem gleichfalls angeschmiedeten König von Tlacopan das Imperium der drei Häupter – den Drei-Städte-Bund – zu vertreten.
Als Marina die Eidesformel sprach, welche im Namen des Drei-Städte-Bundes und der versammelten Fürsten und Adligen Montezuma nachzusprechen hatte, spie der Edle Traurige Montezuma an:
»Du Aasgeier Mexikos! Gib deinen eigenen Leichnam den fremden Schakalen zu fressen! Wirf ihnen nicht auch Mexiko vor, das du selbst schon halb erwürgt und zerfetzt hast!«
Wie Wahnsinnige brüllten die fünf Männer an der Kette, hoben rasselnd die angeschmiedeten Fäuste hoch. Doch sie konnten nicht hindern, daß der Zornige Herr den Lehnseid schwor.
Als es geschehen war, versuchten die zwanzig dicht vor Montezuma stehenden Fürsten Selbstmord zu begehen. Mit Knochendolchen brachten sie sich furchtbare Wunden bei. Palastdiener eilten herzu, entrissen ihnen die Waffen. Doch drei der Verletzten erlagen ihren Verwundungen.

Gegen Mitte Mai war der Bau der Brigantinen beendet. Geteert, gekalfatert und dann weiß bemalt, wurden die Schiffe vom Stapel gelassen, wurden mit Takelwerk und Segeln versehen. Jede der Brigantinen hatte Raum für mehr als zweihundert Mann. Das Ereignis wurde von den christlichen Offizieren mit einem Festbankett gefeiert, und Lugo erklärte befriedigt: die Mausefalle Tenuchtitlans sei von jetzt ab keine Mausefalle mehr – und nicht einmal eine Lachsfalle, da man aus ihr entschwimmen könne! ...
Aber die Sicherung, welche die Fahrzeuge verliehen, mußte gesichert werden. Und da zu fürchten war, daß bei einer Volkserhebung die erste Tat der Azteken die Zerstörung der beiden Schiffe sein würde, ließ Cortez einen Kanal und einen kleinen Hafen eigens für die

Brigantinen im Palastgarten anlegen und Tag und Nacht von vielen Posten bewachen.
Als Montezuma in Begleitung von Cortez und vieler, allzu vieler Musketiere und Hellebardiere seine erste Ausfahrt über den Schilfsee unternahm, wunderte er sich, daß die »Wasserhäuser« – die ja ihm zum Vergnügen erbaut sein sollten – je zwei Kanonen an Bord hatten. Marina beschwichtigte sein aufflackerndes Mißtrauen: die Monarchen Europas pflegten so Boot zu fahren; und keinen anderen Zweck hätten die Schiffsgeschütze, als durch Böllerschüsse dem Volk bekanntzugeben, daß der König das Deck bestiegen habe.
Wie im Ballspielhaus und beim Patollispiel vergnügte sich nun Montezuma mit den Feldobristen auf den Brigantinen. Lustfahrt reihte sich an Lustfahrt. Laut donnerten die Böllerschüsse, und nicht minder unbändig scholl Montezumas Gelächter. Seine Krüppel und Narren, der greise Weibliche Zwilling und andere Würdenträger wurden seekrank, und Montezuma lachte. Seine Konkubinen zuckten zusammen beim Donner der Geschütze oder hielten sich die Ohren zu – Montezuma aber lachte. Fischerboote wurden totgefahren, und Montezuma lachte. Die königlichen Galeeren erhielten Befehl, mit den Brigantinen um die Wette zu fahren – ungelenk, nur mit Ruderern bemannt, blieben sie weit zurück hinter den Seglern. Und Montezuma lachte.
Er stand am Bug, blickte den azurblauen, hochgewölbten Wasserfurchen nach, wie sie fortgleitend sich erweiterten. Graue Möwen umkreischten ihn. Und lachend dachte er: ein Sprung jetzt – und verstummt ist mein schreiendes Herz! . . . Doch dann dachte er weiter: sie werden mir nachspringen, mich herausfischen, mich strenger bewachen als vordem . . .
Meist nahm er den Spinner, zuweilen auch den alten Musikmeister Löffelreiher-Schlange und seinen Sängerchor mit auf die Lustfahrten. Ein großes Segeldach war über das Deck gespannt, die sengenden Sonnenstrahlen abzufangen. Inmitten einer zartgliedrigen Schar von kniend auf den Hacken sitzenden Schönen aus dem Hause der Vierhundert Frauen hockte er auf niedrigem Schemel, ließ sich vom Dichter neue Lieder oder vom Musikmeister alte, berühmte Gesänge vortragen.
Eines Tages sagte er zum Gesangmeister:
»Ich will das Lied ›Blumen sind die Großherrlichkeiten‹ hören!«
Es war dies ein viel bewundertes Gedicht, das von einem König Tezcucos, dem Vater des Herrn des Fastens, verfaßt worden war.
»O Herr, o König«, sagte Löffelreiher-Schlange beklommen, »gar traurig ist das Lied des Hungrigen Schakals . . .«
»Mich kann nichts mehr traurig machen!« sagte Montezuma. »Auch ein Lied vermag es nicht! Darum singe!«
Und Löffelreiher-Schlange setzte sich vor die Holzpauke und begleitete den Gesang des Chores:

»Blumen sind die Großherrlichkeiten der Erde.
Flüchtige Dauer haben in den Blumenkönigreichen die Dynastien der Blumen.
Knospen, welche am Morgen stolz, kraftvoll und schön erwachen,
Weinen schon am Abend über ihrer Kronen wehvolle Vernichtung.
Die Erde ist ein Grab, dem nichts entgeht.
Und nichts ist so vollkommen, daß es nicht zusammenstürzt und schwindet.
Die Flüsse, Bäche, Quellen fließen fort,
Sie eilen Tlalocs weiten Reichen zu
Und kehren nie zu ihren heiteren Ursprungsstätten heim.

Der Erde Höhlen sind gefüllt mit staubigem Moder,
Mit Fäulnis – Fleisch einstmals, Gebein und Körper großer Herren,
Die, auf Goldthronen sitzend, über Völker richteten,
Heerscharen führten, Länder eroberten, Schätze errafften.
Sich selbst mit Macht, Glück, Stolz und Lob umschmeichelten –
Ihr Ruhm ist fortgezogen wie der Rauch,
Den die Brandglut des Rauchenden Berges ausstößt.

Oh! Oh! Wollt ich euch in die dunklen Eingeweide
Der Gräberkammern dieses Tempels führen,
Wollt ich euch fragen: welche dieser Knochen
Dem Könige ›Smaragd-Glanz‹, dem wunderbarsten der Toltekenkönige, gehörten?
Und welche Knochen dem hochweisen ›Ich-schieße-den-Pfeil‹, dem demütigen Götterdiener?
Wollt ich erforschen: wo die maßlose Schönheit
Der hehren Königin ›Frau-der-grünen-Feder‹ blieb?

Wollt ich's erfragen – welche Antwort könntet ihr mir geben?
Die gleiche Antwort, die ich gebe: – ich weiß nicht, ich weiß nicht!
Die Ersten und die Letzten sind vermischt im Staub –
Ihr Los wird unseres sein und aller, die uns folgen werden...«

Montezuma belohnte die Sänger und lachte nicht minder gellend als vordem.
Am folgenden Tage ließ sich Montezuma mit seinen aztekischen Hofjägern von den Brigantinen an das südöstliche Ufer bringen und veranstaltete in einem seiner bewaldeten Jagdgärten eine Pumajagd. Treiber hatten die Raubtiere von den Abhängen der Weißen Frau herab ins Hochtal und bis in die Forsten am See gescheucht, und sie trieben sie jetzt dem Könige zu. Bei solchen Jagden hatte niemand

außer dem König das Recht, einen Puma zu erlegen. Und Cortez und Alvarado, die Montezuma begleiteten, waren übereingekommen, ihm dies Vorrecht zu lassen.
Sie standen neben Montezuma, als, aus dem Unterholz hervorbrechend, ein ausgewachsener Puma auf sie zutrottete. Montezuma erhob den Speer, zielte und lächelte. Dann aber warf er den Speer hoch über den Rücken des Pumas hinweg. Das Tier, das sich von allen Seiten umstellt sah, brüllte wild auf, tat einen Sprung auf den König zu. Im selben Augenblick deckte ein indianischer Jäger mit seinem Leibe den König. Pranken entfleischten seine Armknochen, Reißzähne durchbissen seine Kehle, Tierleib und Menschenleib wälzten sich ineinander verknäult am Boden.
Das Tier wurde niedergemacht. Und Cortez bestand darauf, daß die Jagd abgebrochen werde. Während der Rückfahrt teilte er Montezuma mit, daß er in Zukunft keine Raubtierjagden mehr gestatten könne, da das Leben des Königs ihm und den Azteken zu wertvoll sei.

Einige Tage später beklagte sich Montezuma, er werde vom Schweifenden Haupte verfolgt – nur der Aufenthalt auf den Dachterrassen des Tecpans sei imstande, ihm vor dem Schreckgespenst Schutz zu gewähren. Cortez hatte nichts weiter dawider einzuwenden, daß das Königszelt auf dem Dache aufgeschlagen wurde; nur die zwanzig Wachposten murrten, daß sie sich droben dörren lassen mußten von der Junisonne Anahuacs.
Und wieder machte Montezuma den Versuch, seinen Gefängniswärtern hohnlachend zu entfliehen. Er ging mit Marina – die bereits hochschwanger war – scherzend auf und ab und näherte sich unauffällig dem Dachrand. Zehn Klafter hoch ragte der Tecpan. Ein Fall in die Tiefe war der gewisse Tod.
Montezuma hatte sich vorgenommen, nicht nach der Tiefe hinzuschielen. Er blickte Marina in die Augen.
»Wie großäugig sie mich anblickt!« dachte es in ihm. »Schön ist meine Feindin! Klug ist sie – doch ich bin klüger! . . .«
Und er bat sie, ihm sein Sehwerkzeug zu reichen, das er auf einem Sessel liegengelassen hatte – er wolle die Türme Tenuchtitlans betrachten, denn noch nie sei ihm die Stadt inmitten des Kolbenrohrs berückender erschienen als heute.
Das Sehwerkzeug war eine tellerähnliche kreisrunde Silberplatte mit einem winzigen Loch in der Mitte, durch welches man ins grelle Sonnenlicht blicken konnte, da die Strahlen abgeblendet waren.
Doch Marina wandte sich nicht ab, rief einem Posten zu, er solle das Sehwerkzeug bringen.
Da wußte Montezuma, daß sie ihn durchschaut hatte. Und obgleich immer noch Lachen seine Lippen kräuselte, stiegen Groll und Haß in ihm auf gegen sie, seine Kerkerhüterin.

Jetzt sofort, bevor der Posten hinzukam, mußte es geschehen. Wollte sie es hindern – um so schlimmer für sie!
Er gab ihr einen Stoß, daß sie zur Seite taumelte, und er eilte an den Dachrand.
Doch sie war geschwinder, als er berechnet hatte. Schon hatte sie seinen Mantel gepackt, seinen Arm umklammert. Sie rang mit ihm, geschmeidig, als wäre sie ein Jüngling, der mit einem alten Manne ringt.
Dabei sausten blitzartig die Gedanken durch ihr Hirn. Das Kind in ihrem Leibe war gefährdet. Durfte sie das Kind des Cortez opfern, um den König zu retten? Durfte sie den König opfern, um das Kind zu retten?
Montezuma hörte laufende Schritte des Postens, laufende Schritte vieler Posten.
»Du Jaguarin, du sollst mit hinab!« schrie er und zerrte sie zur Tiefe hin.
Eiserne Soldatenfäuste rissen die beiden ineinander Verschlungenen und schon Abstürzenden vom Dachrand fort.

Rodrigo Rangel hielt an Cortez diese Ansprache:
»Euer Liebden Herrschaft in diesem gesegneten Fabellande ist ein Siebenmonatskind – aber das muß man ihr lassen: sie ist ein ausgewachsener, kräftiger, pausbackiger Säugling! Im November zogen wir ein, richteten uns häuslich ein – Olid und andere Hauptleute haben sich ja schon Häuser gekauft – und jetzt schreiben wir den achten Juni Anno Domini 1520, und noch ist keiner von uns totgeschlagen! Wie ist das möglich? Geht das mit rechten Dingen zu? Ich wage zu behaupten: nein! Mit ganz unrechten Dingen geht das zu (wenn man in einem Fabelland, wo alles märchenartig verläuft, von unrechten Dingen reden kann!) ... Das Totgeschlagenwerden ist ja doch das Natürliche – Euer Liebden brauche ich das nicht weiter zu erläutern –, und das Am-Leben-Bleiben ist ganz wider die Natur des Menschen! Wir aber legen alles darauf an, totgeschlagen zu werden, und es will uns durchaus nicht gelingen. Unsere braven Soldaten pilgern allnächtlich ins große Freudenhaus von Tlatelolco und holen sich dort allerlei, nur nicht den Tod. La Medina tanzt öffentlich vor den schamhaften Mexikanern und wird nicht einmal verprügelt. Der Seemann Alvaro (der auf Kuba dreißig Kinder hatte) wandert unbewaffnet durch die Dörfer Anahuacs, um Spuren seiner Tätigkeit zu hinterlassen. Alonso de Ojeda hat mit einem christlichen Räuberhaufen die Getreidespeicher Montezumas ausgeplündert und trägt seinen hübschen Kopf noch immer auf den Schultern, weil Alvarado ein stiller Teilhaber des Unternehmens war. Und Euer Liebden haben in einem der beiden Heiligtümer auf der Schlangenberg-Pyramide ein Kreuz und ein Bild der heiligen Jungfrau aufgestellt, so daß jetzt das *Tedeum laudamus* und das Heil-dir-

Vitzliputzli, zum Himmel schwebend, sich vermählen, ein höchst ungleiches Ehepaar. Ich bezweifle, daß die Azteken diesen Neuvermählten eine silberne, goldene und demantene Hochzeit wünschen. Und dennoch schlagen uns die Azteken nicht tot! Wie ist das zu verstehen? Wie ist das möglich? Ist es nicht widernatürlich? (muß ich nochmals fragen). Und – um auf die Kühe Andalusiens zurückzukommen – warum läßt ein Stier sich von einem Kinde führen? ... Ist die Macht ein Kind? Ist sie wohl gar ein Siebenmonatskind? Ignotus (ein sehr berühmter Mann!) hat gesagt: Die Macht ist eine kleine Nähnadel – zwängt sich erst durch ein Loch, so zieht sie den längsten Faden nach. Ich aber sage: Die Macht ist ein Kuckucksjunges! Es kommt nur darauf an, das Kuckucksei ins Finkennest zu schmuggeln (das haben Euer Liebden im November überaus geschickt gemacht!). Alles andere besorgen die dummen Finken selber: sie brüten den Vielfraß aus; zitternd und zagend füttern sie ihn, daß er wächst und wächst; und sie denken nicht daran, ihn, solange es noch Zeit wäre, zum Nest hinauszuwerfen – weil er einen sehr großen, gelben Schnabel hat und frecher ist als sie.«
So sprach Rodrigo Rangel.

Mit der Errichtung der christlichen Kapelle auf dem großen Teocalli hatte Cortez den Mexikanern ins Weiße des Auges gegriffen. Ihm, dem Feinhörigen, wurde seitdem ein unterirdisches Rollen und Grollen wohl vernehmbar. Die Schwüle in Mexiko war plötzlich atembeklemmend geworden.
Häufiger als bisher kam der Hohe Adel in den alten Tecpan und hielt Beratungen mit dem gefangenen König ab. Orteguilla, der sonst immer zugegen gewesen war, wurde ausgeschlossen. Und Cortez, mochte er auch ungern auf die Auskünfte seines kleinen Spions verzichten, konnte es diesmal nicht durchsetzen, daß die Anwesenheit des Knaben bei den Gesprächen geduldet wurde. Er stieß auf einen so hartnäckigen Widerstand, daß er – unsicher geworden – die Sache auf sich beruhen ließ. Orteguilla aber weinte viel und sagte zu Rabenblume: er fühle, Böses sei im Gange, und gewiß werde er bald verspeist werden ...
Eines Tages erwirkte der Vorsteher des Hauses der Teppiche einem Boten – einem soeben von der östlichen Meeresküste nach Tenuchtitlan gelangten Steuereinnehmer – Zutritt zum Zornigen Herrn. Nach einem stundenlangen heimlichen Zwiegespräch mit diesem Boten war Montezuma verwandelt, als wäre er von einem Zauberstab berührt worden.
Achtzehn große Wasserhäuser, bemannt mit weißen Göttern, erzählte ihm der Steuereinnehmer, seien eine Sonne – eine Tagreise – südlich der christlichen Hafenfestung an der Meeresküste erschienen. Und er zeigte ein von seinem Menschenmaler bemaltes Hirschhautpergament vor. Als mexikanischer Beamter habe er es für seine

Pflicht gehalten, nachzuforschen, wer die Ankömmlinge seien, und habe sich an das Wasserhaus des Führers heranrudern lassen. Dort auf dem Wasserhaus habe er zwei Gelbhaarige wiedererkannt, die er vor weniger als einem halben Jahr in Tenuchtitlan gesehen hatte. Der eine trage je einen Buckel auf dem Rücken und auf der Brust –
Der werde der Narr genannt, unterbrach ihn Montezuma.
Der andere, hasenschartig, kropfig, einbeinig, sei der häßlichste Mensch ...
Dem sei von den Totonaken – unterbrach Montezuma von neuem – der Name »Großer Zauberer von Tzimpantzinco« verliehen worden. Der Grüne Stein habe beide mit seinem Neffen in das an die Tabascoküste grenzende Zapotekenland geschickt, wo sie nach weißem und gelbem Götterdreck forschen sollten.
Der Steuereinnehmer setzte seinen Bericht fort. Der Bucklige und der Häßliche hätten sich ihm als Dolmetscher angeboten, und der Oberfeldherr, ein großer stämmiger Mann, habe ihn überaus freundlich empfangen und ihm durch die Dolmetscher sagen lassen: er sei ein Abgesandter des mächtigen Königs, der in der östlichen Welt herrsche; und er sei gekommen, Montezuma zu befreien und die Verbrecher in Ketten zu legen und zu züchtigen, welche ihn wider alles Recht gefangenhielten: keinerlei Befehl vom östlichen König habe der Grüne Stein; der lügnerischen Anmaßung dieses Rebellen und Seeräubers werde er nun bald ein Ende bereiten, denn er habe auf seinen achtzehn Schiffen dreizehnhundertfünfzig weiße Götter – fast dreimal soviel wie der Grüne Stein –, dazu achtzig Hirschungeheuer und zwölf große Donnerwaffen; sobald er sein Heer ausgeschifft habe, werde er nach Sempoalla ziehen, den Totonakenkönig zwingen, die Oberherrschaft Montezumas wieder anzuerkennen, und gemeinsam mit den Totonaken dem Grünen Stein eine Schlacht liefern – falls dieser so unsinnig sein sollte, die Schlacht anzunehmen.
Und der Steuereinnehmer überreichte Montezuma eine Halskette aus brillantierten Glasperlen. Sie war ihm vom Feldherrn gegeben worden mit der Bitte, sie eilends dem Könige Mexikos zu bringen und ihm vom weißen Gott auszurichten: nicht verzweifeln solle er – die Erlösung sei nahe!
Montezuma hieß den Steuereinnehmer sofort an die Meeresküste zurückkehren. Doch solle er Seitenpfade einschlagen, damit der Grüne Stein von dem Botengang nichts erfahre. Lastträger gab ihm Montezuma mit, die Goldgeschenke schleppten – von gleichem Wert wie die einst Cortez zugesandten Begrüßungsgeschenke. Und er gab ihm auch einen Brief mit, worin bildlich ausgedrückt war: ich warte, ich hoffe, ich vertraue.

Mehrere Tage hütete Montezuma streng sein Geheimnis. Nur einem Manne, dem Mexikaner-Priesterchen, verriet er die ungeheuerliche

Kunde. Gleich nach seinem Gespräch mit dem Steuereinnehmer hatte er den Hohenpriester zu sich beschieden und mit erstaunlicher, ihm selbst fremd anmutender Willenskraft darauf bestanden, daß nun endlich das Götterorakel sich vernehmen lasse.

Bedrückt und kleinlaut war der Hohepriester. Längst hatte er eingesehen, wie kurzsichtig seine Handlungsweise gewesen war. Weil ihm sein Wunsch, den Sternhimmel des Huitzilopochtli-Turmes mit Edelsteinen zu verkleiden, abgeschlagen worden war, hatte er den Groll des Himmels gegen den König verkündet und damit nicht wenig zur Entmannung des Aztekenreiches beigetragen. Mitgetroffen von der Strafe, die er auf den Zornigen Herrn herabgefleht hatte, seufzte Mexiko, seufzte das aztekische Priestertum. Ein Gefangener war der König, aber auch die Götter Mexikos waren Gefangene. Und christliche Gesänge erschollen auf dem Schlangenberg.

Doch in den letzten Monaten hätte er kein günstiges Orakel vorbringen können, ohne dem Glauben an die Götter Abbruch zu tun. Erst jetzt – dank dem Geheimnis, das niemand in Tenuchtitlan bekannt war außer dem König und ihm – durfte er es wagen und den Umschwung verkünden.

Er drang darauf, Montezuma müsse in den Schlangenberg kommen und bei der Befragung des heiligen Nopalbaumes zugegen sein. Montezuma versprach, von Cortez die Genehmigung zu fordern und sich nicht abweisen zu lassen . . .

Hundertfünfzig Kastilier begleiteten tags darauf den König und den königlichen Hofstaat in den Haupttempel Mexikos. Es war das erstemal, daß Montezuma das Gelände der großen Pyramide, daß er überhaupt ein Heiligtum seit seiner Gefangennahme betrat. Die Erlaubnis, den Schlangenberg zu besuchen, war ihm von Cortez zuerst abgeschlagen und schließlich nur unter der Bedingung gewährt worden, daß kein Menschenopfer falle. Als aber Olid, Lugo und Tapia mit dem König die Pyramidentreppen emporklommen, hörten sie Jammerschreie vom Menschenwürgeplatz herabschallen und, oben angelangt, sahen sie – wenn auch die Leichen fortgeschafft waren – die furchtbaren Spuren der Opferhandlung: karminrot troff der Adlerstein; und das Mexikaner-Priesterchen hatte noch nicht Zeit gefunden, sein weißes Schlächtergewand und seine weiße Haube abzulegen.

Die Kastilier sahen es und taten, als sähen sie es nicht. Denn Cortez wünschte keinen Konflikt.

Im Sanktuar des Kriegsgottes räucherte Montezuma. Dann stieg er wieder in den Tempelhof hinab und begab sich mit dem Mexikaner-Priesterchen und dem Orakelkünder in die – einen kleinen Felsen krönende – altersmorsche Kapelle des heiligen Nopalbaumes.

Den Feldobristen war der Eintritt verwehrt worden. Wartend standen sie vor dem Mittelpunkt-der-blauen-Erdscheibe, dem heiligsten der Heiligtümer, dessen weißgetünchtes Gemäuer den zeitzermürbten

Orakelbaum umgab. Deutlich hörten sie das Wimmern eines einjährigen Kindes.

»Was schaffen die dort?« fragte Olid. »Die drei trugen kein Kind...«

»Es muß vordem hineingebracht worden sein«, bemerkte Tapia.

»Montezuma wird doch nicht das Kind verspeisen?« fragte Lugo scherzend, wie er immer scherzte, auch wenn er empört war.

»Nein, er fastet noch«, versetzte Olid. »Marina sagte mir, daß ein Adler das Kind frißt, und das sei das Orakel.«

»Dieser Schuft von König«, stieß Lugo leise hervor, »hält seine Versprechen, wie ein Trunkener die Richtung hält! Der Besuch dieser prunkstarrenden Fleischbänke wurde ihm ja nur gestattet, nachdem er sein Wort gegeben, daß heute nicht gemetzgert wird!«

»Vorhin, als wir über den Tempelhof gingen«, sagte Olid, »schaute ich in eins der kleineren Höllenhäuser dieser Teufelspriester hinein. Da brutzelte es lustig auf dem Herde. Lauter volle Schüsseln dampften da – in der einen Schüssel ein gekochter Menschenfuß, in der anderen ein geschmorter Menschenkopf, in der dritten ein gebratener Menschenarm. Und einige schwarzgeschminkte Pfaffen kauerten rings umher, knabberten und schmatzten...«

»Und wenn sie derlei herunterschlingen, sagen sie: ich esse und kaue meinen Gott: – *nitlaqua noteouh!*« ergänzte Tapia.

»Es soll genau wie Schweinefleisch schmecken – ein Schiffbrüchiger beschrieb es mir, der es wissen mußte... Da! jetzt kreischt das Kind!... Hört Ihr's?« flüsterte Lugo.

»Was schert es uns! Don Hernando hat uns angewiesen, meine Herren, in dieser Hölle nichts zu hören und nichts zu sehen!« knurrte Tapia und spuckte wütend auf den Boden, als wollte er sich damit Luft machen.

»Don Hernando ist eines Fingernagelgeschwürs wegen daheim geblieben und hat es leichter als wir, blind zu sein!... Es soll allerdings Vulkane geben, die zu brodeln anfangen, wenn man sie ansieht...«

Mit den beiden Priestern trat jetzt Montezuma strahlend aus dem Heiligtum. Die Frage Olids, ob er mit der Botschaft seiner Götter zufrieden sei, bejahte er einsilbig. Den Wortlaut des Orakels verschwieg er den Feldobristen.

Der Wunderbare Huitzilopochtli hatte den Vernichtungskrieg gegen die Söhne der Sonne anbefohlen.

Orteguilla weinte immerzu. Er war wie ein Vogel, der vor Beginn eines Erdbebens hin und her flattert und selbst nicht weiß, was ihn ängstigt. Er fühlte, daß eine Veränderung vor sich gegangen war, und hätte doch nicht angeben können, welche – außer, daß Montezuma ihn nicht mehr verhätschelte, nicht mehr beschenkte, nicht mehr so herzlich mit ihm sprach wie früher.

Bald nach dem Besuch am Schlangenberg sagte Montezuma zum

Vorsteher des Hauses der Teppiche, es sei sein Wunsch, daß das große Freudenhaus von Tlatelolco zerstört werde. Der Befehl wurde sofort ausgeführt, das Gebäude wurde niedergerissen, und die Freudenmädchen wurden im Schilfsee ertränkt. Und nachdem dies geschehen war, führte Montezuma ein ernstes Gespräch mit Cortez.
Die Zeit sei um. Nach dem Lehnseid habe Cortez mit dem Christenheer in das Land jenseits des Meeres zurückkehren wollen. Das müsse er jetzt ausführen. Nicht, daß die Anwesenheit der Christen in Tenuchtitlan ihm selbst etwa lästig wäre. Im Gegenteil. Er habe die Söhne der Sonne liebgewonnen und trenne sich ungern von ihnen. Doch weil er sie lieb habe, wünsche er ihren Tod nicht. Er würde sie aber, falls sie länger blieben, vor dem Untergang nicht bewahren können. Denn der Kriegsgott Huitzilopochtli verlange neuerdings die Ausrottung der Sonnensöhne.
Cortez erwiderte mißmutig:
»Euer Kriegsgott sagt, was Eure Priester sagen. Und den Mund Eurer Priester könnten Majestät wohl stopfen ... Doch sei dem, wie ihm wolle. Ich habe unseren Aufenthalt in Mexiko stets als vorübergehend betrachtet und habe vor, in meine Heimat zurückzukehren. Das ist jedoch so leicht nicht auszuführen, wie Euer Majestät anzunehmen scheinen. Die elf großen Schiffe, die uns über das Meer brachten, sind ein Raub der Flammen geworden. Ich muß erst an der Küste elf neue große Schiffe bauen lassen, ehe ich – frühestens nach einem Jahr – an die Rückreise denken kann. Sofort werde ich meinen Schiffbaumeister nach Verakruz senden und ersuche Euer Majestät, mir aztekische Zimmerleute zur Verfügung zu stellen.«
Montezuma spürte den Hohn so deutlich, daß er fürchtete aufzubrausen, ein unbedachtes Wort zu sprechen. Mit aller Mühe zwang er sich, seinen lächelnden Gleichmut zu bewahren. Und er sagte zu, die Zimmerleute zur Verfügung zu stellen. Auch das war ein grimmiger Hohn, da er wußte, was an der Meeresküste vorging. Und fast hätte er hellauf gelacht.
Martín Gutiérrez, der Schiffbaumeister, brach mit vielen hundert aztekischen Zimmerleuten und Arbeitern nach Verakruz auf – noch bevor Cortez von Sandoval einen Brief erhielt, der ihn aus dem Himmel seiner Ahnungslosigkeit riß.

Der Schiffbaumeister hatte bereits den Popocatepetl hinter sich, als er in einer engen Schlucht laufenden Lastträgern begegnete, welche wunderliche Lasten trugen. Über und über mit Stricken verschnürt, saßen auf Tragsesseln sechs Europäer, unfähig, ein Glied zu rühren, als wären sie Warenballen. Ein siebenter ungefesselter Kastilier wurde hinterdrein getragen; und in ihm erkannte Martín Gutiérrez, näher kommend, einen gewissen Ruy de Venegas, einen Untergebenen Sandovals.
So eng war die Schlucht, daß die Träger ihren Lauf unterbrechen

und im Schritt am langen Zug der aztekischen Arbeiter sich vorbeidrängeln mußten. Die Zungen der lebenden Warenballen waren nicht gefesselt, und eine Schlammflut von Schimpfereien und Flüchen ergoß sich über den baß erstaunten Schiffbaumeister. Als er an Ruy de Venegas vorbeikam, hielt er ihn an, begrüßte sich mit ihm und fragte nach Ursache und Zweck des merkwürdigen Transportes.

»Wer sind die Leute?« fragte er.

»Die ersten Racheengel des Gobernadors von Kuba, Vorboten einer größeren Schar!«

»Wo kommen sie her?«

»Aus Sempoalla.«

»Was?!...«

»Ja. Pánfilo de Narváez, der Neffe des Diego Velázquez, hat im Süden von Verakruz dreizehnhundertundfünfzig Mann aus achtzehn Karavellen ausgeschifft, ist ins Totonakenland gezogen, hat Freundschaft mit unserem dicken Kaziken geschlossen und residiert nun in Sempoalla. Dort hat er eine Gerichtssitzung abgehalten – seine eigenen Soldaten verlachten die Afferei –, und er hat Cortez zum Tode verurteilt!«

»Zum Teufel! Das weiß Cortez noch nicht!«

»Inzwischen wird er es durch einen Schnellboten Sandovals erfahren haben. Erst vor drei Tagen zog Narváez in Sempoalla ein. Wir hörten's von einem totonakischen Kundschafter und auch, daß Narváez Absichten auf die Hafenfestung habe. Unsere kleine Mannschaft beschloß, Cortez Treue zu halten. Wir ließen uns nicht blicken, als sechs Mann angerückt kamen.«

»Warum nicht mehr?«

»Don Pánfilo meinte vermutlich, seine Aufforderung sei wie die Trompeten von Jericho und reiße Mauern nieder ohne Schwertstreich. Als Herolde seines Willens hatte er einen Geistlichen namens Guevara, ferner einen gewissen Amaya – einen Verwandten des Diego Velázquez –, einen Gerichtsschreiber Vergera und drei Zeugen abgesandt. Wir aber hatten beschlossen, diese Narren, die uns Verrat zumuteten, gehörig abblitzen zu lassen. Daher ließen wir uns nicht blicken, als sie herankamen, so daß sie bloß schaufelnde Indianer an den Festungswerken sahen. Sie schritten durchs Stadttor, schritten durch die Gassen und begegneten keiner Menschenseele, mußten wohl glauben, in einer verzauberten Stadt zu sein. Am Marktplatz gewahrten sie, daß die Kirchentür offen war; sie traten ein, knieten, beteten und dann überlegten sie, welches wohl das Haus des Kommandanten sein möge, denn niemand war da, den sie hätten fragen können. Weil es ihnen am größten schien, gingen sie geradewegs in Sandovals Haus hinein. Dort, im Sitzungszimmer versammelt, hatten wir auf der Lauer gelegen, hatten durchs Erkerfenster die Großspurigen beobachtet. Herablassend rief uns der Geistliche ein ›Wohl ergehe es euch‹ zu, und schmunzelnd erwiderten wir den Gruß. Als er sich aber darüber ausließ, wieviel Geld Don Diego Velázquez in die Ausrüstung der verbrannten Schiffe gesteckt habe, und als er Cortez einen Dieb nannte, der das ihm anvertraute Gut schmählich veruntreut habe, wurde es uns doch zu bunt, und einige von uns hätten den Verleumder übel zugerichtet, hätte Sandoval sie nicht abgehalten. Sandoval verwies dem Clerigo die Lügenreden und sagte, sich erhitzend: nur aus Rücksicht auf seinen geistlichen Rock wolle er von einer Bestrafung absehen. Aber auch Pater Guevara geriet in Wut, drohte uns den Galgen an, falls wir uns Narváez nicht ergeben wollten, und befahl seinem Sekretarius, ein Schriftstück zu verlesen. ›Das verbiete ich!‹ rief Sandoval. ›Zeigt den Wisch meinetwegen in Mexiko vor! Wer ihn hier verliest, erhält hundert Stockprügel!‹ Guevara wiederholte den Befehl, Sandoval wiederholte das Verbot. So ging das eine Weile, bis Sandoval alle sechs auf Tragsessel binden ließ und mir den Auftrag gab, sie nach Tenuchtitlan zu bringen und die Tlamamas an allen Rastorten zu wechseln, damit wir im Laufschritt Tag und Nacht reisend am vierten Tage bei Cortez sind.«

»Cortez versteht es, fliegenden Pfeilen auszuweichen«, sagte Martín Gutiérrez. »Sogar fliegende Musketenkugeln vermag er aus der Bahn zu lenken, sie wohl gar ins Feuerrohr zurückzubannen ... Ich hab's erlebt ... Doch ob diesmal seine Waffensalbe stark genug sein wird ...?«

»Wollt Ihr nicht umkehren, Señor?«

»Nein. Sandoval kann Leute brauchen.«

»Laßt Euch von Narváez nicht abfangen!«

»Es gibt viele Wege nach Verakruz!«

Sie trennten sich. Und Martín Gutiérrez schwenkte nach Nordosten ab, um Sempoalla zu umgehen.

Montezuma blieb es nicht verborgen, daß ein aus der Hafenfestung von einem Schnellboten überbrachter Brief Cortez in große Bestürzung versetzt hatte. Doch als er bald darauf mit Cortez zusammenkam, war jede Spur der Bestürzung geschwunden. Sie spielten Patolli und lachten. Ihre Augen aber lösten derweilen Rätsel. Ihre Blicke suchten sich zu ergründen, einzudringen in die tiefsten Verliese ihrer Seelen. Weißt du's oder weißt du's nicht? forschten die Augen des Cortez. Weißt du's oder weißt du's nicht? forschten die Augen Montezumas.

Und eine schlaflose Nacht hatte darauf Montezuma. Er überlegte: je später Cortez das Geheimnis erfährt, um so vernichtender muß der unerwartete Schlag ihn treffen. Allzuspät wiederum darf er es nicht erfahren, sonst würde er sich rächen für die Verheimlichung ...

Und als Cortez mit Offizieren und Soldaten am folgenden Morgen Montezumas Gemächer betrat, sich nach seinem Befinden zu erkundigen, brach Montezuma in ein helles, beinahe krankhaftes Lachen

aus und war längere Zeit nicht imstande, es niederzukämpfen. Cortez besaß genug Humor, sich nicht gekränkt zu fühlen.
»Es freut mich, daß Euer Majestät so munter sind. Ich darf wohl mit Recht annehmen, daß Majestät einen besonderen Grund zu solcher Heiterkeit haben!«
»Freilich habe ich Ursache, mich zu freuen!« sagte Montezuma, plötzlich ernst werdend. Und er ließ sich vom Weiblichen Zwilling ein Hirschhautpergament reichen.
»O Grüner Stein«, sagte er vorwurfsvoll, das Pergament entfaltend. »Warum bist du nicht offen genug gegen mich? Warum hast du es vor mir verborgen gehalten? Eben habe ich es durch einen Boten erfahren: achtzehn große Wasserhäuser sind – nicht weit von deiner Meeresfestung – an der Küste erschienen, und viele eurer Brüder und Hirschungeheuer sind an Land gegangen. Du mußt das schon lange gewußt haben ...«
»Ich habe es nicht gewußt!« rief Cortez erregt.
Montezuma reichte ihm lächelnd die Bilderhandschrift hin, auf der die achtzehn Schiffe und ihre Bemannung gemalt waren.
»O großer Krieger, o weißer Gott!« sagte Montezuma mit unverhohlenem Hohne. »Ich hätte wohl Ursache, gekränkt zu sein. Doch mehr Ursache habe ich, froh zu sein. Wir werden nicht mehr ein Jahr lang Wasserhäuser bauen müssen an der Meeresküste. Du und alle Söhne der Sonne werdet nun bald auf den Wasserhäusern eurer Brüder ins Land des Sonnenaufgangs zurückkehren!«
Kastilische Soldaten eilten laut jubelnd zum Saal hinaus, ihren Kameraden die Glücksnachricht zu verkünden, daß der Kaiser Don Carlos ihnen ein Hilfsheer gesandt habe. Alle christlichen Soldaten, Lagerdirnen und Tlascalteken lärmten jauchzend, von einem Taumel gewirbelt.
Und während draußen Freudenschüsse aus Musketen- und Feldschlangenrohren erschollen, brachte Cortez es über sich, den König anlächelnd, zu sagen:
»Dank sei dem Allmächtigen, der im rechten Augenblick hilft!«
Wutschnaubend kam der Priester Guevara in Tenuchtitlan an. Luis Marín war ihm von Cortez entgegengeschickt worden, um ihn und seine fünf Leidensgefährten von den Tragsesseln loszubinden und Entschuldigungen im Namen des Generalkapitäns vorzubringen. Doch die Entschuldigungen hatten die Wut nur gesteigert. Und Cortez gegenübertretend, zeterte der Priester und schleuderte Bannflüche.
Geduldig ließ Cortez die Zornwellen über sich ergießen. Er wartete ab, bis die rotverquollenen Strafpredigeraugen abblaßten, abschwollen, wieder fähig wurden, die Umwelt zu schauen. Dann schlug er einen Rundgang durch die Stadt vor.
Der Anblick der Pracht Tenuchtitlans tat seine Wirkung. Verdutzt und ein wenig beklommen gab Guevara zu, daß es kein Kinder-

spiel gewesen sei, ein so mächtiges Reich der spanischen Krone anzugliedern.
»Und wenn alles Erreichte in Frage gestellt wird, Padre – meint Ihr, daß der Kaiser Don Pánfilo dafür loben wird? Ihr seid doch ein kluger Mann – wie denkt Ihr darüber?« fragte Cortez bestrickend liebenswürdig.
Guevara gab keine Antwort – und das konnte als Antwort gedeutet werden. Die Liebenswürdigkeit des Generalkapitäns machte ihn befangen.
Und dann wurde er vor die angehäuften Goldschätze geführt.
»Noch ist dies Gold das Eigentum unseres Kaisers...«, sagte Cortez.
»Gott verhüte...!« rief Guevara erschreckt aus.
Sie hatten sich verstanden.
»Gott hat es in Eure Hand gelegt, Señor!« sagte Cortez. »Vergeßt auch nicht das Kreuz auf der großen Tempelpyramide...«
Und er ließ an Guevara und seine Begleiter reiche Goldgeschenke verteilen.
In weniger als vierundzwanzig Stunden waren aus Feinden Freunde geworden.

Guevara versprach, bevor er nach Sempoalla aufbrach, Narváez' Heer günstig zu beeinflussen. Cortez gab ihm drei Briefe mit: einen an Narváez, einen an Lucas Vázquez de Aillón, Auditor beim Hieronymitenorden auf Haïti, und einen an den Sekretär des Gobernadors von Kuba, Andrés del Duero, der einst seine Bestallung zum Generalkapitän »mit bester Tinte« geschrieben hatte. Im Brief an Narváez erinnerte Cortez ihn an ihre einstige Freundschaft, an ihre gemeinsam erlittenen Strapazen bei der Pazifizierung der Insel Kuba; er machte ihm freundschaftliche Vorwürfe, daß er keinen Brief gesandt, daß er von seiner Ankunft und seinen Absichten ihn nicht verständigt habe, daß er, den Titel Generalkapitän sich beilegend, in den dem Kaiser gewonnenen Provinzen schalte und walte, friedliche Völker zum Kampf aufstachele; und er beschwor ihn, das glücklich begonnene Werk der Bekehrung dieser Heidenvölker nicht zu zerstören, sondern vereint mit ihm das Werk zu fördern, auf daß sie beide es zu Gottes und des Kaisers Ruhm und Vorteil zu Ende führen könnten.
Pater Olmedo schloß sich Guevara an und nahm viele schwere Koffer mit nach Sempoalla.

Drei Tage später – nach schwerstem innerem Kampf, denn das gärende Tenuchtitlan in diesem Augenblick zu verlassen, war ein Wagestücke ohnegleichen – zog Cortez mit nur siebzig Mann Narváez entgegen. Olid, Avila, Lugo, Tapia und Ordás – der vor kurzem von seinem ersten, mißglückten Versuch, den Jungbrunnen zu ent-

decken, plänereich und unbeirrbar zurückgekehrt war – begleiteten ihn. Den Rest des Heeres, hundertundfünfzig Soldaten, Beamte und Handwerker, ließ Cortez unter dem Oberbefehl Alvarados zur Bewachung Montezumas und der Goldschätze in Tenuchtitlan zurück.
Es wurden jetzt in mexikanischen Landen viele Briefe geschrieben. Sandoval hatte Guevara ungefähr hundert Briefe abgenommen, Drohbriefe, Schmähbriefe, Mahnbriefe, Bestechungsbriefe an die Anhänger des Cortez. Und von Velázquez de León, der – nachdem er in Cholula eine Kriegssteuer erhoben und in Tlascala den Fürsten Fichtenzweig dem Gericht übergeben hatte – in die Provinz Coatzacualco (das Land der Schlangenpyramide) am Südostmeer mit seinen hundertfünfzig Mann gezogen war, dort eine Kolonie zu gründen, erhielt Cortez – noch in Tenuchtitlan – einen Brief, dem ein Brief des Narváez beigeschlossen war. Im Brief Don Pánfilos wurde Velázquez de León an seine Verwandtschaft mit der Familie Velázquez gemahnt und aufgefordert, vom Rebellen und Piraten Cortez abzufallen, sich dem Heer des Gobernadors von Kuba anzuschließen. In seinem Brief an Cortez aber versicherte ihn Velázquez de León seiner Freundschaft und teilte mit, er verlasse das Land der Schlangenpyramide, um in Cholula, wenn Cortez nach Sempoalla ziehe, mit ihm zusammenzutreffen und ihm seine hundertfünfzig Mann zuzuführen.
Beim Lesen dieser Briefe war wohl ein Schatten von Mißtrauen durch Cortez' Seele gezogen und hatte sofort klarer Einsicht weichen müssen, wie ein Gespenst dem Tagesschein weicht. Auf wen war Verlaß, wenn nicht auf den Treuesten der Treuen. Und dennoch eine Spur, unsichtbar wie ein Duft, hatte der Schatten zurückgelassen – ein kaum bewußtes Angstgefühl. León hieß Velázquez. Er war einst an den Sanddünen ein erbitterter Gegner gewesen. Und seit am Süßwassersee von Xochimilco *La Aztecas* wegen Marina Tränen vergossen hatte, war zwischen ihm und Cortez eine leise Verstimmung ...
Cortez ließ Marina in Tenuchtitlan zurück. Sie hatte beim Ringkampf mit Montezuma Schaden genommen und mußte das Bett hüten. Zum erstenmal verließ er sie, voll böser Ahnungen verließ er sie, die ihrer schweren Stunde entgegensah, während Trompeten auf dem Blachfeld schmetterten.
Von Montezuma Abschied nehmend, sagte er: nach Sempoalla ziehe er aus keinem anderen Grunde als nur, um seine Brüder zu begrüßen und zu hindern, daß sie mexikanisches Land verwüsteten. Auch wollte er sie bitten, ihn und sein Heer – sobald sie die Rückreise antreten sollten – mit auf ihre Schiffe zu nehmen. In wenigen Wochen werde er nach Tenuchtitlan zurückkehren und hoffe, daß Montezuma in der Zwischenzeit die Azteken zügeln und eine Kränkung der zurückbleibenden, Alvarado unterstellten Christen nicht dulden werde.
Montezuma versprach es.

Zweimal schon – vor bald einem Jahr – hatte Cortez während kurzer Abwesenheit sich von Alvarado vertreten lassen, und beide Male hatte er es bereut: der Tod des alten Suárez in der Tonne, langwierige Zwistigkeiten mit Avila waren die Folgen gewesen. Und dennoch hatte er ihn jetzt wieder zu seinem Stellvertreter ernannt, weil niemand besser mit Indianern umzugehen wußte; – den Tlascalteken sowohl wie den Azteken war er die Sonne – eine funkelnde, schöne, wenn auch sengende Sonne –, und so sehr stand er in Gunst bei Montezuma, daß er fordern und erwirken konnte, was er wollte.
Vor der Abreise hatte Cortez ihm oft und eindringlichst eingeschärft, Frieden mit den Azteken zu halten um jeden Preis. Und bei seinem letzten Gespräch mit ihm sagte er:
»Die Gefahr ist furchtbar. Kennte ich nicht die Fehler und Schwächen Don Pánfilos, ich müßte verzweifeln. Auch hoffe ich auf die Klugheit Pater Olmedos und das Gold in seinen Koffern ... Fast noch größere Gefahr droht euch Zurückbleibenden. Geht der Gefahr geflissentlich aus dem Wege! Und sollten die Azteken sich dennoch erheben, so rettet mein Heer und den Goldschatz auf den Brigantinen! Daß wir die Brigantinen gebaut haben, ist mein bester Trost. Ohne die Brigantinen wäre ich nicht imstande, Narváez entgegenzuziehen ...!«

In Geschwindmärschen wurde der Wassergau durcheilt, die erste Kordillerenkette überklommen. Als Cortez sich der heiligen Stadt näherte, pochte sein Herz und ließ sich nicht zur Ruhe zwingen. Alles war verloren, wenn León ihn im Stiche ließ. Und kein Bote hatte bisher die Ankunft des Hauptmanns gemeldet. Unerträglich wurde die Spannung.
Doch Cortez hatte seinem Freunde unrecht getan. Am Stadttor Cholulas kam León ihm entgegengeritten. Sie umarmten sich, zerdrückten sich die Hände, und ihre Augen schwammen in feuchtem Glanz.
Und weiter zogen sie ostwärts. Schon hatten sie Tlascala und die Große Mauer hinter sich, als ihnen, in einer von Tlamamas getragenen Sänfte, Pater Olmedo begegnete. Er brachte gute Nachrichten. Narváez stand bei seinen eigenen Leuten wenig in Ansehen, war unbeliebt, seine Großprahlereien wurden nicht ernst genommen. Guevara hatte den Leuten den Mund wässerig gemacht mit seiner Beschreibung der Herrlichkeiten Mexikos. Die Worte und Gaben Olmedos waren auf fruchtbaren Boden gefallen. Fruchtlos freilich war sein Versuch geblieben, Narváez selbst für den Frieden zu gewinnen, obgleich Lucas Vázquez de Aillón, der Auditor des Hieronymitenordens, seinen Bitten und Ermahnungen beigetreten war. Der heißspornige Auditor hatte sich sogar hinreißen lassen, Narváez den Tod und die Beschlagnahme seiner Güter anzudrohen, da er durch einen frevelhaften Krieg, nur um Diego Velázquez zu rächen, die Heidenbekehrung vernichten, Gott und den Kaiser schädigen wolle. Zu feige, Vázquez de Aillón zu strafen, hatte Narváez ihn auf eines

der achtzehn Schiffe bringen lassen und nach Kuba zurückgeschickt. Von Olmedos schon beschlossener Einkerkerung war Narváez durch den Sekretär Andrés del Duero abgebracht worden. Doch wurde Olmedo aus Sempoalla hinausgewiesen.

Er überbrachte Cortez einen frechen Brief Don Pánfilos. Cortez sandte eine höfliche Antwort zurück und setzte den Weg nach Osten fort.

Beim Weißen Mondgefilde stieß Sandoval mit sechzig Mann aus Verakruz zu ihm.

Zwei von diesen, Alfonso Palanco und Bernardo Mendez, hatten vor wenigen Tagen als indianische Fruchthändler verkleidet und bemalt – sie sprachen ausgezeichnet mexikanisch – sich in Sempoalla eingeschlichen und, frei unter den Leuten des Narváez umhergehend, gekundschaftet. Cortez erfuhr von ihnen alles, was ihm zu wissen nötig war.

Unter anderem hatten sie in Erfahrung gebracht, daß Narváez vom Narren Madrid und dem alten Heredia gänzlich falsch unterrichtet worden war. Diese beiden Überläufer hatte Pizarro, Cortez' Neffe, in Tabasco zurückgelassen; und zufällig waren sie an die Meeresküste gekommen, als die Armada nahte. Sie hatten sich noch vor der Landung auf das Flaggschiff begeben, wo ihnen Narváez gutes Essen und noch besseren Wein vorsetzen ließ. Und essend und trinkend hatten sie, sei es aus Dankbarkeit, sei es aus Großsprecherei, die Bewirtung und den Gastgeber in den Himmel gehoben und über die schmale Kost, die Hungerleiderei und Plackerei in Mexiko Klage geführt: fast nur von Mais und Maiswürmern nährten sich die Soldaten des Cortez; Wein bekämen sie überhaupt nicht zu sehen; ein Hundeleben führten sie; Cortez gönne ihnen keine freie Stunde, strafe die geringsten Vergehen mit dem Tode und habe siebenhunderttausend Dukaten in die eigene Tasche wandern lassen – darum verabscheuten ihn seine Soldaten und würden Don Pánfilo als Befreier begrüßen.

In Sempoalla bewohnte Narváez den Haupttempel wie Cortez vor einem Jahr. Ohne Schwertstreich hatte der dicke Kazike die Stadt übergeben, nachdem der Narr Madrid, als Gesandter des Narváez, ihm auseinandergesetzt hatte, daß Cortez gar kein weißer Gott, sondern ein Räuber sei. Eifriger als Narváez betrieb seitdem der dicke Kazike den Krieg gegen Cortez, dessen Räubertum er von jeher durchschaut zu haben behauptete. Und er bedauerte, keine zweite dicke Prinzessin zu haben, die er Narváez zur Ehefrau geben könnte. Die dicke Prinzessin aber war Mutter geworden und glaubte, ihrem Vater zum Trotz, an die Göttlichkeit ihres Sprößlings.

Viel Lustiges wußten die Kundschafter auch vom besten Freunde des Narváez, dem Hauptmann Salvatierra, zu berichten. Dieser Eisenfresser und *miles gloriosus* nannte Cortez nie anders als *Cortesillo*, »das Cortezlein«. Er verschwor sich, Cortez die Ohren abzuschneiden, sie zu braten und zu essen. Als die beiden Kundschafter Sempoalla verlassen wollten, sahen sie das Pferd Salvatierras unbewacht vor einem Hause und führten es fort. Auf einem anderen Pferde eilte Salvatierra den vermeintlichen Indianern nach und erwies sich, zur Schadenfreude seiner ihm von der Stadtmauer nachblickenden Kameraden, als erbärmlicher Feigling. Alfonso Palanco und Bernardo Mendez setzten sich zur Wehr, verjagten ihn und brachten das Pferd nach Verakruz.

Die letzten Höhenzüge wurden überwunden, das Irdische Paradies wurde erreicht. Cortez hielt eine Musterung seines Heeres ab. Er zählte zweihundertsechsundsechzig Mann und fünf Pferde.
Der Sekretär Andrés del Duero hatte – nicht ohne Mühe – von Narváez die Erlaubnis erwirkt, Cortez besuchen zu dürfen. Noch vor kurzer Zeit hätte Cortez sich ungern daran mahnen lassen, daß er auf Kuba einst für seine Ernennung zum Generalkapitän dem Sekretär eine Beteiligung an den Erträgnissen des Unternehmens versprochen hatte. Doch jetzt war seine Freude aufrichtig, Andrés del Duero wiederzusehen, dessen eigennütziger Vorteil ihm Erfolg wünschen mußte. In stundenlangem Gespräch erörterten sie die Möglichkeiten einer friedlichen Lösung. Schließlich nahm der Sekretär den Hauptmann Velázquez de León – der erst sich weigerte und von Cortez überredet werden mußte – mit zu Narváez.
Narváez saß mit seinen Hauptleuten – Salvatierra, Gamarra, Juan Juste und anderen – beim Mittagsmahl, als León und Duero ankamen. Jovial lud Don Pánfilo seinen Vetter zu Tisch: bei ihm gebe es noch Wein – Pedro Ximenes – und gepökeltes Fleisch. Daß Don Pánfilo und seine Tischgenossen dem Wein zugesprochen hatten, war an ihren geröteten Gesichtern und ihrem derben Gelächter ersichtlich. León entschuldigte sich, seine Zeit sei kurz bemessen; nur sich mit seinem Verwandten zu begrüßen, sei er gekommen und nach einer Lösung zu suchen, die den Streitfall beilegen könnte.
»Kommt, eßt und trinkt, Don León, und sucht nicht den Stein der Weisen!« lachte Narváez. »Den Streitfall werde ich auf dem Schlachtfeld beilegen – das wird die glücklichste Lösung sein!«
Die anderen lachten.
»Wenn es Euch glückt!« bemerkte León.
»Oho! Wir haben die vierfache Übermacht!«
»Die hatte auch Goliath – und doch blieb David Sieger!«
»Er hält zum Cortesillo! Zu diesem Nichts, zu diesem Weniger-als-Nichts!« feixte Salvatierra. »Für unsereins lohnt's ja gar nicht, den Fuß zu heben, solch ein Insekt, solch eine Milbe zu zertreten wie den Cortesillo – der kleine Finger genügt! Da schaut: so wischt man's weg! – und nicht einmal ein Fleck bleibt auf dem Tischtuch!«
»Seid vernünftig, Don León, bleibt bei uns! Ihr wißt nicht, daß Cortez verloren ist, aber ich weiß es!«

»Was wißt Ihr ...?«
»Warum sollt ich es Euch nicht sagen?« lachte Narváez. »Fünf Tage bevor Cortez von unserer Ankunft erfuhr, stand ich mit Montezuma schon in Verbindung!«
»Das kann nicht sein, Don Pánfilo! Montezuma erfuhr von Euch später als wir! Und er machte Cortez Vorwürfe, daß er es verschwiegen ...«
»Montezuma ist klüger, als Ihr glaubt! Wir sandten uns mehrmals Boten – dreimal sandte er mir unschätzbare Goldgeschenke. Wir sind Bundesgenossen. Seinetwegen darf ich auf Friedensvorschläge nicht eingehen.«
»Seinetwegen ...? Wie meint Ihr das?« fragte León.
»Weil ich ihn nicht im Stich lassen will! Wir schlossen einen Pakt gegen Euch. Während ich mit Cortez kämpfe, wird er mit Alvarado kämpfen. Und das könnt Ihr Euch selbst sagen, was das heißt ...!«
León schwieg eine Weile niedergeschlagen, zerschmettert. Als aber Narváez fortfuhr, ihn zu überreden, er solle vom Hochverräter Cortez ablassen, brauste León auf und verbat sich, daß in seiner Gegenwart von einem Ritter ohne Tadel wie Cortez solche Ausdrücke gebraucht würden. Das Lachen verstummte. Salvatierra und die anderen Trinkkumpane Don Pánfilos hetzten: León verdiene für seine Freimütigkeit den Kerker. Andrés del Duero und ein alter Oberrichter beschwichtigten und versöhnten die Entzweiten. Schließlich schlug Narváez vor, er wolle León seine Truppen zeigen. Und er hieß sein Heer sich in Reih und Glied aufstellen, hieß es vor León exerzieren. Dieser gewann so die gewünschte Einsicht in die Zahl und Beschaffenheit der gegnerischen Streitkräfte.
Als er Abschied nahm, rief einer seiner Vettern:
»Ihr seid ein schlechter Velázquez, Don León, wenn Ihr zu den Schnapphähnen zurückkehrt!«
León griff an den Degenknauf, sagte, seine Kameraden seien ehrliche Männer, kein schlechterer Velázquez sei er als andere Velázquez, und er bat sich von Narváez die Erlaubnis aus, die Wahrheit seiner Worte mit der Klinge zu erweisen. Doch Narváez erteilte die Erlaubnis nicht. Und Salvatierra gab León den Rat, sich schleunigst zu entfernen, da er sonst Specksalat aus ihm machen würde.
Mit dem ungesühnten Schimpf beladen, kam Velázquez de León zu Cortez und hatte einen Weinkrampf vor Wut.
»Dieser Hund Montezuma hat mich genasführt!« schrie Cortez, als er alles vernommen hatte.
»Vielleicht hat Narváez gelogen!« meinte León.
»Nein, er lügt nie – um so häufiger irrt er sich. Er irrt auch diesmal, weil er Montezumas Feigheit nicht kennt. Eben hatte ich einen Brief von Alvarado: dort ist alles in bester Ordnung. Erst wenn wir besiegt sind, wird Montezuma den Überfall wagen. Doch wir sind nicht besiegt – wir werden, wir müssen siegen, weil wir Verzweifelte

sind! Und wenn ... Mag er! Es ist vorgesorgt – Alvarado hat die Brigantinen ...!«
Gleich nachdem, verfolgt vom Hohngelächter Salvatierras und des ganzen Heeres, Velázquez de León Sempoalla verlassen hatte, kam mit königlichem Gefolge der dicke Kazike zu Narváez, der sich inzwischen wieder an die Zechtafel gesetzt hatte. Der Narr Madrid wurde gerufen, die Reden des Königs zu verdolmetschen.
»O großer Krieger, o Sohn der Sonne!« sagte der dicke Kazike. »Du trinkst Wein – doch Cortez trinkt keinen Wein!«
Schallendes Gelächter rauschte durch den Saal.
»Armer Cortesillo!« grölte Salvatierra. »Armer Wassertrinker! Hat nicht einmal Wein, die Sorgen hinunterzuschwemmen! Ist nüchtern wie sein leerer Magen!«
»O Sohn der Sonne!« fuhr der dicke Kazike, zu Narváez gewendet, fort. »Du lebst unbekümmert – doch Cortez kümmert sich um alles, weiß alles durch Kundschafter.«
»Das glauben wir dir, Dickwanst«, hohnlachte Salvatierra, »das glauben wir dir, daß Cortez bekümmert lebt! Er fürchtet für seine Ohren!«
»O Sohn der Sonne!« sagte der dicke Kazike. »Am anderen Ufer des Flusses Nahutla steht bereits Cortez! Zieh ihm entgegen, bevor er eine Brücke baut oder eine Furt findet! Sonst wird er plötzlich wie der Sturmwind hier sein und uns alle seiner weißen Göttin opfern!«
So dröhnendes Gelächter riefen diese Worte hervor, daß der dicke Kazike sich eingeschüchtert zurückzog.
Doch der Narr Madrid blieb und flüsterte in ernstem Ton mit Narváez, während Salvatierra neue Lachsalven hervorrief, indem er seinen Zechgenossen versicherte, er zittere wie Espenlaub vor Cortez. Überredet von Madrid, den Rat des dicken Kaziken nicht in den Wind zu schlagen, machte Narváez dem Trinkgelage ein Ende und gab bekannt, daß er das Heer an den – kaum eine Stunde von Sempoalla entfernten – Nahutlafluß führen wolle. Die Hauptleute widersetzten sich erst: ein Nichts wie der Cortesillo sei so viel Beachtung nicht wert. Dennoch blieb Narváez bei seinem Entschluß und gab Befehl, sich zur Schlacht zu rüsten.

Der Abend dunkelte, bevor das Heer marschbereit war. Als Narváez seine Truppen durch das Stadttor Sempoallas führte, begann es zu nieseln, und als das bewaldete und morastige Ufer des Nahutla erreicht war, fegte ein tropischer Regenorkan über die nachtschwarze Landschaft. Kundschafter des dicken Kaziken hatten geführt und versicherten, die Wehrmacht des Feindes befinde sich gegenüber am anderen Ufer. Doch nichts regte sich drüben, nichts ließ sich in der Dunkelheit erkennen. Narváez schickte Leute aus, um nach einer Furt zu suchen – sie kehrten unverrichteterdinge zurück; durch Regengüsse angeschwollen, war der Fluß undurchschreitbar.

Die Strapazen nicht gewohnte Truppe murrte, die Offiziere und Hauptleute murrten, und selbst Narváez murrte, triefend im stürzenden Platzregen. Nach einer Stunde Aufenthalt führte Don Pánfilo sein Heer wieder heim in das wirtliche Sempoalla und ließ am Fluß als Schildwachen und Beobachtungsposten seinen Kämmerer Hurtado und einen gewissen Carrasco zurück.

Der Astrolog Botello hatte ein gutes Horoskop gestellt. Cortez faßte den Entschluß, in dieser Nacht den entscheidenden Schlag zu führen. Eine Furt hatte er ausfindig gemacht, war durch Kundschafter, die er über den Fluß geschickt, unterrichtet über das mutige Anrücken Don Pánfilos und sein sinnloses Zurückweichen.
In drei Teile teilte Cortez sein Heer. Sandoval unterstellte er Velázquez de León und Ordás mit siebzig Mann und erteilte ihm den Auftrag, sich Don Pánfilos zu bemächtigen, ihn zu fangen oder zu töten. Den Oberbefehl über das Gros des Heeres übertrug er Olid und gesellte ihm Avila, Tapia und Lugo als Unterfeldherren zu. Und er selbst behielt sich die Führung einer dritten, kleinen Abteilung von bloß fünfundzwanzig Hellebardieren vor.
Bei strömendem Regen, peitschendem Orkan und nächtlicher Finsternis las Pater Olmedo die Messe; Cortez, die Feldobristen und sämtliche Soldaten beichteten, nahmen das heilige Abendmahl, erhielten Absolution.
Gespenstisch der Aufbruch, ohne Trompetensignal, ohne Gerufe. Durch Urwaldgestrüpp ging es zur Furt. Das Wasser reichte bis an die Schultern. Dennoch wurde das andere Ufer erreicht. Dort stand ein Mann. Fast wäre er erschossen worden. Es war der alte, halbberblindete Juan Torrés, der Einsiedler Unserer Frau der blutroten Rosen auf der Pyramide von Sempoalla. Man brachte ihn vor Cortez.
Torrés war von der dicken Prinzessin gesandt. Sie sei in der Nähe versteckt, meldete er, sie fürchte sich, vor Cortez zu treten, da ihr Vater Verrat begangen. Doch lasse sie ihm sagen: nicht bereuen werde er es, wenn er sie gnädig aufnehme.
Viel Lust hatte Cortez nicht. Aber da die dicke Prinzessin zu ihm zu halten schien, konnte sie von Nutzen sein. Er ließ sie holen.
Aus ihrer Sänfte hervorquellend, hielt sie ihm ihren Sprößling entgegen. Für Vaterfreuden fehlte es ihm an Zeit. Hastig fragte er, was sie herführe.
Sie erwiderte: ein unterirdischer Gang verbinde den Tecpan ihres Vaters mit den Kellerräumen des Teocalli – den Weg könne sie ihm zeigen; und aus den Kellerräumen führten Treppen bis zur Spitze des Teocalli hinauf – den Weg könne Juan Torrés ihm zeigen. Stehe er aber erst auf der Spitze des Teocalli, so könne er auf die Feinde hinabschießen und sich der achtzehn Kanonen bemächtigen, die Narváez auf die zweite Plattform des Tempels hatte hinaufschaffen lassen.

Den Vorschlag fand Cortez einleuchtend. Der alte Torrés aber schüttelte traurig den Kopf:
»Ach, Señor Capitan, das tue ich ungern...«
»Was?«
»Zu meinen Vögeln droben sage ich immer: liebt euch untereinander!... Ich sage nie: haßt euch untereinander!...«
»Doch, auch das tun Vögel, guter Mann! Und wir haben jetzt Krieg!«
»Gewiß, gewiß... Wer so hoch wohnt wie ich, muß ja auch Falken füttern können... Der liebe Gott ist eine Taube; – der liebe Gott ist auch ein Falke... Er wird schon wissen, wozu er die Raubvögel erschaffen hat nach seinem Bilde!...«

Damit die Soldaten nicht ermüdet in Sempoalla ankämen und um den Feinden Zeit zu lassen, sich zu entwaffnen und sorglos in Schlaf zu versinken, hatte Cortez beschlossen, langsam vorzurücken. Nach einer halben Stunde sah er sich gezwungen, entweder umzukehren oder voranzueilen. Die beiden von Narváez zurückgelassenen Schildwachen waren entdeckt worden; Carrasco wurde festgenommen, Hurtado, Don Pánfilos Kämmerer, entkam. Aus Carrasco ließ sich nichts herausholen; und als er von Olid, der ihn schrecken wollte, an einen Baumast gehängt und von Rodrigo Rangel aus der peinlichen Lage befreit worden war, blieb er sogar seinem Befreier gegenüber standhaft verschwiegen. Nach der Flucht Hurtados aber durfte Cortez nicht mehr hoffen, dem im Schlummer liegenden Feind unversehens nahen zu können. An eine Verfolgung des Entkommenen im Dunkel der Sturmnacht war nicht zu denken. Und daß Hurtado nach Sempoalla laufen und dort Lärm schlagen werde, war allzu gewiß. Trotzdem verzichtete Cortez auf seinen Plan nicht und näherte sich der Stadt im Eilschritt. Konnte er nicht den schlafenden Feind, so wollte er den eben geweckten, durch Alarm verwirrten, noch nicht gesammelten Feind überfallen.
Es glückte – weil Narváez und Salvatierra Hurtado auslachten, ihn einen gespenstersichtigen Feigling schalten, als er – gegen Mitternacht – atemlos in Sempoalla ankam und schrie: Cortez sei ihm auf den Fersen! Don Pánfilo, im Nachtgewand, lachte, fluchte und putzte seine Diener herunter, daß sie es gewagt hatten, ihn wegen solcher Alfanzerei zu wecken. Cortesillo mit seinem winzigen Häuflein solches wagen! Zu unglaublich war es, als daß es Glauben finden konnte. Viele Soldaten aber, erschreckt durch Hurtados Geschrei, hatten begonnen, sich anzukleiden und zu waffnen; alles lief bei strömendem Nachtregen durcheinander, Sturmböen heulten, Trompetensignale erschollen. Narváez verbot den Alarm, befahl, sich wieder schlafen zu legen. Nachtregen und Sturmböen gehorchten nicht, die Soldaten widersetzten sich. Und Hurtado gab nicht Ruhe. Obgleich mit Spott fortgewiesen, kehrte er, von einigen Einsichtigen begleitet,

wieder, erzwang sich Zutritt, mühte sich ab, seinem Herrn zu beweisen, daß er nicht geträumt habe, daß man unrecht tue, seine Meldung zu verlachen! Narváez widerlegte ihn: baren Unsinn habe er gemeldet! Es sei undenkbar, sei unmöglich, den Fluß zu überschreiten! Und schließlich erhitzte er sich: er sei kein Narr, der sich Ammenmärchen aufbinden lasse! Eine halbe Stunde stritten sie so hin und her. Bis es zu spät war. Bis – während sie noch stritten – Sandovals siebzig Mann mitten unter den alarmdurchwirrten, nur zum Teil bekleideten, nur zum Teil bewaffneten Truppen standen und sie niedermähten.

In wenigen Augenblicken war der Sieg entschieden.

Die Geschütze auf dem Teocalli zielten ins Dunkel, trafen niemand, schossen über die Köpfe der Anrückenden hinweg und vermehrten durch ihr Getöse die Verwirrung. Narváez fand gerade noch Zeit, gepanzert und behelmt die Pyramidentreppe hinaufzurasen. Mit nur neunzehn Mann wehrte er sich gegen Sandoval, der ihm sofort hinaufgefolgt war. Auf der schmalen Treppe, wo kaum drei Mann nebeneinander fechten konnten, hätte sich Narváez längere Zeit halten können, wäre nicht Cortez mit seinen fündundzwanzig, brennende Fackeln tragenden Hellebardieren aus der Tür des Sanktuars auf der obersten Plattform hervorgestürmt. Narváez erkannte Cortez und warf sich ihm entgegen. Da wurde ihm von der Hellebarde des weißhändigen Sánchez Farfán die Wange durchbohrt, das linke Auge ausgestoßen. »Santa Maria!« schrie er, taumelte, stürzte ohnmächtig zusammen. Eine Weile noch tobte der Kampf um ihn. Seine neunzehn Mitstreiter auf der Plattform zahlten den Versuch, ihn zu bergen, mit dem Tode. Der Ohnmächtige wurde die Pyramidentreppe hinabgeschleppt. Sein Anblick – man hielt ihn für erschlagen – versteinerte seine am Fuß des Tempels kämpfenden Truppen. Sie streckten die Waffen. Siegesgeschrei überbrüllte den Orkan.

Inzwischen hatte Olid zwei benachbarte Teocalli erstürmt und vom Feind gesäubert. Im Heiligtum eines dritten Teocalli hielt sich Salvatierra verschanzt, nachdem Velázquez de León ihn von Terrasse zu Terrasse hinaufgedrängt hatte. Da Salvatierra sich nicht ergeben wollte, ließ León das Binsendach des Sanktuars in Brand stecken. Von der Glut zur Verzweiflung getrieben, trat Salvatierra mit seiner kleinen Mannschaft aus dem Asyl hervor, ließ sich gefangennehmen. Und nicht nur er, auch jener Neffe fiel Velázquez de León in die Hände, der ihn einen schlechten Velázquez genannt hatte. León rächte sich an ihm, indem er ihm die Wunden verbinden, ihn sorgsam pflegen ließ.

Narváez war – noch ohnmächtig – verbunden, dann aber in Ketten gelegt worden. Erwachend brüllte er wie ein Stier – schlimmer als der körperliche Schmerz war der seelische.

In Ketten wurde er vor Cortez geführt.

»Ihr habt Grund, Eurem Glück zu danken, Señor Hernando Cortez!«

sagte er mit Grabesstimme. (Sein tiefer Baß klang immer, als käme er aus einem Keller.)
»Gott gebührt mein Dank!« entgegnete Cortez. »Doch seid versichert, Don Pánfilo, von allen meinen Siegen in diesem Lande war dies der leichteste!«
Am nächsten Morgen erst offenbarte es die Sonne, wie beschämend die Niederlage für die Besiegten war.

In Tenuchtitlan hatte Alvarado täglich, seit er Cortez vertrat, mit Montezuma Ball und Patolli gespielt oder war mit ihm auf einer der Brigantinen gesegelt und hatte die erste Zeit keinerlei Veränderung im Benehmen des Königs, des Adels und des Volkes wahrgenommen. Ihm, dem beliebten Sonnenherrn, begegneten alle mit unverminderter Freundlichkeit. Doch war er auf der Hut, spürte Gewitterluft, ahnte ein Wetterleuchten, wenn er auch nicht sagen konnte, von wo die Wolken sich heranwälzten.
Montezuma beabsichtigte indes nicht, den Schlag jetzt schon zu führen. Er war, seit er das günstige Orakel erhalten, wieder einmal seiner Zauderei verfallen. Trotz des Paktes, den er durch seine Gesandten mit Narváez geschlossen, wollte er erst abwarten, ob das Waffenglück sich Narváez oder Cortez zuneigen werde. Und er fürchtete eine günstige Entscheidung ebensosehr wie eine ungünstige. Wieder in den Sinn gekommen war ihm das Bild vom Fisch im Netz, der nur so lange noch lebte, als das Netz im Wasser blieb. Er wußte, daß er an Cortez – dessen Untergang er ersehnte und auch nicht ersehnte – gebunden war. Er wußte, daß das Ehemals unwiederbringlich dahin war; daß er in den Huei-Tecpan nie zurückkehren werde. Und er wußte zutiefst, daß er der Herr der Welt nicht mehr war und sterben mußte, wenn er leben wollte wie einst.
Eine Woche etwa, nachdem Cortez die Wasserstadt verlassen hatte, kamen zwei vornehme Azteken zu Alvarado und baten – im Namen des Adels von Mexiko – um die Erlaubnis, das Toxcatl-Fest des Furchtbaren Huitzilopochtli (das mexikanische Neujahrsfest) mit Aufzügen und feierlichen Reigen im großen Tanzhof des Schlangenbergtempels begehen zu dürfen. Alvarado gab die erbetene Bewilligung, stellte aber zwei Bedingungen: das Fest müsse ohne die üblichen Menschenopfer gefeiert werden; und die Tanzenden dürften keine Waffen tragen.
Prinz Kriegsmaske, der neuerdings in auffallender Weise Alvarado sich angeschlossen hatte und, seit dieser den Generalkapitän vertrat, kaum von seiner Seite wich – Prinz Kriegsmaske hatte sofort abgeraten und machte, als die beiden Würdenträger sich entfernt hatten, seinem Schwager ernste Vorhaltungen wegen der leichtfertig erteilten Erlaubnis. Ein Vorwand sei das Fest. An das Verbot, Waffen in den Tanzhof zu bringen, würden die Mexikaner sich nicht halten. Ihnen käme es bloß darauf an, sich unauffällig in großer Zahl zu

versammeln. Nicht zu bezweifeln sei es, daß die Tänze mit der Niedermetzelung der Christen enden würden, falls Alvarado den bösen Plan nicht durchkreuze.
Die Gattin Alvarados, Rabenblume – des Prinzen Kriegsmaske Schwester – kam hinzu, während ihr Gatte und ihr Bruder noch erörterten, ob die erteilte Erlaubnis zurückgenommen werden solle. Sie mißtraute ihrem Bruder und fürchtete seine Ratschläge. Kreideschmetterling war ihm genommen worden, sein Freund Fichtenzweig war hingerichtet worden ... Bis jetzt hatte sich Kriegsmaske nicht gerächt. Rabenblume aber kannte seine Rachsucht, und weil er gegen die Mexikaner sprach, sprach sie für die Mexikaner. Sie hatte viel Einfluß auf Alvarado; daher siegte ihre Meinung. Kriegsmaske entfernte sich, ohne Groll zu zeigen, und versprach, Beweise zu bringen.
Einen Tag vor dem Fest brachte er Beweise. Er führte Alvarado einen aztekischen Steinschneider zu, welcher aussagte, nachts seien Tausende von Sägeschwertern, Speeren und Schilden in den Schlangenberg geschafft worden; und schon würden die Frauen aufgefordert, ihre Schüsseln bereitzuhalten, da es viel Fleisch zu kochen geben werde in den nächsten Tagen ... Doch wieder kam Rabenblume hinzu und flüsterte Alvarado ins Ohr, der Mann sei bestochen. Und dann stellte sie an den Steinschneider die Frage: ob er die Waffen im Tempel mit eigenen Augen gesehen habe. Da mußte jener gestehen, daß er es auf der Straße von einer Frau gehört habe, deren Namen er nicht kenne. Und Alvarado brach in sein sonnenhelles, sorgloses Knabenlachen aus und schickte den Angeber heim.
Aber in der Nacht vor dem Fest geschah ein Ereignis, das Alvarado umstimmte und ihn hart gegen die Mexikaner machte.

Die Hochzeit Alonso de Grados mit der Prinzessin Maisblüte war verschoben worden, als Cortez gegen Narváez zog. Seitdem litt Don Alonso Tantalusqualen. Er kam sich wie ein Fastender vor, dessen Fastenzeit wider alles Recht verlängert wurde – und er war es doch gar nicht gewohnt zu fasten.
Maisblüte begriff, was seine gierigen Blicke wollten. Sie verbarg ihren Schauder. Sie lächelte rätselhaft und ließ ihn seufzen. Von Tag zu Tag wurde er frecher. Schließlich sagte er es unumwunden: er wolle sein Glück vor der Hochzeit genießen.
Darauf hatte sie gewartet. Sie wies ihn nicht in die Schranken. Demütig sagte sie:
»Der weiße Gott ist der Herr, und ich bin die Sklavin.«
Und er drängte: wann und wo sie die Seine werden wolle?
Da befolgte sie den Rat, den der alte Zauberer ihr gegeben hatte. Sie lud ihn ein, gegen Abend in ein kleines Badehaus zu kommen, das sich im Garten des Huei-Tecpan befand.
Zur verabredeten Stunde kam er. Sie hatte das Schwitzbad für ihn

richten lassen. Demütig ließ sie ihn vorangehen. Als er eingetreten war, schloß sie die Tür hinter ihm. Er merkte bald, daß er in eine Falle gegangen war. Doch wie sehr er an der Tür auch rüttelte, er vermochte sie nicht aufzubrechen.
Maisblüte rief ihre Mädchen. Diese hatten in der Nähe gelauert, trugen Reisbündel in den Armen. Die Heizung befand sich unterhalb des Schwitzbades. Schon war der Ofen überheizt; und immer mehr Holz fütterte die hungrigen Flammen. Bald begann der steinerne Fußboden des Schwitzbades glühheiß zu werden.
Ein kleines Fenster hatte Maisblüte in der Mauer anbringen lassen. Alonso de Grado steckte seinen wulstigen, schwammigen Kopf durch das Fenster. Er bat, jammerte, drohte, fluchte und schrie. Aber die Mädchen der Prinzessin hatten Flöten und Trommeln zur Hand, stimmten wilde, schrille, tosende Chorgesänge an. Lange übertönten sie die Schreie des Sterbenden. Und als schließlich Höflinge aus dem Palast herbeieilten, lebte Alonso de Grado nicht mehr.
Es ließ sich nicht verheimlichen, und Maisblüte wollte es nicht verheimlichen. Sie rühmte sich ihrer Tat. Denselben Abend noch – es war der Vorabend des Festes – erfuhr es die ganze Stadt. Und Alvarado befahl, Maisblüte festzunehmen, sie in den Tecpan des Königs Wassergesicht zu bringen und sie in einer der unterirdischen einstigen Schatzkammern, wo die vier Könige an der Kette schmachteten, gefangenzuhalten.
Auf Alvarado hatte die Nachricht eine ungeheure, verwirrende, umwälzende Wirkung geübt. Bisher hatte er sich gesträubt, Kriegsmaske Glauben zu schenken, der immerzu vor dem Haß der Mexikaner gewarnt hatte – jetzt glaubte er ihm.
Während die Prinzessin, von kastilischen Hellebardieren eskortiert, zum Kerker geführt wurde, kam ihr im großen Audienzsaal Montezuma entgegen.
»O Zorniger Herr, o mein Vater«, rief ihm Maisblüte zu. »Der Herabstoßende Adler wird es erfahren: vollführt habe ich die Schrekkenstat, die meine Reinheit dartut vor aller Welt!«
»O meine Schmuckfeder, o mein Edelstein!« sagte Montezuma. »Meine Augen sind voll Asche! Du brachtest Verderben dir und mir!«
»Nein, o Zorniger Herr, o mein Vater! Denn nun wirst du bald das Wort sprechen, das dich und mich befreit!«
Obgleich Alvarado zugegen war, machte Montezuma keinen Versuch, die Freilassung seiner Tochter zu erwirken; kopfschüttelnd entfernte er sich. Alvarado deutete diese Zurückhaltung des Königs als ein übles Zeichen.
Die schnell gesprochenen Wechselreden zwischen Vater und Tochter hatte er nur halb verstanden. Orteguilla mußte sie ihm Wort für Wort übersetzen. Und Alvarado legte sich den Sinn so zurecht: Maisblüte habe die Ermordung des weißen Mannes wagen können, weil

ihr bekannt war, daß der kommende Tag Mexiko die Freiheit bringen werde ...

Marina lag in Kindeswehen, als das Tanzfest begann. Einzelschicksale und Völkerschicksale wachsen gleichzeitig wie Früchte, die sich runden, reifen, sich lösen vom tragenden Zweig, ihrer Nabelschnur. Die Menschen können nur Gärtner des Werdens sein, sie pflanzen oder roden aus; die Sonne aber – die Zeitmesserin – wärmt, zündet, färbt und schwellt; und sie fragt nicht, ob süß oder bitter, ob heilsam oder todbringend die Frucht ist, das Schicksal, das durch sie heranreift.

Alvarado war die funkelnde, schöne und sengende Sonne Anahuacs. Er war weder böse noch gut, er war ein unglückbringendes Gestirn. Andere hatten das Pulver angehäuft; er brachte es zur Entzündung.

Die Blüte des Adels von Mexiko, sechshundert jugendliche Tänzer in Kriegertanztracht, das Haar in Zöpfe geflochten, mit goldenem Rasselschmuck behängt, hatten früh am Morgen aus dem Dornentempel das aus Maisteig geknetete Idol Huitzilopochtlis abgeholt, in feierlicher Prozession durch die Hauptstraße Tenuchtitlans getragen und in einem der Tempelhöfe des Schlangenbergs auf eine hölzerne Estrade niedergestellt. In den Händen große Seerosen und Rasselstäbe schwingend, hatten sie den heiligen Reigen begonnen. Die eingeladenen Kastilier – alle bewaffnet, da sie ja nie anders als bewaffnet ausgingen – blickten von der untersten Plattform der Pyramide auf den Tanz hinab. Da hob Alvarado die Hand. Ein Musketenschuß erscholl. Es war das verabredete Zeichen. Hellebardiere erschienen plötzlich an den Toren des Tanzhofes, versperrten alle Ausgänge. Die Kastilier verließen die Plattform, warfen sich auf die Wehrlosen. Es war kein Kampf, es war ein Gemetzel wie in Cholula. Grauenvoll wie in Cholula verwandelte sich der Tanzhof in einen karminenen Teich.

Wie in Cholula spießten sich die zu den Toren flüchtenden Menschenhaufen in die Lanzen der Hellebardiere. Keinem der Azteken gelang es, die glatte Schlangenmauer zu erklimmen. Und der Greuel endete wie in Cholula: von den sechshundert Tänzern blieb nicht ein einziger am Leben.

Noch entsetzlicher war das Nachspiel. Die Mörder wurden zu Plünderern, zu Leichenfledderern. Aasvögeln gleich beugten sie sich über die Getöteten, sammelten Goldschmuck und Edelsteine.

Das Maß war voll. Allzuviel hatte Mexiko schweigend ertragen; nun war es aufgerüttelt, und sein Zornschrei gellte zum Himmel. Tiefste Not ermannt. Ausgerottet war der Adel, das Volk stand auf. Und die verzehrende Feuerschlange – der Krieg – stieg herab vom Himmel.

Den Großen Tempel trennte nur ein freier Platz vom alten Palast. Doch selbst diese kurze Strecke Weges konnte Alvarado nicht mehr ungefährdet seine Mannschaft zurückführen. Als die Kastilier aus

dem westlichen Tempeltor traten, wurden sie mit einem Hagel von Geschossen überschüttet, Tausende von Bewaffneten versperrten ihnen den Weg. Sie mußten eine Straßenschlacht liefern und sich hindurchhauen durch die Menschenmauer bis in ihr Quartier.
In dieser Stunde gebar Marina Cortez einen Sohn. Sie lachte und weinte und kannte doch ihres Sohnes Zukunft nicht, der einst als Statthalter Mexiko beherrschen und auf dem Schafott enden sollte ...

Die Waffen ruhten nicht mehr. Angriff folgte auf Angriff. Eingeschlossen im alten Tecpan war Alvarado, abgeschnitten von aller Welt, ein Belagerter in einer schwer zu haltenden Festung. Und die beiden Brigantinen, die ihn und sein kleines Heer mitsamt allen erbeuteten Schätzen aus der Wasserstadt hätten hinausretten können – die beiden Brigantinen waren zerstört. Diese Schreckensbotschaft erfuhr er, als er nach der Straßenschlacht den Tecpan des Königs Wassergesicht mit der Absicht betrat, sogleich die Truppen einzuschiffen, das noch friedliche Tezcuco zu erreichen und auch Montezuma mit fortzuführen. Kriegsmaske hatte Rache genommen für den Tod des Fürsten Fichtenzweig. Kriegsmaske war, gleich nachdem Alvarado sich zum Tanzfest begeben, mit einigen seiner tlascaltekischen Adler und Jaguare über die bei den Brigantinen aufgestellten christlichen Wachtposten hergefallen, hatte sie niedergemacht, hatte die Schiffe in Brand gesteckt. Dann war er spurlos verschwunden. Und während die Feindseligkeiten begannen, hatten auch nahezu tausend Tlascalteken – Anhänger des Prinzen Kriegsmaske – heimlich Tenuchtitlan verlassen.

Zwei Wochen später kehrte Cortez mit seinem durch die Truppen des Narváez vergrößerten Heer nach Tenuchtitlan zurück. Die Mexikaner waren benachrichtigt, daß er zum Entsatz der Belagerten heranrückte, und sie unternahmen nichts, es zu hindern, ja, sie ließen sogar die Holzbrücken auf den Dammdurchstichen stehen. Es war ihnen recht, daß der Grüne Stein kam, daß er in die Falle ging; je größer sein Heer, um so schneller würde es sich aushungern lassen, um so größer würde die Zahl der Huitzilopochtli und Tezcatlipoca dargebrachten weißen Opfersklaven sein!
Einer Verabredung gemäß, hielten die Azteken sich versteckt, während das Christenheer in die Stadt einrückte. Auch kein Weib und kein Kind ließen sich sehen. Durch eine menschenleere, tote Stadt hallte das grelle Harnischgeklirr, ächzten die Räder der Geschütze, dröhnten die schweren Soldatentritte und das Stampfen von Pferdehufen.
Die nicht gepflasterten Straßen waren vom Regen aufgeweicht. Dicht beim Stadttor glitt Romo aus und warf stürzend Cortez ab. Doch sofort, noch während das Pferd sich aufrichtete, hatte sich Cortez wieder in den Sattel geschwungen.
»Señor Capitan, nehmt es für ein gutes Omen!« sagte der Italiener

Botello, der nebenherging. »Was auch kommen mag, Ihr werdet immer wieder fest im Sattel sitzen!«
Und Rodrigo Rangel bemerkte:
»Euer Liebden wollten wie Brutus den mütterlichen Boden küssen!...«
»Den stiefmütterlichen Boden!« verbesserte Cortez mit bitterem Lachen.
An der Spitze des Heeres langte Cortez vor dem Tecpan des Königs Wassergesicht an. Kein Bote hatte sein Herannahen gemeldet! – so abgeschlossen, so ahnungslos waren die Belagerten, daß Alvarado vom flachen Dach des Tecpans herab die anrückenden Reiter anrief und fragte: ob sie die Leute des Narváez oder des Cortez seien. Sobald er Cortez erkannte, eilte er hinunter und öffnete mit seiner vor Jubel sich heiser schreienden Mannschaft das durch schwere Balken verrammelte Tor. Und er küßte Cortez die Hände, überreichte ihm die Schlüssel des zur Festung gewordenen Palastes. Auch Cortez war bewegt. Unerhörtes hatten sie beide erlebt, hatten sich tausenderlei zu sagen. Doch schon bald, als das erste Brausen der Freude verklungen war, begann Cortez nach den Ursachen des Aufstandes zu forschen. Und sowie er von der Niedermetzelung des tanzenden Adels erfuhr, geriet er in maßlose Wut. Er schrie Alvarado an, schob ihm die alleinige Schuld zu, nannte ihn einen schwachsinnigen Narren, der sich von der Hinterlist seines Schwagers, des rachsüchtigen Tlascalteken, habe umgarnen, aufhetzen, zum Angriff verleiten lassen. Und sich selbst nannte er einen noch größeren Narren, daß er ihm vertrauen, daß er ihn zu seinem Stellvertreter habe ernennen können. Schuldbewußt verfiel Alvarado – nach einigen schüchtern gestammelten Worten der Rechtfertigung – in ein düsteres, verstocktes Schweigen. Und er holte, als Cortez sich ausgetobt hatte, aus seiner Wamstasche einen – kurz vor dem Tanzfest – abgefangenen Brief von Narváez an Montezuma, und stumm reichte er ihn Cortez hin. Bereits von Velázquez de León wußte Cortez, daß sich Narváez und Montezuma mehrmals Boten und Briefe gesandt hatten und daß ein Pakt geschlossen war, seine beiden Heeresteile zu gleicher Zeit aufzureiben. Nun sah er es schwarz auf weiß. Und er fing an zu begreifen, daß die auf Berghöhen angehäuften Schneemassen mehr Schuld an einer Lawine haben als der Kiesel, der zufällig den Schnee in Bewegung setzt.
»Laßt mich hinrichten, Don Hernando!« sagte Alvarado. »Vielleicht wird mein Tod die Azteken beruhigen... Ich bin bereit, den Kopf auf den Block zu legen, wenn Ihr meint, daß meine Bestrafung das Blut unserer Kameraden sparen kann!«
Ungekünstelt, soldatisch einfach gesprochen waren die Worte Alvarados. Tränen kamen Cortez in die Augen; er umarmte den Freund und ließ es bei den Vorwürfen bewenden.
Montezuma hatte sofort Cortez zu sich bitten lassen. Cortez lehnte

es ab, ihn zu sehen. Durch Pater Olmedo ließ Montezuma Cortez sagen, er wolle ihm ein Pferd in Lebensgröße aus purem Golde schenken – nur kommen solle er, sich begrüßen mit ihm. Doch Cortez blieb bei seiner Weigerung. Und als Montezuma ihn aufsuchen wollte, empfing er ihn nicht.
»Dieser Hund von König ist der einzige Schuldige!« rief er erregt. »Ich hasse den Hund!«

Bei einer Besichtigung der durch die Sturmangriffe verursachten Schäden sah Cortez, wie nahe dem Untergang Alvarado mit seiner kleinen Schar gewesen war. An zwei Seiten war die Palastmauer durchbrochen, und fast ein Wunder war es, daß die durch die Breschen eingedrungenen Indianerhaufen zurückgedrängt und die Breschen hatten wieder vermauert werden können. Fünf Kastilier waren bei den Kämpfen gefallen. Auch war es den Azteken geglückt, ein im Schloßgarten befindliches Munitionslager durch Brandpfeile in die Luft zu sprengen. Erneuten Sturmangriffen hätten die Belagerten nicht mehr standhalten können.
Für den Augenblick war die Gefahr gebannt. An Munition, an Geschützen und an Verteidigern fehlte es nicht. Cortez hatte nicht zu wenige – er hatte zu viele Soldaten. Und das war die neue, furchtbare Gefahr, die jetzt heraufdämmerte.
Von jeder Zufuhr war der Tecpan abgeschnitten. Selbst Montezuma erhielt keine Nahrungsmittel mehr. Die königlichen Sklaven, die sich auf die Gassen oder die Kanäle hinauswagten, Eßwaren zu kaufen, wurden niedergemacht. Und dasselbe Los ereilte einige Getreue des Königs, hohe Staatsbeamte, beim Versuch, Speisen und Getränke heimlich in den belagerten Tecpan zu schaffen. Die Kastilier hätten für all ihr Gold kein Maisbrot erhandeln können.
Etliche Vorräte befanden sich noch im Palast. Doch sie schwanden in erschreckender Weise hin und reichten kaum noch für Tage.
Cortez erließ in Montezumas Namen eine Aufforderung an die Azteken, Handel mit den Christen zu treiben wie zuvor. Nichts wurde damit erreicht; und die öffentlichen Ausrufer Montezumas, welche diese Aufforderung in der Stadt verkündeten, fielen der Wut des Volkes zum Opfer.
Da befahl Cortez, den Überwältiger, Montezumas Bruder, von der Eisenkette zu lösen, und er sandte ihn in die Stadt, damit er – Montezumas wegen – die Azteken überrede, von den Feindseligkeiten zu lassen und wieder Lebensmittel feilzuhalten. Der Überwältiger entfernte sich und kehrte nicht zurück. Bald darauf aber wurde bekannt, daß die Azteken neue Stürme vorbereiteten und sich zwei Führer gewählt hatten: den Überwältiger und den Herabstoßenden Adler.

Eine Rekognoszierung, die Ordás mit vierhundert Mann unternahm, endete als Schlacht; acht seiner Leute wurden erschlagen.

Der Krieg hatte nach kurzer Waffenruhe wieder begonnen, die kreischenden Muscheltrompeten und die große Kriegstrommel verstummten nicht mehr. Die Azteken erneuten nun täglich ihre Angriffe auf den Tecpan. Heuschreckengleich deckte ihr Gewimmel die umliegenden Straßen, die flachen Hausdächer und die Plattformen der Schlangenbergpyramide. Ihre geschleuderten Wurfspeere, Wurfsteine, Pfeilschäfte und Brandpfeile verfinsterten die Luft wie ein schwarzer Nebel. Wahnsinnigen gleich vergeudeten sich die Azteken, schlugen mit Steinäxten auf die Tore ein, rammten Balken gegen das Gemäuer, kletterten an Spießen zu Fenstern oder Lichtöffnungen hinauf, krochen vor die Mündungen der Geschütze. Die Kastilier erwehrten sich ihrer. Doch wenn Tausende hinsanken, kehrten Zehntausende wieder.

Ausfälle machte Cortez. Heldentaten vollführte er, Heldentaten vollführten seine Getreuen. Doch mit jedem Sieg, den er erfocht, wurde es deutlicher offenbar, daß die Zahl seiner Feinde nicht abnahm, daß sie zusehends wuchs.

Und das Hungergespenst wandelte durch die Säle des Tecpans.

Da wurde Cortez inne, daß er sich nicht lange mehr werde halten können. Sein siegreiches Heer war verloren, wenn es nicht bald die Stadt verließ.

Er schickte Pater Olmedo zu Montezuma, damit er dessen Beistand erwirke: eingreifen solle der König, sich den Azteken zeigen, beschwichtigend zu ihnen sprechen, sie überreden, die Feindseligkeiten einzustellen und den Christen – die bereit seien, Tenuchtitlan zu verlassen – freien Abzug zu gewähren.

Einem todesdüsteren alten Liede, das sein Musikmeister Löffelreiher-Schlange ihm vortrug, lauschte Montezuma, als Olmedo bei ihm eintrat. Orteguilla saß neben dem König und schluchzte. Montezumas Hand strich dem Knaben über das Haar.

Nachdem Olmedo sich seines Auftrages entledigt hatte, sagte Montezuma:

»Nichts will ich mehr mit dem Grünen Stein zu schaffen haben. Ich wünschte, ich hätte nie von ihm gehört! ... Nur noch sterben will ich ... nur noch sterben ...«

Und dann erhob er sich von seinem mit Juwelen besetzten Sessel und schrie wie irr:

»Warum läßt man mich nicht sterben!«

Doch selbst zum Trotz fehlte ihm die Kraft. Und da Olmedo nicht abließ zu bitten, willigte er ein.

»Ich werde noch einmal zu den Mexikanern reden! Mich hören werden die Mexikaner und werden sagen: Der große Montezuma redet zum letztenmal zu uns! Der König der Hirsche ruft ihn – werden sie von mir sagen – schon breitet er sich über den Himmel! ...«

Und er ließ sich das »goldene Gewand«, das prunkvollste der königlichen Gewänder, bringen. Und er setzte sich die Königstiara aus Saphiren aufs Haupt, nahm das silberne Reiherzepter in die Hand. Seit seiner Gefangennahme hatte er sich so glanzvoll nicht gekleidet.

Und er stieg zu den Dachterrassen empor, und noch höher stieg er empor auf einer Steintreppe im Innern eines Turmes über dem Haupttor. Und durch eine Tür, die sich auf halber Höhe des Turmes befand, trat er ins Freie auf einen kleinen vorspringenden Altan hinaus. Orteguilla, Pater Olmedo, kastilische Wachtposten und mexikanische Höflinge waren ihm hinauf gefolgt, hielten sich jedoch voller Scheu weitab im Hintergrund.

Ein Schrei schrillte auf aus der Tiefe:

»Schaut, schaut! der Zornige Herr! . . .«

Der Sturm brach ab. Kampfgeheul und Muschelhörner verstummten. Speer- und Pfeilwolken verschwirrten. Das Gewimmel der Myriaden erstarrte. Leichenstille.

Und Montezuma sprach:

»O ihr tapferen Mexikaner und Chichimeken! Warum habt ihr den Krieg entzündet? Warum rieft ihr die rote Blutschlange vom Himmel herab? Ihr sagtet vielleicht: der Zornige Herr trägt die Sklavenfeder, laßt uns Speere und Schilde verteilen und gehen, ihn von den Sklavenhaltern befreien! Ihr sagtet vielleicht: er hat sich in das Sternbild der Fremdlinge gestellt, wir aber wollen ihren Schweif zerstören! Ihr sagtet vielleicht: er opfert nicht mehr, wir aber wollen ihn, der sich in Blut kleidet! Recht tatet ihr, o meine Söhne, meine Brüder, meine Oheime, wenn ihr euren König rächen wolltet – denn die gleiche Wiege haben die Völker und die Könige. Doch den Himmel und die Erde rufe ich an als Zeugen: ihr irrtet, o ihr tapferen Mexikaner und Chichimeken! Freiwillig zog ich in den alten Palast. Freiwillig stellte ich den Jaguarfellsitz in das Haus meiner Gäste. Ihr wolltet sie mit den Steinspitzen eurer Pfeile vertreiben – doch schon wurden sie vom Speer des Morgensternes getroffen: sie verlassen die Stadt, und ihr werdet sie ziehen lassen! Geht, tapfere Krieger, tragt eure Waffen in das Haus der Speere zurück! . . . Bald werde ich wieder opfern wie zuvor und Blumen aus den Brüsten reißen . . .«

Weiter konnte Montezuma nicht sprechen. Ein böses Gemurmel hatte seine Rede begleitet und war angeschwollen zu wüstem Gebrüll:

»Memme! Verräter! Du bist unser König nicht mehr!« schrien rasende Stimmen.

Ergrausend blickte Montezuma hinunter. Er erkannte einzelne Gesichter. Da stand Prinzessin Perlmuschel, als mexikanische Amazone gekleidet, mit Speer und Schild. Und da stand sein jugendlicher Vetter, der Verbannte . . .

Pfeile flogen durch die Luft, flogen an Montezumas Schläfen vorbei, ohne ihn zu treffen. Er wich nicht aus, blieb wie ein Steinbild, wo er stand, und blickte hinunter.

»Du feiger König!« tönte des Herabstoßenden Adlers Stimme herauf. »Entmannt haben dich die Gelbhaarigen, haben dich zum Weib

gemacht! Geh, spinne und webe mit ihnen, du Schmachfrau Mexikos!«
Und der Herabstoßende Adler warf einen Stein nach dem König, traf ihn an der Stirn. Montezuma brach zusammen. Seine Begleiter trugen ihn in den Turm.
Das Volk hatte die klaffende Wunde gesehen und glaubte, der König sei erschlagen. Von einem Schauder wurden die Tausende gepackt. Ein Gott war getötet worden. Im Nu schwand die Menge schuldedrückt hinweg.
Nur noch der Herabstoßende Adler stand auf dem Platz vor dem Turm und blickte hinauf. Und den Kopf nieder auf die Brust senkend, schritt er langsam hinweg.

Prinzessin Maisblüte wurde aus dem Kerker geholt. Verwahrlost war ihr Äußeres; wirr, ungekämmt hingen ihr die blauschwarzen Haarsträhnen über die Wangen. Und doch mußte Cortez staunen über ihre sieghafte Schönheit.
Durch das scheußliche Verbrechen – begann er –, durch die Ermordung ihres Verlobten habe sie ihr Leben verwirkt. Jung, von den Teufelspriestern aufgehetzt sei sie. Und ihrer Jugend wegen fühle er Mitleid mit ihr. Die Strafe ließe sich abmildern, wenn sie Reue zeige.
Sie bereue nichts! entgegnete sie stolz, und ein Funke blitzte im Glashäutchen ihres Auges. Sie würde die Tat noch einmal tun, wenn sie könnte!
Cortez hatte ihr eine goldene Brücke bauen wollen. Ihre Antwort brachte ihn außer Fassung. Erregt ging er im Saal auf und ab.
Ob sie wisse, daß ihr Vater verwundet wurde? fragte er.
Sie nickte. Eben erst hatte sie es erfahren. Kein Schmerz drückte sich auf ihrem Gesicht aus.
Schwer verwundet sei der König, sehr schwer verwundet. Der Arzt befürchte, ihn nicht durchbringen zu können, wenn der Kranke nicht Ruhe und Stille um sich habe ... Ob auch sie ihres Vaters Tod wünsche wie die wahnsinnigen Mexikaner?
Nein, sie wünsche ihres Vaters Tod nicht, antwortete die Prinzessin.
Dann müsse sie die Mexikaner abhalten, Sturm zu laufen. Und wenn sie das tue, solle ihr die Strafe erlassen sein.
Sie könne die Mexikaner nicht abhalten! sagte sie und lächelte wie ein Kind; denn sie glaubte, er verlange von ihr, daß sie zum Volk rede.
Doch! Sie könne! rief Cortez. Der Herabstoßende Adler begehre sie zur Frau ...
»Der Herabstoßende Adler ist keine zwitschernde Schwalbe!« sagte Maisblüte verächtlich.
Doch Cortez hielt ihr vor, daß sie selbst es der Gattin Alvarados, Doña María Luisa-Rabenblume, anvertraut habe. Und durch Raben-

blume wisse er es. Ihr Leugnen helfe ihr nichts. Sie habe Einfluß auf den Herabstoßenden Adler. Darum müsse sie zu ihm gehen, von ihm Waffenruhe und freien Abzug für die Christen verlangen.
Maisblüte erklärte sich bereit, zum Herabstoßenden Adler zu gehen.
Als es Abend geworden war und die Mexikaner nach stundenlanger Schlacht sich zurückgezogen hatten – denn niemals kämpften die Völker Anahuacs nach Eintritt der Dunkelheit –, wurde Maisblüte aus dem Palast hinausgelassen. Ohne Schutzwache, nur von einer Sandalenbinderin begleitet, schritt sie durch die mit Leichen bedeckte Straße. Bald sah sie sich umringt von aztekischen Schildträgern, welche die beiden Frauen aus dem Palast hatten heraustreten sehen und sie für Kundschafterinnen hielten. Furchtlos gab sich die Prinzessin als Tochter Montezumas zu erkennen und ließ sich von den Kriegern den Weg zum Herabstoßenden Adler zeigen.
Sie wurde in den Huei-Tecpan gebracht, wo seit Beginn des Krieges die beiden Führer der Mexikaner – der Überwältiger und Guatemoc – in Montezumas einstigen Gemächern wohnten.
Traurig und froh, zurückhaltend kalt und durchzittert von Sehnsucht empfing der Herabstoßende Adler die Geliebte. Seinetwegen hatte sie den weißen Gott verbrannt. Ihretwegen, ihren Kerker zu öffnen, hatte er hundertmal dem Tode ins Auge gesehen. Doch er küßte sie nicht, berührte ihre Hand nicht. Er wies ihr einen Sessel an und setzte sich ihr feierlich kühl gegenüber.
Sie entledigte sich ihres Auftrages, trug ihm die Bitte des Cortez vor.
Er lehnte ab. Friede werde sein, wenn kein Sohn der Sonne mehr am Leben sei – nicht früher!
Sie erhob sich. Wohin sie wolle? fragte er sie.
Sie habe vom Zornigen Herrn nicht Abschied genommen, gab sie zur Antwort.
Er lasse sie nicht zurückkehren! Sie müsse im Huei-Tecpan bleiben!
Ob sie bei ihm bleiben dürfe? fragte sie verlegen.
Da schüttelte er traurig den Kopf. Sie könne sein Weib nicht werden.
Und er teilte ihr mit, was sie noch nicht wußte: daß seine Hand es gewesen war, die den Stein nach dem König geworfen hatte.
Noch nie hatte er Tränen in der Prinzessin Augen gesehen. Jetzt weinte sie.
Doch er wagte nicht, ihre Hände zu küssen.
»Mein Vater wird genesen«, sagte sie.
»Der Zornige Herr wird sterben!« sagte er hoffnungslos. Und er führte die Prinzessin zu ihrem Oheim, dem Überwältiger, und übergab sie seiner Obhut.
Und als Cortez sah, daß die Entsendung der Prinzessin ergebnislos blieb, ließ er sich nicht abschrecken und unternahm einen dritten Versuch. Piltecatl, jener kühne Tlascaltekenfeldherr, der die weiße

Schminke nach Cholula gebracht hatte, erbot sich, als Unterhändler Guatemoc aufzusuchen; und Cortez nahm sein Anerbieten an.
Mit zwei tlascaltekischen Begleitern gelang es Piltecatl, den Huei-Tecpan zu erreichen und sich Zutritt zu verschaffen. Der Herabstoßende Adler hörte ihn an, lachte finster und gab keinen Bescheid. Aber er befahl, drei Mädchenröcke, drei befranste Schultergewänder und weiblichen Kopfschmuck zu bringen und die drei Tlascalteken als Frauen zu kleiden, sie mit gelbem Puder zu schminken. So beschimpft, schickte er sie zu Cortez zurück.
Sie traten in Frauentracht vor Cortez hin. Empört fragte er, was das schändliche Mummenspiel bedeutete. Und Piltecatl klärte ihn auf.
Es bedeutet den Krieg ohne Erbarmen, den Ausrottungskrieg.

Die Vorräte waren aufgebraucht. Dem Hunger gesellte sich der Durst. Von den Mexikanern zerstört war der den alten Tecpan versorgende Teil des Aquäduktes, die Kastilier mußten das salzige Wasser der Lagune trinken. Jeder Tag brachte ihnen einen Sieg und führte sie dem Verhängnis näher. Da sah Cortez ein, daß er mit seinen Siegen leere Magen nicht füllen und brennende Gaumen nicht löschen konnte. Nur eine Rettung blieb für sein Heer: Flucht, heimliche Flucht aus der Stadt.
Sein Astrolog Botello hatte ihm Mut gemacht. Er hatte für die kommende Nacht das Horoskop gestellt, und die Sterne standen ziemlich günstig.
»Um die Hauptsache vorweg zu sagen, Señor Capitan – Ihr und das Heer werdet die Drangsal überstehen. Ihr werdet Euch durchschlagen ...«
»Mehr will ich nicht wissen!« sagte Cortez. »Zu viel Wissen lähmt.«
»Señor Capitan, ich las auch Ungünstiges in den Sternen ...«
»Behaltet es für Euch. Sagt mir's erst, wenn wir am anderen Ufer sind!«
Da nahm der alte hagere Italiener tiefbewegt Abschied von Cortez, indem er sagte:
»Señor Capitan, an jenes Ufer der Lagune werdet Ihr gelangen. Ich aber werde an ein anderes Ufer verschlagen. Wir sehen uns nicht wieder!«
»Ich hoffe, daß Ihr Euch irrt«, sagte Cortez, wiewohl er an die Todesahnung glaubte. Und er umarmte den alten Gefährten, küßte ihm die rauhe hohle Wange.

Mit den Tüchtigsten seines Heeres hielt Cortez Kriegsrat. Er schlug vor, nach Mitternacht aus der Stadt zu fliehen. Und keiner widersprach ihm. Er teilte sodann mit, welchen Weg er gewählt habe; nicht nach Iztapalapan wolle er sich wenden, sondern versuchen, auf der nordwestlichen Dammstraße das Ufer von Tlacopan zu erreichen, da dort nur drei Dammdurchstiche zu überbrücken seien – nicht sieben wie beim Dammweg von Iztapalapan. Von Tlacopan aus hoffe er, am Nordufer der Lagune entlangziehend, die Kordilleren zu gewinnen und sich bis nach Tlascala durchschlagen zu können. Während der nächtlichen Flucht solle die Vorhut von Sandoval, Ordás und Lugo, die Mitte von ihm selbst, Olid und Avila, die Nachhut von Alvarado und Velázquez de León geführt werden.

»Was machen wir mit den fünf Gefangenen an der Eisenkette?« fragte Avila. »Schleppen wir sie mit?«

Niemand antwortete.

»Auch das ist eine Antwort!« sagte Avila nach einer Weile. »Ich denke ebenso. Wir haben schon den Goldschatz mitzuschleppen ... Und was soll mit Montezuma geschehen?«

Wieder wurde es still im Saal.

»Wir nehmen ihn mit!« sagte Velázquez de León.

»Auf einer Krankenbahre?« fragte Lugo. »Ich fürchte, er übersteht die Reise nicht.«

»Wir liefern ihn dem Herabstoßenden Adler aus!« schlug Ordás vor.

»Um den Mexikanern ein Oberhaupt zu geben?« fragte Olid. »Um sie unbesieglich zu machen?«

»Wir wären Wahnsinnige, wenn wir das täten!« bemerkte Avila.

»Ich weiß, woran Ihr denkt, Señor Avila!« rief Pater Olmedo erregt. »Ich hoffe, daß Don Hernando das nicht zulassen wird!«

Jetzt äußerte sich auch Cortez.

»Padre, Ihr sprecht meine Gedanken aus. Ich will nichts davon wissen!«

»Ihr sollt davon nichts wissen, Don Hernando!« sagte Avila mit höflich-devotem Lächeln. »Und Ihr braucht Eurer Reputation wegen ...«

Cortez unterbrach ihn.

»Merkt Euch, Señor Avila, daß ich meine Einwilligung dazu nicht gebe!«

»Ich bat nicht um Eure Einwilligung, Don Hernando!« erwiderte Avila. »Aber seltsam finde ich es, daß Ihr ihn letzthin nur noch den Hund nanntet, plötzlich aber ...«

»Ich verbiete es Euch!« schrie Cortez ihn an. »Und jetzt will ich kein Wort mehr davon hören! Wir werden Montezuma mitnehmen! ...«

Und Cortez lenkte das Gespräch auf die Verteilung der Artillerie und des Trosses. Dem Zimmermann Cristóbal de Jaén vertraute er die gefahrvolle Aufgabe an, mit vierzig Mann eine bereits gezimmerte zerlegbare Holzbrücke der Vorhut voranzutragen und die offenen Dammdurchstiche zu überbrücken.

Es war eine Stunde vor Mitternacht. Das Schlafgemach Montezumas dämmerte, vom schwelenden Docht eines zinnernen Öllämpchens

– eines Geschenkes Alvarados – matt erhellt. Ines Florín, die Samariterin, und Prinzessin Papan, die Königsschwester, saßen am Bett des Kranken. Wenn sie sich bewegten, hüpften große dunkle Schatten am ornamentierten Schmuck der Wände und Pfeiler empor. Montezuma fieberte. Seine Verwundung war nicht tödlich gewesen. Doch er hatte sich die Verbände, die der Apotheker Ponce de Güelva ihm anlegte, immer wieder vom Kopf gerissen. Er stieß Speise und Trank zurück. Er wollte sterben. Er wollte es nicht überleben, daß sein eigenes Volk ihn – den König der Könige – nicht wie sonst, auf den Knien liegend, angehört, ihn verhöhnt, geschmäht, mit Steinen beworfen hatte.

Pater Olmedo trat ein. Er wußte, was bevorstand, und war nicht fähig, es zu hindern. Wenn den Leib nicht, so wenigstens die Seele des unglücklichen Königs wollte er retten. Viele vergebliche Bekehrungsversuche hatte er unternommen. Und jetzt, in letzter Stunde, bemühte er sich noch einmal um das Heil des Verlorenen.

Montezuma hörte ihn und hörte ihn auch nicht. Er ließ ihn reden, träumte seine Träume weiter. Der Geistliche sprach innig, schlicht und menschlich, mit warmer Ergriffenheit. Er gab sein Bestes her. Doch umsonst. Als er ausgeredet hatte, setzte sich der König in den Kissen aufrecht, starrte ihn an.

»Horch! ... Hörst du, was die Fleischtöpfe sagen? ...«

»Welche Fleischtöpfe, Majestät ...?«

»So sprechen die Fleischtöpfe: Immerzu setztest du uns dem Feuer aus, peinigtest uns mit tödlicher Feuerpein, Mensch! Du wolltest unsere Wehrufe nicht hören, wolltest nicht sehen, daß wir den Herdflammen zu entfliehen suchten und nicht konnten. Jetzt bist du der Lahme. Ohne Mitleid werden wir zusehen, wenn Wasser und Feuer über dich kommen! ...«

»O Majestät!« rief der Pater. »Verscheucht die Rachegedanken! Läutert Eure Seele! Ergreift die Hand, die der Heiland erbarmungsvoll Euch reicht! Auch für Euch ist er am Kreuz gestorben! Versöhnt Euch mit dem Kreuz, eh es zu spät ist! Küßt das heilige Kreuz!«

Und er hielt ihm das Kruzifix dicht an die Lippen.

Wild packte Montezuma das messingene Kruzifix, und mit aller Gewalt schleuderte er es in eine Ecke des Gemaches. Klirrend sprang und tänzelte und verbebte das Messing auf dem Estrich.

»Ich will keine Fäuste sehen!« schrie Montezuma. »Wer wagt, die Hand zu erheben wider mich! Ich bin der König der Welt! Ich bin ein Gott! ... Wagt nicht, mich zu kreuzigen ... Ich will euer Heil nicht! – es ist Unheil! Eure Erlösung ist Lösung aller Bande, ist Auflösung! Das Volk wirft mit Steinen nach seinem Gott – das ist eure Erlösung! Darum Fluch euch und eurem Kreuz!«

Da verließ ihn Pater Olmedo.

Und Prinzessin Papan sprach zu Montezuma:

»O Zorniger Herr, o mein Bruder! Als der große Schmetterling mich verfolgte, erfaßte der weiße Mann meine Hand und zeigte auf das Schädelgebirge, dessen Spitze bis in den Himmel reicht. Noch ist Zeit zur Umkehr! sagte der weiße Mann ...«

Doch Montezuma sprach aus seinen Träumen heraus:

»Ich sehe das Sternballspielhaus! ... Ich sehe den Markt! ... den schießenden Stern! ... den Feuerbohrer und unseren älteren Bruder, den Skorpion! ... Im Spiegel des Kranichkopfes sehe ich sie! ... Ihr ewigen Bilder bleibt auf Erden – sonst nichts, sonst nichts! ...«

Der Narr Madrid trat ein und zupfte Ines Florín am Ärmel.

»Kommt, kommt, Señorita! Verpaßt die Gelegenheit nicht! Solch ein Glück blüht Euch nie wieder! Ihr könnt steinreich werden, wenn Ihr mir folgt!«

»Wohin?«

»Auf die Altäre Mexikos, Señorita, oder in die Tiefe des Schilfsees! Ihr habt keine andere Wahl! Seid klug und schließt Euch an! Der Reigen beginnt! ...«

»Was beginnt? ...«

»Die Flucht, die heillose Flucht ... Schon stopfen sich alle die Taschen voll Gold, soviel sie tragen können, mehr, als sie tragen können! – wohl um schneller in der Seetiefe zu versinken oder um leichter den Tanz der dürren Klapperbeine mitzutanzen! Gold ist billig geworden, Señorita! Kann jeder sich mästen damit, wer Lust hat – und hungrig sind wir alle. Verpaßt Euer Glück nicht, Señorita!«

Der Apotheker erschien gestikulierend in der offenen Tür. Durch den Schrecken, in den ihn die beschlossene Flucht versetzt hatte, war seine Krankheit zum Ausbruch gekommen.

Er war wahnsinnig.

»Verbrüderung, meine Freunde! ...« schrie er. »Synadelphie ist das Wort! Synadelphie ist die Parole dieser Nacht! Was ist der Mensch? Ein Synadelphos! Ein Doppelwesen wie eine Schere! Und warum? Er hat zwei Hände, zwei Augen, zwei Hosen, zwei Arschbacken und zwei Füße! ... Pfui, eine Mißgeburt aus zwei Tieren zusammengewachsen! Halbiert das Scheusal, meine Freunde, so findet ihr den wahren Menschen; den einbeinigen, den halbköpfigen Menschen!«

»O Tezcatlipoca, Gott der Götter, König der Götter, warum strafst du mich!« stöhnte Montezuma. »Heiße die Handmühlen schweigen! Immerzu rufen sie: Gold mußten wir mahlen, um dich zu bereichern, Mensch! ... Es ist nicht wahr – andere bereicherten sie! Ich werde sterben, und die Handmühlen werden mahlen, Gold mahlen, solange der Jaguar die Sonne nicht frißt! O Gott der Götter, ich bin arm wie die Handmühlen! ...«

Papan aber rief:

»Wo kannst du hinfliehen, Tochter Mexikos? Wer kann dir beistehen, wer kann dich in eine Truhe legen und verschließen? Seht, sie kommen, die Fratzen der Finsternis kommen ...«

Avila, Olid und der Henker Osorio traten ein. Der Henker hielt

einen dicken Hanfstrick in der Hand. Alle außer dem Kranken müßten das Gemach verlassen, verkündete Avila barsch.
Ines Florín ahnte, sprang entsetzt auf, wollte reden, bitten. Doch lautlos bewegten sich ihre Lippen, wurden blau. Ohnmächtig fiel sie hin und wurde von Osorio vor die Tür getragen.
Der Narr Madrid zerrte Papan hinaus.
»Komm, komm, Kassandra!« sagte er. »Wespen sammeln sich um Zucker und Eumeniden um Goldpaläste! ...«
»Verbrüdert euch, meine Freunde!« flüsterte der Apotheker, sich entfernend, Olid ins Ohr. »Halbiert den Menschen – so werdet ihr den wahren Menschen finden!«
Orteguilla kam hereingestürzt und schrie dem König zu, man wolle ihn ermorden.
Auch der Knabe wurde hinausgeschafft.
Nun waren die drei Männer allein mit dem König.
Verklärt, mit wundersam jenseitigem Lächeln sah Montezuma sie an. Er war sehr abgemagert und fast mädchenhaft schön.
»Es ist gut ... Es ist gut ...«, sagte er. »Der Gott der Götter schickt euch zu mir: nun wird es bald Tag werden! ... O ihr tapferen Krieger, erlaubt, daß ich euch helfe, die Schlinge zu binden! Erlaubt, daß ich mir selbst den Strick um den Hals lege!«
Und Montezuma nahm dem Henker den Strick aus der Hand, wand ihn sich um seinen schmächtigen Hals und reichte Avila und Olid die Enden des Strickes hin.
»Nun wird es Tag!« wiederholte er. »Ich selbst legte mir den Strick um den Hals! ...«
Bald darauf lebte der große Montezuma nicht mehr.

Inzwischen waren Trujillo, Porras, Palma und andere von Avila abgesandte Soldaten in das unterirdische Schatzhaus eingedrungen und hatten den Edlen Traurigen und den König von Coyoacan erdrosselt. Durch das Gebrüll des Edlen Traurigen, der sich bis zum letzten Augenblick verzweifelt gewehrt hatte, angelockt, waren Tapia und Luis Marín dazugekommen und hatten die Ermordung des Durch-Zauber-Verführenden und des Prinzen Ohrring-Schlange verhindert. Sie ließen die beiden Gefangenen von der Eisenkette lösen und übergaben sie verläßlichen Schutzwachen, um sie bei der Flucht mit einigen anderen königlichen Prinzen und Prinzessinnen mit hinwegzuführen.
Trujillo und der rothaarige Sänger Porras, wütend, weil sie von Tapia angefahren worden waren, rächten sich an den Toten. Sie schleppten die Leichen des Edlen Traurigen und des Königs von Coyoacan auf das flache Dach des Palastes, verstümmelten sie und warfen sie hinab auf die Gasse, wo ihr grauenvoller Anblick – wenn auch erst am nächsten Morgen – die Mexikaner in Trauer und Wut versetzen sollte.

Gewölk verhüllte die Sterne, raubte der Erde ihr Licht. Ein feiner Regen fiel. Von Zeit zu Zeit pfiffen und ächzten Windstöße an Straßenecken und zerrissen die summende Nachtstille. Leise, fast geräuschlos, schlichen dunkle Gestalten aus einem der nördlichen Palasttore. Gespenstisch glitt der lange Truppenzug durch die schlafende Stadt, dem Dammweg von Tlacopan zu, verhohlen stumm, einem Geister-Leichen-Geleite ähnlich.
An der Spitze der Vorhut waren Freiwillige, vierzig Mann, alle dem Tode verschworen. Durch Eid hatten sie sich gegenseitig verpflichtet, die von ihnen mitgeführte fliegende Brücke wie ein Heiligtum zu schirmen, sie über den ersten Dammdurchstich zu spannen und – sobald das Heer darüber hinweggeschritten – ebenso die beiden anderen beiden Dammdurchstiche mit ihr zu überdecken. Nicht Zeit hatte Cristóbal de Jaén gehabt, mehrere Brücken zu zimmern; von der einen hing das Wohl und Wehe des Christenheeres ab.
Bis ins ärmliche Stadtviertel Cuepopan waren sie unbemerkt vorgedrungen. Dort aber wurden sie von einer Wasserträgerin entdeckt, die, am Rand eines Kanals Wasser schöpfend, kniete. Sie erhob ein Geschrei, das wild durch die tote Stadt schrillte. Kreischend rief sie: »Erwacht, o Mexikaner, erwacht! Eure Feinde entfliehen!« Und sie lief zum nächsten Tempel, meldete es den Priestern.
Ein Muschelhorn erscholl. Bald darauf ein zweites, ein drittes. Von allen Menschenwürgeplätzen der siebzig Teocalli Tenuchtitlans herab erschollen die Muschelhörner. Und plötzlich erzitterte die Luft von grabesdumpfen Schlägen: Huitzilopochtlis große Kriegstrommel auf der Schlangenbergpyramide weckte mit ihrem furchtbaren Donnerschlag die schlummernde Wasserstadt.
Doch nicht sofort zeigten sich bewaffnete Mexikaner. Der erste Dammdurchstich konnte erreicht werden, Cristóbal de Jaén schlug die Brücke. In wilder Hast stürmten Sandoval, Ordás und Lugo mit den zweihundert Mann der Vorhut und zwanzig Reitern voran bis zum zweiten Dammdurchstich. Cortez, Olid und Avila folgten mit der Heeresmitte, und auch Alvarado und Velázquez de León vermochten die Nachhut noch ungefährdet über die Brücke zu bringen.
Soweit war alles geglückt. Und auch alles andere wäre geglückt, hätte die Holzbrücke sich nach dem zweiten Dammdurchstich bringen lassen. Als jedoch Cristóbal de Jaén daranging, sie zu entfernen, stellte es sich heraus, daß das nicht möglich war. Die Last der Truppen, der Pferde und Geschütze, vor allem der Singenden Nachtigall, hatte die Brücke so fest eingekeilt, daß sie, allen Anstrengungen zum Trotz, sich nicht heben ließ.
Und schon begann der Kampf. Vom ewigen Feuer der großen Pyramide und vom Lichtschein des Leuchtturmes Unserer-Großmutter-Holz war die Lagune – durch den Schleier des Sprühregens hindurch – mattrötlich erhellt. Und plötzlich sah sich das zwischen der fliegenden Brücke und dem zweiten Durchstich eingezwängte Chri-

stenheer von allen Seiten umringt. In tausend und aber tausend Einbäumen ruderten mexikanische Schildträger heran, sprangen ins Wasser, schwammen an den Deich, erkletterten die Böschung, hieben mit ihren Sägeschwertern auf die Kastilier ein, während zahllose andere, durch den Andrang der zu vielen Boote heranzukommen gehindert, vom Schilfsee aus – aufrecht in den Pirogen stehend – ihre Pfeilbündel verschossen, mit Schleudern Steine, mit Wurfbrettern Speere warfen.
Und zugleich erfolgte ein Angriff von der Landseite her: ein vieltausendköpfiger Haufe stürmte auf dem Damm der Holzbrücke zu, in der Absicht, der Nachhut in den Rücken zu fallen und die Brücke zu zerstören. Diese Gefahr erkennend, ließen Alvarado und Velázquez de León den Nachtrab kehrtmachen, warfen sich den Anstürmenden entgegen, wehrten sie von der Brücke und drängten sie zurück bis in die Stadt.
An allen Teilen des Dammes zugleich tobte der Kampf. Nach dem Erfolg der Nachhut entbrannte die Schlacht besonders heftig am zweiten Durchstich, wo die Mexikaner mit irrer Wut es verwehren wollten, daß Sandoval den anderen Damm erreichte. Doch der zwischen beiden Dämmen flutende Wasserarm war zwanzig Fuß breit und sehr tief – ohne Brücke schien ein Hinübersetzen unausführbar.
Cortez sah sein Heer zusammenschmelzen. Schon sanken die Besten verwundet oder tot nieder, wurden ins Wasser hinabgezerrt und ertränkt, wurden als Kriegssklaven in Kanoes geschleppt. So verzweifelt war die Lage, daß außer der Amazone María de Estrada auch die Feuerlilie und die anderen Lagerdirnen Panzer umgelegt hatten, Schwerter schwangen, wild und beherzt wie Männer fochten. Es galt, das nackte Leben zu retten.
Und Cortez sah ein, daß, wenn die Stauung vorn nicht beseitigt würde, die Vernichtung bevorstand. Da entschloß er sich, die Artillerie und den Goldschatz zu opfern. »Alle Geschütze nach vorn! Den Wagen mit dem Goldschatz nach vorn!« brüllte er.
Der Befehl wurde ausgeführt. Übermenschlich schwer war es, sich Bahn zu schaffen durch die eingerammte Menschenmenge während des Kampfgewühls. Doch es gelang. Die Räder wälzten sich über Tote, die Vorhut wurde erreicht. Und Cortez ließ den Wagen und die Kanonen ins Wasser werfen, um den Durchstich aufzufüllen.
Das Gold Montezumas versank in die Tiefe. Die Singende Nachtigall und zwanzig andere Kartaunen und Falkonette türmten sich übereinander auf, ihre Rohre starrten aus dem Wasser empor. Und doch nur zur Hälfte aufgefüllt war der Durchstich.
Aber ein Fundament war geschaffen für einen Bau aus Menschengliedern. Die Kastilier warfen Indianerleichen auf die Geschützrohre.
Höher und höher wurde der Leichenhaufen, und eben darum wurden

die Anstürme der Azteken noch erbitterter und noch lauter ihr Kampfgeschrei. Die weiter zurückstehenden Kastilier und Tlascalteken schlossen, die Schreie vernehmend, die Ausfüllung des Durchstichs sei geglückt, und schon begannen sie vorzudrängen. Mit den Leibern ihrer eigenen Kampfgenossen, die sie, vordrängend, vom Damm stießen, vollendeten sie den Bau der Leichenbrücke. Hinweg über den grauenvollen Knäuel sterbender Christen und Mexikaner schritt das Heer, stampften die Pferde.

Und bald standen Cortez, Sandoval, Ordás und Lugo mit den Überresten der Vorhut vor dem dritten Durchstich.

Dieser befand sich nicht mehr weit vom Ufer, und das Wasser war dort nicht mehr so tief. Eine Furt wurde gefunden. Viele – besonders von den Leuten des Narváez – büßten zwar ihre Habgier, ertranken, in die Fluten gerissen vom Gold, mit dem sie ihre Taschen und Ärmel vollgestopft hatten. Doch die Mehrzahl kam hinüber. Cortez jubelte auf; das Heer war gerettet! Sandoval, Ordás und Lugo umarmten sich und beglückwünschten ihn.

Inzwischen hatten die Mexikaner gegen die Nachhut einen Erfolg errungen. Sie hatten den Prinzen Ohrring-Schlange und den Durch-Zauber-Verführenden befreit und die fliegende Brücke zerstört. Alvarado und Velázquez de León, welche mit hundert Mann noch immer die von der Stadt her andrängenden Indianer in Schach hielten, sahen sich plötzlich abgeschnitten.

Cortez, der eben noch die Rettung bejubelt hatte, hörte den Verzweiflungsschrei der Abgeschnittenen. Er, Sandoval und Ordás ritten die Dammstraße zurück, zu helfen, falls Hilfe noch möglich war. Schon war ein Teil des Heeres am Schilfseeufer, nur noch die Mitte und die Nachhut waren in Kämpfe verwickelt. Der Morgen graute. Und an Cortez' Augen huschten, während er ritt, traurige und frohe Bilder schattenhaft vorbei. Manchen seiner Getreuen, den er für tot gehalten hatte, sah er heil dem Seeufer zuschreiten. Er sah die Sänfte Marinas unversehrt, beschützt vom treuen Arteaga. Er sah die Leiche der Königin Acatlan, der Witwe Montezumas. Er sah Botello von einem Speer durchbohrt am Wege liegen. Er sah den Narren Madrid, den Bergmann Ortiz und La Medina gefesselt in einem Indianerboot.

Und dort, wo die fliegende Brücke gewesen war und wo jetzt der Wasserabgrund gähnte, sah Cortez das Schmerzlichste. Den Tod des Freundes. Aus vielen Wunden blutend und schon ermattet, wehrte sich noch Velázquez de León gegen sieben Mexikaner, als Cortez herangeritten war, ohne ihm beistehen zu können. Ein Sägeschwert trennte des Jünglings Haupt vom Hals, und die Mexikaner steckten die Trophäe auf einen Speer ... Cortez bedeckte sein Gesicht mit den Händen.

»Wohl ihm!« rief Alvarado herüber. »Besser so als auf dem Adlerstein enden!«

Sandoval und Ordás fragten Cortez, ob er keinen Rat wisse. Er schüttelte stumm den Kopf.
Eine Weile schauten sie dem hoffnungslosen Gefecht zu.
»Wir wollen in die Stadt zurück! ... Dort können wir uns verschanzen! ... Wir werden uns halten, bis ihr uns befreien kommt!« schrien einzelne Kastilier herüber.
»Die armen Leute!« murmelte Cortez.
Da geschah etwas Überraschendes.
»Ich will mich nicht von den Hunden schlachten lassen!« rief Alvarado. Und dicht an den Durchstich herantretend, pflanzte er seine lange Lanze in einen von der Brücke übriggebliebenen, aus dem Wasser ragenden Pfosten. Und was kein Mensch für möglich gehalten hätte, tat er. Gestützt auf die Lanze, schwang er sich über den zwanzig Fuß breiten Kanal und gelangte hinüber. Selbst die Feinde brachen in Rufe der Bewunderung aus.
Jener Dammdurchstich wurde noch hundert Jahre später »der Sprung des Alvarado« genannt.

Auf die Nacht der Schrecken war ein strahlender Tag gefolgt. Aus dem Eis der fernen Kordilleren schwebte lodernd die Feuerkugel der Sonne aufwärts, vom Morgendunst rubinrot gefärbt und umgeben von wolkenfreiem, rotgoldenem Äther.
Beim kleinen Tepanekendorf Popotla, unweit vom Seeufer, saß Cortez unter einer Zeder und weinte.
Viertausend Tlascalteken, fünfhundert Mann der kastilischen Fußtruppen, sechsundvierzig Reiter waren tot oder gefangen in dieser Nacht der Schrecken. Und hundert unglückliche weiße Männer, abgesprengt vom Heer, waren in die Stadt zurückgekehrt. Jetzt sah man sie auf der obersten Plattform des Yopico-Tempels. Bestrahlt vom goldenen Sonnenlicht, greifbar deutlich in der dünnen Luft Anahuacs war jeder einzelne von ihnen zu erkennen. Sie setzten den Verzweiflungskampf fort, wehrten Angriffe ab, hofften noch immer, sich halten zu können – wie lange noch ...?
Und auf den Schlangenberg wurde das erste Menschenopfer hinaufgeführt. Es war der schöne Namenlose.
Nicht an den Dämmen war er gefangen worden. Alvarado hatte ihn gebeten, als die Nachhut den alten Tecpan verließ, er möge nachschauen, ob nicht ein Kranker oder ein Schlafender zurückgeblieben sei. Mit einer Kienfackel in seiner – einen – Hand schritt der Namenlose durch die Palastsäle. Und sie bevölkerten sich vor seinem inneren Blick wundersam mit glanzvollen Schattengestalten, mit den schönen, schlanken, grausamen »Türkisgebürtigen«, die einstmals diese Säle mit Quetzalfedergestrahl gefüllt hatten, als noch König Wassergesicht, König Kreideweiß und König Molch in furchtbarer Herrlichkeit herrschten ... Und er kam in ein Gemach, das von einem zinnernen Öllämpchen erleuchtet war. Ein Tuch deckte das Gesicht

der Königsleiche. Die wahnsinnige Prinzessin Papan sang Totenlitaneien und flocht Stricke zum Umschnüren eines Mumienbündels. Und da dem Toten ein rotgelber Hund mitgegeben werden mußte (als Begleiter über den neunfachen Strom der Unterwelt), im Palast aber kein Hund war, hatte der alte Musikmeister Löffelreiher-Schlange sich rotgelb angemalt und sich – mit einem Pfeil seinen Hals durchbohrend – an Montezumas Bett getötet ... Der Namenlose eilte hinaus, suchte weiter. Er fand einen schlafenden fieberkranken Arkebusier, weckte ihn, brachte ihn auf die Straße. Doch das Heer war weit voraus, und schon erschollen die ersten Muschelhörner, erdröhnten die Schläge der großen Kriegstrommel Huitzilopochtlis. Die beiden Nachzügler wurden umzingelt, der Arkebusier fand fechtend den Tod; der Namenlose, mit einem Fangseil gewürgt, fiel den Feinden lebend in die Hände.

Früh am Morgen hatten sie ihn entkleidet, seinen Körper mit weißen Daunen beklebt. Und auf dem Weg zum Fuß der Pyramide war Freudengeschrei an sein Ohr geklungen: das Volk jubelte dem Überwältiger, Mexikos eben erwähltem König, und seiner Gemahlin Maisblüte, Mexikos neuer Königin, zu.

Nun erklomm der Namenlose die hohen Stufen. Und die Herzen seiner Kameraden krampften sich zusammen.

Wie wundervoll aufrecht er sich hielt! Er wußte wohl, daß ganz Tenuchtitlan zu ihm emporsah, daß das Christenheer zu ihm aufblickte – das gab ihm die Kraft, so leichten Schrittes aufwärts zu steigen, als ginge es zu einem Fest ...

Da schämte sich Cortez seiner Tränen. Was war sein Leid gegen dieses Mannes Leid, der es doch mannhaft trug!

Und Cortez erhob sich und blickte in das Morgenglühen.

Botello und die Sterne hatten nicht gelogen. Trotz allem – das Heer war gerettet. Und auch der Tod Marinas und ihres Kindes, der ihm bald nach dem Sprung Alvarados gemeldet worden war, hatte sich als falsches Gerücht erwiesen: heil, unverletzt hatte er sie an Land wiedergefunden.

Ja – trotz allem – er hatte Ursache, den Gestirnen zu danken.

Ein Mann ging an der Zeder vorbei. Cortez rief ihn freudig an:

»Señor Martín Gutiérrez! Ihr lebt?! ...«

»Freilich, Señor Capitan. Gott hielt seine Hand über mich!«

»Lob sei dem Herrn!« sagte Cortez. »Mit Euch kann ich die Scharte auswetzen! Die Wasserstadt ist nur mit Brigantinen zu bezwingen ...!«

Der Schiffbaumeister sah ihn verwundert, ungläubig an.

»Lächle nicht!« sagte Cortez ernst. »Glaube an mich, wie ich an mich glaube! Nach einem Jahr werden wir die Brigantinen bauen!«

Genossenes Glück ist ein Berggipfel, schön und beängstigend; erlittenes Unglück ist eine Talschlucht, lichtlos, doch ohne Schrecken

mehr. Von Berggipfeln führen alle Wege abwärts; aus tiefer Schlucht aber können Wege emporführen. Daher verarmt das Glück die Hoffnung, das Unglück aber bereichert sie. Und arm ist, wer ohne Hoffnung ist.
Den Goldschatz und die Artillerie hatte Cortez geopfert, und er besaß nicht eine einzige Muskete mehr. Doch nie war er reicher an Hoffnung. Mit seinen klaren Falkenaugen blickte er über die siebzig stolzen Teocalli der Königin aller Städte hin und sah den Orkan heranbrausen, der sie niederriß, ihre Trümmer im Schilfsee versenkte. Und in dieser Stunde tiefster Not fühlte er, daß der Orkan er selbst sein werde, wenn er auch jetzt als gehetzter Flüchtling ostwärts ziehen mußte durch ein flammenloderndes Land – der Morgensonne zu, neuen Schrecken und neuen Siegen entgegen.

ELFTES BUCH

Grausig einsam, unheimlich und finster kreist ein Weltkörper um seine weißleuchtende Schwestersonne, einem unsichtbaren schwarzen Dämon ähnlich, bis er – vernichtend und vernichtet zugleich – beim Zusammenprall aufflammt in purpurner Schönheit.
Nicht nur Doppelsterne kreisen so umeinander. Auch Menschenseelen. Auch Völkerseelen. Erst ihres Endes Feuersbrunst kündet der Welt von ihrer Schönheit.
Das Zeichen des Schicksals auf der Stirn eines Menschen – wer erkannte es je? Sah er sich selbst so gezeichnet im Spiegel, bevor die Stunde kam?
Und doch ist uns Zukunft – wie ebenfalls Vergangenheit – gegenwärtiger als die Gegenwart, wirklicher als die nie bleibende Wirklichkeit (deren Gewirk, kaum gewebt, sich löst).
In ein goldenes Zeitalter träumen sich die Schwachen zurück oder voraus. Andere – und nicht die Schlechtesten sind es – leben einer Götterdämmerung, einem Jüngsten Tag, entgegen, dem Tod in purpurner Schönheit. Die Mexikaner wußten, daß der Jaguar einst die Sonne frißt.
Die Neue Welt war um die Alte gekreist wie ein unsichtbarer schwarzer Dämon: als er sichtbar wurde, erblickte man seinen flammenden, grauenvollen, herrlichen Untergang.
Denn Schönheit und Leid gehören zusammen wie Liebe und Tod. Und selbst das Grausigste kann, wenn es auf dem Passionswege der Menschheit sich zeigt, im Gestrahl der untergehenden Sonne juwelenhaft erschimmern wie die Schädel von Golgatha.
Der König der Fische war überreich geworden. Goldbeschwerte Menschen lagen auf dem Grunde des Schilfsees. Da war Atzung genug für des Königs Untertanen, für die Barben, Äschen und Seeforellen, für die Kaimane und Schildkröten, für die Krebse und Wasserschlangen. Habgierig weideten sich nachtschwarze Glotzaugen an Montezumas versenktem Hort, der phosphoreszierend zu brennen schien und mit grünlichgelben wehmütigen Flammen die unterseeische Landschaft – einem hinabgetauchten Monde gleich – erleuchtete.
Doch kaum einen Tag lang war es dem König der Fische gegönnt,

sich seines Reichtums zu erfreuen. Die Mexikaner bargen ihre Ertrunkenen; ja, sie bargen auch die erschlagenen Feinde, um ihre Stadt und ihren See vor Verpestung zu bewahren. Sosehr am Herzen lagen ihnen das Fest der Totenbestattung, das große Dankesfest für den Beistand des wunderbaren Huitzilopochtli, sowie die Reinigung der Gassen, Kanäle und der Lagune, daß sie es unterließen, dem kleinen Haufen weißer Männer nachzueilen. Gebannt war ja alle Gefahr: der Weg der Flüchtenden führte nordwärts nach Tlacopan; und die Garnison des Drei-Städte-Bundes daselbst genügte vollauf, sie aufzureiben. Der junge König, der Durch-Zauber-Verführende, hatte sich eiligst zu seiner Hauptstadt hinrudern lassen und hatte sich verbürgt dafür, daß keiner der Gelbhaarigen über Tlacopan hinausgelangen werde.

Nicht nur die Toten mußte der See wieder hergeben. Perlenfischer stiegen beim zweiten Dammdurchstich in die Fluten, den Goldschatz Montezumas zu heben. Der Überwältiger selbst, der neue Herr der Welt, hatte die Wahl getroffen unter den Tauchern Mexikos. Denn das war den Azteken bekannt, daß es Perlenfischer gab, welche die Perlen in Schreck versetzten, so daß sie fliehend vor ihnen davonschwammen. Andere gab es, zu denen die Perlen und Kleinode sich freiwillig einfanden.

Nur solche durften hinabtauchen. Und sie hoben den Reichtum Mexikos aus der Tiefe, brachten ihn zurück in die königlichen Schatzkammern.

Da suchte der Überwältiger unter den Zieraten den kostbarsten heraus: eine inkrustierte Goldmaske – der Überlieferung nach einstmals der Besitz eines toltekischen Herrschers in sagengrauer Vorzeit. Und er stieg den Schlangenberg empor, weihte die Goldmaske dem Kriegsgott als ein Wahrzeichen der wiedererlangten Freiheit Mexikos. Nie hinfort sollte dies Palladium vom Altar des Wundersamen schwinden. Mit unmenschlichen Strafen und grauenerregendem Fluch war vom König und vom Gott bedroht, wer sich jemals unterfangen sollte, die Hand nach der Maske auszustrecken.

Siegestrunken beweinte Mexiko seine toten Söhne. Der König der Fische aber grollte. Sein war der Goldhort gewesen einen Tag lang – und nun sann er darauf, seines Eigentums wieder habhaft zu werden.

An christlichen Heiligenbildern und Kruzifixen sättigten die Mexikaner ihre Rachegier. Auch eine Bronzeglocke, welche Cortez von aztekischen Handwerkern für die Pyramidenkapelle hatte gießen lassen – auch die Glocke wurde gemartert wie ein fühlendes Wesen, wurde geschlagen mit steinernen Hämmern, wurde zerschlagen, zertrümmert, in einen Kanal gestoßen. Ein Pöbelhaufe drang in den alten Tecpan ein, sich am toten Freund der Fremdlinge zu vergreifen. Die Weherufe und Flüche der Prinzessin Papan schreckten die Wü-

tenden nicht. Sie schleppten die Königsleiche auf das zinnenumragte Dach eines hohen Palastturmes und warfen sie hinab auf die Straße – so wie nachts zuvor Kastilier die erdrosselten Könige von Tezcuco und Coyoacan hinabgeworfen hatten. Aus Granitporphyr gehauen, reckte sich eine riesenhafte Schildkröte unterhalb des Turmes aus dem gepflasterten und noch pfeilübersäten Platz empor, gleichsam als Schutzgeist und Wächter neben dem Palasteingang aufgestellt. Über den dunkelroten, von eingesprengten Glimmerplättchen glitzernden Knochenpanzer der Schildkröte hingestreckt, lag nun Montezuma mit zerschmetterten Knochen, wächsern gelb, ungelenk und haltlos wie eine zu Boden gefallene Gliederpuppe. Und wenig andachtsvoll sammelten sich Neugierige um ihn, zeigten mit Fingern auf den ermordeten Herrn der Welt.
Nur kurze Zeit schlief Montezuma auf der Schildkröte den Schlaf des Vergessens. Eine Volksmenge wälzte sich heran und umjohlte die Leiche. Seile wurden an des Königs Hände gebunden, sein geheiligter Körper wurde durch die Gassen geschleift.
Der ruchlosen Entweihung machte ein Trupp der königlichen Leibwache ein Ende und entriß nach kurzem Kampf dem Volk seine Beute. Die Krieger waren von Coxtemexi herbeigerufen worden – jenem prinzlichen Lustgenossen und Schönling, den der Herabstoßende Adler der Nase beraubt hatte.
Coxtemexi ließ Montezuma nach der Südspitze Tenuchtitlans, in das vom Schilfsee umspülte Tzinacancalli, das Haus der Fledermäuse, tragen. Dies war ein mit hohen kahlen Mauern eingehegter Hof, ungepflastert, von Unkraut durchwuchert, wüst und leer, wo die Leichen der Adligen fürstlichen Geblütes dem Himmel und der Erde preisgegeben lagen, bevor ein Boot sie nach einer der auf Laguneninseln befindlichen Begräbnisstätten überführte.
Gunst und Lohn für seine gute Tat am Königshofe einzuheimsen, verschob Coxtemexi. Er wußte, daß die Töchter Montezumas – Königin Maisblüte und Königin Silber-Reiher, die Witwe des Edlen Traurigen – abgeschlossen in den Frauengemächern des Huei-Tecpan, inmitten ihrer Mädchen, auf schwarzen Matten am Boden hockend und von berufsmäßigen Klageweibern umheult, die Toten beweinten, unzugänglich für jedermann. Und er war klug genug, sich zu sagen, daß der Überwältiger – jetzt unmittelbar nach seiner Erwählung zum König – wohl Zeit haben mochte, vor den Altären Mexikos zu opfern und großmächtige Priester und Adlerkrieger zu empfangen, jedoch nimmermehr ihm, dem geringen Höfling, Gehör und Teilnahme zu schenken.

Nachdem Montezuma auf einem herbeigeschafften königlichen Tragsessel neben die bereits aufgebahrten Mumienbündel der Königin Acatlan, des Edlen Traurigen und vieler Prinzen und Großen niedergesetzt worden war, verließen die Krieger und Coxtemexi das Haus

der Fledermäuse. Keine Wache beschützte die schmuckbehängten Kriegsopfer. Wohl waren dicke Mäntel über Montezuma gebreitet, damit Aasvögel seine Glieder nicht zerfetzten; sonst aber lag er unbeschirmt da vor Himmel und Erde.
Wirksamer als eine Kriegerwache war der Schutz der Gespenster im Hause der Fledermäuse und hielt den Pöbel sowohl wie die Diebe in Schranken.
Der schallende Tritt der Adler und Jaguare hatte manche Vorstadtbewohner aus ihren Wohnungen gelockt. Vor der Tür eines der ersten an den Leichenhof grenzenden Häuser gewahrte Coxtemexi eine nicht mehr junge beleibte Frau; und er blieb stehen, sich mit ihr zu begrüßen, als wäre sie seine Freundin. Der Ausdruck ihres behäbigen, breiten, plattnäsigen Gesichtes war sanft und überaus gutherzig; man hätte sie für die Gattin oder Witwe eines Kaufherrn halten können – so gewählt und peinlich sauber blinkte ihre Tracht. Und doch war diese Frau eine der berüchtigtsten Giftmischerinnen Tenuchtitlans.
Indes ihr Beruf war nicht bloß die Giftmischerei. Sie gab sich auch mit Kristallbeschauen ab und wußte Arzneien zu reiben für wunderbare Kuren. Vor einem halben Jahr hatte sie eines Abends Coxtemexi auf einer Kanalbrücke angeredet und ihn flüsternd in ihr Haus geladen: sie wolle ihm seine Schönheit wiedergeben! Und auf die Frage, wie sie das vermöchte, hatte sie gesagt: sie wolle ihm die häßliche Narbe im Gesicht wegschneiden und auf die blutfeuchte Wunde die Nase eines eben getöteten Opfersklaven legen, sie mit einem langen Frauenhaar annähen – so daß sie anwachse, als wäre sie sein eigenes Fleisch. Schon einmal sei ihr solch eine Heilung gelungen.
Doch Coxtemexi hatte damals gezaudert, sich das Gesicht noch einmal zerschneiden zu lassen. Seitdem hatte er die Frau nicht wiedergesehen.
Xiuhxahualli, »die Blaubemalte« – so hieß die Giftmischerin – lächelte ihr gutherziges Lächeln, als der Höfling sie unter dem strohbedeckten Vordach ihrer Haustür begrüßte.
Ob er komme, sich seine Schönheit wiedergeben zu lassen? fragte sie.
Doch er verneinte. Heute noch nicht. Ein andermal werde er kommen, sobald die Kriegstrommel verstummt sei. Heute habe er ein anderes Anliegen.
Sie sah ihn gütig lächelnd an. Er solle es nur aussprechen, ermunterte sie ihn.
Nein. Auf der Gasse könne er davon nicht reden.
Sie hielt ihn zurück, da er in ihr Haus eintreten wollte.
Im Hause habe die Luft Ohren ... Denn eine Verwandte sei bei ihr zu Besuch ...
Vorsichtig schaute sich die Blaubemalte um. Die königliche Leibwache war abgezogen, die Gasse war leer.
»Komm!« sagte sie. Und ihn am Arm fassend, zog sie ihn mit sich

fort zum Eingang des Hauses der Fledermäuse. Als sie durchs Portal geschritten waren, lächelte sie:
»Kein Lauscher wagt sich hierher! Die Toten aber lauschen nicht!«

Der Höfling ließ den Blick über die verwunschene Stätte gleiten. Die Reihen der Aufgebahrten füllten bloß die Mitte des wüsten Hofes. Rings um sie her, den Mauern entlang, lagen andere, ältere, teils noch heile, teils zerfetzte Mumienbündel, überflattert und überhüpft von Geiern, umwogt von Fliegenwolken, umraschelt von allerhand haschendem, lichtscheuem Getier. Ein Tribunal war dieser Ort: hier wurde das Totengericht gehalten. Und wem durch den Einspruch der Priesterschaft oder des Volkes der erbetene Nachen für die Überfahrt ins Land des Vergessens verweigert wurde, der mußte ausharren bei den Aasgeiern und Fledermäusen, mußte darauf harren, daß seine Sünden vergeben würden. Verstreute bleichende Gebeine zeigten, wie lange manche der Verdammten hier umsonst auf das Boot geharrt hatten.
Und weiter schweiften die Blicke Coxtemexis und blieben haften am Schädeldach des nahen, pittoresk im Südosten der Stadt über die Häuserterrassen ragenden Yopico-Tempels. Dort auf der Plattform vor der hautentblößten Schreckensgestalt Unseres Herrn des Geschundenen und auf der steilen Doppeltreppe kämpfte noch immer ein Haufe verlorener Christen – der klägliche Überrest jener bei der fliegenden Brücke abgeschnittenen Begleiter des Velázquez de León –, kämpfte todessüchtig den aussichtslosen Verzweiflungskampf. Ohne Feuerwaffen, ohne Bolzen für ihre Armbrüste erwehrten sie sich mit zerscharteten Degen nie ablassender Angriffe. Und im Vorkämpfer der Mexikaner erkannte Coxtemexi seinen Widersacher, den Herabstoßenden Adler...
»Verkaufe mir ein Gift, das in die Ferne wirkt!« sagte er dringlich zur Blaubemalten.
»So weit, wie der Adler dort von uns entfernt ist, wirkt kein Gifthauch!« versetzte sie mit freundlichem Lächeln. »Nur die furchtbare Schlange, die der ›gelbe Fürst‹ genannt wird, kann ihr Todesgift auf so große Entfernungen hinausschleudern...«
»Schaffe mir die Schlange – ich muß sie haben!... Eine Speise, die ich reiche, einen Trank, den ich einschenke, wird mein Bedränger nie genießen...«
»Er bedrängt dich nicht mehr, seit er erfuhr, daß nicht durch dich, sondern durch den Tempel-Feger Maisblüte dem Vom-Himmel-Gestiegenen verfiel... Schon vergaß dich dein Feind, und er wird dich noch mehr vergessen. Gedulde dich, bis das Leben ihm wertvoller sein wird als jetzt!«
»Ja, er wird Mexikos König werden!« murmelte Coxtemexi. »Der Überwältiger ist ein kranker Mann... Maisblüte wird des Herabstoßenden Adlers Weib werden – denn der Zornige Herr starb,

erdrosselt von den Gelbhaarigen ... Dann – (oh! nicht lange mehr wird meine Rache zu schlummern haben!) – dann wird das Leben für Guatemoc nicht wertlos sein; und dann, ja dann bedarf ich des Giftes, zu dem du mir verhelfen mußt ...!«
Blitzschnell wandte sich die Blaubemalte um. Ein Geräusch – das leise Zwitschern neuer Ledersandalen – hatte ihr überwaches Ohr vernommen. Durch das Portal war ein Mädchen von großer Schönheit in das Haus der Fledermäuse getreten.
Schon seit mehreren Augenblicken stand die Fremde unbemerkt im Hof.
Sie mochte siebzehn Jahre alt sein. Schlicht war sie gekleidet: nichts als ein Hemd trug sie, ein kostbar gesticktes freilich, mit zwei handbreiten violetten Streifen in der Hüftgegend wie auch am unteren silberbefransten Rande. Und violett leuchteten unterhalb der Silberfransen an den schlanken Waden, hinabreichend bis zu den Fußknöcheln, ganz eng anliegende strumpfähnliche Beinkleider. Das mit Indigo gefärbte Haar rahmte schmal die länglichen gelbgepuderten Wangen ein. Ihr dunkel brennender, herrlich gemeißelter Mund hatte die völkische Schwermut, wie sie dem Gesichtsausdruck der jugendlichen Zapotekenfrauen eigen war. Von langen Wimpern beschattet, glitzerten ihre schmerzdunklen Augen, gleich zwei schwarzen Opalen, mit tiefroten und grünen Lichtern.
Die Güte auf dem Antlitz der Giftmischerin schwand und wich einer drohenden Strenge.
»Kamst du, um zu horchen?« fuhr sie das Mädchen an. »Begib dich ins Haus zurück, Blutfeuerstein!«
Ohne eine Antwort zu geben, wandte sich das Mädchen dem Portal zu und verließ mit gesenktem Kopf das Haus der Fledermäuse.

»Wer ist diese Jungfrau?« fragte Coxtemexi, benommen von der traumhaften Erscheinung, die wie eine Flammenlohe sein Herz in Brand gesteckt hatte.
»Sie heißt Blutfeuerstein. Es ist meine Nichte«, erwiderte die Blaubemalte obenhin.
Fast höhnisch blickte er die Giftmischerin an.
»Du hast keine solche Nichte. Dies ist eine Zapotekin, eine Sklavin ...«
»Nun ja, ich will's nicht leugnen. Sie lernt bei mir, nachts den Schmuck der Toten zu suchen ...«
»Du lügst! Mit dem Jaspisgesicht willst du mehr gewinnen als den Totenschmuck!«
»Vielleicht ... Warum soll ich es dir nicht sagen? Du weißt, daß König Kreideweiß durch ein Mädchen umkam, welches ein fremder Fürst ihm zugeschickt hatte ...«
Die Hände des Höflings flatterten vor Erregung. Blutleer und krampfig verzerrt vor Gier war sein Mund.

Die Blaubemalte nickte selbstgefällig. (Ja, solche Ware führten andere Medizinweiber nicht ...)
»Verkaufe sie mir!« flehte er.
»Du bist nicht reich genug, sie zu bezahlen!«
Er knirschte. Dann sagte er:
»Mein Freund, der Sohn Montezumas, ist reich genug.«
»Dein Freund ist als Geisel fortgeschleppt und vielleicht schon tot!«
»In Tlacopan wird er befreit werden!«
Doch sie schüttelte den Kopf. Und sie erzählte ihm, was sie von einem Otomi erfahren hatte: die am Ufer des Schilfsees verstreut wohnenden Otomis hatten vor, den fliehenden Christen und Tlascalteken heimlichen Beistand zu leihen.
»In die Falle von Tlacopan werden die Gelbhaarigen nicht gehen!« sagte sie besorgt.
Doch es gelang ihr nicht, Coxtemexi zu überzeugen.

Ungläubig hatte er von ihr Abschied genommen. Als er aber allein durch die Gassen heimwärts schlenderte, wurde er von einer rastlosen, sich steigernden Unruhe erfaßt. Er sagte sich, daß diese Frau, die mit der Hefe der Großstadtbevölkerung in Berührung kam, Gefahren wohl kennen mochte, von deren Drohnis den Mexikanern und ihrem Königshof nichts zu Ohren gekommen war. Unglaubwürdig schien es ihm jetzt nachträglich nicht, daß die Otomis gewillt waren, Landesverrat zu begehen. Sie waren eines Stammes und eines Blutes mit den Otomis von Tlascala, abgesprengte, verstreut wohnende Teile dieses Volkes, und hatten peinvoller noch als ihre Stammesbrüder den Grimm Mexikos seit Jahrhunderten erfahren. Für Menschen wurden sie nur angesehen, wenn es galt, die Götter mit ihrem Blut zu tränken; sonst wurden sie, weil sie sich flitterhaft und geschmacklos herauszuputzen liebten, verhöhnt, als arbeitsscheu erachtet und kaum höher gestellt als die Affen. Zu einem Schimpfwort war ihr Volksname geworden: in der Sprache der Mexikaner bedeutete ein Otomitl soviel wie ein Dummkopf, ein bäuerlicher Tölpel oder ein Verschwender.
Coxtemexi wollte sich Gewißheit verschaffen, wie es um Tlacopan bestellt war. An der Landungsstelle eines Kanals mietete er einem Kahnführer den leichtesten seiner Einbäume ab und ruderte hinaus in den nordwestlichen Teil der Lagune.

Er wurde von einem Sturm überrascht. Eine dunkelviolette Wolkenwand leuchtete grimm drohend hinter den Türmen Tenuchtitlans. Fast im Nu verfärbte sich milchiggrün die Lagune. Und die breiten Seewogen waren bald wie durchsiebt vom niederprasselnden Regenschauer. Viele Fischer ruderten in angstvoller Hast dem nächstgelegenen Ufer zu, und von weitem schon winkten sie Coxtemexi, daß er sich nicht auf den See hinauswagen, daß er umkehren solle. Doch er ließ sich nicht beirren, ließ sich durch die sich häufenden Blitzschläge nicht abschrecken. Nach wenigen Augenblicken war er allein auf der windgepeitschten Wasserfläche, durch hellgrüne Glasberge und schwarzgrüne Glastäler sausend in seinem winzigen Boot. Als er sich aber der Stadt Tlacopan genähert hatte, gewahrte er ein zweites Boot, das gleichfalls im Ungewitter ausharrte. Wie in einen weißen Schleier hüllte der Platzregen die am Ufer gelegene Stadt ein. Auch die vier Insassen des Bootes konnte Coxtemexi erst erkennen, als er dicht an sie herangerudert war. Es waren: der Alte Wickelbär (sonst Zauberer Zacatzin genannt), Feuer-Juwel, der Spinner und der Rote Jaguar.

Während das Kreuz auf dem Schlangenberg die Götter Anahuacs kränkte, hatten der Zauberer und der weiße Sklave ihr Asyl auf der Toteninsel – das bis vor kurzem auch das Asyl des Herabstoßenden Adlers und des Prinzen Ohrring-Schlange gewesen war – nur selten verlassen. Über die Geschehnisse im Huei-Tecpan waren sie durch den Annalenschreiber Feuer-Juwel unterrichtet worden, der sie oft heimlich aufsuchte und auch jetzt mit seinem Freunde, dem Dichter, gleich nach der Nacht der Schrecken zu ihnen hinausgerudert war. Aber sein Boot, vom Sturme an ein Riff geschlagen, war leck geworden; darum hatten er und der Spinner im Einbaum des Zauberers Platz genommen, als dieser – von gleicher Sorge getrieben wie Coxtemexi – seinen Freunden den Vorschlag gemacht hatte, die Vorgänge in und bei Tlacopan (die sich von der entfernten Toteninsel aus schwer erkennen ließen) aus größerer Nähe zu betrachten.

Doch Coxtemexi war zu spät gekommen. Die Entscheidung war bereits gefallen. Trotz der Abneigung, die sie gegen den Feind Guatemocs empfanden, riefen der Zauberer und der Rote Jaguar ihn an, forderten ihn auf, zu ihnen ins große Boot zu steigen, sein kleines aber dem Spinner und Feuer-Juwel zu leihen, welche zu den Sümpfen an der Nordseite des Sees hin müßten. Er rief zurück: das sei unausführbar, solange Tlalocs Hexenschwestern ihr böses Spiel auf dem See trieben! Darauf schlug der Zauberer vor, an einer der nächstgelegenen Schilfinseln zu landen.

Sie taten es, warteten das Austoben des Unwetters ab. Dort erfuhr Coxtemexi, was sich an Land abgespielt hatte. Lückenhaft war der Bericht Feuer-Juwels, ungeklärt blieb vieles, was den vier Beobachtern im Boot, sei es durch den weißen Regenschleier, sei es durch die hohen Mauern der Stadt, verdeckt worden war. Aber eins schien gewiß zu sein: der größte Teil des Christenheeres war der Gefahr entronnen. Während die Vorhut – drei Reiter und etwa fünfundvierzig Mann Fußvolk – im südlichen Tor der Stadt verschwand, waren aus einem Maisfeld Otomis hervorgetreten, hatten mit wilden Gebärden Warnungsrufe ausgestoßen. Vor den Grünen Stein und Malintzin waren sie geführt worden; und gleich darauf ertönten Hörnersignale. Der Rest des Heeres zog in die Stadt nicht ein, bog vielmehr nach

Nordwesten in die dort hinter der Stadt aufsteigenden Hügelreihen ab. Die Vorhut schien gefangen zu sein.
Doch gleich darauf hatte sich das südliche Stadttor von neuem geöffnet. Nicht die Vorhut, sondern die Adler und Jaguare des Drei-Städte-Bundes stürmten hinaus, den abziehenden Christen nach. Ein Scharmützel entspann sich im Hügelgelände. Man sah den jungen König von Tlacopan tot oder schwer verwundet zu Boden sinken; man sah, wie sein lebloser Körper von Christen fortgeschleppt und von einer mexikanischen Amazone, der Prinzessin Perlmuschel, herausgehauen wurde. Während die Christen drei Tote einbüßten, starben von den Jaguaren und Adlern wohl mehr als siebzig. Nichts fruchtete ihr Opfermut. Das feindliche Heer zog nach Westen ab und entschwand hinter einer Hügelkette.
Als Feuer-Juwel so weit berichtet hatte, unterbrach ihn Coxtemexi und fragte: ob sein Freund, der Vom-Himmel-Gestiegene, noch am Leben sei?
Über den Sohn Montezumas wußten Feuer-Juwel und seine Gefährten keine Auskunft zu geben. Zu fern, zu undeutlich für die Augen der Beobachter hatten sich die Kämpfe abgespielt.
Coxtemexis Hoffnung, Blutfeuerstein, das schöne Giftmädchen, mit Hilfe des Prinzen erwerben zu können, schien zunichte geworden. Aber er wollte es nicht wahrhaben, er ließ nicht ab von der Hoffnung. Und er erklärte, er werde nach Tlacopan rudern, über das Los des Vom-Himmel-Gestiegenen Erkundigungen einzuziehen.
Die andern widersetzten sich. Sobald das Wetter es zuließe – sagte der Alte Wickelbär –, müsse das eine Boot nach Tenuchtitlan, dem Herrn der Welt die Unheilsbotschaft überbringen; das andere Boot aber müsse Feuer-Juwel und den Spinner an die nördliche Seeküste absetzen, wo sie als Otomis verkleidet sich der Vorhut der Gelbhaarigen als Führer anbieten wollten, in der Absicht, sie in die Irre zu führen und zu verhindern, daß sie sich mit dem Grünen Stein wieder vereine.
Erstaunt fragte Coxtemexi: ob die Vorhut denn nicht in Tlacopan gefangen sei?
Der Spinner lachte bitter auf:
»O edler Tecpan-Bewohner« – sagte er –, »du solltest ein Dichter werden wie ich! Wir Dichter haben keine Netze und fangen doch, was wir wollen. Aber die Mexikaner haben Netze, und sie fingen damit schwergoldene Enten und eine türkisene Schädelmaske, während die Gelbhaarigen sich in Popotla die Wunden verbanden und davonzogen. Tlacopans Adler und Jaguare aber heulten wie die Schakale in den Bergen und Talschluchten, während die schon gefangene Vorhut durch das nördliche Stadttor entwich!«

Blanker als sonst stieg nach dem läuternden Gewitter die Morgensonne über den Gletscherhorizont des Hochtals empor. Schon viele

Stunden vordem, beim frühesten grauen Dämmer, war die Bevölkerung der Wasserstadt dem Hause der Fledermäuse zugeströmt. Auch der hohe und niedere Klerus, der Adel und der Königshof hatten sich eingefunden. Denn heute saß Tenuchtitlan zu Gericht über seine Toten.
Dicht vor den aufgebahrten Mumienbündeln Montezumas, der Königin Acatlan, Cacamas und des Königs von Coyoacan waren herrliche Teppiche hingebreitet und drei mit Jaguarfellen bedeckte Sessel hingestellt worden für den Überwältiger, Königin Maisblüte und Königin Silber-Reiher, die Witwe des Edlen Traurigen. Neben den Leichen knieten Klageweiber, junge sowohl wie steinalte, alle königlichen Geblüts, sie bückten sich immerfort, die Erde mit ihren Stirnen berührend; und sich die entblößten Brüste schlagend, winselten sie laut. Die vierzig Totenrichter – lauter Fürsten Anahuacs – hockten rings auf niederen Schemeln. Die anderen Großen des Reiches und die Priester – auch der Weibliche Zwilling und das Mexikaner-Priesterchen – standen. Das Volk drängte sich scheu am steinernen Portal des Leichenhofes und füllte alle Dachterrassen der benachbarten Häuser mit kaleidoskopisch schwirrenden Farbenflecken.
Der neue Herr der Welt sah krank und vergrämt aus. Er hatte die Nacht kaum geschlafen. Nachdem er bei einbrechender Dunkelheit seines Bruders Leiche im Hause der Fledermäuse besichtigt und für eine würdige Einsargung in einem Mumienbündel Sorge getragen hatte, war er ermattet von vielen Opferhandlungen zu Bett gegangen. Doch der Vorsteher des Hauses der Teppiche hatte ihn nach kurzer Rast geweckt, Unheilsbotschaften waren ihm überbracht worden, die ihn veranlaßten, alle seine ›Adlerfürsten‹ – seine Militärkommandanten – zu einer nächtlichen, bis in die Morgenstunden währenden Kriegsratssitzung zu versammeln. Der Alte Wickelbär und Coxtemexi waren nicht die ersten Träger böser Kunde gewesen; die Schnelläufer des Durch-Zauber-Verführenden hatten auf dem Landwege Tenuchtitlan früher erreicht. Und sie wußten über das Mißglücken des Überfalls in Tlacopan genauere Angaben zu machen als der Alte Wickelbär, dessen Befürchtung, der Durch-Zauber-Verführende sei bei den Kämpfen vor der Stadt erschlagen worden, sich als ein Irrtum erwies: bloß verwundet war der junge König von Tlacopan, war vor der ihm im Schlachtgewühl drohenden Gefangennahme bewahrt worden durch die als Adlermädchen kämpfende Prinzessin Perlmuschel, welche – gemäß den in Anahuac herrschenden Anschauungen – nunmehr durch diese kühne Tat von allen Schlacken ihrer Schmach geläutert war. Fast gleichzeitig hatte der Überwältiger beängstigende Nachrichten aus Chalco erhalten. Prinz Kriegsmaske, der – nachdem er die beiden Brigantinen in Brand gesteckt – mit etwa tausend seiner tlascaltekischen Anhänger wenige Tage vor der Nacht der Schrecken aus Tenuchtitlan heimlich entwichen war, hatte den Heimweg nach Tlascala über Iztapalapan angetreten, am Südufer der Seen von Xochi-

milco und Chalco entlangziehend, und war jetzt in die (unweit der letzten Ausläufer der Weißen Frau gelegene) Stadt Chalco eingerückt, deren Bewohner, im Glauben, er sei nach wie vor ein Freund des Cortez, ihn überaus freundlich aufgenommen hatten.

Nicht die Rebellen in Chalco mitsamt ihren Gästen dem Kriegsgott darzubringen – wie einige Heißsporne verlangten –, war vom Kriegsrat zum Beschluß erhoben worden; vielmehr Kriegsmaske und seinen Begleitern den Weg nach Tlascala offenzulassen, allerdings für das Entweichen ihren Dank, ihre Freundschaft und Bundesgenossenschaft einzutauschen. Besonders der kluge Überwältiger war für den – in Mexiko neuen, ja unerhörten – Gedanken eingetreten, alten Streit und alte Eifersucht hintanzusetzen zugunsten des einen Zieles: Zusammenschluß aller indianischen Völker, Eintracht, Einigung – auch mit Tlascala! Um dies zu erreichen, mußte Kriegsmaske geschont werden.

Dem Herabstoßenden Adler wurde der Auftrag zuteil, mit einer größeren Heeresabteilung in Eilmärschen vor die Mauern von Chalco zu rücken, durch klug gewählte Kundschafter Verhandlungen mit Kriegsmaske anzuspinnen, ein Bündnis anzubahnen und nur im Falle schroffer Ablehnung von den Waffen Gebrauch zu machen.

Ferner wurde beschlossen – da den im nordwestlichen Hügelgebiet befindlichen Christen, wollten sie ihre Meeresfestung Verakruz erreichen, keinen anderen Weg zu wählen übrigblieb als den am nördlichen Xaltocansee und an Teotihuacan, Wo-die-Götter-anlangen, vorbei nach Tlascala führenden –, die mexikanischen Heerscharen den Flüchtenden nicht nach-, sondern entgegenzusenden; und um dies rechtzeitig ausführen zu können, die gesamten Heerscharen – einige hunderttausend Mann – in Booten an das Ostufer der Lagune hinüberzubringen, wo sie, nördlich von Tezcuco landend, sich wie ein Wall vor die Grenze Tlascalas stellen sollten. Nach altem Herkommen mußte der neuerwählte König an der Spitze seines Heeres einen Kriegszug unternehmen, um an seinem Krönungsfeste den Blutdurst Huitzilopochtlis zu stillen. Und mit aufrichtiger Freude hatte der Überwältiger, der sich mitschuldig fühlte an der Schlappe des Königs von Tlacopan, die Gelegenheit wahrgenommen, sich selbst zum Oberfeldherrn – zum Vorsteher des Hauses der Speere – zu ernennen.

Doch der Aufbruch, die Ausrüstung und Verschiffung der Truppen mußten um Stunden verzögert werden, weil die Gerichtssitzung über die Toten keinen Aufschub duldete und ohne den König und seine Adlerfürsten nicht vonstatten gehen konnte.

Die Zeremonie begann damit, daß königliche Diener und Dienerinnen die Mumienbündel Montezumas und seiner Gemahlin, der Königin Acatlan, öffneten. Zahllose Hüllen wurden von den Leichen geschält und diese auf zwei Jaguarfellsitze völlig nackt und in hockender Stellung niedergesetzt – denn in den Mumienbündeln befanden

sich die Toten immer in hockender Stellung. Den dumpfen Ton der Trommeln übergellte der entsetzensvolle Aufschrei der Kebsweiber Montezumas aus dem Hause der Vierhundert Frauen und seiner Krüppel und Narren beim Anblick der beiden hochheiligen, so grauenhaft entweihten Leichname: der Königin Acatlan hatte ein mexikanischer Obsidianpfeil den Nabel durchbohrt, und die linke Gesichtshälfte war ihr vom Huf eines Pferdes zertreten worden; der Körper des Zornigen Herren – den tags zuvor die wilde Volksmenge durch die Gassen geschleift hatte – wies lange fleischrote Striemen auf; noch furchtbarer aber waren die Würgemale an seinem Halse, sie ließen über die Art seines Todes keinen Zweifel und entlasteten den Herabstoßenden Adler in den Augen jener, die den Aussagen der wahnsinnigen Prinzessin Papan bisher keinen Glauben hatten schenken wollen. Königin Maisblüte hielt den Blick starr auf die Erdrosselungswunde ihres Vaters gerichtet und wagte nicht, den Herabstoßenden Adler anzuschauen, auf den sie verzichtet hatte, wie auch er auf sie, im irrigen Glauben, sein Steinwurf habe den Zornigen Herrn gemordet.
Das Mexikaner-Priesterchen trat feierlich an die beiden Leichen heran. Das Gewinsel der königlichen Klageweiber verstummte. Einen großen Smaragd steckte der Hohepriester dem Toten zwischen die Zähne und redete ihn an:
»O göttliche Edelsteinschnur, erwache!«
Auch der Königin Acatlan steckte der Hohepriester einen schönen Smaragd in den Mund und sprach zu ihr:
»O dunkle Schmuckfeder, erwache!«
Dann fuhr er, beide anredend, fort:
»Erwacht, Gemahl und Gemahlin, Gott und Göttin! Schon hat sich blutig gefärbt die Morgenröte! Schon redet das flammengelbe Feuerhuhn, schon redet die flammengelbe Schwalbe! Schon leben die gelben Schmetterlinge!«
Nach dem Mexikaner-Priesterchen nahte den Leichen Prinz Ohrring-Schlange, als ernannter – wenn zwar noch nicht gekrönter – König von Tezcuco und als Vertreter des verwundeten Königs von Tlacopan. Er überbrachte Grabgeschenke: zehn Sklaven, welche man die Totenbegleiter nannte, ferner Kleinodien und goldgefleckten Kolibrifederschmuck; zwei Sterbekleider auch und – für die Krüppel und Narren Montezumas – zwanzig schwarz-weiß gestreifte Mäntel; denn die Krüppel und Narren mußten mitsamt den zehn Totenbegleitern nach dem Ort der Würmer, in das Reich Mictlan-Tecutlis, wandern, den toten König dort zu erheitern – vorausgesetzt nämlich, daß das Leichengericht ihn aller Schuld freisprach und ihm den Nachen zur Überfahrt nicht verweigerte.
Von Dienern und Dienerinnen wurden nun die beiden Toten in die Sterbegewänder gekleidet, behängt mit den Juwelen, geziert mit der golden flammenden Edelfederzierde – sollten sie doch von den Be-

wohnern der Niederwelt als König und Königin erkannt und begrüßt werden. Nachdem sie geschmückt waren, traten die tributpflichtigen Fürsten der Chinampaneca, die Fürsten der Provinzen Huaxteca und Xilotepec, die Stadtkönige von Coyoacan, Mexicatzinco und Huitzilopochco heran, gleichfalls als Grabgeschenke Kleinodien und Mäntel darbringend. Diese sollten zu Schmuck und Kleidung den zehn Totenbegleitern und den Krüppeln und Narren dienen, welche sogleich mit ihnen angetan und behängt wurden. Nachdem die Fürsten Abschiedsworte an das tote Königspaar gerichtet, traten sie zurück, hockten nieder auf ihre Schemel. Bloß Ohrring-Schlange blieb und begann mit einem Kupferbeil die übrigen Grabgeschenke – Onyxvasen, Obsidianspiegel, Räucherlöffel, Schalen, Flöten aus Jadeit und Kristall – entzweizuschlagen. Was auf Erden nicht mehr brauchbar war, war brauchbar im Lande des Vergessens.
Als Ohrring-Schlange die Zerbrechung der Grabbeigaben vollendet hatte, wurden sie in Kästchen gelegt und den zehn Totenbegleitern in die Hände gegeben, damit sie sie mit forttrügen in die Niederwelt. Nun hob der thronende Überwältiger seine müde Hand und richtete an die vierzig Totenrichter einige Worte, die unverständlich blieben, weil sie so leise gesprochen waren. Ein hinter ihm stehender Hofbeamter wiederholte den Satz des Königs mit weithin schallender Stimme:
»Der Zornige Herr, der abgeschiedene, der ein König der Stadt im Kolbenrohr, der Stadt im Wasser, war, bittet um ein Boot zur Überfahrt über den Schilfsee!«
Eine angstvolle Stille zitterte diesen Worten nach. Nicht verweigert, nicht bewilligt wurde das Boot. Das Schweigen drückte zermalmend auf alle Seelen.
Da traten fünf Götter ins Haus der Fledermäuse – ergrausend wich am Steinportal die Volksmenge vor ihnen auseinander –, und sie kamen auf die Thronsessel zu.

Es waren fünf Priester, welche sich mit heiligen, in Pyramiden von uralters her aufbewahrten Göttertrachten vermummt hatten. Vier von ihnen stellten Himmelsbewohner dar: Tezcatlipoca, Huitzilopochtli, Tlaloc und die mit grünen Jadeitperlen behängte Göttin Sieben-Schlange. Ein fünfter schritt hinter ihnen her in der schauervollen Verlarvung Mictlan-Tecutlis, des Gottes der blauen Hölle. Einen Spiegel und ein Sehwerkzeug trug der schwarze Tezcatlipoca in der Hand, sein linkes Bein war schwarz bemalt, mit Obsidianmessern war seine dunkle Chamolinfederkrone besetzt. Huitzilopochtlis Kopfputz bestand aus gelben zusammengeklebten Zacuantoztlifedern, aus welchen, einem Springquell ähnlich, goldgrün rieselnde Quetzalfedern emporschossen, seine Beine waren blau gestreift, einen Drachen – die Dämonin Obsidian-Schmetterling – trug er auf dem Rücken; Pfeile ohne Spitzen steckten in seinem mit abgehackten

Gliedern bemalten Schild, sein Zepter war der Schlangenstab mit bleckendem Schlangenkopf. Des Zauberprinzen Tlaloc Antlitz und Körper waren mit Kautschuk schwarz überstrichen, in seinem mit Schilfbart umrahmten Munde steckte ihm zwischen den Zähnen ein lebender Frosch; seine Stirne und sein Haar bedeckte die weiße Reiherfederkrone, ein ärmelloses, mit Regentropfen verziertes Hemd trug er und hielt den goldenen Blitz in der einen, den Binsenstab in der andern Hand. Glöckchen und Schellen hatte Sieben-Schlange, die Maisgöttin, an den mit weißen Taubenfedern gebauschten Sandalen, eine Papierkrone auf dem Scheitel, und gelbe Wasserblumen waren auf ihr Obergewand gestickt. Ihr Gesicht leuchtete karminrot geschminkt.

Furchtbar war die Verkleidung des Totengottes Mictlan-Tecutli. Schwarz blinkten zwei kreisrunde Obsidianspiegel aus den Augenhöhlen seiner Skelettmaske; eine Aureole, bestehend aus sieben abgeschnittenen Menschenhänden, rundete sich im Halbkreis von Schläfe zu Schläfe und hob sich grell ab vom emporstarrenden, langen, mit Ruß beschmierten Haar. An den Gelenken des wie ein Gerippe bemalten Körpers, an den Schultern, den Ellenbogen, den Knien und den Knöcheln, wie auch in der Mitte des Bauches, war je ein Totenschädel befestigt mit blinkenden Obsidianspiegeln in den Augenhöhlen. Ein kurzes Frauenröckchen hüllte seine Lenden ein; unterhalb des Röckchens aber hing eine ellenlange tote Giftnatter herab.

Mictlan-Tecutli schwang ein mit Ocker gegilbtes Schüreisen, ließ es durch die Luft sausen und auf die Leiche Montezumas niederfallen. Dreimal schlug er so den toten König, als wäre er sein Knecht; und dann sprach er zu den anderen Göttern:

»Gebt ihn mir heraus! Beeilt euch! Die neunte Hölle erwartet ihn!«

Doch die Götter widersetzten sich. Tezcatlipoca sagte:

»Wenn man mich verunglimpft, weiß ich es denn nicht?«

Huitzilopochtli sagte:

»In meinem Hause war der Feind!«

Die Maisgöttin sagte:

»Um dieses Toten willen verließen uns die sieben Maiskolben und zogen in ihre Heimat!«

Und Tlaloc, der Gewittergott, sprach:

»Mexiko wurde verknechtet durch seine Schuld, der die vier Papierfähnchen für die Kinderopfer nicht aufsteckte. Darum weigern wir den Nachen, den der Abgeschiedene erbittet, zur Überfahrt in den Ort des Versunkenseins, ins Quetzalfederhaus.«

Wieder schlug Mictlan-Tecutli die Leiche Montezumas mit dem ockergelben Schüreisen, und er rief:

»Mir gehört er. Gebt ihn mir heraus, daß ich ihn strafe!«

Doch ehe einer der Götter antwortete, sagte der Überwältiger – und sein Herold wiederholte die Worte mit dröhnender Stimme –:

»O ihr Götter, ihr ewigen, im Himmel seid ihr Richter. Und du, Herr der Nebeltoten, bist Richter im Lande, wo es nicht Straßen, nicht Gassen, nicht Fußpfade und nicht Wegweiser gibt. Doch auf Erden ist es der vierzig Totenrichter Amt, den Zornigen Herrn, meinen erhabenen Bruder, freizusprechen oder zu verurteilen. Sagt jetzt, ihr Totenrichter, ob ihr meinem Bruder das Boot zur Überfahrt über den Schilfsee gewährt!«
Wie aus einem Munde erscholl die Antwort der vierzig Totenrichter – ein leises und doch unerschütterliches: »Nein!«

Als der Herabstoßende Adler den stummen Folterschmerz auf dem Gesicht der Königin Maisblüte erblickt hatte, war ihm blitzartig der Gedanke gekommen, daß er, wenn alle schwiegen, sich zum Verteidiger Montezumas aufwerfen und versuchen müsse, den grausamen Urteilsspruch umzustoßen. Doch alsobald hatte er eingesehen, daß er, der noch jüngst den Zornigen Herrn öffentlich eine Memme gescholten und den Stein nach ihm geworfen hatte, weder die Berechtigung noch die Rednergabe hatte, das mit lüsternem Schauer dreinschauende und durch eisiges Schweigen das Verdikt gutheißende Volk Mexikos umzustimmen. Selbst der Überwältiger, der jetzige König der Könige, wagte für seinen gerichteten Bruder nicht zu flehen und fügte sich mit düsterer Gelassenheit in das Unabwendbare. Zusammengesunken saß er da. Maisblüte aber thronte neben ihm in königlicher Haltung, den edelschönen Kopf auf dem langen, schmalen Halse gleichsam von der Last des Haares ein wenig zurückgebeugt, halb geschlossen, fast schlitzäugig die breiten Lider, tränenlos, regungslos, leblos.
Der Herabstoßende Adler ertrug ihre Pein nicht.
Er trat vor und richtete an niemand und an alle die Frage:
»Wie lange wird der Zornige Herr unbestattet im Hause der Fledermäuse weilen?«
Die Fragestellung verriet, daß er den Urteilsspruch mißbilligte. Ein leises Murren ertönte in der Volksmenge.
Das Mexikaner-Priesterchen beantwortete Guatemocs Frage:
»Bis seine Schuld getilgt ist, wird der Tote unbestattet bleiben, es sei denn, daß die Götter das Blut seiner Wunden grün färben und in Smaragd verwandeln. Wer den Toten früher zu bestatten versucht, stirbt auf der Opferblutschale des Schlangenberges!«
Tezcatlipoca jedoch sagte:
»Wir vernahmen das Wort des Hohenpriesters. Aber noch vernahmen wir nicht das Wort des Herrn der Welt!«
Es war eine Aufforderung an den Überwältiger, sich durch ein Gelübde zu binden, die Bestattung seines Bruders nie zuzulassen, obgleich Montezumas Tochter sein Weib war. Er wußte, daß er die Seele seines Weibes verlor, wenn er sich band, und dennoch band er sich.

Er wiederholte die Worte des Hohenpriesters:
»Wer den Zornigen Herrn bestattet, bevor sein Blut sich grün färbt und sich in Smaragd verwandelt, soll auf der Adlerschale des Schlangenberges enden!«

Der Königin Acatlan, dem Edlen Traurigen und den anderen hochgefürsteten Toten wurde die Überfahrt nicht verweigert. Sie wurden mit heiligem Erdpech einbalsamiert, mit blauen Stirnbinden gekrönt und, nachdem sie so in den Rang von Gottheiten erhöht waren, von den Großen des Reiches auf Tragsesseln aus dem Leichenhof hinaus und durch die Stadt getragen, erst im Tlacochcalli – dem Speerhause oder Arsenal – und dann zu Füßen des Huitzilopochtli-Bildes auf dem Menschenwürgeplatz der Großen Pyramide niedergestellt, beräuchert, angesungen und schließlich zur Lagune gebracht, wo der Totennachen ihrer harrte.
Auch die Totenbegleiter harrten ihrer bereits im Lande des Versunkenseins. Doch Montezumas Krüppel und Narren entgingen dank seiner Verurteilung dem Tod.

In der darauffolgenden Nacht verließ Königin Maisblüte bald nach dem Erdröhnen der großen Tempeltrommel ihr einsames Lager und trat hinaus in den Schloßgarten. Ihr Gemahl, der Überwältiger, weilte fern im Speerhause, wo er letzte Anordnungen traf, die Kriegsausrüstung besichtigte und der Verteilung von Pfeilen, Lanzen und Wurfbrettern an die hunderttausend Schildträger beiwohnte, deren Aufbruch bei Sonnenaufgang erfolgen sollte. Mehrere Oberfeldherren im Range von Vorstehern des Hauses der Spiegelschlange standen ihm bei, berieten mit ihm, entwarfen mit ihm den Feldzugsplan. Schon die vierte Nacht machte er so zum Tage, mit starkem Willen seine Müdigkeit niederzwingend wie ebenfalls den Schmerz seiner nie heilenden Beinwunde, die das Pfeilgift eines südlichen Volkes ihm verursacht hatte.
Maisblüte empfand es bitter, daß er auch heute sich die Muße für ein Zusammensein mit ihr nicht gönnte und – offenbar im Bewußtsein seiner Schuld gegen sie – es vermied, ihr Auge in Auge gegenüberzutreten. Sie hatte gehofft, ihn in der Nacht sprechen, ihr volles Herz ausschütten, ihn zur Rede stellen zu können wegen seines unrühmlichen Verrats an den Mannen Montezumas. Und doch mußte sie sich sagen, daß ihr Groll gegen ihn nichts anderes war als ihr eigener Selbstvorwurf. Im Haus der Fledermäuse hatte sie geschwiegen wie er, statt den Priestern und dem Volk entgegenzuschreien, daß kein angedrohter Tod sie hindern könne, die Ehrfurchtspflicht gegen ihren Vater zu erfüllen. Noch war kein Entschluß gereift in ihr, noch sah sie die Richtung nicht, die der Wirbelsturm in ihrem Innern nehmen werde – aber reif, überreif war ihr Lebensüberdruß, war ihre wehmütige, sanft tönende Todessehnsucht.

Ihre Frauen, die ihr in den Garten des Huei-Tecpan folgen wollten, hieß sie am Palasttor zurückbleiben, und sie schritt allein der Lagune zu. Sie kam am kleinen teichartigen Bootshafen und der Steinbrüstung vorbei, wo sie den knabengesichtigen Ruderknecht des Vom-Himmel-Gestiegenen küssend erdolcht hatte. Kein Reuegefühl weckte die Erinnerung an die Tat: der Verschwörer in Tezcotzinco wegen, deren einer der Herabstoßende Adler gewesen war, hatte sie dem Knaben den Mund für immer geschlossen ...

Ohne Mauer glitt der Garten sanft in die Lagune hinab. Das niedrige Ufer war felsig. Eine Treppe aus gelbem, weinrot geflecktem Onyx führte hinunter in die nachtblauen Gefilde des Königs der Fische.

Auf einer der glitzernd umplätscherten Treppenstufen blieb Maisblüte stehen, und blicklos blickte sie ins Grenzenlose über die finstere, sich wellende Schilfseefläche hinweg. Sie beachtete es nicht, daß ihre mit Facetten von Türkis und schwarzem Spiegelstein ausgelegten Sandalen sich näßten. Der Widerschein der blinkenden Mondsichel – dünn wie ein gebogener metallischer Faden über den Schneebrüsten der Weißen Frau – bildete eine meilenlange, schwankende Silberstange auf dem Wasser – doch Maisblüte sah es nicht, und sie sah auch über dem Rauchenden Berge den blaßroten Rauchfaden nicht, dessen Abbild in der Lagune sich bauschend schlängelte. Auf innere Gesichte waren ihre Augen gerichtet, und tief bedrückt lauschte sie der leise klagenden Stimme des Beraters in ihrem Herzen. Sie konnte seine Mahnung nicht verstehen, aber sie wußte, daß sie ausführen werde, was auch immer er rate.

Allmählich senkten sich ihre Blicke, versanken im tiefen Wellengrunde, als sehnten sie sich nach den Wohnstätten der Acihuatin, der Wassermädchen.

Und plötzlich wurden ihre Augen sehend. Einen herannahenden weißen Lichtschimmer gewahrte sie unterhalb des Wassers. Des Mondes gespiegelte Silberstange verblaßte vor diesem neuen Lichtschein. Näher und immer näher sah sie es herankommen, und bald konnte sie unterscheiden, was der weißliche Glimmer war. Eine große königliche Galeere schwamm dort in der Seetiefe, und sie war bemannt mit Gespenstern. Tote Ruderknechte mit schönen Knabengesichtern ruderten, tote Hauserleuchter hielten Fackeln aus Perlmutter, deren milchiges Licht die Galeere erhellte. Vorn am Steven des Geisterschiffes aber hockte auf einem geschnitzten Holzstuhl ihr Vater, der Zornige Herr.

Auf dem Stuhl, den kein Jaguarfell bedeckte, hockte er nackt, aller seiner königlichen Insignien entkleidet, so wie sie ihn tags zuvor erblickt hatte, als er aus dem Mumienbündel herausgewickelt worden war. Er winkte ihr und zeigte mit der Hand auf die Erdrosselungsmale an seinem Halse und auf die langen blutigen Striemen an seinem Körper. Da sah sie, daß seine Wunden sich grün gefärbt, daß

sein Blut sich in Smaragd verwandelt hatte. Und sie sah, daß er den Mund öffnete und zu ihr sprach. Doch bevor sie eines seiner Worte erhaschen konnte, war die Galeere vorbeigeschwommen und schwand, einem Riesenfisch gleich, in der blauen Wasserfinsternis.
Maisblüte sank ohnmächtig auf der Steintreppe hin. Lange Zeit lag sie, der Sinne beraubt, bis an den Gürtel in den sanft sie umschmeichelnden Wellen.

Als sie erwachte, befand sie sich auf einer Rasenfläche unweit des Ufers, und neben ihr kniete besorgt der Alte Wickelbär.
Im Begriffe, nach Iztapalapan zu rudern, um sich dem nach Chalco ziehenden Herabstoßenden Adler anzuschließen, war der Zauberer am Garten des Huei-Tecpan vorbeigekommen, hatte Maisblüte, ein Spiel der Wellen, erblickt, hatte sie aus dem Wasser gezogen und aufs Gras gebettet.
Nachdem sie zu sich gekommen war, stellte er voll Besorgnis Fragen, und sie gab ihm ohne Hinterhalt Auskunft. Als sie die unter Wasser schwimmende lichterhellte Galeere und ihres Vaters Schauererscheinung beschrieben hatte, sagte der Alte Wickelbär:
»O Königin! Eine schwere Last legen dir die Sterngötter auf den Rücken. Denn von den Sterngöttern ward dir dieser Traum gesandt!«
Demütig erwiderte Maisblüte:
»Wer bin ich, daß der Himmel mich zur Blume macht? Daß der Himmel mich aufknospen macht? Doch ich bin bereit! Morgen werde ich es tun!«
Der Zauberer erschrak; mitleidsvoll blickte er sie an. »O meine Tochter, warte noch – bis die Zeit Blut in Smaragd verwandelt!«
Maisblüte schüttelte unwillig den Kopf.
»Seine Wunden waren grün!« sagte sie. »Meine Augen sahen es!«
»O meine Tochter, du reiche Kotingafeder! Nur deine Augen sahen es! Warte, bis es alle sehen! Auch das Volk Mexikos hat Wunden, die noch nicht vernarbten. Warte ab, daß Mexikos Wunden smaragden werden – dann magst du den Zornigen Herrn bestatten, weil dein Herz es dir befiehlt!«
Sie entgegnete:
»O Zacatzin, o alter Zauberer! Der Gott befiehlt es mir! Ihm gehorche ich – aber nicht dem König, meinem Gemahl, welcher dem Zornigen Herrn nicht beistand und auch mir nicht beistehen wird, wenn ich zur Adlerschale schreite! Doch heiter ist mein Herz! Der Himmel macht mich zur Blume, der Himmel macht mich aufknospen! ...«
Traurig nahm der Alte Wickelbär Abschied von ihr und bestieg seinen Einbaum.

Er war noch nicht weit fortgerudert, als plötzlich der Überwältiger neben Maisblüte stand.

Ob dort im fortrudernden Boot der Herabstoßende Adler sitze? fragte er. Ob sie mit seinem Vetter eine Zusammenkunft gehabt habe?
Ohne Schroffheit, mit schwermütigem Tonfall hatte er die Frage gestellt. Doch Maisblüte war durch sein eifersüchtiges Mißtrauen zutiefst verletzt.
Es sei nicht Guatemoc gewesen, sagte sie kalt.
Der Überwältiger drang mit höflicher Hartnäckigkeit darauf, daß sie den Mann nenne. Sie verweigerte es. Schließlich erklärte sie sich bereit, ihr Geheimnis preiszugeben, wenn er sein Gefolge herbeirufe.
Er tat es. Und in Gegenwart aller Höflinge verkündete sie:
»Ein Gott redete mit mir und zeigte mir das Traumbild meines Vaters, des Zornigen Herrn. Und nun schmerzt mich mein Herz, und ich tue das Gelübde, daß ich ihn bestatten werde, sobald ich kann!«
»Sie fiebert!« sagte der Überwältiger zu den Höflingen. »Das Räuchergefäß der Nacht streut giftige Dünste aus. Vergeßt, was sie sprach!«
Und liebevoll faßte er sie an der Schulter, führte sie ihren Frauen zu, übergab sie ihren Frauen.
Dann ging er lange schweigsam auf und ab. Und er beschloß, sein Weib mit in die Schlacht zu nehmen, um sie nicht aus den Augen zu verlieren.
Im kleinen Tepanekendorf Popotla am westlichen Seeufer (wo nach der Nacht der Schrecken Cortez, unter einer Zeder sitzend, geweint hatte) war es dank der Fahrlässigkeit der nach Beutestücken suchenden, Siegesfeste und Totenfeste feiernden Mexikaner den Kastiliern möglich gewesen, ihre Wunden zu verbinden, sich zu sammeln und unbehindert den Rückzug nach Norden anzutreten. Nur einige aztekische Schildträger blieben ihnen auf den Fersen, wagten sich jedoch nicht in Gefechtsnähe und begnügten sich damit, den Mut der Abziehenden mit einem infernalischen, nie abreißenden Gebrüll zu ermüden.
Kläglich zusammengeschmolzen war das Christenheer, das erst kürzlich um dreizehnhundert Mann und achtzig Pferde des Pánfilo de Narváez vermehrt worden war. Wie vor Jahresfrist, als es die Sanddünen verließ, um den Weg über Sempoalla ins Goldland zu suchen, war es wieder ein winziges Häuflein von kaum fünfhundert Landsknechten, dreiundzwanzig Pferden und weniger als tausend indianischen Bundesgenossen. Und fehlte es damals schon an Krüppeln nicht unter den Abenteurern, so war jetzt keiner unter ihnen, der nicht blutigen Zoll gezahlt hatte, sei es in der nächtlichen Schlacht gegen Narváez, sei es bei den Kämpfen am Hauptportal des alten Tecpan und an den Dammdurchstichen. Von tlascaltekischen Lastträgern wurden die Todwunden auf Bahren inmitten des Heeres getragen, andere Kranke waren an die Kruppen der Pferde geschnallt. Und wie vor Jahresfrist ritt Diego de Ordás an der Spitze und zog mit der Vorhut in die Stadt Tlacopan ein, wo er mit seinen fünfund-

vierzig Begleitern vom Gros des Heeres abgeschnitten wurde. Er schlug sich nach Norden durch.
Inzwischen hatte Cortez, von einigen aus einem Maisfeld aufgetauchten Otomis gewarnt, einen seitlichen, ins Hügelland abbiegenden Weg eingeschlagen. Beim Scharmützel mit den Adlern und Jaguaren vor den Toren der Stadt war Montezumas ältester Sohn, der Vom-Himmel-Gestiegene, von einer Obsidianlanze tödlich getroffen worden; auch drei Kastilier waren gefallen, und Cortez selbst trug eine tiefe und schwer heilende Kopfwunde davon. Den Weg fortsetzend, merkte Cortez bald, daß die Zahl seiner Verfolger lawinenartig anwuchs. Um sein kleines Heer nicht noch mehr dezimieren zu lassen und da ihm bekannt war, daß die Indianer nachts nicht kämpften, beschloß er, fortan bloß bei nächtlicher Dunkelheit zu marschieren. Von Otomis geführt, erreichte er den otomischen Flekken Teocalhuiacan, wo er bei einem aufragenden Tempelturm haltmachen und teils in den wenigen Häusern, teils in der Savanne ringsher das Nachtlager aufschlagen ließ. Die freundlichen Otomis bewirteten ihre tlascaltekischen Landsleute und deren christliche Freunde mit Maiskuchen, gebratenen Truthennen und kühlenden Getränken. Als um Mitternacht das Heer weiterzog, verbot Cortez, die Lagerfeuer zu löschen, in der Absicht, die Azteken irrezuführen. Und er tröstete die über die schweren Abgaben und Kriegslasten klagenden Otomis mit den Worten:
»Nur für kurze Zeit verlasse ich euch. Und wenn ich wiederkehre, will ich euch befreien vom Druck Mexikos. Denn ich werde Mexiko zerstören. Dann sollt ihr die Herrschenden sein und werdet keinem Mexikaner mehr zu gehorchen brauchen!«
Je größer die Not, je größer wurde seine Zuversicht.
Der eingeschlagene Weg durch die Hügelkette zog sich weit nach Westen hin. Erst in der dritten Nacht gelangten die Christen wieder in die Ebene und übernachteten in der dicht beim nördlichen Xaltocansee gelegenen kleinen Stadt Tepozotlan, der »Stadt der Buckligen« (berühmt in der Geschichte der Tolteken, weil hier zuerst der Türkis gefunden und bearbeitet wurde). Die Häuser und der Tecpan des dortigen Kaziken waren leer: die geflüchteten Einwohner hatten alle Nahrungsmittel mit fortgeschleppt oder vernichtet. Gastfreundliche Otomis gab es in der Umgegend nicht. Das Heer litt grausamen Hunger.
Von Tepozotlan aus standen zwei Wege nach Tlascala offen. Der nordöstliche, am Zumpancosee vorbei, war der weitere, dafür aber verhältnismäßig gefahrlos. Der nähere südöstliche Weg verlor sich in einer Wirrnis von Morästen. Cortez beriet mit seinen Feldobristen und konnte lange zu keinem Entschluß kommen. Wählte er den südöstlichen Weg, so hatte er die Möglichkeit, sich bald wieder mit der abgesprengten Vorhut zu vereinen. Die Möglichkeit indes war keine Gewißheit; und wenn auch gewöhnt an Himmelswunder, durfte

Cortez damit nicht rechnen – wie nicht einmal damit, daß die Vorhut dem geplanten Überfall in Tlacopan entkommen sei. Gewiß hingegen war, daß ohne geeignete Führer die Sumpfwüsteneien am südlichen Xaltocanufer ungangbar waren.
Pedro d'Ircio, Pedro Trujillo und Valladolid der Dicke schlachteten heimlich eins der dreiundzwanzig Pferde und verzehrten einen Roßschenkel roh – aus Furcht, sie könnten beim Schmoren und Zubereiten des Fleisches ertappt werden. Indes, der Frevel wurde ruchbar. Der Eigentümer des Pferdes, Martín de Gamba, und die Feldobristen – Olid vor allem – wüteten, schrien nach dem Henker; doch Cortez zuckte nur die Achseln. Und er gab Befehl, noch ein zweites lahmendes Pferd abzustechen, das Fleisch beider Tiere in kleinen Rationen an die Mannschaft zu verteilen. Er selbst nahm an dem traurigen Festmahl teil.
Da wurde ihm ein Otomi gemeldet. Dieser erbot sich, das Heer durch die südliche Morastgegend nach der von Otomis bewohnten Stadt Otompan, unweit der Grenze Tlascalas, zu führen. Mit Dank wurde sein Anerbieten angenommen.
Selbst Marina schöpfte keinen Verdacht und erkannte im vermeintlichen Otomi den Annalenschreiber Feuer-Juwel nicht, obgleich sie ihn öfters in der Umgebung Montezumas gesehen hatte. Feuer-Juwel war allerdings ganz unkenntlich, da er sich das Haupthaar – bis auf den im Nacken herabhängenden Piochtlischopf – abrasiert, die Zähne bunt gefärbt und das Gesicht mit einer roten und grünen Gitterbemalung entstellt hatte.

Inzwischen drang die Vorhut weit nach Osten vor. Wie durch ein Wunder hatten die fünfundvierzig Mann in der Falle von Tlacopan keinen Schaden genommen. Und ein nicht geringeres Wunder war es, daß sie – nachdem sie die gepflasterte Reichsstraße am Nordufer der Lagune verlassen – fast ohne Mundvorrat und eines einheimischen Führers ermangelnd, in den Sümpfen nicht umgekommen waren. Ein Führer, und zwar der Spinner, gleichfalls als Otomi verkleidet, stellte sich erst ein, als sie sich in einem Zedernwald in der Nähe der Sonnen- und Mondpyramide von Teotihuacan – Wo-die-Götter-anlangen – verirrt hatten.
Bei anbrechender Dunkelheit, nach vielen vergeblichen Versuchen hinauszufinden, waren sie im Walddickicht erschöpft im Gras niedergesunken, von düsterer Hoffnungslosigkeit befallen. Zum Hunger gesellte sich der Durst: auf keine Quelle waren sie im Walde gestoßen. Die Hoffnung, sich mit Cortez wieder zu vereinigen, hegte keiner mehr.
Als eine der Tapfersten in dieser Drangsal erwies sich Isabel de Ojeda. Sie hatte in der Nacht der Schrecken wie ein Mann gekämpft und sich nicht weniger an den Dammdurchstichen hervorgetan als María de Estrada, die Amazone. Und sie war, in der Rüstung und

auf dem Pferd eines gefallenen Kameraden reitend, in Tlacopan eingezogen, weil ihr Mann, Antonio de Villareal, des Diego de Ordás Fähnrich und steter Begleiter war. So kam es, daß auch sie der Abgesprengten furchtbares Los teilen mußte. Was dies Los war und zu werden drohte, begriff sie nicht; oder vielmehr, sie sträubte sich, es zu begreifen. Und während ihr sonst eitler und hochfahrender Gatte den Kopf sinken ließ, trug sie den Kopf hoch, blickte herab auf ihn, zu dem sie bisher emporgeblickt hatte, und setzte seiner dumpfen Verzweiflung eine trotzige Zuversicht entgegen. Wie um ihn zu strafen, hielt sie ihm als Vorbild den Gleichmut ihres Betreuers und Liebhabers Ordás vor. Doch in seiner Todesfurcht fühlte Villareal nicht einmal den Stachel der Eifersucht. Und der Hauptmann Francisco de Lugo (der ebenfalls unter den Verirrten war) bemerkte sarkastisch:

»Laßt uns auf Ritter Ordás vertrauen, Señora! Denn ganz gewiß wird er, wenn wir alle tot sind, uns mit dem Wasser des Lebens anspritzen und wieder lebendig machen!«

Und krampfhaft lachte Lugo, um seine Beklommenheit zu ersticken.

»Ihr wißt nicht, wie wahr Ihr redet!« rief Ordás, der eben mit dem Spinner zu ihnen herantrat. »In unserer Lage ist jedes Wasser ein Wasser des Lebens. Seht, dieser Otomi will uns zu einem Quell führen!«

Nach halbstündigem Marsch knieten und drängten sich die Soldaten um einen kleinen Tümpel, als wäre es ein Wasserheiligtum; einige leckten wie Hunde, tief hinabgebeugt, das Wasser von der Oberfläche, andere schöpften es mit den Händen, und andere schlürften es vom Eisenrand ihrer triefenden, rinnenden Sturmhauben. Die Gier hatte sie alle stumm für eine Weile gemacht. Nachdem sie aber ihren brennenden Durst gestillt und sich der Gefahr, verschmachten zu müssen, entronnen sahen, schlug ihre Verzweiflung in laute Heiterkeit um. Ribadeo, der Weinschlauch, füllte zum drittenmal seine Sturmhaube, schwang sie wie einen Pokal und forderte alle auf, ein Gleiches zu tun und mit ihm anzustoßen auf das Wohl des Ritters Ordás, dessen Ziel, den Quell des Lebens, den verjüngenden Quell, zu finden, nun endlich erreicht sei – wie sie alle ja bezeugen könnten. Ribadeo hielt seinen vielbelachten Toast, als wäre er trunken vom Wasser. Da erkundigte sich der Otomi bei einem der Tlascalteken nach dem Grunde des Gelächters und erhielt zur Antwort: die Christen spotteten, weil der Hauptmann Ordás einst aus Tenuchtitlan ausgezogen sei, das Wasser der Verjüngung zu suchen ...

Sie übernachteten bei der Quelle. Nach kurzer Rast wurde Ordás geweckt. Der Otomi hatte ihm eine wichtige Mitteilung zu machen.

»O großer Krieger«, sagte der Spinner, »du suchst das Wasser der Erneuerung, den Quell der Jugend, der im versunkenen Tula floß. Du suchst Tula. Doch welches Tula suchst du? Eins liegt im Süden, im Land der Dornen, eins im Westen, wo die Blumen stehen, eins im Norden, im Land der Wolkenschlangen, und eins im Osten, der Sonne entgegen. Das Tula aber, wo Quetzalcoatl um Mitternacht badete, lag in keiner der vier Himmelsrichtungen.«

»Wo lag es denn?« fragte Ordás. (Er war jetzt ein Jahr auf mexikanischem Boden und konnte sich notdürftig – auch ohne Doña Elviras Hilfe – verständigen.)

»Die Binsenstadt Tula, die Urheimat«, erwiderte der Dichter, »lag in der fünften Himmelsrichtung!«

»Wo?« fragte Ordás verdutzt. »In der fünften Himmelsrichtung? Wo ist die? Die kenne ich nicht!«

»Sie befindet sich«, sprach der Spinner, »in der Mitte zwischen Süden, Westen, Norden und Osten. Sie befindet sich in deinem Herzen und in meinem und in jedes Menschen Herzen, der sie sucht. Freilich, nur wenige suchen sie.«

Der kranke Geist des alten Ritters war empfänglich für solcherart Mystik.

»Dann also ist das Tula der Silberpaläste nichts als ein Traum?« bemerkte er enttäuscht.

Auf diese Enttäuschung hatte der Otomi gelauert. Und er setzte auseinander: dieses Tula liege unter der Erde, und nur ein Traum vermöge es sichtbar zu machen. Aber er kenne im Walde eine Lichtung, da steige wie ein Dunst die Stadt Tula mit ihren Palästen und Türmen aus der Erde und schwebe als eine Spiegelung in der Luft. Und wer das erblicke, den führe eine goldgelbe Hirschkuh zur Quelle der Jugend.

Bebend vor Erregung stellte Ordás die Frage: ob es weit sei bis zu jener Lichtung?

Der Spinner verneinte und forderte Ordás auf, ihm zu folgen.

Während sie zwischen den nachtschwarzen Zedernstämmen hinschritten, erzählte der Dichter vom König Himmelspfeil, wie er mehrere Zauberer ins Land der ewigen Jugend sandte und was sie dort erlebten ...

Plötzlich fühlte sich Ordás am Kopf und an den Armen gepackt, niedergeworfen, mit Stricken gefesselt. Zehn dunkle Gestalten umheulten ihn. Der Otomi war verschwunden. Aber ebenso schnell wie seine Gefangennahme erfolgte seine Befreiung. Europäische Panzer und Schwerter erklirrten. Ein kurzes Handgemenge – dann Flucht der Indianer. Ordás wurde losgebunden.

Freudig und vorwurfsvoll standen sein Fähnrich Villareal und die Armbrustschützen Juan Benítez (den man das Auge des Heeres nannte), Peñalosa, Arroyuelo und der alte Santisteban vor ihm und führten ihn zu den Kameraden zurück. Sie waren ihm gefolgt, da sein heimliches Entweichen mit dem Otomi nicht unbemerkt geblieben war.

Den Hauptmann zu schelten, wie er es verdiente, scheuten sich seine

Untergebenen. Und Francisco de Lugo, der ihm gleichgestellt war, unterließ es aus Mitleid. Bloß sein Mündel, die olivenbleiche Isabel, kannte kein Erbarmen und hatte das Herz, ihm vorzuhalten:
»Wahrlich, Don Diego, Ihr seid ein unverbesserlicher Narr! Ponce de Güelva (Gott habe ihn selig!) hatte recht, als er behauptete: man müsse Euch den Schädel aufsägen und Euer Gehirn mit Seife waschen!«
Es gehörte zu den Lebensbedürfnissen des alten Ritters, sich von Isabel mißhandeln zu lassen. Hätte sie ihn geschlagen, er hätte es mit ebenso hündischer Ergebenheit hingenommen wie ihre peitschenden Worte.

Von Selbstanklagen zerpeinigt, fand Ordás keinen Schlaf. Die Vorwürfe Isabels versengten ihm die Seele. Er sah ein, daß er ein Narr sei, daß er phantastischen Träumen nachgeeilt war, während seine Gefährten – nicht ohne Schuld – dem Hungertod unter die Augen traten. In seiner Zerknirschung faßte er den Vorsatz, nie wieder einen so einfältigen Streich zu machen. Unmittelbar darauf aber beschloß er, noch einmal heimlich davonzuschleichen, um seine Schar vor dem Hungertode zu retten. Denn er entsann sich plötzlich, daß er vorhin, mit dem Otomi zur Lichtung schreitend, einen Hirsch aufgescheucht hatte.
Vielleicht dachte er – im Unterbewußtsein – auch an die goldgelbe Hirschkuh, die zum Quell der Jugend weisen konnte. Geschwächt durch Strapazen, Schlaflosigkeit, Nahrungsmangel, verwirrten sich bereits seine Sinne.
Er rüstete sich als Jäger aus, nahm einem schlummernden Arkebusier die Armbrust, einem Pikenier den Spieß fort und schritt bei Morgengrauen in den Wald. Obgleich die Posten verdoppelt waren, wurde sein Davonschleichen diesmal nicht bemerkt.

Keine fünfzig Schritt war er gegangen, als er hinter sich ein Knistern im Unterholz hörte. Rasch wandte er sich um, schußbereit. Nicht ein Mensch, ein mächtiges Tier war es, das sich ihm näherte. Ein Glück, daß er gezögert, daß er den Bolzen von der Armbrust nicht abgeschnellt hatte. Becerrico, Francisco de Lugos Heldenhund, sprang wedelnd an ihm hoch.
Zufrieden klopfte Ordás dem Hunde die Flanke. Er schickte ihn nicht heim, er ließ sich seine Begleitung gern gefallen. Bei der Jagd konnte ihm das behende Tier von Nutzen sein.
Und weiter schritt Ordás in den Wald hinein. Hirsche fand er nicht. Nach einer Stunde kehrte er enttäuscht ohne Beute zurück.
Schon war er nicht mehr weit vom Nachtlager. Da trat ihm ein großer schwarzer Bär entgegen. Nach wenigen Augenblicken lag Becerrico mit aufgeschlitztem Bauch reglos am Boden. Und aufrecht ging der Bär auf Ordás los.

Bolzen zu verschießen hatte keinen Zweck mehr. Zu nahe standen sich Mensch und Bär gegenüber. Mit aller Wucht bohrte Ordás den Spieß in das zottige Fell. Der tödlich verwundete Bär hatte noch Zeit, mit der Pranke Ordás am Scheitel zu treffen, ihm ein beträchtliches Stück der Kopfhaut abzustreifen. Dann sank er tot neben Becerrico hin.

Auch Ordás sank blutüberströmt auf den moosbewachsenen Waldboden. Seltsam frei und leicht war ihm zumute. Nun hatten alle Mühen ein Ende. Nun war er aller freiwillig erwählten Ziele und Pflichten los und ledig. Mochten andere sich abplagen, das Wasser des Lebens zu finden – seine Sorge war das nicht mehr ...

Die Sinne schwanden ihm. Ehe sie ganz schwanden, wandelte sich seine Heiterkeit urplötzlich in eine qualvolle Beängstigung, und diese steigerte sich zum unerträglichen Alpdruck. Er hörte Stimmen nahebei, Indianergeheul, Waffenklirren, Hilferufe. Er glaubte, den Schreckensschrei seiner vergötterten Isabel de Ojeda zu hören. Sich erheben wollte er, ihr und den Kameraden zu Hilfe eilen. Doch er vermochte sich nicht zu erheben. Und während er verzweifelt mit seiner Schwäche rang, senkte sich eine schwarze Nacht auf seine ermatteten Augen ...

Grausame Wirklichkeit – nicht eine Fieberphantasie – hatte sich in sein schwindendes Bewußtsein gedrängt. Die Rufe und der Waffenlärm tönten eine Weile noch fort, obgleich Ordás sie nicht mehr hörte. Vom Spinner benachrichtigt, hatte Ohrring-Schlange mit einem Trupp Adler und Jaguare aus Tezcuco die schlafende Vorhut am Waldtümpel überrumpelt. Fast sämtliche Christen – auch der Hauptmann Lugo und Isabel de Ojeda – waren den Indianern lebend in die Hände gefallen und wurden nach Tezcuco geführt, um dort in Holzkäfigen gemästet und dann auf den Opferblutschalen Tezcucos und Tenuchtitlans den Göttern geschenkt zu werden. Der alte Büchsenspanner Santisteban war glücklich zu preisen: hatte er doch beim Überfall den Tod gefunden.

Cortez und sein Heer hatten das Moorland und das daranstoßende Gebiet dichter Waldungen unversehrt durchquert und gelangten am 7. Juli – eine Woche nach der Nacht der Schrecken – in das weite Flachland von Otompan und Tepepulco. Diese Ebene – Micotli, der Weg-der-Toten, genannt – zog sich von der Nordwestkette des Schilfsees von Mexiko nordwärts hin, im Osten begrenzt von der Quauhtepan-Kordillere – dem Adlergebirge –, einem Ausläufer der beiden Vulkanriesen Anahuacs. Während das Heer an der altheiligen Priesterstadt Teotihuacan vorüberzog, ließ sich Cortez von Feuer-Juwel den Ursprung der Stadt, ihrer beiden rotbemalten, vierstufigen Pyramiden – des Mondes und der Sonne – berichten.

Die Vorfahren der Totonaken galten als die Erbauer. Nachdem sie zugleich mit den Olmeken die sieben Höhlen des Reiherlandes verlassen, hatten sie, nach langen Wanderungen Anahuac betretend, hier auf dem Weg-der-Toten ein Königreich gegründet – viele Jahrhunderte, bevor die Meeresküste und Sempoalla ihr Wohnsitz wurden.

Den Namen Teotihuacan – Wo-die-Götter-anlangen – erhielt die Priesterstadt (die damals die Hauptstadt Anahuacs war), weil nach Erdbeben und Weltkatastrophen die Himmelsgötter in die Sanktuarien ihrer Tempel niederzusteigen und dort, auf Richterstühlen thronend, Rat zu halten pflegten. Noch finster, nur von Sternbildern erleuchtet war die Erde damals, denn mit der gesamten ersten Schöpfung und den in Fische verwandelten ersten Menschen war auch die erste Sonne – die Wassersonne – von der Sintflut hinweggespült worden. Und als nun die Götter das erstemal in Teotihuacan versammelt thronten, berieten sie, wer von ihnen die Welt erleuchten solle. Der Gott Tecciztecatl – der Träger-des-Meerschneckengehäuses – erbot sich dazu; und nach ihm ein kleiner, mißachteter, ausschlagbedeckter Gott, Nanahuatzin, »der Syphilitische«. Verlacht wurde der Ehrgeiz des kleinen Gottes der Syphilis; da aber kein anderer der Götter sich meldete, wurde ihm gestattet, ein Himmelslicht zu werden. Und die Götter errichteten zwei hügelhohe Erdhaufen und setzten auf deren Spitzen je einen der Erwählten, auf daß er dort vier Tage lang Bußübungen verrichte; am Fuße der Erdhaufen aber entzündeten sie Reisigbündel und schürten sie zu hellen Flammen empor. Am vierten Tage, sobald die Kasteiungen beendet waren, stellten sich in langer Reihe die sechzehnhundert Götter und Göttinnen als Zuschauer auf. Der Träger-des-Meerschneckengehäuses brachte dem Himmel Kostbarkeiten dar: einen Blumenstrauß aus Edelsteinen und blutige Büßerdornen aus roter Koralle. Der kleine Syphilitische jedoch besaß nichts, was als Opfergabe hätte dienen können; darum schenkte er dem Himmel den Schorf seiner Eiterblasen ... Und als beide Totenschmuck erhielten, wurde der Träger-des-Meerschneckengehäuses reicher und besser gekleidet; denn das Schneckengehäuse war – gleich der Muschel – ein Sinnbild jungfräulicher Reinheit ...

Als erster hatte sich der Jungfräuliche gemeldet, und zuerst wurde er jetzt von den Göttern aufgefordert, ins Feuer zu springen. Er nahm einen Anlauf, schreckte aber dicht vor der baumhohen Lohe zurück. Viermal wiederholte er vergebens den Versuch. Da fragten die Götter den Syphilitischen, ob er mehr Mut habe. Und sofort stürzte sich der kleine Gott in die Flammen. Der Beifall der himmlischen Zuschauer beschämte den Träger-des-Meerschneckengehäuses so sehr, daß er, die Furcht überwindend, ebenfalls den Feuertod suchte und fand.

Nicht sofort wurden die Verbrannten wiedergeboren. Lange warteten die sechzehnhundert Götter; und als ein Frührot den Himmel zu färben begann, knieten sie – um die Sonne zu begrüßen – nieder nach allen Windrichtungen, denn einige glaubten, sie werde sich im Süden oder Norden erheben, andere erwarteten sie im Osten oder Westen.

Schließlich stieg der Syphilitische als Tonatiuh – der Sonnenherr – im Osten auf und gleich hernach der Herr-des-Schneckengehäuses als Meztli, der Mond. Aber sie bewegten sich nicht fort, sie blieben regungslos am Himmel, und die Sonne gefährdete durch ihre Glut die Welt. Und da sie verhöhnt worden war, schoß die Sonne Pfeile nach den Göttern und verwundete ihrer viele. Die Götter waren ratlos.

»Laßt uns alle freiwillig sterben«, beschlossen sie, »nur durch unsern Tod können wir die Welt vor dem Untergang bewahren.« Und sie gaben dem Windgott Quetzalcoatl den Auftrag, sie alle zu töten. Das tat Quetzalcoatl. Und nachdem er alle sechzehnhundert Götter und Göttinnen umgebracht hatte, verursachte er einen so gewaltigen Sturm, daß Sonne und Mond ihm nicht standhalten konnten und, vom Wirbel fortgerissen, getrennt voneinander anfingen, um die Erde zu kreisen.

Etliche Jahre nach dem Göttergemetzel, als ein neues Göttergeschlecht den Himmel bewohnte, bekleideten die totonakischen Bewohner Teotihuacans die beiden künstlichen Hügel mit Steinquadern und wandelten sie um in herrliche Stufenpyramiden, die der von Cholula an Pracht und Umfang wenig nachstanden.

Den ersten Königen der Totonaken – Omeacatl, Zwei-Rohr, der aus seinem Badhause rätselhaft entrückt worden war, ohne zu sterben, und seinem Sohne und Nachfolger Xotontan – wurden die zwei mächtigen Bauwerke als Grabtempel geweiht; und zum Gedächtnis an die Apotheose wurde die kleinere das Haus-des-Mondes, die größere das Sonnenhaus benannt.

»Wenn ich solche Ammenmärchen von Quetzalcoatl höre«, bemerkte Cortez zu der neben ihm in einer Sänfte getragenen Marina, »so überkommt mich ein Gefühl der Sicherheit. Ich sehe meinen Weg vorgezeichnet. Quetzalcoatl erschlug sämtliche Götter und Göttinnen. Auch ich werde den sechzehnhundert Teufeln den Garaus machen. Ich bin Quetzalcoatl – das habe ich nie so stark empfunden wie jetzt im Unglück. Und jetzt erst verstehe ich, daß ich in Tenuchtitlan gegen Tezcatlipoca gekämpft habe, daß ich, Quetzalcoatl – diesmal noch –, Tezcatlipoca unterlegen bin. Beim kommenden Endkampf werde aber ich den Fuß auf Tezcatlipocas Nacken setzen ...«

Aguilar schritt neben der Sänfte, zuweilen verstohlen auf die rührende bräunliche Madonnengestalt Marinas blickend, die ihr Kind säugte. Der Inbegriff der Königin, der Mutter, der Heiligen war sie ihm. Aus erdfernen Träumereien fuhr er auf, erschreckt durch die Hybris des Generalkapitäns. Er fürchtete Marinas wegen die Strafe der Vorsehung.

»Don Hernando«, sagte er zaghaft, »vergeßt nicht, daß wir Flüchtlinge sind! Noch sind wir in Feindesland, noch haben wir Tlascala nicht erreicht ... Und der Allmächtige mag wissen, was uns in Tlascala erwartet!«

Cortez entgegnete ernst:
»Ein Gegengift ist beides – der Hochmut sowohl wie die Demut. Als ich Montezuma gefangen hatte, lag ich im Staub vor meinem Schöpfer. Jetzt bin ich ein Flüchtling, und darum bin ich und will ich Quetzalcoatl sein! Auch er mußte vor Tezcatlipoca an die östliche Meeresküste zurückweichen. Und nichts soll mich im Glauben beirren an die Weissagung: Quetzalcoatl wird wiederkehren und in Mexiko sein Reich aufrichten!«
Olid, der dicht hinter Cortez ritt, drängte seinen Hellbraunen an Romos Flanke heran.
»Verstand ich Euch recht, Don Hernando? Ihr habt Euch vorgenommen, in Mexiko ein Reich aufzurichten?«
Im bartlosen, narbenbedeckten, prachtvoll häßlichen Gesicht des einstigen Galeerensträflings war jeder Muskel gespannt. Seine harten, stechenden, grünen Augen bohrten sich voll frecher Neugier in die Seele des Gefragten. Cortez ertrug den inquisitorischen Blick gleichmütig und gab einen abweisenden, staunenden, nicht schuldbewußten Blick zurück, da er nichts Verfängliches gemeint hatte. Sein behender Geist erfaßte sofort, daß seine Worte vieldeutig gewesen waren, daß sie schicksalvoll werden konnten, wenn ein Angeber sie an den Hof nach Madrid meldete. Dem unberechenbaren Olid war alles zuzutrauen. Neben Avila der unbotmäßigste der Feldobristen, haßte er seit einem Jahr Cortez; nicht etwa, weil er es mit dem Gobernador von Kuba hielt: Untreue war ihm natürlicher als Treue; aber sein Haßgefühl mußte immer einen Gegenstand haben. Seit der Nacht der Schrecken liebte er Cortez, beteuerte es bei jeglicher Gelegenheit und glaubte scheinbar selbst an seine Anhänglichkeit, die nicht frei von gönnerhaftem Wohlwollen war. Der Nimbus der Unbesiegbarkeit war ja – keineswegs bloß in den Augen der Mexikaner – von Cortez gewichen; seiner Gottähnlichkeit entkleidet, war er Nachsicht eher als Neid und Eifersucht wert ...
»Ihr habt meine Worte mißverstanden!« sagte Cortez.
»O nein, Don Hernando! Ich habe Eure Worte gut verstanden – vielleicht besser als Ihr selbst! Müßig mag es sein, davon zu reden, da vielleicht heute abend schon keiner von uns am Leben ist. Müßig mag es auch sein, da selbst, wenn wir nach Tlascala und Verakruz entkommen, es fraglich sein mag, ob – außer Euch und mir – sich Kastilier finden werden, die diese Straße noch einmal ziehen ... Doch nehmt an, es gelänge, nehmt an, Ihr würdet den Fuß auf Tezcatlipocas Nacken setzen. Was dann?«
»Ich bin ein treuer Diener meines kaiserlichen Herrn!« erwiderte Cortez.
»Das wart Ihr bisher, Don Hernando. Und eben darum hat sich Euer Freund Velázquez de León gescheut, Euch vorzuhalten, was er anderen mehr als einmal vorgehalten hat ...«
»Wart Ihr sein Vertrauter?« höhnte Cortez.

»Nein. Aber Tapia und Lugo. Von denen weiß ich, was Don Juan sagte...«
»Was?«
»Daß Tenuchtitlan mehr wert sei als das Goldene Vlies oder ein Marquisat oder das Schafott. Des großen Admirals Lohn waren Ketten. Vasco Nuñez de Balboa starb auf dem Blutgerüst. Und jüngst erst hat Don Pánfilo Euch zum Tode verurteilt.«
»Seine Majestät ist kein Narr wie Narváez!«
»Mag sein ... Dann wird er Euch mit einer gnädigen Audienz, einem Adelswappen oder einem Hofrang kaltstellen... Mir aber scheint, nicht so unrecht hatte Velázquez de León, wenn er behauptete, daß Ihr, Don Hernando, mehr Anrecht auf den Thron Montezumas habt als der Kaiser.«
»Ich? Wie meint Ihr das?«
»Ei, habt Ihr schon vergessen, daß Montezuma nach Doña Marinas Mutter suchen ließ, daß er Marina für seine Tochter hielt?«
»Drei Tage lang!« entgegnete Cortez mißmutig. »Drei Tage lang spielte er mit dem Gedanken, sie könne seine Tochter sein – um andere Gedanken zu verscheuchen. Länger hat er an das Ammenmärchen nicht geglaubt!«
»Vorhin spracht Ihr weniger verächtlich von Ammenmärchen, Don Hernando! Bedenkt auch, daß Völker sich nur durch Ammenmärchen bändigen lassen!«

Das Gespräch brach ab, da ein nach Otompan vorausgeschickter Bote – ein Acolhua aus dem Gefolge der Schwarzen Blume – zurückgekehrt war mit dem Bescheid, daß die Bewohner Otompans der Schwarzen Blume den Gehorsam verweigerten und daß ihre Adler und Jaguare ausgezogen seien, um auf seiten der Mexikaner gegen die Christen zu kämpfen; ein aztekisches Heer von hunderttausend Feuersteinen lagere in der die Stadt umgebenden Ebene bei einem Dorfe namens Tonan Ippan (Angesichts-unserer-Mutter).
Diese Nachrichten standen im Widerspruch zu allen Aussagen Feuer-Juwels. Denn als in Tepozotlan am Xaltocansee der vermeintliche Otomi sich erboten hatte, Cortez durch die Sumpfpfade zu führen, hatte er angegeben: er stamme aus Otompan, der otomitischen Stadt; vor wenigen Tagen erst habe er dort geweilt und könne bezeugen, daß die Schwarze Blume und die Christen mit offenen Armen empfangen würden; wenn erst Cortez bei seinen Freunden in Otompan weile, sei alle Gefahr gebannt – liege doch die Stadt unfern der Grenze Tlascalas, fern von aztekischen Garnisonen; das Aztekenheer aber sei schwerfällig und werde eine Woche brauchen, um, am Lagunenufer entlangziehend, den Weg-der-Toten zu erreichen.
Cortez sah sich nach Feuer-Juwel um. Vor kaum einer halben Stunde noch schritt der Otomi neben ihm und gab ihm Auskunft über Teotihuacans Sonnenhaus und Mondhaus. Jetzt war er nirgends zu sehen.

Auch als Cortez nach ihm suchen ließ, war er nicht zu finden, blieb unauffindbar. Einige sagten, er sei bei einem Gehölz zurückgeblieben, weil er sich einen Dorn in den Hacken getreten hatte ...
Seine Aufgabe war erfüllt. Er hatte das Christenheer verhindert, den nordöstlichen, am Zumpancosee vorbeiführenden Weg zu wählen; er hatte es in die Ebene von Otompan – auf den Weg-der-Toten – hingelockt.

Doch noch war der Weg-der-Toten unsichtbar, verborgen durch einen vorgelagerten – Aztaquemecan, Ort-der-Reihergewänder, benannten – Höhenzug. Cortez beriet sich mit der Schwarzen Blume, ließ sich von ihm eine Beschreibung des Geländes jenseits des Berges geben. Ein Ausweichen wäre jetzt ja doch vergebens gewesen – die Schlacht mußte angenommen werden trotz der phantastischen Überzahl des Gegners.
Die Schwarze Blume kannte Otompan und den Weg-der-Toten. Als – kurze Zeit nach dem Ableben seines Vaters, des Herrn des Fastens – der Bruderzwist ausgebrochen war, hatte sich die von Mexiko bestochene Hauptstadt Tezcuco für den Edlen Traurigen erklärt, während alle anderen Städte des Acolhuareiches der Schwarzen Blume ihre Tore öffneten. Im Triumph war er von Stadt zu Stadt gezogen bis zur nördlichsten, Otompan, und auf dem Weg-der-Toten besiegte er Montezumas Feldherrn, die Rose, ihn verfolgend bis vor die Tore Mexikos, wo er ihn im Zweikampf erschlug und auf einem Scheiter aus Röhricht verbrannte.
Nach Oton, dem Stammvater und Feuergott der Otomis, war Otompan benannt worden: Im-Bereich-Oton-Tecutlis hieß die fast ausschließlich von Otomis bewohnte Stadt. Ihre Tempel waren den barbarischen Gottheiten Tatacoada, Oton Tecutli, Yocippa und Attein errichtet. Und sogar das böse Prinzip »E« besaß dort ein Heiligtum.
Die Treue der Otomis von Otompan zu erproben, hatte die Schwarze Blume oftmals Gelegenheit gehabt. Wenn sie jetzt von ihm abfielen, so geschah es gewiß nicht freiwillig, sondern unter dem Zwang der Verhältnisse: sie waren von Mexikos Heerscharen wie von einem Meer überflutet und umbrandet; der Verzweiflungskampf der Christen aber erschien ihnen aussichtslos.

Im Dorfe Çacamolco am Fuße des Aztaquemecanberges übernachteten die Kastilier, immerwährend umbrüllt von den auf die Höhen entflohenen Dorfbewohnern, die bis zum Morgengrauen nicht müde wurden hinabzurufen: »Schlaft diese letzte Nacht! – Morgen entkommt ihr der Falle nicht!«
Einige der Schreier hatten sich zu weit vorgewagt und wurden niedergemacht. Vom Hungerwahnsinn befallen, schnitt der Musketier Hernando Alonso einem der getöteten Indianer die Leber heraus, schmorte sie in Gegenwart seiner entsetzten Kameraden am Lager-

feuer und verzehrte sie. Als jüngst am Xaltocansee das Pferd des Martín de Gamba geschlachtet worden war, hatte Cortez die Schuldigen straffrei gelassen. Diesmal aber verurteilte er den Musketier wegen Menschenfresserei zum Galgentod. Sein ganzes Heer widersetzte sich, der Henker Osorio wurde bedroht. Cortez sah sich gezwungen, das Urteil zu widerrufen.

Seit vielen Tagen nährten sich die Offiziere und die Soldaten von Xicamawurzeln, Sauerampfer, Pilzen und wilden Kirschen. Vergiftungen waren häufig, mehrere Kastilier starben nach dem Genuß des Teonancatlpilzes. Am Vorabend der Schlacht war das Heer todmatt, verlechzend wie ein Haufe verlorener Wüstenwanderer.

Schon zwei Tage früher hatte Cortez die Schwerverwundeten von den Kruppen der Pferde losbinden und auf Tragbahren legen lassen. Die Pferde wenigstens durften nicht kraftlos sein. Er war bei den Dammdurchstichen aller Feuerwaffen, der Geschütze sowohl wie sämtlicher Musketen, beraubt worden. Seine letzte Hoffnung blieben die Pferde – und er besaß nur noch einundzwanzig Pferde...

Als bei flammendem Frührot die Christen die Höhen des Aztaquemecanberges überschritten und die Ebene von Otompan, den Weg-der-Toten, überblicken konnten, bot sich ihnen – südwärts nach dem Schilfsee zu – ein wundersamer Anblick dar. Zuerst trauten sie ihren Augen nicht –: bedeckte etwa – jetzt im heißesten Hochsommer – frischgefallener Schnee die Savanne? Fernhin, so weit der Himmel blaute, blinkte die Ebene leuchtend weiß. Und doppelt grell blendete der schneeige Schimmer, beschienen von zwei Sonnen – der im Osten aufgehenden und einer anderen, beinahe ebenso hellen, die von Teotihuacan her erstrahlte. Denn auf der Spitze der Sonnenpyramide befand sich ein riesenhaftes schwarzes Steinbild des Sonnengottes mit einem goldenen Spiegel auf der Brust, der die Strahlen der aufgehenden Sonne auffing und dem »Gefilde am Wasserrande«, dem Bereich des Drei-Städte-Bundes, zuwarf, auch Otompan streifend. Die Augen der Schauenden gewöhnten sich erst allmählich an den Flimmer und Glimmer, bis sie unterscheiden konnten, daß es die schlohweißen Kriegsmäntel, die Reiherfederwämse und die Baumwollpanzer der hunderttausend Feinde waren, die sie für Schnee gehalten hatten.

Das Dorf Tonan Ippan – Angesichts-unserer-Mutter –, wo der Überwältiger mit seinen Heerscharen lagerte, war eine Stunde Wegs vom Berg entfernt. Unbelästigt konnten die Christen in die Ebene hinabsteigen. Ein Azteke von mächtigem Gliederbau erwartete sie dort mit Schild und Sägeschwert und forderte zum Einzelkampf heraus. Der junge Alonso de Ojeda und Juan Cortez, ein Negersklave des Cortez, nahmen die Herausforderung an. Ohne ersichtlichen Grund schreckte der aztekische Hüne im letzten Augenblick zurück und schwand in die Ferne.

Düster und stumm schritten nun die Kastilier auf dem Weg-der-Toten der Schlacht entgegen. Dicht vor dem Feinde ließ Cortez haltmachen. Das ganze Heer kniete nieder, während Pater Olmedo ein Gebet sprach und Gottes Segen auf die Kreuzfahne und ihre Streiter herabrief.
Dann hielt Cortez eine kurze, erstraffende Rede:
»Ihr habt keine Kartaunen mehr«, rief er, »Bresche zu legen in die Menschenmauern dort; Musketen, welche die Götzenanbeter für Zauber hielten, habt ihr nicht mehr; die Aureole des Schreckens schwand von euch, nicht mehr für unwiderstehlich, nicht mehr für Götter geltet ihr; nichts blieb euch als euer Schwert und Gottes Beistand! Der Feind brüstet sich mit seiner Zahl. Doch der eine Gott ist mehr als sechzehnhundert Götter. Ein Fels ist unser Gottvertrauen, unser Bewußtsein, daß wir Christen sind, die gegen die Ungläubigen kämpfen! Zeigt diesen Heiden, daß die Unzucht der vielen nichts vermag, die Zucht der wenigen aber alles! Zeigt ihnen, daß hunderttausend Wellen zerschellen müssen an einem – wenn auch kleinen – Felsen!«
Nachdem er so die Kleinmütigen ermannt und die Mutigen entflammt hatte, schritt Cortez die Reihen seines Heeres ab. Und er ermahnte, die Schwerter mehr zum Stoß als zum Schlag zu gebrauchen und vor allem an die Hauptleute des Feindes heranzudringen und sie niederzustechen, da nichts so sehr geeignet sei, ein Heer zu lähmen, als der Verlust seiner Führer. Die Arkebusiere – es waren ihrer nur noch zwölf – und die Kavalleristen stellte er zuäußerst an dem rechten und dem linken Flügel auf und ermahnte die Reiter, in Trupps zu fünf Mann vorzustürmen; auch schärfte er ihnen ein, mit ihren Lanzen nicht nach der Brust, sondern nach dem Gesicht, nach den Augen der Indianer zu zielen – wie es María de Estrada stets getan hatte.

Bejel rührte die Trommel. Ein Schmetterton aus der lilienförmigen Trompete des Sebastián Rodríguez flatterte wie eine Lerche lustig empor ins Ätherblau.
»Santiago, und los auf sie!« rief Cortez.
Die Schlacht hatte begonnen. Und gleich beim ersten Anprall gab die Menschenmauer nach, durchbrochen von der Wucht des christlichen Ungestüms. Freilich, auf die Ebbe folgte alsbald die Flut. So viele Mexikaner tot am Boden lagen, so viele brausten und sausten heran, unbekümmert um das Los, das ihrer harrte. Im Regen der fliegenden Steine, Wurfspieße und Pfeile aber sank mancher der Kastilier und Tlascalteken getroffen hin, und die kleine Schar fing an, merklich zusammenzuschmelzen.
Indes, alle Versuche der Azteken, das Christenheer zu umzingeln, wurden jedesmal durch die Kavallerie vereitelt. Alvarado, dessen Fuchsstute in der Nacht der Schrecken umgekommen war, ritt eins der Pferde des Narváez. Er und Avila und Olid – jeder von vier

Reitern umringt – fegten durch die Reihen der Feinde wie der Herbststurm durch welke Blätter. Sie glichen nicht menschlichen Wesen, sie glichen Reitern der Apokalypse.
Die Skelettgestalt des Todes schien zwischen ihnen zu reiten, mit breiter Sense Menschenhaufen gleich Kornähren niedermähend. Von grausiger Schönheit aber war Sandoval umkleidet. Einem Erzengel ähnlich mit flammendem Schwert, blitzte er auf seinem dunkelbraunen Hengst Motilla durch das dichteste Gedränge und begründete an diesem Tage den Ruhm seines Löwenmutes und seiner Heldenschaft ohnegleichen.
Cortez leitete die Schlacht durch Zuruf und Signale. Er sprengte hierhin und dorthin, war überall, wo er ein Wanken spürte. Seine Mahnungen und mehr noch sein Beispiel erstarkten die Erlahmenden. Wie ein Soldat focht er und teilte die Lebensgefahr seiner Kameraden. Sein Koller und Brustharnisch trieften vom Blut seiner Wunden. Die in Tlacopan erhaltene Kopfverletzung war noch nicht geheilt, die Narbe brach auf; und schon schlug ihm ein Steinwurf eine zweite schwere Kopfwunde. An der linken Hand büßte er drei Finger ein. Sein Rappe Romo, von Pfeilen bespickt und zerfetzt an jedem Teil seines Körpers, brach vor Blutverlust zusammen. Cortez bestieg den Apfelschimmel Molinero.
Vier Stunden währte die Schlacht in glühender Sonne, in glühendem Kampf. Schweißgebadet fühlten die Streiter ihre Zungen und Kehlen verdorren, ihre mordenden Arme müde werden des Mordens. Den Christen begannen schließlich Kraft, Mut und Hoffnung zu schwinden. Sie wichen. Cortez hielt die Fliehenden auf, flehte sie an, wetterte sie an:
»Was tut ihr, Wahnsinnige ihr! Wollt ihr euch wie Hunde von den Heiden abstechen lassen? Bedenkt, daß keine andere Wahl uns blieb als Sieg oder Tod!«
Es gelang ihm ein letztes Mal, die Wankenden voranzutreiben. Er wußte, daß es ihm nicht wieder glücken würde. Er hatte ein Trostwort bereit für jeden Verzweifelten; für die eigene Verzweiflung hatte er keinen Trost.
Da, in der höchsten Not, erblickte er, aufragend über die Köpfe der herandrängenden Mexikaner, einen von strahlendem Gefolge umgebenen und von königlichen Tlamamas getragenen goldenen, mit schwergoldenem, großem Blumengerank verzierten Tragsessel. Darin saß ein fürstlich gekleideter Azteke, von dessen Rücken ein anderthalb Klafter hohes, sich spitz (wie der Querschnitt einer Birne) verjüngendes, mit einem Quetzalfederbusch gekörntes Goldnetz aufragte. Zu weit entfernt war der Azteke, als daß Cortez seine Gesichtszüge hätte unterscheiden können. Doch das Goldnetz war ihm bekannt: bei einem Kriegerfest in Tenuchtitlan hatte er es auf dem Rücken Montezumas gesehen. Es war die Matla Xiquipilli, »Netz-Sack«, genannte Devise der Könige Mexikos. Mit Recht fol-

gerte Cortez, daß auf dem Goldstuhl der Bruder Montezumas, der Überwältiger, Mexikos neuer König, sitzen müsse.
»Vorwärts, Kameraden!« schrie Cortez. »Los auf den Goldstuhl dort! Ist erst der Goldstuhl unser, ist unser auch der Sieg!«
Und er trieb den Keil hinein tief in das Gewimmel der haßerfüllten Myriaden. Hinter ihm und seinen tapferen Begleitern schloß sich die Bresche, und die Menschenwogen umbrandeten ihn wie Sintflutgewässer.
Dennoch drang er vor. Er durchstach drei der Träger, so daß der Goldsessel zu Boden sank. Und mit einem Schwerthieb schlug er dem Überwältiger einen tödlichen Nackenhieb.
Juan de Salamanca, der neben Cortez focht, sprang vom Pferd, trennte das Haupt des Mexikanerkönigs vom Rumpfe und hob es empor wie ein Gorgonenhaupt. Brüllend stoben die Azteken auseinander. Sodann riß Juan de Salamanca das Goldnetz von der Schulter des Geköpften und reichte die Königsdevise Cortez hin mit den Worten:
»Ihr, gnädiger Herr, habt ihn gefällt! Euch gebührt das Siegeszeichen. Schaut, Ihr habt gesiegt! Alexanders des Großen Sieg über Darius war nicht wunderbarer!«
Der Anblick der Königsdevise in der Hand des christlichen Führers trieb die Heerscharen, die Hunderttausende, in die Flucht. Bei der Verfolgung töteten die Christen zwanzigtausend Feinde. Eine unermeßliche Beute, auch das königliche Heerlager, fiel ihnen in die Hände.
Die reichste Trophäe erbeutete der Reiter Don Pedro Gallejo. Während der Plünderung des Lagers war er, begleitet von seinem Freund Francisco Martín de Vendabal, als erster in das königliche Zelt eingedrungen und hatte die Königin Maisblüte bei der Hand gefaßt und für seine Gefangene erklärt. Nachdringende raubsüchtige Gesellen, die der Königin den Schmuck vom Leibe reißen und, wenn ihr nicht, so doch ihren prinzlichen Frauen Gewalt antun wollten, waren von den beiden Freunden verscheucht worden.
Gallejo und Vendabal waren vor bald einem Jahr, als das Christenheer sich bereits auf dem Wege nach Sempoalla befand, in Verakruz mit dem galanten Salcedo, Luis Marín und Antonio de Quiñones gelandet. Auf der Universität Salamanca hatten sich die beiden Freunde gefunden und waren unzertrennlich seitdem. Sie waren Hidalgos, hatten schmale lange Gesichter und schöngeformte längliche Schädel. Ihre Erziehung, Universitätsbildung und angeborenes Kavaliertum schieden sie ab von den meisten Goldsuchern jener Zeit. Sie waren ernst und schweigsam. Besonders Don Pedro Gallejo schien beschwert von einer heimlichen Kummerlast, für die er vielleicht selbst keine Ursache wußte ...
So unerwartet, so jäh war das Unglück über Maisblüte hereingebrochen, daß sie in ihrer Seele keine Schutzwaffen, keinen Panzer fand,

der grauenvollen Wirklichkeit zu begegnen. Eben noch die mächtigste Königin, war sie jetzt die Sklavin eines kastilischen Reiters. Da beschloß sie, sich durch Stummheit zu wehren und zu bewahren. Sie hoffte durch ihre Stummheit einen Wall errichten zu können zwischen sich und der Schändung, die für sie jeder Blick, jedes an sie gerichtete Wort bedeutete.

»Fürchte nichts, o Königin«, sagte Gallejo auf mexikanisch. »Zwar nahm ich dich gefangen, doch nur um dich zu schirmen und ein schlimmeres Los von dir fernzuhalten! Nicht meine Sklavin bist du – deine Schönheit macht mich zu deinem Sklaven! Jedes deiner Worte wird mir ein Befehl sein!«

Maisblüte schwieg. Ihre Frauen heulten laut, sie lächelte verächtlich, unnahbar. Eine Kränkung war ihr Schweigen – sie wischte damit das Dasein des Kastiliers aus. Sie blickte durch ihn hindurch wie durch eine Dunstgestalt. Aber Gallejo ließ sich nicht abhalten, ihr weiter ritterlich Trost zuzusprechen. Kein Blick ihrer fernschweifenden Augen belohnte ihn.

Sie hörte seine Worte nicht einmal; hätte sie hingehorcht, sie hätte verächtlich gelacht – in so fehlerhaftem Mexikanisch waren sie geradebrecht. Doch sie war taub und blind für die Außenwelt. Sie sah sich auf der hellgelben, weinrot gefleckten Onyxtreppe am Lagunenufer stehen, und sie sah die erleuchtete, mit Toten bemannte Königsgaleere in den Tiefen des Schilfsees. Und in den Ohren klangen ihr die Worte des alten Zauberers: »Eine schwere Last legen dir die Sterngötter auf den Rücken, o Königin!« – und ihre eigenen Worte dann: »Wer bin ich, daß der Himmel mich zur Blume macht? Daß der Himmel mich aufknospen macht?« Da ward sie sich plötzlich bewußt, daß sie ihre Kindespflicht nicht erfüllen, daß sie ihren Vater nicht bestatten könne. Und obgleich ihre Augen düster, starr und hart in die Weite blickten, näßten sich die Augenlider, und zwei große Tränen rollten über ihre Wangen herab.

Don Pedro Gallejos Herz aber jauchzte und ächzte –: sie war nicht gefühllos, und sie litt! Seine Tröstung habe sie erweicht, dachte er; denn er hatte ihr vom Tod des Überwältigers, ihres Gemahls, gesprochen.

Olid trat in das Königszelt. Seine Begleiter, einige zwanzig handfeste Kriegsknechte, blieben vor dem offenen Zelteingang. Alvarado, der eben vorbeieilte, blieb stehen. Unverkennbar durch das Kolibrifedermosaik und die goldenen Stangen war das prangende Obdach des Königs von Mexiko. Alvarado ärgerte sich, daß er zu spät gekommen war. Bei einem der Umstehenden erkundigte er sich und erhielt zur Antwort: Gallejo und Vendabal hätten mehrere Leute des Olid aus dem Zelt gewiesen, als diese die Frauen wegschleppen wollten. Alvarado blieb und wartete ab, welche Wendung der Zwist nehmen werde.

Olid war dicht vor Königin Maisblüte hingetreten. Seine Augen verschlangen sie gierig. Doch nicht ihre Schönheit war es, die seinen dicklippigen Bandenführermund erstrahlen machte. Im Tecpan des Königs Wassergesicht war er ihr oft begegnet, wenn sie ihren Vater besuchte – daher wußte er, daß die Tochter Montezumas vor ihm stand. Und nicht anfechtbar war ihre Tochterschaft wie die Marinas. Seit dem Tode des Vom-Himmel-Gestiegenen und der jüngeren Prinzen lebte kein männlicher Nachkomme Montezumas mehr. Maisblüte war die Erbin, zweier Könige Erbin: des Zornigen Herrn sowohl wie des Überwältigers. Noch tags zuvor hatte er Cortez von den verstiegenen Plänen des Velázquez de León gesprochen, die sich auf die ephemeren Ansprüche Marinas aufbauten. Wie ganz anders begründet aber würden die Ansprüche dessen sein, der Maisblüte besaß. Und war Cortez so sehr der Narr seines Gewissens, daß er die Hand nach der Goldfrucht des Glückes nicht ausstrecken wollte, so war er – Olid – entschlossen, den Apfel der Hesperiden vom Ast zu pflücken, der sich ihm entgegenbog ...
Olid nahm Gallejo beiseite und flüsterte:
»Tretet sie mir ab! Ihr sollt es nicht bereuen!«
»Señor, Ihr fordert Unerfüllbares! ...« erwiderte Gallejo.
Olid blickte starr zu Boden. Seine Augen verfingen sich am Schmuck der Königin. Gleich nach dem verhängnisvollen Ausgang der Schlacht und noch bevor die Christen in ihr Zelt gedrungen waren, hatte sie sich ihres fürstlichen Schmuckes entledigt. Olid bückte sich schnell und hob einen Smaragd von unerhörter Größe auf. Der fehlerlose Smaragd war als Stufenpyramide, dem Schlangenberg ähnlich, geschliffen. An der Basis hatte er den Umfang eines Handtellers und erhob sich zwei Zoll hoch. Mit ihm verglichen, war der faustgroße Smaragd des Cortez (den ihm die dicke Prinzessin vor ihrer Hochzeit geschenkt hatte) unscheinbar und unschön, da er roh bearbeitet war und einige Brüche aufwies, während dieser durchscheinend blinkte wie ein grünflimmernder Himmelskörper. Sein Wert mußte unermeßlich sein. Ein kleiner Gletscher war er; der ewig ferne Smaragdfels des Diego de Ordás schien gefunden zu sein ...
Am Morgen nach der Schlacht der Schrecken hatte der Überwältiger dies Kleinod aus Iztapalapan holen lassen und es Maisblüte um den Hals gehängt, als sie seine Gemahlin und Königin wurde.
»Dies ist meine Beute«, sagte Olid. »Da Ihr die Pyramide übersaht, gehört sie mir!«
Vendabal bemerkte trotzig:
»Gewiß, Señor, Euch gehört die Pyramide – wenn der Rechnungsführer Albornoz sie Euch läßt und sie nicht für Seine Majestät Don Carlos de Austria beansprucht!«
Olid würdigte Vendabal keines Blicks und keiner Antwort. Zu Gallejo gewendet, fuhr er fort:
»Das wißt Ihr, daß ich gezwungen noch nie herausgab, was ich mir

nahm. Aber vielleicht tue ich es aus freien Stücken. Ich biete Euch einen Tausch an. Überlaßt mir die Königin und nehmt dafür die Smaragdpyramide – sie hat auf Erden ihresgleichen nicht!«
»Auch die Königin hat auf Erden ihresgleichen nicht!« sagte Gallejo ruhig. »Was Ihr fordert, kann ich nicht tun!«
»Ein Wahnsinniger seid Ihr!« schrie Olid. »Und ich war ein Tor, daß ich bat, statt Euch zu befehlen und Euch zu strafen, wie Ihr es verdient. Was habt Ihr Euch angemaßt! Mit welchem Recht habt Ihr meine Leute fortgewiesen und sie gehindert, sich die Frauen zu nehmen, die ihre Sklavinnen sind?«
»Diese Frauen sind die Sklavinnen der Königin!« rief Vendabal.
»Jawohl, der Königin Venus, der Liebesgöttin!« lachte Olid barsch. Und an den Zelteingang tretend, rief er seinen Soldaten zu:
»Holt sie euch! Ich erlaube es!«
Sofort stürzten sich zwanzig Landsknechte ins Zelt und schleppten die schluchzenden Frauen hinaus. Nur an Maisblüte sich zu vergreifen wagten sie nicht, da sie wußten, daß Olid sie begehrte.
Gallejo und Vendabal hatten die Schwerter gezogen und sich schirmend vor Maisblüte gestellt.
»Schert euch zum Teufel, wenn euch das Leben lieb ist!« brüllte Olid. Und auch er entblößte sein Schwert und drang auf die beiden ein. Vendabal focht mit ihm, während Gallejo Maisblüte aus dem Bereich der klirrenden Klingen in einen andern Teil des Zeltes führte.
Da ertönte ein Aufschrei Vendabals:
»Es ist aus mit mir! Räche mich, Pedro!«
Und mit durchbohrter Brust sank Vendabal zu Boden.
Gallejo ließ Maisblüte stehen und stürmte auf Olid zu. Wenn er beim Fechten sich selbst überbot und den bärenstarken Olid in die Enge trieb, so war es nicht der Gedanke an sich und Maisblüte, der ihm übermenschliche Kraft und Geschicklichkeit verlieh und ihn geradezu in eine blitzschnell überlegene, zielende, treffende Stahlschneide verwandelte, sondern der irre, dumpfe Wunsch, den Freund zu rächen. Auf die Dauer allerdings hätte er Olid nicht die Stirn bieten können.
Da wurden plötzlich die Fechtenden getrennt. Alvarado schlug Olid das Schwert aus der Hand und trat aufs Schwert, so daß Olid es nicht aufheben konnte. Gallejo wäre jetzt imstande gewesen, Rache zu nehmen für seinen Freund. Einen Wehrlosen niederzustechen erlaubte ihm jedoch seine Ritterlichkeit nicht.
Erblaßt war Olid. Er senkte den Kopf wie ein Stier, der die Erde aufwühlt. Stumm warf er sich auf Alvarado und suchte ihn zu erwürgen. Lange währte der Ringkampf der Feldobristen nicht. Cortez war ins Königszelt getreten und schlichtete den Streit.
Der Totschlag an Vendabal ließ sich nicht strafen, da Vendabal als erster die Waffe aus der Scheide gezogen hatte und fechtend gefallen war. Dennoch war Olid schuldig genug. Er leugnete seine Schuld

auch gar nicht; ernüchtert wie nach einem Rausch, gestand er sogar ein, daß er sich schuldig fühle. Von Cortez ließ er sich ohne viel Widerspruch zwingen, die Smaragdpyramide dem Rechnungsführer Albornoz auszuhändigen. Allgemein fiel seine Bereitwilligkeit auf, Alvarado und Gallejo die Hand zu reichen. Auf nichts Gutes deutete so viel Selbstbeschränkung. Auf nichts Gutes deuteten auch die Worte Gallejos, als er in die ausgestreckte Hand Olids seine Hand zu legen sich weigerte:

»Gott vergebe Euch, Don Cristóbal. Ich kann Euch nicht vergeben!«

Gewissermaßen als Sühne für die erlittene Unbill wurde Gallejo die Königin als Eigentum zugesprochen. Hinter rücksichtsvoller Höflichkeit verbarg Cortez seinen Groll gegen Maisblüte. Die Strafe für die Ermordung ihres zweiten Gatten Alonso de Grado, den sie ins überhitzte Temazcalli gelockt und dort verbrannt hatte, war ihr erlassen worden. Bei den letzten Kämpfen in Tenuchtitlan hatte Cortez sie aus der Haft in den Schatzkammern befreit und sie in den Huei-Tecpan zum Herabstoßenden Adler geschickt, um Waffenruhe und freien Abzug für die Christen zu erwirken. Sie war nicht zurückgekehrt; und statt Waffenruhe hatte ihr Gang erneute und noch wildere Sturmangriffe zur Folge gehabt. Einen Teil der Schuld an allem Jammer der Nacht des Schreckens schrieb Cortez ihrem Wortbruch zu und haßte sie deshalb. Aber seitdem, das goldene Netz überreichend, Juan de Salamanca ihn mit Alexander dem Großen verglichen hatte, war er sich seiner weltgeschichtlichen Verantwortung mehr denn je bewußt. Und da er sich entsann, daß der Makedonierkönig die Witwe des Darius mit äußerster Zuvorkommenheit behandelt hatte, ließ er es an Liebenswürdigkeit auch der Witwe des Überwältigers gegenüber nicht fehlen. Er war gescheit genug, die feinen Fäden zu unterscheiden, die zwischen Olids Bestreben, sich der Königin zu bemächtigen, und seinen letzthin gemachten Äußerungen über die Pläne des Velázquez de León gesponnen waren. Und in einem Gespräch unter vier Augen mit Gallejo ließ er eine Bemerkung darüber fallen, wie lieb es ihm sein würde, wenn Gallejo, um eine Wiederholung des Streites zu vermeiden, möglichst bald sich von Pater Olmedo mit Maisblüte trauen lassen wollte.

An den erbeuteten Lebensmitteln hatte das Christenheer Hunger und Durst gestillt. Die Menge Goldes, teils auf dem Schlachtfeld den gefallenen Aztekenhäuptlingen abgenommen, teils im Lager gesammelt, war so groß, daß das Kronfünftel fast der Hälfte des verlorenen Schatzes gleichkam. Das Heer übernachtete auf dem feindlichen Lagerplatz und brach in der Frühe nach der nicht mehr weit entfernten Grenze Tlascalas auf, obgleich die ausnahmslos jeden Kämpfer brennenden Wunden eine Heilungsrast von mehreren Tagen erfordert hätten. Cortez' Kopfverletzung entzündete sich; weder in noch nach der Schlacht hatte er sich geschont, nun wurde er von Wund-

fieber geschüttelt und mußte, außerstande, sich im Sattel zu halten, auf einer Bahre getragen werden.
Der Weg nach Tlascala führte zunächst nordwärts durch die Ebene, an jenem Wald vorbei, wo Francisco de Lugo und die fünfundvierzig Mann der Vorhut von Prinz Ohrring-Schlange überfallen und gefangen wurden. Während María de Estrada am Waldrand entlangritt – stolzer denn je, denn sie hatte in der Schlacht von Otompan neue Lorbeeren gesammelt –, erblickte sie Becerrico, der sich mühselig aus dem Gehölz heranschleppte. Des armen Hundes Bauchwunde war nur zum Teil verheilt, was ihn indes nicht hinderte, die Amazone erkennend, freudig an ihrem Rosse hochzuspringen. Sie rief ihren Gatten, den weißhändigen Sánchez Farfán, und andere Gefährten herbei. Nach längerem Suchen wurde Ordás gefunden, schwer verletzt zwar von den Pranken des Bären, doch lebend. Das tote Tier lag neben ihm. Zu leidend war Ordás, als daß er hätte Auskunft geben können. Wieviel man ihn auch fragte, er schüttelte den Kopf, winkte schwermütig ab mit der spinnendürren Hand.
»Bringt mich in ein Narrenspital! Was soll ich noch unter Christenmenschen!« ächzte er. Auch die Quelle wurde ausfindig gemacht, wo Lugo und seine Begleiter zuletzt gelagert hatten. Die hinterlassenen Spuren des Kampfes ließen über das schreckliche Los der Unglücklichen keinen Zweifel zu.

Als der Weg nach Osten in ein Tal der Quauhtepankordillere – des Adlergebirges – einbog, war das Christenheer bald imstande, die Höhen von Tlascala und die Maid-mit-dem-blauen-Hüfttuch zu gewahren und durch freudige Zurufe zu begrüßen. Ein gemauerter, von Tempeltrümmern umgebener Brunnen, in dessen Umkreis die erste Nachtrast gehalten wurde, erquickte durch sein felsenkühles Wasser die Kranken und die Gesunden und bot wieder Anlaß zu Spötteleien über Ordás und seinen Jugendquell. Doch nicht Galgenhumor war diesmal, sondern Siegerfreude der Grund der harmlosen Ausgelassenheit. Cortez goß einen Tropfen Öl in die hochgehenden Wogen der Heiterkeit. Das Lachen der Sorglosen schnitt wie ein grelles Licht in die finstere Dunsthülle seiner von Wundfieber genährten Besorgtheit hinein. Ihm war das nahe Tlascala ein bedrückendes, unheimliches Rätsel. Noch hatte er kein Anzeichen dafür, welch ein Empfang ihn dort – am Tor der Großen Mauer – erwartete. Von Andrés de Tapia, den er mit einem Trupp von achtzig Mann nach der Besiegung des Pánfilo de Narváez in der Stadt Tlascala zurückgelassen hatte, fehlte jegliche Nachricht. Und der Hohe Rat hatte weder Hilfstruppen noch Boten dem aus Mexiko weichenden Christenheer entgegengesandt. Wenn nicht als Feindseligkeit, so doch als ein vorsichtiges Abwarten glaubte er diese Zurückhaltung deuten zu müssen. Ob die Kunde vom Sieg bei Otompan einen Umschwung bringen werde, stand dahin. Daher ließ er die Leute des Narváez zusammenrufen,

um sie zu ermahnen; kannte er doch ihre schlechte Manneszucht, während er zur Disziplin seiner Veteranen volles Vertrauen hatte.
»Wenn ihr in Tlascala seid«, sagte er, »so benehmt euch bescheiden, als gingt ihr durch die Straßen von Sevilla. Sprecht nicht überlaut, grölt nicht, rempelt die Indianer nicht an, lauft ihren Frauen nicht nach. Ein fluchwürdiges Verbrechen wäre es, wollte jetzt ein Soldat einen Tlascalteken oder eine Tlascaltekin kränken. In Gefahr brächte er damit das Leben seiner Kameraden, ja vielleicht den Verlust des Lebens uns allen, den Verlust vieler tausend Seelen der Kirche, den Verlust der treuesten Bundesgenossen dem Kaiser.«
Die Leute des Narváez gelobten, es zu beherzigen.

Am Vormittag des folgenden Tages wurde endlich die Große Mauer erreicht. Cortez fühlte sich fieberfrei und kräftig genug, seinen Blauschimmel Molinero zu besteigen, und er ritt an der Spitze des Heeres durch die zwei verschlungen im Bogen geführten Gassen des turmartig aufragenden Tores. Die Otomis der Grenzwache widersetzten sich dem Einzug der Christen nicht. Sie grüßten ehrerbietig, erkundigten sich bei den heimkehrenden Tlascalteken nach ihren gefallenen Landsleuten und beklagten mit düsteren Mienen die große Zahl der Toten. Aus ihrem Benehmen ließ sich kein Schluß ziehen auf die Gesinnung des Rates der Alten in der Stadt Tlascala.
Huei-Otlipan, Am-großen-Wege, hieß die Tlascaltekenstadt unfern der Großen Mauer, wo das Christenheer zunächst Quartier nahm. Ein Empfang durch die Landesfürsten fand auch hier nicht statt. Zwei einheimische Botenläufer sandte Cortez an Andrés de Tapia und an den Senat von Tlascala, seine Ankunft und den Sieg von Otompan zu melden – obgleich er vermuten mußte, daß Tapia und der Senat längst davon unterrichtet waren.
Kühle Bergwinde wehten in Huei-Otlipan. Die Stadtbewohner lächelten ihre weißen Gäste freundlich an, zeigten sich aber, als Lebensmittel verlangt wurden, äußerst habgierig und auf Vorteil bedacht. Nur gegen Bezahlung verabreichten sie Speise und Trank. Die Kastilier hätten jenseits der Großen Mauer so unbescheidene Forderungen mit dem Degen beglichen. Der Mahnung des Generalkapitäns eingedenk, beschieden sie sich jedoch und entäußerten sich, um Zwistigkeiten zu vermeiden, eines Teils ihrer neuen Goldbeute.
Am vierten Tage kehrten die beiden Boten zurück und kündeten den herannahenden Prachtzug des Hohen Rates und der Tetrarchen an, dem sie vorangeeilt waren. In der Tat ließ sich bereits eine Staubwolke im Südosten und bald darauf eine lange Prozession grellbunt aufgeputzter Indianer unterscheiden, die von achtzig in Stahl gekleideten Europäern begleitet waren. Die Feldobristen und Cortez befahlen ihren Pagen, Helme und Harnische blankzuscheuern und sprengten in ritterlichem Festschmuck, eine stählern schimmernde Kavalkade, vor das Stadttor, den Kommenden entgegen.

Die königlichen Sänften wurden niedergestellt, und ihnen entstiegen die Stadtkönige: Sammelnde Biene, das Offene Gesicht, der Rauchende Schild und Tecayahuatzin, ›der Herr des Nebels‹, ein Fürst des Freistaates Huexotzinco. Auch eine fünfte Sänfte wurde herangetragen; – die Christen trauten ihren Augen nicht, als sie in ihr Don Vicente-Kriegsmaske, den Vernichter der beiden Brigantinen, erblickten. Wie selbstsicher oder wagehalsig mußte dieser Indianer sein, daß er eine so hohnvolle Frechheit wagen konnte!
Außer dem Hauptmann Andrés de Tapia mit seinen achtzig Fußsoldaten hatten sich zur Begrüßung auch der Prior des Klosters von Tlascala, Juan de las Varillas, und eine Anzahl Klosterschüler – tlascaltekische halbwüchsige Adelskinder in Mönchskutten – eingefunden. Die verwaisten Söhne des Fürsten Fichtenzweig jubelten mit am lautesten und warfen Blumen vor die Hufe der Pferde.
Von den Häuptlingen der Hilfstruppen waren mehrere mit den Kastiliern vor das Stadttor getreten, unter ihnen auch die Feldherren Tehuch, König Truthahn, die Schwarze Blume und Piltecatl (jener Neffe des Offenen Gesichts und Beschützer Kreideschmetterlings, der in Cholula das Alte Raubtier weiß geschminkt hatte). Zu Marina äußerte Piltecatl im Flüsterton, auf Kriegsmaske weisend:
»Wenn der Grüne Stein erlaubt, steche ich ihn nieder!«
Marina wiederholte Cortez die Worte. Der aber sagte kurz:
»Ich verbiete es!«
Und vom Pferd steigend, um den Hundertjährigen und die anderen Tetrarchen zu umarmen, rief er seinen verdutzten Offizieren zu:
»Laßt euch nichts anmerken! Wir müssen gute Miene zum bösen Spiel machen – nur so können wir das Spiel gewinnen! … Noch kam die Zeit nicht, mit ihm abzurechnen!«
Der Großvater des Prinzen Kriegsmaske, der blinde Hundertjährige, vergoß Tränen der Rührung, während er die zittrigen Arme um Cortez' Nacken legte. Nach ihm umarmte Cortez das Offene Gesicht, den Rauchenden Schild und mit nicht weniger Innigkeit schließlich den Prinzen Kriegsmaske. Und auch dieser verhielt sich bei der Begrüßung tadellos und trug eine beflissene Herzlichkeit zur Schau. Es war, als wenn sich zwei spiegelglatte Schlangen liebkosend umeinanderringelten.

Erst mehrere Tage später erfuhr Cortez, daß die Abberufung des Herabstoßenden Adlers von Chalco nach Tenuchtitlan es Kriegsmaske und den mit ihm geflohenen Tlascalteken ermöglicht hatte, in ihre Berge zu entkommen. Die näheren Umstände erfuhr Cortez nie.
Im Auftrage des Überwältigers war der Herabstoßende Adler mit einer größeren Heeresabteilung in Eilmärschen vor die befestigte Stadt Chalco gerückt, um Verhandlungen mit Kriegsmaske anzuspinnen, durch ihn ein Bündnis mit Tlascala anzubahnen und ihn zu gewinnen für des Königs Ziel: Eintracht, Einigung, Zusammenschluß

aller indianischen Völker. Kriegsmaske befand sich innerhalb der Mauern von Chalco. Seinethalben, in der Absicht, ihn zu schützen, setzte sich Chalco zur Wehr, wies Guatemocs Angebot eines Waffenstillstandes ab und brachte mit hartnäckigen Ausfällen den Mexikanern manche Verluste bei. Aus Rücksicht auf die Bewohner Chalcos sah sich auch Kriegsmaske gezwungen, die Bitte des Herabstoßenden Adlers um eine friedliche Zusammenkunft abzulehnen. Als eines Vermittlers bediente sich daher der Herabstoßende Adler des alten Zauberers Zacatzin, dessen Klugheit zu schätzen er in der Totenkammer der Laguneninsel oft Gelegenheit gehabt hatte. Glühende Liebe zum Land der Seen, an welchem er hing wie ein Kind an seiner Mutter, Besorgnis um die Zukunft der chichimekischen Völker erleichterten dem Zauberer die Ausführung des schwierigen Auftrages, einen Widersacher Mexikos in einen Freund Mexikos zu verwandeln. Mit ehrlicher Überzeugung machte er sich die Pläne des Überwältigers zu eigen. Es gelang ihm, zu Kriegsmaske vorzudringen und ihn für das große Ziel zu gewinnen.

Der Vorschlag des Herabstoßenden Adlers ging dahin, daß Kriegsmaske mit den Seinen bei einem Ausfall sich von den Kriegern Chalcos trennen und in der Richtung der Weißen Frau fliehen solle. Mexiko gewährleistete ihm – zum Dank für die Verbrennung der Brigantinen – sein Entweichen nach Tlascala; nur der Herabstoßende Adler mit einer kleinen Leibwache werde ihn (zum Schein) verfolgen, um fern von Chalco mit ihm Frieden und Bundesgenossenschaft zu schließen.

Kriegsmaske willigte in den Vorschlag ein, bat jedoch, von einer Begegnung abzusehen. In Tlascala werde er besser für die gemeinsamen Pläne wirken können, wenn er nicht als Freund Mexikos dastehe. Auch äußerte er Zweifel darüber, ob seine Landsleute Einsicht genug haben würden, die Vorteile, ja die Notwendigkeit der Eintracht und des Zusammenschlusses der indianischen Völker zu erkennen und die Drangsale des Blumenkrieges zu vergessen. Das Schlimme sei, daß, seit Tlascala sich taufen ließ, das Band des gemeinsamen Glaubens mit Anahuac zerrissen wurde. Sein Volk fürchte weder die Götter noch achte es die Priester mehr. Es müßten aus Mexiko Priester geschickt werden, die den Tlascalteken die Ehrfurcht und Furcht vor den alten Göttern einflößen und ihnen dartun könnten, daß die Götter nicht tot seien.

Mit großer Lebhaftigkeit griff der alte Zauberer diesen Gedanken auf. Das sei richtig, daß die Tlascalteken als Christen für ein Bündnis nicht taugten. Erst müßten wieder die Götter Anahuacs und ihre Priester einziehen durch die Große Mauer. Er werde nicht ruhen, bis das geschehen sei. Und sollten Mexikos König und Priesterschaft zögern, so wolle er ganz allein es auf sich nehmen, dem Volke Tlascalas die Größe seiner Götter vor Augen zu führen ...

Die Verwirrung, in welche das Aztekenreich durch die unglückliche

Schlacht bei Otompan und den Tod seines Königs, des Überwältigers, gestürzt worden war, rief den Herabstoßenden Adler vom chalkischen Kriegsschauplatz ab nach der Hauptstadt. Das Belagerungsheer aber blieb. Und einen Tag nach Guatemocs Abreise vollführte Kriegsmaske, wie verabredet, seine und seiner Tlascalteken Flucht, mit schnödem Undank den Bewohnern Chalcos ihre Gastfreundschaft und Beschützung dankend. Er erreichte ungehindert das Land des Gewittergottes, das Wasserparadies Tlalocan (wo die Mutter der Hexen mit der Bergblume genannten Hexe ihr Unwesen trieb) und langte früher an der Großen Mauer an als Cortez, so daß ihm Zeit verblieb, künftigen Anklagen der Kastilier vorzuarbeiten. Dem Umstand, daß er mit tausend Anhängern das bedrängte Christenheer im Stich gelassen, gab er die harmlose Auslegung: er sei Kreideschmetterlings wegen mit Piltecatl in Streit geraten und habe, da man ihm sein Recht vorenthielt, nach Tlascala zurückkehren wollen.

Cortez trug bei der Begrüßung mit den Tetrarchen weder Helm noch Barett noch Toquehut. Mit Tüchern war sein Kopf ganz und gar umwickelt, so daß Augen, Nase und Mund wie aus dem offenen Visier eines schlohweißen Helmes hervordunkelten. Die linke Hand, an welcher er drei Finger eingebüßt hatte, trug er gleichfalls verbunden. Und auch die anderen Christen waren mit weißen Binden kläglich und stolz geschmückt, als wären es Ordenszeichen. Besorgt erkundigten sich die Stadtkönige nach den zwei Kopfwunden des Cortez. Er lachte:
»Umsonst kauft man nicht einmal Lebensmittel in Huei-Otlipan. Zahlen muß man, wenn man siegen will wie wir bei Otompan! Ich hätte ein Auge und die rechte Faust ohne Murren hingegeben für einen so unerhörten Sieg!«
Er lachte seiner Wunden, auch der seelischen. Seine fiebrigen Augen straften ihn Lügen. Er war kränker, als er es wahrhaben wollte.
Das Offene Gesicht hielt eine feierliche Ansprache:
»O großer Krieger, o Grüner Stein! Der Himmel hat dich beschützt, der Himmel hat dich zurückgeführt zu deinen Freunden. Hättest du doch auf mich gehört! Oftmals habe ich dir abgeraten, habe dich gewarnt vor dem heimtückischen Mexiko. Voll Hinterlist – denn nur durch Hinterlist war es möglich – hat es den Giftstachel gezückt gegen die Tausende, die von den Männern und Frauen, den Greisen und Greisinnen, den Knaben und Mädchen Tlascalas beweint werden. Aber wahrlich, bei Otompan hast du ihm den Stachel entrissen, ehe sein Stich und die Stiche seiner hunderttausend Hornissen und Mükken dir Schaden taten! Nun ruhe dein Herz aus bei deinen wahren Freunden, den Tlascalteken. Der Himmel und die Erde seien mit dir! Der Himmel und die Erde hören meine Worte: Tlascala freut sich deiner Ankunft und wird, wenn du dich ausgeruht hast, mit dir Rache nehmen und das Angesicht Mexikos dem Untergang weihen!«

Eine Zentnerlast sank den Kastiliern von der Seele. Jetzt erst, jetzt endlich, war alle Gefahr überstanden.
Dankerfüllt umarmte und küßte Cortez das Offene Gesicht. Und er ließ das dem Überwältiger entrissene Matla Xiquipilli – den goldenen ›Netz-Sack‹ – herbeibringen, überreichte es ihm als Geschenk. Nicht höher konnte ein Tlascaltekenfürst geehrt werden als durch den Besitz der mexikanischen Königsstandarte. Die Tetrarchen und ihre Begleiter brachen in maßlosen Jubel aus.

Auf dem Wege nach der Hauptstadt ritt Cortez neben dem Prior und äußerte seine Zufriedenheit über die Haltung, das Aussehen und die scheinbar aufrichtige Begeisterung seiner Zöglinge. Einer der Klosterknaben hatte ihn mit einer lateinischen Rede willkommen geheißen und auf seine lateinisch gestellten Fragen in gutem Latein geantwortet.
Juan de las Varillas sagte:
»Den Tertullian lesen können jetzt fast alle. Bloß die Otomis sind unbegabt. Die tlascaltekischen und aztekischen Kinder sind wie geschaffen für die Klosterschule. Sie wollen streng gehalten sein – das Calmecac, die heidnische Erziehungsanstalt, war ja bei weitem noch strenger. Nur eines ist gegen die Kinder einzuwenden: sie werden christlicher als die Christen.«
»Ist das ein Übel?«
»Zuweilen schon, Euer Gnaden. Frömmigkeit ist unantastbar, sie läßt sich nicht bestrafen, sie bindet dem Lehrer die Hände. Ja, sie kann sich auch gegen den Lehrer wenden.«
»Nennt mir ein Beispiel, damit ich Euch verstehe!«
»Als hier bekannt wurde, daß Ihr in Tenuchtitlan belagert wurdet, war kein Unterricht mehr möglich: meine Zöglinge beteten Tag und Nacht, um des Herrgotts Beistand für Euch zu erzwingen. Ich entdeckte ein Komplott unter den Kindern: verschworen hatten sie sich, den Hauptmann Andrés de Tapia umzubringen, weil er das Angebot des Offenen Gesichtes ausgeschlagen ...«
»Welches Angebot? ... Davon weiß ich nichts.«
»Ich mag kein Angeber sein, Euer Gnaden ...«
»Das seid Ihr nicht, wenn Ihr die Wahrheit sprecht. Um Euch Ärger zu ersparen, will ich verschweigen, von wem ich's erfuhr! ... Also?«
»Das Offene Gesicht, Euer Gnaden, bot dem Hauptmann Tapia siebzigtausend Mann Hilfstruppen an, um Euch in Tenuchtitlan beizustehen. Aber Tapia schlug es aus.«
»Warum?«
»Er sagte, ihm sei von Euch, Euer Gnaden, nach dem Sieg über Narváez – als Ihr ihn mit den achtzig Mann in Tlascala zurückließt – aufs strengste verboten worden, sich ohne ausdrücklichen Befehl aus der Stadt Tlascala fortzurühren.«
Molinero die Sporen gebend, ritt Cortez an die Sänfte des Offenen

Gesichts heran. Erst sprach er von gleichgültigen Dingen, brachte dann das Gespräch auf die großen Verluste des Heeres und beklagte sich, daß ihn Tlascala ohne Beistand gelassen habe. Da rechtfertigte sich das Offene Gesicht. Siebzigtausend Mann habe er angeboten, Tapia jedoch habe sie ausgeschlagen.
Nachdem Cortez durch weitere Fragen die Angaben des Priors in allen Einzelheiten bestätigt fand, ließ er den Hauptmann Tapia rufen.
»Eben erfahre ich vom Kaziken, daß er Euch siebzigtausend Mann Hilfstruppen angeboten hat. Warum seid Ihr mir nicht zu Hilfe geeilt?«
»Ihr verbotet mir, Tlascala zu verlassen, Don Hernando! Genau nach Euren Befehlen habe ich gehandelt!«
»Hängen lassen sollte ich Euch! Nur Eurer früheren Verdienste wegen will ich vom Galgen absehen! Aber ich kann keinen Offizier brauchen, der durch meinen Befehl gehindert wird, sich selbst zu befehlen. Unwürdig, Feldobrist zu heißen, ist, wer sich an Buchstaben eines Befehls hält, statt selbst zu wissen, was die Notwendigkeit erfordert. Tretet die Führung Eurer achtzig Mann Don Alonso de Ojedo ab, den ich an Eurer Statt zum Hauptmann ernenne. Ihr seid kein Hauptmann mehr!«
Andrés de Tapia ertrug den Schimpf der Degradierung mannhaft und ohne Rachegefühl. Er sagte schlicht:
»Auch als einfacher Soldat werde ich Euch treu sein, Don Hernando!«

Als tags darauf der Einzug in die blumengeschmückte Stadt Tlascala erfolgte, kamen in Scharen weinende Mütter und Schwestern den Kastiliern entgegen und fragten angstvoll nach ihren Anverwandten. Die Zahl der Vermißten und Gefallenen war erschreckend groß: in der Nacht der Schrecken allein waren viertausend Tlascalteken umgekommen; an jeder Feuerstelle wurden Tote beklagt. Trotzdem ließ das Volk es sich nicht nehmen, den Weg der weißen Götter mit Blumen zu bestreuen und Kürbisrasseln zu schwingen.
Diesmal wählte Cortez den (auf steilem, jäh am Ufer des Zahuapan emporragenden Felshügel) einer Zitadelle ähnlich erbauten Tecpan des Offenen Gesichts inmitten der Stadt als Wohnung und Standlager. Da die Sammelnde Biene, der einstige Gastfreund der Kastilier, sich gekränkt über die Zurücksetzung beklagte, bezogen, ihn zu beschwichtigen, Alvarado, Sandoval, Luis Marín und Quiñones seinen Palast.
In den weiten Räumen seines Palastes wurde denselben Abend noch ein indianischer Ball für Kastilier und Tlascalteken veranstaltet. Doch die Freude des Festes fand ein jähes Ende durch die Leidenschaftlichkeit der Enkelin des blinden Hundertjährigen, Doña María Luisa-Rabenblume.
Ihr Bruder, Don Vicente-Kriegsmaske, war zum Tanzfest geladen

worden und war erschienen. Dem Gebot des Generalkapitäns gemäß hatten die Christen keinen Vorwurf gegen ihn erhoben, selbst nicht andeutungsweise war von einer Schuld die Rede gewesen. Aber Rabenblume, ohne ihren Gatten Alvarado von ihrem Vorsatz in Kenntnis zu setzen, hatte ihre europäische Kleidung abgelegt und nahm als indianische Prinzessin, die sie war, an dem Reigen teil, in der Absicht, ihren Bruder vor ganz Tlascala an den Pranger zu stellen.

Das Haar in Zöpfe geflochten, in langen Kleidern und Jaguarfellmänteln tanzten die jungen Tlascalteken und im Schneckengehäuseschmuck der Tanzgöttinnen die jungen Tlascaltekinnen zum ohrenbetäubenden Geschrill der Tlapitzalliflöten und tönernen Pfeifen, zum Gedröhn der Huehuetltamburine und den eintönigen Weisen eines Sängerchors. Kriegsmaske ging auf Sandovals Gattin Doña Ximena, die Tochter des Offenen Gesichts, zu und fragte sie, warum sie nicht mitsingen und mittanzen wolle. Die hübsche, tapfere Doña Ximena (sie, die bei langen Ritten hinter Sandoval auf Motillas Kruppe zu sitzen pflegte) war verwirrt durch die Frage und fand nicht gleich eine Antwort. Rabenblume kam ihr zuvor und schrie Kriegsmaske an. So laut erhob sie die Stimme, daß die Musik der Flöten und Trommeln verstummte, daß bald die Tänzer stehenblieben und alle Festteilnehmer zu lauschen begannen.

»Sie will nicht tanzen«, schrie Rabenblume, »weil ihr Schwager Velázquez in Tenuchtitlan erschlagen wurde! Sie will nicht tanzen, weil ihre Schwester Doña Violante auf dem Dammweg erstochen wurde! Von den Brigantinen wären sie ans andere Ufer des Schilfsees getragen worden und wären am Leben geblieben, wie auch die viertausend toten Tlascaltekenkrieger, um die Tlascala trauert! Aber schurkisch hast du, Bruder, die beiden Schiffe in Brand gesteckt – das Blut der Toten komme über dich, Mörder!«

Ein ungeheurer Tumult erhob sich. Die Freunde Don Vicentes umringten ihn, sein Leben zu schützen. Sie waren eine kleine Minderzahl. Die anderen rasten und wiederholten das Wort Mörder. Geballte Fäuste hoben sich.

»Mörder, gib uns unsere Toten wieder!« schrie eine schrille Stimme.

»Verleumdung!« brüllte Kriegsmaske in den Tumult hinein. »Als ich Tenuchtitlan verließ, fiel versehentlich die Fackel meines Sklaven auf Werg; und von einem Windstoß ward das Werg auf die Schiffe geweht. Der Gott des Windes, Quetzalcoatl, war schuld – nicht ich!«

Hohnvoll, herausfordernd blickte er seine Widersacher an. Der Lärm erhob sich von neuem, wilder als zuvor. Eine Blasphemie waren die Worte Don Vicentes, eine Verspottung des christlichen Tlascala, eine Kränkung des weißen Gottes und der weißen Götter. Es mußte zum Handgemenge kommen, die Erbitterung war zu groß. Aber ehe ein Unheil geschah, schaffte sich Cortez Bahn durch die Menge der Tänzer und trat dicht an Kriegsmaske heran, ihm mit fiebrig glanzvollem

Blick die Seele durchdringend und durchforschend. Kriegsmaske hielt den Blick nicht aus und schaute trotzig zur Seite. Da ließ ihm Cortez durch Marina sagen:
»Als du mir gestern in Huei-Otlipan entgegenkamst, mich zu begrüßen, vertrautest du auf meine Großmut. Du sollst dich nicht getäuscht haben. Ich glaube dir und will, daß auch ...«
Weiter konnte Cortez nicht reden. Er taumelte. Weiß wie seine Kopfbinde wurde sein Mund. Er stürzte ohnmächtig zu Boden.
Der Aufschrei Marinas lähmte die Anwesenden fast noch mehr als der Anblick des Leblosen. Alle waren überzeugt, ein Herzschlag habe seinem Leben ein Ende bereitet.
Um Kriegsmaske kümmerte sich niemand mehr. Unbehelligt konnten er und seine Freunde den Tecpan verlassen.

Mehrere Wochen war Cortez schwerkrank, einige Tage rang er zwischen Leben und Tod. Ein zersplitterter Knochen oberhalb des Schläfenbeins mußte aus der schwärenden Wunde entfernt werden. Ponce de Güelva, der verrückte Apotheker, war in Tenuchtitlan umgekommen; doch zum Glück befand sich unter den Leuten des Narváez ein Feldscher, der leidlich geschickt sich aufs Trepanieren verstand. Freilich, das hartnäckige Wundfieber zu bannen, besaß er kein wirksames Heilmittel. Und als vierzehn Tage nach der Operation das Fieber nicht nachgelassen hatte, willigte Cortez auf Anraten Marinas, drein, sich den Rat einheimischer Ärzte einzuholen und in einem Pacalli – so wurden die Apotheken genannt – eine aus weißen Chiankörnern und den Wurzeln der Poçahualizpatlipflanze zubereitete Medizin kaufen zu lassen. Und tatsächlich, den Medizinmännern gelang, was dem europäischen Arzt mißlungen war: das Fieber schwand.
Nicht weniger als die Mehrzahl der Kastilier hatten die Tlascalteken um das Leben des weißen Gottes gezittert. Wie beliebt, wie vergöttert er war, hatte sich nie so offenbart wie in dieser Zeit der Sorge. Täglich waren die Vierfürsten in eigener Person und mit ihnen Abgesandte des Hohen Rates ans Krankenlager gekommen, hatten es förmlich umlagert, so daß Marina und der Feldscher, um sich ihrer bangen Fragen zu erwehren, sie mit der Notlüge fortscheuchen mußten: Cortez wünsche keine Besuche mehr.
Als das Fieber nachgelassen hatte, empfing Cortez die Sammelnde Biene und das Offene Gesicht. Sie berichteten ihm von einer Sitzung des Hohen Rates. Trotz der beim Tanzfest von Rabenblume erhobenen Beschuldigungen hatte Kriegsmaske die Kühnheit gehabt, zur Senatssitzung zu kommen. Was er in Gegenwart der Kastilier abgeleugnet hatte, räumte er angesichts seiner Stammesgenossen ein und rühmte sich sogar, die Brigantinen zerstört zu haben; damit habe er dem schlimmsten Feinde Tlascalas das Rückgrat gebrochen, einem gefährlicheren Feinde, als Mexiko je gewesen sei. Er erinnerte

an die Hinrichtung des Fürsten Fichtenzweig auf dem Großen Marktplatz der Stadt, gemahnte an dessen Rede unter dem Galgen und forderte den Rat der Alten auf, ein Schutz- und Trutzbündnis mit Mexiko gegen die Christen zu schließen. Weiter zu reden war Kriegsmaske gehindert worden. Er hatte die Zahl seiner Gesinnungsgenossen überschätzt. Sein eigener Großvater, der blinde Hundertjährige, hob die zittrige Greisenfaust gegen ihn und verfluchte ihn. Das Offene Gesicht schlug ihn ins Antlitz, schlug ihm zwei Zähne aus. Der Senat erklärte ihn für einen Hochverräter, ließ ihn festnehmen und in einen Holzkäfig sperren. Und nun baten die beiden Fürsten Cortez, er möge das Todesurteil über Don Vicente aussprechen.
Cortez lehnte das ab.
»Wenn ich Kriegsmaske töten lasse, so wird sein Anhang wachsen. So mächtig sind wir Christen heute nicht wie damals, als wir den Fürsten Fichtenzweig straften. Heute bedürfen wir mehr denn je der Eintracht. Und keinen besseren Dienst kann ich mir und euch Tlascalteken erweisen, als wenn ich die Bosheit Don Vicentes durch Milde unschädlich mache. Ein Schwerthieb spaltet Eis, aber nicht Wasser. Darum laßt ihn frei – dies ist mein erster Wunsch seit meiner Krankheit, und ihr dürft ihn mir nicht abschlagen!«
Die Stadtkönige widersprachen erst und fügten sich dann, weil sie die Bitte des weißen Gottes nicht abweisen konnten. Kriegsmaske wurde auf freien Fuß gesetzt.

Ein Dämon war Cortez. – Wer anders hätte das schier Unwahrscheinliche vermocht, Flüchtling zu sein und Werber zugleich, allem Mißgeschick zum Trotz. Die Tlatepotzca, Die-hinter-den-Bergen – die Staaten Tlascala, Huexotzinco und Cholula – hielten zu ihm. Der Vogelsteller, der junge Priesterkönig Cholulas, sandte mehrmals Geschenke für den »General-Capitantzin« und Zweige mit Blumen-des-roten-Herrn für die Zauberfürstin (womit Marina gemeint war). Und selbst der unbotmäßige Prinz Kriegsmaske trug knirschend das Joch.
Knirschend sah auch Olid ein, daß sein wohlwollendes Mitleid mit Cortez nicht mehr am Platze war. Maisblüte zu erlangen, sah er sich durch Cortez gehindert. Doch er verschob die Verfolgung seiner Ziele, vergaß sie scheinbar ganz und bemühte sich – was er früher nie getan hatte – um das Vertrauen und die Gunst Don Hernandos. Olid konnte ausgelassen, temperamentvoll und ungezogen sein wie ein zehnjähriger Knabe. Obgleich Cortez seine Unberechenbarkeit kannte, wunderte er sich über seine Zutraulichkeit und fand an seinen beinahe liebenswürdigen Frechheiten Gefallen. Dennoch weckte es sein Mißtrauen, daß Olid, der mit bissigen Glossen keinen der Feldobristen und Soldaten verschonte, nie eine Silbe über Maisblüte und Don Pedro Gallejo fallenließ.
In heimlichen Gesprächen mit Pater Olmedo bestand daher Cortez

darauf, die Eheschließung zwischen der Königin und Gallejo müßte beschleunigt werden. Aber es war Gallejo selbst, der um Aufschub bat mit der Begründung, die noch immer stumme Königin schüttle jedesmal abweisend den Kopf, wenn von der Ehe die Rede sei, und er wünsche, ihre Liebe sich nicht zu erzwingen. Trotzdem schickte Cortez den Pater Olmedo zu ihr, in der Hoffnung, sie werde durch eine christliche Bußpredigt weichgestimmt, vielleicht umgestimmt werden. Auch sollte sie, die vor der Hochzeit mit Alonso de Grado schon einmal getauft worden war, für eine nochmalige Taufe vorbereitet werden, hatte sie doch in der Zwischenzeit wieder Götzendienst getrieben.
Doch des Paters priesterliche Ermahnungen fruchteten nichts. In ihrer Kammer, wo er sie allein antraf, kniete sie am Boden, auf ihren Hacken sitzend, und ließ wehmütige Weisen aus einer kristallenen Flöte ertönen – einem Beutestück, welches Don Pedro Gallejo ihr geschenkt hatte. Kaum hatte Olmedo zu reden angefangen, brach das traurige Lied ab, und Maisblüte begann auf der Flöte so lärmend zu schrillen, daß der Pater seine eigenen Worte nicht hören konnte. Geärgert entriß er ihr die Flöte. Da kreischte sie wie ein verwundetes Tier und hörte nicht auf zu kreischen, bis Olmedo ihr die Kristallflöte zurückgab und sich kopfschüttelnd entfernte.
Weil nun Olmedo den Versuch nicht wiederholen wollte, veranlaßte er Cortez, Marina zu Maisblüte zu senden und sie durch Güte für den christlichen Glauben zu gewinnen, ihr gewissermaßen Religionsunterricht zu erteilen an Stelle des Priesters. Als Marina zu Maisblüte kam, erwiderte diese ihren Gruß nicht und übertönte die Worte durch ihr Flötenspiel. Nicht abschrecken ließ sich Marina, sie kehrte wieder. Und während sie das drittemal bei ihr saß und sprach – nicht von Dogmen sprach, sondern vom schweren Los der Frauen, welches das gleiche sei unter allen Himmelsstrichen –, wurde das Flötenspiel allmählich leiser. Marina redete im Stil der uralten aztekischen Ermahnungsreden.
»Wußtest du denn nicht«, sagte sie, »daß es auf dieser Erde keine wahren Freuden und keine wahre Ruhe gibt, sondern, ganz im Gegenteil, Mühsal nur und Seelenqualen und Überfluß an Elend? Diese Erde ist wahrlich ein Ort der Tränen, der Trauer und des Mißvergnügens, diese Erde ist schlecht und voller Pein ...« Und als Marina merkte, daß Maisblüte aufhorchte, sprach sie von Montezuma, der stets zu ihr liebevoll wie ein Vater gewesen war, und vom Herabstoßenden Adler, von dem sie wußte, daß er Maisblüte liebte. Damit hoffte sie das Eis zu brechen. Eben damals waren von geflüchteten Otomis Nachrichten aus Tenuchtitlan über die Große Mauer gebracht worden. Marina erzählte, daß nach dem Totengericht über den Überwältiger – dem der Kahn über den Schilfsee nicht verweigert wurde – eine neue Königswahl in Tenuchtitlan stattgefunden habe: zum Tlatohuani von Mexiko sei der Herabstoßende Adler erwählt

worden. Das Fest der Königskrönung aber sei hinausgeschoben worden bis zur Wiederherstellung des Durch-Zauber-Verführenden, des jungen Königs von Tlacopan, der jüngst vor den Toren der Stadt schwer verwundet wurde. Beim Krönungsfest werde Prinzessin Silber-Reiher, die zweite Tochter Montezumas und Witwe des Edlen Traurigen, Königin von Mexiko werden, da der Herabstoßende Adler auf Wunsch des Volkes und der Priesterschaft – gleich nachdem er zum König erwählt war – mit ihr sich öffentlich verlobt hatte.

Eine grausame Kunde war das, wenn auch Marina sich bemüht hatte, sie schonend vorzubringen. Die Wirkung auf Maisblüte war vernichtend.

Die Flöte fiel zu Boden. Mit weit aufgerissenen Augen starrte Maisblüte Marina an. Und ihre Augen schienen zu fragen: Lügst du oder lügst du nicht?...

Doch nicht lange währte der Zweifel. Am ganzen Körper zusammenzuckend, von Schluchzen geschüttelt, brach sie in ein verzweifeltes Weinen aus. Gebrochen war der Trotz, gelähmt der sich abschließende, weltverachtende Stolz, der ihr bislang das Sklavinnenschicksal ertragen half.

Und daß Marina auf sie zuging, sie zärtlich umhalste und auf die Wangen küßte, ließ Maisblüte sich gefallen. Ja, sie selbst krampfte sich an ihren Nacken und schluchzte an ihrer Brust wie ein Kind an der Brust der Mutter. Und Marina gab ihr Kosenamen, nannte sie »Täubchen« und »dunkle Schmuckfeder« und sie flüsterte ihr zu: erleichtern solle sie ihr Herz durch Tränen, erleichtern solle sie ihr Herz durch Worte; denn sie sei ja nicht stumm, sei nicht – wie Gallejo und andere glaubten – vor Schrecken stumm geworden.

Da begann Maisblüte zu sprechen. Und viel sprach sie, eilig, sich überhastend –: zu lange hatte sie, dem eigenen Befehl gehorsam, geschwiegen.

Nachdem der Herabstoßende Adler ihr verloren war, galt es ihr gleich, ob sie eines Christen Weib oder Sklavin sei, galt es ihr gleich, ob Gallejo oder ein anderer ihr Gatte werde. Don Pedro Gallejo war wenigstens ein Ritter und zuvorkommend. Sie widersetzte sich der Ehe nicht mehr. Bloß auf den einen Wunsch verzichtete sie nicht: ihren Vater bestatten zu können. Als sie es aussprach, als sie von der erleuchteten Königsgaleere in den Tiefen des Schilfsees erzählte, lächelte Marina nachdenksam.

»Laß uns beide vom Himmel erbitten, daß der Grüne Stein wieder an den Schilfsee gelangt. Nur Quetzalcoatl kann dir behilflich sein, das Verbot Tezcatlipocas zu übertreten!«

»Nein«, erwiderte Maisblüte. »Ich kann den Untergang Mexikos vom Himmel nicht erbitten! Ich bin ein Kind Mexikos und bin ein Kind Montezumas. An diesem Zwiespalt muß ich zugrunde gehen!«

Und sie brach von neuem in Schluchzen aus. Ein wenig verletzt und

beschämt fühlte sich Marina durch den Stolz der Königstochter. Auch sie war ein Kind Mexikos – der Vorwurf brannte in ihrer Seele. Doch Maisblüte schluchzen zu sehen, ertrug sie nicht; und sie trocknete ihr die Tränen, küßte sie ihr von den Wangen. Für immer waren sie Freundinnen geworden, aneinandergekettet wie leidgeprüfte Schwestern.
Ehe Marina schied, versprach sie, vor Cortez und den anderen Feldobristen es geheimzuhalten, daß Maisblüte geredet hatte. Und sie hielt ihr Versprechen, wie schwer es ihr auch wurde, Cortez zu hintergehen.
Wenige Tage hernach wurde die Hochzeit Don Pedro Gallejos mit der Montezuma-Tochter gefeiert.

Sofort, nachdem sich Cortez vom Krankenlager erhoben hatte, begann er Vorbereitungen zu treffen für den Bau von dreizehn Brigantinen. Einzeln sollten alle Teile der Schiffe nach Zeichnungen und Angaben des Schiffbaumeisters Martín Gutiérrez in Tlascala hergestellt werden, um, sobald die militärische Lage es gestattete, von Lastträgern über die Kordilleren an die Ufer der Lagune getragen zu werden, wo – so hoffte Cortez – etwa nach Jahresfrist die Zusammensetzung der Schiffsteile, die Betakelung und der Stapellauf der Brigantinen erfolgen konnten. Nicht nur von Tlascala, auch von Huexotzinco und Cholula erbat sich Cortez Handwerker. Und bald sah man die ersten indianischen Zimmerleute an der Arbeit: mit kupfernen Beilen bearbeiteten sie Balken, begannen Schiffsrippen herzustellen.
Freudig begrüßt wurde dies von den Veteranen des Heeres als ein Beweis dafür, daß ihre Flucht aus Tenuchtitlan nur ein Rückzug gewesen war, daß die Scharte ausgewetzt werden würde. Die Soldaten des Narváez aber murrten über die Aussicht, das vielgelobte Goldland mit den Blutaltären noch einmal betreten zu müssen. Ihr Wortführer wurde Andrés del Duero, der einstige Gönner des Cortez. Die Bestallung des Cortez zum Generalkapitän hatte er bei Diego Velázquez, als dessen Sekretarius, erwirkt und hatte sich dafür von Cortez eine Beteiligung an den Erträgnissen des Unternehmens versprechen lassen. Auf Montezumas Goldschatz stand ihm kein Recht mehr zu, bescheiden war er geworden und begnügte sich mit einem Anteil an der Goldbeute von Otompan. Aber diesen hielt er für gefährdet, wenn Cortez sich in neue Abenteuer einließ, statt möglichst bald an die Küste vorzudringen und sich und das Heer nach Kuba einzuschiffen.
Von seinen Getreuen in Kenntnis gesetzt, beschloß Cortez, allen Unzufriedenen den Grund zur Unzufriedenheit zu nehmen. Lieber wollte er seine kleine Mannschaft noch verkleinern, als es dazu kommen zu lassen, daß die Tlascalteken Zeugen eines Aufstandes christlicher Soldaten würden. Er ließ daher bekanntgeben, daß er das

Kronfünftel der Goldbeute von Otompan nach Europa zu senden beabsichtige, daß bis nach Verakruz fünf Reitern und vierzig Fußsoldaten der Schutz des Schatzes anvertraut sei und daß jedermann, der nach Kuba zurückzukehren wünsche, sich dem Geleitzuge anschließen dürfe.

Es meldeten sich zweihundert Mann.

Damals verfaßte Cortez seinen berühmten zweiten Bericht an Kaiser Karl, der mit dem Aufbruch nach Sempoalla beginnt, mit der Nacht der Schrecken und dem Rückzug nach Tlascala endet. Das Schriftstück sowohl wie das Gold durften Don Diego Velázquez nicht in die Hände fallen, mußten durch einen verläßlichen Mann an den spanischen Hof gebracht werden. Er übergab beides dem Hauptmann Alonso de Avila, ernannte ihn zum Führer des Geleitzuges und beauftragte ihn, die Einschiffung der heimkehrenden Mannschaften zu beaufsichtigen, selbst aber auf einer der Karavellen des Narváez nach Spanien zu segeln. Und um dem Kaiser einen Begriff vom Reichtum Mexikos zu geben, fügte er dem Golde auch die smaragdene Stufenpyramide hinzu, welche von Olid nach dem Streit mit Gallejo hatte herausgegeben werden müssen. Der kleine Smaragdfels war mehr wert als der Goldschatz.

Daß Avila mit dem Auftrag beehrt wurde, hatte zwei gänzlich verschiedene, beinahe sich aufhebende Gründe. Überworfen und verfeindet mit Alvarado, Sandoval und Luis Marín, suchte er trotz häufiger Ermahnungen immer von neuem Händel. Ihn loszuwerden, ihn abzuschieben, ohne ihn zu kränken, ja sogar ihn scheinbar ehrend, nahm Cortez gern die Gelegenheit wahr. Andererseits ließ sich – außer daß er als Raufbold galt – nichts Ehrenrühriges ihm nachsagen. Zwar hatte ihn *La Azteca* im Schlangensaal des alten Tecpans entlarvt, doch er war in der Lage gewesen, sich von ihren und des Albornoz Anschuldigungen reinzuwaschen: er hatte sich nur sein Eigentum nehmen wollen, den Hort von Tezcuco, der ihm von Montezuma beim Patollispiel geschenkt, von der Schwarzen Blume aber vorenthalten worden war. Er mochte ein Räuber sein, war aber kein Dieb. Und unter Freibeutern wird ein Räuber nicht mißachtet. Der spanische Ehrbegriff war ihm heilig. Seine Hübschheit und Fähigkeit, gewinnend liebenswürdig zu erscheinen (wenn es ihm darauf ankam), wie auch seine stiernackige Brutalität bürgten dafür, daß er sich bei Hofe nicht beiseite schieben lassen werde – wie anscheinend die Hauptleute Puerto Carrero und Montejo, von denen seit einem Jahr – seit ihrer Abreise nach Cadiz – keine Nachricht eingetroffen war.

Seit einem Jahr landeten in oder bei Verakruz Francisco de Salcedo mit Luis Marín, Quiñones, Vendabal, Gallejo und sechs Hellebardieren; ferner der kleine Gerichtsschreiber Guillén de la Loa und Meister Pedro de la Harpa (der musikalische Matrose) mit den Leuten des Statthalters von Jamaica Francisco de Garay; und endlich Pánfilo

de Narváez mit seiner Heeresmacht. Kein Schiff aus Europa aber hatte sich an der Küste blicken lassen. Als peinlich, wenn nicht unheimlich, mußte Cortez das Schweigen seines kaiserlichen Herrn empfinden. Es ließ sich nur damit erklären, daß Puerto Carrero und Montejo verhindert worden waren, seinen ersten Brief, die Bittschrift des Heeres und die an die Dünen gesandten Geschenke Montezumas Kaiser Karl zu überreichen.
Zu Avila hatte Cortez das Vertrauen, daß er erreichen werde, was jenen mißlang, daß er die Ellbogen haben werde, sich Bahn zu brechen durch einen Wall von Bischöfen und Höflingen.

Avila und zweihundert Kastilier zogen ostwärts, ohne Zwischenfall erreichten sie Verakruz und schifften sich ein. Der Rollende Stein im Roten Berge, der Vasall des Herabstoßenden Adlers, war nicht imstande gewesen, mit der kleinen mexikanischen Garnison den Durchgang durch sein Gebiet zu wehren. Doch hatte er hernach seinem Höflingsgefolge mit giftigem Lächeln verkündet: in Zukunft werde er mit dem Edelsteinwasser jedes durchreisenden Christen Jacatecutli, dem Herrn der Nase, dem Patron der Wandernden, die Lippen rot schminken!
Bald sollte der Rollende Stein Gelegenheit finden, seine Drohung auszuführen. Es war zwischen Avila und Cortez vereinbart worden, daß die erfolgte Einschiffung durch einen Boten, und zwar durch den Einsiedler Gaspar Lencero – jenen Eremiten, der in seiner Höhle Kreideschmetterling beherbergt und die Ermordung der Als-Schlange-Lebenden mit angesehen hatte – nach Tlascala gemeldet werden würde. Gaspar Lencero hatte sich dem Geleitzug angeschlossen, weil er einen in Verakruz erkrankten Verwandten besuchen wollte. Nach der Abreise Dueros und Avilas wurde er von Narváez, Salvatierra und allen anderen Bewohnern der Hafenfestung gewarnt, den Rückweg über den Roten Berg zu wählen. Er aber schlug alle Warnungen in den Wind. Glaubte er doch gefeit zu sein, da er waffenlos in der braunen Eremitenkutte einherging und als heiliger Mann – genauso wie der blinde Juan Torrés in Sempoalla – bei allen Indianern von den Bergen Tlascalas bis zu den Savannen der Totonakenküste in hohem Ansehen stand. Er verließ Verakruz und langte nie in Tlascala an.
Einige Zeit darauf sandte der Rollende Stein eine schöngeschnitzte Kiste aus Blauholz an Cortez. Seine Tlamamas betraten Tlascala nicht, sie stellten die Kiste vor dem großen Osttor der Großen Mauer nieder, riefen den auf der Mauer Posten stehenden Otomis zu, das Geschenk sei für den Grünen Stein bestimmt, und entflohen, von Pfeil- und Steinwürfen der Otomis verfolgt. Die Blauholzkiste wurde in die Stadt Tlascala zu Cortez geschafft. Als er sie öffnen ließ, fanden sich darin die Überreste – Rumpf und Kopf – des geopferten Gaspar Lencero und ein Amatlacuilolli, das heißt ein mit farbigem

Zypressenholz auf weißes Rindenpapier gemaltes Schreiben: so beschenke der Rollende Stein die weißen Götter! ... Des Einsiedlers Herz war aus der Brust gerissen. Die Arme und Beine waren abgehackt.

Eine Strafexpedition wurde sofort beschlossen. Besonders Olid benahm sich wie toll, forderte stürmisch und bettelte sodann um die Erlaubnis, der Rächer des heiligen Mannes zu sein. Dabei übersah er, daß es die von ihm geduldeten oder doch nicht verhinderten Scheußlichkeiten der Schwarzen Blume – die Pfählung der sechzig Kaufherren beim Gemetzel in Cholula – gewesen waren, um derentwillen Gaspar Lencero dem Kriegsdienst Valet gesagt und die Einsiedlerhöhle bei Atlihuetza bezogen hatte.

Cortez hätte lieber den verläßlichen Sandoval in den Roten Berg geschickt. Nur weil Olid nicht nachließ zu betteln und weil es peinlich war, daß ein Mann wie er sich einer bloßen Laune wegen – denn was war es sonst? – erniedrigte, gewährte ihm Cortez die Bitte und vertraute ihm die Strafexpedition an.

Zweitausend Tlascalteken, aber bloß fünfundzwanzig Kastilier begleiteten Olid. Als Unterfeldherren nahm er seine Freunde Juan Sedeño den Reichen, Sánchez Farfán den Weißhändigen und die Amazone María de Estrada mit; als Dolmetscher den Frater Aguilar, der ihn einst in Cholula mit unbehilflichen Worten so weltfremd an ein Erbarmen gemahnt hatte.

Gutherzig wie vor Jahresfrist beim ersten Besuch der Sonnensöhne öffneten die Bewohner des Weißen Mondgefildes Olid ihre Tore, bewirteten ihn und sein Heer. Das kleine, den Totonaken befreundete Stadtwesen war ein Spielball der streitbaren Mächte: erst kürzlich hatte es mit gleicher Zuvorkommenheit aztekischen Truppen die Tore geöffnet, sich Plünderung, Totschlag, Mädchenraub gefallen lassen und aller Unbill zum Trotz Mexiko Treue geschworen. Jetzt wiederum schwor es dem Kaiser Treue und blieb sein Vasall, solange Christen innerhalb der Mauern weilten. Die noch unversehrte Stadt lachte voll Schwermut, war wie überweht von einem Hauch der Vernichtung. Die anmutige Architektur und die überreichen Reliefskulpturen des auf steiler Kuppe ragenden Kastells weckten wie einst die Bewunderung der Beschauer. Doch seltsam leer waren die Gassen. Die Mexikaner hatten Knaben und Mädchen als Geiseln fortgeführt. Und durch eine vom Heer des Narváez in das Irdische Paradies, die Kordillerenstaaten und den Seengau eingeschleppte Pockenepidemie waren zwei Drittel der Bewohner des Weißen Mondgefildes hingerafft worden. Die Seuche hatte sich sattgefressen und war weitergezogen, so daß für die Christen eine Ansteckungsgefahr nicht mehr bestand.

María de Estrada ritt als Jäger gekleidet durch die Säle des Tecpans und in einen großen mit Wandteppichen geschmückten Saal, wo an

einem mit Speisen und Getränken reich versehenen Speisetisch Cristóbal de Olid, Sánchez Farfán und Sedeño der Reiche tafelten.
»Bei Gott, Doña María, Ihr seid eine Zentaurin!« rief Sedeño begeistert. »Kommt, reitet und tänzelt auf unserem Tisch... Aber gebt acht – er ist voll, übervoll. Wenn Ihr mit Euren Hufen (denn Eure Hufe sind es, schöne Zentaurin!) keine Schüssel und keinen Becher zertretet, so zahle ich Euch hundert Goldmaravedis!«
Juan Sedeño aus La Havanna war der reichste Mann im Christenheer. Einst bei der Landung an den moskitobedeckten Sanddünen nannte er eine der elf Karavellen, einen Neger und viele Kisten Salzfleisch sein eigen, und seine braune Stute hatte ein Graufohlen geworfen. Seit die kleine schüchterne Tänzerin La Medina, die er lange mit Liebesanträgen und später mit Verleumdungen verfolgt hatte, in der Nacht der Schrecken umgekommen war, liebte er die knabenhafte Amazone. Seine ehebrecherischen Hoffnungen freilich zerschellten immer wieder an ihrer diamantenen Reinheit.
»Ich bin unverkäuflich!« lachte María de Estrada. »Hergeritten kam ich, Don Cristóbal zu fangen und nicht Euch, Señor!«
»Nur einmal ließ ich mich fangen und zum Sklaven machen!...« murmelte Olid bärbeißig, an einem Truthahnflügel knabbernd. (Seine sehnigen Finger trieften von Fett.) »Gebt es auf, Doña María!«
»Nein, ich gebe es nicht auf! Ihr drei sollt mich auf der Jagd begleiten!«
»Wollt Ihr uns drei jagen, Señora?«
»Nein; aber Sedeños Fohlen, das voriges Jahr hier in der Umgegend entlief. Und finden wir das Fohlen nicht, so bringen wir einen Hirsch heim!«
»Und damit meint Ihr Euren Gatten Sánchez?« platzte Olid brutal lachend heraus, umjohlt vom Gewieher seiner beiden Kumpane. »Ich soll wohl mithelfen, ihm ein Geweih aufzustecken?«
»Ihr sollt mithelfen, das Graufohlen heimzubringen...«
»Also Euch! Doch ich wette: aus dem Fohlen wurde eine brünstige Stute. Habe ich nicht recht, Sánchez? Ihr könnt ja darüber Auskunft geben!« brüllte Olid vor Lachen.
Ohne die groben Anzüglichkeiten, an die sie im Lagerleben gewöhnt war, einer Beachtung zu würdigen, wiederholte María de Estrada die Aufforderung. Da stellte es sich heraus, daß Olid nichts – oder nichts mehr – vom Fohlen wußte. Er fragte und ließ sich berichten, daß damals auf dem Wege zwischen dem Roten Berge und dem Weißen Mondgefilde Sedeños Graufohlen entlaufen war. Alvarado, María de Estrada und die Reiter Domínguez und Lares hatten die Verfolgung aufgenommen und hatten auf einem Weideplatz im Walde ein Rudel Hirsche erspäht, unter denen das Graufohlen stand, als gehörte es zu ihnen. Auch als später Lares von Cortez ins Irdische Paradies gesandt worden war, den entscheidenden Sieg über Tlascala

dem dicken Kaziken und Escalante zu melden (und die zwei vergrabenen Malvasierflaschen zu holen), hatte er nahe beim Weißen Mondgefilde zu sehen geglaubt, wie das Fohlen zwischen Hirschen umhersprang und am Euter einer Hirschkuh trank.
Olid sagte grinsend:
»Setzt Euch splitternackt aufs Pferd, Amazonenkönigin, und reitet auf unserem Tisch. Wenn Ihr kein Unheil stiftet – außer in unseren Herzen –, so begleite ich Euch auf die Jagd!«
Ohne Widerspruch stieg María de Estrada vom Pferd und entkleidete sich vor den Männern. Als sie sich völlig nackt wieder in den Sattel schwang, behielt sie die Reitpeitsche in der Hand. Ein breites Brett war geholt worden und war an die Kante des Tisches gelehnt, damit das Pferd ansteigend, ohne Sprung, auf den Tisch gelangen konnte. Schlank wie ein schöner Knabe ritt sie auf dem Tisch umher. Die Schüsseln, Teller und Becher wurden von den Pferdehufen nicht gestreift. Maßlos war die Bewunderung Olids, Sedeños und Farfáns, frenetisch der Jubel der vielen Neugierigen, die in den Saal gekommen waren, das Schauspiel zu betrachten.
»Ihr jubelt zu früh!« rief María de Estrada. Und mit dem Arm weit ausholend, peitschte sie ihrem Gatten Farfán dreimal quer übers Gesicht.
Und sonderbar –: sie erntete damit stürmischeren Beifall noch als mit ihrem Ritt.

Farfán de las manos blancas war ein Hellebardier von Rang: ihm war die Erziehung des kleinen Königs von Tezcuco anvertraut worden. Er war auch ein Held: den Alligator im Nahutlafluß hatte er durchspießt und hatte auf der Stufenpyramide Sempoallas dem Narváez die Wange durchbohrt und das linke Auge ausgestoßen. Um so tiefer war jetzt sein Fall; und zum Schaden hatte er auch noch den Spott: er solle seine Gattin zum Duell fordern, rieten ihm alle, weil niemand daran zweifelte, daß er bei einem Waffengange den kürzeren ziehen würde. Als ob nicht Mut genug dazugehörte, einer Amazone Bettgenoß und Schleppenträger zu sein! . . .
Während er sich winselnd sein dickverschwollenes Gesicht kühlen ließ, ritten Olid, Sedeño und María de Estrada aus den Toren des Weißen Mondgefildes hinaus und suchten das Graufohlen. Selbstverständlich fanden sie es nicht. Aber sie erlegten Moorschnepfen, einen Coxcoxfasan, einen Ameisenbär und etliche goldgelbe Affen. An einen Weideplatz, wo Hirsche davonstoben, gelangten sie auch; und Sedeño stritt mit der Amazone, ob es dieselbe Lichtung sei, wo sie damals das Fohlen entdeckt hatten. Schon wollten sie umkehren, als sie ein dunkles Wesen von einer Anhöhe herab- und auf sich zuspringen sahen. Erst hielten sie es für einen Luchs, dann für einen menschenähnlichen Affen und erkannten, als es aus dem deckenden Gestrüpp hervortrat, daß es ein kaum bekleideter Neger war.

Der Neger redete Olid auf spanisch an:
»Don Cristóbal, Ihr kennt mich doch?« ...
Oft versagte Olids Gedächtnis, wenn er sich Zeit lassen wollte für Entschlüsse oder einen Vorteil darin sah, gedächtnislos zu sein. Doch diesmal entsann er sich wirklich nicht. Er schüttelte den Kopf und sah verdutzt den Neger an. Auffallend schön war der Neger: er gehörte der Adelsrasse der Hima an, jenem schönsten Negerstamm, südlich der Nilquellen wohnhaft, der durch seine langschädlige Kopfbildung und das langgezogene edle Profil genau den herrlichen Königsbildern der Ramessidenzeit gleicht, vor allem Seti dem Zweiten.
»Ich entsinne mich nicht!« brummte Olid.
»Ihr entsinnt Euch Eures Leidensgenossen nicht, Don Cristóbal? Freilich, Ihr seid jetzt ein großer Herr, und ich bin nur ein Sklave. Aber Ihr müßt mich doch kennen! Angeschmiedet war ich an Euch, ein Jahr lang saß ich auf einer Ruderbank mit Euch ...«
Obgleich Olid nie ein Hehl daraus machte, daß er ein Galeerensklave gewesen war, ja sich zuweilen damit brüstete, ärgerte es ihn, vom Neger daran erinnert zu werden. Er hatte ihn inzwischen längst erkannt, schwankte aber noch, ob er die anrüchige Bekanntschaft erneuern solle. María de Estrada, die seine Gedanken erriet und sich für ihn schämte, da sie selbst stets großzügig handelte, verstand es, ihn umzustimmen durch die Bemerkung:
»Ei, Don Cristóbal, jetzt habt Ihr Gelegenheit, Euch gleichfalls einen Leibneger beizulegen wie Cortez und Sedeño!«
Tatsächlich hatte Olid oft Cortez und Sedeño um ihrer Neger willen beneidet. Den Ratschlag der Amazone fand er beherzigenswert; seine verdüsterten Züge klärten sich auf.
»Du bist Estevan Parillas!« sagte Olid. »Wir sahen uns zuletzt bei Malaga.«
»Ich verhalf Euch zur Flucht, Don Cristóbal!«
Olid nickte.
»Es soll dir nicht vergessen sein, Bursche. Was hast du seitdem getrieben?«
Da berichtete der Neger von seinen Lebensschicksalen. An den Quellen des Nils hatte er seine Kindheit verbracht. Von Sklavenjägern war er nach Açamor an die Mündung des Flusses Omiravi gebracht worden, wo Portugiesen den Sklavenmarkt aufkauften und nach Spanien weiterverkauften. Parillas wurde er genannt, weil Parillas der Name seines ersten, von ihm ermordeten spanischen Herrn gewesen war; eigentlich hieß er Ibrahim Achmed. Nach der Flucht von der Galeere hatte er, unfähig, herrenlos sein Dasein zu fristen, sich freiwillig als Sklave einem Hidalgo angeboten, der nach Kuba auswanderte. Auf den Antillen ging er von Hand zu Hand. Sein letzter Herr ließ sich von Narváez anwerben und nahm ihn mit nach der huaxtekischen Küste. In Sempoalla – noch vor der unfreiwilligen Entsendung des Priesters Guevara nach Tenuchtitlan – erkrankte

Parillas als erster an den Pocken. Sein Herr, von ihm angesteckt, starb. Der Krankheitsherd war noch klein, als Cortez Narváez besiegte, so daß das zum Entsatz Alvarados nach Mexiko eilende Kastilierheer von der Seuche verschont blieb. Um so schlimmer wütete sie unter den von Cortez nach Verakruz geschickten gefangenen Offizieren Don Pánfilos, unter der Besatzung von Verakruz und vor allem unter den indianischen Bewohnern Totonacapans. Von Sempoalla aus trat die Seuche ihren Raubzug an und gelangte über die Kordilleren bis nach Anahuac. Gegen sie gab es kein Heilmittel: wer an seinem Körper die furchtbaren Pusteln entdeckte, wußte, daß er ein Kind des Todes war. Nur Estevan Parillas, der so vielen blühenden Ländern das Verderben gebracht hatte, erhielt – gleichsam zum Lohn und Dank – sein Leben von der Seuche geschenkt. Darum aber verfluchten ihn die Bewohner von Verakruz, darum verabscheuten ihn die Totonaken: er wurde verjagt wie ein räudiger Hund. Nun hatte er versucht, sich nach Tlascala durchzufinden ...
Sedeño faßte Olids Arm, flüsterte ihm zu:
»Laßt Euch mit dem nicht ein! Den hat der Teufel ins Land gebracht! ...«
»Um so besser!« meinte Olid. »Der Engel des Herrn kann mehr Mexikaner erdrosseln, als Cortez vermag!«
Und zu Estevan Parillas sich wendend, fragte er:
»Welch ein Wind hat dich in diesen Wald geweht?«
»Ich suche einen Herrn!« erwiderte der Neger. »Wollt Ihr mein Herr sein?«
»Ja«, sagte Olid. »Das weiß ich von früher noch: du hast den Teufel im Leibe! Solch einen Burschen kann ich brauchen!«

Olids Heer umzingelte den Roten Berg. Ehe es zu einer Kampfhandlung kam, trat eine Abordnung, weiße Papierfähnchen schwingend, aus dem Stadttor und teilte den Kastiliern mit: der Rollende Stein bäte um eine Zusammenkunft mit dem Feldherrn der weißen Götter – er sei bereit, den Streit friedlich beizulegen.
Obgleich Olid keinen Augenblick daran zweifelte, daß der Kampf sich nicht vermeiden ließ, da die Tötung des Einsiedlers Sühne forderte, ging er doch auf den Vorschlag ein, mit dem Rollenden Stein vor dem Stadttor zusammenzutreffen – vielleicht hoffte er einen Einblick in den Rückhalt des Feindes zu gewinnen.
Um sich mehr Ansehen zu verleihen, umgab er sich mit den bestgekleideten seiner Kastilier und befahl dem Neger, mit gezogenem Schwert dicht hinter ihm dreinzuschreiten. Olid hatte, bevor er das Weiße Mondgefilde verließ, auf dem Markt ein rotes Stück Zeug erstanden und für Estevan Parillas phantastisch zurechtschneidern lassen. Dieser schritt nun hinter ihm in blutrotem, bis zu den Fußknöcheln herabwallendem Talar und blutrotem Turban auf dem Kopf, das blinkende Schwert senkrecht vor sich hin haltend. Und blutrot

wie der Talar fleckte der Mund das Negergesicht, blinkend wie die Schwertklinge blitzten die Zähne und das Weiß in den Augenwinkeln.
Von zwei Sklaven unter den Armen gestützt und umringt von den Großen seines Landes, kam der hagere, hakennasige, ältliche Fürst den Christen entgegen. Ein hochmütiges Lächeln kräuselte seine dünnen Lippen. Doch ließ er es an Höflichkeit nicht fehlen. Mit dem Zeigefinger berührte er lässig den Erdboden und dann seine Stirn, entnahm einer von einem Hauserleuchter getragenen Tonvase langgestielte Schildkrötenblumen und reichte sie Olid als Begrüßungsgabe.
Während Olid den Arm vorstreckte, die Blumen entgegenzunehmen, drängte sich plötzlich aus der Umgebung des Rollenden Steines ein hünenhafter, muskelstarker Mexikaner vor. Er trug wie alle Adler-Edelleute ein Matacaxtli, eine Tasche für Feuersteinspitzen, am linken Arm. Daraus holte er blitzschnell ein Steinbeil hervor und schwang es gegen Olids Kopf. Aber noch bevor er traf, traf das niedersausende Schwert des Negers seine Hand und trennte sie am Handgelenk vom Arm. Gleich einer schweren Frucht fiel die Hand zu Boden, noch immer das Steinbeil umkrampfend. Und ein roter Springbrunn aus dem Armstumpf übergoß die Festkleider der Christen.
Ein unbeschreiblicher Wirrwarr folgte. Ohne Kampfbefehl begann der Kampf. Durch das offene Tor drangen die wütenden Kastilier und Tlascalteken in den Roten Berg, schonten Frauen, Kinder und Greise nicht. Die Hälfte der Bewohnerschaft wurde niedergemacht.
Olid gab Befehl, die Überlebenden mit dem Buchstaben G (was Guerra, Krieg, bedeuten sollte) auf der rechten Wange zu brandmarken und in Verakruz (was das wahre Kreuz bedeuten sollte!) als Sklaven zu verkaufen. Er hoffte, vier Goldpesos für jedes Stück Mensch zu erhalten – denn als Piezos, »Stücke«, wurden Sklaven bezeichnet! –, und es waren fünftausend Stück. Da der Matrose und Henker Pedro Osorio bei Cortez geblieben war, erhielt Estevan Parillas den Auftrag, die Henkerarbeit zu übernehmen. Er führte sie zur Zufriedenheit seines Herrn aus, brannte mit glühendem Eisen fünftausend G in menschliche Wangen.
Auch dem Rollenden Stein und zehn seiner Hofbeamten blieb dieser Schimpf nicht erspart; außerdem aber waren sie von Olid des Mordversuchs wegen verurteilt, durch das Schwert des Negers geköpft zu werden – womit Olid, der Gerechtigkeit zuliebe, auf den Verdienst von einundvierzig Dukaten verzichtete. Ein Schafott zu bauen oder einen Henkerblock herzurichten, war der Mühe nicht wert. Auf einer Wiese vor den Mauern der Stadt mußten der Rollende Stein und seine zehn Gefährten niederknien. Nicht einmal mitgeteilt war ihnen worden, wozu. Zweien der Knienden schnitt der Neger die Köpfe ab. Da begriffen der Rollende Stein und die anderen, daß sie sterben

mußten. Mit unsäglich heiterem Gesichtsausdruck erhoben sie sich, warfen ihre Kleider ab, tanzten und sangen:

»Kunstvoll glättete ich mein Lied, wie der Zacuanvogel sein Gefieder.
Aus einer Goldtrompete steigt mein Lied empor,
Zum Himmel steigt es wie der schwellende Weihrauch der Blumen.
Gewiß nicht auf Erden ertönen diese Weisen.
Möge ihnen erlaubt sein vor dir, Rauchender Spiegel, zu schweben,
In deinem himmlischen Tecpan bei dir und mit dir zu weilen ...«

Der Neger ging um die Tanzenden herum, und ein Kopf nach dem andern rollte ins Gras.

Olid war zufrieden mit seinem Neger. Auf dem Wege nach Sempoalla freundete er sich vollends mit ihm an. Was er noch nie getan hatte –: er sprach von Maisblüte. Vor Don Pedro Gallejo, meinte er, sei er seines Lebens nicht sicher, da Vendabal sterbend dem Freunde Rache aufgetragen hatte. Estevan Parillas durchschaute, daß Olid andere Gründe haben mochte, sich Gallejos zu entledigen.
»Wenn Ihr mir es befehlt, bringe ich Euch die Tochter Montezumas nach Sempoalla!« sagte er.
Daß dies keine Prahlerei war, daß dem Neger alles zuzutrauen war, wußte Olid. Nach längerem Überlegen erwiderte er:
»Noch nicht. Ich verstehe zu warten und habe noch nie umsonst gewartet!« ...
Unzufrieden mit dem Neger war bloß Sánchez Farfán, dessen Backen wieder blaß und eingefallen waren. Mehrmals warnte er, jedoch vergebens. Der Weißhändige hatte einst, als er noch Sklavenhändler auf Kuba war, böse Erfahrungen mit Estevan Parillas gemacht.
»Nicht nur seinen ersten Herrn hat er erdolcht«, sagte Farfán zu Olid. »Auch drei seiner späteren Herren starben auf geheimnisvolle Weise ... Hütet Euch vor ihm!«
Olid lachte ihn aus.
»Wenn ich mich mein Lebtag gehütet hätte wie andere Leute, wäre ich jetzt nicht Feldobrist! Satan braucht vor Beelzebub nicht auf der Hut zu sein!«

Schlimmer noch als im Weißen Mondgefilde hatte die Seuche in Sempoalla gehaust. Und die wenigen von den Pocken verschont gebliebenen Einwohner flohen entsetzt, als sich die Kunde verbreitete, im Gefolge der weißen Götter befinde sich jener schwarze Gott, dem Totonacapan die Entvölkerung verdankte. Auch der dicke Kazike mit seinem Hofstaat und Heer hatte die Stadt verlassen. Nur Juan Torrés, der halbblinde Hüter Unserer Frau der blutroten Rosen, war auf der Spitze des Teocallis geblieben.
Empört über einen Empfang, der kein Empfang war, stieg Olid mit

María de Estrada die Stufenpyramide empor und stellte Juan Torrés wegen der Flucht seiner Christengemeinde zur Rede. Was ihn besonders erboste, war, daß kein Sklavenmarkt in Sempoalla abgehalten wurde, hatte er doch damit gerechnet, einen Teil seiner Menschenware hier absetzen zu können. Er fand den Greis vor dem Sanktuar auf der abgeschlagenen riesigen Steinhand des zerschmetterten Huitzilopochtli hingekauert und von Hunderten von Vögeln umgeben, die furchtlos, als wäre er ein Steinbild, auf seinen Armen, Schultern und auf seiner struppigen Haarmähne umherhüpften.
»Ihr seid mir ein fahrlässiger Hirte, Señor! Wie konntet Ihr Eure Herde davonrennen lassen!«
»Meine Herde sind diese Vögel hier, Don Cristóbal! Menschen sind keine Herde – und wenn sie eine sind, so sollten sie keine sein!«
»Oho, Señor! Wollt Ihr die Bibel verbessern? Wollt Ihr leugnen, daß es Menschenhirten gibt? Ich selbst gedenke einer zu sein! Der dicke Kazike aber ist ein hasenfüßiger Fechthammel, wert, am Spieß geröstet zu werden!«
»Sagt das nicht, Don Cristóbal! Der Kazike ist ein frommer christlicher Mann...«
»Nein, Señor! Ein christlicher Heidenhund ist er! Drunten in der Stadt habe ich ein Dutzend Kreuze entdeckt, an deren Fußgestelle kleine Götzen gebunden waren! Diese getauften Halunken knien vor dem Kreuz und lecken heimlich ihren Götzen die Füße. Ihr aber füttert Vögel und seht gar nichts von hier oben aus!«
»Von hier aus sehe ich viel, Don Cristóbal, obgleich ich fast erblindet bin. Von oben gesehen sieht die Welt anders aus, ganz anders... Gewiß, die dicke Prinzessin Doña Catalina band Götzen an die Kreuze – das tat sie, weil die Kreuze die Pocken nicht vertreiben konnten. Nun betet das Volk zu Götzen, wenn es vor den Kreuzen kniet... Aber kommt es denn darauf an? Doña Catalina war trotzdem eine fromme, rechtschaffene Frau. Es kommt ja nur darauf an, daß man zu beten versteht; daß die Seele heraustritt und Gott sucht – einerlei, wo sie ihn sucht, wenn sie ihn nur sucht!... Mein Verstand ist nicht gewitzt wie der Eure, aber ich wohne höher. Ja, die Welt sieht aus der Vogelschau anders aus, ganz anders... Wäre ich jung, ich würde es allen Christen predigen!«
»Und auf dem Scheiterhaufen enden!« bemerkte María de Estrada.
»Obgleich Ihr vielleicht manchen finden würdet, der hoch wohnen möchte wie Ihr!«
Olid aber knurrte:
»Seid froh, alter Mann, daß man Euch für einen armen schwachsinnigen Narren hält und daß niemand außer uns beiden Euch hörte! Ihr scheint mir ganz zum Vogel geworden! Redet meinethalben, wie Euch der Schnabel gewachsen ist – dem Großinquisitor bin ich keinen Frondienst schuldig –, doch vernachlässigt Eure Pflicht nicht! Dazu wurdet Ihr als Kapellenwächter nicht eingesetzt, daß Ihr alles gut-

heißt, was dies Indianerpack uns zum Tort tut! Warum ist die Stadt leer?«

»Das müßt Ihr die Seuche fragen, Don Cristóbal, warum sie so viele blühende Leben erwürgte. Vor Gottes Richterstuhl wird die Seuche einst Rechenschaft ablegen müssen. Denn auch der Indianer ist ein Mensch, ist kein Stück Vieh, Don Cristóbal! Uns Menschen sendet Gott das Glück, aber auch die Seuche. Die nennen wir Gottes Geißel. Gott geißelt sich selbst mit seiner Geißel. Meine Einfalt sieht wohl, daß es so ist, kann aber nicht ergründen, warum. Gott wendet sich gegen Gott – Er geißelt sich und trägt die Dornenkrone – und Völker sterben. Aber wehe der Geißel, wenn sie nicht mehr gebraucht wird!«

Mit unstet flackernden Augen blickte Olid die Amazone an.

»Ist der alte Hanswurst wahnsinnig, Señora? Das klang ja, als spräche er von mir!« flüsterte er ihr ins Ohr. Im Grunde fühlte er sich geschmeichelt.

María de Estrada schüttelte den Kopf. Teilnahmsvoll fragte sie Juan Torrés:

»Starben denn sämtliche Sempoalteken? Auch Doña Catalina India? Auch das Kind Don Hernandos?«

»Ja, Señora«, sagte Juan Torrés. »Als das Kind erkrankte, schnitt sich Doña Catalina beide Ohren ab und weihte sie der Heiligen Jungfrau, in der Hoffnung, ihr Kind zu retten. Als das Kind dennoch starb, behauptete sie, ihr Sohn sei ein Himmelsgott geworden; und sie wollte durchaus in den Himmel, um dort an seiner Seite zu sitzen. Der Allmächtige erfüllte ihren Wunsch.«

»Und der dicke Kazike? Lebt er noch?«

»Freilich, er lebt. Aber er ist nicht mehr dick – er ist magerer als Ihr, Señora!«

»Warum verließ er die Stadt?« fragte Olid.

»Weil er die Seuche fürchtet!«

Olids Gesicht färbte sich krebsrot.

»Bin ich die Seuche?« schrie er. »Sehe ich wie die Seuche aus?«

Da erhob sich Juan Torrés und stand Auge in Auge dem wütenden Feldobristen gegenüber.

»Ihr seid furchtbarer als die Seuche, Don Cristóbal!« sagte er leise. »Ihr selbst wißt es noch nicht, und keiner weiß es außer mir. Ich aber sehe, welche Straße Ihr ziehen werdet! Wo Cortez rechts geht, werdet Ihr links gehen! Auch Cortez ist ein Engel des Herrn, doch er ist ein rechtschaffener, frommer Mann und nennt sich einen Kreuzfahrer, ist vielleicht auch einer – was weiß ich, der Allweise wird es ja wohl wissen ... Ihr aber wollt Gold, Zerstörung und Knechtung, um wie ein Aasgeier von einer Volksleiche zu leben. Gott erschuf ja auch die Aasgeier – Gott kämpft immer gegen Gott –, also trifft Euch kein Verschulden, wenn Euer Meuchelschwert durch die Länder wandelt wie die Seuche. Unverletzlich ist Eure Schlechtigkeit und groß wie die

heilige Krankheit. Ihr mögt mich töten, weil ich so spreche. Einst werdet Ihr meine Worte verstehen!«
Aus der Scheide gerissen hatte Olid sein Schwert und schwang es über dem Kopf des Greises. Doch er vermochte ihn nicht zu töten. Wie gelähmt war sein Arm – der Hieb erstarrte hoch in der Luft. María de Estrada packte den Hauptmann am Ellenbogen und zog ihn mit sich fort.
»Kommt, laßt uns hinabgehen, Don Cristóbal! Versündigt Euch nicht!«
»Warum konnte ich nicht töten?« murmelte Olid bleich und verwirrt. »Es war, als wäre die Luft Kristall geworden!«
Und kopfschüttelnd stieg er mit der Amazone die Pyramidentreppe hinunter.

Die Hafenfestung Verakruz schloß ihre Tore, als Olids Heer heranrückte. Nach längerem Parlamentieren mit dem Richter Moreno Madrano mußte Olid sich dazu bequemen, seinen Neger außerhalb der Mauern zu lassen.
Die fünftausend Stück gebrandmarkter Sklaven aus dem Roten Berge wurden von Narváez Olid abgekauft. Don Pánfilo erwarb sie gewissermaßen auf Spekulation. Da der an der huaxtekischen Küste gangbare Preis von vierzig Mänteln für einen Sklaven nur einen mäßigen Ertrag gebracht hätte, ließ er sie in außerhalb der Stadt errichteten Hürden bewachen, um sie bei erster Gelegenheit – sobald Schiffe landen würden – nach Kuba zu schaffen und dort auf den Markt zu bringen. Die Bergwerke Kubas waren ja unersättlich. Er gedachte ein glänzendes Geschäft zu machen und auch die Silbergruben seiner Gattin María de Valenzuela mit aztekischer Ware zu versorgen. Pedro Caballero, der jetzt als Nachfolger Escalantes und Sandovals Stadtkommandant von Verakruz war, drangsalte die gefangenen Offiziere nicht. Frei umhergehen durften sie in der Hafenfestung, durften ihr Geld nach Belieben verschleudern und hätten ein beneidenswertes Dasein gehabt, wäre ihnen die Zeit in der eintönigen Umgebung nicht überlang geworden. Sie hielten zu viel auf sich, ein Lotterleben zu führen, wie es einst Alonso de Grado, Pedro d'Ircio und der auf Stelzfüßen gehende Steuermann Gonzalo de Umbría – das *jus primae noctis* für ihr gutes Recht erklärend – getan hatten. Sie knurrten über das »Moskito-Land« und bannten die Langeweile mit Weingelagen. Denn großmütig war Cortez gewesen (vielleicht auch zu beschäftigt mit wichtigeren Dingen) und hatte auf die Weinfässer Don Pánfilos die Hand nicht gelegt.
Beim Verkauf der Sklaven waren sich Olid und Narváez nähergekommen, instinktiv zueinandergezogen durch die gemeinsame Mißgunst gegen das unausrottbare Glück des Cortez. Narváez und Salvatierra luden Olid und Aguilar in eine – der Moskitos wegen – hoch ins Geäst eines Ceibabaumes gezimmerte Bretterlaube zu einem Fäß-

chen Alicante ein. Das Ehepaar Farfán wurde ausgeschlossen, weil Sánchez Don Pánfilo des linken Auges beraubt hatte.
»Er tat es aus Ungeschick, der Tölpel!« sagte Don Pánfilo, als Olid und Aguilar mit Hilfe einer Leiter ins Baumgeäst gestiegen waren. »So ein Weißhändiger kann weder zielen noch treffen. Er wurde versehentlich mein Überwinder! Er wurde versehentlich ein Held – wie ein anderer auch, mit dem ich gleichfalls nicht pokulieren würde!«
»Nennt ihn doch beim Namen, den Cortesillo!« feixte Salvatierra. »Ist er denn ein Gottseibeiuns, daß Ihr noch immer zuallererst ausspucken müßt, ehe Ihr die sechs Buchstaben über die Lippen bringt?«
Salvatierra hatte sich seit der nächtlichen Niederlage in Sempoalla nicht abgewöhnt, Cortez als den Cortesillo, das Cortezlein, zu bezeichnen. Er tat es, weil er als Speichellecker des Narváez diesen damit zu trösten vermeinte. Heimlich bewunderte er neuerdings Cortez und brüstete sich beinahe niemals mehr damit, seine Ohren zum Frühstück verspeisen zu wollen.
Eine Herabsetzung seines Generalkapitäns ertrug Olid nicht, obgleich er selbst ihn allzugern herabsetzte. Daß Salvatierra vom Cortezlein sprach, mochte noch hingehen, daß aber Narváez Cortez einen versehentlichen Helden nannte, ging ihm wider den Strich.
»Ihr redet, wie ein versehentlich Besiegter redet, Don Pánfilo! Macht doch dem Cortez sein Versehen nach! Ihr kennt ihn nicht, obgleich er ein Jahr lang auf Kuba Euer Untergebener war! Wir, die wir täglich zusammen sind mit ihm, wir kennen ihn auch nicht. Man lernt nie aus an ihm. Aber das weiß ich: – Cortez wird einstmals als Kaiser von Mexiko enden!«
Narváez hatte erst aufbrausen wollen; dann aber hatte er die Kränkung beiseite gelegt und die Ohren gespitzt. *Valgame dios!* Was war ihm da eben zugeklungen? Olid hatte seine eigenen Gedanken verraten, nicht die des Cortez. Doch das zu unterscheiden, war Narváez nicht fähig. Immer voll Pathos und großspurig, ein redegewandter Wortemacher, hielt sich Narváez auch für einen Menschenkenner. Wenig gescheit, war er doch pfiffig. Er nahm sich vor, das Wort Hochverrat zu vermeiden, weil er Olid aushorchen wollte, von dem er annahm, daß er als brutaler Haudegen, der er war, sich nicht durch Scharfsinn auszeichnete.
»Das war mir neu, daß Cortez Kaiser von Mexiko werden will! ... Spricht er oft davon, Don Cristóbal?«
Aguilar kam Olid zuvor und antwortete:
»Cortez denkt nicht an solchen Wahnsinn! Don Juan Velázquez sprach uns anderen davon – doch niemals Cortez! Ich lege meine Hand für ihn ins Feuer: er ist ein treuer Diener Seiner Majestät!«
»Das sind wir alle!« sagte Narváez und lüpfte den hohen Toquehut. Sich erhitzend, fuhr er fort: »Aber Cortez ist ein ungetreuer Diener

Seiner Eminenz des Leiters der indianischen Angelegenheiten! Und ich nenne ihn einen treulosen Diener seines Wohltäters Don Diego Velázquez!«
Mit einem Faustschlag spaltete Olid die Tischplatte. Mehrere Becher fielen klirrend um.
»Sein Wohltäter?« schrie er. »Nicht wahr, ein herrlicher Wohltäter, der ihm achtzehn Karavellen in den Rücken gesandt hat!...«
»Und, bitte, mich nicht zu vergessen!« lachte Salvatierra, der bereits stark angetrunken war. »Daß ich die Ohren Cortesillos nicht verspeisen konnte, war nicht Don Diegos Schuld! Fallt nicht aus dem Nest, Don Cristóbal! Wir wiegen uns hier hundert Fuß hoch im Winde – und Ihr habt noch nicht fliegen gelernt!«
Sowohl Olid wie Narváez waren emporgesprungen. Olid tastete nach seinem Degenknauf. Doch er zog den Degen nicht, da er sah, daß Narváez waffenlos war. Aguilar flatterte wie ein verschreckter Rabe und war dem Weinen nahe. Salvatierra aber schüttelte sich vor Lachen. Es gelang ihm, die Zürnenden zu beschwichtigen und zu versöhnen, so daß sie alsbald mit neugefüllten Bechern anstießen und sich umarmten. Es wurde beschlossen, im Gespräch heikle Dinge zu umgehen.
Don Pánfilo fragte Aguilar nach seinen Lebensschicksalen aus. Er hatte den Frater gekannt, noch bevor dieser sich der unglücklichen Expedition Ojedas angeschlossen hatte, von welcher, heimkehrend, er – nach dem Schiffbruch der genuesischen Seeräuberkaravelle – mit Gonzalo Guerrero (dem Roten Jaguar) und zehn anderen Leidensgefährten an die Küste Yucatans gespült wurde, während Ojeda, Ordás und die nicht ertrunkenen Korsaren die Nordspitze Kubas schwimmend erreichten. Von Diego de Ordás, der in einem karaibischen Kanoe nach Jamaica ruderte, zu Hilfe gerufen, rettete Pánfilo de Narváez die in den Morästen Verschmachtenden, den Räuber Talavera und den in Ketten mitgeführten Ojeda. »*Mi remo no rema.* Mein Bruder rudert nicht mehr!« hatte ihm der Statthalter von Urabá auf freundliche Trostworte geantwortet. Von ihm erhielt er dann die irrtümliche Nachricht, daß Gonzalo Guerrero und der Frater Aguilar unter den Ertrunkenen seien.
Nachdem Aguilar von seinem Leben am Hofe des Mayakaziken und dem Verführungsversuch des kleinen Mädchens erzählt hatte – welches seiner Keuschheit wegen sterben mußte –, berichtete Olid von dem durch seinen Neger vereitelten Mordanschlag am Tor des Roten Berges und wie der Rollende Stein mit den aztekischen Fürsten tanzte und sang, während Estevan Parillas ihnen die Köpfe abschnitt.
»Wieviel waren es?« fragte Salvatierra.
»Sechzehn«, antwortete Olid.
»Das war zuviel!« lachte Salvatierra. »Don Pánfilo hat auf Kuba immer dreizehn Indianer zu gleicher Zeit rund um einen Baumstamm

an die Zweige hängen lassen – zum Andenken an Christus und seine zwölf Apostel!«
»Allerdings«, bestätigte Narváez. »Ich heiligte sie durch ihre Zahl, da sie von der Taufe nichts wissen wollten.«
»Meiner Treu, das ist nachahmenswert!« lachte Olid. »Ich will es mir merken für künftige Fälle. Nach unserem Sieg bei Otompan habe ich Gefangene niederstechen lassen – man kann ja nicht alle hungrigen Mäuler stopfen ... Jetzt tut mir's leid! Ich hätte sie an Bäumen zu Dutzenden heiligen können!...«
»Habt Ihr bei Otompan nicht die Königin von Mexiko gefangen?« fragte Narváez.
»Ich wollte, ich hätte sie gefangen!...« entgegnete Olid, und sein Gesicht verdüsterte sich. Er fühlte, wie Don Pánfilos Auge ihn durchdringend ansah, und ärgerte sich, daß er zum zweitenmal mehr gesagt hatte, als er hatte sagen wollen. Eine Weile saßen sich die beiden Feldobristen schweigend gegenüber. Mittelgroß und kurzhalsig war Narváez, hatte einen roten Petrusbart und rotes Haar. Sein ausgelaufenes Auge war von einem schwarzen Läppchen verdeckt, seine von Farfáns Hellebarde durchstochene Wange wies eine fleischige Narbe auf; aber auch die andere Wange leuchtete wie ein roter Apfel. Einen seltsamen Gegensatz bildete sein allzu gesundes, struppiges Feuergesicht zu dem bartlosen, gefurchten, aschgrauen Gesicht Olids.
Da Olid erriet, daß die Gedanken Don Pánfilos auf der richtigen Spur waren, ihm aber daran lag, die Spur zu verwischen, bemühte er sich, den Unbefangenen zu spielen. Darum zog er es vor, nachdem er sich ja doch verraten hatte, aus seinen Absichten auf Maisblüte kein Hehl mehr zu machen, ihnen aber andere Gründe unterzuschieben.
»Mir wurde die Königin von Cortez weggeschnappt«, sagte Olid leichthin. »Und ich leugne nicht, daß mich's wurmt. Nicht, weil sie schön ist, aber weil man für sie ein reiches Lösegeld einheimsen könnte.«
»Will Cortez sie verkaufen?« fragte Salvatierra.
»Er denkt nicht daran!« brummte Olid. »Er legt sich eine Sammlung von Montezuma-Töchtern an. Auch Marina soll ja eine sein.«
»Ja, wenn er Kaiser von Mexiko werden will, wie Ihr vorhin meintet, so kann solch eine Sammlung sich nutzbar machen!« hetzte Narváez. »Mich wundert's nur, daß ein Mann wie Ihr, Don Cristóbal, sich die Königin entwischen ließ. Verstand ich Euch recht, so hattet Ihr sie schon und mußtet sie herausgeben. Warum laßt Ihr Euch soviel von Cortez gefallen? Ist er denn mehr als Ihr? Warum genügt es Euch, Diener zu sein, der Ihr doch Herr sein könntet so gut wie er?«
»Da habt Ihr recht, Don Pánfilo! Cortez hat nur sein Glück vor uns andern voraus! Wir Hauptleute leisten die Arbeit, und er hat den Ruhm davon! Sobald aber etwas mißlingt, sind nur wir Hauptleute schuld! In Cholula habe ich ihn gerettet – und glaubt Ihr, daß er es

mir gedankt hat? Sein Glück bei Otompan war einfach lächerlich: er wußte nicht einmal, daß es der König von Mexiko war, den er erschlug. Und was seinen vielgelobten Sieg über Euch, Don Pánfilo, betrifft, so wissen wir beide doch Bescheid: den Oberbefehl über unser Heer hatte ich in jener Nacht.«

Schon entfallen war es Olid, daß er vorhin erst das Glück des Cortez in den Himmel gehoben hatte. Nun wurde plötzlich Narváez zum Lobredner auf Cortez und schonte sich selbst dabei nicht.

»Nein, nein, Don Cristóbal, so dürft Ihr über Cortez nicht reden. Auf ihn sollte jeder Kastilier stolz sein! Meine Dummheit war es, daß ich der Meldung meines Kämmerers Hurtado nicht glaubte; aber trotzdem – mich zu besiegen bringt nur ein Cortez fertig! Ich will Euch offen gestehen, daß er an mir einen aufrichtigen Bewunderer hat, wenn ich auch nie aufhören werde, sein Feind zu sein. Darum habe ich ihm auch elf meiner verwundeten Offiziere, als sie ausgeheilt waren, zugeschickt. Sie wollten sich in Tlascala unter seine Fahne stellen, und ich gewährte ihnen die Bitte. Geht, meine Freunde, sagte ich ihnen; er ist mein Gegner, wie Achilleus der Gegner des Agamemnon war; aber er ist edel wie Achilleus; ich hindere euch nicht, die Gefilde Mexikos und den Tod auf dem Felde der Ehre zu suchen!«

»Vergeßt nicht, Don Pánfilo«, lachte Salvatierra, »daß Ihr sie auch gewarnt habt: in Mexiko gäbe es Fleischerläden, wo nur Menschenfleisch verkauft wird!«

Erstaunt fragte Olid:

»Ihr habt elf Mann nach Tlascala gesandt? Wann war das?«

»Vor acht Wochen, kurz ehe Avila und Duero hier eintrafen«, sagte Narváez. »Don Andrés de Tapias Schwiegervater Cuhextecatl, der sich damals in Verakruz aufhielt, übernahm es, sie statt über Sempoalla, wo die Pocken herrschten, den südwestlichen Weg über Tepeaca zu führen.«

»Dann sind Eure Offiziere ermordet«, erklärte Olid. »Denn in Tlascala sind sie nie angelangt; und daß die Bewohner Tepeacas, obgleich sie vor einem Jahr Seiner Majestät Treue geschworen, jetzt zu Mexiko halten, wurde uns in Tlascala bereits versichert. Das gelobe ich Euch: nicht ruhen will ich, bis ich der Sache auf den Grund gegangen bin. Ausgezogen bin ich, den Roten Berg zu züchtigen; und nicht heimkehren will ich, ohne Tepeaca gezüchtigt zu haben! . . .«

Salvatierra hatte zuviel getrunken. Er verfärbte sich, wurde weiß wie feuchtes Salz.

»Hatte er einen Bruder unter den Leuten in Tepeaca?« fragte Olid Don Pánfilo leise.

»Nein. Aber er verträgt nicht den Anblick voller Becher; und leerer Becher erst recht nicht!«

»So wenig wie den Anblick von Blut!« ergänzte Olid grinsend. »Als

wir ihn in Sempoalla fingen und schrien: ›Victoria! Victoria! Narváez ist tot!‹, bekam er Leibweh und Durchfall!«
Aguilar bemühte sich um Salvatierra, der von der Bank geglitten war und richtete ihn auf. Olid klopfte dem Trunkenen auf die Schulter. »Ihr seid eine zu volle Flasche, Señor – darum entkorkt Euch selbst!« riet er ihm. »Macht es wie Vitellius, sucht das Vomitorium auf! Er ist nahebei: Ihr braucht Euch bloß zur Laube hinauszubeugen!«
Salvatierra befolgte den Rat. Er stieß Aguilar zurück, der ihm behilflich sein wollte, und schwankte an das Fenster der Bretterlaube heran. Sich hinausbeugend, übergab er sich. Um ein Haar hätte er das Gleichgewicht verloren: denn von einem Windstoß gewiegt, bog sich der Ceibabaum und mit ihm die Laube hin und her, so daß man wohl seekrank werden konnte.
»Ein Schiff!« grölte Salvatierra.
»Was grunzt er?« fragte Olid.
»Er meint, wir schwanken hier wie auf einem Schiff!« erläuterte Aguilar.
»Ein Schiff!« wiederholte Salvatierra.
»Er scheint, weiß Gott, die Laube für eine Schiffskammer zu halten und das Baumlaub für wogende grüne Wellen!« lachte Narváez.
»Und sich selbst für den Admiral!« lachte Olid. »Ich hoffe, er wird nicht ein Bad nehmen wollen!«
»Ein Schiff!« schrie Salvatierra zum drittenmal, sich überkreischend.
»Schon gut, wir haben's gehört, Señor Salvatierra! Verliert die Lenkung Eures Schiffes nicht! Nehmt Euren Platz am Steuerruder wieder ein!«
Wütend wandte sich Salvatierra um und verließ das Fenster.
»Ich bin kein Lügner!« schrie er. »Jedem zause ich das Fell, der mir nicht glaubt!«
Ein Trompetenton erscholl: der Alarmruf des Turmwächters von Verakruz. Aguilar eilte ans Fenster.
»Wahrhaftig, auf der Reede draußen – ein Rennschiff! Es segelt auf den Hafen zu ...«

Unverzüglich war Olid die Leiter hinabgestiegen und hatte sich zu Pedro Caballero, dem Kommandanten der Hafenfestung, begeben, mit ihm zu beraten. Im Stadthause war Caballero nicht mehr anwesend. Olid fand ihn am Meeresufer inmitten einer neugierig auf die Reede starrenden Volksmenge. Eine von Caballero dem Schiff entgegengesandte Schaluppe kehrte eben ans Ufer zurück; so erfuhr Olid, daß die Karavelle dem Gobernador von Jamaika, Francisco de Garay, gehörte, und von einem Hauptmann Diego de Camargo geführt wurde.
Als – bald nach der Gründung von Verakruz – Garay durch die heimkehrende Mannschaft seiner Schiffe unterrichtet worden war, daß Cortez mittels einer Maskerade – die der wiehernde Hengst des

Tanzmeisters Ortiz verraten – ihm fünf seiner Leute geraubt, darunter den Matrosen Pedro de la Harpa und den spitznasigen kleinen Gerichtsschreiber Guillén de la Loa, hatte er wutblaß, doch mit schweigsamer Zurückhaltung zugehört und die Einzelheiten des Schimpfes in sein Gedächtnis gebucht. Garay nahm sich Zeit. Notgedrungen. Denn Jamaika war eine kleine, karg bevölkerte Insel. Beeinträchtigt wurde seine Werbetätigkeit auch dadurch, daß in St. Jago auf Kuba Don Diego Velázquez mit gleicher Leidenschaft und sehr viel mehr Leidenschaftlichkeit die Aufstellung der hernach von Narváez geführten Heeresmacht gegen Cortez betrieb. Die von Garay in die benachbarten Kolonien ausgesandten Werbeoffiziere konnten meist nur noch Ähren lesen, wo der Gobernador Kubas reich geerntet hatte. So kam es, daß Garays Rüstung noch in den Anfängen steckte, als im Juni die Nachricht aus Kuba nach Jamaika gelangte, Narváez sei mit achtzehn Schiffen an der Küste des Goldlandes Mexiko gelandet. Daß Cortez besiegt und in Ketten gelegt worden sei, nahm Garay als selbstverständlich an. Sein Rachefeldzug war gegenstandslos geworden. Aber von der Beute wollte er sein Teil haben. Darum setzte er sein mühselig angeworbenes Heer auf drei Schiffe und befahl dem Hauptmann Diego de Camargo, Mexikos Gestade aufzusuchen – genau war man in Jamaika nicht unterrichtet, wo sie zu finden waren – und, an der Seite Don Pánfilos fechtend, den Wilden so viel Gold abzunehmen wie nur irgend möglich, die Schiffe aber sofort mit Sklaven verfrachtet heimzuschicken. Sein Gönner und Patron, Don Juan Rodríguez de Fonseca, Bischof von Burgos und Erzbischof von Rosano, der Leiter der indianischen Angelegenheiten, hatte ihm ja ein Patent ausgefertigt, das ihm Sklavenraub und Tauschhandel an der Festlandküste westlich von Florida gestattete.

Auf die Bussolen und Seekarten war kein Verlaß. Camargo fand Verakruz nicht und landete fünfzig Meilen nördlich am Panucofluß. Auch jener Landstreifen gehörte noch zum huaxtekischen Gebiet, war also Mexiko untertan. Seit der grauenvollen Hinrichtung ihres Statthalters – des Schwelenden Holzes – in Tenuchtitlan lebten die Huaxteken in Furcht und Schrecken vor den Europäern. Sie hielten die neuangekommenen weißen Götter für Freunde des Grünen Steines und begegneten ihnen ehrerbietig. Als jedoch die Garay-Leute sich daranmachten, Sklaven und Sklavinnen einzufangen, griffen die Huaxteken zu den Waffen. In einer Schlacht zogen die Christen den kürzeren, mußten auf die Karavellen flüchten. Alle Schwerverwundeten wurden auf das Flaggschiff Camargos gebracht. Dann segelten die drei Schiffe weiter südlich. Ein Sturm trennte die kleine Armada. Das Flaggschiff war im Sturm leck geworden und drohte zu sinken, als Camargo Verakruz sichtete und, wieder Hoffnung schöpfend, den Kurs auf den Hafen nahm.

Das doch verlorene Schiff ließ Camargo auf den Strand laufen. Auf Anordnung Caballeros wurden die Schwerverwundeten – und das waren fast alle auf dem Schiff, die anderen waren Tote – an Land getragen. Der Erschöpfung und dem Hunger waren mehr erlegen als den furchtbaren Sägeschwertwunden. Doch fehlte es der Karavelle an Mundvorräten, so barg sie dafür eine beträchtliche Ladung Munitionskisten, Armbrüste, Musketen und Pulver. Ja sogar vier Kartaunen und zehn Feldschlangen. Olid nahm sofort Besitz von den Waffen in Cortez' Namen.

Diego de Camargo war ein Sterbender; seine Ankunft im Hafen sollte er nur wenige Wochen überleben. Von ihm erfuhr Olid, daß sich an Bord der beiden anderen Schiffe ebensoviel Munitionskisten befänden und hundertundfünfzig, wenn auch durch Hunger geschwächte, so doch kerngesunde Soldaten. Dazu sieben Pferde.

»Es wird Euch leichtfallen«, sagte Camargo, müde lächelnd, »meine Soldaten für Euch zu gewinnen. Die beiden Schiffe herlocken könnt Ihr zwar nicht – das kann nur der Zufall; der freilich kann viel ... Für mich ist's jetzt zu spät, zu hoffen oder zu rasen. Die Seele vorbereiten für die große Reise, ist jetzt meine Aufgabe ... Aber den jungen, gesunden Burschen wird es gleich sein, ob sie für Narváez oder Cortez sterben, wenn sie nur ihr täglich Brot haben und ausreichenden Sold! ...«

Die Voraussage Camargos bewahrheitete sich tags darauf. Was Olids Wunsch nicht vermocht hätte – der Zufall vermochte es: er lockte morgens ein zweites und gegen Abend das dritte Schiff des Garay in den Hafen von Verakruz. Der Führer der zweiten Karavelle war von Haiti her befreundet mit Olid; nach kurzer Überredung willigte er ein, mit seiner Mannschaft unter Olids Fahnen zu treten. Schwieriger gestaltete sich und mehr Umsicht erforderte der Einfang des dritten Schiffes. Von Camargo hatte Olid in Erfahrung gebracht, daß diese Karavelle unter dem Befehl des Alvarez Pineda stand, eines reichen Grubenbesitzers, den Olid nur dem Namen nach kannte. Dafür war Juan Sedeño der Reiche befreundet mit ihm; und Frater Aguilar war einst Hausgeistlicher bei Pineda gewesen. In einem Boot ruderten Sedeño, Aguilar und Olid – er hatte sich als gemeiner Soldat verkleidet – an das Schiff heran. Sedeño und Aguilar stiegen an Bord. Sie wurden von Pineda wie alte Freunde begrüßt und umarmt. Nicht genugtun konnte sich Pineda mit Ausrufen der Verwunderung und der Freude darüber, daß der totgeglaubte, seit acht Jahren vermißte Aguilar am Leben war. Teilnehmend fragte Sedeño, ob der Gobernador von Kuba sich wohlbefinde.

»Don Diego hat Euch zwar gegrollt, Señor Sedeño, weil Ihr Euch Cortez angeschlossen hattet. Aber ...«

»Ich?« unterbrach ihn Sedeño erregt. »Tat ich es denn aus freien Stücken? Wie ein Seeräuber hat damals Cortez mein Schiff vor Havanna gekapert, hat mich mitgeschleppt wie ein Beutestück! ...«

»Ja, ein Seeräuber ist Cortez«, erklärte Pineda. »Darum kann man mit ihm kein Mitleid haben. Sein Schicksal ist verdient. Hat man ihn schon hingerichtet?«
»Nein, noch nicht. Ihr und Camargos Leute seid gerade zur rechten Zeit gekommen. Übermorgen legt er den Kopf auf den Block, nebst zwanzig seiner Anhänger. Ich habe es ihm oft genug vorausgesagt!«
»Und was macht Don Pánfilo?«
»Oh, dem geht es ausgezeichnet. Er hat Mexiko in der Gewalt und ein Dutzend der umliegenden Länder. Augenblicklich ist er im Hafen. Eurem Hauptmann Camargo hat er einen glänzenden Empfang bereitet. Kommt gleich mit in unser Boot, wir bringen Euch zu ihm!«
Alvarez Pineda war es zufrieden. Er stieg mit Sedeño, Aguilar und einer kleinen Gefolgschaft ins Boot und ließ sich ans Ufer rudern. In zwei inzwischen genahten Schaluppen wurde seine Mannschaft ausgebootet.
Kaum war dies geschehen, trat Olid auf Pineda zu und forderte ihm den Degen ab.
»Ist der Mann toll?« fragte Pineda den reichen Sedeño, und seine Stimme überschlug sich vor Schreck. »Wer ist der Mann? ...«
»Ich bin der Feldobrist Don Cristóbal de Olid. Und Ihr seid mein Gefangener!«
»Ihr seid ein Gefangener des Generalkapitäns Cortez!« verbesserte ihn Aguilar, dessen Vorwitz sogleich durch einen stechenden Blick Olids gestraft wurde.
Sich zu widersetzen versuchte Pineda nicht. Olid führte ihn in sein Quartier und redete zwei Stunden lang in ihn ein. Das Ergebnis dieser Verhandlung war, daß Pineda sich bereit erklärte, mit seiner Mannschaft in den Dienst Olids zu treten – nicht aber in den Dienst des Cortez, den er zu hassen vorgab. Daß Olid ein solches Abkommen annehmbar fand, bewies Pineda ebenso wie vordem schon die Bemerkung Aguilars, daß ein Zwiespalt zwischen Olid und Cortez bestand.
Um mehr hierüber zu erfahren, ließ Pineda gegen Abend den Frater zu sich kommen. Nur kurz machte er ihm Vorwürfe, daß er an seiner Belügung und Festnahme teilgehabt, entschuldigte es indes selbst, da er als Untergebener Olids nicht anders habe handeln können. Überaus herzlich erging er sich dann in Erinnerungen an alte Zeiten auf Kuba. Er fühlte ihm auf den Zahn und merkte bald, daß Aguilar derselbe kindlich phantastische Mensch war wie einst, der sich damals Kind in seinem Hause gefühlt hatte. Die Vertrautheit zwischen ihnen war bald hergestellt. Da fragte Pineda ihn nach Cortez und Olid aus. Ohne Vorbehalt sagte Aguilar, was er wußte. Olid scheine Cortez zu grollen, weil dieser ihn gezwungen, Maisblüte Don Pedro Gallejo herauszugeben. Und gesprächig werdend, teilte Aguilar mit, was er

aus der Unterredung Olids mit Don Pánfilo über die beiden Montezumatöchter erlauscht hatte.
Alvarez Pineda sagte:
»Glückhaft wie Cortez war nie ein Mensch auf Erden. Wie Bileam zu fluchen auszog, aber segnen mußte, so sammelten Diego Velázquez und Garay ihre Heere, welche nun dem Generalkapitän, statt ihn zu vernichten, zugute kommen. Auch mit Doña Marina hat Cortez ein unerhörtes Glück. Nun wird er bald Hochzeit mit ihr feiern können.«
»Ist Doña Catalina krank?« fragte Aguilar mit gespanntem Gesichtsausdruck.
»Doña Catalina war immer krank, schwindsüchtig seit Jugend auf«, sagte Pineda, »aber jetzt geht es zu Ende. Als wir von Kuba absegelten, hatten die Ärzte erklärt, sie habe keine drei Wochen mehr zu leben. Ja, ja, Cortez hat Glück ...«
In dieser Nacht schloß Aguilar die Augen nicht. Er wälzte sich auf den Knien, brachte aber kein Gebet auf die Lippen, da er sich bewußt war, daß es ein Dankgebet werden würde für die Todeskrankheit der Doña Catalina. Unfähig zu beten, erhob er sich und sann, bis die Sonne aus dem Meer stieg und Vogelgezwitscher zu ihm durchs Fenster drang. Ziellos war bisher seine seraphische Liebe zu Marina gewesen. Jetzt aber sah er eine Aufgabe und ein Ziel für seine Liebe: darauf hinzuwirken, daß Cortez den Bund mit Marina kirchlich segnen lasse ...

Dem dicken Kaziken hatte Olid Botschaft geschickt: er werde auf dem Rückweg wieder durch Sempoalla kommen und wünsche, ihn in der Stadt vorzufinden; andernfalls werde er ihn an einen Baumast hängen. Der dicke Kazike, der wegen seiner Parteinahme für Narváez noch immer ein schlechtes Gewissen hatte, faßte dies als ein Todesurteil auf und meldete zurück: er begebe sich nach Sempoalla und erwarte den die Augen aushöhlenden Adler.
Als Olid von Caballero, Narváez und Camargo Abschied genommen und sich nach Sempoalla in Marsch setzte, hatte er – außer den zweitausend Tlascalteken – hundertfünfundsiebzig Kastilier und dreizehn Pferde. Das war mehr, als Cortez in Tlascala zurückbehalten hatte. Und Feuerwaffen besaß Cortez überhaupt keine. Wenn Olid jetzt frondieren wollte – er hätte die Übermacht gehabt.
In Sempoalla bewarfen die heimgekehrten Sempoalteken Olid mit Blumen, wenn sie auch ergrausend auf seinen schwarzen Schatten, den allerorts mit blanker Klinge hinter ihm herschreitenden Neger, hinschielten. Der dicke Kazike kam auf den großen Rasenplatz zwischen seinem Tecpan und dem Teocalli, keuchend wie ein nach Luft schnappender Karpfen und an allen Gelenken schlotternd – obgleich unter den Armen gestützt von seinen beiden Karyatiden –, Olid entgegen, reichte ihm gelbe Federnelken und beweihräucherte ihn

mit weißen Kopalkugeln. Auch schwarze Kautschukkugeln ließ er in den glimmenden Räucherlöffel fallen, gleichsam als Abwehropfer für den entsetzlichen schwarzen Gott. Der dicke Kazike war ein Bild des Jammers. Zum Skelett war der einstige Fleischberg abgemagert. Seine Haut, die nicht zugleich mit seinem Fett hatte schrumpfen können, hing schlapp und faltenreich, bei jeder Bewegung hin und her schwingend wie leere Ziegeneuter, von seinen Backen, seinem Hals, seinen Armen und Händen herab. Überdies hatte er Antlitz und Körper auch noch mit weißer Erde geschminkt. In ein Papiergewand war er gekleidet, ein Papierdiadem schmückte seine Stirn. Im linken Arm trug er ein totes, rotgelbes Hündchen, in dessen Hals ein Obsidianpfeil stak.

Der zu Mißtrauen neigende Olid entsann sich, daß Piltecatl das Alte Raubtier in Cholula weiß geschminkt hatte und daß er selbst damals mit Avila wettete, er könne mehr und eleganter Köpfe vom Rumpfe trennen als jener. In welchem Zusammenhang die Wette mit Piltecatls Auftrag gestanden, war ihm nicht mehr klar, nur wußte er, daß die weiße Schminke Krieg bedeutete. Vollends beunruhigte ihn der tote Hund im Arm des Königs.

Er fragte Aguilar:

»Soll der tote Hund ein Hohngeschenk für mich sein?«

»Nein, Don Cristóbal. Den Hund hat der Kazike an das jenseitige Ufer des neunfachen Wassers geschickt: das ist ein Strom, der die Totenwelt umgibt, nach Ansicht der Heiden. Dort wartet der Hund, bis sich sein Herr zum neunfachen Wasser begibt. Kaum daß er ihn erblickt, wirft er sich in den Strom, schwimmt heran und hilft seinem Herrn, ans andere Ufer zu gelangen ...«

»Was zum Teufel hat der Kazike in der Hölle zu suchen, solange ich ihn nicht hinbefördere?«

»Das ist's ja eben, Don Cristóbal: er denkt, Ihr wollt ihn hinbefördern! Darum hat er sich weiß gekleidet und trägt das Papierkleid, das die Toten tragen.«

Olid mußte hell auflachen. Blitzschnell spießte er das Hündchen auf die Spitze seines Degens und schnellte es in weitem Bogen über die Häupter des königlichen Gefolges hinweg, so daß es an den Stufen des Tecpans niederfiel. Der dicke Kazike, überzeugt, der Degenstoß gelte seinem Herzen, war wie ein Leichnam zu Boden gesunken und lallte immerzu die Klagelaute »Ayao, ayao ...«

Da Olid sich nie die Mühe genommen hatte, mit Einheimischen zu reden, konnte er fast gar kein Mexikanisch. Er beauftragte daher Aguilar, dem dicken Kaziken zu eröffnen: das Hündchen für die Totenwelt sei nicht mehr vonnöten.

Die Freude des armen Königs über die erlassene Todesstrafe war ergreifend. Die Tränen sickerten ihm in die Runzeln der Hängewangen und wuschen bis zur Brust hinab fingerbreite Streifen von Kreide herunter.

»Ich weine, wie das Feuer weint«, sagte er, gewissermaßen sich entschuldigend. »Das Feuer weint keine salzigen Tränen!«
Nun ließ Olid an ihn die Frage stellen, ob er von den elf vermißten Offizieren von Narváez, die auf der Straße südlich von Sempoalla am Citlaltepetl – dem Sternberge – vorbei nach Tepeaca gezogen waren, etwas in Erfahrung gebracht habe.
Der dicke Kazike machte ein sehr bekümmertes Gesicht.
Ja, er wisse, daß sein Vetter Cuhextecatl mit elf weißen Göttern durch das südliche Totonacapan zum Sternberg gezogen sei. Von reisenden Händlern habe er inzwischen gehört, daß Cuhextecatl und die elf in Tepeaca auf grausige Weise umgekommen seien.
Was er erzählte, klang schier unglaublich. Es wurde indes wenige Tage danach bestätigt. Von den Bewohnern Tepeacas waren die Offiziere und Cuhextecatl gastfreundlich empfangen worden. Als sie sich alle in einem Gemach des Tecpans befanden, wurden vor die einzige Tür des Gemachs schwelende Ballen von Chilipfeffer gelegt. Der Dunst drang ein, betäubte die im Raum Befindlichen. Und nicht eher wurden die Ballen entfernt, als bis die Offiziere und Cuhextecatl erstickt waren. Darauf ließen die Fürsten von Tepeaca die Toten aufschneiden, ihnen die Gedärme herausnehmen und sie mit Stroh ausstopfen. Rings um eine mit herrlichen Speisen, Getränken und Blumen bedeckte Tafel wurden dann die Ausgestopften auf Sessel gesetzt und aufgefordert, es sich gut schmecken zu lassen. »Eßt und trinkt, ihr toten Herren, und genießt euer Dasein! Hier ist alles, was ihr begehrt: geröstete Frösche, Camotliwurzeln, weiße Tomaten und Honigwein. Warum eßt ihr denn nicht? Solltet ihr etwa müde von der Reise zu uns sein?...« Und dies wiederholten sie Tag für Tag.
Auf die Nachricht hin faßte Olid den Entschluß, sich in Sempoalla nicht aufzuhalten und auf dem nächsten Wege – ohne Tlascala zu berühren – nach Cholula zu eilen, das an Tepeaca grenzte.

Inzwischen hatte Cortez mit seinem Heer und vielen Hilfstruppen Tlascala verlassen und war vor die sechs Meilen im Südosten von Cholula gelegene Stadt Tepeaca gezogen, von deren Unmenschlichkeit er eine Woche früher als Olid in Kenntnis gesetzt worden war. Als Olid Cholula erreichte, hatte Cortez bereits die Adler und Jaguare Tepeacas in zwei Feldschlachten besiegt, hatte die Stadt Tepeaca und andere befestigte Städte des Landes eingenommen und war im Begriff, gegen das gleichfalls rebellische Land Quauhquechollan vorzugehen. Denn da vor bald einem Jahre, während – nach dem Gemetzel in Cholula – Cortez zum Rauchenden Berge ziehend in Itzcalpan, einem Weiler des Freistaates Huexotzinco, übernachtete, die Fürsten von Tepeaca dreißig Sklavinnen und ein Goldgeschenk im Werte von vierhundert Dukaten überbracht hatten, wurden sowohl sie wie auch ihre westlichen Nachbarn, die Quauhquecholteken,

als Vasallen Karls des Fünften und ihre Anhänglichkeit an das Aztekenreich als eine strafwürdige Rebellion angesehen.
Nicht nur die Ermordung und Schändung Cuhextecatls und der elf Christen zu züchtigen, hatte Cortez Tlascala verlassen. Ihm war zu Ohren gekommen, daß die Pocken in dem bis dahin verschonten Tlascala aufgetreten waren – wenn auch vorerst noch vereinzelt an den Grenzen, nicht in der Hauptstadt. Der Krieg gegen Tepeaca und Quauhquechollan bot die günstige Gelegenheit, vor der Seuche zu fliehen, ohne den Indianern als feige zu erscheinen. Ja, im Gegenteil, die Lorbeeren, die im Rebellenkrieg gepflückt werden konnten, waren dazu angetan, das durch die Nacht der Schrecken geminderte Ansehen der Christen von neuem zu heben.
Cholula hatte von jeher mit Quauhquechollan (welches ebensoweit südwestlich von ihm lag wie Tepeaca südöstlich) in Unfrieden gelebt. Als nach dem Fall Tepeacas bekannt wurde, daß das Christenheer den Krieg gegen Quauhquechollan plane, herrschte Jubel in Cholula. Der Vogelsteller, der junge Priesterkönig Cholulas, stellte ein Heer von zehntausend Mann auf, um an der Seite der Christen zu kämpfen. Ihm gesellte sich Prinz Kriegsmaske mit einigen tausend Tlascalteken zu. Nicht mit Unrecht hatte Cortez angenommen, daß kriegerische Verwicklungen im Süden den unruhigen Prinzen wie auch dessen Anhang von heimlichen Wühlereien ablenken würden. Zwar hatte der Prinz anfänglich seine Teilnahme verweigert, kam aber jetzt nach Cholula, befürchtend, die Beute von Quauhquechollan könne ihm ebenso verlorengehen wie die von Tepeaca. Der mißtrauische Olid faßte die Rüstung so großer Indianerheere als gegen sich und Cortez gerichtet auf. Kurz entschlossen bemächtigte er sich des Vogelstellers und des Prinzen Kriegsmaske und hätte sie hinrichten lassen, wäre er nicht von Aguilar daran gemahnt worden, daß der Vogelsteller von Cortez als Priesterkönig eingesetzt worden war. Olid sandte den Vogelsteller und den Prinzen unter starkem Geleit, mit Ketten an Händen und Füßen, Cortez zu, damit er sie aburteile.
Nach eingehender Untersuchung stellte Cortez fest, daß die Anschuldigungen Olids aus der Luft gegriffen waren. Es war ihm äußerst unangenehm, daß der Vogelsteller und Kriegsmaske so behandelt worden waren. Eigenhändig nahm er ihnen die Ketten ab, beschenkte sie, umarmte sie und bat sie ein ums andere Mal wegen des Versehens um Verzeihung. Die erhielt er leicht vom Vogelsteller, indem er ihm erlaubte, in Marinas Nähe zu weilen, soviel er wollte, ihr Riesensträuße zu verehren, bei Tisch neben ihr zu sitzen und ihr aus Speisen geknetete Kugeln in den Mund zu stecken (wie er es einst im Weißen Mondgefilde zum Ärger des Velázquez de León getan hatte). Schwieriger war es, die Wut des Prinzen Kriegsmaske zu beschwichtigen, da dieser als Sühne nichts weniger forderte als die Herausgabe Kreideschmetterlings. Cortez ließ Piltecatl zu sich ins

Feldherrnzelt bitten, setzte ihm auseinander, von welcher Bedeutung für den Sieg des Kreuzes die Eintracht unter den Tlascalteken und Europäern sei, und beschwor ihn, auf Kreideschmetterling zugunsten des Kreuzes zu verzichten. Aber Piltecatl weigerte sich. Und schon drohte Kriegsmaske unversöhnt nach Tlascala zurückzukehren. Da riet Alvarado, der als Schwager des Prinzen zu den Verhandlungen hinzugezogen war, zu einem Vergleich durch Befragung des Schicksals. Nachdem Kriegsmaske und Piltecatl sich bereit erklärt, dem Spruch des Schicksals sich zu fügen, schlug Alvarado ein Ballspiel im Ballspielhaus einer dem Heerlager benachbarten, erst tags zuvor geplünderten Stadt vor. Das Spiel endete ergebnislos, da beide gleich gute Spieler waren. Ohne den Hermaphroditen reiste Kriegsmaske nach Tlascala ab.
Cortez schrieb einen Brief voller Vorwürfe an Olid. Die Folge war, daß Olid mit seinem Heer grollend in Cholula blieb.

Rieselnd im Mondlicht flimmerte das gestickte, von weißen und blauen Flammen umringte Goldkreuz mit der Umschrift *»In hoc signo vinces«* auf der schwarzen Sammetfahne. Es war zwei Uhr nachts. Gil Solis näherte sich und sprach leise mit dem Wachtposten. Sie weckten Rodrigo Rangel, welcher vor dem Zelteingang auf der bloßen Erde lag. Der Kämmerer begab sich hinein, Cortez zu wecken. Gil Solis wurde ins Zelt gerufen.
Cortez kannte die mit Verschlossenheit und Verschwiegenheit gepaarte Neugier des Gil Solis. Er wußte, daß und weshalb er von seinen Kameraden den Spitznamen *Tras de la puerta,* »Hinter der Tür«, erhalten hatte. Wenn dieser Mann sich gedrängt fühlte, dem Generalkapitän eine Eröffnung zu machen, so mußte er wohl Unerhörtes beobachtet haben.
»Es wird mir nicht leicht, Euer Gnaden«, begann er, »von meinem Vorsatz abzugehen ...«
»Von welchem Vorsatz, mein Sohn?«
»Ich bin ein Weltbeobachter. Der Hang ist mir angeboren, Menschenherzen zu ergründen. Man könnte mich einen Diogenes im Fasse nennen, nur daß meine Laterne ...«
»Der Mond ist!« unterbrach ihn Cortez. »Das alles ist mir bekannt. Kommt zur Sache, lieber Freund. Ihr habt mich aus dem Schlaf gerissen ...«
»Wenn Euer Gnaden vorziehen zu schlafen, so kann ich es ja ein andermal sagen!« erwiderte Gil Solis und wandte sich dem Ausgang zu.
Er war im Begriff, die Tür seiner Seele zuzuschlagen und zu verriegeln. Und da Cortez spürte, daß er sie nie wieder aufriegeln würde, hielt er ihn freundlich zurück.
»Ich wollte Euch nicht kränken«, sagte er. »Schmeichelhaft müßte es Euch altgedientem Soldaten sein, daß Euer Feldherr jedes einzelnen

Sonderheiten kennt. Stets gebilligt habe ich Euern Vorsatz, die beobachteten Laster Eurer Kriegsgefährten für Euch zu behalten. Ihr wenigstens seid kein Klatschmaul, das rechne ich Euch hoch an. Etwas Außergewöhnliches muß Euch begegnet sein, sonst kämt Ihr bei nachtschlafender Zeit nicht zu mir!«

»Ich kann es Euch ja auch morgen früh erzählen«, sagte Gil Solis.

»Nein, Ihr dürft mich nicht so auf die Folter spannen!« lächelte Cortez. »Ihr habt außer mir auch meine Neugier geweckt. Und selbst wenn ich mich wieder zur Ruhe legte, meine Neugier würde doch wach bleiben und den Schlaf mir bis zum Morgen stören. Also sagt, was Ihr zu sagen habt!«

Da berichtete Gil Solis von seinem Erlebnis. Sein Zelt stand neben dem des Don Pedro Gallejo. Bis spät in die Nacht hinein hatte er das zarte, schwermütige Flötenspiel der Gattin Gallejos – der Königin Maisblüte – gehört. Schließlich war die kristallene Flöte verstummt: das Ehepaar war zu Bett gegangen, nichts regte sich mehr. Etwa zwei Stunden später schlich eine dunkle Gestalt um das Zelt und verschwand im Zelt.

»Ein Indianer?« fragte Cortez.

»Erst glaubte ich es auch. Rot bemalt war sein Gesicht wie die Gesichter mancher Tlascalteken. Schau, schau, dachte ich, hat die Stumme einen Liebhaber? Doch das Stelldichein wäre schlecht gewählt gewesen, wenn auch ihr Mann im Schlafe lag. Oder sollte es ein Bote des Königs von Mexiko sein, der ihr einen Gruß überbringen, ihr vielleicht zur Flucht verhelfen wollte? Vielerlei ging mir durch den Kopf. Ein dumpfes Geräusch glaubte ich zu hören, doch dann sagte ich mir, daß ich ein scharrendes Pferd gehört haben müsse. Vorsichtig spähte ich umher und entdeckte, daß an einem Pfosten hinter dem Zelt ein Pferd angebunden stand. Da plötzlich trat Don Pedro Gallejo aus dem Zelt, gewaffnet wie zur Schlacht. In den Armen trug er sein stummes Weib – ich weiß nicht, warum mir schien, sie sei ohnmächtig. Er bestieg mit ihr das Pferd ...«

»Und der Indianer?« fragte Cortez.

»Blieb im Zelt, Euer Gnaden.«

»Saht Ihr das Gesicht Gallejos?«

»Nein, Euer Gnaden. Er hatte sein Helmvisier herabgelassen. Er trug aber nur einen Handschuh – den andern hatte er wahrscheinlich in der Eile nicht finden können. Als er aufs Pferd stieg, erblickte ich im Mondlicht ganz deutlich seine linke unbehandschuhte Hand. Sie war schwarz – eine Negerhand!«

»Estevan Parillas – Olids Neger!« rief Cortez erregt aus.

»Ja, derselbe Gedanke kam auch mir gleich, Euer Gnaden!«

»Warum habt Ihr's nicht verhindert, Mensch!« schrie Cortez ihn an.

»Ich versuchte es, Euer Gnaden. Alles geschah ja so blitzschnell. Ich stürzte hinzu, die Zügel zu packen. Da erhielt ich einen Dolchstoß in die Schulter. Ziemlich lange muß ich wohl ohne Besinnung dagelegen

haben. Als ich erwachte, war vom Reiter und der Königin nichts mehr zu sehen.«
Jetzt erst bemerkte Cortez den Blutfleck auf dem Wams des Gil Solis.
»Laßt Euch verbinden, mein Sohn. Ihr tatet Eure Pflicht!«
Der Feldscher wurde gerufen. Nachdem die Wunde ausgewaschen und ein Verband angelegt war, begab sich Cortez mit Gil Solis und der Nachtwache ins Zelt des Gallejo. Ein grauenvoller Anblick bot sich den Eintretenden dar. Gallejo lag tot auf seinem Lager: ihm war die Kehle von einem Ohr zum andern durchschnitten.

Um nicht einen Schlag ins Wasser zu tun, vergewisserte sich Cortez, bevor er den Versuch machte, die Schuldigen zur Rechenschaft zu ziehen, ob sein Verdacht begründet sei. Durch Marina ließ er den Vogelsteller bitten, heimlich in Cholula Erkundigungen einzuziehen. Die Boten des Priesterkönigs bestätigten, daß tatsächlich die Königin von Mexiko bei Olid als seine Schlafbuhle lebe, stumm sei wie zuvor und auf ihrer kristallenen Flöte spiele.
Nun sandte Cortez den kleinen Gerichtsschreiber Guillén de la Loa an Olid mit der Aufforderung, sich wegen der Ermordung des Don Pedro de Gallejo zu verantworten. Olid ließ zurückmelden: ohne sein Wollen und Wissen habe aus Übereifer und irregeleiteter Treue sein Neger die ihm von Cortez vorenthaltene Genugtuung verschafft und den durch Gallejo seiner Ehre zugefügten Schimpf gerächt. Wegen dieser Eigenmächtigkeit habe er Estevan Parillas auspeitschen lassen. Weder denke er daran, die Strafe zu verschärfen, noch werde er zulassen, daß sein Neger von anderen Leuten gestraft werde.
Im Namen der Freunde Gallejos forderte Alvarado ungestüm von Cortez, er solle Olid den Kopf vor die Füße legen.
»Den Orion am Himmel zu köpfen, wäre ebenso leicht!« erwiderte ihm Cortez achselzuckend.
Und er ließ die Sache auf sich beruhen. Ihm fehlte die Macht, Olid zu bändigen.

Es war Anfang November. Seit drei Monaten kämpfte das Christenheer im Süden des Am-Kolibri-Wasser genannten Tafellandes und verschob es, nach Tlascala zurückzukehren, wo noch immer die Pokken Opfer forderten. Eine europäische Fronfeste – *Villa segura de la frontera* – war von den Soldaten in Tepeaca erbaut worden, und sie hatten den Agramant ohne Taten Pedro d'Ircio zum Alguacil und Stadtkommandanten erwählt – sehr zum Mißmut des Generalkapitäns, der den einstigen Reitknecht des Grafen de Urueña für ungeeignet hielt, einen solchen Vertrauensposten zu bekleiden, schließlich aber doch sich von Sandoval und Luis Marín bewegen ließ, die Wahl zu bestätigen. Auf die Eroberung Tepeacas war die Einnahme der von aztekischen Truppen verteidigten Stadt Quauhquechollan er-

folgt. Der Feldzug war aber damit noch nicht beendet, denn Cortez wandte sich nun gegen das noch weiter südlich gelegene Land Itzucan, weil es durch Hilfstruppen den hartnäckigen Widerstand der Quauhquecholteken unterstützt hatte. Als nach längerer Belagerung die Stadt Itzucan gestürmt wurde und die Christen in die Mauern Bresche gelegt hatten, gebrauchten die auf einer Stufenpyramide versammelten Landesfürsten – um Zeit zu gewinnen und ihre vor den eindringenden Christen flüchtenden Adler und Jaguare zu sammeln – eine wundersame Kriegslist. Sie befahlen sämtlichen jungen Frauen und Mädchen, sich der Kleider zu entledigen und, geordnet wie ein Kriegertrupp, den weißen Göttern splitternackt entgegenzugehen. Die von Kampfwut berauschten, mordend und plündernd durch die Gassen vordringenden Kastilier sahen sich, an das Teocalli gelangend, plötzlich der tausendfältigen, die Mordlust lähmenden Nacktheit gegenüber. Unverhüllt zeigten die Mädchen und Frauen ihre Schamteile, hielten mit beiden Händen ihre Brüste und begossen die Soldaten mit der hervorspritzenden Milch. Da rief Sandoval lachend: »Holt euch die Hübschesten heraus, Kameraden, aber beschmutzt das christliche Schwert nicht mit Frauenblut!«
Und der Rat wurde befolgt, das Gemetzel fand ein Ende. Auch die Fürsten von Itzucan ergaben sich, da es ihnen trotz der Kriegslist nicht gelungen war, ihre Adler und Jaguare zu neuem Angriff zu sammeln.

Die Seuche hatte sich endgültig von Tlascala verabschiedet. Ehe sie davonzogen, nahm sie die Sammelnde Biene und das Offene Gesicht mit sich in ihr dunkles Reich. Kriegsmaske war nun an Stelle seines Großvaters, des blinden Hundertjährigen, König und beherrschte Die-auf-der-Kalkerde. An Stelle des Offenen Gesichts aber trug sein Neffe Piltecatl die Tiara der Stadtkönige und herrschte über Die-auf-den-Bergen.
Nicht ohne Sorge erfuhr Cortez von der Rangerhöhung seines Widersachers Kriegsmaske: schon einmal hatte er Brigantinen zerstört. Der Bau der neuen Brigantinen war zwar der Pocken wegen unterbrochen worden, den Schiffbaumeister Martín Guitérrez hatte Cortez mit nach Tepeaca genommen; doch waren schon damals im Hochsommer viele Schiffsteile hergestellt worden, deren Vernichtung einen empfindlichen Verlust an Zeit und Mühe bedeutet hätte. Darum beschleunigte Cortez die Rückkehr nach Tlascala. Der Feldzug war siegreich beendet. Das ganze Am-Kolibri-Wasser genannte Tafelland war befriedet. Alle Staaten zwischen Tlacopan im Westen und dem Sternberg im Osten gehorsamten dem Kreuz. Das getrübte Ansehen der weißen Götter hatte den früheren Glanz zurückerhalten. Selbst aus dem fernen Südland Oaxaca (Marinas Heimat) nahten Abgesandte, erbaten Hilfe gegen die mexikanischen Unterdrükker. Und die Fronfeste in Tepeaca, *La villa segura de la frontera*

– ›das sichere Grenzstädtchen‹ – sicherte die für spätere Kämpfe so wichtige Verbindung zwischen dem Wassergau und dem Meere, schützte auch die neuen Vasallen des Kaisers vor der Rache Mexikos.

Obgleich Cholula auf dem Wege nach Tlascala lag, umging das Christenheer die heilige Stadt. Eine Auseinandersetzung oder gar Abrechnung mit Olid war Cortez nicht erwünscht, wie sehr auch Alvarado – dem der chaotische Olid von jeher zuwider gewesen war – dazu drängen mochte. Ein gutmütiger, biderber Haudegen war Alvarado, nichts weniger als ein Politiker. Trotz des Unheils, das er beim Toxcatl-Fest, dem Fest der Geburt des Furchtbaren Huitzilopochtli, für Freund und Feind heraufbeschworen hatte, war Cortez ihm nicht entfremdet, doch hütete er sich nach so üblen Erfahrungen, auf seine Ratschläge zu hören.

Festlicher denn je war der Empfang, den Tlascala dem christlichen Triumphator und seinem Siegerheer bereitete. Mächtige Schwebebogen, ganz aus Blumen gebunden, überwölbten die meisten Gassen. Cortez und die Feldobristen trugen über ihren Stahlharnischen tiefschwarze Kutten und hatten ihre Helme mit Trauerflor umwickelt, um ihre Teilnahme am Schmerz des Volkes über den Hingang des Offenen Gesichts und der Sammelnden Biene recht sichtbar zur Schau zu tragen. Die aufdringliche Trauerbezeigung war wenig angebracht, da die zwei alten Stadtkönige seit Wochen in ihren fürstlichen Grabkammern lagen. Doch die kindlichen Tlascalteken fühlten sich geehrt und bewunderten dankerfüllt den theatralischen Pomp.

Gleich den zweiten Tag nach dem Einzug gab Cortez den beiden neugekrönten Stadtkönigen die Annehmlichkeiten seiner Gunst zu kosten. Er schlug Kriegsmaske zum Ritter. Kriegsmaske wußte sich schier nicht zu fassen vor Stolz, denn die feierliche Zeremonie des Ritterschlages war noch nie an einem Indianer vorgenommen worden. Nun hieß er der erste einheimische Ritter der Neuen Welt; und er fühlte sich als solcher. Nach Schluß der Feierlichkeit zur Äußerung eines Wunsches aufgefordert, erbat er sich einen Trompeter, wie der Generalkapitän einen hatte. Bereitwillig trat ihm Cortez Sebastián Rodríguez ab (ein Beaufsichtiger: Isabel Rodríguez war von der weißen Schlange des Prinzen Kriegsmaske getötet worden). So überschwenglich war der Dank des kupferbraunen Ritters, daß er sogar seiner Schwester Rabenblume die Hand zur Versöhnung bot.

Wie vorauszusehen, war Piltecatl gekränkt über die Bevorzugung seines Rivalen und beklagte sich. Ihm wurde eröffnet: sein Zusammenleben mit Kreideschmetterling sei den Kastiliern anstößig; er könne den Ritterschlag nur erhalten, wenn er sich vom Hermaphroditen trenne.

Bis dahin hatte Cortez durch die Finger gesehen; wie es überhaupt nicht seine Art war, sich um den Lebenswandel seiner Untergebenen zu kümmern. Der Sittenlosigkeit seines besten indianischen Feldherrn hatte er, wenn auch nicht Vorschub geleistet, so doch auch keine Steine in den Weg gelegt. Im Grunde hatte er es als ein Glück betrachtet, daß der Zankapfel zwischen Kriegsmaske und Piltecatl mehrmals den Besitzer wechselte. Dem Umstand hatte ja seinerzeit das Christenheer den entscheidenden Sieg über Tlascala zu verdanken.

Aber was neuerdings – seit dem Tode des Offenen Gesichts – geschehen war, konnte nicht übergangen und erst recht nicht stillschweigend gutgeheißen werden. Nicht bloß die Kastilier, auch die Männer und Frauen Tlascalas mißbilligten es und redeten voll flammender Entrüstung darüber.

Kaum war Piltecatl König, hatte sich Kreideschmetterling in den Kopf gesetzt, Königin zu sein. Der vernarrte Piltecatl willfahrte allen seinen Launen, schmückte ihn mit königlichem Schmuck, krönte ihn mit der Türkisstirnbinde. Doch nicht zufrieden damit, begehrte Kreideschmetterling nach allen einer Königin gebührenden Ehrungen und Huldigungen. Er weinte immerwährend; auf Piltecatls Frage, was der Grund seiner Tränen sei, erwiderte er: die Tlascalteken glaubten nicht an seine Weiblichkeit; befreit von Kummer werde er nur sein, wenn dem Volke verkündet werde, daß er ein Kind geboren. Damals gerade hatte eine Nebenfrau Piltecatls ein Kind zur Welt gebracht. Um nun den Schluchzenden zu beschwichtigen, ließ Piltecatl das Neugeborene in des Hermaphroditen Bett legen und gab dem Volke bekannt: Kreideschmetterling sei Mutter geworden. Glückwünschend kamen die Fürstinnen Tlascalas an das Wochenbett der Königin und sahen, wie sie strahlend den Säugling an ihrer Brust hielt. Doch durch Kammerfrauen wurde der Betrug ruchbar, und die Freude des Volkes wandelte sich in Grimm.

Bereits war es Piltecatl überdrüssig, die Zielscheibe versteckten Spottes und unverblümter Vorwürfe seiner Stammesgenossen zu sein. Als ihm auch Cortez ernste Vorwürfe machte, daß er durch seine Nachgiebigkeit gegen die Bizarrerie des Zwitters die Sittlichkeit verletzt und ein Ärgernis gegeben, lieferte er kurzerhand Kreideschmetterling aus, nur die zwei Bedingungen stellend, daß Kriegsmaske ihn nicht erhalte und daß er selbst zum Ritter geschlagen werde. Beides wurde ihm zugesichert.

Ein kleines Nebengebäude im Garten des christlichen Klosters erhielt Kreideschmetterling als vorläufige Unterkunft. Zu ihm eindringen konnte bloß, wer vor der geheiligten Schwelle des Klosters nicht haltmachte. Eben erst Ritter geworden, scheute sich Kriegsmaske vor solch einem Frevel. Auf gütlichem Wege hoffte er zum Ziel zu kommen – zu Gewaltmaßnahmen blieb ihm ja immer noch Zeit. Mit leidenschaftlichen Bitten bedrängte er Cortez und versprach achtzigtausend Mann Hilfstruppen für die Herausgabe des Zwitters. Ein zu wertvolles Angebot war dies, als daß es leichthin hätte abgewiesen werden können. Mit überschwenglichem Dank nahm Cortez die militärische Hilfe an, erklärte jedoch, er fasse das Angebot als ein Entgelt für den Ritterschlag und den Trompeter auf. Mit bezwingender Liebenswürdigkeit redete er auf Kriegsmaske ein und bat ihn, sich in seine Lage zu versetzen: auch Piltecatl sei dem Heere unentbehrlich. Darum sei er gewillt, die Austragung des Zwistes bis nach der Einnahme Tenuchtitlans hinauszuschieben. Und Cortez ließ durchblikken, er werde nach der Eroberung Mexikos Kreideschmetterling Kriegsmaske zusprechen.

Der Dialektik Don Hernandos war der enggeistige Tlascaltekenkönig nicht gewachsen. Gegengründe fielen ihm nicht oder zu spät ein. Er beschied sich. Seine Begeisterung für Trompeten, Christentum und Rittertum schwand merklich dahin. Von neuem grollend, schloß er sich in seinen Tecpan ein.

Einige Zeit hernach trafen in Tlascala mehrere vornehme Mexikaner ein, an ihrer Spitze der Freund des Herabstoßenden Adlers, der Alte Wickelbär. Die Staatsgesandten waren nachts gereist, und auch ihr Einzug in die Stadt erfolgte nachts. Von ihrem Kommen waren bloß Kriegsmaske und mehrere seiner Palastbeamten unterrichtet. Seit den Verhandlungen in Chalco hatte er oft sehnlich die Ankunft des alten Zauberers herbeigewünscht, der damals das Gelübde getan, den Tlascalteken die Ehrfurcht und Furcht vor den Göttern Anahuacs wieder einflößen, ihnen dartun zu wollen, daß die Götter nicht tot seien, und sie dem alten Glauben zurückzugewinnen. Heimlich ließ Kriegsmaske die Mexikaner in seinen Tecpan führen und beherbergte sie. Bis zum Morgen saß er in eifrigem Gespräch mit ihnen, sie mit Pulque und Kräutertränken bewirtend. Als die Sonne sich hob, war er schwer betrunken und grölte:

»Als wir die Mexikaner und ihre Frauen rösteten,
Als wir die Sklavenhalter auswählten für den Opferstein ...«

Mit feinem Lächeln überhörten die kultivierten Mexikaner die Entgleisungen des Barbarenkönigs.

Gegen Abend, als er seinen Rausch ausgeschlafen, begab er sich in den auf schroffer Höhe gelegenen burgähnlichen Tecpan des Königs Piltecatl und suchte Cortez auf. Mit der Bitte, das Geheimnis zu hüten, teilte er ihm mit, er habe den Besuch von Mexikanern erhalten, Abgesandten Guatemocs. Bei Nacht gereist und nachts angekommen seien sie, da zu befürchten war, die gegen Mexiko aufgebrachten Tlascalteken könnten sich zu einer unbedachten Tat hinreißen lassen und das heilige Recht der Völker verletzen. Einer der Gesandten habe vom Herabstoßenden Adler den Auftrag, mit Cortez zu verhandeln. Ob Cortez bereit sei, ihn heimlich in der kommenden Nacht zu empfangen?

Cortez erklärte sich bereit dazu. Gegen Mitternacht wurde von Dienern des Königs Kriegsmaske der Zauberer Zacatzin zu ihm geführt. Nur Marina durfte bei der Unterredung zugegen sein.

»O großer Krieger, o Grüner Stein!« begann der Alte Wickelbär. »König Quauhtemoc, dessen Stadt inmitten des Kolbenrohrs steht, sendet dir durch mich einen Gruß. Einst in Sempoalla blickte er in deine Adleraugen, als er von den Totonaken geopfert werden sollte und von dir aus dem Holzkäfig befreit wurde. Damals blickte er in die Schluchten deines Herzens und sah leuchtend wie herausgespültes Gold in den Tiefen dunkler Abgründe Großmut schimmern. Du bist ein Tapferer, darum kannst du freigebig sein. Nur die Ängstlichen halten fest, was der Himmel und die Erde ihnen schenken. Du aber weißt, daß du immer wieder beschenkt werden wirst. Was kann dir an der einen Gabe des Himmels und der Erde gelegen sein?...«
Unterbrechend fragte Cortez:
»Von welcher Gabe sprichst du?«
»O Grüner Stein, der Himmel und die Erde haben dir erlaubt, die Königin Maisblüte zu fangen. Nicht über allen Geschenken schwebt ein Segen: glühheiße Edelsteine muß man aus der Hand legen, bevor sie die Hand verbrennen. Dem Herabstoßenden Adler stirbt in der Brust das Herz, wenn er der Gefangenen gedenkt. Er bittet dich, sie ihm zurückzugeben.«
Cortez sann eine Weile nach und sagte:
»Die Königin ist ein Pfand in meinen Händen. Guatemoc rechnet auf meine Großmut. Er vergißt, daß selbst die Großmut bedingt ist und eine unüberschreitbare Grenze hat. Allzu großmütig ist nur ein Narr. Wie soll ich auf ein Pfand verzichten, gegen das ich reiche Provinzen eintauschen könnte?«
»Welche Provinzen forderst du?« fragte der Zauberer.
»Mexiko und die Stadt Tenuchtitlan!« entgegnete Cortez leichtfertig. Dann lachte er selbst über seine kecke Antwort. »Du siehst, Alter, daß wir nie handelseinig werden können!«
»O Grüner Stein, der Herabstoßende Adler will ja die Königin nicht umsonst haben, er will sie einlösen, er will sie dir abkaufen für hohen Preis. Und wenn du jetzt auch lachst – du wirst den Tausch nicht abschlagen.«
»Der König von Mexiko muß steinreich sein, wenn er glaubt, ein Lösegeld mir bieten zu können, das den Besitz von Mexiko und Tenuchtitlan aufwiegt!«
»Die Schatzkammern Anahuacs sind ausgeplündert!« erwiderte der Zauberer mit düsterem Vorwurf im Tonfall. »Doch der Herr der Welt hat fünf weiße Götter in seiner Gewalt. Ja, ja, nun flattern Feuerschmetterlinge in deinen Blicken, Grüner Stein!... Fünfundvierzig weiße Götter waren im Walde bei Teotihuacan – kurz bevor ihr nach Otompan zogt – von König Ohrring-Schlange gefangen worden. Vierzig hat er in seiner Stadt Tezcuco auf der Opferblutschale getötet. Aber fünf – und zwar die edelsten – sandte er nach Tenuchtitlan als Geschenk für unseren Gott Huitzilopochtli. Doch entriß man ihnen den Edelstein nicht. Diese fünf bietet dir der Her-

abstoßende Adler an für Königin Maisblüte. Doch muß die Königin bis morgen mittag an der Großen Mauer sein, denn das Opferfest in Tenuchtitlan ist in drei Tagen.«

Wie ein Blitz aus heiterem Himmel wirkte die Mitteilung auf Cortez. Er, der eben noch gelacht hatte, sah sich plötzlich vor eine qualvolle Entscheidung gestellt. Ruhelos schritt er im Zimmer auf und ab, während die nicht minder erregte Marina durch Fragen an den Zauberer feststellte, daß die fünf Gefangenen der Hauptmann Francisco de Lugo, der Fähnrich Villareal, Isabel de Ojeda, der vornehme Büchsenspanner Juan de Nájera und der Portugiese Alfonso Ferreira waren.

Cortez fing an, laut zu denken, wie er es immer vor Marina tat. Die spanischen Laute zu verstehen, war ja der Alte Wickelbär nicht imstande.

»Meine Lage ist entsetzlich«, begann er. »Bisher, wenn Kameraden starben – und viele Hunderte verlor ich –, sagte ich mir: es war Gottes Wille. Mit diesem Glauben errichtete ich einen Wall um mein Herz. Als ich erfuhr, die fünfundvierzig Mann seien gefangen, fand ich mich ab damit, so gut es ging. Auch eben noch, als der Alte vom Opfertod der vierzig sprach, nahm ich es hin als gottgewollt. Doch das Leben dieser fünf hat der Schöpfer aus seiner Hand in meine Hand gelegt. Und ich bin nicht allmächtig wie Er. Auch nicht allweise. Ich zermartere mein Hirn und sehe keinen Ausweg. Mir fehlt die Macht, Olid zu zwingen.«

»Zwang weckt Trotz, Don Hernando. Aber bitte Olid – er kann doch so unmenschlich nicht sein! . . .«

»Meinst du, Kind, ich soll ihm von Menschlichkeit reden? Olid und Menschlichkeit! Er ist ein reißendes Tier! Einem Tiger nimmt man die Beute nicht durch Zureden oder Überredung. So Sinnloses, Zweckloses, Aussichtsloses versuche ich nicht. Ein mißglückter Versuch in diesem Fall wäre schlimmer als Selbstmord: er würde meine Machtlosigkeit aller Welt offenbaren. Den Mexikanern darf ich meine Schwäche nicht verraten, den Tlascalteken und meinen Leuten erst recht nicht. Soll ich etwa zu den Mexikanern sprechen: Liebe Freunde, ich würde euch ja gern die Königin ausliefern, hätte ich nur die Streitkräfte, sie meinem unbotmäßigen Hauptmann abzunehmen! . . . Mit der Gloriole meines Namens wäre es damit für alle Zeiten vorbei. Ich komme mir wie ein Pilot vor, der im Sturm ein mit Menschen vollbesetztes Schiff an Klippen vorbeisteuert, wo Ertrinkende um Hilfe anrufen. Er muß die Klippen meiden, er muß sich die Ohren verstopfen und die Augen schließen, den Todeskampf der Ertrinkenden nicht zu sehen. Der Menschen wegen, für die er die Verantwortung trägt, muß er unmenschlich sein. Er muß die Schuld auf sich nehmen, um frei von Schuld zu sein!«

»Don Hernando, so unmenschlich könnt Ihr nicht sein!« rief Marina schluchzend aus. »Stellt es Euch vor: Lugo, Villareal und Isabel auf

dem Menschenwürgeplatz! Entscheidet es wenigstens nicht in dieser Nacht! Laßt Euch Zeit bis morgen!«
Den Bitten Marinas gab Cortez schließlich nach und ließ dem Zauberer mitteilen: die Tochter Montezumas sei eine zu wertvolle Geisel, als daß sie mit fünf Gefangenen erkauft werden könne. Sie auszutauschen liege nicht in der Absicht der weißen Götter. Doch um in einer so wichtigen Sache nicht vorschnell zu handeln, wolle er noch einen Tag lang mit sich zu Rate gehen und werde in der folgenden Nacht seine endgültige Entscheidung bekanntgeben.
»O Grüner Stein«, sagte der Zauberer, »in deinem Herzen ist die Entscheidung unverrückbar wie ein Felsen in der Erde; nur um Malintzins Tränen abzuwischen, wartest du noch auf die Wiederkehr der Sterne. In deinem Herzen aber siehst du die fünf weißen Opfersklaven schon mit der roten Korallenschlange umwunden. Bedenke: die Sterne dieser Nacht kehren nie wieder! Und solltest du auch morgen aus der Tiefe deiner Eingeweide seufzen über das Los der mit Daunenfedern Beklebten – es wird morgen zu spät sein.«
»Warum zu spät?« fragte Cortez.
»O Grüner Stein, weil die Welt eine andere ist, weil die Welt sich verwandelt mit jedem Tag. Der König von Mexiko kann die Frist nicht verlängern: das Volk gehorcht ihm – doch er gehorcht den Priestern. Morgen abend wirst du reden, wie du heute redest . . . oder du wirst tot sein. Was heute Blüte ist, kann morgen schon Frucht sein; und was heute strahlende Frucht ist, kann morgen schon vermodern. Vielleicht auch werde ich morgen abend tot sein. Die Himmelsgötter wissen die Zukunft, nicht wir Menschen!«
Nachdem Cortez den Zauberer entlassen hatte, fand er keine Ruhe und kämpfte immer wieder von neuem den Kampf mit seinem Gewissen aus. Auch gegen Marinas Tränen hatte er sich zu wehren; – keine Macht hätten sie über ihn gehabt, wäre er seiner Selbstvorwürfe Herr geworden. Schließlich übermattet, schrieb er, allen Vorsätzen zum Trotz, einen Bittbrief an Olid. Dem Reiter Domínguez gab er den Auftrag, so schnell wie nur irgend möglich mit dem Brief nach Cholula zu jagen.
Gegen Morgen traf eine Antwort, und zwar eine abschlägige, ein. Olid schrieb: Alle Mexikaner seien Lügner. Montezuma habe nie ein wahres Wort gesprochen und sein Nachfolger auf Mexikos Thron halte es ebenso. Die Königin Maisblüte sei ein unschätzbares Lösegeld wert, aber nicht die vermoderten Gebeine längst abgeschlachteter und verzehrter Christen. Er habe sich bei Cholulteken erkundigt und in Erfahrung gebracht, daß alle fünfundvierzig Gefangenen – also auch Lugo, Villareal und Isabel de Ojeda – längst den Tod auf dem Opferstein gefunden hätten.

Und wieder wurde, als am nächsten Morgen die Sonne aufging, von frühen Wandrern (die mit Ballen, Säcken und geflochtenen Weidenkörben beladen ihre Waren zum Marktplatz schleppten) beobachtet, daß auf dem Tecpan des Königs Kriegsmaske, sich plusternd auf einer der rotbemalten, treppenförmigen Dachzinnen, ein Oactlivogel, ein kleiner schwarzer Geier mit weißer Halskrause, saß. Er galt als Heil- und Unglücksbringer, er hieß der lachende Vogel. Setzte er sich auf ein Hausdach, so hatte es stets eine Vorbedeutung: – eine gute, wenn er seinen kreischenden Schrei Ah-ah-ah ausstieß; eine schlimme, wenn er yeccan rief.

Das Volk Tlascalas hatte den Glauben, aber nicht den Aberglauben abgelegt. Es erschrak: der Vogel rief yeccan. Und als das Graublau des Gebirgstals rötlichem Morgenschein wich, war auf dem mit Verkäufern und Käufern sich füllenden Marktplatz fast nur vom Geier die Rede. Bald verbreitete sich ein Gerücht, welches das böse Vorzeichen zu bestätigen schien. Und schon kamen, von der Zahuapanbrücke her, Männer, Frauen und Kinder auf den Markt gelaufen; verstört vor Schrecken erzählten sie, auf der Brücke stehe Ixcoçauhqui, der Türkisherr, der alte, gelbgesichtige Feuergott, und er drohe Tlascala den Untergang an zur Strafe für seinen Abfall vom Glauben der Väter.

»Steht uns bei, Santa Malia und Xesu Nazaleno! Wir sind verloren! Er wird uns alle schlachten!« schrien verzweifelte Stimmen aus der Volksmenge.

Und plötzlich befand sich der Gott mitten auf dem Markt, überraschend plötzlich, wie von einem Windstoß hingetragen. Angstgelähmt, unfähig zu fliehen, warfen sich die Tausende um ihn her ächzend und wimmernd zu Boden, berührten mit ihren Stirnen die Erde und wagten die Augen zu ihm nicht zu erheben. Eine weiße Perücke trug der Türkisherr, der Vater Tezcatlipocas, einen bleckenden blauen Drachen auf dem Rücken und vor dem Gesicht eine Türkisschlangenmaske. Durch den weit offenen Mund der Maske sprach er zum Volk:

»Unglückliche Tlascalteken! Glaubt ihr, eure neuen Götter anrufend, das Strafgericht des Himmels abwenden zu können? Wißt, daß euer Untergang beschlossen ist, wenn ihr fortfahrt, jenen zu opfern! Ich und alle Himmelsgötter, wir waren eurer Sünden müde geworden, und wir verließen diese verlorene Stadt. Doch wir kehren zurück. Glaubt ihr, daß die weißen Götter uns standhalten können? Vernahmt ihr nicht, was in Tenuchtitlan geschah? Tezcatlipoca, Huitzilopochtli, Xipe Totec und Tlaloc haben mich vorausgesandt, auf daß ich ihre Wiederkunft melde!«

Die Rede des Gottes wurde durch Lärm unterbrochen. Eine Schar von nahezu hundert Klosterschülern war auf den Markt gekommen. Sie hatten frühmorgens im Zahuapan gebadet und waren auf dem Rückwege nach ihrem Kloster durch das Gerücht vom furchterwekkenden predigenden Heidengott auf den Marktplatz gelockt worden. Jetzt drängten sie sich unerschrocken, voll Schülerhochmut und der

Übergewalt der christlichen Heiligen gewiß, an den Gott heran und hinderten ihn durch wüstes Geschrei am Weiterreden. Er sei nicht der Türkisherr, er sei überhaupt kein Gott, schrien sie ihm zu. Ein Betrüger sei er oder ein böser Teufel in Gottesgestalt, und alles, was er spreche, sei Lüge – die Wahrheit aber sei nur bei den Christen zu finden. Und ein Antonio genannter Knabe, ein Neffe des Königs Kriegsmaske, hob einen Stein auf und rief seinen Mitschülern zu:
»Laßt uns den Gott steinigen!«
Da streckte der Türkisherr die Arme empor und erzwang sich für einen Augenblick Gehör:
»Schlagt eure Götter tot, ihr verführten Kinder! Ihr verrietet ja auch den Fürsten Fichtenzweig, den letzten Adlerfürsten Tlascalas! Sind seine Söhne, die jungen Jaguare, unter euch? Heben auch sie Steine gegen ihren Gott? Nun, sie mögen! Alle Schuld führt ins Steinmesserhaus, sagt das heilige Buch der Tolteken. Und welche Schuld ist verruchter, ist strafwürdiger als der Verrat am Willen unserer ersten Ahnen, unserer ersten Väter? Die Wunden, die ihr mir zufügen wollt, werden eure Augen mit Asche füllen, o Tlascalteken, aber meine Augen werden erstrahlen im Blumenhaus der Sonne! In euren Herzen werden meine Wunden schwären, wenn alle Freien Anahuacs, deren Kleider Schmuckfedern schmücken, zu Knechten und Bettlern geworden durch die weißen Sklavenhalter ...«
Antonio warf den Stein. Auch die anderen Knaben zielten und warfen. Der Türkisherr floh nicht. Aufrecht stand er da. Als er schon aus vielen Wunden blutete, deckte er den Mantel über seinen Kopf. Erst als ein Stein durch den Mantel hindurch ihm die Schläfe zerschlug, sank er zu Boden, röchelte und verschied.
Von Palastbeamten wurde die Leiche in den Tecpan des Königs Kriegsmaske geschafft und den Mexikanern ausgeliefert. Heimlich bei Nacht, wie sie nach Tlascala gekommen waren, zogen die Abgesandten des Herabstoßenden Adlers der Großen Mauer zu, in einem verschnürten Mumienbündel die sterblichen Überreste des alten Zauberers mit sich tragend.
In jenen Tagen landete in Verakruz ein abenteuerlustiger Hidalgo, Don Francisco Hernández, mit einer gut ausgerüsteten Mannschaft von dreihundert Mann. Als er erfuhr, Cortez habe Narváez besiegt und plane einen neuen Angriff auf Mexiko, zog er nach Tlascala und stellte sich und sein Heer unter den Oberbefehl des Generalkapitäns. Das Glück hatte wieder einmal Partei genommen für seinen Liebling.
Jetzt hätte Cortez Olid strafen können. Er war klug und stark genug, es nicht zu tun. Als er ihn auffordern ließ, sich in Tlascala einzufinden, gehorchte Olid. In einer Aussprache unter vier Augen warf Cortez Olid die Gefangensetzung des Vogelstellers und des Königs Kriegsmaske vor. Bei diesem Verweis ließ er es bewenden. Gallejo und Maisblüte wurden nicht erwähnt.

ZWÖLFTES BUCH

Den Ammen Mexikos gab man, wenn sie Knaben säugten, einen kleinen rubinroten Wurm zu essen, den Izcahuitl oder »Blutwurm«, welcher im Schlamm der Lagune lebte und von dem die Sage ging, er färbe sich mit dem Blut der Ertrunkenen. Fischer versicherten, sie hätten auf dem Seeboden Leichen gesehen, wie umhüllt von einer beweglichen, sich schlängelnden Purpurdecke, gewirkt aus den biegsamen Leibern vieler Tausender solcher Tiere. Lang wie ein Finger war der Blutwurm, hatte keinen Kopf, und sein Schweif war gespalten. In Stücke geschnitten und gesotten, wurde er von den Ammen verzehrt.

Als einst der Kriegsgott, der blaubemalte Von-der-Jungfrau-Geborene, eine ellenbreite, weithin duftende weiße Silberreiherblume in der Hand haltend, den in der siebenten der Urmenschenhöhlen zurückgebliebenen Azteken befohlen, das Reiherland zu verlassen und denselben Weg einzuschlagen, den vor ihnen die Tolteken, Chalken, Tepaneken, Culhuas, Tlalhuiken und Tlascalteken gezogen waren, hatte er ihnen, während sie an Tula vorbeikamen, das Land der Verheißung und den silbernen von Weiden, Pappeln und Sadebäumen umbordeten Schilfsee Mexikos vor die Augen gezaubert. Alsbald fingen die Azteken dort auf dem Zaubergewässer Seeraben und Blauflügelenten, und sie fanden in ihren ausgeworfenen Netzen außer Fischen, Krabben und Eptliaustern auch karminrotes Gewürm. Da vernahmen sie die grausige Stimme des in einer Lade verborgenen Stammgottes:

»Ich bin Huitzilopochtli – niemand kommt mir gleich! Ich bin der Blutwurm! Des Blutwurmes Fleisch ist mein Fleisch, sein Blut ist mein Blut, sein Körper ist mein Körper! Wer den Blutwurm verzehrt, stärkt sich mit meinem Mut und meiner Kraft!...«

Doch nur wohlhabende Frauen und bezahlte Ammen genossen den Izcahuitl. Das niedere Volk und die zahllosen Sklaven Tenuchtitlans hatten sich immer geekelt vor dem zweischwänzigen Tier. Und jetzt verabscheuten sie es mehr denn je; sie waren erwacht seit der Nacht der Schrecken. Wohl hatte diesmal noch Quetzalcoatl vor den finsteren Göttern weichen müssen. Doch seit das Palladium Mexikos, die vom Überwältiger gestiftete Goldmaske, auf dem Schlangenberg mit offenem, türkisumringtem Munde und mit leeren aufgerissenen Augenlidern auf die Wasserstadt niederblickte, hatten Schlag auf Schlag Unglücksfälle die Ohnmacht des Blutwurmes Mexiko offenbart. Bei Otompan hatten die Heerscharen eine schmachvolle Niederlage erlitten; dem geplanten Bund der indianischen Völker waren Tlascala, Huexotzinco, Cholula und Chalco nicht beigetreten, die geraubte Witwe des Überwältigers hatte nicht zurückgeholt, die Steinigung des Alten Wickelbärs nicht gerächt, der Kriegsrüstung der Staaten Am-Kolibri-Wasser und ihrer weißen Zwingherren nicht Einhalt geboten werden können. Und während nunmehr – wenige Wochen vor der Wintersonnenwende – Tenuchtitlan das Panquetzaliztli, das Emporheben-der-Fahne, das Hauptfest des Furchtbaren Huitzilopochtli, feierte, senkte sich wie ein schwarzer Nebel der Schrecken auf die Tanzenden herab, ließ sich doch die Unheilsbotschaft dem Volke nicht mehr verheimlichen, daß das Heer der Gelbhaarigen wieder an den Schilfsee gelangt war und daß die Hauptstadt Acolhuacans, Tezcuco – durch Verrat der Anhänger der Schwarzen Blume – ihre Tore dem Grünen Steine geöffnet hatte. Nur mit Mühe waren König Ohrring-Schlange und seine Mutter, die Herrin von Tula, der Gefangennahme entronnen, waren heimlich bei Nacht über den See herüber geflohen.

Mit den Sklavinnen der Herrin von Tula war auch Isabel de Ojeda über den See gekommen. Von den fünfundvierzig gefangenen Christen war nur noch sie am Leben. Als nach der Rückkehr der Gesandten nach Tlascala die Steinigung des Alten Wickelbären bekannt geworden war, hatte der Herabstoßende Adler den Hauptmann Francisco de Lugo, den Fähnrich Villareal, den Arkebusier Juan de Nájera und den Portugiesen Alfonso Ferreira aufs grausamste schlachten lassen. Diese vier waren ihm von Ohrring-Schlange als Geschenk für Huitzilopochtli ausgehändigt worden. Zwar hatte der Alte Wickelbär im Gespräch mit Cortez auch Isabel de Ojeda erwähnt, doch beruhte das auf einem Irrtum. In Aussicht gestellt hatte Ohrring-Schlange die Auslieferung Isabels, falls dadurch die Befreiung der Königin Maisblüte erkauft werden könnte. Während er aber die vier Männer nach Mexiko sandte, behielt er Isabel in Tezcuco, behielt sie auch, als durch die heimgekehrten Gesandten das Gerücht verbreitet wurde, Königin Maisblüte sei von den Gelbhaarigen ermordet worden. Der Forderung, Isabel müsse als Sühneopfer fallen, widersetzte er sich. Und gerührt von ihren Tränen, bezaubert von ihrer Schönheit, machte er – als Besitzer und Herr der Kriegssklavin – von seinem Recht Gebrauch, ihr den Tod zu erlassen. Den Abmahnungen der Herrin von Tula zum Trotz liebte er sie, nachdem sie seine Schlafbuhle hatte werden müssen, mit einer scheuen, ehrfurchtsvollen Hingabe, gleichsam ein höheres Wesen in ihr witternd – wegen oder trotz ihrer

weißen Haut und wegen oder trotz ihrer zur Schau getragenen stolzen, herausfordernden Verachtung. Er bemühte sich, ihr bitteres Los zu lindern. Damit freilich erschwerte er ihre Lage, da seine hartherzige Mutter die weiße Göttin, die unter ihrer Aufsicht als Sklavin im königlichen Tecpan lebte, seine Liebe entgelten ließ.
Daß Isabel de Ojeda nicht tot sei, erfuhr Cortez, als das kastilische Heer wieder wie vor Jahresfrist bewundernd und angstbeklemmt von der Höhe des Kordillerenpasses nördlich der Weißen Frau auf das Hochtal Anahuac und die fünf Seen hinabblickte und überrascht wurde durch die unerwartete Ankunft der Schwarzen Blume. Erst wenige Tage zuvor war die Schwarze Blume nach Tezcuco vorausgeeilt, weil ihm die Nachricht zugekommen war, das Volk Tezcucos wolle sich gegen Ohrring-Schlange erheben. Er hatte gehofft, sich der Stadt ohne Schwertstreich bemächtigen zu können: – nun kam er wundenbedeckt als Flüchtling zurück und kniete, als er sich von Christen umgeben sah, zum Gebet nieder, seinem Schöpfer für die wunderbare Rettung dankend.

Von abenteuerlichen Erlebnissen erzählte er Cortez. Er war heimlich in Tezcuco eingedrungen und hatte sofort mit seinen Anhängern beratschlagt, wie sie durch einen Handstreich das Haus der Speere, die Tore und den königlichen Tecpan in die Gewalt bekommen könnten. Verkleidet, mit phantastischer Gesichtsbemalung wagte er sich ins Volksgewühl, schritt unerkannt bei lichtem Tage durch die Gassen. Da erblickte er eine weiße Sklavin – Isabel de Ojeda. Alle Vorsicht außer acht lassend, ging er ihr nach und flüsterte ihr auf spanisch zu: ihre Befreiung stehe nahe bevor. Obgleich er sie beschworen hatte, sich nichts anmerken zu lassen, vermochte sie ihre Freude nicht zu verbergen. Die Volksmenge wurde aufmerksam, bedrohte ihn. Er mußte flüchten, wurde eingeholt, überwältigt und gefesselt. Nachdem sein Bruder Ohrring-Schlange erfahren hatte, wer der Gefangene sei, ließ er ihn in das außerhalb Tezcucos gelegene Lustschloß Tezcotzinco schaffen – wohl weil er befürchtete, bei einer Opferung innerhalb der Stadt könne das Volk den Lieblingssohn des Herrn des Fastens zu retten versuchen. Auf einer senkrecht in den Schilfsee abstürzenden Felsenterrasse wurden der Schwarzen Blume die Fesseln abgenommen. Wie ein König wurde er begrüßt, mit Kräutertränken und Früchten bewirtet. Und ein hoher Hofbeamter überreichte ihm im Namen des Königs Ohrring-Schlange goldene Sandalen, Ohrgehänge und einen Kolibrifedermantel. Der Hofbeamte schnürte ihm die Sandalen an die Füße, schmückte ihn mit dem Ohrgehänge und legte ihm den Mantel um die Schultern – am Halsausschnitt des Mantels aber befand sich ein hanfener Strick.
»O großer Krieger«, sagte der Hofbeamte, »diesen prachtvollen Mantel schenkt dir der König!« Als aber vier Diener hinzusprangen, die Enden des Strickes zu erfassen, sagte die Schwarze Blume:

»Laßt mich noch einmal meinen See und meine Berge sehen, ehe ich mich ausruhe!«
Das durften sie ihm nicht abschlagen. Über die Brüstung gelehnt, blickte er auf den türkisvogelfarbenen See hinab. Dann ließ er sich blitzschnell hinabgleiten. An den Felsvorsprüngen wurde sein Körper geschrammt und zerfetzt; und doch – was niemand für möglich gehalten hätte – er erreichte lebend das Wasser. Untertauchend mußte er schwimmen, denn sofort hatte sich die Terrasse mit Kriegern gefüllt, und Hunderte von Pfeilen wurden ihm nachgesandt. Als er nach einer Weile, um Atem zu schöpfen, emportauchte, erblickte er Ohrring-Schlange unter den Bogenschützen. Seine kühne Flucht bewundernd, rief Ohrring-Schlange:
»Von solchem Stamm mußte solch ein Sproß kommen!«
Und Ohrring-Schlange verhinderte seine Verfolgung.

Den Smaragdfelsen und den Brunnen der Verjüngung suchte Ordás nicht mehr. Ordás hatte fortan ein neues Ziel: die Befreiung seines Mündels Isabel de Ojeda. Täglich und stündlich hielt er sich seine Schuld vor Augen: durch den unseligen Bärenkampf im Zedernwald von Teotihuacan war er abgehalten worden, ihr im Augenblick der höchsten Gefahr zur Seite zu stehen – sei es, um sie zu retten, sei es, um sie zu töten, damit ihr Schlimmeres erspart bleibe. Daß er selbst mit dem Leben davongekommen war, empfand er als eine Schmach, die er sich niemals verzeihen durfte. Mit seinem Leben hoffte er seine Schuld begleichen zu können.
Der Schwarzen Blume vage Kunde von Isabel wurde bald hernach auf eine erschütternde Weise bestätigt. Gegen Tezcuco vorrückend, lagerte das Christenheer in dem fünf Meilen südlich dieser Stadt gelegenen Orte Coltepec (»Wachtelberg«), und an der Wand eines Palastes dort wurde die mit Kohle geschriebene Inschrift entdeckt: »Gefangen weilte hier, auf dem Wege nach den Altären Mexikos, der unglückliche Francisco de Lugo.« Und von anderer Hand war kaum leserlich darunter gekritzelt: »Wir sollen gefressen werden. Glücklich ist Santisteban, der im Kampfe fiel; glücklich sogar Isabel, die des Kaziken Metze ward.«

Die Christen – fünfhundertvierzig Fußsoldaten, vierzig Reiter und fünfundzwanzigtausend Tlascalteken – waren bis vor die Tore Tezcucos gerückt. Vier vornehme Adlerfürsten des Königs Ohrring-Schlange fanden sich bei Cortez ein, überreichten ihm als Huldigungsgeschenk des Königs ein Edelsteinperlband sowie Schmucksachen aus gehämmertem Gold: der König, »der seine Stadt am Seeufer hat«, heiße den Grünen Stein und seine kühnen Krieger willkommen und freue sich, sie in seinem Tecpan zu beherbergen und reich zu bewirten.
Finster ließ Cortez durch Marina erwidern: Ehe er als Gast die Stadt

betrete, verlange er die Rückgabe Isabels und die Auslieferung des Königs Ohrring-Schlange samt allen anderen Verbrechern, die an der Ermordung Lugos und seiner Gefährten teilgehabt.
Die Acolhuaken blickten einander bestürzt an, und in ihrer Angst logen sie, ohne selbst inne zu werden, daß ihre Lüge eine stolze anklägerische Wahrheit war. Es gäbe einige Leute in der Stadt – sagten sie –, die pflegten unter dem Baume zu weinen, an welchem der Hauptmann Avila den kleinen König Menschen-Puma hängen ließ; und einige weinten auch um den Edlen Traurigen, der in der Schatzkammer des Königs Wassergesicht erdrosselt wurde. Diese Anhänger Menschen-Pumas und Cacamas hatten sich an den gefangenen Christen gerächt. Dagegen seien die übrigen Bewohner Tezcucos wie auch König Ohrring-Schlange schuldlos.
Eine so offenbare Lüge zu widerlegen, bemühte sich Cortez nicht. Er lachte verächtlich und wiederholte streng seine Forderung: binnen einer Stunde müßten Isabel und Ohrring-Schlange ihm zugesandt werden – sonst werde in Tezcuco kein Stein auf dem andern bleiben.
Die vier Abgesandten kehrten in die Stadt zurück. Das Stadttor wurde hinter ihnen geschlossen, und auf der Stadtmauer zeigten sich Schildträger und Bogenschützen: Tezcuco richtete sich auf eine Belagerung ein.

Doch als am folgenden Morgen die christliche Artillerie die ersten zwei Steinkugeln in die Stadt geschleudert hatte, öffneten kampflos die Acolhuaken ihre Tore; und von neuem suchten Adlerfürsten Cortez auf – geführt von einem obersten Adler, einem Getreuen der Schwarzen Blume. Er bat um Schonung der Stadt und Einstellung der Feindseligkeiten, da König Ohrring-Schlange mit seiner Mutter, der Herrin von Tula und seinem ganzen Anhang bei nächtlicher Weile nach Tenuchtitlan entflohen sei – nur noch Freunde der Schwarzen Blume weilten innerhalb der Mauern. Freilich habe Ohrring-Schlange Isabel de Ojeda mit über den See genommen, so daß ihre Rückgabe nicht ausführbar sei.
Das Heer zog in Tezcuco ein. Die vier Stadtteile, in welchen streng voneinander abgeschieden Aztlaneken, Acolhuaken, Tepaneken und Huitznaken wohnten, überboten sich mit Freudenbezeigungen. Die Christen wateten durch Blumen. Jäh fand der Jubel ein Ende, da im Sanktuar des Tezcatlipoca-Tempels vierzig gegerbte weiße Menschenhäute entdeckt wurden und auch das Fell der Grauschimmelstute Diegos de Ordás: im Halbkreis um den Altar waren die Wände mit diesen furchtbaren Trophäen bespannt. Die Kastilier erkannten an Narben und Muttermalen einzelne ihrer Kameraden wieder. Blindwütige Rachsucht schäumte auf. Um die schöne Stadt vor Zerstörung zu bewahren, sah sich Cortez gezwungen, dem tobenden Zorn einige Sühneopfer in den Rachen zu werfen. Obgleich er Straflosigkeit zugesichert hatte, hielt er Gericht. Er fragte die versammel-

ten Würdenträger: Wie das zu erklären sei, daß von seinen Kampfgenossen nur die Häute sich erhalten hätten? Wo denn ihre Schädel und Knochen seien? Denn er habe vor, ihnen ein christliches Begräbnis zuteil werden zu lassen.
Die Schädel – wurde ihm beklommen entgegnet – befänden sich im Haus der Köpfe. Aus den Arm- und Beinknochen aber seien schöne, mit Juwelen verzierte Flöten gefertigt worden.
»Hat Ohrring-Schlange sie gefertigt? Oder die Herrin von Tula? Oder die Adler und Jaguare, die mit ihnen entflohen?« fragte Cortez spöttisch.
Er erhielt keine Antwort. Und weiter fragte er:
»Was wurde aus dem Fleisch meiner Glaubensgenossen?«
Die Gefragten blieben stumm. Da sagte Cortez:
»Ihr Fleisch wurde in Schüsseln gebraten und wurde, in Maiskuchen verbacken, von euch Kannibalen gefressen. Alle Einwohner dieser Stadt haben – ohne Ausnahme – das Leben verwirkt. Bloß meinem Freunde Schwarze Blume zuliebe will ich mich mit einer maßvollen Sühnung begnügen – wenn ihr fünfundvierzig der Schuldigen herschafft, sei es, daß diese bei der Opferung mitgeholfen, sei es, daß sie die Knochenflöten gefertigt, sei es, daß sie am kannibalischen Mahl teilgenommen.«
Begierig, für ihre Mitbürger zu sterben, meldeten sich so viele, daß ihrer mehr als die Hälfte abgewiesen werden mußte. Die Schuldigen – und das waren die besten Söhne Tezcucos – wurden vom Henker Osorio an die unheimlichen Yuccabäume gehängt, deren schwertförmige Blätter die Eingänge der Tempelhöfe beschatteten.

Die Schwarze Blume war nun unumschränkter Herr über Acolhuacan. Er war und blieb der ungekrönte König. Hätte er gewollt, er hätte das Krönungsfest feierlich begehen können; weder sein Bruder – der durch die nächtliche Flucht das Recht auf den Thron verscherzte – noch die Christen wären imstande gewesen, ihm es zu untersagen. Aber die Schwarze Blume war klug genug, einzusehen, daß die Zeit nicht dazu angetan war, Freudenfeste zu feiern. Seine Hauptstadt trauerte: an den Yuccabäumen wiegten sich die Gehenkten im Winde. Auch wollte er sich nach heidnischem Ritus nicht krönen lassen – an einer christlichen Krönungsfeier aber hätte sein noch ungetauftes Volk Anstoß genommen. Statt Großer Chichimecatl oder Chichimeca tecuhtli (Herr der Chichimeken) nannte er sich daher bloß Statthalter von Tezcuco und ließ sich von Cortez diesen Titel verleihen. Nachdem er in wenigen Tagen ein Heer von hunderttausend Acolhuaken aufgestellt hatte, fand er für seinen ruhelosen Betätigungsdrang kein Feld in Tezcuco: die Belagerung Mexikos – das war in einem Kriegsrat beschlossen worden – durfte nicht eher beginnen, als bis die noch im Bau befindlichen dreizehn Brigantinen gezimmert, aus Tlascala über die Kordilleren an den Schilfsee gebracht und vom

Stapel gelassen waren. Voll lodernder Ungeduld erbat sich die Schwarze Blume von Cortez Urlaub, um nach Tlascala zu eilen, wo er durch seine Mithilfe den Bau der Schiffsteile zu beschleunigen hoffte.
Daß er um Urlaub nachsuchte und nicht eigenmächtig das Heer verließ, hatte seinen Grund darin, daß kurz vor dem Aufbruch nach Anahuac Cortez, gewitzigt durch die bösen Erfahrungen mit Olid und der nie abreißenden Aufsässigkeit – besonders mancher von Narváez übernommenen Soldaten – müde, ein drakonisches Edikt erlassen hatte. Verstöße gegen die Disziplin sollten in Zukunft ohne Rücksicht auf den Dienstgrad geahndet werden.
»Unser Krieg wäre ungerecht«, so begann jenes bedeutungsvolle und folgenreiche Dekret, »unser Krieg wäre ein verabscheuungswürdiger Raubzug, wenn es nicht unser einziges Ziel wäre, diese Völker vom Götzendienst abzubringen, in ihnen die Sehnsucht nach Erlösung zu wecken und sie dem christlichen Glauben zuzuführen.«
Würfelspiel, blasphemische Schwüre und Duelle verbot das Dekret als ehrenschänderisch für ein Kreuzfahrerheer. Mit dem Tode bedroht war die Vergewaltigung einheimischer Frauen. Mit dem Tode bedroht war die Aneignung und Verheimlichung erbeuteter Sklaven und Kostbarkeiten. Mit dem Tode bedroht war Fahnenflucht – und als solche galt jede eigenmächtige Entfernung vom Heer.

Mit Genugtuung nahm es Cortez auf, daß der mächtige Bundesgenosse sich Urlaub erbat, mochte er als Unterfeldherr auch dazu verpflichtet sein. Doch ihn nach Tlascala ziehen zu lassen, hielt Cortez für bedenklich. Er traute ihm nicht rückhaltlos, wollte ihn unter den Augen behalten. In Tlascala war der Schiffbau in guten Händen; am Eifer des Schiffbaumeisters Martin Gutiérrez und seiner Zimmerleute zu zweifeln, lag ebensowenig Grund vor wie am politischen Takt und der Umsicht des Hauptmanns Andrés de Tapia, den Cortez zum Befehlshaber der kleinen zurückgelassenen Heeresmacht ernannt hatte, um ihn für seine schimpfliche Degradierung – sie hatte nur wenige Wochen gedauert – zu entschädigen. Dort war der Statthalter Tezcucos nicht vonnöten. So machte ihm denn Cortez einen Gegenvorschlag. Für den Stapellauf der Brigantinen mußten ein breiter Kanal am Schilfsee und für ihren späteren Schutz ein landeinwärts gelegener großer Hafen gegraben werden. Ob er gewillt sei, die Grabungen auszuführen und die erforderlichen Erdarbeiter zu stellen? – Geschmeichelt und überstolz sagte die Schwarze Blume zu und ging unverzüglich mit hemmungsloser Begeisterung (wie es seine Art war) an die Ausführung. Da jedoch bloße Begeisterung, Strebsucht und Beschäftigungsdrang nicht genügten, unterstellte ihm Cortez den weißhändigen Sánchez Farfán und den jüngst zum Hauptmann ernannten Alonso de Ojeda, Isabels Bruder, dessen Aufgabe es war, ihn unauffällig zu leiten, zu beraten, vor allem aber, ihn auf Schritt und Tritt zu beaufsichtigen.

Denn auf Indianer war nun einmal kein Verlaß, auch nicht auf diesen ungestümsten und mächtigsten aller Bundesgenossen. Blinde verderbliche Naturkräfte kann listreicher Menschengeist wohl bändigen, ableiten; ja auch in Bahnen leiten, in denen sie nutzbringend werden.
Daß es in diesem Fall gelingen werde, ließ sich erhoffen, aber nicht voraussagen. Bleibt es doch allemal ein Wunder, wenn ein jung gezähmter Tiger nicht zubeißt, nachdem er ausgewachsen seiner Kraft sich bewußt wird. Darüber war Cortez sich vollkommen klar, daß einige hundert Kastilier Tenuchtitlan nicht einnehmen konnten, daß der bevorstehende Kampf ein Krieg der Schwarzen Blume gegen den Herabstoßenden Adler sein werde. Die anderen Verbündeten – die Tlascalteken, Cholulteken, Totonaken und Chalken – zählten kaum im Vergleich zur Militärmacht Acolhuacans: das Heer von hunderttausend Mann konnte die Schwarze Blume, wenn nötig, verdreifachen. Vor Jahresfrist hatten zwar fünfhundert Kastilier vermocht, sich in Tenuchtitlan einzunisten, dank dem Aberglauben Montezumas, welcher Götter zu Gast geladen hatte – ein zur Wehr sich setzendes Mexiko aber mit solch einem Häuflein anzugreifen, wäre ein eitles Unterfangen gewesen. Das Ziel des Bannerherrn mußte sein, die beiden Raubtiere aufeinander zu hetzen und, nach dem Unterliegen des einen, auch den Sieger unschädlich zu machen.

Vom König Hungriger Schakal, dem Vater des Herrn des Fastens, war der altertümliche Tecpilpan – »Am Federbusch« – geheißene Tecpan erbaut worden, den jetzt die Kastilier bewohnten. Die Schwarze Blume schritt mit Cortez und Marina durch den abendgeröteten Schloßgarten und blieb sinnend vor einem hohen Steinbildnis stehen –: es stellte einen König, umlodert von einer flatternden Schmuckfederaureole, dar, dem ein unterjochter Fürst in krummer, hündischer Haltung eine Blume hinreichte.
»Dieses Königs Liebe war verflucht!« murmelte die Schwarze Blume.
Und Cortez fragte:
»Wer war dieser König?«
Da die Schwarze Blume schwieg, antwortete Marina:
»Der Hungrige Schakal, der strahlendste Herrscher, den Anahuac gesehen, ein großer Dichter und ein großer Feldherr ...«
»Ich wundere mich über Euer Nichtwundern!« rief die Schwarze Blume aus. »Ihr betrachtet den edelsten der Türkisgebürtigen ohne Staunen, ohne Bewunderung. Dieser wunderbare König hat lange im Hause der Schwarzen Schlange gelebt, ehe er zur Sonne vordrang. Er befreite die Welt vom schlimmsten Drachen ... Dann freilich verhalf er einem noch schlimmeren Drachen zur Macht!«
Fragend schaute Cortez Marina an.
»Er meint Mexiko«, sagte sie. »Und mit dem ersten Drachen meint er das zerstörte Tepanekenreich.«

Wiedergutmachen wollte Cortez die unbeabsichtigte Kränkung – war ihm doch eben mangelnde Teilnahme vorgeworfen worden. Nun stellte er Fragen und ließ sich aus der Vorgeschichte Tezcucos den reizvollsten Abschnitt erzählen. Die ein Jahrhundert zurückliegenden, doch schon sagenhaft gewordenen Geschehnisse, fortlebend in der mündlichen Überlieferung der Priesterschulen, waren ausgeschmückt und von Generationen gewissermaßen umgedichtet worden zu einem *Heldenlied vom Hungrigen Schakal.*

Als Mexiko fast noch ein Pfahldorf war und die Azteken alljährlich eine Ente und einen Frosch als Tribut dem Tepanekenkaiser Zürnender Aderlasser darbringen mußten (spottvoll bemitleidet vom Despoten als zu arm für besseren Tribut), gedieh und blühte das chichimekische Reich Acolhuacan am östlichen Schilfseeufer. War den jenseits der Lagune herrschenden Tepaneken der wachsende Reichtum Tezcucos ein Dorn im Auge, so hatte der Zürnende Aderlasser auch noch einen persönlichen Grund zu unauslöschlichem Haß –: mit seiner Tochter Prinzessin Obsidian-Blume hatte der König Acolhuacans – der, wie der Pulque-Gott Ome tochtli, »Zwei Kaninchen« hieß – den Beischlaf nicht vollzogen und hatte sie nach pomphafter Traufeierlichkeit in die Tepanekenhauptstadt Azcaputzalco als Mädchen zurückgeschickt, weil sie weniger schön war als seine Kebsweiber.
Nun erhielt eines Tages König Zwei Kaninchen eine Anzahl Baumwollballen vom Zürnenden Aderlasser, mit der Bitte, sie von seinen Untertanen zu Mänteln verweben zu lassen und ihm die Mäntel zu senden.
Das Volk Tezcucos murrte: Sind wir die Fronarbeiter der Tepaneken? Aber König Zwei Kaninchen beachtete den Schimpf nicht und schickte die Mäntel. Auch als ein zweites Mal Baumwollballen eintrafen, erfüllte er das Begehren des dreisten Nachbarn. Eine dritte Baumwollsendung langte an. Diesmal ließ er zurückmelden; er behalte die Baumwolle, um daraus Baumwollpanzer für seine Krieger weben zu lassen.
Der Krieg begann.
Der greise Tepanekenkönig ernannte seinen Sohn Schambinde zum Heerführer. König Zwei Kaninchen aber stellte sich selbst an die Spitze der Chichimeken. Und bald erlebte Anahuac mit Staunen die Wandlung eines verweichlichten Fürsten in einen siegreichen Feldherrn. Das zertrümmerte Tepanekenheer suchte schließlich Schutz hinter den Mauern von Azcaputzalco.
Nach vierjähriger Belagerung sah der Zürnende Aderlasser ein, daß seine Stadt verloren war, wenn List sie nicht rettete. Er schickte dem König von Tezcuco Gesandte und ließ ihm melden, er gebe sich in seine Hand und erkenne ihn an als den Herrn der Welt. Berauscht vom Klang des Ehrennamens »Herr der Welt«, ließ jener sich betören. Voll unbesonnener Ritterlichkeit verzichtete er auf Rache und

erklärte: genug Blut sei geflossen, und er wolle die nicht strafen, die vom Himmel gestraft seien.
Er hob die Belagerung auf und kehrte nach Tezcuco zurück; als Sieger scheinbar, in Wahrheit als Unterlegener. Entrüstet über die verhängnisvolle Großmut, entfremdete sich ihm der Adel Acolhuacans. Bloß drei oder vier seiner Vasallen blieben ihm treu: – die anderen vermehrten die allzubald wiedererstarkende Macht der Tepaneken.
Zwei Kaninchen begriff bald, daß das Verhängnis für ihn selbst, seine Krone und sein Land unabwendbar war. Es von seinem zwölfjährigen Sohne, dem Hungrigen Schakal, abwenden zu können, war fortab seine einzige Hoffnung – außer ruhmvoll zu fallen. Lebte sein Kind, so lebte der Königsstamm fort, und ein Rächer und Wiederhersteller des Thrones von Tezcuco konnte dereinst erstehen.
Ohne Kriegsansage überfiel Prinz Schambinde Acolhuacan. Und diesmal war König Zwei Kaninchen außerstande, der Übermacht sieghaft entgegenzutreten. Im Stich gelassen von seinem Adel, in mehreren Schlachten besiegt, wurde er schließlich in seiner Hauptstadt umzingelt und belagert. Ein Verräter öffnete den Feinden ein Tor. Und während das kampfmüde Volk Tezcucos gemeinsam mit den Tepaneken die königlichen Paläste wie auch die des abtrünnigen Adels plünderte, entwich der König mit dem Hungrigen Schakal und drei ihm zur Seite gebliebenen Fürsten in eine Schlucht. Als er tags darauf Verfolger nahen sah, befahl er seinem Sohn, einen hohen Wildkirschenbaum zu ersteigen und sich im Laubwerk versteckt zu halten. Weinend nahm er Abschied von ihm, beschwor ihn, sich aufzusparen, damit das uralte Blut der Chichimekenkönige nicht versiege, und ihn Jaguar-Arm nennend, ermahnte er ihn, sich mit Bogen und Pfeil zu üben bis zum Tage der Vergeltung. Seine Begleiter aber schickte er in eine benachbarte Festung unter dem Vorwand, sie müßten von dort Beistand herbeiholen. Allein nahm er den Kampf mit den Tepaneken auf und fiel nach tapferer Gegenwehr.
Sein Kopf wurde abgeschlagen, seine Insignien geraubt, um dem Zürnenden Aderlasser vorgezeigt zu werden. Die nackte, wundenbedeckte, geköpfte Leiche blieb in der Schlucht, wo bald darauf geflüchtete Tolteken, Handwerker aus Tezcuco, sie fanden und (trotz der Schändung) erkannten. Aus Binsen und Zweigen fertigten sie einen Totenstuhl, setzten die mit einigen Federn notdürftig geschmückte und mit weißer Erde geweißte Leiche darauf, murmelten bis Sonnenuntergang Grablitaneien und entzündeten sodann das Leichenfeuer des Königs, wie es damals noch die alte Sitte der Tolteken heischte. Dem Knaben, der aus dem Baumgeäst herabgestiegen war, rieten sie, über den Gebirgswall nach Huexotzinco, Cholula oder Tlascala zu fliehen, da der Zürnende Aderlasser eine hohe Belohnung auf seinen Kopf gesetzt hatte.
Das große Reich Acolhuacan – das die eine Hälfte des Hochtals Anahuac von Teotihuacan und Otompan bis südlich Chalco umfaßt

hatte – lag nun zertrümmert, der Willkür und Rachsucht preisgegeben, da. Der Zürnende Aderlasser gewährte den Besiegten eine Frist von zwei Jahren, sämtliche Wurfbretter, Speere, Pfeile und Obsidianschwerter abzuliefern, Handel und Wandel in ihrem verwüsteten Lande wiederherzustellen und der furchtbaren Hungersnot zu steuern. Vom dritten Jahre an waren sie verpflichtet, die in den früheren Kämpfen des Königs Zwei Kaninchen zerstörten Tempel, Paläste und Häuser der Tepaneken wieder aufzubauen. Alle, ob arm, ob reich, ob hoch, ob niedrig, mußten entweder daheim Waren für die Feinde verfertigen oder in Feindesland mit Mörtel und Kelle den Frondienst tun. Ausgenommen waren bloß die geschicktesten Handarbeiter – Goldschmiede, Steinschneider, Federarbeiter – die in Azcaputzalco angesiedelt wurden; auch Frauen und Mädchen wurden nach der Tepanekenresidenz verpflanzt, wenn sie schön zu spinnen und buntgemusterte Mäntel zu wirken verstanden.
Der Sieger begnügte sich mit dieser abgefeimten Folter und Blutaussaugung nicht. Täglich heckte er neue Grausamkeiten aus, von denen die seltsamste wohl diese war: Abgesandte des Zürnenden Aderlassers durchstreiften Acolhuacan, und in jeder Stadt und jedem Dorf ließen sie sich die kleinen Kinder – im Alter von zwei bis zehn Jahren – vorführen. Und sie richteten an die Kinder die Frage: ob sie den Zürnenden Aderlasser oder den Hungrigen Schakal zum König haben wollten. Diejenigen von den Kindern, die, ihren Eltern nachredend, den Hungrigen Schakal nannten, wurden an den Häusermauern zerschmettert. Mit dieser Kindervertilgung erreichte der greise Zwingherr indes nur, daß sein Name zum Abscheu wurde in Anahuac, daß aber der Name des entkommenen Königsknaben – von dem wenige bis dahin gehört hatten – nun allgemein bekannt ward und von allen heimlich geflüstert wurde, die unter der Tepanekenherrschaft ächzten. Das waren nicht nur die Besiegten.
Denn gleich nach dem Tode des Königs Zwei Kaninchen nahm der Zürnende Aderlasser eine Teilung der Welt vor und ernannte sich selbst zum Herrn der Welt. Er war hundertdreißig Jahre alt und dermaßen hinfällig, daß er, in einem mit Moorschnepfendaunen angefüllten Weidenkorb liegend, umhergetragen werden mußte: tags setzte man ihn der Sonnenbestrahlung aus, und nachts wurde er im Korb zwischen zwei lodernden und immerzu geschürten Scheiterbränden gebettet, damit sein erkaltetes Blut nicht vereise. Während rote Bäche über die Steintreppen seiner Tempel flossen und mit märchenhaften Reigen die Bewohner Azcaputzalcos den Sieg feierten, versammelte er alle Könige der blauen Erdscheibe um sich, teilte und verteilte die Welt.
An der Gebirgswand freilich endete seine Welt. Dahinter lag das regnerische Tlalocan, wo die Mutter der Hexen und die Bergblume Wolken schoben. Das Vierfürstentum Tlascala und die Königreiche Huexotzinco, Cholula, Tepeaca und Quauhquechollan hatten dem

Zwingherrn den Treueid nicht geleistet, und sie wagten es, dem Hungrigen Schakal Schutz und Freistatt zu gewähren.
Zehn Jahre lang führte der junge König ein Flüchtlingsdasein diesseits und jenseits der Vulkankette. Obgleich vogelfrei, betrat er immer wieder den Boden des einstigen Acolhuacan und horchte auf den Herzschlag seines gemarterten Volkes. Während er selbst vom zwölfjährigen Knaben zum Jüngling heranwuchs, nahm er allmählich das Wachsen der Volkssehnsucht nach Befreiung und Rache wahr. Meist unerkannt, ließ er sich mit Hirten, Jägern oder Feldarbeitern in Gespräche ein. ›Ob der Hungrige Schakal wohl noch lebt?‹ pflegte er dann zu fragen; und aus den Antworten ersah er, wer für, wer gegen ihn war, und erfuhr auch von manchem geplanten Anschlag der Tepaneken gegen ihn. So war er immer wieder gefeit und konnte verglimmende Hoffnungen seiner Anhänger zum Brand anschüren.
Einer seiner Anhänger, bei dem er übernachtete, verbarg ihn unter Nequenhanf, während die Krieger des Weltherrn das Haus durchsuchten. Aus gleichem Anlaß bedeckte ihn eine Bäuerin mit Salbeibündeln. Ein Adlerritter steckte ihn unter seine Trommler und Sänger, so daß die Verfolger ihn unter den Musizierenden nicht herausfinden konnten. Einmal hielt er sich hinter einem buschigen Balsambaum am Wege versteckt und hörte, wie die Verfolger einen jungen Landarbeiter vergeblich über ihn ausforschten; und er stellte, nachdem sie außer Sicht waren, an jenen die Frage: warum er ihn nicht verraten habe, obgleich sein Versteck ihm bekannt war? Ob er das vom Weltherrn versprochene schöne adlige Mädchen sich nicht verdienen wolle? Zur Antwort lachte der junge Landarbeiter bloß ...
Lange genug hatte das Schicksal im Revier des Unglücks geweilt – jetzt wandte es sich und suchte die Wege des Glückes auf. In allen Teilen des einstigen Acolhuakenreiches sammelten sich heimlich Banden und vereinigten sich mit einem großen, von den Freistaaten Huexotzinco und Tlascala über die Kordilleren geschickten Heer; zu ihnen stieß ein nicht minder großes Hilfsheer aus Chalco. Als Feldherr dieser Truppenmacht besiegte der Hungrige Schakal die Tepaneken, vertrieb sie aus Tezcuco und gründete das neue Reich Acolhuacan.
Bald darauf wurde er von seinem Oheim Obsidian-Schlange um Beistand gebeten. Von Schambinde, dem Nachfolger des Zürnenden Aderlassers, waren, weil er seine Macht schwinden sah, Obsidian-Schlange fünfundzwanzig Mädchen geschenkt worden; der aber hatte sie zurückgewiesen mit den Worten: Ob Mexiko die Ente und den Frosch noch zahlen müsse, wurde nicht durch Mädchen, sondern durch Sägeschwerter entschieden. In einer schier endlosen Schlacht – sie dauerte hundertfünfzehn Tage – vernichtete der Hungrige Schakal gemeinsam mit Obsidian-Schlange die Tepaneken. Schambinde, welcher Schutz in einem Schwitzbad gesucht hatte, wurde auf den Marktplatz geschleppt und dort – nicht auf einem Teocalli, da er der Ver-

göttlichung nicht würdig war – riß ihm der Hungrige Schakal das Herz aus der Brust. Von der herrlichen Stadt Azcaputzalco blieben nur Trümmer übrig.
Und es war der Hungrige Schakal, der den Drei-Städte-Bund schuf. Er setzte durch, daß an der Weltherrschaft auch die den Ruinen Azcaputzalcos benachbarte Stadt Tlacopan beteiligt ward (deren Stadtkönig ihn einst vor tepanekischen Meuchelmördern gewarnt hatte).
Seitdem lebte der Hungrige Schakal in Tezcuco, baute Tempel, Paläste mit zaubervollen Gärten, gründete Gelehrtenakademien und schrieb das erste Gesetzbuch Anahuacs. Seine sechzig Gedichte übertrafen alle vor ihm und nach ihm entstandenen an Tiefe, Klang und süßer Schwermut. Wenn der Drei-Städte-Bund Kriege führte, so stellte er seine Adler und Jaguare den Mexikanern zur Verfügung, ohne selbst in die Schlachten zu ziehen. An der Herrlichkeit des Lebens lag ihm hinfort mehr als an der Herrlichkeit des Todes: die blutdürstigen Götter mit Kriegsgefangenen zu sättigen, überließ er dem aufstrebenden kampfgierigen Mexiko, überließ ihm damit freilich auch die Ausrüstung, Ausbildung und Führung der Heerscharen des Drei-Städte-Bundes.
Auf dem Landsitz eines seiner Vasallen, des alten Fürsten von Tepechpan, war er einmal zu Gast und erblickte dort ein Mädchen von ungewöhnlicher Schönheit. Es war die Braut des alten Fürsten; seit ihrer Kindheit mit ihm verlobt, war sie in seinem Tecpan aufgezogen worden; die Hochzeit stand nahe bevor. Dem hohen Gast zu Ehren mußte sie beim Mahl Speisen und Getränke umherreichen. Und als der König ihr eine Kakaoschale abnahm, berührten sich ihre Hände, und des Mädchens offenes Haar streifte seine Wange. Voll Verwirrung ließ er die Schale fallen, so daß sie in Scherben brach. Mit wundem Herzen reiste er ab, besessen vom Bilde der jungen Braut.
Einige Zeit hernach erhielt der alte Fürst den Befehl, sich zu den Heerscharen zu begeben, welche damals an der Grenze Tlascalas fochten. Verwunderlich war der Befehl; es gab jüngere Adler in Acolhuacan, und man pflegte Weißhaarige nicht in den Kampf zu schicken, es sei denn, daß sie sich freiwillig meldeten. Zu mehreren seiner Freunde äußerte der Fürst bekümmert: sein Tod sei beschlossen, er werde wohl nicht zurückkehren. Und nicht unbegründet war seine Besorgnis. Mit zweien seiner Unterführer hatte der Hungrige Schakal heimlich Zwiesprache gehalten –: von ihnen ins wildeste Schlachtgewühl gelockt, fand der alte Fürst den Tod.
Schuldbewußt verbarg der König seine Liebe, ließ nur durch eine Vermittlerin das Mädchen wissen, daß sie zur Königin erwählt sei. Nach Ablauf eines Jahres veranstaltete er ein Fest in Tezcuco und lud auch die Geliebte ein. Während sie mit anderen Frauen die Blumen des Schloßgartens bewunderte, trat er, von Fürsten umringt, auf einen Altan des Palastes hinaus, und scheinbar erstaunt über den Liebreiz des Mädchens, fragte er, wer sie sei. Man klärte ihn auf. Er

ließ das Mädchen rufen, redete mit ihr, als wäre er ihr noch niemals begegnet, und zeichnete sie während der Tänze aus. Bald darauf wurde sie Königin von Acolhuacan.
Die schlechte Tat richtete sich selbst. Weil Jahre vergingen, ohne daß der erhoffte Thronerbe zur Welt kam, verfiel die Königin in Schwermut. Der Hungrige Schakal aber, der aufgeklärteste Herrscher Anahuacs, der eine Stufenpyramide mit neun Terrassen »dem unbekannten Gott« erbauen ließ und sich mit dem Gedanken getragen hatte, den Blutdienst abzuschaffen, gab sich in die Hände der Priester, indem er ihnen sein Verbrechen berichtete. Und er erfüllte die Forderung der Priester, vierzig Tage lang zu fasten und die vernachlässigten Altäre mit mehr Schlachtopfern als bisher rot zu tünchen. Damit war der Fluch des Himmels abgemildert – die Königin gebar einen Sohn, den Herrn des Fastens.
»Der Fluch des Himmels« – so schloß die Schwarze Blume seinen Bericht – »war abgemildert, nicht beseitigt und lastet seither auf unserem blauen Diadem. Verdüstert war das Herz des Herrn des Fastens, meines Vaters: im Alter ächzte es, verwundet von den Übergriffen Montezumas; und er starb einen rätselhaften Tod nach dem Ballspiel um die drei Truthähne. Der Edle Traurige ward erwürgt. Menschen-Puma ward gehenkt. Ohrring-Schlange hat lange versteckt unter Leichen gelebt, um die Krone nicht tragen zu müssen; – man sagt, weil der Herr des Fastens ihn durch den Alten Wickelbär warnen ließ... Auch ich will mich nicht beeilen, das blaue Copilli Tezcucos mir auf die Stirn zu setzen.«

Cortez sagte:
»Jedes Geschehnis hängt wie ein Kettenglied an einer Kette. Aber von jeder gewordenen Kette kann man sagen, daß sie sich verschieden hätte halten können, auch besser, haltbarer vielleicht, wäre nicht eins der ersten Kettenglieder brüchig gewesen infolge einer menschlichen Schwäche... Hier sehe ich die brüchige Stelle bei der ersten Belagerung von Azcaputzalco –: wenn Zwei Kaninchen sich durch den Titel Herr der Welt nicht hätte betören lassen...«
»Er hätte die Tepaneken damals ohne Erbarmen ausrotten sollen!« sagte die Schwarze Blume.
»Nein«, erwiderte Cortez. »Damals hätte er Freundschaft mit dem Zürnenden Aderlasser schließen können und sollen! So machen es die Könige der Alten Welt: sie kämpfen nicht bis zur Vernichtung, sondern sie kämpfen, bis sie Freunde werden! Eine Verknechtung wie die der Acolhuaken durch die Tepaneken wäre in der Alten Welt undenkbar!«
Sinnend bemerkte Marina:
»Unter Azteken wäre ein Friedensschluß, der Freundschaft ermöglicht, undenkbar! Nie würde der Herabstoßende Adler Euer Freund werden wollen...!«

»Nie werde ich sein Freund werden wollen!« rief die Schwarze Blume.
»Und Ihr, Don Hernando?« fragte Marina.
»Ich denke anders!« sagte Cortez. »Wir sind im Anfang einer neu sich bildenden Kette. Wer vermag ihre letzten fernen Glieder vorauszuahnen? Noch gibt es ein Zurück ... Noch steht Tenuchtitlan, noch ist es nicht zerstört ... Gebe Gott, daß ich die Stadt schonen darf ... Ein Wort, das nicht gesprochen ward, kann so schlimm wirken wie ein Wort, das gesprochen ward ... Wie offenbart sich das allein Richtige? ... Wer sieht klar außer Gott, der die ganze Kette sieht! ... An mir soll es nicht liegen. Ich bin bereit, Guatemoc die Hand zu reichen – heute noch, obgleich ich die Brigantinen baue ...«
Die Schwarze Blume lachte:
»Mit Hohn wird er die Hand zurückweisen, Don Hernando!«
»Ich werde sie immer wieder bieten!« versetzte Cortez. »An meinem guten Willen soll es nicht fehlen ... !«
Die Folge dieses Gespräches war, daß Cortez einen tags zuvor festgenommenen Kundschafter des Herabstoßenden Adlers nach Tenuchtitlan mit einem Friedensangebot schickte.
Als aber am Abend Marina allein war mit Cortez, fragte sie schüchtern:
»Und wenn ... wenn alle Friedensangebote vergeblich sind ... werden die Mexikaner das zerstörte Anahuac als Fronknechte wieder aufbauen müssen? Werden die kleinen Kinder gefragt werden, ob sie den Herabstoßenden Adler oder den Grünen Stein zum König haben wollen?«
»Bin ich ein Tepaneke?« fragte Cortez unwirsch. Dann fügte er freundlicher hinzu:
»So oder so – es wird mit Freundschaft enden: mit der Bekehrung und Beglückung dieses Landes!«
Der Bote ruderte in einem Kanoe über den vom Abenddämmer purpurroten Schilfsee und durch die erdunkelnden Kanäle Tenuchtitlans dem Huei-Tecpan zu. Von einem auf einer Kanalbrücke stehenden Bekannten angerufen, schrie er zurück: er rudere so eilig zum König mit einem Friedensangebot der Gelbhaarigen. Wie ein Lauffeuer züngelte im Nu die Kunde durch die Stadt. Die Menschen strömten aus den Häusern, eine große Volksmenge wälzte sich zum Schlangenberg und zum Großen Palast. Früher als der Herabstoßende Adler wußte sein Volk von der Friedensmöglichkeit.
Die Massen stauten sich auf dem großen Platz vor dem Huei-Tecpan. Die Massen waren erwacht seit der Niederlage bei Otompan. Mochten die Adligen am Blutwurm Freude haben – die Plebejer Mexikos, aufgeweckt und aufgerüttelt durch unsichtbare Mächte, hatten begonnen, an den Zusammenbruch Tezcatlipocas und den Aufstieg Quetzalcoatls, des Herrn des weißen Windkreuzes, zu glauben. Das verkündete Friedensreich sollte ja nicht bloß den unterjochten Völkern die Fesseln lösen, sondern allen, welche Fesseln trugen ... Er-

regt schrie die Menge: »Wir wollen den Frieden! Wir wollen nicht den Krieg!« Nur zuweilen verstummten die Rufe, und die fieberhafte Besessenheit wich bewundernder Neugier (welche schlecht mit der Kriegsfeindlichkeit in Einklang stand), wenn die höchsten Beamten und Feldherren in blendenden Federtrachten sich von ihren »Tocne!« rufenden Sklaven Bahn schaffen ließen durch das Gewühl bis zum Hauptportal des Großen Palastes. Denn vom König war sofort der Rat der Alten einberufen worden.

Dem Volke zeigte sich der Herabstoßende Adler nicht, wie laut auch die Rufe durch die Palastmauern drangen. Er beratfragte die beiden Mitregenten des Drei-Städte-Bundes, den König von Tezcuco und den von Tlacopan. Ohrring-Schlange hielt mit seiner Meinung zurück und bat nur darum, die Entscheidung ohne Rücksichtnahme auf ihn zu fällen – denn war zwar im Friedensangebot seine und seiner weißen Sklavin Herausgabe nicht erwähnt, so war sie doch unvermeidlich, sollte es zu Verhandlungen kommen. Um so eifriger trat der Durch-Zauber-Verführende für eine Abweisung ein und bezeichnete die Friedensbereitschaft des Grünen Steines als eine Falle; zum mindesten wolle der Grüne Stein Ohrring-Schlange in die Hand bekommen, um an ihm Rache zu nehmen; nach Ohrring-Schlange aber würden der Herabstoßende Adler und er selbst an die Reihe kommen, weil sie vor einem Jahr Hunderte von Gelbhaarigen – mehr als Ohrring-Schlange – den Göttern schenkten.

Der Herabstoßende Adler schüttelte unwillig den Kopf: es handle sich nicht um drei Menschen und was gut oder schlecht für sie sei – es handle sich einzig und allein um Anahuac und den Drei-Städte-Bund. Nun sei es allerdings seine Überzeugung, daß für den Drei-Städte-Bund der Friede in diesem Augenblick unheilvoller sein würde als der Krieg –: Frieden schließen hieße Verzicht leisten auf die Rückgabe Tezcucos und auf die Züchtigung der abgefallenen Staaten jenseits der Berge. Doch er befürchte, daß der Hohe Rat sich von den Rufen der Volksmenge draußen werde einschüchtern lassen. Dem einheitlichen Willen des Volkes sowohl wie des Hohen Rates zuwiderhandeln, fehle ihm aber die Macht.

Er war König und doch noch nicht König. Nach der Königswahl war allen Völkern der Welt mitgeteilt worden, daß die Sonne wieder leuchte, die sich verdunkelt hatte, daß sie wieder auferstanden sei und die Sprache wiedererlangt habe. Aber so wie die Schwarze Blume – wenn auch aus ganz anderen Gründen – hatte er das Fest der Krönung und Salbung hinausgeschoben. Seine Vorgänger – der Zornige Herr, Molch, Wassergesicht, Himmelspfeil und Obsidian-Schlange – hatten gleich nach der Königswahl Völker überfallen, um bei der Thronbesteigung mit Zehntausenden von Menschenherzen die Götter zu erfreuen; und selbst der Überwältiger hatte, wenn zwar nicht so wunderbar viele, dafür um so wertvollere Herzen auf die Altäre gelegt. Diesen Königen wollte der Herabstoßende Adler es gleichtun, wollte nicht mit leeren Händen vor die Götter treten. Und da die Weltlage es ihm nicht verstattet hatte, Tenuchtitlan zu verlassen und einen Opfersklavenraubzug in ferne Länder zu unternehmen, war es sein Vorsatz, nicht eher als nach dem ersten großen Siege über die Christen sich das blaue Copilli aufs Haupt setzen zu lassen. Die unumschränkte Macht des Weltherrn verlieh erst die türkisene Stirnbinde – ohne sie hieß er zwar König, durfte sich jedoch über die Beschlüsse des Hohen Rates nicht hinwegsetzen; waren ja auch seine Vorgänger zwischen Königswahl und Krönung in gleicher Abhängigkeit gewesen.

»Was immer der Rat der Alten beschließen mag«, sagte der Durch-Zauber-Verführende, »wir drei wissen es: der Tod ist besser als tödlicher Friede! Wir drei Freunde wollen gemeinsam leben oder gemeinsam sterben! Das laßt uns beschwören!«

Und die drei jungen Könige gingen in die Götterkammer des Palastes. Sie schworen – beim Namen der Sonne und beim Namen Unserer Frau der Erde – gemeinsam zu leben und zu sterben für Anahuac. Und zur Bekräftigung dieses Eides aß jeder von ihnen eine Handvoll Erde.

Dann – bei schon einbrechender Nacht – begaben sie sich in den dachlosen Saal der Dämonen, wo unterhalb der gemeißelten Schlangenleiber der Jaspiswände der Rat der Alten auf Schemeln hockte und ihrer harrte. Was Guatemoc befürchtet hatte, traf ein: der Hohe Rat beschloß, die wenigen Einsichtigen überstimmend, das Friedensangebot anzunehmen.

Da entfernten sich die drei Könige, schminkten sich Körper und Antlitz kreideweiß, beklebten sich mit weißen Daunenbällen; und flammende Kienfackeln in den Händen haltend, stiegen sie, schreckhaft angestarrt von der Volksmenge, die Marmortreppe der Schlangenbergpyramide empor. Auf der obersten Terrasse, dem Menschenwürgeplatz, angelangt, verkündeten sie im Flackerschein des ewigen Feuers den wirrhaarigen Priestern und dem angsterstarrten Volke drunten, daß sie beschlossen hätten, sich den Edelstein herausreißen zu lassen, um Mexikos Schmach nicht zu überleben. Ein tausendkehliger Schrei umbrauste die Pyramide. Der Feldherr Temillotzin, Der-mit-der-Steinpfeiler-Haartracht, raste die Tempeltreppe herauf und beschwor die Priester, mit der Opferung zu zögern, bis der Rat der Alten ein zweites Mal über den Frieden abgestimmt habe. Und während die königlichen Opfer in schauriger Prozession viermal um den Menschenwürgeplatz herumgeführt wurden, beschloß in einer zweiten hastigen Sitzung der Hohe Rat die Ablehnung des Friedensangebotes.

Die Opferung fand nicht statt.

Und abermals führte der Herabstoßende Adler die Könige von Tezcuco und Tlacopan in die Götterkammer des Großen Palastes, gemeinsam dort einen zweiten Eid zu schwören. In einer Ecke des mit

kleinen Götterbildern gefüllten Raumes war ein lebensgroßes verschleiertes Standbild aufgestellt. Und als Guatemoc die Hülle abnahm, erkannten seine beiden Freunde, daß es einen aus Holz geschnitzten gepanzerten Gelbhaarigen darstellte.
»Ich habe ihn schnitzen lassen, damit die zwanzigjährigen Mexikaner sich üben, einen Sonnensohn zu töten! Auch die kleinen Kinder Tenuchtitlans sollen es lernen, ihn zu verwunden! Bevor er aber auf dem Großen Marktplatz von Tlatelolco Pfeilen und Speeren ausgesetzt steht, laßt uns die ersten sein, die unsere Messer in seine Eingeweide tauchen!«
Die drei Könige zückten ihre Obsidianmesser und stießen sie in die Brust des weißen Mannes. Dazu schworen sie – beim Namen der Sonne und Unserer Frau der Erde, in ihrem Haß nie nachzulassen und mit dem Edelsteinwasser des Grünen Steines und seiner vornehmsten Begleiter die Opferblutschale des Kriegsgottes zu begießen.

Ohrring-Schlange bewohnte mit seiner Mutter, der Herrin von Tula, und vielen aus Tezcuco herübergeflohenen Adligen den vom Herrn des Fastens im südöstlichen Stadtteil Teopan erbauten Palast am Schilfsee. Auf dem nächtlichen Heimwege begleitete ihn der Durch-Zauber-Verführende, da auch er einen eigenen Tecpan in Teopan besaß. Nachdem er sich von Ohrring-Schlange verabschiedet hatte, schritt er weiter durch ausgestorbene Gassen hin, als ihm plötzlich schien, der Jammerruf eines Weibes halle durch die nächtliche Stille. Erst kam ihm der Gedanke, es müsse die Stimme jenes weiblichen Phantoms sein, das Jahre vor der Landung der weißen Götter späte Wanderer geschreckt hatte mit dem Ruf: »Weh meine Töchter! Weh meine Söhne! Die Stunde des Verderbens naht!...« Doch als er schärfer hinhorchte, erkannte er deutlich menschliche Laute. Und sich umschauend, erblickte er mitten auf der Gasse ausgestreckt eine Frau. Er winkte die hinter ihm gehenden Fackelträger heran; und nun erkannte er, wer die Wimmernde war. Von Geburtswehen überfallen, lag dort Prinzessin Perlmuschel am Boden.
Sie hatte an diesem Abend – während Ohrring-Schlange im Huei-Tecpan weilte – versucht, im Palaste des Herrn des Fastens Zutritt zu erlangen. Aber die Herrin von Tula hatte sie mit den Worten: »Sei im Staub deiner Sünden begraben!« von der Schwelle gewiesen, unerbittlich schroff und grausam wie damals im Seeschloß Tezcotzinco, wo sie das Webmesser nach ihr warf: »Nähre dich von Unrat, Tochter – du dienst ja der Göttin des Unrats, dem Frosch mit dem blutigen Maul! Auch du bist eine Kotfresserin, eine Sünderin!«
Der junge König von Tlatelolco war seit seiner Kindheit mit Perlmuschel befreundet gewesen. Als ihr Gatte, Prinz Grasstrick, des roten Blütenbaumes von Yuquane wegen ermordet worden war und sie als Geisel in Tenuchtitlan leben mußte, liebte er es, mit ihr auf schwimmenden Gärten den abendkühlen See zu durchfahren, bezau-

bert von ihrer jaspishaften Jugendfrische und Schönheit, ohne daß er ihr oder sich selbst seine Neigung gestand. Daß er mehr als Freundschaft für sie hegte, war er erst inne geworden, als sie ihm verloren war. Ihr Niederstieg war sein schmerzvollstes Erlebnis. Vor Montezuma, den sie mit dem Edelsteinfisch zu töten versuchte, hatte er sie wohl retten können, aber nicht vor ihrem schicksalhaften Selbstzerstörungswillen. Seitdem sie das unterseeische Steinbild der Wasserjungfrau bei Xochimilco geküßt, war sie (als *La Azteca*) des Grünen Steines Geliebte gewesen, hatte – nach der Hinrichtung ihres Schützlings, des kleinen Königs Menschen-Puma – in einem öffentlichen Schwitzbade hausend, sich jedem Mexikaner preisgegeben, der ihr schwor, sein Leben für die Ausrottung der Gelbhaarigen zu lassen. Dann, als beim Toxcatl-Fest Alvarado den im Tempelhof tanzenden Adel Mexikos hingemetzelt hatte, war sie eine Quauhcihuatl, ein Adlermädchen, geworden und hatte, das Kupferbeil schwingend, bei den Stürmen auf den Palast des Königs Wassergesicht, bei den Dammdurchstichen und schließlich bei Tlacopan mitgekämpft. Er – der Durch-Zauber-Verführende – dankte ihr sein Leben: denn bei Tlacopan hatte sie ihn, als er schwer verwundet und schon bewußtlos von Christen fortgeschleppt wurde, herausgehauen. Erst Wochen hernach, geheilt vom Wundfieber, konnte er nach ihr forschen, doch sie war zurückgetaucht in ihre Verschollenheit.
Jetzt fand er sie wieder – nachts auf der Gasse. Von seinen Sklaven ließ er sie in den Tecpan ihres Bruders tragen. Ohrring-Schlange sorgte sogleich für Unterkunft und ärztliche Pflege der Prinzessin, seiner sittenstrengen Mutter zum Trotz.

Mit heißen Bädern wurde die Geburt beschleunigt, mit aufgelegten Fellstreifen wurde sie erleichtert. Nachdem die Hebammen die Prinzessin auf den hohen Gebärstuhl gesetzt hatten, riefen sie den Geburtshelfergott Tezcatlipoca und die fünf Cihuateteô, die Frauengöttinnen, an. Die Schreie der Kreißenden übertönten sie mit einem Zaubergesang:

»Dort im Hause auf dem Schildkrötenstuhl
Kam es in einer Perle zur Welt.
Dort im Hause auf dem Schildkrötenstuhl
Arbeitet man sich Schwielen an.
Komm her, komm her,
Komm her, du Perlenkind, komm her!«

Und als sie ein männliches Kind aus dem Mutterschoß gezogen hatten, durchschnitt die älteste der Hebammen die Nabelschnur und sprach so zum Neugeborenen: »Zarter, geliebter Knabe, du bist der Erde und der Sonne versprochen! In der Mitte deines Körpers durchschneide ich deinen Nabel! Wisse wohl und versteh, daß das Haus,

wo du geboren bist, deine Wohnstatt nicht ist: du bist ein Krieger; du bist der Vogel, den man Quecholli nennt, du bist auch der Caquan genannte Vogel –: du bist der Vogel und Krieger des, der an allen Orten ist. Das Haus aber, wo du zur Welt kamst, ist nur ein Nest. Hier sprossest du und blühst, hier trennst du dich von deiner Mutter wie ein Splitter vom Stein. Doch deine Heimat ist anderswo: du gehörst den Feldern an, wo die Schlachten geschlagen werden; dein Beruf ist es, die Sonne mit dem Blut der Feinde zu tränken und die Erde zu füttern mit den Leichen der Feinde, die sie unersättlich verschlingt. Dein Glück aber wirst du erst im Palast der Sonne finden.«
Darauf badete sie das Kind, indem sie ihm zuerst die Brust, den Nacken und den Kopf befeuchtete, dazu murmelnd: »O Knabe, weile bei der Göttin des Wassers, daß sie alles dir von Vater und Mutter vererbte Böse abwasche!«
Als sie nun das Kind aus dem Bad genommen und abgetrocknet hatte, gewahrten die Medizinfrauen, daß es hellhäutig war, ein kleiner Sonnensohn. Was die Herrin von Tula befürchtet hatte, war Wirklichkeit geworden und ließ sich nicht verheimlichen: die Königin von Yuquane, die Schwester des Königs der Acolhuaken, hatte dem Erzfeinde Mexikos – Cortez – ein Kind geboren!

Am nächsten Morgen wußte es die ganze Stadt. Die Herrin von Tula hatte, ihre Tochter anklagend, dem Hohenpriester das Unerhörte mitgeteilt. Das Mexikaner-Priesterchen begab sich in den Huei-Tecpan zum Herabstoßenden Adler und verlangte mit zelotischem Zorn die Tötung des kleinen weißen Gottes. Guatemoc bat sich Bedenkzeit aus.
Eine Woche später saßen die Könige von Tlacopan und Tezcuco am Lager der Wöchnerin. Sie säugte ihr Kind, das geschlossenen Auges die eckigen winzigen Fäuste um die vollen rotbraunen Zitzen der Prinzessin klammerte.
Der Durch-Zauber-Verführende sagte:
»Quauhtemoc will nicht, was die Opferer wollen. Doch ihm fehlt die Macht zu trotzen. Die Priester haben alle großen Häuser aufgehetzt mit der Weissagung, das weiße Kind bringe Mexiko Gefahr, wenn es nicht bald beseitigt werde.«
»Meine Quetzalfeder, meine Edelsteinkette gebe ich nicht her!« rief Perlmuschel wild. »Die Opferer lügen, sie wiederholen nur, was meine Mutter sagte! Meine Mutter ist es, die mein Kind haßt und es umbringen will! Doch ich werde es nicht hergeben! Jedes Tier verteidigt sein Junges! ... Wenn ihr meine Freunde seid, so helft mir mein Kind verbergen!«
»Schwester, wir sind eines Herzens!« sagte Ohrring-Schlange. »Wir werden das weiße Kind verbergen!«
»Wo, Bruder?«
»Bei einer armen Federarbeiterin ... Du kennst sie ...«

Sie konnte sich nicht entsinnen. Da erinnerte er sie an die nächtliche Lustfahrt auf dem schwimmenden Garten und wie er den Edlen Traurigen – der auf zwei Booten den Goldhort Tezcucos nach Tenuchtitlan brachte – an der Schulter verwundete. Der Strafe des Zornigen Herrn zu entgehen, lebte er als Huaxteke gekleidet im Hause des alten Obsidianarbeiters, des Nachbars der Federmosaikarbeiterin. Von dieser – oder einer ihrer drei Töchter – wurde ihr nach dem großen Vulkanausbruch Menschen-Puma wieder zugeführt, welchen der Herabstoßende Adler aus dem Tragkorb des nasenlosen Coxtemexi befreit und in die Obhut der Frauen gegeben hatte.
Jetzt entsann auch sie sich. Doch sie hatte ein Bedenken. Das Versteck des Kindes konnte verraten werden, wenn eine Dienstmagd der Herrin von Tula das Kind ins Haus der Arbeiterinnen brachte.
»Meine weiße Sklavin«, sagte Ohrring-Schlange, »wird das Kind hinbringen. Und ich werde ihr einen stummgeborenen Sklaven mitgeben, damit sie die Gasse findet.«

In der Tracht einer chichimekischen Edelfrau, das Gesicht mit einem safrangelben Schleier verhüllt, betrat gegen Abend Isabel de Ojeda das Haus der Federmosaikarbeiterin. Aus dem Stadtteil Teopan, an der Schlangenbergmauer und den Königspalästen in Moyotla vorbei, und durch das Gassenlabyrinth des nordwestlichen Stadtteils Cuepopan hatte ihr der stumme Sklave den Weg gewiesen, war aber – seinem Auftrag gemäß – an den weinrot bemalten Türbalken des Hauses umgekehrt.
Von den drei Töchtern der Federarbeiterin lebte die jüngste nicht mehr: ein von Häschern Montezumas geworfener Speer hatte ihr die Brust durchbohrt, als der damals verbannte Herabstoßende Adler, nach seinem tollkühnen Besuch in Chapultepec und dem Ballspiel mit Maisblüte, vor dem Hause des Obsidianarbeiters überfallen worden war. Die Wangen der Schwindsüchtigen hatten sich im letzten Jahr noch mehr gehöhlt. Und auch das Antlitz der anderen Schwester wies jetzt Spuren der Auszehrung auf; sie hatte überdies vor kurzem ein außereheliches totes Kind zur Welt gebracht.
Der späten Tageszeit wegen machten die Arbeiterinnen bereits Feierabend. Und wie meist um die Dämmerstunde hatten sich Besucher bei ihnen eingefunden, müdegearbeitete Mantelweber, Korbflechter, Lackarbeiter aus derselben Gasse, eine Wasserträgerin mit einem Bottich und jener Entenjäger, welcher einst der Herrin von Tula einen Botenbrief überbrachte (kurz bevor sie sich entschloß, den kleinen Menschen-Puma auf ihren Schoß zu setzen). Sie alle hockten am Boden der engen Werkstatt und verdickten durch ihren Schweißgeruch die stickige, graue, mit umherfliegendem Daunenflaum geschwängerte Luft. Und unter ihnen saß ein grell bemalter Mann mit einem Sklavenhalsband und einer Sklavenfeder auf dem Scheitel: Gonzalo Guerrero, der Rote Jaguar – nur noch kenntlich an seinen wasser-

blauen Augen; denn abgenommen hatte er sich seinen brandroten Bart und schwarz gefärbt sein borstiges Haar. Aber nicht mehr stumpf und dumpf wie einst lauschten sie seinen aufwühlenden Reden; sie hatten von ihm gelernt, ihren Unmut in Worte zu fassen. Ja, die Teuerung war unerträglich! Trotz mühseligster Arbeit verhungerte man! Bloß die Kaufherren Tlatelolcos wurden reich durch den Krieg! An allem Elend war ja der Krieg schuld! Daß die Adligen, die Brut der Königspaläste, den Krieg wollten, mochte hingehen – das war immer so gewesen, seit der Dämon Yoatl den Krieg in die Welt gebracht hatte. Aber die Kaufherren – was gebärdeten sie sich so kriegswütig? Leiteten die etwa ihr Geschlecht von Acamapichtli und Huitzilihuitl her? Feist geworden waren sie, während das Volk verarmte ...

Das Gespräch verstummte, als Isabel eintrat. Mißtrauische, unfreundliche Blicke betasteten die saubere, tezcukanische Kleidung. Isabel fühlte sich als unerbetener Gast. Doch die alte Federarbeiterin schien sie erwartet zu haben. Sie ging auf sie zu, faßte ihre Hand und führte sie in eine abseits gelegene Kammer, wo sie unbeobachtet und unbelauscht reden konnten. Während sie hinausgingen, bemerkte die Schwindsüchtige in gleichgültigem Ton zu den Fremden: dies sei eine der Flüchtlinge aus Tezcuco, eine Kundin, die schon mehrmals Federmosaik bestellt habe.

Isabel sah in der Kammer, wohin sie geführt worden war, ein Coçolli – eine mexikanische Kinderwiege – stehen. Blanke baumwollene Säuglingswäsche lag auf dem Deckel einer meerblau bemalten Truhe bereit.

»Dein Herr, König Ohrring-Schlange«, sagte die Federarbeiterin, »hat mich wissen lassen, was du mir bringst. Ich soll das Kind heimlich aufziehen. Eine meiner Töchter kann es nähren, denn sie hatte jüngst eine Fehlgeburt.«

Der safrangelbe Schleier Isabels reichte vom Kopfputz bis hinab zu den Knien und war so dicht, daß die Bürde auf ihrem Arm sich nicht erkennen ließ. Jetzt schlug sie den Schleier empor und hielt stumm das weiße Kind der Arbeiterin hin. Diese nahm es ihr ab und senkte es in die flaumgefüllte Wiege. Darauf wandte sie sich Isabel wieder zu, die ihren Schleier noch nicht wieder herabgelassen hatte, und sie starrte sie prüfend schreckhaft wie ein unheimliches Wunderwesen an. »Du bist ja eine Gelbhaarige!« rief sie aus. »Du bist die, von der ich gehört habe: die Bettgenossin des Königs Ohrring-Schlange – du! ... Also bist du die Mutter dieses Kindes?«

Und nun log Isabel, aus Mitleid log sie. Mochte die Arbeiterfrau auch gutherzig sein – ihr verraten, daß *La Azteca* die Mutter und der ärgste Feind Mexikos der Vater war, hieß das nicht das Leben des Cortez-Kindes gefährden? Besser schien es, die Frau im Glauben zu lassen, Ohrring-Schlange sei der Vater ...

»Es ist mein Kind«, sagte Isabel.
Und sie beugte sich über die Wiege, küßte leise den erhitzt schlummernden, mit den eckigen Fäustchen zuweilen zuckenden Knaben. Und plötzlich – fast gegen ihren Willen – rollten Tränen hurtig wie ein Quell über ihre Wangen, und ein ersticktes Schluchzen schüttelte ihre Glieder. Sie beweinte sich selbst, hatte Mitleid mit sich selbst, daß sie so verlassen, für immerdar verloren und menschenfern war wie dieses unselige Kind.
Mit ihren tränengenäßten Händen berührte sie das dünne streifige Säuglingshaar und murmelte die Taufformel:
»Im Namen der Dreieinigkeit taufe ich dich Hernando!«
Die Federarbeiterin verstand weder die Worte noch die heilige Handlung.

Beim Zurückschreiten durch die vordere Kammer fühlte sich Isabel wieder von finsteren Blicken betastet. Sie beachtete es nicht und ging zu Boden schauend bis zur Tür. Dort grüßte sie auf indianische Weise, und dabei prallten ihre Augen auf zwei stechende stahlblaue Augen. Erschrocken sah sie weg und ging hinaus, ohne noch einmal hinzuschauen. Draußen, als es zu spät war, bereute sie ihre Schreckhaftigkeit. Sie hätte sich überzeugen sollen, daß es eine Sinnestäuschung war! So aber trug sie die Ungewißheit mit sich fort – unfähig, ihre Erregtheit durch Vernunftgründe zu beschwichtigen.
Auf dem Heimwege sah sie im dichtesten Menschengewühl die blauen Augen wie zwei Sterne vor sich schweben. Sie mußte sich geirrt haben, redete sie sich ein. Unmöglich, undenkbar, daß ein Europäer in Tenuchtitlan weilte. Ihr Gatte Villareal, Francisco de Lugo und alle ihre Leidensgenossen waren auf den Altären geopfert. Und von den früher – in der Nacht der Schrecken – gefangenen Kastiliern konnte keiner mehr am Leben sein: unerbittlich war ja das Blutgesetz Huitzilopochtlis . . .
Isabel hatte die Gassen des Stadtteils Cuepopan hinter sich und ging eben die große Schlangenbergmauer entlang, als sie hastige Schritte hinter sich hörte. Das Herz blieb ihr stehen wie vor wenigen Wochen in Tezcuco, als die Schwarze Blume ihr nachschlich. Der Rote Jaguar hatte sie schon seit einer Weile verfolgt, aber erst in dieser menschenleeren Gegend wagte er es, sie einzuholen. Als er neben ihr ging, erkannte sie den Mann mit den stahlblauen Augen. Er redete sie auf spanisch an.
»Señorita! . . . Nein, bleibt nicht stehen . . . Es könnte auffallen . . . Geht still weiter und beantwortet meine Fragen . . . Wer seid Ihr?«
»Eine Unglückliche . . . Eine Sklavin des Königs von Tezcuco . . .«
»Davon hörte ich . . . Nennt mir Euren Namen!«
»Isabel de Ojeda. Und wer seid Ihr?«
»War der Statthalter von Urabá Euer Vater?«
»Ja. Kanntet Ihr meinen Vater?«

»Ich war mit Alonso de Ojeda und Diego de Ordás in Urabá. Als wir auf dem Schiff eines genuesischen Korsaren zurück nach Kuba segelten, erlitten wir bei der Insel Cozumel Schiffbruch.«
»Wer seid Ihr?«
»Einst war ich Matrose und hieß Gonzalo Guerrero.«
»Was! ... Der mit dem Franziskanerfrater Jerónimo de Aguilar an die Küste von Yukatan verschlagen wurde?«
»Hat Euch der Frater erzählt? ...«
»Ihr wolltet nicht zu den Christen zurückkehren?«
»Ich bin ein Indianer geworden, Señorita. Meine Nase und meine Lippen sind durchbohrt. Und seid Ihr selbst nicht auch eine Indianerin jetzt?«
»Ich bin keine Heidin!«
»Die Götzen Mexikos verabscheue ich ebenso wie Ihr, Señorita, wenn ich ihnen auch Wachteln opfere ... Und tut Ihr's nicht auch? ... Sie sind die Abgötter der Reichen, der Goldgierigen, der Satten ... Erfunden wurden sie von den Kaufherren diesseits und jenseits des Ozeans. Wir Sklaven können sie nicht lieben.«
»Wessen Sklave seid Ihr?«
»Des Herrn der Herren, des Königs Guatemoc. Das heißt – ich war sein Sklave. Vor kurzem entlief ich ihm ... Ich hasse ihn mehr als seine Götter ...«
»Warum?«
»Weil er mich peitschen ließ. Und warum er mich peitschen ließ? ... Es wird Euch schaudern machen, Señorita. Nachdem Francisco de Lugo geschlachtet worden war, ließ sich Guatemoc aus den Fingernägeln des Toten ein Halsband fertigen. Um das Andenken des Tapferen zu ehren! sagte er. Die Wut packte mich, als ich ihn so geschmückt sah. Ich sagte ihm böse Worte.«
»Und er ließ Euch nicht töten?«
»Weiße Sklaven sind zu wertvoll ... Ich nehme an, daß auch Ihr, Señorita, leidlich gut behandelt werdet.«
»König Ohrring-Schlange ist freundlich zu mir. Aber seine anderen Frauen verleumden mich oft bei der Herrin von Tula.«
»Wir müssen vorsichtig sein, Señorita, wenn wir uns wiedersehen. Ich will Euch jetzt auch nicht länger begleiten. Doch wiedersehen werden wir uns! Nehmt den Trost mit auf den Weg, daß Eure Leidenszeit nicht von langer Dauer sein wird.«
»Für mich gibt es keine Rettung mehr. Ich gehöre dem Indianer an, der mir den Opferstein ersparte ... Das werdet Ihr freilich nicht begreifen ...«
»Nein, allerdings nicht, Señorita. Ihr liebt ihn wohl gar? Seid ihr Frauen aus solchem Holz geschnitzt? ... Ihr, die Tochter eines Statthalters?! ... Ihr wollt nicht über den See gerudert werden?«
»Ich könnte meinen Freunden nicht mehr in die Augen blicken ...«
»Ihr seid noch zu stolz, Señorita. Euer Unglück ward noch nicht reif.

Bald wird Euer Stolz zermürbt sein! Zwar seid Ihr eine Adlige und ich nur ein Tagelöhnerssohn; aber das Schicksal hat uns an *eine* Kette geschmiedet, Señorita! Auf Kuba hättet Ihr mich keines Blickes gewürdigt; hier bin ich Euer nächster Freund – ob Ihr wollt oder nicht! Wenn Ohrring-Schlange, der Euch zu achten scheint, nicht mehr imstande sein wird, Euch und jenes weiße Kind zu schützen – ich werde Euch schützen!«

»Wie? ...«

»Mit Hilfe aller Elenden und Bedrückten Mexikos ... Doch davon ein andermal ... Bald wird kein hellhäutiges Wesen in dieser Stadt geduldet sein; die überfrommen Kaufleute Tlatelolcos stießen schon Drohungen aus gegen Euch, Señorita! Und ob Ihr wollt oder nicht, Ihr werdet fliehen mit mir, Eurem Feind und Freund. Wir sehen uns wieder, Señorita!«

Es war Abend geworden, als Isabel heimkam. Sie vermied das Hauptportal und trat durch eine noch offene Pforte in den Palastgarten. Dort stand an den moosigen Stamm eines Farnbaumes gelehnt eine junge Sklavin und sang:

»Fröhlich ist mein Herz, ich bin ein Otomi-Mädchen;
Stehend scherze ich mit meinem Täubchen;
Mein farbiges Hüfttuch lege ich mir prunkend um.
Wehe, mein Kindchen! Ich strahlende Blume,
Ich lebe, ich senke den Kopf, eine Duftblume,
Ich verwelke für immer.«

Sobald die Sklavin Isabel erblickte, eilte sie auf sie zu.

Ob sie schon wisse, daß das weiße Kind verschwunden sei? Ja, und auch die Prinzessin Perlmuschel sei nicht mehr im Palaste. Der Durch-Zauber-Verführende habe sie in seinen Tecpan genommen, um sie vor der Herrin von Tula zu schützen.

Was die Herrin von Tula getan habe? fragte Isabel.

Die Herrin von Tula habe den Rat der Alten aufgehetzt. Und vorhin sei eine Abordnung des Hohen Rates am Lager der Wöchnerin gewesen und habe den Befehl überbracht, das weiße Kind müsse getötet werden. Darauf habe Perlmuschel erklärt: das Kind sei bereits tot, sei von ihr selbst nachts im Pantitlanstrudel ertränkt worden.

Von dem Pantitlan genannten Seestrudel inmitten der Lagune, wo die Mexikaner Geschmeide und Kinder zu versenken pflegten, hatte Isabel noch nie gehört. Auf ihre Fragen gab die Sklavin Auskunft: Man kaufte armen Müttern ihre Kinder ab und tötete sie den Tlaloque, den Regengöttern, zu Ehren, um sie dann zu kochen und zu verspeisen. Reich gekleidet und mit Schmuck versehen, die Wangen mit weißen Kreisen bemalt, wurden die Kinder gegen Abend in kleinen, mit Federn und Blumen verzierten Booten auf den Schilfsee hinaus-

gefahren. Die ganze Nacht hindurch sang der alte Priester eines Wassertempels den Kindern Lieder vor, damit sie nicht einschliefen. Und er redete sie als Excoame – das heißt Perlenschlangen – an; denn jedes geopferte Kind wurde zu einer Perlenschlange. Bei Morgendämmer stieß man das Boot in den Seestrudel. Das Boot und die Kinder verschwanden, eingeschlürft vom wirbelnden Wasser, wie auch alle Opfergaben, die man dort in die Tiefe warf. An einer entfernten Stelle gab der See die Leichen wieder heraus.
Und weiter berichtete die Sklavin: Als die Prinzessin erklärt hatte, ihr Kind sei zur Perlenschlange geworden, habe der Hohe Rat ihren Worten keinen Glauben geschenkt. Und der Hohe Rat habe verlangt, daß sie den Kopf des toten Kindes vorzeige – ihn öffentlich dem Volk, den Priestern und dem Hohen Rat vorzeige – und solange sie durch Vorzeigen des Kinderkopfes ihre Unschuld nicht erweisen könne, solle sie als Verräterin an Mexiko gelten und grausamer Strafe gewärtig sein ... Da aber sei der König von Tlacopan, ihr Jugendfreund, aufgebraust –: in seinen Tecpan wolle er die Prinzessin nehmen, um sie zu seinem Weibe und zur Königin von Tlacopan zu machen und sie vor der Rache ihrer Mutter zu bewahren! ... Und ungehindert habe er die Prinzessin in seinen Palast tragen lassen; denn auch ihn zu bedrohen, wagte der Hohe Rat nicht.

Die Meinung der Sklavin, der Senat Mexikos werde gegen den Durch-Zauber-Verführenden und seine Schutzbefohlene nichts unternehmen, war irrig. Wenige Tage hernach wurde das Verlangen von neuem gestellt: der Kopf des Kindes müsse vorgezeigt werden. Der Durch-Zauber-Verführende beriet sich mit seinen Freunden Ohrring-Schlange und Guatemoc; diese verhandelten mit Mitgliedern des Rates der Alten. Der Tod des greisen Weiblichen Zwillings der Schwarze Amber unterbrach die Verhandlungen. Er war der Sohn des Königmachers Tlacaelel gewesen, welcher zur Zeit der Könige Obsidian-Schlange und Himmelspfeil als Vorsteher des Hauses der Speere die Größe Mexikos begründet hatte. Mit dem Schwarzen Amber starb der letzte Zeuge glorreicher Zeit. Seine Totenklage, sein Totengericht, seine Bestattung beschäftigte die Gemüter wie ebenfalls die Ernennung seines Nachfolgers Tlacotzin, »der Wurfspieß«. Darüber geriet das weiße Kind in Vergessenheit.
Die Eheschließung des Durch-Zauber-Verführenden und der Prinzessin Perlmuschel war sogleich – noch an jenem Abend – pomphaft, mit großem Schall und Gepränge, nach mexikanischem Zeremoniell vollzogen worden. Begleitet von vier Mädchen, die brennende Fackeln schwangen, trat der junge König aus dem Palasttor, ging der in einer Sänfte getragenen Prinzessin entgegen, beweihräucherte sie mit Blumenweihrauch und führte sie in sein Haus. In der Mitte eines großen Saales setzte er sich mit ihr auf eine Matte. Sodann wurden ein Zipfel seines Mantels und ein Zipfel ihres Mädchenrockes von einem Prie-

ster zu einem Knoten zusammengeknüpft. Die Huehuetl-Trommel dröhnte, Flöten schrillten, Sänger und Sängerinnen trugen Lieder vor, Tänzer reigten den Schmetterlingstanz. Siebenmal wurde die Prinzessin um den heiligen Hausherd getragen, und sie warf Kopalkugeln in den lodernden Mund des Feuergottes, des Türkisherrn, des Gelbgesichtigen. Die Gäste setzten sich zum Festmahl nieder; aber die jungen Ehegatten blieben am Boden auf der Matte sitzen, schlürften durch ein Saugrohr Honigwein und durften erst um Mitternacht den Saal verlassen . . .

Auch der Herabstoßende Adler rüstete ein Hochzeitsmahl. Als nach der Steinigung des Alten Wickelbären die mexikanischen Gesandten aus Tlascala zurückgekehrt waren, hatten sie – vielleicht, um ihren Mißerfolg zu verschleiern – erzählt, Königin Maisblüte sei tot. Den Schmerz hatte der Herabstoßende Adler nicht verwunden, und er wußte, daß er ihn nie verwinden werde. Da es aber nicht angängig war, daß ein König von Mexiko ehelos lebte, gab er dem Drängen seiner Ratgeber nach und beauftragte sie, ihm ein Weib zu wählen. Ihre Wahl fiel auf die zweite der Töchter Montezumas, Prinzessin Silber-Reiher, welche die Gemahlin des Edlen Traurigen gewesen war. Wenig glich sie ihrer schönen Schwester Maisblüte. Kleiner von Wuchs, hatte sie glanzlose Augen und überscharfe Züge. Auch galt sie als streitsüchtig, ränkevoll und hochmütig.

Die schon anberaumte Hochzeit mußte jedoch verschoben werden, da von Kundschaftern aus Tezcuco die Nachricht eintraf, daß die Christen einen Angriff auf Iztapalapan und die Pfahlstädte am Xochimilcosee planten. Der Herabstoßende Adler verließ Tenuchtitlan und zog dem Feind entgegen.

Iztapalapan anzugreifen, hatte Cortez mehrere Gründe. Der nach der Niederwerfung Tepeacas, Quauhquechollans und der anderen Staaten Am-Kolibri-Wasser aufgestrahlte Siegesruhm der Sonnensöhne fing merklich an zu verblassen. Gleich nach dem Einzug in Tezcuco hatten die Stadtkönige von Otompan im Norden und Chalco im Süden Anahuacs an Cortez Geschenke gesandt und ihre Bundesgenossenschaft gegen Mexiko angeboten. Seitdem aber waren andere Städte dem Völkerbunde der weißen Götter nicht beigetreten. Tatenlos saß das christliche Heer in Tezcuco und wartete auf die Beendigung des Brigantinenbaues. Solange die Brigantinen nicht auf dem See schwammen, durfte die Belagerung Tenuchtitlans nicht beginnen. Die Langeweile demoralisierte die Mannschaft. Dem Tatendurst der Kastilier und der Rachgier der Tlascalteken mußte ein Ziel gegeben werden.

Trotz des kürzlich erlassenen drakonischen Dekrets, welches Würfelspiel, blasphemische Schwüre und Duelle (als ehrenschänderisch für ein Kreuzfahrerheer) verbot, wurde in Tezcuco geschworen, duelliert und gespielt. Zum Ärger der Offiziere würfelten gemeine Soldaten um Goldbarren. Erstaunlich viele Goldbarren aus den Schatzkammern des Königs Wassergesicht gab es noch im Christenheer. Vor der Flucht aus Tenuchtitlan hatten von den Kastiliern besonders die Soldaten des Narváez ihre Taschen mit Gold gefüllt. Mochten auch zahllose an den Dammdurchstichen durch ihre Goldlast in die Tiefe gezogen worden sein – manche doch hatten sich und ihre Schätze an das Ufer von Popotla hinüberretten können. Aus Besorgnis, der königliche Rechnungsführer Albornoz könne Ansprüche der Krone geltend machen, hatten lange Zeit die Soldaten ihren Reichtum geheimgehalten. Die zunehmende Spielwut hieß sie diese Vorsicht außer acht lassen.

Cristóbal de Olid gönnte ihnen das Gold nicht. Zugleich aber ärgerte ihn das drakonische Edikt, von dem er wußte, daß es gegen ihn selbst und seine Unbotmäßigkeit gerichtet war. Treuherzig – er unterstrich nie seine Bosheiten – stellte er an Cortez die Frage:

»Warum verfaßt Ihr Dekrete, Don Hernando, wenn jedermann darüber lacht, wie ich darüber gelacht habe?«

»Solange man eine Armbrust nicht braucht«, entgegnete Cortez, »lockert man an ihr die Sehne, damit sich die Armbrust ausruht. Das Dekret gibt mir die Möglichkeit, jederzeit den Bogen zu spannen, die Disziplin zu straffen ...«

»Jederzeit? ... Dann wundert's mich, daß Ihr jetzt nicht zugreift, bevor die Goldbarren wieder verschwinden, die so rätselhaft aufgetaucht sind. Spielern wird das Spielgut konfisziert – steht in Eurem Dekret!«

Vor Ratschlägen Olids war Cortez auf der Hut. Auch diesmal witterte er eine Falle. Olid, der mit der Mannschaft des Garay kühne Pläne hatte verwirklichen wollen, war scheinbar gefügig geworden, seit Francisco Hernández sich und dreihundert gut ausgerüstete Kastilier Cortez zur Verfügung gestellt hatte. Auf seine Pläne aber hatte Olid gewiß nicht verzichtet. Sein kleiner Anhang konnte wachsen, konnte mit der Zeit vielleicht das Übergewicht erhalten, wenn Cortez Fehler beging und sich neue Gegner machte ...

»Mit meinem Wissen und Willen«, sagte Cortez, »nahmen damals meine Soldaten von Montezuma Gold, soviel sie schleppen konnten. Sie fochten für ihr Leben und für ihr Gold auf dem Damm und bei Otompan. Wenige behielten ihr Gold und ihr Leben – diese wenigen haben ihren Besitz schwer und redlich erworben. Ein Heerführer, der daran tasten wollte, wäre wert, abgesetzt zu werden ...«

Aber bald nach diesem Gespräch sah sich Cortez veranlaßt, seine Meinung zu ändern. Die federnde Biegsamkeit seines Geistes erleichterte ihm die Umstellung; auch fehlte es ihm nie an Beweisgründen, wenn es galt, sich selbst zu widerlegen.

Ein Bote aus Tlascala überbrachte ihm einen Brief des Andrés de Tapia. Dieser meldete, daß wieder eine Karavelle den Hafen von Verakruz angelaufen habe. Sie gehörte einem gewissen Felipe Monjaraz, einem begüterten Händler auf Haiti. Er war mit hundert Mann an Bord auf Sklavenraub ausgesegelt – ein Sturm hatte ihn von der Mündung des Amazonenstromes nordwärts an die Küste des Totonakenlandes verschlagen. Die Ladung bestand zum größten Teil aus Waffen – Musketen, Hakenbüchsen, Hellebarden, Harnischen, einigen Geschützen und viel Pulver. Aus dem Schreiben Tapias ging hervor, daß Felipe Monjaraz nicht abgeneigt war, seine Waren und auch den Beistand seiner Mannschaft Cortez zu verkaufen, falls ihm ein angemessener Preis geboten würde.

Seit der Nacht der Schrecken litt das Christenheer Mangel an Feuerwaffen und Pulver; die Ankunft des Francisco Hernández hatte daran nur wenig geändert: brauchten doch dessen Leute ihre Waffen für sich selbst. Die Möglichkeit, in den Besitz von einigen hundert Musketen zu gelangen, faszinierte Cortez. Da er den Kaufpreis aus eigener Tasche nicht zahlen konnte, blieb ihm keine andere Wahl, als zu verzichten oder seine Soldaten auszuplündern.

Der Wagen mit dem Goldschatz Montezumas war in den Dammdurchstich versenkt worden. Die Beute von Otompan und einiges in Tlascala aufbewahrt gewesene Gold hatte Cortez verausgabt, um das Schiff auszurüsten, mit welchem er Alonso de Avila nach Europa sandte. Augenblicklich besaß er weniger als mancher seiner Untergebenen.

Er beriet sich mit Albornoz und Alvarado.

Am selben Abend wurden in der Marketenderei der Feuerlilie die Spieler überrascht und alle Goldbarren auf Grund des Dekretes beschlagnahmt. Doch dem Falschspieler Saldaña, der die meisten seiner Kameraden geschröpft hatte, gelang es, seinen Raub in Sicherheit zu bringen; und was Albornoz und den Profosen in die Hände fiel, reichte bei weitem nicht aus, die Schiffsladung des Monjaraz zu bezahlen.

Bebend vor Erregung und mit glutenden Wangen trat am folgenden Morgen Marina vor Cortez hin. Ihre schwarzen, mandelförmigen Augen flackerten.

»Entsinnt Ihr Euch, Don Hernando, wie empört wir waren, als bekannt wurde, daß Olid dem Rollenden Stein und allen Kriegsgefangenen aus dem Roten Berg mit einem glühenden Eisen ein Zeichen auf die Wangen brennen ließ? Ihr habt es verdammt wie ich, Don Hernando!«

»Olid hatte kein Recht dazu!...«

»Haben wir ein Recht dazu?«

Marina sagte immer »wir«, wenn ihr eine Handlung des Cortez mißfiel: indem sie sich zur Mitschuldigen machte, gewann sie den Mut, Einspruch zu erheben...

»Was willst du damit sagen?« fragte Cortez, obgleich er wußte, was sie so aufbrachte.

»Albornoz hat angeordnet«, rief Marina, »daß die Soldaten ihre Sklavinnen in den Alten Palast führen. Dort werden sie gebrandmarkt. Nur den Schönsten wird das Zeichen auf den Rücken gebrannt, statt auf die Wange, und sie werden abgesondert – als Kronfünftel und als Fünftel des Generalkapitäns mit Beschlag belegt, um auf den Sklavenmärkten Anahuacs verkauft zu werden ...«
Tränen verglasten Marinas Augen.
»Albornoz ist ein Beamter der Krone Spaniens«, versetzte Cortez verlegen. »Ich kann ihm keine Vorschriften machen.«
»Lügt nicht, Don Hernando!« sagte Marina leise.
»Nein, ich will nicht lügen, Marina. Gewiß, ich könnte es hindern. Doch dann müßte ich Verzicht leisten auf die fünfhundert Musketen und das Pulver, das wir so dringend brauchen – und damit vielleicht auch Verzicht leisten auf das Bekehrungswerk und die Ausmerzung der Blutgreuel Mexikos ... Das kann ich nicht, nachdem das Schicksal mich auf diesen Posten gestellt hat, das kann ich nicht als verantwortlicher Führer meiner Truppe und als Kreuzfahrer, für den ich mich halte – der ich Blutaltäre in Kirchen wandeln will! ... Glaube es mir, leicht fiel mir der Entschluß nicht. Meine Seele war letzthin hin und her gezerrt wie damals in Tlascala, als ich Lugo und die fünfundvierzig Mann preisgeben mußte, um unser hohes Ziel nicht zu gefährden. Die menschlichen Denkgesetze sind voll unlösbarer Widersprüche. Denker scheitern daran oder finden sich ab mit der Unvereinbarkeit der moralischen Forderungen. Ein Kämpfer aber muß den Pfeil seiner Armbrust auf einen einzigen Punkt richten und hunderttausend Punkte übersehen. Wer überall hinzielt, trifft nichts. Man muß es lernen, Menschenschicksale zu übersehen, wenn man ein Völkerschicksal vor Augen hat!«
Marina weinte laut.
»Kannst du mich widerlegen?« fragte Cortez.
Sie schüttelte schluchzend den Kopf.

Die Abstempelung der Sklavinnen hatte viel böses Blut gemacht. Bei den Kämpfen Am-Kolibri-Wasser jenseits der Berge war den Siegern eine verhältnismäßig geringe Goldbeute, dafür aber eine Unzahl von Sklavinnen in die Hände gefallen. Auf männliche Indianersklaven wurde ihrer Aufsässigkeit wegen (gelinde gesagt) verzichtet. Die meisten Kastilier besaßen fünf bis zehn Mädchen und Frauen. Jetzt wurden diese in das Schneckenhaus – den alten Tecpan des Königs Zwei Kaninchen – eingeliefert, mit dem Brandeisen entstellt, nach Alter und Schönheit gesichtet; die Nichtverkäuflichen wurden dann wahllos verteilt. Mancher, der hübsche Mädchen gehabt hatte, erhielt alte Weiber.
Die Nörgler im Heer, die Anhänger des Gobernadors von Kuba, wagten sich wieder hervor. Der Steuermann Cárdenas, der schon bei der ersten Rebellion an den moskitobedeckten Sanddünen giftige

Anspielungen über »König Cortez« gemacht hatte, tat jetzt den Ausspruch: dem Christenheer könne es nicht fehlen, da es ja zwei Könige habe – einen in der Alten und einen in der Neuen Welt!... Böse lachend und fluchend stimmten ihm Pedro de Palma (der Galan der langen Elvira), Gonzalo Mejía Rapapelo, der Enkel der Räuberin, Pedro Trujillo, der grobe Spuckkünstler, Porras, der rothaarige Sänger und viele andere bei. Ganz außer Rand und Band geriet ein Hellebardier namens Lerma; als er Cortez durch die Straßen Tezcucos reiten sah, fiel er dem Pferde in die Zügel, brüllte und schimpfte und mußte wie ein Tobsüchtiger weggeführt werden. Mit weniger Lärm, doch mit desto verbissenerem Ingrimm, ereiferte sich ein gewisser Antonio de Villafaña. Eins der schönsten Sklavenmädchen war sein eigen gewesen; und seit sie ihm abgenommen wurde, trauerte er um sie, als wäre sie sein eheliches Weib. Zu seinen Freunden Palma, Rapapelo und Lerma äußerte er: Cortez müsse ermordet werden. Jene griffen den Gedanken hitzig auf und spannen ihn weiter: auch über Albornoz, Alvarado, Olid, Ordás, Alonso de Ojeda und Sandoval sei das Todesurteil zu fällen. Kurz, sämtliche Kronbeamte und Offiziere müßten beseitigt werden... Villafaña ließ sich Schweigen geloben. Er war – fast, ohne es zu wollen – zum Rädelsführer einer Bande geworden, mochte diese einstweilen auch nur aus vier Verschwörern bestehen. Sie beschlossen, ihre Zeit abzuwarten, mehr Teilnehmer zu werben und erst nach umsichtiger Vorbereitung den Mordplan zur Ausführung zu bringen.
Bald konnte Villafaña neue Namen auf die Liste der Verschwörer setzen. Das Geheimnis wurde so streng gehütet, daß Cortez arglos blieb. Er hätte sich, wäre das Komplott ihm bekannt gewesen, schwerlich einschüchtern lassen. Daß ihm aber seine Handlungsweise auch von seinen getreuesten Anhängern verübelt wurde, machte ihn allgemach doch stutzig. Daher ließ er bekanntgeben, daß in Zukunft auf eine einmal verteilte Beute nie wieder Ansprüche erhoben werden würden.
Um die Unzufriedenheit im Heere abzulenken, beschloß er den Zug gegen Iztapalapan.

Felipe Monjaraz hatte die Steuermänner und Matrosen bei seinem Schiff zurückgelassen und traf mit einigen neunzig Mann und drei Pferden in Tezcuco ein – gerade noch rechtzeitig, um am bevorstehenden Kampf teilnehmen zu können. Obgleich er ein Händler, kein Krieger war, ließ er sich es nicht nehmen, mitzureiten. Er war hager, mittelgroß, hatte ein vornehmes Äußeres und gut geschnittene Gesichtszüge; die hellbraunen Augen unter den buschigen Brauen blickten düster und standen nicht in Einklang mit dem ewigen Lächeln auf dem dünnlippigen Mund.
»Ich entsinne mich dieses Mannes!« sagte Alvarado zu Cortez. »Vor vierzehn Jahren sah ich ihn in Santa Domingo auf Haiti. Und wißt

Ihr, wo? – Im Gerichtssaal! Er hatte einen bösen Prozeß damals. Sein Weib war in ihrem Schlafzimmer ermordet aufgefunden worden. Förmlich durchlöchert war ihr Körper von Dolchstichen; man zählte dreißig Wunden. Niemand zweifelte, daß Monjaraz der Täter war. Seine Frau hatte einige Zeit zuvor entdeckt, daß er sie mit einer der Hausangestellten betrog, und sie hatte ihm seitdem das Leben sauer gemacht. Seine Verhaftung machte ungeheures Aufsehen. Aber er war schon damals steinreich und brachte bestochene Zeugen vor. So konnte ihm die Schuld nicht nachgewiesen werden.«

Auch unter den älteren Soldaten entsannen sich einige jener Mordtat. Bald wußte es jedermann. Mit einer feindseligen Scheu wurde der reiche Mann angegafft und gemieden.

Er hatte seine sechzehnjährige Tochter, sein einziges Kind, mit nach Tezcuco gebracht. Sie hieß Celestina und wurde von den Soldaten La Monjaraza genannt. Sie war schwachsinnig. Ohne schön zu sein, hatte sie etwas Rührendes im hilflosen Ausdruck ihres Puppengesichtes und ihrer gelbgrünen, großen, glashaften Augen.

Die Gattin Alvarados, Rabenblume – des Königs Kriegsmaske Schwester –, nahm Celestina in ihre Obhut, als Monjaraz mit den Feldobristen Tezcuco verließ.

Von den Offizieren blieben in Tezcuco nur Sandoval als Stellvertreter des Generalkapitäns und der junge Alonso de Ojeda, welcher gemeinsam mit dem weißhändigen Sánchez Farfán die Schwarze Blume beriet, erzog und überwachte.

Gedeckt durch Maisfelder, Baumwoll-, Maguey- und Kakaopflanzungen und dann durch die grüne Mauer der Zypressenwälder des südöstlichen Lagunenufers, näherten sich – dem Anschein nach unbeobachtet – zweihundert Fußsoldaten, achtzehn Reiter und viertausend Tlascalteken Iztapalapan. Daß von allen Orten Anahuacs gerade Iztapalapan gezüchtigt werden sollte, hatte seinen Grund nicht nur darin, daß diese Stadt zu Montezumas Zeit die Residenz seines christenfeindlichen Bruders gewesen war und daß sie – nur getrennt durch einen meilenlangen Steindamm – vor den Toren Tenuchtitlans lag. Es war auch Notwehr, wenn die Christen der ständigen Bedrohung der Maisfelder Acolhuacans ein Ende machen wollten. Die Ernte – und damit die Ernährung des Christenheeres – war in Frage gestellt, da immer wieder die Mexikaner von Iztapalapan aus die Feldarbeiter Tezcucos überfielen, töteten oder wegschleppten.

Um die Mittagszeit befand sich Cortez bereits zwei Meilen östlich der Stadt, als er, aus einem Walde in die Ebene tretend, sich achttausend Mexikanern gegenübersah, die sofort mit wüstem Kriegsgeschrei den Kampf begannen. Den Feuerwaffen konnten sie nicht lange standhalten. Zäh fechtend, zogen sie sich auf die Stadt zurück; dicht vor den Mauern wurde ihr Rückzug zur Flucht: sie suchten Schutz in der Stadt, so hastig, daß sie nicht einmal die Tore hinter sich schlossen. Die Christen drangen durch die offenen Tore ein. Doch zu ihrem

Verwundern fanden sie keine Adler und Jaguare innerhalb der Mauern vor –: unzählige Boote hatten in den westlichen Kanälen der zu zwei Drittel in die Lagune hinausgebauten Pfahlstadt bereitgelegen und das mexikanische Heer in Sicherheit gebracht. Das hinderte die Tlascalteken nicht, sechstausend Greise, Frauen und Kinder der friedlichen Bevölkerung Iztapalapans hinzumorden. Die Christen hatten Besseres zu tun: sie durchsuchten Haus für Haus nach hübschen Mädchen, Gold und Geschmeiden. Die Beute war übergroß. Als die Nacht nahte und nichts mehr zu rauben war, steckten sie die Stadt in Brand.

Im Süden, am Fuße des heiligen Hügels von Iztapalapan, des »Akazienberges« (auf dessen Spitze beim Jubelfest Unsere-Jahre-umgürten-sich in der herzberaubten Brust des Sklaven-des-Feuers die heilige Flamme errieben wurde), ragte das vom Überwältiger erbaute Schloß aus smaragdenen Baumwipfeln empor. Da der Feind auf den Schilfsee entwichen und nicht mehr verfolgbar war, wollte Cortez in Iztapalapan übernachten. Mit Marina schritt er – während die Tlascalteken Kindermord verübten und die Christen in den Pfahlbauten plünderten – durch die mit poliertem Zedern- und Sandelholz getäfelten, mit Jaspis, schwarzem Achat und Goldblechstreifen umrahmten, mit Kolibrifedermosaikteppichen behängten Prunksäle des von Menschen verlassenen, nur noch von skulptierten Mischgestalten und drachenartigem Getier bewohnten Tecpans; und er wandelte mit ihr durch den Garten, wo Alleen vielhundertjähriger Zypressen schatteten, wo zierliche, mit Muschelscherben bestreute Wege – überdeckt hier und da von granitenen Portalen – sich schlängelten zwischen den an Balsamduft und Buntheit einander überbietenden Beeten mit Kienfackelblumen, Herzblumen, Feuerreiherblumen, Totenbeinblumen und unzähligen anderen auserlesenen Edelgewächsen; wo die Hecken immergrüne Myrtifloren waren; wo die bemoosten Stämme der weißen Terebinthen, Iltilerlen, Purpurtannen, Eschen, Mimosenbäume und Pinien von gigantischen Lianen umwürgt waren, während aus dem von kreischenden Araras und goldgelben Rollschwanzaffen umtobten Gezweig eine strotzende Fülle parasitischer Blüten, phantastisch getigerter rosa Orchideen und Bromeliazeen herniederhing; wo einsam auf einem weiten Rasenplatz zwischen braunem Zittergras ein Drachenblutbaum sich erhob, bevölkert von langgeschweiften Silberfasanen; wo die Luft funkelte vom Geschwirr der Blumenvögel und Honigsauger und der handgroßen Falter, der feuergelben und der schwarzen Schmetterlinge, wo ein steinerner Aussichtsturm auf einem Hügel viele Kammern und Korridore hatte; und wo neben einem Hain von Dachpalmen ein künstlicher viereckiger Teich blinkte, dessen Grund aus prächtig gearbeiteten grünen und orange Onyxmarmorquadern mit Perlen und rotem Kristall verziert war. Und spiegelblank gemeißelt wie das Mauerwerk war die ins Wasser hinabführende Alabastertreppe, umspielt von Scharen kupfern blitzender Fischchen; zwischen Seerosen aber lärmten und schwammen die seltensten Tauchervögel, Schilfvögel, Reiher und Ibisse …

Das Wehegeschrei der sterbenden Frauen und Kinder drang nicht über die hohen Gartenmauern.

Zwei Stunden lang, bis die Sonne auf den dunstfernen Höhenzügen des westlichen Michuakenlandes verblutete, wandelten Cortez und Marina dort, berauscht von Blumendüften und Erinnerungen. Als sie, vor länger als einem Jahr, zum erstenmal dem Banne dieser Zauberwelt verfallen waren, hatten sie sich selbdritt – mit *La Azteca* – vom »Aufseher der Blumen« umherführen lassen. Später hatten sie – ohne *La Azteca* – an einem regnerischen Abend, während bleischwere Tropfen mit scharfem Knattern und Prasseln auf die harten Palmenblätter fielen und die blechernen Schreie der Kraniche und Ibisse übertönten, auf die Lagunenufer hinabgeblickt, die fast taghell erleuchtet waren von roten Fanalen, von der Flammenbrunst des Unserer-Großmutter-Holz genannten Leuchtturmes und dem Altarfeuer des Schlangenberges. »Da schau, wie der Regenhimmel blinkt«, hatte damals Cortez ausgerufen, »es ist der Widerschein des Goldes und Silbers von Mexiko, der droben schimmert! …« Und dann hatte er auf die Mitte des Schilfsees gezeigt, wo Luciolen – heuschreckengroße Leuchtkäfer – heranschwebten, einer Prozession ähnlich von dunstgestaltigen, durchscheinenden Totenseelen, welche, Kerzen haltend, ihren Grüften entstiegen waren. »Der Zug des Todes!« hatte Cortez bestürzt zu Marina gesagt. »Gott zeigt mir die Zukunft meines Heeres! …«

Aber diesmal sprachen sie nicht vom leuchtenden Gold und seinem schwarzen Schatten und Begleiter, dem Tod.

»Weißt du noch, Marina«, sagte Cortez, »als wir diesen Palast und diesen Garten zum erstenmal erblickten, meinten wir, es gäbe auf der Welt ihresgleichen nicht. Doch bald darauf zogen wir in Tenuchtitlan ein – und selbst Iztapalapans Herrlichkeit verblaßte neben den Huei-Tecpan und Chapultepec …«

»Ja, wir wandelten wie in einem Traum damals!« sagte Marina. »Und wenn man sich ins Gedächtnis zurückruft, wie einzig, wie unvergleichlich schön Tenuchtitlan …«

Sie brach ab, sie vollendete den Satz nicht. Er erriet ihre Gedanken.

»Warum sprichst du's nicht aus? Glaubst du, daß ich anders denke als du? Auch mir ist es leid um Tenuchtitlan!«

»Und doch wollt Ihr die Stadt zerstören, Don Hernando … !«

»Auf mein Gewissen! – ich will es nicht, Marina! Ich will die herrliche Wasserstadt schonen! Gott gebe, daß ich es kann! Es ist mein ehrlicher Wunsch! Soweit es an mir liegt, wird Tenuchtitlan fortbestehen! …«

»Auch die Blutgreuel, Don Hernando?«

»Da legst du den Finger auf die Wunde des Denkens, Marina! – auf die nie heilende Wunde, den ewigen Widerspruch, den unlösbaren! Schönheit und Jammer – sie gehören zusammen, sind nicht zu trennen! Sie sind wie Krone und Wurzel eines Baumes. Schönheit ist die Krone, Jammer die Wurzel! Wird der Jammer – die Wurzel – ausgerottet, so welkt auch bald die Krone ...«

»Wenn Ihr aber die Krone – die Schönheit – vernichtet, Don Hernando, vernichtet Ihr denn damit auch die Wurzel? Wird die Wurzel nicht fortbestehen, wie man es an so vielen blitzgefällten Bäumen sieht? ... Heute zum erstenmal kommt mir dieser Zweifel und erschreckt mich, Don Hernando!«

»Du magst recht haben, Marina. Aber Zweifel ist ein schlechter Führer für Tatmenschen. Ich zweifle nicht an meiner Aufgabe ... Du etwa?«

»Nicht an Euch, Don Hernando!«

»Aber an der Aufgabe? ... Du solltest eher an mir zweifeln! Ich bin Wachs in den Händen des Schicksals! Ich bin ein weißer Schaumkamm auf einer Meereswelle! Ich kann nur, was mir zu können erlaubt ist! Wer ein Held genannt wird wie ich, darf über Heldentum lächeln! Ich baue Brigantinen und schicke Friedensangebote; – das Weltgeschehen kehrt sich um beides nicht! Gott vermag Städte und Länder zu retten – nicht aber wir Feldherren, die wir nicht wissen, ob wir des Herrn Engel oder Geißeln sind. Wenn wir Gutes wollen, tun wir Böses, und oft werden wir schuldig, wenn wir Gutes tun. Auf einem reißenden Strom sitzen wir in einem winzigen Boot am Steuer; wir können ein wenig nach rechts, ein wenig nach links steuern – jedoch ein Mächtigerer ist es, der dem reißenden Strom das Bett grub!«

Frater Aguilar kam atemlos in den Schloßgarten gestürzt und lief auf Cortez zu.

»Euch habe ich überall in der Stadt gesucht, Don Hernando! Geschieht es mit Eurem Wissen und Willen?«

»Was?«

»So wißt Ihr's nicht? Höret Ihr die Schreie nicht? ... Die Tlascalteken metzeln Frauen und Kinder nieder wie damals in Cholula! Von der Stadtbevölkerung lebt kaum noch die Hälfte!«

Einen Augenblick blieb Cortez starr und stumm.

»Ich bin schamrot, Marina, vor dir und vor mir selbst! Das ist es –: wir träumen und reden vom Guten und tun das Böse! Wie meistens, ist es beinahe zu spät, das Gute zu tun!«

Cortez eilte in die Stadt. Es gelang ihm, dem Morden Einhalt zu gebieten. Doch schon stand das Hafenviertel in Flammen. Und obgleich jener Teil der Stadt auf Wasser gebaut war, ließ das Feuer sich nicht löschen.

Von den Dächern der an Land befindlichen Häuser aus schauten viele Kastilier dem purpurnen Schauspiel zu. Mit Alvarado ritt Cortez

durch die Gassen und machte ihm zornig Vorwürfe, daß er die Tlascalteken nicht im Zaum gehalten.
»Ich unterstelle Euch diese Bestien, Don Pedro, weil Ihr eine Tlascaltekin zum Weibe habt!... Aber das sehe ich jetzt ein, daß ich Euren Schwager Kriegsmaske längst an einen Baum hätte hängen sollen!... Und – bei meinem Gewissen! – Ihr sollt sehen: ich werde es noch tun!...«
Schuldbewußt verteidigte Alvarado weder sich noch seinen Schwager. Plötzlich aber unterbrach er Cortez und zeigte nieder auf den Boden: das Feuer der brennenden Stadt spiegelte sich in den Gassensteinen.
»Was bedeutet das, Don Hernando? Wie ist das zu erklären? In dieser selben Gasse war ich vorhin – und sie war trocken... Jetzt aber waten unsere Pferde durch Wasser!«
»Tod und Teufel!« murmelte Cortez. »Sollen wir ersäuft werden?... Eine Kriegslist?... Ein Dammbruch?...«
»Kommt zur Pyramide, Don Hernando! Von der obersten Terrasse aus werden wir die Lagune übersehen können!«
Sie ritten zur Stufenpyramide. Am Fuß der hohen Tempeltreppe fanden sie den Hauptmann Francisco Hernández. Er saß zu Pferd und hielt ein anderes herrenloses Pferd am Zügel.
»Ihr wollt doch nicht hinaufsteigen?« rief Hernández. »Oben ist es nicht geheuer!...«
»Warum?« fragte Alvarado.
»Mich bat der Händler Felipe Monjaraz, sein Pferd zu halten. Er wollte sich den Brand der Stadt von oben anschauen. Ich schrie ihn an: ob er Nero sei? Ich warnte ihn, sich ohne Begleitung hinaufzuwagen... Er hörte nicht auf mich. Nun warte ich seit einer halben Stunde hier vergebens auf seine Rückkunft...«

Nachdem Felipe Monjaraz sein Pferd dem Hauptmann Hernández übergeben hatte, war er furchtlos bis zur höchsten Terrasse emporgeklommen. Auf dem Menschenwürgeplatz sah er keine Priester und auch nicht im Doppelsanktuar; sie waren augenscheinlich mit den Adlern und Jaguaren auf den See hinausgeflüchtet. Er hatte es nicht anders erwartet, sonst wäre ihm des Hernández Warnung zu Herzen gegangen, und er hätte – da er mit Fechtkünsten wenig vertraut war – nicht nur im Schutze seines Schwertes sich hierher gewagt... Er suchte sich den besten Aussichtspunkt aus und stierte nieder auf die lodernden Pfahlbauten. Schon waren die einzelnen Häuser gleichsam versunken, überdeckt, überflutet von Feuerwellen. Ein Flammensee schwebte über dem See. Das Wasser brannte gleichsam. Der Widerschein der durch die erschwarzende Nachtdämmerung gehellten Karminglut färbte die Kanäle, Brücken, Paläste und Terrassentempel des nur zwei Meilen entfernten Tenuchtitlans und verwandelte sie in amarantrote Kristalle.
Felipe Monjaraz, der bisher Tenuchtitlan nur von weitem, von Tez-

cuco aus über den Schilfsee dunsthaft hatte schimmern sehen, schaute jetzt von hoher Warte hinab auf die Königin aller Städte zu seinen Füßen – und sie strahlte greifbar nahe in einem unirdischen, verherrlichenden Licht. Dermaßen gebannt war er vom Zauberbild, daß er sonst nichts sah und hörte.
Plötzlich war ihm zumute, als strecke ein höllisches Ungeheuer eine Drachenklaue aus nach ihm. Weit gespreizt waren die hornigen krummen Krallen der Klaue und zogen sich allmählich rings um ihn zusammen. Etwas Furchtbares ging dicht hinter seinem Rücken vor. Er fühlte, ohne sich umzuwenden, daß eine Schar Opferpriester im Halbkreis um ihn stand und daß sich nach und nach der Halbkreis grausig lautlos verengerte. Das Pochen seines Blutes donnerte ihm betäubend in den Ohren, der Schreck rieselte ihm eiskalt durch die versteinerten Glieder. Unfähig war er, sich zu rühren: er wollte den Kopf drehen und konnte nicht; er wollte ans Schwert greifen und konnte nicht ...
Als Cortez, Alvarado, Hernández und einige Hellebardiere, die sich ihnen angeschlossen, die Pyramidentreppe hinaufgeeilt waren, fanden sie Felipe Monjaraz geschlachtet auf dem Blutopferstein liegen. Von Opferpriestern war keine Spur zu entdecken. Das gab Anlaß zum Gerücht: Satan in eigener Person habe dem Händler die Brust aufgeschnitten.

Von Iztapalapan aus führten zwei Steindämme, ein nördlicher nach Tenuchtitlan und ein westlicher nach Coyoacan. Dieser zweite Dammweg schied den Süßwassersee von Xochimilco von der salzigen Lagune. Die beiden Dämme bildeten ein Dreieck mit einer Dammstraße, die Coyoacan mit dem Tenuchtitlan vorgelagerten Bollwerk Acachinanco verband (wo einst Cortez von Montezuma begrüßt worden war). Das aus Iztapalapan auf Booten entwichene Mexikanerheer befand sich innerhalb dieses Dreiecks.
Alvarado zeigte auf den westlichen Damm.
»Eure Vermutung war richtig, Don Hernando! Da schaut – den kenne ich, den dort auf dem Damm –, das ist Guatemoctzin selbst, der neue König, der mit den Erdarbeitern den Damm öffnet, als wäre er eine Schleuse! Der südliche See steht höher als die Lagune!«
Kupferrot im Brandlicht blinkten die Menschenkörper, die gelockerten Steinquadern und Erdschutthaufen. An einer Stelle des Dammes war das Zerstörungswerk bereits getan, an einer anderen vollendete es sich eben. Wie eines großen Flusses geteilter Wasserfall ergossen sich zischend die Fluten des Südwassersees in das Dammdreieck. Und sie wälzten sich, da sie nach Tenuchtitlan und nach dem offenen Schilfsee zu keinen Abfluß hatten, südwärts gegen die Gassen Iztapalapans.
Wie Wahnsinnige jagten Cortez und seine Begleiter in großen Sprüngen die Pyramidentreppe hinab. Des Monjaraz Leiche zu ber-

gen, war keine Zeit. Trompetensignale, kreischende Befehle und Flüche durchschnitten wie heulende Pfeile die rotblutige Nachtluft. Vor dem unheimlichsten der Feinde, dem stetig steigenden Wasser, flüchteten – ihre Beute im Stich lassend – Kastilier sowohl wie Tlascalteken in die höher gelegenen Maisfelder außerhalb der Ringmauer.

Das Gedränge am östlichen Stadttor verlangsamte die Flucht. Und plötzlich waren die Adler und Jaguare wiedergekehrt und tauchten in allen Gassen kämpfend auf. Die Nachhut watete bereits bis an die Brust im Wasser und mußte sich auch noch der kupfernen Teufel erwehren.

Als einer der letzten verließ Cortez die Stadt. Selbst fechtend, gewahrte er den Schwätzer Tarifa, den »Diensteifrigen«, den Gatten der rundlichen Rosita Muños; obgleich von zwei Feinden bedroht, hielt Tarifa ein mit Gold und Juwelen gefülltes Edelsteinkästchen über den Wellen und schien sich von ihm nicht trennen zu können.

»Werft lieber das Gold fort als Euer Leben!« schrie ihm Cortez zu.

Tarifa ließ das Kästchen in die Flut fallen und brach in Tränen aus. Er flennte wie ein Kind und vergaß im Schmerz die Gefahr. Als er nach seinem Schwert griff, war es zu spät – er wurde überwältigt . . .

Nicht gerade ruhmbedeckt kehrte das Christenheer nach Tezcuco zurück. Mit knapper Not war es dem Untergang in Iztapalapan entgangen. Die gesamte Beute war verloren . . . Immerhin mochte es als Trost gelten, daß außer Tarifa und Monjaraz kein Mann getötet worden war (nur Indianer, sechstausend Frauen und Kinder!).

Rosita Muños hatte kaum Ursache, sich den Tod ihres Gatten zu Herzen zu nehmen. In Sempoalla (damals, als die dicke Prinzessin Hochzeitsschmuck anlegte) hatte Rosita zum Bedauern vieler dem ledernen Gesellen die Hand zum Ehebund gereicht; doch überdrüssig geworden war sie gar bald seiner und seiner abwechslungsarmen Rodomontaden: welche Dienste er Seiner Majestät dem Kaiser leiste und wie schlecht er dafür entlohnt werde . . . Seit jener wilden, vom Vulkanausbruch bestrahlten Liebesnacht an der Torre de la Victoria hatte sie ihn immer wieder hintergangen mit San Juan dem Aufgeblasenen, einem nicht minder faden Maulhelden; ihr Ehebruch war dauerhaft und beständig wie eine Ehe geworden. Die Schicklichkeit forderte nun, daß sie ihren toten Gatten beweinte – und das tat sie denn auch ausgiebig. Sie entdeckte gute Eigenschaften an ihm, die sie früher nie entdeckt hatte. Eine Folge ihrer Trauer war, daß die zur Waise gewordene La Monjaraza sich ihr anfreundete und ihre unzertrennliche Gefährtin wurde.

Ungeheuchelt tobte sich der Jammer der schwachsinnigen La Monjaraza aus. Von ihrem Vater war sie verhätschelt worden. Sie schrie wie ein Tier bei der Nachricht von seiner Opferung. Und als der rohe Trujillo ihr schadenfroh beibrachte, zur Strafe für den Gattenmord

(von welchem das arme Mädchen bisher nichts wußte!) sei ihr Vater von Beelzebub zerrissen worden, hatte ihre Verzweiflung keine Grenze mehr. Sie verweigerte Speise und Trank, magerte zur Schattengestalt ab und sang, wenn sie nicht schluchzte, Kirchenlieder. Rabenblume und Rosita Muños ließen niemand zu ihr vor.
Dabei wurde Alvarados Haus, wohin La Monjaraza übergesiedelt war, von Beileidsbesuchern bestürmt und belagert. Sie war die reichste Erbin der Neuen Welt. Mit jedem Tag stieg die Zahl ihrer Freier. Unter anderen schrieb ihr auch Rodrigo Rangel einen wortreichen Liebesbrief. Als er ihn uneröffnet zurückerhielt, wandte er sich an San Juan den Aufgeblasenen, den Freund Rositas. Und viele beschritten denselben Weg.
Auffallend war es, wie sehr jetzt San Juan von seinem Hauptmann Olid bevorzugt wurde. Der Neger Estevan Parillas trug dem Aufgeblasenen eingesalzene Hunde und andere Leckerbissen, ja sogar ein aus Francisco de Garays Weinkeller stammendes Fäßchen zu. Eigentlich war das nicht ganz verständlich, da Olid mit der Tochter des tlascaltekischen Stadtkönigs Rauchender Schild verheiratet war und außerdem mit Königin Maisblüte in freier Ehe lebte . . .
Wenige Tage nach der Rückkehr aus Iztapalapan setzte er die Beförderung San Juans zum Fähnrich durch.

Der Mißerfolg in Iztapalapan nötigte Cortez Bewunderung ab für einen Gegner, der, um ihn zu vernichten, eine seiner schönsten Städte geopfert hatte. Die Kunde vom Dammbruch ermunterte weit über Anahuacs Grenzen hinaus die Vasallen Mexikos und versetzte seine Rebellen in Schrecken. Erst vor kurzem war Chalco dem Bunde der Schwarzen Blume beigetreten, und jetzt zitterte es vor der Rache der Azteken. In einem Felsenkastell inmitten der Stadt befand sich noch immer eine mexikanische Besatzung; auch gingen Gerüchte, der Herabstoßende Adler rüste, um als erste der abgefallenen Städte Chalco zu züchtigen. Boten aus Chalco beschworen die Schwarze Blume und Cortez, Hilfe zu schicken.
Mit dem acolhuakischen Heerführer Chinchinchicuatzin zog Gonzalo de Sandoval nach Chalco. Es gelang ihm, die Stadtburg zu überrumpeln. Unter den Gefangenen, die er machte, waren zwei Mexikaner von hohem Feldherrnrang. Er brachte sie mit nach Tezcuco.
Und Cortez, dem sie vorgeführt wurden, ließ ihnen durch Marina eröffnen: Die Söhne der Sonne seien keine Menschenfresser wie die Azteken. Das Leben und auch die Freiheit schenke ihnen der Grüne Stein und verlange nur von ihnen, daß sie bei ihrer Rückkehr in Tenuchtitlan dem Herabstoßenden Adler ein Friedensangebot überbrächten.
Marina machte sie auch mit dem Inhalt des von Cortez eigenhändig geschriebenen Briefes bekannt. Der Wortlaut des eigenartigen Dokuments ist uns überliefert – er lautet:

»Ich habe keinen sehnlicheren Wunsch, als Eure Majestät und die schöne Stadt Tenuchtitlan vor dem Untergang zu bewahren. Leicht ist es, einen Krieg zu beginnen – schwer, ihn zu gutem Ende zu führen. Eine fliegende Lanze gehorcht nicht mehr dem Lanzenwerfer. Meist enden Kriege mit dem Verderben derer, die sie heraufbeschworen. Sollten Eure Majestät zum Frieden bereit sein, so will ich alle erlittene Unbill und den Tod meiner Gefährten verzeihen und keinerlei Forderungen stellen.«
Einer der beiden aztekischen Generale nahm den Brief entgegen und steckte ihn in sein bauschig gekämmtes Haar.

Als die beiden Mexikaner zum Boot geführt wurden, das sie über den See setzen sollte, kamen sie an dem von Olid bewohnten kleinen Tecpan vorbei. Vom Dach herab erschollen Flötenklänge, schwermütige mexikanische Melodien. Sie blickten empor und sahen auf dem flachen Palastdach eine junge Frau in aztekischer Tracht. Am Frühlingsblumenrock, am gescheitelten, sphinxartig die Wangen einrahmenden Haar und an einer kleinen Goldmaske, die sie zwischen den Brüsten mit Edelsteinketten befestigt trug, erkannten sie Königin Maisblüte. Erst wollten sie ihren Augen nicht trauen, denn die Königin war totgesagt und betrauert worden in Tenuchtitlan; doch bei längerem Hinsehen konnten sie daran nicht zweifeln, daß sie es leibhaftig war. Ihr einen Gruß hinaufzusenden oder sie anzurufen, wagten sie nicht. Am Lagunenufer angelangt, fanden sie Gelegenheit, heimlich einen Ruderknecht auszufragen; und der bestätigte ihnen, daß Maisblüte noch am Leben war.

In einer Kammer mit blauer Daunenwandbemalung saß die Herrin von Tula am Webstuhl. Sie webte eine Decke, meergrün, mit schwimmenden Fischen, Krebsen und einer großen weißen gewundenen Muschel, aus welcher eine gelbe nackte Frau hervorkroch. Im Kreise um die alte Königin knieten ihre Mädchen und spannen, indem sie Spinnwirtel sich schwirrend drehen ließen. Eintönig gab das Pochen des Webemessers dem Gesumm der Wirtel das Zeitmaß an, als wäre es eine fernher tönende, den Takt schlagende Trommel.
Die Herrin von Tula war jetzt Alleinherrscherin im Palast. Ihr Sohn Ohrring-Schlange hatte Tenuchtitlan schon vor mehreren Tagen mit einer größeren Heeresmacht verlassen, beauftragt vom Herabstoßenden Adler, den Verrat der Stadt Chalco zu strafen und die Stadtburg mit einer neuen mexikanischen Garnison zu belegen. An den Beratungen über das inzwischen eingetroffene Friedensangebot hatte Ohrring-Schlange nicht mehr teilnehmen können: es war ohne ihn abgelehnt worden.
Ein Torhüter trat durch den Perlenvorhang der Tür, legte die Arme kreuzweise über die Brust und meldete: vor dem Hauptportal warte in einer Sänfte die Königinwitwe von Tezcuco auf Bescheid, ob die

Königinwitwe von Tezcuco sie empfangen wolle. (Die Witwe des Edlen Traurigen führte nämlich den gleichen Titel wie die Witwe des Herrn des Fastens.) Diese ließ ihre Schwiegertochter Königin Silber-Reiher hereinbitten und ging ihr bis an die zum Palasttor emporführenden Granitstufen entgegen. Der Höfling Coxtemexi, der Königin Silber-Reiher begleitet hatte, blieb draußen bei den Sänftenträgern, während die Herrin von Tula ihren hohen Gast in einen geräumigen Saal führte. Auf Jaguarfellsessel setzten sie sich einander gegenüber. Sklavinnen brachten Kakaoschalen. Dann blieben die beiden Königinnen allein.

Nachdem die zeremoniösen Begrüßungsformeln ausgetauscht waren, teilte Königin Silber-Reiher den Zweck ihres Besuches mit. Der Herabstoßende Adler hatte sein Verlöbnis mit ihr gelöst, weil jetzt erwiesen war, daß ihre Schwester Maisblüte noch lebte. Ihr Herz auszuschütten, hatte sie die Herrin von Tula aufgesucht, anklagend sich zu beklagen. Und das tat sie auf ihre Weise mit großer Beherrschung, kalt und spöttisch lächelnd, obgleich ihr Inneres ein Flammenherd war.

Die Herrin von Tula wußte Rat und Trost: könne Silber-Reiher nicht Königin von Mexiko sein, so solle sie – zum zweitenmal – eine Königin von Tezcuco werden; das durchzusetzen, dem Sohn die Braut zuzuführen, glaube sie als Mutter genügend Einfluß zu haben; auch werde Silber-Reiher keinen schlechten Tausch machen, da Ohrring-Schlange dem Herabstoßenden Adler nicht nachstehe.

Zu klug war Silber-Reiher, um ihrer Rache wegen – die sich ja aufschieben ließ – einen Thron auszuschlagen. Sie dankte und brachte nur das Bedenken vor, Ohrring-Schlange werde von der Ehe nichts wissen wollen, da er sein Herz an eine weiße Sklavin gehängt habe.

Darum müsse die weiße Sklavin aus dem Weg geräumt werden, solange Ohrring-Schlange von Tenuchtitlan abwesend sei, antwortete die Herrin von Tula. Schon seit langem war es ihr ein Dorn im Auge, daß ihr Sohn dem Zauber der Gelbhaarigen erlegen. Jetzt hatte sie einen Anlaß, dem Ärgernis ein Ende zu machen.

Über die glanzlosen Augen der Königin Silber-Reiher huschte ein flüchtiger Glanz: sie sah den Herabstoßenden Adler leiden am Leid seines Freundes ...

»Das Mexikaner-Priesterchen«, sagte die Herrin von Tula, »wird heute abend dem Volk verkünden, wie der Wunderbare Huitzilopochtli den Brief des Grünen Steines beantwortet. (Vorhin suchte mich der Hohepriester auf, von ihm erfuhr ich es.) Die Stimme des Gottes sprach aus dem heiligen Nopalbaum: Kein weißes Wesen darf hinfort in meiner Stadt geduldet werden: kein weißes Kaninchen, keine weiße Taube, kein weißer Schmetterling, kein weißer Mensch!«

Auf dem Rückweg in den Huei-Tecpan schritt Coxtemexi neben dem Tragstuhl der Königin Silber-Reiher her und flüsterte mit ihr. Er sah nicht mehr abschreckend aus, wenn er auch die einstige Schönheit nicht wiedererlangt hatte.
»Wer gab dir deine Nase zurück? Du erzähltest mir es schon – doch ich hörte nicht hin ... Ich dachte an den Herabstoßenden Adler, der sie dir nahm ... Gab er sie dir wieder?« fragte Königin Silber-Reiher spöttisch-bitter.
Da berichtete Coxtemexi noch einmal, wie ihn auf einer Kanalbrücke die Giftmischerin Xiuhxahualli, die Blaubemalte, angeredet und sich erboten hatte, seine Häßlichkeit zu heilen. Auf seine Frage, wie sie das vermöchte, hatte sie gesagt: sie wolle ihm die häßliche Narbe im Gesicht wegschneiden und auf die blutfeuchte Wunde die Nase eines eben getöteten Opfersklaven legen, sie dann mit einem langen Frauenhaar annähen, so daß sie anwachse, als wäre sie sein eigenes Fleisch. Erst habe er ihr nicht getraut; schließlich aber habe er sie doch gewähren lassen; – nun bereue er es nicht – wenn auch die Nase seiner früheren nicht gleiche ...
»Du gingst deiner Nase wegen zur Giftmischerin«, sagte Silber-Reiher – »doch nicht nur, um sie anheilen zu lassen ...«
»Cihuapiltzine, warum sonst? ...«
»Um deine Nase zu rächen!«
»Cihuapiltzine, hassest du ihn nicht auch?«
»Ebensosehr wie du! ... Darum will ich, daß du mich zur Blaubemalten führst – jetzt gleich!«
»Cihuapiltzine, noch ist es Tag. Es würde bemerkt, es würde ruchbar werden, daß du zur Giftmischerin ...«
»Wo wohnt sie?«
»Beim Haus der Fledermäuse. Heute nacht werde ich dir den Weg zu ihr zeigen!«

In der Kleidung der Sternhimmelsgöttin Ilamatecutli, der »Alten Herrin«, welche auch Tonan, »Unsere Mutter«, hieß, tanzte, als die Nacht hereinbrach, von mehreren flötenspielenden Greisen begleitet und beaufsichtigt, Isabel de Ojeda in den Gassen Tenuchtitlans. Auf Wunsch der Herrin von Tula war sie in den Schlangenberg eingeliefert worden; und die Fürstin der Priesterinnen, die Frauenköpfe-sammelnde-weiße-Frau, hatte sie in Empfang genommen, sie gekleidet, sie geschminkt, sie zum Ebenbild und Sinnbild der Alten Herrin, der Gemahlin des Feuergottes, geweiht. Jetzt trug Isabel ein bis zu den Knöcheln reichendes schlohweißes Baumwollhemd und darüber einen mit Sternbildern bemalten Frauenrock aus rotem Leder, dessen unterer Rand, zu Riemen zerschnitten, mit kleinen, bei jedem Schritt laut rasselnden Schneckengehäusen benäht war.
In der linken Hand hielt sie ein hölzernes, blau bemaltes und mit Türkismosaik inkrustiertes Webemesser; in der Rechten einen mit

Kreide geweißten Rundschild, von welchem viele lange, am Boden schleifende Bänder aus Reiherfedern sich herabringelten. Die untere Hälfte ihres Gesichtes war schwarz, die obere gelb geschminkt. Ihr Haar bildete Körner an den Schläfen und war von einer Adlerfederkrone bekränzt.
Ein Mädchen oder eine Frau, die zur Sternhimmelsgöttin geworden war, mußte tanzend in ein Haus treten, und wenn sie dort einen Jüngling vorfand, sich ihm hingeben.
Das Unerlaubte war ihr erlaubt. Nur das Verbotene nicht zu tun, war ihr verboten.
Schon allzulange hatte Isabel die Schmach hinausgeschoben. Wenn ihre Begleiter, die flötenspielenden Greise, sie mahnten, trat sie in ein Haus, kehrte dann sofort wieder um, schüttelte den Kopf und sagte: nur Weiber habe sie angetroffen ...
Weinend und tanzend war sie durch zahllose Gassen gekommen. Die Greise wurden ärgerlich und bedrohten sie; schließlich schlugen sie sie. Keine Ausrede war ihr geblieben, sie konnte dem Unentrinnbaren nicht entrinnen ...
Ratlos schaute sie sich um. Da schimmerte eine Hoffnung vor ihr auf. Die Gasse, in der sie sich befand, kam ihr bekannt vor – war sie nicht erst vor kurzem hier gewesen? ... Und plötzlich erkannte sie auch das ärmliche Haus wieder, wohin sie das Kind der Königin Perlmuschel gebracht hatte. Damals hatte sie Gonzalo Guerrero dort angetroffen, der sie retten wollte ... Unheimlich war er ihr gewesen, abstoßend und anziehend zugleich wie ein unterirdischer Titan, der die Sonne und den Himmel haßte. Ihr fremd und fremd ihrer Welt war er, der geborene Sklave, der Mit-Ketten-zur-Welt-Gekommene, ewig bestrebt, die Ketten zu brechen, ohne die er doch nicht zu leben vermochte. Seine Reden, ihr erst so zuwider, hatten nachgewirkt in ihr und Achtung, ja sogar Bewunderung für seine Zielstrebigkeit ausgelöst. Jetzt sehnte sie ihn mit allen Fibern ihres Herzens herbei und schickte zur Heiligen Jungfrau ein Gebet empor, das Wunder möge geschehen, daß dieser Mann heute wieder dort sitze, wo er damals saß ...
Isabel trat in das Haus der Federarbeiterin. Und so wie damals fand sie die vordere Kammer mit Gästen gefüllt. Am Boden hockten da neben der Schwindsüchtigen und ihrer Schwester müdegearbeitete Mantelweber, Korbflechter, Lackarbeiter, eine Wasserträgerin, ein Entenjäger – und er, den sie suchte. Sie sah nur die beiden blauen Flammen seiner Augen. Jäh verstummt waren ihre Reden bei ihrem Eintritt, leichenstill wurde es im Raum. Jeder wußte, was Unsere Mutter Ilamatecutli herführte und daß ihr Wunsch keine Absage litt. Wen unter den Ärmsten der Armen wollte sie sich auswählen? ... Sonst pflegte sie nur in den Palästen der Reichen ihrer Lust zu frönen.
Isabel ging auf den Roten Jaguar zu und faßte seine Hand. Stumm

erhob er sich und ließ sich von ihr in die hintere Kammer führen, wo die Wiege des weißen Kindes stand.
Ohne Kienfackel waren sie eingetreten. Geisterhaft zerschnitt Mondschein die Nachtschwärze, stand wie ein bläulicher Dunstbalken zwischen der Lichtöffnung des Daches und der Strohmatte des Fußbodens, das Coçolli – die indianische Wiege – silbrig überrieselnd. Fünf Vögel flatterten, aus dem Schlaf gescheucht, angstvoll-wild durch den Raum, in feurigen Farben erglühend, wenn sie den Mondstreifen durchflogen: es waren gefangengehaltene Schmuckvögel, denen die Arbeiterinnen zuweilen eine leuchtende Feder ausrissen. Ihre Klauen waren mit langen, aus Ananasfasern gedrehten Stricken an eine Vogelstange gebunden.
Gleich nachdem sie eingetreten, hatte Isabel die Hand Guerreros fahren lassen und war zur Wiege geeilt. Ja, das Cortez-Kind schlummerte dort wie damals, ein wenig erhitzt und mit den winzigen, eckigen Fäustchen zuckend. Wild wie die angstgestörten Vögel flatterten Isabels Brüste. Weiß stand sie im Mondschein da.
»Señorita!« begann Gonzalo Guerrero. »Warum sucht Ihr beim Kinde Schutz? Fürchtet nichts – ich bin kein Schandbube! Aus Eurer Notlage will ich keinen Vorteil ziehen! Ich würde mir ja die beste Freude verderben!«
»Die beste Freude ...?« murmelte Isabel. »Was wollt Ihr damit sagen?«
»Daß ich warten kann – auf Euren Dank, auf das freiwillige Geschenk Eurer Liebe ... Nein, gebt keine Antwort, Señorita – Ihr könnt ja auch keine geben ... Ich sah es eben Eurem Munde an: Ihr mühtet Euch ab, ›nie!‹ zu sagen und vermochtet nicht, das kleine Wörtchen ›nie!‹ auf die Lippen zu bringen! ... Laßt es – wir haben jetzt nicht Zeit, von Liebe zu sprechen! Bevor Ihr Schutz bei der Wiege suchtet, suchtet Ihr Schutz bei mir. Und ich biete Euch Schutz, Señorita, den Ihr nicht zurückweisen könnt! ... Kommt mit mir!«
»Wohin?«
»Ins Land der Maya, bei denen ich einst mit Frater Aguilar gelebt habe. Die Sonne des Südlandes brütet dort noch heißere Menschen und Götter aus als hier im Hochtal Anahuac, die Mahagonibäume dort sind höher als die Zypressen Mexikos, die Blumen noch tierähnlicher ...«
Tiefe Enttäuschung malte sich auf den erschlaffenden Gesichtszügen Isabels. Hatte sie sich einem Phantasten anvertraut? Was er vorschlug, war ja unausführbar.
»Ach, das sind Träume!« sagte sie. »Wie können wir zwei dorthin gelangen!«
»Nicht nur wir zwei, Señorita! Ihr wißt noch nicht, wer ich bin! Ich, weißer Sklave, bin der König der Sklaven! – und bald werdet Ihr die Sklavenkönigin sein! ... Meine Getreuen haben den Auszug ins Mayaland längst geplant und vorbereitet; heute nacht führen wir es

aus: wir brechen nach Süden durch, um dort ein Sklavenreich zu gründen.«
Sie sah ihn ungläubig, verständnislos an.
»Sind es so viele?« fragte sie.
»Zehntausende, Señorita! Haussklaven, Feldarbeiter, Landstreicher, Bettler, Diebe und alle Heimatlosen, Nackten, Entrechteten Mexikos.«
»In dieser Nacht? ... Wie wollt Ihr sie herbeirufen?«
»Sie stehen versammelt und warten auf Euch, Señorita!«
»Auf mich ...?«
»Auf uns beide! Beschleunigt wurde unser Aufbruch, weil vorhin der Hohepriester das Baumorakel bekanntgegeben hat: alle weißen Wesen in Tenuchtitlan sollen getötet werden – Silberfalken, Schneehasen, weiße Götter ...«
»Auch dieses Kind?« fragte Isabel und beugte sich schaudernd über die Wiege.
Gonzalo Guerrero blieb ihr die Antwort schuldig.
»Ich würde gar bald Euer Schicksal teilen müssen, Señorita; doch das wollen die nicht, die sich um mich geschart haben. Mir verdanken sie die Einsicht, daß Tenuchtitlan ja doch verloren ist und daß sie Toren wären, wollten sie sich den Adligen und den reichen Kaufleuten Tlatelolcos zuliebe hinmetzeln lassen. So schwierig es wäre, im waffenstrotzenden Anahuac die Zwingherren zu beseitigen, so leicht wird es in Guatemala sein. Erst nachdem es uns dort glückte, wollen wir uns gegen Mexiko wenden, das inzwischen am Kriege verblutet sein wird. Den Sieger – mag er Cortez oder Guatemoc heißen – zu vernichten, wird um so gewisser gelingen, als beider Heere von meinen Freunden untergraben wurden. Mein Sklavenreich wird Venezuela, Panama, Yucatan und Anahuac umfassen; auch die Meerinsel Kuba und Haiti werden befreit werden von den Aussaugern ...«
Die Begeisterung hatte sein knochiges, finsteres Gesicht durchstrahlt und verschönt. Doch jäh unterbrach ihn Isabel.
»Still!« flüsterte sie. »Hört Ihr die Stimmen? ... Die Greise sind in die vordere Kammer getreten! Sie fragen nach mir ...«
»Kommt schnell!«
»Dorthin?« fragte sie entsetzt.
»Nein! Dies Haus hat einen zweiten Ausgang – nach dem Kanal hinaus! Dort liegt ein Boot bereit!«
Er hatte sie an der Hand erfaßt und zerrte sie fort. Sie hatte keinen Willen, keinen Gedanken, kein Gefühl mehr. Im tollen Wirbel ihres Hirns tauchte nur ein Wunsch auf: das Kind zu retten.
»Das Kind! ... Laßt mich das Kind mitnehmen!«
»Seid Ihr bei Trost, Señorita«, herrschte er sie an. »Wozu? – Damit es aufwacht und durch sein Geschrei uns verrät? ... Kommt, kommt, eh es zu spät ist!«
Er rang mit ihr und riß sie von der Wiege fort. Dann schleppte er sie

durch einen dunklen Gang zur hinteren Kanalpforte. Mit zwei Ruderern war das Boot bemannt. Guerrero und Isabel stiegen in das Boot.

An diesem Abend war der Spinner – der junge Dichter – zu Besuch bei seinem Freunde, dem Annalenschreiber Feuer-Juwel. Alte Chroniken, Sammlungen heiliger Gesänge, astronomische Werke und aus Ruinen von Gräberstädten herstammende toltekische Fundstücke waren angehäuft im engen Gelehrtenzimmer, wo sie beim Flackerschein eines Harzlichtes einander auf Holzschemeln gegenübersaßen. Eine große schäumige Pulqueschale stand zwischen ihnen; und schon trieben in den starrglänzenden Augen des Spinners die kleinen Pulquegötter – die Erwürger – ihr schelmisches Spiel. Feuer-Juwel las ihm aus einer noch unfertigen Bilderschrift vor, worin er neugeborene Gedanken in altheilige Gewänder kleidete. Er las:

Als Unser Herr Quetzalcoatl von Tula Abschied nahm, versenkte er seine Kostbarkeiten in einen Brunnen. Auch die mit Türkismosaik überkrustete Schädelmaske, das Geschenk seines treuesten Jüngers, senkte er mit dem Gesicht nach unten in die Brunnenoberfläche; – da schlürfte die Maske durch Augen und Mund Wasser ein und glitt in die Tiefe. Ein vom Wind hergetragener Goldkäferflügel aber blieb auf der Haut des Wassers. Da sagte Unser Herr:
»Auf einem See der Totenwelt schwimmt ein kristallenes Boot. Warum versinkt das kristallene Boot nicht?«
Seine Jünger sahen ihn ratlos an.
»Weil es hohl ist. Weil es das All birgt und nach dem Nichts sich sehnt«, sagte Unser Herr. »Die weite Erde ist voll emporblickender Schalen. Blumenkelche und Vulkankrater sind Schalen, die sich von der Schwere befreien wollen und aufwärts streben zum Sternendach. Aber wer sich füllte – wer sich erfüllte – geht unter.«
»Ist das Hohle eine Zauberkraft?« fragte einer der Jünger. »Aber wie kann das Hohle, das Leere, das Formlose eine Kraft sein?«
»Es ist der Zauber aller Zauber«, erklärte Unser Herr, »es ist körperlos und doch mehr als Körper: es ist ummauert von Körpern und ist bewohnt von überschwenglichen Zauberworten! Halte die Meermuschel ans Ohr, so wirst du es ahnen! Erlausche, was der Duft im Lilienkelch spricht! Weil die Flöte hohl ist, birgt sie Freude und Schmerz und vermag zu leben. Alles Leben ist Wein in einem Schlauch, Mark in einer Knochenröhre, Edelsteinwasser in einer Opferblutschale.«
»O Unser Herr«, sagte der Jünger, »jetzt glaube ich, dich zu verstehen! Aus den sieben Höhlen kamen die Tolteken ...«
»So ist es«, fuhr Quetzalcoatl fort. »Das All ist eine Luftblase im Nichts – eine Seifenblase. Der Steinmetz fragt nach Breite, Tiefe und Höhe; der König aller Musikmeister aber fragt nach der *Dicke* der

Sklavenhaut, mit welcher seine goldene Trommel bespannt ist: reißt die Haut, so stirbt die Trommel ... Hohl ist der Mutterleib; in der Nußschale wächst der Nußkern; in einem Glauben wächst eine Menschengemeinschaft. Ohne Hülle, Schale, Rinde gibt es keine Höhlung, gibt es kein Leben!«

»Und was ist der Tod?« fragte der Jünger.

»Die Zertrümmerung der Schale, damit neue Schalen entstehen. Denn keine Schale verbleibt!«

»Auch nicht die blaue Himmelsschale?«

»Auch nicht die blaue Himmelsschale!«

Ein dröhnendes Pochen erscholl. Die beiden Freunde erhoben sich von ihren Sitzen und sahen sich schreckensstarr an.

Das Geräusch komme von der Gasse her, meinte der Spinner.

Ja, jemand stehe vor der Haustür, bestätigte Feuer-Juwel. Aber wer möge wohl um diese Stunde Einlaß begehren? ...

Als Feuer-Juwel auf den Flur hinaustrat, liefen dort bereits seine Diener mit qualmenden Kienspanbündeln umher. Die Haustür wurde geöffnet. Zwei Träger trugen eine unansehnliche, beinahe ärmliche Sänfte über die Schwelle, und mit ihnen schlüpfte auch der als Fächerträger gekleidete Höfling Coxtemexi herein. In höchster Aufregung rief Coxtemexi – noch bevor er sie begrüßt und um eine Freistatt gebeten – den Hauserleuchtern zu, die Eingangstür müsse hinter ihm geschlossen und mit Balken verrammelt werden. Ungesäumt führten die Diener das aus.

Auf dem Wege zur Blaubemalten waren Coxtemexi und die von ihm begleitete Königin Silber-Reiher in den unabsehbaren Heuschreckenschwarm der abziehenden Sklaven hineingeraten. Sie waren bedroht worden; Verwünschungen waren gegen sie ausgestoßen worden; man wollte sie in einem dunklen Kanal ersäufen. Aber glücklicherweise hatte Königin Silber-Reiher – für den Fall, daß die Giftmischerin einen hohen Preis fordern sollte – ihr gefülltes Edelsteinkästchen mitgenommen; und als sie sich von zerlumpten, hungerbleichen, Stangen und Beile schwingenden Gestalten umringt sah, hatte sie in ihrer Todesangst die Gefahr mit der Hergabe des Edelsteinkästchens gebannt – ihr und ihren Begleitern war gestattet worden, in das Haus des mit dem Höfling Coxtemexi gut bekannten Annalenschreibers zu treten. Unersetzlich und nie zu verschmerzen war ihr Verlust: befand sich doch im Kästchen außer mexikanischen Geschmeiden auch eines, das vor ihr Isabel de Ojeda besessen hatte; es war eine winzige, an goldener Halskette hängende Statuette der Gottesmutter aus Gold und Email.

Coxtemexi half Silber-Reiher aus der Sänfte. Sie lüftete den ihr Gesicht verhüllenden Schleier nicht, sie wollte nicht erkannt sein. Aber auch durch den dichten Schleier hindurch war zu sehen, wie sehr sie noch an allen Gliedern bebte.

Nachdem Coxtemexi – ohne den Namen seiner Begleiterin zu nennen – das Ungeheuerliche, dessen Zeugen und Leidtragende sie gewesen, beschrieben hatte, schlug Feuer-Juwel vor, auf das Tlapantli – den Hängenden Garten – hinaufzusteigen, um von dort aus die Kämpfe zu überschauen. Denn schon war Waffenlärm vernehmbar.
Und während sie sich auf das flache, von Zinnen bekränzte, mit Zwergpalmen, Fuchsien, Bromeliazeen und Vanilleorchideen überwucherte Dach begaben, kicherten die kleinen Pulquegötter – die Erwürger – in den Augen des Spinners. Vielleicht war er nicht so trunken, wie er sich stellte. Plötzlich verlor er auf der Treppe das Gleichgewicht und griff, eine Stütze suchend, nach dem Schleier der unbekannten Edelfrau. Der Schleier sank von der Stirn zum Hals hinab; und obgleich er wieder sofort emporgezogen wurde, hatte der Spinner Zeit gehabt, die Königin Silber-Reiher zu erkennen.
Niedrig war das Haus des Annalenschreibers, doch hoch genug, um vom Dach aus einen Rundblick über die südlichen Stadtteile Moyotla und Teopan zu gewähren. Das eben noch so laute Kampfgetöse war im Verstummen. Die Sklaven hatten das Haus der Speere erstürmt, die Wachen überwältigt, das Arsenal ausgeplündert. Jetzt kämpften sie, bewaffnet mit den erbeuteten Speeren, Pfeilen, Bogen und Schilden, am Südtor. Auch dort vermochten ihnen die wenigen Adler und Jaguare nicht lange die Stirn zu bieten (denn Mexikos Heerscharen standen teils mit Ohrring-Schlange vor Chalco, teils lagerten sie bei Coyoacan). Bald verhallte das Kampfgeheul; der Lärm der Muscheltrompeten erstarb und wich einer unheimlichen Stille. Durch das eroberte Tor flutete, strömte, wälzte sich eine dunkle Leibermasse über den Steindamm nach Iztapalapan zu. Die blauschwarzen Schatten der wimmelnden Myriaden tänzelten auf den mondsilbernen Lagunenwellen.
Nach einer Stunde waren die letzten Nachzügler hinter den blaßroten Türmen des Bollwerks Acachinanco verschwunden. Feuer-Juwel und seine Gäste verließen die Dachterrasse. Draußen drohte nächtlichen Wanderern keine Gefahr mehr.

Kaum hatten die Träger die Sänfte zum Haus hinausgetragen, verabschiedete sich eilig auch der Spinner; und da Feuer-Juwel ihn nicht fortlassen wollte, nannte er ihm den Grund seines frühen Aufbruches. Er habe vor, der Sänfte nachzugehen; denn die Verschleierte sei niemand anders als Königin Silber-Reiher; und wenn sie sich einen Schelm wie Coxtemexi zum nächtlichen Führer gewählt habe, so sei gewiß Schlimmes geplant – dem wolle er auf den Grund gehen.
Zwar warnte Feuer-Juwel seinen Freund, sich der Rache der Königin auszusetzen: leicht könnte es von den Trägern bemerkt werden, daß er ihnen nachschlich. Doch der Spinner ließ sich nicht zurückhalten.
Als er die Träger eingeholt hatte, standen diese, die leere Sänfte

bewachend, in der engen Gasse, die zum Haus der Fledermäuse führte; Königin Silber-Reiher und Coxtemexi hatten die verdächtige Wohnung der Blaubemalten bereits aufgesucht. Der Spinner stellte sich hinter einen Torpfosten, um unbeobachtet zu beobachten.
Nach einer Weile erschollen in einer Nebengasse Frauenstimmen, ein Klagen und Winseln und derbe Scheltworte. Näher kamen die zankenden Frauen und bogen in die Gasse zum Hause der Fledermäuse ein. Als sie am Versteck des Dichters vorbeikamen, sah er drei nicht mehr junge Weiber, die ein reich gekleidetes, außerordentlich schönes Mädchen gewaltsam mit sich fortschleppten. Vergebens sträubte sich das Mädchen bei jedem Schritt, schlug wild um sich, schluchzte und flehte, wenn sie geschlagen wurde, um Erbarmen.
Ein Erbarmen fühlte der Spinner, geblendet von ihrem Liebreiz. Die Vorsicht außer acht lassend, trat er zu den Frauen, gewillt, der Quälerei ein Ende zu machen.
»Warum schlagt ihr die Cihuapilli?« schrie er die Weiber an.
(Mit dem Worte Cihuapilli – Prinzessin – wurden alle vornehmen Frauen bezeichnet, auch wenn sie keine Prinzessinnen waren.)
»Das ist keine Cihuapilli!« rief eins der Weiber. »Die ist eine entlaufene Sklavin!«
»Ich bin nicht eure Sklavin!« schluchzte das Mädchen.
»Nein, nicht unsere – aber die Sklavin unserer Nachbarin, der Blaubemalten! Und einen hohen Lohn hat die Blaubemalte uns versprochen, wenn wir dich wiederbringen!«

Der von langer Hand vorbereitete Auszug der Sklaven war zwar der herrschenden Klasse Mexikos überraschend gekommen – in den unteren Schichten des Volkes aber war lange im voraus davon geflüstert worden. Auch Blutfeuerstein, welche streng gehütet im Hause der Blaubemalten zum Giftmädchen herangezüchtet wurde, hatte trotz ihrer Abgeschiedenheit Winke von anderen Sklavinnen erhalten. Unglücklich über ihr Los, entschlossen, lieber den Tod als solch ein Leben zu ertragen, hatte sie Mittel und Wege gefunden, die Wachsamkeit ihrer Herrin zu überlisten. Nach ihrer bald entdeckten Flucht konnte die Blaubemalte ihr nicht nacheilen, weil ihr von Coxtemexi der Besuch der Königin Silber-Reiher angekündigt worden war. Darum hatte sie ihre Nachbarinnen angestiftet, die Entflohene zurückzuholen. Des Mädchens habhaft zu werden, war jenen geglückt, weil nach der Erstürmung des Speerhauses und des südlichen Stadttores zuerst der schier endlose Strom der bewaffneten Sklaven sich über den Damm nach Iztapalapan ergoß und des wilden Gedränges wegen sich Blutfeuerstein als eine der letzten unter den Nachzüglern befand. Eine der Frauen hatte sich ihr unter dem Vorwand genähert, sie fühle sich, nachdem sie eben im Gewühl beinahe erdrückt worden, einer Ohnmacht nahe; und während das leichtgläubige Mädchen sich um die scheinbar Bewußtlose bemüht hatte,

war sie von den beiden anderen Weibern plötzlich gepackt und zurückgeschleppt worden.
Der Spinner mußte bald einsehen, daß mit begütigenden Worten nichts zu erreichen war. Die drei Weiber fuhren fort, Blutfeuerstein zu mißhandeln. Da entriß er sie ihren Händen. Das Mädchen warf sich vor ihm auf die Knie, verzweifelt jammernd:
»O edler Herr, steh mir bei! Ich will nicht meiner Herrin dienen –: sie ist eine böse Frau, eine Mörderin! Sie füttert mich mit Gift, damit ich Männer töte! Aber ich will nicht Männer töten!...«
Die drei Weiber hatten ein Geschrei erhoben und fauchten den Spinner an.
»Was hast du dich dreinzumengen, Taugenichts! Wer bist du denn, daß du hier den Mund auftust! Eine Kakaobohne ist mehr wert als du! Klüger wär's, du zeichnetest dich im Kriege aus, damit man dir endlich den Haarschopf abschneidet, den du noch immer im Nacken trägst!... Bohre dir ein brennendes Holzscheit in die Gurgel und mache dir ein Loch – groß genug, deine ganze Schlechtigkeit auszuspeien!«
Das Gekreisch hatte Coxtemexi, Silber-Reiher und die Blaubemalte aus dem Haus herausgelockt. Die Giftmischerin zeigte der Königin die Kniende: dies sei jenes entlaufene Sklavenmädchen, von welchem soeben die Rede gewesen war... Coxtemexi nahm die Königin beiseite und beriet sich flüsternd mit ihr; dann flüsterte er mit den Trägern. Und plötzlich war der Spinner von den Tlamamas und Coxtemexi umzingelt, überwältigt, an Händen und Füßen gefesselt. Er und Blutfeuerstein wurden ins Haus der Giftmischerin geschleppt.
Von Coxtemexi erfuhr die Blaubemalte, daß der Spinner der Sänfte nachgeschlichen war und als gefährlicher Mitwisser getötet werden müsse. Gutmütig lächelnd stimmte sie dem bei. Als jedoch Coxtemexi sich ein Messer ausbat, schüttelte sie den Kopf: sie wolle keine blutigen Spuren in ihrem Hause haben, sagte sie und bat, man möge ihr die Tötung des jungen Menschen überlassen. Sie wolle an ihm ein neuartiges Gift versuchen – an Ratten habe sie damit schon gute Erfolge erzielt. Man träufelt es in die Augen, und es frißt sich hindurch bis ins Gehirn. Würde dann die Leiche im Haus der Fledermäuse gefunden werden, so müsse jedermann glauben, die Augen seien von Geiern und Raben ausgehackt.
Die Blaubemalte kauerte auf einem Schemel nieder und zerstampfte in einem Mörser getrocknete Kräuter und Schlangenzähne. Dann stellte sie einen kupfernen Dreifuß über das Herdfeuer und ließ in einer Pfanne Blei zerschmelzen.
Jedes Wort hatte der Spinner gehört, nun sah er die Vorbereitung zu seiner Ermordung. Obgleich er gefesselt am Boden lag, begann er zu singen. Ein stolzes, herausforderndes, jubelndes Totenlied sang er.
Nicht, daß die Königin Silber-Reiher gerührt worden wäre. Doch rief das Lied ihr ins Gedächtnis, daß der junge Dichter ein gern gesehener

Gast im Huei-Tecpan war. Sein Verschwinden werde bei Hofe nicht unbemerkt bleiben, sagte sie sich; auch befürchtete sie, daß Feuer-Juwel, der vielleicht von der Absicht seines Freundes, der Sänfte zu folgen, unterrichtet war, die Mordtat ans Licht bringen könnte.
Daher faßte sie abwehrend der Blaubemalten Arm, als diese das siedende Gift bereits über des Spinners Augen hielt; und sie befahl Coxtemexi, die Fesseln zu lösen. Dann sagte sie zum Spinner:
»Du hast eine alte Mutter. Ich sah sie oft, wenn sie dich im Großen Palast besuchte, als du noch König Montezumas Sänger warst. Heute nacht lasse ich deine Mutter als Geisel zu mir bringen. Sie wird bei mir wohnen, und wenn du mich verrätst, wird sie sterben!«

Rodrigo Rangel hielt an Cortez diese Ansprache:
»Zweimal haben Euer Liebden den Mexikanern Friedensangebote geschickt, welche die Überbringer sich ins Haar steckten und Guatemoctzin sich hinters Ohr geschrieben haben wird. Die Versöhnungshand streckten Euer Liebden aus, dem Zuge des Herzens folgend – und das ist ein schöner Zug von Euer Liebden! Womit ich nicht gesagt haben will, daß nicht auch Hannibals Zug über die Alpen oder Euer Liebden Zug über die Kordilleren schön war und irgendwie dem Frieden diente. Alle Wege führen nach Rom, sogar die langen Kriegswege. Nach Ansicht mancher Leute, zum Beispiel meiner Flamme, der langen Elvira, ist Länge sogar ein Vorzug, selbst bei meinen Reden. Durch den edelmütig bezeigten Friedenswillen haben Euer Liebden vor dem Richterstuhl der Geschichte – so sagt man doch wohl – sich mit unschuldigem Wasser die Hände gewaschen wie weiland Pontius Pilatus; für den ich im übrigen keine Lanze breche, denn er zweifelte an, was die Weltgeschichte so genau weiß – was sich zu eigen gemacht zu haben der Weltgeschichte höchster Wert und Ruhmestitel ist –: nämlich die unantastbare Wahrheit! Sie ist immer auf dem Wege, mag er kurz oder lang sein – läßt sich das anzweifeln? Nein! Wie also kann man sie selbst anzweifeln? Dieser römische Landpfleger aber unterstand sich, es zu tun, und fragte: Was ist Wahrheit? ... Als ob man es nicht wüßte, als ob die Weltgeschichte es nicht wüßte! Von der einen Entgleisung abgesehen, war der Mann sauber und wusch sich die Hände, ohne sie sich zu beschmutzen. Als sich kürzlich unser braver Hauptmann Sandoval in Chalco die Hände wusch, war der durch die Stadt fließende Fluß so tiefrot von Mexikanerblut, daß anderthalb Stunden lang die armen verdurstenden Christen nicht einmal daraus trinken konnten. Ich bitte Euer Liebden, sich die Qual der Christen vorzustellen. Ist es zu verstehen, daß die Mexikaner trotz des Friedenszustandes, in welchem wir leben – denn noch haben wir keinen Krieg –, sich einfach töten lassen, wie neulich in Iztapalapan? Und warum? Doch nur, um uns ins Unrecht zu setzen! Nichts beweist klarer ihren schlechten Willen – was bleibt uns da anderes übrig, als ans Gewissen der Welt

zu appellieren! Ich frage Euer Liebden: kann man sich ins Unrecht setzen lassen, wenn man in seinem Recht sitzt wie ein Hermelin im Taubenschlag? Ich behaupte: man kann es nicht!... Die Mexikaner haben Euer Liebden gütigen, väterlichen Brief, den sie allerdings schwerlich entziffern konnten, nicht einmal beantwortet. Ist das zu fassen? Ist es zu begreifen, daß sie den Frieden nicht annehmen wollen von uns, die wir so viel mehr und so viel größere Schiffe haben als sie? Mein Freund, der berühmte Ignotus, schreibt irgendwo: das Recht war immer auf seiten der größeren Schiffe!... Aber das eben ist der Fehler der Mexikaner, sie wissen nichts von Geschichte und nichts vom Gewissen der Welt, das seit Olims Zeiten sauber gewaschene Finger hat, genau wie Pilatus und unser Sánchez Farfán. Eins aber müßten die Mexikaner wissen: daß in Tlascala der Schiffbaumeister Martín Gutiérrez sein Wunderwerk vollendet hat: die Schiffsteile sind auf dem Marsche, sind unterwegs – wie die Wahrheit –, sie schweben über dem Gebirgswall, von zehntausend Tlamamas getragen und von Erdwellen, die höher sind als Wasserwellen. Und auch die Schwarze Blume hat, um den gefährdeten Frieden zu beschützen, sich beeilt, den Kanal und den Hafen für die Brigantinen mit Hilfe von achttausend Erdarbeitern fertig zu graben. Ohne Hilfe der Erdarbeiter aber hat die Schwarze Blume einen anderen heimlichen Kanal geleitet zum Herzen unserer Amazone, der Frau des Weißhändigen. Man wird nicht umsonst beraten und zum König erzogen vom Weißhändigen, der wie Pontius Pilatus von der bitteren Wahrheit keine Ahnung hat.« So sprach Rodrigo Rangel.

Nicht nur die in Tlascala gezimmerten Schiffsteile, auch Segel, Teerfässer, Eisenklammern und Bussolen, die einst – vor der Verbrennung der elf Karavellen – in Sicherheit gebracht und in Verakruz aufbewahrt worden waren, wurden jetzt über Huei-Otlipan, Calpulalpan und die Quauhtepankordillere – das Adlergebirge – getragen. Martín Gutiérrez begleitete die achttausend Tlamamas, um am Lagunenufer die Zusammenfügung der Brigantinen und ihren Stapellauf zu leiten.
In großer Gala ritten zu festlichem Empfang die Feldobristen, in grellfarbigen Kriegertrachten schritten die verbündeten Indianerfürsten durch die das Osttor Tezcucos umgrünenden Kakaopflanzungen. Blumenbeladen wälzte sich die Stadtbevölkerung hinterdrein. Das Christenheer wartete bereits seit Stunden vor den Mauern der Stadt und spähte hinaus auf die einer Nebelschlange ähnliche Staubwolke in der Ferne. Menschen und Pferde wurden erkennbar – zuerst das schwanenhalsige Berberroß des an der Spitze reitenden Alvarado, den Cortez mit hundert Kastiliern zum Schutz des Transportes nach Tlascala gesandt hatte. Mit Jubelgeschrei krochen die beiden Menschenmassen aufeinander zu.
Der Jubel wurde zum dröhnenden Freudengebrüll, als sie aufein-

anderstießen. Cortez stieg vom Pferd, umarmte und küßte den Schiffbaumeister auf beide Wangen und beschenkte ihn mit einem bei Iztapalapan erbeuteten mexikanischen Geschmeide.
Noch ehe er den Fuß wieder in den Steigbügel gesetzt hatte, sah er einen fremden, vornehm gekleideten Europäer auf einem Rappen herangaloppieren. Es ärgerte ihn, daß er zu Fuß war, als jener den Rappen dicht vor ihm parierte und zu ihm niedergrüßte. Cortez übersah es, schwang sich in den Sattel und, in den Steigbügel gepflanzt, erwiderte er dann erst den Gruß. Er blickte in ein längliches, graubärtiges, fahles Hofschranzengesicht mit einer etwas plumpen Nase und stechend schwarzen, unenträtselbaren Augen. Diese Augen gefielen Cortez nicht, obgleich sie weder Groll noch Mißmut über die verspätete Grußerwiderung verrieten – eher war der Blick zu freundlich-kalt und stolz.
»Don Juliano de Alderete . . .«, flüsterte Alvarado Cortez zu. Dieser nickte. Er war durch vorausgesandte Boten Alvarados bereits unterrichtet davon, daß endlich – nach des Christenheeres zweijährigem Aufenthalt auf mexikanischem Boden, zum erstenmal – in den Hafen von Verakruz ein aus Europa kommendes Schiff eingelaufen war, mit dem vom Kaiser ernannten Oberschatzmeister Juliano de Alderete an Bord, welcher auf Anraten des Hafenkommandanten Pedro Caballero unverzüglich nach Tlascala geritten war, um sich Alvarado und den Tlamamas anzuschließen. Daß dieser Mann, dessen Freundschaft mit Fonseca, dem Bischof von Burgos, allgemein bekannt war, nicht nur des Kronfünftels wegen die weite Reise unternommen hatte, war für Cortez selbstverständlich.
»Señor, ich heiße Euch in Tezcuco willkommen und hoffe, Euch bald die Schönheiten Mexikos zeigen zu können!«
Höflich-kühl wie Cortez' Worte war Alderetes Entgegnung:
»Señor, das Vergnügen, Euer Liebden bis nach Mexiko begleiten zu dürfen, verdanke ich der Gnade Seiner Majestät, unseres Kaisers, der mir einen Gruß an Euer Liebden auftrug!«
Doch Cortez hörte mehr als Höflichkeit heraus.

»Wo ist das Testament Adams? Zeigt mir doch das Testament Adams her! Sollte es etwa unterschlagen worden sein?« – pflegte König Franz I. von Frankreich mit sardonischem Lachen auszurufen, wenn von den neuen, neueren und neuesten Kolonien Spaniens und Portugals die Rede war. Durch eine die Kapverdischen Inseln nordsüdlich schneidende Demarkationslinie war im Jahre 1494 (als Franz in Cognac zur Welt kam) vom Papst Alexander VI. die Welt in zwei Hälften geteilt worden: die westliche Erdhalbkugel hatte Seine Heiligkeit – ein zweiter Zeus – an Ferdinand und Isabella, los Reyes (»die Könige«) von Kastilien und Aragon verschenkt; die östliche Erdhalbkugel an Johann von Portugal. Den anderen Königen blieb nichts als das leere Nachsehen.

Siebenundzwanzig Jahre waren seitdem vergangen; an der Weltverteilung konnte kein gekröntes Haupt weder innerhalb noch außerhalb Europas einen Deut mehr ändern. Wollte ein amerikanischer König sich nicht knechten lassen, so war er ein Rebell, ein Mißachter des päpstlichen Willens, und hatte sich selbst zuzuschreiben, daß er durch Gewaltmaßregeln an seine Pflichten erinnert wurde.

Daß König Franz das Los kaffeebrauner Herrscher naheging, ist nicht anzunehmen. Aber es wurmte ihn, daß er die Anwendung der Gewaltmaßregeln andern Machthabern überlassen mußte.

Er war jung und wurde noch nicht *Le grand roys François* genannt. Doch schon damals war seine den Mund überschattende spitze Nase nicht das einzig Große an ihm. Gewaltig war sein Körperbau, noch gewaltiger sein Freimut.

Bei der Tafel im Nymphensaal des Schlosses Amboise äußerte er einmal – während er einen Poulardeflügel auf den Silberteller seiner Mätresse legte:

»*Par Saint Jean!* Bei der Weltverteilung war der alte Borgia nicht vom Heiligen Geist beraten – eher von seinen nackten Mädchen, die er zwischen einem Dutzend auf dem Estrich brennender Kandelaber tanzen ließ!«

Als christlicher König durfte sich Franz erlauben, abfällig über einen Papst zu reden; um so mehr, als Seine Heiligkeit vor bald zwei Jahrzehnten eines unheiligen Todes verstorben und mit priesterlichen Faustschlägen in einen viel zu engen Sarg gezwängt worden war ...

Der Mätresse den Arm um den rosigen Nacken schlingend, ergriff Franz sein zum zehntenmal gefülltes Glas (er kam in Cognac zur Welt) und setzte seine Betrachtungen fort:

»Nur Freundinnen kann unsereins haben – keine Freunde, solange das Testament Adams mit Füßen getreten wird. Mein spanischer Nachbar raubt, soviel er kann ... Nun, gottlob, auch meine französischen Korsaren rauben, soviel sie können ... Ich erhebe das Glas auf das Wohl meines einzigen Freundes, des großen Seeräubers Claude Fleuranges!«

Die Tafelrunde stimmte in das Hoch ein und erhob ein schallendes Gelächter. Es war kein Geheimnis, daß Claude Fleuranges vom Überfall spanischer Amerikafahrer lebte. Wohlwollende Förderung von seiten des Königs ermöglichte es ihm, die gekaperten Schiffe im Hafen La Rochelle unterzubringen, wo das Raubgut redlich zwischen ihm und der Krone geteilt wurde.

Die Karavelle, auf welcher bald nach Cortez' Genesung vom Wundfieber (es war im Juli gewesen, einen Monat nach der Nacht der Schrecken) der Hauptmann Alonso de Avila nach Europa gesegelt war, dem Kaiser einen Teil des bei der Schlacht von Otompan erbeuteten Goldes, den zweiten Brief des Cortez und die Smaragdpyramide der Königin Maisblüte zu überbringen – die Karavelle hatte bei

den Kanarischen Inseln das Unglück, vom Seeräuber Claude Fleuranges aufgebracht zu werden. Die verrosteten Kanonen der Karavelle waren in Verakruz zurückgeblieben, wären ohne Pulver auch nutzlos gewesen. Avila, der mit seinen zehn Begleitern sich anfänglich zur Wehr hatte setzen wollen, verzichtete auf Widerstand, als das vollbemannte und stark bewaffnete Rennschiff in Sehweite kam. Beinahe windstill war der wolkenlose Tag, doch die guten Segel des Korsaren beflügelten seine Fahrt. Langsam, unheimlich geräuschlos näherten sich die beiden Schiffe, schaukelten und wippten dann dicht beieinander mit glucksendem Geplätscher auf sanften Lasurwogen, rieben sich mit schrill zwitscherndem Gequiek Bauch an Bauch. Als schließlich eine Bretterbrücke zum Verdeck der Karavelle herüberschwebte, warf Avila die smaragdene Pyramide hinab ins Meer – an der wenigstens sollten die Franzosen keine Freude haben ...
Claude Fleuranges legte mehr Wert auf mexikanische Goldbarren als auf das Schreiben an den Kaiser, das aus einer Wamstasche Avilas hervorgeholt wurde. Da keiner der Franzosen den spanisch geschriebenen Brief lesen konnte, gab der Korsar ihn mit freundlichen Entschuldigungsworten Avila zurück. Er war auch so großmütig, bei der Ankunft in La Rochelle dem Hauptmann und seinen Begleitern eine kleine Summe Geldes auszuhändigen, damit sie nicht mittellos an Land kämen.
Dank diesem Almosen konnte Avila, halb Frankreich durchwandernd, die Pyrenäen erreichen. Im Begriff, die Grenze zu überschreiten, wurde er von den französischen Behörden daran gehindert: sie hatten Weisung, ihn nicht aus dem Lande zu lassen. Trotzdem versuchte er in Verkleidung das Verbot zu umgehen, wurde entlarvt, nach Bordeaux gebracht und in Haft gesetzt.
Ein reisender katalonischer Kaufmann vernahm von seinem Mißgeschick und erwirkte sich die Erlaubnis, ihn im Kerker aufzusuchen. Diesem Katalonier vertraute Avila den Brief des Cortez an.
Auch dann noch verging einige Zeit, ehe der Kaiser das Schriftstück zu Gesicht bekam. In Tortesillas, bei seiner Mutter Johanna der Wahnsinnigen, befand sich Karl V. damals. Er besuchte die Kranke, die, verblödet, nicht einmal seinen Namen kannte, um als guterzogener Sohn Abschied von ihr zu nehmen, bevor er zum Reichstag nach Worms aufbrach, wo Martin Luther sich vor ihm rechtfertigen sollte ... Nachdem der Händler aus Bordeaux nach Cadiz gesegelt war, übermittelte er den Brief dem bei Hofe hochangesehenen Herzog von Bejar. Das hatte den augenblicklichen Erfolg, daß der seit anderthalb Jahren in einem bischöflichen Gefängnis schmachtende Hauptmann Puerto Carrero in Freiheit gesetzt und aufgefordert wurde, nach Tortesillas zu reisen, um dem Kaiser den Inhalt des ersten – abhanden gekommenen – Schreibens des Cortez mündlich vorzutragen.

Ein tückisches Verhängnis waltete über den ersten Goldsendungen aus Mexiko. So wie jetzt Avila, hatte zwei Jahre früher Puerto Carrero seine Absicht, am spanischen Hof Teilnahme für Cortez und das von ihm entdeckte Goldland zu wecken, im Kerker büßen müssen.
»Der Leitung und Obhut des Heiligen Geistes empfohlen« – wie die Zurückbleibenden sagten – war die Capitána (das einzige beim Brand der elf Karavellen unversehrt gebliebene Schiff) aus der Hafenbucht des eben erst gegründeten (noch nicht erbauten) Verakruz hinausgesegelt, hatte Kuba und die kleinen, von Kolumbus *»Jardin de la Reyna«* – Garten der Königin – benannten Antilleninseln passiert und durchquerte den Ozean. Puerto Carrero, immerwährend seekrank, kam fast nie an Deck. Sein leichtsinniger Reisegefährte, der Hauptmann Montejo, langweilte sich. Die zwei huaxtekischen Sklavinnen, die das Heer dem jungen Kaiser sandte, waren unantastbar. Und mit den fünfzehn Matrosen des Schiffes durfte Montejo als Hidalgo sich nicht gemein machen. Der Obersteuermann aber, Antón de Alaminos, hatte nur Sinn für die Bussole, ein wortkarger Mann. Eines Abends wurde er gesprächig. Er war nicht mehr jung, ein Fünfziger, groß, hager, hatte schon unter Kolumbus Pilotendienste getan. Neben ihm erschien der weichliche Montejo wie ein Knabe. Sie hatten Wein getrunken, und der Hauptmann war bleicher als sonst; die sehnigen Wangen des alten Seefahrers aber leuchteten karminrot aus dem schönen grauen Bart hervor, seine schwarzen Augen blitzten. Der Wein hatte ihm die Zunge gelöst.
»Wer hat den Schlüssel zur Kiste?« fragte er unvermittelt.
Montejo war so erstaunt, daß er nicht sofort eine Antwort gab. Es gab viele Kisten an Bord; doch nur eine stand neben dem Bette des kranken Puerto Carrero, und diese war es, wo das Schreiben des Heeres an den Kaiser, der Bericht des Generalkapitäns und die wertvollsten Geschenke Montezumas aufbewahrt waren. Ausweichend fragte Montejo:
»Welche Kiste meint Ihr?«
»Ihr wißt, welche ich meine, Señor! ... Habt Ihr den Schlüssel?«
»Nein. Puerto Carrero hat ihn.«
»Man könnte ihn bestehlen. Er ist besinnungslos, sieht und hört nichts ...«
»Wer könnte ihn bestehlen? ...«
»Ei, auf die Matrosen ist kein Verlaß ... Ihr solltet den Schlüssel an Euch nehmen!«
Entgegen ausdrücklichem Verbot hatte Alaminos die Capitána dicht an Kuba vorbeigesteuert, und als Mariel, das Landgut des Montejo, in Sicht kam, war der willensschwache Montejo der Versuchung erlegen, einen verräterischen Brief durch den Matrosen Pedro de la Harpa an Land zu senden.
Seitdem wußte Alaminos, wie leichtes Spiel er mit diesem Falschspieler hatte.

Vom Schlüssel und der Kiste wurde an jenem Abend nicht mehr geredet. Alaminos ließ das Gespräch fallen, und Montejo zeigte keine Lust, es wieder aufzugreifen.
Gegen Abend langte die Capitána im südspanischen Hafen San Lúcar an. Ockerfarben durchleuchtet, schwankten die dreieckigen Segel der zahllosen Fischer- und Hafenboote im Goldschimmer des Sonnenuntergangs; es war zu spät, die Kisten Montezumas auszuschiffen. Puerto Carrero und Montejo beschlossen, die erste Nacht noch an Bord zu schlafen. Doch ließen sie sich ausbooten – Puerto Carrero, um eine kleine Karawane von Reit- und Lasttieren zu dingen – Montejo, um nach Freunden oder Kurtisanen Umschau zu halten.
Während sie am nächsten Morgen eben mit der Ausschiffung beginnen wollten, kamen Offiziere und bewaffnete Soldaten an Deck. Böses ahnend, eilte Puerto Carrero in seine Kajüte, um wenigstens den Brief des Cortez in Sicherheit zu bringen. Doch er fand den Brief nicht.
Die mit Montezumas Geschenken gefüllten Kisten wurden beschlagnahmt. Das geschah auf Befehl des Leiters der indianischen Angelegenheiten, des Bischofs von Burgos, Don Juan Rodríguez de Fonseca: zwei Tage vor Puerto Carrero war des Gobernadors Diego Velázquez Hauskaplan Benito Martín auf einem Rennschiff aus Kuba in San Lúcar angelangt und hatte mit dem Bischof konferiert. Haßte Diego Velázquez Cortez, so haßte Fonseca nicht weniger Puerto Carrero, weil dieser vor Jahren seine, des Bischofs Nichte – eine verheiratete Frau – in die Neue Welt entführt, die Sippe der Fonsecas verunehrt hatte.
Erst vierzehn Tage nach der Beschlagnahme der Goldkisten wurde den beiden Hauptleuten in Sevilla die mehrmals vergeblich erbetene Audienz bewilligt. Nicht als Angeklagter, sondern als Ankläger, stolz im Bewußtsein seines gekränkten Rechtes, betrat Puerto Carrero den Bischofspalast. Er und Montejo wurden in einen weißgetünchten Saal mit Kreuzgewölbe und geschweiften Fenstern geführt, wo allerhand Volk, Bittsteller und Besucher, umhersaßen. Ein gebücktes Männchen mit fächerartigem Silberbart, kräftiger Nase, hoher Stirn und gütigen, glanzigen, wissenden Greisenaugen ging durch den Saal – es war Petrus Martyr, das gelehrte Mitglied des Indienrates. Er begrüßte Puerto Carrero, zog ihn in ein Ecke, wo sie unbelauscht flüstern konnten.
»Seid auf der Hut... Der Bischof ist erbost.«
»Warum?«
»Weil er für seine Gewalttat einen nachträglichen Grund sucht. Er hat alle Stimmen des Indienrates – außer der des Lizentiaten Nuñez und meiner...«
»Wollen die Herren das Gold teilen?«
»Nein. Nas behält Fonseca. Aber Diego Velázquez war freigebig. Er schenkte dem Patriarchen beider Indien achthundert Sklaven! Lope

Conchillos, der bereits elfhundert Indianer besitzt, erhält hundertfünfzig dazu, de Vega dreihundert, der Lizentiat Mojica zweihundert...«
Das Gespräch wurde abgebrochen, da der Bischof die beiden Hauptleute hereinbitten ließ.
Das Arbeitszimmer Fonsecas war ein enger, dunkler, einfenstriger Raum. Mattgolden die Balkendecke, mattgolden die Ledertapete. An der Wand ein kleines Madonnenbild, von Jahrhunderten braun gebeizt, mit dunkelrot glimmendem Lämpchen davor. Navigationskarten und ein elfenbeinernes Kruzifix auf dem Tisch; auch etliche Schweinslederbände – verstaubt und unberührt, da der ebenso träge wie ungebildete Prälat nie zu lesen pflegte.
Das einzige, an der Südseite gelegene Fenster war durch einen gelben Damastvorhang verdeckt, auf den die Sonne brannte. Fonseca saß dicht am Fenster, und zwar so, daß seine Besucher, geblendet vom Lichtschein, nur undeutlich seine Silhouette vom Vorhang sich abheben sahen, während er in der Lage war, ihre Gesichtszüge scharf zu beobachten. Der Bischof war ziemlich groß, schwer, grobschlächtig, hatte ein froschartig zusammengedrücktes, bartloses Gesicht, eine Plattnase, eine niedrige Stirn. Trotz seines bäuerischen Äußern konnte er auf Fremde den Eindruck eines weltgewandten, leutseligen zuvorkommenden Mannes machen.
Außer ihm war nur der Sekretär des Indienrates, Lope Conchillos, anwesend. Hochgewachsen, schlank, das gutgeschnittene lange Gesicht von hellbraunem Spitzbart umrahmt, trug er sich mit frauenhafter Eleganz. Auffallend waren seine leichenhaften ringbedeckten Spinnenfinger. Wenn er sprach, begleitete er jeden Satz mit einem Lachen, das wie ein Meckern klang.
Puerto Carrero und Montejo wurden mit übertriebener Herzlichkeit empfangen. Fonseca wies auf zwei Stühle und ersuchte sie, Platz zu nehmen.
»Habe ich euch endlich hier, meine Lieben! Wie habe ich mich darauf gefreut, euch zu sehen!« rief er gutmütig aus. »Das könnt Ihr bestätigen!« fuhr er fort, sich an Conchillos wendend.
Conchillos bestätigte es durch eine stumme Verbeugung und mekkerte. Vor Staunen vermochte Puerto Carrero kein Wort vorzubringen.
»Warum seid ihr nicht gleich den ersten Tag zu mir gekommen, meine Lieben?« fuhr Fonseca fort. »Ihr habt den Grafen Altamira, Oristan und Syrnela eure Aufwartung gemacht – mich aber habt ihr übergangen!«
Puerto Carrero nagte an seiner Unterlippe. Dieser Spaßmacher im Bischofsornat wußte also von seinen vergeblichen Gängen und Bemühungen, verhöhnte seine Machtlosigkeit... In bescheidenem Tone bemerkte der Hauptmann, daß er mehrmals um die Audienz gebeten habe.
»Ist das möglich! Warum weiß ich das nicht? Und jetzt erst erfahre

ich das!« grinste Fonseca. »Ja, so geht es uns Großen: wir sind Knechte der Dienerschaft! ... Doch erzählt; ihr habt viel zu erzählen! Ihr kommt aus dem Lande, wo man die Goldklumpen mit Netzen fischt! Beneidenswert, ihr! Da sitzt ihr vor mir, leibhaftige Zeugen einer Fabelwelt! ... Erzählt! Ich will euch lauschen, als wärt ihr Märchenerzähler!«

Es kostete Puerto Carrero viel Überwindung, mit dem Bericht zu beginnen. Er hatte Grund, anzunehmen, daß der Bischof die beiden abhanden gekommenen Schriftstücke in Besitz hatte und mit ihrem Inhalt vertraut war. Wozu also die possenhafte Neugier?

Ohne zu lügen, stellte Puerto Carrero Cortez ins günstigste Licht; er sah ihn und seine Taten mit Freundesaugen. Über die Mißhelligkeiten mit Diego Velázquez und dessen Anhängern glitt er hinweg, berührte nur streifend die Kämpfe bei Tabasco, die Landung, das Lagerleben an den Sanddünen, die Gründung von Verakruz und wurde erst ausführlich, als er vom Besuch der Abgesandten Montezumas, Staub-Aufwirbler und Schwelendes Holz, erzählte und von der aus feinstem Gold gestanzten Sonnentafel, der silbernen Mondtafel und all den andern Kleinodien, welche er und Montejo dem Kaiser Don Carlos zu überbringen beauftragt seien ...

Hier unterbrach ihn Fonseca und fragte mit jovialer Verschmitztheit: »Wo ist die goldene Sonne? Wo ist der silberne Mond? Und die anderen Kleinodien, wo sind sie? Kann man sie nicht besichtigen? Bringt sie doch her, daß wir sie bewundern!«

Und zu Conchillos gewandt, fragte er:

»Meint Ihr nicht auch, Don Lope, daß der Indienrat dies Gold gern sehen würde?«

»Ich fürchte, der Indienrat wird von diesem Gold nicht viel zu sehen bekommen!« meckerte Conchillos.

Ratlos blickte Puerto Carrero nach Montejo hin und wunderte sich, daß jener des Bischofs teuflischen Humor gleichmütig hinnahm. Er selbst hatte sich nicht mehr in der Gewalt.

»Ich bitte Vuestra Merced um Verzeihung«, sagte er erregt zum Bischof, »doch ist mir's unerfindlich, wie ich die Kleinodien herschaffen soll, da Ihr selbst sie beschlagnahmt habt!«

»Ich, Señor? Das muß ein Irrtum sein!«

»Nach unserer Ankunft betraten Offiziere das Schiff und holten die Kisten ab, welche die Geschenke Montezumas und Briefe Don Hernandos und des Heeres an Seine Majestät enthielten. Die Offiziere wiesen einen schriftlichen Befehl vor, unterschrieben von Don Juan Rodríguez, Bischof von Burgos!«

»Schau einer an! Gibt es einen zweiten Bischof von Burgos? Ich möchte wissen, wie der Kerl ausschaut! Ihr seid Beutelschneidern in die Hände gefallen, meine Herren! Das soll untersucht werden! ... Nun aber wollen wir von den Briefen reden. Davon habt ihr vorhin nichts erwähnt. Warum schrieb das Heer an Seine Majestät?«

Puerto Carrero gab Auskunft.
Der Bischof suchte unter den Papieren auf dem Tisch und hob ein Schreiben empor.
»Ist dies der Brief?« fragte er mit zynischer Lustigkeit.
Erstarrt, angeekelt, antwortete Puerto Carrero nicht. Montejo, der bis dahin geschwiegen hatte, antwortete für ihn, bejahte.
Plötzlich, ganz unvermittelt, verfinsterte sich Fonsecas Gesicht, wurde dunkelrot.
»Was diese Rebellen da schreiben, ist alles Lüge!« schrie er in rüdem Ton. »Wißt Ihr das, Señor?«
»Ich weiß und bezeuge, daß es Wahrheit ist!« erwiderte Puerto Carrero. »Mein mündlicher Bericht deckt sich mit dem Inhalt dieses Schreibens!«
»Schaut mir doch den Narren an!« brüllte Fonseca. »Die Wahrheit ist, daß Ihr Flausen erzählt habt, Señor! Wir kennen Eure Schliche! ...«
»Ich bitte, Hochwürdigster, nicht zu vergessen, daß Ihr zu einem Ehrenmanne sprecht!«
»Ihr ein Ehrenmann?! ...« Der Bischof lachte wild auf. »Was heutzutage nicht alles ein Ehrenmann sein will! Man ist ein Schuft, ein Ehebrecher, ein Frauenjäger – und man rühmt sich, ein Ehrenmann zu sein! Meine Nichte wurde verführt, in die weite Welt entführt, ist verdorben und gestorben – aber Ihr seid ein Ehrenmann! Und Ihr legt Zeugnis ab! ... Nun, Señor, bessere Zeugen als Ihr werden Euer Zeugnis zuschanden machen!«
Fonseca gab Conchillos ein Zeichen.
»Ruft sie, Don Lope!«
Conchillos öffnete eine kleine Tapetentür. Der Kaplan Benito Martín und Antón de Alaminos traten ein.
Erblaßt war Puerto Carrero. Seine schwermütigen Blicke maßen den Obersteuermann vom Scheitel bis zur Sohle, hefteten sich dann an seine Augen, ließen nicht ab von seinen Augen.
Der Bischof wurde wieder leutselig.
»Wir haben die Hälfte einer anmutigen Reisebeschreibung gehört«, sagte er zu Alaminos. »Nun laßt mich die andere Hälfte hören!«
Alaminos trug eine gut vorbereitete Anklagerede vor. Durch Bestechungen habe Cortez das Heer abspenstig gemacht, die Anhängerschaft Don Diegos vergewaltigt, den Steuermann Cermeño und den Büttel Escudero hängen, dem Steuermann Gonzalo de Umbría die Füße abhauen lassen. Himmelschreiend sei der Justizmord. Unter den Hauptleuten aber, die das Bluturteil gesprochen, habe sich Puerto Carrero befunden.
Vom Bischof aufgefordert, ergänzte Benito Martín den Bericht und erwähnte, daß sogar mit einem Geistlichen, dem Lizentiaten Juan Díaz, standrechtlich verfahren wurde! – nur auf Bitten und Einspruch des Paters Olmedo sei der Lizentiat begnadigt worden.

Die wenigen Worte des Kaplans machten einen tieferen Eindruck auf Puerto Carrero als die maßlose Anklage des Alaminos. Der Kaplan beobachtete das und sagte zum Hauptmann:
»Ihr scheint Euch zu wundern, daß ich über Geschehnisse aussage, die ich nicht mit eigenen Augen gesehen habe. Ich will Euch aufklären. Als Ihr jüngst an Kuba vorbeisegeltet, erhielt Don Diego ein Handschreiben ...«
»Von wem?«
»Vom Hauptmann Montejo!«
Eine Weile schwiegen alle. Montejo schrumpfte sichtlich zusammen. Puerto Carrero stand noch immer aufrecht da, doch längst hatte er den Kampf aufgegeben. Der Bischof schmunzelte.
»Ihr dürft gehen, meine Herren!« sagte er zu den beiden Hauptleuten. Und er reichte ihnen seine plumpe, mit weißledernem Handschuh bedeckte Hand zum Kuß hin – am behandschuhten Mittelfinger blitzte ein klobiger Smaragdring – und, bekreuzigend, erteilte er den bischöflichen Segen.
Die beiden Hauptleute schritten wieder durch das Wartezimmer. Da kamen ihnen ein Offizier und drei Hellebardiere entgegen.
»Euren Degen, Señor!«
»Señor, ich denke nicht an Widerstand; doch will ich wissen, was der Grund meiner Verhaftung ist!«
»Ehebruch!« antwortete der Offizier.
Da lieferte Puerto Carrero seinen Degen ab und ließ sich abführen.

Jener katalonische Kaufmann, der in Bordeaux Avila besucht hatte, überbrachte dem Herzog von Bejar außer des Generalkapitäns zweitem Brief an den Kaiser auch die Nachricht, daß anderthalb Jahre früher Cortez einen ersten Brief mit den Geschenken Montezumas durch Puerto Carrero und Montejo nach San Lúcar geschickt hatte. Dank sofort angestellten Nachforschungen glückte es, Puerto Carrero ausfindig zu machen. Seine Freilassung wie auch die Herausgabe des mexikanischen Goldes erwirkte der Herzog, ohne den Bischof bloßzustellen. Mochte Fonseca aus politischen Gründen, um seinem Freunde Diego Velázquez (der damals mit den achtzehn von Pánfilo de Narváez geführten Schiffen Cortez in den Rücken fallen wollte) Zeit zu lassen, Puerto Carrero kaltgestellt haben – seine Angabe, es sei einer Familienfehde wegen geschehen, ließ sich nicht widerlegen. Und auch für die Zurückhaltung des Goldes – von dem freilich ein beträchtlicher Teil eingeschmolzen und unauffindbar war – konnte man die Entschuldigung gelten lassen, daß der junge Kaiser sich lange Zeit in Flandern aufgehalten hatte, bevor er nach Tortesillas kam.
Die mexikanischen Kleinodien machten am spanischen Hofe ungeheures Aufsehen. Seit drei Jahrzehnten wartete man vergeblich auf die Kunde, der allabendlich in den Felsensee hinabsteigende vergol-

dete König – El Dorado – sei gefunden. Enttäuscht hatten die Entdeckungen des Kolumbus, enttäuscht auch alle späteren Entdeckungen auf der westlichen Hemisphäre. Elend, krank und meist ebenso arm, wie sie hinausgezogen, kehrten die Kolonisten in die Heimat zurück; durch die Silbergruben Haitis wurden nur einige Bevorzugte bereichert. Jetzt aber, beim Anblick der Goldschmiedearbeiten, Zeugnisse eines ungeahnten Reichtums und der Kunstfertigkeit hochstehender Kulturvölker, dämmerte den Granden Spaniens die Bedeutung auf, den ein nach Europa geleiteter Goldstrom für die Kultur, die Wirtschaft und die künftigen Kriegsverwicklungen der Alten Welt haben konnte ...

Der kaum erst mündig gewordene, die Welt noch schüchtern abtastende Kaiser begriff das so gut wie seine Umgebung. Doch ihm fehlte es an Zeit: er mußte nach Worms, den in Wittenberg aufgezüngelten Weltbrand löschen. Am selben Tage, an welchem er Puerto Carrero in Audienz empfing und den zweiten Brief des Cortez las, ließ er sich aus der Casa de Contratation die vom Kaplan Benito Martín verfaßte Anklageschrift vorlegen, worin im Namen des Gobernadors von Kuba die Todesstrafe für Hernando Cortez beantragt war. Die Lober und Tadler widersprachen sich allzusehr. Den Knäuel entwirren konnte er im Augenblick nicht und wollte ihn nicht kurzerhand durchschneiden. So verschob er denn die Entscheidung bis nach seiner Rückkehr aus Worms. Aber er gab dem Indienrat die Weisung, einen Oberrechnungsführer zur Wahrung der Ansprüche der Krone nach Mexiko zu entsenden.

Im Indienrat war der Patriarch beider Indien, Fonseca, allmächtig. Seine Wahl fiel auf Juliano de Alderete, einen seiner Nepoten. Er gab ihm eine Urkunde mit, die ihn als vom Kaiser ernannten Oberrechnungsführer beglaubigte. Außerdem übergab er ihm ein Patent, von welchem Cortez zunächst nichts erfahren durfte. Das Patent ermächtigte Alderete, gegebenenfalls Cortez und seine Feldobristen in Ketten zu legen und sie als Hochverräter abzuurteilen.

Obgleich Cortez vom Patent nichts wußte, durchschaute er gleich bei der ersten Begegnung vor den Toren Tezcucos, daß dieser glatte Hofmann seine Karten nicht aufdeckte. Cortez spürte eine unbegreifbare, unsichere Gefahr und beschloß, sie zu bannen durch seine nie versagende Liebenswürdigkeit, mit welcher er schon manchen Gegner eingelullt und eingefangen hatte. War ihm ein lästiger Aufpasser zur Seite gestellt, so wollte er fortan von jenes Seite nie weichen, des Aufpassers Aufpasser werden ...

Er wurde durch Marina in seinem Argwohn bestärkt. Alderete zog sich die Abneigung Marinas gleich am ersten Tage zu, als er, bald nach seiner Ankunft im Schneckenhauspalast, durch die Prachtsäle und den Schloßgarten umhergeführt wurde.

Am Rande eines Fischteiches, unter dem Schattendach dunkler

Acxoyatl-Lorbeerbäume, hatte sich Marina mit ihrem bald schon einjährigen Sohne gelagert, umringt von ihren Frauen wie eine Fürstin. Frater Aguilar war vorbeigekommen und hatte sich, von ihr aufgefordert, zu ihr auf den rasenbewachsenen Teichdamm gesetzt. Sie fragte ihn aus nach Maisblüte. Seit der Ermordung Gallejos und der Entführung der Königin durch Estevan Parillas hatte Marina ihre Freundin nicht wiedersehen dürfen: Olid litt nicht, daß Maisblüte Besuch empfing. Bloß Aguilar hatte als Geistlicher Zutritt zu ihr. Unter dem Vorwand, er wolle die Heidin bekehren, hatte er sich die Erlaubnis, ihr Zuspruch zu erteilen, erbeten und vom launischen Olid, der ihm seine Vorwürfe während des Gemetzels bei der Pyramide Cholulas nachträglich mit herablassendem Wohlwollen vergalt, bereitwilligst gewährt erhalten. Marinas wegen nahm er sich so der Königin an. Hatte doch Marina sich das Versprechen von ihm geben lassen, daß er alles tun werde, um Maisblüte ihr schweres Los zu erleichtern; daß er jeden Wunsch der noch immer Stummen ihr von den Augen ablesen und erfüllen werde. »Alle Wohltaten, Frater, die Ihr der Königin erweist, erweist Ihr mir!« waren Marinas Worte gewesen. Unauslöschlich flammten diese Worte in seiner Seele. Er durfte der Geliebten Gutes tun, ohne daß sie sich gekränkt fühlte! Und auch das beseligte ihn, daß er nun öfters Anlaß hatte, sie anzureden, ihr von Maisblüte zu erzählen.

Außer von Maisblüte sprach er ihr zuweilen auch von seinen kühnen Träumen, Cortez müsse und werde den Bund mit ihr kirchlich segnen lassen. Was er in Verakruz vom Führer des dritten Garay-Schiffes, Alvarez Pineda (bei dem er einst Hausgeistlicher gewesen war), über die Krankheit der Doña Catalina erfahren hatte, war nicht lange sein Geheimnis geblieben. Zwar hatte er sich vorgenommen, es Marina zu verheimlichen, um sie vor der Gedankensünde zu bewahren, welche er sich selbst mit verfeinerter Selbstquälerei zur Schuld anrechnete. Seitdem war Pineda mit Olid nach Tezcuco gekommen und erzählte hier mit dürren Worten, die Gemahlin Don Hernandos könne schwerlich mehr am Leben sein; denn als seine Karavelle aus Kuba absegelte, hätten die Ärzte erklärt, sie habe keine drei Wochen mehr zu leben ...

Auch Marina kam es zu Ohren. Obgleich sie annehmen mußte, daß Cortez darum wisse, stellte sie an ihn keine Frage. Sie fragte Aguilar, ob es wahr sei. Da konnte er es nicht ableugnen.

Mehr als ein halbes Jahr war seit der Ankunft der Garay-Schiffe vergangen. Die Frist von drei Wochen war längst abgelaufen. Trafen von neuem Schiffe in Verakruz ein, so geisterte jedesmal ein stummes banges Fragen in Marinas Augen und Aguilars Blicken umher. Was sie sprachen, sagte nichts. Schutz vor bösen Gedanken suchten sie hinter leeren Worten ...

Monjaraz hatte die Todesnachricht nicht gebracht. Ob der eben erst angelangte Alderete sie bringen werde, war ungewiß; man wußte nicht einmal, ob seine Karavelle, von Europa kommend, Kuba angelaufen habe.

»Daß das arme Wesen sich so quälen muß!« sagte Aguilar.

»Kanntet Ihr sie, Frater?«

»Nein ... Ich habe mir erzählen lassen, sie sei ein niedliches eitles Ding gewesen. Don Hernando war eigentlich zu schade für sie ... Nun hat die Krankheit eine Märtyrerin aus ihr gemacht.«

»Ich bin keine Heilige ... Doch ich wünsche ihr alles Gute ...«

»Auch ich. Gott gebe ihr Genesung und Frieden! ...«

Beide logen und wußten, daß sie logen.

Laute Männerstimmen wurden im Garten vernehmlich. Cortez und seine Feldobristen hatten Alderete die Herrlichkeiten des nach dem Mondgott, dem Herrn-des-Schneckengehäuses, benannten Tecpans gezeigt und führten ihn jetzt durch die Alleen und Blütensträucher des Palastgartens. Der Frater war erschrocken aufgesprungen und wollte sich entfernen. Doch schon näherten sich die Kavaliere dem Teich. Auch Marina und ihre Frauen hatten sich erhoben. Eine zapotekische Wärterin wollte ihr das Kind abnehmen; Marina aber schüttelte den Kopf: sie fühlte sich frei von Beschämung. Voll Stolz behielt sie das Kind des Cortez auf dem Arm.

Beim Anblick des reichen Hofstaates der wunderschönen jungen Mutter stellte Alderete an Cortez die Frage, ob dies eine gefangene Königin sei?

Zum Erstaunen aller fiel Marina Cortez ins Wort und gab dem Frager Bescheid:

»Ich bin eine Sklavin, Señor, und wurde in Tabasco mit vierundzwanzig anderen Sklavinnen Don Hernando geschenkt. Von der Dolmetscherin Marina oder Malintzin werdet Ihr in Verakruz wohl gehört haben. Warum also fragt Ihr, ob ich eine Königin sei? Nehmt Ihr Anstoß daran, daß ich vornehm gekleidet bin und von dienenden Frauen begleitet werde? Ich habe ein Anrecht darauf, ich will es Euch nicht verhehlen: dies Kind auf meinem Arm ist Don Hernandos Kind!«

Ein peinliches Schweigen folgte. Alle blickten verlegen drein. Sonst war es Marinas Art nicht, sich vorzudrängen. Sie, die Bescheidene, hatte so überraschend ihren stillen Bezirk verlassen ...

»Was ist in dich gefahren, Marina?« sagte Cortez vorwurfsvoll. »Ich glaube nicht, daß Don Juliano dich kränken wollte!«

»Das lag mir gänzlich fern, Señorita! Mir sind Eure Verdienste bekannt!« erklärte Alderete mit einer steifen Verbeugung.

Alvarados gerader Soldatensinn begeisterte sich plötzlich für Marinas Mut. Durch ihre freiwillige Bloßstellung hatte sie unliebsamen Fragen und Erörterungen, noch bevor sie aufflattern konnten, die Flügel beschnitten. Dies Mädchen war tapferer als die Männer.

»Ohne Doña Marina«, rief Alvarado, »wären wir nie über Sem-

poalla hinausgekommen! Ihr mögt in Verakruz von ihren Verdiensten gehört haben, Señor Alderete, aber gewiß nicht genug – darum laßt mich Euch sagen, daß kein Lob an ihre Verdienste heranreicht!«
Alderete lächelte überlegen und beachtete Alvarados Angriff nicht. Zu Marina gewendet, sagte er:
»Nicht nur in Verakruz, auch in Kuba hat man mir von Euch erzählt, Señorita!«
»Habt Ihr auf der Herreise Kuba berührt?« fragte Cortez schnell.
»Ja, Don Hernando – fast hätte ich es vergessen –, ich soll Euch vom Oheim Eurer Gemahlin, Don Diego Velázquez, Grüße überbringen... Der alte Mann geht recht zurück... Vom Koloß, der er war, blieb wenig übrig. Die Sorgen naschen ihm das Fleisch weg... Ihr habt ihm übel mitgespielt, Don Hernando!... ›Varus, gib mir meine Legionen wieder!‹ ist sein täglicher Seufzer.«
»Da mag er sich an Don Pánfilo halten – nicht an mich!« lachte Cortez.
»Gewiß... Auch das trägt bei zu seinem Verfall, daß er von seinem heimgekehrten Sekretarius Andrés del Duero erfahren hat, Narváez sei neuerdings ein Lobredner und Bewunderer Eurer Kriegstaten geworden, Don Hernando...! Und noch mehr geärgert hat ihn, daß fünftausend mit dem Buchstaben G gebrandmarkte mexikanische Sklaven, die Narváez Don Cristóbal de Olid abkaufte, in Kuba auf den Markt gebracht worden sind und daß der Erlös in Don Pánfilos Tasche fließt statt in seine. Seitdem ist Don Diego krank und bettlägerig – man befürchtet das Schlimmste für ihn...«
»Er ist nicht mehr der Jüngste«, bemerkte Sandoval, um etwas zu sagen, da die anderen teilnahmslos schwiegen. Er sah totenblaß aus und trug den Arm in einer Binde.
»Um so bessere Nachrichten, Don Hernando«, fuhr Alderete fort, »kann ich Euch von Eurer Gemahlin, Doña Catalina, überbringen. Ihre Gesundung hat so erstaunliche Fortschritte gemacht, daß die Ärzte im Zweifel sind, ob sie überhaupt je schwindsüchtig war!«
»Solche Ärzte würde ich zum Teufel jagen!« platzte Olid barsch heraus.
Frater Aguilar wagte sich vor.
»Warum, Don Cristóbal? Je schlechter die Ärzte, um so größer das Wunder des Allmächtigen!... Wir alle haben den Wunderglauben, wir vertrauen auf Gottes Güte... Freilich, Alvarez Pineda sprach anders. Er meinte, es wäre keine Hoffnung mehr...«
»Wer ist dieser Pineda?« fragte Alderete.
»Er landete vorigen August«, erklärte Sandoval.
»Und jetzt sind wir im April«, lächelte Alderete. »Damals mag sie hoffnungslos daniedergelegen haben; jetzt aber ist sie wohlauf und sieht blühend aus, das kann ich bezeugen!... Übrigens trug sie mir auch an Euch, Señorita, Grüße auf!«
»An mich?!...« Marina fuhr zusammen, wie durchbohrt von einem

Giftpfeil. »Überaus gütig ist Doña Catalina... Nur begreife ich nicht...«

»Wundert es Euch, Señorita? Wieviel die heilige Mutter Kirche, Seine Majestät der Kaiser und das christliche Heer Euch verdanken, ist Doña Catalina wohlbekannt. Sie hofft, Euch nächstens mündlich danken zu können.«

»Mündlich?...« fragte Cortez, ohne seine Gemütsbewegung ganz verdecken zu können. »Wie versteht Ihr das, Don Juliano? Hat meine Frau vor, nach Mexiko zu kommen?...«

»Die Kordilleren sind verdammt hoch!« knurrte Olid.

»Dasselbe habe ich ihr vorgehalten. Doch sie meinte, Sehnsucht schrecke vor Hindernissen nicht zurück... Wenn wieder ein Schiff in Verakruz landet, wird sie an Bord sein, vermute ich...«

Da die Zusammenfügung der Brigantinen frühestens nach zwei Wochen beendet sein konnte, mußte der Beginn der Belagerung Tenuchtitlans immer noch hinausgeschoben werden. Cortez beschloß einen Rekognoszierungszug in das südliche Anahuac. Um Alderete nicht aus den Augen zu lassen, forderte er ihn auf, an seiner Seite mitzureiten. Der Weg nach dem Süden war frei, seitdem die von König Ohrring-Schlange bedrängte, umzingelte und fast schon eroberte Stadt Chalco durch Sandovals Eingreifen zum zweitenmal entsetzt worden war.

Nicht ohne Wunden war Sandoval aus den Kämpfen heimgekehrt; und um sie heilen zu lassen und wohlverdienter Ruhe zu pflegen, blieb er als Stellvertreter des Generalkapitäns im Schneckenhauspalast zurück. Die anderen Feldobristen verließen mit Cortez und Alderete Tezcuco am 5. April. Die sie begleitende Truppe bestand aus dreiundzwanzig Berittenen, zweihundert Landsknechten und zwanzigtausend indianischen Bundesgenossen.

Mexiko hatte seinen starken Stützpunkt im Südosten Anahuacs, dank Sandovals blutigen, aber erfolgreichen Entsatzkämpfen, eingebüßt. Als Befreier wurden die Christen von den Bewohnern Tlalmanalcos, Chimalhuacans, Chalcos und den meisten Anwohnern des Chalcosees – den östlichen Chinampanecâ – begrüßt und gefeiert. Kein Anlaß fand sich, den Degen aus der Scheide zu ziehen; nirgends zeigten sich die mexikanischen Standarten. Da ließ sich Cortez verleiten, in das dem Süden des Hochtales vorgelagerte Axochcogebirge – den Ort-der-Wasserblüte, benannt nach einem dort tätigen Vulkan – vorzudringen.

Daß sie sich nunmehr in Feindesland befanden, wurden die Kastilier bald inne, als sie auf der Spitze eines hohen Felskegels eine Schar von etwa fünfzig lachenden Mädchen und Frauen erblickten. Entnervend war das Gelächter, eine Verhöhnung, ein Spott der Hölle. Unerträglich, daß Kreuzfahrer solcher Mißachtung preisgegeben waren. Wie nackthalsige Geier nisteten die lachenden Mädchen droben, geradezu unwahrscheinlich, unirdisch, phantastisch in so ragender Höhe, schaurig und grotesk, als wären sie Gorgonen mit Schlangenhaaren oder flachsbärtige Hexen. Der Versuch, ihnen das Gelächter zu verwehren, die Teufelsbrut in die Schluchtentiefe hinabzustoßen, mißlang – der Fels ließ sich nicht erklimmen. Und als der Scharfschütze Bernaldino de Coria seine Feuerflinte auf die frechste der Lacherinnen abschoß, glitt eine Nebelwolke zwischen ihn und sein Ziel und hinterließ, nachdem sie vorbeigezogen war, einen nackten, grauen, moosgetigerten Felsen.

Und weiter südlich zog das Christenheer durch den Ort-der-Wasserblüte. Nach mancherlei Scharmützeln mit den Bergvölkern, auch einer Schlacht in einem Tal, näherte sich die Vorhut der großen Stadt Quauhnahuac (von den Kastiliern Cuernavaca genannt).
Der Bogenschütze Pedro de Guzmán – der Gatte der vornehmen Francisca de Valtierra – schritt neben dem Reiter Gonzalo Domínguez. Plötzlich legte er einen Bolzen auf die Armbrust.
»Warum? ...« fragte Domínguez.
»Seht Ihr dort links den hohen Lilienbaum mit den großen weißen Blüten?«
»Er ist wie mit Schnee bedeckt ...«
»Das Weiße auf dem einen Ast sind aber keine Blüten.«
»Was sonst? ... Weiße Reiher?«
»Oder ein weißgekleideter Mensch.«
»Schießt nicht! ... Ich will hinreiten.«
Und Domínguez galoppierte zu dem vom Wege abseits stehenden Baum.
Das Geäst teilte sich, ein alter Indianer sprang herab. Angstbebend kniete er nieder vor dem Hirschungeheuer. Domínguez winkte Guzmán und andere Soldaten heran. Bald war der Fremde von einem Schwarm neugieriger Kastilier und Tlascalteken umringt. Auch Cortez, Alderete, Ordás und Olid ritten an den Lilienbaum heran.
Der Indianer trug die Kleidung der Maya, war ein Maya. Als Dolmetscher wurde Aguilar gerufen, der sieben Jahre in Yucatan gelebt hatte.
Nachdem der Frater nur wenige Worte mit dem Maya gewechselt hatte, sagte er zu Cortez:
»Er sagt, er wolle nach Tezcuco zu den Söhnen der Sonne!«
»Der Kerl hat Glück!« lachte Olid. »Wir sparen ihm den halben Weg! Und sogar der Baum hat sich neben ihn gepflanzt, an dem er bald baumeln wird!«
»Was will er von den Söhnen der Sonne?« fragte Cortez.
»Das hat er mir noch nicht gesagt.«
»Warum versteckte er sich«, fragte Alderete, »wenn er vorgibt, uns zu suchen?«
»Weil er noch niemals Pferde und Reiter sah.«

»Nein, Frater, weil er ein übles Gewissen hat!« meinte Cortez. »Doch zu lügen ist sein gutes Recht, wie es unser Recht ist, ihm nicht zu glauben. Also fragt ihn weiter aus!«

Diesmal führte Aguilar ein schier endloses Gespräch mit dem Maya. Schließlich sagte er:

»Dieser Alte ist ehrlich, Don Hernando, wie die meisten Maya. Und die Nachricht, die er überbringt, wird große Freude hervorrufen! Ein Mann, den wir als tot und vermißt beklagt haben, schickt ihn an Euch!«

»Wer?«

»Alonso de Barrientos!«

»Bei der himmlischen Prinzessin Maria!« rief Ordás aufstrahlend aus, »wenn das wahr ist, schenke ich meine Ersparnisse dem Kloster von Tlascala!«

Inzwischen hatte der Maya einen Brief aus seiner bauschigen Haarfrisur hervorgezogen und reichte ihn Cortez hin.

Obgleich Ordás nicht viel Ersparnisse besaß (wie die Liebe, war auch das Geld ihm stets durch die Finger geglitten), zeugte sein Gelöbnis von seinem guten Herzen. Denn einst an den Sanddünen hatte ihm Barrientos Grund zur Eifersucht gegeben, war einer der Liebhaber seines Mündels Isabel de Ojeda gewesen. Damals, als im ersten Nachtquartier auf dem Wege nach Sempoalla die kleine La Medina und alle Lagerdirnen zum Gitarrespiel des Bergmannes und Tanzmeisters Ortiz tanzten, ließ sich die olivenbleiche Isabel vom stattlichen Alonso de Barrientos im Kreise herumwirbeln (worauf Villareal, der später ihr Gatte wurde, zwei Orchisblumen – im Auftrage des Hauptmanns Ordás – für ihre das Schicksal niedertanzenden Füße als Schuhe überreichte ...). Nach den Kämpfen vor Tlascala zum Fähnrich befördert, war Barrientos während der Gefangenschaft Montezumas – bald nachdem die fünf Könige an die Eisenkette geschmiedet worden waren – südwärts gezogen als einer jener fahrenden Ritter, die, wie Ordás und Diego Pizarro, außer nach dem Brunnen der Verjüngung auch nach verborgenen Erdschätzen suchten. Während der Nacht der Schrecken befand er sich in Oaxaca (der Heimat Marinas) und entging der Rache der Azteken, indem er zu den Maya entfloh.

Die abenteuerliche Flucht war im Brief ausführlich beschrieben, auch die freundliche Aufnahme, die Barrientos bei den Mayafürsten gefunden: durch Ratschläge während eines Krieges gegen Honduras hatte er sich die Hochschätzung seiner Gastgeber erworben. »Schickt mir zwanzig Soldaten, damit ich mich zu Euch durchschlagen kann«, stand am Schluß des Briefes.

Die schwermütigen Augen des Ritters Ordás hefteten sich fragend und heischend an Cortez.

»Schickt mich, Don Hernando!«

»Ich kann zwanzig Mann nicht entbehren!«

»Mit oder ohne die zwanzig Mann – ich will hin zu ihm! Erlaubt Ihr's?«
»Nein!« sagte Cortez lakonisch.
Aguilar, der unterdessen das Gespräch mit dem alten Maya fortgesetzt hatte, wandte sich jetzt an Cortez:
»Dieser Alte überbringt uns noch eine andere Botschaft, die ebenso überraschend ist wie die erste. Er fiel auf dem Wege hierher einem großen Haufen entwichener Sklaven aus Tenuchtitlan in die Hände. Nach Süden zogen sie, um in Honduras ein Sklavenreich zu gründen. Er wurde vor den Sklavenkönig geführt – und nach seiner Beschreibung kann das niemand anders sein als mein einstiger Leidensgefährte, der Matrose Gonzalo Guerrero!«
»Warum glaubt Ihr das?« fragte Olid mit lebhafter Teilnahme.
»Weil der Alte sagt, daß der Sklavenkönig die Mayasprache fließend spricht; und weil seine Untergebenen ihn den Roten Jaguar nannten. Ich entsinne mich, als ich ihm voriges Jahr begegnete – es war, als ich mit Piltecatl die weiße Schminke nach Cholula brachte und auf dem Rückweg ermordet worden wäre, hätte Guerrero mich nicht gerettet –, ich entsinne mich, daß er mir damals erzählte, sein mexikanischer Name sei der Rote Jaguar.«
»Ein Matrose gründet ein Reich! Hat man je dergleichen gehört!« rief Olid.
»O ja, Señor!« belehrte der humanistisch gebildete Alderete. »Ein thrakischer Königssohn, ein römischer Gladiator und Sklavenführer – Spartacus hieß der Kerl – versuchte solch eine Staatengründung; doch, gottlob, sie mißlang.«
»Warum gottlob, Don Juliano?« fragte Cortez. »Die Vandalen kamen ja doch, wenn auch etwas später. Ein Bergsturz läßt sich nicht lange aufhalten!«
»Kann ein Matrose die Erde beben machen?« rief Olid.
»Das klingt ja fast wie Neid, Don Cristóbal!« bemerkte Cortez.
»Cyrus war ein Gärtnerbursche gewesen!« gab Alderete Olid zur Antwort.
»Und ich war ein Galeerensträfling!« sagte Olid mit triumphierendem Grinsen. »Das habe ich vor euch allen voraus, meine Herren!«
Ungeduldig drängte Sandoval:
»Erzählt weiter, Frater! Was geschah dem Alten, als er vor Guerrero geführt worden war?«
Aguilar setzte den Bericht fort:
»Nichts Böses geschah ihm: Guerrero ließ sich den Brief des Barrientos zeigen und gab ihn, nachdem er ihn gelesen hatte, zurück, er habe nichts dagegen, daß der Brief seinen Bestimmungsort erreiche und daß dem weißen Gott die erbetene Hilfe gebracht werde. Denn auch er, der König der Sklaven, sei ein weißer Gott. Übrigens sei auch die Königin der Sklaven eine weiße Göttin ...«
»Eine Christin? ... Wer? ...« riefen die Hauptleute.

»Isabel de Ojeda?« kreischte Ordás. (Vor Erregtheit überschlug sich seine Stimme.)
»Ja, es ist nicht ausgeschlossen, daß es Euer Mündel ist«, fuhr Aguilar fort. »Der alte Maya hat sie freilich nicht zu Gesicht bekommen. Sie weine immerzu, sagte ihm Guerrero; er fürchte für ihren Verstand; vielleicht sei sie bereits wahnsinnig – auf die Dauer werde er sie nicht bei sich behalten können ...«
»Der Matrose hat ihr Gewalt angetan!« ächzte Ordás.
»Das ist wohl möglich«, sagte Aguilar. »Auf jeden Fall will er sie los sein. Er gab dem Maya ein ihr gehöriges Schmuckstück mit. Es war ihr in Tenuchtitlan abgenommen und einer der Töchter Montezumas geschenkt worden; durch einen Zufall hatten die abziehenden Sklaven dies Schmuckstück erbeutet, und so war es wieder in den Besitz Isabels – oder wer sonst die Sklavenkönigin sein mag – gelangt. Guerrero trug dem Alten auf, das Geschmeide dem Sonnengott auszuhändigen, der den Brunnen der Verjüngung sucht und ihm mitzuteilen, daß, dem Vernehmen nach, ein Jugendquell im Südlande fließt.«
»Hat der Alte den Schmuck verloren? Warum zeigt er ihn nicht? Her damit! Ich will ihn sehen!« rief Ordás und drehte ruhelos an seinem langen sarazenischen Schnauzbart.
Aguilar sprach einige unverständliche Worte, worauf der Maya zum zweitenmal in sein Haar griff und einen glitzernden Gegenstand hervorholte. Nun war kein Zweifel mehr möglich, wen der Sklavenkönig zur Sklavenkönigin gemacht hatte. Das Geschmeide, das der Maya Ordás reichte, war eine winzige, an goldener Halskette hängende Statuette der Gottesmutter aus Gold und Email.

Seine Bitte, Barrientos suchen zu dürfen, hatte Ordás nicht wiederholt; was um so auffälliger war, als er nun auch von der Not Isabels wußte. Sein Entschluß war gefaßt, darum verhehlte er ihn. Hatte Cortez ihm die zwanzig Soldaten abgeschlagen – gut, so mußte er eben allein reiten oder mit zwei, drei Begleitern, falls er welche fand. Am Abend dieses Tages – das Heer lagerte dicht vor der Stadt Quauhnahuac – machte Ordás vergebliche Versuche, erst den jungen Hauptmann Alonso de Ojeda, Isabels Bruder, und dann Aguilar für die abenteuerliche Fahrt zu gewinnen. Von Ojeda erhielt er die überraschende Antwort:
»Ich brauche Euch nicht zu versichern, wie sehr mir Isabels Schicksal nahegeht. Aber vorhin ließ mir Cortez durch seinen Stallmeister Martín de Gamba sagen: er werde Euch zwar nicht hängen lassen, wenn Ihr Euch strafbar machen solltet – dafür jedoch jeden, der sich unterstehen würde, Euch zu begleiten. Denn im Edikt, welches er in Tlascala erließ, werde der Galgen allen angedroht, die sich eigenmächtig vom Heere entfernen.«
»Warum will er mich nicht hängen lassen?« fragte Ordás gereizt.

»Habe ich eine Ausnahmestellung? Soll das eine Ehre oder ein Schimpf für mich sein?«
»Ich weiß es nicht«, murmelte der junge Ojeda verlegen.
»Bitte, Señor, erklärt mir doch, wie Cortez das meint. Warum soll ich nicht gehängt werden? Man nimmt mich wohl nicht ernst? Wie?«
Rot bis an die Schläfen und stumm starrte Ojeda auf seine Fußspitzen.
»Gewiß, ich selbst habe mich immer für einen Narren gehalten. Nur von anderen möchte man ... Aber freilich, den Eiszapfen brachte ich vom Vulkan herab ... oder vielmehr, ich brachte ihn nicht herab ... Das ist es ja: stets ließ mich das Glück im Stich!«
Ordás verlor sich immer mehr. Eine Träne glänzte auf seiner Wimper. Flehentlich blickte er Ojeda an. Diesem tat er unsagbar leid.
»Ihr faßt es falsch auf, Don Diego! Niemand wollte Euch kränken.«
Ordás ermannte sich.
»Der gute Wille rettet die böse Tat nicht, Don Alonso! Ich wurde gekränkt! Überbringt Cortez meine Forderung zum Duell.«
»Aber, Don Diego! ... Wird meiner Schwester damit gedient sein, wenn Ihr im Zweikampf fallt?«
»Hm, daran dachte ich nicht! ... Nun ja, ich muß es bis zu meiner Rückkehr verschieben ...«
Eine Absage erhielt Ordás auch von Aguilar, den er als Dolmetscher gern in die Mayagegenden mitgenommen hätte. Ebenso wie Ojeda war Aguilar vom Stallmeister Martín de Gamba an die Satzungen des drakonischen Dekrets erinnert worden.
Aguilar hielt das Vorhaben des Ordás für unausführbar, für Wahnwitz und bemühte sich, ihn davon abzubringen. Umsonst. Ordás ließ keine Einwände gelten. Durch seine unsinnige Bärenjagd im Walde bei Teotihuacan trage er die Schuld daran, daß Isabel den roten Bestien lebend in die Hände fiel und den Hurenweg gehen mußte. Vor Gottes Thron werde er das einst zu verantworten haben – darum wolle er sein Leben nicht schonen, um ihr zu helfen ...
Mußte Ordás auf Aguilars Begleitung zwar verzichten, so erhielt er von ihm doch einen vortrefflichen Rat. Doña Elvira, die eine der beiden Gattinnen Farfáns *de las manos blancas,* befand sich bei der vor Quauhnahuac lagernden Heeresabteilung. Als einst Ordás den Popocatepetl erstieg, hatte er sie als Dolmetscherin mitgenommen und ihr auf dem schwarzen Lavasande an der Grenze des ewigen Schnees das Versprechen gegeben – (der Eiszapfen schmolz unterweilen) –, er werde ihr Jugend und Schönheit wiedergeben. Seit jenem Tage hatte sie öfters Roßbubendienste für Ordás verrichtet, seinen Klepper gestriegelt und auch sonst eine scheue Anhänglichkeit gezeigt.
»Sie wird Euch bis zum Brunnen der Verjüngung folgen, wenn Ihr sie bittet«, meinte Aguilar. »Und sie darf es, denn das Dekret des Generalkapitäns droht nur uns Männern den Galgen an.«

Vor Tagesgrauen brach Ordás heimlich auf, und zu beiden Seiten seiner aschweißen Stute schritten Doña Elvira Farfán und der alte Maya. Obgleich dieser kein Mexikanisch sprach, war eine Verständigung mit ihm möglich. Denn Doña Elvira, die vor einem Jahrzehnt – nach dem Überfall auf dem Fluß bei Matanzas auf Kuba – als Kebsweib das Lager eines Karaibenhäuptlings hatte teilen müssen, war nach Yucatan auf den Sklavenmarkt gebracht worden und hatte dort längere Zeit gelebt, bevor sie ins Irdische Paradies und dann nach Tlascala verkauft wurde.

So konnte sie als Dolmetscherin auch in Mayaländern Ordás von Nutzen sein.

Wie einst bei ihrem Ritt nach Cholula (mit Ordás) hatte sie sich eine rostige Sturmhaube auf die spärlichen eisgrauen Locken gestülpt, trug Wams und Pluderhosen wie ein Landsknecht.

Aus Furcht, Azteken zu begegnen, wählte der Maya einen Waldweg. Voll Vertrauen zu seiner Führung beachteten es Ordás und Doña Elvira anfangs wenig, daß der Wald zum Urwald wurde, zu einem Labyrinth mit hohem grünem Gemäuer aus Farnen, Moos, Kletterblumen und Lianen. Das wirrsame Geschlinge von Wurzeln, Luftwurzeln, gestürzten vermodernden Strünken erschwerte das Vorankommen immer mehr. Ordás mußte vom Pferd steigen, sein Schwert ziehen, Gerank zerspalten, Dornpflanzen zerhauen. Schließlich gestand der Maya ein, daß er sich verirrt habe.

Vier Tage lang nährten sie sich von Kräutern und Beeren und suchten nach einem Ausweg aus den grünen Mauern. Am Morgen des fünften Tages gelangten sie zu einer von einem Bach durchrieselten Waldwiese. Zehn völlig nackte, mit Bogen und Pfeilbündeln bewaffnete Frauen saßen am Bach, ließen das Wasser über ihre Füße und Waden rieseln und wuschen ihre langen schwarzen Haarmähnen.

Zu Tode erschrocken packte der alte Maya Doña Elvira am Ärmel und flüsterte ihr etwas in die Ohren. Darauf sagte sie zu Ordás:

»Der Alte will, daß wir in den Wald zurückkehren, bevor die Frauen uns erblicken.«

»Ich habe noch nie vor Frauen Reißaus genommen!« knurrte Ordás. Trotzdem hielt er sein Pferd an.

»Fragt den Alten, warum er so schlottert!« fügte er hinzu.

Doña Elvira fragte und teilte die Antwort Ordás mit: Sie seien versehentlich in das Reich der Unabhängigen Weiber geraten. Dieses von den Nachbarn gefürchtete und gemiedene Land heiße Uleu ri Gapohib ...

Kopfschüttelnd zweifelte Ordás den Namen an. So könne ein Land nicht heißen! behauptete er.

»Uleu ri Gapohib bedeutet in der Mayasprache ›Das Land der Jungfrauen‹«, erklärte Doña Elvira.

»Auch das bezweifle ich!« unterbrach sie Ordás von neuem. »Jungfrauen können sich nicht fortpflanzen!«

Ängstlich erfaßte Doña Elvira den Zaum seiner friedlich grasenden Stute und wollte sie in den Wald führen. Doch er ließ es nicht zu.
»Nein! Ihr sollt es mir hier erzählen!« sagte er eigensinnig. »Was ist es mit den Jungfrauen?«
»In diesem Lande werden alle vierzigjährigen Frauen getötet...«
»Wie alt seid Ihr, Doña Elvira?« Grausam war seine Zerstreutheit. Sie war eine indianische Hure gewesen und war sich ihres verwüsteten Aussehens bewußt. »Ich bin dreißig, Don Diego!«
»Verzeiht, Señora, ich vergaß... Ihr könnt Euch für einen Mann ausgeben!«
»Männer werden nicht über die Grenze gelassen – außer einmal im Jahr während des April...«
»Das trifft sich gut – wir sind ja im April!«
»Aber wenn es sich herausstellt«, fuhr Doña Elvira fort, »daß einer der Bräutigame mehr als fünfundvierzig Jahre alt ist, so wird er getötet!«
»Ich werde mich für jünger ausgeben, als ich bin, Doña Elvira! Aber freilich unser alter Führer...«
»Ach, Señor, die bösen Frauen haben uns erblickt!... Schnell, laßt uns fliehen, ehe es zu spät ist!«
»Nein, ich muß dies Abenteuer bestehen, Señora! Die alten Griechen überlieferten ähnliches von einem Gorgonenreich, und Persèus soll der Schönsten der Gorgonen den Kopf abgeschlagen haben. Das seien gleichfalls lauter Jungfrauen gewesen, wird berichtet. Ich hielt es für eine Fabel – doch man kann nicht wissen... Sie wohnten irgendwo bei der Ultima Thule. Sollte etwa Thule das versunkene Tula sein – eben jenes Tula, welches ich suche, weil dort der Quell der Verjüngung floß? Denkt doch, wenn ich das Glück hätte, die Gorgonen ausfindig zu machen und die Lage der Insel Thule...«
»Ach, bester Don Diego – das ist ja keine Insel...! Kommt, kommt!« drängte Doña Elvira.
»Nein, Señora, ich will es ergründen! Die gelehrten Doktoren in Europa werden baß erstaunt sein – das walte Gott! Auch bin ich entschlossen, dies Land der Doppelkrone Kastiliens und Aragons einzufügen! Im Namen Seiner Majestät ergreife ich Besitz von diesem Grund und Boden! Ihr und der alte Maya seid meine Zeugen!«
Und Ordás pflanzte seine Turnierlanze in den Rasen, mit dem Griff nach unten, so daß das schwarzseidene Lanzenfähnchen – auf welchem hellblau die Buchstaben I. d. O. gestickt waren – im Winde wie eine Standarte wehte.
»Unser Führer ist geflohen!« ächzte Doña Elvira. »Ach, nun ist es zu spät!«
Die zehn nackten Mädchen waren rennend herangekommen und richteten die gespannten Bogen auf das Pferd und den Reiter. Aber Ordás griff weder nach der Lanze noch zog er sein Schwert, noch ließ er sein Helmvisier herab. Er lächelte.

»Ich kämpfe nicht mit Frauen! Ich bin aller Frauen Diener! Erklärt ihnen das, Doña Elvira!«
Sie verdolmetschte es. Die Mädchen entspannten ihre Bogen. Eine von ihnen fragte: Warum sie das Reich der Unabhängigen Weiber betreten hätten?
»Wir sind Jäger und haben uns verirrt!« ließ Ordás ihr antworten.
»Jeder Fremde ist ein Bräutigam unseres Volkes«, verkündete das Mädchen, »und muß vor das Angesicht unserer Königin, der ›Tigerin‹, treten, die in der Stadt Gapohtinamit – der Jungfrauenstadt – ihren Thron hat!«
Ordás willigte ein, sich zur Tigerin führen zu lassen. Der grasenden Stute mit seinen verrosteten spannenlangen Sporen den Bauch kitzelnd, äußerte er sachlich:
»Diese Gorgonen sind besser gewachsen, jünger und hübscher, als ich dachte!«

Gapohtinamit, die Jungfrauenstadt, war eine Tagereise entfernt. Über die Wiese und den Bach, dann immerfort durch Urwald führten die eskortierenden Mädchen. Nach fünfstündigem Marsch wurde wieder eine Waldwiese sichtbar. Hier sei ein Dorf – sagte eines der Mädchen –, und hier würden sie Mittagsrast halten. Aber Ordás und Doña Elvira vermochten nirgend ein Dorf zu entdecken. Erst als die Jungfrauen lachend hinauf ins Baumgeäst zeigten, gewahrten Ordás und seine Begleiterin, daß wolkenhoch in den Baumkronen Hütten gezimmert und durch Holzbrücken miteinander verbunden waren. Auf Leitern stiegen sie empor, nachdem Ordás sein Pferd an eine Palme gebunden hatte.
»Diese Gorgonen leben wie die Affen in luftiger Höhe! Es sind also Baumbewohner!« sagte Ordás keuchend und schnaufend zu Doña Elvira, als er dreihundert Leitersprossen unter sich hatte.
Oben wurden sie gut empfangen und bewirtet. Nur Jungfrauen bewohnten das Baumdorf. Als etwas lästig empfand es ja Ordás, daß keine der Jungfrauen es sich nehmen ließ, seine Eisenrüstung und sein weißhäutiges Antlitz zu betasten. Auch hätten die Mädchen bekleidet sein können... Doch dann wäre das Abenteuer vielleicht weniger abenteuerlich gewesen.
Die zehn mit Bogen bewaffneten Mädchen hatten den anderen Jungfrauen erzählt, daß die beiden Fremden Jäger seien. Allgemeines Verwundern rief es hervor, daß man mit einem baumlangen Speer jagen könne. Ob er ihnen das nicht vorführen wolle? baten die Mädchen – sie würden gar zu gern eine solche Jagd sehen.
Dawider hatte Ordás nichts einzuwenden. Eine Jagd unter Gorgonen war nach seinem Geschmack. Ob es Hirsche im Walde gebe? ließ er durch Doña Elvira fragen.
Die Antwort lautete verneinend. Auch anderes Wild gab es nicht in der Nähe des Baumdorfes. Aber Ordás hatte sich nun einmal eine

Treibjagd in den Kopf gesetzt und ließ sich nicht abschrecken. Er sah vor der Tür einer benachbarten Hütte eine Truthenne. Auf die zeigte er triumphierend. Ja, auf diese Truthenne wolle er eine Hetzjagd veranstalten ...
Mit Jubel und Gekicher kletterten einige hundert Jungfrauen mit ihren beiden Gästen und der Truthenne die Leiter hinab. Sie wurden belehrt, was sie als Treiberinnen zu tun hätten. Hoch zu Roß erwartete Ordás das Wild. Als die Truthenne, von den lachenden Mädchen erschreckt, auf ihn zulief, galoppierte er ihr entgegen und durchbohrte sie mit seiner Lanze.
Dann wurde die Reise zur Tigerin fortgesetzt. Und wieder schritten neben Ordás und Doña Elvira die zehn mit Bogen bewaffneten Mädchen.

Inzwischen hatte das Christenheer die für uneinnehmbar geltende Stadt Quauhnahuac erstürmt und geplündert, eine »recht ansehnliche Beute« gemacht »an großen Mänteln und tüchtigen Indianerinnen« (wie ein Chronist berichtet) und war, nordwestlich durch das Axochco-Gebirge – den Ort-der-Wasserblüte – ziehend, zurück ins Hochtal Anahuac und an das Südufer des Süßwassersees von Xochimilco gelangt.
Die älteste Siedlung im Wassergau war die Pfahlstadt Xochimilco, die Stadt »am Blumenfeld«. In Urzeiten waren als erste aus der ersten der sieben Höhlen Aztalans, des Reiherlandes, die Xochimilcas in die Welt hinausgewandert und hatten sich an dem noch unbewohnten See niedergelassen. Sie wurden die besten Blumenzüchter, Baumeister und Steinschneider in Montezumas Reich. Weithin berühmt und von den Frauen der Seeanwohner als Wallfahrtsziel besucht, war die unter dem Wasserspiegel liegende Steinfigur einer Acihua, einer Seejungfrau, welcher einstmals Prinzessin Perlmuschel – *La Azteca* – die heißen Lippen küßte, worauf Cortez sie in die Basaltgrotte trug ... Jetzt hatte er wohl Ursache, jener seligen Nacht und des Wandels der Zeiten zu gedenken. Denn nicht mit Rosen beworfen und umjubelt wie damals, sondern mit Wutgeschrei und mit Stein- und Speerwürfen wurden er und sein wegmüdes Heer vor Xochimilco empfangen. Die Adler und Jaguare Guatemocs verwehrten den Eintritt in die Stadt.
Cortez hielt eine kurze Ansprache an seine Mannschaft – »die Hölle ist hinter euch, Kameraden, das Paradies ist vor euch! ...« – und befahl die Stadt zu stürmen.
»Santiago und los auf sie!«
Trommeln und Trompeten rangen hoch in den Lüften mit Muschelhörnern ...
Im dichtesten Schlachtgewühl, auf einer halbverbrannten Holzbrücke glitt Molinero, der Apfelschimmel des Cortez, über Leichen stolpernd, aus und stürzte. Im selben Augenblick wurde Cortez von

Azteken gepackt, entwaffnet und als Kriegssklave fortgeschleppt. Die Feldobristen und Reiter kämpften weitab von ihm und sahen seine entsetzliche Lage nicht; und die kastilischen Fußsoldaten, auf der engen Brücke eingezwängt und festgekeilt im Handgemenge, vermochten nicht durchzubrechen, um ihn herauszuhauen. Er war verloren, dem Adlerstein geweiht, wenn nicht ein Wunder geschah. Dies Wunder vollbrachte der Tlascaltekenkönig Piltecatl – er, der einst das Alte Raubtier in Cholula geschminkt hatte. Begleitet von einigen hundert Tlascalteken, durchschwamm er unterhalb der Brücke den Wassergraben, fiel den triumphierenden Mexikanern in den Rücken und entriß ihnen Cortez. Er selbst trug bei diesem Kampf drei schwere Kopfwunden davon.
Als nach stundenlangem Ringen die Christen in Xochimilco eingezogen waren und ihre Wunden wuschen und verbanden, suchte Cortez seinen Lebensretter auf. Er fand ihn in der Schlafkammer eines geflüchteten reichen Blumenhändlers auf einem Bette liegend, den Kopf mit blutgetränkten Baumwollappen umwickelt. Mit wortreichem Überschwang bedankte sich Cortez und fragte, ob er ihm einen Wunsch erfüllen könne. Da brachte Piltecatl den Wunsch vor, die Berge und Täler seiner Heimat und den Schnee der Maid-mit-dem-blauen-Hüfttuch wiedersehen zu dürfen, am Ufer des Flusses Zahuapan seine Wunden ausheilen zu dürfen. Obgleich Cortez durchschaute, daß nicht die Sehnsucht nach der Maid-mit-dem-blauen-Hüfttuch, sondern die Hoffnung, mit Kreideschmetterling, dem im Kloster bewachten Hermaphroditen, in Verbindung treten zu können, Piltecatls Heimweh nach Tlascala verursachte, schlug er ihm die Bitte nicht ab und versprach, sobald sie nach Tezcuco zurückgekehrt sein würden, ihm Urlaub zu geben.

Der tapfere Widerstand Xochimilcos und die Lebensgefahr, in welcher der Generalkapitän geschwebt hatte, veranlaßten die Kastilier, Acolhuaken, Tlascalteken und das sie begleitende indianische Verbrechergesindel, grausame Rache an Gebäuden, Gärten und Menschen zu nehmen. Die schöne Stadt wurde geplündert und in Brand gesteckt. Don Vicente-Kriegsmaske ließ mehrere Gefangene foltern und erfuhr so, wo die Kostbarkeiten des Stadtkönigs aufbewahrt wurden: das Schatzhaus war ein einsam aus der Lagune emporragendes Gebäude unweit der Uferstraße. Ohne Cortez oder einen der Hauptleute in Kenntnis zu setzen, ruderte Kriegsmaske mit vielen Tlascalteken und einigen Kastiliern auf die Lagune hinaus und drang in die Schatzkammern ein. Plötzlich wurden sie von mexikanischen Booten umzingelt. Noch rechtzeitig erkannte Kriegsmaske die Gefahr und konnte mit der Mehrzahl seiner Begleiter, die Beute im Stiche lassend, entkommen. Doch vier Europäer – Alonso Luis, den man das Kind nannte, der Levantefahrer Andrés de Mola, der hinkende Tuvilla und ein gewisser Cascorro – erlitten das grausige

Geschick, lebendig nach Tenuchtitlan gebracht zu werden. Sie starben auf der Adlerschale. Und Guatemoc ließ ihre abgehackten Arme und Beine durch die Städte Anahuacs tragen, um den Mut seiner Anhänger zu heben...

Von dieser Schändung erfuhren die Christen erst einige Tage später. Zunächst wußten sie nur, daß den vier verschleppten Kameraden Gräßliches bevorstand. Und sie schoben die Schuld dem Tlascaltekenkönig zu, weil er eigenmächtig das außerhalb der Stadt gelegene Schatzhaus angegriffen hatte. Wutschnaubend trat Olid vor Cortez und verlangte, daß Don Vicente von einem Kriegsgericht abgeurteilt werde. Alvarado, der zugegen war, entschuldigte und verteidigte seinen Schwager. Er warf Olid vor, daß er schon einmal während der Kämpfe Am-Kolibri-Wasser auf grundlose oder wenig stichhaltige Anschuldigungen hin Kriegsmaske und den Vogelsteller in Ketten gelegt und Cortez in die peinliche Lage versetzt habe, sich vor Indianern entschuldigen zu müssen. Olid könne sein damaliges Unrecht Kriegsmaske nicht verzeihen... Der alte Haß zwischen Alvarado und Olid flammte von neuem auf. Nach der Schlacht von Otompan hatte im Königszelt Alvarado dem mit Don Gallejo fechtenden Olid das Schwert aus der Hand geschlagen, und dieser hatte sich auf ihn geworfen, ihn an der Gurgel gefaßt, ihn zu erwürgen versucht. Von Cortez war damals der Streit geschlichtet worden. Doch die erzwungene Aussöhnung hatte, statt Versöhnung, vermehrten Groll gezüchtet.

Für die Vernichtung der beiden Brigantinen vor der Nacht der Schrecken war Kriegsmaske noch nicht bestraft. Die Abrechnung war verschoben, nicht vergessen. Wie letzthin nach dem Frauen- und Kindermord in Iztapalapan hielt auch jetzt Cortez die Gelegenheit noch nicht für günstig, den Anführer des halben Tlascaltekenheeres an einen Baum zu hängen. Die Schale der Schuld war noch nicht voll. Darum wollte er noch warten. Er lehnte Olids Begehren ab; um ihn aber nicht allzusehr zu kränken, bespöttelte er Alvarado –: daß er nur aus Widerspruch sich zum Verteidiger Don Vicentes aufwerfe, obgleich dessen zorneifrigster Widersacher und Ankläger seine eigene Schwester Rabenblume, Alvarados Gemahlin, sei...

Ein Stachel blieb in Alvarados Seele zurück nach diesem Gespräch, obgleich er gegen Olid recht behalten hatte.

Nach dreitägigem Aufenthalt im brennenden, qualmenden Xochimilco – nur ein Stadtteil, wo die Christen lagerten, war vom Feuer verschont geblieben – zog das Heer nordwärts am Süßwassersee und dann an der salzigen Lagune entlang, immerwährend kämpfend bis nach Tlacopan. Auf dem Wege dahin gerieten der Stallmeister Martín de Gamba und ein anderer Diener des Cortez in die Gewalt der Mexikaner. Beide wurden lebend nach Tenuchtitlan gebracht und angesichts des vorbeiziehenden Heeres auf der Großen Pyramide von Tlatelolco geopfert. Die Marter seiner beiden Diener ging Cortez besonders nahe, er konnte sich der Tränen nicht erwehren. Weinend zog er in die Stadt Tlacopan ein.

Finsteres Gewölk ballte sich zusammen, dehnte sich und wuchs und türmte sich am Horizont, mit hochragenden Kuppen wie ein grauweißes Eisgebirge in den tiefblauen Äther schneidend. Unheilschwanger brütete, zuckte und flimmerte die Gewitterluft. Cortez, Alderete, Frater Aguilar und der Fahnenträger Corral erstiegen Tlacopans höchste Pyramide, jenen Stufentempel des unheimlichen Tezcatlipoca, auf dessen Altar Montezuma den abgeschnittenen Kopf Escalantes hatte niederlegen lassen. Vom Menschenwürgeplatz aus konnten die Kastilier den türkisvogelfarbenen See, die dunstweißen, silbrig flirrenden Ufer und die greifbar nahen blaßrötlichen Steinbauten Tenuchtitlans übersehen. Die Wolken und die Sonne wappneten sich zu einem titanischen Kampf. Doch noch war die Sonne sieghaft und wandelte hoch über dem Kamm des Wolkengebirges. Die sich schwärzenden Wände rings vermochten noch nicht die Bläue des Sees zu löschen, entfachten vielmehr das kristallene Blinken und glitzernde Lächeln der sonnendurchglühten Wellen. Wie aus Alabaster durchscheinend, leuchteten die Türme der Königin aller Städte vor dem bleifarbenen Hintergrund.

Abseits stand Cortez, düster, sorgenbelastet, und horchte nicht hin, wie der Fahnenträger Corral dem Kronschatzmeister die Befestigungen der Wasserstadt und die Steindämme zeigte, ihm die furchtbaren Kämpfe an den Dammdurchstichen während der Nacht der Schrecken beschrieb. Von Aguilar ließ sich Alderete die Namen der vornehmsten Tempel und Paläste nennen.

»Ich werde Seiner katholischen Majestät schreiben«, sagte Alderete zu Cortez, »daß die Größe, Schönheit und Macht dieser Stadt ans Wunderbare grenzen wie ebenfalls Eure Taten – ohne Gottes schützende Hand, ohne des Allmächtigen offenbaren Beistand hätten Menschen nimmermehr vollbringen können, was Ihr vollbrachtet!«

Cortez gab keine Antwort. Wer lobt, überhebt sich. Allzusehr spielte sich dieser Schranze zum Mentor auf.

»Frater«, sagte Cortez, »es ist wie ein herrliches Frauenantlitz, das zwei Zahnlücken entstellen!... Ihr seht mich fragend an? Schaut hin! Wie abscheulich in dieser Zauberwelt sind die beiden Brandstätten Iztapalapan und Xochimilco! ... Unser Werk! Dürfen wir sagen: Gottes Hand?...«

Schon irrten Aguilars hohle Blicke zwischen Cortez und Alderete umher; er würgte an ungesprochenen Worten, brachte keines hervor; sein vorstehender Adamsapfel ging auf und nieder.

»Don Hernando«, sagte er nach längerem Schweigen, »denkt an das rauchende Herz Eures Stallmeisters Martín de Gamba!«

Cortez' Augen füllten sich wieder mit Tränen.

»Trauert Ihr um ihn, Don Hernando, oder um Tenuchtitlan?«

»Um beide!« erwiderte Cortez.

Der Fahnenträger Corral war in das Sanktuar getreten. Jetzt brachte er den Schädel Escalantes, den er auf dem Altar gefunden hatte. Cortez nahm den Schädel in die Hand und betrachtete ihn. Plötzlich lächelte er:

»Ist es denn so grauenvoll? Es gibt häßliche Schädel, aber auch schöne. Dieser ist schön, ein Meisterwerk der Natur. Jeder Knochen sinnvoll erdacht vom Meister aller Meister... Ja, schaut man dem Tode ins Auge, so entwaffnet man ihn. Fleischbedeckte Knochen sind wir alle, nur daß wir uns als solche nicht kennen. Das ist vielleicht der Zauber der Ruinen, daß sie ohne Tünche, ohne Tapeten und Vorhänge sind. Auch die Ruinen müssen sein, sie sind eine Phase des wandelbaren Lebens!«

Der Kronschatzmeister bemerkte:

»Unwandelbar bleiben nur die ewigen Symbole: das Kreuz und die Krone!«

Ein skeptisches Lächeln glitt über Cortez' Gesicht. Dann aber sagte er ernst:

»Teilte ich Eure Meinung nicht, Señor Alderete, so wäre ich ja ein Verbrecher! Das Kreuz wird leben, wenn Tenuchtitlan starb; das Kreuz wird leben, wenn die Besten unseres Heeres, wenn wir alle vielleicht bei der Belagerung starben. Mehrmals sandte ich Friedensbotschaften, die herrliche Stadt vor dem Untergang zu bewahren. Nun wird geschehen, was geschehen muß. Viele Gräber werden zu schaufeln sein. Ich kann nicht helfen. Ich bin ein Diener des Kreuzes und der Krone – der Diener trägt die Verantwortung nicht!...«

Der Himmel war schwarz geworden, als das Heer weiterzog. Die bläulichen Zickzacke der Blitze schossen nieder durch prasselnden Hagelregen; sie weißten den Apfelschimmel Molinero und das grambleiche Antlitz seines Reiters, der – die ragende Todeslanze in der Hand – an der Spitze der Vorhut nach Tezcuco ritt.

DREIZEHNTES BUCH

Der Herr des Dornenhauses – der blaue Planet Quetzalcoatl – schleuderte seinen Speer auf die wunderschöne, in ein Gewand aus Nephritperlen gekleidete Wassergöttin. Er, der die Könige schießt und die kleinen Kinder und die Jünglinge und die Jungfrauen, als wären sie fliehende Hirsche – er, der Abendstern Quetzalcoatl, durchbohrte Mexikos Wassergöttin mit seinem brennenden Speer. Nun lag sie da, erbleichend, die Augen geschlossen, zu Tode verwundet. Sofort hob aus den Wellen des Schilfsees die rote Korallenschlange, das Sinnbild des Blutes, den Schuppenkopf mit den zwei bleckenden Sichelzähnen; und zu ihr hernieder stieg vom Sternendach die feurige Türkisschlange der Hungersnot. Beide Giftnattern umringelten einander, wurden zum unentwirrbaren Knäuel. Da entstand »Wasser und Brand« –: der Krieg.

Quetzalcoatl, der Bringer des Friedensreiches, hatte seinen Speer in den See geschleudert und den Weltbrand entzündet. Denn er, der auch ein Gott des Geistes, des Himmelsäthers und des Windes war, blähte die Segel der dreizehn hohen Wasserhäuser, führte ihre grausige majestätische Phalanx an Tenuchtitlan heran, so daß sie die Inselstadt umschließen, einschließen, von der Außenwelt abschließen konnten. Die Wassergöttin aber, Mexikos mächtigste Beschützerin, schlief todwund auf dem Boden des Sees, und ihre grüne Edelsteinschale war entzweigesplittert . . .

Ein aus Holz geschnitzter, gepanzerter Gelbhaariger stand jetzt vor dem »Altar«, dem kleinen Heiligtum Tezcatlipocas inmitten des Marktplatzes von Tlatelolco. Jüngst hatten die drei jungen Könige, ihre Obsidianmesser in die Brust des weißen Mannes stoßend, beim Namen der Sonne und Unserer Frau der Erde geschworen, in ihrem Haß nie nachzulassen. Ihr Beispiel ahmten nun die Adler und Jaguare nach und schworen, die Schlangenbergstufen mit dem Blut der vornehmsten Christen rot zu färben. Ein anderes, erst vor kurzem vollendetes Schnitzbild eines Hirschungeheuers befand sich auf dem Platz vor dem Hauptportal des Huei-Tecpan. Und nicht nur junge Krieger, auch die noch mit Kindergesichtsbemalung umherlaufenden Kinder –

Knaben und Mädchen – übten ihre Kampflust am Tiermenschen, gewöhnten sich an seinen Anblick, überwanden ihr heimliches Grauen. Wie phantastische Kakteen, wie bedeckt mit einer Stachelhaut waren nach einigen Tagen die beiden hölzernen Feinde von waagrecht abstehenden Pfeilschäften und Wurfspeeren umstarrt.
Doch mochten auch Tausende an diesem Kampfspiel teilnehmen – die Mehrzahl der Bewohner Tenuchtitlans sah den Krieg gleichmütig und sorglos herannahen. Die von Untergang gesprochen hatten, die Mutlosen, die Entrechteten, die Sklaven, sie alle waren – geführt vom Roten Jaguar – in die Ferne gezogen, dem Feuerbaum des Südens zu. Liebte der Adel Yaotl, den Dämon des Krieges, so fürchteten ihn die Händler nicht, verdankte doch Mexiko den Kriegen seinen unermeßlichen Reichtum: immer noch hatte, nach schweren Zeiten, die durchlittene Not sich bestens bezahlt gemacht... Gewiß, Chalco war verloren, Iztapalapan und Xochimilco waren verbrannt und verwüstet. Aber ein ähnliches Geschick konnte Tenuchtitlan nicht bedrohen. Eine Inselfestung war Tenuchtitlan, unantastbar, unbetretbar, unzerstörbar, immerdar, beschirmt von der Wassergöttin, deren Gewand glasgrüne Perlen sind...
Und nach wie vor glitten plätschernd die schwimmenden Gärten und die achtzigtausend Boote Mexikos durch die schattigen, hochwandigen Kanäle, brachten ungezählte Ladungen von Früchten, Blumen, Nutzholz, Webereien, Töpfereien auf die Marktplätze, auf den Ananasmarkt, auf den Kopalmarkt, auf den Wasservögelmarkt... Nach wie vor priesen ihre Waren an, wägten dar und feilschten, einander überschreiend, die Tlacanamacaque oder Sklavenhändler, die Verkäufer von Zierpflanzen, von Krebsen und Fischen, von in Erdlöchern gerösteten Kaninchen, von Schlangenhäuten, Pumafellen, Schilfmatten, von flüssigem Amber, Meerschaum, Indigo und roter Erde, von Honigweinkrügen und bemalten Gesichtsurnen, von Rasselstäben, Lackarbeiten, Bilderhandschriften, Ohrpflöcken, Kämmen, von Käfigen mit lebenden Vögeln und von Schüsseln voll Tenacayo – das heißt Menschenfleisch... Nach dem hölzernen Standbild schossen Kinder und Jünglinge mit Schleudern, Wurfbrettern, Blasrohren, Bogen, und nicht selten schaute einer der drei Könige zu, feuerte an, lobte und belohnte; rings um sie her aber brandete das farbenselige, grellschillernde Alltagsleben lärmend und kummerlos wie in Friedenszeit, und behaglich schritten die wohlgenährten Bürgerfrauen, von Fächerträgerinnen begleitet, unter den Säulengängen aus rotem Porphyr oder zwischen den Ständen und Buden, betasteten die Waren, markteten und nahmen aus ihren Xoquipillitaschen Kakaobohnen, um zu bezahlen.
Da wurde eines Tages bekannt, was der Vorsteher der Kundschafter soeben voll Entsetzen dem Herabstoßenden Adler gemeldet hatte: dreizehn hohe Wasserhäuser waren gleich trunkenen Riesen vom Ufer in den See getaumelt; und statt sie zu verschlingen, trug der See

sie auf seinem blauen Rücken; jetzt ließen sie bleibeschwerte Schnüre hinab, die Tiefen und Untiefen zu messen ...
Jäh schlug die Zuversicht in Verzagtheit um. Die Inselfestung war nicht mehr unantastbar und unbetretbar. Der Alltag erstarb, und es herrschte Feiertag hinfort – ein bleibender, nie mehr weichender, todesdüsterer, bußhafter Feiertag.
Das Menschengetümmel auf den Gassen schwand nicht, wohl aber verwandelte es sich; und es schwoll an, vermehrt durch Flüchtlinge aus den Pfahldörfern und Uferstädten. Ohne von den Priestern aufgefordert zu sein, ging das Volk in einer unabsehbaren Bußprozession, welcher sich bald die Opferer, die Tempelsänger, die Adligen und die Könige anschlossen. Sie verzehrten giftige Pilze, um sich in einen Rauschzustand zu versetzen. Flöten und Trommelschläge und Wehrufe mengten sich, stiegen himmelwärts mit Staubdunst und Kopalwolken und brausten aufschrillend durcheinander. Das Edelsteinwasser – das Kasteiungsblut – floß in Strömen: mit Aloedornen, Obsidianmessern und Knochendolchen durchbohrten sich viele der Schreitenden die Lippen, die Zungen, die Ohren, die Lenden und zogen Schilfblätter oder aus Malinalligras gedrehte Schnüre durch das durchlöcherte Fleisch hin und her, vor fanatischer Erregtheit unempfindlich für die Schmerzen. Sie fingen das sickernde Blut mit Tannenzweigen auf, um diese nach beendetem Umzug dem schwarzen hinkenden Tezcatlipoca zu weihen.

Der Spinner war kein Freund der Menge – er pflegte ihr auszuweichen, als wäre sie ein Raubtier. Diesmal hatte er eine Weile dem tollen Gespensterzug der Selbstpeiniger zugeschaut, ohne Zutrauen zur Macht der Schmerzen über das Schicksal. Dann schlich er bedrückt davon und begab sich in den Huei-Tecpan, wo seine Mutter in einem von Königin Silber-Reiher bewohnten Palastflügel als Geisel lebte.
Die großen Empfangssäle, sonst mit Höflingen, Kriegern oder Bittstellern gefüllt, waren heute leer. Da der Herabstoßende Adler, Ohrring-Schlange und der Durch-Zauber-Verführende unter den Sichkasteienden schritten, hatten auch alle dem Herrscherhause verwandten Prinzen – die man die Türkisgebürtigen nannte – und die Hofbeamten sich der Prozession angeschlossen. Zurückgeblieben waren nur die Torhüter, einige greise Diener und der Vorsteher des Hauses der Teppiche, welcher eine eben erst aus dem fernen Xaconochco angelangte Gesandtschaft empfing. Der Spinner sah auch, daß ein zapotekischer Dolmetscher die Reden der drei Gesandten übersetzte; doch ohne auf den Sinn der Reden zu achten, eilte er weiter zum Gemach seiner gefangenen Mutter.
Den Gesandten war vom Vorsteher des Hauses der Teppiche mitgeteilt worden, daß der Herabstoßende Adler sie nicht empfangen könne, da er am Bußgang des Volkes teilnehme. Darauf baten sie um die Erlaubnis, die für den König mitgebrachten Geschenke in einem

der Palastsäle aufstapeln zu dürfen – ihre Tlamamas stünden vor dem Tor und brauchten nur hereingerufen zu werden. Nach einigem Zögern gestattete es der Beamte. Die Tlamamas luden ihre Lasten im Saal der Botschaften ab, während die Gesandten sich die schönsten der Prunksäle zeigen ließen. Dann entfernten sich die Gesandten mit den Lastträgern, in der Absicht, sich die rasende, ächzende und schmerzberauschte Menge anzuschauen.
Mit dem Nähen einer schwarzen Hinterhauptschleife beschäftigt, kniete die Mutter des Spinners in ihrer königlichen Kammer auf einem gelben, blaugetüpfelten Kissen. Als der junge Dichter durch den Perlenvorhang bei ihr eintrat, sah sie von ihrer Arbeit nicht auf. Auch ohne Wärter war sie eine Gefangene.
Scherzend suchte er sie zu trösten: sie habe es gut und sauber hier wie eine Cihuapilli von fürstlichem Geblüt. Doch mürrisch schüttelte sie den Kopf: sie lebe hier zwischen Skorpionen, Nesseln und Dornen. Seinen Vorschlag, mit ihm zu entweichen, weil der Palast beinahe leer sei, lehnte sie schreckhaft ab. Drohungen der Königin Silber-Reiher hatten sie eingeschüchtert. Daß ihr Sohn Mitwisser eines Geheimnisses sei, wußte sie, wenn auch nicht, welches Geheimnisses. Danach hatte sie ihn niemals zu fragen gewagt. Aber wie bei jedem seiner Besuche, forderte sie auch jetzt das Versprechen von ihm, daß er ihretwegen schweigen werde.
»Mein Sohn, du hast eine Schwalbenzunge – sie zwitschert immerwährend ... Die böse Königin von Texcuco wird deine alte Mutter zu Tode martern, wenn du redest ...«
Er beschwichtigte ihre Angst; er schwor zu schweigen: selbst die vierhundert Pulquegötter könnten sein Geheimnis ihm nicht entreißen. Und als er von ihr Abschied nahm, erbat er sich ihren Segen.

Ein Lied summend, ging der Spinner durch das Labyrinth der Kammern zurück, durch Höfe, Prachtsäle und Korridore. Vor dem Saal der Botschaften blieb er erstaunt stehen. Kostbarkeiten waren über den Marmorestrich gestreut. Die Tür stand offen. Niemand hinderte ihn, einzutreten. Niemand bewachte die Geschenke eines südlichen Königs. Da lagen kreisrunde Goldscheiben, Frösche aus Gold, Affen aus Gold, doppelseitige Kolibrifederdecken (die sich in eine Faust ballen ließen und leicht waren wie ein Spinngewebe), Halsbänder aus Wasser-, Milch- und Feueropal ... Inmitten dieser Herrlichkeiten befand sich ein Mumienbündel: eine in schneeweißen Baumwollstoff gehüllte hockende Gestalt, mit geweißten Stricken über Kreuz netzartig umschnürt, mit weißen Daunenhüllen und einer weißen Papierfahne geschmückt. Um den Einschnitt oberhalb der Schultern war ein karminrotes Band – gleichsam als Halskragen – geschlungen, daran walnußgroße Schellen aus Goldblech hingen. Seltsamerweise aber war vom Hals aufwärts die Umhüllung abgestreift: aus dem Mumienbündel ragte ein Mädchenkopf von berückender Schönheit her-

vor. Die Augenlider des Mädchens waren geschlossen, ihr Gesicht farblos, die Lippen grau.
Gebannt starrte der Spinner das tote Mädchen an. Diesen herrlich gemeißelten schwermutsvollen Mund hatte er schon einmal gesehen ... Doch wo? ... Allmählich dämmerte in ihm die Erinnerung auf an die Nacht des Sklavenauszuges. Er war der Sänfte der Königin Silber-Reiher gefolgt, nachdem Silber-Reiher und Coxtemexi beim Annalenschreiber Schutz vor dem Pöbel gesucht hatten. Vor dem Hause der Giftmischerin, der Blaubemalten, hatte er ein wunderschönes Mädchen aus den Händen dreier alter Weiber befreit; er war ihrethalb gefesselt, mit dem Tode bedroht worden, und seine alte Mutter lebte im Huei-Tecpan als Geisel ihrethalb ... Ja, die Tote im Mumienbündel war jene verfolgte junge Sklavin, war Blutfeuerstein, das Giftmädchen!
Scheu und zögernd näherte er sich ihr, zugleich abgestoßen und angezogen, bezaubert und entsetzt. Seine Gedanken flatterten wirr wie aufgeschreckte Vögel umher. War sie eines natürlichen Todes gestorben? Hatte sie, ihres Daseins überdrüssig, selbst Hand an sich gelegt? War sie ermordet worden? Was bezweckten die Giftmischerin und ihre Auftraggeber damit, daß die Leiche mit unverhülltem Kopf zwischen den Geschenken prangte, die keinem anderen als dem Tlatohuani Mexikos, dem Herabstoßenden Adler, bestimmt waren? ...
Durch den dunklen Nebel seiner Ratlosigkeit schimmerte blitzartig vor seinen Augen die Fährte eines furchtbaren Verbrechens auf. Er suchte angstbeklommen der Spur nachzugehen, die fliegenden Gedanken auf dies Ziel zu richten ... Aber wenn seine Ahnung begründet war, so konnte die Tote nicht tot sein ...
Er redete sie an, rief ihren Namen. Sie blieb regungslos, als wäre sie Stein. Er faßte sie an die Wange. Glatt und kalt war ihre Wange, doch seltsam weich. Hoffnung schlich sich in sein Herz, jubelte in ihm: so weich ist keine Tote!
»Blutfeuerstein, Blutfeuerstein!« rief er ihr in die Ohren. Unermüdlich weckte er sie und ließ sich durch ihre Taubheit nicht entmutigen.
Da zuckte es an ihren Wimpern. Langsam hoben sich die Lider empor, und die schwarzbraunen, wässerig mit goldenen Glanzlichtern überblinkten Augensterne blickten fragend und ergrauend den Raum, die Geschenke und die eigene Totengewandung an.
Sie sollte vor ihm nicht erschrecken, bat der Spinner – er sei ein Freund, habe schon einmal sie von Feinden zu befreien versucht.
Ein mattes Lächeln glitt über ihre Lippen – sie erkannte ihn wieder.
Wer sie hergebracht habe? fragte er. Doch sie wußte es nicht; man habe ihr einen Betäubungstrank gegeben.
Und sie flehte, er möge die Stricke, mit denen ihr Körper umschnürt war, lösen; kaum erträglich schmerzten sie alle Glieder.
Sofort war er bereit. Wie er aber begann, die mit Kreide geweißten Stricke zu lockern, entdeckte er am Mumienbündel eine kleine Holz-

tafel, auf welcher geschrieben stand: »Ich schlafe und werde erwachen. Mich schenkt Pichina-Vedella, König von Xaconochco, dem Herabstoßenden Adler.«
Der Spinner las die Worte laut. Sie war also unantastbar als Geschenk für den König Mexikos.
Mit Tränen gefüllt, starrten ihre Augen in seine, nach Rettung suchend, an Rettung verzweifelnd. Ohne zu reden, verstanden sie einander. Beide wußten, in welcher Gefahr Guatemoc binnen kurzem schweben werde.
»Die Tafel lügt!« murmelte Blutfeuerstein. »Mich schenkt nicht der Fürst von Xaconochco, mich schenkt die verschleierte Frau, die mich der Blaubemalten abgekauft hat... Wüßte ich, wer sie ist...«
»Eine Mörderin!« knirschte der Spinner.
»Nopiltzine – o mein Herr –, du kennst ihren Namen und darfst ihn nicht nennen. Ich stand dabei, als sie deine Fesseln lösen ließ und drohte, deine Mutter zu töten, wenn du dies verrätst... Wie aber können wir den König warnen? Niemand wird mir glauben, wenn ich die Wahrheit sage.«
Der Spinner schwieg, hin und her gezerrt von Wunsch und Angst. Nach einer Weile sagte er zaghaft:
»Und doch müssen wir den König warnen!«
Blutfeuerstein schüttelte den Kopf:
»Nopiltzine, willst du deine Mutter opfern? Einst trankst du ihre Milch – willst du jetzt ihr Blut trinken?«
Der Spinner senkte den Blick zu Boden und gab keine Antwort.
»Nein, das sollst du nicht!« fuhr er fort. »Bloß ich kann den König vor meinen Küssen bewahren... Der Speichel meines Mundes ist ein Todesgift, meine Lippen morden... Längst sehne ich mich hinab ins Land, wo die Blumen stehen, längst locken mich die gelben Schmetterlinge Mictlan-Tecutlis... Hast du ein Messer?«
»O Blutfeuerstein, ich kann dich nicht töten!«
»Lockere meinen rechten Arm und gib mir ein Messer!... Ich will es!« befahl sie in herrischem Ton.
»Du willst dich selbst töten?«
»Ich will den König beschützen vor mir!«
Der Spinner fügte sich ihrer stählernen Entschlossenheit. An ihrer Schulter knotete er den weißen Strick auf, so daß ihre rechte Hand frei wurde.
»Wo ist das Messer?« drängte sie.
»Ich habe keins...«
»Geh schnell und hole es!«
Er gehorchte ihr. Seine Mutter oder Blutfeuerstein oder Guatemoc mußte sterben. Wenn das Giftmädchen umkam, so war es für alle und für sie selbst ein Glück: ihr Tod würde ihr das Verbrechen und die grauenvolle Rache der Mexikaner ersparen...
Der Spinner eilte hastig aus dem Saal.

Allein blieb Blutfeuerstein nur wenige Augenblicke. Kaum hatte sich der Dichter entfernt, als durch eine andere Tür der junge König von Tlacopan in den Saal der Botschaften trat. Wie sämtliche Türkisgebürtigen hatte auch er sich der Büßerprozession angeschlossen und war nun als einer der ersten in den Huei-Tecpan zurückgekehrt, noch heiß durchzittert von der Raserei der Selbstpeiniger.
Aus grübelndem Sinnen riß ihn das absonderliche Bild des aus Juwelen aufragenden lebendigen Mumienbündels. Er trat heran, als sähe er eine Traumerscheinung. Unwirklich, unirdisch, blumenhaft war der aus Leichentüchern emporblühende Mädchenkopf.
»Cihuapille, bist du vom Tode erwacht?«
»Nopiltzine, ich werde bald tiefer schlafen!«
»Cihuapille, wer enthüllte dein Antlitz?«
»Nopiltzine, während ich schlief, geschah es.«
»Cihuapille, schmerzen dich deine Glieder?«
»Ja, meine Glieder schmerzen mich.«
Sogleich knotete er die Stricke auf und schälte sie aus den Tüchern.
»Bist du der Herr der Herren?« fragte sie ihn, da sie sah, daß ihn die blaue Stirnbinde schmückte.
»Nein, Cihuapille. Doch ich bin sein Freund. Darum darf ich tun, was keiner tun darf.«
Und er versuchte sie zu küssen. Wild stieß sie ihn von sich, so daß er zurücktaumelte. Und jählings fühlte er, daß Xochiquetzal, die Göttin der Liebe, ihn mit ihrer Blume berührt hatte. Für immer war er ihr verfallen . . .

Mit einem Knochendolch in der Hand kehrte der Spinner in den Saal zurück. Er schwankte ein wenig – Mut geholt hatte er sich bei den Erwürgern, den vierhundert Pulquegöttern. Seine gläsernen Augen mühten sich, zu enträtseln, was in seiner Abwesenheit geschehen sein mochte. Aufrecht stand da Blutfeuerstein im reich gestickten Hemd, mit zwei handbreiten violetten Streifen in der Hüftengegend und am unteren silberbefransten Saum; violett leuchteten unterhalb der Silberfransen, an den schlanken Waden hinabreichend bis zu den Fußknöcheln, ganz enganliegende strumpfähnliche Beinkleider; das mit Indigo gefärbte Haar rahmte schmal die länglichen, gelb gepuderten Wangen ein. Und ihr gegenüber stand funkelnd von Königsinsignien und metallisch lohenden Edelfedern der Durch-Zauber-Verführende, ihrer Schönheit verknechtet und sie stumm anflehend mit den wunden Blicken eines Liebenden.
Nicht so trunken war der Spinner, daß er nicht begriff: hier sei ein neues Opfer, das er retten mußte und doch nicht retten konnte. Zu spät war er gekommen. Angstvoll verbarg er den Knochendolch.
Goldsandalen, mit Schellen verziert, erklirrten auf dem steinernen Estrich. Der Herabstoßende Adler trat ein mit einem kleinen Gefolge. Vor seinen erstaunten Augen blinkten Wasseropale, Milchopale und

Feueropale, spiegelten sich im glashaft polierten Marmorboden; und ein Mädchen überstrahlte all die Pracht ...
Der Durch-Zauber-Verführende klärte ihn auf und entschuldigte sich, daß er von Mitleid gerührt das Mumienbündel aufgeschnürt hatte.
Der Herabstoßende Adler ließ den Vorsteher des Hauses der Teppiche rufen und befahl ihm, die Gesandten aus Xaconochco hereinzuführen.
Dann ging Guatemoc auf Blutfeuerstein zu. Aber geschwind trat der Spinner vor und stellte sich zwischen den König und das Giftmädchen.
»O großer König, o Herabstoßender Adler«, begann der Spinner. »Ich, dein niederer Knecht, flehe dich an: schenke mir dies Mädchen!«
»O mein Freund, du bist trunken, du bist berauscht!« sagte Guatemoc, milde lächelnd – er wollte den Gefährten des Alten Wickelbären durch einen strengeren Verweis nicht strafen für die grobe Ungebühr.
»O großer König, vergib meine Berauschtheit! Aus Kummer trank ich, aus Sorge um dich ... Ein böses Vorzeichen sah ich und hörte ich ...«
»Erzähle!« forderte ihn Guatemoc auf.
»O großer König, in meinem Hause geschah es heute früh beim Morgenrot. Mein kleines Hündchen fing an zu sprechen wie ein Mensch. Noch nie hatte mein Hündchen gesprochen. ›Was redest du!‹ fuhr ich es an, ›schweig still!‹ Das Hündchen aber schwieg nicht, sondern sagte: ›Schade ist es um den König! Achte auf die Vorzeichen, o Mensch!‹ Ich schrie darauf: ›Und du? Bist du etwa kein böses Vorzeichen? Was bist du denn?‹ Und ich schlug nach dem Hündchen; da fiel es tot hin. Und kaum war dies geschehen, begannen zwei Wasservögel zu reden, die in einer Pfanne über dem Herdfeuer schmorten und brutzelten. ›Das schönste der Geschenke wird den König töten!‹ sagte der eine Wasservogel. Der andere aber sprach: ›Unauffindbar werden die schenkenden Mörder sein!‹ Erschaudernd warf ich die Vögel ins Herdfeuer. Und während sie verbrannten, sprach meine Tanzmaske, die an der Wand hing: ›Der Gefahr entgehen kann der König, wenn er das Geschenk weiterverschenkt!‹«
»O Narr, meinst du mit solcher Traumlüge das schönste Mädchen dir zu erringen?« fragte der Durch-Zauber-Verführende. Das königliche Gefolge lachte, verlachte den Spinner.
»Er ist ein Dichter und ein Trunkenbold«, sagte stirnrunzelnd der Herabstoßende Adler, »darum sei ihm verziehen! Doch nun geh, o Spinner, und schlafe deinen Rausch aus!«
Dem Befehl des Königs durfte der Spinner nicht trotzen. Traurig entfernte er sich.
Bald darauf kam der Vorsteher des Hauses der Teppiche und meldete, daß die Gesandten aus Xaconochco unauffindbar seien.

Die eben noch über des Dichters Anmaßung und wunderlichen Traum gelächelt und gelacht hatten, blickten sich verstört an. Unauffindlich würden die schenkenden Mörder sein, hatte der eine Wasservogel gesagt...
Durch die Liebe zu Maisblüte gewappnet gegen Blutfeuersteins bezwingende Schönheit, gab der Herabstoßende Adler Befehl, dem Mädchen (das eine der Ixcuinanmê, der weiblichen Dämonen, sein konnte) im Tempel des Smaragdenen Frosches die Brust aufzuschneiden.
Der Durch-Zauber-Verführende widerriet, sie zu opfern. Der Traum fordere, daß sie verschenkt werde. Er wolle sie in seinen Tecpan nehmen, sie beobachten, das Rätsel aufklären...
Und Guatemoc überließ ihm das Mädchen.

Guatemoc überließ ihm das Mädchen, weil seine Gedanken abgelenkt wurden durch die unerwartete Ankunft des Königs von Cuitlahuac.
Die Pfahlstadt Cuitlahuac lag in der Mitte des die Süßwasserseen von Chalco und Xochimilco trennenden Dammes. Ihre Bewohner, meist Krebs- und Entenfänger, waren Chichimeken – nicht Azteken –: den Kriegsgott nannten sie Amimitl (wie die Michuaken) und verehrten den vom Himmel gefallenen zweiköpfigen Hirsch. Aber obgleich einst von Mexiko grausam unterjocht, hatten sie kein Verlangen nach Selbständigkeit und keinen Groll zurückbehalten, waren Mexikaner geworden und fühlten sich stolz als solche. Während letzthin Chalco, Ayotla und andere Städte der östlichen Chinampanecâ (der Bepflanzer schwimmender Gärten...), das Joch abwerfend, für den gemeinsamen Aufruhr an den Süßwasserufern warben, weigerten sich die Wasserwildjäger von Cuitlahuac beharrlich, dem Bund der Schwarzen Blume beizutreten. Und statt eingeschüchtert zu werden durch den Feuerschein der in Brand gesteckten Nachbarstädte Iztapalapan und Xochimilco, wurden sie erst recht in ihrem Fremdenhaß bestärkt und fester als zuvor an Mexiko gefesselt.
Nun war Cuitlahuacs Stadtkönig Mayehuatl, »der Behandschuhte«, in Tenuchtitlan eingetroffen, bereit, sein Leben für Mexiko hinzugeben. Er warf, vor den Herabstoßenden Adler tretend, weiße Copallikugeln in einen silbernen Räucherlöffel, kniete nieder, küßte dem König der Welt die Hände und die Füße und stellte sich und sein kleines, doch krieggewohntes Heer zur Verfügung. Er erfüllte damit bloß seine Lehnspflicht wie andere Fürsten vor und nach ihm. Daß er aber bald nach der Bußprozession, in einem Augenblick peinvoller Niedergeschlagenheit, sich anbot, vergrößerte den Wert seiner Hilfe. Und auch sonst hatte Guatemoc Ursache, den Rat und Beistand des erfahrenen Mannes hoch einzuschätzen.
Als einer der besten Helden Anahuacs galt der Behandschuhte. Allberühmt wie sein Mut war seine listreiche Kriegsklugheit. Montezuma hatte ihm mehrmals die Führung der Heerscharen anvertraut

und hatte ihm manchen Sieg zu verdanken gehabt. Nicht mehr jung war der Behandschuhte jetzt, ein Fünfziger, wenn auch noch geschmeidig wie ein jugendlicher Adlerritter. Er war groß, langarmig, hielt sich ein wenig vorgebeugt und hatte einen häßlichen Rundkopf: die vorstehenden Backenknochen strafften die Wangen, plump und breit quollen die Nüstern hervor, silberne Barthaare rieselten über den breiten Mund und das fliehende Kinn.

Als Herr der Herren, umringt von prunkendem Hofstaat, hatte der Herabstoßende Adler sich vom Vasallen Hände und Füße küssen lassen, wie das Zeremoniell es erheischte. Als sie aber später im Zwiegespräch beieinandersaßen, unterordnete sich der junge König der Einsicht und Erfahrung des alten Häuptlings und beugte sich seinem Willen. Sie erwogen die Aussichten des beginnenden Krieges. Mit unerbittlicher Klarheit legte der Behandschuhte dar, daß Mexikos Streitkräfte nicht ausreichten, die Christen und alle Aufständischen zu besiegen, und daß von Anbeginn der Kampf hoffnungslos sein werde – falls es nicht gelänge, jenseits der Grenzen Anahuacs Freunde zu gewinnen. Für den Zusammenschluß aller indianischen Völker war der Alte Wickelbär in den Tod gegangen: an der Halsstarrigkeit der Kinder Tlascalas war sein Plan gescheitert. Nicht entmutigen lassen sollte sich der Herabstoßende Adler, weil der erste Versuch mißglückte; und auch nicht, weil einst der Drei-Städte-Bund, die Grenzen Anahuacs zu erweitern bestrebt, die Heerscharen über die Gebirgswälle des Südens und Westens nach Guatemala und Michuacan geführt hatte. Gemeinsame Not wische verjährten Streit aus dem Gedächtnis. War das sieghafte Mexiko verhaßt, so werde das gefährdete Mexiko beliebt sein. Der Einsicht könnten die Mayavölker und die Tarasker sich nicht verschließen, daß der Untergang Mexikos auch ihren Untergang nach sich ziehen müßte ...

Die Aussprache hatte zur Folge, daß der Herabstoßende Adler Gesandtschaften an die Könige der Maya in Yukatan und Guatemala entsandte. Auch seinen Vetter, den König des westlichen Landes Matlatzinco, ließ er durch Boten auffordern, dem Bund aller Indianer beizutreten – obgleich dieser eitle Sohn des Königs Kreideweiß und Gatte der Montezumatochter Prinzessin Nephrit kurze Zeit nach Montezumas Gefangensetzung die im Seeschloß Tezcotzinco bei Tezcuco zusammenkommenden Verschwörer an den Vom-Himmel-Gestiegenen und damit an die Kastilier verraten hatte und Schuld trug, daß die Könige von Tezcuco, Tlacopan, Iztapalapan, Coyoacan und Prinz Ohrring-Schlange an *eine* Eisenkette geschmiedet, daß der Edle Traurige und der König von Coyoacan im Kerker erdrosselt wurden ...

Da die Tarasker – die Bewohner des Landes Michuacan – aus derselben Höhle stammten wie die Bewohner Cuitlahuacs und gleich diesen dem blaugesichtigen kolibrifüßigen Kriegs- und Stammgott den Namen Amimitl gaben, ernannte der Herabstoßende Adler den

Behandschuhten zum Führer der in das nordwestliche Otoncalpolco-Gebirge an die Ufer des großen Sees von Pazcuaro aufbrechenden Gesandtschaft.

Michuacan war das Land der Fischer. Handel und Wandel drängte sich um den Pazcuaro-See zusammen, an welchem auch die Hauptstadt Tzintzuntzan lag. Früheren Königen von Tzintzuntzan waren, weil sie sich der Trunkenheit ergeben hatten, von der Göttin Xaratanga Schlangen als Speise vorgesetzt worden, nach deren Genuß sie, sich in Fische verwandelnd, in den See sprangen – von ihnen nährten sich die nachfolgenden Geschlechter. Die Michuaken (oder Tarasker) nannten sich »die Inselleute«. Von den Mexikanern wurden sie auch Quaochpanmê, »Die-das-Haupt-Abfegenden«, genannt, weil die Männer sowohl wie die Frauen sich auf den Scheiteln ihrer künstlich abgeplatteten Köpfe Glatzen scherten.
Sie waren ein wunschloses, kindliches, friedfertiges Phäakenvolk, dem Kriege abhold, wenn auch wohl imstande, Überfälle abzuwehren. Steile Gebirgszüge und starke Garnisonen schützten ihre Grenzen gegen die Habgier ihrer Nachbarn, der Calimas, Xalisker, Matlatzincas und Mexikaner. Als vorlängst König Wassergesicht an die Lagune von Pazcuaro vorzudringen versuchte, wurde er blutig abgewiesen und mußte am Gebirge kehrtmachen, ohne das Hochtal betreten zu haben. Die Stadt Tzintzuntzan – die Kolibristadt – hatte seit Jahrhunderten keine Kriegsgreuel erlebt, obgleich der Goldreichtum der Michuaken den der Mexikaner bei weitem übertraf.
Freilich war ihr Goldschmuck, wie alle ihre Kunsterzeugnisse, roher Art. Dem reizvollen – oft an Altchina und Mykene gemahnenden – Stil der Maya und Mexikaner hatten die Tarasker kaum etwas an die Seite zu stellen. Sie besaßen keine Literatur wie jene Völker. Sie lebten in Schilfhütten; die Männer gingen ohne Schambinden mit einem kurzen, ärmellosen Hemd bekleidet.
Als der Behandschuhte mit seinen neun Begleitern vor den Cazoncí – den König – geführt worden war, empfing ihn dieser auf einem geschweiften hölzernen Schemel sitzend, eine qualmende Tabakspfeife im Munde. Einen grünbärtigen Pfeil – mit der Spitze nach unten – hielt er wie ein Zepter in der Hand. Zu seinen Füßen lag ein gezähmter junger Puma.
Vor dem Haupteingang zum hüttenähnlichen, mit einem Strohdach bedeckten Königspalast, in einem kreisrunden Vorhofe, fand der Empfang der Gesandten statt. Unter der sichelförmig aufgereihten Schar der Acaechas oder Trabanten standen zu beiden Seiten des rauchenden Cazoncí die Träger der erblichen Würden: der Curu Apindi oder Onkel der Entenjäger, welcher die Entenopfer für die Göttin Xaratanga in Empfang nahm; der Pirovaquen Vandarí, der Vorsteher der Mäntel – er sammelte die Mäntelsteuer des Volkes für den Cazoncí ein; der Varurí, der Vorsteher der Netzfischer; der

Taramá, der Vorsteher der Angler. Ferner ein Ober-Girlandenbinder, ein Ober-Bienenzüchter, ein Ober-Sandalenmacher und ein Ober-Tierzüchter, dessen Aufgabe es war, Adler und Raubtiere für den Cazoncí zu zähmen: diese wurden, wenn sie ausgewachsen waren, mit Pfeilschüssen getötet und durch jüngere ersetzt. Außer Pumas, Wildkatzen und Präriewölfen besaß der Cazoncí auch einige einem nördlichen Apachenstamm abgekaufte Büffel.
Des Cazoncí Name war Tangaxoan. Vor Jahren hatte er bei seiner Thronbesteigung seine beiden Brüder umbringen lassen, weil sie ihm die Erbschaft streitig machten. Hätte er sie nicht ermordet, so wäre er von ihnen ermordet worden. Aus Notwehr also, aus Angst und Schwäche hatte er die Tat begangen oder vielmehr geschehen lassen. Wie ein königlicher Mörder sah er nicht aus: er war ein gutherziger, stets lächelnder, verlegener Mensch, kurzhalsig, fett und schwerfällig in seinen ungelenken Bewegungen wie ein Pinguin.
Von seinen Geschwistern lebte nur noch eine elfjährige, kranke, an den Beinen gelähmte Schwester namens Uacui, »das Eichhörnchen«. Was ihm an Willenskraft fehlte, besaß dieses Kind in überreichem Maße. Sie beherrschte ihn, sie beherrschte Michuacan. Keine Regierungshandlung unternahm Tangaxoan, ohne das Eichhörnchen hinzuzuziehen und auf des Kindes orakelhaften Rat zu hören. Auch jetzt beim Empfang der zehn Mexikaner war das kranke Mädchen auf einen Schemel neben Tangaxoan gesetzt worden. Ihr Rock aus Fledermausfell reichte vom Nabel abwärts, die kindlichen Brüste waren unbedeckt. Überfeinert, schmerzensmüde, seltsam länglich glänzte kupfern ihr Gesicht, groß und fiebrig strahlten ihre Augen wie schwarze Bernsteine.

Von den vier in Michuacan gesprochenen Sprachen war das Chichimekische nur wenig vom Mexikanischen verschieden. Der Behandschuhte bedurfte daher keines Dolmetschers, um sich verständlich zu machen.
»Wer herrscht jetzt in Mexiko?« fragte Tangaxoan.
»Quauhtemoc Tecutli«, erwiderte der Behandschuhte.
»Den kenne ich nicht!« sagte Tangaxoan. »Aber einer seiner Vorfahren wollte an unserem See angeln, er fing keinen Fisch, denn die Göttin Xaratanga beschirmt ihre Fische!«
Der Behandschuhte ließ sich die Verstimmung über die böse Begrüßung nicht anmerken. Er sagte:
»O großer Cazoncí, o unser geliebter Großsohn! Die rote Flut der Feuerberge erlischt, wird grauer Stein und grauer Staub in vierzig Jahren! Die Sonne nahm jenes Feldzuges tapfere Toten, eure und unsere Toten, in ihr Haus und verwandelte sie in bunte Schwirrvögel – auch König Wassergesicht wurde längst zum Kolibri und begleitet täglich die Sonne bis zur Himmelsmitte. Du aber lebst, dein ist die Macht und die Tat. Wenn ich mich erdreiste, in den Schatten

deiner Herrlichkeit zu treten, dein Tun zu stören, so geschieht es, weil der mächtige Tlatohuani von Mexiko, Quauhtemoc Tecutli, mich beauftragt hat. Geh hin, sagte er, und melde meinem Bruder, dem großen Cazoncí, daß über das Himmelswasser von Sonnenaufgang her wundersame Menschen gekommen sind, gekleidet in Panzer, Wadenschienen und Helme aus weißem Kupfer; und viele von ihnen sitzen auf dem Rücken von Hirschen, welche an den Hufen Sandalen haben aus weißem Kupfer. Auch lange Trommeln führen sie mit sich, feuerspeiende, wie die Wolken donnernde, und wer von ihrem Feuer berührt wird, muß sterben. Hunderte der Hirschmenschen schenkten wir unsern Göttern – andere tausend kamen, begleitet von den Tlascalteken, und jetzt umzingeln sie Tenuchtitlan. Willst du, o großer Cazoncí, abwarten, daß Tenuchtitlan ihnen zur Beute fällt, daß sie weiter westwärts ziehen, Tzintzuntzan belagern, zerstören und aus Königen Sklaven machen? O hindere unser aller Unheil beizeiten, komm mit deinen Heerscharen Tenuchtitlan zu Hilfe! Die Sonne spiegelt sich zugleich in unserem See und in eurem See, die Himmelsgötter blicken zugleich auf uns und auf euch hinab, vor einem Jahrhundert wurden unsere beiden Reiche mächtig und unbesiegbar; – aber auch gleichzeitig wird ihr Untergang sein!«
Tangaxoan gab keine Antwort. Er schielte nach seiner kleinen Schwester hin. Einen in ein Tuch gewickelten Stein – den Gott Wasoricuare – trug Eichhörnchen immer bei sich. Jetzt hielt sie den Stein an ihr Ohr, wie sie es stets zu tun pflegte, wenn sie den Cazoncí durch einen Orakelspruch ihres Gottes beeinflussen wollte. Tangaxoan befürchtete, sie könne zugunsten des verhaßten Mexiko reden. Darum erhob er sich rasch und sagte:
»Laßt uns zum Hohenpriester gehen: mag er es entscheiden!«

Der Cazoncí, sein Gefolge und die zehn Gesandten bestiegen Einbäume und wurden über den See in die unweit von Tzintzuntzan am Ufer gelegene, nur von Priestern und Göttern bewohnte heilige Stadt Tzacapu gerudert. Dort erklommen sie die steilen Stufen des dem obersten Gotte, dem schwarzen Curicaveri, geweihten, mit einem Strohdach bedeckten Tempels. Auf der Opferterrasse tanzte der Hohepriester mit wallfahrenden jungen Frauen, indem er als Gürtel eine gezähmte Giftschlange um die Lenden gewickelt trug und einen auf einem Rohrstab befestigten Papierschmetterling auf und ab schwenkte. Rings im Halbkreis hockten als Zuschauer die Hüter des heiligen Feuers, die Opferer und andere Priester, alle mit Fächern in den Händen und alle kahlköpfig, brauenlos und wimperlos, wie ebenfalls die reigenden, enthaarten, nacktbrüstigen Frauen.
Der Cazoncí kniete nieder vor dem Hohenpriester, der eine Weile noch weitertanzte, bis die heilige Handlung beendet war. Alle Besucher knieten, mit Ausnahme des Eichhörnchens: sie war auf einen mitgebrachten Schemel niedergesetzt worden.

Der Hohepriester wußte, wie alle Michuaken, schon seit langem von der Not Mexikos. Die Nachrichten von der Gefangennahme und Ermordung Montezumas, der Nacht der Schrecken, der Schlacht von Otompan und der Wiederkehr der weißen Götter nach Anahuac waren jeweils in kurzer Frist an die Lagune von Pazcuaro gelangt und hatten sorgenvolles Staunen, aber auch Schadenfreude ausgelöst. Der Haß des Namens Mexiko überwog das neugierige Unbehagen, die räumliche Entfernung beschwichtigte die Furcht vor dem unheimlichen meerentstiegenen Fremdvolk. Mexiko hatte Anteilnahme verscherzt: es verdiente seinen Untergang. Wenn das nie Geschehene geschah, daß mexikanische Gesandte ihren Fuß auf taraskisches Gebiet setzten, so war es ja klar, was sie begehrten.
Der Hohepriester ließ sich vom Cazoncí den Inhalt der Botschaft nicht berichten, er unterbrach ihn gleich nach den ersten Worten und sagte, mit einem blauen Rindenpapierfächer sich den kugeligen Kahlkopf fächelnd:
»Unsere Götter Curicaveri, Homocutin und der Herrscher der Nacht Achurihirepe haben in Tenuchtitlan keine Stätte; und bei uns haben Tezcatlipoca, Huitzilopochtli und Tlaloc keinen Tempel. Mögen die Götter Mexikos getötet werden – um so länger werden unsere Götter leben. Darum, o Gangua-Pagua (Majestät), du von allen erwählter gottgeliebter Sohn Tangaxoan, verweigere den Mexikanern die Hilfe, um die sie winseln!«
Tangaxoan und seine Trabanten nickten befriedigt. Doch unwillig hob das Eichhörnchen die Hand. Mit leiser, kläglicher Kinderstimme sprach sie:
»Nein, mein Bruder, du wirst den Mexikanern helfen. Höre an – hört ihr alle an –, was mir geschehen ist. Die Mutter der Götter kam gestern zu mir und trug mich aus Tzintzuntzan hinaus am Schilfufer entlang. Und als sie endlich stehenblieb, dachte ich, sie wolle mich opfern. Doch sie sagte: ›Ich will dich nicht opfern; auch der Gott nicht, der nach mir dich hinwegholen und dir verborgene Dinge zeigen wird, damit durch dich der Cazoncí sie erfahre!‹ Darauf besprengte sie mich mit Wasser aus einem Kruge. Sie verwandelte den Krug in ein Boot, setzte mich hinein und stieß das Boot vom Ufer ab. Da schwamm ein großer grüner Kaiman heran, schnappte nach mir und zog mich in den See hinab. Lange trug er mich durch das Seewasser, und dann brachte er mich in ein Haus, das auf dem Boden des Sees erbaut war und das mit Wasser nicht gefüllt war. Er trug mich durch viele Gemächer bis in einen Saal, wo die erstgeborenen Götter und die Götter linker Hand – alle mit Ruß beschmiert und mit Kränzen aus Buntzwirn auf den Stirnen – versammelt waren, Honigwein tranken und redeten. Der Kaiman-Gott setzte mich in einer Ecke des Saales nieder und befahl mir: ›Horche und behalte!‹ Da belauschte ich die Klagen der Götter: ›Uns war versprochen worden, daß es immer so bleiben werde. Nun wird es anders!‹ klagten die Götter

linker Hand. ›Seitdem die Welt erschaffen ward, war es immer so. Es gab nie eine Änderung. Wir wurden mit Opfern genährt. Und jetzt will man die Welt ändern!‹ Die erstgeborenen Götter aber rieten: ›Laßt uns keinen Honigwein mehr trinken, laßt uns die Trinkschalen zertrümmern, laßt uns mit Köchern und Bogen den Opferern Mexikos Beistand leisten, damit alles bleibt, wie es war, und nicht anders wird!‹ . . .«
Das Eichhörnchen schwieg und alle schwiegen. Der Hohepriester wußte den Götterworten nichts entgegenzuhalten. Bald wirbelte er wieder im Reigen mit den nacktbrüstigen Frauen.
Demütig und stolz blickte Tangaxoan auf seine kleine, kranke, begnadete Schwester. Er entließ den Behandschuhten huldvoll und versprach zweihunderttausend taraskische Bogenschützen, die er selbst nach Anahuac führen werde . . .
Als Geschenk für den Herabstoßenden Adler gab er den mexikanischen Gesandten einen gezähmten Büffel mit.

Nachdem Blutfeuerstein dem Durch- Zauber- Verführenden abgetreten worden war, ließ er sie – denselben Abend noch – heimlich in seinen Palast führen. Heimlich empfing er sie aus Rücksicht auf seine erst vor kurzem ihm angetraute Gemahlin Perlmuschel. Ohne Liebe hatte er die Königin von Yuquane geehelicht und über ihre noch junge Schmach hinweggesehen, um ihr in ihrer Bedrängnis – da die Herrin von Tula und der mexikanische Klerus ihres weißen Kindes wegen sie bezichtigten – eine Freistätte zu bieten. Doch ihr Herz war wurmzerfressen und konnte nicht wieder aufblühen. Sie war eine Gebrochene, unvermögend, an ihm sich aufzurichten. Wenn er sie sah, fühlte er sich von der Liebesgöttin, der Weberin, nicht umsponnen. Freilich, selbst ohne Liebe liebte er Perlmuschel, alter Freundschaft eingedenk, und räumte ihr Steine aus dem Wege. Wie andere Könige, besaß auch er Kebsweiber und spielte mit ihnen ohne Heimlichtuerei; aber Blutfeuerstein war kein Spiel für ihn; ihr war er verfallen, die unsichtbaren, unzerreißbaren Fäden der Göttin Xochiquetzal umknüpften sie und ihn. Und das wollte er Perlmuschel nicht antun, daß sie von der Liebesnacht erführe, die er mit der unruhevoll Herbeigesehnten zu verbringen gedachte.
Das Gemach, wo er sie empfing, war sein Amoxcalli, seine Bibliothek. Zwischen hohen Reliefpfeilern gähnten offene Wandschränke aus rötlichem Schlangenholz, angefüllt mit buntfarbigen Bilderhandschriften. Türlos, nur durch einen Korallenvorhang abgetrennt, schloß sich an der einen Schmalseite des Raumes eine Schlafkammer an, wo ein mit milchweißen, seidigen, aus Kaninchenhaaren gewebten Decken überhülltes Bett stand. Ellenhohe Harzkerzen flackerten in zweiarmigen Goldleuchtern. Aus Räuchergefäßen stiegen blaue Rauchfäden auf.
Die Diener, von welchen Blutfeuerstein hereingeführt wurde, hatten

sich entfernt, der Jüngling und das Mädchen waren allein geblieben. Beklemmend senkte sich die Überlast des wonnestummen Augenblicks auf sie beide hernieder. Die Fäden der Göttin der Blumen hatten auch des Mädchens Herz umgarnt, seit sie von ihm der Opferschale des Smaragdenen Frosches entrissen worden war. Und weil sie ihn liebte, zitterte sie für ihn und ergrauste vor dem Gewitter in der eigenen Brust...

Wortlos, kaum fähig, sich aufrecht zu halten, lehnte sie an einem der Steinpfeiler, blickte ihn flehend und verloren an. Auch er stand angewurzelt da, wenige Schritt vor ihr, schön wie einer der jungen Sterngötter. Erst jetzt kam ihr zum Bewußtsein, wie außerordentlich schön er war, und noch unbändiger mußte sie sich gegen die Lockung ihrer Sehnsucht wehren.

Der Durch-Zauber-Verführende überwand seine Scheu, trat an sie heran, faßte sie am Handgelenk. Doch ließ er ihr Handgelenk wieder los, als hätte er in Dornen gegriffen.

»Wie du bebst, Mädchen!« flüsterte er. »Warum fürchtest du mich so?«

»Nopiltzine (o mein Herr), ich fürchte dich nicht...«

»Was ängstigt dich so, Mädchen?«

»Die Wunde deines Blickes, o mein Herr!«

»Mein Blick ward wund durch deine Schönheit, Kind!«

»Lösche die Harzkerze aus, o mein Herr, damit ich dir grau und häßlich erscheine!«

Er lachte.

»Das Feuer deiner Lippen würde mit den Kerzen nicht verlöschen, Mädchen. Deine sengenden Augen würden noch blitzender strahlen. Die Nacht hellt ja auch die Sterne. Eine einzige Blüte der weißen Herzblume vermag alle Säle und Kammern eines großen Palastes zu durchduften. So durchscheint dein Jaspisgesicht meinen Tecpan, wärst du auch nicht beschienen!«

Sie antwortete nichts. Deutlich hörte er das Hämmern ihres Blutes. Ihr Busen flatterte.

Da führte er sie zu einer Binsenmatte, auf welcher zwischen zwei niedrigen Schemeln allerhand Maiskuchen, Früchte und süße Kräutertränke bereitgestellt waren. Einander gegenüber hockten sie nieder. Sie aß schwarze Trauben, »Mütterchens Obst« und Ananasscheiben, die er ihr reichte. Aber vom Honigwein und den Kräutergetränken wollte sie nicht nippen. Er mußte sie überreden, sie zwingen. Nachdem sie getrunken hatte, schien sie weniger befangen.

»Weißt du, wer zuerst berauschende Getränke gebraut hat?« fragte er sie.

Sie wußte es nicht. Da schlug er eine Bilderhandschrift auf und las ihr die Geschichte von der Bereitung des ersten Rauschtrankes vor.

Vor Jahrhunderten war es geschehen. Ein armer Töpfer hatte nach einem Sturm bemerkt, daß eine auf dem Dach seines Häuschens wachsende Agavepflanze von den Pfeilen des Windes verwundet worden war und blutete. Voll Mitleid riß er einen Zipfel seines Mantels ab, die Pflanzenwunde damit zu verbinden, und er fing in ein irdenes Gefäß, das er von der Töpferscheibe nahm, das rinnende weiße Blut der Agave auf. Darum beschloß Mayauel, die Göttin der Agavepflanze, ihn zu belohnen. Sie ließ den Saft im Gefäße gären, trat aus der Pflanze heraus und forderte ihn auf, ihr Blut zu trinken. Und als er berauscht war, führte sie ihn durch die neun unteren Himmel: den roten Himmel, den gelben Himmel, den weißen Himmel, den rosigen Himmel, den grünen Himmel, den blauschwarzen Himmel, den Himmel der Mutter, den Himmel der glänzenden Greisin, den Steinhimmel. So beglückt kehrte er auf die Blumenerde zurück, daß er meinte, sein Trank sei wert, vom König des Landes genossen zu werden. Doch wie sollte er, ein armer Handwerker, in den großen Palast gelangen! Er hatte eine wunderschöne Tochter, und ihr übergab er das Gefäß, daß sie es dem König bringe. Sobald die Torhüter die bettelhaft Gekleidete vor den silbernen Thron geleitet hatten und der König an ihrem Liebreiz Feuer fing, entließ er sein Gefolge und sprach allein mit ihr. »Was bringst du mir im Topf?« fragte er sie. Da sagte der König: »Wenn du die Wahrheit sprachst, werde ich deinen Vater reich machen; wenn du aber logst, sollt ihr beide sterben!« Und er schlürfte ein wenig vom Rauschtrank, fand ihn jedoch nicht so süß, wie das Mädchen ihn gepriesen hatte – denn Mayauel führte ihn nicht sogleich durch den roten, den gelben, den weißen, den rosigen, den grünen und den blauschwarzen Himmel ... »Du mußt sterben, schönes Mädchen«, sagte er, »denn du gibst mir nicht, was du versprachst!« – »Ich versprach dir Rausch, o edler König; doch du trankst zu wenig!« Da schlürfte er das Gefäß aus, wurde trunken und sagte: »Nicht der Saft berauscht mich, sondern du! Versprochen hast du mir das höchste Glück der Blumenwelt – und das bist du!« Und er befahl ihr, sich zu entkleiden. Als sie ihre Schulterdecke abnahm, als er ihre braunen jungen Brüste sah, rief er: »Deine Brüste lächeln! So süß lächelt nichts in der Blumenwelt! Laß mich noch mehr sehen!« Nun ließ sie auch ihr Hüfttuch zu Boden gleiten. Und als er Nabel und Hüfte und Schoß und die schlanken, zartgeschweiften Schenkel gewahrte, wurde er von den Pulquegöttern entführt, durch alle farbigen Himmel geführt, den Himmel der Mutter, den Himmel der glänzenden Greisin, den Steinhimmel bis hinauf in den letzten, den dreizehnten Himmel, wo karminrote Falter und Schwirrvögel in den Gärten der Liebesgöttin Xochiquetzal von Blumen trinkend flattern ... Tags darauf ernannte der König den armen Töpfer zum Vorsteher des Hauses der Teppiche. Die Tochter des Töpfers aber zierte er mit dem blauen Stirnband.

Nachdem der Durch-Zauber-Verführende die Erzählung gelesen hatte, blickte er lange Zeit stumm verlegen vor sich hin. Auch Blutfeuersteins durch den Honigwein enthemmte zaghafte Zutraulichkeit zog

sich verschüchtert ein. Wie ein listiger Kuppler hatte das Buch Scham und Sehnsucht angefacht. Blutfeuerstein fühlte, daß sogar die Stummheit zur Kupplerin werden wollte; doch sie fand die Worte nicht, die sie hätten erlösen können.
Der Durch-Zauber-Verführende erhob sich und legte die Bilderhandschrift auf den Bord der Hirschhautpergamente. Als er zu seinem Schemel zurückkehren wollte, sah er, daß Blutfeuerstein sich gleichfalls erhoben hatte und zur Tür geschlichen war. Mit einem Sprung war er an ihrer Seite und hielt sie, wie man einen erhaschten Vogel hält.
»Bleibe, Mädchen! Ich lasse dich nicht! Mayauel, die Vierhundertbrüstige, hat unsere Schalen mit ihrem Feuertrank gefüllt! Trinke auch du die Schale aus – kränke die Göttin nicht!«
Und er hielt ihr die Schale an den Mund. Sie trank sie leer.
»Du bist der Rausch, du bist das höchste Glück dieser Blumenwelt! Entkleide dich!« drängte er. Und er zog sie zur Schlafkammer hin, zum Bett mit den milchweißen Decken aus seidigem Kaninchenhaar.
Sie entriß sich seinen Händen, warf sich weinend neben dem Bette nieder. »Rühre mich nicht an! Küsse mich nicht! Meine Küsse morden! ...«
Sie schrie, sie verbarg laut aufschluchzend den Kopf in den Kissen.
»Warum liebst du mich nicht?« stöhnte er.
»Weil ich dich liebe, will ich dich nicht verderben!«
»Ich fürchte deine Lippen nicht, mag ihr Lächeln zur Obsidianhölle führen und zum Ort der schießenden Pfeile ... !«
»Du weißt nicht, wer ich bin!« kreischte sie. Und da er sie zu umschlingen suchte, entwand sie sich blitzschnell und flüchtete aus dem halbdunklen Schlafraum zurück ins helle Licht der Kerzen.
Auf der Binsenmatte hockte sie nieder, das Gesicht mit ihren schmerzzerwühlten Haarsträhnen verhüllt. Taumelnd war er ihr gefolgt. Sie hieß ihn ihr gegenüber kauern: sie wolle ihm erzählen, wer sie sei.
Und sie zeigte ihm die Narben ihrer Seele. Edelbürtig, als Kind geraubt, wurde sie auf dem Sklavenmarkt von der Blaubemalten gekauft. Ihrer Zierlichkeit wegen beschloß die Blaubemalte, sie zu einem Giftmädchen zu machen – wie jenes war, durch welches König Kreideweiß umkam. Sie lehrte sie Bilder lesen und Bilder schreiben, Flötenspiel und alle verruchten Künste der Liebe. Und sie gewöhnte sie an Gifte, nährte sie mit Giften, bis alle Adern ihres Leibes, der Speichel ihres Mundes und selbst ihr Atem unheilbringend wurden. Damit begnügte sich die Blaubemalte nicht: sie bohrte ihr kleine Löcher in die Zähne und füllte sie aus mit dem tödlichsten aller Pfeilgifte, das langsam schmelzend erst nach Jahren seine Wirkung verliert. Zur Hure und zur Mörderin wurde sie erzogen, die sie ein Fürstenkind gewesen war ...
Seine Augen füllten sich mit Tränen. Qualverzerrt war sein Gesicht. Er streckte die hagere rotgefärbte – an den Fingernägeln schneeweiß bemalte – Hand aus und strich ihr zart über das Haar.

»Du bist schuldlos, du arme dunkle Schmuckfeder! Und nun liebe ich dich noch mehr als zuvor!«
Sie zuckte zusammen, als schaudere ihr vor dem unverbannbaren Glück.
»Schicke mich zum Smaragdenen Frosch, o mein Herr! Mache ein Ende mit mir! . . .«
Er schüttelte wehmütig den Kopf.
»Ich kann nicht! . . . Ich kann dich nicht lassen, Blutfeuerstein! Muß ich auch auf deinen Mund und deinen Leib verzichten – auf deine Augen kann ich nicht verzichten! . . . Alle dreizehn Himmel sind in deinen schwarzen Augen und die Gärten der Göttin Xochiquetzal, wo die karminroten Falter und Schwirrvögel an Lilien saugend flattern!«
Stumm erhob sie sich und ging hinter den Korallenvorhang in die Schlafkammer. Jählings riß sie sich einen silbernen Kamm aus dem Haar und stach sich beide Augen aus.
Er war angstbeklommen ihr gefolgt, obgleich er ihre Absicht nicht ahnen konnte. Noch ehe er das Schlafgemach erreichte, trat sie aus dem Korallenvorhang hervor.
Zwei rote Bäche rieselten über ihre Wangen.
Da brüllte er auf wie ein speerverletzter Puma.
»Ich befreite dich von meinen Augen, o mein Herr!« sagte Blutfeuerstein. Und Seligkeit jubelte in ihrer Stimme.
Gleich darauf trat – angelockt durch das Gebrüll des Königs – Perlmuschel in das Gemach. Sie sah und begriff. Und sie verband die Augen des blinden Mädchens.

Nach Sonnenaufgang begab sich der Durch-Zauber-Verführende in das Tecutla toloya – den großen Gerichtssaal Tenuchtitlans – und erbat sich die Begleitung eines das Steinbeil, das Wahrzeichen der Gerechtigkeit, tragenden Richters und mehrerer seiner Kaktus-Adler (so wurden die Diener des Gerichtes, die Büttel, bezeichnet). Obgleich wenig Aussicht war, die Blaubemalte zu überrumpeln, sollte wenigstens der Versuch gemacht und ihr Haus durchsucht werden. Man fand sie – wie vorauszusehen war – in ihrem Hause nicht, wohl aber alles Gerät ihres schändlichen Gewerbes und auch sechshundert goldgrüne, anderthalb Ellen lange Quetzalfedern, die ihr als Kaufpreis für Blutfeuerstein gezahlt worden waren.
Der Durch-Zauber-Verführende suchte sodann im Huei-Tecpan den Herabstoßenden Adler auf. Dieser, mit einem türkisenen Nasenpfeil und einer kegelförmigen goldenen Mitra geschmückt, stand neben Ohrring-Schlange auf dem Altan des Palastturmes (von welchem aus Montezuma zum empörten Volke geredet hatte, als ihn sein, des Herabstoßenden Adlers, Steinwurf an der Schläfe traf); auch der Wurfspieß – der jüngst ernannte Weibliche Zwilling – und der Steinpfeiler – der Vorsteher des Hauses der Speere – waren den Turm emporgestiegen. Sie ließen ihre spähenden Augen über die

goldglitzernde Lagune schweifen und berieten über eine soeben von Kundschaftern erstattete Meldung: daß nämlich elf von den Brigantinen noch im Hafen von Tezcuco zurückgehalten und mit Takelwerk versehen würden, während zwei ausgelaufen seien, scheinbar in der Absicht, sich im südlichen Teile des Schilfsees der kleinen Tempelinsel zu bemächtigen.
Die große Pyramide Huitzilopochtlis ragte wie eine Wand vor dem Altan, Tezcuco und die jenseitige Küste fast ganz verdeckend, ließ aber die Fernsicht auf die südliche Lagune frei. Die angekündigten beiden Wasserhäuser tauchten jetzt am rötlichen Steinrande der vierten Schlangenbergterrasse blütenweiß in der flirrenden, tänzelnden Sonnenspiegelung der Azurflut auf, schneckenträge gleitend, durchsichtig wie aus Dunst gewoben, durch die Entfernung verkleinert und verlangsamt.
Der Weibliche Zwilling riet, tausend bemannte Boote daranzuwagen, die Wasserhäuser zu umringen und mit Brandfackeln zu bewerfen.
Blitz und Donner seien auf den Wasserhäusern, hielt ihm Guatemoc entgegen.
Auch wenn die Boote verlorengingen – fuhr der Wurfspieß fort –, würde die Vertilgung der zwei Wasserhäuser das Opfer wert sein.
Der Steinpfeiler widersprach: Auch wenn es gelänge, würde es schädliche Folgen haben. Die Gelbgesichtigen würden aus ihrem Mißgeschick lernen, die übrigen elf Wasserhäuser unerreichbar zu machen. Einem Tausendfuß zwei Brustringe abzuschneiden, sei zwecklos. Darum rate er, abzuwarten, bis alle dreizehn Wasserhäuser sich dem Angriff böten. Zum Angriff aber müsse man einen windstillen Tag wählen, wenn die großen weißen Tücher schlapp herabhingen; dann würden die Angegriffenen sein wie Möwen mit gebrochenen Flügeln, unfähig, auszuweichen oder zu fliehen.
Ohrring-Schlange und der Durch-Zauber-Verführende stimmten ihm zu. Düster sagte der Herabstoßende Adler:
»Nichtkämpfen ist schwerer als kämpfen!«
»O mein Bruder«, lächelte Ohrring-Schlange, »sind deine Sendlinge nicht unterwegs nach Guatemala, Yukatan, Matlatzinco und Michuacan? Nichtkämpfen ist besser als kämpfen, solange der Sieg versagt ist. Kommt aber der Tag der Freundeshilfe und der Tag der Windstille, so werden wir den Altar der perlengekleideten Göttin mit rotem Edelsteinwasser begießen, auf daß sie mit ihren Gespielinnen, den Seejungfrauen, die Gelbhaarigen in eine Wolke dichter Sprühnebel hüllt!«
Der Herabstoßende Adler nickte. Und er wies den Steinpfeiler an, die mexikanische Einbaumflotte bereitzuhalten. Er wolle, so schwer es auch sei, einstweilen untätig zuschauen und nur dann in einen Kampf sich einlassen, falls die Wasserhäuser sich Tenuchtitlan auf Schußweite nähern sollten.

Der Steinpfeiler und der Wurfspieß stiegen die Turmtreppe hinab, Anordnungen zu treffen und durch ihre Gegenwart die Kampflust der Unterfeldherren zu zügeln. Kaum hatten sie sich entfernt, als Ohrring-Schlange überrascht nach Norden zeigte. Aus Tlatelolco, dem nördlichen Stadtviertel Tenuchtitlans, schwärmte eben eine Flotte von einigen hundert Einbäumen aus. Sie verschwand hinter den Steinmassen des Schlangenberges. Es war klar, daß die jungen Krieger Tlatelolcos, ohne die Befehle des Oberfeldherrn abzuwarten, eigenmächtig die Brigantinen überfallen wollten.
Wütend stampfte der Herabstoßende Adler auf den Boden des Altans, so daß die Goldschellen an seinen Wadenringen schrill, gleichsam rieselnd, erklirrten.
»Tlatelolco will es wieder Tenuchtitlan zuvortun! O die Affen!« knirschte er.
Sogleich erbot sich Ohrring-Schlange, hinabzueilen und durch Schnellruderer – wenn noch möglich – die Tlatelolcos von der unsinnigen Tat zurückzuhalten.

Allein geblieben auf dem Turm waren die Könige von Mexiko und Tlacopan. Die fernen dunstsilbernen Brigantinen – von ihren Falkenblicken immerwährend verfolgt – schienen sich nur wenig südwärts fortbewegt zu haben. Die kleine Flotte aus Tlatelolco war durch den riesigen Stufentempel verdeckt; und ehe sie wieder sichtbar werden konnte, mochte noch viel Zeit vergehen.
Die beiden jungen Könige plauderten. Der Durch-Zauber-Verführende brachte jetzt vor, was die erregenden Ereignisse dieses Morgens ihn bisher gehindert hatten, dem Freunde mitzuteilen. Kaum aber hatte er den Namen Blutfeuerstein genannt, als der Herabstoßende Adler ihn mit ernster Miene unterbrach:
»O mein Bruder! Als der Zornige Herr gefangen war, fuhrst du mit Sängerinnen und Tanzhausbewohnerinnen auf schwimmenden Gärten! Wir andern zittern heute für das Leben der Königin aller Städte – du aber denkst an Liebesnächte und opferst der Göttin der Blumen wie ein erglühter Knabe! Wann wirst du ein Mann werden? Wann wirst du dich sehnen nach den Schildblumen und den Pfeilblumen, wann wirst du dich am Trinkschalenlied der Schlachten berauschen?«
Ungekränkt, unverwundbar in seinem heiteren Gegengefühl, erwiderte der Durch-Zauber-Verführende:
»O mein Bruder! Der Mond wird mählich rund; eine Sternschnuppe aber rundet sich im Augenblicke ihres Falles. Du gleichst dem Monde – ich gleiche der Sternschnuppe: ich werde ein Tapferer sein, wenn ich fallen muß. Soll ich heulen wie ein Schakal, weil ich fallen muß? Uns alle umflattert der Fledermausgott, wir alle müssen einst den Messerberg ersteigen und durch die zusammenschlagenden Felsen hindurchgehen! ...«
Und unbeirrt fuhr er in seinem Bericht fort. Denn was er zu sagen

hatte, ging den Thron Mexikos an: ein Drachennest war aufgedeckt, bodenloser Haß lag zutage; sichtbar, doch ungreifbar. Noch kannte man die Hasser nicht.

Eine verschleierte Edelfrau und ein mit einer Tanzmaske vermummter Mann hatten im Hause der Blaubemalten Blutfeuerstein für den Preis von sechshundert Quetzalfedern erstanden, gewillt, am Herrn der Welt das gleiche Verbrechen zu begehen, wie es schon einmal, vor Jahrzehnten, an König Kreideweiß begangen worden war. Die Giftmischerin entkam dem Richter mit dem Steinbeil und den Kaktusadlern – sonst hätten Feuerzangen ihr die geheimnisvollen Namen entrissen. Blutfeuerstein war außerstande, die beiden Mörder zu nennen oder zu beschreiben: ihre Gesichter hatte sie nicht erblickt. Sie am Gang, an der Körperhaltung, an den Gebärden zu erkennen, war ihr, nachdem sie sich geblendet hatte, versagt. Bloß ein Erkennungsmittel war ihr geblieben: die Stimmen der Verbrecher. Hatte doch der Mensch mit der Tanzmaske – obgleich seit der Nacht des Sklavenauszuges die Wohnung der Giftmischerin von ihm nicht wieder betreten worden war – mehrmals letzthin heimliche Zusammenkünfte im Hause der Fledermäuse gehabt: seine Sprechweise war Blutfeuerstein vertraut, die von ihrer Kammer aus zwar nicht die Worte, deutlich aber die Stimmen der auf der Leichenstätte Sprechenden unterscheiden konnte ...

»Sie werden dort wieder zusammenkommen!« sagte der Herabstoßende Adler. »Gespenster und Mörder kehren immer wieder!«

»Wir werden weiter forschen. Die Blinde wird uns sehen helfen. Wenn erst ihre blutenden Augen vernarbten.«

Der Durch-Zauber-Verführende verstummte. Denn Ohrring-Schlange war den Turm wieder emporgestiegen und meldete erregt, daß die Einbäume von Tlatelolco einen zu großen Vorsprung hatten und nicht mehr zurückgerufen werden konnten.

Und eben jetzt wurde die kleine Bootsflotte rechts vom Schlangenberg in bläulicher Ferne, dicht bei den Brigantinen, sichtbar. Das Getöse eines Kanonenschusses rollte über die Seefläche. Dann Schuß auf Schuß. Die Schiffe entschwanden im Pulverdampf. Der Wind wälzte die dicke Rauchwolke über die Einbäume. Als der Rauch sich verzogen hatte, war Tlatelolcos Flotte vom See verschlungen. Wie Pflüge in Erdschollen waren die beiden Schiffe in die enggedrängten Boote hineingefahren: das Werk der Feuerwaffen vollendeten die Schiffsschnäbel. Siegesstolz segelten die Brigantinen nordwärts nach Tezcuco.

Erst tags zuvor war der große Bußgang des verschreckten Volkes durch die Gassen und über die Kanalbrücken heulend gerast. Die Erregung hatte sich zur Selbstpeinigung gesteigert: Tannenzweige, durchnäßt von Kasteiungsblut, lagen, haushoch geschichtet, vor Tezcatlipocas Dornenheiligtum. Die Erregung war im künstlich entfachten Volkswahnsinn ausgebrannt, schwelte aber noch in den Gemütern und verwandelte sich jäh in Wut, als bekannt wurde, daß die erste Seeschlacht infolge des Ungehorsams der jungen Krieger Tlatelolcos verloren wurde.

Tlatelolco – einst die Schwesterstadt Tenuchtitlans – hatte ein eigenes Heer. Seitdem unter der Regierung des Königs Molch Kaufleute aus Tlatelolco, an die pazifische Küste bis nach Tehuantepec vordringend (wo sie mexikanische Webereien gegen Türkisvögel eintauschten), sich zur Wehr setzen mußten und nach mehrjährigem Kampfe die Provinz Ayotlan dem Drei-Städte-Bund einverleibten, war ihnen das Privileg erteilt worden, Waffen zu führen (obzwar sie der Kriegerkaste nicht angehörten), aus ihren Reihen eine Mannschaft aufzustellen und sogar ein Tanzhaus für ihre jungen Krieger zu erbauen.

Gemeinsam hatten in sagenumwobener Vorzeit die Tlatelolcos und die Tenuchcas auf zwei sandigen Laguneninseln Tlatelolco und Tenuchtitlan gegründet, und eine nie abreißende Kette von Neid und Mißgunst knüpfte sie von Anbeginn aneinander. Bereits früher noch, bei der Wanderung aus dem Reiherlande Aztlan, waren von den Stämmen der Aztlaneken (oder der Azteken, der Reihermenschen) unter einem geknickten Baume zwei Kästchen gefunden worden, die sie öffneten: in dem einen lag ein Smaragd, und alsbald begannen sechs Stämme Streit um ihn – in dem andern lagen zwei Stäbe zum Feuerreiben, und nur der Stamm der Tenuchcas legte Wert auf deren Besitz. Entzweit, in zwei Haufen geteilt, setzten sie ihre Wanderung fort. Die Besitzer der Feuerstäbe wurden die Gründer Mexiko-Tenuchtitlans; die Erbauer Tlatelolcos aber besaßen den Smaragd und nannten sich die Adligen.

Sie fühlten sich als die Adligen, auch nachdem Tenuchtitlans Adelsschaft die Welt beherrschte; ihr emsig durch Handel erworbener Wohlstand – dessen Symbol der Smaragd im Kästchen war – wurde durch Tenuchtitlans räuberhaft errafften Reichtum in den Schatten gestellt; sie dünkten sich mehr zu sein als die Tenuchcas und waren ihnen untertan. Im einstigen Königspalast des Dornenreichen Baumes, des letzten Königs von Tlatelolco – den sein Schwager, der grausame König Wassergesicht, auf dem Marktplatz besiegt und auf der obersten Terrasse der rosenroten Pyramide Tlatelolcos überwältigt hatte –, verbrachte bis zur Nacht der Schrecken Prinzessin Papan, Montezumas geisteskranke Schwester, ihre lichtlosen Tage. Die Residenz hochgemuter Könige war nur noch ein Stadtteil Tenuchtitlans.

Der Unmut der Mexikaner wegen der verlorenen Seeschlacht richtete sich besonders gegen die begüterten Händler. Drohworte wurden laut. Es stand zu befürchten, daß die erbitterte Menge in die palastähnlichen Häuser der Kaufmannschaft Tlatelolcos eindringen werde. Dazu kam es indes nicht. Die Rachgier wurde in andere Bahnen geleitet durch den Einfluß, den ein Mann namens Tlótli, »der Sperber«, über das Volk gewann.

Er gehörte zur Händlergilde Tlatelolcos, war jedoch ein Mexikaner und bewohnte in Tenuchtitlan einen Prachtpalast. Von niederer Herkunft war er, ein Emporkömmling: seine Wiege hatte in der Gasse der Federarbeiterinnen gestanden; sein Vater war deren Nachbar, der alte Obsidianmesserarbeiter, bei welchem einst Ohrring-Schlange – nach der Fahrt auf dem schwimmenden Garten und der Verletzung des Edlen Traurigen – Zuflucht vor Montezumas Groll gefunden hatte. Aus tiefster Armut hatte sich der Sohn des Arbeiters zu Wohlstand und Ansehen emporgearbeitet, seine Handelskarawanen zogen über alle Grenzen Anahuacs.
Die Armen verehrten ihn, weil er wohltätig war, die Reichen, weil er reich war. Das Volk hörte auf ihn, weil er aus dem Volk stammte und die Sprache des schlichten Mannes sprach. Den Mexikanern galt er als einer der Ihren und ebenso den Bewohnern Tlatelolcos.
Wenn einer, so war er befähigt, vermittelnd Bruderzwist zu verhüten.
Doch er krankte an Ehrgeiz. Hochgestellte Priester besuchten ihn – er war, wie alle Kaufleute, überaus fromm, und freigebiger noch als seine Standesgenossen beschenkte er die Teocalli. Geschmeichelt durch das Vertrauen des Klerus, hielt er sich für berufen, die Zwecke und Ziele der opferheischenden Götter und ihrer schwarz geschminkten Dienerschaft zu verfechten. So wurde er zum Gegner des Königshauses und des Adels, weil neuerdings zwischen dem Huei-Tecpan und dem Schlangenberg wenig Gleichklang herrschte.
Er brachte die Meinung unter das Volk, daß die jüngste Niederlage eine Strafe der himmlischen Richter sei. Erzürnt seien sie über den Trotz der Königin Perlmuschel und über den Beistand, den ihr die Könige des Drei-Städte-Bundes gewährten. Das Verschulden der Kaufmannschaft sei gering, das Verschulden des Königtums übergroß. Der Herabstoßende Adler gefährde Tenuchtitlan, indem er den Widerstand gegen die Befehle des Mexikaner-Priesterchens dulde und auf der Tötung des weißen Kindes nicht bestünde.

Eine Zeit unerhörter Seelenmarter brach für Perlmuschel an. Floh sie vor racheglühenden Blicken, so begegnete sie bestenfalls eiskalten Blicken. Wohl war ihr nur, wenn sie des armen blinden Mädchens Augenwunden mit Balsam kühlte und verband, als wäre es ihr eigenes zerfleischtes Herz – die toten Augen konnten sie nicht mehr verwunden, nachdem sie ihr den letzten Halt geraubt hatten: die schirmende Liebe des Durch-Zauber-Verführenden.
Die Flüche des Volkes flatterten wie Geier über die Mauerzinnen des Palastes, krochen wie Nattern und Skorpione durch alle Türritzen zu ihr, ob sie webte, badete, aß oder Ruhe auf ihren tränendurchnäßten Kissen suchte. Ruhe fand sie nirgendwo und nirgendwann, umzingelt vom anstürmenden Haß. Ihr Gatte war nach wie vor freundlich – er war es stets gewesen – und schützte sie, soweit es in seiner Macht

stand, vor öffentlicher Beschimpfung; doch seine mitleidvolle Höflichkeit verletzte; seine Liebe gehörte Blutfeuerstein.
Da wurde Perlmuschel inne, daß niemand außer ihrer Mutter, der Herrin von Tula, ihre Leiden mindern konnte. Die Nachstellungen hatten begonnen, als nach der Geburt des weißen Kindes die Herrin von Tula sich an das Mexikaner-Priesterchen wandte, durch sein und des Hohen Rates Gebot den Kindesmord zu erzwingen. Die Aufhetzung des Volkes war bloß eine Folge jenes ersten Schrittes ihrer Mutter. Hatte ihre Mutter so viel Einfluß, sie mit dem Fluch Mexikos zu behaften, so hatte sie gewiß auch Einfluß genug, sie vom Fluch zu befreien.
In ihrer Verzweiflung beschloß Perlmuschel, eine Annäherung zu suchen. Sie schickte eine ihrer Dienstfrauen in den Tecpan des Königs Ohrring-Schlange mit dem Auftrag, bei der Herrin von Tula anzufragen, ob ihr Besuch genehm sei.
Die Herrin von Tula ließ zurückmelden: man werde die Königin von Tlacopan nicht abweisen, falls sie zur Zeit der niedersteigenden Kolibris sich einfinde.

Als tags darauf gegen Mittag Perlmuschel sich in den zierlichen, vom Herrn des Fastens erbauten Tecpan tragen ließ, wurde sie von den Torhütern in einen der Prunksäle geleitet. Die Herrin von Tula ging ihr bis an die Saaltür entgegen, steinbehängt und steinern; doch hieß sie sie willkommen und nahm den schüchtern dargereichten Muskatrosenstrauß entgegen. Das steife Zeremoniell der Begrüßung verhinderte Perlmuschel, sich vor ihrer Mutter zu Boden zu werfen, ihr die Füße zu küssen, weinend um Aussöhnung zu flehen: die rührenden Worte, die zu sagen sie beabsichtigt hatte, blieben unausgesprochen. Verbeugung folgte auf Verbeugung, feierliche Fragen wurden feierlich beantwortet, mit der rechten Hand wurde der Marmorboden und dann die Herzgrube berührt. Schließlich setzten sich die beiden Königinnen auf Jaguarfellsessel einander gegenüber. Dienerinnen brachten Trinkschalen.
Vor Jahren – als Mutter und Tochter noch einträchtig zusammen lebten, der ersehnten Rache für den roten Blütenbaum von Yuquane lebten und, argwöhnisch bewacht wie Geiseln, zusammen litten – hatten sie nach dem Verschwinden ihres für ermordet gehaltenen Sohnes und Bruders Ohrring-Schlange sich hinreißen lassen, die Gattin Montezumas, Königin Acatlan, zu kränken, indem sie ihr, die zu Besuch gekommen war, die übliche Schale Kakaosaft nicht reichen ließen. Auf eine ähnliche Kränkung war Perlmuschel gefaßt gewesen; daher war es ihr eine hoffnungweckende Überraschung, daß die Sklavinnen ihr Kakao vorsetzten.
Doch wenn ihr auch der Kakao nicht vorenthalten ward und ihr nicht mehr wie jüngst die Worte entgegenschallten: »Sei im Staub deiner Sünden begraben, Tochter!« oder: »Nähre dich von Unrat, Tochter –

du dienst ja der Göttin des Unrats, dem Frosch mit dem blutigen Maul! Auch du bist eine Kotfresserin, eine Sünderin . . . !« – wenn statt dessen ihr wie einer Königin begegnet wurde, so war es doch irrig, das versteinte Herz demnach für erweicht zu wähnen. Die für den Fang von Raubtieren aufgestellten Fallen pflegte man mit Buschwerk, Gräsern und Waldorchideen zuzudecken. Ein solch unschuldvolles Aussehen hatte der Empfang: die Höflichkeit verdeckte eine Raubtierfalle.

Daß, nach dem Galgentod des kleinen Königs Menschen-Puma, Perlmuschel in einem öffentlichen Schwitzbad gewohnt und sich – um Rächer zu werben – preisgegeben hatte, mochte ihr zwar vergessen und verziehen sein: ihr Kriegsdienst als Adlermädchen, ihr tollmütiges Fechten in der Nacht der Schrecken und bei der Verfolgung des fliehenden Christenheeres hatte jene Schmach getilgt. Daß sie jedoch *La Azteca* gewesen, bei der Seejungfrau von Xochimilco des Erzfeindes Cortez' Geliebte geworden war und ihm ein Kind geboren hatte – das verwinden konnte die Herrin von Tula nicht.

Flammende Heimatliebe hatte die Herrin von Tula zur Hasserin gemacht. Mit gleicher Glut wie jetzt der Grüne Stein war einst Montezuma nach dem Federballspiel um die drei Truthähne von ihr gehaßt worden. Weil sie Tezcuco liebte, hatte sie sich nach dem Tode ihres Gemahls, des Herrn des Fastens, für den jüngsten ihrer drei Söhne, für die Schwarze Blume, erklärt. Weil sie Tezcuco liebte, hatte sie sich dann von der Schwarzen Blume losgesagt. Eine neue Zeit war angebrochen, alter Zwist hatte sich selbst überlebt. Für die drei Truthähne und den Blütenbaum des Königs Grasstrick war Montezuma vom Himmel gezüchtigt, und nicht minder grausam war sein Leichnam vom Totengericht gestraft worden. Darum hatte sie keinen Grund mehr, Mexiko zu hassen, manche Gründe aber, Mexiko zu lieben. Starb Tenuchtitlan, so starb auch Tezcuco. Die Vorherrschaft im Drei-Städte-Bund war belanglos geworden – davon konnte erst nach der Vertreibung der Belagerer wieder die Rede sein; und wenn ihr heimlich gehegter Wunsch in Erfüllung ging, die junge Königinwitwe von Tezcuco, die Montezumatochter Silber-Reiher, mit Ohrring-Schlange zu verehelichen, so würde, hoffte sie, Tezcuco mächtiger dastehen als vor dem Kriege.

Freilich, erst mußte dem Anprall der Feinde Widerstand geleistet werden. Die Herrin von Tula war die Seele des Widerstandes, war Mutter der Könige und Mutter des Volkes, die große Hasserin, die Aufpeitscherin der Lauen. Mit einer Göttin verglichen sie die Mexikaner, so hehr erschien ihnen der Gang, ihre hoheitsvolle Haltung. In ihrer Jugend war sie überaus schön gewesen; und auch jetzt, von silbrigen Strähnen umflattert, war ihr gefurchtes Matronenantlitz eigenartig finster, streng und edel.

Als die Schale Kakao geleert war, brachte Perlmuschel ihr Anliegen vor. In Tränen ausbrechend, schilderte sie ihre verzweifelte Lage, ihre Verlassenheit, ihr bejammernswürdiges Dasein. Des Durch-Zauber-Verführenden Liebe habe das blinde Mädchen ihr genommen; auch reiche seine Macht nur aus, geballte Fäuste – nicht aber wuterfüllte Blicke – abzuwehren. Die Bevölkerung, aufgebracht gegen sie durch die Opferer und durch Tlótli, den Sperber, mache sie für die verlorene Seeschlacht verantwortlich. In der Obsidianhöhle Mictlan-Tecutlis sei das Leben erträglicher als in ihrem schönen Palaste. Sie werde hinabsteigen müssen, wenn ihre Mutter ihr nicht helfe und ihre Verfolger beschwichtige.

Die Herrin von Tula blieb hart und unnahbar.

»O meine Tochter, du meine Schmuckfeder und Edelsteinkette, dir helfen und deine Verfolger beschwichtigen kannst nur du selbst! Das weiße Kind lebt ja noch!«

»Mein Kind ist tot!« murmelte Perlmuschel. Sie log aus Verlegenheit und ohne Überzeugung, ohne Glauben an die Macht ihrer Lüge – sonst hätte sie es laut hinausgeschrien, daß ihr Kind tot sei.

»O meine Tochter, du zeigtest dem Rat der Alten den Kopf deines Kindes nicht vor!«

»Mein Kind wurde zur Perlenschlange!« raunte Perlmuschel matt. Einst hatte sie ausgesagt, ihr Kind sei von ihr auf den Schilfsee hinausgerudert und in den Pantitlanstrudel geworfen worden. Die dort hinausgeruderten Regenkinder wurden vom alten Priester des Wassertempels, der ihnen nachts bis zum Frührot Märchen erzählte, als Excoame – das heißt Perlenschlangen – angeredet. Darauf spielte Perlmuschel an.

»O meine Tochter, wer warf das weiße Kind in den Strudel?«

Perlmuschel gab keine Antwort. Sie schwieg trotzig und zermürbt. Eine müde Handbewegung machte sie, als lohne es nicht, davon zu reden. Wozu auch! Der Hohe Rat hatte ihr damals nicht geglaubt, als sie die Bootfahrt beschrieb. Die Mutter zu täuschen, würde erst recht vergebens sein.

»O meine Tochter, auch schweigend lügst du! Dein Kind ist noch am Leben! Wo ist dein Kind?«

»Ich weiß es nicht!« schrie Perlmuschel gequält auf.

Sie wußte es tatsächlich nicht, sie wußte nicht, ob das Kind lebte oder tot war. Als sie im Wochenbett gelegen hatte, war es ihr genommen worden, und sie hatte es nie wiedergesehen. Ihr Bruder Ohrring-Schlange hatte sich bereit erklärt, durch seine Schlafbuhle Isabel de Ojeda das Kind bei Federarbeiterinnen unterzubringen. Ob das geschehen und was hernach geschehen – Perlmuschel wurde geflissentlich darüber in Unkenntnis gelassen. Ihr Gemahl, der König von Tlacopan, verbot ihr, die Gasse der Federarbeiterinnen zu suchen. Fragen nach dem Befinden des Kindes wurden überhört; und als sie einmal auf Beantwortung drang, erhielt sie zur Antwort: Die Freunde des Roten Jaguars seien gewiß alle nach dem Feuerbaum des Südens gezogen ...

Im starren Gesicht der Herrin von Tula zuckte es wie Triumph.

»O meine Tochter, da du es nicht weißt, will ich den rufen, der es weiß!«

Sie schlug auf eine silberumrandete Schildkrötenschale. Ein Menschenbeobachter – einer ihrer Spione – trat aus einem Seitengemach in den Saal. Die Arme über die Brust gekreuzt, verbeugte er sich. Sie befahl ihm, zu sagen, was er gesehen hatte.

Er hatte gesehen, wie Isabel de Ojeda mit dem Säugling auf dem Arm aus dem Tecpan des Königs von Tlacopan trat. Obwohl sie verschleiert ging, hatte er erkennen können, welch eine Bürde sie trug. Unbemerkt war er ihr und dem sie begleitenden stumm geborenen Sklaven gefolgt. Er beschrieb den Weg, den sie wählten, er beschrieb das niedrige Häuschen, in welches sie eintrat: es war von einer Federarbeiterin und ihren beiden Töchtern bewohnt ...

Die Herrin von Tula nickte und entließ den Menschenbeobachter.

Zusammengeschrumpft saß Perlmuschel da, stierte vor sich auf ihre juwelenbedeckten Sandalen. Plötzlich warf sie den Kopf zurück und versengte ihre Mutter schier mit der Flamme ihres Blickes.

»O meine Mutter, ich danke dir! Durch dich erfuhr ich, wo mein Kind weilt! Nun aber will ich es sehen, es an meine Brust drücken!«

»Und an deiner Brust es erwürgen?« fragte die Herrin von Tula eisig. »Bist du endlich bereit, es zu töten, wie es deine Pflicht ist?«

Perlmuschel war emporgeschnellt.

»Meine Pflicht ist es, vor euch Mördern es zu schützen!« schrie sie.

Schäumend vor Wut erhob sich nun auch die Herrin von Tula.

»Schütze dich selbst, wenn du kannst! Ich werde dich nicht schützen, obgleich du mein Kind bist, du Verderben Mexikos!«

Perlmuschel lachte gell auf und brach sofort in wildes Schluchzen aus. Sie schrie heiser:

»Ich bin nicht das Verderben Mexikos! Du lügst! Du lügst! Du lügst! ...«

Das greise, hagere Mexikaner-Priesterchen stand seit einer Weile in der offenen Saaltür. Jetzt schritt es auf die zankenden Königinnen zu. Perlmuschel schreckte zusammen, erwachte gleichsam, faßte sich. Sie und ihre Mutter küßten ihm ehrfürchtig die Hände.

(Das könne nicht Zufall sein – argwöhnte Perlmuschel –, daß der Grausige jetzt gerade hinzugekommen sei. Auf den Wegen ihrer Mutter pflegten Überraschungen zu lauern, doch immer vorbedachte. Auch ihm habe wohl die Schildkrötenschale ein Zeichen gegeben ...)

Der Hohepriester hatte den Zank der Königinnen mit angehört, daher bedurfte es keines Ausfragens und Erläuterns.

»Laßt uns zu unserem mächtigen Gott Huitzilopochtli gehen!« forderte er die Königinnen auf. Sichtbar zuckte Perlmuschel zusammen.

»O mein Oheim und Vater«, sagte die Herrin von Tula, »das Lebensblut des heiligen Baumes fließt in deinen Adern! Darum entscheide du unsern Streit! Ich nannte sie Mexikos Verderberin – sie aber leugnet ...«
»Laßt uns zu unserem mächtigen Gott Huitzilopochtli gehen!« wiederholte der Hohepriester. »Die Stimme des Gottes sprach aus dem heiligen Nopal-Baum: ›Kein weißes Wesen darf hinfort in meiner Stadt geduldet werden: kein weißes Kaninchen, keine weiße Taube, kein weißer Schmetterling, kein weißer Mensch!‹ Laßt uns noch einmal fragen – vielleicht wird Huitzilopochtli Erbarmen haben!«
Schneidend war der Hohn – der Kolibri-Gott hatte ja noch nie ein Erbarmen gezeigt ... Doch wie gelähmt war Perlmuschel und brachte die Kraft nicht auf, sich der Anordnung des höchsten Priesters zu widersetzen.

Als sie zu dritt die Säle durchschritten, gesellten sich ihnen die dort wartenden Begleiter des Mexikaner-Priesterchens – der »Herr des schwarzen Hauses«, der »Blutvergießer« und der »Sich-in-Blut-Kleidende« – zu.
Vor dem Hauptportal nahmen sie in sechs an den Stufen des Palastunterbaues bereitstehenden Sänften Platz und ließen sich bis zum Adlertor an der Südmauer des Schlangenbergtempels tragen.
Unterpriester, in tiefschwarze Meßgewänder gehüllt und karminrot an den Schläfen geschminkt, Brennholzschlepper, Kerzenbündelträger, Räucherer, Feuerbohrer und Flurfeger sammelten sich neugierig an, als die beiden Königinnen den Tempelbezirk betraten. Trommelschläger und Trompeter erhoben einen ohrenbetäubenden Lärm. Die Tempelsänger, geleitet vom Vorsänger, sangen in rauhem Baß uralte, ihnen selbst kaum mehr verständliche Kultlieder von der Geburt des jungen Kriegers Huitzilopochtli.
Der Hohepriester hieß sämtliche Tempelbewohner zurückbleiben und führte die beiden Frauen durch das Gelände, vorbei an den zwei Ballspielhäusern des Gottes, an Gärten und Fontänen, an der Schädelstätte, an jaspisumrandeten Badeteichen, an Fastenhäuschen, an Tanzhöfen und am Gefängnis der fremdländischen Götter. Sie mußten die Basis der großen Stufenpyramide umschreiten, da sich die auf einem kleinen Felsen erbaute Orakelkapelle dahinter befand – wie ebenfalls die heilige Quelle, aus welcher einst die wunderschönen salzweißen Frösche gestiegen waren ...
An der Tür der Kapelle erwartete sie der ausgemergelte, hohlblickende Orakelpriester. Er legte, als sie eingetreten waren, seine Gewänder ab, beschmierte seinen nackten Oberkörper mit Giftsalben und setzte sich auf einen niedrigen Ast des heiligen Kaktusbaumes, so daß ihm das Blut von den Waden und Schenkeln herabtroff. Doch dem auf der obersten Abzweigung des Nopalbaumes horstenden, mit einer Goldkette gefesselten Adler reichte er keine Atzung hin. Ein

Säugling aber mußte die Speise des Adlers sein, und das Orakel fiel günstig oder ungünstig aus, je nachdem, ob der Adler das lebende Menschenfleisch fraß oder es zurückwies.
Das Mexikaner-Priesterchen rief zur Kapellentür hinaus:
»Bringt das Futter des Adlers!«
Und gleich darauf schritt die Tochter der Federarbeiterin, die Schwester der Schwindsüchtigen, über die Schwelle. Auf dem Arm trug sie das weiße Kind, dessen Amme sie war.

Ächzend wimmerte Perlmuschel. Immerwährend schlug sie sich selbst mit der rechten Hand auf den offenen, stöhnenden Mund – wie alle Azteken taten, wenn das Grauen sie packte.
»Ihr sollt mein Kind nicht töten!« heulte sie wie ein tollwütiger Präriewolf.
»O edle Königin«, sagte der Hohepriester, »du selbst wirst dem Adler dein Kind zum Fraß hinreichen! Nicht anders kannst du den furchtbaren Gott versöhnen und die Gefahr abwenden von der Stadt der Paläste.«
Perlmuschel entriß der Amme das Kind und preßte es an ihre Brust.
»Ich will nicht! Ich tue es nicht!« knirschte sie wild.
»O meine Tochter«, sagte die Herrin von Tula, »wähle! O überlege wohl, was du wählst! Meinen Segen und Mexikos Segen – oder meinen Fluch und Mexikos Fluch!«
»Ich wähle euren Fluch! Ich gebe mein Kind nicht her!« schrie Perlmuschel.
»So sei verflucht und stirb auch du!« rief die Herrin von Tula. »Die Opferer stehen draußen bereit!«
Und sie öffneten die Kapellentür. Eine schwarze Schar von Opferpriestern hatte sich um die Kapelle gesammelt.
Wild um sich blickend, lachte Perlmuschel ein irres Lachen.
»Besser wird mir bei jenen sein als bei euch!«
Mit dem Kinde auf den Armen eilte sie hinaus. Die Tochter der Federarbeiterin folgte ihr.

Aber Perlmuschel wurde von den Opferern nicht gefangen. Ihr Bruder Ohrring-Schlange und ein Trupp Schildträger kamen ihr entgegen. Scheu wichen die Opferer auseinander.
Ohrring-Schlange hatte, in seinen Palast heimkehrend, von Dienern erfahren, daß seine Mutter und Schwester mit den höchsten Priestern Tenuchtitlans zum Tempel Huitzilopochtlis getragen worden seien. Er hatte sofort Verdacht geschöpft, eine Vergewaltigung sei beabsichtigt. Im letzten Augenblick rettete er Perlmuschel vor dem Opfermesser.
Er geleitete sie, die Drohungen der Priesterschaft mißachtend, aus der Schlangenmauer hinaus und brachte sie in den Tecpan des Durch-Zauber-Verführenden.

Um diesen und Guatemoc zu benachrichtigen, eilte er in den Huei-Tecpan. Dort herrschte freudige Erregung. Der Vorsteher der Kundschafter hatte eben die Mitteilung gemacht, daß das Feindesheer in Tezcuco durch Zwietracht geschwächt sei. Ein Teil der Tlascalteken sei nach Tlascala entwichen. Auch unter den Gelbhaarigen sei Zwietracht entbrannt.

Um ein kleines tönernes Standbild hatten sich die Türkisgebürtigen versammelt, und sie rissen Wachteln und grünen Papageien, welche von Haus-Erleuchtern ihnen gereicht wurden, die Köpfe ab. Dankbaren Herzens begossen sie das Tonbildnis der Teteo-Junan, der Göttin der Zwietracht.

Und dann berieten sie, wie sie den großen Wasserhäusern eine Falle legen könnten.

Die Mißhelligkeiten im Christenheer hatten weit zurückliegende Ursachen. In der Nacht der Schrecken waren alle Feuerwaffen abhanden gekommen; und als Pulver, Musketen, Geschütze, Harnische und Hellebarden von dem aus Haiti angelangten Händler Felipe Monjaraz angeboten wurden, war Cortez in die Zwangslage versetzt worden, seinen Soldaten das aus Mexiko gerettete Gold und die Am-Kolibri-Wasser erbeuteten Sklavinnen abnehmen zu müssen. Die Abstempelung der Sklavinnen hatte selbst seine treuesten Anhänger in Wut versetzt und erst recht seine Gegner. Damals war die Geburtsstunde der Verschwörung des Antonio de Villafaña gewesen. Dieser und seine Spießgesellen hatten sich gegenseitig verpflichtet, sämtliche Offiziere umzubringen und den Oberrechnungsführer Don Juliano de Alderete, den Freund des Bischofs von Burgos, nach Cortez' Tode zum Generalkapitän auszurufen.

Aber Villafaña nahm sich Zeit. Außer dem Steuermann Cárdenas, Pedro de Palma, Gonzalo Mejía Rapapelo, Pedro Trujillo und Porras, dem rothaarigen Sänger, standen auf der von ihm angelegten Liste der Verschwörer bereits nahezu hundert Namen. Er hoffte, weitere hundert eintragen zu können. Die früheren Aufstände waren planlose Ausbrüche des Zorns gewesen, der neue sollte die Ausführung kalter Berechnung sein. War früher Absetzung, schlimmstenfalls Totschlag das Ziel, so diesmal Beseitigung und Mord. Um keinen Fehlschlag zu tun, wartete Villafaña nach langwieriger Vorbereitung den Augenblick der Bereitschaft ab.

Durch die Zeit, die er verstreichen ließ, und durch die Anwerbung immer neuer Verschwörer entsalzte er, verwässerte er gewissermaßen seinen Meuchelbund. Mit weniger Umsicht hätte er mehr erreicht. Cortez hatte bekanntgeben lassen, daß in Zukunft erbeutete Indianerfrauen nicht mehr gestempelt werden würden. Während der beiden großen Erkundungszüge – erst nach Iztapalapan und später nach Quauhnahuac (Cuernavaca), Xochimilco und Tlacopan – war die Liebe vieler Unzufriedenen zu ihren Feldobristen wieder erwacht

und die Abwesenheit des Heeres von Tezcuco sowie die räumliche Trennung der Offiziere hatten Villafaña zu neuem Aufschub der Tat gezwungen. Selbst seine Hoffnung, daß beim Stapellauf der Brigantinen alle Hauptleute versammelt sein würden, erwies sich als eitel: außer Ordás, der irgendwo den Jugendquell und Isabel de Ojeda suchte, waren auch noch Alonso de Ojeda und Andrés de Tapia abwesend. Erst am folgenden Tage trafen dieser aus Otompan und jener aus Verakruz (von wo er zwei schwere Geschütze abgeholt hatte) in Tezcuco ein; und ein nicht vorhergesehenes Ereignis veranlaßte einen Kriegsrat, an welchem nun sämtliche Kriegsführer und Kavaliere teilnahmen.
Villafaña und seine Mordgesellen wetzten ihre Messer.

Der Kriegsrat sollte einem Kriegsgericht vorausgehen. Zuvörderst wollte man sich grundsätzlich darüber einigen, ob es aus Rücksicht auf die indianischen Hilfstruppen ratsam und angängig sei, einen der mächtigsten Bundesgenossen, den tlascaltekischen Vierkönig Don Vicente-Kriegsmaske – den Schwager Alvarados – an einen Galgen zu hängen, wie er es verdiente. Sogar ein Teil seiner Landsleute verlangte die Hinrichtung des gekrönten Verbrechers, während der Stammverband Derer-von-der-Kalkerde, ihn für unantastbar erklärend, mit Abfall drohte, sollte der Henker Hand an ihn legen. Angeklagt war er wegen einer unerhörten Schandtat.
Bei den Kämpfen im brennenden Xochimilco war Cortez nach dem Sturz seines Pferdes von den Azteken umringt, entwaffnet und als Opfersklave bereits fortgeschleppt, dann aber vom tlascaltekischen Vierkönig Piltecatl befreit worden. Zum Dank für die Lebensrettung hatte er Piltecatl erlaubt, seine Wunden in Tlascala auszuheilen.
Noch bevor Piltecatl Tezcuco verließ, erfuhr Kriegsmaske, welch eine Vergünstigung seinem Rivalen gewährt worden war. In dem von Cortez erlassenen drakonischen Edikt war jede eigenmächtige Entfernung aus der Front als Fahnenflucht bezeichnet und bei Todesstrafe verboten. Kriegsmaske, dem schlimmere Vergehen verziehen worden waren, kehrte sich nicht daran. Wie ein Stier mit blutunterlaufenen Augen und gesenkten Hörnern sah er keine Schranke, tollsinnig vor Eifersucht: wußte er doch, daß Piltecatl des Hermaphroditen wegen nach Tlascala ging. Dem mußte er zuvorkommen. Ohne Erlaubnis brach er nach Tlascala auf, mehrere Stunden früher als Piltecatl.
In Tlascala angelangt, erfuhr er von Untergebenen – sie hatten feinhörig seinen Fragen entnommen, was er zu erfahren wünschte –, daß Kreideschmetterling, obgleich er im Schutze des christlichen Klosters lebe, gar sehr des Schutzes bedürftig sei; denn er werde vom Prior und Erzieher der Adelskinder Juan de las Varillas mit Liebesanträgen belästigt. Dies war eine glatte Erfindung, eine verleumderische Unwahrheit. Aber Kriegsmaske lag nicht daran, die Wahrheit zu

untersuchen – ihm genügte ein beliebiger Vorwand, der ihm einen Schein von Recht gab, in den geheiligten Bezirk des Klosters einzubrechen.

Mit Adlern und Jaguaren kam er vor das Gebäude, das einst sein Eigentum gewesen war. Er forderte Einlaß; und als ihm nicht geöffnet wurde, hieß er die Klosterpforte durch Axthiebe zersplittern. Gewalttätig drang er ein und raubte Kreideschmetterling. Die sich zur Wehr setzenden Schüler schlug er unbarmherzig und zwang sie mitsamt ihrem Erzieher, dem er ein häßliches Symbol seines vermeintlichen Lasters vorgehängt hatte, durch die Gassen Tlascalas zu ziehen. Darauf bestiegen er und der Hermaphrodit zwei schlichte Reisesänften. Die Träger hatten den Auftrag, eilends den Weg nach Tezcuco einzuschlagen.

Seitdem Andrés de Tapia in Anahuac weilte, wurde die kleine, nur noch aus zwanzig Schwerverwundeten bestehende Kastilier-Mannschaft in Tlascala von Pedro d'Ircio, dem Agramant ohne Taten, befehligt. Die auf den Trümmern von Tepeaca gegründete Fronfeste *Villa segura de la frontera,* zu deren Alguacil und Stadtkommandanten er auf Betreiben seiner Jugendfreunde Sandoval und Luis Marín ernannt worden war, hatte infolge der dort herrschenden Malaria aufgegeben werden müssen und verfiel – ein Trümmerfeld über einem Trümmerfelde. Nach Tlascala als Nachfolger Tapias berufen, stärkte sich d'Ircio gegen Fieberanfälle durch reichlichen Genuß von Wein. Während das Kloster erstürmt wurde, schlief er schwer berauscht. Seine Soldaten erfuhren von den Untaten des Königs Kriegsmaske erst, als der Prior und die kuttentragenden Schüler, schimpfbedeckt, schluchzend vor Scham und Wut, durch die Gassen getrieben wurden. Pedro d'Ircio zu wecken, erwies sich als unausführbar.

Die Soldaten begnügten sich damit, der Hohnprozession ein Ende zu machen. Die beiden Sänften schwebten bereits außerhalb der Stadttore auf den Schultern laufender Tlamamas. Sie wurden nicht verfolgt.

Nachts langte Piltecatl in Tlascala an. Auf dem Wege waren ihm in der Dunkelheit zwei Sänften begegnet; da sie aber von Trabanten nicht begleitet waren, schöpfte er keinen Verdacht.

Als er vom Geschehenen Kenntnis erhalten hatte, trat er unverzüglich die Rückreise an, vermochte jedoch die Sänften nicht mehr einzuholen. Er begab sich zu Cortez, führte Klage und forderte Genugtuung. Ihm wurde eine strenge Bestrafung seines Rivalen in Aussicht gestellt. Doch das war mehr und weniger, als er verlangte. Er wollte Kreideschmetterling haben. Würde Kriegsmaske gezwungen, endgültig zu verzichten, so wäre das Strafe genug – erklärte er. Cortez, der auf die tlascaltekische Heeresmacht und auch auf Alvarado Rücksicht nehmen mußte, war einverstanden. Es war ihm sogar lieb so. Die

beleidigte Kirche und der Prior konnten auf eine spätere Sühne vertröstet werden. Cortez sicherte Piltecatl zu, daß er den Hermaphroditen erhalten werde.
Langwierige Verhandlungen wurden darauf mit Kriegsmaske geführt. Alvarado, sein Schwager, und Doña María Luisa-Rabenblume, seine Schwester, vermittelten und überredeten. Immer wieder mußten sie ihm vorhalten, daß er durch seinen Starrsinn die Gefahr heraufbeschwöre, nicht – wie jetzt – wegen einer Entführung bloß, sondern wegen Fahnenflucht und Kirchenschändung zur Rechenschaft gezogen zu werden. Er solle froh sein, daß Cortez durch die Finger sehen wolle und Milde für Strenge walten lasse – wie so oft vordem. Schließlich gab Kriegsmaske nach. Doch er forderte als Ersatz für den Zwitter – und als Trost – einen in Xochimilco erbeuteten, aus Gold gestanzten Affen und außerdem vier schöne Sklavinnen. Er sprach den Wunsch aus: die Trostgeschenke möchten für ihn bereitgehalten werden, wenn er Kreideschmetterling abliefere.
Dies wurde ihm versprochen.

Finster betrat Kriegsmaske gegen Abend sein Schlafgemach und näherte sich schweratmend dem Bett. Auf einer großen seidigen Decke aus gewebtem weißem Kaninchenhaar lag Kreideschmetterling völlig nackt und schlief. Er lag seitwärts, so daß die Brüste einander berührten, von zwei dicken Zöpfen wie von zwei schwarzen Nattern umringelt.
Ohne ihn zu wecken, setzte sich Kriegsmaske neben das Lager. Und seine Augen saugten, schlürften gleichsam die berückende Herrlichkeit des knabenhaften und mädchenhaften Körperbaues ein. Dabei zogen Gedanken durch sein Hirn, die er nicht hätte erhaschen, die er nicht hätte in Worte kleiden können. Dies ungefähr – in Worte geballt und durch Worte entstellt – war der verschleierte Hintergrund seiner Gedanken:
»Was bist du?... Eingefleischte, unerfüllbare, nie erreichbare Sehnsucht! Fleisch wurdest du auch nicht: nur Seelen sind sich so nah und so unendlich fern wie du und ich! Das Mädchen strebt zum Knaben, der Knabe zum Mädchen – an dir zerschellt dies Streben, weil es in dir ein Ende fand ohne Erfüllung...«
Tränen rollten ihm über die von Narben zerfurchten Wangen. Leise beugte er sich und küßte den grünlich bemalten Mund.
Kreideschmetterling erwachte und schlug die langbewimperten Augen auf.
»Nopiltzine (o mein Herr), du weinst? Warum weinst du?«
Tränen schluckend, gab Kriegsmaske keine Antwort. Er fürchtete sich, in die Augen des Zwitters zu blicken.
Er wußte, diese Augen würden ihm das Herz weich machen und den Willen lähmen.
»Dreh dich der Wand zu!« befahl er.

Nichts ahnend, wendete Kreideschmetterling den Kopf der Wand zu.
»Was warst du, bevor du geboren wurdest – ein Knabe oder ein Mädchen?«
»O mein Herr, ich war auch damals beides!« kicherte Kreideschmetterling. »Ich bin ein Einziges auf dieser Blumenwelt!«
»Darum sollst du mein bleiben!« heulte Kriegsmaske auf. Und er umkrallte von hinten seinen Hals ...
Nachdem er ihn erdrosselt hatte, kleidete er ihn, schminkte ihn und schmückte ihn mit dem Schmuck einer Fürstin. Dann rief er seine Diener und ließ die Leiche aufrecht – als wäre es ein Lebender – auf einen kostbaren Tragsessel setzen.
Einen Diener schickte er zu Cortez, um zu melden: er sei unterwegs und bringe Kreideschmetterling – man möge die vier Sklavinnen und den goldenen Affen bereithalten.
Im Tecpan, den Cortez bewohnte, versammelten sich alle kastilischen und indianischen Feldherren. Nicht ohne Schadenfreude erwarteten sie die Demütigung des hochmütigen Tetrarchen.
Er trat in den von einem purpurnen Segeltuch überschatteten Palasthof, verächtlich um sich blickend wie immer. Auch auf seinem Gesicht schimmerte purpurn eine wilde Freude.
Hinter ihm her wurde auf einem Tragsessel ein zauberhaft schönes Mädchen getragen.
»Wenn so die Sünde aussieht, so ist sie die Hölle wert!« murmelte Olid, der den Hermaphroditen noch nie erblickt hatte.
Piltecatl war auf den Tragsessel zugeeilt.
»Warum hast du die Augen geschlossen?« rief er Kreideschmetterling an.
Er faßte seine Hand, faßte ihn an den Wangen ... Jetzt erst erkannte er, wie teuflisch er betrogen war.
Mit verschränkten Armen stand Kriegsmaske da und lachte. Und er widersetzte sich nicht, als man ihm Handschellen anlegte.

Gleich nachdem Kriegsmaske abgeführt worden war, tagte der Kriegsrat der Feldobristen. Auch Marina, Pater Olmedo und Don Juliano de Alderete nahmen an der Sitzung teil. Zur Erörterung stand die Frage: ob es unbedenklich sei, gerade jetzt – bei Beginn der Belagerung – einen der mächtigsten Bundesgenossen vor Gericht zu stellen. Ob man es wagen, ob man für die Folgen – den voraussichtlichen Abfall vieler Tlascalteken – die Verantwortung tragen könne.
Die Frage wurde von allen bejaht. Auch von Alvarado. Aber Alvarado wollte den Bruder seiner Gattin Rabenblume vor dem Galgen bewahren und brachte, sich ereifernd, neue Bedenken vor.
Das Kriegsgericht würde nicht zuständig sein, erklärte er. Der Mord am Hermaphroditen sei kein Kriegsvergehen. Im Edikt des Generalkapitäns seien zwar Gewalttaten an Indianerinnen als todeswürdige

Kriegsvergehen genannt – es ließe sich jedoch nicht nachweisen, daß Kreideschmetterling eine Indianerin war ...

Ein schallendes Gelächter erhob sich bei diesen Worten. Alvarado, als Redner stets ein wenig befangen, ließ sich verwirren. Gereizt fuhr er um so leidenschaftlicher fort:

»Dieser Mord aus Eifersucht, Señores, ist eine tlascaltekische Angelegenheit – mögen das die Tlascalteken untereinander abmachen (ob sie einen ihrer Fürsten aburteilen wollen und können, das ist ihre Sache! ...). Wir dürfen nur wegen der unerlaubten Reise nach Tlascala – nennt es meinetwegen Fahnenflucht – Anklage erheben. Aber bedenkt doch, Señores, daß ein König kein Troßknecht ist. Ein Verweis, eine öffentliche Rüge scheint mir die angemessene Strafe – nicht der Galgen! ...«

»Dies gehört nicht vor den Kriegsrat, Don Pedro, Ihr greift den Richtern vor!« unterbrach ihn Cortez. »Meine Frage – die auch Ihr bejaht habt – lautete: ob wir es wagen können, das Kriegsgericht tagen zu lassen, um endlich mit Eurem Schwager abzurechnen. Hätte er die beiden Brigantinen Montezumas nicht in Brand gesteckt – uns wäre die Nacht der Schrecken, zahllosen Kameraden wäre der Opfertod erspart geblieben. Seit jener Schandtat war sein Leben nur gefristet. Ihr selbst habt das oft genug ausgesprochen. Ihr und Doña María Luisa wart – damals und bis vor kurzem noch – so erbittert gegen ihn wie wir anderen. Was hat Euch umgestimmt? Verdient Euer Schwager etwa Mitleid?«

»Vielleicht ...«, erwiderte Alvarado. »Auch die Klapperschlange verdient Mitleid, daß sie eine Klapperschlange ist! ...«

»Dennoch müssen wir sie vertilgen!« sagte Cortez. »Damit beginnt die Bibel. Es ist der Zweck der Menschheit: arbeiten und Schlangen vertilgen ... Ein nachdenksames Symbol! ... Es ist auch der Anfang der Menschlichkeit, daß man die Menschen schützt, daß man aber die Giftschlangen nicht schützt – der Menschen wegen!«

»Unseretwegen also – um uns zu schützen? ... Oder der Toten wegen, um sie zu rächen? ... Weswegen denn soll er gerichtet werden?«

»Weswegen? Das ist Nebensache!« rief Olid – stets sprungfertig, wenn es galt, Alvarado zu reizen. »Die Hauptsache ist, daß er gehenkt wird. Die Urteilsgründe gehen bloß den Gerichtsschreiber und sein Protokoll an!«

»Nein – sie gehen auch mich und meine Freundschaft mit Hernando Cortez an!« rief Alvarado hitzig. »Die Gerechtigkeit ist nicht Wachs, daß man sie beliebig modeln darf! Gleichgültig ist es nicht, ob Urteilsgründe stichhaltig sind oder bloße Scheingründe und Vorwände sind! Auch ein Verbrecher hat Anspruch auf Gerechtigkeit!«

Sandoval, Pineda, Luis Marín und Francisco Hernández mischten sich in den Streit und suchten Alvarado zu widerlegen. Das Wortgefecht wurde wilder und lauter.

Plötzlich verstummten alle. Aschfahl im Gesicht kam Gonzalo Mejía Rapapelo, der Enkel der Räuberin, in den Saal hereingestürzt. Er lief auf Cortez zu und warf sich vor ihm auf die Knie.

Die Feldobristen hatten ihre Sitze verlassen. Sie umringten Cortez und den Knienden.
»Ihr habt den Brief Eures Vaters noch nicht erhalten, Señor Capitan?...« fragte Rapapelo in fliegender Hast.
»Meines Vaters?... Kam ein Schiff in Verakruz an?...«
Ohne zu antworten, fragte Rapapelo weiter:
»Das Kriegsgericht hat noch nicht begonnen?...«
»Nein... Was ist geschehen?...« riefen mehrere Stimmen zugleich.
»Noch nichts, wie ich sehe – gelobt sei Gott!... Noch nichts ist geschehen!...«
»Und was sollte geschehen?« fragte Cortez rasch.
»Sichert mir Straflosigkeit zu, Señor Capitan – so will ich meinen Eid brechen und alles sagen!«
»Diese Herren sind Zeugen: Ihr werdet nicht bestraft werden!... Redet!«
»Es ließ mir nicht Ruhe... Ich bin kein Schuft, Señor Capitan!... Man hat mich zum Eid verleitet...«
»Zu welchem Eid?«
»Ihr werdet gleich hören... Wenn das Kriegsgericht beginnt, soll Euch ein Brief Eures Vaters überreicht werden... Und während Ihr den Brief lest, sollt Ihr erdolcht werden... und mit Euch alle die Herren Hauptleute hier... und dann wird Don Juliano de Alderete zum Generalkapitän ausgerufen...«
»Ich?!... Welche Schurkerei!« schrie Alderete.
Die anderen alle standen fassungslos da, wie von einem Keulenschlag vor die Stirn getroffen.
Erblassend ging Alderete auf Cortez zu:
»Ich schwöre Euch, Don Hernando, daß mir nichts hiervon bekannt war!«
Cortez nickte bloß.
»Wie viele Mitverschwörer sind es?« fragte er den Enkel der Räuberin.
»Zweihundert, Señor Capitan. Viele sind drüben im Hause des Villafaña versammelt. Villafaña ist der Anstifter und Anführer. Er hat eine Liste, auf der alle Namen stehen...«
»Folgt mir, meine Herren!« rief Cortez. »Wir wollen das Nest ausheben!«

Die Hauptleute waren hinausgestürmt. Als Alderete eben den Saal verlassen wollte, kehrte Luis Marín mit drei Hellebardieren zurück.
»Don Juliano, ich muß Euch bitten, hier zu verweilen!«
»Warum?... Genügt Euch das Wort eines Ehrenmannes nicht?...«

»Euer Wort wird nicht angezweifelt, Don Juliano. Doch bis die Verschwörer peinlich befragt wurden, werdet Ihr Euch hier ein wenig gedulden müssen – die drei Soldaten, die die Saaltüren bewachen, haben Auftrag, übereifrige Anhänger des bisherigen Generalkapitäns von Euch fernzuhalten!«
»Des bisherigen? ... Wenn Ihr damit sagen wollt, daß ich ...«
»Nichts wollte ich damit sagen, Don Juliano! Ich tue nur meine Pflicht, indem ich Euch vor den Rachsüchtigen beschirme!« rief Luis Marín und eilte hinaus.
Alderete war ein Gefangener.

Inzwischen hatten die Feldobristen ihre verläßlichsten Veteranen um sich geschart und waren in das von Villafaña bewohnte Haus eingedrungen. Sie trafen dort, außer Villafaña, den Steuermann Cárdenas, Porras, den rothaarigen Sänger, Pedro de Palma, Pedro Trujillo und einige zwanzig der Verschwörer an. Als Cortez eintrat, zerriß Villafaña ein dicht beschriebenes Papier, stopfte es in seinen Mund und versuchte es herunterzuwürgen. Im Nu wurde er überwältigt; seine Freunde ließen sich schreckerstarrt entwaffnen. Olid und Cortez hielten Villafañas Arme, der Reiter Dominguez riß ihm den Mund auf; und Sandoval griff in den Schlund hinein und holte die Hälfte der Verschwörerliste aus der grölenden Kehle heraus. Einen flüchtigen Blick warf Sandoval in die Liste, aber sofort nahm Cortez sie ihm ab. Und Cortez las die Liste nicht. Er verbrannte sie auf einem Kohlenbecken.
»Wenn Namen von Hochgestellten auf diesem Papier sind«, sagte Cortez zu Villafaña, »so will ich sie nicht kennen. Die übrigen aber sind Verführte. Ihr, der Verführer, sollt allein Eure und ihre Schuld entgelten.«
»So sei es!« rief der durch den brutalen Ringkampf ganz verstrobelte, schwarzbärtige, leichenblasse Villafaña. »Ich für alle. Das wird mir die Folter und den Tod versüßen! Was das Feuer verschweigt, soll auch mein Mund verschweigen!«
Er wurde dem Henker Osorio zur Folter übergeben. Obgleich ihm keine der üblen Martern erspart blieb, hielt er bis zuletzt heldenmütig aus und gab auf jede der an ihn gerichteten Fragen immer nur die eine Antwort: »Ich für alle!«

»Frater Melgarejo« hatte Sandoval – flüchtig auf die Verschwörerliste blickend – gelesen, bevor sie von Cortez verbrannt worden war. Der Name dieses Geistlichen war erst kürzlich von Pater Olmedo mit Kopfschütteln erwähnt worden.
Es mochte etwa drei Tage her sein; Cortez, Alvarado und Sandoval standen über eine auf Hirschhautpergament gemalte aztekische Landkarte gebeugt, Angriffspläne entwerfend und verwerfend, als Pater Olmedo hinzutrat, eine ihn beunruhigende Beobachtung mitzuteilen:

Soldaten, die sich sonst durch Frömmigkeit nicht auszeichneten, gingen beim Hauskaplan des Oberrechnungsführers ein und aus. Zusammen mit Don Juliano de Alderete war dessen Hauskaplan, der Franziskanerbruder Pedro Melgarejo de Urrea aus Sevilla, ins Hochtal Anahuac gekommen und hatte einen mit Tausenden von Ablaßzetteln (gestempelten, rot gesiegelten Ablaßzetteln) gefüllten Koffer mitgebracht. Er war der erste, der in der Neuen Welt mit dieser Ware Handel trieb. Doch obgleich in den Sternen stand, daß er ein steinreicher Mann werden sollte, hatte er anfänglich schlechte oder gar keine Geschäfte gemacht. Die Soldaten trauten mehr den Amuletten und Nothemden; sie behielten gern ihre Sünden mitsamt ihrem Geld. Nun war da plötzlich eine Sinnesänderung eingetreten: sein Haus wurde bestürmt. Und es war Pater Olmedo aufgefallen, daß unter den Soldaten, in deren Händen er Ablaßzettel sah, viele ihm als Anhänger des Gobernadors von Kuba und Don Pánfilos de Narváez bekannt waren.
»Padre, wie ist das zu deuten?« fragte Sandoval.
»Nicht als Reue über begangene Sünden, Señor!«
»Sondern?« schmunzelte Alvarado – »etwa über verpaßte Sünden, die einem entwischen wie die Feen in den Märchen? ... Oh, die Reue kennen wir alle – auch Ihr, Padre! Nur verstehe ich nicht, was ein Ablaßzettel daran bessern kann!«
»Weil Ihr ein unverbesserlicher Sündenknecht seid!« brummte Olmedo gutartig. Er war kein Spielverderber und pflegte mit den Wölfen zu heulen – lebte er doch unter Wölfen. Ernster werdend, fuhr er fort:
»Wer sich von Sünden loskauft, beweist – in der Regel – damit, daß er sich bessern will. Nicht so unsere Soldaten. Die bereuen nichts und werden nichts bereuen – sie wollen, denke ich mir, vorbeugen, wollen Vorsichtsmaßregeln treffen gegen die üblen Folgen einer erst zu begehenden Sünde – vielleicht eines Kapitalverbrechens ...«
Doch dieser Gedanke wurde von Alvarado mit Scherzen zurückgewiesen; und Cortez warf Olmedo Schwarzseherei vor.
Jetzt nach der Festnahme Villafañas entsann sich Sandoval jenes Gespräches, und er beschloß nachzuholen, was damals unterlassen worden war: nämlich den Frater Melgarejo der peinlichen Frage zu unterwerfen. Er beschloß, dies auf eigene Faust zu tun, weil er sich scheute, Cortez einen der Namen zu nennen, die zu lesen er sich geweigert hatte.

Der Henker Osorio, in dessen kunstvollen Martermaschinen Villafaña beinahe den Geist, aber nicht den Trotz aufgegeben hatte, wurde mit Melgarejo schneller fertig. Gleich beim ersten Grade der Folter, als den weichlichen Priesterhänden Daumenschrauben angelegt waren, erklärte Melgarejo sich bereit, nichts zu verschweigen. Durch ihn erfuhr Sandoval, daß nicht nur ein neuer Generalkapitän

erwählt war: auch ein Generalquartiermeister an Stelle von Olid, ein Ober-Alguacil an Stelle von Sandoval, ein Schatzmeister an Stelle von Albornoz und zehn neue Feldobristen waren ernannt, die nach der Ermordung der Kavaliere die Führung der Truppen zu übernehmen hatten. Selbst über das Hab und Gut der zu Ermordenden war bereits verfügt und an wen ihre Helme, Harnische und Pferde fallen sollten. Die Frage, ob Don Juliano de Alderete in die Verschwörung verwickelt sei, verneinte Melgarejo; die Frage aber, ob Alderete durch ihn in Kenntnis gesetzt worden war, bejahte er. Die nächste Frage Sandovals lautete:
»Wie kam Villafaña auf den Einfall, einen kriegsunerfahrenen Hofbeamten wie Alderete zum Nachfolger Don Hernandos zu bestimmen?«
Melgarejo antwortete:
»Villafaña wußte von mir, daß Don Juliano vom Erzbischof von Burgos ein Patent erhalten hat, welches ihn ermächtigt, nötigenfalls Cortez in Ketten zu legen, sogar ihn zum Tode zu verurteilen und sich an seine Stelle zu setzen. Es war Villafaña auch bekannt, wie sehr der Erzbischof von Burgos dem Gobernador von Kuba, Don Diego Velázquez, zu Dank verpflichtet und ergeben ist. Da nun Villafaña beabsichtigte, ein Soldatenreich in Mexiko zu errichten, meinte er, daß Don Juliano, der nichts von Kriegführung versteht, ihm nicht im Wege sein werde, und er hoffte durch seine Ernennung zum Generalkapitän sich das Wohlwollen des Gobernadors von Kuba und des Bischofs von Burgos zu sichern.«
Sandoval war zumute, als habe sich ein Abgrund vor ihm aufgetan. Er eilte zu Cortez, ihn zu benachrichtigen.

Als Sandoval vor Cortez trat, fand er ihn in schlechtester Stimmung. Getobt hatte Cortez vor Wut, als ihm zu Ohren gekommen war, daß Alderete von drei Hellebardieren bewacht werde. Er war sofort zu ihm geeilt, hatte die Hellebardiere davongejagt und hatte sich, so gut es ging, bei Alderete entschuldigt: die nicht zu rechtfertigende Gefangensetzung sei ohne seinen Wunsch und Willen geschehen. Der steife, saftlose Alderete hatte, bitter lächelnd, über seine allzu eifrigen Beschirmer Klage geführt und sich schließlich mit der feurig vorgetragenen Entschuldigung zufriedengegeben. Eine äußerliche Aussöhnung war zustande gekommen, bekräftigt durch Händedruck und Umarmung. Und in Gegenwart Alderetes, ihm gewissermaßen zur Genugtuung, war Luis Marín von Cortez hart angefahren und zu vierundzwanzigstündigem Arrest bestraft worden.
Sandoval wartete klugerweise, bis Alderete sich verabschiedet hatte, dann machte er Cortez mit dem Inhalt der Aussagen Melgarejos bekannt. Die Tatsache, daß der Hauskaplan Alderetes gefoltert worden war, erregte Cortez nicht weniger als die Nachricht über das Patent. Er nahm sich nicht einmal die Zeit, Sandoval Vorwürfe zu machen,

er eilte, ja, er lief in die Folterkammer – als solche war ein Kellerraum des von Villafaña bewohnten Hauses hergerichtet. Mit gebrochenen Gliedern, unfähig, einen Schritt zu gehen, war Villafaña in seine Schlafkammer getragen worden. Bruder Melgarejo dagegen befand sich wohlauf, saß schmerzlos auf einem der Folterwerkzeuge und plauderte mit Osorio.
Den Henker schickte Cortez hinaus, nachdem er ihm eingeschärft hatte, die Folterung des Fraters und seine Aussagen geheimzuhalten. Mit Melgarejo allein geblieben, sprach Cortez eine Stunde lang in ihn hinein, beschwichtigte ihn, zahlte ihm eine Geldsumme als Buße und erkaufte mit einer noch größeren Geldsumme das Versprechen von ihm, die Sache auf sich beruhen zu lassen und seine hochnotpeinliche Befragung aller Welt und vor allem Alderete zu verschweigen.

Gegen Abend tagte endlich das Kriegsgericht. Antonio de Villafaña und Don Vicente-Kriegsmaske wurden beide zum Tode durch den Strang verurteilt. Gemeinsam sollten sie bei Sonnenaufgang sterben. Der Zimmermann Cristóbal de Jaén erhielt Auftrag, zwei Galgen während der Nacht zu zimmern und auf dem Marktplatz Tezcucos aufzurichten.
Villafaña lehnte den ihm angebotenen geistlichen Zuspruch des Paters Olmedo ab und erbat sich statt dessen den des Fraters Juan Díaz – seiner von allen bewunderten Mannhaftigkeit wegen gewährte ihm Cortez diesen Wunsch. Don Vicente machte keine Einwände, als man ihm meldete, daß Pater Olmedo ihm in seiner letzten Lebensstunde zur Seite stehen wolle. Er erwiderte den Gruß des eintretenden Geistlichen freundlich. Als jedoch Pater Olmedo ihm die Hand zum Kusse hinhielt, biß Kriegsmaske hinein, verbiß sich hinein wie eine Bulldogge. Auf das Geschrei Olmedos stürzten Wachtposten herzu und vermochten erst nach längerem Kampf dem tollen König die zerfleischte Hand zu entreißen. Der Daumen war abgebissen und von dem Rasenden verschluckt worden.
»Ich wünsche, der Daumen wäre die Gesamtheit der Christen!« grölte Kriegsmaske mit irrem Lachen. »Halte mir auch die andere Hand hin, Priester, wenn du ein Christ bist! Laß sehen, wie der andere Daumen schmeckt! ...«
Aber Pater Olmedo entfernte sich, weiß im Gesicht, »Demonio! Demonio!« rufend.

Bei Anbruch der Nacht empfing Cortez eine Deputation seiner getreuesten Anhänger. Der Glückwunsch des Heeres und der in einer Soldatenversammlung gefaßte Beschluß, ihm eine Leibwache zu stellen, wurden ihm feierlich vorgetragen und das Ersuchen an ihn gerichtet, einen Hauptmann der Leibwache zu ernennen. Er dankte tief bewegt: bisher sei er ohne Leibwache ausgekommen. Gottes Hand und

die Anhänglichkeit seiner alten Kameraden seien ein genügender Schutz – da aber das Heer ihm eine Leibwache zu stellen wünsche, wolle er nicht widersprechen; und er werde dem guten Hidalgo Antonio de Quiñones die Bewachung seiner Person anvertrauen.
Alvarado gab den Kavalieren ein Bankett, um die Errettung aus Todesgefahr zu feiern, aber auch, um weittragende Entschlüsse zu fassen. Alderete wurde nicht eingeladen. Und Cortez lehnte aus Rücksicht auf Alderete die Einladung ab.
Mit Marina ging Cortez im Garten des Schneckenhaus-Palastes auf und ab. Er führte sie weit abseits in einen Lorbeerhain.
»Hier kann ich unbelauscht reden, hier kann ich laut denken, Marina! Mondlicht bedarf der Nacht, um zu scheinen, und ich bedarf der Einsamkeit, um zu denken. Du bist die Einsamkeit für mich, Marina, und du bist mein Gewissen! Wenn meine Gedanken sich vor dir hervorwagen, fühlen sie einen Richter neben sich. Heute will ich dir meine Seele nackt zeigen, ich will sie entkleiden und bloßlegen, wie ich es noch nie früher getan habe. Ja, ich will dir eingestehen, was ich mir selbst noch nie eingestanden habe ...«
Er schwieg eine Weile. Sie ermunterte ihn nicht, weiterzureden. Sie wußte, daß er in dieser Stunde wie ein Schlafwandler war, der ohne zu stürzen in Todesschlünde blicken kann; dessen zaubervolle Sicherheit aber, wenn er angeredet wird, vor sich selbst erschrickt und schwindet ...
Er fuhr, gleichsam zu sich selbst redend, fort:
»Bei Alvarados Bankett zugegen zu sein, mußte ich mir versagen. Dort wird Hochverrat geschmiedet – die Eisen sind ja heiß heute, weißglühend ... Mein Schweigeverbot ist – daran zweifle ich nicht – von allen übertreten worden, von Melgarejo, von Osorio und von Sandoval. So hatte ich es auch beabsichtigt: Alderete soll wissen, daß ich die Folterung seines Hauskaplans mißbilligt habe und daß ich es ein Stück Geld mich habe kosten lassen, Melgarejo den Mund zu stopfen; meine Soldaten und meine Offiziere sollen wissen, daß Alderete einen Haftbefehl und ein Todesurteil gegen mich in der Tasche trägt ... In Zukunft werden Alderete und ich ein lustiges Versteckspiel spielen und beide so tun, als ahnten wir nichts vom Patent ... Was jetzt auf dem Bankett Alvarados vorgeht, ist mir völlig klar, obgleich niemand mich eingeweiht hat, vielleicht auch niemand mit einem scharfumrissenen Plan zum Bankett gegangen ist. Gewisse Gedanken sind schicksalhaft, sind zu gegebener Zeit unausweichlich. Villafaña wollte ein unabhängiges Soldatenreich Mexiko gründen. Das liegt – möchte man sagen – in der Luft: Velázquez de León sprach von solch einer Staatengründung; Olid, der nicht davon spricht, denkt merkbar daran ... Und wie steht es mit mir? Vor dir kann ich es aussprechen, Marina. Der Gedanke an Hochverrat, an Abfall vom Kaiser schwebt wie eine Tantalusfrucht vor meinen Augen Tag und Nacht. Mit stählernen Stricken habe ich meine

Hände und Arme festgebunden, um nicht nach der lockenden Frucht zu greifen, wie sehr sie sich auch mir entgegenneigt, mir entgegenwächst ... Greife ich zu früh nach ihr, bringt sie den Tod; doch wenn sie ausreift, wird sie Heil und Leben bringen. Und ich will warten, bis sie herangereift ist. Ich bin ein Verbrecher ohne Verbrechen, Marina. Weil ich aber in Gedanken ein Verbrecher bin, muß ich in meinen Taten erst recht tadelfrei erscheinen und der Ungeduld meiner Offiziere eine undurchsichtige, eine undurchschaubare Geduld entgegensetzen. Es gibt eine zwingende Logik des Geschehens: sie denkt für die Menschen und wird auch meine Offiziere zwingen, zwischen Alderete und mir zu wählen. Der Vertreter der Kaisermacht steckt mit Meuchelmördern unter einer Decke – das ward heute erwiesen. Meine Offiziere werden ähnlichen Überraschungen zuvorkommen wollen ...«

»Auch Olid?« fragte Marina.

»Ja, auch Olid«, sagte Cortez. »Wenn ich erst ein Empörer wurde, hofft er, leichter ein Empörer werden zu können. Von mir – nicht vom Kaiser – abzufallen, reizt ihn. Auch ist er noch nicht gerüstet. Für seine Pläne braucht er Geld und hofft es durch die reiche Erbin La Monjaraza zu erhalten ... sein Neger ist oft in ihrem Hause ... Gefährlich wird mir Olid erst nach dem Fall Tenuchtitlans werden, dann wird er seinen Trumpf ausspielen: den Besitz der Königin Maisblüte ...«

»Wenn sie bis dahin nicht vor Trauer stirbt – oder entflieht ...«, bemerkte Marina.

»Es wäre gut, wenn sie entfliehen könnte«, sagte Cortez. »Sie Olid gewaltsam abnehmen, konnte ich in Tlascala nicht und kann ich jetzt erst recht nicht.«

»Ich sprach oft mit Frater Aguilar darüber«, sagte Marina. »Er will, um uns einen Dienst zu erweisen, Maisblüte bei der Flucht behilflich sein. Er hat auch schon Vorkehrungen getroffen. Bis jetzt ließ es sich nicht ausführen – sie wird zu streng bewacht.«

»Montezuma hielt dich für seine Tochter, Marina ...«

Sie unterbrach ihn mit bebender Stimme:

»Deine Richterin nanntest du mich vorhin! ... Ich ließ dich reden, weil ich weiß, daß Abgründe gähnen zwischen Gedanken und Taten ... Verbrecher können ja nie im voraus, können ja nur hinterdrein abgewogen und gerichtet werden ... Aber von diesem Wahn Montezumas mag ich nichts hören! Deine Gattin Catalina Suárez ist von der Schwindsucht geheilt ...!«

»Noch landet ihr Schiff nicht!« sagte Cortez düster. »Und ich glaube nicht daran, daß es landen wird – es sei denn: an einem anderen Gestade ...«

»Versündige dich nicht, Geliebter!« rief Marina und umschlang ihn angstvoll.

Sie kehrten aus dem Garten in den Palast zurück. Es war Mitternacht. Cortez wollte sich eben zur Ruhe begeben, als ihm sein Kämmerer Rodrigo Rangel meldete, sämtliche Feldobristen seien aus Alvarados Haus herübergekommen, ihm eine wichtige Eröffnung zu machen. Trotz der späten Stunde ließ Cortez sie in den Empfangssaal bitten.

Er war der einzige Nüchterne unter lauter Trunkenen. Sie waren berauscht vom Wein und von ihrer Begeisterung. Ihre Gesichter leuchteten gerötet und mit Schweißtropfen beperlt.

Sie boten ihm eine Krone an. Zum Kaiser der Neuen Welt wollten sie ihn ausrufen und ihm wie einem Herrscher den Treueid leisten. Gleich jetzt zu mitternächtlicher Stunde.

Ernst und würdig lehnte Cortez ab. Der Kaiser der Neuen Welt sei Don Carlos de Austria. Dem Kaiser zu geben, was des Kaisers ist, habe schon Jesus gelehrt. Das wolle auch er befolgen. Er sei ein treuer Diener der Kirche und der Krone. Einstmals neben Gottfried von Bouillon als Führer von Kreuzfahrern genannt zu werden, sei sein Ehrgeiz. Einen anderen Ehrgeiz habe er nicht.

Vergebens bestürmten ihn die Offiziere. Je drängender sie flehten, um so schroffer wies er sie ab.

»Überschlaft es und überdenkt es, Don Hernando!« rief schließlich Alvarado. »Zum erstenmal reden wir heute davon, aber nicht zum letztenmal! Verschiebt die Entscheidung, bis die Zeit Euch die Entscheidung abnimmt, aber verschiebt nicht, Genugtuung Luis Marín jetzt gleich zu geben, indem Ihr ihm den Arrest erlaßt!«

»Um Alderete Genugtuung zu geben, verhängte ich die Arreststrafe über Luis Marín, Señores!«

»Das ganze Heer ist empört darüber!« rief Alvarado.

»Ich hoffe, daß meine Offiziere gescheiter sind als das ›ganze Heer‹! Alderete festzunehmen, war eine ungesetzliche Gewalttat und – was schlimmer ist – eine Unklugheit!«

»Nein, Don Hernando!« rief Sandoval, »Alderete frei umhergehen zu lassen, ist eine Unklugheit! Nehmt ihn gefangen, macht ihn unschädlich!«

»Ich denke nicht daran, ihn gefangenzunehmen! Durch Freundlichkeit werde ich ihn unschädlich machen. Er bat mich vorhin darum, bei den kommenden Kämpfen eine Heeresabteilung führen zu dürfen; und ich habe ihm die Führung einer Hundertschaft versprochen.«

Die Feldobristen blickten sich verdutzt und entsetzt an. Leidenschaftlich und ein wenig stotternd, wie er es immer in der Erregung tat, rief Sandoval:

»Ihr verhöhnt uns, Don Hernando! Doch ich glaube Euch nicht! Wäre das wahr, es würde Euer und vielleicht unser aller Untergang sein! So wahnsinnig könnt Ihr nicht handeln!...«

»Mein Sohn Sandoval, wenn ich dich nicht so liebhätte, würde ich dir verbieten, weiterzureden!«

»Und ich würde mich an Euer Verbot nicht kehren, weil es Euer Leben zu retten gilt, Don Hernando! Tötet ihn, damit er Euch nicht töte! Luis Marín hat tausendmal recht gehabt, als er den Schädling dingfest machte. Und wenn Ihr Luis Marín die Strafe nicht erlaßt, so will auch ich von Euch bestraft sein!«
»Wofür, mein Sohn?«
»Für die Folterung des Hauskaplans! Ich habe sie angeordnet, das sage ich stolz! Ihr gebotet mir zu schweigen – und ich habe nicht geschwiegen! Also straft mich, Don Hernando!«
»Du willst *mich* strafen, mein Sohn! Und ich nehme die Strafe hin, weil ich Alderete die Führung im Kampf versprochen habe. Rückgängig machen kann ich das nicht mehr... Nie bis heute war ein Mißklang zwischen mir und dir, Freund Sandoval – und nie warst du mir so lieb wie heute!... Laß dir das genug sein an Tadel und Lob!«
»Nie erschient Ihr mir rätselhafter, Don Hernando!« murmelte Sandoval.

Die Morgensonne glühte über dem großen Marktplatz von Tezcuco. Die Leichen des Villafaña und des Königs Kriegsmaske wiegten sich im Morgenwinde an zwei hohen Galgen. Und ein ebenso hohes Kreuz erhob sich zwischen ihnen, daran der Dornengekrönte hing, durchsichtig wie aus weißem Kristall und von innen schneeig leuchtend. Die Tausende auf dem Marktplatz, herbeigeströmt, die beiden Gehenkten zu betrachten, erblickten das gläsern schimmernde Kreuz nicht. Nur die zwei Toten sahen den Gekreuzigten zwischen sich hängen und hielten mit ihm Zwiesprache.
»Ich hasse dich, Mann am Kreuz!« zischte der tote Kriegsmaske. »Als ich in den Priesterdaumen biß, wollte ich dich zerfleischen! Nichts hasse ich so sehr wie dich!«
»Und doch liebe ich auch dich wie alle Sünder!« sprach der Dornengekrönte. »Ich liebe die Heißherzigen und ihre wilden Taten. Auch du tötetest aus Liebe!«
»So redest du...? Predigtest du etwa den Mord auf Erden?« lachte hohnvoll der tote König.
»Es gibt nicht den Mord – es gibt nur Morde!« entgegnete der Dornengekrönte. »Jeder Mord hat sein eigenes Gesicht. Die Gerechtigkeit – deren Augen verbunden sind – und die menschlichen Richter unterscheiden nicht zwischen Mord und Mord und fällen über alle das gleiche Bluturteil. Nicht so wir Bewohner des Himmels. Ich predigte Vergebung auf Erden: die höhere Gerechtigkeit – die sehende, durchschauende, begreifende!«
»Hast du auch für mich ein mildes Wort?« fragte Villafañas Leichnam.
»Ich liebe alle Sünder und Verbrecher!« sagte der Dornengekrönte. »Sie rütteln am morschen Gebäude des Hergebrachten und Veralte-

ten, sie zerschlagen die Fleischschüsseln der Zufriedenen und stören die Kaltherzigen aus ihrer Ruhe auf. Weil sie Unzufriedene sind, werden sie Zerreißer von Fesseln – und unter solchen Kettenbrechern sind auch jene zu finden, die die Menschheit aus der Tiefe aufwärts heben und meinem Reich näherbringen! War ich nicht selbst einer der großen Verbrecher? Wurde ich nicht ans Kreuz gehängt, weil ich die Zufriedenen schreckte?...«

Die Hinrichtung des Tlascaltekenkönigs hatte als ein Wagnis gegolten. Die Folgen jedoch stellten sich nicht als so verhängnisvoll heraus, wie befürchtet worden war. Dreitausend Tlascalteken kehrten grollend in ihre Berge zurück. Man ließ sie ziehen, man konnte ihrer entraten. Fast gleichzeitig waren dreißigtausend gutbewaffnete Cholulteken und zwanzigtausend Schildträger aus Huexotzinco eingetroffen. Die Zahl der Hilfstruppen betrug jetzt hundertachtzigtausend Mann und vergrößerte sich täglich.

Der jüngste der Hauptleute, der kaum neunzehnjährige Alonso de Ojeda, wurde von Cortez zum Anführer sämtlicher indianischer Bundesgenossen ernannt. Für diese verantwortungsvolle Stellung war Ojeda besonders geeignet als Berater und Freund der Schwarzen Blume und weil er besser als alle anderen Offiziere das Mexikanische sprach; auch wollte Cortez ihn belohnen für die Umsicht und Tapferkeit, mit welcher er jüngst den schwierigen Auftrag ausgeführt hatte, zwei riesige (aus einem der Garay-Schiffe herstammende) Kartaunen von der Meeresküste über die Kordilleren bis nach Tezcuco zu schaffen.

Je ein Drittel des Christenheeres stellte Cortez unter den Befehl der drei von ihm ernannten Oberfeldherren: Alvarado, Olid und Sandoval. Sich selbst behielt er die Führung der Brigantinen vor, die er mit ungefähr dreihundert Kastiliern bemannte: auf jedes der dreizehn Schiffe setzte er – außer zwölf Ruderern – fünfundzwanzig Fußsoldaten, sechs Scharfschützen und einen Hauptmann. Schiffsführer waren: Rodrigo Morejon de Lobera; Cristóbal Flores; Martín Gutiérrez (der Erbauer der Brigantinen); Juan Xaramillo; Don Juan Garcia Holguín; Francisco Verdugo; Jerónimo Ruiz de la Mota; Juan de Portillo; Juan Rodríguez de Villa Fuerta; Pedro Barba (der Hauptmann der Bogenschützen); Antonio de Carajaval; Pedro de Briones.

Während Cortez mit den Brigantinen gegen Tenuchtitlan vorstoßen und versuchen wollte, innerhalb oder dicht vor den Mauern Tenuchtitlans Fuß zu fassen, hatten die drei Oberfeldherren den Auftrag, sich der Brückenköpfe der drei Dammwege zu bemächtigen, welche die Inselstadt mit dem Festlande verbanden. Olid und Alvarado sollten, gemeinsam am Nordufer der Lagune entlangziehend, bis nach Tlacopan gelangen, wo Alvarado zu bleiben beauftragt war, um die Dammstraße von Tlacopan (meist die Dammstraße von Tepeyacac genannt) zu beherrschen. Olid hatte Befehl, dann weiter südwärts bis zur Stadt Coyoacan vorzudringen, von wo aus er den Damm von Coyoacan – der eine Abzweigung des von Iztapalapan war – und den kurzen, einer Brücke ähnlichen Damm von Chapultepec überwachen konnte. Sandovals Aufgabe war es, am Ost- und Südufer der Lagune entlangzuziehen und sich vor den Damm von Iztapalapan zu legen.

Das Heer Sandovals bestand aus dreiunddreißig Berittenen, vier Musketieren, dreizehn Armbrustschützen, hundertundfünfzig Hellebardieren und vierzigtausend Indianern aus Huexotzinco und Cholula. Olid hatte dreiunddreißig Reiter, fünf Musketiere, dreizehn Arkebusiere, vierzigtausend Tlascalteken, hundertundsechzig Hellebardiere und drei Kartaunen. Alvarados Heer hatte die gleiche Anzahl Reiter, Schützen, Hellebardiere und außer dreißigtausend Tlascalteken auch noch zehntausend Krieger aus Chalco. Auch er führte mehrere Geschütze mit sich.

Noch vor der Errichtung der beiden Galgen waren die zwei zuerst ausgerüsteten Brigantinen bis in die Nähe der kleinen Tempelinsel gesegelt und als Sieger über die Flotte der Tlatelolcos in den Hafen von Tezcuco zurückgekehrt. Inzwischen hatten Martín Gutiérrez und seine Gehilfen auch die übrigen Brigantinen geteert, gekalfatert, mit Ankern, Bussolen, Takelwerk versehen und schlohweiß angestrichen. Sie glichen majestätisch segelnden weißen Schwänen; und stolz pflegte Martín Gutiérrez von ihnen zu sagen:

»Das sind die weißen Göttinnen, die Mexiko zu Fall bringen werden!«

Den gleichen Gedanken variierte Cortez in einer Rede, die er während einer großen Musterung über seine Truppen vor dem Aufbruch nach Tenuchtitlan hielt:

»Die dreizehn herrlichen Segler sind jene gewahrsagten weißen Götter, vor denen Guatemoctzin ebenso zittert, wie einst Montezuma vor unseren stahlgekleideten dreizehn Rittern gezittert hat. Dreizehn sind sie, und weiß sind sie! – die Zahl Dreizehn wird für Tenuchtitlan eine Unglückszahl sein! ...«

Obgleich segelfertig, mußten die Brigantinen im Hafen von Tezcuco verweilen, bis die drei Heere ihre Bestimmungsorte Tlacopan, Coyoacan und Iztapalapan erreicht hatten.

Als erster verließ Ojeda mit den indianischen Truppen Tezcuco und einen Tag später Sandoval, um über Chalco sich Iztapalapan zu nähern. Dann brachen gleichzeitig Alvarado und Olid nach Norden auf. Olid, der letzthin – während der beiden großen Erkundungszüge – Maisblüte in Tezcuco zurückgelassen hatte, führte diesmal die Königin mit sich in seinem Troß: sie war ihm nicht sicher genug in Tezcuco; auch sollte ja für die Zeit der Belagerung die Stadt Coyoacan sein Standquartier sein ...

Als Alvarados und Olids beide Heere, nachdem sie, ohne Widerstand zu begegnen, am Nordufer der Lagune entlanggezogen waren, vor Tlacopan gelangten, fanden sie die Tore und Mauern unbewacht. Sie rückten kampflos ein, und fast unheimlich war ihnen zumute, als hätten sie eine Gespensterstadt betreten: nur Hunde und Vögel bevölkerten die Gassen.

Die beiden Heere übernachteten in Tlacopan und zogen früh am folgenden Morgen nach Chapultepec weiter. Der Huei-Apiaztli oder große Aquädukt, der Tenuchtitlan mit Süßwasser versorgte, wurde von einer unweit des Lustschlosses einem Felsen entspringenden Quelle gespeist. Der Aquädukt war der Lebensnerv Tenuchtitlans, ein aus Ziegeln und mit Mörtel gekitteten Hausteinen errichteter Wunderbau, auf den die Azteken nicht weniger stolz waren als auf ihre unvergleichlichen Steindämme. Von Baumeistern aus Tezcuco, welche der Vater des Herrn des Fastens, der Hungrige Schakal, dem König Himmelspfeil zur Verfügung gestellt hatte, war im Jahre 1454 der Bau des Aquäduktes begonnen und im Jahre 1466 beendet worden – Myriaden von Sklaven hatten zwölf Jahre lang daran gearbeitet.

Alvarado und Olid war von Cortez der Auftrag erteilt worden, die Wasserversorgung Mexikos, wenn irgend möglich, zu vernichten. Sie stießen bei Chapultepec auf ein starkes mexikanisches Heer und hatten einen hartnäckigen, viele Stunden währenden Kampf zu bestehen. Teuer erkauft war der endliche Sieg: vier Kastilier und viertausend Tlascalteken wurden als Opfersklaven fortgeschleppt, bevor es glückte, bis an den Aquädukt vorzudringen und ihn durch Sprengungen zu zerstören.

Auf dem Rückwege nach Tlacopan gerieten die beiden christlichen Heere in Streit, indem jedes von ihnen sich das Hauptverdienst am Vernichtungswerke zuschrieb. Es kam zu Tätlichkeiten, zu erregten Auseinandersetzungen unter den Offizieren und schließlich zu einem wilden Auftritt zwischen Olid und Alvarado. Der alte, seit dem Totschlag an Vendabal und der Ermordung Gallejos nie ganz erloschene Groll Alvarados gegen Olid flammte so heftig auf, daß Andrés de Tapia und Luis Marín ihn nur mit Mühe davon abhalten konnten, seine Geschütze gegen Olids Heer zu richten.

Als gegen Abend beide Heere nach Tlacopan zurückgekehrt waren, erhielt Alvarado eine Nachricht, die seinen kaum erst beschwichtigten Groll zur Raserei steigerte.

Ganz unerwartet war Doña Maria Luisa-Rabenblume in Tlacopan eingetroffen. Sie hatte sich von Aguilar über den See rudern lassen, weil sie im Boote schneller als auf dem Landwege zu Alvarado gelangen konnte, dem sie eine erst am Morgen dieses Tages ihr zu Ohren gekommene Schandtat Olids mitteilen wollte.

Es handelte sich um La Monjaraza. Das bedauernswerte, schwach-

sinnige Mädchen hatte sich ihr offenbart, ihr die schier unglaublichen Umstände ihrer Verführung gebeichtet.
Nachdem sie durch Pedro Trujillo erfahren hatte, daß ihr Vater der Mörder ihrer Mutter war und von Beelzebub in eigener Person aus dem Götzentempel in Iztapalapan geholt worden war, hatte sie ein klösterliches Leben geführt und außer mit Rabenblume, bei der sie wohnte, und Rosita Muños, ihrer Freundin, mit niemand Umgang gepflegt. Ihr Ziel war es, allen Freuden des Lebens zu entsagen, sich ganz in Gott zu versenken und durch fortwährende Gebete ihren Vater von Beelzebub loszukaufen. Aber Rosita Muños, deren Galan, der zum Fähnrich beförderte San Juan, der Aufgeblasene, von Olid bestochen war, führte eines Tages den Neger Estevan Parillas bei ihr ein. Dieser gewann ihr Vertrauen, indem er ihr ein schön geschriebenes Missale in Olids Namen überreichte. Er kam seitdem täglich wieder und sprach stundenlang mit ihr über die Möglichkeit, einen Gattenmörder der Hölle zu entreißen. Schließlich – etwa zehn Tage vor der Ermordung Kreideschmetterlings – eröffnete er ihr, daß sich Olid früher mit der Schwarzen Kunst abgegeben habe und ein Mittel kenne, Beelzebub zur Herausgabe eines Sünders zu zwingen. Dieses Mittel erfordere freilich ihrerseits ein schweres Opfer. Und als sie fragte, worin dieses Opfer bestünde, sagte er ihr, daß sie sich bereit machen müsse, die Schwarze Messe auf ihrem Leibe lesen zu lassen. Erst erschrak sie über die Worte »die Schwarze Messe«; doch ließ sie sich leicht vom Neger beruhigen. Er setzte ihr auseinander, daß die Hölle – ebenso wie der Himmel – Sakramente habe, so auch ein infernalisches Abendmahl mit Kelch und Hostie, das freilich nur eine Nachäffung des christlichen Abendmahls sei. Daß eine Tochter ihren Vater aus der Hölle erlöse, sei ein Gott wohlgefälliges Werk; und weder Gott noch die Menschen würden Anstoß daran nehmen, wenn Olid sich eines Scheinsakramentes bediente, um Beelzebub zu überlisten. Ihn überlisten aber könne Olid nur, indem er mit Hilfe einer makellosen Jungfrau die Schwarze Messe zelebriere. Von diesen Argumenten ließ sich das schwachsinnige Mädchen betören und willigte ein, zur Schwarzen Messe zu kommen. Nachdem der Neger ihr das Versprechen abgenommen hatte, Olids Anerbieten vor Rabenblume und Rosita Muños geheimzuhalten, entfernte er sich, um seinen Herrn zu benachrichtigen.
Zwei Tage später kam er wieder. Olid hatte Vorbereitungen getroffen – richtete er ihr aus – und erwarte sie in der kommenden Nacht. Eine Sänfte werde nach Mitternacht vor dem Hause Alvarados warten. Wichtig sei es, daß niemand im Hause ihren nächtlichen Ausgang bemerke. Auch müsse sie, bevor sie in die Sänfte steige, das Ornat der Schwarzen Messe anlegen – nämlich einen durchsichtigen Schleier auf splitternacktem Körper. Die Opferwilligkeit La Monjarazas ging so weit, daß sie auch das zusagte.
Heimlich verließ sie nach Mitternacht das Haus durch eine Seiten-

pforte und nahm – nur von einem Schleier verhüllt – in der auf der Gasse harrenden Sänfte Platz. Die Sänftenträger trugen sie einen weiten Weg durch das schlummerstille Tezcuco und setzten sie schließlich vor einem kleinen verfallenen Tempel des Gottes Macuilxochitl ab. Denn Olid hatte nicht gewagt, sein lichtscheues Vorhaben in dem von ihm und Maisblüte und einer großen Dienerschaft bewohnten Hause auszuführen. Den Tempel hatte er als Tatort gewählt, weil er dort vor Entdeckung sicher war.
Die Träger entzündeten Fackeln an einem hinter dem Eingangstor flackernden Lichtstumpf und führten das Mädchen in die inneren Räume der niedrigen Stufenpyramide, durch Kammern und Korridore, stiegen eine Steintreppe hinab und gelangten schließlich an eine geschlossene Tür. Dort verließen sie sie, nachdem sie ihr eingeschärft hatten, sie müsse laut klopfen und rufen: »Ich bin der Altar für die Hostie und den Kelch!«
Allein geblieben, fühlte La Monjaraza eisige Schauer über ihren Rükken rieseln und hörte das harte Klappern ihrer Zähne. Aber sie war so besessen vom Gedanken, ihren Vater aus dem Höllenpfuhl ziehen zu müssen, daß sie mit Schmerzenswollust den Augenblick herbeisehnte, das von Beelzebub geforderte Marteropfer zu erleiden – was auch immer es sein mochte. Das gab ihr Kraft, die körperliche Furcht zu überwinden. Eine seltsame Sicherheit und Ruhe überkamen sie, als wandele sie und handele sie in einem Traumbilde – sie selbst ein Traumbild. Laut klopfte sie und rief:
»Ich bin der Altar für die Hostie und den Kelch!«
Die Tür wurde geöffnet, sie wurde eingelassen.
Das erste, was sie sah, war ein mystisches Kerzengeflimmer. Dreißig dünne hohe Wachskerzen brannten wie in einer Kirche. Dann unterschied sie den von bläulichem Weihrauchqualm beinahe undurchsichtigen Raum: sie befand sich in einer engen, niedrigen, fensterlosen Kammer. An den Wänden erblickte sie obszöne Darstellungen grauenvoller Art – war doch früher der Tempel (bevor er in Verfall geriet) Macuilxochitl, dem phallischen Gott, geweiht gewesen. In der Mitte der Kammer lag eine schmale und klafterlange Binsenmatte auf dem Fußboden und daneben einige Kultgegenstände des Teufelsdienstes: eine zersprungene Glocke, ein geköpftes Kruzifix, eine Schale mit Hostien und ein mit rotem Wein gefüllter Kelch. Die Teufelsgemeinde bestand aus drei rings um die Matte kauernden, im Qualm kaum sichtbaren Schauergestalten. An einer Handgebärde der einen glaubte La Monjaraza San Juan, den Aufgeblasenen, zu erkennen – doch die Gesichter waren durch vorgebundene Bocksbärte und aufgeklebte spitze Nasen völlig unkenntlich gemacht. Dagegen hatte Olid sein Antlitz nicht verlarvt. Er trug das Ornat eines Satanspriesters, einen schwarzen Talar, darauf mit weißer Farbe Embleme der Hölle gemalt waren. Als sein Sakristan fungierte Estevan Parillas, der Neger.

Olid hatte ein aufgeschlagenes Buch in der Hand und las eine Litanei. Diese bestand aus dem Satze: *»Diaboli virtus in lumbis est«*, den er mit den Worten *»Abracadabra«* und *»Gloria Beelzebubo in infernis«* immerwährend wiederholte. Dann schlug er das Buch zu und forderte das Mädchen auf, die Schleier abzuwerfen und sich rücklings auf die Matte zu legen, damit ihr Leib als Altar diene. Ohne zu zögern, gehorchte die Schwachsinnige. Sie hatte in diesem Augenblick die Zuversicht, daß sie durch Überwindung ihrer Schamhaftigkeit alle Menschen ins Paradies bringen könne. Sie fühlte sich bereits als die Erlöserin ihres brennenden Vaters, als ein nahezu engelhaftes Wesen, das – gleich den Engeln – keiner Kleider bedurfte.

Nachdem sie sich völlig nackt auf den Rücken gelegt hatte, bedeckte Olid ihre beiden Brustwarzen mit je einer Hostie und stellte den Weinkelch auf ihren Nabel; als Kopfkissen schob er einen Totenschädel unter ihr Hinterhaupt. Und nun wandte er sich an die Teufelsgemeinde und verkündete feierlich:

»Ecclesia missa est!«

Die drei spitznäsigen Bocksbärte entfernten sich mitsamt dem Neger, *Abracadabra* singend.

Olid schloß hinter ihnen die Tür. Und dann zelebrierte er auf ihrem jungfräulichen Leib die Schwarze Messe. Schluchzend sträubte sie sich, doch er gemahnte sie streng an die Qualen ihres Vaters im höllischen Feuer und wie gering – im Vergleich – die Pein ihres Opfers sei ...

Als die arme Verführte, bei Morgengrauen allein im Tempel zurückgelassen, über ihr Schicksal nachdachte, begriff sie wohl, welch einem schrecklichen Streich sie zur Beute gefallen war, vermochte jedoch nicht in Alvarados Haus zurückzukehren, weil sie unbekleidet durch Tezcuco zu wandern sich scheute. Die folgenden Nächte kam Olid, sie zu besuchen, und er bedurfte nicht mehr der satanischen Spiegelfechterei, um sie sich gefügig zu machen.

Inzwischen hatte Rosita Muños, auf Anraten San Juans, des Aufgeblasenen, Vorsorge getroffen, daß Rabenblume sich wegen der Abwesenheit La Monjarazas keine Gedanken mache. Rosita Muños erzählte, ihre Freundin habe sich in ein benachbartes Dorf begeben, um Pater Olmedo, ihrem Beichtvater, nahe zu sein, der dort eine Trauung und mehrere Taufen vornahm. Da La Monjarazas Frömmigkeit bekannt war, fand diese Lüge Glauben.

Aber in der auf Alvarados und Olids ersten Einzug in Tlacopan folgenden Nacht wurde La Monjaraza von vermummten Sänftenträgern zurückgebracht. Sie war stundenlang vor Schluchzen unfähig, ein Wort hervorzubringen. Erst am folgenden Morgen berichtete sie Rabenblume ihr furchtbares Erlebnis.

Während Alvarado sich von Rabenblume alle Einzelheiten erzählen ließ, biß er seine Lippen zusammen, so daß sie haardünn und weiß wurden. Seine blauen Augen verglasten vor Wut, wurden starr wie zwei helle Saphire.

»Das Traurige ist, daß Celestina Olid mit Leib und Seele verfallen ist und nicht von ihm lassen will, trotz seiner Niedertracht. Sie verabscheut ihn und liebt ihn zugleich, als hätte sie ein Liebesgift gegessen!« schloß Rabenblume ihren Bericht.

»Scheusal! Galeerensklave! Unhold!« stieß Alvarado, nach Luft ringend, hervor. Und sofort schrieb er einen Brief an Olid.

»Ich weiß von Eurer Ruchlosigkeit, Don Cristóbal!« schrieb er. »Ich weiß von Eurem erbschleicherischen Teufelsdienst. Darum nenne ich Euch einen elenden Hund! Wenn Ihr nicht wollt, daß ich Euch auch einen Feigling nenne, so stellt Euch heute abend um neun Uhr vor meine Klinge, die Euch sehnsüchtig erwartet!«

Zur festgesetzten Stunde wurde bei Fackelschein in einem Hofe des von Luis Marín bewohnten Tecpans das Duell der beiden Oberfeldherren in Gegenwart aller Offiziere, Fähnriche und vieler Soldaten ausgefochten. Beim dritten Waffengange erhielt Olid einen Degenstich in die Schulter. Der Blutverlust war so groß, daß Olid die Besinnung verlor und in sein Quartier – den Palast des Durch-Zauber-Verführenden – getragen werden mußte.

Das hastige, kopflose Durcheinander im Palaste, während die Ärzte Olid einen Verband anlegten, benutzte Frater Aguilar, um alle Säle und Kammern nach Maisblüte zu durchsuchen. Er fand sie, erfaßte ihre Hand und sagte auf mexikanisch:

»O edle Königin, die Zeit ist gekommen. Mein Boot liegt am Ufer bereit. Niemand wird uns in den Weg treten. Ich habe das rotgelbe Hündchen und das Agavepapier und die Grabbeilagen für die Bestattung Montezumas in meinem Boot. Komm, folge mir geschwind!«

Und willig ließ sie sich von ihm an das Seeufer führen.

Es war eine mondlose Nacht. Die Sterne spiegelten sich im regungslosen schwarzen See. Eintönig glirrend gluckste der Kiel des Kanoes, das Aguilar ruderte. Zuweilen huschten aufgeschreckte Ibisse und Reiher mit eisenharten Flügelschlägen in die Luft empor; doch alsbald fiel ihr Gelärm hinab in die tote Nachtstille, Fledermäuse und Vampire umflatterten Aguilar und Maisblüte lautlos wie fliegende Dämonen.

Plötzlich erscholl ein Schrei. Über die Wasserfläche gellte er schriller und weher, als Kraniche und Ibisse kreischen können. Maisblüte war es, die den Angstschrei ausgestoßen hatte.

Wie damals nach dem Totengericht über Montezuma, als sie auf den glitzernd umplätscherten Treppenstufen des Palastgartens gestanden hatte, waren auch jetzt ihre Blicke in den tiefen Wellengrund hinabgesunken, als sehnten sie sich nach den Wohnstätten der Acihuatin, der Wassermädchen. Und wie damals wurden ihre Augen sehend.

Einen herannahenden weißen Lichtschimmer gewahrte sie unterhalb des Wassers. Eine große königliche Galeere schwamm dort in der Seetiefe, und sie war bemannt mit Gespenstern. Tote Ruderknechte mit schönen Knabengesichtern ruderten, tote Haus-Erleuchter hielten Fackeln aus Perlmutter, deren milchiges Licht die Galeere erhellte. Vorn am Steven des Geisterschiffes aber stand ihr Vater, der Zornige Herr. Und er rief sie an:
»Kommst du endlich, Tochter? Gar lange habe ich auf dich gewartet. Schau her, mein rotes Blut hat sich in Smaragd verwandelt. Wo aber weiltest du, warum erfülltest du deine Tochterpflicht nicht?«
Sie wollte antworten. Doch nur ein zerrissener Schrei kam aus ihrem Munde. Und schon war die Galeere vorbeigeschwommen und schwand, einem Riesenfisch gleich, in der blauen Wasserfinsternis.
Aguilar stellte keine Frage. Sie sagte ihm unaufgefordert, was sie gesehen und vernommen hatte; und sie erwähnte die Worte des Mexikaner-Priesterchens beim Leichengericht: »Bis seine Schuld getilgt ist, wird der Tote unbestattet bleiben, es sei denn, daß die Götter das Blut seiner Wunden grün färben und in Smaragd verwandeln. Wer den Toten zu bestatten versucht, stirbt auf der Opferschale des Schlangenberges!«
»Fürchtest du den Tod nicht?« fragte Aguilar.
Sie lachte bitter:
»Vier Männern habe ich angehört: Alonso de Grado, dem Überwältiger, Gallejo und Olid. Ich bin ein zerbrochener Edelstein – eine zerknitterte Quetzalfeder. Wenn ich meines Vaters Schatten zur Ruhe verhalf, soll Mictlan-Tecutli im Haus unter der Erde mein fünfter Gatte werden! ...«

Unfern der Wohnung der Giftmischerin war eine Landungsstelle mit aus dem Wasser aufragenden, blau und schwarz gestreiften Holzpfosten zum Anbinden von Booten. Dort stiegen Aguilar und Maisblüte an Land und schlichen durch die stockfinsteren Gassen dem Haus der Fledermäuse zu. Er trug das Hündchen, und sie trug das Agavepapier mit den Grabbeilagen.
Dicht am Eingang zur Leichenstätte begann das Hündchen zu knurren und zu bellen.
»Hier muß ein Mensch in der Nähe sein«, flüsterte Aguilar der Königin ins Ohr. »Wir wollen uns vergewissern, wer er ist, damit man uns nachher nicht überrascht.«
Sie suchten die Mauer nach links ab, ohne jemand zu finden. Dann suchten sie rechts an der Mauer entlang. Sie entdeckten eine hokkende Frauengestalt.
»Wer bist du?« fragte Maisblüte.
»Eine Blinde!« entgegnete die Gestalt.
»Was tust du hier bei Nacht?«
»Ich horche.«

»Worauf?«
»Auf Mörderstimmen ... Doch ihr habt gütige Stimmen.«
Aguilar nahm Maisblüte beiseite und sagte leise:
»Es scheint eine geistesgestörte Bettlerin zu sein. Die brauchen wir nicht zu fürchten.«
Und sie kümmerten sich nicht weiter um Blutfeuerstein. Sie durchschritten das Portal; Maisblüte, die ihr offenes Haar gleich einem schwarzen Schleier vor ihr Antlitz gezogen hatte, führte Aguilar zur Stelle, wo während des Totengerichts Montezumas nackter Körper neben seinem Mumienbündel hingestreckt worden war, den Vögeln des Himmels zur Beute. Trotz der Dunkelheit fand sie ihren toten Vater. Das Mumienbündel war unversehrt; doch von Montezumas Leichnam hatten die Aasgeier nur noch die langen strähnigen Haare und das Gerippe übriggelassen.
Maisblüte legte einen Smaragd zwischen die Zähne des Toten.
»O großer Montezuma«, sprach sie, »dieser Smaragd ist dein Herz. Ich gebe dir dein Herz zurück!«
Dann strählte sie mit einem Kamm des Toten Haare und schmückte sie mit kohlschwarzen Reiherfedern. Unter den Grabbeilagen war ein mit Wasser gefüllter Topf; damit begoß sie die Knochen und wusch sie. Und sie träufelte einige Tropfen auf die bleckenden Zähne:
»Dies gebe ich dir, Vater, damit du auf dem Wege nicht Durst leidest!«
Nachdem sie alle Knochen gesammelt und im Mumienbündel versenkt hatte, legte sie ein Agavepapier darüber und sagte:
»Dies ermöglicht dir, Vater, die zusammenstoßenden Berge zu durchschreiten!«
Ein zweites Papier legte sie hin mit den Worten:
»Hiermit wirst du Nextepelma, den Aschenstreuer, besänftigen!«
Ein drittes Papier hinbreitend, sagte sie:
»Dies hilft dir auf der Straße, wo die Große Schlange dich erwartet!«
Noch ein Papier legte sie hin und sagte:
»Wenn du dies hast, läßt dich die grüne Eidechse ›Blumenglut‹ vorbei!«
Zwei weitere Papiere gab sie dem Toten:
»Dieses führt dich durch die acht Wüsten! ... Und dieses führt dich über die acht Hügel!«
Ein siebentes Papier reichte sie:
»Der Tzitzimitl mit dem Hasenfuße fürchtet dieses!«
Und das letzte hinlegend, sagte sie:
»Dieses rettet dich vor dem Messerwind!«
Darauf ließ sie sich von Aguilar das Hündchen reichen, auf dessen Rücken der Tote über den Höllenfluß Chicunauhapan getragen wird. Doch bevor sie Zeit fand, dem Hündchen den Hals zu durchbohren und mit seinem Blut das Mumienbündel zu färben, wurde sie durch

ein Geräusch erschreckt. Eilige Schritte nahten. Eine weibliche Stimme rief aus der Finsternis:
»Ihr bestattet Montezuma! Unterfangt euch nicht, zu tun, was Mexiko verpönt! Geht – sonst will ich die Toten und die Lebenden wachschreien!«
»Das ist die Blinde!« flüsterte Aguilar.
Die Zeremonie war gestört und hätte von neuem begonnen werden müssen, um bei den Unterirdischen Geltung zu haben. Unwillig gab Maisblüte dem Frater das lebende Hündchen zurück. Das Obsidianmesser, womit sie die Kehle des Tieres hatte durchbohren sollen, behielt sie in der Hand; und da eben die Gestalt Blutfeuersteins aus der Dunkelheit aufdämmerte, wollte sie sich auf sie stürzen, sie für immer stumm zu machen. Aber Aguilar, ihre Absicht erratend, riß sie zurück und hielt ihren Arm mit eisernem Griff:
»Entweihe dich nicht, Königin! Weil du ein frommes Werk unternahmst, half ich dir und will ich dir helfen. Und wenn du deine Hand nicht entheiligst, wird auch der Himmel dir helfen, die fromme Tat in einer der kommenden Nächte zu vollenden. Jetzt aber können wir nichts tun als entfliehen!«
Sie flohen zur Landungsstelle zurück. Blutfeuerstein folgte langsam dem Schwall ihrer verhallenden Schritte. Sobald sie aus dem Haus der Fledermäuse hinausgelangt war, wurde ihr Gang sicherer und geschwinder. Mit einem Stecken voraustastend, eilte sie über Kanalbrücken, an Tempeln und Kapellen vorbei, dem Palaste des Durch-Zauber-Verführenden zu.
Der Tecpan war erleuchtet, seine Bewohner waren wach, obgleich die heilige Trommel des Schlangenberges Mitternacht verkündet hatte. Verstört rannte die Dienerschaft hin und her, trug Bottiche aus einem Boot des benachbarten Kanals und füllte die Palastzisternen, weil die Wasserleitung nicht mehr speiste.
Der Durch-Zauber-Verführende, den Blutfeuerstein von der versuchten Bestattung des Zornigen Herrn benachrichtigen wollte, war abwesend. Er weilte noch im Huei-Tecpan, wohin er sich begeben hatte, dem wegen der Vernichtung des Aquäduktes völlig gebrochenen, niedergeschmetterten Herrn der Welt Mut zuzusprechen. Die Torhüter wußten indes nur, daß er gegen Abend durch einen Sklaven des Weiblichen Zwillings fortgerufen wurde und seitdem nicht zurückgekehrt war. Da sie der Blinden keine Auskunft darüber zu geben vermochten, wo er sich befand, bat sie, man möge ihre Ankunft der Königin Perlmuschel melden. Die Diener sahen sich verlegen an und sagten zögernd: die Königin von Tlacopan sei mit ihrem Gemahl in Streit geraten und habe, Weherufe ausstoßend, sich in ihr Zimmer eingeschlossen; seit vielen Stunden höre man sie in ihrem Zimmer laut weinen und jammern; doch selbst ihre treuesten Dienstfrauen erhielten nicht Zutritt zu ihr.
Dennoch ließ Blutfeuerstein sich nicht abweisen und bestand darauf,

daß man sie zur Kammer der Königin führe. Es geschah. Und nachdem sie durch die Tür gesagt hatte, daß sie die Blinde sei, wurde sie von Perlmuschel eingelassen.
Kaum war sie eingetreten, schloß Perlmuschel die Tür hinter ihr.
»Du kommst zu spät!« sagte Perlmuschel mit dumpfer, verweinter, gebrochener Stimme. »Wärst du einen Tag früher zurückgekommen – es wäre nicht geschehen ...«
»Was, o Königin? ... Was geschah? ...«
Perlmuschel gab keine Antwort.
»Warum verließest du diesen Palast? Hattest du es nicht gut hier? Habe ich es dir entgolten, daß du sein Herz mir stahlst? Balsam träufelte ich in deine Augen, als wären sie mein eigenes totes Herz. Und er! ... Jeden Wunsch erfüllte er dir. Wie verdiente er es, daß du ihn verließest?«
»O Königin, ich muß die Mörder erlauern und finden!« sagte Blutfeuerstein.
»Seitdem du entwichst, wurde er hart gegen mich. Er glaubt ja, daß ich dich vertrieb oder umbrachte ... Alle waren mir feind – das Volk, die Priester und meine Mutter. Nur er war mein Beschützer. Jetzt verteidigt auch er mich nicht mehr. Jetzt haßt auch er mich ... Als heute bekannt wurde, daß das Wasser von Chapultepec nicht mehr nach Tenuchtitlan fließt, warf er mir vor, daß die Göttin erzürnte. Böse Worte sprach er ... Was verborgen in ihm war, deckte er auf. Auch ihm graust vor dem weißen Kinde ... Als er fortgegangen war, tat ich dann, was ich tat ...«
»Was, o Königin? ... Was tatest du?«
Wieder gab Perlmuschel keine Antwort.
»Warum kehrtest du heim? Was wolltest du von ihm?«
Da berichtete Blutfeuerstein, was sie im Haus der Fledermäuse erlauscht hatte.
»Ich werde dich zu ihm führen!« sagte Perlmuschel. »Ich weiß, wo er ist. Er weilt im Tempel der Trauer. Auch ich muß dahin – zu ihm und zum Herabstoßenden Adler und zum Mexikaner-Priesterchen, die dort beisammen sind, die dort beten und knien vor dem Totenschädel aus Kristall ... Ich habe ein Geschenk für sie ... Doch erst muß ich mich anders kleiden!«
Sie kniete bei einer Truhe nieder und entnahm ihr eine Adlerrüstung, Pfeile, Bogen, Schild und Speer. Als sie die Waffen angelegt hatte, fragte die Blinde:
»Wie hast du dich gekleidet, Königin?«
»Als Adlermädchen!« sagte Perlmuschel. »Ich wurde wieder ein Adlermädchen! Der Wasserstrom des Schicksals schwemmt alles fort! ...«
Da schrie Blutfeuerstein angstvoll auf:
»Was hast du getan, o Königin?«
»Willst du es sehen?« fragte Perlmuschel. Und sie führte Blutfeuer-

stein an die Wiege und schlug die bunten seidigen Vorhänge auseinander.

»Ich bin blind!« sagte Blutfeuerstein. »Die Blindheit erspart mir die Qual des Schauens ... Der Fliegenschwarm, den ich surren höre, sagt mir ja, was du getan hast! Mögen der Himmel und die Erde mit dir sein, o Königin!«

Lange schluchzte Perlmuschel an der Brust der Blinden.

Schwestern im Leid, verließen die beiden Frauen gemeinsam den Palast und schritten durch das finstere Tenuchtitlan dem Huei-Tecpan zu, dessen Palastgarten den Tempel der Trauer umschloß. In einem Weihrauchbeutel trug Perlmuschel den Kopf ihres Kindes, um ihn neben dem großen Kristallschädel auf den schwarzen Altar niederzulegen.

VIERZEHNTES BUCH

Als die Götter alle Blumen auf der blauen Erdscheibe erschaffen hatten, wollten sie für die Gärten des Himmels die schönste der Blumen, die silberne Lilie, zauberlich bilden. Darum befahlen sie dem ohne Mutter erzeugten Kinde Quetzalcoatls, der Fledermaus, eine Träne der Göttin Xochiquetzal zu rauben.

Die Fledermaus flatterte bei nächtlicher Weile an das Lager der Xochiquetzal, stahl eine der Tränen – welche die Schlummernde aus Sehnsucht nach dem jungen Sonnengott vergoß – und trug den Raub hinauf in den Himmel.

Nun wurde die Träne – aller zarten Dinge zartestes – von den Himmlischen in eine Lilie verwandelt, und ihr wurde verliehen, daß sie niemals welken solle.

Doch aschgrau war die Lilie, war ohne Farbe, ohne Duft. Und die Stimme Mictlan-Tecutlis lachte aus der Totenwelt zum Himmel empor:

»Ohne mich könnt ihr das Schönste nicht formen!«

Da trug die Fledermaus die unscheinbare graue Lilie in die Steinmesserhöhle hinab, wo Mictlan-Tecutli sie mit dem Wasser des Totenflusses wusch, bis sie weißleuchtend und wundersüß duftend wurde.

Und der skelettköpfige Affe, der Diener des Todes, entließ die Silberlilie auf das Erdenrund, weil sie dem Himmel verloren war, seit sie ihre Unsterblichkeit hingegeben hatte für ihre Schönheit. Duftgewoben und düftereich schlug die Lilie Wurzel inmitten eines Schilfsees, während einer kurzen Blütezeit zauberhaft zu erstrahlen und zu verstrahlen, ein Kind anderer Welten, vergängliches, verwelkbares Eigentum Mictlan-Tecutlis.

Denn alles Herrlichste gehört der Totenwelt an, ist ausgeliehen von ihr für eine Spanne Zeit, muß hinabsinken zu ihr, unaufhaltbar ihr verfallen und, wie jegliche Träne der Liebesgöttin, dem ewigen Vergessen geweiht.

Stundenlang hatte der Herabstoßende Adler im Haus der Trauer vor dem kristallenen Totenschädel auf den Knien gelegen, ringend mit seinem Gewissen, hadernd mit seinen Göttern. Warum hatten sie es zugelassen, warum hatten sie es nicht verhindert, daß der Aquädukt zerstört wurde? Womit verdienten er und sein Volk diese Züchtigung? Was hatten die Azteken verbrochen, daß sie preisgegeben wurden, noch ehe der Kampf begann? Die Stadt inmitten des Salzsees war verloren ohne den Zufluß süßen Wassers ... Durfte er sich taub und blind stellen gegen die grauenvolle Wahrheit? Durfte er die eigene Hoffnungslosigkeit verheimlichen? Durfte er sein Volk in den Kampf führen, auf daß es hingeschlachtet werde ohne jegliche Aussicht auf Befreiung? ... Aber durfte er denn andererseits die Waffen niederlegen, nachdem er sie kaum erst erhoben hatte? Durfte er sich und seinem Volke die Schmach eines schimpflichen, ausrottenden Friedens aufbürden? Durfte er widerstandslos und würdelos Tenuchtitlan der Knechtschaft ausliefern, die schlimmer war als Untergang und Tod?

Er ermannte sich. Sein Gewissen hatte über seinen Kleinmut gesiegt, aber auch über die eigene Zaghaftigkeit. Sein Gewissen triumphierte über seine Gewissensnot. Eine finstere Heiterkeit erfüllte ihn, als er sich erhob und den kristallenen Totenschädel auf den fleischlosen Mund küßte – wie einer, der sich der Schattenwelt verpfändet. Für den Kampf bis zur Vernichtung, für glorreichen Untergang hatte er sich entschieden.

Königin Perlmuschel und ihre blinde Begleiterin trafen im Haus der Trauer die drei Könige nicht mehr an. Zu einer nächtlichen Sitzung war der Rat der Alten zusammengerufen worden und tagte bei flakkernder Fackelbeleuchtung im Drachensaal des Großen Palastes.

Mit grauen Hanfmänteln angetan, die ungekämmten Haare ohne Schmuckfedern und dick mit Asche bestreut, hockten die Großen des Reiches auf niedrigen Schemeln. Obgleich der Hohepriester noch nicht erschienen war, hatte Guatemoc die Sitzung eröffnen lassen. Hinter seinem mit Jaguarfellen bedeckten Silberthron ragten gleich steinernen Säulen zwei hünenhafte Beilträger empor. Vor ihm aber stand der Annalenschreiber Feuer-Juwel und wiederholte laut, was der Herr der Welt mit leiser Stimme (wie das Herkommen vorschrieb), kaum den Zunächstsitzenden vernehmlich, fast flüsternd vorbrachte. Den im Haus der Trauer gefaßten Entschluß verhehlte der Herabstoßende Adler, um ihn erst bekanntzugeben, wenn die Ratgeber der Krone sich geäußert hatten. Von der furchtbaren Wirklichkeit aber, die zu einer raschen Entscheidung drängte, verhehlte er und beschönigte er nichts. Die verzweifelte Lage schildernd, zählte er die aufständischen Provinzen, die abgefallenen Vasallen auf, beschrieb die von den Brigantinen drohende Gefahr, malte ein Bild von der Umschließung Tenuchtitlans, gab an, wie viele und welche Truppen Sandoval in Chalco und Iztapalapan, Olid und Alvarado in Tlacopan zur Verfügung standen. Durch Kundschafter, sagte er, sei festgestellt worden, daß Olid weiter südlich bis Coyoacan vordrin-

gen wolle, um die Umzingelung zu vollenden. Er erwähnte auch den Zwist im Christenheer, auf welchen die Mexikaner so große Hoffnung gesetzt hatten. Ein aufgedeckter Mordplan habe, nach Aussage der Kundschafter, die Stellung des Grünen Steines nur befestigt, seine Gegner eingeschüchtert; und nach der Hinrichtung des Königs Kriegsmaske sei bloß ein geringer Teil der Tlascalteken meuternd in die Heimat zurückgekehrt. Zum Schluß sprach er von der Wasserversorgung der belagerten Stadt. Der Bau des Aquädukts habe zwölf Jahre gewährt – den zerstörten wiederherzustellen, werde in Wochen und Monaten sich nicht bewerkstelligen lassen. Auf Kähnen müsse fortan das Trinkwasser nach Tenuchtitlan geschafft werden ...
Als Feuer-Juwel aufgehört hatte, des Königs Rede in den Saal zu schreien, wußte niemand, ob des Königs Wille Krieg, Waffenstillstand oder Friede sei.
Nichts als Tatsachen hatte er aufgezählt und mit seiner Meinung zurückgehalten.
Der älteste der Alten erhob sich und sagte:
»O ihr edlen Mexikaner, ihr habt gehört, ihr habt vernommen, was unser Herr, unser König geredet hat. Seine Worte waren wahr und ohne Lüge wie die goldenen Pfeile des Sonnengottes. Ein Körper, dessen große Halsader durchschnitten ist, ist ein sterbender Körper. Tenuchtitlan wird eine sterbende Stadt sein, wenn wir nicht Frieden schließen!«
Noch nie war das Wort Frieden über die Lippen eines Mexikaners gekommen. Guatemoc hatte ein Gemurmel des Unwillens, einen Schrei der Empörung erwartet. Doch im Saal blieb es leichenstill.
»Ihr edlen Mexikaner, ihr meine Oheime und Brüder«, sagte der Herabstoßende Adler, »habe ich schuld an unserem Unheil, an unserem Verderben? Hätte ich das Quellwasser Chapultepecs besser schützen können, als ich es tat? Richtet über euren König, und wenn er sich verging an Mexiko, so schenkt ihn Huitzilopochtli, dem Wundersamen! Wählt dann einen Besseren, Älteren, Erfahreneren an meiner Stelle, damit er Frieden schließe, den ich nicht beschließen kann!«
»O großer König, o Herabstoßender Adler!« rief der alte Würdenträger. »Sind das die Worte deines Mundes? Der Himmel und die Erde mögen sie nicht hören! Du tatest wahrlich deine Königspflicht! Von den Dächern unserer Häuser und Paläste schauten wir dem Kampf in Chapultepec zu. Deine Jaguare, Pumas und Adler starben nicht bei Octli-Gelagen in den Armen feiler Mädchen, sie starben beim Kriegsreigen auf dem Blumenfelde der Schlacht. Achtmal siegtet ihr, achtmal wurdet ihr zurückgetrieben und brachtet vier Gelbhaarige und viertausend Tlascalteken als Kriegssklaven heim. Diese Gefangenen laßt uns nicht opfern, sondern laßt uns sie schonen und aufsparen, um sie einzutauschen gegen den Frieden!«
»Nein!« rief Tlótli (der Sperber), der Vertreter der Handelsherren

von Tlatelolco. »Nein, Mexikaner, laßt uns die vier Gelbhaarigen und die viertausend Tlascalteken heute nacht opfern, unserer Wassergöttin Chalchiuhtlicue opfern, deren Gewand blaue Perlen sind! Denn sie ist es, die uns zürnt und uns das Trinkwasser raubt. Sie ist es, die dem Feind erlaubte, Tlatelolcos zweihundert Boote zu zerschmettern, und die – wenn wir sie nicht beschwichtigen – dem Feind vielleicht erlauben wird, noch mehr Boote Mexikos zu zerschmettern, so daß wir verhungern und verdursten müssen!«

»Ja, laßt uns die Opfersklaven heute nacht noch schlachten!« riefen die Jüngeren unter den Türkisgebürtigen und den Würdenträgern. »Wir wollen die Göttin mit Edelsteinwasser besänftigen!«

»Womit kränkte ich die Göttin?« fragte der Herabstoßende Adler. »Als mein Vater, König Molch, eine zweite Wasserleitung von Coyoacan nach Tenuchtitlan baute, widerriet ihm der kluge Tzotzoma. Und mein Vater sandte Mörder aus, die Tzotzoma erwürgten. Sowie der Bau beendet war, opferte mein Vater drei kleine Kinder und redete das Wasser an: ›Sei willkommen, Herrin!‹ Aber das Wasser war erbost über den Mord am weisen Tzotzoma. Darum ergoß es sich nicht wie ein Quell, sondern wie ein wütender Strom in den See. Und der See stieg, überschwemmte Tenuchtitlan und riß die Häuser der Reichen und der Armen nieder, auch den großen Palast meines Vaters. Durch eine niedere Tür flüchtend, stieß sich König Molch eine tödliche Wunde in die Stirn. Doch bevor er an der brandig gewordenen Wunde starb, ließ er sein Felsenbildnis meißeln mit den Gesichtszügen des Gottes Xipe Totec, Unseres Herrn des Geschundenen. Und bei der Einweihung des Bildes ging er im Mantel der sieben Rosenknospen, mit schweren Goldketten behängt, räucherte, köpfte Wachteln, und weinend bat er die Zypressen Tenuchtitlans um Verzeihung, daß er sie entwurzelt hatte. Und das Volk Mexikos bat er, ihm wegen seiner Jugend und Unerfahrenheit zu vergeben. Und das grimmige Wasser bat er, niederkniend und schluchzend, um Vergebung, daß er es erzürnt hatte durch den Mord am weisen Warner Tzotzoma... Damals hatte unsere Göttin Chalchiuhtlicue einen Grund, meinen Vater zu hassen. Welchen Frevel aber begingen wir, was tat ich, euer König, daß wir solche Strafe verdienten?«

Niemand wagte zu antworten außer Tlatelolcos Vertreter Tlótli: »Indem du fragst, o großer König, verleihst du uns die Kühnheit auszusprechen, was wir sonst verschweigen müßten. Wie König Molch, dein Vater, gewarnt wurde, so wurdest auch du gewarnt und du hast die Warnung nicht beachtet wie jener! Die Wassergöttin ist erbost, weil die Königin von Tlacopan den Hohen Rat belog, als sie uns erzählte, sie habe das weiße Kind im Pantitlanstrudel ertränkt. Versprochen ward das Kind der Göttin und ward ihr dennoch vorenthalten. Noch heute verpestet ja der Atem des weißen Kindes die heilige Luft Tenuchtitlans! Nicht nur Chalchiuhtlicue – auch Huitzilopochtli ward beleidigt, denn er verbot allen weißen Wesen den

Aufenthalt in seiner Stadt. Die Königin Perlmuschel aber trotzt den Priestern und den Göttern... und sie hat mächtige Beschützer!... Ein Verbrechen an unseren Göttern war der Vorschlag, den wir staunend und empört vorhin vernahmen: die vier weißen Opfersklaven zu schonen, sie aufzusparen, sie einzuwechseln gegen einen schlechten Frieden. Mit den Bewohnern des Himmels wollen wir Frieden schließen – aber niemals mit dem Todfeind! Die Erde Mexikos muß mit Blut begattet werden – dann wird die Gunst der Sterne uns wieder strahlen! Tilgen laßt uns unsere Schuld: sofort laßt uns zur Opferung der Tausende schreiten! Und auch der Wassergöttin wollen wir geben, was ihr gehört: das weiße Kind!«
Mit lauten Zurufen stimmte der Hohe Rat ihm bei. Die gedrückte Stimmung schlug in einen purpurnen Eifer um. Die Kriegspartei hatte die Oberhand gewonnen. Die Friedensfreunde waren verstummt.
Ohne überreden zu müssen, ohne das Gewicht seines Königswortes in die Waagschale zu werfen, sah der Herabstoßende Adler seinen Wunsch erfüllt: Mexiko wählte den Untergang, den glorreichen Tod...
Guatemocs düsterer Freude hierüber war ein Tropfen Galle beigemischt. Den Umschlag der Stimmung verdankte er der Rede eines Gegners, eines heimlichen Hassers; und erkauft war der Erfolg mit der Preisgabe der Königin von Tlacopan.
Bekümmert flüsterten mit ihm der Durch-Zauber-Verführende und Ohrring-Schlange. Er schüttelte abweisend den Kopf – er durfte nicht mehr die schützende Hand über die Freundin halten. Und selbst dem Durch-Zauber-Verführenden versagte der Mut, die Versammlung um Erbarmen mit der Mutter des fluchbeladenen Kindes anzuflehen...
Da trat der Hohepriester ein, begleitet von einer Schar schwarz geschminkter Opferer; und an der Hand führte er die als Adlermädchen gekleidete Königin von Tlacopan. Für eine Weile wurde es unheimlich still im Drachensaal.

Ungehindert gelangte Perlmuschel bis vor die drei Throne. Da brach der Sturm los. Der Rat der Alten tobte, beschimpfte sie, verwünschte sie, bedrohte sie:
»Gib uns das Kind heraus, Verräterin! Hüte dich, daß wir dich nicht schlachten mitsamt deinem Kinde!«
Und andere schrien:
»Packt sie, bindet sie, schleppt sie zur Opferblutschale!«
Regungslos und verloren lächelnd blickte Perlmuschel mit jammernden Augen die Schreier an. Sie trug ein Hemd, das mit großen Adlerfedern dicht benäht war, die Hemdärmel bestanden aus herabhängenden langen Adlerfedern, ihre Füße waren von riesigen holzgeschnitzten Adlerfängen verdeckt, ihr Helm stellte einen Adlerkopf

dar, aus dessen weit aufgerissenem Schnabel ihr Antlitz totenblaß hervorleuchtete.
Der Durch-Zauber-Verführende war emporgesprungen und hatte einem der wachehaltenden Beilträger die Prunkaxt entrissen. Er wollte sein Weib vor der Meute seiner Feinde schützen. Doch wie gelähmt durch ihren blutenden Blick ließ er bald die schon erhobene Axt müde niedersinken. Und Perlmuschel sprach mit fremder, gleichsam aus einer Ferne erklingender Stimme:
»Ihr wollt mir das Herz aus der Brust schneiden, o ihr edlen Mexikaner? Ich selbst schnitt mir den Edelstein heraus aus meinem Fleisch, ich selbst schnitt mit eigenen Händen mein zuckendes rauchendes Herz mir aus der Brust! Wißt ihr, wie das schmerzt, ihr Opferer? Wißt ihr, wie das weh tut, des Herzens beraubt sein und leben ... Haltet die Fackeln hierher und schaut es euch an, betrachtet es euch, das Greuel meines Selbstopfers! ... Ich, die Tochter des Herrn des Fastens, der euren Blutdienst verwarf und verabscheute, ward durch euch zur Schlächterin! ... Füttert, sättigt euren Gott mit meiner Qual!«
Sie griff in den Weihrauchbeutel und holte den Kopf ihres Kindes hervor. So abgestumpft, so gefühllos war sie durch das Übermaß von Pein geworden, daß sie das Haupt des Kindes an den Haaren packte und wie ein Schreckensbild dem Hohen Rat entgegenhielt. Wächsern schimmerte das schöne Kindergesicht im rötlichen Geflakker der Harzspäne. Rufe der Verwunderung und Bewunderung gellten durch den Saal.
»Die Mexikaner haben dir gegrollt, o Königin – nun werden sie dich verehren als Mutter des Volkes! Denn du hast Tenuchtitlan gerettet!« rief das Mexikaner-Priesterchen.
Perlmuschel schüttelte mit grimmem Lachen den Kopf:
»Können die Mexikaner mir den Blutfleck von den Händen waschen? Ich habe seit Stunden daran gerieben und gewaschen, doch die Hand blieb feuerrot! ... Ich will nicht von euch verehrt sein, o ihr edlen Mexikaner, ich will die Mutter des Volkes nicht heißen, ich will nicht mehr Königin sein! Das Adlerhemd zog ich an, weil ich die Nacht und das Vergessen suche!«
Sie legte den Kopf ihres Kindes vor Guatemocs Silberthron nieder. Sie ging der Tür zu – alle wichen scheu vor ihr auseinander – ihren Gatten, der ihr folgen wollte, bannte sie mit versteinten Augen. Allein verließ sie den Drachensaal und den Großen Palast, um unterzutauchen in Nacht und Vergessen.

Auf den Menschenwürgeplätzen von drei Pyramiden – dem Coatepec oder Schlangenberg Huitzilopochtlis, dem Uitznahuac oder Dornenorttempel Tezcatlipocas und dem Yopico-Tempel Xipe Totecs, Unseres Herrn des Geschundenen – wurden gleich nach der Sitzung des Rates der Alten die vier Kastilier und die viertausend Tlascalteken geschlachtet. Die drei Könige, je einer auf einer der drei Pyramiden, nahmen tätig teil an der nächtlichen Opferhandlung, in weiße Schlächtergewänder gehüllt, mit weißen Hauben auf den Köpfen wie die Oberpriester, bis ihnen schwindlig ward vom genossenen Edelsteinwasser, bis ihre Hände erlahmten von der blutigen Arbeit...

Als die viertausendundvier Herzen auf den Altären lagen, schritt der Herabstoßende Adler an der Spitze einer Kienfackeln tragenden Prozession durch den Stadtteil Teopan bis ans Seeufer. Und er streute Körbe voll Mondblumen, Feuerreiherblumen, Wasserlilien, Totenbeinblumen und Caliandrablüten in den Schilfsee, so daß der Wasserspiegel im Umkreis einem Blumenfelde glich. Und schließlich warf er den Kopf des weißen Kindes den Blumen nach. Eine Weile schwebte der Kopf, vom Nachtwinde geschaukelt, mattgelb auf dem lilienweißen Kelche einer Seerose; dann schwand er mit ihr in die Tiefe, und bald darauf stieg sie ohne ihn wieder an die Oberfläche empor.

Glückstrahlenden Angesichts redete der Herr der Welt das Wasser an:

»O Herrin! Du hast unser Geschenk empfangen, du hast es gnädig angenommen, du hast es behalten!«

Maske war das Gestrahl auf seinem Antlitz.

Er wußte es ja, daß der Blaue Planet – Quetzalcoatl – seinen Speer auf die wunderschöne, in ein Gewand aus Nephritperlen gekleidete Göttin geschleudert hatte. Sie, Mexikos mächtigste Beschützerin, schlief auf dem Boden des Sees, und ihre grüne Edelsteinschale war entzweigesplittert.

Er wußte es. Aber die Mexikaner durften es nicht wissen.

Der goldene Morgen erglomm bei Guatemocs Rückkehr in den Huei-Tecpan. Der Durch-Zauber-Verführende und Blutfeuerstein erwarteten ihn dort. Die Blinde war nicht wie Königin Perlmuschel vor den Großen Rat gelassen worden, erst nach der Opferung der Tausende hatte sie dem Durch-Zauber-Verführenden mitteilen können, daß ein Versuch gemacht worden sei, Montezuma zu beerdigen. Jetzt erfuhr es auch der Herabstoßende Adler.

»Ein Geheimnis ist es und muß ein Geheimnis bleiben!« sagte Guatemoc. »Die Tat der Königin Perlmuschel hat den Mexikanern Mut und Zuversicht zurückgegeben. Wäre aber dieses heute nacht bekanntgeworden – nimmermehr hätte ich die Verzweiflung des Volkes bannen können.«

»Du mußt das Verbot der Bestattung erneuern, wieder die Todesstrafe androhen!« riet der König von Tlacopan.

»Nein. Das könnte Neugierige ins Haus der Fledermäuse führen, welches sonst kein Mensch betritt – was wir geheimhalten wollten, könnte dadurch bekannt werden. Auch vermag ich das Rätsel nicht zu lösen, wer die Bestattung unternahm ...«

»Denkst du – an die Blume deines Herzens . . .?«
»Sie ist fern, eine Gefangene bei den Söhnen der Sonne . . . Wäre sie frei, sie wäre zuerst zu mir gekommen . . . Wir wollen den Ort streng bewachen lassen, auch die Gräberinsel Copalco, wohin sich die Toten ein Boot erbitten . . .«

Zwei Tage nach Olids und Alvarados Zweikampf erhielten die beiden Oberfeldherren Briefe von Cortez, worin er sie beschwor, des heiligen Kreuzfahrerzieles wegen ihren Zwist beizulegen. Auch an Andrés de Tapia und Alvarez Pineda langten Schreiben an: Cortez bat sie, Vermittler zu sein und zu verhüten, daß durch Haß, Rauflust und Eigensinn der Führer das große Unternehmen gefährdet werde.
Es kam zu einer – wenn auch nur äußerlichen – Versöhnung. Olid, wundfiebernd ans Krankenbett gefesselt und wie immer unberechenbar, zeigte plötzlich ein großzügiges Entgegenkommen: er stellte sein Heer unter den Oberbefehl Alvarados, damit dieser in der Lage sei, sich des Dammwegs von Tlacopan (oder Tepeyacac) zu bemächtigen.
Aber vor Olids Freundlichkeit hätte Alvarado auf der Hut sein sollen. Die Verdoppelung seiner Truppe war von wenig Nutzen beim Angriff auf die schmale Dammstraße, deren weißes Kalksteingeländer noch die Kugelspuren der Nacht der Schrecken aufwies. Wie damals waren auch jetzt die Holzbrücken von den Dammdurchstichen entfernt. Wie damals kämpften die Azteken zu Land und zu Wasser, gleich Bibern oder Fischottern sprangen sie in die Fluten, sobald die Bomben der Kartaunen den Damm bestrichen, tauchten unter, spannten unter den Wellen ihre Bogen und erkletterten die Böschung, wenn sie durch die Leiber der Feinde vor Geschossen gedeckt waren. Biber und Fischottern, zweileibige Wesen, waren die Bewohner der Wasserstadt und Anahuacs – des Wassergaues; und erbitterter fochten sie denn je, voll Zuversicht auf den Beistand der Wassergöttin, seitdem sie den Kopf des weißen Kindes entgegengenommen hatte.
»Schurken!« riefen sie den Christen zu. »Kommt alle auf den Damm, damit wir unseren Schlangen und Pumas euer Fleisch zu fressen geben! – Schon haben wir sie gefüttert mit eurem Fleisch!«
Aufgeschichtete Balken versperrten an vielen Stellen den Weg; sie wurden beseitigt. Bis zum ersten Dammdurchstich drangen die Kastilier vor, vermochten aber, durch herannahende Boote gehindert, sich dort so lange nicht zu halten, bis eine Brücke geschlagen war. Mehrmals erreichten sie den Dammdurchstich, und jedesmal mußten sie wieder zurückweichen.
Vier Tage währten die ergebnislosen Kämpfe. Der großen Verluste wegen sah Alvarado sich schließlich gezwungen, die Erstürmung aufzugeben. Solange die indianische Flotte durch die Brigantinen nicht in Schach gehalten oder zerstört war, war ein Vordringen hier nicht möglich.

Die Schlappe nahm Olid zum Anlaß, sich von neuem mit Alvarado zu überwerfen. Wäre er gesund gewesen – behauptete er –, ihm wäre mit *einem* Heer gelungen, was Alvarado mit zwei Heeren mißlang. Der Unfähigkeit Alvarados sei der Mißerfolg zuzuschreiben. Entrüstet und verärgert (obgleich im Grunde zufrieden damit, daß der andere sich keine Lorbeeren gepflückt hatte) zog Olid sofort mit seinem Heer nach Süden und setzte sich in der südwestlich von Tenuchtitlan gelegenen Pfahlstadt Coyoacan fest.
Am 18. Mai des Jahres 1521 – eine Woche nach dem Aufbruch der drei Heere – verließen bei Morgendämmerung die dreizehn Brigantinen den Hafen von Tezcuco. Die Umzingelung Tenuchtitlans war vollendet: von Chalco aus beherrschte Alonso de Ojeda mit den ihm unterstellten Hilfsvölkern die Süßwasserseen von Chalco und Xochimilco sowie die südöstliche Küste der Salzlagune; Luis Marín, der in Tezcuco zurückgeblieben war, bewachte die nordöstliche, Alvarado die nordwestliche Küste; Olid in Coyoacan und Sandoval in Iztapalapan hielten Wacht an den südwestlichen und den südlichen Salzlagunenufern. Erst jetzt durfte Cortez wagen, an die Ausführung seiner ersten und wichtigsten Aufgabe zu gehen: wie Eulen die kleinen Vögel, so sollten die großen Schiffe die indianischen Einbäume anlocken und ins Verderben locken; und wenn dies geschehen, wollte er Olid in Coyoacan beistehen, sich des Dammweges zu bemächtigen. Von Glück begünstigt, erreichte er sein Ziel leichter und schneller, als er selbst gehofft hatte.
Sein Glück war es, daß nach einer kurzatmigen Morgenbrise eine plötzliche Windstille eintrat. Der windstille Tag war vom Herabstoßenden Adler – und hernach auch von der Priesterschaft – den Mexikanern als der Tag der Vernichtung der Wasserhäuser angekündigt worden. Fünftausend gutbemannte Boote lauerten darauf, die Brigantinen zu überfallen.
Die Segel vom Morgenwind gebläht, hatten die Brigantinen die Mitte des Sees bereits erreicht, als die Sonne über die Kordilleren stieg. Sie waren am steinernen Wehr entlanggefahren, das – nach der durch König Molchs unheilvolle Quelleitung verursachten Überschwemmung – zwischen Tenuchtitlan und Tezcuco errichtet worden war. Von diesem Wehr hatten schon vor längerer Zeit die Steinmetzen der Schwarzen Blume große Teile niedergerissen, so daß nicht mehr bloß an der südlichen Wehröffnung eine Durchfahrt möglich war. Als die Brigantinen in den offenen See hineinglitten, flaute der Wind ab. Doch jedes der Schiffe hatte zwölf Ruderer an Bord und konnte sich, wenn auch langsam, fortbewegen.
Das Geschwader kam an einer Felseninsel vorbei, deren Spitze von einem befestigten Schloß, einem Ayaocalli (»Wasserkriegshaus«), gekrönt war. Auf dem flachen Dache des kleinen Tecpans entzündeten soeben aztekische Männer und Frauen ein Feuer – offenbar ein Signal für das fern schimmernde, in bläulichen Morgendunst getauchte

Tenuchtitlan. Im Begriff, eine Seeschlacht zu liefern, mochte Cortez eine mit Schießscharten versehene Befestigung in seinem Rücken nicht dulden, um so weniger, als von ihr aus der Gegner durch Flammenzeichen verständigt wurde. Darum ließ er Pedro Barba, Antonio de Carajaval und die Schwarze Blume mit hundert Mann landen, welche nach kurzem, heftigem Kampf die starke Besatzung der Wasserburg niedermachten und nur die Frauen und Kinder verschonten. Fünfundzwanzig schwerverwundete Kastilier mußten auf ihre Schiffe getragen werden.
Als alle Ausgeschifften sich wieder an Bord befanden, war der letzte leise Windhauch geschwunden, kein Wimpel regte sich mehr. Die Kastilier verwünschten die unzeitige Windstille: »Nun sind wir wie Fische, denen man die Flossen beschnitten hat!...« rief Martín Gutiérrez aus, krebsrot vor Wut. Denn schon wurde die mexikanische Bootsflotte sichtbar. Die Feuersignale waren vor mehr als einer Stunde in Tenuchtitlan erblickt worden und hatten die Stadt in einen Freudentaumel versetzt: endlich gingen die Gelbhaarigen in die ihnen bereitete Falle! Fünftausend mit Schildträgern gefüllte Boote ruderten den großen Wasserhäusern entgegen.
Im Süden der zerstörten kleinen Wasserburg befand sich eine Untiefe. Und es war des Herabstoßenden Adlers Plan, die Brigantinen dorthin zu treiben, so daß sie auflaufen mußten. Der Zufall wollte es, daß Cortez, der von jener Untiefe nichts ahnte, seinem Geschwader befahl, rudernd dem Ansturm der Einbäume nach Süden auszuweichen – er wollte, die Wasserburg umschiffend, plötzlich im Norden auftauchen und dem Feind in die Seite fahren. Zu seinem und der Seinen Heil bewegten sich die Brigantinen überaus schwerfällig und langsam. Die Siegeszuversicht der Mexikaner stieg ins Unermeßliche: sie glaubten, die Christen hätten vor ihnen die Flucht ergriffen, und jubelnd gewahrten sie, daß die Schiffe sich südwärts wandten. Die Untiefe war jedoch noch nicht erreicht, als sich ein heftiger Wind erhob: Quetzalcoatl, der Gott des Windes, begünstigte die Söhne der Sonne! Sofort widerrief Cortez seinen Befehl, ließ die Brigantinen wenden und mit geblähten Segeln auf die Mitte der aztekischen Flotte zuhalten, um sie rammend zu überrennen.
Wie Lapislazuli leuchtete der tiefblaue See. Dann wurde er schwarz von Booten. Und dann – eine halbe Stunde später – spritzten rote, blutgefärbte Wellen zu den haushohen Steven der Brigantinen empor. Wie Pflüge schnitten die Kiele in die von Leichen beschwerten Purpurwogen. Nur ein geringer Teil der aztekischen Flotte konnte – flüchtend und verfolgt – Schutz finden in den engen Kanälen Tenuchtitlans.

Der von Coyoacan nach Tenuchtitlan führende Steindamm traf mit dem Damm von Itztapalapan – etwa eine halbe Meile vor dem Stadttor und unfern des letzten Dammdurchstiches, der Brücke Xoluco –

an einem, Acachinanco genannten, der Wasserstadt vorgelagerten und mit hohen Wehrtürmen versehenen Bollwerk zusammen. Durch je eins der zwei südlichen Festungstore eintretend, verschmolzen die beiden Dammwege innerhalb des Bollwerkes und verließen es als einer durch das eine, Tenuchtitlan gegenüberliegende Tor. Einst hatte die erste Begegnung zwischen Montezuma und Cortez hier stattgefunden.

Das siegreiche Geschwader ankerte vor der Brücke Xoluco. Die Mexikaner hatten einen Angriff an dieser Stelle nicht erwartet, wohl auch nicht für denkbar gehalten: daher war der Damm hier überhaupt nicht bewacht. Ohne Widerstand zu finden, landeten die Christen; und in Ruhe konnten die Artilleristen Alonso de Mesa, Juan Catalán und der Levantefahrer Arbenga die kupfernen Kanonen, die Feldschlangen und das Pulver ausbooten. Dann stellte sich Cortez an die Spitze seiner Truppe neben den Fahnenträger Corral und stürmte das Bollwerk Acachinanco. Der aus hundert Mann bestehenden Besatzung kamen – zu spät benachrichtigt und noch verwirrt von der Niederlage der Flotte – die Azteken, aus dem Stadttor herausstürmend, zu Hilfe, vermochten jedoch ohne Boote das Schicksal der Festung nicht mehr zu wenden. Gegen Abend wurde die Kreuzfahne auf den Türmen des Bollwerkes gehißt. Die zurückweichenden Azteken verfolgte die Schwarze Blume bis ans Stadttor. Doch Cortez wollte in Tenuchtitlan noch nicht eindringen und ließ zum Rückzug blasen.

Als die Nacht einbrach, sandte er Alonso de Mesa und die Artilleristen nach Iztapalapan und lieh sich von Sandoval Pulver aus. Durch die Unvorsichtigkeit des Feuerwerkers Bartolomé de Usagre war die Munition bei der Brücke Xoluco in die Luft geflogen.

Von diesem Mißgeschick abgesehen, konnte Cortez mit den Erfolgen des ersten Kampftages zufrieden sein. In den Kanälen Tenuchtitlans und rings auf der Lagune schwammen zwar fünfzigtausend Kanoes, die meisten jedoch waren sogenannte Tiamicacalli, »Marktboote«, zum Verfrachten von Waren erbaute, ungelenke, flache Nachen. Von den schwarz und blau gestreiften Kriegsbooten mit den blauen Rudern hatten die schnellsten und besten an der Seeschlacht teilgenommen, und nur Trümmer von ihnen schaukelten jetzt auf den Wellen. Mochten auch die Bootsbauer neue Kampfkanoes zimmern – das erforderte viel Zeit, und den Belagerten konnte der Erfolg kaum mehr zustatten kommen. Durch die Seeschlacht waren die Mexikaner grausam belehrt worden, daß die Seeungeheuer, die Brigantinen, zu bekämpfen aussichtslos war. Und so gelähmt und erschüttert hatte sie der Verlust ihrer Flotte, daß sie an die Verteidigung des Bollwerks Acachinanco erst dachten, als es sich nicht mehr retten ließ.

Eine halbe Meile vor Tenuchtitlans Tor, am Treffpunkt zweier Dammwege, hatte Cortez sich festgesetzt. Dem Eingreifen höherer Mächte glaubte er dieses glückhafte Gelingen zuschreiben zu müssen, so überraschend schien es ihm selbst. Seine Absicht war gewesen, nach der Seeschlacht seine Truppen mit dem Heere Olids zu vereinigen und das Hauptquartier in Coyoacan zu errichten. Jetzt entschloß er sich, in der Festung Acachinanco zu bleiben und von hier aus die Belagerung zu leiten.

Die folgenden Tage hatten die Christen wütende Gegenstöße abzuwehren. Den Azteken war es zum Bewußtsein gekommen, daß der Verlust von Acachinanco den Verlust des Südtores sowie der Stadtteile Teopan und Moyotla bald nach sich ziehen mußte, und nun wollten sie – koste es, was es wolle – das Bollwerk zurückhaben. Sie griffen gleichzeitig Sandoval in Iztapalapan und Olid in Coyoacan an, in der Hoffnung, Cortez vom Festland abschnüren zu können. Wie sehr sie sich auch vergeudeten, erreichten sie doch nichts gegen Cortez, der im Schutz der Brigantinen kämpfte und die Feste zur uneinnehmbaren Festung ausbaute: aber Sandoval und Olid hatten große Mühe, die besetzten Brückenköpfe zu halten, da in Iztapalapan sowohl wie in Coyoacan die Lagune von bemannten Ruderkähnen wimmelte, deren Pfeilregen sich mit Feuerwaffen nicht bannen ließ. Sandoval war schließlich gezwungen, sich in die oberen amphitheatralisch auf einem Hügel gelegenen Stadtteile Iztapalapans zurückzuziehen, während er die untere Stadt – soweit sie nicht beim ersten Rekognoszierungszug durch die Feuersbrunst und den Dammbruch zerstört war – den Azteken überlassen mußte: ohne eigene Flotte konnte er sich in den Kanälen der weit in die Lagune hinausragenden Stadt auf die Dauer nicht halten. Olid saß zwar fest in Coyoacan, kam aber auf der Dammstraße nicht vorwärts und hatte so große Verluste, daß er genötigt war, Cortez um Hilfe anzugehen. Nicht besser erging es Alvarado in Tlacopan: dort war jetzt der Damm bis zur ersten Dammlücke in den Händen der Christen und war rasenden Überfällen ausgesetzt. Gegen ihre Gewohnheit kämpften die Mexikaner auch bei Nacht – die Kastilier kamen nicht aus den Kleidern. Sie siegten immerwährend, doch vergebens, da ohne Unterbrechung mit jeder geglückten Abwehr eine neue Abwehr begann und die Brücke über den Dammdurchstich doch nicht geschlagen werden konnte. Der Erfolg war wie eingefroren.
Darum nahm am dritten Kampftage Cortez eine Teilung seines Geschwaders vor. Zwei Brigantinen erhielt Sandoval, vier Alvarado, vier Olid und drei Brigantinen blieben bei der Brücke Xoluco. Damit war das Schicksal der drei Dämme entschieden. Nachdem nunmehr in Iztapalapan Sandoval sich mit Hilfe der Brigantinen der unteren Stadt und der Dammstraße bemächtigt hatte, begab er sich mit der Hälfte seines Heeres auf Cortez' Wunsch, am Westufer der Lagune entlangziehend, über Coyoacan – wo er fünfzig seiner Pikeniere Olid überließ – nach Tlacopan zu Alvarado und ermöglichte es diesem, alle Hindernisse des Dammes von Tepeyacac zu überwinden

und bis an das nördliche Tor von Tenuchtitlan vorzurücken. Inzwischen war Olid durch seine vier Brigantinen in den Stand gesetzt worden, sein Heer mit der Truppe des Cortez zu vereinigen.
Jetzt fühlte sich Cortez stark genug, in den Südteil von Moyotla Bresche zu legen. Am Morgen des vierten Kampftages, nachdem Pater Olmedo – vor Himmel und Wasser und Heer – eine ergreifende Messe gelesen hatte, erstürmten Cortez, Olid und die Schwarze Blume das letzte Stück der Dammstraße, das Südtor und das dichtbei befindliche Haus der Speere, das Arsenal Tenuchtitlans. Dann trennten sie sich: Cortez – mit der Schwarzen Blume an der Seite – suchte, auf der breitesten Verkehrsader der Stadt, der Straße der blauen Erdscheibe, vorrückend, die Schlangenbergpyramide zu erreichen, weil dort das Herz Mexikos pulsierte; seine Kastilier folgten ihm freudig, fand doch die neuerdings aufgetauchte Legende unter ihnen Glauben: die Kalkverkleidung des Sanktuars sei mit Goldstaub und Goldkörnern gemischt, so daß eine Handvoll Kalk, durch ein Goldsieb geschüttet, Feingold im Werte eines Dukaten ergebe... Olid aber wandte sich gegen das westliche Moyotla – sein Ziel waren der Palast des Königs Wassergesicht und der Huei-Tecpan mit dem dort vermuteten Goldschatz des Herabstoßenden Adlers.
Um in Verbindung mit der Festung Acachinanco zu bleiben, hatte Cortez die indianischen Bundesgenossen dazu angestellt, sämtliche Durchstiche des Iztapalapandammes mit Steinen aufzufüllen bis zur Höhe der Dammstraße. In verhältnismäßig kurzer Zeit führten die Hilfstruppen den schwierigen Auftrag aus, ebneten den Weg und machten ihn fahrbar für Pferde und Geschütze. Am späten Nachmittag rollten die Kartaunen und Feldschlangen durch das eroberte Südtor und nahmen Stellung in der von zwei schmalen Kanälen eingefaßten, eine Fortsetzung des Iztapalapandammes bildenden Straße der blauen Erdscheibe. Dort waren die Kastilier bis zu einem die Straße querenden großen Kanal vorgedrungen, dessen Brücke entfernt und dessen jenseitiges Ufer von einem eben erst aufgemauerten Steinwall geschützt war. Hinter dem Steinwall, den Musketenkugeln fast unerreichbar, schossen die Azteken aus den Schießscharten Pfeile und Speere, hinderten stundenlang Cortez, den Kanal zu überschreiten. Dieser Hemmung machten Alonso de Mesa, Catalán und Arbenga ein Ende – ihre Kartaunen rissen den Steinwall nieder. Und während die Kastilier den Kanal überbrückten und vorwärts stürmten, verrichteten die Krieger der Schwarzen Blume das erste Verwüstungswerk. Weil herab von den Tlapantli oder Dachterrassen auf die Christen geschossen wurde, zerstörten die Acolhuaken Haus für Haus zu beiden Seiten der Hauptstraße. Viele der reichsten und schönsten Gebäude Tenuchtitlans wurden in Trümmer gelegt.

Inzwischen hatte Olid im westlichen Teil des Stadtviertels Moyotla als Mordbrenner gehaust. Nach hartnäckigen Kämpfen war er bis an den Tecpan des Königs Wassergesicht – das einstige Quartier der weißen Götter – herangekommen. Als er sich schließlich den Eintritt erzwang, fand er im unterirdischen Schatzhause das erhoffte Gold nicht vor. Zwar war der von Perlenfischern nach der Nacht der Schrecken aus der Seetiefe heraufgeholte Schatz Montezumas in die königlichen Schatzkammern zurückgetragen worden – aber Ohrring-Schlange und der Durch-Zauber-Verführende, denen die Verteidigung der beiden Königspaläste anvertraut war, hatten Zeit gefunden, als sie nach verzweifeltem Widerstand von Gasse zu Gasse vor den Feuerwaffen zurückweichen mußten, sowohl alle im Palast des Königs Wassergesicht wie ebenfalls die im Huei-Tecpan aufbewahrten Kostbarkeiten, Juwelen und Goldbarren an die nördlichste Spitze Tenuchtitlans in den einstigen Palast der Könige von Tlatelolco, den später Montezumas vom Tode auferstandene Schwester Prinzessin Papan bewohnte, schaffen zu lassen. Wütend über die ihnen bereitete Enttäuschung, setzten Olids Soldaten den Palast des Königs Wassergesicht in Brand.

Von dort zog Olid vor den Huei-Tecpan. Den Widerstand, den die Könige von Tlacopan und Tezcuco ihm dort entgegensetzten, konnte er erst nach langwierigem Gefechte brechen. Es war Nacht geworden, als er in den Großen Palast einzog. Auch hier ließ er das Gebäude seine Enttäuschung über die entgangene Beute büßen. Von festgenommenen Haus-Erleuchtern in den Raum geführt, wo die Fackeln aufbewahrt wurden, bewaffnete er sich und seine Soldaten mit lodernden Harzlichtern. Dann rasten sie, eine Horde von staub- und blutbedeckten Dämonen, durch die nachtfinsteren Prunksäle, entzündeten die Wandteppiche aus Federwerk, die geschnitzten Wandtäfelungen, die Perlenvorhänge der Türen, Thronhimmel und Betthimmel, das Zederngebälk der Saaldecken und die über die Höfe gespannten buntgewirkten Zeltdächer. Am schnellsten verwandelte sich das Amoxcalli – die Bibliothek mit ihren Schätzen aus Agavepapier – in eine wütend hüpfende Lohe. Bald bedurfte das Feuer keiner Feuerung mehr, es suchte sich selbst seinen Weg, gleichsam ein aus dem Bett getretener Flammenstrom, drang es überall hin, in Höhen und Tiefen, brandete an den steinernen Palasttürmen empor, flutete in die unterirdischen Räume, die bis vor kurzem den Goldhort Mexikos geborgen hatten. Das Hauptgebäude mit den Seitenflügeln, das Haus der Vierhundert Frauen, das schöne Ballspielhaus, wo Montezuma mit dem Herrn des Fastens um die drei Truthähne gespielt hatte, das schwarze Haus der Trauer und alle Nebengebäude und Pavillons wurden ein einziger Brandherd, umtobt von einer tanzenden Feuerwindhose.

Als das kleine Haus der Trauer in sich zusammenstürzte, verschonten wunderbar die fallenden Mauern den in ihrer Mitte stehenden Steinaltar, und unversehrt ragte der kristallene Totenschädel über die Trümmer hinaus, Myriaden von daseinslustigen, hüpfenden

Feuerschmetterlingen in seinen wasserklaren Tiefen widerspiegelnd, nachdenksam und gefühllos grinsend – der Tod, der allein dem Tode entging.

Die Christen mußten vor der Wut des Elementes, das sie gerufen hatten, weichen. Die Hitze im Palastgebäude wurde unerträglich. Von den Türmen sprang ein knisternder Funkenregen hinab auf das Blätterdach der Palmen und Ceibabäume, auf die Rosenbäume, Azaleen und Opuntien. Die langsamen Faultiere, die nicht wie die Papageien und Rollschwanzaffen hatten fliehen können, stürzten brennend aus dem Baumgeäst. Die tausendjährigen Zypressen Montezumas erflackerten wie riesenhafte Kerzen. Die Silberlilien und alle einzigartigen Blumen Montezumas brannten. Der rote Blütenbaum von Yuquane ward Kohle und Asche. Das Wildfeuer in den Prachtsälen des Hauptgebäudes lechzte nach frischer Luft und sprengte daher das Gemäuer, das krachend zusammenbrach. Da wurde eine Reihe von sechzehn steinernen Säulen sichtbar, die, großen Rubinen ähnlich, die Glut überglühten ...
Ein neues Feld der Tätigkeit bot sich der Zerstörung des Feuers und der Menschen dar in dem an den Palastgarten sich anschließenden, einst von Montezuma prachtvoll angelegten Tierpark. Dort gab es turmartige und erzvergitterte Zwinger für Raubtiere – Pumas, Luchse, Jaguare, Bären –, Käfige für Katzenfrette, Coçatli-Wiesel, Baumstachelschweine, Füchse; für Vampire, Hufeisennasen, Plattnasen und andere, Quimichpatlan genannte, Blumennektar saugende Fledermäuse. Eingepfercht in Hürden waren Präriewölfe, Stinktiere, Ameisenbären, Rotwild, Kaninchen und auch jener junge Büffel, den Tangaxoan, der König von Michuacan, dem Behandschuhten als Geschenk für Guatemoc mitgegeben hatte. Ferner gab es dort eingezäunte Wasserbecken für Seelöwen und für drachenlange Alligatoren; in morastigen Schmutztümpeln wälzten sich Tapire und Nabelschweine. Eines der Häuser war ein Terrarium, wo jederart schädliche und unschädliche Schlangen gesondert in Käfigen lebten und ebenso kleine und große Iguaniden: Teque oder mexikanische Singeidechsen, große Kammeidechsen, Felsen- und Baumeidechsen, grüne Leguane, schwarze Leguane, giftige Krustenechsen; außerdem Wabenkröten, Beutelfrösche, milchweiße augenlose Kolbenmolche – deren Weibchen menstruiert wie ein menschliches Weib – und allerhand Schlammschildkröten, Seeschildkröten und Landschildkröten. In einem anderen Hause schwammen in unzähligen Wasserbehältern alle See- und Flußfische Mittelamerikas, Seesterne, Polypen und Muscheln. An Farbenseligkeit wetteiferten sie mit den stummen Bewohnern eines Schmetterlingshauses und den in drei geräumigen Vogelhäusern nistenden Schwirrvögeln, Kolibris und Honigsaugern, langgeschweiften goldgrünen Quetzalen, Türkisvögeln, Buschreihern, Blauraben und Tangaren.

Die Steinmetzen, Gärtner und Wärter Montezumas hatten in jahrzehntelangem Mühen ein Tierparadies geschaffen; die Mordbrenner Olids schufen in wenigen Augenblicken eine Tierhölle. Gräßlich wie die Flammenqual von Menschen ist die von Tieren – sie ist vielleicht noch gräßlicher, weil dem Tier das Gebet fehlt oder das Ehrgefühl, welches Schmerz zur Schmerzenswollust sublimieren kann; weil das Tier niemals ein Märtyrer oder ein bewußter Selbstzerstörer oder ein heiliger Selbstopferer sein kann. Der Trost mancher Qual, sei es Buße, sei es Flammenläuterung zu sein, ist der stummen Kreatur versagt – um so furchtbarer ist die Anklage gegen Gott, der sich selbst so sinnloses Leiden auferlegt. (Wozu? Um sich selbst zu läutern? ...)

»Die Fische schrien«, heißt es in einem alten Liede vom Jüngsten Gericht ...

In Tenuchtitlan schrien die Fische und Schlangen und Schmetterlinge nicht – sowenig wie die Bäume und Blumen und Steine verlodernd schrien. Doch ihre stumme Anklage stieg zum Himmel so gellend wie die der brüllenden Tiere. Auch diese hatten ja nur blöde Schreie, aber keine Sprache, Flüche oder Gebete emporzusenden. Und Menschen waren es, Olid und seine Soldaten, die gleich den mit Zangen und Haken bewehrten Teufeln in Dantes Hölle die Feuerbecken der Tierhölle schürten.

Nicht alle Tiere kamen in den Flammen um. Der junge Büffel zerbrach, toll vor Schrecken, die Balken seiner Umzäunung, rannte gegen ein Zwinggitter, das zerschellte, und trat stampfend mehrere Hürden nieder. Die dadurch befreiten Tiere – Puma, Ameisenbär, Kaninchen, Luchs, zwei Hirsche – folgten ihm wie eine zahme Herde, ohne einander anzufallen. Sie erreichten einen vom Brand noch verschonten Teil des Gartens, zerrissen und zerstampften mehrere ihnen in den Weg kommende Kastilier, gewannen einen Ausgang am Lagunenufer und trotteten gemächlich durch die Gassen von Tenuchtitlan.

An der Spitze der Tierprozession trabte hochfeierlich der Bison, mit grau vertrockneter Schlammkruste an den zottigen Kruppen- und Flankenhaaren, einem Gott der Finsternis ähnlich, den schwarzbärtigen, mähnigen Riesenkopf niedergesenkt, das Weiße und die böse funkelnden Gazellenaugen von grellrotem Geäder geschwellt ...

Alle Bewohnerinnen des Hauses der Vierhundert Frauen, die alten und die jungen Prinzessinnen, die Königin Silber-Reiher mit ihrem Gefolge und auch die von ihr gefangengehaltene alte Mutter des Spinners hatte König Ohrring-Schlange aus dem Heui-Tecpan wegführen lassen, lange bevor Olid eindrang. Sie waren mit etlichen Habseligkeiten, Edelsteinkasten, zahmen Affen und Papageien in einem Yacacalco genannten Gebäude, einer Erziehungsanstalt für adlige Mädchen, untergebracht. Dieses Bauwerk stand unweit des

südlichen Tores des Schlangenbergtempels in einem verborgenen, der großen Straße der blauen Erdscheibe parallel laufenden Gäßchen.
Die Straße der blauen Erdscheibe war die Verlängerung des Dammes von Iztapalapan; unterbrochen durch das große Gelände des Schlangenberges, setzte sie sich jenseits des Tempels fort und endete als Damm von Tlacopan (oder Tepeyacac). Die von Cortez befehligte Heeresabteilung war – nach Überschreitung des Kanals – bis in die Nähe des Schlangenberges gelangt, ihr Vorrücken wurde aber dann von neuem gehemmt, trotz der aufgefahrenen Kanonen. Diese hatten einen Wall von Steinen niederreißen können, waren aber machtlos gegen einen Wall von Aztekenleichen, den jeder ihrer Schüsse vergrößerte. Und der Wall lebender Leiber war noch schwerer zu überwinden. Oft in Nachtfinsternis getaucht, oft umpurpurt vom Flackerschein der brennenden Paläste, glichen die Heerscharen einem Geisterheer, das unermüdlich auf nächtlichem Schlachtfelde den Kampf der Lebenden fortsetzt, durch Zaubersprüche immer wieder vom Tode erweckt.
Die Verteidigung der Straße leitete der Herabstoßende Adler. Es war zum erstenmal, daß Cortez und der König von Mexiko so nah einander gegenüber fochten. Hatte Cortez Blitz und Donner zur Verfügung, so besaß Guatemoc den Zauber, die Toten ins Leben zurückzurufen: fiel ein Mexikaner, so kamen zehn andere auf den Plan. Und Cortez geriet in Nachteil durch die Zerstörungswut Olids. Während Olid gegen Steine, Bäume und Tiere raste, vereinigten die Könige von Tlacopan und Tezcuco ihre Truppen mit denen des Herabstoßenden Adlers, um das hehrste Stadtheiligtum zu schützen. Der Kampf begann für die Christen aussichtslos zu werden.
Da erhielt Cortez durch einen tlascaltekischen Spion Kunde davon, daß die aus dem Huei-Tecpan geretteten Frauen in einer benachbarten Gasse untergebracht seien. Sofort erkannte er die Tragweite dieser Nachricht. Wenn die Prinzessinnen in Gefahr kämen – sagte er sich –, so werde Guatemoc sie nicht preisgeben, und beim Versuch, ihnen zu Hilfe zu kommen, werde er seine Verteidigungsstellung entblößen und schwächen. Darum sandte Cortez die Hauptleute Francisco Hernández und Andrés de Tapia in diese Gasse und trug ihnen auf, die im Yacacalco befindlichen Frauen festzunehmen.
Als das Gebäude umstellt war und die Christen sich Eingang verschaffen wollten, fanden sie alle Tore verrammelt. Die Frauen waren wehklagend auf das flache Dach hinaufgeflüchtet, wo sie – viele Hundert – eng aneinandergepfercht standen und um Hilfe kreischten, ihre Papageien und Affen übergellend. Tapia befahl, Brennholz herbeizuschaffen; er hoffte, die Frauen würden sich ergeben und die Tore öffnen, sobald sie die Anstalten zur Brandstiftung gewahrten. Doch noch bevor die Scheite geschichtet waren, geschah etwas Entsetzliches. Die Dachterrasse hielt die Last der vielhundert Frauen nicht aus, das einstürzende Dach riß die Mauern des Gebäudes mit sich und begrub

alle Weiber – Prinzessinnen, Dienerinnen, Palastmädchen, kindjunge und altersgraue – unter einem Berg von Quadern, Mörtel und Schutt. Eine Stunde später erreichte Cortez den großen Platz der Steinernen Schildkröte, wo einst vor der Nacht der Schrecken die unablässigen Angriffe der Azteken gegen den – jetzt durch Brand zerstörten – Palast des Königs Wassergesicht erfolgt waren. Die Widerstandskraft des Feindes war bereits gebrochen, als die Christen mit den Geschützen auf dem Platz gegenüber der Schlangenmauer Stellung nahmen. Den Schild mit der Linken, das Schwert mit der Rechten hoch emporhaltend, rief Cortez: »Santiago und los auf sie!« Und er selbst focht in der vordersten Reihe. Der Anblick des gefürchteten Grünen Steines und seine umherschwirrende Speere und Pfeile aus der Flugbahn lenkende Unerschrockenheit entmutigte vollends die Mexikaner. Sie schwanden fluchtartig und suchten Schutz im Gassengewirr des nördlichen Stadtteils Cuepopan.

Und Cortez nahm Besitz vom nicht mehr beschirmten Schlangenberg. Eine der großen Kartaunen wurde durch das südliche Portal der Schlangenmauer in das Tempelgebäude gefahren. Kein bewaffneter Mexikaner ließ sich mehr blicken.

Mit der Schwarzen Blume, Don Juliano de Alderete, Antonio de Carajaval und Antonio de Quiñones, dem Hauptmann seiner Leibwache, klomm Cortez die steile – vom Ewigen Feuer droben und von brennenden Palästen drunten –, taghell erleuchtete, mit Flugasche bestäubte Marmortreppe der Pyramide empor. Das rötliche Flackerlicht schnitt von den sieben Terrassen schmale, scharf begrenzte, sich verjüngende Lichtstreifen nach Süden zu ab – um so schwärzer nachteten dahinter die Terrassen und ließen nicht erkennen, ob Menschen sich darauf befanden. Ein seltsamer Gesang ertönte von irgendwoher.

Als Cortez und seine Begleiter die oberste Terrasse, den Menschenwürgeplatz, betraten, gewahrten sie einige zwanzig schwarz geschminkte, filzhaarige Priester. Diese hockten am Boden und sangen uraltheilige Lieder, unbeweglich, unbekümmert, als wüßten sie nichts von Krieg und Lebensgefahr. Keines Blickes würdigten sie die Eindringlinge, die sich erkühnten, ihre hehren Kreise zu stören. Einer nach dem anderen wurde niedergestochen und von der Pyramidenspitze in die schwarze Tiefe hinabgeschleudert; die anderen ließen sich nicht stören und sangen ihr heiliges Lied, bis auch an sie die Reihe kam.

Cortez und die Schwarze Blume wollten das Allerheiligste des Kriegsgottes betreten. Vor dem Eingang zum Sanktuar prallten sie zurück – ein hochgewachsenes weibliches Wesen, gespensterhaft, eine Nachtfrau mit einer alttoltekischen Goldmaske vor dem Gesicht, vertrat ihnen den Weg. Es war die Frauenköpfe-sammelnde-weiße-Frau, die fruchtbare Priesterin. Durch die Schwarze Blume wußte Cortez die Bedeutung der inkrustierten Goldmaske: sie war nach der Nacht der

Schrecken von Perlfischern aus dem Schilfsee gefischt worden, und der Überwältiger hatte sie als Palladium und Wahrzeichen der wiedererlangten Freiheit Mexikos auf den Altar des Kriegsgottes niedergelegt.

Mit zornbebender Stimme rief die Priesterin durch den gerundeten Mund der Maske die Fluchworte, mit welchen der Überwältiger den Räuber der Maske bedroht hatte. Einen Augenblick zauderte Cortez: er hatte noch nie eigenhändig ein Weib getötet. Doch dann, plötzlich von ihrem Zorn zu Zorn entflammt, riß er sein Schwert aus der Scheide und trennte mit einem Hieb den Kopf der alten Priesterin vom Rumpfe.

Und fast im selben Augenblick verstummte Huitzilopochtlis große Kriegstrommel. Antonio de Carajaval hatte die beiden Trommelschläger im Sanktuar niedergemacht und die heilige Trommel zertrümmert. Ihr letzter Dröhnlaut toste zu den Nachtgestirnen empor wie ein menschlicher Ruf, wie der Angstschrei eines sterbenden Volkes ...

Da trat Cortez an den Rand des Menschenwürgeplatzes, an die oberste der Pyramidenstufen, und mit weit vor sich hingestrecktem Arm zeigte er den Mexikanern drunten den weißhaarigen, mit der Goldmaske noch verlarvten Kopf der Priesterin, als wollte er Tenuchtitlan mit dem Anblick versteinern. Ein Aufschrei von Tausenden und aber Tausenden war die Antwort. Die Mexikaner hatten das Symbol ihrer Freiheit in der Hand des Todfeindes erkannt.

Für Cortez war es einer der großen Momente seines Lebens. In den Wolken stand er, ein Lichtheld – die Mächte der Finsternis krümmten sich, niedergeblitzt, zu seinen Füßen, und er hielt ihr Verderben – ihre geraubte Freiheit – in der Hand.

Und jetzt sah er plötzlich dicht neben sich auf der obersten der Pyramidenstufen eine kleine, bucklige Gestalt sitzen, die er bis dahin nicht bemerkt hatte.

»Wißt Ihr, wo wir uns befinden, Don Hernando? Auf dem Menschenwürgeplatz! Ich wollte nur daran erinnern!« sagte der kleine Bucklige.

»Wie kommt Ihr hierher, Mensch?« fragte Cortez erbleichend.

»Da ist nichts Wunderbares daran!« sprach der Bucklige. »Mir ward nämlich hier oben die Brust aufgeschnitten. Doch seitdem sind anderthalb Jahre ins Land gegangen, und so was vergißt sich. Ich bin nämlich Madrid, der Narr. Ihr könnt mich aber getrost Mensch nennen. Es ist zwar ein Schimpfwort, aber doch nicht immer. Vielleicht bin auch ich ein Mensch, trotz meiner Giftzunge. Eines ist freilich gewiß, daß ich ein Narr war, als ich Euch haßte.«

»Ich erkannte Euch nicht gleich in der Dunkelheit«, entschuldigte sich Cortez.

»Ich nehme es nicht übel«, lachte Madrid. »Die Namen der Toten verlernen sich bald – selbst wenn man Cäsars Gedächtnis hat –, es

sind ihrer zu viele ... Was sich aber nicht verlernt, ist das Menschenwürgen. Und daran wollte ich eben erinnern.«
»Woran, Madrid? ...«
»Ihr macht es wie alle Weltverbesserer. Ihr schafft Menschenwürgeplätze ab, indem Ihr Menschenwürgeplätze einrichtet. Ihr beseitigt das Morsche, indem Ihr grüne Pflaumen an seine Stelle setzt; und Eure grünen Pflaumen heißen Ich, Ich, Ich und abermals Ich. Mich fuchst es nicht mehr. Ich ward ein abgeklärtes Gespenst. Ich weiß, daß die Welt sich nicht ändern läßt. Aber ihr Weltbeglücker wißt es nicht!«
Das bucklige Gespenst entschwand. Hart von Antonio de Quiñones am Arm gepackt, wurde Cortez aus seinem Sinnen wachgerüttelt und die Tempeltreppe hinabgezogen. In großen Sätzen sprangen die Feldobristen und die Soldaten der Leibwache die ellenhohen Stufen hinunter, von Panik gehetzt. Guatemocs Heerscharen, rasend über den Raub der Maske, waren aus den Gassen Cuepopans vorgebrochen und füllten den Platz der Steinernen Schildkröte. Kaum schien Flucht noch möglich. Die große Kartaune im Tempelgebäude wurde dem Feinde preisgegeben.
Nach unsäglichen Mühen gelang es Cortez, sich bis zur Hauptstraße durchzuschlagen. Beim großen Kanal kam ihm Olid zu Hilfe, so daß die regellose Flucht in einen geordneten Rückzug gewandelt werden konnte. Sie erreichten, als der Morgen dämmerte, den Dammweg von Iztapalapan, sie erreichten das Bollwerk Acachinanco.
Als Flüchtlinge und doch als Sieger zogen sie in ihr Quartier ein: das Palladium Mexikos war ihre unschätzbare Beute. Durch das Festungstor reitend, hielt sich Cortez die Goldmaske vors Gesicht.
»Quetzalcoatl! Weißer Gott und Lichtbringer! Im Dunkel ist Wachstum – Licht versteinert und verstarrt das Leben! Die Goldmaske entlarvt dich und dein Ziel!« kicherte ihm wieder Madrids Stimme in die Ohren. Zusammenfahrend schaute er sich um – doch diesmal blieb der Bucklige unsichtbar ...

Begraben unter dem Getrümmer und dem Schutt des eingestürzten Yacacalco lagen viele Hundert teils toter, teils mit dem Tode ringender Frauen und Mädchen. Aber wie bei der Einäscherung des Hauses der Trauer der kristallene Totenschädel der Vernichtung entging, so blieben wie durch ein Wunder auch im Yacacalco zwei Wesen völlig unversehrt: Königin Silber-Reiher und ihr steter Begleiter, der Höfling Coxtemexi. Freilich verging längere Zeit, ehe sie sich ihrer Unversehrtheit bewußt wurden und, erwachend aus der anfänglichen Betäubung, daran denken konnten, sich in Sicherheit zu bringen. Die in der Gasse begonnenen Kämpfe zwischen den zu Hilfe gekommenen Mexikanern und den von Tapia und Hernández geführten Christen waren durch den Einsturz der Dachterrasse unterbrochen worden: der haushohe Schutt sperrte die Gasse, trennte die Fechten-

den. Und gleich darauf wurden Angreifer sowohl wie Verteidiger auf den Platz der Steinernen Schildkröte gerufen, wo die Entscheidungsschlacht tobte.
Das Kriegsgeheul zog mit den Abziehenden nordwärts, ebbte ab, klang nur noch aus weiter Ferne. Um so deutlicher vernehmbar wurden die Jammerschreie und das Gewimmer der verletzten Frauen. Weißer Staub hatte – aus der emporgeflogenen Kalkwolke niederrieselnd – die Trümmerstätte gleich weichem Dünensand überdeckt und schimmerte rotweiß im Flammenschein der beiden Königsschlösser. Coxtemexi half der neben ihm liegenden Königin Silber-Reiher sich aufrichten, nachdem er ihr rechtes Bein unter einem Dachbalken hervorgegraben hatte. Sie hinkte ein wenig, hatte aber nur Hautabschürfungen am Knie und am Nacken. Gestützt auf seinen Arm, kletterte sie mit ihm über das Gewirr von Quadern, Sparren und Leichen. Sie schritt über die Leichen wie ebenfalls über die noch lebenden, stöhnenden, um Hilfe schreienden Frauen, mochten sie Dienerinnen oder Prinzessinnen sein. Aber vor einer der Leichen blieb sie mit einemmal stehen und beugte sich über sie.
»O Herrin, wen blickst du an?« fragte ihr Begleiter.
»Die Mutter des Dichters!« sagte Silber-Reiher.
»Lebt sie noch?« fragte Coxtemexi.
»Wenn sie noch lebt, müssen wir sie mit uns forttragen! ... Sie scheint tot zu sein ... Sieh nach!«
Coxtemexi kniete im Schutt neben der Mutter des Spinners nieder, legte sein Ohr an ihren Mund, lauschte, ob sie noch atme, dann tastete er an ihrem Körper entlang.
»Sie ist tot«, sagte er. »Ihr Kopf ist zertrümmert.«
Und er zog der Alten die graublaue Baumwollkopfbinde vom rotverharschten weißen Haar ab und zeigte eine klaffende Gehirnwunde.
Stumm biß sich Königin Silber-Reiher die Lippen. Dann tauschte sie mit einer jüngeren Toten die Kleider und raubte einer anderen einen dichten Kopfschleier.
Coxtemexi fragte nicht, warum sie das tat.
Schweigend krochen sie weiter. Schließlich erreichten sie die ebene Gasse und bald andere Gassen. Einem toten Azteken nahm Coxtemexi Bogen und Pfeil ab. An einem Kanal fanden sie ein leeres Boot und stiegen hinein.

Weiter weg vom Kampfgetöse ruderte Coxtemexi.
»Wo ruderst du hin?« fragte die Königin.
»Wo niemand uns hören, wo niemand uns sehen kann!«
Er hielt unterhalb einer breiten Kanalbrücke. Das Kanoe tauchte in den schwärzesten Schatten dicht beim Ufer.
»O Königin, wo willst du eine Zuflucht suchen! Montezumas Palast ist nicht mehr deine Wohnstätte.«

»Laß uns überlegen!« sagte sie.
Und lange Zeit überlegten sie hin und her. Das Nächstliegende wäre gewesen, sich zur Herrin von Tula zu begeben, welche eine Heirat ihres Sohnes Ohrring-Schlange mit der Witwe des Edlen Traurigen plante und dieser sehr zugetan war. Doch unerkannt von der dem König Ohrring-Schlange treuen Dienerschaft zu ihr zu gelangen und bei ihr zu wohnen, war unausführbar. Verborgen aber mußten sie künftig leben, als Flüchtlinge, seitdem sie wußten, daß die Mutter des Spinners tot war. Daran war ja nicht zu zweifeln, daß der Dichter seinen verschlossenen Mund nunmehr auftun und bald schon den Herabstoßenden Adler aufklären werde, wer Blutfeuerstein im Mumienbündel ihm zugesandt hatte. Und dann würden sie als Giftmörder verfolgt werden...
Der Aufschrei der Heerscharen beim Anblick der geraubten Maske unterbrach dieses Zwiegespräch. Wieder erscholl fernes Waffengeklirr, Kriegsgeheul und Kanonendonner. Aber auf dem Kanal regte sich nichts.
Coxtemexi machte der Königin den Vorschlag, sie in den Tecpan des Handelsherrn und Mitglieds des Hohen Rates Tlótli zu bringen. Der Mann sei ehrgeizig, sagte er, habe sich, als Sohn eines armen Obsidianarbeiters geboren, zum reichsten Händler Tlatelolcos emporgearbeitet und wolle noch höher hinaus. Es werde ihm schmeicheln, einer Türkisgebürtigen, einer Tochter Montezumas, eine Freistätte bieten zu können; und wenn sie ihm ihre Hand heuchelnd in Aussicht stelle, werde er ihr wie ein Hund ergeben sein, werde hassen, was sie hasse, werde lieben, was sie liebe, und ihr Versteck niemand verraten.
Silber-Reiher willigte ein. Und Coxtemexti stieß das Kanoe aus dem Schatten der Brücke in den brandroten Kanal. Er mußte, da die Straße der blauen Erdscheibe von neuem zum Schlachtfeld geworden war, einen großen Umweg machen und durch unzählige Kanäle des nordwestlichen Stadtteils Cuepopan und des nordöstlichen Atzacoalco rudern, bis er schließlich – etwa nach einer Stunde Fahrt – in den südöstlichen Stadtteil Teopan gelangte, wo außer den Königen von Tezcuco und Tlacopan und anderen Größen des Reiches auch der wohlhabende Arbeitersohn einen Palast besaß. Der Kriegsgott hatte inzwischen die Hauptstraße verlassen und tobte weit weg auf dem Damm von Iztapalapan.

Mitten auf einem kleinen Kanal stieß Silber-Reiher einen erstickten Ruf aus und zeigte auf die steinerne Brücke. Coxtemexi wandte sich um und erschrak, nach der Brücke hinschauend, nicht weniger als die Königin. Ein Tzitzimitl, ein böser Dämon, stand auf der Brücke und starrte mit Funkelaugen auf die Rudernden.
Es war der Büffel. Die Tierherde, die ihm aus dem brennenden Garten gefolgt war, hatte sich längst in den Gassen verloren und war größ-

tenteils durch Pfeilschüsse niedergestreckt worden. Auch die Flanken des Büffels waren mit Pfeilen bespickt, aber alle Schüsse hatten ihm nichts anhaben können. Gemächlich trabend kam er auf die Brücke, blieb stehen, scharrte, grölte, und sein Atemhauch stieg aus Maul und Nüstern wie eine kleine Rauchwolke in die kühle Morgenluft. Den bärtigen Riesenkopf noch tiefer senkend, trabte das schwere Tier mit leichten, tänzelnden Schritten weiter.

Um das Geschenk des Königs von Michuacan hatten sich, seit der bei Nacht erfolgten Rückkehr des Behandschuhten, nur die Wärter des königlichen Tierparkes gekümmert. Selbst Guatemoc hatte sich den Büffel nie vorführen lassen, von Sorgen überhäuft, wie er war. So wußten auch Königin Silber-Reiher und Coxtemexi nichts davon, daß ein Tier von solcher Größe und so blutfinsterem Aussehen in Tenuchtitlan weilte. Daher erstarrte ihnen das Blut beim Anblick des grausam bösen, klafterhoch über ihnen aufragenden Ungetüms, dessen steilnackiger Gliederbau als gewaltige Silhouette brandschwarz in den von Frührot und Feuersbrunst geröteten Himmel emporwuchtete.

Vor Schrecken hatte Coxtemexi aufgehört zu rudern. Das Boot glitt unter die Brücke, und er befestigte es an einem Pfahl, an der dunkelsten Stelle, in der Hoffnung, den Funkelaugen des höllischen Ungeheuers dort entgehen zu können. Zwar hatte es die Brücke bereits verlassen, doch es konnte wiederkehren, dem davonrudernden Kanoe nachspringen, es schwimmend erreichen ... Die Königin war in Ohnmacht gesunken, und Coxtemexi mußte sich um sie bemühen, ihr Gesicht mit Wasser besprengen. Als er nach langem Warten glaubte annehmen zu können, daß der böse Dämon nicht mehr wiederkehren werde, begann er das Boot vom Brückenpfahl loszubinden, um weiterzurudern, unterließ es dann aber plötzlich, da eben ein größeres Boot in den Kanal einbog und sich der Brücke näherte. In dem Boot saßen drei Männer und eine Frau. Zwei der Männer waren als mexikanische Krieger gekleidet. Während das große Boot dicht bei der Brücke war, konnten Silber-Reiher und Coxtemexi – ohne selbst in ihrem dunklen Versteck gesehen zu sein – die Gesichter der Vorbeifahrenden deutlich erkennen.

Die beiden Männer in Kriegertracht waren Feuer-Juwel und der Spinner; der dritte war ein christlicher Priester; und die Frau war Königin Maisblüte.

Als das Boot durch die Brücke gerudert war und in einen Seitenkanal einbog, starrten sich Silber-Reiher und Coxtemexi wie verschreckte Magier nach einer Geisterbeschwörung an.

»O Königin, das war deine Schwester! ...«

»Ja, Maisblüte! ... Wie ist das möglich? ... Und der Dichter!! ... Du hast Bogen und Pfeile ... Schicke ihm einen Pfeil nach ... Auch ihr! ...«

»Nein, Herrin – nur ihm! ... Sie ist bereits eine Pfeildurchbohrte, denn sie kommt aus Copalco ... sie hat Montezuma beigesetzt ...«
»Das wäre gut! ... Doch wie weißt du das?«
»Ich werde es dir, rudernd, erzählen, Königin. Jetzt müssen wir ihnen nachfahren, um zu sehen, wo sie landen!«
Er ruderte dem großen Boote nach und berichtete der Königin, was er die Nacht zuvor auf der Begräbnisinsel Copalco erfahren hatte, wohin er von der flüchtigen Giftmischerin zu einem Stelldichein bestellt worden war.
Nach Copalco – dem »Weihrauchsort« – pflegte ein weißgekleideter Priester das für den Tod erbetene Boot zu steuern, wenn das Totentribunal im Haus der Fledermäuse einen Freispruch verkündet hatte. In den Fels gehauene Kammern, auf deren bemalten Wänden die Wanderung des Toten durch die neun Höllen dargestellt war, beherbergten die Mumienbündel der Türkisprinzen und Könige. Neben der Landungsstelle erhob sich ein kleiner violetter Tempel, auf dessen Spitze sich eine aus Dolerit gemeißelte Schlange ringelte, die einen Puma verschlang. Statt der Giftmischerin hatte Coxtemexi den Annalenschreiber Feuer-Juwel dort angetroffen, der, wie fast alle männlichen Bewohner Tenuchtitlans, seit Beginn der Belagerung Kriegsdienst tat und vor der Behausung der Toten als Wachtposten aufgestellt war. Verdacht schöpfend – denn einen kriegerischen Zweck konnte die Bewachung der heiligen Insel durch einen einzigen Mann schwerlich haben – hatte Coxtemexi ihn begrüßt und war mit ihm ins Gespräch gekommen. So erfuhr er denn, ihn aushorchend, daß auf ausdrücklichen Wunsch des Herabstoßenden Adlers Feuer-Juwel und der Spinner abwechselnd die Begräbnisstätte bewachten, um einen Mann und eine Frau festzunehmen, welche schon vor etlichen Tagen versucht hatten, die Beerdigungszeremonien im Haus der Fledermäuse an Montezumas Überresten zu vollführen. Damals seien sie gestört worden; und nun schien – das ginge aus Feuer-Juwels Worten hervor – Guatemoc zu fürchten (oder zu hoffen), daß der Versuch sich wiederholen, daß die Zeremonie beendet, das Mumienbündel nach Copalco gebracht werden könne, wenn die von ihm gleichfalls im Haus der Fledermäuse aufgestellten Wachen durch Kämpfe am Stadttor und im südlichen Moyotla vertrieben werden sollten.
»Das ist heute geschehen«, endete Coxtemexi seinen Bericht. »Während der Große Palast brannte, wird Königin Maisblüte den Zornigen Herrn bestattet haben. Als sie aber sein Mumienbündel auf der heiligen Insel beisetzen wollte, ging sie in die ihr gestellte Falle ...«
»Das ist keine Falle!« knirschte Silber-Reiher. »Als einst der Herabstoßende Adler vom Zornigen Herrn verbannt worden war, waren der Spinner und Feuer-Juwel seine treuesten Freunde. Und wenn er jetzt Copalco durch diese Freunde bewachen ließ, so ahnte er, wer Montezuma zu bestatten versuchte. Und er wollte Maisblüte (die er immer noch liebt und um derentwillen er mich verstoßen hat) gefan-

gennehmen, nicht, um sie hinrichten zu lassen, sondern um sie vor dem Volk Mexikos und den Priestern zu verbergen, um ihr Leben zu retten!«
»O Königin, es ist so, wie du sagst! ... Da, schau, sie legen am Palast des Königs von Tlacopan an!«
»Schieß, eh' es zu spät ist!« drängte Silber-Reiher. Sie hatte schon mehrmals während der Fahrt dazu gedrängt. Aber das große Boot war immer weit voraus gewesen, und Coxtemexi, der kein guter Schütze war, hatte die Tat jedesmal verschoben, in der Hoffnung, besser zielen zu können, wenn der Spinner an Land gehen werde.
»Er darf nicht leben!« flüsterte Silber-Reiher.
Da legte Coxtemexi den Pfeil auf den Bogen. Einen Augenblick zauderte er. Denn er sah: aus dem Portal des Palastes traten bewaffnet – staubig und blutbespritzt nach der bei Tagesgrauen erst beendeten Schlacht – der Durch-Zauber-Verführende mit dem Herabstoßenden Adler heraus, die Gefangenen zu bewillkommnen. Hier also hatte der Herr der Welt Zuflucht nehmen müssen, nachdem sein Palast eingeäschert war ... Und trotzdem und trotz der Bresche am Südtor, trotz der unheilvollen Straßenschlacht, trotz dem geraubten Palladium strahlte Jubel auf Guatemocs Antlitz ...
Coxtemexi spannte die Sehne, zielte auf den Spinner und schnellte den Pfeil ab. In der Erregung hatte er schlecht gezielt. Der Dichter blieb unversehrt. Der Pfeil durchbohrte die Brust der Königin Maisblüte.
Unerkannt entkamen Silber-Reiher und Coxtemexi. Die ihnen nachgeschleuderten Speere zischten in das hochaufspritzende Kanalwasser, die ihnen nachgesandten Boote erreichten sie nicht und verloren ihre Fährte.

Die folgenden Tage ruhten die Waffen. Die Kastilier pflegten ihre Wunden, heilten sie mit Salben oder Zaubersprüchen, flickten ihre zerfetzten Harnische und Schilde, gossen Bleikugeln, schnitzten Bolzen – kurz, sie nahmen, zufrieden mit ihrem Erfolg, sich Zeit und überhasteten nicht die Vorbereitungen zu einem neuen Sturm. Die Mexikaner aber bargen, verbrannten, beweinten ihre Toten und geisterten verstört umher, das Unbegreifliche ihres Schicksals nicht begreifend.
Die Bedrücktheit war maßlos. Die Könige und die Adlerfürsten blickten so scheu wie die niedrigsten Knechte – und die Frage nach einer Schuld und einem Schuldigen lauerte hinter jedem der Blicke. Der Kopf des weißen Kindes war ja der Wassergöttin zugeworfen worden ...
Gab es etwa noch mehr zu sühnen in Tenuchtitlan? ...
Und da niemand einen Schuldigen nennen konnte, wurde beschlossen, die Götter zu belustigen, sie heiter zu stimmen. Die Götter wurden eingeladen, der öffentlichen Aufführung eines Schauspieles

beizuwohnen. Die Bühne von Tenuchtitlan – ein aus Steinquadern erbautes Podium – befand sich auf einem der kleinen Marktplätze, dem »Kopalmarkt«. Dort aber hätten die Götter und das gesamte Volk nicht Zuschauer sein können, darum errichteten Zimmerleute ein hölzernes Schaugerüst auf dem Huei-Tianquiztli, dem Großen Markt von Tlatelolco.

Am fünften Tage nach dem Raub der Goldmaske wurden die juwelenbedeckten Idole – funkelnd wie Gestirne in einer Frostnacht – von den Götterträgern aus ihren Tempeln auf den Großen Markt getragen und in die vorderste Reihe der Zuschauer gesetzt. Mit steinernem Lächeln auf den von Blut geröteten Mündern und mit glotzenden rundäugigen Blicken schauten die Götzen dem wundersamen Spiel auf der Schaubühne zu. Hinter ihnen saßen auf hohen Sesseln die Könige, die Prinzen, der hohe Klerus, die Staatsbeamten, die Kriegshäuptlinge. Dahinter stand dichtgedrängt das Volk. Hunderttausende füllten den Marktplatz und seine Seitengassen, andere Hunderttausende blickten von den Dachaltanen der Häuser und von den Terrassen der benachbarten Stufenpyramiden herab. Tiefleuchtend wie aus Schmelzglas war das Bild des federbunten Gewühls von Menschen, von Fächern und von Fliegenwedeln; und so weit das Auge reichte, schrillten und überschrien sich die Farben wie einst in den glücklichsten Zeiten des alten Mexiko.

An jene Zeiten gemahnte das von berufsmäßigen Gauklern gespielte Drama. Dargestellt wurde eine Episode aus dem – bald hundert Jahre zurückliegenden – Eroberungskriege Mexikos gegen Chalco.

Ein Bruder des Königs Himmelspfeil hatte in einer Schlacht den König von Chalco getötet, war aber gleich darauf in Gefangenschaft geraten. Statt ihn als Kriegssklaven zu opfern, beschloß das Volk von Chalco, ihn seiner Tapferkeit wegen zum König zu erwählen und ihm die Tochter des in der Schlacht gefallenen Königs zum Weibe zu geben. Als man diesen Beschluß dem Prinzen mitteilte, lachte er und erklärte sich einverstanden; doch verlangte er, daß ein hoher Mast errichtet und auf dessen Wipfel ein Brettergerüst gezimmert werde, damit er, vor der Verehelichung mit der Prinzessin und der Weihung als König, von steiler Höhe herab zum Volke reden könne. Im Glauben, dies sei eine mexikanische Sitte, erfüllten ihm die Chalken sein Begehren. Nachdem der mit einer hölzernen Plattform gekrönte Mastbaum aufgestellt war, versammelten sich rings um ihn her alle gefangenen Mexikaner, der Adel von Chalco mit der Königstochter und das Volk. Der Bruder des Königs Himmelspfeil stieg auf Leitersprossen empor, tanzte oben einen feierlichen Kriegstanz und rief dann den ihm zu Füßen stehenden Mitgefangenen diese Worte zu: »Mexikaner! Laßt uns unsere Herzen der Sonne weihen! Laßt uns diesem Volke zeigen, wie sehr es irrte, als es annahm, ein Mexikaner könne für eine Königstochter und eine blaue Stirnbinde seine Heimat verraten! Schaut her – ich zeige diesem Volke, wie wir Mexikaner

solche Anmaßungen beantworten! Möge der Anblick meines herrlichen Todes eure Herzen standhaft machen, o ihr Mexikaner!«
Dies rufend, stürzte er sich hinab. Als die Chalken die zerschmetterte Leiche des Prinzen sahen, schlachteten sie sogleich seine jubelnden Mitgefangenen...
Mehr als die Hälfte dieses Schauspiels war bereits gespielt worden, da wurde plötzlich die Aufführung durch das gelle Angstgeschrei eines Wahnsinnigen unterbrochen. »Tonatiuh, Tonatiuh!« brüllte der Mann.
Der Sonnengott hieß Tonatiuh – »der erhitzend kommt«; aber auch Pedro de Alvarado wurde von den indianischen Völkern Tonatiuh genannt. Den Damm von Tepeyacac beherrschte Alvarado, und wohl war es denkbar, daß er – so wie kürzlich Cortez im Süden – einen Einfall in den Norden der Wasserstadt unternehmen und Tlatelolco überrennen konnte.
Der Wahnsinn rief neuen Wahnsinn, der Angstschrei rief andere Angstschreie hervor.
»Die Gelbhaarigen kommen! Flieht, flieht!« erscholl es von überallher.
Von einer unbeschreiblichen Panik ergriffen, barst und stob die Menge auseinander. Die Hunderttausende fluteten in die engen Seitengassen. Eine der Gassen führte über einen Kanal, dessen Brücke unter der Last der Fliehenden zusammenbrach. Das Geschrei der Ertrinkenden wurde von der eingezwängten, eingekeilten Menschenmenge auf dem Großen Markte nicht gehört: – sie war eine einzige Fleischmasse geworden, beherrscht von einem einzigen wahnwitzigen Willen. So preßte und drängte sie unaufhaltsam weiter, bis die eingestürzte Brücke durch eine Totenbrücke ersetzt war, über welche der Menschenstrom hinwegfluten konnte...

Die Götter, die Könige und die Priester waren auf ihren Sitzen geblieben. Nach geraumer Weile begannen die Massen auf den Marktplatz zurückzuströmen, beschämt darüber, daß sie von blindem Lärm sich hatten so würdelos verjagen lassen: – denn von den Tempelterrassen aus ließ sich feststellen, daß die Christen außerhalb der Mauern weilten und zur Zeit an keinen Angriff dachten. Jetzt erst wurde bekannt, daß zahllose Männer, Frauen und Kinder in einem Kanal umgekommen waren. Die Zahl der Niedergetretenen und Ertrunkenen war erschreckend. Und die Kunde wirkte um so erschütternder, als der Unfall beinahe in unmittelbarer Nähe der versammelten Götter Mexikos sich ereignet hatte. Um die Götter zu erheitern, hatte man sie zum Schauspiel eingeladen. Dies also war ihre grauenvolle Heiterkeit! Und wieder stieg in allen Herzen das Mißtrauen hoch: wer unter uns ist der Schuldige?...
Die Könige von Mexiko, Tezcuco, Tlacopan und der Behandschuhte – der König von Cuitlahuac – begaben sich an den Schreckensort.

Nur der König von Matlatzinco verließ seinen mit Jaguarfellen bedeckten Thronsessel nicht. Dick, alt, glotzäugig glich er den vor ihm sitzenden Götzenbildern.
Kurz vor der Zerstörung des Aquädukts war er nach Tenuchtitlan gekommen und hatte eine Hilfstruppe von etlichen tausend Mann mitgebracht. Als nach der großen Bußprozession Guatemoc auf Anraten des Behandschuhten die Könige der Maya in Yukatan und Guatemala und den Cazoncí von Michuacan als Hilfsgenossen aufgerufen hatte, war von ihm auch sein Oheim, der König von Matlatzinco, aufgefordert worden, dem Bund aller indianischen Völker beizutreten – obgleich dieser eitle Sohn des Königs Kreideweiß und Gatte der Montezumatochter Nephrit kurze Zeit nach Montezumas Gefangensetzung die im Seeschloß Tezcotzinco bei Tezcuço zusammenkommenden Verschwörer an den Vom-Himmel-Gestiegenen und damit an die Kastilier verraten hatte und Schuld trug, daß die Könige von Tezcuco, Tlacopan, Iztapalapan, Coyoacan und Prinz Ohrring-Schlange an *eine* Eisenkette geschmiedet, daß der Edle Traurige und der König von Coyoacan im Kerker erdrosselt wurden.
Hatte in der Not Guatemoc von einem alten Gegner Hilfe erbeten, so war das weniger befremdlich, als daß dieser, seinen Haß hinter scheinbarer Versöhnlichkeit verbergend, sich bereit gefunden hatte, auf seiten der Belagerten zu kämpfen. Er tat es, weil er zuversichtlich an die Unvernichtbarkeit Mexikos glaubte. Manche Kriege hatten ja mit Niederlagen begonnen und mit Siegen geendet. In den bisherigen Mißerfolgen sah er nicht Zeichen eines Zusammenbruches, sondern Zeichen der Unfähigkeit des jugendlichen Machthabers. Er hoffte, das Volk werde sich über kurz oder lang gegen den zwar gewählten, aber noch nicht gekrönten König erheben und sich dann *seiner* entsinnen, der als Sohn eines früheren Herrn der Welt und als Gatte der Montezumatochter Nephrit der vornehmste Anwärter auf den Thron des Aztekenreiches war.
Seitdem er in Tenuchtitlan weilte, hatte er fast täglich Zusammenkünfte mit dem Mexikaner-Priesterchen und mit dessen getreuem Parteigänger, dem Kaufherrn Tlótli, dem Sperber. Auch jetzt, nachdem die vier Könige sich zur Kanalbrücke begeben hatten, flüsterte er mit dem neben ihm sitzenden Hohenpriester und zog auch den Sperber in ein Gespräch. Dieser schaute sich mehrmals um und stellte sich auf den leerstehenden Sessel des Behandschuhten, um über die Köpfe der Menge hinwegzublicken. Er schien jemand zu erwarten.
Ein Mensch drängte sich durch die Volksmenge und gelangte schließlich zu den Zuschauerreihen der Götter und der Könige. Er war es, den der Sperber und der König von Matlatzinco erwartet hatten; er war ein Diener des Händlers, als Krieger verkleidet.
Auf der Bühne befanden sich keine Schauspieler mehr: sie waren gleich, als der Wahnsinnige den Ruf »Tonatiuh!« ausgestoßen hatte, mit der Menge geflohen. Jetzt bestieg der König von Matlatzinco,

begleitet vom Diener des Sperbers, das Proszenium und hob den fetten braunen Arm, als wollte er reden. Die Hunderttausende verstummten und lauschten. Und der König von Matlatzinco sprach (die Schläfenadern schwollen ihm an, so laut krächzte er):

»O ihr Mexikaner! Unglück häuft sich auf Unglück! Die Erde klafft, der Himmel stürzt ein! Womit erzürnten wir die Götter? Dieser Mann hier wird euch sagen, womit wir sie erzürnten!«

Die Massen lauschten lautlos. Jetzt sprach der Diener des Kaufmanns:

»O ihr Mexikaner! Tötet mich, wenn ich den Tod verdient habe! Ich gestehe mein Verbrechen ein! Während ihr hier die Götter erheitert, schlich ich mich ins Haus der Fledermäuse. Denn gestern starb eine Palastfrau des Königs Ohrring-Schlange bei der Geburt eines Kindes – und ich glaubte, daß sie nach der Leichenstätte gebracht worden sei, um von den Totenrichtern ein Boot nach Copalco zu fordern. Ich aber schlich hin, weil ich der Toten die drei Mittelfinger abschneiden wollte, um sie auf der Brust zu tragen, wenn ich gegen die weißen Götter kämpfe. Die Finger einer im Kindbett Gestorbenen sind ein Zauber, sie machen unverletzlich!...«

»Schänder!« tosten ihm empört viele Stimmen entgegen.

»O ihr Mexikaner, verurteilt mich nicht zu früh!« rief der Diener. »Ich wollte der Prinzessin die Finger abschneiden – jedoch ich habe es nicht getan! Sie war ja noch nicht ins Haus der Fledermäuse gebracht worden. Ich wollte umkehren – da wurde mein Herz verwirrt durch eine furchtbare Entdeckung. Montezumas Gebeine sind geraubt worden! Wo sie gelegen hatten, sieht man nur Papierfähnchen und zerbrochene Grabgeschenke: er ward bestattet im Kriegertotenschmuck und gewiß nach Copalco gerudert...«

Die Volksmenge ächzte auf:

»Wer...? Wer bestattete ihn?... Wer wagte den Frevel?«

Das Mexikaner-Priesterchen erhob sich von seinem Thronsessel und schrie:

»Der Frevler muß sterben! Und wenn Mexiko den Frevler schützt, muß Mexiko sterben!«

Die Menge schwieg erst gelähmt. Dann brüllte sie zu Tode verwundet auf.

Der Sperber schrie:

»Wer brachte den Fluch über Mexiko?«

»Maisblüte ist die Frevlerin!« rief der König von Matlatzinco. »Ein Schmuckstück, das sie, ihren Vater bestattend, verlor, ward dort von diesem Manne gefunden, der es mir übergab. Schaut her – jedermann weiß, wem diese Edelsteinschnur gehört!... Auch wurde vor fünf Tagen Maisblüte von einem meiner Freunde in einem Boot mit einem Priester der Gelbhaarigen gesehen und heimlich verfolgt. Sie fand Zuflucht im Palast des Durch-Zauber-Verführenden, wo jetzt auch der Herabstoßende Adler wohnt. Er ist es, der sie beschützt und sie vor dem Volke Mexikos verborgen hält!... O Mexikaner, wundert es euch, daß die Feinde siegen und wir unterliegen? Wundert es euch, daß die Götter viele hundert Frauen und Kinder in den Kanal stoßen? Noch Schlimmeres werden wir erleben, wenn wir den Frevel nicht strafen! Wie lange noch wollt ihr Kinder mit blauen Stirnbinden sich schmücken lassen – Kinder, die vom Himmel und von der Erde gehaßt sind und die euch ins Verderben führen?«

»Trage du die blaue Krone, du Sohn des Königs Kreideweiß!« rief ihm feierlich der Hohepriester zu. Und ein großer Teil des Volkes brach in einen endlosen Jubel aus.

Da erschienen im Rücken des Königs von Matlatzinco, auf dem hinteren Teil der Bühne, der Herabstoßende Adler, Ohrring-Schlange, der Durch-Zauber-Verführende und der Behandschuhte. Sie hatten bei der eingestürzten Kanalbrücke sich an den Rettungsarbeiten beteiligt, hatten weinende Angehörige getröstet und Geschenke verteilt. Als die Rufe des Volkes zu ihnen drangen, wollten sie auf den Großen Markt zurückkehren; und da es viel Zeit genommen hätte, durch das Gewühl zu gehen, hatten sie sich in Kanoes auf Seitenkanälen um den Marktplatz herumfahren und in die Nähe der Bühne bringen lassen. Nur von den zunächst Stehenden bemerkt, waren sie nun die hinteren, zur Bühne hinaufführenden Stufen emporgestiegen.

Der Herabstoßende Adler hieß seine Freunde im Hintergrund zurückbleiben. Er allein kam langsamen Schrittes nach vorn. Wunderschön, adlerhaft sah er aus – er wäre auch ohne die festliche Königskleidung der Schönste unter den Myriaden gewesen. Der König von Matlatzinco sah ihn noch immer nicht, obgleich er dicht hinter ihm stand. Das Volk aber sah ihn, die Jubelrufe verstummten jählings. Guatemoc streckte mit herrischer Gebärde die Hand aus und rief:

»Auf die Knie!«

Wie von einem Blitz zerschmettert stürzten die Mexikaner zu Boden, berührten mit den Stirnen den Boden und regten sich nicht. Ein wild brandendes Meer war mit einem Zauberschlag in Eis verwandelt.

Ein einziger Mann war aufrecht geblieben: der König von Matlatzinco.

»Auf die Knie!« herrschte Guatemoc ihn an.

»Vor dir?! ... Niemals!« schrie der König von Matlatzinco.

Doch schon im selben Augenblick stak ihm Guatemocs Obsidianmesser in der Kehle. Tot fiel der fette, goldüberladene Körper von der Bühne herab dem Steinbild Tezcatlipocas vor die Füße.

Und der Herabstoßende Adler redete das kniende Volk an:

»O ihr Mexikaner! Ihr dachtet gewiß: er ist noch nicht gekrönt, darum ist er noch nicht König! ... Er ist nicht glückhaft; laßt uns einen glückhafteren an seiner Stelle wählen! Jetzt aber fühlt ihr, daß ich euer König bin! Hört mich an, Mexikaner! Die Königin Maisblüte weilt bei mir, schwer krank, vom Pfeil eines Schurken verwundet. Die nächste Schlacht wird entscheiden, ob Königin Maisblüte geopfert werden soll und ich mit ihr – denn das wird geschehen, wenn die

Schlacht unglücklich endet – oder ob ich die Tausende von Kriegssklaven den Göttern schenken kann, um würdig, wie meine Vorfahren, das Krönungsfest und zugleich mein Hochzeitsfest mit Königin Maisblüte zu feiern! Nun geht nach Hause, Mexikaner, und vertraut mir, wie ich meinem Herzen vertraue, welches mir zuruft: Bald, bald rüsten wir das Fest der Königskrönung!«

Viele Wochen waren seit dem Brand des Huei-Tecpans vergangen. Die große Schlacht aber, von der Guatemoc gesprochen hatte, zögerte sich hinaus. Allen Herausforderungen der Mexikaner zum Trotz ließen sich die Christen nicht wieder in die Stadt locken. Scharmützel gab es zwar täglich, kleine erbitterte Abwehrgefechte der Christen. Mit wechselndem Glück behaupteten sich Cortez und Olid am Südtor, während der nördliche Damm von Tepeyacac Alvarado und Sandoval des öfteren verlorenging und immer wieder erstürmt werden mußte; hatten sie tagsüber einen Dammdurchstich mit Steinen angefüllt, so entfernten die Azteken bei Nacht die Steine. Auch ein Seekampf wurde ausgefochten und fiel für die Mexikaner günstig aus, dank einer Kriegslist des Herabstoßenden Adlers.
Die Hungersnot hatte in Tenuchtitlan begonnen. Sie löste die Schrekken des Durstes ab – denn seit dem Einsetzen der (von Juli bis September währenden) Regenperiode war die nach der Vernichtung des Aquäduktes entstandene Not gemildert: Trinkwasser konnte in Gefäßen und Zisternen gesammelt werden. Aber die Einschließung durch die Brigantinen verhinderte jetzt auch die Zufuhr von Nahrungsmitteln. Tag für Tag wurden Marktboote auf der Fahrt nach Tenuchtitlan abgefangen.
An einer von hohem Schilf bewachsenen Untiefe ließ während einer dunklen Regennacht Guatemoc Pfähle in den Seegrund einrammen und schickte nach Sonnenaufgang drei große Tiamicacalli – Marktboote – aus, mit dem Auftrag, sich in die Nähe der Brigantinen zu wagen. Eine große Anzahl Kriegsboote aber lauerte versteckt im hohen Schilf über der Untiefe. Zwei der Brigantinen nahmen die Verfolgung der Marktboote auf und verfingen sich zwischen den eingerammten Pfählen, hilflos dem Rachedurst der aus dem Schilf hervorbrechenden Azteken preisgegeben. So verzweifelt wehrten sich die beiden Schiffsführer, Rodrigo Morejon de Lobera und Pedro Barba, mit ihrer Mannschaft, daß alle – auch die Ruderer – den Soldatentod fanden und nicht ein einziger Opfersklave nach Tenuchtitlan gebracht werden konnte. Der Hauptmann der Bogenschützen, Pedro Barba, war einst Stadtkommandant von La Havanna auf Kuba gewesen, als die elf Karavellen auf der Fahrt nach dem Goldlande erst in Trinidad – wo Francisco Verdugo Oberrichter war – und dann in La Havanna vor Anker gingen, um Geschütze, Munition und Pferde an Bord zu nehmen. Sowohl Francisco Verdugo wie Pedro Barba hatten vom Statthalter Diego Velázquez schriftlichen Befehl erhalten, Cortez zu

fangen, ihn abzusetzen, ihn in Ketten zu legen. Beide hatten es vorgezogen, sich dem Freibeuterzug anzuschließen; und Pedro Barba hatte sogar Cortez den Haftbefehl lachend ausgehändigt, während er sich von ihm als Hauptmann der Armbrustschützen anwerben ließ...

Den neuen Haftbefehl gegen Cortez, das vom Bischof von Burgos ausgestellte Patent, trug der Oberrechnungsführer Juliano de Alderete noch immer bei sich, ohne es vorzuzeigen, doch geheimnisvoll darauf pochend, gleichsam, als besäße er eine Zauberlaterne, die jede Tür öffnet, jeden Wunsch erfüllt. Überschätzte er zwar seine Macht, so war es doch Tatsache, daß Cortez bestrebt war, ihn bei guter Laune zu erhalten und den unausbleiblichen Konflikt einstweilen zu verhüten.

Von Zeit zu Zeit mahnte Alderete daran, daß ihm – noch in Tezcuco, zur Sühne für die Folterung seines mit Ablaßbriefen handelnden Hauskaplans Melgarejo – ein Kommando versprochen worden war. Aufs liebenswürdigste verstand es Cortez, ihn hinzuhalten, indem er ihm auseinandersetzte, daß ein Sturmangriff auf Mexiko erst wieder möglich sein werde, wenn die bei der Brücke Xoluco begonnene Errichtung von Soldatenbaracken und Backhäusern beendet sei. Der Bau der Baracken war in der Tat unumgänglich: nach der Einnahme von Acachinanco hatten – weil das in ein Arsenal verwandelte Bollwerk wenig Schlafraum bot – die zweitausend Soldaten der von Cortez befehligten Heeresabteilung unter den Sternen auf der Dammstraße genächtigt; jetzt, nach dem Beginn der Regenzeit, mußten sie in Schlamm und Pfützen schlafen – und das konnte ihnen ihr Oberfeldherr auf die Dauer nicht zumuten.

Wochen vergingen, bis alle Baracken gebaut waren. Wieder machte Alderete Vorstellungen über die Zauberei (wie er es nannte), spielte sich als den Bevollmächtigten des Kaisers auf und verlangte die Einberufung eines Kriegsrates, damit über den Sturmangriff Beschluß gefaßt werde. Den Kriegsrat versprach ihm Cortez, behielt sich jedoch vor, den Zeitpunkt zu bestimmen.

Und als Alderete aufbegehrte und zornig ausrief: er lasse sich nicht wieder vertrösten und hinhalten – gab Cortez ihm den Grund seines Wartens an. Er sagte:

»Das werdet Ihr vielleicht nicht verstehen, Don Juliano. Aber es ist so, daß ich noch immer die Hoffnung nicht aufgegeben habe, diese schöne Stadt vor dem Schlimmsten bewahren zu können... Obgleich nicht ich, sondern Olid die beiden Paläste in Brand gesteckt hat, beschwert es mich wie ein Alpdrücken: die Steine werden einst meine Ankläger sein...«

»Vor dem höchsten Thron?«

»Wenn Ihr die Weltgeschichte so nennen wollt – ja! Nicht nur die Steine, auch die Menschen tun mir leid...«

»Götzendiener und Menschenfresser!« rief Alderete.

»Die Menschen hüben und drüben tun mir leid!... Darum warte ich...«
»Worauf?«
»Auf die Annahme meines Friedensangebots!«
»Ihr seid unbelehrbar, Don Hernando! Die letzten Friedensboten, die Ihr nach Tenuchtitlan schicktet, hat Guatemoctzin vierteilen lassen.«
»Ihn, den ich diesmal sandte, wird aber Guatemoc nicht töten!«
»Wen sandtet Ihr?«
»Seinen Namen werde ich Euch nennen, wenn er zurückkehrt!«
»Und Ihr glaubt, er wird zurückkehren?«
»Ich zweifle nicht daran!«

Nachdem Alderete sich mit steifer Verbeugung verabschiedet hatte, sagte Marina, die beim Gespräch zugegen gewesen war:
»Vom Friedensvorschlag wußte auch ich nichts und nichts vom Boten...«
»Du bist doch sonst eine gute Rätselraterin, Marina!« lächelte Cortez.
»Von den vielen Gründen, die ich hatte, die Flucht der Königin Maisblüte zu begünstigen, war vielleicht der hauptsächlichste der, daß ich Aguilar mit Guatemoc zusammenbringen wollte.«
»Du gabst dem Frater einen Auftrag?«
»Nein. Ich wollte, aber es kam nicht dazu. Für jeden, der Aguilar kennt, ist es übrigens selbstverständlich, daß er zum Frieden überreden wird, sobald er mit Guatemoc zusammenkommt.«
»Ich fürchte, der Frater lebt nicht mehr.«
»Mag sein. Doch wenn er in Guatemocs Gewalt ist, so wird er nicht geopfert. Entsinnst du dich, wie in Sempoalla die eben erst getauften Totonaken die vier gefangenen Mexikaner der Jungfrau Maria opfern wollten? Verhindert wurde das durch Aguilar.«
»Ich entsinne mich«, entgegnete Marina, »aber auch, daß Aguilar auf dem Rückweg aus Cholula, wohin er mit Piltecatl die weiße Schminke überbracht hatte, von Meuchelmördern des Alten Raubtieres getötet worden wäre, hätte der Herabstoßende Adler ihn nicht gerettet. Guatemoc hat seine Dankesschuld abgetragen.«
»Noch nicht!« sagte Cortez. »Die Rettung des künftigen Mexikanerkönigs war von mehr Bedeutung als die Rettung eines armseligen Diakons und Dolmetschers. Dazu kommt, daß Aguilar Maisblüte zur Flucht verhalf und ihr Beschützer war... Die Mexikaner sind ritterliche Menschenfresser...«
»Alderete nannte sie so! Warum wiederholst du das?« sagte Marina vorwurfsvoll. »Er ist dein ärgster Feind. Doch wie oft ich dich auch warne, du fütterst und streichelst die Giftschlange, die dein Verderben sein wird... Du schmeichelst ja Alderete so sehr, daß du dir seine Worte aneignest...«
»Marina!« rief Cortez aus. »Kannst du Scherz von Ernst nicht unterscheiden?«

»Dies ist zu ernst für einen Scherz, Hernando!« fuhr Marina erregt fort. »Eher sterben die Mexikaner den Hungertod, als daß sie einen ihrer Toten oder einen im Kampf erschlagenen Feind verzehren! Bloß den zum Gott gewordenen Opfersklaven essen sie, um sich mit der Gottheit zu vereinen ...«
»Ich weiß, Marina. Und es erinnert so seltsam an ...«
»Woran?«
»An die Mystik des Sakramentes, des heiligen Abendmahles. Doch das auszusprechen, ist fast Sünde. Die Mexikaner sagen: Ich esse und kaue meinen Gott! Der Teufel verzerrt das Heiligste im Hohlspiegel.«
»Muß es denn der Teufel sein, Hernando? Zuweilen denke ich: ob es nicht Gott ist, der sich allen Völkern der Erde in ähnlicher Weise offenbart? Nur daß nicht alle Völker reif sind. Den alten Völkern ist die Offenbarung ein Seelisches; den jungen Völkern ist die Offenbarung ein Blutiges, weil für sie das Blut die Seele vertritt. Aber alle höheren Menschen – und diese sind es doch, die Religionen schaffen und erhalten – strebten nach der mystischen Vereinigung mit Gott.«
»Aus alledem höre ich eins heraus, Marina, und das erschreckt mich. Mir scheint fast, du bist enttäuscht ... Dürfen wir an unserem Ziele irre werden – so dicht vor dem Ziele? ... Kann es dein Wunsch sein, daß die Altäre Tenuchtitlans fortbestehen? ... Ich selbst will sie ja nicht mehr zertrümmern wie einst, sondern in christliche Altäre verwandeln ...«
»Was wird dadurch geändert sein, Hernando? Sind wir besser als jene?«
»Wir? ... Du meinst, wir Christen? ...«
»Ja. Wir sind schlimmer als jene. Unsere Verbündeten, die getauften Totonaken, Tlascalteken, Huexotzincas, Chalken, Acolhuaken – sie tun jetzt, was kein Mexikaner jemals tun würde: mit meinen Augen habe ich es gesehen, daß sie gefallene Azteken essen! Sie fischen gedunsene Leichen aus dem See, zerlegen sie, schmoren sie und verzehren sie!«
Cortez schwieg. Dann sagte er:
»Ich weiß es und will es nicht wissen, weil ich es nicht ändern kann. Jeder gute Kampf wird durch die Mitkämpfer verdorben. Es ist der Fluch jedes ehrlichen Führers, daß er Verbündete braucht! ... Es ist die Schmach jedes Herrn, daß er der Knecht seiner Knechte ist! ...«

Aufgestachelt von Alderete, der Strapazen bei unablässigem Regen und des Kleinkriegs müde, drangen während der folgenden Tage Olid und die Mehrzahl der Hauptleute darauf, der Kriegsrat müsse einberufen werden. Cortez gab nach, vielleicht, weil er die Hoffnung auf Aguilars Rückkehr aufgegeben hatte. Aber kurz vor Beginn des Kriegsrates näherte sich dem Bollwerk Acachinanco ein von königlichen Ruderknechten gerudertes Kanoe, und Aguilar wurde an Land gesetzt. Mit Jubelrufen begrüßt, von Jubelrufen begleitet, begab er sich in den Saal, wo sich die Feldobristen eben zum Kriegsrat versammelten. Cortez umarmte ihn, Marina küßte ihn auf beide Wangen, die Hauptleute zerdrückten ihm die Hände. Dann erstattete er Bericht: wie die erste Beisetzung Montezumas durch ein blindes Mädchen gestört wurde; wie er und Maisblüte mehrere Tage lang im Schilf verborgen auf der Lauer liegen mußten; wie der Brand der beiden Paläste und die Straßenkämpfe jener Nacht es ihnen ermöglichten, die Beerdigungszeremonie zu vollenden und das Mumienbündel nach der Insel Copalco zu bringen; wie er und Maisblüte in Copalco gefangen und heimlich in den Palast des Königs von Tlacopan gebracht wurden, wo seit der Zerstörung des Huei-Tecpan jetzt auch der Herabstoßende Adler wohne; wie Maisblüte, von einem Pfeilschuß getroffen, wundfiebernd daniederlag, bald aber außer Lebensgefahr war ... – Bedeutsam wurde Aguilars Bericht, als er die Hungersnot und Trinkwassernot Tenuchtitlans beschrieb und von Anfeindungen sprach, denen Guatemoc durch den Hohenpriester, die Herrin von Tula und die mächtige Partei der Kaufleute von Tlatelolco ausgesetzt sei ... Erst nach der Krönung werde Guatemoc unumschränkter Herr sein, ein zehnmal gefährlicherer Gegner als bisher ... Zur Krönung aber bedürfe er eines Sieges und einer großen Anzahl von Opfersklaven. Darum sei er heute weniger denn je bereit, Friedensverhandlungen anzuknüpfen. Von seinen Begegnungen mit dem König erzählte Aguilar, daß bei der ersten der Herabstoßende Adler ihn sofort wiedererkannte, sich Sempoallas und Cholulas entsann, ihm freundlich für den Maisblüte gewährten Beistand dankte und ihm eröffnete, daß es nicht seine Absicht sei, ihn dem Hohenpriester preiszugeben, welcher allen weißen Wesen den Aufenthalt in Tenuchtitlan verboten habe. Von Frieden jedoch wolle er, Guatemoc, nichts hören: denn sei mit dem Huei-Tecpan auch die Götterkammer verbrannt, so habe das Feuer doch den Racheeid nicht einäschern können, welchen er mit den Königen von Tezcuco und Tlacopan in der Götterkammer nach dem ersten Friedensangebot des Grünen Steines geschworen ... Bei der letzten Begegnung aber habe Guatemoc ihm gesagt: »Ich schicke dich zurück zum Grünen Stein. Melde dem Grünen Stein von mir, daß ich beim nächsten Kampf zehntausend Opfersklaven fangen werde, um mein Krönungsfest zu feiern. Die Stadt im Kolbenrohr wird nicht untergehen, denn als Gast bei meinem Krönungsfest wird der König von Michuacan zugegen sein, der mit zweihunderttausend gutbewaffneten Michuaken unterwegs ist!«

Alderete und Olid triumphierten.

»Nun, Don Hernando? Hatte ich nicht recht – allzusehr recht?« fragte Alderete und strich seinen gepflegten grauen Bart.

»Was der Kriegsrat beschließen wird, soll geschehen; wenn ich es auch für richtiger halten würde, noch zu warten, bis Alvarado und Sandoval das Nordtor im Besitz haben ...«

»Diesem Kaziken von Mexiko ist der Kamm geschwollen!« rief Olid aus. »Aber recht hat der hochnasige Schuft: sobald sein Verbündeter ankommt (falls das nicht eine Finte ist!), haben wir das Nachsehen und können heimwandern – *wenn* wir es noch können! Hier werden wir nichts mehr zu suchen haben, sobald die Stadt entsetzt ist! Wir haben viel kostbare Zeit vergeudet, Don Hernando!«
Ohne ihm Antwort zu geben, forderte Cortez die Hauptleute auf, sich zur Beratung niederzusetzen. Die Beratung währte nicht lange. Überstimmt, fügte sich Cortez, da er – wenn er es auch nicht eingestand – wohl fühlte, daß Aguilars Bericht seine Stellung gegen Alderete geschwächt hatte. Er hätte hartnäckig abraten, vielleicht auch schließlich seinen Willen durchsezen können; doch er tat es nicht, weil er allein die Verantwortung nicht tragen wollte.
Es wurde beschlossen, in den Norden vorzudringen und sich des mit Säulengängen eingefaßten Großen Marktes von Tlatelolco zu bemächtigen, wo das vom Gußregen zermürbte Christenheer besser würde untergebracht werden können als bisher. Der Angriff sollte von Tlacopan und von Acachinanco aus (also von Norden und von Süden her) gleichzeitig erfolgen.

Am Donnerstag vor dem auf Freitag angesetzten Sturmangriff langte mit einer kleinen Begleitmannschaft Sandoval in Acachinanco an und bat Cortez um ein Gespräch unter vier Augen.
»Ich kann es nicht glauben, Don Hernando, ich muß es aus Eurem Munde hören: Ist es wahr, daß Ihr ein Drittel Eurer Truppen Alderete anvertrauen wollt?«
»Es ist wahr!«
»Warum tut Ihr das?«
»Weil ich meine Versprechen zu halten pflege.«
»Auch wenn Ihr uns alle damit in Lebensgefahr bringt?«
»Wir sind alle täglich in Lebensgefahr, mein Sohn Sandoval!«
»Ihr wißt, daß ich um *mein* Leben nicht zittere, Don Hernando. Aber hier handelt es sich um Wichtigeres! Die Nachsicht mit dieser glatten Hofschranze wird Euch und uns teuer zu stehen kommen, das prophezeie ich Euch! Von Kriegführung versteht er so viel, wie ich vom Hofzeremoniell verstehe! Und wenn Ihr die Nachsicht so weit treibt, daß Ihr ihm einen Vertrauensposten gebt, so wird er Euer Vertrauen erst durch seine Unfähigkeit und dann durch seine Niedertracht täuschen. Um alle Früchte Eures Erfolges wird er Euch bringen! Darum wiederhole ich, was ich Euch hundertmal gesagt habe: beseitigt ihn, ehe er Euch beseitigt!«
»Ich bin kein Mörder, mein Sohn!«
»So laßt mich handeln, wenn Ihr nicht handeln wollt!«
»Auch dann wäre ich ein Mörder!«
»So meinte ich es nicht... Wenn ich ihn vor meine Klinge fordere...«

»Auch dann wäre ich ein Mörder – denn Ihr führt die Klinge besser als er! ... Und ich verbiete Euch das als Euer Vorgesetzter, mein Sohn!«

»Dem Generalkapitän war ich stets gehorsam. Doch dachte ich, daß wir auch Freunde seien ...«

»Sind wir es nicht?«

»Ihr stellt meine Freundschaft arg auf die Probe, Don Hernando! ... Warum löst Ihr mir dies Rätsel nicht?«

»Weil ich es mir selbst nicht lösen kann!«

»Dann erlaubt mir, es zu versuchen ... Wir boten Euch eine Krone an, die Ihr ausschlugt ... Sucht Ihr Schutz beim Vertreter des Kaisers gegen – uns?«

»Vielleicht gegen – mich selbst!«

»Also schlugt Ihr die Krone nicht ehrlich aus?«

»So ehrlich, wie ich morgens anders denke als abends. Meine Seele ist kein gerader Fichtenstamm wie die Eure, mein Sohn; – meine Seele gleicht jener Zeder auf der Kordillere, die zwei gleichstarke Stämme hat und wild verwachsenes Geäst ... Ich will offen zu dir sein, Freund Sandoval! Höre zu! ... Alderete ist die Verkörperung dessen, was wir hassen, wir Freibeuter des Degens und des Geistes; er vertritt die Obrigkeit, den Staat und alles, was die Freiheit knebelt; er ist die Prosa, die mit grober Hand die Poesie des Wagemuts zerstört. Der Mensch Alderete, die dürre winzige Seele, ist keinen Haß wert – doch Alderete ist ein Begriff, ein Symbol, das mich mit Grauen erfüllt und das ich doch an meiner Seite nicht missen mag, weil es das Gegengewicht ist gegen die Lockung ...«

»Also lockt Euch die Krone ...«

»Welche, mein Sohn? ... Das eben ist es! Ich spiele mit beiden Kronen! ... Wohl träume ich zuweilen davon, ein Piratenkönig zu sein. Auf Mexikos Thron sitzend, dem Rittertum in diesem Weltteil eine Freistätte schaffen, dem Rittertum, das in Europa abstirbt; den freien, ungebundenen Menschen herüberschaffen, der drüben zum Hoflakaien oder zum Sklaven des Staates werden muß; die Persönlichkeit retten vor dem Zwang der Allgemeinheit ... – das wäre eine Aufgabe (denke ich, träume ich zuweilen). Aber wenn ich nicht träume, wenn ich wach bin, denke ich anders ...«

»Wie, Don Hernando?«

»Ich sagte es schon neulich zu Marina: es gibt ja doch keine Freiheit! Der Herr ist der Knecht seiner Knechte ... Und vielleicht ist es das Erhabenste, nicht Herr sein zu wollen ... nicht Piratenkönig ... Ja, es ist das Erhabenste, Diener sein zu wollen, Diener des Geistes oder Gottes oder der Menschheit und folglich – des Kaisers.«

»Und folglich ...? Ich verstehe Euch nicht, Don Hernando.«

»Jawohl, des Kaisers, mein Sohn! Er selbst ist ja ein Diener der Menschheit, wenn er auch glaubt, ihr Herr zu sein. Die Vorsehung verlieh ihm ein erdumfassendes, völkerumfassendes Reich, mit dem

verglichen Karls des Großen und Marc Aurels Weltreiche winzig waren. Unter seinem Zepter muß die Todeskrankheit der Völker beginnen, muß die Geburt der Menschheit beginnen! Unmenschlich schmerzhaft können Geburtswehen sein, und das Kind kommt mit Geschrei zur Welt. Aber schreiende Kinder sind gesunde Kinder. Die Menschheit wird wachsen, während die Völker absterben ... Ich will dem Kinde das goldene Mexiko zum Angebinde schenken!«
»Und die Freiheit? ...«
»Sie wäre dem Kinde schädlich; erst muß das Kind herangewachsen, ausgewachsen sein ... Das kann freilich noch Jahrhunderte dauern ... Doch auch das ist nur ein Traum ... ein Wachtraum meines Verstandes.«
»Und welchen Traum zieht Euer Herz vor, Don Hernando?«
»Den vom Purpurmantel, vom Elfenbeinschloß, vom Piratenkönigtum! ... Zwang hasse ich so sehr, daß ich mich selbst nicht zur Entscheidung zwingen will und bis zum letzten Augenblick mir die Freiheit vorbehalte, frei zu wählen.«
»Wenn es dann nicht zu spät sein wird, Don Hernando!«
Sie trennten sich wie Freunde, die sich verloren haben und sich durch Herzlichkeit darüber hinwegzutäuschen suchen.

In drei Abteilungen von (ungefähr) je neunzig kastilischen Fußsoldaten, acht Reitern und zehntausend indianischen Verbündeten hatte Cortez seine am Südtor stehenden Stoßtruppen geteilt, um durch drei parallele Straßen nach dem Großen Markt von Tlatelolco vorzustoßen, wo die Vereinigung mit den von Norden her einbrechenden Truppen Alvarados und Sandovals erfolgen sollte. Durch die zwischen zwei schmale Kanälen deichartig nordwärts führende Hauptstraße – die Straße der blauen Erdscheibe – war Alderete beauftragt, vorzudringen. Durch eine die westlichen Stadtteile Moyotla und Cuepopan durchschneidende Straße zogen Olid und Tapia, während Cortez selbst in einer dritten, östlichen Straße vorrückte. Die schweren Geschütze wurden beim Haus der Speere zurückgelassen; dort blieben auch die Kavalleristen zurück und warteten den Befehl, einzugreifen, ab. Dreitausend Kanoes aus Tezcuco und Chalco schwärmten in den Kanälen umher, bemüht, die Kampfboote der Azteken fernzuhalten.
Der Widerstand, den die Boote sowohl wie die Fußtruppen der Mexikaner leisteten, war so schwach, daß Cortez stutzig wurde und eine Falle vermutete. Noch bevor er aus dem Stadtteil Teopan in den Stadtteil Atzacoalco gelangt war, ließ er seine Kolonne haltmachen und sich gegen Norden verschanzen. Von seiner Leibwache und deren Führer, dem Hauptmann Antonio de Quiñones, begleitet, begab er sich zu Fuß (bereits beim Haus der Speere war er vom Pferd gestiegen) in die benachbarte Hauptstraße, um dort nach dem Rechten zu sehen.

Er hatte am frühen Morgen, nachdem Pater Olmedo vor versammeltem Heere Messe gelesen hatte und den in den Kampf Ziehenden der Segen erteilt worden war, die Hauptleute um sich versammelt und den Heerführern Olid, Tapia und Alderete eindringlichst ans Herz gelegt, die beim Vordringen eroberten Dammlücken und Kanalübergänge – falls deren Brücken zerstört wären – mit behauenen Steinen sorgfältig aufzufüllen und der Straße anzuebnen, damit dem Heer, wenn es zurückweichen müßte, der Rückweg nicht abgeschnitten sei.
Um diese Arbeiten auszuführen, begleiteten Scharen von Schanzgräbern die drei Abteilungen. Jetzt aber, nach einstündigem Kampf, hatte Alderete ihm stolz durch einen Boten melden lassen, wie sieghaft er alle Hindernisse überwunden und wie geschwind er vorrücke – als erster hoffe er den Großen Markt zu erreichen!... Von banger Ahnung wurde Cortez erfaßt: ein solcher Erfolg war unwahrscheinlich oder verhängnisvoll... Und als er auf die Hauptstraße kam, sah er das unentrinnbare Verhängnis. Berauscht vom leichten Sieg war Alderete mit seiner Kolonne vorangestürmt, ohne den Rückzug zu sichern: seine Schanzgräber hatten – von ihm nicht beaufsichtigt – statt Steinquadern bloß Erde, Schutt und Binsen in die von Brücken entblößten, die Hauptstraße durchquerenden Kanäle geworfen. Und im großen Querkanal war der lose aufgeschüttete Übergang bereits vom Wasser fortgespült.

Zähneknirschend stand Cortez am Ufer des Großen Kanals, durch das zwölf Ellen breite, zwei Klafter tiefe Grabenwasser von dem in weiter Ferne kämpfenden Alderete getrennt. Und plötzlich schrillte ein grausiger – ein ebenholzschwarzer und grasgrüner – Trompetenton über die Wasserstadt, so daß die Luft krampfig erzuckte. Wie ein glühender Draht bohrte sich der Ton ins Mark der Knochen. Es war des Herabstoßenden Adlers heiliges Muschelhorn, das, von Tezcatlipocas Dornenort-Tempel herabbrausend, den Mexikanern das verabredete Zeichen gab.
Unaufhaltsam wie das Posaunengedröhn der Apokalypse gellte der schwarze Ton und tat der Flucht der Mexikaner Einhalt. Gegen die Verfolger wendeten sie sich jählings – vertausendfacht im Nu, aus Schlupfwinkeln, aus Seitengassen, aus Kanälen hervorbrechend. Und eine große Schar von Priestern (rätselhaft, von woher, gleichsam aus der Erde emporgetaucht) befand sich mitten unter den Kämpfenden: Götterträger trugen die Lade Huitzilopochtlis in das dichteste Schlachtgewühl, trugen in der Lade sein ältestes Kultbild – jenen aus Holz roh geschnitzten Kolibrigott, welchen der Überlieferung nach schon beim Auszug aus den Sieben Höhlen des Reiherlandes die Azteken mit sich führten, von ihm beraten, angespornt und mit Mut erfüllt auf der langen Wanderung, die dem Bau der Orakelkapelle rings um den heiligen Nopalbaum voranging... Jetzt gefährdete

Mexiko tollkühn sein ehrwürdigstes Götterbild, um, vor Schändung es bewahrend, sich selbst vor Schändung zu bewahren.
Mit zusammengebissenen Zähnen, aschfahl stand Cortez am Kanalufer. Er sah kommen, was kommen mußte, und er vermochte das Unabwendbare nicht abzuwenden. Eine am Boden rollende braune Wolke, starrend von Eisenstangen und Holzstangen, ein unentwirrbares Gemenge von Hellebarden, Sägeschwertern, Schilden und Menschenleibern, wälzte sich näher und näher heran. Alderetes Soldaten, soweit sie nicht erschlagen oder gefangen waren, flohen, rannten zum Kanal, sprangen panzerbeschwert ins Wasser, ertranken oder wurden von mexikanischen Booten aufgefischt... Nur wenige erreichten das andere Ufer. Alderete war unter den wenigen.
Im Hagel der fliegenden Speere und Pfeile halfen Cortez und seine Begleiter ihren in den Fluten mit dem Tode ringenden Kameraden, das steile Kanalufer zu erklettern. Obgleich Cortez großen Blutverlust infolge einer Beinwunde hatte, ließ er sich nicht abhalten, am Uferrande kniend, die Arme hinabzustrecken und unablässig Kastilier oder verbündete Indianer emporzuziehen.
Da wurde ein Menschenkopf über den Kanal geworfen und fiel dicht neben Cortez zu Boden. Und gleichzeitig erscholl ein infernalisches Geheul vom anderen Ufer her: »Sandoval! Sandoval!...«

Während Alderete, verblendet durch seinen Scheinsieg, in die ihm gestellte Falle gegangen war, hatten Alvarado und Sandoval im Norden der Stadt gute Erfolge erzielt. Sie hatten nach schweren Kämpfen das Nordtor eingenommen und waren bis zum Großen Markt von Tlatelolco vorgedrungen. Als des Herabstoßenden Adlers Muschelhorn erklang, erfuhren sie von gefangenen Azteken, in welcher Lage sich Alderete befand. Sie waren zu weit von ihm entfernt, um ihm beistehen zu können. Sie wußten, daß nach solchem Mißgeschick Cortez an diesem Tage nicht weiter vordringen werde. Darum – und weil sie allein den Marktplatz nicht halten konnten – erachteten sie es für geboten, nach Tlacopan zurückzukehren. Sandoval blieb als einer der letzten bei der Nachhut zurück. Da fiel es ihm auf, daß die feurige Erbitterung der Nachhutgefechte nachließ – die Mehrzahl der Mexikaner flutete aus Tlatelolco nach Süden. Fernes Triumphgeschrei der Azteken wurde vernehmlich. Und Sandoval begann zu fürchten, Cortez selbst sei in Gefahr. Von sieben Reitern begleitet, unternahm er es, zu Cortez vorzudringen. Wie einst in der Schlacht von Otompan glichen Sandoval und seine sieben Begleiter nicht menschlichen Wesen. Die Skelettgestalt des Todes schien zwischen ihnen zu traben, mit breiter Sense Menschenhaufen gleich Kornähren niedermähend. Von grausiger Schönheit war Sandoval umkleidet. Einem Erzengel ähnlich mit flammendem Schwert blitzte er auf seinem dunkelbraunen Hengst Motilla durch das Waffengemenge. Bis an den Schlangenberg gelangte er, wo Hunderte von Mexikanern sich ihm ent-

gegenwarfen, rasselnde, mit Kieseln gefüllte Bälge von Tapiren schüttelnd, um die Hirschungeheuer scheu zu machen. Und als er einem der Azteken mit der Lanze die Brust durchbohrte, riß dieser – obgleich zu Tode verwundet – sich die Lanze aus den Rippen heraus und schleuderte sie zurück, durchbohrte Sandoval die Schläfe ...
Motilla wurde von den Azteken erbeutet.

Das Geheul auf dem anderen Kanalufer verstummte nicht: »Sandoval! Sandoval!«
»Das darf nicht sein! So kann Gott mich nicht strafen wollen!« dachte Cortez. Obgleich der Kopf neben ihm lag, blickte er nicht hin. Dann aber streckte er doch die Hand aus danach ...
Und er zwang sich, hinzusehen ... Er sah nur den herabhängenden Schnurrbart – schon war sein Blick von aufquellenden Tränen getrübt. Und wundersam blitzartig trat ein Bild aus seiner Knabenzeit ihm vor die Seele: er sah in seiner Vaterstadt Medellin den alten Kommandanten Gregorio de Sandoval durch die Gassen schlendern, gespornt, mit der Reitgerte die Luft schlagend, einsam, verdrossen über ein vertanes Leben ... Die flüchtenden Gedanken wurden zurückgerissen zur grellen Wirklichkeit, doch sofort suchten sie wieder zu entweichen ... Wie fremdartig war ringsum die Architektur der Häuser. Wie farbenfunkelnd die Terrassenbauten. Fast jedes Haus stand einzeln von Wasser umspült. Manche waren fünf Stockwerke hoch. Die Mexikaner glichen riesigen Kolibris. Es war das schönste Kleinod der Welt, dieses wellenflirrende Tenuchtitlan ... Aber was half es, feige in die Irre fortzuschweifen. Ja, es war Sandovals Kopf, den er in der Hand hielt. Und Cortez schrie auf vor Schmerz.
Im selben Augenblick wurde er von einem Indianer gepackt und den Kanalrand hinabgezerrt. Der Kopf Sandovals rollte ins Wasser und ging unter. Ein mit sechs Adlerkriegern besetztes Boot sauste heran, den herrlichsten aller Opfersklaven aufzunehmen. Die Mexikaner am anderen Ufer brüllten voll Siegesfreude: »Der Grüne Stein ist gefangen!«
Cortez selbst hielt sich für verloren. Er war nicht imstande, sich von der Umklammerung des bärenstarken Indianers loszumachen. Die aufgeweichte Straße, zerstampft vom Ringkampf, gab nach, bröckelte ab ... Cortez verlor das Gleichgewicht, glitt dem Wasser zu ... Da durchschnitt mit einem Schwerthieb Antonio de Quiñones den Arm des Mexikaners und riß den stürzenden Cortez empor. Das Freudengeheul der Mexikaner verstummte und wandelte sich dann in Wutgeheul.

Die Zahl der Christen am Kanal hatte sich inzwischen durch herbeigeeilte Mannschaften Tapias vergrößert. Auch der Apfelschimmel Molinero wurde von einem Pagen herangeführt. Und als Cortez zögerte, ihn zu besteigen, zerrte ihn Quiñones beinahe gewaltsam zum Pferde hin und machte ihm in gütig-barschem Ton Vorhaltungen, daß er sein Heer gefährde, wenn er sich gefährde. »Wir sind verloren, wenn wir Euch verlieren, Señor Capitan!...« Er war ein baumlanger Kerl; stämmig und lässig in der Haltung; pechschwarz, verwildert, struppig Bart und Haar; schmalstirnig, brutal und gutmütig das Gesicht. Mit dem galanten Salcedo, Luis Marín, Gallejo und Vendabal war er einst in Verakruz gelandet, während La Medina im Nachtlager auf dem Weg nach Sempoalla tanzte... Noch hatte ihm Cortez kein Wort des Dankes für die Lebensrettung gesagt. Er wollte es tun, während er den Fuß in den Steigbügel setzte. Doch er kam nicht dazu. Der Hals des Pagen, der den Zügel Molineros hielt, wurde von einem Wurfspieß durchbohrt. Und als Quiñones hinzusprang, den Zügel zu halten, traf auch ihn ein tödlicher Pfeil ins Auge.

Schaudernd bestieg Cortez das Pferd. Für Trauer war ihm keine Zeit vergönnt. Dem Verstande die Herrschaft überlassend, fand er seine kühle Ruhe wieder. Umsichtig ordnete er den Rückzug an. Er selbst wollte sich mit seiner Leibwache und dem Rest von Alderetes Truppen auf der Hauptstraße südwärts durchschlagen. Seinen in den beiden Parallelstraßen fechtenden Heeresabteilungen befahl er, am Haus der Speere sich mit ihm zu vereinigen.

Verlustreich war auch der Rückzug. Von den Dachterrassen herab und aus den Kanälen herauf kämpften die Mexikaner. Die schwarze Sammetfahne mit dem gestickten, von weißen und blauen Flammen umloderten Goldkreuz wurde dem Fahnenträger Corral entrissen. Der rasende Jubel der Mexikaner über den Raub der Trophäe war ebenso verfrüht wie das Entsetzen der Christen angesichts dieser Schmach. Corral kämpfte sich durch bis zur Fahne und brachte sie und sich unversehrt aus dem Gewühl zurück.

Als das Heer hinter den Festungsmauern von Acachinanco geborgen war, ließ sich der Verlust übersehen. Zweiundsechzig Kastilier, achttausend indianische Verbündete, zwei schwere Geschütze und sieben Pferde waren den Mexikanern in die Hände gefallen. Und Sandoval war tot.

Macuilxochitl, der Gott des Tanzes und der Blumen, herrschte nun in Tenuchtitlan. Männer, Frauen, Greise und Kinder umflochten sich mit Blumenkränzen und tanzten. Und selbst die unseligen Kriegsgefangenen wurden durch Schläge gezwungen, Schmuck anzulegen und zu tanzen. Während der Weibliche Zwilling von einem Altan herab die in endlosem Zug an ihm vorbeischreitenden Heerscharen beglückwünschte und als getreue, den Vorfahren ebenbürtige Söhne der »Stadt im Kolbenrohr« feierte, wurden die Kriegsgefangenen am Götzenbild Huitzilopochtlis vorbeigeführt, wo sie Erde essen mußten; sie wurden an der berghohen Schädelstätte vorbeigeführt, wo ihnen aus einer Unzahl von Augenhöhlen das Spiegelbild ihres jammervollen Loses entgegenstarrte. Dann brachte man sie in den von den Königen von Tlacopan und Mexiko bewohnten Palast. Dort ließ Guatemoc ihnen köstliche Speisen und Getränke vorsetzen, beweihräucherte sie, beschenkte sie mit Blumen und sagte: »Seid willkommen am stillen Wasser von Tenuchtitlan, wo zwischen Uferschilf und Röhricht der weiße Adler sang und die weiße Schlange pfiff. Die Gnade des Sonnengottes hat euch mir geschenkt, damit ich euch zum Fest meiner Krönung opfern kann! Freut euch und genießt – bevor das Messer euch die Brust öffnet – den Anblick des schönen Tenuchtitlan! Und tröstet euch, denn keine weibliche Tat führt euch hierher! Zehn Tage lang wird dies Fest gefeiert werden, und jeden Tag werden sechs Söhne der Sonne und achthundert Söhne dieser Erde zu Göttern werden!«

Dem Wunsch des Königs gemäß wurde die Schar der Opfersklaven in zehn Gruppen geteilt. Und schon gegen Abend des ersten Tages erstiegen – nackt, mit weißen und roten Streifen bemalt, mit weißen Daunenbällen beklebt, Papierfähnchen in den Händen, Papierkronen auf den Stirnen tragend – sechs Kastilier und achthundert Tlascalteken in grausiger Prozession die Menschenwürgeplätze von vier Stufentempeln. Die eben erst nach Acachinanco zurückgekehrten Soldaten des Cortez, wie ebenfalls die Alvarados auf dem Dammweg von Tlacopan, konnten ihre bejammernswürdigen Kameraden erkennen, konnten sehen, wie sie durch Schläge gezwungen wurden, im Reigen der Priester mitzutanzen. Sie konnten sehen, wie einem nach dem anderen auf dem Adlerstein die Brust mit dem Obsidianmesser geöffnet wurde, wie der Opferer die Hand in die klaffende Wunde wühlte, das Herz herausriß und es empor zur Sonne hielt, wie das Blut in einem Becher aufgefangen und vom Hohenpriester getrunken wurde und wie die Unterpriester den Leichnam des Geopferten die steile, durch einen rieselnden roten Bach geteilte Tempeltreppe hinabschleuderten ... Wetterharte, im Krieg ergraute Soldaten schluchzten beim Anblick so zahlloser, so unabsehbarer Martyrien. Und doch war, was da vor ihren Augen geschah, erst ein Anfang, und zehn Tage lang mußte sich das Schauspiel wiederholen ...

Als die Arbeit der Opferer bei Sonnenuntergang ein vorläufiges Ende fand, verkündete das Mexikaner-Priesterchen von einer Terrasse des Schlangenberges herab das Orakel des heiligen Nopalbaumes:

»O ihr Mexikaner! Unser mächtiger Gott Huitzilopochtli, der von der Jungfrau Geborene, der Wunderbare, redete so zu mir, seinem Knecht, durch den Mund des heiligen Baumes: O mein Vater – sprach zu mir der Gott –, sage den Mexikanern, daß ich zufrieden bin mit ihnen und daß ich weiß, was ich zu tun habe! Speise und Trank gaben mir die Mexikaner! Jetzt habe ich wieder einen Markt, wo ich mir Fleisch kaufen kann! Mehr Fleisch noch will ich haben! Sage den Mexikanern, daß sie sich nur noch zehn Tage gedulden sollen; dann werden sämtliche Söhne der Sonne und sämtliche Feinde Mexikos mit der Opfertracht geziert sein und – so wie die heute Erbeuteten – auf den Tempeln Tenuchtitlans tanzen!«

Die Verkündigung des Hohenpriesters machte nicht nur innerhalb Tenuchtitlans ungeheures Aufsehen. Sie wurde bald in ganz Anahuac und jenseits der Grenzen Anahuacs bekannt. Die Folge war, daß sämtliche Hilfsvölker von Cortez abfielen. Zermürbt durch die Strapazen, vertrauten sie nicht mehr auf die Sieghaftigkeit der weißen Götter und glaubten dem Orakel ihres einheimischen Kriegsgottes. Heimlich, ohne sich die Absicht vorher anmerken zu lassen, entwichen bei Nacht die Chalken, Huexotzincas, Cholulteken, Totonaken, Huaxteken und sogar die Mehrzahl der Tlascalteken. Nur der Tlascaltekenkönig Piltecatl mit den getreuesten seiner Stammesgenossen und die Schwarze Blume mit einem Teil des Acolhuakenheeres harrten bei Cortez aus. – Die Entwichenen zurückzurufen, versuchte Cortez nicht; wohl aber sandte er ihnen Boten nach und bat sie, auf dem Wege in ihre Heimat sich zu lagern und erst abzuwarten, ob die Weissagung des Hohenpriesters eintreffe oder nicht.
Mit den Indianertruppen verlor Cortez auch seine indianische Bootsflotte. Das hatte zur Folge, daß die Brigantinen allein nicht mehr imstande waren, Tenuchtitlan so abzuschließen wie bisher. Ungehindert konnten wieder Marktboote Lebensmittel und Trinkwasser in die Stadt bringen: die beiden stärksten Bundesgenossen der Christen, Hunger und Durst, verließen Tenuchtitlan.

Die Zuversicht des Hohenpriesters beruhte (außer auf dem erfochtenen Siege) darauf, daß das große Entsatzheer aus Michuacan heranrückte. Von Tangaxoan, dem König von Michuacan, waren soeben wieder Boten eingetroffen, durch die er dem Herabstoßenden Adler sagen ließ: er werde in einigen Tagen am Ufer des Schilfsees sein.
Gerüchte gingen um von einer geheimnisvollen großen Heeresmacht, die von Guatemala oder Honduras her sich dem Seengau näherte. Flüchtlinge aus Xochimilco hatten diese Gerüchte nach Tenuchtitlan gebracht. Hoffnungsselig glaubten die Mexikaner, es seien die von den Mayafürsten erbetenen Hilfstruppen. Von den Gesandten freilich, die an die Königshöfe von Ichcanzihoo, Tzac Ulen und Tepan-Guatemala gezogen waren, war keiner zurückgekehrt...
Tatsächlich hatten jene Gesandten ihr Ziel nie erreicht. Sie waren von der Sklavenhorde des Roten Jaguars angegriffen, ausgeplündert und getötet worden. Aus den ihnen abgenommenen Briefen hatten die Sklaven Kenntnis von der Einschließung und Bedrängnis Tenuchtitlans erhalten. Und da in dem gebrandschatzten Honduras wenig mehr zu rauben war, stießen sie ins Axochcogebirge (das Gebiet der Wasserblüte) vor, um dem mexikanischen Kriegsschauplatz nahe zu sein – so wie Wölfe und Aasgeier sich in der Nähe von Schlachtfeldern aufhalten und ihre Zeit abwarten.

Isabel de Ojeda hatte nicht lange die Dornenkrone einer Sklavenkönigin getragen. Der Rote Jaguar war ihrer Unnahbarkeit und ihres ewigen Weinens bald überdrüssig geworden und hatte sie Alonso de Barrientos abgetreten, mit welchem ihn der Zufall zusammenführte, als sie beide gegen denselben Fürsten in Honduras zu Felde zogen. Schon vor der Gründung von Verakruz hatte sich Barrientos um das Mündel des Ritters Ordás beworben; und als im ersten Nachtquartier auf dem Wege nach Sempoalla die kleine La Medina und alle Lagerdirnen zum Gitarrespiel des Bergmanns und Tanzmeisters Ortiz tanzten, ließ sich die olivenbleiche Isabel vom stattlichen Alonso de Barrientos im Kreise herumwirbeln... Nach den Kämpfen von Tlascala zum Fähnrich befördert, war Barrientos während der Gefangenschaft Montezumas – bald nachdem die fünf Könige an die Eisenkette geschmiedet worden waren – südwärts gezogen, als einer jener fahrenden Ritter, die wie Ordás und Diego Pizarro außer dem Brunnen der Verjüngung auch verborgene Erdschätze suchten. Während der Nacht der Schrecken befand er sich in Oaxaca (der Heimat Marinas) und entging der Rache der Azteken, indem er zu den Maya entfloh. Als – neun Monate später – das Christenheer von Tezcuco aus den Erkundungszug in das südliche Anahuac unternahm und sich der Gebirgsstadt Quauhnahuac näherte, wurde im Geäst eines Lilienbaumes ein alter Maya entdeckt, der ein Schreiben des Barrientos und ein Isabel de Ojeda gehörendes Schmuckstück überbrachte. Das hatte Ordás ins Land der Frauen – Cihuatlan – getrieben. Aber weder ihm noch seiner Begleiterin Doña Elvira war es geglückt, Kunde von Isabel oder von Barrientos zu erlangen.
Als Gefangener der Tigerin, der Königin der Unabhängigen Weiber, lebte Ordás in Cihuatlan. Er war Sklave und Gatte der Tigerin. Er mußte ihre heiligen Hirsche versorgen, die Hindinnen melken, die Hirschmilch quirlen und Käse bereiten... Die nackten Mädchen erzählten ihm von einem Gigantenreich und einem Silberland. Das erleichterte ihm die Mühsale der Milchwirtschaft: in ihm reifte ein neues Ziel.

Auf Anraten der Königlichen Kalenderwahrsager, Hofsterndeuter, Maiskornbeschauer und Fadenknüpfer war Guatemocs Krönung auf den günstigen Tag Ome oçomatli, »Zwei-Affe«, festgesetzt worden. Und obgleich sich die angesagte Ankunft der Michuaken verzögerte, ließ das Fest sich nicht mehr hinausschieben und mußte ohne den Cazoncí gefeiert werden.
Geführt vom Weiblichen Zwilling, begaben sich die Edlen des Reiches zum König von Tezcuco, überreichten ihm eine goldene Mitra, Ohrpflöcke, Brustschmuck, Gürtelgehänge, goldene Wadenschienen und forderten ihn auf, sich damit zu schmücken, um vor dem Herrn der Welt zu tanzen. Ohrring-Schlange nahm die Geschenke entgegen, verteilte Gegengeschenke und willigte ein, vor dem Herrn der Welt

zu tanzen. Die gleiche Zeremonie wurde vor dem König von Tlacopan und dem König von Cuitlahuac wiederholt. Nachdem Ohrring-Schlange, der Durch-Zauber-Verführende und der Behandschuhte den Schmuck angelegt hatten, versammelten sich zweitausend Azteken der Adelskaste im größten Hofe des vom Herabstoßenden Adler bewohnten Tecpans, und als, gekleidet mit allen Insignien seiner Königsherrlichkeit und umringt von seinen Frauen, Narren und Krüppeln, Guatemoc zu ihnen hinaustrat, wirbelten sie vor ihm in einem sternenförmigen Reigen, und auch die drei Könige tanzten vor dem neuen Herrn der Welt. Darauf knieten die drei Könige vor ihm nieder, entkleideten ihn und salbten seinen Körper mit einer Spezerei, mit welcher sonst nur das Idol des Kriegsgottes gesalbt wurde. Und Ohrring-Schlange redete ihn mit diesen Worten an: »O tapferer Krieger, o großer König, fasse Mut, denn du bist das Ebenbild unseres Gottes Huitzilopochtli, der, zwischen Uferschilf und Röhricht thronend, über die Welt zu Gericht sitzt und seine Feinde zerschmettert!«

Und völlig nackt wurde Guatemoc durch die Gassen bis zum Schlangenberg geführt und dort – am Fuße der Pyramide – in den Ornat eines Opferpriesters gekleidet: um seine Lenden wurde ein dunkelgrüner, mit kleinen Totenschädeln und Knochen bemalter Frauenrock getan, eine ebenfalls mit Schädeln verzierte Schärpe wurde ihm um die Stirn gebunden, ein perlbestickter Weihrauchbeutel an seinen linken Arm gehängt; und mit einem großen Schleier vom Kopf bis zu den Zehen verhüllt, wurde er hinaufgeführt zum Glutbecken, wo er vor dem juwelenblitzenden Standbilde des Stammgottes den Fußboden zum Zeichen des Grußes mit dem Daumen berührte und weiße Weihrauchkörner ins heilige Feuer warf. Hierauf tat er, was die Opferer tun, riß Edelsteine aus klaffenden Brustwunden, hielt die zuckenden roten Adlerkaktusfeigen zur Sonne empor, trank das im Becher aufgefangene Edelsteinwasser angesichts des jubelnden Volkes...

Nach der Opferung schloß er sich ein im Pfeilhause, einem Nebengebäude des großen Tempels, wo er betend und sich kasteiend vier Tage lang verweilte. Am Abend des vierten Tages kehrte er heim in den Palast und feierte die Verehelichung mit Königin Maisblüte. Die von Schmuckfedern umflammten Tanzspiele des Adels, die purpurn leuchtenden Pechpfannen und die Freudenfeuer auf allen Dachterrassen widerspiegelnd, brannte und loderte das Wasser der Kanäle, glühte und glomm weithin der Schilfsee.

Vom Altan des Palastes herab zeigte der Herr der Welt dem Volk seine von Milchopalen überrieselte Königin. Auf der Brust trug sie den Tlacauactecpatl, den »harten Kiesel«, den Diamanten. Sphinxähnlich rahmte ihr Haar die Wangen ein. Geisterhaft war ihr müdes Lächeln. Der Leiden und der Freuden war sie müde.

Das Mexikaner-Priesterchen hatte sich entschuldigen lassen: er sei krank, bettlägerig... Als seine Stellvertreter sandte er eine große Schar auf Muscheltrompeten blasender, schwarz geschminkter, in gegerbte Menschenhäute gehüllter Räucherer und Priester. Als sie sich näherten, wich das Volk scheu und ehrfurchtsvoll vor ihnen auseinander. Bevor sie jedoch den Palast betreten hatten, kamen vier Huren herbeigelaufen, kenntlich an der Tracht und Haartracht der Süßduftenden. Und die vier Huren führten einen unanständigen Tanz auf. Es war ein unerhörter Schimpf, daß vor den Augen des Königs und der Königin Huren zu tanzen wagten. Hinfällig, durchsichtig blaß nach kaum überstandenem Wundfieber, verlor Maisblüte das Bewußtsein, als sie das Hohnlachen vernahm, mit welchem die Priester den Tanz der Huren begleiteten. Das Volk, aus einer schreckhaften Erstarrung durch die Ohnmacht der Königin geweckt, wollte die Süßduftenden in Stücke reißen, wagte jedoch nicht, sich an den Priestern zu vergreifen, in deren Mitte jene geflüchtet waren. Von den Priestern weggeführt, entkamen die Huren straflos.

Trotz der Festlichkeiten hatten die Waffen keinen Augenblick geruht. Mit verbissener Beständigkeit wiederholten bei Tag und bei Nacht die mexikanischen Krieger den Versuch, sich der Dammstraßen zu bemächtigen. Die Weissagung des Hohenpriesters gab ihnen das Vertrauen, daß ihre Selbstvergeudung nicht umsonst sein werde; und kummerlos vergeudeten sie sich, weil der in der Schlacht gefallene Krieger den neun Höllen entgeht, im Hause der Sonne lebt, in Gestalt eines Schwirrvogels die Sonne täglich bis zum Zenit begleitet... Mehrmals gelangten sie bis dicht vor das Bollwerk Acachinanco; doch dann öffneten die heimtückisch schweigenden Geschütze plötzlich ihre feurigen Mäuler, und hinweggefegt vom Damm wurden die Todesmutigen. Die Prophezeiung erfüllte sich nicht. Die zehn Tage gingen vorbei, die weißen Götter aber wurden nicht von einem Orkan zerschmettert, wurden nicht vom See verschlungen und wurden auch nicht in Opfertracht nach Tenuchtitlan geführt. Maßlos war während der zehn Tage Mexikos Übermut gewesen, maßlos war jetzt Mexikos Verzweiflung. Und Mexiko wehrte sich gegen den Zweifel, der noch unerträglicher war als die Verzweiflung... Hatte der Kolibrigott gelogen? Hatte der Hohepriester das Volk betrogen? Das konnte nicht sein! Wie aber war es zu erklären, daß das Orakel des heiligen Baumes irrig war?...
Da verkündete das Mexikaner-Priesterchen dem verängstigten Volk ein neues Orakel des Nopal-Baumes: Königin Maisblüte müßte geopfert werden – dann werde die Weissagung in Erfüllung gehen.

Guatemoc kämpfte seit dem Krönungsfest am Südtor. Sein Hofstaat im Palast stand unter dem Schutz des Weiblichen Zwillings und etlicher Adler und Jaguare. Dem Hohenpriester ließ der Weibliche Zwilling sagen: Wenn das erste Orakel sich irrte, so könne auch das zweite Orakel sich irren; darum verweigerte er im Namen des Herrn der Welt den Opferern die Königin. Als aber das erregte Volk sich vor dem Palast zusammenscharte, traten nicht Adler und Jaguare aus dem Portal, sondern jene dreißig Blinden, welche einst auf Wunsch Montezumas den nächtlichen Bußgang der Prinzessin Maisblüte zum Tempel der Vierhundert Kaninchen mit Fichtenholzfackeln beleuchtet hatten. Die Blinden zückten Feuersteinmesser gegen ihre Herzen und erklärten feierlich, sie würden sich töten, wenn das Volk fortfahre, die Opferung der Königin zu fordern. Da verzog sich stumm die Menge. Und Tlótli, der Sperber, der Anstifter der Hetze gegen Maisblüte, mußte der in seinem Tecpan verborgen lebenden Königin Silber-Reiher und ihrem Schuldgenossen Coxtemexi eingestehen, daß er einen Fehlschlag getan hatte.

Drei Tage zu spät langten die zweihunderttausend taraskischen Bogenschützen aus Michuacan am westlichen Ufer der Lagunen an. König Tangaxoan mit seiner elfjährigen heiligen Schwester Uacui – dem Eichhörnchen – bezog das schöne Lustschloß Chapultepec, während die beiden Vettern des Königs, die Feldherren Aguija und Nuzindira, sich mit dem Heer längs des zerstörten Aquädukts lagerten. Von den Christen wurden sie nicht belästigt: die Postenkette zwischen Tlacopan, Coyoacan, Iztapalapan und Acachinanco bestand nicht mehr, seitdem die Chalken, Huexotzincas, Totonaken, Tlascalteken und Acolhuaken fahnenflüchtig entwichen waren. Es fehlte den Christen an Mannschaften, das Seeufer zu bewachen. Hätten die Michuaken in Tenuchtitlan eindringen und mit den Azteken sich vereinigen wollen, sie hätten es ungestört von Chapultepec aus tun können.
Doch ebenso wie zu den Verbündeten der Schwarzen Blume war auch zu den Michuaken die Kunde der Weissagung Huitzilopochtlis gedrungen. Enttäuschend und verwirrend war des Gottes Irrtum, beunruhigend war die Fehde zwischen Mexikos Königshof und Priesterschaft.
Der Cazoncí wurde von seiner elfjährigen Schwester beherrscht. Eichhörnchen verweigerte Speise und Trank. Und als Tangaxoan sie nach dem Grund fragte, sagte sie, den in ein Tuch gewickelten Stein – den Gott Wasoricuare – ans Ohr haltend:
»Der Herabstoßende Adler ist verloren, weil er Maisblüte nicht opfert. Und alle seine Freunde sind verloren. Zwei Eulen sitzen auf der Zypresse und reden. Ich höre, was sie sagen: ›Schnitt, Schnitt!‹ sagt das Eulenmännchen. ›Blutige Gurgel, blutige Gurgel!‹ sagt das Eulenweibchen . . . Laß uns nach Tzintzuntzan zurückkehren!«
Der kurzhalsige, einem Pinguin ähnliche König wagte den Launen seiner heiligen Schwester nie entgegenzutreten. Sie hatte den Zug nach Mexiko befohlen und jetzt, kaum angelangt, wünschte sie die Rückkehr. Wie damals gehorchte er auch jetzt blindlings. Das Taraskerheer brach nach Michuacan auf.

Die schwerste Prüfungszeit seit der Nacht der Schrecken bestand und überstand das Christenheer in den zehn auf die Niederlage folgenden Tagen. Der Anblick der Schlachtungen auf den Teocalli zermürbte alle Herzen. Die Wunden brannten – keine Heilmittel gab es, nicht einmal Baumöl –, und mehr noch brannten der Zorn und Schmerz, den unglücklichen, so greifbar nahen Kameraden nicht beistehen zu können. Und zu keiner Stunde verstummte Guatemocs heiliges Muschelhorn. Die Kartaunen und Feldschlangen, aber auch die Musketen, verstummten allmählich ganz, da das Pulver aufgebraucht war. So überaus gefahrvoll war die Lage des kleinen, durch den Abfall der indianischen Verbündeten dezimierten Heeres, daß Cortez die kastilischen Frauen nach Tlascala schicken wollte. Doch die Frauen und Lagerdirnen widersetzten sich: Es sei nicht die Art der spanischen Frauen, ihre Männer im Stich zu lassen ... vielmehr wollten sie Glück und Unglück mit ihnen teilen und gemeinsam mit ihnen sterben!
Und den Waffenruhm mußte fortan María de Estrada mit mancher ihres Geschlechtes teilen. Auch Francisca de Valtierra, die Gattin des Bogenschützen Pedro de Guzmán, die Marketenderin Catalina Márquez, welche man die Feuerlilie nannte, Rosita Muños, die Buhle San Juans des Aufgeblasenen, und sogar die lange Elvira, Rodrigo Rangels Freundin, schnallten sich Harnische um, stülpten sich Helme oder Sturmhauben auf die Locken, wagten sich in die Scharmützel auf den Dämmen und fochten so kühn wie die kühnsten Männer. Francisca de Valtierra schritt sogar für ihren von Mattigkeit übermannten Gatten als nächtliche Schildwache auf und ab, um ihm einige Stunden Schlafes zu ermöglichen. (Einst auf dem Wege nach Sempoalla hatte er mit ihr tanzend darüber nachgesonnen, wie federleicht sie in seinen Armen lag ...)
Das Pulver war verschossen. Doch das schier unwahrscheinliche Glück des Cortez verschaffte ihm eben damals Pulver die Menge. Ein mit Waffen und Munition geladenes Schiff des Abenteurers Ponce de León ging (nach Florida segelnd) im Hafen von Verakruz vor Anker und wurde von Pedro Caballero, dem Hafenkommandanten, kurzerhand beschlagnahmt. Noch bevor die vom Baumorakel festgesetzte Frist von zehn Tagen abgelaufen war, erhielt das Christenheer als unerwartete Gabe des Himmels zahllose, von Tlamamas getragene Lasten – erhielt mehr Feuerwaffen und Pulver, als es bei Beginn der Belagerung zur Verfügung gehabt hatte.
Und da bis zum zehnten Tage die Weissagung Huitzilopochtlis nicht in Erfüllung gegangen war, begannen beschämt und reumütig zuerst die entwichenen Tlascalteken, dann alle anderen Hilfsvölker sich wieder einzufinden. Auch Völkerschaften, die bisher dem Bund der Schwarzen Blume nicht beigetreten waren, sandten Huldigungsgeschenke, lieferten Köpfe von geopferten Kastiliern aus (die Köpfe waren ihnen als Siegeswahrzeichen vom Herabstoßenden Adler geschickt worden) und erklärten sich bereit, gegen Mexiko zu kämpfen.

Eine seltsame Botschaft erhielt Cortez aus dem im Süden Anahuacs vorgelagerten Axochcogebirge, dem Gebiet der Wasserblüte. Von einem mexikanischen Entenjäger wurde ihm ein spanisch geschriebener Brief überbracht. Der Schreiber des Briefes nannte sich Tlatlauhqui Ocelotl – Roter Jaguar – und bot Cortez seine Hilfe an, machte jedoch zur Bedingung, daß nach der Einnahme Tenuchtitlans die Beute zu gleichen Teilen zwischen dem Sklavenheer und dem Christenheer geteilt werde.

Mit Olid, Tapia, Pater Olmedo und Aguilar besprach Cortez das Angebot. Lachend las er ihnen den Brief vor und sagte:

»Dieser Renegat und Christenfeind fängt an, Kompromisse zu machen des nackten Vorteils wegen. Er wird als Christ und Christenfreund enden!«

»Darum sollte man ihm goldene Brücken bauen«, riet Pater Olmedo, »und den Teufel um eine Seele betrügen!«

Tapia war empört.

»Ich hoffe, Don Hernando, daß Ihr dem Teufel lassen werdet, was des Teufels ist! Keine Antwort ist die einzig mögliche Antwort auf eine so freche Epistel! Dieser Matrose klopft Euch ja wohlwollend auf die Schulter, Don Hernando, und er spricht von seiner Diebesrotte, als wäre kein Unterschied zwischen ihr und unserem braven Heer!«

Anderer Meinung war Olid, er wollte paktieren:

»Señores, wir können es uns nicht leisten, so wertvolle Hilfe abzuschlagen! Lassen wir sie uns gefallen! Was die Bedingung anbelangt, so sind wir einem Erzhalunken gegenüber nicht verpflichtet, sie einzuhalten. Kommt es erst zur Teilung der Beute, werden wir Höchstdero Halunkenschaft höflich ersuchen, die Ansprüche zu ermäßigen, andernfalls wir kurzen Prozeß machen müßten mit ihm und seinem Sklavenpack!...«

»Halunkenschaft?...« fuhr Aguilar auf, und seine hohlen Wangen röteten sich. Die Bescheidenheit, als wäre sie ein Bettelmantel, abwerfend, erstaunte er sich selbst und seine Zuhörer durch die fieberheiße Lebhaftigkeit seiner Antwort:

»Nein, Don Cristóbal! Mit einem Schimpfwort erledigt man Leute vom Schlage des Roten Jaguars nicht! Mit einem Scheltwort ändert man an der Gotteswelt nichts! Die Gotteswelt und der Rote Jaguar gehören zusammen – genauso wie Eisen und Rost zusammengehören! Wer vermag zu beweisen, daß der Rost böser oder besser ist als das Eisen? Wir Menschen sind schuld, wenn das Eisen nicht blank bleibt, wenn es an Rost erkrankt...«

»Also eine Krankheit nennt Ihr es? Ist das kein Scheltwort?« fragte Cortez.

»Warum?... Warum nicht eine Krankheit?« fuhr Aguilar fort. »Es gibt auch heilsame Krankheiten!... Und vor allem: es gibt Eisen, deren Rost wir segnen!... Aber fragen denn Rost und Eisen nach unserem Segen oder Fluch? Sie sind da – und wir müssen uns damit abfinden ... Auch der eigensinnige Mensch Gonzalo Guerrero ist da, ist gottgewollt – mag es Euch lieb sein oder leid! ... Sieben Jahre lang habe ich an seiner Seite gelebt –: er war weder gut noch schlecht; aber er verzieh der Menschheit den Spruch ›*Navigare necesse est*‹ nicht. Wir Andersdenkenden sagen ja dazu, er sagte nein. – So geschieden ist die Welt seit Urbeginn, seit Abel und Kain. Solange es Eisenmenschen gibt, wird es Rostmenschen geben. Solange es Sklavenhalter gibt und geben wird, wird der Sklavenaufstand – der offene und der heimliche, meine ich – von der Welt nicht schwinden ... Das Trostloseste ist vielleicht die Einsicht, daß der Rost nie schaffend sein kann wie zum Beispiel der Eisenhammer –: der Rost ist eine bloße Verneinung. Kains Reich ist Niederbruch ohne Aufbau. Der große Baumeister der Welt braucht aber die Baumeister; und daher werden die Sklavenhalter den Namen zwar öfters wechseln, aussterben aber werden sie nie, solange es eine Erde gibt.«

»Frater, Ihr habt recht und unrecht«, sagte Cortez. »Ein Halunke braucht Guerrero nicht zu sein, auch wenn er ein Schädling ist. Nur daß er und seinesgleichen gottgewollt sein sollen, zweifle ich an. Nehmt eine einzelne Heuschrecke in die Hand –: welch ein zierliches sauberes Tier ... Wenn Ihr aber einen Heuschreckenschwarm auf der Wanderung gesehen habt, so mag Euch vielleicht, wie mir, der Gedanke gekommen sein, daß ein Teufel da am Werk ist – unheimlicher als jene, die sich um Menschenseelen placken –, ein der tiefsten Hölle entstiegener Teufel, der in Heuschreckengestalt die Erde kahlfressen will, damit es auf der Erde nur Heuschrecken gebe; alles soll ihm weichen, damit er sich an seine Stelle setze; Gott soll ihm weichen, damit er, der Heuschreckenteufel, Gott werde. Das ist der König aller Satane – und mancherlei Gestalt nimmt er an: selbst als Buch tritt er auf, das alle Bücher, als Gedanke, der alle Gedanken fressen will. Mit ihm gibt es kein Paktieren ... Ich werde ihm einen Absagebrief schreiben!«

»Und die Folge wird sein, Don Hernando, daß der Guatemoctzin die Hilfe anbieten wird, die Ihr ausgeschlagen habt!« sagte Olid.

Und es geschah so, wie Olid gesagt hatte. Der Rote Jaguar bot Mexiko seine Unterstützung an. Und Mexiko, von den Michuaken im Stich gelassen, lehnte die anrüchige Bundesgenossenschaft nicht ab. Fern von Tenuchtitlan konnten sogar Rebellen von Nutzen sein, wenn sie andere Rebellen für Mexiko zurückgewannen. Im Gebiet der Wasserblüte, wo der Rote Jaguar sich befand, war die Hauptstadt Quauhnahuac (Cuernavaca) seit Cortez' zweitem Erkundungszuge dem Bunde der Schwarzen Blume beigetreten. Auf Wunsch des Herabstoßenden Adlers belagerten nun die Sklaven die Gebirgsstadt.
Boten auf Boten aus Quauhnahuac meldeten Cortez die Notlage der

Bewohner, flehten um Beistand. Obgleich erst ein geringer Teil der nach dem Baumorakel entwichenen Tlascalteken und sonstigen Verbündeten sich wieder eingefunden hatte, beschloß Cortez, Andrés de Tapia mit achtzig kastilischen Fußsoldaten, zehn Reitern und etlichen tausend Indianern zum Entsatz von Quauhnahuac zu entsenden.
Alderete, der schuldbewußt die erste Zeit nach der Niederlage sich kaum hatte blicken lassen, wagte sich hervor und machte, mit den Fingern durch seinen gepflegten langen Bart streichend, höfliche Vorhaltungen:
»In unserer prekären Lage, Don Hernando, erscheint mir die Entsendung Tapias wie . . .«
Da er stockte, fiel ihm Cortez ins Wort:
»Wie ein Wahnsinn, wollt Ihr sagen? Gewiß, Don Juliano, jede Kühnheit ist ein schöner Wahnsinn. Ich kannte in Sevilla einen von Gläubigern bedrängten Grafen, der sich nur dadurch rettete, daß er ein großes Gastmahl gab. Je schwächer wir sind, um so mehr müssen wir uns den Anschein geben, stark zu sein!«
Nach zwei Wochen kehrte Tapia erfolggekrönt zurück. Er hatte Quauhnahuac befreit und das ganze Gebiet der Wasserblüte von den übel hausenden Sklaven gesäubert. Diese waren, nachdem sie in einer Feldschlacht große Verluste erlitten hatten, fluchtartig nach Nordwesten ausgewichen.

Bei Chapultepec durchbrach der Rote Jaguar mit seiner Räuberhorde die Postenkette der Belagerer und drang in Tenuchtitlan ein. Es war seine Absicht, ehrlich für Mexiko zu kämpfen und die Sklaven in das mexikanische Heer einzureihen. Das ihn umjubelnde Volk Tenuchtitlans erkannte ihn nicht und hielt ihn für einen der Mayafürsten, weil er mit der Krone und den Insignien eines Königs der Maya geschmückt war. Vor den Herabstoßenden Adler geführt, sprach er, als König der Sklaven zum König der Azteken, herausfordernd stolz:
»Ich hasse die Sieger und liebe die Besiegten! Ich hasse die Christen ebenso wie du! Ich hasse den Krieg, obgleich er uns zu Freunden macht!«
Knabenhaft lächelnd hatte Guatemoc zugehört. Dann verdüsterten sich seine Züge:
»Ich liebe die Kühnheit, auch wenn sie der Prunk entlaufener Sklaven ist! Ich liebe den Krieg, obgleich er mich verschlingt. Aber Mexiko ist noch nicht besiegt. Bist du gekommen, es zu retten? Vor Quauhnahuac nützte deine Hilfe wenig . . . Indes, wenn du mit uns sterben willst, so sei willkommen!«
»Ich will mit euch sterben!« sagte der Rote Jaguar.
da fuhr Guatemoc ihn wütend an:
»Du lügst! . . . Geglaubt hast du, Mexiko sei bereits eine Leiche, und du ließest dich wie ein Geier auf sie herab, ihr mit Krallenhieben die Augen auszuhöhlen, ihr Fleisch und ihre Sehnen von den Knochen

zu hacken!« Auf ein Zeichen von Guatemoc überwältigte seine Leibwache den Roten Jaguar, band ihm die Hände auf den Rücken und schnitt ihm den Tzotzocolli genannten Haarschopf, das Abzeichen kriegerischer Heldenschaft, ab. Sein Gesicht war schneeweiß geworden. Doch er bat nicht um Erbarmen.
Da sagte Ohrring-Schlange zum Herabstoßenden Adler: »Gedenke des Zauberers Zacatzin, mein Bruder, der euer beider Freund war!«
»Um des Zauberers willen«, erwiderte Guatemoc, »soll dieser Sklave Tezcatlipoca werden und, die Flöte spielend, von seinen vier Frauen und acht Knaben begleitet, durch die Gassen Tenuchtitlans ziehen, bis das alte Jahr dem neuen Jahr weicht; aber erst soll dieser Sklave lernen, sich wie ein König zu betragen!«
»Du hast es mich eben gelehrt« – rief Gonzalo Guerrero –, »heimtückisch wie ein König und großmütig wie ein König: denn das neue Jahr wird Mexiko nicht mehr erleben, die Käfige aber werden sich öffnen bis dahin! Und dann werden wir abrechnen – wir Sklaven und ihr Herren!«
Er wurde abgeführt und in einen auf dem Gelände des Momoztli-Tempels befindlichen Holzkäfig gesperrt.

Nicht lange blieb den Sklaven die Gefangennahme ihres Führers verborgen. Sie stürmten den Tempel und befreiten den Roten Jaguar. An ihrer Spitze zog er zum Kopalmarkt, wo viel niederes Volk sich neugierig hinzugesellte. Und der Rote Jaguar erstieg inmitten des Platzes eine umgeworfene Marktbude und hielt eine Hetzrede an das Volk.
»Warum laßt ihr euch von den Azteken knechten, ihr Chichimeken und Otomis? Etwa, weil sie aus Aztlan, dem Lande der Reiher, kamen – während ihr hier ureingesessen seid auf den Inseln und Ufern des Schilfsees? Und stammt nicht auch ihr aus den sieben Höhlen? Aber früher als jene nahmt ihr vom Lande hier und vom See Besitz, waret Herren hier, bis sie euch Land und Wasser wegnahmen, euch zu Knechten, sich aber zu Adligen machten. Jetzt sind die Adligen reich, und ihr seid arm. Jetzt, wo ihr alle hungert, haben die Adligen noch immer Speise und Trank. Durch Kriege wurden die Azteken reich – darum wollen sie immer wieder den Krieg. Wir aber wollen den Krieg nicht – und wenn wir zu den Waffen greifen, so tun wir es notgedrungen, um den Krieg zu vernichten. Unser Feind sind nicht die Fremden, unser Feind sind die Aussauger des Volkes. Laßt uns die Azteken totschlagen und sofort Frieden schließen mit den Freunden!«
Ein tausendfaches Echo fand die Rede. Die Sklaven, denen sich vergrämte, zerlumpte, gieräugige, von Hunger ausgemergelte Gestalten anschlossen, drangen in die Häuser der Reichen, der Handelsherren, der Würdenträger und Staatsbeamten, ja selbst der Könige ein. Da die Adler und Jaguare Mexikos auf den Dammwegen vor den Toren

Angriffe der Christen abwehrten, war die innere Stadt beinahe wehrlos der Rache und Raubgier des Pöbels preisgegeben.
Die Erbitterung des Volkes richtete sich besonders gegen die Kriegshetzer. Als solche waren die Herrin von Tula und der reiche Kaufherr Tlótli bekannt. Die Sklaven holten die Herrin von Tula aus ihrem Palast hervor, mißhandelten sie, banden sie kreuzweise an einen Yuccabaum und schossen so lange mit Pfeilen nach ihr, bis sie den Geist aufgab.
Einem gleichen oder ähnlichen Schicksal entging der Sperber dadurch, daß er beim Herannahen der wütenden Menge auf das Dach seines Tecpans stieg und Gold, Schmucksachen und Edelfedern hinabwarf. Da ließen die Sklaven davon ab, den verrammelten Haupteingang aufzubrechen, und prügelten sich mit dem Volke wegen der Kostbarkeiten. Der Sperber aber entschlüpfte mit Königin Silber-Reiher und Coxtemexi durch eine hintere Tür aus dem Tecpan. Sie sprangen in einen Kanal, schwammen, bis sie den Schilfsee erreichten, und versteckten sich im Schilf. Zwei Tage und Nächte standen sie bis an den Hals im Wasser. Schließlich fanden sie ein leeres Boot und steuerten, halb wahnsinnig vor Hunger, auf die Festung Acachinanco zu. Dort, von Tlascalteken in Gewahrsam genommen, gaben sie sich als vornehme Überläufer zu erkennen und baten, man möge sie zu Cortez geleiten, dem sie Wichtiges mitzuteilen hätten.

Die Schwarze Blume und Marina waren zugegen, als Cortez die Königin von Tezcuco mit ihren beiden Getreuen empfing. Nicht ohne Schadenfreude sah die Schwarze Blume die Demütigung seiner Schwägerin, die ihm von jeher zuwider gewesen war. Als sie aber gleich nach der Begrüßung ihm schluchzend vom martervollen Tod seiner Mutter erzählte, schluchzte er mit ihr, hemmungslos wie ein Kind. Marina und Cortez sprachen Trostworte, doch er schüttelte den Kopf und jammerte:
»Sie hat mich verflucht, weil ich ein Christ wurde ... Und doch hat sie nichts auf Erden so geliebt wie mich! Das hat sie mit den Jahren hart gemacht gegen alle, daß sie mich verlor ... Früher war sie weich, eine Dichterin, früher dachte sie wie mein Vater von blutrünstigen Göttern und vom blutrünstigen Mexiko ... Weil sie mich liebte, haßte sie den Erlöser. Ach, warum hat Gott ihr nicht vergönnt, den Segen zu erleben, den das Christentum Mexiko bringen wird! ... Nun ist sie als Heidin gestorben und hat den Fluch nicht zurückgenommen!«
Die Blicke von Cortez und Marina waren sich scheu, fragend, über sich selbst erschrocken, begegnet. Schuldbewußte Blicke, die sich wie ertappt vorkamen ... Das kindliche Gemüt dieses wilden Häuptlings glaubte also wirklich noch an den Segen, den das Christentum Mexiko bringen werde ...
Seinen ausgehungerten Gästen ließ Cortez ein solennes Mittagsmahl

vorsetzen – Juan Varela, der Oberkoch und Tafelmeister, durfte mit seinen Künsten Staat machen. Auch Wein wurde nicht gespart. Das lockerte die Zungen.

Silber-Reiher wurde gesprächig, Coxtemexi wurde geschwätzig. Und auch der schwerfälligere Tlótli gab seine steinerne Stummheit auf. Er hatte in den zwei Tagen – seitdem er seine Kostbarkeiten fortgeworfen, um sein nacktes Leben zu retten – vollständig die Gesinnung gewechselt. War er der eifrigste Patriot gewesen, so haßte er jetzt das vom Pöbel beherrschte Mexiko. Er hatte gegen alle Friedensangebote gewettert; und jetzt erhoffte er alles Heil von einem baldigen Kriegsende – sei es, daß Mexiko freiwillig Frieden schließe, sei es, daß es zum Friedensschluß gezwungen werde. Er hatte über alle Maßen die Fremden verabscheut, und jetzt entwürdigte er sich vor ihnen, lobhudelte, schmeichelte, in der Erwartung, daß sie die Pöbelherrschaft in Tenuchtitlan beseitigen, die Adelskaste und die Händlerkaste in ihre Rechte wieder einsetzen, die ihm und anderen Wohlhabenden geraubten Besitztümer zurückerstatten könnten. Um dieses Ziel zu erreichen, war ihm jedes Mittel recht.

Nachdem die Königin und Coxtemexi eine Schilderung der Hungersnot gemacht hatten (welche das Volk zwinge, sich von Ratten und Baumrinden zu ernähren...), und nachdem sie den inneren Zwiespalt, die ungeheuren Kriegsverluste, die durch Krankheiten verursachte Sterblichkeit aufgezählt hatten, um darzutun, daß die Tage Tenuchtitlans gezählt seien, führte der Sperber in längerer Rede aus: Am Zusammenbruch sei der Herabstoßende Adler schuld. Seiner Widersacher im Priesteradel wegen habe er sich auf das Volk stützen wollen und darum habe er die Sklaven in die Stadt gerufen. Der Tod der Herrin von Tula und der Angriff auf seinen (des Sperbers) Tecpan offenbare ja, wer der Anstifter war. Wenn erst allen Wohlhabenden das Gold abgenommen sei, werde der König auch den Armen das Gold abnehmen, es gegen Lebensmittel eintauschend, an denen er allein keinen Mangel leide. Verdoppeln werde er auf diese Weise den aus dem See gefischten Goldschatz Montezumas und werde vor der Übergabe der Stadt mit dem Goldschatz zu entfliehen suchen. Das müsse unter allen Umständen verhindert werden. Die Christen müßten alle Kanäle der Stadt verstopfen, damit er nirgendhin entweichen könne. Die Ausfüllung der Kanäle werde auch am sichersten und schnellsten den Mut der Verteidiger brechen und das Ende herbeiführen.

Auf spanisch bemerkte Cortez zu Marina:

»Was kein Feind auszudenken wagt, ersinnt so ein Verräter leichten Herzens!...«

»Laß dies Scheusal hängen, Hernando – und ich werde dir die Hände küssen!«

»Nein, Marina! Ich werde ihn zum König von Tlatelolco machen. Denn noch niemand gab mir einen so teuflisch guten Rat wie er!«

»Du nanntest Tenuchtitlan das schönste Ding der Welt...«
»Darum muß ich es haben, Marina!«
»Du wirst es haben und wirst mich verlieren!«
»Vielleicht verlor ich dich schon, Marina?«
Im Scherzton warf er diese Worte hin, wie ein Ballspieler den Ball zurückwirft – federnd leicht, flink, ohne Besinnung, treffend, um zu trumpfen, ohne ins Herz treffen zu wollen. Verständnislos grinste die Schwarze Blume über das Wortgeplänkel... Und doch hatte Cortez ins Herz getroffen. Marinas Augen schimmerten feucht. Da sagte er bereuend:
»Auch mir ist weh um das schönste Ding der Welt! Und damit du mir keine Vorwürfe machen kannst (und auch ich mir selbst nicht), werde ich ein letztes Mal Guatemoc den Frieden anbieten lassen. Er mag es entscheiden, ob die glitzernden Kanäle weiterleben oder begraben werden, ob die Wasserstadt eine Wasserstadt bleibt! Wenn er diesmal wieder ablehnt, so ist er es, der die Erde ruft, daß sie das Wasser verschlinge, so ist er der Gleichmacher, der alles dem Erdboden gleichmacht – nicht ich!«
Leise und bleich murmelte Marina:
»Weder er noch du! Aber ich bin die Zerstörerin! Ohne mich wäre es niemals dazu gekommen...«

Rodrigo Rangel hielt an Cortez diese Ansprache:
»Euer Liebden haben von der Königinwitwe von Tezcuco (einer senfscharfen Dame) vernommen, daß die Mexikaner sechs unserer Rosse auf Blutaltären geopfert haben (geradezu, als ob es Menschen wären!); Motilla aber, des edlen Sandoval Streitroß, haben sie zum Gott gemacht, ihn göttlicher Ehren teilhaftig werden lassen (was doch auch nur mit Menschen zu geschehen pflegt) und haben ihm Gold zu fressen gegeben, nichts als pures Gold. Mit welchem Erfolg? Der arme Motilla ist trotz des Goldes an Hunger gestorben! – Man denke! Aber ist es überhaupt denkbar? Ist es zu begreifen? Man steckt bis an die Ohren in Gold, und man verhungert! Als ob Gras und Getreide wichtiger für das Leben seien als Gold! Eine so nüchterne Lebensauffassung hätte ich einem Rosse nicht zugetraut! Vielleicht ist es die ausgleichende Gerechtigkeit, ich möchte sagen, die poetische Gerechtigkeit: nicht jedermann kann Gold vertragen, auch nicht jedes Land... Ein Goldland (o Sehnsuchtstraum aller Ritter und Glücksritter!) hat Nachteile – gewiß –, aber auch einen zukunftsträchtigen Vorteil: man gewöhnt sich das Essen ab, indem man wie König Midas jedes Stück Brot in Gold verwandelt. Ist das nicht der Stein der Weisen? Die Abschaffung der Armut – durch Reichtum?... Seltsam, daß niemand früher darauf verfallen ist...«
So sprach Rodrigo Rangel.

Der Regen klatschte an die zinnengekrönten Außenmauern des Palastes, verglaste die skulptierten scheußlichen Mißgestalten der Basreliefs, verwandelte die roten Torbalken in rinnendes Blut. Wie graue Laken hingen die schweifenden Wolkenfetzen am Himmel, aschgrau senkte sich das Mondlicht durch die mit dünnen Alabasterscheiben gedeckten Lichtöffnungen in die Säle und Kammern des Palastes herab.

Auf einem mit flatternden Azurfaltern bestickten gelbroten Kissen saß Königin Maisblüte. Zur Rechten und zur Linken von ihr standen zwei ihrer Frauen und kämmten mit goldenen Kämmen je eine Hälfte ihres reichen, schweren Haares. Lange Kienfackeln brannten in Doppelleuchtern – zu matt war das Morgenlicht –, und die flakkernden Flämmchen spiegelten sich im schwarzen Glanzhaar und spiegelten die feierlich steifen Schattengestalten der Bilderteppiche in den rieselnden Strähnen wider.

Schritte wurden im Nebensaal vernehmlich, Geklirr goldener Sandalenglöckchen. Der König nahte. Maisblüte entließ ihre Frauen. Während sie sich entfernten, trat er ein – mit Schild und Sägeschwert und Speerbündel, die dunkelrote Chamolinfederkrone auf der Stirn. Er kam sich von ihr verabschieden, wie er es jeden Morgen tat, bevor er in die Schlacht zog. Von Mictlan-Tecutli, dem Totengott, ausgeliehen war auch er: – jeder Morgen konnte der letzte Morgen sein.

Die Gefahr des Sklavenaufstandes war beseitigt: Ohrring-Schlange und der Behandschuhte hatten die Plünderer überwältigt und niedergemacht; mit einem kleinen Rest des Sklavenheeres war der Rote Jaguar aus der Stadt entkommen. Aber eine andere Sorge bedrückte den König. Das neueste Friedensangebot hatte er noch nicht beantwortet. Sein Gewissen sträubte sich, es abzulehnen – doch es nicht abzulehnen, sträubte sich sein Gewissen ebensosehr ...

Sie erriet, was ihm das Herz zerriß. Sie fragte. Und er sprach vom Kronrat, der die ganze Nacht getagt hatte. Die den Frieden befürworteten, waren überstimmt worden. Doch noch war die Antwort an den Grünen Stein nicht abgeschickt.

Und plötzlich warf sich Maisblüte vor ihm zu Boden, lag platt ausgestreckt ihm zu Füßen da und schlug mit der Stirn auf die Marmorfliesen. Ihr ärmelloses, mit einem karminenen Meermuschelmuster besticktes, weißes Entenfederhemd war beim Fall emporgeglitten und ließ den linken, kindlich mageren, gelblichen Schenkel unbedeckt. Wie abgezehrt vom Hunger war auch sie, die Königin!

Ihre Finger krampften sich um seine Türkissandalen. Sie schrie:

»Opfere mich! Opfere mich!«

Er kniete bei ihr nieder, richtete sie auf, so daß sie neben ihm kniete. Und er strich ihr über das Haar, umfaßte sie, drückte sie an sich. Leise, gütig sagte er:

»Die Göttin Xochiquetzal trägt uns beide auf ihrem Rücken. Du kannst nicht sterben ohne mich!«

»Doch, ich bin dein Verderben! Ich bin Mexikos Untergang!« schluchzte sie. »Der Himmel grollt, weil du mich schontest!«
»Retten läßt sich Mexiko nicht mehr, auch nicht durch deinen Tod«, sagte er, »auch nicht durch meinen und aller Edlen Tod! Retten lassen sich nur Mexikos Bild und unser Bild! Das ist es, was wir verteidigen, bekränzt mit Schildblumen und Pfeilblumen im Tanz der Schlacht! Wenn wir sterben, erwachen wir aus einem Traum. Schein sind wir und diese Blumenwelt, nur unser Bild ist Wirklichkeit. Unser Bild ist nicht sterblich wie wir, es lebt fort in der Türkispyramide der Lobpreisung oder in dem Schlammpfuhl der Schmach!«
»Weh um mein Bild!« weinte Maisblüte. »Von Hand zu Hand ging mein Leib wie ein welkender Rosenstrauß! Mictlan-Tecutli sollte mein fünfter Gemahl sein – nicht du!«
Da küßte er ihr die Tränen von den Augen und lächelte:
»Ich bin ja Mictlan-Tecutli, der Herr der Totenwelt! Ich herrsche ja bereits über Tote, selbst ein Toter! Und auch du, mein Weib, bist eine Tote! Den Nachkommen gehört unser Bild – nicht uns. Sollen sie einst sagen: Mexiko und sein König waren zu klein für ihr großes Schicksal? – Sie werden es nicht sagen; preisen werden sie uns und auch dich! Rein ist dein Bild, denn dein Herz ging nicht von Hand zu Hand. Dein Herz ist stark wie meines.«
Und er verließ sie, um dem Grünen Stein die Antwort zu geben. Seine Friedensboten waren Mexikos Heerscharen – die suchten die Dammstraßen und die Dammlücken zu erobern, wütender denn je; aber auch diesmal – wie jedesmal – vergebens.

Haus für Haus wurde von den Belagerern niedergerissen. Und die Haustrümmer – Ziegel, Tezontlallisteine, Zedernbalken, Hausgeräte sowie unbeerdigte Aztekenleichen – dienten zur Ausfüllung der Kanäle. Stetig, wenn auch langsam, schritt das Zerstörungswerk voran. Jeden Morgen drangen von Acachinanco und von Tlacopan aus die Kastilier in das Innere der Stadt ein und verwickelten den Feind in Kämpfe, lenkten ihn ab, damit er die in ihrem Rücken tätigen Zertrümmerer der Wasserstadt bei ihrer Arbeit nicht störe – die hundertfünfzigtausend Bundesfreunde der Schwarzen Blume nämlich, die von Sonnenaufgang bis Sonnenuntergang im Schweiße ihres Angesichts niederrissen, zerstampften und einstampften, was vom Schilfsee erst und dann von Menschenhänden in langen Zeitläuften wundersam und einmalig schön hervorgebracht worden war. Doch selbst Vernichtung bedarf der Zeit. Und obgleich die Tlascalteken, Otomis, Chalken, Acolhuaken und Totonaken mit wilder Begeisterung keine Mühe scheuten, die verhaßte Zwingburg Tenuchtitlan zu schleifen, vergingen vier Wochen, bevor die südlichen Stadtteile, Moyotla und Teopan, und der nordwestliche, Cuepopan, in Trümmerfelder verwandelt waren, aus welchen sich trotzig nur einige

schwer verwüstbare Tempelriesen und brandgeschwärzte Palastmauern emporreckten.
Bloß der nördlichste Teil der Stadt hatte noch seine gespenstischen Kanäle, seine gespenstischen, aus Fluten ragenden, von Geschossen durchsiebten Häuser und beherbergte außer geflüchteten Götterbildern auch ein Volk von Schatten, das, Schritt für Schritt dem Verhängnis weichend, aus dem toten Tenuchtitlan in das sterbende Tlatelolco gedrängt worden war.
Die Geschichte Mexikos beginnt mit Tlatelolco, welches den Smaragd besaß . . .
Die Geschichte Mexikos endet mit Tlatelolco und dem wahnwitzigen Dulderstarrsinn seiner Verteidiger.

Einst eine Nachbarinsel, später eine Schwesterstadt und erst seit König Wassergesicht Tenuchtitlan einverleibt, war dieses Stadtviertel durch seine Lage eine kaum zugängliche Wasserfestung. Kein Damm verband Tlatelolco mit dem Lagunenufer: der Dammweg von Tlacopan mündete im Stadtteil Cuepopan, wo sich das Nordtor befand. Der zwischen Tenuchtitlan und Tlatelolco flutende Kanal war breit wie ein Seearm, und das über ihn sich wölbende Tenolli – so wurden die steinernen Pfeilerbrücken genannt – war jüngst von den Azteken zerstört worden.
Als eines Morgens Cortez sein Heer aus Acachinanco in die täglich mehr versinkende Stadt führte, hüllten ein feiner Sprühregen und ein wolkiger Seenebel die Fernsicht. Von den siebzig Teocalli Tenuchtitlans standen manche noch aufrecht (geschmückt mit wehenden seidenen Kreuzesfahnen auf den Sanktuartürmen); und die Silhouetten der himmelwärts strebenden, sich verjüngenden Tempelterrassen hoben sich matt und bläulichgrau vom weißen Nebel ab. Dem Riesenschatten des Schlangenberges an Umfang und Höhe gleich – nur schemenhafter noch durch die Entfernung, klomm der Schattenriß der Großen Stufenpyramide von Tlatelolco zum Zenit empor. Und plötzlich sah Cortez auf ihrer Spitze ein Feuer erglimmen. Und bald darauf leckte eine Stichflamme bis an die Himmelsdecke: Tezcatlipocas Heiligtum brannte. Da wußte Cortez, daß Alvarado in Tlatelolco eingedrungen war, daß es ihm geglückt war, eine Brücke über den Seearm zu schlagen.
Zwei Stunden später erfolgte die Vereinigung der beiden Christenheere auf der zum Marktplatz von Tlatelolco führenden Straße. Die beiden Feldherren umarmten und küßten sich, während die Soldaten jauchzten. Dann sprengte Cortez, nur von harnischblanken Reitern begleitet, auf den Großen Markt und ritt die porphyrnen Säulengänge entlang. Die Turniersättel ächzten. Rings auf allen Dächern standen und hockten die vorhin erst von Alvarado geschlagenen Adler und Jaguare, und sie schossen keinen Pfeil auf die klirrend und rasselnd trabenden Eindringlinge ab. Mit gramwunden Blicken starr-

ten sie auf das sinnbildliche Schauspiel dieses feierlichen Umrittes hin: Mexikos Erde wurde zermalmt und zerstampft...

Und dann erstieg Cortez mehrere Terrassen der großen Stufenpyramide, in deren mit Zederngetäfel verkleidete Kapelle Alvarado die Zündfackel geschleudert hatte. Das Sanktuar war ausgebrannt, und die verglimmende Glut, aufgehalten durch die Marmorfliesen des Menschenwürgeplatzes, hatte sich nicht tiefer eingefressen, hatte die unteren Stockwerke unversehrt gelassen. Auf der zweiten Terrasse – allen Straßengängern deutlich sichtbar – waren Lanzen eingepfählt, und daran hingen die abgeschnittenen Köpfe von zwanzig Kastiliern und drei Pferdeköpfe. Tränen rollten Cortez und seinen Begleitern über die Wangen. Sie erkannten viele ihrer Kameraden – manche freilich, von Aasgeiern benagt, waren nicht mehr kenntlich. Seltsamerweise schienen die meisten Köpfe bärtiger zu sein, als sie im Leben gewesen. Wuchs das Haar der Toten? Oder ließ sich aus dem nachträglichen Bartwuchs schließen, wieviel Tage die Ärmsten im Holzkäfig hatten warten müssen auf das gräßliche befreiende Ende...?

Und weiter stieg Cortez zu höheren Terrassen hinauf. Der Sprühregen hatte aufgehört, der Seenebel war fortgezogen, azurblau und golden glitzerte die Welt. In der harten, klaren Luft konnte er das Werk der Zerstörung gut überschauen. Drei Viertel der Arbeit war getan. Nur noch in Tlatelolco blinkten Wassergräben.

Ein kleiner, buckliger Mann zupfte Cortez am Ärmel.

»Erschreckt nicht, Señor! Ich bin's ja nur, der Narr Madrid. Wir kennen uns doch... Ja, was ich fragen wollte... riecht Ihr den Pestgeruch?«

»Ja«, sagte Cortez.

»Ihr seid kurz angebunden, Señor. Aber es freut mich, daß Ihr es nicht ableugnet. Dort unten ist schlecht wohnen. Doch so ist nun einmal der Krieg. Davon später noch ein Wort... Erst wollte ich mich erkundigen, ob Ihr zufrieden seid?«

»Womit?«

»Ei, mit dem Fortschritt. Mit der Arbeit Eurer Verbündeten. Sie ist bewunderungswürdig. Das bringen nur Indianer fertig: – so alles niederzureißen, alles gleich und eben zu machen... nicht etwa das Niedrige zu erhöhen, sondern das Hohe zu erniedrigen... Prachtkerle sind es, Altmeister der Verwüstungskunst! Man sollte ihnen die Erde anvertrauen – sie könnten den Weltprozeß um einige Jahrtausende verkürzen... Habt Ihr übrigens gehört, was die Azteken ihnen zurufen? *Ma xilapopolacan*... Doch verzeiht, ich vergaß, daß Euch das Mexikanische noch immer nicht geläufig ist – darum will ich es Euch übersetzen: ›Zerstört nur unsere Stadt – je mehr ihr zerstört, um so mehr werdet ihr wieder aufbauen müssen! Als unsere Lohnknechte werdet ihr wieder aufbauen, wenn wir siegen!‹ Was wetten, Señor – so wird es geschehen! *Plectuntur Achivi...:* den Achäern geht es schlecht – immer, immer –, ob die Fürsten delirieren oder nicht. Und ich fürchte, die Aztekenhäuptlinge delirieren!«

»Warum?...«

»Weil sie nur noch für ihren Ruhm kämpfen. Und was ist Ruhm? Der Fortklang eines Namens. Wie aber sollen Namen fortklingen, die unaussprechbar sind? Einer ihrer besten Helden, der neulich den Reiter Domínguez erschlagen und sein Pferd erbeutet hat, heißt: Mixcoatlaylotlacauelitoctzin. Versucht nicht, das nachzusprechen, es würde Euch nie gelingen! Der wundervolle Kerl im grünen Federpanzer, der so stolz zum Einzelkampf herausforderte und, als – mit Euer Gnaden Einwilligung – María de Estrada ihm gegenübertrat, ihr den rechten Arm absägte, heißt Teuhctlacoçauhcatzin – auch ein hübscher Name, den unsere Homeriden in kein Versmaß zwingen werden... Tut ein Kastilier sich hervor, um sich einen Namen zu machen, so hat er es leichter... Wunder der Tapferkeit vollführen die Azteken, und Vergessenheit wird ihr Lohn sein. Bewundert Ihr sie nicht auch, Señor?«

»Gewiß, ich bewundere sie aufrichtig!« sagte Cortez.

»Recht so! Man ehrt sich, wenn man den Feind ehrt!... Und doch – was wißt Ihr von der Leidenswelt und vom Martyrium dieser Heimatliebe! Blickt dort hinab, wo der Pesthauch aufsteigt! (Für einen Augenblick will ich Euch meine Gespensteraugen leihen.) Keine Gasse, wo nicht Leichen liegen, unbestattete, verwesende Leichen, einzeln oder zu Haufen geschichtet. Aus dem versinkenden Tenuchtitlan schafften die Mexikaner ihre Götter und ihre Toten nach Tlatelolco, sie vor Entweihung zu schirmen. Wo aber die Toten bergen, da die Lebenden zusammengepfercht sind in einem Massengrab! Zu den Begräbnisinseln hinausrudern? Die Brigantinen fangen ja jedes Boot ab. Die Toten in die Kanäle stoßen? Dort schwimmen bereits so viele... Und die noch Lebenden – ob arm, ob reich – haben kein anderes Trinkwasser als diese salzige, faulige, verpestete Jauche der Kanäle... Seht Ihr den kahlen Yuccabaum vor der Tempelmauer? Kein Fetzen Rinde blieb an seinem Stamm: Baumrinde war letzthin ein Leckerbissen in Tlatelolco – war... aber als heute früh eine Mutter ihre schöne Tochter verkaufen wollte für ein Stück Baumrinde, fand sich in der Stadt kein Stück Baumrinde mehr vor... Auch von Ratten ist Tlatelolco jetzt befreit... Ich will Euch nicht von den scheußlichen Krankheiten erzählen, von den sterbenden Kindern, von den irr gewordenen hungertollen Frauen, die mit glänzenden Wolfsaugen durch die Gassen schleichen. Dort unten ist es wie in Proserpinas Garten, nichts als Welken, Modern und Verwallen... Und da ich selbst ein melancholischer Schemen bin, nehme ich Partei (was man nie tun sollte!), ich nehme Partei für die Schemen. Wir sind die besiegten Sieger, Señor Capitan – womit ich Euren Sieg nicht verkleinern will. Ihr könnt zufrieden sein: Ihr habt keine halbe

Arbeit getan. Vielleicht denkt Ihr: ›So ist nun einmal der Krieg, und man muß es hinnehmen; nicht die *Tabula rasa* ist unser Ziel, sondern die grünen Pflaumen ...‹ Gewiß, Señor Capitan, es gibt keine Medizin gegen das Achselzucken! Mich fuchst es nicht mehr. Ich ward ein abgeklärtes Gespenst. Ich weiß, daß die Welt sich nicht ändern läßt und daß der Krieg der Vater aller Dinge ist. Ich mache ja auch den Azteken gar keinen Vorwurf! Ein Volk, das ausgerottet werden soll, muß sich gründlich ausrotten lassen, damit man Respekt vor ihm habe! ...«

Als Cortez auf den Großen Markt zurückgekehrt war, hätte er nicht zu sagen vermocht, ob er ein Selbstgespräch geführt oder ob ein Bewohner jener Welt ihm das Gift des Zweifels ins Herz geträufelt (wie schon einmal nach dem Raub der Türkismaske). An der Spitze des Reitergeschwaders galoppierte Cortez über den Platz, um sein in der Straße harrendes Heer nach Acachinanco zurückzuführen. Da versperrten ihm einige dreihundert Frauen und Kinder den Weg. Lebende Skelette waren es. Sechshundert von brauner, runzliger Haut bedeckte Armknochen reckten sich in die Luft. Niedergeritten sein wollten sie oder gespeist sein. Das Geschwader hielt mitten auf dem Platz.

»Tlaxcalli! Tlaxcalli!« (Brot! Brot!) schrien die Frauen und Kinder.

Da schickte Cortez nach Brot und ließ es an die Kinder verteilen.

Auf den Dachterrassen standen und hockten die Heerscharen Mexikos, blickten die Adler und Jaguare mit gramwunden Blicken hinunter, und sie schossen keinen Pfeil den davonreitenden stahlgekleideten Teufeln nach.

Alvarado und Cortez waren in ihre Quartiere zurückgekehrt. Von Kartaunen und Feldschlangen bewacht, blieb die Floßbrücke nach Tlatelolco im Besitz der Christen.

Vier Tage lang ruhten die Waffen. Wieder hatte Cortez den Frieden angeboten, wieder wartete er vergebens auf eine Antwort. Seine Boten, einen bei den letzten Kämpfen gefangenen Oheim der Schwarzen Blume und des Königs Ohrring-Schlange, hatte der Herabstoßende Adler opfern lassen, ohne ihn anzuhören.

Am fünften Tage drangen die beiden Christenheere wieder in Tlatelolco ein. Diesmal setzten sich die Krieger auf den Dachterrassen zur Wehr: jedes Dach wurde ein Schlachtfeld. Und so unerwartet war nach den kampflosen Tagen das Eindringen der Feinde, daß die hageren Schatten, die zahlreicher noch als neulich die Gassen, Straßen und den Großen Markt bevölkerten, schreckerstarrt verweilten. Cortez wollte sie schonen und verbot, ihnen ein Leid zu tun. Doch er hatte seine Hilfstruppen nicht in der Gewalt. Die Tlascalteken lechzten nach Rache für jahrhundertealte Knechtung. Sie stürzten sich auf die Wehrlosen, hausten wie die Wölfe in einer Lämmerherde. Zwölf-

tausend Frauen und Kinder fanden an diesem Tage den Tod und die Erlösung.
Mehrere Tage später hörte Cortez, auf einer Dachterrasse fechtend, lautes Wehgeheul. Frauen und Kinder sah man nicht mehr auf den Straßen – das waren Männer, die weinten! ... Er ließ den Kampf unterbrechen und stieg in die Gasse hinab. Ein Zug von vornehmen, unbewaffneten Mexikanern näherte sich ihm – Türkisgebürtige waren darunter, hohe Staatsbeamte, Mitglieder des Rates der Alten. In grauen Hanfmänteln gingen sie, die ungekämmten Haare mit Asche bestreut, die Arme auf der Brust gekreuzt. Sie redeten ihn an:
»Du bist der Sohn der Sonne, die in einem Tag und einer Nacht die Welt umreist. Geschwind ist die Sonne, du aber bist es nicht: langsam tötest du uns! Warum tötest du nicht geschwinder, o Sohn der Sonne? Denn ob der Tod auch furchtbar ist – das Leben wird uns furchtbarer sein als der Tod. Ohne Freiheit leben ist schlimmer als sterben! Darum sei erbarmungsvoll, töte uns, schicke uns Huitzilopochtli zu, der uns trösten wird für unsere Leiden!«
Mit Tränen in den Augen übersetzte der junge Alonso de Ojeda diese Worte. Ergriffen gab Cortez zur Antwort:
»Unsinnige, ihr – warum wollt ihr euch wie Tiere abschlachten lassen, statt über den Frieden zu verhandeln? Bot ich euch nicht oft genug den Frieden an? Versprach ich nicht, euch gut und ehrenvoll zu behandeln, als einer, der Wechselglück und Menschenjammer kennt und Seelengröße zu bewundern weiß? Aber euer König lehnte alle Angebote ab; und auch ihr seid schuldig, weil ihr ihn nicht zwangt, eurem Elend ein Ende zu setzen! Ich würde einen von euch an ihn absenden, wenn ich nicht wüßte, daß er alle meine Boten auf den Adlerstein legt!«
Weinend antwortete ein alter Würdenträger:
»O Sohn der Sonne, verweile hier, bis wir zurückkehren! Wir alle wollen deine Boten sein! Und alle wird er auf den Adlerstein nicht legen! ... Und wir werden ihn bitten, mit dir zu verhandeln!«
»Er wird nicht wollen«, entgegnete Cortez. »Sollte er aber zu einer Begegnung bereit sein, so soll er nicht heute kommen; denn der Abend ist nicht mehr fern. Sagt ihm, daß ich ihn morgen zur Mittagszeit auf dem Großen Markt erwarte!«
Eine halbe Stunde später meldete ein mexikanischer Herold: der König von Mexiko werde sich zur verabredeten Zeit einfinden.
Früher als sonst drangen tags darauf die beiden Christenheere in Tlatelolco ein und besetzten den Großen Markt. Noch befand sich an einer Schmalseite das hölzerne Schaugerüst, die Bühne, auf welcher – bald nach dem Raub der Goldmaske – ein Schauspiel zur Belustigung und Erheiterung der eingeladenen Götzen Mexikos gespielt worden war. Der Zimmermann Cristóbal de Jaén und seine Gehilfen mußten den ganzen Vormittag tischlern, sägen und nageln,

bis die Bühne in eine mit scharlachnem Tuch verkleidete, von Fahnen und Fähnchen umwirbelte Estrade verwandelt war – legte doch Cortez Wert darauf, daß seine erste Zusammenkunft mit dem König Mexikos zahlreichen Zuschauern sichtbar sei. Juan Varela, der Oberkoch und Tafelmeister, hatte in einer Seitengasse die Leichen entfernen lassen und errichtete eine Feldküche. Buntscheckige Pagen deckten auf der Estrade eine lange Speisetafel mit weißem Linnen, stellten Weinkrüge darauf, Pokale, Becher, silberne Teller, Obstschalen, streuten Blumen auf das Tischtuch – denn Cortez wollte dem hungernden König und seinen Begleitern ein Mittagsmahl vorsetzen. Neben dem Eßtisch erhob sich ein Stehpult für den königlichen Notar Diego de Godoy, der in Galakleidung sich einfand. Gänsekiel, Tintenfaß und Pergamentrolle tragend, um ein Protokoll über die Friedensverhandlungen aufzusetzen.

Gegen zwölf Uhr ritten Cortez, Olid, Alvarado und alle anderen Feldobristen auf den Marktplatz. Sie stiegen von den Pferden, besichtigten die Estrade, lobten oder rügten die getroffenen Vorbereitungen und setzten sich auf bereitstehende Sessel. Es regnete den Tag nicht, die Augustsonne brannte sengend. Ein aus einem Tecpan geraubtes Velarium wurde über die Estrade gespannt.

Die indianischen Verbündeten waren außerhalb Tlatelolcos gelassen worden: zu scheußlich hatten sie neulich gewütet, ihre Zügellosigkeit konnte das Friedenswerk gefährden... Die kastilischen Landsknechte – soweit sie nicht die besetzten Straßen bewachten – standen in Reih und Glied auf dem Marktplatz.

Alles war zum Empfang des Königs bereit. Doch der König kam nicht.

Olid vertrieb sich die Zeit damit, ein eisernes Hufeisen, das sein Pferd verloren hatte, zusammenzudrücken (mit Zeigefinger und Daumen machte er das) und es zusammenzuknäueln, als wäre es eine alte Papiertüte. Nachdem zwei Stunden vergangen waren, fluchte er seine absonderlichsten Flüche und sagte zu Cortez:

»Laßt den Soldaten Stühle hinsetzen, sonst laufen sie Euch davon!... Wozu die Lammsgeduld, Don Hernando? Merkt Ihr noch immer nicht, daß man Euch zum besten hält?«

Aber Cortez ließ sich nicht beirren und wartete noch zwei Stunden.

Seitdem alle Paläste in Tenuchtitlan vernichtet waren, bewohnten die Könige von Mexiko, Tezcuco und Tlacopan den Palast der wahnsinnigen Prinzessin Papan. Mit dem alten Musikmeister Löffelreiher-Schlange die Totenwacht ihrem erdrosselten Bruder Montezuma haltend, war Papan in der Nacht der Schrecken umgekommen. Ihr Geist ging um in dem noch immer schönen, von Kanonenkugeln durchlöcherten Tecpan; und manche der neuen Bewohner – greise Höflinge und schattenhafte Dienstfrauen der zu einem Schatten abgemagerten Königin Maisblüte – glaubten in stürmischen Nächten die schleierweiße Gestalt Papans zu sehen, die händeringend durch die

Flucht der Säle schritt, glaubten, ihre wispernden, bohrenden Reden zu hören: »Wo kannst du hinfliehen, Tochter Mexikos? Wer kann dich retten, wer kann dich in eine Truhe legen und verschließen? Zur Hure wirst du werden wie deine Schwestern alle!«

Während die Feldobristen auf dem Großen Markt vier Stunden lang warteten, berieten in Papans Palast die Großen des mexikanischen Reiches – es gab ihrer nicht mehr viele – mit dem Herabstoßenden Adler. Dieser hatte tags zuvor die ihm als Friedensboten nahenden Würdenträger nicht gestraft, er hatte tieftraurig, mit dem Kopf nikkend, ihren Vorschlag angehört und nach längerem Zögern sich bereit erklärt, mit Cortez zusammenzutreffen. Nachträglich war es ihm leid geworden. Als die Sonne sich dem Meridian näherte, versammelte er seine Ratgeber um sich. Im silbrigen Halbdunkel eines Prunkraumes kauerten sie gramgebeugt dicht beieinander. An den Wänden die Bilderteppiche erzählten von der Größe Mexikos.

Und der Herabstoßende Adler stellte die Frage an die Hoffnungslosen:

»Der große Stein stürzt, der Himmel knistert, die Erde bewegt sich ... Blieb uns eine Hoffnung noch?«

Das Kinn auf die Knie gedrückt, stumm vor Gram saßen alle. Da sprach der Weibliche Zwilling:

»O ihr tapferen Mexikaner, eine Hoffnung blieb uns noch: die Hoffnung und das Vertrauen auf die Macht unseres Gottes Huitzilopochtli, der diese Stadt Tenuchtitlan gegründet hat.«

Eisiges Schweigen antwortete ihm. Der Weibliche Zwilling fuhr fort:

»In meiner Jugendzeit hörte ich alte Leute sagen, daß nach der Gründung dieser Stadt unsere Vorfahren mehrmals sich für verloren hielten, daß aber immer, wenn der Untergang unabwendbar schien, der Wunderbare Huitzilopochtli die Feinde Mexikos zerschmettern half. Das tat der Gott durch zwei Zauberdinge: durch den goldenen Schlangenstab, den sein Standbild in der Rechten hält, und durch das strahlende Eulengewand (seit König Molch hat es kein Mexikaner mehr getragen!). Lebendig wird der goldene Schlangenstab, wenn man ihn den Feinden entgegenhält; das strahlende Eulengewand macht die Herzen der Feinde erstarren. Viel nahmen uns die Himmelsgötter, aber diese beiden Waffen nahmen sie uns nicht. Laßt uns erst Frieden schließen, wenn der Himmel uns ein untrügliches Zeichen gegeben hat, ob er unsere Ausmerzung will oder nicht. Und dies sei das Zeichen: daß die goldene Schlange lebendig wird und daß das strahlende Eulengewand zum Schreckensvogel wird, der den Feinden das Fleisch von den Knochen reißt!«

Die düsteren Blicke leuchteten auf, ein Beifallsgemurmel summte durch den Saal.

»So sei es!« sagte Guatemoc. »Ich selbst will den Schlangenstab schwingen und das Eulengewand anlegen, das zuletzt mein Vater, König Molch, getragen hat!«

Die Berater widersetzten sich erregt.
»Spare dich auf, mein Bruder!« rief der Durch-Zauber-Verführende. »Mexiko wird deiner noch bedürfen! Laß mich es tun an deiner Statt! Denn du bist Mexikos König, und wenn du fällst, ist Mexiko tot!«
Guatemoc lächelte ein wehmütiges Lächeln:
»Auch wenn du fällst, mein Bruder, ist Mexiko tot!«
»Nein!« rief der Durch-Zauber-Verführende. »Wenn ich falle, ist Tenuchtitlan nicht mehr zu retten. Aber Tenuchtitlan ist nicht Mexiko, ist nicht Anahuac! Wenn ich falle, so kämpft hier nicht länger, steigt in die Boote, schlagt euch durch ans nördliche Schilfseeufer. Viele Städte halten noch treu zu Mexiko – sie werden dir zujubeln; deine Schar wird wachsen mit jedem Tag; von neuem wird der Krieg beginnen, wird enden, wie alle Kriege Mexikos geendet haben! Und wieder aufblühen werden das Wasser und die Berge!«
Ohrring-Schlange sagte:
»So kann der Stamm der Azteken vor Ausrottung bewahrt werden, wenn wir befolgen, was mein Bruder rät! Warum aber soll *er* zur Eule werden – warum nicht ich? Einst schworen wir in der Götterkammer des Großen Palastes beim Namen der Sonne und beim Namen Unserer Frau der Erde, gemeinsam zu leben und gemeinsam zu sterben; und wir aßen eine Handvoll Erde zur Bekräftigung des Schwurs. Da wir nicht gemeinsam sterben können, mag das Los entscheiden, wer von uns den goldenen Schlangenstab und das Eulengewand dem Feind entgegentragen soll!«
Ein Gefäß, das drei Aloedornen enthielt, wurde den Königen hingehalten. Zum Himmel blickend, griffen sie hinein. Freude durchleuchtete das abgezehrte, hohlwangige Gesicht des Durch-Zauber-Verführenden: er hatte den längsten Dorn gegriffen.
Der Kronrat war zu Ende. Guatemoc erhob sich und mit ihm seine Berater. Sie folgten ihm in einen benachbarten Tempel, wo das aus dem Schlangenberg gerettete Bildnis Huitzilopochtlis aufgestellt war. Wer aber durfte dem Gott die Waffe aus der Hand nehmen? Das greise Mexikaner-Priesterchen war schon vor Wochen an Entkräftung gestorben. Der an Rang ihm nächste Priester, der In-Blut-sich-Kleidende, schreckte vor dem Sakrileg zurück ... Da wagte es König Ohrring-Schlange. Und mit dem Edelsteinwasser von fünf weiß geschminkten Tlascalteken tränkte und versöhnte Guatemoc das staubbedeckte Idol.
Dann schritt er in den Tempelhof und hieß den Durch-Zauber-Verführenden auf eines der Schädelgerüste steigen. Es war in Mexiko ein altes Herkommen, daß Jünglinge, bevor sie zum erstenmal in die Schlacht zogen, die Weihung (als Krieger) auf der Schädelstätte erhielten und feierlich mit Speer und Schild beliehen wurden. Der Herr der Welt aber gab dem König von Tlacopan den goldenen Schlangenstab und das Eulengewand Huitzilopochtlis in die Hand und sprach: »Mit roter und mit schwarzer Farbe schreibt der Sonnengott

die Taten der Tapferen auf! Trage diese Federrüstung, die mein Vater getragen hat! Trage die Feuerschlange, die Mexikos Feinde frißt!«

Nachdem Cortez vier Stunden gewartet hatte, ließ er durch die Schwarze Blume und Alonso de Ojeda die indianischen Hilfstruppen nach Tlatelolco hereinführen. Und als das Tor der Hölle geöffnet war, bliesen lilienförmige Kupfertrompeten zum Angriff.

Die große Eule aber, die dem mexikanischen Heer, die Flügel spreizend, voranschritt, wurde von ihren mottenzerfressenen Schwungfedern nicht in die Lüfte getragen. Der Goldstab verwandelte sich nicht in die blaue Schlange. Eine Musketenkugel traf die heldenkühne Eule in die Stirn.

Und nun begann das Blutbad und währte bis zum Abend. Herbeigerufen waren die Geister der Hölle, durch Verbote und christliche Ermahnungen ließen sie sich nicht mehr bannen.

Die Sense mähte in dichtes Gras hinein. Steinherzige Konquistadoren wandten sich ergrausend ab – so herzzerreißend schrie das Gras. Vierzigtausend Frauenleichen ... (wird berichtet).

Nach Mitternacht ruderte ein Boot auf den Schilfsee hinaus. Das schwarze Boot auf dem nachtschwarzen Wasser entging der Wachsamkeit der Brigantinen.

Die Ruderer waren zwei Männer und eine Frau. Ihr Ziel war der Pantitlanstrudel inmitten der Lagune. Die Richtung wies ihnen ein kleiner Wassertempel dicht beim Strudel.

Als sie sich dem Eiland genähert hatten, sahen sie, daß das Heiligtum verwüstet war. Der alte Priester der Regengötter lag unbeerdigt am Ufer, bis zur Brust im Wasser, hin und her geschaukelt von der Brandung.

Den Regengöttern zu Ehren hatten die Mexikaner hier alljährlich Kinderopfer dargebracht. Reich gekleidet und mit Schmuck versehen, die Wangen mit weißen Kreisen bemalt, wurden die Kinder gegen Abend in kleinen, mit Federn und Blumen verzierten Booten hinausgefahren. Die ganze Nacht hindurch sang der alte Priester des Wassertempels den Kindern Lieder vor, damit sie nicht einschliefen. Und er redete sie als Excoame – das heißt Perlenschlangen – an; denn jedes geopferte Kind wurde zur Perlenschlange. Bei Morgendämmer stieß man das Boot in den Seestrudel. Das Boot und die Kinder verschwanden, eingeschlürft vom wirbelnden Wasser, wie auch alle Opfergaben, die man dort in die Tiefe warf.

Die drei Ruderer waren der Herabstoßende Adler, Ohrring-Schlange und Maisblüte. Sie brachten Opfergaben, kostbarer als der Pantitlanstrudel jemals erhalten hatte. Verfrachtet in ihrem Boote lag, was von Montezumas Hort noch übrig war, was nach der Nacht der Schrecken von Perlenfischern aus dem See gehoben worden war. Nun erhielt der König der Fische seine Beute zurück ...

Ohrring-Schlange und Maisblüte reichten dem Herabstoßenden Adler die Goldketten, die goldenen Frösche, die goldenen Kalenderscheiben. Das Licht der Sterne glitzerte ein letztes Mal in den Kleinodien. Und Stück für Stück sank hinab, eingeschlürft vom Strudel.
Die letzte mit Smaragden gefüllte Schatzkiste hinabschleudernd, sagte Guatemoc: »Nun ist den Gelbhaarigen die Freude am Sieg verdorben! Umsonst haben sie verwüstet! Sie werden ihren Lohn nicht finden! Und das ist gut!«
»Mich werden sie finden!« ächzte Maisblüte.
Die beiden Männer schwiegen. Aufrecht stand Maisblüte im Boot und starrte in den Strudel.
»Laßt mich zur Perlenschlange werden!« jammerte sie. »In Tlalcos Reich ist Frieden!«
Sanft zog Guatemoc sie auf die Ruderbank hinab. Er faßte ihre Hand, strich ihr über die Wange.
»Du sollst nicht von mir gehen, du dunkle Quetzalfeder! Ich aber muß noch leben meines Volkes wegen!«
»Wie lange noch?« rief Ohrring-Schlange verzweifelt aus. »Gräßlich zu Tode foltern werden sie uns, um zu erfahren, wo der Goldschatz verborgen ist! Und wenn sie uns das Leben lassen, werden wir ihre niederen Knechte sein! Warum warten wir Schmach und Schändung ab? Drei starke Ruderschläge in den Strudel dort hinein – und wir drei haben Frieden in Tlalcos schönen Blumengärten!...«
Guatemoc schüttelte traurig den Kopf:
»Ein Leben wie unser Leben ist schmerzhafter als der tausendfache Tod! Aber feige ist, wer Schmerzen flieht! Die Azteken tanzen den heiligen Totenreigen in dieser Nacht. Der König darf beim Totentanz seines Volkes nicht fehlen!«
»Ich bleibe bei dir, mein Freund!« sagte der König von Tezcuco. »Wir zwei müssen leben, damit wir den Siegern den Sieg entwinden! Wenn sie uns foltern und töten, werden wir lachend und singend die Sieger sein über sie, die Besiegten! Sieger werden wir sein über den Schmerz und über die ruchlosen Bedrücker!... Aber Maisblüte vermag nicht mehr zu leben. Sie litt schon zu viel, ihr Herz ist ein zertretener Edelstein. Nie mehr hat sie gelacht, seit sie zurückkam. Sie wird auch der Feinde nicht lachen können!«
Auf der Ruderbank kniend, umklammerte Maisblüte den Herabstoßenden Adler und flehte ächzend:
»Laß mich zur Perlenschlange werden!«
Stumm küßte er sie und hob sie auf seine Arme. Er beugte sich behutsam über den Rand des Bootes und legte sie rücklings auf die Wasserfläche. Wie auf einem schwarzen Bahrtuch lag sie; ihr aufgelöstes Strähnenhaar bauschte sich wie ein schwarzes Kopfkissen unter ihrem gelbblassen Kopfe. Langsam trug die Strömung sie dem Strudel zu. Ein seliges Lächeln umspielte ihren Mund. Bis sie hinabschwand, dankten ihre halbgeöffneten Augen...

Die beiden jungen Könige ruderten zurück nach Tlatelolco.
Eine große blauglühende Meteorkugel schoß aus dem Zenit ostwärts hinab und schwand hinter dem Rauchenden Berg, eine lange, leuchtende Spur hinterlassend. Obgleich die beiden das Himmelswunder sahen, stießen sie keinen Ruf aus und sprachen kein Wort, blind und taub für alles, außer für ihr Leid.
Die Spur des fallenden Gestirns strahlte noch lange – schön und schmerzlich wie eine klaffende Wunde des Himmels.

Und Mexikos letzter Tag dämmerte heran und verscheuchte Mexikos letzte Nacht. Blitzend quoll das flüssige Gold der Sonne über den Schnee der Weißen Frau empor.
Wieder ließ Cortez seine indianischen Freunde zunächst außerhalb der Mauern Tlatelolcos und überschritt nur mit Landsknechten die Floßbrücke. Er rief den Azteken zu: bevor der Kampf beginne, wünsche er die Würdenträger zu sprechen, mit denen er vor zwei Tagen verhandelt habe. Bald fanden sich fünf von jenen ein. Er schalt sie, daß sie ihn zum Narren gehalten; doch er wolle sie für den Trotz ihres Königs nicht strafen. Er habe Guatemoc gute Behandlung zusichern lassen – ob etwa Guatemoc an seinem Ritterwort zweifle? Und schließlich forderte er sie auf, noch einmal ihrem König zuzureden und ihm vorzuhalten, daß sein Widerstand zwecklos sei.
Die fünf alten Mexikaner begaben sich zum Herabstoßenden Adler.
Cortez erwartete die Antwort auf einer hohen Dachterrasse, die er erstiegen hatte, weil sich von dort aus Tlatelolco wie auch die Brigantinen und Boote auf dem Schilfsee überblicken ließen. Auf die weiß gestrichenen Brigantinen zeigend, sagte er zu Alvarado und Alderete, die neben ihm standen. »Das sind die dreizehn weißen Götter, die Mexiko zu Fall gebracht haben!«
»Señor, beruft es nicht!« bemerkte Alderete. »Noch ist Mexiko nicht gefallen!«
»Heute wird es geschehen!« sagte Cortez.
Und enthusiastisch, wie es seine Art war, rief Alvarado aus:
»Deutlich sehe ich es noch vor mir, Don Hernando, wie Ihr in Popotla, am Morgen nach der Nacht der Schrecken, den Schiffbaumeister begrüßtet: ›Ihr lebt?! ... Lob sei dem Herrn! Mit Euch kann ich die Scharte auswetzen! ...‹ Und als Gutiérrez Euch fragend ansah, fügtet Ihr hinzu: ›Lächelt nicht! Glaubt an mich, wie ich an mich glaube! Nach einem Jahr werden wir die Brigantinen bauen!‹«
»Ja, daß ich damals den Glauben nicht verlor, ist mir selbst rätselhaft ... Und darum habe ich Achtung und – fast möchte ich sagen – Ehrfurcht vor Guatemocs Eigensinn, daß er sich nicht niederbeugen läßt vom grausamen Schicksal ... Jawohl, Ehrfurcht, meine Herren – obgleich sein Eigensinn uns viel zu schaffen macht ...«
»Ihr bewundert Guatemoc?« fragte aufhorchend Alderete. »Sagt das nicht zu laut, Don Hernando!«

»Was, zum Henker, wollt Ihr damit andeuten? ...«
»Daß viele Eurer Soldaten anders denken ... Längst wollte ich Euch darauf aufmerksam machen. Man findet es verdächtig, daß Boten zwischen Euch und Guatemoc hin und her gehen ...«
»Verdächtig ...?«
»Ich wiederhole nur, was ich gehört habe, Don Hernando. Man mutmaßt, Ihr könntet ein Abkommen mit ihm treffen, das Gold Mexikos mit ihm teilen, vielleicht auch die Herrschaft mit ihm teilen ...«
»Die Herrschaft über Leichen ...?«
»Andere befürchten, Ihr könntet seine Flucht begünstigen ... Ich hielt es für meine Pflicht, Euch das mitzuteilen, wenn es auch ein dummes Gerede ist ...«
Das du, Schurke, unter die Leute gebracht hast! dachte Cortez. Doch er sprach es nicht aus. Er sah Alvarados zorngeröteten Kopf und hielt durch eine Handbewegung ihn ab, den Vertreter des Kaisers zu beschimpfen. Gleichmütig lächelnd sagte er:
»Immer bin ich von Erzfeinden umgeben gewesen, und das hat mich doch nicht gehindert, die dreizehn Brigantinen zu bauen. Entsinnt Ihr Euch der Worte, die ich nach dem Stapellauf sprach?«
»Gewiß!« sagte Alvarado. »›Dreizehn sind sie – wie die dreizehn Reiter, vor denen Montezuma zitterte! Die Zahl Dreizehn wird für Tenuchtitlan eine Unglückszahl sein!‹ – sagtet Ihr.«
»Wer dem Glück ins Herz gesehen hat, ist abergläubisch!« lächelte Cortez. »Heute ist der dreizehnte August!«
In der Tat: es war der 13. August 1521.

Die fünf alten Mexikaner kehrten zurück und mit ihnen kam der Weibliche Zwilling. Er meldete im Auftrage seines Gebieters: der König von Mexiko könne nicht kommen, da er zu sterben entschlossen sei.
»Ihr halsstarrigen Barbaren!« schrie Cortez sie an. »Habt ihr kein Mitleid mit euch selbst? Immer wieder wollte ich euch schonen – und nun wird keine Seele am Leben bleiben! Was euer König will, soll geschehen!«
Die Straßenschlacht begann von neuem. Aber bald begann auch eine Seeschlacht. Einige hundert Kriegsboote verließen die Kanäle Tlatelolcos und versuchten auf der Lagune die Kette der feindlichen Boote und der Brigantinen zu durchbrechen, um am Ufer nördlich von Tlatelolco zu landen. Allzu eifrig feuerten die Geschütze der Brigantinen auf die aztekische Flotte: der Pulverdampf legte sich wie eine weiße Nebelwolke auf den Schilfsee, so daß sich Freund von Feind nicht unterscheiden ließ. Das begünstigte den Durchbruch der Azteken.
Coxtemexi befand sich auf einer der schnellsten Brigantinen, deren Führer der Hauptmann Gracía de Holguín war. Dieser hatte den Überläufer an Bord genommen, wie man einen Bluthund mit auf den

Weg nimmt, wenn man eine Fährte sucht. Daß Coxtemexi den König haßte, war bekannt. Und Holguín meinte, daß die Augen des Hasses mehr sehen könnten als andere Augen.
Seine Erwartung ging in Erfüllung. Sowie der Wind den Pulverdampf gelichtet hatte, zeigte Coxtemexi, flatternd vor Überhast, auf eine größere Piroge, in welcher einige zwanzig Azteken, Männer und Frauen, saßen.
»Dort – im blauen Boot...! Entkommen!... Nicht mehr weit vom Ufer!...« kreischte er.
Mit windgeblähten Segeln jagte die Brigantine dem Ruderboot nach, holte es in kurzer Zeit ein. Vier Arkebusiere standen am Vordersteven der Brigantine, bereit zu schießen, falls Widerstand geleistet würde. Ein Verzweiflungskampf schien unvermeidlich. Denn ein junger schlanker Krieger mit gegabeltem Federkopfschmuck und Quetzalfederquasten erhob sich blitzschnell, einen Schild und ein mächtiges Sägeschwert schwingend.
»Der Herr der Welt«, krächzte Coxtemexi in heiserer Erregtheit.
García de Holguín verbot den Arkebusieren zu schießen.
Der Herabstoßende Adler rief zu Holguín hinüber:
»Der Herr der Welt war ich. Jetzt bin ich der Gefangene des Grünen Steines. Führt mich zu ihm – doch tut meinen Begleitern und den Prinzessinnen kein Leid!«

Eine halbe Stunde später stieg der Herabstoßende Adler, begleitet von Ohrring-Schlange und anderen mit ihm gefangenen Türkisgebürtigen, die Steinstiegen zur Dachterrasse empor, auf welcher Cortez im Kreise seiner Unterfeldherren ihn erwartete. Der Kampf war beendet – die Nachricht von der Gefangennahme des Königs hatte sofort den Widerstand der Mexikaner gebrochen.
Marina und die Schwarze Blume standen rechts und links von Cortez: seine zwei Mitsieger, seine zwei Mitschuldigen.
Er ging Guatemoc einige Schritte entgegen. Nicht zum erstenmal sah er dies schöne, düstere Gesicht. Einst in Sempoalla hatten sich zwei Königsadler forschend, bohrend, peinigend in die funkelnden Augen gesehn...
Aber des einen Augen funkelten jetzt nicht mehr; er war kein Königsadler mehr.
Guatemoc sprach die ersten Worte: »Ich tat meine Pflicht. Soviel in meiner Macht stand, habe ich getan, um mein Volk zu verteidigen! Nun kam es so weit mit mir! Verfahre mit mir, wie es dir beliebt!«
Seine Augen hefteten sich an einen Dolch, den Cortez an einem Gurtgehenk trug. Der Griff war mit eingelegten silbernen Arabesken verziert, schöne Toledoarbeit. Guatemoc streckte die Hand aus, berührte den Dolch und sagte:
»Erstich mich! Töte mich!... Zufrieden werde ich ins Land gehen, wo meine Götter weilen, wenn ich durch deine Hand fiel!«

»Ihr werdet auch in diesem Lande zufrieden leben«, erwiderte Cortez, »wenn das Land – wie ich hoffe – bald sich von den Kriegsgreueln erholt haben wird. Ich versprach, Euch stets wie einen König zu ehren, und werde mein Versprechen halten. Euch Trost spenden, wäre kränkend – doch laßt Euch von einem, der Glückswechsel erlebte, sagen, daß Glück oder Unglück am Tatenwert nichts ändert. Als Verteidiger Eures Volkes wart Ihr ein Held. Die Geschichte wird verzeichnen, was Ihr gekämpft und gelitten. Ich wäre nicht ein Kastilier, wenn ich nicht auch am Feinde die Größe zu schätzen wüßte!«
Pagen brachten Erfrischungen. Guatemoc und Ohrring-Schlange wiesen Speise und Trank finster zurück.
Als Cortez erfuhr, daß die Prinzessinnen sich noch auf der Brigantine des Holguín befanden, äußerte er den Wunsch, sie bald begrüßen zu können.
Dann wurden Guatemoc, Ohrring-Schlange und ihre Begleiter von Hellebardieren abgeführt. Doch noch bevor sie den Altan verlassen hatten, stürzte tränenüberströmt die Schwarze Blume auf seinen Bruder Ohrring-Schlange zu, erfaßte seine Hände, wollte ihn an die Brust drücken. Ohrring-Schlange widersetzte sich und stieß ihn von sich.
»Verräter an Anahuac!« rief er. »Rühre mich nicht an, du böses Auge! Eine Krankheit bist du, ein Geschwür – dein Hauch verpestet! Unser Vater, der Herr des Fastens, hat es vorausgewußt, er hat es vorausgesagt, daß du, Schwarze Blume, dein eigenes Blut – das Blut deines Volkes – trinken werdest! Berauscht hast du dich an deines Volkes Blut – darum werden dir Anahuacs Kinder und Kindeskinder fluchen, solange die Sonne die Erde bescheint!«
Marina stand regungslos da, die Lippen aschgrau, ein Marterbild.
Die beiden Könige stiegen die Treppe der Dachterrasse hinab. Dumpfe Böllerschüsse verkündeten das Ende der Belagerung und das Ende der Königin aller Städte.

Ob es wohl auf anderen Sternen Zuschauer und Beurteiler gibt der irdischen Taten? Onyxäugige Sphinxe vielleicht mit Luchsleibern und Mädchenantlitzen? Buntschillernd gefiederte Harpyien vielleicht? Lächeln sie oder lachen sie über die Wirrnisse dieses Sternes, die uns so groß erscheinen und die so winzig sind?
Vielleicht auch wandeln übersinnliche Zuschauer neben uns und zwischen uns, unhörbar unsern Ohren, unsichtbar unsern Augen, ungreifbar unsern Händen. Wir können das Lockenhaar, die Wangen und den zinnoberroten Mund des Schicksals nicht erspähen, auch wenn das Schicksal neben uns steht. Es mag eine zauberschöne grausame Harpyie sein.
Eine Harpyie, die sich in den Helden verliebt, den sie verderben will, die mit lüstern brennenden Augen von seinen Gesichtszügen die Erschlaffung und das Selbstgericht abliest, lauernd mit böser Freude beobachtet, wie sie allmählich ihren Glanz verlieren und alltäglich

werden. Auf den höchsten Gipfel führt sie ihn hinauf und jubelt, wenn er beim Abstieg fehltritt und zerschellt. Größe verleiht sie ihm und frohlockt, wenn seine Größe – der er nicht gewachsen, nicht nachgewachsen ist – abbröckelt, abbricht, zusammenbricht.
Ein Sonnensohn, hatte Cortez im strahlenden Sonnenschein gestanden bis zur Gefangennahme des Herabstoßenden Adlers. Von da an senkte sich ein verdüsternder Schatten über ihn.
Eine Woche nach der Übergabe der Stadt trotzten ihm die von Alderete aufgestachelten, über die geringe Goldbeute erbosten Landsknechte die Folterung der beiden Könige ab, obgleich er für deren Unantastbarkeit sein Wort verpfändet hatte. Geheimes Einverständnis mit Guatemoc und Beiseiteschaffung des Goldschatzes zum Schaden des Heeres und des Kaisers wurden ihm zur Last gelegt; und um sich von diesem Verdacht zu reinigen, ließ er es geschehen, daß den beiden Königen die Fußsohlen zu Kohle verbrannt wurden. »Es ist die Schmach jedes Herrn, daß er der Knecht seiner Knechte ist«, hatte er einst zu Marina gesagt ... Marina, die sein Gewissen war, vergab ihm den feigen Wortbruch nie. Guatemoc aber siegte über ihn und die Qual; und als während der Folterung Ohrring-Schlange kaum hörbar zu ächzen begann, ermahnte er ihn mit den Worten: »O mein Bruder, meinst du, daß etwa *ich* mich in einem Bade befinde? ... Entsinne dich deiner eigenen Worte: Gemartert entwinden wir dem Sieger den Sieg!«
Zwei Jahre später ließ Cortez den Herabstoßenden Adler und Ohrring-Schlange an einen Baum hängen – bloß auf eine Aussage Coxtemexis hin, der ein hochverräterisches Gespräch der beiden Könige erlauscht zu haben behauptete.
Ein Heilbringer war Cortez einst Marina erschienen. Sie war geheilt vom Wahn. Ihrer stummen Anklage überdrüssig, brach Cortez mit ihr, verheiratete sie mit einem seiner Landsknechte und schenkte ihr ein Gut in Oaxaca, meilenfern von Mexiko.
Die drei letzten Jahre seines Lebens verbrachte Cortez am spanischen Hofe, angefeindet, verärgert und verbittert.
Die mexikanische Göttin Ixcuinan, die Herrin der Lust und der Erde, verführte den Büßer Yappan. Als er sie umarmte, wurde sie zu Staub. Nichts, nichts behielt er von der Berückenden zurück als eine Handvoll grauen, sickernden Erdenstaub.

LAGE DER STADT TENUCHTITLAN (MEXICO) UM 1521

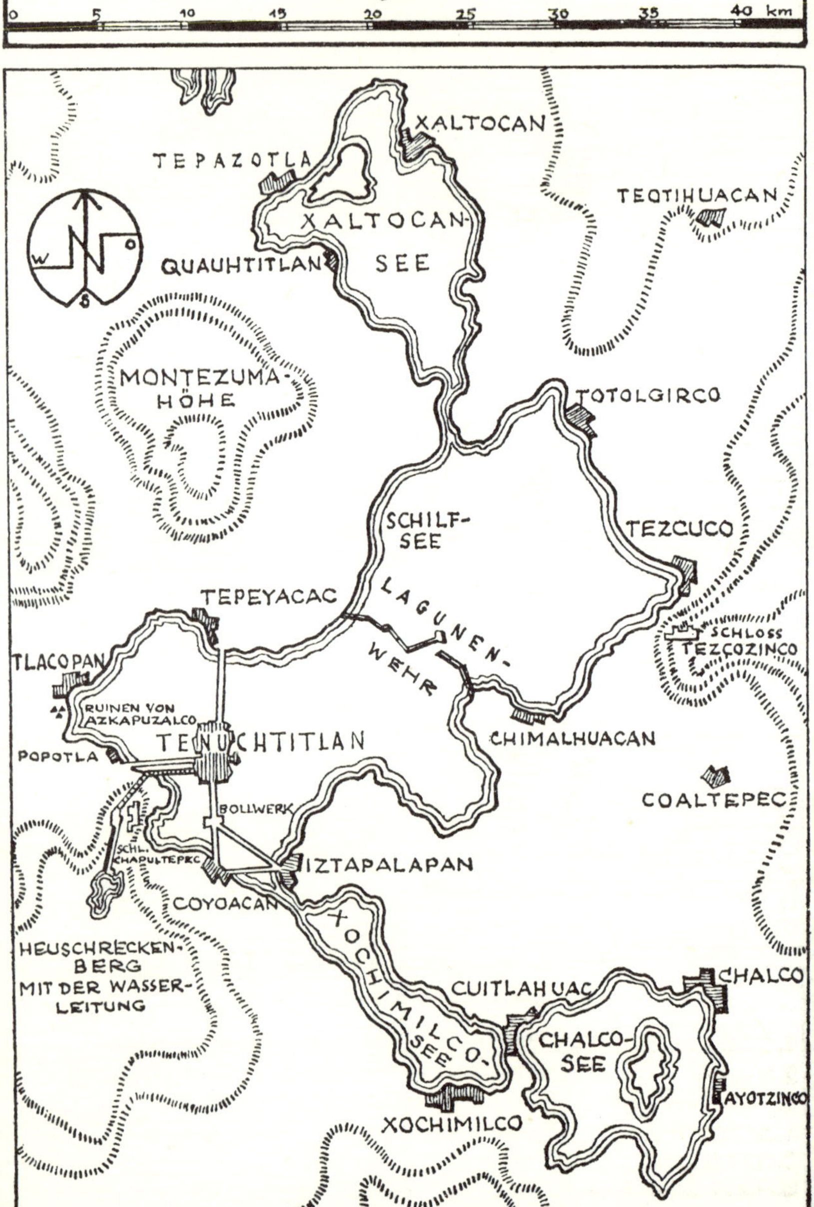